Fédor Dostoïevski

L'IDIOT

Traduction de Victor Derély.

ISBN : 9789982470872

TABLE DES MATIÈRES

PREMIÈRE PARTIE

DEUXIÈME PARTIE

TROISIÈME PARTIE

QUATRIÈME PARTIE

PRÉFACE

L'Idiot a été écrit partie en Allemagne, partie en Suisse, à une époque critique de la vie de Dostoïevski. Outre les soucis que sa santé n'a jamais cessé de lui donner, le romancier se débattait alors contre les réclamations de ses créanciers et le désordre d'un budget domestique qu'épuisait chaque soir sa passion pour la roulette. Ses Lettres à sa femme le font voir, dans cette phase de son existence, sous un jour assez piètre ; engageant sa montre pour jouer, pressant sa femme d'emprunter à droite et à gauche, sous des prétextes variés qu'il lui soufflait, jurant chaque jour de ne plus remettre les pieds dans une salle de jeu et oubliant son serment avant que l'encre de sa lettre n'ait eu le temps de sécher. Ce sont là des circonstances qu'il n'est peut-être pas indifférent d'avoir présentes à l'esprit en lisant l'Idiot.

Le roman lui a été payé 150 roubles la feuille, le même prix que Crime et Châtiment et les Possédés ; il en toucha 300 par feuille pour les Frères Karamazov. Il comptait sur l'Idiot pour sortir de la bohème. « Tout mon espoir est sur le roman et son succès, écrit-il à sa femme. Je veux y mettre mon âme, et peut-être aura-t-il du succès. Alors mon avenir sera sauvé. » Ce fut là une des illusions dont sa vie a été jalonnée : on le retrouvera l'année suivante aussi joueur et non moins besogneux.

*

* *

L'œuvre de Dostoïevski a soumis l'intelligence française à une assez longue épreuve. Deux siècles d'ordre et de discipline classiques nous préparaient mal à la compréhension d'un auteur en révolte ouverte contre les règles d'unité et de composition qui nous sont familières. L'évolution de notre jugement à son égard s'inscrit entre deux noms : ceux du vicomte Melchior de Vogüé et de M. André Gide.

M. de Vogüé présenta l'Idiot au public comme une sorte de roman clinique, se gardant d'en recommander la lecture aux lettrés, mais la conseillant de préférence aux médecins, aux physiologistes, aux philosophes.

Involontairement, on pense à la réflexion du sacristain de Santo Tomé à Tolède découvrant, sous les yeux de Barres, la célèbre toile du Gréco, l'« Enterrement du comte d'Orgaz » : Es un loco ! C'est un fou.

Il est d'ailleurs à peu près inévitable qu'en matière de critique ou d'histoire, l'homme qui fraie une voie nouvelle, laissé à son seul arbitre et à ses enthousiasmes, se limite aux reliefs apparents du sujet et lègue à ses successeurs un jugement dont ceux-ci perçoivent en même temps le mérite et la fragilité.

Avec M. André Gide, nous sommes sortis du topique indolent qui fait des héros de Dostoïevski des « figures grimaçantes » penchées sur des « abîmes insondables », pour aboutir à cette conclusion tardive que, chez l'auteur de l'Idiot, le romancier l'emporte sur le penseur.

Si, dans les romans de Dostoïevski, et dans celui-ci en particulier, bien des traits se dérobent à la logique occidentale, l'usage veut que ces traits soient d'autant plus russes que nous les comprenons moins, encore que je puisse citer bien des Russes qui éprouvent à lire l'Idiot un malaise fort voisin de celui que nous éprouvons nous-mêmes.

Cependant, une caractéristique incontestablement russe de ce roman, c'est le plan d'humilité dans lequel se meuvent les personnages. On a beaucoup écrit là-dessus et je m'en voudrais d'y revenir si la notion occidentale – ou catholique – d'humilité ne déformait pas le jugement que nous sommes enclins à porter sur la pratique de cette vertu évangélique chez les orthodoxes russes.

Je dis « orthodoxes russes », car je n'aperçois rien de semblable chez les autres membres de la famille pravoslave. Force nous est de croire que nous sommes ici en présence d'un trait de psychologie russe et non d'une manifestation particulière du sentiment religieux. Certes, Dostoïevski est croyant et même un peu fanatique : il y a en lui moins d'évangile que chez Tolstoï, mais plus de foi. Seulement, les Russes ont un Christ à leur mesure, un Christ russe. Un commentateur ultra-orthodoxe de l'œuvre de Dostoïevski observe : « Ce n'est pas parce qu'il était orthodoxe qu'il a écrit sur l'humilité, sur la contrition et sur l'amour fraternel. Mais il est devenu orthodoxe parce qu'il a compris et aimé la vertu et l'élévation de l'âme humaine[1]. »

On pourrait s'amuser à discuter l'évangélisme de l'humilité russe, encore que ses adeptes – et Dostoïevski plus que tout autre – se considèrent, sur ce point, comme les seuls légataires authentiques du Sermon sur la Montagne.

---

1 Mgr Antoine, métropolite de Kiev et de Galicie, *l'Âme russe d'après Dostoïevski,* trad. Leuchtenberg, p. 193.

Cette prétention, entrevue et avivée par le messianisme orthodoxe de l'école slavophile, pose un petit problème d'éthique sur lequel une étude attentive des personnages de l'Idiot jette une clarté diffuse. Chez ces personnages, la conscience, toujours en alerte, plane au-dessus de l'esprit et se manifeste à tout propos ; impuissants à se définir, ils ont la passion de se « vérifier ». Les yeux sans cesse fixés sur le compte courant de leurs bonnes et de leurs mauvaises actions, ils se censurent ou simplement se regardent pécher. D'où cette première impression d'incohérence et de personnalité désaccordée que donnent, dans leurs phases critiques, les acteurs du drame. M. Gide remarque qu'à l'inverse de la littérature occidentale, qui ne s'occupe guère que des relations (passionnelles, intellectuelles, sociales) des hommes entre eux, le roman russe accorde la place d'honneur aux rapports de l'individu avec lui-même ou avec Dieu.

Cette hyperesthésie de la conscience confère au sujet une position un peu hautaine d'indépendance vis-à-vis de ses proches. Elle le soustrait à la tyrannie du respect humain. En ce sens, on peut dire que l'humilité n'entraîne point, pour un Russe, le sentiment de diminution auquel ne manquera jamais de l'associer un Occidental. On lit dans l'épigraphe d'Eugène Onéguine cette phrase de Pouchkine : « Il avait cette espèce d'orgueil qui fait avouer avec la même indifférence les bonnes comme les mauvaises actions, suite d'un sentiment de supériorité peut-être imaginaire ». Et l'Idiot reconnaît quelque part que l'humilité est une « force terrible ». Dans ce tête-à-tête de l'homme avec l'homme, ce qui importe, c'est le satisfecit de la conscience ; le jugement d'autrui est secondaire. Faire l'aveu de sa faute est une libération, donc, tout compte fait, un gain.

Une volupté, peut-être aussi. Il y a dans l'Idiot des personnages qui traversent le roman, si j'ose dire, moralement nus : Lébédev, Hippolyte, Nastasie Philippovna. Or, cette dernière, après avoir avoué qu'elle est la victime des hommes, ajoute : « Je suis de ces êtres qui éprouvent à s'abaisser une volupté et même un sentiment d'orgueil ».

J'irai plus loin. Quand un Gabriel Ardalionovitch ou un Lébédev confesse, ou plutôt étale sa bassesse, il sous-entend une condamnation de la société qui porte la responsabilité de son abjection. En Occident, la femme coupable gémit volontiers : « Qu'avez-vous fait de moi ! » Le Russe ne le dit point, mais il le pense. « Je suis bas », répète Lébédev ; mais il veut dire : « Je suis une victime ; c'est vous qui m'avez prostré ; c'est la déformation du monde où je vis qui m'a réduit à l'état où vous me voyez ». L'humilité russe, c'est ici une malédiction par prétérition, c'est l'aveu d'une dégradation se profilant sur un fond d'injustices et de méchanceté.

Il y a dans l'Idiot un épisode qui me paraît une première épreuve, une sorte de préfiguration du roman ; c'est la pitoyable histoire de Marie, cette paysanne séduite et abandonnée qui s'accable elle-même et aggrave la réprobation de son entourage par un besoin inassouvi d'expiation. Nous trouverons une forme inverse de cet auto-ravalement chez Nastasie Philippovna, pécheresse toujours repentante, toujours relapse, Car enfin beaucoup de ces consciences en crise perpétuelle mettent autant d'empressement à se condamner qu'à retomber dans leurs fautes. Le repentir n'est souvent, chez elles, guère plus qu'une attitude. « Si vous étiez moins ignominieuse, dit Aglaé Epantchine à Nastasie Philippovna, vous n'en seriez que plus malheureuse. » Voilà un beau thème à méditation.

Le type de l'Idiot a été diversement interprété. C'est le personnage angélique et désaxé dont l'apparition dans un cadre de vie bourgeoise fait lever des ferments insoupçonnés de révolte et de désordre. M. de Vogüé y voyait une sorte de moujik bien élevé. J'ai plutôt l'impression que l'idiotie est, chez Muichkine, un artifice pour « décanter » le civilisé, un moyen de ramener un personnage de la haute société (c'est-à-dire façonné d'emprunts et de préjugés) à la simplicité russe originelle, à ce que nous appellerions aujourd'hui « le Russe 100 % », avec sa limpidité de cœur et ses trésors de compassion. « Quiconque le voudrait pourrait le tromper, et quiconque l'aurait trompé serait assuré de son pardon. » Il a redécouvert en lui l'excellence native du peuple russe et son aptitude à la sympathie universelle. Au fond, l'Idiot, c'est le slavophile à l'état de nature.

Entendons-nous, d'ailleurs. Bien que le prince Muichkine ait subi un long arrêt dans son développement intellectuel et porte encore de lourdes tares physiques, il s'en faut que ce soit un simple d'esprit. Il raisonne avec aisance sur des sujets complexes : le droit pénal, la pédagogie, la théologie, la féodalité : si ses jugements sont un peu « primaires », ce n'est pas à lui qu'il en faut faire grief, mais à l'auteur dont il n'est alors que le porte-parole. Un psychiatre le classerait peut-être parmi les dégénérés moyens, travaillés d'idées délirantes d'indignité et d'auto-accusation, amoindris par un sentiment exagéré de leur infériorité morale et, partant, enclins à excuser les attitudes méprisantes de la société ou à subir la volonté d'autrui.

Ce qui est plus certain, c'est la fatale émotivité de ses nerfs qui le rend affreusement sensible à l'expression physique des drames de l'âme humaine. Les yeux de Rogojine aperçus dans la foule, la pâleur angoissée du visage de Nastasie Philippovna, voilà, en dernière analyse, les impressions qui commandent ses actes décisifs et l'acheminent vers sa destinée. On peut donc se demander si la forme la plus saisissable de sa folie n'est pas l'obsession de certaines images visuelles, obsession qui devient tragique lorsque le sujet ressent les transes annonciatrices de son mal, l'épilepsie. Mais ces images sont plus exactement des « signes » (la haine de Rogojine, la déchéance de Nastasie), dont le prince ne découvre la véritable interprétation que dans l'hyperlucidité de ses crises, bien qu'elles entretiennent en lui à l'état normal une sourde et lancinante angoisse.

Le seul défaut social dont l'Idiot se reconnaisse affligé, c'est le « manque de mesure ». Un pareil aveu nous étonne, car il accuse, chez un déséquilibré, un sens assez inattendu de l'équilibre. Mais est-ce bien par « manque de mesure », au sens où nous l'entendons, que pèche le prince Muichkine ? Il semble plutôt que sa « singularité » réside dans l'impuissance où il se trouve de parler le langage de ceux qui l'entourent, ou plutôt de rendre, même approximativement, par la parole, la complexité de ses états psychiques. Il est victime d'un phénomène de transposition verbale qui est, pour lui et pour ses auditeurs, une cause périodique de malaise. Tantôt distrait, tantôt incapable d'isoler et de formuler sa pensée, il entretient des malentendus sans fin avec ses interlocuteurs. Lui-même reconnaît n'avoir jamais pu s'exprimer comme il le voulait – « à cœur ouvert », dit-il, mais parle-t-il jamais autrement ? – qu'avec Rogojine, personnage mystérieux et cynique mû par la force élémentaire de ses passions.

Puis il y a ces fameuses « idées doubles », qui existent bien ailleurs dans Dostoïevski et chez d'autres auteurs, mais ne sont peut-être nulle part aussi appuyées qu'ici. Elles correspondent à ce que les psychiatres appellent les « idées secondes » provenant d'un dédoublement de la personnalité (état prime, état second), caractéristiques de la psychose du dégénéré. Beaucoup de gens connaissent ce désarroi mental, mais Dostoïevski paraît en avoir été accablé. Ces « idées doubles » amènent un relâchement de la « censure » et inhibent ou brisent l'action. Elles créent, en outre, une équivoque sur les mobiles d'autrui ; peut-être faut-il leur imputer cette incurable défiance que le prince se reproche si souvent. « Chez moi, dira Lébédev, les paroles et les actes, le mensonge et la vérité s'entremêlent avec une parfaite spontanéité. »

Dostoïevski s'est expliqué à plusieurs reprises sur ce simultanéisme. « Il me semble que je me dédouble, dit-il par la bouche de Versilov : je me partage par la pensée, et cette sensation me cause une peur affreuse. C'est comme si l'on avait son double à côté de soi : alors que l'on est sensé et raisonnable, ce double veut à tout prix faire quelque chose d'absurde, ou parfois d'amusant. »

La place que tient le rêve dans le roman y introduit un élément de trouble et d'ambiguïté. L'auteur se complaît à abaisser ou même à dissimuler les frontières qui séparent le rêve de l'état de veille ; ici encore c'est un trait de sa propre psychologie qui transparaît dans son œuvre.

Assez voisine et non moins déconcertante est cette constatation que, chez les héros de Dostoïevski, l'action et la pensée qui la commande sont souvent désynchronisées : il y a retard ou avance de l'une ou de l'autre. L'auteur nous dit de l'un d'entre eux : il voulait tuer, mais il ne savait pas qu'il voulait tuer. De là une nouvelle apparence de vibration désordonnée, d'anarchie dans la sensibilité de ses personnages, apparence encore accentuée par l'intensité des réflexes physiques. Il n'est guère de pages de l'Idiot où ne reviennent plusieurs fois ces notations : « avec un geste de frayeur », « sur un ton d'épouvante », etc. Si on portait fidèlement ces indications à la scène, on aboutirait à une gesticulation tout au plus concevable chez les pensionnaires d'un asile d'aliénés.

On remarquera que l'auteur ne nous dit à peu près rien de l'hérédité de son héros, et c'est là un élément essentiel qui nous échappe. Nous connaissons celle de Dostoïevski, avec lequel l'Idiot offre tant de ressemblances avouées. Son père était un ivrogne brutal que ses serfs assassinèrent ; sa mère était une créature toute pureté et résignation ; il n'est pas défendu de voir dans certaines incohérences la projection du paradoxe atavique de l'homme sur son œuvre.

On s'est souvent demandé si l'Idiot, ce « Don Juan slave » – un Don Juan dont la caractéristique est, dans l'ordre physique, l'impuissance et, dans l'ordre moral, la passivité ! – est ou non amoureux. La psychologie en ligne brisée du personnage, ses replis et ses reprises, ne permettent guère d'avoir là-dessus une opinion décisive. On nous laisse entendre que le prince Muichkine est le jouet d'une suggestion ; que, sous l'empire d'une exaltation imputable à des circonstances fort distinctes, il a fini par regarder comme de l'amour ce qui n'était que de la compassion. Est-ce bien sûr ? Est-il même sûr que les tendresses du prince soient exemptes de tout élément de sensualité ? Soyons prudents et imitons Dostoïevski lui-même, lorsqu'il nous confesse benoîtement que, s'il ne définit pas telle ou telle attitude de ses personnages, c'est parce qu'elle est aussi énigmatique pour lui que pour le lecteur.

Au demeurant, cette réflexion me paraît dépasser la malicieuse interprétation que je lui donne. Souvent on a l'étrange sentiment que Dostoïevski perd le contrôle de ses personnages, que ceux-ci le débordent, se rebellent et le réduisent à l'état de simple spectateur du drame issu de son propre cerveau. Nous voici dans une compagnie chère à Pirandello. Mais l'auteur ne s'émeut point. Il met ses héros en vacances quand il a la paresse d'approfondir leurs revirements et, après le dénouement, « son dénouement », il les congédie sans façon comme des serviteurs devenus inutiles, encore qu'il y ait, dans la page où se décide cette dispersion, l'amorce de deux ou trois autres romans.

Et il ne se fait point faute à son tour de tyranniser le lecteur. Une fois qu'il s'est emparé de lui, il ne le lâche plus. Il ne lui fait grâce ni d'un détail, ni d'une de ces digressions à l'aide desquelles il cherche à lui imposer sa manière de voir sur la politique, la religion, les destinées du peuple russe, etc.

Les épisodes s'accumulent et s'enchevêtrent ; visiblement quand l'auteur a réussi, par un artifice plus ou moins ingénieux, à réunir tous ses personnages ensemble, il s'attarde en leur société, prêtant aux uns une faconde intarissable, aux autres une patience stoïque. Aussi le récit coule-t-il à la manière d'un fleuve au moment de la débâcle : l'action, alourdie par des diversions et des prolixités, se dérobe plus d'une fois aux yeux du lecteur et peine pour arriver au dénouement. Nous sommes loin de l'« ad eventum festinat » du théâtre classique. Par contre, le drame revêt, dans la scène qui suit le meurtre de Nastasie Philippovna, une grandeur sans pareille. L'auteur s'efface, le style s'allège, le scénario se simplifie ; nous atteignons ici aux cimes du pathétique à force de sobriété. La veillée funèbre de ces deux hommes, venus de deux horizons opposés de la vie morale, pleurant joue contre joue et réconciliés devant le cadavre de la femme dont ils se sont disputé l'amour, puis la rechute de l'Idiot dans les ténèbres sous le coup d'une émotion trop forte pour lui, ce sont des pages qui resteront parmi les plus puissantes de toute la littérature moderne.

Si je faisais une anthologie des auteurs russes, je résisterais mal à l'envie de donner des extraits humoristiques de l'œuvre de Dostoïevski. Il y a dans l'Idiot des types d'une irrésistible cocasserie : Lébédev, le général Ivolguine, à ses heures Elisabeth Prokofievna. Ce comique, il est vrai, ne se lie pas toujours intimement à l'œuvre : il est souvent rapporté. Mais Dostoïevski possède, de l'humour à la bouffonnerie, toutes les ressources de la parodie ; les extravagances qu'il prête à ses ivrognes et à ses maniaques sont d'une truculente variété. Peut-être le romancier se laisse-t-il aller à sa fantaisie dans l'Idiot plus librement qu'ailleurs, à moins que celle-ci n'emprunte ici au contraste un relief plus saisissant…

Faut-il ajouter – ce que chacun sait – que les personnages de l'Idiot sont les variantes de types qu'on retrouve dans les autres œuvres de Dostoïevski ? L'Idiot, c'est Aliocha, des Frères Karamazov. Nastasie Philippovna ressemble à Grouchenka du même roman ; Aglaé Epantchine à Lisa Drozdov ; Lébédev et le général Ivolguine sont à rapprocher de Lipoutine et Lebiadkine, personnages des Possédés. Mais quelle erreur ce serait d'y voir des figures en série ! Les héros du drame antique portaient un masque fixant le trait essentiel de leur personnalité. On serait fort empêché de donner un masque aux personnages de Dostoïevski. Lui-même les aperçoit simultanément sous différentes perspectives et, au surplus, il les entoure d'un halo mystique. À force de les analyser il les émancipe de la tutelle des définitions. Soit dit en passant, ici, dans l'Idiot, il leur retire même toute indication professionnelle ; ces personnages « servent » – comme tous les Russes –, mais l'auteur n'a cure de préciser le genre d'occupation auquel ils se livrent, pour ne pas situer leur vie dans un cadre géométrique. Notre intelligence, familiarisée avec un certain schéma de la vie mentale, éprouve un malaise d'autant plus grand à saisir et « recomposer » ces figures.

J'ignore si Dostoïevski est, comme on l'a écrit, le plus profond des romanciers. Mais c'est, à coup sûr, celui dont le talent, l'imagination et la pensée se laissent le plus difficilement circonscrire.

A. M.

PREMIÈRE PARTIE

I

Il était environ neuf heures du matin ; c'était à la fin de novembre, par un temps de dégel. Le train de Varsovie filait à toute vapeur vers Pétersbourg. L'humidité et la brume étaient telles que le jour avait peine à percer ; à dix pas à droite et à gauche de la voie on distinguait malaisément quoi que ce fût par les fenêtres du wagon. Parmi les voyageurs, il y en avait qui revenaient de l'étranger ; mais les compartiments de troisième, les plus remplis, étaient occupés par de petites gens affairées qui ne venaient pas de bien loin. Tous, naturellement, étaient fatigués et transis ; leurs yeux étaient bouffis, leur visage reflétait la pâleur du brouillard.

Dans un des wagons de troisième classe deux voyageurs se faisaient vis-à-vis depuis l'aurore, contre une fenêtre ; c'étaient des jeunes gens vêtus légèrement[2] et sans recherche ; leurs traits étaient assez remarquables et leur désir d'engager la conversation était manifeste. Si chacun d'eux avait pu se douter de ce que son vis-à-vis offrait de singulier, ils se seraient certainement étonnés du hasard qui les avait placés l'un en face de l'autre, dans une voiture de troisième classe du train de Varsovie.

Le premier était de faible taille et pouvait avoir vingt-sept ans ; ses cheveux étaient frisés et presque noirs ; ses yeux gris et petits, mais pleins de feu. Son nez était camus, ses pommettes faisaient saillies ; sur ses lèvres amincies errait continuellement un sourire impertinent, moqueur et même méchant. Mais son front dégagé et bien modelé corrigeait le manque de noblesse du bas de son visage. Ce qui frappait surtout, c'était la pâleur morbide de ce visage et l'impression d'épuisement qui s'en dégageait, bien que l'homme fût assez solidement bâti ; on y discernait aussi quelque chose de passionné, voire de douloureux, qui contrastait avec l'insolence du sourire et la fatuité provocante du regard. Chaudement enveloppé dans une large peau de mouton noire bien doublée, il n'avait pas senti le froid, tandis que son voisin avait reçu sur son échine grelottante toute la fraîcheur de cette nuit de novembre russe à laquelle il ne paraissait pas habitué.

Ce dernier était affublé d'un manteau épais, sans manches, mais surmonté d'un énorme capuchon, un vêtement du genre de ceux que portent souvent, en hiver, les touristes qui visitent la Suisse ou l'Italie du Nord. Une pareille tenue, parfaite en Italie, ne convenait guère au climat de la Russie, encore

---

[2] Cette indication semble en contradiction avec un passage ultérieur. – N. d. T.

moins pour un trajet aussi long que celui qui sépare Eydtkuhnen[3] de Saint-Pétersbourg.

Le propriétaire de cette houppelande était également un jeune homme de vingt-six à vingt-sept ans. Sa taille était un peu au-dessus de la moyenne, sa chevelure épaisse et d'un blond fade ; il avait les joues creuses et une barbiche en pointe tellement claire qu'elle paraissait blanche. Ses yeux étaient grands et bleus ; la fixité de leur expression avait quelque chose de doux mais d'inquiétant et leur étrange reflet eût révélé un épileptique à certains observateurs. Au surplus, le visage était agréable, les traits ne manquaient point de finesse, mais le teint semblait décoloré et même, en ce moment, bleui par le froid. Il tenait un petit baluchon, enveloppé dans un foulard de couleur défraîchie, qui constituait vraisemblablement tout son bagage. Il était chaussé de souliers à double semelle et portait des guêtres, ce qui n'est guère de mode en Russie.

Son voisin, l'homme en touloupe[4], avait observé tous ces détails, un peu par désœuvrement. Il finit par l'interroger tandis que son sourire exprimait la satisfaction indiscrète et mal contenue que l'homme éprouve à la vue des misères du prochain :

– Il fait froid, hein ?

Et son mouvement d'épaules ébaucha un frisson.

– Oh oui ! répondit l'interpellé avec une extrême complaisance. Et remarquez qu'il dégèle. Que serait-ce s'il gelait à pierre fendre ! Je ne m'imaginais pas qu'il fît si froid dans notre pays. J'ai perdu l'habitude de ce climat.

– Vous venez sans doute de l'étranger ?

– Oui, je viens de Suisse.

– Diable, vous venez de loin !

L'homme aux cheveux noirs sifflota et se mit à rire. La conversation s'engagea. Le jeune homme blond au manteau suisse répondait avec une étonnante obligeance à toutes les questions de son voisin, sans paraître s'apercevoir du caractère déplacé et oiseux de certaines de ces questions, ni du ton négligent sur lequel elles étaient posées. Il expliqua notamment qu'il avait passé plus de quatre ans hors de Russie et qu'on l'avait envoyé à l'étranger pour soigner une affection nerveuse assez étrange, dans le genre du haut mal ou de la danse de

---

[3] Gare frontière allemande de la ligne Berlin-Pétersbourg. – N. d. T.

[4] Nom usuel de la pelisse en peau de mouton que portent les paysans russes. – N. d. T.

Saint-Guy, qui se manifestait par des tremblements et des convulsions. Ces explications firent sourire son compagnon à diverses reprises, et surtout, lorsque à la question : « Êtes-vous guéri ? » il répondit :

– Oh non ! on ne m'a pas guéri.

– Alors vous avez dépensé votre argent en pure perte.

Et le jeune homme brun ajouta avec aigreur :

– C'est comme cela que nous nous laissons exploiter par les étrangers.

– C'est bien vrai ! s'exclama un personnage mal vêtu, âgé d'une quarantaine d'années, qui était assis à côté d'eux et avait l'air d'un gratte-papier ; il était puissamment bâti et exhibait un nez rouge au milieu d'une face bourgeonnée. – C'est parfaitement vrai, messieurs, continua-t-il ; c'est ainsi que les étrangers grugent les Russes et soutirent notre argent.

– Oh ! vous vous trompez complètement en ce qui me concerne, repartit le jeune homme sur un ton doux et conciliant. Évidemment, je ne suis pas à même de discuter, parce que je ne connais pas tout ce qu'il y aurait à dire sur la question. Mais, après m'avoir entretenu à ses frais pendant près de deux ans, mon médecin s'est saigné à blanc pour me procurer l'argent nécessaire à mon retour.

– Il n'y avait donc personne qui pût payer pour vous ? demanda le jeune homme brun.

– Hé non ! M. Pavlistchev, qui pourvoyait à mon entretien là-bas, est mort il y a deux ans. Je me suis alors adressé ici à la générale Epantchine, qui est ma parente éloignée, mais je n'ai reçu aucune réponse. Alors je reviens au pays.

– Et où comptez-vous aller ?

– Vous voulez dire : où je compte descendre ? Ma foi, je n'en sais encore rien…

– Vous n'êtes guère fixé.

Et les deux auditeurs partirent d'un nouvel éclat de rire.

– Ce petit paquet contient sans doute tout votre avoir ? demanda le jeune homme brun.

– Je le parierais, ajouta le tchinovnik[5] au nez rubicond, d'un air très satisfait. Et je présume que vous n'avez pas d'autres effets aux bagages. D'ailleurs pauvreté n'est pas vice, cela va sans dire.

C'était également vrai : le jeune homme blond en convint avec infiniment de bonne grâce.

Ses deux voisins donnèrent libre cours à leur envie de rire. Le propriétaire du petit paquet se mit à rire aussi en les regardant, ce qui accrut leur hilarité. Le bureaucrate reprit :

– Votre petit paquet a tout de même une certaine importance. Sans doute, on peut parier qu'il ne contient pas des rouleaux de pièces d'or, telles que napoléons, frédérics ou ducats de Hollande. Il est facile de le conjecturer, rien qu'à voir vos guêtres qui recouvrent des souliers de forme étrangère. Cependant si, en sus de ce petit paquet, vous avez une parente telle que la générale Epantchine, alors le petit paquet lui-même acquiert une valeur relative. Ceci, bien entendu, dans le cas où la générale serait effectivement votre parente et s'il ne s'agit pas d'une erreur imputable à la distraction, travers fort commun, surtout chez les gens imaginatifs.

– Vous êtes encore dans le vrai ! s'écria le jeune homme blond. En effet, je suis presque dans l'erreur. Entendez que la générale est à peine ma parente ; aussi ne suis-je nullement étonné qu'elle n'ait jamais répondu à ma lettre de Suisse. Je m'y attendais.

– Vous avez gaspillé votre argent en frais de poste. Hum… Au moins on peut dire que vous avez de la candeur et de la sincérité, ce qui est à votre éloge… Quant au général Epantchine, nous le connaissons, en ce sens que c'est un homme connu de tout le monde. Nous avons aussi connu feu M. Pavlistchev, qui vous a entretenu en Suisse, si toutefois il s'agit de Nicolas Andréïévitch Pavlistchev, car ils étaient deux cousins de ce nom. L'un vit toujours en Crimée ; quant à Nicolas Andréïévitch Pavlistchev, le défunt, c'était un homme respectable, qui avait de hautes relations et dont on estimait jadis la fortune à quatre mille âmes[6].

– C'est bien cela : on l'appelait Nicolas Andréïévitch Pavlistchev.

Ayant ainsi répondu, le jeune homme attacha un regard scrutateur sur ce monsieur qui paraissait tout savoir.

---

5 Fonctionnaire ou ancien fonctionnaire de l'État. – N. d. T.

6 Avant l'affranchissement des serfs (19 février 1861), la valeur d'un bien-fonds était estimée d'après le nombre d'« âmes », c'est-à-dire de paysans attachés à ce fonds. – N. d. T.

Les gens prêts à renseigner sur toute chose se rencontrent parfois, voire assez fréquemment, dans une certaine classe de la société. Ils savent tout, parce qu'ils concentrent dans une seule direction les facultés inquisitoriales de leur esprit. Cette habitude est naturellement la conséquence d'une absence d'intérêts vitaux plus importants, comme dirait un penseur contemporain. Du reste, en les qualifiant d'omniscients, on sous-entend que le domaine de leur science est assez limité. Ils vous diront par exemple qu'un tel sert à tel endroit, qu'il a pour amis tels et tels ; que sa fortune est de tant. Ils vous citeront la province dont ce personnage a été gouverneur, la femme qu'il a épousée, le montant de la dot qu'elle lui a apportée, ses liens de parenté, et toute sorte de renseignements du même acabit. La plupart du temps ces « je sais tout » vont les coudes percés et touchent des appointements de dix-sept roubles par mois. Ceux dont ils connaissent si bien les tenants sont loin de se douter des mobiles d'une pareille curiosité. Pourtant, bien des gens de cette espèce se procurent une véritable jouissance en acquérant un savoir qui équivaut à une véritable science et que leur fierté élève au rang d'une satisfaction esthétique D'ailleurs cette science a ses attraits. J'ai connu des savants, des écrivains, des poètes, des hommes politiques qui y ont puisé une vertu d'apaisement, qui en ont fait le but de leur vie et qui lui ont dû les seuls succès de leur carrière.

Pendant le colloque, le jeune homme brun bâillait, jetait des regards désœuvrés par la fenêtre et semblait impatient d'arriver. Son extrême distraction tournait à l'anxiété et à l'extravagance : parfois, il regardait sans voir, écoutait sans entendre et, s'il lui arrivait de rire, il ne se rappelait plus le motif de sa gaîté.

– Mais permettez, avec qui ai-je l'honneur… ? demanda soudain l'homme au visage bourgeonné en se tournant vers le propriétaire du petit paquet.

– Je suis le prince Léon Nicolaïévitch Muichkine, répondit le jeune homme avec beaucoup d'empressement.

– Le prince Muichkine ? Léon Nicolaïévitch ? Connais pas. Je n'en ai même pas entendu parler, répliqua le tchinovnik d'un air songeur. Ce n'est pas le nom qui m'étonne. C'est un nom historique ; on le trouve ou on doit le trouver dans l'Histoire de Karamzine[7]. Je parle de votre personne et je crois bien, au surplus, qu'on ne rencontre plus aujourd'hui nulle part de prince de ce nom ; le souvenir s'en est éteint.

---

[7] Karamzine (Nicolas Mikhaïlevitch), historien russe (1766-1826), autour d'une célèbre histoire de *l'État russe* en douze volumes, dont le dernier ne parut qu'après sa mort.

– Oh je crois bien ! reprit aussitôt le prince : il n'existe plus aucun prince Muichkine en dehors de moi ; je dois être le dernier de la lignée. Quant à nos aïeux, c'étaient des gentilshommes-paysans[8]. Mon père a servi dans l'armée avec le grade de lieutenant après avoir passé par l'école des cadets. À vrai dire, je ne saurais vous expliquer comment la générale Epantchine se trouve être une princesse Muichkine ; elle aussi, elle est la dernière de son genre…

– Hé hé ! la dernière de son genre ! quelle drôle de tournure ! dit le tchinovnik en ricanant.

Le jeune homme brun ébaucha également un sourire. Le prince parut légèrement étonné d'avoir réussi à faire un jeu de mot, d'ailleurs assez mauvais.

– Croyez bien que mon intention n'était pas de jouer sur les mots, expliqua-t-il enfin.

– Cela va de soi ; on le voit de reste, acquiesça le tchinovnik devenu hilare.

– Eh bien ! prince, vous avez sans doute étudié les sciences pendant votre séjour chez ce professeur ? demanda soudain le jeune homme brun.

– Oui… j'ai étudié…

– Ce n'est pas comme moi, qui n'ai jamais rien appris.

– Pour moi, c'est tout au plus si j'ai reçu quelques bribes d'instruction, fit le prince, comme pour s'excuser. – En raison de mon état de santé, on n'a pas jugé possible de me faire faire des études suivies.

– Connaissez-vous les Rogojine ? demanda subitement le jeune homme brun.

– Je ne les connais pas du tout. Je dois vous dire que je connais très peu de monde en Russie. Est-ce vous qui portez ce nom ?

– Oui, je m'appelle Rogojine, Parfione.

– Parfione ? Ne seriez-vous pas membre de cette famille des Rogojine qui…, articula le tchinovnik en affectant l'importance.

---

[8] C'était une catégorie de paysans qui n'ont jamais passé par le servage mais qui se sont fondus depuis des siècles avec la masse rurale, tout en gardant les preuves authentiques d'une origine noble. Le terme qui désigne le gentilhomme-paysan signifie littéralement. « qui ne possède qu'un seul feu » ***(odnodvorets).*** – N. d. T.

– Oui, oui, c'est cela même, fit le jeune homme brun sur un ton de brusque impatience, pour interrompre l'employé auquel il n'avait pas adressé un mot jusque-là, n'ayant parlé qu'avec le prince.

– Mais… comment cela se peut-il ? reprit le tchinovnik en écarquillant les yeux avec stupeur, tandis que sa physionomie revêtait une expression d'obséquiosité et presque d'effroi. – Alors vous seriez parent de ce même Sémione Parfionovitch Rogojine, bourgeois honoraire héréditaire[9], qui est mort voici un mois en laissant une fortune de deux millions et demi à ses héritiers ?

– D'où tiens-tu qu'il a laissé deux millions de capital net ? riposta le jeune homme brun en lui coupant la parole, mais sans daigner davantage tourner son regard vers lui. Et il ajouta, en s'adressant au prince, avec un clignement d'œil :

– Je vous le demande un peu : quel intérêt peuvent avoir ces gens-là à vous aduler avec un pareil empressement ? Il est parfaitement exact que mon père vient de mourir ; ce qui ne m'empêche pas de retourner chez moi, un mois plus tard, venant de Pskov, dans un état de dénuement tel que c'est tout juste si j'ai une paire de bottes à me mettre. Mon gredin de frère et ma mère ne m'ont envoyé ni argent ni faire part. Rien : j'ai été traité comme un chien. Et je suis resté pendant un long mois à Pskov alité avec une fièvre chaude.

– N'empêche que vous allez toucher d'un seul coup un bon petit million, et peut-être ce chiffre est-il très au-dessous de la réalité qui vous attend. Ah Seigneur ! s'exclama le tchinovnik en levant les bras au ciel.

– Non, mais qu'est-ce que cela peut bien lui faire, je vous le demande ? répéta Rogojine en désignant son interlocuteur dans un geste d'énervement et d'aversion. – Sache donc que je ne te donnerai pas un kopek, quand bien même tu marcherais sur les mains devant moi.

– Eh bien ! je marcherai quand même sur les mains.

– Voyez-vous cela ! Dis-toi bien que je ne te donnerai rien, même si tu dansais toute une semaine.

---

9 La grande majorité des marchands, vers le milieu du XIXe siècle, étaient des paysans enrichis par le négoce. Dès qu'ils cessaient de payer la guilde, ils retombaient en principe au rang des campagnards. Le législateur alla au-devant du sentiment de classe qui se dessinait dans le commerce en créant des catégories stables, indépendantes du paiement de la guilde : c'étaient celles de « bourgeois honoraires à vie » et de « bourgeois honoraires héréditaires ».

– Libre à toi ! Tu ne me donneras rien et je danserai. Je quitterai ma femme et mes enfants pour danser devant toi, en me répétant à moi-même : flatte, flatte…

– Fi, quelle bassesse ! dit le jeune homme brun en crachant de dégoût ; puis il se tourna vers le prince. – Il y a cinq semaines, je me suis enfui de la maison paternelle en n'emportant, comme vous, qu'un petit paquet de hardes. Je me suis rendu à Pskov, chez ma tante, où j'ai attrapé une mauvaise fièvre. C'est pendant ce temps-là que mon père est mort d'un coup de sang. Paix à ses cendres, mais c'est tout juste s'il ne m'a pas assommé. Vous me croirez, prince, si vous voulez : Dieu m'est témoin qu'il m'aurait tué si je n'avais pris la fuite.

– Vous l'aurez probablement irrité ? insinua le prince, qui examinait le millionnaire en touloupe avec une curiosité particulière.

Mais, quelque intérêt qu'il pût y avoir à entendre l'histoire de cet héritage d'un million, l'attention du prince était sollicitée par quelque chose d'autre.

De même, si Rogojine éprouvait un plaisir singulier à lier conversation avec le prince, ce plaisir dérivait d'une impulsion plutôt que d'un besoin d'épanchement ; il semblait s'y adonner plus par diversion que par sympathie, son état d'inquiétude et de nervosité le poussant à regarder n'importe qui et à parler de n'importe quoi. C'était à croire qu'il était encore en proie au délire, ou tout au moins à la fièvre. Quant au tchinovnik, il n'avait d'yeux que pour Rogojine, osant à peine respirer et recueillant comme un diamant chacune de ses paroles.

– Il est certain qu'il était courroucé contre moi, et peut-être n'était-ce pas sans raison, répondit Rogojine ; mais c'est surtout mon frère qui l'a monté contre moi. Je ne dis rien de ma mère : c'est une vieille femme toujours plongée dans la lecture du ménologe et entourée de gens de son âge ; si bien que la volonté qui prévaut chez nous, c'est celle de mon frère Sémione. S'il ne m'a pas fait prévenir en temps utile, j'en devine la raison. D'ailleurs à ce moment-là j'étais sans connaissance. Il paraît qu'un télégramme m'a été adressé, mais ce télégramme a été porté chez ma tante, qui est veuve depuis près de trente ans et passe ses journées du matin au soir en compagnie ***d'yourodivy***[10]. Sans être positivement une nonne, elle est pire qu'une nonne. Elle a été épouvantée à la vue du télégramme et, sans oser l'ouvrir, elle l'a porté au bureau de police où il est encore. C'est seulement grâce à Koniov, Vassili Vassiliévitch, que j'ai été mis au courant de ce qui s'était passé. Il paraît que mon frère a coupé, pendant la nuit, les galons d'or du poêle en brocart qui recouvrait la bière de notre père. Il a cru justifier sa vilaine action en déclarant que ces galons valaient un argent fou.

---

10 On désigne sous ce nom des illuminés qui courent tête et pieds nus par les plus grands froids avec la croix en main et tiennent au peuple des sortes d'homélies. – N. d. T.

Il n'en faudrait pas plus pour qu'il aille en Sibérie si j'ébruitais la chose, car c'est un vol sacrilège. Qu'en dis-tu, épouvantail à moineaux ? ajouta-t-il en se tournant vers le tchinovnik. Que dit la loi à ce sujet ? C'est bien un vol sacrilège ?

– Certes, oui, c'est un vol sacrilège, s'empressa d'acquiescer l'interpellé.

– Et cela mène son homme en Sibérie ?

– En Sibérie, en Sibérie ! Et sans barguigner.

– Ils pensent tous là-bas que je suis encore malade, continua Rogojine en s'adressant au prince ; mais moi, sans tambour ni trompette, tout souffrant que j'étais, j'ai pris le train et en route ! Ah ! mon cher frère Sémione Sémionovitch, il va falloir que tu m'ouvres la porte ! Je sais tout le mal qu'il a dit de moi à notre défunt père. En toute vérité, je dois avouer que j'ai irrité mon père avec l'histoire de Nastasie Philippovna. Là j'ai certainement eu tort. J'ai succombé au péché.

– L'histoire de Nastasie Philippovna ? insinua le bureaucrate sur un ton servile et en affectant de rappeler ses souvenirs.

– Que t'importe, puisque tu ne la connais pas ! lui cria Rogojine en perdant patience.

– Si fait, je la connais ! riposta l'autre d'un air triomphant.

– Allons donc ! Il ne manque pas de personnes du même nom. Et puis, je tiens à te le dire, tu es d'une rare effronterie. Je me doutais bien – ajouta-t-il en se retournant vers le prince – que j'allais être en proie à des importuns de cet acabit.

– N'empêche que je la connais, insista le tchinovnik. Lébédev sait ce qu'il sait. Votre Altesse daigne me rudoyer, mais que dirait-elle si je lui prouvais que je connais Nastasie Philippovna ? Tenez, cette femme pour laquelle votre père vous a donné des coups de canne s'appelle, de son nom de famille, Barachkov. On peut dire que c'est une dame de qualité et qu'elle aussi, elle est, dans son genre, une princesse. Elle est en relation avec un certain Totski, Athanase Ivanovitch ; ce monsieur, qui est son unique liaison, est un grand propriétaire, à la tête de capitaux considérables ; il est administrateur de diverses sociétés et, pour cette raison, il a des rapports d'affaires et d'amitié avec le général Epantchine…

– La peste soit de l'homme ! fit Rogojine surpris, il est vraiment bien renseigné !

– Quand je vous disais que Lébédev sait tout, absolument tout ! J'apprendrai encore à Votre Altesse que j'ai roulé partout pendant deux mois avec le petit Alexandre Likhatchov, qui venait lui aussi de perdre son père ; en sorte que je le connaissais sur toutes les coutures et qu'il ne pouvait faire un pas sans moi. À présent il est en prison pour dettes. Mais il avait eu, en son temps, l'occasion de connaître Armance, Coralie, la princesse Patszki, Nastasie Philippovna, et il en savait long.

– Nastasie Philippovna ? Mais est-ce qu'elle était avec Likhatchov ? demanda Rogojine dont les lèvres blêmirent et commencèrent à trembler, tandis que son regard haineux se posait sur le tchinovnik.

– Il n'y a rien entre eux, absolument rien ! se hâta de rectifier celui-ci. Je veux dire que Likhatchov n'a rien pu obtenir en dépit de son argent. Elle n'est pas comme Armance. Elle n'a que Totski. Chaque soir on peut la voir dans sa loge, soit au Grand Théâtre, soit au Théâtre Français. Les officiers ont beau jaser entre eux à son sujet ; ils sont incapables de prouver quoi que ce soit : « Tiens ! disent-ils, voilà cette fameuse Nastasie Philippovna ». C'est tout. Ils ne disent rien de plus parce qu'il n'y a rien de plus à dire.

– C'est bien cela, confirma Rogojine d'un air sombre et renfrogné. C'est exactement ce que m'avait dit alors Zaliojev. Un jour, prince, que je traversais le Nevski[11], affublé de la houppelande paternelle que je portais depuis trois ans, je la vis sortir d'un magasin pour monter en voiture. Je me sentis à cette vue comme percé d'un trait de feu. Puis je rencontrai Zaliojev ; c'était un autre homme que moi : il était mis comme un garçon coiffeur et arborait un lorgnon, tandis que chez nous, nous portions des bottes de paysan et nous mangions la soupe aux choux. Zaliojev me dit : « Cette femme n'est pas de ton monde ; c'est une princesse ; elle s'appelle Nastasie Philippovna Barachkov et elle vit avec Totski. Mais Totski ne sait pas comment se débarrasser d'elle, car il a maintenant cinquante-cinq ans, et c'est l'âge de se ranger. Il veut épouser la première beauté de Pétersbourg. Là-dessus il ajouta que je pouvais voir Nastasie Philippovna dans sa baignoire en allant le soir même au Grand Théâtre, durant le ballet. Mais le caractère de notre père était si ombrageux qu'il eût suffi de manifester devant lui l'intention d'aller au ballet pour être roué de coups. Néanmoins, j'allai y passer un moment à la dérobée et je revis Nastasie Philippovna. Je ne pus fermer l'œil de toute la nuit. Le lendemain matin mon feu père me donna deux titres 5 % de cinq mille roubles chacun, en me disant : « Va les vendre et passe ensuite chez Andréïev où tu régleras un compte de sept mille cinq cents roubles ; tu me rapporteras le reste sans flâner nulle part ». Je vendis les titres, j'empochai l'argent, mais, au lieu d'aller chez Andréïev, je filai tout droit au Magasin Anglais où je choisis une paire de boucles d'oreilles avec deux brillants, chacun à peu près de la grosseur d'une noisette. Il me manquait quatre cents roubles, mais je dis qui j'étais et l'on me fit crédit. Avec ce bijou en poche je me rendis chez Zaliojev.

---

[11] Nevski et Prospekt ou, d'après l'habitude française, *la* Perspective Nevski. – N. d. T.

« Allons, mon ami, lui dis-je, accompagne-moi chez Nastasie Philippovna. » Nous y allâmes. De ce que j'avais alors sous les pieds, devant moi ou à mes côtés, j'ai perdu tout souvenir. Nous entrâmes dans son grand salon et elle vint au-devant de nous. Je ne me nommai point à ce moment, mais chargeai Zaliojev de présenter le joyau de ma part. Il dit : « Veuillez accepter ceci, Madame, de la part de Parfione Rogojine en souvenir de la journée d'hier où il vous a rencontrée. » Elle ouvrit l'écrin, regarda les boucles d'oreilles et répondit en souriant : « Remerciez votre ami monsieur Rogojine de son aimable attention. » Sur ce, elle nous fit un salut et se retira. Que ne suis-je mort sur place à ce moment-là ! Si j'y étais allé, c'est parce que je m'étais mis dans la tête que je ne reviendrais pas vivant. Une chose surtout m'humiliait, c'était la pensée de voir le beau rôle tenu par cet animal de Zaliojev. Avec ma petite taille et mon piètre accoutrement j'étais resté bouche bée à la dévorer des yeux, honteux de ma gaucherie. Lui était à la dernière mode, pommadé et frisé, le teint rose ; il portait une cravate à carreaux et faisait des grâces. Nul doute qu'elle l'avait pris pour moi. En sortant je lui dis : « Si tu t'avises d'y penser, tu auras affaire à moi. Compris ? » Il me répondit en riant : « Je serais curieux de savoir comment tu vas régler tes comptes avec ton père ! » La vérité est qu'à ce moment-là j'avais plutôt envie de me jeter à l'eau que de rentrer à la maison. Puis je me dis : Qu'importe ? et je rentrai chez moi comme un maudit.

– Aïe ! sursauta le bureaucrate en proie à l'épouvante ; quand on pense que le défunt vous a parfois expédié un homme dans l'autre monde, non pas pour dix mille, mais même pour dix roubles !

Il fit en disant ces mots un signe des yeux au prince. Celui-ci examinait Rogojine avec curiosité. Rogojine, plus pâle encore en ce moment, s'exclama :

– Tu dis qu'il a expédié des gens dans l'autre monde ? Qu'en sais-tu ?

Puis se tournant vers le prince :

– Mon père ne tarda pas à tout apprendre. D'ailleurs Zaliojev avait raconté l'histoire à tout venant. Après m'avoir enfermé en haut de la maison, il me corrigea pendant une heure. « Ce n'est là qu'un avant-goût, me dit-il ; je reviendrai à la tombée de la nuit pour te dire bonsoir. » Que pensez-vous qu'il fit ensuite ? Cet homme à cheveux blancs alla chez Nastasie Philippovna, la salua jusqu'à terre et, à force de la supplier et de sangloter, il finit par obtenir qu'elle lui remît l'écrin. Elle le lui jeta en disant : « Tiens, vieille barbe, voilà tes boucles d'oreilles ! Elles ont pourtant décuplé de valeur pour moi depuis que je sais que Parfione les a acquises au prix d'une pareille aubade. Salue et remercie Parfione Sémionovitch ! » Sur ces entrefaites, ayant reçu la bénédiction de ma mère, j'avais emprunté vingt roubles à Serge Protouchine afin de prendre le train pour Pskov. J'y arrivai avec la fièvre. Les vieilles femmes, en guise de traitement se mirent à me lire la vie des saints. J'étais comme inconscient : j'allai dépenser mes derniers sous au cabaret et je passai la nuit prostré ivre-mort dans la rue. Le matin j'avais la fièvre chaude. Les chiens étaient venus m'assaillir pendant la nuit. J'eus peine à recouvrer mes sens.

– Et maintenant nous allons voir sur quel ton chantera Nastasie Philippovna ! ricana le tchinovnik en se frottant les mains. – À présent, monsieur, il ne s'agit plus de boucles d'oreilles. C'est bien autre chose que nous allons pouvoir lui offrir !

– Toi, tu as beau avoir couru avec Likhatchov, s'écria Rogojine en l'empoignant violemment par le bras, je te réponds que je te fouetterai si tu dis encore un seul mot sur Nastasie Philippovna.

– En me fouettant tu montreras que tu ne fais pas fi de moi. Fouette-moi. Ce sera une manière de me donner ton empreinte… Mais nous voici arrivés.

En effet, le train entrait en gare. Bien que Rogojine eût dit qu'il avait quitté Pskov clandestinement, plusieurs individus étaient venus l'attendre à la gare. Ils se mirent à l'apostropher et à agiter leurs bonnets.

– Tiens ! Zaliojev est venu aussi, murmura Rogojine en jetant sur le groupe un regard de triomphe, tandis qu'un mauvais sourire passait sur ses lèvres. Puis, se tournant brusquement vers le prince :

– Prince, sans savoir trop pourquoi, je t'ai pris en affection. Peut-être est-ce parce que je t'ai rencontré dans un pareil moment. Cependant je l'ai rencontré lui aussi (il désigna Lébédev) et je n'éprouve pour lui aucune sympathie. Viens me voir, prince, nous t'ôterons tes guêtres ; je te donnerai une pelisse de martre de première qualité ; je te commanderai ce qui se fait de mieux comme frac et comme gilet blanc (à moins que tu ne le préfères autrement) ; tu auras de l'argent plein tes poches et… nous irons chez Nastasie Philippovna. Viendras-tu, oui ou non ?

– Écoutez bien ce langage, prince Léon Nicolaïévitch ! dit Lébédev sur un ton d'importance. Ne laissez pas échapper une pareille occasion, je vous en conjure…

Le prince Muichkine se leva, tendit la main à Rogojine avec courtoisie et répondit aimablement :

– J'irai vous voir avec le plus grand plaisir et je vous suis très reconnaissant de la sympathie que vous me portez. J'irai même vous voir aujourd'hui si j'en ai le temps. Car, je vous le dis franchement, vous aussi m'avez beaucoup plu, surtout lorsque vous avez raconté votre histoire de boucles d'oreilles en brillants. Et, même avant ce récit, vous me plaisiez déjà, malgré votre visage assombri. Je vous remercie également de me promettre un vêtement et une pelisse, car l'un et l'autre vont m'être indispensables. Quant à l'argent, je n'ai pour autant dire pas un kopek sur moi en ce moment.

– Tu auras de l'argent, pas plus tard que ce soir ; viens me voir.

– Oui, oui, vous aurez de l'argent, répéta le tchinovnik ; vous en aurez dès ce soir.

– Êtes-vous porté sur le sexe féminin, prince ? parlez sans ambages.

– Moi ? euh… non. Il faut vous dire… vous ne savez peut-être pas qu'en raison de mon mal congénital, je ne sais rien de la femme.

– Ah ! s'il en est ainsi, prince, s'exclama Rogojine, tu es un véritable illuminé ; Dieu aime les gens comme toi.

– Oui, le Seigneur Dieu aime les gens comme vous, répéta le tchinovnik.

– Quant à toi, gratte-papier, tu vas me suivre, ordonna Rogojine à Lébédev.

Et tous sortirent du wagon.

Lébédev avait atteint son but. Bientôt la bande bruyante s'éloigna de la gare dans la direction du Voznessenski. Le prince devait tourner du côté de la Liteïnaïa. Le temps était humide et brumeux. Il demanda son chemin aux passants : comme la distance qu'il avait à parcourir était d'environ trois verstes, il se décida à prendre un fiacre.

II

Le général Epantchine habitait une maison dont il était propriétaire à peu de distance de la Liteïnaïa, vers la Transfiguration. À part ce confortable immeuble, dont les cinq sixièmes étaient loués, le général possédait encore une énorme maison dans la Sadovaïa et il en retirait également un loyer considérable. Il avait aussi un vaste domaine de grand rapport aux portes de la capitale, et une fabrique quelque part dans le district de Pétersbourg. Tout le monde savait que le général Epantchine avait jadis été intéressé à la ferme des eaux-de-vie. Actuellement il était gros actionnaire de plusieurs sociétés fort importantes. Il passait pour avoir une jolie fortune ; on lui attribuait le maniement d'affaires considérables et l'avantage de hautes relations. Dans certains milieux il avait réussi à se rendre absolument indispensable ; c'était notamment le cas pour l'administration où il servait. Néanmoins, il était de notoriété publique qu'Ivan Fiodorovitch Epantchine était un homme sans instruction et qu'il avait commencé par être enfant de troupe. Sans doute, ce trait était à son honneur, mais le général, bien qu'intelligent, était sujet à de petites faiblesses fort excusables et certaines allusions lui étaient désobligeantes. C'était en tout cas un homme avisé et habile. Il avait pour principe de ne pas se mettre en avant là où il est opportun de s'effacer, et beaucoup de gens appréciaient précisément en lui la simplicité et l'art de toujours savoir se tenir à sa place.

Ah ! si ceux qui le jugeaient ainsi avaient pu voir ce qui se passait dans l'âme de cet Ivan Fiodorovitch qui savait si bien se tenir à sa place ! Bien qu'il eût réellement, avec l'expérience de la vie et la pratique des affaires, certaines aptitudes très remarquables, il n'en aimait pas moins à se présenter comme l'homme qui exécute les idées d'autrui plutôt que comme un esprit indépendant. Il posait au « serviteur dévoué mais sans flagornerie[12] » et il tenait (signe des temps) à passer pour le vrai Russe qui a le cœur sur la main. Sous ce dernier rapport il lui était arrivé des aventures assez amusantes, mais le général n'était pas homme à se décourager pour une déconvenue, si comique fût-elle. D'ailleurs il avait de la chance, même aux cartes, où il jouait gros jeu ; non seulement il ne cachait pas ce faible, dont il avait tant de fois tiré un beau profit, mais encore il le soulignait. Il appartenait à une société mêlée bien que composée de « gros bonnets ». Mais il pensait toujours à l'avenir : savoir patienter, tout est là, chaque chose vient en son temps et à son tour. Au demeurant, le général était, comme on dit, encore vert ; il avait cinquante-six ans tout au plus, âge où l'homme s'épanouit et commence sa vie ***véritable.*** Sa santé, son teint prospère, sa dentition robuste quoique noirâtre, sa complexion vigoureuse et musclée, sa manière d'affecter la préoccupation quand il se rendait le matin à son service et la gaîté quand il faisait le soir sa partie de cartes chez Son Altesse, tout cela contribuait à ses succès présents et futurs et semait les roses sous les pas de Son Excellence.

Le général avait une famille florissante. À la vérité, tout n'y était pas couleur de rose, mais Son Excellence y trouvait depuis longtemps déjà bien des motifs justifiant les espérances les plus sérieuses et les ambitions les plus légitimes. Après tout, y a-t-il dans l'existence un but plus important et plus sacré que la vie de famille ? À quoi s'attacher si ce n'est à la famille ? Celle du général se composait de sa femme et de trois filles adultes. Il s'était marié de très bonne heure, alors qu'il n'était encore que lieutenant, avec une jeune fille presque de même

---

12 Formule célèbre gravée sur la tombe du général Araktchéïev, favori de Paul Ier, puis ministre de la guerre d'Alexandre Ier, conformément à la dernière volonté du défunt qui avait essuyé maintes fois le reproche de servilité. – N. d. T.

âge, qui ne lui apportait ni beauté ni instruction et qui n'avait que cinquante âmes pour toute dot. Il est vrai que ce fut sur cette dot que s'édifia par la suite la fortune du général. Celui-ci ne récrimina jamais contre ce mariage prématuré ; jamais il ne l'imputa à l'entraînement irréfléchi de la jeunesse. À force de respecter son épouse, il était arrivé à la craindre et même à l'aimer.

La générale était née princesse Muichkine. Elle appartenait à une maison sans éclat mais fort ancienne, ce qui lui donnait une haute opinion d'elle-même. Un personnage influent de l'époque, qui était de ces gens auxquels une protection ne coûte rien, avait consenti à s'intéresser au mariage de la jeune princesse. Il facilita les débuts du lieutenant et lui donna la poussée initiale. Or, le jeune homme n'avait pas besoin d'une poussée pour aller de l'avant ; un simple regard aurait suffi et n'eût pas été perdu. À de rares exceptions près, les époux vécurent en parfaite harmonie pendant le cours de leur longue union. Toute jeune encore, la générale avait réussi à trouver des protectrices très haut placées, grâce à son titre de princesse et à sa qualité de dernière représentante de sa maison ; grâce peut-être aussi à ses mérites personnels. Plus tard, lorsque son mari eut fait fortune et conquis une haute position sociale, elle commença à se sentir assez à l'aise dans le meilleur monde.

Dans ces dernières années les trois filles du général, Alexandra, Adélaïde et Aglaé étaient sorties de l'adolescence et s'étaient épanouies. Elles n'étaient que des Epantchine tout court. Mais elles tenaient par leur mère à une famille princière ; leur dot était assez élevée ; leur père pouvait prétendre à un poste de premier ordre, et toutes les trois étaient – ce qui ne gâtait rien – d'une insigne beauté, y compris l'aînée, Alexandra, qui avait dépassé vingt-cinq ans. La seconde avait vingt-trois ans et la cadette, Aglaé, venait d'atteindre ses vingt ans. Cette dernière avait un physique si remarquable qu'elle commençait à faire sensation dans le monde.

Mais ce n'était pas tout : les trois jeunes filles se distinguaient par leur instruction, leur intelligence et leurs talents. On savait qu'elles avaient beaucoup d'affection les unes pour les autres et se soutenaient entre elles. On parlait même de certains sacrifices que les deux plus âgées auraient consentis à leur sœur, idole de toute la famille. En société, loin de chercher à paraître, elles péchaient par excès de modestie. Nul ne pouvait leur reprocher d'être orgueilleuses ou arrogantes, bien qu'on les sût fières et conscientes de leur valeur. L'aînée était musicienne. La puînée avait un don particulier pour la peinture, mais, durant des années, personne n'en avait rien su, et, si on s'en était aperçu récemment, c'était pur hasard. Bref on faisait d'elles un vif éloge. Mais elles étaient aussi l'objet de certaines malveillances et on énumérait avec épouvante les livres qu'elles avaient lus.

Elles ne manifestaient aucune hâte de se marier. Satisfaites d'appartenir à un certain rang social, elles ne poussaient pas ce sentiment au delà de la mesure. Cette discrétion était d'autant plus remarquable que tout le monde connaissait le caractère, les ambitions et les espérances de leur père.

Il pouvait être onze heures lorsque le prince sonna chez le général. Celui-ci occupait au premier étage un appartement qui pouvait passer pour assez modeste tout en répondant à sa situation sociale. Un domestique en livrée vint ouvrir au prince qui dut lui fournir de longues explications après que sa personne et son paquet eurent provoqué un regard soupçonneux. Quand il eut déclaré formellement et à plusieurs reprises qu'il était bien le prince Muichkine et qu'il avait un besoin absolu de voir le général pour une affaire pressante, le domestique perplexe le fit passer dans une petite antichambre attenante à la pièce de réception qui était elle-même contiguë au cabinet de travail. Puis il le confia à un autre laquais de service chaque matin dans cette antichambre et dont la fonction était d'annoncer les visiteurs au général. Ce second domestique portait le frac ; il avait dépassé la quarantaine et l'expression de sa physionomie était gourmée. Le fait d'être spécialement attaché au cabinet de Son Excellence lui donnait visiblement une haute opinion de lui-même.

– Attendez dans cette antichambre et laissez ici votre petit paquet, dit-il posément en s'asseyant dans un fauteuil et en jetant un regard sévère au prince, qui s'était assis sans façon sur la chaise voisine, son baluchon à la main.

– Si vous le permettez, dit le prince, je préfère attendre ici à côté de vous. Que ferais-je là-bas tout seul ?

– Il ne convient pas que vous restiez dans l'antichambre, puisque vous êtes ici en qualité de visiteur. C'est au général lui-même que vous désirez parler ?

Évidemment le domestique hésitait devant la pensée d'introduire un pareil visiteur ; c'est pourquoi il le questionnait de nouveau.

– Oui, j'ai une affaire qui… commença le prince.

– Je ne vous demande pas de me dire l'objet de votre visite. Mon rôle se limite à faire passer votre nom. Mais, comme je vous l'ai déclaré, en l'absence du secrétaire, je ne puis vous introduire.

La méfiance de cet homme paraissait croître de minute en minute, tant l'extérieur du prince différait de celui des gens qui venaient à la réception du général, encore que ce dernier eût souvent, presque chaque jour, l'occasion de recevoir, à une certaine heure, surtout *pour affaires,* des visiteurs de toutes les sortes. Malgré cette expérience et l'élasticité de ses instructions, le valet de chambre restait hésitant, l'intervention du secrétaire pour introduire ce visiteur lui semblant de toute nécessité.

– Mais, là vraiment… est-ce bien de l'étranger que vous venez ? se décida-t-il enfin à lui demander, comme machinalement. Peut-être commettait-il un lapsus : la véritable question qu'il voulait poser était sans doute celle-ci : est-il vrai que vous soyez un prince Muichkine ?

– Oui, je descends de wagon. J'ai l'impression que vous vouliez me demander si je suis bien le prince Muichkine et que, si vous ne l'avez pas fait, c'est par politesse.

– Hum… murmura le domestique avec étonnement.

– Je vous assure que je ne vous ai pas menti ; vous n'encourrez aucune responsabilité à propos de moi. Mon extérieur et mon petit paquet ne doivent pas vous étonner : pour l'instant mes affaires ne sont guère brillantes.

– Hum… ce n'est pas là ce que je crains, voyez-vous. Mon devoir est de vous annoncer et le secrétaire ne manquera pas de venir vous parler, à moins que… Voilà : il y a un « à moins que ». Oserai-je vous demander si vous n'êtes pas venu solliciter le général en raison de votre pauvreté ?

– Oh non ! Vous pouvez en être sûr. Mon affaire est d'un tout autre genre.

– Vous m'excuserez, mais la question m'est venue à l'esprit en vous voyant. Attendez le secrétaire ; le général est en ce moment occupé avec un colonel ; ensuite ce sera le tour du secrétaire de la société.

– Je vois que j'aurai longtemps à attendre. Dans ce cas n'y aurait-il pas un coin quelconque où l'on puisse fumer ? J'ai ma pipe et mon tabac.

– Fumer ! s'écria le domestique en jetant sur le visiteur un regard de stupeur et de mépris, comme s'il n'en pouvait croire ses oreilles. Fumer ! non ! on ne fume pas ici. C'est même honteux d'avoir une idée pareille. Ah bien ! voilà qui est extravagant !

– Oh ! ce n'est pas dans cette pièce que je pensais fumer. Je sais bien qu'on ne le peut pas. Mais je me serais volontiers rendu pour cela dans tel endroit que vous m'auriez indiqué. C'est chez moi une habitude, et voilà bien trois heures que je n'ai pas fumé. Après tout, ce sera comme il vous plaira. Vous connaissez le proverbe qui dit : « À religieux d'un autre ordre… [13] »

– Mais comment voulez-vous que je vous annonce ? marmonna presque involontairement le domestique. – Et d'abord votre place n'est pas ici mais dans

---

13 À religieux d'un autre ordre, n'impose pas ta règle. – N. d. T.

le salon d'attente, puisque vous êtes un visiteur, donc un hôte ; vous risquez de me faire attraper. Est-ce que vous avez l'intention de vous installer chez nous ? ajouta-t-il en glissant de nouveau un regard oblique sur le petit paquet qui continuait à l'inquiéter.

– Non, ce n'est point mon intention. Même si on m'invitait, je ne resterais pas ici. Je suis venu tout bonnement pour faire connaissance, et rien de plus.

– Comment ? pour faire connaissance ? demanda le domestique avec surprise et d'un air encore plus méfiant. – Pourquoi avoir commencé par me dire que vous veniez pour affaire ?

– Oh ! il s'agit d'une affaire si insignifiante que c'en est à peine une. J'ai seulement un conseil à demander. L'essentiel est pour moi de me présenter, car je suis un prince Muichkine et la générale Epantchine est, elle aussi, la dernière des princesses Muichkine. En dehors d'elle et de moi, il n'existe plus de princes de ce nom.

– Mais alors vous êtes de la famille ? s'exclama le domestique avec une sorte d'épouvante.

– Oh ! si peu que ce n'est pas la peine d'en parler. Certainement, en cherchant bien et à un degré très éloigné, nous sommes parents. Mais cela ne compte guère. Je me suis adressé un jour à la générale dans une lettre expédiée de l'étranger, mais n'ai pas reçu de réponse. J'ai tout de même cru qu'il était de mon devoir d'entrer en relations avec elle à mon retour. Si je vous explique tout cela, c'est pour que vous n'ayez aucun doute, car je vous vois toujours inquiet. Annoncez le prince Muichkine, cela suffira pour que l'on comprenne le but de ma visite. Si l'on me reçoit, tant mieux. Si l'on ne me reçoit pas, c'est peut-être également très bien. Mais il me semble que l'on ne peut pas refuser de me recevoir. La générale voudra probablement voir l'aîné et l'unique représentant de son sang. J'ai d'ailleurs entendu dire qu'elle tient beaucoup à sa lignée.

La conversation du prince paraissait empreinte de la plus grande simplicité, mais cette simplicité même, dans le cas donné, avait quelque chose de choquant. Le domestique, homme expérimenté, ne pouvait manquer de sentir qu'un ton parfaitement convenable d'homme à homme devenait tout à fait inconvenant d'un visiteur à un valet. Or, comme les gens de service sont beaucoup plus sensés que leurs maîtres ne le croient en général, le domestique arriva à cette conclusion : de deux choses l'une, ou le prince était un vagabond quelconque venu pour quémander un secours, ou bien c'était un benêt, dénué de toute espèce d'amour-propre, vu qu'un prince intelligent et ayant le sentiment de sa dignité ne resterait pas assis dans l'antichambre à causer de ses affaires avec un laquais. Dans un cas comme dans l'autre, il devait prévoir les désagréments dont il serait tenu pour responsable.

– Je vous prierai tout de même de passer au salon de réception, observa-t-il en mettant dans sa phrase toute l'insistance possible.

– Mais si je m'étais assis là-bas, je n'aurais pas eu l'occasion de vous raconter tout cela, repartit gaîment le prince ; vous seriez donc toujours alarmé par ma houppelande et mon petit paquet. Peut-être n'y a-t-il plus lieu d'attendre le secrétaire si vous vous décidez à m'annoncer vous-même ?

– Je ne puis annoncer un visiteur tel que vous sans l'avis du secrétaire, d'autant que le général vient de me recommander spécialement de ne le déranger sous aucun prétexte tant qu'il sera occupé avec le colonel. Il n'y a que Gabriel Ardalionovitch qui puisse entrer sans prévenir.

– C'est un fonctionnaire ?

– Gabriel Ardalionovitch ? Non : c'est un employé privé de la Société. Posez au moins votre petit paquet dans ce coin.

– J'y pensais. Puisque vous le permettez… Savez-vous ?'je laisserai aussi mon manteau.

– Naturellement. Vous n'allez pas entrer chez le général avec cela.

Le prince se leva, ôta prestement son manteau et apparut dans un veston de bonne coupe, encore que passablement râpé. Sur son gilet une chaînette d'acier laissait pendre une montre en argent de fabrication genevoise.

Bien qu'il eût décidément classé le prince au nombre des pauvres d'esprit, le domestique finit par se rendre compte qu'il était inconvenant que le valet de chambre d'un général prolongeât de son chef la conversation avec un visiteur. Pourtant le prince lui plaisait, dans son genre bien entendu. Mais à un autre point de vue il lui inspirait une réprobation décisive et brutale.

– Et la générale, quand reçoit-elle ? demanda le prince en se rasseyant à la même place.

– Ceci n'est pas mon affaire, monsieur. Elle reçoit différemment selon les personnes. Une modiste sera reçue même à onze heures. Gabriel Ardalionovitch passe également avant tout le monde ; il a ses entrées même à l'heure du petit déjeuner.

– En hiver la température est plus élevée ici qu'à l'étranger dans les appartements, observa le prince. En revanche, elle est plus basse à l'extérieur. Il fait si froid là-bas dans les maisons qu'un Russe a de la peine à s'y faire.

– On ne chauffe donc pas ?

– C'est-à-dire que les poêles et les fenêtres ne sont pas construits de la même façon.

– Ah ! Vous avez voyagé longtemps ?

– Oui : quatre ans. D'ailleurs je suis resté presque tout le temps au même endroit, à la campagne.

– Et vous avez perdu l'habitude de la vie russe ?

– C'est vrai aussi. Vous le croirez si vous voulez, mais je m'étonne parfois de ne pas avoir désappris le russe. En parlant avec vous je me dis : « mais je parle tout de même bien ». C'est peut-être pour cela que je parle tant. Depuis hier j'ai toujours envie de parler russe.

– Vous avez vécu auparavant à Pétersbourg ? (Malgré qu'il en eût, le laquais ne pouvait se décider à rompre un entretien aussi amène et aussi courtois).

– Pétersbourg ? Je n'y ai habité que par moments et de passage. Du reste en ce temps-là je n'étais au courant de rien. Aujourd'hui j'entends qu'il y a tant d'innovations qu'on doit réapprendre tout ce qu'on a appris. Ainsi on parle beaucoup ici de la création de nouveaux tribunaux[14].

– Hum ! les tribunaux... Bien sûr, il y a les tribunaux. Et à l'étranger, dites-moi, les tribunaux sont-ils plus justes qu'ici ?

– Je ne saurais vous répondre. J'ai entendu dire beaucoup de bien des nôtres. Chez nous, par exemple, la peine de mort n'existe pas.

– Et là-bas on exécute ?

– Oui. Je l'ai vu en France, à Lyon ; Schneider m'a emmené assister à une exécution.

– On pend ?

– Non, en France on coupe la tête aux condamnés.

---

14 La grande réforme des tribunaux et de la procédure judiciaire en Russie date du 24 novembre 1864 (institution du jury, publicité des débats, création des justices de paix, etc.). – N. d. T.

– Est-ce qu'ils crient ?

– Pensez-vous ! C'est l'affaire d'un instant. On couche l'individu et un large couteau s'abat sur lui grâce à un mécanisme que l'on appelle guillotine. La tête rebondit en un clin d'œil. Mais le plus pénible, ce sont les préparatifs. Après la lecture de la sentence de mort, on procède à la toilette du condamné et on le ligote pour le hisser sur l'échafaud. C'est un moment affreux. La foule s'amasse autour du lieu d'exécution, les femmes elles-mêmes assistent à ce spectacle, bien que leur présence en cet endroit soit réprouvée là-bas.

– Ce n'est pas leur place.

– Bien sûr que non. Aller voir une pareille torture ! Le condamné que j'ai vu supplicier était un garçon intelligent, intrépide, vigoureux et dans la force de l'âge. C'était un nommé Legros. Eh bien ! croyez-moi si vous voulez, en montant à l'échafaud il était pâle comme un linge et il pleurait. Est-ce permis ? N'est-ce pas une horreur ? Qui voit-on pleurer d'épouvante ? Je ne croyais pas que l'épouvante pût arracher des larmes, je ne dis pas à un enfant mais à un homme qui jusque-là n'avait jamais pleuré, à un homme de quarante-cinq ans ! Que se passe-t-il à ce moment-là dans l'âme humaine et dans quelles affres ne la plonge-t-on pas ? Il y a là un outrage à l'âme, ni plus ni moins. Il a été dit : Tu ne tueras point. Et voici que l'on tue un homme parce qu'il a tué. Non, ce n'est pas admissible. Il y a bien un mois que j'ai assisté à cette scène et je l'ai sans cesse devant les yeux. J'en ai rêvé au moins cinq fois.

Le prince s'était animé en parlant : une légère coloration corrigeait la pâleur de son visage, bien que tout ceci eût été proféré sur un ton calme. Le domestique suivait ce raisonnement avec intérêt et émotion ; il semblait craindre de l'interrompre. Peut-être était-il, lui aussi, doué d'imagination et enclin à la réflexion.

– C'est du moins heureux, observa-t-il, que la souffrance soit courte au moment où la tête tombe.

– Savez-vous ce que je pense ? rétorqua le prince avec vivacité. La remarque que vous venez de faire vient à l'esprit de tout le monde, et c'est la raison pour laquelle on a inventé cette machine appelée guillotine. Mais je me demande si ce mode d'exécution n'est pas pire que les autres. Vous allez rire et trouver ma réflexion étrange ; cependant avec un léger effort d'imagination vous pouvez avoir la même idée. Figurez-vous l'homme que l'on met à la torture : les souffrances, les blessures et les tourments physiques font diversion aux douleurs morales, si bien que jusqu'à la mort le patient ne souffre que dans sa chair. Or ce ne sont pas les blessures qui constituent le supplice le plus cruel, c'est la certitude que dans une heure, dans dix minutes, dans une demi-minute, à l'instant même, l'âme va se retirer du corps, la vie humaine cesser, et cela irrémissiblement. La chose terrible, c'est cette *certitude.* Le plus épouvantable, c'est le quart de seconde pendant lequel vous passez la tête sous le couperet et l'entendez glisser. Ceci n'est pas une fantaisie de mon esprit : savez-vous que beaucoup de gens s'expriment de même ? Ma conviction est si forte que je n'hésite pas à vous la livrer. Quand on met à mort un meurtrier, la peine est incommensurablement plus grave que le crime. Le meurtre juridique est infiniment plus atroce que l'assassinat. Celui qui est égorgé par des brigands la nuit, au fond d'un bois, conserve, même jusqu'au dernier moment, l'espoir de s'en tirer. On cite des gens qui, ayant la gorge tranchée, espéraient quand même, couraient ou suppliaient. Tandis qu'en lui donnant la *certitude* de l'issue fatale, on enlève au supplicié cet espoir qui rend la mort dix fois plus tolérable. Il y a une sentence, et le fait qu'on ne saurait y échapper constitue une telle torture qu'il n'en existe pas de plus affreuse au monde. Vous pouvez amener un soldat en pleine bataille jusque sous la gueule des canons, il gardera l'espoir jusqu'au moment où l'on tirera. Mais donnez à ce soldat la *certitude* de son arrêt de mort, vous le verrez devenir fou ou fondre en sanglots. Qui a pu dire que la nature humaine était capable de supporter cette épreuve sans tomber dans la folie ? Pourquoi lui infliger un affront aussi infâme qu'inutile ? Peut-être existe-t-il de par le monde un homme auquel on a lu sa condamnation, de manière à lui imposer cette torture, pour lui dire ensuite : « Va, tu es gracié ! »[15]. Cet homme-là pourrait peut-être raconter ce qu'il a ressenti. C'est de ce tourment et de cette angoisse que le Christ a parlé. Non ! on n'a pas le droit de traiter ainsi la personne humaine !

Bien qu'il eût été incapable d'énoncer ces idées dans les mêmes termes, le domestique en comprit la partie essentielle comme on pouvait en juger par l'expression attendrie de son visage.

– Ma foi, dit-il, si vous avez tellement envie de fumer, on pourrait arranger les choses. Mais il faudrait que vous vous dépêchiez, car voyez-vous que le général vous demande au moment où vous n'êtes pas là ? Tenez, sous ce petit escalier, il y a une porte. Vous la pousserez et vous trouverez à main droite un petit réduit où vous pourrez fumer, en ouvrant le vasistas pour que votre fumée ne gêne pas…

Mais le prince n'eut pas le temps d'aller fumer. Un jeune homme qui portait des papiers à la main entra soudain dans l'antichambre. Tandis que le valet le débarrassait de sa pelisse il regarda le prince de côté.

– Voici, Gabriel Ardalionovitch, – dit le serviteur sur un ton de confidence et presque de familiarité – un monsieur qui se donne pour le prince Muichkine et le parent de Madame. Il vient d'arriver de l'étranger par le train, avec le seul paquet qu'il a à la main…

---

[15] Cette réflexion a la valeur d'une réminiscence autobiographique, Dostoïevski ayant été gracié sur l'échafaud. – N. d. T.

Le prince n'entendit pas le reste qui fut prononcé à voix basse. Gabriel Ardalionovitch écoutait attentivement et regardait le prince avec curiosité. Puis, cessant d'écouter, il aborda le visiteur, non sans une certaine précipitation :

– Vous êtes le prince Muichkine ? demanda-t-il avec une amabilité et une politesse extrêmes.

C'était un fort joli garçon d'environ vingt-huit ans, blond, svelte et de taille moyenne. Il portait une barbiche à l'impériale ; ses traits étaient affinés et sa physionomie intelligente. Mais son sourire, pour affable qu'il fût, avait quelque chose d'affecté ; il découvrait par trop des dents qui ressemblaient à une rangée de perles, et dans la gaîté et l'apparente bonhomie de son regard perçait quelque chose de fixe et d'inquisitorial.

– Il n'a probablement pas ce regard quand il est seul, pensa machinalement le prince, – et peut-être ne rit-il jamais.

Le prince expliqua à la hâte tout ce qu'il put, à peu près dans les termes où il l'avait fait précédemment avec Rogojine, puis avec le domestique. Gabriel Ardalionovitch eut l'air d'interroger ses souvenirs :

– N'est-ce pas vous, demanda-t-il, qui avez envoyé, il y a une année ou peu s'en faut, de Suisse, si je ne me trompe, une lettre à Elisabeth Prokofievna ?

– Parfaitement.

– En ce cas on vous connaît ici et on se souvient certainement de vous. Vous désirez voir Son Excellence ? Je vais tout de suite vous annoncer. Il sera libre dans un moment. Mais vous devriez… Veuillez passer au salon de réception… Pourquoi monsieur est-il resté ici ? demanda-t-il d'un ton sévère au domestique.

– Je vous le dis : ce monsieur n'a pas voulu entrer.

À ce moment la porte du cabinet s'ouvrit brusquement pour laisser passage à un militaire qui tenait une serviette sous le bras et prenait congé à haute voix.

– Es-tu là, Gania[16] ? cria une voix du fond du cabinet. – Viens donc ici.

---

[16] Diminutif familier de Gabriel. – N. d. T.

Gabriel Ardalionovitch fit un signe de tête au prince et s'empressa d'entrer dans le cabinet. Une ou deux minutes s'écoulèrent, puis la porte se rouvrit et l'on entendit la voix sonore mais avenante de Gabriel Ardalionovitch :

– Prince, donnez-vous la peine d'entrer.

III

Le général Ivan Fiodorovitch Epantchine attendait debout au milieu de son cabinet et regardait venir le prince avec une vive curiosité ; il fit même deux pas à sa rencontre. Le prince s'approcha et se présenta.

– Bien, répondit le général ; en quoi puis-je vous être utile ?

– Je n'ai aucune affaire urgente qui m'amène ici ; mon but est seulement de faire votre connaissance. Je ne voudrais cependant pas vous déranger, car je ne suis au courant ni de vos jours de réception, ni des ordres que vous pouvez avoir donnés pour vos audiences… Pour moi, je descends de wagon… j'arrive de Suisse…

Le général eut un sourire fugitif qu'il réprima aussitôt avec l'air de se raviser. Puis, ayant encore réfléchi un instant, il fixa de nouveau son hôte des pieds à la tête et, d'un geste rapide, lui montra une chaise. Lui-même s'assit un peu de côté et se tourna vers le prince dans une attitude d'impatience. Debout dans le coin de la pièce, Gania triait des papiers sur un bureau.

– Le temps me manque un peu pour faire de nouvelles connaissances, observa le général ; mais comme vous avez certainement un but, je…

– Je prévoyais justement que vous attribueriez à ma visite un but particulier. Mon Dieu ! je vous assure que je n'en ai pas d'autre que le plaisir de faire votre connaissance.

– Certes ce plaisir est partagé. Mais, vous le savez, on ne peut pas songer qu'à son agrément. Il y a les affaires… Par ailleurs je cherche en vain ce qu'il peut y avoir entre nous de commun… autrement dit la cause de…

– Il n'y a pas de cause, assurément, et nous n'avons presque rien de commun. Car si je suis un prince Muichkine et si votre épouse est de la même famille, cela ne constitue certes pas une cause de rapprochement. Je le comprends parfaitement. Et pourtant c'est en cela que réside l'unique mobile de ma démarche. J'ai vécu hors de Russie pendant plus de quatre ans, et, lorsque je suis parti, j'étais à peine en possession de mes facultés mentales. À cette époque je ne savais rien de rien. Et aujourd'hui j'en sais encore moins. J'ai besoin de la société des gens de cœur. Tenez, j'ai précisément une affaire à régler et je ne sais comment m'y prendre. À Berlin déjà je me disais : « Ce sont presque des parents ; commençons par eux ; peut-être pourrons-nous nous être utiles les uns aux autres, s'ils ont le cœur bien placé. Or, j'ai justement entendu dire que c'était le cas.

– Je vous suis fort obligé de cette opinion, dit le général surpris. Permettez-moi de vous demander où vous êtes descendu ?

– Je ne me suis encore fixé nulle part.

– J'en conclus qu'en sortant de wagon vous êtes venu tout droit chez moi… et avec votre bagage.

– Mon bagage consiste simplement dans un petit paquet où il y a du linge et rien de plus. Je le porte ordinairement à la main. D'ici ce soir je trouverai bien une chambre à louer.

– Ainsi vous avez toujours l'intention de descendre à l'hôtel ?

– Certainement.

– À en juger d'après vos paroles, je commençais à croire que vous veniez tout droit vous installer chez moi.

– Il aurait pu en être ainsi, mais seulement dans le cas où vous m'auriez invité. Et même j'avoue que je n'aurais pas accepté cette invitation ; non qu'il y ait à ce refus une raison quelconque… C'est affaire de caractère.

– S'il en est ainsi j'ai bien fait de ne pas vous inviter. Et je n'ai d'ailleurs pas l'intention de le faire. Permettez-moi, prince, de mettre les choses au clair. Nous sommes tombés d'accord qu'il ne saurait être question d'un lien quelconque de parenté entre nous, encore que cette parenté m'eût fait honneur. En conséquence…

– En conséquence il ne me reste plus qu'à me lever et à m'en aller, conclut le prince qui se leva en riant de tout cœur, malgré la gêne de la situation. – Je vous assure, mon général, que j'avais bien prévu que nous en viendrions là, malgré mon manque d'expérience des rapports sociaux et mon ignorance des usages d'ici. Tout est peut-être pour le mieux. D'ailleurs ma lettre d'alors était restée également sans réponse. Allons, adieu ! et excusez-moi de vous avoir dérangé.

Le regard du prince avait à ce moment une expression si affable et son sourire était si dépourvu d'amertume, même voilée, que le général s'arrêta court et regarda le visiteur avec une expression toute différente. Le revirement s'opéra en un clin d'œil.

– Voulez-vous que je vous dise, prince ? dit-il d'une voix complètement changée. Il est de fait que je ne vous connais pas, mais je pense qu'Elisabeth Prokofievna sera peut-être désireuse de voir son parent… Attendez un instant, si vous le voulez bien et si vous en avez le temps.

– Oh ! pour ce qui est du temps, j'en ai de reste (et en prononçant ces mots il posa sur la table son chapeau de feutre mou). J'avoue que je comptais bien qu'Elisabeth Prokofievna pourrait se rappeler avoir reçu une lettre de moi. Tout à l'heure, tandis que j'attendais, votre domestique me soupçonnait d'être venu demander un secours. Je l'ai remarqué, et il est probable que vous lui avez donné à cet égard des ordres rigoureux. Je vous assure que tel n'est pas l'objet de ma visite. Je ne voulais que faire connaissance. Seulement je crains un peu de vous avoir dérangé, et c'est cela qui m'inquiète.

– Eh bien ! voilà, prince, dit le général avec un sourire de bonne humeur : si vous êtes réellement tel que vous me paraissez, il sera, je suppose, agréable de faire votre connaissance. Mais je vous préviens que je suis un homme occupé : à l'instant même je vais me remettre à parcourir et à signer diverses pièces, après quoi je passerai chez mon chef et de là à mon service. Il s'ensuit que, tout en étant enchanté de recevoir des visiteurs, des visiteurs recommandables, s'entend, je… Du reste je suis convaincu que vous êtes un homme parfaitement élevé… Mais quel âge avez-vous, prince ?

– Vingt-six ans.

– Allons donc ! Je vous croyais beaucoup plus jeune.

– Oui : on dit que j'ai le visage très jeune. Pour ce qui est de ne pas vous déranger, j'en prendrai vite l'habitude, ayant moi-même horreur de déranger les gens… Enfin il me semble que nous sommes si dissemblables… sous tant de rapports, que nous ne devons pas avoir beaucoup de points communs. Toutefois cette réflexion n'est pas très convaincante ; bien souvent des points communs existent entre des êtres qui semblent n'en avoir aucun. C'est par paresse humaine que les gens se jugent au premier abord et n'arrivent pas à se connaître… Au reste, je commence peut-être à devenir ennuyeux ? On dirait que vous…

– Deux mots : avez-vous un peu de fortune ou comptez-vous chercher une occupation ? Excusez ma question.

– Au contraire, j'apprécie cette question et je la comprends. Je n'ai présentement aucun moyen et pas davantage d'occupation. Il m'en faudrait cependant bien une. L'argent que j'avais m'a été prêté par Schneider, mon professeur, qui m'a soigné en Suisse et a pourvu à mon instruction. Il m'a donné tout juste la somme nécessaire pour mon retour, en sorte que je n'ai plus en poche que quelques kopeks. J'ai bien une affaire en vue, à propos de laquelle j'aurais besoin d'un conseil, mais…

– Dites-moi de quoi vous comptez vivre en attendant et quelles sont vos intentions ? interrompit le général.

– Je voudrais trouver n'importe quel travail…

– Oh ! je vois que vous êtes philosophe. Mais, voyons, avez-vous quelque talent ou quelques aptitudes spéciales, de celles, bien entendu, qui assurent le pain quotidien ? Encore une fois, excusez-moi…

– Oh ! ne vous excusez pas. Non, je ne crois avoir ni talent ni aptitudes particulières. Loin de là, je suis un homme malade et je n'ai pas fait d'études suivies. Quant au pain quotidien, il me semble…

Le général l'interrompit de nouveau et se remit à le questionner. Le prince raconta encore une fois toute son histoire. Il se trouva que le général avait entendu parler du feu Pavlistchev et qu'il l'avait même connu personnellement. Le prince fut incapable d'expliquer pourquoi Pavlistchev s'était intéressé à son éducation. Il attribua cet intérêt à une ancienne amitié avec son défunt père. Après la mort de ses parents le prince, encore en bas âge, avait été envoyé à la campagne où il avait passé toute son enfance, son état de santé exigeant le grand air. Pavlistchev l'avait confié à de vieilles parentes qui vivaient dans leur propriété. On lui avait d'abord donné une gouvernante, puis un précepteur. Il ajouta qu'il ne pouvait expliquer d'une manière satisfaisante tout ce qui s'était passé alors, car le sens de bien des choses lui échappait. Les fréquents accès de son mal l'avaient rendu presque idiot (le prince dit en propre terme : idiot). Il exposa enfin que Pavlistchev avait un jour rencontré à Berlin le professeur suisse Schneider, spécialiste de ce genre de maladies, qui avait dans le canton du Valais un établissement où il traitait les idiots et les aliénés au moyen de l'hydrothérapie et de la gymnastique ; il s'occupait également de l'instruction et de la formation morale de ses malades. Pavlistchev l'avait donc envoyé en Suisse et confié à ce professeur, il y a cinq ans. Mais il était mort subitement sans laisser de dispositions testamentaires, il y a deux ans, et Schneider avait continué à soigner le prince depuis ce temps. Il n'avait pas réussi à le guérir complètement, bien que sa santé se fût grandement améliorée. Enfin il l'avait envoyé en Russie, sur son propre désir, à l'occasion d'une circonstance qui réclamait son retour.

Le général fut très étonné de ce récit.

– Et vous n'avez réellement pas de proches en Russie ? demanda-t-il.

– Personne actuellement. Mais j'espère… D'ailleurs j'ai reçu une lettre…

– Enfin, interrompit le général sans avoir entendu l'allusion à la lettre, vous avez bien appris quelque chose et votre maladie ne vous empêchera pas, je présume, d'assumer un travail facile dans une administration quelconque ?

– Bien sûr que non ! Je désirerais même beaucoup trouver une place, afin de me rendre compte par moi-même de ce que je puis faire. J'ai étudié pendant quatre ans, bien qu'avec des interruptions, d'après la méthode du professeur, et j'ai réussi à lire beaucoup de livres russes.

– Des livres russes ? Alors vous connaissez l'orthographe et vous pouvez rédiger sans fautes ?

– Oh parfaitement !

– Fort bien ! Et votre écriture ?

– Mon écriture est excellente. On peut même dire que, sous ce rapport, j'ai un certain talent. J'écris comme un vrai calligraphe. Donnez-moi, si vous voulez, quelque chose à écrire et je vous en montrerai un spécimen, dit le prince avec chaleur.

– Faites-moi ce plaisir. C'est même très nécessaire. Votre bonne volonté m'enchante, prince. Vraiment vous êtes très gentil.

– Vous avez un bien beau matériel de bureau : toute une collection de crayons et de plumes, un papier épais et d'une qualité superbe… Voilà un magnifique cabinet de travail ! Ce paysage que vous avez là je le connais : c'est une vue de Suisse. Je suis sûr que l'artiste l'a peint d'après nature et je crois revoir l'endroit : c'est dans le canton d'Uri…

– C'est fort possible, bien que le tableau ait été acheté ici. Gania, donnez du papier au prince. Voilà des plumes et du papier, installez-vous à cette petite table. – Que m'apportez-vous là ? demanda le général à Gania, qui venait de sortir de sa serviette une photographie de grand format. Ah bah ! c'est Nastasie Philippovna ! C'est elle-même qui te l'a donnée ? demanda-t-il avec vivacité et sur le ton d'une extrême curiosité.

– Elle vient de me l'offrir à l'occasion d'une visite de congratulation. Je la lui avais demandée il y a longtemps. Je ne sais pas si ce n'est pas une manière de faire remarquer que je suis allé la féliciter, en un pareil jour, avec les mains vides, ajouta Gania dans un sourire amer.

– Assurément non ! coupa le général avec conviction. Quelle drôle d'idée tu as là ! Elle ne se serait pas bornée à une allusion… D'ailleurs elle est parfaitement désintéressée. Et enfin, quel présent pourrais-tu lui faire ? Il te faudrait y mettre plusieurs milliers de roubles. Tout au plus pourrais-tu lui donner ton portrait. Dis-moi ; elle ne t'a pas encore demandé ton portrait ?

– Elle ne me l'a pas demandé et elle ne me le demandera peut-être jamais. Vous n'oubliez pas, Ivan Fiodorovitch, la soirée d'aujourd'hui ? Vous figurez parmi les personnes spécialement invitées.

– J'y pense, j'y pense et j'irai. C'est la moindre des choses : le jour de ses vingt-cinq ans ! Hum… Tiens, Gania, je vais te vendre la mèche. Elle nous a promis, à Athanase Ivanovitch et à moi, de nous dire ce soir, chez elle, son dernier mot : oui ou non. Tiens-toi-le pour dit.

Gania parut soudain troublé au point de pâlir légèrement.

– A-t-elle vraiment dit cela ? demanda-t-il avec un certain tremblement dans la voix.

– Elle a donné sa parole avant-hier. Nous avions tellement insisté tous les deux qu'elle a cédé. Mais elle a demandé qu'on ne te prévienne pas à l'avance.

Le général fixait Gania. Évidemment la confusion de celui-ci lui était désagréable.

– Rappelez-vous, Ivan Fiodorovitch, dit Gania d'un ton embarrassé et hésitant, qu'elle m'a laissé pleine liberté de me décider jusqu'à ce qu'elle se soit déclarée elle-même. Et même après, c'est à moi que le dernier mot restera.

– Et mais… serais-tu capable ?… s'exclama le général avec un air d'ef froi.

– Je n'ai rien dit.

– Miséricorde ! Dans quelle situation vas-tu nous mettre ?

– Je ne refuse pas. Je me suis peut-être mal exprimé…

– Il ne manquerait plus que tu refuses ! proféra le général sans chercher à contenir son dépit. Mon ami, il ne suffit pas, en la circonstance, *que tu ne refuses pas.* Il faut que tu manifestes ton empressement, ta satisfaction, ta joie au moment où elle te donnera sa parole… Que se passe-t-il chez toi ?

– Chez moi ? Chez moi, tout marche à ma volonté, Sauf que mon père fait ses folies, comme toujours, et que sa conduite tourne au scandale. Je ne lui adresse plus la parole, mais je le tiens sous ma poigne. Franchement, n'était ma mère, je l'aurais mis à la porte. Bien entendu ma mère sanglote tout le temps ; ma sœur s'emporte. Mais je leur ai dit catégoriquement que j'étais le maître de ma propre destinée et que chez moi j'entendais que l'on… m'obéît. Du moins j'ai lancé tout cela à la tête de ma sœur en présence de ma mère.

– Eh bien ! moi, mon cher, je continue à ne pas saisir, observa pensivement le général en relevant légèrement les épaules et en écartant un peu les bras. – Nina Alexandrovna, lors de sa dernière visite (tu te rappelles ?), s'est mise à gémir et à soupirer. « Qu'avez-vous ? » lui demandai-je. Elle me fit comprendre que le *déshonneur* menaçait sa famille. « Permettez, lui dis-je, où voyez-vous un déshonneur ? Qui peut reprocher quelque chose à Nastasie Philippovna ou dire quoi que ce soit sur son compte ? Peut-on lui faire grief d'avoir été avec Totski ? Mais c'est sans importance, surtout si l'on tient compte de certaines circonstances. » Elle me dit alors : « Vous ne l'admettriez pas dans la société de vos filles ». Belle objection, ma foi ! Et de la part de Nina Alexandrovna ! Comment ne comprend-elle pas… ne comprend-elle pas…

– Sa situation ? fit Gania pour tirer le général d'embarras. Ne vous fâchez pas contre elle : elle la comprend. Du reste je lui ai lavé la tête pour lui apprendre à ne pas se mêler des affaires des autres. Néanmoins, chez nous, on se contient encore parce que le dernier mot n'est pas dit. Mais l'orage gronde. Si aujourd'hui ce mot est dit, il se déchaînera.

Le prince entendit toute cette conversation assis dans un coin et occupé à son épreuve de calligraphie. Son travail terminé, il s'approcha du bureau et présenta la feuille au général.

– Alors c'est Nastasie Philippovna ? dit-il après avoir examiné la photographie avec une curiosité attentive. – Elle est admirable ! ajouta-t-il avec feu.

Et de fait, le portrait représentait une femme d'une exceptionnelle beauté, en robe de soie noire, d'une coupe à la fois très sobre et élégante ; sous une coiffure d'intérieur, très simple, ses cheveux paraissaient châtains ; ses yeux étaient sombres et profonds, son front pensif. L'expression de son visage était passionnée et plutôt hautaine. Sa figure était assez maigre et peut-être aussi pâle. Gania et le général regardèrent le prince avec stupeur.

– Comment, vous connaissez déjà Nastasie Philippovna ? demanda le général.

– Oui : je ne suis en Russie que depuis un jour et je connais déjà cette beauté, répondit le prince ; et là-dessus il relata sa rencontre avec Rogojine et répéta tout ce qu'il avait appris de celui-ci.

– En voilà une nouvelle ! dit le général, repris d'inquiétude, après avoir prêté la plus vive attention au récit du prince et en fixant sur Gania un regard scrutateur.

– Il est vraisemblable que tout cela se réduit à un coup de tête, balbutia Gania, lui aussi quelque peu troublé : une simple frasque de fils de marchand. J'ai déjà entendu parler de ce Rogojine.

– Moi aussi, mon cher, j'en ai entendu parler, reprit le général. Après l'affaire des boucles d'oreilles Nastasie Philippovna a raconté toute l'histoire. Maintenant il s'agit d'autre chose. Il s'agit peut-être en effet ici d'un million… et d'une passion. Une passion déshonnête, je l'admets, mais enfin une passion ; or, on sait de quoi ces messieurs sont capables quand ils sont ivres !… Hum !… Pourvu que cela ne finisse pas par un esclandre ! conclut le général d'un air songeur.

– Ce million vous fait peur ? dit en souriant Gania.

– Pas à toi, sans doute ?

– Comment vous a-t-il paru ? dit Gania en s'adressant soudain au prince. – Vous a-t-il fait l'effet d'un homme sérieux ou d'un mauvais sujet ? À proprement parler quel est votre avis ?

En posant cette question, Gania éprouvait un sentiment particulier. On aurait dit qu'une idée nouvelle s'allumait en lui et mettait des éclairs d'impatience dans ses yeux. Le général, dont l'inquiétude était naïve mais sincère, regarda aussi le prince, avec l'air de ne pas attendre grand'chose de sa réponse.

– Je ne sais que vous dire, répondit le prince ; il m'a semblé qu'il y avait en lui beaucoup de passion, voire de passion morbide. Lui-même a encore tout à fait l'air d'être malade. Il est fort possible qu'il fasse une rechute peu de jours après son retour à Pétersbourg, surtout s'il reprend sa vie déréglée.

– Cela vous a bien paru ainsi ? fit le général, qui eut l'air de s'attacher à cette idée.

– Oui, assurément.

– Ces éventualités peuvent se dérouler en quelques jours ; mais d'ici ce soir un fait décisif risque de se produire, dit Gania en ricanant.

– Hum... évidemment... Tout dépend de ce qui lui passera par la tête, repartit le général.

– Et vous savez comment elle est parfois ?

– Qu'entends-tu par là ? dit le général, en proie de nouveau à un trouble extrême. Écoute, Gania, ne la contredis pas aujourd'hui... Je t'en prie, tâche d'être, tu sais... en un mot d'être coulant... Hum !... Pourquoi cette grimace ? Écoute, Gabriel Ardalionovitch, le moment est venu de le dire : de quoi s'agit-il ici ? Tu comprends qu'en ce qui concerne mon intérêt personnel dans cette affaire, il est à couvert depuis longtemps. Qu'elle soit résolue d'une manière ou d'une autre, j'en tirerai parti. Totski a pris une décision irrévocable, je ne cours donc aucun risque. Il s'ensuit que, si je désire maintenant quelque chose, c'est uniquement pour ton bien. Réfléchis toi-même : n'as-tu pas confiance en moi ? Et puis, je complais sur toi, car tu es un homme... un homme... bref un homme intelligent. Et dans le cas présent, c'est... c'est...

– C'est le principal ! acheva Gania, venant au secours du général qui s'embrouillait de nouveau. Ses lèvres se crispèrent dans un sourire venimeux qu'il ne chercha plus à dissimuler. Il fixa sur les yeux du général un regard enflammé, comme s'il eût voulu que celui-ci y lût le fond de sa pensée. Le général devint cramoisi et s'emporta :

– Eh bien oui ! le principal, c'est d'être intelligent ! répéta-t-il en regardant durement Gania. Tu es un drôle de corps, Gabriel Ardalionovitch ! On dirait que tu es heureux de l'arrivée de ce fils de marchand, comme si tu voyais là une échappatoire pour toi. Voilà : tu aurais dû, dès le début, agir en garçon avisé. Ici il faut comprendre, il faut se montrer honnête et loyal avec les uns et les autres ; sinon... Tu aurais dû prévenir plus tôt pour ne compromettre personne, d'autant que le temps n'a pas manqué pour cela. Et même il en reste encore assez d'ici ce soir (le général leva les sourcils d'une manière significative), bien qu'il n'y ait plus que quelques heures... M'as-tu compris ? Oui ? Bref, veux-tu ou ne veux-tu pas ? Si tu ne veux pas, dis-le, et bonsoir ! Personne ne vous retient, Gabriel Ardalionovitch, et personne ne vous attire dans un piège, si toutefois vous en soupçonnez un.

– Je veux, articula Gania à mi-voix mais avec fermeté ; puis il baissa les yeux, prit un air sombre et se tut.

Le général se montra satisfait. Il s'était emporté mais se repentait déjà d'être allé trop loin. Soudain il se tourna vers le prince et une brusque inquiétude passa sur son visage à la pensée que celui-ci était présent et avait tout entendu. Mais il se calma aussitôt, un seul regard sur le personnage ayant suffi pour le rassurer entièrement.

– Oh ! s'écria-t-il en admirant le spécimen de calligraphie que lui soumettait le prince, voilà un modèle d'écriture et même un modèle rare ! Regarde cela, Gania : quel talent !

Le prince avait écrit sur une épaisse feuille de papier vélin la phrase suivante dans l'alphabet russe du Moyen Âge : « Ceci est la signature de l'humble hégoumène Paphnuce. »

– C'est la reproduction exacte de la propre signature de l'hégoumène Paphnuce d'après un manuscrit du XIVe siècle, expliqua le prince avec un vif mouvement de plaisir. – Ils avaient des signatures superbes, nos hégoumènes et métropolites d'autrefois, et quel goût parfois et quelle application ils y mettaient ! Est-il possible, général, que vous n'ayez pas même dans votre bibliothèque l'ouvrage de Pogodine ? J'ai aussi fait un modèle d'écriture d'un autre type : voyez cette grosse écriture ronde, c'est celle dont on se servait en France au siècle dernier : il y avait des variantes pour différentes lettres ; c'était l'écriture des écrivains publics, j'en possède un spécimen : vous conviendrez qu'elle n'est pas sans mérite. Remarquez les panses des *d* et des *a*. J'ai transcrit des caractères russes sur ce type ; c'était difficile mais je m'en suis tiré. Voici encore un modèle d'écriture original et élégant ; voyez cette phrase : « Le zèle vient à bout de tout. » C'est une écriture administrative ou, si vous voulez, une écriture de bureaux militaires. On écrit ainsi les documents officiels adressés à de hauts personnages. C'est aussi une écriture ronde et d'une belle allure : on l'appelle « écriture noire », elle est tracée avec beaucoup de goût. Un calligraphe bannirait ces finales ou, pour mieux dire, ces amorces de finales ; tenez, observez ces petites queues de lettres inachevées et constatez que, dans l'ensemble, elles ont leur caractère. Cela révèle l'âme du copiste militaire : il voudrait donner libre cours à sa fantaisie, suivre les inspirations de son talent, mais son uniforme le paralyse et la discipline se retrouve dans l'écriture ; c'est charmant ! C'est tout récemment et par hasard que j'ai découvert ce spécimen d'écriture qui m'a frappé ; et devinez où ? en Suisse. Voici maintenant un spécimen courant et très pur de cursive anglaise : on ne peut rien faire de plus élégant, tout ici est gracieux ; une vraie perle. Cela, c'est une nouvelle variété d'écriture française ; je l'ai empruntée à la lettre d'un commis voyageur. C'est encore l'écriture anglaise, mais les pleins sont un tout petit peu plus noirs et plus appuyés que dans cette écriture : il n'en faut pas plus pour compromettre l'équilibre et la clarté. L'ovale n'est pas le même, sa courbe est plus développée. De plus les finales se donnent libre cours. Ah ! les finales, voilà le danger ! Il y faut un goût exceptionnel ; mais si elles sont réussies et équilibrées, alors on obtient une écriture incomparable ; c'est à en raffoler !

– Oh ! mais vous êtes passé maître en la matière ! dit en riant le général. Mon cher, vous n'êtes pas seulement un calligraphe, vous êtes un artiste. Qu'en dis-tu, Gania ?

– C'est merveilleux, fit Gania, et même cela témoigne d'une véritable vocation, ajouta-t-il avec un rire moqueur.

– Ris tant que tu veux : il y a là de quoi faire une carrière, repartit le général. Savez-vous, prince, à quelles personnalités, nous vous chargerons d'écrire ? On peut sans hésiter fixer, pour commencer, vos appointements à 35 roubles par mois. Mais il est déjà midi et demi, ajouta-t-il en regardant sa montre ; allons au fait, prince, car je suis pressé et nous ne nous retrouverons peut-être plus de la journée. Asseyez-vous un moment. Je vous ai déjà expliqué qu'il ne me serait pas possible de vous recevoir très souvent, mais je désire sincèrement vous donner un petit coup de main : il ne s'agit, cela va de soi, que de parer au plus pressé ; ce sera ensuite à vous de vous tirer d'affaire comme vous l'entendrez. Je vous trouverai une petite place dans la chancellerie : le travail n'y sera pas trop dur, mais il faudra de l'assiduité. Pour le surplus, voilà : Gabriel Ardalionovitch Ivolguine, mon jeune ami ici présent, dont je vous prie de faire plus ample connaissance, vit à la maison, je veux dire en famille ; sa mère et sa sœur ont dans leur appartement deux ou trois chambres meublées qu'elles louent, avec la pension et le service, à des personnes tout à fait respectables. Je suis sûr que Nina Alexandrovna fera cas de ma recommandation. Pour vous, prince, c'est le rêve : d'abord parce qu'au lieu de vivre seul, vous serez pour ainsi dire en famille ; à mon avis vous ne devez pas, pour vos débuts, vous trouver isolé dans une capitale comme Pétersbourg. Nina Alexandrovna, la mère, et Barbe Ardalionovna, la sœur de Gabriel Ardalionovitch, sont des dames pour lesquelles j'ai la plus haute estime. Nina Alexandrovna est la femme d'Ardalion Alexandrovitch, un général en retraite qui a été mon camarade de régiment mais avec lequel j'ai rompu les relations pour diverses raisons, ce qui ne m'empêche d'ailleurs pas de lui garder une certaine considération. Je vous explique tout cela, prince, pour vous faire comprendre que je vous recommande en quelque sorte personnellement ; autant dire que je réponds de vous. La pension sera très modérée et j'espère que vos appointements suffiront bientôt à cette dépense. Sans doute, un homme a aussi besoin d'argent de poche, si peu que ce soit. Mais ne vous fâchez pas, prince, si je vous déconseille d'avoir de l'argent de poche et même, d'une manière générale, de l'argent dans la poche. J'en parle d'après l'opinion que je me fais de vous. Toutefois, comme, en ce moment, votre bourse est complètement vide, laissez-moi pour commencer vous offrir ces vingt-cinq roubles. Nous ferons nos comptes plus tard, et, si vous êtes vraiment l'homme sincère et cordial que vous paraissez quand on vous entend parler, il n'y aura pas entre nous l'ombre d'une difficulté. Si je vous porte autant d'intérêt, c'est que j'ai certaines vues sur vous : vous les connaîtrez plus tard. Voyez que je vous parle en toute simplicité. Gania, tu n'as rien à objecter à ce que le prince loge chez vous ?

– Au contraire : maman sera enchantée, affirma Gania sur un ton de prévenance et de politesse.

– Vous n'avez, il me semble, qu'une seule chambre d'occupée, par ce monsieur Fer… Fer…

– Ferdistchenko.

– C'est cela. Votre Ferdistchenko ne me revient pas ; c'est un bouffon de bas étage. Je ne comprends pas que Nastasie Philippovna le soutienne ainsi. Est-ce vraiment un de ses parents ?

– Non, c'est une plaisanterie. Il n'y a aucun lien de parenté entre eux.

– Que le diable l'emporte ! Eh bien ! prince, êtes-vous content ou non ?

– Je vous remercie, général ; vous avez eu pour moi la plus grande bonté, d'autant que je ne vous demandais rien. Je ne dis pas cela par orgueil ; il est de fait que je ne savais pas où reposer ma tête. Tout à l'heure, il est vrai, Rogojine m'a invité à venir le voir.

– Rogojine ? Voulez-vous un conseil paternel, ou, si vous préférez, amical ? Oubliez ce monsieur. En règle générale, je vous recommande de limiter vos relations à la famille dans laquelle vous allez vivre.

– Puisque vous avez tant de bonté, commença le prince, il y a une affaire qui me préoccupe. J'ai reçu avis…

– Ah ! excusez-moi, coupa le général, je n'ai plus une minute. Je vais tout de suite vous annoncer à Elisabeth Prokofievna : si elle consent à vous recevoir dès maintenant (ce que j'essaierai d'obtenir en vous recommandant), profitez de l'occasion pour vous faire bien voir d'elle, car elle peut vous être très utile ; et puis vous portez le même nom de famille. Si elle n'est pas disposée à vous recevoir, n'insistez pas, ce sera pour un autre moment. Toi, Gania, regarde ces comptes en attendant ; nous avons eu tantôt de la peine, Fédosséiev et moi, à les mettre au clair. Il ne faudra pas oublier, de les reporter…

Le général sortit sans que le prince eût réussi à l'entretenir de son affaire, en dépit de trois ou quatre tentatives. Gania alluma une cigarette et en offrit une au prince, qui accepta mais n'essaya pas de lier conversation, par crainte de déranger, et se mit à inspecter le cabinet. Gania jeta à peine un coup d'œil sur le papier couvert de chiffres que le général lui avait dit d'examiner. Il était ailleurs. Son sourire, son regard et son expression pensive parurent encore plus pénibles au prince lorsqu'ils se trouvèrent en tête à tête. Soudain il s'approcha de celui-ci, qui était tombé de nouveau en arrêt devant le portrait de Nastasie Philippovna.

– Alors cette femme vous plaît, prince ? demanda-t-il brusquement en fixant sur lui un regard pénétrant, comme s'il nourrissait une intention très arrêtée.

– C'est un visage extraordinaire ! répondit le prince, et je suis convaincu que la destinée de cette femme ne doit pas être banale. Sa physionomie est gaie, et cependant elle a dû beaucoup souffrir, n'est-ce pas ? On le lit dans son regard et aussi dans ces deux petites protubérances qui forment comme deux points sous les yeux, à la naissance des joues. La figure est fière à l'excès ; mais je ne vois pas si elle est bonne ou mauvaise. Puisse-t-elle être bonne : tout serait sauvé !

– Épouseriez-vous une femme comme celle-ci ? poursuivit Gania sans détourner du prince son regard enflammé.

– Je ne puis épouser aucune femme, dit le prince. Je suis malade.

– Et Rogojine, l'épouserait-il ? Qu'en pensez-vous ?

– Je pense qu'il l'épouserait, et du jour au lendemain. Mais il pourrait bien aussi l'égorger une semaine après.

Ces derniers mots firent si violemment tressaillir Gania que le prince eut peine à retenir un cri.

– Qu'avez-vous ? dit-il en le saisissant par le bras.

– Altesse, Son Excellence vous prie de bien vouloir vous rendre auprès de madame la générale, dit un laquais sur le seuil du cabinet.

Le prince sortit derrière le laquais.

IV

Les demoiselles Epantchine étaient toutes trois de robustes personnes florissantes de santé ; elles étaient de grande taille, avec des épaules surprenantes, une poitrine développée et des bras presque aussi forts que ceux d'un homme. Cette exubérante vigueur n'allait pas sans un solide appétit qu'elles ne cherchaient nullement à dissimuler. Leur mère, la générale Elisabeth Prokofievna, ne voyait pas toujours cette fringale d'un très bon œil ; toutefois, sur ce point comme sur bien d'autres, son opinion, toujours accueillie avec déférence par ses filles, avait perdu depuis longtemps l'autorité d'antan. La générale, par amour-propre, jugeait opportun de ne pas tenir tête à l'unanimité que lui opposait le petit conclave formé par ces demoiselles, et elle s'inclinait. À la vérité, son caractère était trop souvent rebelle aux injonctions de la prudence ; Elisabeth Prokofievna devenait d'année en année plus capricieuse et plus prompte à s'impatienter, disons même : plus fantasque. Mais il lui restait un dérivatif salutaire en la personne de son mari qui, habitué à filer doux, voyait ordinairement retomber sur sa tête le trop-plein de la mauvaise humeur accumulée ; après quoi l'harmonie renaissait dans le ménage et tout allait pour le mieux.

Du reste, la générale ne manquait pas non plus d'appétit. Elle avait coutume de s'attabler à midi et demi avec ses filles devant un déjeuner si copieux qu'il ressemblait plutôt à un dîner. Avant ce repas les jeunes filles avaient déjà pris une tasse de café à dix heures précises dans leur lit, au moment de se lever. Tel était l'ordre adopté et établi une fois pour toutes. À midi et demi la table était dressée dans une petite salle à manger, voisine de l'appartement de la maman. Le général lui-même venait parfois prendre part à ce déjeuner intime lorsque le temps le lui permettait. On servait alors du thé, du café, du fromage, du miel, du beurre, une sorte de beignets que la générale goûtait particulièrement, des côtelettes, etc., le tout complété par un bouillon chaud et concentré.

Ce matin-là, toute la famille réunie dans la salle à manger attendait le général, qui avait promis de venir à midi et demi. S'il avait tardé seulement une minute, on l'aurait envoyé chercher ; mais il fut exact. En s'approchant de sa femme pour lui dire bonjour et lui baiser la main, il observa sur le visage de celle-ci une expression singulière. La veille, il est vrai, il avait pressenti qu'il en serait ainsi à cause d'une certaine « anecdote » (c'était le terme qu'il aimait à employer) et même, le soir, avant de s'endormir, il en avait éprouvé de l'inquiétude. Mais, si préparé qu'il fût, il n'en sentit pas moins le cœur lui manquer. Ses filles vinrent l'embrasser : en elles aussi, bien qu'elles ne fussent pas fâchées contre lui, il remarqua quelque chose. Certes, le général était devenu soupçonneux à l'excès en raison de divers incidents, mais il était père et époux ; son adresse comme son expérience lui suggérèrent aussitôt les moyens de se tirer d'un mauvais pas.

Peut-être pourrons-nous, sans trop nuire à la clarté de ce récit, nous attarder un instant à exposer la situation dans laquelle se trouvait la famille Epantchine au moment où il commence.

Sans avoir reçu une grande instruction et tout en aimant à se qualifier d'autodidacte, le général n'en était pas moins, comme nous venons de le voir, un père adroit et un époux expérimenté. Il avait notamment pris le parti de ne pas presser ses filles de se marier, afin de ne pas les obséder et d'éviter ainsi que sa tendresse leur devint à charge, comme c'est presque toujours le cas dans les familles, même les plus sensées, où il y a plusieurs filles à marier.

Ivan Fiodorovitch avait même réussi à convertir Elisabeth Prokofievna à ce système. La chose avait été malaisée parce qu'un peu contre sa nature, mais les arguments du général avaient été extrêmement persuasifs et fondés sur des faits tangibles. Il avait fait ressortir que, laissées libres d'agir à leur guise, les jeunes filles se verraient tout naturellement obligées, en fin de compte, de s'assagir et de prendre une décision. Alors l'affaire irait toute seule parce qu'elles l'envisageraient de bon gré et renonceraient à se montrer capricieuses ou à faire les difficiles. Les parents n'auraient plus qu'à exercer le plus discrètement possible leur vigilance afin de prévenir un choix intempestif ou une inclination déplacée. Puis, profitant du moment opportun, ils aideraient de toutes leurs forces à la réussite en mettant en jeu toutes leurs influences. Enfin, leur fortune et leur situation sociale s'élargissant d'année en année suivant une progression géométrique, il s'ensuivait que, plus le temps s'écoulait, plus les jeunes filles avaient chance de trouver de beaux partis.

C'étaient là des faits indéniables. Mais un autre événement survint qui parut – comme c'est toujours le cas – soudain et presque inattendu : la fille aînée, Alexandra, entra dans sa vingt-cinquième année. Presque vers le même moment, Athanase Ivanovitch Totski, homme du meilleur monde, disposant d'une immense fortune et des plus hautes relations, se sentit de nouveau attiré vers le mariage. Il avait environ cinquante-cinq ans, un caractère exquis et des goûts fort raffinés. Il recherchait un parti avantageux et prisait fort les jolies femmes. Comme il était depuis quelque temps en termes d'étroite amitié avec le général Epantchine, surtout depuis qu'ils avaient des intérêts communs dans diverses affaires financières, il lui communiqua ses intentions et le pria de lui faire connaître, sous la forme d'un conseil amical, s'il l'autoriserait à prétendre à la main d'une de ses filles. Dès lors un visible changement survint dans la vie paisible et amène de la famille Epantchine.

Nous avons déjà dit que la plus belle des trois sœurs était indiscutablement la plus jeune, Aglaé. Mais Totski, malgré son égoïsme démesuré, comprit qu'il n'avait rien à chercher de ce côté et qu'Aglaé ne lui était pas destinée. L'amour facilement aveugle des parents et l'affection un peu trop enthousiaste de ses sœurs exagéraient peut-être la beauté d'Aglaé ; toujours est-il que l'accord était unanime et parfaitement sincère pour prédire à celle-ci, non pas la destinée du commun des mortels, mais un véritable idéal de paradis terrestre. Le futur mari d'Aglaé devrait posséder toutes les perfections et remporter tous les succès, sans parler de sa fortune. Les deux sœurs avaient même convenu entre elles sans discussion de se sacrifier, si besoin était, dans l'intérêt d'Aglaé : ainsi la dot réservée à celle-ci serait énorme. Les parents connaissaient cette convention : c'est pourquoi, lorsque Totski demanda conseil, ils ne doutèrent guère que l'une ou l'autre des aînées acquiescerait à leur désir ; d'autre part Totski ne pouvait soulever de difficultés au sujet de la dot. Quant à la valeur de la proposition de ce dernier, le général l'estima dès l'abord très haut, comme on pouvait l'attendre de son expérience de la vie.

Au reste Totski avait ses raisons pour ne s'avancer qu'avec une extrême circonspection ; ses démarches ne visaient qu'à sonder le terrain ; aussi les parents s'en ouvrirent-ils à leurs filles sous une forme vague et hypothétique. Les jeunes filles ne répondirent pas d'une façon plus précise, mais firent du moins connaître en termes rassurants que l'aînée, Alexandra, ne se montrerait pas rétive. C'était une jeune fille d'un caractère ferme, mais bonne, sensée, extrêmement affable ; elle était disposée à épouser Totski sans contrainte et, dès l'instant qu'elle aurait donné sa parole, elle la tiendrait loyalement. Ennemie du faste, non seulement elle n'apporterait ni soucis ni perturbations dans les habitudes de son mari, mais encore elle pourrait rendre sa vie douce et paisible. Elle était très bien de sa personne, sans être une beauté éblouissante. Totski pouvait-il désirer mieux ?

Et pourtant les hésitations faisaient traîner l'affaire en longueur. Totski et le général étaient amicalement convenus d'éviter pour le moment toute démarche formelle et irrévocable. Les parents n'avaient pas abordé la question d'une manière décisive avec leurs filles. Un dissentiment se dessinait même entre eux à ce sujet. En sa qualité de mère la générale Epantchine commençait à manifester du mécontentement, et c'était déjà une grave complication. Une autre circonstance survint qui créa une situation délicate et embarrassante, susceptible de ruiner l'affaire sans rémission.

Cette situation délicate et embarrassante (pour employer l'expression de Totski) se rattachait à un événement qui s'était passé dix-huit ans auparavant. Athanase Ivanovitch possédait alors au centre de la Russie un magnifique domaine. Il avait pour voisin un très petit propriétaire sans fortune, du nom de Philippe Alexandrovitch Barachkov. C'était un homme sur lequel le sort s'était singulièrement acharné. Officier en retraite, il appartenait à une famille de bonne noblesse, plus recommandable même que celle de Totski. Il était criblé de dettes et son petit bien était grevé d'hypothèques. Il n'en avait pas moins réussi au prix d'un travail de forçat et en cultivant sa terre comme un simple paysan, à remettre ses affaires dans un état satisfaisant. Le moindre succès lui rendait aussitôt courage. Plein d'ardeur et d'espérance il alla passer quelques jours au chef-lieu du district pour trouver un de ses principaux créanciers et essayer de conclure un arrangement avec lui. Le troisième jour il vit accourir à cheval l'ancien de son village. Ce paysan, qui avait la joue et la barbe brûlées, venait lui annoncer que, la veille, son manoir avait été détruit, en plein jour, par un incendie, que sa femme avait péri dans les flammes, mais que ses petits enfants étaient sains et saufs.

Si meurtri qu'eût été Barachkov par les précédents coups du sort, il ne put résister à celui-ci : il perdit la raison et succomba un mois plus tard à la fièvre cérébrale. Son bien détruit par l'incendie et ses paysans qui s'étaient dispersés furent vendus pour payer ses dettes. Quant à ses deux petites filles, âgées de six et de sept ans, elles furent généreusement recueillies par Athanase Ivanovitch Totski, qui prit à sa charge leur entretien et leur éducation. Elles furent élevées avec les enfants de l'intendant d'Athanase Ivanovitch, un ancien fonctionnaire, d'origine allemande, qui était à la tête d'une nombreuse famille. Bientôt, l'aînée, Nastasie, resta seule, sa sœur étant morte de la coqueluche. Totski, qui vivait à l'étranger, ne tarda pas à les oublier l'une et l'autre.

Environ cinq ans plus tard l'idée lui vint par hasard d'aller visiter son domaine. Il eut la surprise de voir dans sa maison de campagne, vivant avec la famille de son Allemand, une charmante fillette de douze ans, sémillante, douce, intelligente, qui promettait de devenir une beauté remarquable : en cette matière Athanase Ivanovitch était fin connaisseur. Il ne resta cette fois-là que quelques jours dans ses terres, mais prit le temps d'arrêter des dispositions nouvelles. Un changement considérable survint dans l'éducation de la fillette, qui fut confiée à une gouvernante suisse, femme respectable et d'âge mûr ; cette éducatrice émérite enseigna à l'enfant la langue française et diverses sciences. Elle s'installa dans la maison de campagne et, grâce à elle, l'instruction de la petite Nastasie fit de notables progrès. Sa tâche prit fin quatre ans plus tard ; elle partit alors et Nastasie fut réclamée par une dame qui était également propriétaire et voisine d'un des domaines de Totski, sis dans un gouvernement plus éloigné. Cette dame emmena la jeune fille en vertu d'instructions et de pleins pouvoirs que lui avait donnés Athanase Ivanovitch. Dans sa propriété s'élevait un chalet récemment construit et aménagé avec goût. Comme par un fait exprès le village s'appelait Otradnoié[17]. La dame conduisit directement Nastasie dans cette tranquille demeure et comme, veuve et sans enfants, elle avait vécu jusqu'alors à une verste de là, elle s'y installa avec la jeune fille. Une vieille femme de ménage et une jeune soubrette expérimentée furent attachées au service de celle-ci. Il y avait dans le chalet des instruments de musique, une bibliothèque de jeune fille, des tableaux, des estampes, des crayons, des pinceaux et des couleurs, et enfin une fort jolie levrette. Et deux semaines après Athanase Ivanovitch lui-même y fit son apparition.

À partir de ce jour il sembla s'attacher tout particulièrement à cette petite terre perdue au fond des steppes ; chaque été il allait y passer quelques mois. Un temps assez long s'écoula ainsi, quatre années peut-être de vie tranquille et heureuse, rehaussée de bon goût et d'élégance.

Il advint qu'au commencement d'un hiver, environ quatre mois après cette visite annuelle qu'Athanase Ivanovitch faisait à Otradnoié, visite qui cette

---

17 C'est-à-dire : consolation, – N. d. T.

fois n'avait duré que quinze jours, une sorte de rumeur apprit à Nastasie Philippovna qu'il allait se marier à Pétersbourg ; la fiancée était, paraît-il, belle, riche et de grande famille ; en un mot c'était un parti solide et brillant. Par la suite, il s'avéra que cette rumeur n'était pas tout à fait exacte : le mariage n'existait qu'à l'état de projet, voire d'ébauche vague. Il n'en résulta pas moins dès lors un revirement total dans la destinée de Nastasie Philippovna. Elle fit tout à coup preuve d'un esprit de décision extraordinaire et révéla un caractère insoupçonné. Sans une hésitation elle quitta le chalet et fit toute seule une brusque apparition à Saint-Pétersbourg où elle se rendit droit chez Totski.

Celui-ci fut stupéfait et se mit à ergoter. Mais, dès les premiers mots, il comprit qu'il lui fallait changer complètement la manière de s'exprimer, le ton de sa voix, les thèmes aimables et élégants qui avaient jusque-là valu tant de succès à sa conversation, et même sa logique, autrement dit, tout, absolument tout. Il avait en face de lui une femme tout autre, qui ne ressemblait en rien à celle qu'il avait connue et laissée au mois de juillet dans le village d'Otradnoié.

Cette femme nouvelle paraissait tout d'abord savoir et comprendre une foule de choses ; à tel point qu'on se demandait avec un profond étonnement où elle avait pu acquérir tant de connaissances et se former des notions aussi précises. Était-il possible que ce fût en consultant les livres de sa bibliothèque de jeune fille ? Mieux encore : elle raisonnait sur bien des points comme un homme de loi et elle avait une connaissance positive, sinon du monde, du moins de la façon dont certaines affaires s'y traitent.

En second lieu, son caractère s'était radicalement modifié : il n'avait plus rien de cette timidité de pensionnaire qui s'alliait naguère à une insaisissable et parfois charmante vivacité ; plus rien de cette candeur, tantôt triste et rêveuse, tantôt étonnée et défiante, qui était allée jusqu'à se traduire par l'angoisse et les larmes.

Non. Ce que Totski avait maintenant devant lui c'était un être extraordinaire et inattendu qui riait aux éclats et l'accablait des sarcasmes les plus mordants. Elle lui déclara en face qu'elle n'avait jamais eu dans le cœur d'autres sentiments à son égard que le plus profond mépris et un dégoût poussé jusqu'à la nausée ; il en avait été ainsi dès le premier mouvement de surprise passé. Cette femme nouvelle ajouta qu'il lui était au fond parfaitement égal qu'il se mariât sur-le-champ et avec qui il voulait. Mais elle était venue pour l'empêcher de faire ce mariage, et cela par méchanceté, uniquement parce que telle était sa fantaisie. Il serait donc obligé d'en passer par où elle voulait, « ne serait-ce, disait-elle, que pour me moquer de toi, mon tour étant enfin venu de rire ».

C'est du moins ainsi qu'elle s'exprimait ; peut-être ne traduisait-elle pas tout le fond de sa pensée. Mais en écoutant cette nouvelle Nastasie Philippovna rire aux éclats et le narguer, Athanase Ivanovitch méditait sur l'aventure et essayait de mettre de l'ordre dans ses idées en déroute. Cette méditation se prolongea assez longtemps ; il lui fallut près de deux semaines pour analyser la situation et ce n'est qu'au bout de ce temps qu'il prit une résolution définitive. Le fait est qu'Athanase Ivanovitch, alors âgé de près de cinquante ans, était un homme posé et avait une situation solidement assise. Son crédit dans le monde et dans la société reposait depuis très longtemps sur les bases les plus fermes. Il n'aimait et n'estimait rien au monde autant que sa personne, sa tranquillité et son confort, ainsi qu'il convient à un homme dont la vie est parfaitement ordonnée. Il ne pouvait tolérer la moindre atteinte, le moindre trouble à cet ordre qui était l'œuvre de toute sa vie et revêtait une forme si attrayante.

Par ailleurs, avec son expérience et sa perspicacité, Totski comprit très vite et à n'en pas douter qu'il avait maintenant affaire à une femme qui n'était pas comme les autres : cette femme ne s'en tiendrait pas aux menaces et mettrait certainement celles-ci à exécution ; surtout, rien ne l'arrêterait puisque rien ne l'attachait au monde ; impossible donc de l'amadouer.

On était ici en présence d'un cas nouveau qui révélait un désordre de l'âme et du cœur, une sorte d'exaspération romanesque, Dieu savait contre qui et pourquoi, un accès de mépris insatiable et sans mesure ; en un mot un sentiment souverainement ridicule, incompatible avec les convenances sociales, et dont la rencontre était pour un homme du monde une véritable punition de Dieu.

Il est vrai qu'avec sa fortune et ses hautes relations Totski pouvait ne pas hésiter à commettre une de ces petites et innocentes vilenies qui vous tirent un homme d'embarras. D'autre part, il était évident que, par elle-même, Nastasie Philippovna ne pouvait guère lui nuire, eût-elle recouru à des moyens juridiques. Même un scandale ne tirerait guère à conséquence, car il serait aisé d'en limiter la portée. Mais ces considérations n'avaient de valeur que si Nastasie Philippovna agissait comme on agit généralement dans ces circonstances-là, et si elle ne poussait pas plus loin ses extravagances. Et c'est ici que Totski fut servi par la sûreté de son coup d'œil : il devina que Nastasie Philippovna ne se faisait aucune illusion sur l'efficacité d'une action juridique et qu'elle avait en tête une tout autre idée…, ce que l'on pouvait lire dans le feu de son regard. N'étant plus attachée à rien et encore moins à elle-même (il fallait toute l'intelligence et toute la pénétration de Totski pour deviner à ce moment qu'elle ne tenait plus depuis longtemps à sa propre personne et pour ajouter foi à la sincérité de ce renoncement, en dépit de son scepticisme et de son cynisme d'homme du monde), Nastasie Philippovna était capable de se perdre, de risquer la honte et l'irréparable, de se faire envoyer dans les bagnes de Sibérie, pourvu qu'elle pût couvrir d'opprobre cet homme qu'elle haïssait d'une haine atroce. Athanase Ivanovitch n'avait jamais caché qu'il était un peu poltron, ou pour mieux dire qu'il avait à un haut degré le sentiment de la conservation. S'il avait pu prévoir, par exemple, qu'on le tuerait pendant la cérémonie nuptiale, ou bien qu'il se passerait quelque événement du même ordre revêtant un caractère exceptionnel d'incongruité, de ridicule ou d'extravagance, il aurait certainement eu peur. Mais il aurait été plus effrayé par le côté insolite et malséant de l'aventure que par la perspective d'être tué ou blessé ou de se voir cracher au visage devant tout le monde. Or, sans en rien laisser paraître, Nastasie Philippovna avait justement deviné sa faiblesse. Il n'ignorait pas qu'elle l'avait très attentivement observé et étudié et que par conséquent elle savait où le frapper ; comme le mariage n'était encore qu'à l'état de projet, il lui céda.

Un autre facteur influa sur sa décision. Il était difficile de s'imaginer combien la nouvelle Nastasie Philippovna différait physiquement de l'ancienne. Elle n'était auparavant qu'une charmante fillette, tandis que maintenant... Totski fut longtemps à se pardonner de l'avoir, pendant quatre ans, regardée sans la voir. Il est vrai que, des deux côtés, une révolution intérieure et soudaine s'était opérée. Du reste, il se rappelait avoir eu, à certains moments, d'étranges pensées en fixant, par exemple, les yeux de la jeune fille : on y pressentait une obscurité profonde et mystérieuse. Le regard semblait poser une énigme. Depuis deux ans il avait été frappé à maintes reprises du changement qui se produisait dans le teint de Nastasie Philippovna ; elle devenait affreusement pâle et, chose étrange, sa beauté ne faisait qu'y gagner. Comme tous les gentlemen qui ont bien joui de la vie, Totski avait commencé par dédaigner la facile conquête que lui offrait cette créature virginale ; mais dans les derniers temps il était un peu revenu sur cette manière de voir. En tout cas il se proposait depuis le dernier printemps de la marier sans retard, en lui assurant une dot, à un monsieur raisonnable et rangé, en service dans une autre province. (Oh ! avec quelle horrible malignité elle tournait aujourd'hui ce projet en dérision). Mais maintenant, séduit par la nouveauté, Athanase Ivanovitch pensait qu'il pourrait tirer parti de cette femme d'une autre manière. Il s'était donc décidé à l'établir à Pétersbourg, en l'entourant de luxe et de confort. Ceci à défaut de cela : Nastasie Philippovna pourrait faire l'élégante et même briller dans un certain milieu. C'était un genre de vanité qu'Athanase Ivanovitch recherchait particulièrement.

Cinq ans de cette vie à Pétersbourg s'étaient écoulés depuis et, naturellement, pendant ce laps de temps bien des choses s'étaient accentuées. La position d'Athanase Ivanovitch était devenue irrémédiable ; le pis était qu'ayant pris peur une fois, il n'avait jamais pu retrouver la quiétude. Il vivait dans la crainte, sans savoir au juste de quoi ; c'était tout bonnement de Nastasie Philippovna. Pendant les deux premières années, il prêta à celle-ci le désir de l'épouser ; sans doute se taisait-elle par excès d'amour-propre, attendant qu'il prît lui-même les devants. Cette prétention pouvait paraître étrange, mais Athanase Ivanovitch était devenu soupçonneux, il se renfrognait et se plongeait dans d'amères réflexions. Il apprit accidentellement avec une extrême surprise et une certaine contrariété (contradictions du cœur humain !) qu'elle ne l'aurait pas agréé, même s'il avait demandé sa main. Il fut longtemps sans le comprendre. Puis il ne vit à cette attitude qu'une explication : l'orgueil d'une femme ulcérée et fantasque, orgueil poussé à un tel degré qu'il lui faisait préférer la satisfaction de manifester une fois son mépris par un refus à la possibilité de fixer pour toujours sa position en conquérant un rang social inespéré.

Le plus grave, c'était que Nastasie Philippovna dominait de beaucoup la situation. Elle ne se laissait pas prendre par l'intérêt, même si on y mettait le prix. Tout en acceptant le confort qui lui avait été offert, elle avait vécu très modestement et n'avait presque rien mis de côté pendant ces cinq années.

Athanase Ivanovitch essaya d'un moyen très ingénieux pour rompre sa chaîne. Il l'entoura adroitement et sans en avoir l'air des séductions les plus idéales, personnifiées par des princes, des hussards, des secrétaires d'ambassades, des poètes, des romanciers et même des socialistes. Peine perdue : rien ne fit impression sur elle : c'était à croire qu'elle avait une pierre à la place du cœur et que sa sensibilité était à tout jamais tarie.

Elle menait une vie retirée, lisant, étudiant même et cultivant la musique. Ses relations se réduisaient à quelques pauvres et ridicules femmes de fonctionnaires, à deux actrices et à quelques vieilles dames. Elle avait une prédilection pour la nombreuse famille d'un respectable pédagogue, où on l'aimait beaucoup et où on la recevait avec plaisir. Assez souvent cinq ou six amis, pas davantage, passaient la soirée chez elle. Totski venait très assidûment la voir. Dans ces derniers temps le général Epantchine avait réussi, non sans peine, à faire sa connaissance. Par contre, elle avait sans l'ombre d'une difficulté consenti à recevoir un jeune fonctionnaire nommé Ferdistchenko, qui était un drôle, sans savoir-vivre ni tenue, porté à la bouffonnerie et à l'ivresse. Parmi ses familiers figurait également un étrange jeune homme du nom de Ptitsine : c'était un garçon modeste, rangé et soigné dans sa mise, qui avait traîné la misère et était devenu usurier. Enfin elle avait fait la connaissance de Gabriel Ardalionovitch...

Au bout du compte la réputation de Nastasie Philippovna était singulière. Tout le monde rendait le même hommage à sa beauté, mais nul ne pouvait se vanter d'en savoir plus long ; il n'y avait rien à raconter sur son compte. Cette réputation, son instruction, sa distinction et son esprit confirmèrent décidément Athanase Ivanovitch dans ses plans. C'est ici que le général Epantchine commence à jouer dans cette histoire un rôle essentiel.

Quand Totski demanda conseil au général, en termes amicaux, à propos de ses vues sur l'une ou l'autre des demoiselles Epantchine, il eut la noblesse de faire les aveux les plus complets et les plus sincères. Il lui révéla qu'il était décidé à ne reculer devant *aucun moyen* pour recouvrer sa liberté. Il ajouta que, même si Nastasie Philippovna lui promettait de le laisser dorénavant en paix, cette assurance ne lui suffirait pas ; il lui faudrait des garanties plus décisives que les paroles. Ils tombèrent d'accord pour agir de concert. On convint d'abord de recourir aux moyens les plus doux et de ne faire vibrer, pour ainsi dire, que « les cordes nobles du cœur ». Les deux hommes se rendirent chez Nastasie Philippovna, et Totski, allant droit au but, se mit à lui exposer l'intolérable horreur de sa situation : Il s'attribua tous les torts. Il déclara sincèrement qu'il était incapable de se repentir de la façon dont il s'était comporté naguère envers elle, vu son tempérament de noceur endurci et son manque d'empire sur lui-même. Mais maintenant, il voulait se marier : or Nastasie Philippovna avait entre ses mains le sort d'une union hautement désirable sous le rapport des convenances sociales et mondaines. Bref il attendait tout du noble cœur de la jeune femme.

Puis ce fut le tour du général Epantchine, qui parla en sa qualité de père. Dans un langage qui faisait appel à la raison plutôt qu'au sentiment, il reconnut qu'elle avait tout pouvoir de décider du sort d'Athanase Ivanovitch. Il se donna adroitement un air d'humilité en représentant que le sort de sa fille aînée, peut-être même celui des deux autres, dépendait en ce moment de la décision qu'elle allait prendre.

Nastasie Philippovna ayant demandé ce qu'on voulait au juste d'elle, Totski lui avoua, avec la même franchise qu'au début de l'entretien, l'épouvante qu'elle lui avait inspirée cinq ans auparavant. Il ne s'en était pas encore remis aujourd'hui et il ne retrouverait la tranquillité que si Nastasie Philippovna se décidait elle-même à se marier. Il s'empressa d'ajouter que, venant de sa part, cette prière serait absurde, s'il n'avait pas quelques raisons de la croire fondée. Il avait très bien remarqué et savait positivement qu'un jeune homme de très bonne origine et vivant dans une famille tout à fait respectable, du nom de Gabriel Ardalionovitch Ivolguine, connu d'elle et reçu chez elle, l'aimait depuis longtemps déjà d'un amour passionné et serait certainement disposé à payer de la moitié de sa vie l'espoir de conquérir son cœur. Gabriel Ardalionovitch lui avait fait cette confidence depuis pas mal de temps, spontanément et avec la candeur expansive de la jeunesse. Il s'en était également ouvert à son protecteur Ivan Fiodorovitch. Finalement Athanase Ivanovitch fit observer, que, s'il ne se trompait pas, la passion de ce jeune homme était depuis longtemps connue de Nastasie Philippovna, qui lui avait même paru ne pas s'en offusquer.

Assurément il lui était plus difficile qu'à tout autre d'aborder un pareil sujet. Mais, si elle voulait bien admettre qu'il y eût dans son cœur, non pas seulement de l'égoïsme et des sentiments intéressés, mais aussi de bonnes intentions à son égard, elle comprendrait combien il lui était désagréable et même pénible de la voir depuis si longtemps isolée dans l'existence. À quoi rimait cette morne indécision, ce manque de confiance dans une vie qui pouvait merveilleusement renaître et lui apporter, avec un but nouveau, l'amour et la joie du foyer ? Pourquoi consumer des aptitudes peut-être brillantes dans la contemplation voulue de son chagrin. N'était-ce pas là, en un mot, une sorte d'exaltation romantique, indigne du bon sens et du cœur généreux de Nastasie Philippovna ?

Ayant encore répété qu'il lui était plus difficile qu'à un autre de traiter ce sujet, Totski conclut qu'il voulait espérer que Nastasie Philippovna lui répondrait autrement que par le mépris s'il manifestait son sincère désir d'assurer l'avenir de la jeune femme en mettant à sa disposition la somme de soixante-quinze mille roubles. Il ajouta à titre d'indication que cette somme figurait déjà sur son testament ; donc il ne s'agissait pas là d'un dédommagement… Enfin pourquoi ne pas admettre et excuser le besoin, profondément humain, de soulager sa conscience dans une certaine mesure, etc., etc. ; bref il fit valoir tous les arguments qu'on allègue en pareil cas. Il parla longuement et éloquemment ; il glissa en passant une curieuse remarque : c'était la première fois qu'il faisait allusion à ces soixante-quinze mille roubles, dont *personne,* pas même Ivan Fiodorovitch, n'avait entendu parler jusque-là.

La réponse de Nastasie Philippovna surprit les deux amis.

Elle ne contenait pas la moindre trace de cette animosité sarcastique et de ce rire haineux dont le seul souvenir faisait encore passer un frisson dans le dos de Totski. Bien au contraire, la jeune femme paraissait heureuse de pouvoir enfin s'exprimer à cœur ouvert. Elle avoua qu'elle-même désirait depuis longtemps demander un conseil d'ami mais que son orgueil l'en avait empêchée ; maintenant que la glace était rompue, tout irait pour le mieux. Elle confessa, d'abord avec un sourire triste puis en riant franchement, que l'orage d'autrefois ne reviendrait plus. Depuis longtemps elle avait partiellement changé sa façon de voir les choses ; son cœur ne s'était pas modifié, mais elle n'en avait pas moins senti la nécessité de se mettre en face des faits accomplis. Ce qui est fait est fait, et le passé est le passé. Aussi lui paraissait-il étrange qu'Athanase Ivanovitch restât sous le coup de ses terreurs.

Là-dessus elle se tourna vers Ivan Fiodorovitch et lui déclara, sur le ton de la plus profonde déférence, qu'elle avait déjà beaucoup entendu parler de ses filles et qu'elle éprouvait depuis longtemps une vive et sincère estime à leur égard. La seule pensée de pouvoir leur être utile en quoi que ce fût la remplirait de joie et de fierté. Il était exact que son existence présente était pénible et fastidieuse, très fastidieuse. Athanase Ivanovitch avait deviné son rêve, qui était de renaître, sinon à l'amour, du moins à la vie de famille en donnant à son existence un but nouveau. Quant à Gabriel Ardalionovitch, elle n'en pouvait presque rien dire. Il lui semblait en effet qu'il l'aimait et elle sentait qu'elle-même pourrait le payer de retour si elle arrivait à se convaincre de la constance de son attachement. À supposer qu'il fût sincère, il était bien jeune ; aussi jugeait-elle délicat de prendre une décision. D'ailleurs ce qui lui plaisait le plus chez ce jeune homme, c'est qu'il travaillait et faisait vivre toute sa famille. Elle avait entendu dire qu'il était énergique, fier, résolu à faire son chemin et à percer. On lui avait également rapporté que Nina Alexandrovna Ivolguine, la mère de Gabriel Ardalionovitch, était une femme supérieure et hautement estimable ; que la sœur du jeune homme, Barbe Ardalionovna, était une jeune fille tout à fait remarquable et pleine d'énergie. Ptitsine lui avait beaucoup parlé d'elle. D'après ce qu'elle avait entendu, ces deux femmes supportaient courageusement leurs afflictions. Elle aurait vivement désiré faire leur connaissance, mais la question était encore de savoir si elle serait admise dans leur famille. En somme elle n'avait rien à objecter à ce mariage, mais il fallait encore y penser mûrement et elle désirait qu'on ne la pressât point.

Pour ce qui était des soixante-quinze mille roubles, Athanase Ivanovitch avait eu tort d'en parler avec tant de circonlocutions. Elle savait bien le prix de l'argent et accepterait certainement cette somme. Elle le remerciait de la délicatesse qu'il avait montrée en n'en soufflant pas mot, non seulement à Gabriel Ardalionovitch, mais même au général ; toutefois pourquoi le jeune homme n'en serait-il pas avisé ? Elle ne voyait aucun déshonneur à accepter cet argent au moment où elle allait entrer dans la famille de son futur époux. En tout cas, elle n'avait pas l'intention de demander pardon à qui que ce fût et tenait à ce qu'on le sût. Elle n'épouserait pas Gabriel Ardalionovitch tant qu'elle ne serait pas sûre que ni lui ni les siens ne gardaient aucune arrière-pensée à son égard. Au surplus, elle ne trouvait rien à se reprocher ; il était à souhaiter que Gabriel Ardalionovitch connût le genre de vie qu'elle avait mené à Pétersbourg, ainsi que la nature de ses relations avec Athanase Ivanovitch et la fortune qu'elle avait pu amasser. Enfin, si elle acceptait aujourd'hui une somme d'argent, ce n'était pas le prix d'un déshonneur où il n'y avait point de sa faute, mais simplement un dédommagement pour son existence brisée.

Elle s'anima et s'échauffa tellement en faisant ces déclarations (ce qui d'ailleurs était assez naturel) que le général Epantchine en conçut une grande satisfaction et considéra l'affaire comme liquidée. Mais Totski, toujours sous le coup de ses frayeurs, fut plus difficile à convaincre et redouta longtemps encore de trouver un serpent sous les fleurs. Néanmoins les pourparlers étaient engagés ; la base sur laquelle les deux amis avaient fondé tous leurs calculs – l'inclination possible de Nastasie Philippovna pour Gania – se raffermissait peu à peu, si bien que Totski lui-même se prenait à escompter le succès.

Sur ces entrefaites, Nastasie Philippovna eut une explication avec Gania. Peu de paroles furent échangées : on eût dit que la pudeur de la jeune femme souffrait de cet entretien ; toutefois elle admit et autorisa l'amour de Gania, sans vouloir s'engager elle-même et en se réservant le droit de dire « non » jusqu'au mariage, si mariage il y avait, quitte à n'user de ce droit qu'au dernier moment. La même faculté était laissée à Gania.

Ce dernier ne tarda pas à apprendre, par un obligeant hasard, que Nastasie Philippovna connaissait dans tous ses détails l'aversion de sa famille pour ce mariage et pour elle-même. Il s'attendait chaque jour à la voir aborder ce sujet, mais elle n'en fit rien. D'ailleurs bien d'autres traits pourraient être rapportés au sujet des histoires et occurrences qui vinrent au jour pendant ces pourparlers matrimoniaux, mais nous avons déjà fait une digression suffisante, et en outre bien des assertions qui circulaient ne reposaient que sur de vagues rumeurs. Par exemple Totski apprit, on ne sait d'où, que Nastasie Philippovna avait noué des relations secrètes et mal définies avec les demoiselles Epantchine ; ce bruit était dénué de toute espèce de vraisemblance. Un autre racontar s'imposa à sa crédulité et lui donna le cauchemar : Nastasie Philippovna, assurait-on, était convaincue que Gania ne voulait se marier que pour l'argent et qu'il avait une âme noire, cupide, intolérante, envieuse et démesurément égoïste. On précisait qu'il avait naguère passionnément désiré conquérir la jeune femme mais que, du jour où les deux amis avaient résolu d'exploiter sa passion, au moment où elle commençait à être payée de retour, et de l'acheter lui-même en lui donnant Nastasie comme épouse légitime, il avait pris celle-ci en grippe. La passion et la haine s'associaient étrangement dans son cœur : si, après de poignantes hésitations, il avait fini par accepter d'épouser cette « vilaine femme », ç'avait été, en se jurant à lui-même de se venger cruellement sur elle et de lui faire payer, comme il disait, sa propre humiliation. On prétendait que Nastasie Philippovna savait tout cela et préparait secrètement sa riposte. Ces racontars avaient jeté une telle frayeur dans l'âme de Totski qu'il n'osait même plus faire part de ses inquiétudes au général Epantchine. À certains moments cependant, comme tous les gens faibles, il reprenait courage et se ranimait brusquement. C'est ainsi qu'il s'était montré plein de confiance lorsque Nastasie Philippovna avait fini par promettre aux deux amis qu'elle prononcerait le mot décisif le soir de son anniversaire.

En revanche, le bruit le plus étrange et le plus invraisemblable, celui qui mettait en cause l'honorable Ivan Fiodorovitch lui-même, trouvait hélas ! chaque jour une confirmation plus complète. À première vue on pouvait croire à un simple ragot. Il était difficile d'admettre que le général, avec son intelligence supérieure, sa solide expérience et ses autres qualités, se fût épris de Nastasie Philippovna au soir d'une existence respectable. Or les choses étaient à ce point que son caprice tournait à la passion. On se représentait malaisément où il voulait en venir : peut-être escomptait-il la complaisance de Gania lui-même. Totski flairait du moins une manœuvre de ce genre ; il supposait, entre le général et Gania, l'existence d'un pacte tacite fondé sur une compréhension réciproque. Tout le monde sait que l'homme entraîné par l'excès de la passion, surtout s'il est âgé, tombe dans un complet aveuglement et se met à espérer là où il n'y a aucun espoir. Bien mieux : il perd le jugement et se comporte pomme un béjaune, même s'il a été un modèle de sagesse. On avait appris que le général se disposait à offrir à Nastasie Philippovna, pour l'anniversaire de sa naissance, un magnifique collier de perles qui avait coûté un prix fou. Il attachait beaucoup d'importance à ce cadeau, tout en connaissant le désintéressement de la jeune femme. La veille de l'anniversaire il vivait dans une sorte de fièvre, bien qu'il mît son adresse à donner le change. La générale Epantchine avait justement entendu parler, elle aussi, de ce collier de perles. À vrai dire, elle était depuis longtemps familiarisée avec les mœurs volages de son mari et s'y était même plus ou moins résignée. Mais il lui était impossible de fermer les yeux sur ce nouvel écart ; l'histoire des perles l'avait trop vivement émue. Le général s'en aperçut à temps : certaines paroles prononcées la veille lui firent pressentir l'explication capitale qu'il redoutait. Voilà pourquoi il n'avait nulle envie de déjeuner au sein de sa famille le matin du jour où commence notre récit. Avant même l'arrivée du prince il avait décidé de prétexter les affaires et de s'éclipser. S'éclipser, c'était parfois, pour le général, le synonyme de prendre la fuite. Ce qu'il voulait seulement, c'était que la journée et surtout la soirée se passât sans mésaventure. Sur ces entrefaites le prince avait fait sa brusque apparition. « C'est Dieu qui l'a envoyé ! » pensa le général en se rendant auprès de sa femme.

V

La générale était fière de son origine. Quel ne fut pas son désappointement lorsqu'elle apprit, à brûle-pourpoint et sans aucune préparation, que le dernier rejeton des princes Muichkine, dont elle avait déjà entendu vaguement parler, n'était qu'un pauvre idiot et presque un miséreux réduit à l'aumône. Le général avait ménagé les effets, afin d'intéresser son épouse et de créer une diversion à la faveur de laquelle il esquiverait discrètement une question au sujet du collier de perles.

Dans les cas particulièrement graves la générale avait l'habitude d'ouvrir de grands yeux, de fixer ses regards dans le vide et de rejeter un peu le buste en arrière sans proférer une parole. C'était une femme grande et maigre, du même âge que son mari ; sa chevelure épaisse et foncée grisonnait fortement ; son nez était légèrement aquilin ; ses joues étaient jaunes et creuses, ses lèvres minces et pincées. Son front était haut mais étroit. Ses yeux gris et assez grands prenaient par moment l'expression la plus inattendue. Ayant eu jadis la faiblesse de croire que son regard produisait un effet extraordinaire, elle avait toujours persisté dans cette conviction.

– Le recevoir ? Vous voulez que je le reçoive maintenant, sur-le-champ ? dit la générale en fixant de toute l'intensité de ce regard Ivan Fiodorovitch qui allait et venait devant elle.

– Oh ! il n'y a aucune cérémonie à faire avec lui, si seulement, ma chère, tu veux bien le recevoir, s'empressa d'expliquer le général. C'est un véritable enfant, et qui fait même pitié. Il est malade et sujet à certains accès. Arrivé de Suisse aujourd'hui même, il est venu ici en descendant du train. Son accoutrement est étrange ; on dirait celui d'un Allemand. Comme il n'a littéralement pas un kopek en poche et que les larmes lui viennent presque aux yeux, je lui ai donné vingt-cinq roubles. Je tâcherai de lui trouver une place dans notre chancellerie. Quant à vous, mesdames, je vous prie de le restaurer un peu, car il a l'air affamé.

– Vous m'étonnez, fit la générale en fixant toujours son mari. Vous dites qu'il est affamé et qu'il est sujet à des accès. Des accès de quoi ?

– Oh, ces accès ne sont pas très fréquents ! D'ailleurs, tout en étant presque un enfant, il ne manque pas d'instruction.

Puis le général se tourna vers ses filles :

– Je voulais vous prier, mesdames, de lui faire subir un examen. Il serait bon de savoir de quoi il est capable.

– Lui faire subir un examen ? répéta la générale en scandant les syllabes et en dirigeant un regard de profonde surprise tantôt sur son mari, tantôt sur ses filles.

– Ah ! ma chère, ne donne pas à cela une pareille importance ! Du reste il en sera comme tu voudras. J'avais l'intention de lui témoigner de l'affabilité et de l'introduire chez nous, car c'est presque un acte de charité.

– L'introduire chez nous ? venant de Suisse ?

– La Suisse n'a rien à voir ici ; au surplus, je le répète, il en sera comme tu voudras. J'ai agi ainsi d'abord parce qu'il porte le même nom de famille que toi et qu'il est peut-être ton parent ; ensuite parce qu'il ne sait pas même où reposer sa tête. J'avais même pensé que tu lui porterais quelque intérêt, puisque après tout c'est un membre de notre famille.

– Bien sûr, maman, puisqu'on peut le recevoir sans cérémonie, dit l'aînée des filles, Alexandra. Après un long voyage il doit avoir faim ; pourquoi ne pas lui donner à manger, s'il ne sait où aller ?

– Et puis, s'il est vraiment comme un enfant, on pourra jouer à colin-maillard avec lui.

– Jouer à colin-maillard ? comment cela ?

– Ah, maman, cessez de faire des manières, je vous en prie ! interrompit Aglaé sur un ton d'énervement.

Adélaïde, la sœur puînée, qui était d'humeur enjouée, n'y tint plus et se mit à rire.

– Allons, papa, faites-le venir ! maman permet, dit Aglaé en tranchant la question.

Le général sonna et donna l'ordre d'introduire le prince.

– Soit, déclara la générale, mais à la condition qu'on lui nouera une serviette sous le menton quand il se mettra à table, et qu'on dise à Fiodor ou plutôt à Mavra de se tenir derrière lui et de l'observer pendant qu'il mangera. Est-il calme au moins pendant ses accès ? Est-ce qu'il ne gesticule pas ?

– Mais non ; au contraire, il est très gentiment élevé et il a d'excellentes manières. Parfois sans doute il est un peu trop simple… Mais le voici… Je vous présente le dernier des princes Muichkine, qui porte votre nom de famille et qui est peut-être un parent. Faites-lui bon accueil. Prince, ces dames vont déjeuner, veuillez nous faire l'honneur… Quant à moi, vous m'excuserez ; je suis déjà en retard, je me sauve…

– On sait où vous vous sauvez, dit gravement la générale.

– Je me sauve, je me sauve, ma chère amie, car je suis en retard. Mesdemoiselles, apportez-lui vos albums pour qu'il vous écrive quelque chose. C'est un calligraphe d'un rare talent : il m'a fait là-bas une reproduction de l'écriture russe ancienne : « ceci est la signature de l'hégoumène Paphnuce »… Allons, au revoir !

– Paphnuce ? un hégoumène ? attendez, attendez ! Où allez-vous ? et qu'est-ce que c'est ce Paphnuce ? s'exclama la générale en poursuivant de son insistance inquiète et dépitée le général qui prenait déjà la porte.

– Oui, oui, ma chère, il s'agit d'un hégoumène d'autrefois… mais il faut que j'aille chez le comte, qui m'attend depuis longtemps et qui m'a fixé lui-même rendez-vous… Prince, au revoir !

Et le général s'éloigna d'un pas rapide.

– Je sais chez quel comte il est attendu, dit aigrement Elisabeth Prokofievna, dont les yeux courroucés se portèrent sur le prince. – De quoi parlions-nous ? ajouta-t-elle sur un ton d'ennui et de dédain. Puis, paraissant rappeler ses souvenirs : – Ah ! j'y suis ; qu'est-ce que c'était que cet hégoumène ?

– Maman… s'interposa Alexandra, tandis qu'Aglaé frappait du pied.

– Ne m'interrompez pas, Alexandra Ivanovna, reprit la générale ; moi aussi je veux savoir. Asseyez-vous là, prince, dans ce fauteuil, en face de moi. Ou plutôt non, ici, au soleil, en pleine lumière, afin que je vous voie mieux. Et maintenant, de quel hégoumène s'agit-il ?

– L'hégoumène Paphnuce, répondit le prince d'un air prévenant et sérieux.

– Paphnuce ? C'est intéressant ; mais qui était-il ?

La générale posait ces questions sur un ton sec et impatient, les yeux toujours fixés sur le prince dont elle accompagnait chaque réponse d'un hochement de tête.

– L'hégoumène Paphnuce, reprit le prince, vivait au XIVe siècle. Il dirigeait un monastère sur les bords de la Volga dans la région où se trouve aujourd'hui la province de Kostroma. Il vivait dans une réputation de sainteté et était allé à la Horde pour régler certaines affaires. Il a apposé sa signature au bas d'un acte et j'ai vu un fac-similé de cette signature. L'écriture m'a plu et je l'ai étudiée de près. Tout à l'heure le général a voulu voir comment j'écrivais afin de pouvoir m'assigner un emploi. J'ai écrit plusieurs phrases dans des types différents d'écriture. Parmi ces phrases se trouvait celle-ci : « Ceci est la signature de l'hégoumène Paphnuce. » J'y ai reproduit l'écriture personnelle de cet abbé et le général a beaucoup goûté mon travail ; voilà pourquoi il vient d'y faire allusion.

– Aglaé, dit la générale, rappelle-toi ce nom : Paphnuce. Ou plutôt écris-le, car je ne retiens rien. Du reste je croyais que ce serait plus intéressant. Où est cette signature ?

– Elle a dû rester dans le cabinet du général, sur sa table.

– Envoyez tout de suite la chercher.

– Je puis la transcrire à nouveau pour vous, si cela vous est agréable.

– Certainement, maman, dit Alexandra. Pour le moment il vaut mieux déjeuner ; nous avons faim.

– Bien, décida la générale. Venez, prince. Vous devez avoir hâte de vous mettre à table ?

– Oui, je mangerai volontiers et je vous suis très reconnaissant.

– C'est très bien d'être poli, et je remarque que vous n'êtes pas, il s'en faut, aussi… original qu'on me l'avait annoncé. Venez. Asseyez-vous là, en face de moi, dit-elle en montrant au prince sa place lorsqu'ils furent dans la salle à manger. Je veux pouvoir vous regarder. Alexandra, Adélaïde, occupez-vous du prince. N'est-ce pas qu'il n'est pas du tout aussi… malade ? Peut-être que la serviette n'est pas nécessaire… Dites-moi, prince : est-ce qu'on vous nouait une serviette sous le menton ?

– Oui, autrefois, quand j'avais sept ans, pour autant que je me souviens. Maintenant j'ai l'habitude d'étendre ma serviette sur mes genoux lorsque je mange.

– C'est ainsi que l'on doit faire. Et les accès ?

– Les accès ? fit le prince quelque peu étonné, je n'en ai plus qu'assez rarement. Au reste, je ne sais pas : on dit que le climat d'ici me sera nuisible.

– Il s'exprime bien, observa la générale en s'adressant à ses filles et en continuant à souligner d'un hochement de tête toutes les paroles du prince. – Je ne m'y attendais pas. Ainsi tout ce que l'on m'a dit n'était que niaiserie et mensonge, comme toujours. Mangez, prince, et parlez-nous de vous : où êtes-vous né ? où avez-vous été élevé ? je veux tout savoir ; vous m'intéressez au plus haut point.

Le prince remercia et, tout en faisant honneur au repas, il recommença le récit qu'il avait tant de fois répété depuis le matin. La générale se montrait de plus en plus satisfaite. Les jeunes filles écoutaient également avec assez d'attention. On discuta la question de parenté. Le prince prouva qu'il connaissait assez bien ses ascendants, mais on eut beau faire des rapprochements, on ne trouva presque aucun lien de parenté entre la générale et lui. Tout au plus aurait-on pu établir un lointain cousinage entre les grands-pères et les grand'mères. Cette aride discussion plut particulièrement à la générale, qui n'avait presque jamais l'occasion de parler de sa généalogie, quelque envie qu'elle en eût. Aussi était-elle pleine d'entrain quand elle se leva de table.

– Allons à notre lieu de réunion, dit-elle ; on nous y apportera le café. Il faut vous dire que nous désignons ainsi une pièce qui n'est, en réalité, que mon salon, expliqua-t-elle au prince. Nous aimons à nous y réunir quand nous sommes seules, et chacune s'y adonne à son occupation favorite. Alexandra, mon aînée que voici, joue du piano, lit ou brode ; Adélaïde peint des paysages et des portraits, qu'elle n'achève d'ailleurs jamais ; quant à Aglaé, elle reste assise à ne rien faire. À moi aussi l'ouvrage me tombe des mains ; je n'arrive à rien. Allons, nous y voici ; asseyez-vous ici, prince, près de la cheminée et racontez quelque chose. Je veux savoir comment vous racontez. Je veux m'en rendre parfaitement compte, et, lorsque je verrai la vieille princesse Biélokonski, je lui rapporterai tout ce qui vous concerne. Je veux que tous, tant qu'ils sont, s'intéressent à votre personne. Eh bien ! parlez.

– Mais, maman, dit Adélaïde qui avait entre temps disposé son chevalet, c'est une drôle d'idée que de faire raconter quelque chose de cette manière-là !

La jeune fille prit ses pinceaux et sa palette et se remit à un travail commencé depuis longtemps qui consistait à reproduire un paysage d'après une estampe. Alexandra et Aglaé s'assirent toutes deux sur un petit canapé et, les bras croisés, se disposèrent à écouter la conversation. Le prince remarqua que l'attention générale était concentrée sur lui.

– Moi, je serais incapable de rien raconter si on me l'ordonnait ainsi, observa Aglaé.

– Pourquoi ? Qu'y a-t-il d'étrange ? Pourquoi se refuserait-il à raconter ? Il a une langue pour s'en servir. Je veux savoir s'il a le don de la parole. Racontez-nous n'importe quoi. Parlez-nous de ce qui vous a plu en Suisse et de vos premières impressions. Vous allez voir qu'il va commencer tout de suite et s'en tirer fort bien.

– Ma première impression fut vive,... dit le prince.

– Vous voyez comme il se lance, interrompit avec pétulance Elisabeth Prokofievna en s'adressant à ses filles.

– Laissez-le au moins parler, maman, coupa Alexandra, qui chuchota à l'oreille d'Aglaé : ce prince est peut-être un malin, et nullement un idiot.

– Sûrement ; il y a un moment que je m'en doute, répondit Aglaé. C'est bien vilain de sa part de jouer la comédie. Où veut-il en venir par là ?

– Ma première impression fut très vive, répéta le prince. Quand on me fit quitter la Russie et voyager à travers diverses villes d'Allemagne, je regardai tout sans mot dire et je me rappelle même n'avoir alors posé aucune question. J'avais eu précédemment une série de violentes attaques de mon mal et j'avais beaucoup souffert ; chaque fois que la maladie s'aggravait et que les accès devenaient plus fréquents, je tombais dans l'hébétude et perdais complètement la mémoire. Mon esprit continuait à travailler, mais le cours logique de mes pensées était en quelque sorte interrompu. Je n'arrivais pas à réunir plus de deux ou trois idées à la suite. C'est l'impression qui m'en reste. Quand les accès se calmaient, je recouvrais la santé et la force que vous me voyez à présent. Je me souviens de la tristesse intolérable qui m'envahissait ; j'avais envie de pleurer ; tout m'étonnait et m'inquiétait. Ce qui m'oppressait affreusement, c'était la sensation que tout m'était *étranger*. Je comprenais que *l'étranger* me tuait. Je me rappelle être sorti complètement de ces ténèbres le soir où, arrivant à Bâle, je mis le pied sur le col de la Suisse ; je m'éveillai en entendant braire un âne au marché.

Cet âne me fit une profonde impression et, je ne sais pourquoi, un plaisir extrême ; dès ce moment une clarté soudaine se produisit dans mon esprit.

– Un âne ? Voilà qui est singulier, observa la générale. Après tout, il n'y a là rien de singulier ; peut-être que l'une ou l'autre d'entre nous pourrait s'enticher d'un âne, ajouta-t-elle en jetant un regard courroucé sur ses filles qui riaient. – Cela s'est vu dans la mythologie. Continuez, prince.

– Depuis lors, j'ai une très vive sympathie pour les ânes. C'est même chez moi une affection spéciale. Je me mis à m'enquérir à leur sujet, car jusque-là je ne savais rien d'eux. Je me convainquis rapidement que c'étaient des animaux très utiles, laborieux, robustes, patients, peu coûteux et endurants. À travers cet animal ma sympathie alla à la Suisse tout entière, en sorte que ma mélancolie se dissipa complètement.

– Tout cela est fort curieux, mais laissons-là cet âne et passons à un autre sujet. Qu'as-tu à rire sans cesse, Aglaé ? et toi, Adélaïde ? Le prince a parlé de l'âne d'une façon charmante. Il l'a vu, cet âne ; et toi, qu'est-ce que tu as vu ? Tu n'es pas allée à l'étranger !

– Mais maman, j'ai vu un âne, dit Adélaïde.

– Et moi j'en ai entendu un, ajouta Aglaé.

Les trois jeunes filles partirent d'un nouvel éclat de rire. Le prince rit avec elles.

– C'est très mal de votre part, remarqua la générale. Excuse-les, prince ; au fond ce sont de bonnes filles. Je me dispute constamment avec elles, mais je les aime. Elles sont légères, inconséquentes, extravagantes.

– Pourquoi cela ? reprit le prince en riant ; j'en aurais fait autant à leur place. Néanmoins je garde mon opinion sur l'âne : il est utile et bon garçon.

– Et vous, prince, êtes-vous bon ? Je vous pose cette question par pure curiosité, fit Elisabeth Prokofievna.

La question souleva derechef un éclat de rire unanime.

– Voilà encore ce maudit âne qui leur revient en tête ; moi, je n'y pensais même plus ! s'écria-t-elle. Croyez bien, prince, que je ne voulais faire aucune…

– Aucune allusion ? Oh ! j'en suis bien persuadé.

Et le prince fut pris d'un rire interminable.

– Vous avez raison de rire. Je vois que vous êtes un très bon jeune homme, dit la générale.

– Je ne le suis pas toujours, répliqua le prince.

– Et moi je suis bonne, déclara-t-elle de but en blanc. Si vous voulez même, je suis toujours bonne ; c'est là mon unique défaut, car il ne faut pas toujours être bonne. Je m'irrite très souvent contre mes filles et plus encore contre Ivan Fiodorovitch ; mais le plus désagréable, c'est que je ne suis jamais si bonne que lorsque je suis en colère. Tenez, il y a un moment, avant votre entrée, j'ai eu un accès d'humeur et j'ai fait semblant de ne rien comprendre et de ne pouvoir, rien comprendre. Cela m'arrive ; je deviens alors comme une enfant. Aglaé m'a donné une leçon : merci, Aglaé. D'ailleurs tout cela ne rime à rien. Je ne suis pas si bête que j'en ai l'air et que mes filles veulent le faire croire. J'ai du caractère et je ne suis pas trop timide. Et du reste je parle de tout cela sans malice. Approche, Aglaé, et embrasse-moi… Maintenant assez de tendresses, dit-elle à Aglaé qui l'embrassait affectueusement sur les lèvres et sur la main. – Continuez, prince. Peut-être vous rappellerez-vous quelque chose d'encore plus intéressant que l'histoire de l'âne.

– Je répète que je ne comprends pas que l'on puisse ainsi raconter quelque chose au pied levé, fit de nouveau observer Adélaïde. Moi, je resterais coite.

– Le prince trouvera quelque chose car il est extrêmement intelligent ; il l'est au moins dix fois plus que toi, et peut-être même douze. Après cela, j'espère que tu le sentiras. Prouvez-leur, prince, que j'ai raison ; continuez. Nous pouvons enfin laisser l'âne de côté, voyons, en dehors de l'âne, qu'avez-vous vu à l'étranger ?

– Mais l'histoire de l'âne n'était pas dénuée de sens, observa Alexandra. Le prince nous a exposé d'une manière très intéressante son état morbide et le choc extérieur à la suite duquel il a repris goût à la vie. J'ai toujours éprouvé le désir de me renseigner sur les circonstances dans lesquelles les gens perdent la raison puis la recouvrent, surtout lorsque ces phénomènes se produisent soudainement.

– N'est-ce pas ? n'est-ce pas ? s'exclama la générale avec vivacité. Je vois que, toi aussi, tu as parfois de l'esprit ; mais trêve de rire ! Vous en étiez resté, prince, il me semble, à la description de la nature en Suisse.

– Nous arrivâmes à Lucerne et on m'emmena sur le lac. J'en admirai la beauté mais j'éprouvai en même temps un sentiment très pénible, dit le prince.

– Pourquoi ? demanda Alexandra.

– Je ne me l'explique pas. J'ai toujours ce sentiment pénible et inquiet lorsque je contemple pour la première fois un site de ce genre : j'en saisis la beauté, mais elle m'angoisse. Au surplus, j'étais encore malade à ce moment.

– Eh bien ! moi je ne suis pas de votre avis ; je désirerais vivement voir un site pareil, dit Adélaïde. Et je ne comprends pas pourquoi nous n'allons pas à l'étranger. Je cherche en vain depuis deux ans un sujet de tableau : *L'Orient et le Midi sont depuis longtemps dépeints...* Trouvez-moi, prince, un sujet de tableau.

– Je n'entends rien à la peinture. Pour moi, on regarde et on peint.

– Je ne sais pas regarder.

– Pourquoi parlez-vous par énigmes ? Je ne vous comprends pas ! interrompit la générale. Comment peux-tu dire que tu ne sais pas regarder ? Tu as des yeux, regarde. Si tu ne sais pas regarder ici, ce n'est pas à l'étranger que tu apprendras à le faire. Racontez-nous plutôt, prince, comment vous-même avez regardé là-bas la nature ?

– Cela vaudra mieux, ajouta Adélaïde. Le prince a appris à regarder à l'étranger.

– Je n'en sais rien ; je n'ai fait là-bas que rétablir ma santé. J'ignore si j'ai appris à regarder. D'ailleurs j'ai été presque tout le temps très heureux.

– Heureux ! s'exclama Aglaé. Vous avez appris l'art d'être heureux ? Alors comment pouvez-vous dire que vous n'avez pas appris celui de regarder ? Enseignez-nous-le.

– Oui, enseignez-le nous, dit Adélaïde en riant.

– Je ne puis rien vous enseigner, répondit le prince en riant aussi. Pendant presque tout mon séjour à l'étranger, j'ai vécu dans le même village suisse ; j'en sortais rarement et ne m'en éloignais jamais ; que pourrais-je donc vous enseigner ? Je ne réussis d'abord qu'à chasser l'ennui ; puis je ne tardai pas à reprendre des forces ; enfin je me mis à apprécier chaque journée davantage et m'aperçus moi-même de ce changement. Je me couchais de fort bonne humeur et me levais avec plus d'entrain que la veille. D'où cela venait-il ? il me serait assez malaisé de le dire.

– En sorte que vous n'aviez plus aucun désir de vous déplacer ? demanda Alexandra. Rien ne vous attirait ?

– Si fait : au début, j'éprouvais ce désir et il me plongeait dans une grande inquiétude. Je me demandais toujours quelle serait ma vie dans l'avenir ; je cherchais à scruter mon destin ; je me sentais particulièrement angoissé à certaines minutes. Il y a, vous le savez, de ces minutes-là, surtout quand on est seul. Dans le village, il y avait une petite cascade qui tombait presque verticalement d'une montagne en minces filets d'eau ; son écume blanche se précipitait avec fracas. Bien que haute, cette chute d'eau, vue de chez nous, paraissait assez basse ; elle était à cinq cents mètres et semblait à cinquante pas. La nuit, j'aimais à l'entendre gronder ; c'est alors qu'il m'arrivait d'éprouver une angoisse intense. Cette angoisse, je l'éprouvais aussi quelquefois au milieu de la journée lorsque j'allais en montagne et que je m'y isolais au milieu des vieux pins résineux. Au sommet d'un rocher se voyaient les ruines d'un château médiéval ; c'est à peine si, de là, on distinguait notre village dans le creux de la vallée. Le soleil brillait, le ciel était bleu, le silence impressionnant. C'est à ces moments-là que je me sentais appelé au loin : il me semblait qu'en marchant tout droit devant moi et sans m'arrêter jusqu'à la ligne où le ciel rejoint la terre, je trouverais le mot de l'énigme et j'entreverrais une vie nouvelle mille fois plus intense et mille fois plus tumultueuse que celle que je menais au village. Je rêvais d'une grande ville comme Naples, remplie de palais, de bruit, de turbulence, de vie… Mes rêves étaient immenses. Par la suite, il me parut que l'on pouvait se faire une vie sans borne même dans une prison.

– J'ai lu cette noble pensée dans ma *Chrestomathie* quand j'avais douze ans, dit Aglaé.

– Tout cela, c'est de la philosophie, fit remarquer Adélaïde. Vous êtes philosophe et vous êtes venu pour nous endoctriner.

– Vous êtes peut-être dans le vrai, dit le prince en souriant. Je suis en effet philosophe et, qui sait ? il se peut que j'aie au fond l'intention de faire école. C'est bien possible, en vérité.

– Votre philosophie est tout à fait dans le genre de celle d'Eulampie Nicolaïevna, reprit Aglaé ; c'est une veuve de fonctionnaire, une sorte de pique-assiette, qui vient chez nous. Pour elle, tout le problème de la vie consiste à acheter bon marché ; c'est sa seule préoccupation ; elle ne parle que de kopeks ; et remarquez qu'elle a de l'argent ; c'est une fine mouche. Il en va de même de cette vie sans borne que vous croyez possible dans une prison, et peut-être aussi de ce bonheur de quatre années, passées dans un village, pour lequel vous avez renoncé à votre ville de Naples, avec bénéfice, semble-t-il, bien que ce bonheur ne vaille que quelques kopeks.

– Pour ce qui est de la vie dans une prison, on peut ne pas partager cet avis, dit le prince. J'ai entendu raconter l'histoire d'un homme qui avait passé douze ans en prison ; c'était un des malades en traitement chez mon professeur. Il avait des attaques de nerfs et était sujet à des angoisses et à des crises de larmes ; il tenta même une fois de se suicider. Sa vie en prison était bien triste, je vous assure, mais, à tout prendre, elle valait plus que quelques kopeks. Toutes ses connaissances se limitaient à une araignée et à un arbuste qui croissait sous sa fenêtre… Mais je préfère vous raconter l'histoire d'une autre rencontre que je fis l'année passée. Il s'agit d'un cas fort curieux, curieux par sa rareté. L'homme dont je vous parle fut un jour conduit à l'échafaud avec d'autres condamnés et on lui lut la sentence qui le condamnait à être fusillé pour un crime politique. Vingt minutes plus tard on lui notifia sa grâce et la commutation de sa peine[18]. Pendant les quinze ou vingt minutes qui s'écoulèrent entre les deux lectures, cet homme vécut dans la conviction absolue qu'il allait mourir sous quelques instants. J'étais extrêmement curieux de l'entendre évoquer ses impressions, et plusieurs fois je me suis plu à le questionner à ce sujet. Il se rappelait tout avec une netteté extraordinaire et il disait qu'il n'oublierait jamais rien de ce qui s'était passé pendant ces quelques minutes. À vingt pas de l'échafaud qu'entouraient la foule et les soldats, on avait planté trois poteaux, car plusieurs condamnés devaient être passés par les armes. Les trois premiers furent amenés et attachés à ces poteaux ; on leur fit revêtir la tenue des condamnés (une longue chemise blanche) ; on leur enfonça sur les yeux des bonnets blancs pour qu'ils ne vissent pas les fusils ; puis un peloton de soldats se plaça devant chaque poteau. L'homme qui m'a fait ce récit, étant le huitième sur la liste, devait être amené au poteau au troisième tour. Un prêtre passa devant tous les condamnés, une croix à la main. Il leur restait donc à peine cinq minutes à vivre. Cet homme me déclara que ces cinq minutes lui avaient paru sans fin et d'un prix inestimable. Il lui sembla que, dans ces cinq minutes, il allait vivre un si grand nombre de vies qu'il n'y avait pas lieu pour lui de penser au dernier moment. Si bien qu'il fit une répartition du temps qui lui restait à vivre : deux minutes pour faire ses adieux à ses compagnons ; deux autres minutes pour se recueillir une dernière fois, et le reste pour porter autour de lui un ultime regard. Il se rappelait parfaitement avoir exécuté ces dispositions comme il les avait calculées. Il allait mourir à vingt-sept ans, plein de santé et de vigueur. Il se souvenait qu'au moment des adieux, il avait posé à l'un de ses compagnons une question assez indifférente et qu'il avait porté un vif intérêt à la réponse. Après les adieux il était entré dans la période de deux minutes réservée à la *méditation intérieure.* Il savait d'avance à quoi il penserait : il voulait sans cesse se représenter, aussi rapidement et aussi clairement que possible, ce qui allait se passer : à présent il existait et vivait ; dans trois minutes *quelque chose* arriverait ; quelqu'un ou quelque chose, mais qui, quoi ? où serait-il ? Il pensait résoudre ces incertitudes durant ces deux avant-dernières minutes. Près de là s'élevait une église dont la coupole dorée brillait sous un soleil éclatant. Il se rappelait avoir fixé avec une terrible obstination cette coupole et les rayons qu'elle réfléchissait ; il ne pouvait pas en détacher ses yeux ; ces rayons lui semblaient être cette nature nouvelle qui allait être la sienne et il

---

18 Voir note 14.

s'imaginait que dans trois minutes il se confondrait avec eux... Son incertitude et sa répulsion devant cet inconnu qui allait surgir immédiatement étaient effroyables. Mais il déclarait que rien ne lui avait été alors plus pénible que cette pensée : « Si je pouvais ne pas mourir ! Si la vie m'était rendue ! quelle éternité s'ouvrirait devant moi ! Je transformerais chaque minute en un siècle de vie ; je n'en perdrais pas une seule et je tiendrais le compte de toutes ces minutes pour ne pas les gaspiller ! » Cette idée finit par l'obséder tellement qu'il en vint à désirer d'être fusillé au plus vite.

Le prince se tut subitement ; toutes ses auditrices s'attendaient à ce qu'il continuât et tirât une conclusion.

– Vous avez fini ? demanda Aglaé.

– Vous dites ?... J'ai fini, dit le prince sortant d'une courte rêverie.

– Mais pourquoi nous avez-vous raconté cette histoire ?

– Je ne sais trop... elle m'est revenue à la mémoire... à propos de notre causerie...

– Vous parlez à bâtons rompus, fit remarquer Alexandra. Votre intention était certainement de nous montrer, prince, qu'il n'y a pas, dans l'existence, un seul moment qui ne vaille plus d'un kopek et que, parfois, cinq minutes ont plus de prix qu'un trésor. Tout ceci est bel et bon, mais permettez : cet ami, qui vous a raconté son calvaire,... on a commué sa peine, donc on lui a accordé cette « vie éternelle ». Eh bien ! qu'a-t-il fait, par la suite, de ce trésor ? A-t-il vécu en « tenant le compte » de chaque minute ?

– Oh ! non. Je l'ai interrogé à ce sujet, et il m'a dit lui-même qu'il n'a nullement vécu de cette manière et qu'il a au contraire perdu beaucoup, beaucoup de minutes.

– Donc, voilà une expérience qui démontre qu'il n'est réellement pas possible de vivre en « tenant le compte » de chaque minute. Il y a quelque chose qui s'y oppose.

– Oui, quelque chose s'y oppose, répéta le prince ; cela m'est apparu à moi-même... Pourtant, comment ne pas croire...

– Serait-ce que vous pensez vivre plus sagement que tous les autres ? dit Aglaé.

– Oui, j'ai eu aussi parfois cette idée.

– Et vous l'avez encore ?

– Je l'ai encore, répondit le prince, qui, après avoir regardé Aglaé avec le même sourire doux, voire timide, se mit à rire de nouveau en donnant à ses yeux une expression de gaîté.

– Quelle modestie ! dit Aglaé à demi agacée.

– Et quel courage est le vôtre : vous riez et moi, j'ai été si frappé par le récit de cet homme que je l'ai revu en songe par la suite ; j'ai rêvé de ces cinq minutes…

De nouveau il promena sur son auditoire un regard sérieux et interrogateur.

– Vous n'êtes pas fâchées contre moi ? demanda-t-il soudain avec un certain trouble, mais en les fixant droit dans les yeux.

– Pourquoi ? s'écrièrent les trois jeunes filles avec surprise.

– Mais parce que j'ai toujours l'air de vous faire la leçon.

Toutes se mirent à rire.

– Si vous êtes fâchées, cessez de l'être, dit-il. Je sais mieux que personne que j'ai moins vécu qu'un autre et que je comprends la vie moins que quiconque. Peut-être dis-je parfois des choses bien étranges…

Et il se troubla tout à fait.

– Si vous dites que vous avez été heureux, cela signifie que vous avez vécu, non pas moins, mais plus que les autres ; alors pourquoi biaiser et vous excuser ? fit Aglaé avec une raideur agressive. – Si vous avez l'air de nous faire la leçon, ne vous en tracassez pas ; cela ne vous confère aucune sorte de supériorité. Avec votre quiétisme, on peut remplir de bonheur une existence, durerait-elle cent années. Il suffit qu'on vous montre une exécution capitale, ou simplement le petit doigt : vous y trouverez matière à des déductions également louables et vous serez content. Il est facile de vivre dans ces conditions-là.

– Pourquoi t'emportes-tu toujours ? Je ne le comprends pas, intervint la générale, qui observait depuis longtemps les physionomies de ceux qui parlaient. Je ne puis comprendre davantage ce que vous racontez. Qu'est-ce que c'est que ce petit doigt et toutes ces sornettes ? Le prince parle fort bien, quoique sur des sujets un peu tristes. Pourquoi le décourages-tu ? Au début il riait ; maintenant le voilà tout morose.

– Ce n'est rien, maman. – C'est dommage, prince, que vous n'ayez pas vu d'exécution capitale ; je vous aurais posé une question.

– Mais si, j'ai vu une exécution capitale, repartit le prince.

– Vous en avez vu une ? s'écria Aglaé ; j'aurais dû m'en douter ! cela couronne tout. Si vous avez vu une exécution, comment pouvez-vous dire que vous avez toujours été heureux ? N'avais-je pas raison dans ce que je vous disais tout à l'heure ?

– On exécute donc dans votre village ? demanda Adélaïde.

– Non ; j'ai vu cela à Lyon, où j'étais allé avec Schneider ; il m'y a conduit. À peine étions-nous arrivés que cette exécution a eu lieu.

– Et alors ? Cela vous a beaucoup plu ? Le spectacle était édifiant ? profitable ? questionna Aglaé.

– Le spectacle ne m'a pas du tout plu et j'ai été un peu malade après l'avoir vu ; mais j'avoue que j'étais comme cloué sur place en le regardant ; je ne pouvais en détourner mes yeux.

– J'aurais été dans le même cas, dit Aglaé.

– Là-bas on n'aime pas voir les femmes assister aux exécutions ; aussi les journaux signalent-ils celles qui y vont.

– En constatant que ce n'est pas l'affaire des femmes, on veut dire (et par conséquent justifier) que c'est celle des hommes. Tous mes compliments pour cette logique. Sans doute est-ce aussi la vôtre ?

– Racontez-nous l'exécution que vous avez vue, interrompit Adélaïde.

– Je préférerais de beaucoup ne pas la raconter en ce moment, dit le prince troublé et quelque peu maussade.

– On dirait qu'il vous en coûte de nous faire ce récit, dit Aglaé d'un ton pointu.

– Non ; mais je l'ai déjà fait tout à l'heure.

– À qui ?

– À votre domestique, tandis que j'attendais…

– À quel domestique ? s'exclamèrent les quatre femmes.

– À celui qui se tient dans l'antichambre ; il est grisonnant avec une face rougeaude ; c'était pendant que j'attendais dans cette antichambre pour être introduit chez Ivan Fiodorovitch.

– C'est singulier, observa la générale.

– Le prince est démocrate, fit Aglaé sèchement. Allons, si vous avez raconté l'exécution à Alexis, vous ne pouvez pas refuser de nous la raconter.

– Je veux absolument l'entendre, répéta Adélaïde.

Se tournant vers elle le prince s'anima de nouveau (il semblait porté à s'animer et prompt à entrer en confiance) :

– En vérité, lorsque vous m'avez demandé tout à l'heure un sujet de tableau, l'idée m'est venue de vous proposer celui-ci : peindre le visage d'un condamné au moment où il va être guillotiné, quand il est déjà sur l'échafaud et attend qu'on l'attache à la bascule.

– Le visage ? rien que le visage ? demanda Adélaïde, quel étrange sujet, et quel tableau cela ferait ?

– Je ne sais. Pourquoi ne serait-ce pas un tableau comme les autres ? répliqua le prince avec feu. J'ai vu dernièrement à Bâle une œuvre dans ce genre. Je voudrais bien vous la décrire... Ce sera pour un autre jour... Elle m'a vivement frappé.

– Vous me parlerez plus tard du tableau de Bâle, dit Adélaïde ; cela ne fait pas de doute ; mais pour le moment il faut que vous m'indiquiez le tableau à tirer de cette exécution. Pouvez-vous décrire les choses telles que vous vous les représentez vous-même ? Comment peindre ce visage, et rien que ce visage ? Quelle expression lui donner ?

C'était juste une minute avant la mort, au moment où le condamné venait de gravir l'échafaud et mettait les pieds sur la plate-forme...

Le prince parlait avec beaucoup de chaleur et, emporté par ses souvenirs, il semblait pour le moment avoir oublié tout le reste :

– Alors il regarda de mon côté ; j'examinai son visage et je compris tout... Au reste, comment décrire une chose pareille ? Ah ! comme je voudrais que vous ou quelqu'un d'autre reproduisiez cette scène ! Mieux vaudrait que ce soit vous ! Déjà alors j'avais l'idée qu'un pareil tableau serait utile. Savez-vous ! pour que ce tableau soit réussi, il faut se représenter tout ce qui s'est passé avant ce moment, tout, tout. Le condamné était en prison et s'attendait à ce que l'exécution eût lieu au moins une semaine plus tard ; il se reposait sur les formalités d'usage et avait calculé que les pièces devaient encore aller et venir pendant une semaine. Mais une circonstance imprévue avait abrégé ce délai. À cinq heures du matin il dormait. C'était à la fin d'octobre ; à cinq heures il fait encore froid et sombre. Le directeur de la prison entra sans bruit accompagné d'un gardien et lui toucha l'épaule avec ménagement. Le condamné se dressa, s'accouda et, voyant de la lumière, dit : « Qu'y a-t-il ? » – « L'exécution aura lieu à dix heures », lui répondit-on. Encore mal éveillé, il ne pouvait en croire ses oreilles et objectait que les pièces ne reviendraient pas avant une semaine. Mais quand il eut repris conscience, il cessa de discuter et se tut. On dit qu'il ajouta peu après : « Tout de même, c'est pénible ; si brusquement… », puis retomba dans le mutisme et ne voulut plus proférer une parole. Trois ou quatre heures se passèrent dans les préparatifs que l'on sait : visite de l'aumônier, déjeuner composé de vin, de café et d'un morceau de bœuf (n'est-ce pas là une dérision ? cela vous paraît un acte de cruauté, mais je gage que ces bonnes gens ont agi en toute pureté d'intention et dans la conviction que ce déjeuner est un acte de philanthropie). Puis vint la toilette (vous savez ce que c'est que la toilette d'un condamné ?) Enfin on le conduisit par la ville vers l'échafaud… Ce trajet, je pense, lui a donné l'impression qu'il lui restait un temps infini à vivre. Il devait se dire chemin faisant : « Il me reste encore trois rues à vivre ; c'est quand même long. Je prends celle-ci ; après il y en aura une autre, puis encore une autre, celle où il y a un boulanger à droite…, il y a loin avant d'arriver à la boutique du boulanger ! « Autour de lui une foule bruyante poussait des cris ; dix mille visages, dix mille paires d'yeux ; il lui fallait subir tout cela, et le plus dur c'était de penser : « Ils sont là dix mille, et on ne s'en prend à aucun d'eux ; c'est moi que l'on va mettre à mort ! » Et ce n'étaient là que les préliminaires. Un petit escalier menait à l'échafaud ; au bas de cet escalier il se mit soudain à fondre en larmes ; c'était pourtant un solide gaillard doublé, dit-on, d'un grand scélérat. L'aumônier ne le quitta pas un instant : il avait fait le chemin avec lui dans la charrette en lui parlant tout le temps ; je doute que le condamné l'ait entendu ; il s'efforçait par moments d'écouler mais perdait le fil dès le troisième mot. C'est ainsi que cela a dû être. Enfin le moment vint de gravir l'échafaud ; ses pieds étant entravés, il ne pouvait faire que de petits pas. L'aumônier, qui était sans doute un homme intelligent, cessa de parler et se borna à lui présenter ; continuellement le crucifix à baiser. Au pied de l'escalier, l'homme était très pâle ; quand il eut monté sur la plate-forme son visage devint soudain aussi blanc qu'une feuille de papier. Certainement ses jambes fléchissaient et se paralysaient ; il avait des nausées avec une sensation d'étouffement et de chatouillement dans la gorge. C'est la sensation que l'on éprouve dans les moments d'épouvante ou de grande frayeur, qui vous laissent votre pleine lucidité mais vous enlèvent tout empire sur vous-même. Tel doit être, ce me semble, l'impression ressentie par un homme qui va périr, par exemple, sous l'écroulement d'une maison ; il est saisi d'une envie éperdue de s'asseoir, de fermer les yeux et d'attendre – advienne que pourra !... À cet instant, lorsque la défaillance semblait gagner le condamné, le prêtre, d'un geste rapide et muet, lui appliqua aux lèvres une petite croix d'argent à quatre branches. Il répéta ensuite ce geste sans arrêt. Chaque fois que le crucifix touchait ses lèvres, le condamné ouvrait les yeux, paraissait se ranimer pour quelques secondes et trouvait la force de mouvoir ses pieds. Il baisait le crucifix avec avidité et précipitation, tel un homme mû par la crainte d'oublier les provisions de voyage dont il pourrait éventuellement avoir besoin. Mais il n'était guère à supposer qu'il eût à cette minute un sentiment religieux conscient. Cette scène se prolongea jusqu'à ce qu'il fût couché sur la bascule... Il est étrange de constater, qu'un homme perd rarement connaissance en cet instant suprême. Au contraire, une vie et un travail intenses s'animent dans son cerveau, qui développe alors toute la force d'une machine en pleine marche. Je me figure la multitude de pensées qui l'assaillent, toutes inachevées, peut-être baroques et intempestives, dans le genre de celles-ci : « Voilà là-bas, parmi les spectateurs, un individu qui a une verrue sur le front ; tiens ! il y a un bouton rouillé dans le bas de la redingote du bourreau. » Et cependant l'intelligence et la mémoire sont indemnes ; il y a un point unique qu'il est impossible d'oublier, auquel on ne peut échapper par une syncope et autour duquel tout gravite. Songez qu'il en va jusqu'au dernier quart de seconde, lorsque la tête est déjà sous le couperet et que l'homme attend et... *sait.* Soudain il entend au-dessus de lui glisser le fer. Car il est certain qu'on l'entend. Moi, si j'étais couché sur la bascule, j'écouterais exprès ce glissement et je le percevrais ! Peut-être ne dure-t-il qu'un dixième de seconde, mais il n'en est pas moins perceptible. Et imaginez qu'on discute encore jusqu'à présent la question de savoir si la tête, séparée du tronc, a ou n'a pas conscience qu'elle est décapitée pendant une seconde encore. Quelle idée ! Et qui sait si cela ne dure pas cinq secondes ?... Maintenant essayez de peindre l'échafaud de manière que l'on ne distingue nettement que la dernière marche ; le condamné vient de la gravir, son visage est pâle comme une feuille de papier ; il tend avidement ses lèvres bleuies au crucifix que lui présente l'aumônier ; il regarde et il *sait tout.* Le crucifix et la tête : voilà le tableau. Quant à l'aumônier, au bourreau, à ses deux aides et à quelques têtes qui apparaissent plus bas, on peut ne les peindre que comme accessoires, au troisième plan, dans une pénombre... Voilà le tableau tel que je le vois.

Le prince se tut et regarda ses auditrices.

– Voilà qui ne ressemble guère à du quiétisme, murmura Alexandra en se parlant à elle-même.

– Eh bien ! maintenant, racontez-nous comment vous êtes tombé amoureux, dit Adélaïde.

Le prince la considéra avec surprise.

– Écoutez, fit Adélaïde sur un ton précipité, gardez en réserve la description du tableau de Bâle. Pour le moment, je veux vous entendre raconter comment vous êtes tombé amoureux. Ne niez pas : vous avez été amoureux. D'autant qu'il vous suffit de vous mettre à raconter quelque chose pour vous départir de votre philosophie.

– Et, dès que votre récit sera terminé, vous serez confus de nous l'avoir fait, observa soudain Aglaé. Pour quelle raison ?

– C'est trop bête à la fin ! intervint la générale en fixant sur Aglaé un regard indigné.

– C'est déraisonnable, appuya Alexandra.

– Ne la croyez pas, prince ! reprit la générale. Elle fait exprès de prendre ce mauvais genre, mais elle n'a pas été élevée si sottement ; n'allez pas imaginer quoi que ce soit en les voyant vous taquiner ainsi. Sans doute elles ont quelque fantaisie en tête, mais elles éprouvent déjà de l'affection pour vous. Je connais leurs visages.

– Moi aussi je les connais, dit le prince en appuyant sur les mots avec une insistance particulière.

– Comment cela ? demanda Adélaïde avec curiosité.

– Que savez-vous de nos visages ? ajoutèrent les deux autres également intriguées.

Mais le prince se tut et prit un air sérieux. Tout le monde attendait sa réponse.

– Je vous le dirai plus tard, fit-il avec douceur et gravité.

– Décidément vous voulez piquer notre curiosité, s'exclama Aglaé. Quel ton solennel !

– Eh bien, soit ! reprit vivement Adélaïde. Cependant, si vous êtes si bon physionomiste, c'est que vous avez été amoureux. Donc j'ai deviné juste. Racontez-nous cela.

– Je n'ai pas été amoureux, répondit le prince du même ton doux et grave. J'ai été heureux… d'une autre manière.

– De quelle manière ? Par quoi ?

– C'est bien, je vais vous le dire, articula-t-il avec l'air d'un homme plongé dans une profonde rêverie.

VI

– Oui, commença le prince, en ce moment vous me regardez toutes avec une si vive curiosité que, si je ne la satisfaisais pas, vous vous fâcheriez contre moi. Non, je plaisante, reprit-il aussitôt en souriant. Là-bas… dans ce village suisse, il y avait toujours des enfants ; je passais tout mon temps avec eux et rien qu'avec eux. C'était toute la bande des écoliers du village. On ne peut pas dire que je les instruisais ; oh non ! c'était l'affaire du maître d'école, qui s'appelait Jules Thibaut ; mettons que j'aie contribué à leur instruction, mais il est plus exact de dire que j'ai vécu parmi eux et que c'est ainsi que se sont écoulées mes quatre années. Je n'avais pas besoin d'une autre société. Je leur disais tout, je ne leur cachais rien. Leurs pères et parents se fâchèrent tous contre moi parce que ces enfants finissaient par ne plus pouvoir se passer de moi ; ils se groupaient toujours à mes côtés, si bien que le maître d'école lui-même devint mon plus grand ennemi. Je m'aliénai là-bas beaucoup d'autres gens, toujours à cause des enfants. Schneider même me gourmanda à ce sujet. Qu'appréhendaient-ils donc ? On peut tout dire à un enfant, tout ; j'ai toujours été surpris de voir combien les grandes personnes, à commencer par les pères et mères, connaissaient mal les enfants. On ne doit rien cacher aux enfants sous le prétexte qu'ils sont petits et qu'il est trop tôt pour leur apprendre quelque chose. Quelle triste et malencontreuse idée ! Les enfants eux-mêmes s'aperçoivent que leurs parents les croient trop petits et incapables de comprendre, alors qu'en réalité ils comprennent tout. Les grandes personnes ne savent pas qu'un enfant peut donner un conseil de la plus haute importance, même dans une affaire extrêmement compliquée. Oh mon Dieu ! quand un de ces jolis oisillons vous regarde avec son air confiant et heureux, vous avez honte de le tromper ! Si je les appelle oisillons, c'est parce qu'il n'y a rien au monde de meilleur qu'un petit oiseau. D'ailleurs, si tout le monde m'en a voulu au village, cela a été surtout la conséquence d'un incident… Quant à Thibaut c'était simplement la jalousie qui l'indisposait à mon égard ; il commença par hocher la tête et s'étonner de voir les enfants saisir tout ce que je leur disais, tandis qu'il se faisait à peine comprendre d'eux. Puis il se mit à se moquer de moi lorsque je lui déclarai que ni lui ni moi ne leur apprendrions rien, et que c'était plutôt d'eux que nous avions à apprendre. Comment a-t-il pu m'envier et me calomnier, alors que lui-même vivait au milieu des enfants ? au contact des enfants l'âme s'assainit… Ainsi, il y avait là-bas un malade dans la maison de santé que dirigeait Schneider ; c'était un homme très malheureux. Son malheur était si affreux qu'on n'en saurait guère concevoir de semblable. Il était en traitement pour aliénation mentale ; à mon avis il n'était pas fou ; mais il souffrait horriblement et c'était là toute sa maladie. Et si vous saviez ce que finirent par être pour lui nos enfants ! Mais je reviendrai plus tard sur le cas de ce malade ; pour le moment je vais vous raconter comment tout cela a commencé. Au début les enfants ne m'aimèrent point. J'étais trop grand pour eux et j'ai toujours été d'allures gauches ; je sais que je suis laid de ma personne... enfin il y avait le fait que j'étais un étranger. Les enfants se moquèrent d'abord de moi, puis ils me jetèrent des pierres le jour où ils me virent embrasser Marie. Je ne l'ai embrassée qu'une seule fois... Non, ne riez pas, se hâta d'ajouter le prince pour arrêter un sourire de ses auditrices ; – ce n'était pas un baiser d'amour. Si vous saviez quelle infortunée créature c'était, vous en auriez autant pitié que moi-même. Elle était de notre village. Sa mère était une très vieille femme qui partageait avec elle une masure délabrée, éclairée par deux fenêtres ; une de ces fenêtres était barrée par une planche sur laquelle, avec la permission des autorités locales, elle mettait en vente des lacets, du fil, du tabac, du savon ; les quelques sous qu'elle tirait de ce commerce la faisaient vivre. Elle était malade et ses jambes enflées l'obligeaient à rester toujours assise. Sa fille, Marie, qui pouvait avoir vingt ans, était faible et malingre ; depuis longtemps la phtisie la minait, ce qui ne l'empêchait pas de travailler dehors à la journée et de faire les gros ouvrages, comme laver le plancher, lessiver, balayer les cours, rentrer le bétail. Un commis voyageur français l'avait séduite et emmenée, puis s'était éclipsé au bout de huit jours après l'avoir plantée sur la route. Elle était revenue au logis en mendiant, toute couverte de boue et de haillons, les souliers en pièces. Elle avait marché une semaine entière, couchant à la belle étoile et torturée par le froid. Ses pieds étaient en sang, ses mains enflées et gercées. D'ailleurs elle n'avait jamais été belle, mais ses yeux exprimaient la douceur, la bonté, l'innocence. Elle était prodigieusement taciturne. Une fois, avant sa mésaventure, elle s'était tout à coup mise à chanter au milieu de son travail ; je me souviens que la surprise avait été générale et que tout le monde était parti à rire : « Tiens, voilà Marie qui a chanté ! Comment ! Marie a chanté ? » Sa confusion avait été extrême et depuis ce jour elle n'avait plus desserré les dents. Alors on la traitait encore affectueusement, mais quand elle revint au village malade et meurtrie, personne n'eut plus pour elle la moindre pitié. Comme ces gens-là sont durs en pareil cas ! Comme leur jugement est brutal ! Sa mère fut la première à lui montrer de l'aversion et du mépris. « Tu viens de me déshonorer », lui dit-elle. Elle fut aussi la première à rendre public l'opprobre de sa fille. Lorsqu'on sut au village le retour de Marie, tout le monde accourut pour la voir ; presque toute la population, vieillards, enfants, femmes, jeunes filles, se précipita chez la vieille en foule impatiente et curieuse. Marie gisait famélique et déguenillée sur le plancher aux pieds de sa mère et sanglotait. Quand la foule eut envahi la masure, elle se couvrit le visage de ses cheveux épars et se prostra la face contre le sol. Les gens, en cercle autour d'elle, la regardaient comme une bête immonde ; les vieux la tançaient et l'invectivaient ; les jeunes ricanaient, les femmes l'insultaient et manifestaient la même répulsion qu'en face d'une araignée. La mère restait assise et, loin de désapprouver ces insultes, elle les encourageait en hochant la tête. Elle était déjà très malade et presque mourante ; de fait, elle trépassa deux mois plus tard. Bien qu'elle sût sa fin prochaine, l'idée ne lui vint pas de se réconcilier avec sa fille avant de mourir ; elle ne lui adressait jamais la parole, l'envoyait se coucher dans l'entrée et lui refusait presque la nourriture. Ses pieds malades exigeaient de fréquents bains tièdes ; Marie les lui lavait chaque jour et lui donnait des soins ; la vieille acceptait ses services en silence sans la moindre parole affectueuse. La malheureuse endurait tout : lorsque par la suite j'eus fait sa connaissance, je constatai qu'elle-même approuvait ces humiliations et se considérait comme la dernière des créatures. Quand sa mère s'alita pour ne plus se relever, les vieilles femmes du village vinrent la soigner à tour de rôle, comme cela se fait là-bas. On cessa dès lors complètement de nourrir Marie ; tout le monde la repoussait et personne ne voulait même plus lui donner de travail comme par le passé. C'était comme si chacun lui eût craché au visage ; les hommes ne la regardaient plus comme une femme et lui adressaient d'ignobles propos. Parfois, très rarement, le dimanche, des ivrognes lui jetaient des sous par dérision. Marie les ramassait par terre sans mot dire Elle commençait déjà à cracher le sang. Ses haillons finirent par tomber en loques, au point qu'elle n'osa plus se montrer dans le village ; depuis son retour elle marchait pieds nus. Alors les enfants – une bande d'une quarantaine d'écoliers – se mirent à lui courir après et même à lui jeter de la boue. Elle demanda au vacher la permission de garder ses bêtes, mais le vacher la chassa. Elle passa outre et accompagna le troupeau toute la journée sans rentrer chez elle. Elle rendit ainsi de précieux services au vacher, qui s'en aperçut et qui, cessant de la repousser, lui donna même parfois les restes de son repas, du pain et du fromage. Il considérait cela comme un grand acte de charité de sa part. Quand la mère mourut, le pasteur ne rougit pas de faire en pleine église un affront public à la jeune fille. Celle-ci se tenait en guenilles derrière la bière et sanglotait. Nombre de gens étaient venus là pour la voir pleurer et pour suivre le corps. Alors le pasteur – un jeune homme dont toute l'ambition était de devenir un grand prédicateur – s'adressa à l'assistance en lui montrant Marie : « Voilà, dit-il, celle qui a causé la mort de cette respectable femme (c'était faux, puisque la vieille était malade depuis deux ans) ; elle est là devant vous et n'ose pas lever les yeux, car elle est marquée du doigt de Dieu ; elle est nu-pieds et couverte de haillons ; qu'elle serve d'exemple à celles qui perdent leur vertu ! Qui donc est-elle ? Elle est la propre fille de la défunte ! » Et il continua sur ce ton. Figurez-vous que cet acte de lâcheté fut du goût de presque tout le monde, mais… un événement imprévu s'ensuivit, car c'est alors qu'intervinrent les enfants, qui étaient déjà tous de mon côté et avaient commencé à prendre Marie en affection. Voilà comment ce revirement s'était produit. J'avais eu l'idée de faire quelque chose pour la jeune fille, mais ce qu'il lui fallait, c'était de l'argent et là-bas, je n'ai jamais eu un kopek à moi. J'avais une petite épingle avec un brillant ; je la vendis à un brocanteur qui allait de village en village et faisait le commerce des vieux habits. Il m'en donna huit francs, bien qu'elle en valût certainement quarante. Je cherchai pendant longtemps à rencontrer Marie seule ; enfin je la trouvai, hors du village, près d'une haie, derrière un arbre, sur un sentier de montagne. Je lui remis mes huit francs et lui dis d'en être économe, vu que je n'aurais plus d'autre argent. Puis je l'embrassai en la priant de ne me prêter aucune intention déshonnête : mon baiser était un geste de commisération et non d'amour. J'ajoutai que, dès le début, je ne l'avais jamais tenue pour coupable, mais seulement pour malheureuse. Je désirais vivement la consoler et la convaincre qu'elle n'avait pas lieu de se ravaler devant les autres ; mais j'eus l'impression qu'elle ne me comprenait pas. Cette impression, je la ressentis tout de suite, bien qu'elle restât presque tout le temps silencieuse, debout devant moi, les yeux baissés et pleine de confusion. Quand j'eus fini de parler, elle me baisa les mains. Je saisis aussitôt les siennes pour les baiser à mon tour, mais elle les retira vivement. À ce moment-là toute la bande des enfants nous aperçut ; par la suite j'appris qu'ils m'épiaient depuis longtemps. Ils se mirent à siffler, à battre des mains et à rire, ce que voyant, Marie prit la fuite. Je voulus leur parler, mais ils commencèrent à me jeter des pierres. Le même jour, tout le village connut l'événement ; on retomba de nouveau sur Marie, à l'égard de laquelle l'hostilité s'accrut. J'ai même entendu dire qu'on avait projeté de lui administrer une correction, mais, Dieu merci, la chose n'alla pas jusque-là. Par contre, les enfants ne lui laissèrent plus de répit : ils la persécutèrent plus cruellement que par le passé et lui jetèrent de la boue. Ils lui couraient sus : elle s'enfuyait mais, comme elle était faible de poitrine, elle s'arrêtait à bout de souffle, tandis que les poursuivants lui criaient des injures. Un jour je dus même en venir aux mains avec eux. Puis je pris le parti de leur parler, de leur parler chaque jour, toutes les fois que je le pouvais. Parfois ils s'arrêtaient à m'écouter, mais sans renoncer à insulter Marie. Je leur exposai combien elle était malheureuse ; alors ils ne tardèrent pas à se contenir et prirent l'habitude de passer leur chemin sans rien dire. Peu à peu nous multipliâmes nos entretiens ; je ne leur cachais rien et leur parlais à cœur ouvert. Ils m'écoutaient avec une vive curiosité et se mirent bientôt à éprouver de la pitié pour Marie. Quelques-uns la saluèrent gentiment quand ils la rencontrèrent ; c'est la coutume dans le pays de saluer les gens qu'on croise et de leur dire bonjour, qu'on les connaisse ou qu'on ne les connaisse pas. Je me figure la surprise de Marie. Un jour, deux fillettes se firent donner quelques livres qu'elles allèrent lui porter, puis elles vinrent me le dire. Elles racontèrent que Marie avait fondu en larmes et que maintenant elles l'aimaient beaucoup. Peu après il en fut de même de tous les enfants qui, du coup, se prirent également d'affection pour moi. Ils vinrent à maintes reprises me trouver en me priant tous de leur raconter quelque chose. À en juger par leur extrême attention à m'écouter, j'eus l'impression que je les intéressais. Dans la suite, je me mis à étudier et à lire dans le seul dessein de les faire profiter de ce que j'apprenais. Ce fut pendant trois ans mon occupation. Plus tard, lorsque tout le monde, y compris Schneider, me reprocha de leur avoir parlé comme à des adultes et de ne leur avoir rien caché, je répliquai que c'était une honte de mentir aux enfants, que ceux-ci n'en étaient pas moins au courant de tout, mais que, si on leur faisait des mystères, ils s'instruisaient sous une forme qui souillait leur imagination, ce qui n'était pas le cas pour ce que, moi, je leur apprenais. Sur ce point chacun n'a qu'à évoquer ses souvenirs d'enfance. Ce raisonnement ne les convainquit point. J'avais embrassé Marie deux semaines avant la mort de sa mère ; aussi, lorsque le pasteur prononça son sermon, tous les enfants avaient déjà pris mon parti. Je leur rapportai et commentai sur-le-champ la façon d'agir du pasteur : tous s'en montrèrent révoltés et quelques-uns allèrent même jusqu'à lapider les vitres de ses fenêtres. Je m'efforçai de les retenir en leur représentant que c'était une mauvaise action ; mais le village ne tarda pas à connaître cette affaire et l'on m'accusa de dépraver les enfants. Bientôt tout le monde sut que les écoliers aimaient Marie et cette nouvelle causa une vive alarme ; mais Marie se sentait déjà heureuse. On eut beau interdire aux enfants de la voir ; ils allaient en cachette la retrouver dans le champ où elle faisait paître les vaches ; c'était assez loin, à environ une demi-verste du village. Ils lui portaient des cadeaux ; quelques-uns n'y allaient que pour l'embrasser, lui donner des baisers et lui dire : *Je vous aime, Marie*[19], puis ils se sauvaient à toutes jambes. Marie avait peine à garder sa raison devant un bonheur si inattendu ; elle n'avait pas même rêvé cela ; elle était à la fois confuse et ravie. Le plus intéressant, c'était que les enfants, et surtout les petites filles, tenaient à courir lui répéter que je l'aimais et que je leur parlais très souvent d'elle. Ils lui disaient que c'était moi qui leur avais tout raconté et que désormais ils auraient toujours pour elle de la tendresse et de la compassion. Puis ils accouraient chez moi et me rendaient compte, avec des petites mines joyeuses et empressées, qu'ils venaient de voir Marie et que celle-ci m'envoyait ses compliments. Le soir j'allais à la cascade : il y avait là un endroit entouré de peupliers et complètement hors de la vue des gens du village ; les enfants venaient m'y rejoindre, quelques-uns en cachette. Il me semble qu'ils prenaient un plaisir extrême à me croire amoureux de Marie et, durant tout le temps que je vécus là-bas, ce fut le seul point sur lequel je les induisis en erreur. Je n'eus cure de les détromper et de leur avouer que je n'aimais pas Marie, ou plutôt que je n'en étais pas amoureux et que je n'éprouvais pour elle qu'une grande pitié. Je voyais que leur plus vif désir était que mon sentiment fût tel qu'ils se l'imaginaient entre eux ; aussi gardai-je le silence et leur laissai-je l'illusion d'avoir deviné juste. Il y avait dans ces petits cœurs tant de délicatesse et de tendresse qu'il leur paraissait, par exemple, impossible que leur cher Léon aimât autant Marie et que Marie fût si mal vêtue et allât nu-pieds. Figurez-vous qu'ils lui donnèrent des souliers, des bas, du linge et même quelques vêtements. Par quel miracle d'ingéniosité s'étaient-ils procuré tout cela ? Je ne saurais le dire ; toute la bande dut s'y mettre. Quand je les questionnai là-dessus, ils se contentèrent de rire gaîment ; les petites filles battirent des mains et m'embrassèrent. J'allais parfois aussi voir Marie à la dérobée. Son mal empirait ; elle se traînait à peine et avait fini par cesser tout service à la vacherie ; toutefois elle partait encore chaque matin avec le troupeau. Elle s'asseyait à l'écart, à l'extrémité de la saillie d'un rocher presque abrupt ; elle restait là comme immobile sur la pierre, cachée à tous les regards, depuis le matin jusqu'à l'heure où le troupeau rentrait. La phtisie l'avait tellement affaiblie qu'elle gardait presque tout le temps les yeux fermés et sommeillait, la tête appuyée contre le rocher. Sa respiration était difficile, son visage

19 En français dans le texte.

décharné comme celui d'un squelette ; la sueur inondait son front et ses tempes. Je la trouvais toujours dans cet état. Je ne venais que pour un instant et ne désirais pas non plus que l'on me vît. Dès que j'apparaissais, Marie tressaillait, ouvrait les yeux et me baisait précipitamment les mains. Je ne les retirais plus parce que c'était pour elle un bonheur. Pendant tout le temps que j'étais là, elle tremblait et pleurait ; parfois elle se mettait à parler, mais il était difficile de la comprendre. L'excès de son émotion et de sa joie la rendait comme folle. Les enfants venaient quelquefois avec moi ; dans ce cas, ils se tenaient habituellement à distance et faisaient le guet à toute éventualité ; l'exercice de cette surveillance leur plaisait infiniment. Quand nous étions partis, Marie, redevenue seule, se figeait à nouveau dans l'immobilité, fermait les yeux et s'appuyait la tête au rocher. Peut-être rêvait-elle. Un matin elle n'eut plus la force de suivre le troupeau et resta dans sa maison vide. Les enfants l'apprirent aussitôt et vinrent presque tous, ce jour-là, la voir à plusieurs reprises. Ils la trouvèrent alitée et abandonnée. Pendant deux jours, il n'y eut que les enfants à la soigner ; ils se relevaient les uns les autres. Mais quand on sut au village que Marie approchait de sa fin, les vieilles vinrent à tour de rôle la veiller. Il semblait qu'on commençât à avoir pitié d'elle ; du moins les gens du village laissaient-ils les enfants l'approcher et ne l'injuriaient-ils plus comme autrefois. La malade était tout le temps assoupie ; son sommeil était agité et elle toussait affreusement. Les vieilles femmes chassaient les enfants, mais ceux-ci accouraient sous la fenêtre, ne fût-ce que pour une minute, le temps de dire : *Bonjour, notre bonne Marie*[20]. Dès qu'elle les apercevait ou entendait leur voix, elle se ranimait tout à fait, s'efforçait de se soulever sur ses coudes et les remerciait d'un signe de tête. Comme par le passé, ils lui apportaient des friandises, mais elle ne mangeait presque rien. Je vous assure que, grâce à eux, elle mourut presque heureuse ; grâce à eux, elle oublia sa noire infortune. Et elle reçut en quelque sorte son pardon par leur entremise, car elle se considéra jusqu'au bout comme une grande criminelle. Semblables à de petits oiseaux qui seraient venus battre des ailes sous sa fenêtre, ils lui criaient chaque matin : *Nous t'aimons, Marie*[21]. Elle mourut beaucoup plus rapidement que je ne l'aurais pensé. La veille de sa mort, avant le coucher du soleil, j'allai la voir ; elle parut me reconnaître et je lui serrai la main pour la dernière fois ; comme cette main était décharnée ! Le lendemain matin, on vint brusquement m'annoncer qu'elle était morte. Alors il devint impossible de retenir les enfants : ils couvrirent son cercueil de fleurs et lui placèrent une couronne sur la tête. À l'église, le pasteur, devant la morte, fit taire ses griefs ; d'ailleurs il y eut peu de monde à l'enterrement, quelques curieux tout au plus ; mais, au moment de la levée du corps, les enfants se précipitèrent en foule pour porter eux-mêmes le cercueil. Comme ils n'étaient pas de force à le faire, on les aida ; tous escortèrent le convoi en pleurant. Depuis lors, la tombe de Marie est toujours pieusement entretenue par les enfants, qui l'ornent chaque année de fleurs et ont planté des rosiers tout autour. C'est surtout après cet enterrement que les gens du village se

[20] En français dans le texte.

[21] En français dans le texte.

mirent tous à me persécuter à cause de mon influence sur les enfants. Les principaux instigateurs de cette persécution furent le pasteur et le maître d'école. On alla jusqu'à interdire formellement aux enfants de me voir, et Schneider prit sur lui de veiller à cette interdiction. Néanmoins nous réussissions à nous retrouver et nous nous faisions comprendre de loin par des signes. Ils m'envoyaient des petits billets. Par la suite, les choses s'arrangèrent, et tout dès lors alla pour le mieux ; la persécution elle-même avait accru l'intimité entre les enfants et moi. Au cours de la dernière année je me réconciliai presque avec Thibaut et avec le pasteur. Quant à Schneider, il discuta longuement avec moi de ce qu'il appelait « mon système nuisible » à l'égard des enfants. Qu'entendait-il par « mon système » ? Finalement, au moment même de mon départ, Schneider m'avoua la très étrange pensée qui lui était venue. Il me dit avoir acquis la pleine conviction que j'étais moi-même un véritable enfant, un enfant dans toute l'acception du terme. Selon lui, je n'avais d'un adulte que la taille et le visage ; mais, quant au développement, à l'âme, au caractère et peut-être même à l'intelligence, je n'étais pas un homme ; je ne le serais jamais, ajoutait-il, même si je devais vivre jusqu'à soixante ans. Cela me fit beaucoup rire ; il était évidemment dans l'erreur, car enfin comment peut-on m'assimiler à un enfant ? Toutefois, ce qui est vrai, c'est que je n'aime pas la société des adultes, des hommes, des grandes personnes ; c'est une chose que j'ai remarquée depuis longtemps : je n'aime pas cette société parce que je ne sais pas comment m'y comporter. Quoi qu'ils me disent, quelque bienveillance qu'ils me témoignent, il m'est toujours pénible d'être au milieu d'eux et je suis ravi lorsque je peux aller au plus tôt rejoindre mes camarades ; or mes camarades ont toujours été des enfants, non que je sois moi-même un enfant, mais tout simplement parce que je me sens attiré vers eux. Au début de mon séjour dans le village, je me promenais seul et triste dans la montagne ; parfois il m'arrivait de rencontrer, surtout vers midi, heure de la sortie de l'école, la cohue bruyante des enfants qui couraient avec leurs gibecières et leurs ardoises au milieu des cris, des éclats de rire et des jeux. Alors toute mon âme s'élançait d'un coup vers eux. Je ne sais comment exprimer cela, mais j'éprouvais une sensation de bonheur extraordinairement vive chaque fois que je les rencontrais. Je m'arrêtais et je riais de contentement en regardant leurs frêles et petites jambes toujours en mouvement, en observant les garçons et les fillettes, qui couraient ensemble, leur gaîté et leurs larmes, car beaucoup d'entre eux, entre la sortie de l'école et l'arrivée à la maison, trouvaient le temps de se battre, de pleurnicher, puis de se réconcilier et de jouer à nouveau. Dans ces moments-là j'oubliais toute ma mélancolie. Depuis, pendant ces trois années, je n'ai pas pu comprendre ni comment ni pourquoi les hommes se laissent aller à la tristesse. Mon destin me portait vers les enfants. Je comptais même ne jamais quitter le village, et il ne me venait pas à l'esprit que je repartirais un jour pour la Russie. Il me semblait que je vivrais toujours là-bas ; mais je finis par me rendre compte que Schneider ne pouvait plus me garder, et en outre un événement survint, d'une importance telle que Schneider lui-même me pressa de partir et écrivit ici en mon nom. C'est une affaire sur laquelle je vais maintenant me renseigner et consulter quelqu'un. Il se peut que mon sort change du tout au tout ; mais ce n'est pas là l'essentiel. L'essentiel, c'est le changement qui s'est déjà produit dans ma vie. J'ai laissé là-bas bien des choses, trop de choses. Tout a disparu. Quand j'étais en wagon je pensais : je vais maintenant entrer dans la société des hommes ; je ne sais peut-être rien, mais une vie nouvelle a commencé pour moi. Je me suis promis d'accomplir ma tâche avec honnêteté et fermeté. Il se peut que j'aie des ennuis et des difficultés dans mes rapports avec les hommes. En tout cas j'ai résolu d'être courtois et sincère avec tout le monde ; personne ne m'en demandera davantage. Peut-être qu'ici encore on me regardera comme un enfant, tant pis ! Tout le monde me considère aussi comme un idiot. Je ne sais pourquoi. J'ai été si malade, il est vrai, que cela m'a donné l'air d'un idiot. Mais suis-je un idiot, à présent que je comprends moi-même qu'on me tient pour un idiot ? Quand j'entre quelque part, je pense : oui, ils me prennent pour un idiot, mais je suis un homme sensé et ces gens-là ne s'en doutent pas… Cette idée me revient souvent. Lorsque étant à Berlin je reçus quelques lettres que les enfants avaient trouvé le temps de m'écrire, je compris seulement alors à quel point je les aimais. C'est la première lettre qui m'a fait le plus de peine. Et quel chagrin ils avaient eu en me reconduisant ! Depuis un mois déjà ils avaient pris l'habitude de me ramener à la maison en répétant : *Léon s'en va, Léon s'en va pour toujours !*[22] Chaque soir nous continuions à nous réunir près de la cascade et nous ne parlions que de notre séparation. Parfois nous étions gais comme auparavant, mais en me quittant pour aller se coucher ils me serraient dans leurs bras avec plus de vigueur et de fougue que par le passé. Quelques-uns accouraient à la dérobée, l'un après l'autre, pour venir m'embrasser sans témoin. Le jour où je me mis en route, toute la bande m'accompagna à la gare, distante d'environ une verste de notre village. Ils s'efforcèrent de retenir leurs larmes, mais beaucoup n'y parvinrent pas et se mirent à sangloter, surtout les petites filles. Nous marchions vite pour ne pas nous mettre en retard mais, de temps en temps, l'un ou l'autre de ces enfants se jetait sur moi au milieu de la route pour passer ses menottes autour de mon cou et m'embrasser, ce qui arrêtait la marche de toute la troupe. Si pressés que nous fussions, tout le monde s'arrêtait pour attendre la fin de ces épanchements. Quand j'eus pris place dans le wagon et que le train s'ébranla, tous les enfants me crièrent : hourra ! puis ils restèrent sur place aussi longtemps que le wagon fut en vue. Moi aussi je les regardais… Écoutez : tout à l'heure, quand je suis rentré ici, je me suis senti, pour la première fois depuis ce moment-là, l'âme légère en voyant vos gracieux visages – car maintenant j'observe les visages avec beaucoup d'attention – et en entendant vos premières paroles ; je me suis dit que j'étais peut-être en vérité un heureux de la vie. Je sais bien qu'on ne rencontre pas tous les jours des gens auxquels on s'attache de prime abord, et cependant je vous ai trouvées en descendant du train. Je n'ignore pas non plus qu'on éprouve généralement quelque honte à étaler ses sentiments, et pourtant je n'en éprouve aucune à vous parler des miens. Je ne suis guère sociable et ne reviendrai peut-être pas chez vous de longtemps. Ne prenez pas cela en mauvaise part ; je ne veux pas dire par là que je vous dé-

22 En français dans le texte.

daigne ; ne croyez pas davantage que je sois froissé de quelque chose. Vous m'avez demandé l'impression que m'ont faite vos visages et les remarques qu'ils m'ont suggérées ? Je vous répondrai bien volontiers. Vous, Adélaïde Ivanovna, vous avez un visage qui respire le bonheur : c'est le plus sympathique des trois. Outre que vous êtes fort jolie de votre personne, on se dit en vous voyant : « voilà un visage qui rappelle celui d'une bonne sœur ». Avec vos allures simples et enjouées, vous n'en savez pas moins sonder rapidement les cœurs. Telle est ma pensée. Pour vous, Alexandra Ivanovna, vous avez aussi un très joli et très doux visage, mais peut-être existe-t-il chez vous quelque secrète tristesse. Votre âme est bonne à n'en pas douter, mais la gaîté en est absente. Il y a dans votre figure une nuance particulière d'expression qui fait songer à la madone de Holbein à Dresde. Ce sont là les réflexions que m'inspire votre visage ; ai-je bien deviné ? C'est vous-même qui m'attribuez le don de la divination. Quant à votre visage, Elisabeth Prokofievna, dit le prince en se tournant soudain vers la générale, j'ai, je ne dis pas l'impression, mais la simple conviction qu'en dépit de votre âge vous êtes une véritable enfant, en tout, absolument en tout, dans le bien comme dans le mal. Vous n'êtes pas fâchée que je m'exprime ainsi, n'est-ce pas ? Vous savez quel respect je porte aux enfants ? Et n'allez pas croire que je vous aie parlé si franchement de vos visages par pure simplicité d'esprit. Non, pas du tout. J'avais peut-être aussi mon arrière-pensée.

VII

Quand le prince se tut, toutes ses auditrices, y compris Aglaé, le regardèrent avec gaîté. La plus amusée était Elisabeth Prokofievna.

– Voilà son examen passé, s'écria-t-elle. Ah ! mesdemoiselles, vous vous figuriez que vous alliez le chaperonner comme un pauvre diable ; et lui, il daigne à peine vous agréer et il ne vous assure de ses visites qu'à la condition qu'elles soient espacées. Nous voilà tous ridiculisés, à commencer par Ivan Fiodorovitch. Et j'en suis enchantée. Bravo, prince ! On nous avait priées de vous faire passer un examen. Ce que vous avez dit de mon visage est la vérité pure : je suis une enfant et je le sais. Je le savais même avant que vous me le disiez ; vous avez exprimé ma pensée en un seul mot. Je présume que votre caractère est en tout point semblable au mien, et je m'en réjouis. Nous nous ressemblons comme deux gouttes d'eau, sauf que vous êtes un homme et que je suis une femme ; en outre je n'ai pas été en Suisse ; voilà toute la différence.

– N'allez pas si vite, maman, s'écria Aglaé ; le prince dit que, dans toutes ses confidences, il y a, non pas de la simplicité, mais une arrière-pensée.

– Oui ! oui ! s'exclamèrent en riant les deux autres.

– Ne vous moquez pas, mes mignonnes ; à lui seul il est peut-être plus roué que vous trois réunies. Vous verrez. Mais, je vous prie, prince, pourquoi n'avez-vous rien dit à Aglaé ? Aglaé attend, et moi aussi.

– Je ne puis rien dire pour le moment ; ce sera pour plus tard.

– Pourquoi ? N'a-t-elle rien de remarquable ?

– Oh si, elle est remarquable. Vous êtes extraordinairement belle, Aglaé Ivanovna. Vous êtes si belle qu'on a peur de vous regarder.

– C'est tout ? Parlez-nous de sa personnalité, insista la générale.

– Il est difficile d'interpréter la beauté ; je ne suis pas encore préparé à le faire. La beauté est une énigme.

– Ce qui signifie que vous proposez une énigme à Aglaé, dit Adélaïde. – Aglaé, essaie de deviner ! C'est vrai, prince, qu'elle est belle, n'est-ce pas ?

–Souverainement belle, répondit le prince avec feu et en jetant un regard d'admiration sur Aglaé. – Elle est presque aussi belle que Nastasie Philippovna, bien que son visage soit tout différent.

Les quatre femmes se regardèrent avec stupeur.

– De qui parlez-vous ? demanda la générale d'une voix traînante. De Nastasie Philippovna ? Où avez-vous vu Nastasie Philippovna ? Quelle Nastasie Philippovna ?

– Tout à l'heure Gabriel Ardalionovitch a montré son portrait à Ivan Fiodorovitch.

– Comment ? Il a apporté ce portrait à Ivan Fiodorovitch ?

– Pour le faire voir. Nastasie Philippovna l'a donné aujourd'hui à Gabriel Ardalionovitch, et celui-ci est venu le montrer.

– Je veux le voir ! dit la générale avec impétuosité. Où est ce portrait ? Si elle le lui a donné, il doit être chez lui. Je suis sûre qu'il est dans le cabinet. Il vient toujours travailler le mercredi et ne sort jamais avant quatre heures. Appelez-moi tout de suite Gabriel Ardalionovitch ! Non, je ne suis pas si désireuse de le voir. Soyez assez gentil, mon cher prince, pour aller dans le cabinet vous faire remettre ce portrait par lui et me l'apporter ici. Dites que c'est pour le regarder. Ayez cette obligeance.

– Il est bien, mais trop naïf, dit Adélaïde, lorsque le prince fut sorti.

– Oui, un peu trop, confirma Alexandra ; au point même d'en être un brin ridicule.

L'une et l'autre avaient l'air de ne pas exprimer toute leur pensée.

– Cependant il s'est bien tiré d'affaire quand il a parlé de nos visages, dit Aglaé : il a flatté tout le monde, même maman.

– Ne sois pas moqueuse, s'écria la générale. Il ne m'a pas flattée, mais j'ai été flattée de ce qu'il m'a dit.

– Tu penses qu'il a dit cela pour se tirer d'embarras ? demanda Adélaïde.

– Il ne paraît point si naïf que cela.

– Bon, la voilà repartie ! dit la générale d'un air fâché. M'est avis que vous êtes encore plus ridicules que lui. Il est naïf, mais avec une arrière-pensée, dans le sens le plus noble du mot, cela va sans dire. C'est tout comme moi.

« J'ai certainement commis une mauvaise action en mentionnant ce portrait, pensa le prince avec quelques remords en pénétrant dans le cabinet… mais… peut-être aussi ai-je eu raison d'en parler… » Une idée étrange, quoique encore assez confuse, se faisait jour dans son esprit.

Gabriel Ardalionovitch était encore assis dans le cabinet et plongé dans ses papiers. Ce n'était pas pour ne rien faire que la société lui payait des appointements. Il fut très troublé lorsque le prince lui demanda le portrait en lui expliquant comment les dames Epantchine en avaient appris l'existence.

– Eh ! quel besoin aviez-vous de bavarder là-dessus ! s'exclama-t-il en proie à un violent dépit. Vous ne savez pas de quoi il s'agit… Idiot ! murmura-t-il entre ses dents.

– Excusez-moi, c'est tout à fait par inadvertance que j'ai dit cela. Je venais de déclarer qu'Aglaé était presque aussi belle que Nastasie Philippovna.

Gania le pria de raconter la chose plus en détail, ce que le prince fit. Alors il le regarda de nouveau d'un air moqueur :

– Vous en tenez pour Nastasie Philippovna,… murmura-t-il, mais il n'acheva pas et devint songeur. Son inquiétude était manifeste. Le prince lui rappela qu'on réclamait le portrait.

– Écoutez, prince, dit soudain Gania, comme sous le coup d'une inspiration subite, j'ai une très grande prière à vous adresser… Mais, en vérité, je ne sais pas…

Il se troubla et n'alla pas jusqu'au bout. Il semblait lutter avec lui-même en face d'une résolution à prendre. Le prince attendait en silence. Gania fixa derechef sur lui un regard scrutateur.

– Prince, reprit-il, en ce moment-ci on m'en veut là-bas… Cela tient à un incident tout à fait singulier… voire ridicule… où je n'ai rien à me reprocher… bref, inutile d'en parler ; on est là-bas assez indisposé contre moi, en sorte que, pendant un certain temps, je ne veux pas aller chez ces dames sans avoir été appelé. Il serait de toute nécessité que je parle sans retard à Aglaé Ivanovna. À tout hasard j'ai écrit quelques mots (il avait dans les mains un petit billet plié), et je ne sais comment les lui faire parvenir. Ne pourriez-vous pas, prince, remettre tout de suite ce billet à Aglaé Ivanovna, mais en mains propres, c'est-à-dire de façon que personne ne s'en aperçoive, vous comprenez ? Ce n'est pas Dieu sait quel secret ; non, il n'y a là rien de semblable… mais… Me rendrez-vous ce service ?

– Cela ne me plaît qu'à demi, répondit le prince.

– Ah ! prince, supplia Gania, c'est pour moi de toute nécessité. Elle me répondra peut-être… Croyez-moi, ce n'est qu'à toute extrémité que je m'adresse à vous… Par qui envoyer ce billet ?… C'est très important… excessivement important pour moi…

Gania redoutait affreusement un refus du prince, qu'il regardait dans les yeux avec un air craintif et implorant.

– Soit, je remettrai le billet.

– Mais faites en sorte que personne ne s'en aperçoive, insista Gania tout réjoui. Et, n'est-ce pas, prince, j'espère que je puis compter sur votre parole d'honneur ?

– Je ne le montrerai à personne, dit le prince.

– Le billet n'est pas cacheté, mais… laissa échapper Gania, que son extrême agitation et sa confusion empêchèrent d'achever.

– Oh ! je ne le lirai pas, répliqua le prince avec une parfaite simplicité.

Il s'empara du portrait et sortit du cabinet.

Resté seul, Gania se prit la tête entre les mains.

« Un seul mot d'elle et je… oui, peut-être que je romprai ! »

Il fut incapable de se replonger dans ses papiers, tant l'attente l'énervait. Il se mit à arpenter le cabinet de long en large.

Le prince s'en était allé tout soucieux. Il éprouvait une impression désagréable à la pensée de la commission dont il était chargé et aussi à l'idée que Gania envoyait un billet à Aglaé. À deux pièces de distance du salon, il s'arrêta brusquement comme si un souvenir lui revenait à l'esprit ; il regarda autour de lui, s'approcha de la fenêtre pour être plus près du jour et se mit à examiner le portrait de Nastasie Philippovna.

Il paraissait vouloir déchiffrer quelque trait mystérieux qui, dans ce visage, l'avait frappé tout à l'heure. Sa première impression ne lui était pas sortie de la mémoire et maintenant il avait hâte de la soumettre à une contre-épreuve. Alors il eut la sensation encore plus intense que ce visage exprimait, outre la beauté, quelque chose d'exceptionnel. Il crut y lire un orgueil démesuré et un mépris voisin de la haine, contrastant avec une certaine disposition à la confiance et à une étonnante naïveté ; cette opposition dans une même physionomie éveillait un sentiment de compassion. La beauté éblouissante de la jeune femme devenait même insupportable sur ce visage blême, aux joues presque creuses et aux yeux brûlants ; beauté anormale en vérité. Le prince contempla le portrait pendant une minute puis, se ressaisissant et jetant un regard autour de lui, il le porta à ses lèvres et l'embrassa. Lorsqu'une minute plus tard il entra dans le salon, son visage était parfaitement calme.

Mais auparavant, en traversant la salle à manger (séparée du salon par une autre pièce), il avait failli bousculer Aglaé qui sortait au même moment. Elle était seule.

– Gabriel Ardalionovitch m'a prié de vous remettre ceci, dit-il en lui tendant le billet.

Aglaé s'arrêta, prit le papier et fixa le prince d'un air assez étrange. Il n'y avait pas l'ombre d'une gêne dans son regard, mais seulement un peu d'étonnement, qui paraissait ne provenir que du rôle joué par le prince. Tranquille et hautain, ce regard semblait dire : comment se fait-il que vous vous trouviez avec Gania dans cette affaire ? Ils restèrent quelques secondes l'un devant l'autre ;

finalement, une expression moqueuse effleura son visage, elle esquissa un sourire et passa.

La générale examina en silence pendant un certain temps le portrait de Nastasie Philippovna. Avec une moue de dédain, elle affectait de le tenir à distance de ses yeux.

– Oui, fit-elle enfin, c'est une belle femme, très belle même. Je l'ai aperçue deux fois, mais seulement de loin. Alors c'est le genre de beauté que vous prisez ? ajouta-t-elle en se tournant brusquement vers le prince.

– Oui..., répondit le prince avec quelque effort.

– Exactement cette beauté-là ?

– Exactement.

– Pourquoi ?

– Dans ce visage... il y a bien de la souffrance... articula le prince machinalement, comme si, au lieu de répondre à une question, il se parlait à luimême.

– Je me demande si vous ne rêvez pas, déclara la générale.

Et, d'un geste méprisant, elle jeta le portrait sur la table. Alexandra s'en saisit ; Adélaïde s'approcha, et toutes deux se mirent à l'examiner. Sur ces entrefaites Aglaé rentra au salon.

– Quelle force ! s'écria tout à coup Adélaïde, qui contemplait avidement le portrait par-dessus l'épaule de sa sœur.

– Où cela ? De quelle force parles-tu ? demanda Elisabeth Prokofievna d'un ton aigre.

– Une pareille beauté est une force, dit avec feu Adélaïde. Avec elle on peut bouleverser le monde !

Elle retourna songeuse à son chevalet. Aglaé jeta sur le portrait un regard rapide, cligna des yeux, avança la lèvre inférieure, puis alla s'asseoir à l'écart, les bras croisés.

La générale sonna. Un domestique s'avança.

– Appelez Gabriel Ardalionovitch qui est dans le cabinet dit-elle.

– Maman ! s'écria Alexandra avec une vivacité significative.

– Je veux lui dire deux mots ; suffit ! coupa la générale, visiblement agacée et sur un ton qui n'admettait pas la réplique. – Voyez-vous, prince, chez nous, il n'y a plus maintenant que des secrets. Rien que des secrets. Il y a une sorte d'étiquette qui veut cela. C'est absurde, d'autant que c'est dans ces sortes d'affaires qu'il faut le plus de franchise, de clarté, d'honnêteté. On projette des mariages, mais ces mariages ne me plaisent point.

– Maman, que dites-vous là ? intervint prestement Alexandra pour essayer encore de retenir sa mère.

– Que t'importe, ma chérie ? Est-ce que toi-même tu vois ces projets d'un bon œil ? Que le prince m'en entende parler, cela ne tire pas à conséquence, puisqu'il est de nos amis, ou tout au moins de mes amis. Dieu recherche les hommes, mais les braves gens seulement ; il n'a que faire des méchants et des capricieux, surtout des capricieux, qui décident aujourd'hui, une chose et parlent demain d'une autre. Comprenez-vous, Alexandra Ivanovna ? À les en croire, prince, je suis une originale. Mais j'ai du discernement. L'essentiel, c'est le cœur ; le reste est sans valeur. L'esprit aussi est nécessaire… peut-être même est-ce la chose la plus essentielle. Ne souris pas, Aglaé, je ne me contredis nullement. Une sotte qui a du cœur et pas d'esprit est aussi malheureuse qu'une sotte qui a de l'esprit et pas de cœur. C'est une vieille vérité. Ainsi moi, je suis une sotte qui a du cœur mais pas d'esprit. Toi, tu es une sotte qui a de l'esprit mais pas de cœur. Toutes les deux nous sommes malheureuses, toutes les deux nous souffrons.

– Qu'est-ce qui vous rend donc si malheureuse, maman ? ne put s'empêcher de demander Adélaïde, la seule des quatre femmes qui parût avoir gardé sa belle humeur.

– Ce qui me rend malheureuse ? C'est d'abord d'avoir des filles savantes, répliqua la générale. Et cela seul suffit déjà ; inutile de s'étendre sur le reste. Trêve de bavardage. Nous verrons comment votre esprit et votre bagout vous tireront d'affaire toutes deux (je ne parle pas d'Aglaé). Nous verrons, très honorée Alexandra Ivanovna, si vous trouverez le bonheur avec votre respectable monsieur… Ah ! s'écria-t-elle en voyant entrer Gania, voilà encore un candidat au mariage ! – Bonjour, fit-elle en réponse au salut de Gania, mais sans l'inviter à s'asseoir. Alors vous allez vous marier ?

– Me marier ?… comment ?… Me marier avec qui ? balbutia Gabriel Ardalionovitch abasourdi et au comble de la confusion.

– Je vous demande si vous allez prendre femme ? Préférez-vous cette expression ?

– Non… je… non…, dit Gabriel Ardalionovitch, qui devint rouge de honte en proférant ce mensonge. Il regarda à la dérobée Aglaé assise dans son coin, puis détourna rapidement la vue. La jeune fille ne le quittait pas des yeux : de son regard froid, fixe et tranquille elle épiait son trouble.

– Non ? Vous avez dit : non ? insista l'impitoyable Elisabeth Prokofievna. Il suffit : je me rappellerai que, ce mercredi matin, répondant à ma question, vous avez dit : non. Quel jour sommes-nous ? mercredi ?

– Je crois que oui, mercredi, répondit Adélaïde.

– Elles ne savent jamais le jour où l'on est. Et le quantième ?

– Le vingt-sept, dit Gania.

– Le vingt-sept ? La date est à retenir. Adieu : vous avez, je crois, beaucoup de travail, et moi je dois m'habiller pour sortir ; reprenez votre portrait. Saluez de ma part Nina Alexandrovna, votre malheureuse mère. – Au revoir, mon cher prince ! Viens-nous voir le plus souvent possible. Je vais exprès chez la vieille Biélokonski pour lui parler de toi. Écoutez, mon cher, je crois que c'est positivement pour moi que le bon Dieu vous a ramené de Suisse à Pétersbourg. Peut-être aurez-vous ici d'autres affaires, mais c'est surtout pour moi que vous êtes venu. Dieu en a disposé ainsi. Au revoir, mes chéries. Alexandra, mon enfant, accompagne-moi.

La générale sortit. Bouleversé, décontenancé, plein de rancune, Gania prit le portrait sur la table et s'adressa au prince avec un sourire grimaçant :

– Prince, je retourne tout de suite à la maison. Si vous avez toujours l'intention de loger chez nous, je vous emmènerai, car vous n'avez même pas notre adresse.

– Un instant, prince, dit Aglaé en se levant brusquement de son fauteuil ; il faut que vous m'écriviez quelque chose sur mon album. Papa a dit que vous étiez un calligraphe. Je vais vous l'apporter.

Elle sortit.

– Au revoir, prince, je m'en vais aussi, dit Adélaïde.

Elle serra vigoureusement la main du prince, lui sourit avec affabilité et sortit sans jeter un regard sur Gania.

Celui-ci fonça sur le prince aussitôt qu'ils furent seuls. Son visage exprimait la fureur et ses yeux brillaient de haine.

– C'est vous qui êtes allé leur raconter que je me mariais, marmonna-t-il à demi-voix en grinçant des dents. Vous êtes un fieffé bavard.

– Je vous assure que vous vous trompez, répliqua le prince sur un ton calme et poli. Je ne savais même pas que vous alliez vous marier.

– Vous avez entendu tout à l'heure Ivan Fiodorovitch dire que tout se déciderait ce soir chez Nastasie Philippovna et vous l'avez répété. Vous mentez ! D'où ces dames auraient-elles pu l'apprendre ? Qui, en dehors de vous, aurait pu le leur annoncer ? Le diable vous emporte ! Est-ce que la vieille n'a pas fait une allusion directe à mon mariage ?

– Si vous avez vu une allusion dans ses paroles, vous devez savoir mieux que moi qui l'a renseignée ; pour moi, je n'en ai pas soufflé mot.

– Avez-vous remis le billet ? Y a-t-il une réponse ? interrompit Gania, brûlant d'impatience. Mais à ce moment Aglaé rentra sans laisser au prince le temps de répondre.

– Tenez, prince, dit la jeune fille en posant son album sur le guéridon, choisissez une page et écrivez-moi quelque chose. Voici une plume : elle est toute neuve. Cela ne vous fait rien que ce soit une plume d'acier ? J'ai entendu dire que les calligraphes ne s'en servaient pas.

En causant avec le prince, Aglaé paraissait ne pas remarquer la présence de Gania. Mais tandis que le premier ajustait la plume, cherchait une page et se disposait à écrire, le secrétaire s'approcha de la cheminée devant laquelle se tenait Aglaé, à la droite du prince, et, d'une voix tremblante, entrecoupée, il lui dit presque à l'oreille :

– Un mot, un seul mot de vous et je suis sauvé.

Le prince fit un brusque demi-tour et les regarda tous deux. Le visage de Gania exprimait un véritable désespoir ; on eût dit qu'il venait de proférer ces paroles sans réfléchir et sur un coup de tête. Aglaé le fixa pendant quelques secondes avec le même étonnement tranquille dont elle avait accueilli le prince peu d'instants auparavant. Et cet air perplexe d'une personne qui ne comprend rien à ce qu'on lui dit parut alors plus pénible à Gania que le plus écrasant mépris…

– Que dois-je écrire ? demanda le prince.

– Je vais vous dicter, dit Aglaé en se tournant vers lui. Êtes-vous prêt ? Alors écrivez : « Je ne me prête pas aux marchandages ». Mettez en dessous la date et le mois. Maintenant faites-moi voir.

Le prince lui tendit l'album.

– Parfait. Vous avez écrit cela admirablement. Votre écriture est surprenante. Je vous remercie. Au revoir, prince !... Un moment, ajouta-t-elle soudain en se ravisant : venez, je veux vous donner un souvenir.

Le prince la suivit, mais, dans la salle à manger, Aglaé s'arrêta.

– Lisez ceci, dit-elle en lui tendant le billet de Gania.

Le prince prit le billet et regarda Aglaé d'un air embarrassé.

– Je sais bien que vous ne l'avez pas lu et que vous ne pouvez pas être dans les confidences de cet homme. Lisez ; je veux que vous preniez connaissance du contenu.

Le billet, visiblement écrit à la hâte, était ainsi conçu :

« C'est aujourd'hui que mon sort va se décider ; vous savez dans quel sens. C'est aujourd'hui que je dois engager irrévocablement ma parole. Je n'ai aucun titre à votre sollicitude, aucune raison d'espérer quoi que ce soit. Mais, jadis, vous avez proféré une parole, une seule parole qui a illuminé la nuit de mon existence et m'a guidé comme un phare. Redites une parole semblable et vous m'arracherez à l'abîme. Dites-moi seulement : *romps tout,* et je romprai tout aujourd'hui même. Que vous en coûte-t-il de dire cela ? En sollicitant ces deux mots je vous demande *uniquement* une marque d'intérêt et de commisération. Rien de plus, *rien.* Je n'ose former aucune espérance parce que j'en suis *indigne.* Après que vous aurez prononcé cette parole, j'accepterai de nouveau ma misère et supporterai allègrement le poids d'une situation sans espoir. J'affronterai joyeusement la lutte et j'y puiserai de nouvelles forces.

« Faites-moi donc parvenir cette parole de pitié (de *pitié* seulement, je vous le jure). Ne vous fâchez pas de la témérité d'un désespéré qui est sur le point de se noyer ; ne lui tenez pas rigueur du suprême effort par lequel il cherche à conjurer sa perte. »

G. I.

– Cet homme prétend, dit sévèrement Aglaé lorsque le prince eut terminé la lecture, que les mots *rompez tout* ne me compromettraient point et ne m'engageraient à rien. Lui-même, comme vous le voyez, m'en donne dans ce billet l'assurance écrite. Remarquez le naïf empressement avec lequel il a souligné certains petits mots et voyez comme sa pensée intime se trahit grossièrement. Pourtant il sait que, s'il rompait tout de son propre mouvement, sans attendre que je lui dise et même sans m'en parler, sans fonder sur moi aucune espérance, il aurait là un moyen de modifier mes sentiments à son égard et peut-être de faire de moi son amie. Il sait parfaitement cela. Mais son âme est vile : tout en le sachant, il n'ose prendre une décision, il lui faut des garanties. Il est incapable d'une résolution fondée sur la confiance. Avant de renoncer à cent mille roubles, il veut que je l'autorise à avoir des espérances sur moi. Quant à cette parole, dont, selon le billet, son existence aurait jadis été illuminée, c'est là un mensonge impudent Je lui ai simplement marqué une fois quelque pitié. Mais, comme il est insolent et sans vergogne, il a aussitôt échafaudé des espérances là-dessus ; je l'ai tout de suite compris. Depuis lors il a essayé de surprendre ma bonne foi ; c'est ce qu'il vient de faire. Mais en voilà assez : prenez ce billet et rendez-le lui dès que vous serez sorti d'ici ; pas avant, bien entendu.

– Et quelle réponse dois-je lui donner ?

– Aucune, naturellement. C'est la meilleure réponse. Il paraît que vous avez l'intention de loger chez lui ?

– C'est Ivan Fiodorovitch lui-même qui m'a recommandé de le faire, dit le prince.

– Prenez garde à lui, je vous avertis. Il ne vous pardonnera pas une fois que vous lui aurez rendu le billet.

Aglaé serra légèrement la main du prince et sortit. Sa figure était sérieuse et renfrognée ; elle n'eut pas même un sourire en lui faisant de la tête un signe d'adieu.

– Je vous suis ; je vais seulement prendre mon petit paquet, dit le prince à Gania ; nous sortirons ensemble.

Le secrétaire frappa du pied avec impatience. Son visage était sombre de rage. Ils sortirent enfin, le prince tenant son petit paquet à la main.

– La réponse ? où est la réponse ? lui jeta Gania d'un ton agressif. Que vous a-t-elle dit ? Lui avez-vous remis ma lettre ?

Sans proférer une parole le prince lui rendit son billet. Gania resta stupéfait.

– Comment ? mon billet ! s'exclama-t-il. Il ne l'a même pas remis ! Oh ! j'aurais dû m'en douter. Le maudit !... Il est évident qu'elle n'a rien dû comprendre à la scène de tout à l'heure. Mais comment, comment donc avez-vous pu ne pas remettre cette lettre ? Ah ! maud…

– Permettez : c'est tout le contraire ; j'ai réussi à lui passer votre billet aussitôt après que vous me l'avez remis et de la manière que vous aviez prescrite. S'il est derechef entre mes mains, c'est qu'Aglaé Ivanovna vient de me le rendre.

– Quand ? À quel moment ?

– Dès que j'eus terminé d'écrire sur son album, elle m'a prié de l'accompagner (vous l'avez entendue ?). Nous sommes passés dans la salle à manger ; elle m'a remis ce billet, me l'a fait lire, puis m'a ordonné de vous le rendre.

– Elle vous l'a fait lire ! hurla Gania. Elle vous l'a fait lire ! Et vous l'avez lu ?

Il s'arrêta de nouveau frappé de stupeur et il resta, bouche bée, planté au milieu du trottoir.

– Oui, je l'ai lu il y a un instant.

– Et c'est elle qui vous l'a donné à lire, elle-même ?

– Elle-même. Vous pouvez croire que je ne l'aurais pas lu si elle ne l'avait exigé.

Gania se tut un moment, fit un pénible effort pour se ressaisir et s'écria soudain :

– Ce n'est pas possible. Elle n'a pas pu vous ordonner de lire ma lettre. Vous mentez. Vous l'avez lue de vous-même.

– Je dis la vérité, répondit le prince sans se départir de son calme. Croyez-moi : je regrette bien que cela vous cause une aussi vive contrariété.

– Mais, malheureux, ne vous a-t-elle pas au moins dit quelque chose en vous rendant la lettre ? Elle a bien dû répondre quelque chose ?

– Oui, certes.

– Parlez, mais parlez donc, que diable !… Et Gania, qui était chaussé de galoches, frappa deux fois du pied sur le trottoir.

– Quand j'ai eu fini de lire le billet, elle m'a dit que vous cherchiez à surprendre sa bonne foi et à la compromettre de manière à vous assurer, de son côté, des espérances qui vous permissent de renoncer sans perte aux cent mille roubles que vous attendiez d'autre part. Elle a ajouté que si vous étiez résolu à cette renonciation sans marchander avec elle ni chercher à lui extorquer des garanties, elle serait peut-être devenue votre amie. C'est je crois, tout. Ah ! il y a encore ceci : après avoir pris le billet, je lui ai demandé quelle réponse je devais vous donner. Elle m'a dit que la meilleure réponse serait de n'en faire aucune, ou quelque chose comme cela ; excusez-moi si j'ai oublié les termes exacts, mais c'est ce que j'ai compris.

Une fureur sans bornes s'empara de Gania et le mit hors de lui :

« Ah ! c'est comme cela que l'on jette mes billets par la fenêtre ! Ah ! elle se refuse à un marchandage, ce qui veut dire que moi, j'en fais un ! Nous verrons ! Je n'ai pas dit mon dernier mot… Nous verrons !… Elle aura de mes nouvelles !…

Il était crispé, blême, écumant. Il menaçait du poing. Il fit dans cet état quelques pas avec le prince. La présence de celui-ci ne lui causait aucune gêne ; le comptant pour rien, il se tenait comme s'il eût été seul dans sa chambre. Tout à coup une réflexion lui vint à l'esprit et le fit se ressaisir :

– Comment, dit-il à brûle-pourpoint au prince, comment vous y êtes-vous pris (idiot comme vous l'êtes, ajouta-t-il mentalement) pour devenir l'objet d'une pareille confiance deux heures seulement après avoir fait connaissance ? Expliquez-moi cela ?

Parmi tous les tourments qui l'accablaient, la jalousie avait été jusque-là absente. Et c'était elle qui venait de le mordre au cœur.

– C'est ce que je ne saurais vous expliquer, répondit le prince.

Gania le regarda haineusement.

– N'était-ce pas une marque de confiance que de vous faire venir dans la salle à manger ? N'a-t-elle pas dit qu'elle voulait vous donner quelque chose ?

– Je ne puis en effet comprendre autrement ce qu'elle m'a dit.

– Mais le diable m'emporte, pourquoi cette confiance ? Qu'est-ce que vous avez fait pour cela ? Par quoi avez-vous plu ? Écoutez, fit-il avec la plus vive surexcitation (il se sentait à ce moment une telle dispersion et un tel désordre dans l'esprit qu'il n'arrivait pas à rassembler ses idées), écoutez : ne pouvez-vous pas vous remémorer un peu ce que vous leur avez dit et me le répéter depuis le début dans le même ordre et les mêmes termes ? N'avez-vous rien remarqué ? Ne vous rappelez-vous rien ?

– Rien ne m'est plus facile, répliqua le prince. Au début, après mon entrée et ma présentation, nous avons parlé de la Suisse.

– Au diable la Suisse ! Passez !

– Ensuite de la peine de mort…

– De la peine de mort ?

– Oui, cela est venu incidemment. Je leur ai raconté comment j'ai vécu là-bas durant trois années et j'ai relaté l'histoire d'une pauvre paysanne…

– Au diable, la pauvre paysanne ! Après ? s'exclama Gania avec impatience.

– Je leur ai rapporté ensuite l'opinion de Schneider sur mon caractère, et comment il m'a poussé à…

– Que Schneider aille se faire pendre ! je me fiche de son opinion ! Après ?

– Après, j'ai été amené par la conversation à parler des visages, ou plutôt de leur expression, et j'ai dit qu'Aglaé Ivanovna était presque aussi belle que Nastasie Philippovna. C'est alors que m'a échappé l'allusion au portrait…

– Mais vous n'avez pas répété ce que vous avez entendu tout à l'heure dans le cabinet ? Vous ne l'avez pas répété, n'est-ce pas ? Non ? Non ?

– Je vous assure encore une fois que je ne l'ai pas répété.

– Mais alors, d'où diable… Ah ! est-ce qu'Aglaé n'aurait pas montré le billet à la vieille ?

– Je puis vous garantir formellement qu'elle ne l'a pas fait. Je n'ai pas quitté la pièce, et elle n'en aurait pas eu le temps.

– Oui, mais il se peut que quelque chose vous soit passé inaperçu… Oh ! maudit idiot ! s'exclama-t-il hors de lui ; il ne sait même pas raconter ce qu'il a vu !

Comme il est courant chez certaines gens, Gania, ayant commencé à se montrer grossier et n'ayant pas été remis à sa place, perdait peu à peu toute retenue. Encore un peu et il aurait peut-être craché au visage du prince, tant il enrageait Mais sa fureur même l'aveuglait : sans quoi il eût remarqué depuis longtemps que celui qu'il traitait d'« idiot » saisissait parfois les choses avec autant de vivacité que de finesse et les rendait d'une manière très adéquate. À ce moment une surprise se produisit.

– Je dois vous faire observer, Gabriel Ardalionovitch, dit brusquement le prince, qu'il est de fait que la maladie m'a autrefois éprouvé au point de me rendre presque idiot. Mais je suis maintenant guéri, et depuis longtemps. Aussi m'est-il assez désagréable de m'entendre traiter ouvertement d'idiot. Bien que vos déconvenues puissent vous servir d'excuse, vous vous êtes emporté au point de m'insulter à deux reprises. Cela me déplaît tout à fait, surtout quand la chose se produit, comme c'est le cas, à la première rencontre. Nous voici à présent devant un carrefour ; le mieux est que nous nous séparions. Vous prendrez à droite pour rentrer chez vous, et moi j'irai à gauche. J'ai vingt-cinq roubles en poche, je trouverai aisément à me loger dans un hôtel garni.

Gania eut l'impression d'être pris au piège ; il se sentit affreusement confus et rougit de honte.

– Excusez-moi, prince ! dit-il avec chaleur et en substituant soudain une politesse extrême à son ton insolent ; – pour l'amour de Dieu, excusez-moi ! Vous voyez quelle est ma détresse. Vous ne savez encore presque rien ; si vous saviez tout, vous auriez à n'en pas douter un peu d'indulgence pour moi, bien que certainement je n'en mérite guère…

– Oh ! vous n'avez pas besoin de me faire tant d'excuses, répliqua vivement le prince. Je comprends en effet votre grande contrariété ; elle explique votre attitude offensante. Eh bien ! allons chez vous. Je vous accompagnerai volontiers.

« Non, je ne puis pour le moment le laisser partir », pensa Gania qui, chemin faisant, jeta un regard haineux sur le prince. Ce maraud m'a tiré les vers du nez, puis a brusquement levé le masque… Il y a quelque chose là-dessous. Nous verrons bien. Tout sera tiré au clair, tout, tout. Et pas plus tard qu'aujourd'hui !

Ils arrivèrent bientôt à la maison.

VIII

Gania demeurait au second étage. Un escalier propre, clair et large, conduisait à son appartement, composé de six ou sept pièces ou cabinets. Sans avoir rien de luxueux, cette habitation n'en était pas moins un peu au-dessus des moyens d'un fonctionnaire chargé de famille, même en lui supposant un traitement de deux mille roubles. Il n'y avait que deux mois qu'il s'était installé là avec sa famille dans l'intention de sous-louer des chambres avec la pension et le service. Gania lui-même avait vu d'un très mauvais œil cet arrangement, adopté sur les prières et les supplications de Nina Alexandrovna et de Barbe Ardalionovna, qui étaient désireuses de se rendre utiles et de contribuer à accroître un peu les revenus de la maison. Il boudait et trouvait déshonorant d'avoir des pensionnaires ; depuis ce temps il avait honte de paraître dans le monde où il tenait à passer pour un jeune homme brillant et plein d'avenir. Toutes ces concessions aux exigences de la vie, toutes ces gênes mortifiantes le blessaient jusqu'au fond de l'âme. Il s'emportait au delà de toute mesure pour le plus futile motif et, s'il consentait encore à plier et à patienter, c'était parce qu'il était bien décidé à changer tout cela dans le plus bref délai. Toutefois le moyen auquel il s'était arrêté pour opérer ce changement soulevait un problème si compliqué que sa solution menaçait de lui donner encore plus de soucis et de tourments que la situation présente.

Un corridor partant de l'antichambre partageait l'appartement en deux. D'un côté se trouvaient les trois chambres qu'on se proposait de louer à des personnes « particulièrement recommandées » ; du même côté et tout au bout du corridor, près de la cuisine, s'ouvrait une quatrième pièce, la plus petite de toutes : elle était occupée par le chef de la famille le général en retraite Ivolguine, qui y dormait sur un large divan ; pour entrer dans l'appartement ou en sortir, il était obligé de passer par la cuisine et l'escalier de service. Dans la même pièce logeait le frère de Gabriel Ardalionovitch, Kolia[23], un collégien de treize ans, qui devait vivre dans cet étroit réduit, y préparer ses leçons et y dormir sur un second divan, usagé, court et étroit, recouvert d'un drap troué. La principale occupation de cet enfant était de soigner son père et *d'avoir l'œil* sur lui, car celui-ci était de moins en moins capable de se passer de surveillance. On destina au prince celle des trois chambres qui était au milieu ; la première, à droite, était occupée par Ferdistchenko ; la troisième, à gauche, était encore vacante. Gania commença par introduire le prince dans la partie de l'appartement qu'habitait la famille. De ce côté du corridor il y avait trois pièces : une salle qui pouvait au besoin servir de salle à manger, un salon, qui, ne répondant que le matin à sa destination, se transformait le soir en cabinet de travail et la nuit en chambre à

---

23 Diminutif de Nicolas. – N. d. T.

coucher pour Gania ; enfin un cabinet exigu et toujours fermé : c'était la chambre à coucher de Nina Alexandrovna et de Barbe Ardalionovna. Bref on était très à l'étroit dans ce logis. Gania ne faisait qu'exhaler sa mauvaise humeur. Bien qu'il fût et voulût être respectueux envers sa mère, on pouvait remarquer dès le premier abord qu'il était en réalité le tyran de la famille.

Nina Alexandrovna n'était pas seule au salon ; Barbe Ardalionovna était assise à côté d'elle ; toutes deux étaient occupées à tricoter et causaient avec un visiteur, Ivan Pétrovitch Ptitsine. Nina Alexandrovna paraissait avoir cinquante ans ; son visage était maigre et décharné, ses yeux fortement cernés. Elle avait un air maladif et morose, mais sa physionomie et son regard étaient assez agréables ; dès qu'on l'entendait parler on lui découvrait un caractère sérieux et empreint d'une réelle dignité. Malgré son apparence chagrine on pressentait en elle de la fermeté et même de la décision. Elle était vêtue avec une extrême modestie et portait des couleurs sombres comme une vieille femme ; mais sa tenue, sa conversation et toutes ses manières révélaient une personne qui avait fréquenté la meilleure société.

Barbe Ardalionovna avait environ vingt-trois ans. Elle était de taille moyenne et assez maigre. Son visage n'avait rien de remarquable mais était de ceux qui ont le secret de plaire sans beauté et même d'inspirer la passion. Elle ressemblait beaucoup à sa mère et s'habillait presque de la même manière, ayant horreur de faire toilette. L'expression de ses yeux gris pouvait être parfois très gaie et très caressante, mais le plus souvent, trop souvent même, elle était grave et pensive, surtout dans les derniers temps. Sa physionomie reflétait la volonté et la décision ; elle faisait même deviner un tempérament plus énergique et plus entreprenant que celui de sa mère. Barbe Ardalionovna était plutôt emportée, et son frère redoutait parfois les éclats de sa colère. Elle inspirait la même appréhension à Ivan Pétrovitch Ptitsine, qui était ce jour-là en visite chez les Ivolguine. C'était un homme encore assez jeune ; il pouvait avoir une trentaine d'années ; sa mise était sobre mais de bon goût ; ses manières étaient agréables mais un peu lourdes ; à sa barbe châtain on voyait qu'il n'était pas fonctionnaire de l'État[24]. Le plus souvent il restait silencieux, mais, quand il parlait, sa conversation était spirituelle et intéressante. Somme toute, l'impression qu'il dégageait était plutôt favorable. On voyait que Barbe Ardalionovna ne lui était pas indifférente et qu'il ne cherchait pas à cacher ses sentiments. La jeune fille le traitait en ami, mais elle esquivait et même désapprouvait certaines de ses questions, ce qui, du reste, ne le décourageait point. Nina Alexandrovna lui témoignait beaucoup d'affabilité et même, dans les derniers temps, lui accordait une grande confiance. Par ailleurs on savait qu'il prêtait de l'argent à la petite semaine sur des gages plus ou moins sûrs. Il était en étroite amitié avec Gania.

---

24 À cette époque les *tchinovniks* étaient toujours rasés. – N. d. T.

Celui-ci, après avoir salué sa mère avec beaucoup de froideur, lui présenta le prince et le recommanda en termes laconiques mais précis. Il n'avait pas adressé la parole à sa sœur. Il s'empressa ensuite d'emmener Ptitsine hors de la pièce. Nina Alexandrovna dit au prince quelques mots de bienvenue et, comme Kolia entrebâillait la porte, elle l'invita à le conduire à la chambre du milieu. Kolia était un garçonnet au visage enjoué et assez gracieux, dont les manières attestaient la confiance et la naïveté.

– Où est votre bagage ? demanda-t-il en introduisant le prince dans sa chambre.

– J'ai un petit paquet, que j'ai laissé dans l'antichambre.

– Je vous l'apporterai tout de suite. Nous n'avons pour tous domestiques que la cuisinière et la bonne, Matriona, de sorte que je leur donne un coup de main. Barbe nous surveille et nous gronde tous. Gania dit que vous arrivez de Suisse ?

– Oui.

– On est bien en Suisse ?

– Très bien.

– Il y a des montagnes.

– Oui.

– Je vais vous apporter tout de suite vos effets.

Barbe Ardalionovna entra.

– Matriona va faire immédiatement votre lit. Avez-vous une malle ?

– Non, j'ai un petit paquet. Votre frère est allé le chercher ; il est dans l'antichambre.

– En fait d'effets je n'ai trouvé que ce tout petit paquet, dit Kolia en rentrant dans la chambre. Où avez-vous mis le reste ?

– Je n'ai rien d'autre, dit le prince en prenant son paquet.

– Ah ! je me demandais si Ferdistchenko ne vous avait pas dérobé quelque chose.

– Ne dis pas de bêtises, fit Barbe d'un air sévère. Même au prince elle parlait sur un ton sec et tout juste poli.

– *Chère Babette*[25], tu pourrais me traiter plus aimablement ; je ne suis pas Ptitsine.

– On pourrait bien encore te fouetter, Kolia, tellement tu es resté bête. Pour tout ce dont vous aurez besoin, vous pouvez vous adresser à Matriona. On dîne à quatre heures et demie. Vous pouvez prendre votre repas avec nous ou dans votre chambre, à votre choix. Sortons, Kolia, pour ne pas gêner monsieur.

– Sortons, femme énergique !

En se retirant ils croisèrent Gania.

– Le père est-il là ? demanda celui-ci à Kolia.

Sur une réponse affirmative, Gania chuchota quelques mots à l'oreille de son frère. Kolia fit un signe d'acquiescement et suivit Barbe Ardalionovna.

– Deux mots, prince ; j'avais oublié de vous dire quelque chose à propos de ces… affaires. J'ai une prière à vous adresser. Si cela ne vous gêne pas trop, ayez la bonté de ne pas jaser ici sur ce qui s'est passé tout à l'heure entre Aglaé et moi, ni bavarder *là-bas* sur ce que vous aurez vu ici. Car ici aussi, il y a pas mal de vilaines choses. Et puis après tout, au diable !… Tenez pour le moins votre langue aujourd'hui.

– Je vous assure que j'ai beaucoup moins bavardé que vous ne le pensez, dit le prince quelque peu agacé par les reproches de Gania. Il était visible que leurs rapports s'aigrissaient de plus en plus.

– Tout de même j'ai eu pas mal d'ennuis aujourd'hui à cause de vous. Bref, je vous demande ce service.

– Remarquez encore ceci, Gabriel Ardalionovitch : qu'est-ce qui m'interdisait ou m'empêchait tout à l'heure de faire allusion au portrait ? Vous ne m'aviez pas prié de n'en rien dire.

– Oh ! quelle vilaine chambre, observa Gania en jetant autour de lui un regard méprisant. – Elle est sombre et les fenêtres donnent sur la cour. Vous tombez mal ici sous tous les rapports… Enfin, ce n'est pas mon affaire ; ce n'est pas moi qui loue des chambres.

---

25 En français dans le texte.

Ptitsine jeta un coup d'œil dans la chambre et l'appela ; Gania quitta précipitamment le prince et sortit. Il avait bien encore quelque chose à lui dire, mais il hésitait et avait honte d'aborder ce sujet ; c'était pour trouver un dérivatif à sa confusion qu'il avait dénigré la chambre.

À peine le prince eut-il fini de se laver et de mettre un peu d'ordre dans sa toilette que la porte s'ouvrit et qu'un nouveau personnage parut.

C'était un monsieur d'une trentaine d'années, de taille au-dessus de la moyenne, dont les fortes épaules portaient une tête énorme, frisée et roussâtre. Sa figure était rouge et mafflue, ses lèvres épaisses, son nez large et aplati ; ses petits yeux noyés dans la graisse avaient une expression moqueuse et semblaient toujours faire signe à quelqu'un. L'ensemble lui donnait un certain air d'effronterie, Ses vêtements étaient malpropres.

Il commença par entrebâiller l'huis juste assez pour passer la tête et explorer la chambre pendant cinq secondes. Puis la porte s'ouvrit lentement et le personnage apparut en pied sur le seuil. Mais il ne se décida pas encore à entrer et, debout dans l'embrasure, il cligna des yeux et examina le prince. Enfin, il referma la porte sur lui, fit quelques pas, s'assit sur une chaise, saisit vigoureusement la main du prince et l'obligea à prendre place devant lui sur le divan.

– Ferdistchenko, dit-il, en fixant le prince dans les yeux comme pour l'interroger.

– Et après ? repartit le prince contenant à peine son envie de rire.

– Je suis le locataire, reprit Ferdistchenko, les yeux toujours fixés sur son interlocuteur.

– Vous voulez faire connaissance ?

– Hé ! hé ! articula le visiteur en s'ébouriffant les cheveux et en souriant ; après quoi il porta son regard vers l'angle opposé de la pièce. – Avez-vous de l'argent ? fit-il à brûle-pourpoint en se retournant vers le prince.

– Un peu.

– Combien au juste ?

– Vingt-cinq roubles.

– Montrez-les moi.

Le prince sortit un billet de vingt-cinq roubles de la poche de son gilet et le tendit à Ferdistchenko, qui le déplia, l'examina, le retourna, puis le regarda par transparence.

– C'est singulier, énonça-t-il d'un air pensif, pourquoi ces billets brunissent-ils ? Les billets de vingt-cinq roubles offrent parfois cette particularité, tandis que les autres, au contraire, se décolorent complètement. Voici.

Le prince reprit son billet. Ferdistchenko se leva. – Je suis venu pour vous donner un avis : d'abord ne me prêtez pas d'argent, car je vous en demanderai certainement.

– Bien.

– Vous avez l'intention de payer, ici ?

– Assurément.

– Eh bien ! moi je ne l'ai pas ; grand merci. Je suis votre voisin, la première porte à droite, vous l'avez vue ? Tâchez de ne pas venir me voir trop souvent ; quant à moi, soyez tranquille, j'irai chez vous. Vous avez vu le général ?

– Non.

– Vous ne l'avez pas entendu ?

– Mais non.

– Eh bien vous le verrez et vous l'entendrez ! Il s'adresse même à moi pour m'emprunter de l'argent. *Avis au lecteur*[26]. Adieu. Peut-on vivre quand on s'appelle Ferdistchenko ?

– Pourquoi pas ?

– Adieu.

Et il se dirigea vers la porte. Le prince apprit par la suite que ce monsieur s'était assigné la mission d'étonner le monde par son originalité et sa jovialité, mais sans jamais y réussir. Sur certaines personnes il produisait même une impression déplaisante, ce qui le navrait sincèrement sans toutefois le faire renoncer à son rôle. Au seuil de la chambre il eut l'occasion de se redonner un peu d'importance : s'étant heurté à un personnage inconnu du prince qui voulait entrer, il s'effaça pour le laisser passer, puis, dans son dos, il fit au prince des

---

26 En français dans le texte.

signes, réitérés d'intelligence en clignant des yeux, ce qui lui permit de se retirer en gardant son aplomb.

Le nouveau venu était un homme de haute taille qui pouvait avoir cinquante-cinq ans ou même davantage. Il avait pas mal d'embonpoint, un visage empourpré, charnu et flasque qu'encadraient d'épais favoris blonds. Il portait la moustache ; ses yeux étaient grands et assez saillants. L'ensemble eût été passablement imposant s'il ne s'y était mêlé quelque chose de veule, de fatigué et même de flétri. Il était vêtu d'une vieille redingote presque percée aux coudes ; son linge maculé de graisse décelait un négligé d'intérieur. De près, il fleurait vaguement l'eau-de-vie, mais ses manières affectées et un tantinet étudiées trahissaient le désir d'en imposer par un air de dignité. Il s'approcha du prince à pas comptés et avec un sourire affable sur les lèvres ; il lui prit silencieusement la main et, la gardant dans la sienne, il contempla un certain temps son visage comme pour y retrouver des traits connus.

– C'est lui ! c'est bien lui ! dit-il d'une voix posée mais solennelle… La ressemblance est frappante. J'entends répéter un nom connu et qui m'est cher : il évoque en moi un passé à jamais disparu… Le prince Muichkine ?

– Lui-même.

– Le général Ivolguine, en retraite et dans l'infortune. Permettez-moi de vous demander votre prénom et votre patronymique ?

– Léon Nicolaïévitch.

– C'est bien cela ! Vous êtes le fils de mon ami, je puis dire : de mon camarade d'enfance, Nicolas Pétrovitch.

– Mon père s'appelait Nicolas Lvovitch.

– Lvovitch, rectifia le général sans hâte et avec l'assurance parfaite d'un homme qui n'a pas été trahi par sa mémoire mais auquel la langue a fourché. Il s'assit et, saisissant le prince par le bras, lui fit prendre place à côté de lui.

– Je vous ai porté sur mes bras, ajouta-t-il.

– Est-ce possible ? demanda le prince. Il y a déjà vingt ans que mon père est mort.

– C'est cela : vingt ans, vingt ans et trois mois. Nous avons fait nos études ensemble ; dès que j'ai eu terminé les miennes, je suis entré dans l'armée…

– Mon père aussi a servi dans l'armée. Il a été sous-lieutenant au régiment Vassilievski.

– Au régiment Biélomirski. Son transfert dans ce régiment a eu lieu presque à la veille de sa mort. J'ai assisté à ses derniers moments et l'ai béni pour l'éternité. Votre mère…

Le général s'interrompit comme accablé sous un triste souvenir.

– Ma mère est morte six mois après, fit le prince. Elle a succombé à un refroidissement.

– Non : elle n'est pas morte d'un refroidissement ; croyez-en un vieillard. J'étais là et l'ai mise en terre, elle aussi. Ce n'est pas un refroidissement, c'est le chagrin d'avoir perdu son prince qui l'a tuée. Oui, mon cher, j'ai gardé également le souvenir de la princesse. Ah ! les jeunes gens ! Bien qu'amis d'enfance, nous avons failli, le prince et moi, nous entre-tuer à cause d'elle.

Le prince commençait à écouter ces propos avec une certaine incrédulité.

– J'étais passionnément épris de votre mère quand elle n'était que fiancée, – fiancée à mon ami. Celui-ci s'en aperçut et ce fut pour lui un coup terrible. Un matin, entre six et sept, il vient me réveiller. Fort surpris, je passe mes vêtements. Silence de part et d'autre ; j'ai tout compris. Il sort de ses poches deux pistolets. Nous tirerons séparés par un mouchoir. Pas de témoins. À quoi bon des témoins quand, en l'espace de cinq minutes, on va s'entr'expédier dans l'éternité ? Nous chargeons les pistolets, nous étendons le mouchoir et nous nous mettons en position, chacun fixant le visage et appuyant son arme sur le cœur de l'autre. Soudain les larmes jaillissent de nos yeux et nos mains se mettent à trembler. À lui comme à moi, et au même moment. Naturellement nous tombons dans les bras l'un de l'autre et entre nous s'engage alors une lutte de générosité. « Elle est à toi », s'écrie le prince. « Elle est à toi », lui dis-je. Bref, en un mot… vous voilà installé chez nous ?

– Oui, pour un certain temps peut-être, répondit le prince dans une sorte de bégaiement.

– Prince, maman vous prie de passer chez elle, cria Kolia après avoir jeté un coup d'œil dans la chambre.

Le prince se leva pour s'en aller, mais le général lui posa la main droite sur l'épaule et le fit aimablement rasseoir sur le divan.

– À titre de véritable ami de votre père, dit-il, je tiens à vous prévenir. Comme vous le voyez vous-même, j'ai été victime d'une catastrophe tragique, mais sans qu'il y ait eu jugement. Oui, sans jugement. Nina Alexandrovna est une femme comme on en voit peu. Barbe Ardalionovna, ma fille, est une demoiselle comme on en voit peu. Les circonstances nous obligent à louer des chambres… c'est une déchéance inouïe. Moi qui étais sur le point de passer gouverneur général !… Nous n'en sommes pas moins toujours aises de vous voir, bien qu'une tragédie se déroule sous notre toit.

Le prince, dont la curiosité était grandement excitée, le regarda d'un air interrogateur.

– Il se prépare ici un mariage, mais un mariage peu ordinaire. Un mariage entre une femme équivoque et un jeune homme qui pourrait être gentilhomme de la chambre. On veut installer cette personne sous le même toit que ma femme et ma fille. Mais tant que je vivrai, cela ne se fera point. Je me coucherai devant la porte et il lui faudra passer sur mon corps !… Je n'adresse presque plus la parole à Gania ; j'évite même de le rencontrer. C'est à dessein que je vous préviens. D'ailleurs, si vous logez chez nous, vous serez témoin de choses qui rendront cet avertissement superflu. Mais vous êtes le fils de mon ami et j'ai le droit d'espérer…

– Prince, faites-moi le plaisir de passer chez moi, au salon, demanda Nina Alexandrovna apparaissant elle-même à la porte.

– Imagine-toi, ma chère, s'exclama le général, que j'ai bercé le prince dans mes bras quand il était enfant !

Nina Alexandrovna lança au général un regard réprobateur puis interrogea des yeux le prince Muichkine, mais sans proférer une parole. Ce dernier la suivit. Arrivés au salon, ils s'assirent et Nina Alexandrovna se mit à lui donner à mi-voix des explications précipitées. Mais à peine avait-elle commencé que le général fit irruption dans la pièce. Elle se tut sur-le-champ et, visiblement dépitée, se pencha sur son ouvrage. Le général dut remarquer ce dépit ; il n'en cria pas moins à sa femme sur le ton de la meilleure humeur :

– Le fils de mon ami ! Quelle rencontre inattendue ! Depuis longtemps j'avais cessé de la croire possible. Se peut-il, ma chère, que tu ne te souviennes pas de feu Nicolas Lvovitch ? Tu l'as encore revu… à Tver, n'est-ce pas ?

– Je ne me souviens pas de Nicolas Lvovitch. C'était votre père ? demanda-t-elle au prince.

– Oui. Mais je crois qu'il est mort à Elisabethgrad et non à Tver, fit timidement observer le prince au général. C'est ce que m'a dit Pavlistchev…

– Non, c'est à Tver, réitéra le général. Il a été transféré dans cette ville un peu avant sa mort, et même avant la phase aiguë de sa maladie. Vous étiez alors trop petit pour avoir gardé le souvenir du transfert ou du voyage. Quant à Pavlistchev, tout en étant le meilleur des hommes, il a pu se tromper.

– Vous avez également connu Pavlistchev ?

– C'était un homme d'un rare mérite, mais moi, j'ai été témoin oculaire. J'ai béni votre père sur son lit de mort…

– Mon père allait passer en justice au moment où il est mort, fit de nouveau observer le prince, bien que je n'aie jamais pu connaître l'inculpation qui pesait sur lui. Il est mort à l'hôpital.

– Oh ! c'était pour l'affaire du soldat Kolpakov. Sans aucun doute il aurait été acquitté.

– Vraiment ? Vous êtes positivement au courant de cette affaire ? demanda le prince dont la curiosité parut piquée au vif.

– Je crois bien ! s'écria le général. Le tribunal a dû lever la séance sans avoir rendu de jugement. C'était une affaire impossible, une affaire mystérieuse, peut-on même dire. Le capitaine en second Larionov meurt étant commandant de compagnie. Ses fonctions sont confiées par intérim au prince. Bien. Là dessus un soldat du nom de Kolpakov vole du cuir de botte à un de ses camarades. Il le vend et boit l'argent. Bien. Le prince réprimande vertement Kolpakov et le menace des verges ; notez que la scène a lieu en présence du sergent-major et du caporal. Très bien. Kolpakov va au quartier, s'étend sur un lit de camp et meurt un quart d'heure plus tard. De mieux en mieux ; mais le cas est singulier, presque inexplicable. N'importe : on enterre Kolpakov, le prince fait son rapport, sur le vu duquel le défunt est rayé des contrôles. Tout cela est parfait, n'est-ce pas ? Mais voici que six mois plus tard, on passe la brigade en revue et, comme si de rien n'était, le soldat Kolpakov fait sa réapparition à la 3e compagnie du 2e bataillon du régiment d'infanterie de Novozemliansk, qui appartient à la même brigade et à la même division !

– Comment cela ? s'exclama le prince au comble de la stupeur.

– Les choses n'ont pu se passer ainsi : il y a une erreur, dit brusquement Nina Alexandrovna à son mari en le regardant avec une expression voisine de l'angoisse. *Mon mari se trompe*[27].

---

[27] En français dans le texte.

– Ma chère, se *trompe* est vite dit, mais essaie de tirer au clair une affaire comme celle-là ! Tout le monde s'y est rompu la tête. Moi tout le premier, j'étais porté à dire : *on se trompe*[28]. Malheureusement j'ai été témoin du fait et j'ai siégé dans la commission d'enquête. Toutes les confrontations ont établi qu'on était bien en présence de ce même soldat Kolpakov qui avait été enterré six mois avant, avec le cérémonial d'usage et au son du tambour. Le cas est réellement exceptionnel, presque inconcevable, j'y consens, mais…

– Papa, votre dîner est servi, annonça Barbe Ardalionovna en pénétrant dans la pièce.

– Ah ! fort bien, parfait ! Je commençais à souffrir de la faim… Mais le cas est de ceux dont on peut dire qu'ils sont psychologiques…

– La soupe va encore refroidir, reprit Barbe avec impatience.

– J'y vais, j'y vais, marmonna le général en sortant de la pièce. Il était déjà dans le corridor qu'on l'entendit encore dire : « Et en dépit de toutes les enquêtes »…

– Vous devrez passer beaucoup de choses à Ardalion Alexandrovitch si vous restez chez nous, dit Nina Alexandrovna au prince. D'ailleurs il ne vous dérangera pas trop, car il mange seul. Vous en conviendrez : chacun a ses défauts et ses… singularités. Les gens qu'on montre habituellement du doigt ne sont peut-être pas ceux qui en ont le plus. Je ne vous adresserai qu'une prière mais instante : si mon mari vous demande l'argent de la chambre, dites-lui que vous me l'avez donné. Il va de soi que ce que vous pourriez remettre à Ardalion Alexandrovitch serait porté à votre compte de la même manière ; mais ce que je vous en dis est pour la bonne règle… Qu'y a-t-il, Barbe ?

Barbe venait d'entrer dans la pièce. Sans mot dire, elle tendit à sa mère le portrait de Nastasie Philippovna. Nina Alexandrovna tressaillit et considéra ce portrait pendant un moment, d'abord avec une expression de frayeur, puis avec les signes d'une accablante douleur. Enfin elle interrogea Barbe du regard.

– C'est elle-même qui lui a fait ce cadeau aujourd'hui, dit Barbe, et ce soir tout sera décidé entre eux.

– Ce soir ! répéta Nina Alexandrovna à mi-voix et avec l'accent du désespoir. Pourquoi ce soir ? Il n'y a déjà plus de doute et il ne reste plus aucune espérance. N'a-t-elle pas tout mis au clair en donnant ce portrait ?… Est-ce lui-même qui te l'a montré ? ajouta-t-elle sur un ton de surprise.

---

[28] En français dans le texte.

– Vous savez que depuis un mois entier nous ne nous adressons presque plus la parole. C'est Ptitsine qui m'a tout raconté ; quant au portrait, je l'ai ramassé là-bas par terre à côté de la table.

– Prince, fit soudain Nina Alexandrovna, je voulais vous demander (et c'est surtout pour cela que je vous ai prié de venir) s'il y a longtemps que vous connaissez mon fils ? Il a dit, je crois, que vous n'étiez arrivé que d'aujourd'hui.

Le prince donna sur lui-même quelques courts éclaircissements, en laissant de côté une bonne moitié de ce qui s'était passé. Nina Alexandrovna et Barbe l'écoutaient attentivement.

– Ce n'est pas pour vous extorquer des renseignements sur Gabriel Ardalionovitch que je vous ai posé ma question, fit remarquer Nina Alexandrovna ; vous ne devez pas vous méprendre à ce sujet. S'il y a quelque chose qu'il ne puisse m'avouer lui-même, je ne tiens pas à l'apprendre d'une autre bouche. Je ne m'occupe que des allusions que Gania a faites tout à l'heure devant vous et de cette réponse qu'il a donnée, après votre départ, à une de mes questions : « il sait tout, inutile de se gêner avec lui ». Qu'est-ce que cela signifie ? Autrement dit je désirerais savoir dans quelle mesure…

Gania et Ptitsine firent une brusque entrée ; Nina Alexandrovna se tut aussitôt. Le prince resta assis auprès d'elle cependant que Barbe s'écartait. Le portrait de Nastasie Philippovna était en évidence sur la table à ouvrage de Nina Alexandrovna, juste devant elle. Gania l'aperçut, fronça les sourcils, le prit avec dépit et le jeta sur son bureau, à l'autre bout de la pièce.

– C'est pour aujourd'hui, Gania ? demanda brusquement Nina Alexandrovna.

– Qu'est-ce qui est pour aujourd'hui ? dit Gania en sursautant.

Et tout à coup il fonça sur le prince : – Ah ! je comprends, vous êtes déjà ici !… Cela finit par tourner chez vous à la maladie : vous ne pouvez pas tenir votre langue. Voyons, Altesse, comprenez…

Dans le cas présent, c'est à moi et à nul autre qu'incombe la faute, interrompit Ptitsine.

Gania le regarda d'un air interrogateur.

– Voyons, Gania, cela vaut mieux ainsi ; d'autant que, par un certain côté, c'est une affaire réglée, balbutia Ptitsine qui alla ensuite s'asseoir à l'écart près de la table, sortit de sa poche un morceau de papier couvert de notes au crayon et se mit à l'examiner attentivement. Gania restait sombre, dans l'appréhension d'une scène de famille. Il ne songea même pas à présenter ses excuses au prince.

– Si tout est fini, dit Nina Alexandrovna, il est évident qu'Ivan Pétrovitch a raison. Ne fronce pas les sourcils, je t'en prie, Gania, et ne te fâche pas : je ne te questionnerai point sur ce que tu ne veux pas dire. Je t'assure que je suis pleinement résignée ; fais-moi le plaisir de te tranquilliser.

Elle prononça ces paroles sans détacher les yeux de son ouvrage et sur un ton qui, de fait, paraissait calme. Gania en fut surpris mais se tut prudemment et regarda sa mère, attendant de plus amples explications. Les scènes domestiques ne lui avaient coûté que trop cher. Nina Alexandrovna remarqua sa retenue et ajouta avec un sourire amer :

– Tu doutes encore et tu le défies de moi. Rassure-toi : de mon côté du moins, il n'y aura plus ni larmes ni prières. Tout mon désir est de te voir heureux, et tu le sais. Je me suis soumise à la destinée, mais mon cœur te suivra toujours, que nous restions ensemble ou que nous nous séparions. Je ne réponds naturellement que de moi-même ; tu ne saurais en demander autant de ta sœur…

– Ah ! encore elle ! s'exclama Gania en décochant à sa sœur un regard d'ironie et d'aversion. Ma chère maman ! Je vous renouvelle la parole que je vous ai déjà donnée : tant que je serai là, tant que je vivrai, personne ne vous manquera jamais de respect. De n'importe qui il s'agisse, j'exigerai de toute personne franchissant notre seuil la plus entière déférence à votre égard.

Gania se sentait si heureux qu'il regardait sa mère d'un air presque apaisé, presque tendre.

– Je n'avais aucune crainte pour moi, Gania, tu le sais. Ce n'est pas pour moi que je me suis fait du mauvais sang tous ces temps-ci. On dit qu'aujourd'hui tout va être terminé pour vous. Qu'est-ce qui va être terminé ?

– Elle m'a promis de déclarer ce soir, chez elle, si elle consent ou non, répondit Gania.

– Il y a près de trois semaines que nous évitons de parler de cela, et c'était préférable. Mais maintenant que tout est fini, je me permettrai de te demander seulement ceci : comment a-t-elle pu te donner son consentement et même t'offrir son portrait, alors que tu ne l'aimes pas ? Se peut-il que toi, auprès d'une femme si… si…

– Si expérimentée, n'est-ce pas ?

– Ce n'est pas l'expression que je cherchais. Comment as-tu pu l'abuser à un pareil degré ?

Sous sa question Nina Alexandrovna laissa soudain percer une extrême irritation. Gania resta coi, réfléchit un moment, puis dit, sans dissimuler un rire mauvais :

– Vous vous êtes laissé entraîner, chère maman ; la patience vous a échappée une fois de plus ; c'est toujours ainsi que les disputes ont éclaté et se sont envenimées entre nous. Vous venez de dire : plus de questions, plus de reproches, et les voilà qui recommencent. Mieux vaut en rester là ; oui, cela vaut mieux. D'ailleurs c'était votre intention… Jamais et pour rien au monde je ne vous abandonnerai. Un autre que moi se serait enfui de la maison pour ne pas voir une sœur comme la mienne. Tenez : observez comme elle me regarde maintenant. Brisons là. J'étais déjà si content… Et comment savez-vous que j'abuse de la bonne foi de Nastasie Philippovna ? Pour ce qui est de Barbe, qu'elle en fasse à son aise ; en voilà assez ! La mesure est comble.

Gania se montait davantage à chaque mot et arpentait machinalement la chambre. Ces discussions affectaient douloureusement tous les membres de la famille.

– J'ai dit que je m'en irais si elle entrait ici et je tiendrai parole, déclara Barbe.

– Par entêtement ! s'écria Gania. Et c'est aussi par entêtement que tu ne te maries pas. Pourquoi me fais-tu cette moue de mépris ? Je m'en fiche, Barbe Ardalionovna : vous pouvez mettre tout de suite votre projet à exécution. Il y a déjà longtemps que vous m'embêtez.

Puis, voyant le prince se lever, il lui jeta :

– Comment, prince, vous vous décidez enfin à nous laisser ?

La voix de Gania trahissait ce degré d'exaspération dans lequel l'homme jouit en quelque sorte de sa propre colère et s'y abandonne sans aucune retenue, voire avec une délectation croissante, quoi qu'il en puisse advenir. Le prince, déjà le seuil de la pièce, fut sur le point de répondre, mais, voyant le visage crispé de son insulteur et comprenant qu'une goutte suffirait à faire déborder le vase, il se retourna et sortit sans proférer une parole. Quelques minutes plus tard les éclats de voix qui lui parvinrent du salon lui apprirent que la discussion, après son départ, avait pris un tour plus bruyant et plus débridé.

Il traversa la salle puis l'antichambre pour gagner sa chambre par le corridor. En passant à côté de la porte de sortie vers l'escalier, il remarqua que, derrière cette porte, quelqu'un faisait des efforts désespérés pour tirer la sonnette ; celle-ci était probablement dérangée car elle s'agitait sans rendre aucun son. Le prince leva le verrou, ouvrit la porte et recula avec un sursaut de stupéfaction : Nastasie Philippovna était devant lui. Il la reconnut d'emblée d'après son portrait. Quand elle l'aperçut, un éclair de dépit brilla dans ses yeux ; elle passa vivement dans l'antichambre en l'écartant d'un coup d'épaule et lui dit d'un ton courroucé, tandis qu'elle se débarrassait de sa pelisse :

– Si tu es trop paresseux pour raccommoder la sonnette, reste au moins dans l'antichambre afin d'ouvrir quand on frappe ! Allons bon ! tu laisses tomber ma pelisse maintenant ! Quel butor !

En effet, la pelisse était par terre. Nastasie Philippovna l'avait jetée derrière elle, sans attendre que le prince la lui retirât et sans s'apercevoir que les mains de celui-ci n'avaient pu la saisir.

– On devrait te mettre à la porte. Va-t'en et annonce-moi !

Le prince aurait voulu dire quelque chose, mais il perdit contenance au point de ne pouvoir articuler un mot et, ayant ramassé la pelisse, il se dirigea vers le salon.

– Le voilà à présent qui s'en va avec ma pelisse ! Pourquoi l'emportes-tu ? Ha ! ha ! Est-ce que tu ne perds pas la tête ?

Le prince revint sur ses pas et la regarda comme pétrifié. Elle se mit à rire ; il sourit lui aussi, mais sans retrouver l'usage de sa langue. Au premier moment, quand il avait ouvert la porte, il avait blêmi ; maintenant le sang lui affluait soudainement au visage.

– Qu'est-ce que c'est que cet idiot-là ? s'écria-t-elle indignée en frappant du pied. Eh bien, où pars-tu ? Qui vas-tu annoncer ?

– Je vais annoncer Nastasie Philippovna, balbutia le prince.

– D'où me connais-tu ? demanda-t-elle avec vivacité. Moi, je ne t'ai jamais vu. Va m'annoncer… Quels sont ces cris que j'entends là ?

– On se dispute, fit le prince.

Et il se dirigea vers le salon.

Il y entra à un moment plutôt critique. Nina Alexandrovna était sur le point d'oublier totalement qu'elle s'était « soumise à tout » ; au reste, elle défendait Barbe. Celle-ci était à côté de Ptitsine, qui avait fini l'examen de son papier crayonné. Elle ne se laissait pas démonter, n'étant d'ailleurs pas d'un caractère timide ; mais les grossièretés de son frère devenaient de plus en plus brutales et de moins en moins tolérables. Dans les cas semblables elle avait l'habitude de garder le silence et de fixer son frère d'un air moqueur. Elle savait que cette attitude avait le don de le mettre hors de lui. C'est juste à cet instant que le prince pénétra dans la chambre et annonça :

– Nastasie Philippovna !

IX

Un silence général se fit. Tous regardaient le prince comme s'ils ne le comprenaient pas et ne voulaient pas le comprendre. Gania parut glacé de frayeur.

L'arrivée de Nastasie Philippovna, surtout à ce moment-là, était pour tout le monde l'événement le plus étrange, le plus inattendu, le plus troublant. D'abord c'était la première fois qu'elle honorait les Ivolguine de sa visite ; jusque-là elle avait observé à leur égard une attitude si hautaine que, même dans ses entretiens avec Gania, elle n'avait jamais exprimé le désir de faire la connaissance des parents du jeune homme ; dans les derniers temps même, elle ne parlait pas plus d'eux que s'ils n'avaient pas existé. Tout en se sentant bien aise de la voir éviter un sujet de conversation aussi pénible pour lui, Gania n'en avait pas moins ce dédain sur le cœur. En tout cas, il s'attendait plutôt à des nasardes à l'adresse de sa famille qu'à une visite. Il la savait parfaitement au courant de ce qui se passait chez lui, depuis le jour où il avait demandé sa main, et la façon dont ses parents le jugeraient. Sa visite, à *ce moment-là,* après le don du portrait et au jour de son anniversaire, date à laquelle elle avait promis de se décider, semblait indiquer par elle-même le sens de sa décision.

La perplexité avec laquelle tout le monde regardait le prince fut de courte durée : Nastasie Philippovna apparut elle-même à l'entrée du salon et, pour la seconde fois, en pénétrant dans la pièce, elle poussa légèrement le prince.

– J'ai enfin réussi à entrer… Pourquoi attachez-vous votre sonnette ? dit-elle d'un ton enjoué en tendant la main à Gania qui s'était précipité au-devant d'elle. Pourquoi faites-vous cette mine consternée ? Je vous en prie, présentez-moi…

Gania, complètement décontenancé, la présenta d'abord à Barbe. Avant de se tendre la main les deux femmes échangèrent un regard étrange. Nastasie Philippovna riait et affectait la bonne humeur ; mais Barbe ne cherchait pas à feindre et fixait la visiteuse d'un air sombre ; son visage ne reflétait pas l'ombre du sourire que la simple politesse eût exigé. Gania sentit la respiration lui manquer ; le temps n'était plus aux supplications ; il jeta sur Barbe un regard si menaçant que sa sœur comprit, à l'intensité de ce regard, la gravité qu'avait pour lui cette minute. Elle parut alors se résigner à lui céder en ébauchant un sourire à l'adresse de Nastasie Philippovna. (En somme, les membres de cette famille avaient encore beaucoup d'affection les uns pour les autres.) Nina Alexandrovna corrigea un peu la première impression lorsque Gania, perdant décidément la tête, lui présenta la visiteuse après l'avoir présentée à sa sœur ; il alla même jusqu'à présenter sa mère la première. Mais elle avait à peine commencé à parler de sa « satisfaction particulière » que Nastasie Philippovna, au lieu de l'écouter, interpella brusquement Gania, après s'être assise, sans en avoir été priée, sur un petit divan dans le coin de la fenêtre :

– Où est votre cabinet ? Et… où sont les locataires ? Car vous louez des chambres, n'est-ce pas ?

Gania devint affreusement rouge et bégaya une réponse que Nastasie Philippovna coupa aussitôt :

– Où peuvent bien tenir vos locataires ? Vous n'avez même pas de cabinet. Est-ce que cela rapporte ? ajouta-t-elle en s'adressant soudain à Nina Alexandrovna.

– Cela donne assez de tracas, répondit celle-ci, mais, naturellement aussi, quelque profit. D'ailleurs nous venons seulement de…

Mais de nouveau Nastasie Philippovna avait cessé de l'écouter. Elle regarda Gania en riant et lui cria :

– Quelle tête faites-vous là ? Mon Dieu ! quelle figure vous avez !

Son rire dura un moment. Il était de fait que le visage de Gania était profondément altéré ; son hébétement et sa terreur comique avaient tout à coup fait place à une pâleur effrayante ; ses lèvres étaient crispées ; sans desserrer les dents, il fixait un regard mauvais sur le visage de la jeune femme qui ne s'arrêtait pas de rire.

Il y avait toujours là un observateur qui n'était pas encore revenu de l'espèce de stupeur où l'avait plongé l'apparition de Nastasie Philippovna. Bien qu'il fût resté comme pétrifié à la même place, près de la porte, le prince n'en remarqua pas moins la pâleur et l'altération morbide du visage de Gania. Il fit machinalement un pas en avant, comme mû par un sentiment de frayeur.

– Buvez de l'eau, chuchota-t-il à Gania. Et ne regardez pas avec ces yeux-là…

Il était évident qu'il avait proféré ces paroles sans calcul ni arrière-pensée, telles qu'elles lui étaient venues spontanément. Elles n'en produisirent pas moins un effet extraordinaire. Toute l'aversion de Gania parut se retourner soudain contre le prince : il le prit par l'épaule et jeta sur lui un regard muet mais vindicatif et haineux, comme s'il avait perdu la force de parler. L'émoi devint général ; Nina Alexandrovna fit même entendre un léger cri ; Ptitsine s'avança avec inquiétude vers les deux hommes ; Kolia et Ferdistchenko, qui venaient d'apparaître sur le pas de la porte, restèrent bouche bée. Seule Barbe continuait à observer la scène à la dérobée mais avec attention. Elle ne s'était pas assise et se tenait à l'écart à côté de sa mère, les bras croisés sur la poitrine.

Mais Gania s'était ressaisi presque aussitôt après son premier mouvement. Il partit d'un éclat de rire nerveux, puis recouvra tout son sang-froid.

– Qu'est-ce qui vous prend, prince ? êtes-vous médecin ? s'exclama-t-il avec autant d'enjouement et de bonhomie qu'il put. – Il m'a même effrayé ! Nastasie Philippovna, on peut vous le présenter, c'est un type des plus précieux, bien que je ne le connaisse moi-même que de ce matin.

Nastasie Philippovna regarda le prince avec surprise.

– Prince ? Il est prince ? Figurez-vous que tout à l'heure, dans l'antichambre, je l'ai pris pour le domestique et je l'ai envoyé m'annoncer ici ! Ha ! ha ! ha !

– Il n'y a pas de mal, dit Ferdistchenko qui, enchanté de voir que l'on commençait à rire, s'approcha avec empressement. Il n'y a pas de mal : se non *è vero*...

– J'ai même failli vous malmener, prince. Excusez-moi, je vous en prie. Ferdistchenko, que faites-vous ici et à pareille heure ? Je pensais du moins ne pas vous rencontrer. Vous dites ? Quel prince ? Muichkine ? redemanda-t-elle à Gania qui, tenant toujours le prince par l'épaule, venait de le lui présenter.

– C'est notre locataire, répéta Gania.

Évidemment on montrait le prince comme une curiosité (il offrait ainsi pour tout le monde une diversion à une situation fausse). On le poussa presque vers Nastasie Philippovna ; il entendit même avec netteté le mot « idiot » chuchoté derrière lui, vraisemblablement par Ferdistchenko en vue d'éclairer la jeune femme.

– Dites-moi, pourquoi ne m'avez-vous pas tirée d'erreur lorsque je me suis si fâcheusement méprise sur votre compte ? reprit Nastasie Philippovna en examinant le prince de la tête aux pieds avec la plus grande désinvolture ; puis elle guetta impatiemment sa réponse, tant elle était convaincue que celle-ci serait si sotte qu'on ne pourrait s'empêcher de rire.

– J'ai été surpris en vous apercevant si soudainement..., balbutia le prince.

– Mais comment avez-vous deviné qui j'étais ? Où m'aviez-vous vue auparavant ? C'est pourtant vrai que j'ai l'impression de l'avoir vu quelque part ! Et permettez-moi de vous demander pourquoi, en m'apercevant, vous êtes resté cloué sur place ? Ai-je donc quelque chose de si stupéfiant ?

– Allons, allons donc ! fit Ferdistchenko en faisant le plaisantin. Allons, parlez ! Bon Dieu, si on me posait cette question, que ne trouverais-je pas à répondre ! Eh bien ?... Après cela, prince, on peut affirmer que tu es un butor.

– Moi aussi, je dirais bien des choses si j'étais à votre place, répliqua en riant le prince à Ferdistchenko. Puis il se tourna vers Nastasie Philippovna : – Tout à l'heure, votre portrait m'a vivement frappé. Nous avons ensuite parlé de vous avec les Epantchine... Auparavant même, ce matin, avant d'arriver à Pétersbourg, Parfione Rogojine, qui était dans le même wagon que moi, m'a longuement entretenu de vous..., et au moment précis où je vous ai ouvert la porte, je pensais à vous. Et voilà que je vous ai vue devant moi !

– Mais comment avez-vous su que c'était moi ?

– Par votre ressemblance avec le portrait, et puis...

– Et puis quoi ?

– Et puis parce que vous êtes exactement telle que mon imagination vous représentait... Moi aussi, j'ai l'impression de vous avoir vue quelque part.

– Où, où ?

– C'est comme si j'avais déjà vu vos yeux quelque part... Pourtant c'est impossible. Il ne s'agit que d'une impression... Je n'ai jamais vécu ici. Peut-être était-ce en rêve.

– Ah ça ! prince ! s'écria Ferdistchenko. Non ! je retire mon se *non è vero.* D'ailleurs… d'ailleurs, s'il a dit tout cela, c'est par innocence, ajouta-t-il d'un ton de commisération.

Le prince avait parlé d'une voix émue, s'interrompant maintes fois pour reprendre haleine. Tout trahissait en lui une agitation intense. Nastasie Philippovna le regardait avec curiosité et ne riait déjà plus. À ce moment on entendit une voix sonore qui provenait de derrière le groupe formé autour du prince et de Nastasie Philippovna. Ce groupe s'ouvrit et se partagea en deux pour laisser passer le père de famille lui-même, le général Ivolguine, qui vint se camper en face de la jeune femme. Il était en frac et portait une chemise propre ; ses moustaches étaient fraîchement teintes.

C'était plus que Gania n'en pouvait supporter.

Son amour-propre et son ombrageuse vanité s'étaient développés jusqu'à l'hypocondrie ; il avait cherché, durant ces deux mois, les moyens de se donner une attitude de dignité et de noblesse, mais il s'était senti encore novice dans la voie qu'il s'était tracée et avait craint de ne pouvoir s'y maintenir jusqu'au bout. En désespoir de cause, il s'était finalement décidé à imposer aux siens un insolent despotisme, sans toutefois oser agir de même vis-à-vis de Nastasie Philippovna qui l'avait laissé dans l'incertitude jusqu'à la dernière minute et lui avait impitoyablement tenu la dragée haute. Elle l'avait même traité de « mendiant impatient », le mot lui avait été rapporté. Il avait juré ses grands dieux de lui faire payer plus tard tout cela fort cher, ce qui ne l'empêchait pas, en même temps, de nourrir parfois l'espoir enfantin qu'il pourrait par lui-même abouter les fils et réduire les oppositions.

Maintenant force lui était encore de vider cette coupe amère et, qui pis était, en un pareil moment, il lui fallait inopinément subir la plus cruelle des tortures pour un homme vaniteux : avoir à rougir des siens. Une pensée lui vint alors à l'esprit : « Est-ce qu'au bout du compte, la récompense vaut tous ces affronts ? »

Un événement surgissait qu'il avait tout au plus entrevu en rêve la nuit pendant ces deux mois et qui, chaque fois, l'avait glacé d'horreur et consumé de honte : la rencontre de son père avec Nastasie Philippovna au milieu des siens. Parfois, pour se montrer, il avait cherché à se représenter la tête que ferait le général pendant la cérémonie nuptiale, mais il n'en avait jamais été capable et avait dû renoncer presque aussitôt à évoquer ce pénible tableau. Peut-être s'exagérait-il outre mesure son infortune ; c'est le sort habituel des gens vaniteux. Mais pendant ces deux mois il avait mûri sa résolution et s'était juré de mettre, coûte que coûte, son père à la raison, ne fût-ce que momentanément, et, si c'était possible, de l'éloigner de Pétersbourg, que sa mère y souscrivît ou non. Dix minutes plus tôt, lorsque Nastasie Philippovna était entrée, sa consternation et sa stupeur avaient été telles qu'elles lui avaient fait complètement oublier la possibilité d'une apparition d'Ardalion Alexandrovitch et qu'il n'avait pris aucune mesure en prévision de cette éventualité.

Et voici que le général faisait aux yeux de tous une entrée solennelle, vêtu de son frac, au moment même où Nastasie Philippovna « ne cherchait que l'occasion de le tourner en dérision, lui et les siens ». Du moins en était-il convaincu. Et quelle autre signification pouvait en effet avoir sa visite ? Était-elle venue pour nouer des liens d'amitié avec sa mère et sa sœur, ou pour les offenser ? À voir l'attitude respective des siens et de la visiteuse, le doute n'était pas permis : sa mère et sa sœur étaient assises à l'écart comme accablées de honte, tandis que Nastasie Philippovna paraissait même avoir oublié leur présence... Il pensait : si elle se comporte ainsi, c'est évidemment qu'elle a ses raisons !

Ferdistchenko prit le général par le bras et le présenta. Le vieillard s'inclina en souriant devant Nastasie Philippovna et dit sur un ton plein de dignité :

– Ardalion Alexandrovitch Ivolguine, un vieux et malheureux soldat, père d'une famille qui se réjouit à l'espoir de compter parmi ses membres une aussi charmante...

Il n'acheva pas ; Ferdistchenko glissa rapidement une chaise derrière lui et le général, qui ne se sentait pas d'aplomb après son dîner, s'affaissa ou plus exactement s'écroula sur ce siège, sans d'ailleurs perdre contenance pour cela. Il s'assit vis-à-vis de Nastasie Philippovna, dont il porta les doigts fins à ses lèvres d'un geste lent et étudié, souligné par une mimique affable. Il était assez difficile de lui enlever sa belle assurance. À part un certain laisser-aller, son extérieur gardait encore assez de prestance, et il le savait parfaitement. Il avait autrefois fréquenté la meilleure société et n'en avait été définitivement exclu que deux ou trois ans auparavant. Depuis lors, il s'était abandonné sans retenue à certaines de ses faiblesses ; cependant, il avait conservé une allure alerte et sympathique. Quant à Nastasie Philippovna, elle eut l'air enchanté de l'apparition d'Ardalion Alexandrovitch, dont elle avait certainement entendu parler.

– J'ai appris que mon fils..., commença le général.

– Ah oui ! votre fils ! Vous êtes gentil vous aussi, papa ! Pourquoi ne vous voit-on jamais chez moi ? Est-ce vous qui vous cachez, ou votre fils qui vous cache ? Vous du moins, vous pouvez venir chez moi sans compromettre personne.

– Les enfants du XIXe siècle et leurs parents... commença de nouveau le général.

– Nastasie Philippovna, ayez la bonté de laisser sortir Ardalion Alexandrovitch pour un moment ; on le demande, dit à haute voix Nina Alexandrovna.

– Le laisser sortir ? Permettez : j'ai tant entendu parler de lui et je désirais depuis si longtemps le voir ! D'ailleurs, quelles affaires peut-il avoir ? N'est-il pas à la retraite ? Vous ne me quitterez pas, général ? N'est-ce pas que vous ne vous en irez pas !

– Je vous donne ma parole qu'il vous reviendra, mais pour le moment il a besoin de repos.

– Ardalion Alexandrovitch, on dit que vous avez besoin de repos ! s'écria Nastasie Philippovna avec la moue bougonne d'une fillette capricieuse à qui l'on prend son joujou.

Le général s'appliqua à rendre sa situation encore plus ridicule.

– Ah, ma chère amie ! proféra-t-il d'un ton de reproche, en se tournant solennellement vers sa femme, la main posée sur le cœur.

– Vous ne pensez pas vous en aller, chère maman ? demanda tout haut Barbe.

– Non, Barbe, je resterai jusqu'à la fin.

Nastasie Philippovna entendit certainement la demande et la réponse, mais sa gaîté n'en fit que croître. Elle commença à poser un tas de questions au général, si bien que celui-ci, au bout de cinq minutes, se sentant en verve, se mit à pérorer au milieu des éclats de rire de l'auditoire.

Kolia tira le prince par la basque de son vêtement.

– Tâchez donc de l'emmener si vous pouvez ! Je vous en prie ! Et des larmes d'indignation brillèrent dans les yeux du pauvre garçon. – Maudit Gania ! ajouta-t-il en aparté.

Le général s'épanchait :

– Il est de fait que j'ai été lié d'une grande amitié avec Ivan Fiodorovitch Epantchine, dit-il en réponse à une question de Nastasie Philippovna. Tels les trois mousquetaires, Athos, Porthos et Aramis, nous étions trois inséparables, moi, lui et le feu prince Léon Nicolaïévitch Muichkine, dont je viens d'embrasser le fils aujourd'hui, après vingt années de séparation. Mais hélas ! l'un est dans la tombe, tué par la calomnie et par une balle, l'autre est devant vous et continue à lutter contre les calomnies et les balles…

– Contre les balles ? s'écria Nastasie Philippovna.

– Elles sont là, dans ma poitrine, depuis le siège de Kars ; quand le temps est mauvais, je les sens. Pour le reste, je vis en philosophe, je marche, je me promène, je joue aux dames à mon café et je lis l'*Indépendance*, comme un bourgeois retiré des affaires. Quant à notre Porthos, autrement dit Epantchine, nous avons cessé nos relations depuis une histoire qui s'est passée, il y a trois ans, en chemin de fer à propos d'un bichon.

– D'un bichon ? Qu'est-ce que c'est que cette histoire ? demanda Nastasie Philippovna, très intriguée. Une histoire de bichon ? Ah permettez, c'était en chemin de fer ? ajouta-t-elle comme si elle rappelait ses souvenirs.

– Oh ! une histoire si sotte qu'elle ne vaut pas d'être racontée : il s'agissait de mistress Smith, dame de compagnie de la princesse Biélokonski… Mais à quoi bon la répéter ?

– Je tiens absolument à ce que vous la racontiez, s'écria Nastasie Philippovna avec enjouement.

– Moi non plus, je ne l'ai pas encore entendue ! fit observer Ferdistchenko ; *c'est du nouveau*[29].

– Ardalion Alexandrovitch ! intervint derechef Nina Alexandrovna sur un ton suppliant.

– Papa, on vous demande ! cria Kolia.

– Cette sotte histoire tient en deux mots, commença le général avec aplomb. Il y a deux ans, ou peu s'en faut, on venait d'inaugurer la ligne de chemin de fer de … J'avais déjà endossé le vêtement civil. Ayant des démarches très importantes à faire pour la remise de mon service, je prends un billet de première classe et monte en wagon. Je m'installe et je fume. Ou plutôt je continue de fumer le cigare que j'avais allumé auparavant… J'étais seul dans le compartiment. Il n'est pas interdit de fumer, mais cela n'est pas davantage permis ; en somme, c'est à moitié permis, comme toutes ces choses-là, et puis c'est selon les personnes. La glace était baissée. Tout à coup, juste au moment du départ, deux dames avec un bichon viennent s'asseoir en face de moi. Elles sont en retard. L'une, vêtue luxueusement, porte une toilette bleue claire ; l'autre, mise plus modestement, a une robe de soie noire avec une pèlerine. Ces dames, qui parlent anglais, ne sont pas mal, mais elles me regardent de haut en bas. Naturellement, je fume comme si de rien n'était. À vrai dire, j'ai un moment d'hésitation, mais

[29] En français dans le texte.

je continue quand même de fumer en me tournant vers la fenêtre, puisqu'elle est ouverte. Le bichon est sur les genoux de la dame en bleu clair ; c'est une toute petite bête, grosse comme mon poing, noire avec des pattes blanches ; bref une rareté. Il porte un collier d'argent avec une inscription. Je n'y prête pas d'attention. J'observe seulement que les dames ont l'air fâché, sans doute à cause du cigare. L'une se met à me dévisager avec un face-à-main d'écaille. Je reste coi, puisqu'elles ne disent rien. Si elles avaient parlé pour me prévenir ou me prier de cesser, alors bien…, on a une langue, c'est pour s'en servir. Mais non, elles se taisent. Et voilà que tout à coup, sans avertissement, – je vous le dis : sans le moindre avertissement, – la dame en bleu clair, comme hors d'elle, m'arrache mon cigare des mains et le jette par la fenêtre. Le train marche à toute vitesse. Je la regarde hébété. C'était une femme bizarre, d'une bizarrerie achevée ; au demeurant corpulente, replète, grande, blonde, haute en couleur (même à l'excès). Elle darde sur moi des yeux étincelants. Alors, sans proférer un mot, avec une politesse exquise et peu commune, avec raffinement pour ainsi dire, j'allonge deux doigts vers le chien, je le saisis délicatement par la nuque et je l'envoie par la fenêtre rejoindre mon cigare ! À peine pousse-t-il un cri. Et le train continue de filer…

– Vous êtes un monstre ! s'écria Nastasie Philippovna en riant aux éclats et en battant des mains comme une petite fille.

– Bravo, bravo ! s'exclama Ferdistchenko.

Ptitsine, auquel l'apparition du général avait été également fort désagréable, sourit cependant lui aussi. Kolia même se mit à rire et cria « bravo ! »

– Et j'avais raison, trois fois raison ! J'étais dans mon droit, poursuivit le général avec feu et sur un ton de triomphe. Car si les cigares sont interdits en wagon, à plus forte raison les chiens doivent-ils l'être !

– Bravo, papa ! s'écria Kolia avec enthousiasme. C'est magnifique ! Moi j'aurais sûrement fait la même chose. Pour cela, oui !

– Et que fit la dame ? demanda Nastasie Philippovna, impatiente de connaître le dénouement de l'histoire.

– La dame ? Ah ! c'est là le vilain côté de l'affaire, fit le général en fronçant les sourcils. Sans souffler mot, sans l'ombre d'une observation, elle m'appliqua une gifle. Je vous le dis : une femme bizarre, d'une bizarrerie achevée !

– Et vous, que fîtes-vous ?

Le général baissa les yeux, haussa les sourcils, remonta les épaules puis serra les lèvres, écarta les bras et, après un instant de silence, laissa tomber ces mots :

– Je n'ai pu me retenir !

– Vous avez cogné dur ?

– Non, certes. Le geste a fait scandale, mais je n'ai pas cogné dur. J'ai eu un seul mouvement et uniquement pour me défendre. Mais le diable s'en est mêlé : la dame en bleu-clair s'est trouvée être une gouvernante anglaise au service de la princesse Biélokonski, ou quelque chose comme l'amie de la maison ; quant à sa compagne en noir, c'était l'aînée des filles non mariées de la princesse, une vieille fille d'environ trente-cinq ans. Or, tout le monde connaît les liens d'intimité qui unissent la générale Epantchine à cette famille des Biélokonski. Les six filles de la princesse tombent en syncope ; on verse des larmes sur le chien favori, on porte son deuil ; l'Anglaise mêle ses gémissements à ceux des demoiselles ; bref on aurait cru la fin du monde ! Naturellement je suis allé exprimer mes regrets et m'excuser, j'ai même écrit une lettre. Mais on n'a accepté ni ma visite ni ma lettre. De là ma brouille avec les Epantchine ; depuis lors toutes les portes me sont fermées.

– Mais permettez, comment expliquez-vous ceci ? demanda brusquement Nastasie Philippovna ; – j'ai lu, il y a cinq ou six jours, la même histoire dans mon journal habituel, *l'Indépendance.* Exactement la même histoire : elle se passait sur une des lignes des bords du Rhin, entre un Français et une Anglaise ; même cigare arraché, même bichon jeté par la fenêtre, même dénouement que dans votre récit. Jusqu'à la toilette bleue claire qui s'y retrouvait !

Le général devint pourpre. Kolia rougit également et se prit la tête entre les mains. Ptitsine se détourna d'un geste rapide. Seul Ferdistchenko continua de rire aux éclats. Quant à Gania, qui était resté muet durant cette scène, il est superflu de dire qu'il était sur des charbons ardents.

– Je vous affirme, balbutia le général, que la même aventure m'est arrivée...

– C'est un fait, s'exclama Kolia : papa a eu des ennuis avec mistress Smith, la gouvernante des Biélokonski ; je me le rappelle.

Nastasie Philippovna eut la cruauté d'insister :

– Comment ! une aventure en tous points identique ? Aux deux extrémités de l'Europe, la même histoire se serait reproduite dans tous ses détails, y compris celui de la toilette bleue claire ! Je vous enverrai *l'Indépendance belge.*

– Mais remarquez, reprit le général, que la chose m'est arrivée deux ans plus tôt…

– Oui, c'est là qu'est la différence, dit Nastasie Philippovna qui riait comme une folle.

– Papa, je vous prie de sortir ; j'ai deux mots à vous dire, fit Gania accablé et d'une voix tremblante, tandis qu'il saisissait machinalement son père par l'épaule. Son regard reflétait une haine immense.

À ce moment un violent coup de sonnette retentit dans l'antichambre. Peu s'en fallut qu'on arrachât le cordon. C'était l'annonce d'une visite peu ordinaire. Kolia courut ouvrir.

X

L'antichambre se remplit en un instant d'une foule bruyante. Du salon, on eut l'impression que plusieurs personnes étaient entrées et que d'autres leur emboîtaient le pas. Des voix et des cris s'entremêlaient ; on entendait vociférer jusque dans l'escalier, la porte d'entrée étant restée ouverte. Devant cette singulière invasion tout le monde se regarda. Gania s'élança dans la salle, mais déjà divers personnages s'y étaient introduits.

– Ah, le voilà, ce judas ! s'écria une voix connue du prince. Salut, canaille de Gania !

– C'est bien lui en effet, confirma un autre.

Le prince n'eut plus aucun doute : la première voix était celle de Rogojine, la seconde celle de Lébédev.

Gania resta comme hébété sur le seuil du salon ; silencieusement et sans chercher à leur barrer l'accès, il regarda entrer l'un derrière l'autre dix ou douze individus à la suite de Parfione Rogojine. Cette compagnie fort mêlée ne se distinguait pas seulement par sa diversité, mais encore par son sans-gêne. Plusieurs avaient gardé en entrant leur paletot et leur pelisse. Si aucun n'était complètement gris, tous avaient l'air fortement éméchés. C'était à croire qu'ils avaient besoin de se sentir les coudes pour entrer ; seul, aucun d'eux ne s'y serait enhardi ; ensemble ils se poussaient en quelque sorte les uns les autres. Rogojine lui-même, qui marchait à la tête de la troupe, n'avançait qu'avec précaution. Il avait son idée et paraissait sombre, soucieux et irrité. Les autres formaient une cohue ou, pour mieux dire, une clique amenée là pour prêter main-forte. Outre Lébédev, on reconnaissait Zaliojev, tout frisé, qui avait jeté sa pelisse dans l'antichambre et se donnait les airs délurés d'un gandin ; auprès de lui deux ou trois personnages du même acabit étaient apparemment des fils de marchands. Un autre portait un paletot de coupe plus ou moins militaire ; puis venaient un petit homme obèse qui riait sans cesse, un colosse d'un mètre quatre-vingt-dix et d'une corpulence peu commune, qui affectait un air morose et taciturne et paraissait mettre une grande confiance dans la vigueur de ses poings ; un étudiant en médecine et un petit Polonais à la mine obséquieuse. Sur le palier étaient restées deux dames qui, n'osant pas entrer, jetaient des regards furtifs dans l'antichambre. Kolia leur ferma la porte au nez et fixa le crochet.

– Salut, canaille de Gania ! Hein, tu ne t'attendais pas à voir arriver Parfione Rogojine ? répéta ce dernier en se plantant devant Gania à l'entrée du salon.

Mais à ce moment il aperçut soudain dans cette pièce, juste en face de lui, Nastasie Philippovna. Il était évident qu'il n'avait pas pensé la rencontrer dans cet endroit, car la vue de la jeune femme lui produisit une impression extraordinaire ! il devint si pâle que ses lèvres mêmes bleuirent.

– Alors c'est vrai ! articula-t-il à voix basse, comme s'il se parlait à lui-même, tandis que sa physionomie exprimait l'abattement. – C'est fini !... Eh bien ?... Me répondras-tu maintenant ? lança-t-il à Gania en grinçant des dents et en fixant sur lui un regard chargé de haine. Eh bien ?...

Le souffle lui manquait et il avait du mal à s'exprimer. Machinalement il s'avança dans le salon, mais à peine eut-il passé le seuil qu'il reconnut Nina Alexandrovna et Barbe. Il s'arrêta : son émoi fit place à une assez vive confusion. Lébédev le suivait comme son ombre ; il était déjà sérieusement pris de boisson ; puis venaient l'étudiant, le personnage aux poings redoutables, Zaliojev, saluant à droite et à gauche, et, fermant la marche, le petit homme bedonnant. La présence des dames les retenait encore un peu et les gênait visiblement ; mais on sentait que cette contrainte s'évanouirait lorsque le moment de *commencer* serait venu... Au premier signal de ce *commencement,* la présence des dames n'empêcherait plus le scandale.

– Comment ? tu es là aussi, prince ? dit Rogojine d'un air distrait, mais tout de même étonné de le rencontrer. Et toujours avec tes guêtres, eh ? soupira-t-il. Puis il oublia le prince et reporta ses regards sur Nastasie Philippovna, vers laquelle il s'avançait comme sous l'influence d'un aimant.

Celle-ci regardait, elle aussi, les nouveaux venus avec une curiosité mêlée d'inquiétude.

Enfin Gania reprit son sang-froid. Il regarda sévèrement les intrus et, s'adressant surtout à Rogojine, dit d'une voix forte :

– Mais permettez, qu'est-ce que cela signifie, à la fin ? Il me semble, messieurs, que vous n'êtes pas entrés dans une écurie ? Il y a ici ma mère et ma sœur…

– Nous le voyons, que ta mère et ta sœur sont ici, murmura Rogojine entre ses dents.

– Cela se voit du reste, renchérit Lébédev pour se donner une contenance.

L'homme aux poings d'hercule, croyant sans doute que son moment était venu, se mit à pousser un grognement.

– Mais en voilà assez ! reprit Gania dans un brusque éclat de voix. D'abord je vous prie de passer tous dans la salle ; ensuite je voudrais bien savoir…

– Voyez-vous cela : il ne me reconnaît pas ! ricana Rogojine sans bouger de place. – Alors tu ne reconnais plus Rogojine ?

– Je crois vous avoir rencontré quelque part, mais…

– Vous entendez cela ? Il m'a rencontré quelque part ! Mais il n'y a pas trois mois que j'ai perdu en jouant avec toi deux cents roubles qui appartenaient à mon père. Le vieux est mort sans l'avoir su ; toi, tu m'as entraîné au jeu et Kniff a truqué les cartes. Tu ne te rappelles pas ? La chose s'est passée en présence de Ptitsine. Je n'ai qu'à tirer trois roubles de ma poche et à te les montrer : pour les avoir tu serais capable de te traîner à quatre pattes sur le Vassilievski[30]. Voilà l'homme que tu es ! À présent je suis venu t'acheter tout entier contre argent comptant. Ne fais pas attention à mes bottes de paysan ; j'ai de l'argent, mon ami ; j'en ai beaucoup ; j'ai de quoi t'acheter tout entier, toi et ta séquelle. Si je le veux, je vous achète tous. Tous ! répéta-t-il en s'échauffant comme si l'ivresse le gagnait de plus en plus. – Allons, cria-t-il, Nastasie Philippovna, ne me chassez pas ! dites-moi seulement un mot : l'épousez-vous, oui ou non ?

---

[30] Le *Vassilievski ostrov* (couramment appelé le Vassili Ostrov par la colonie étrangère de Pétersbourg) est le quartier universitaire de la ville, dans une grande île entre les bras de la Neva. – N. d. T.

Rogojine posa cette question du ton d'un homme qui, en désespoir de cause, s'adresse à une divinité, mais en y mettant aussi la hardiesse du condamné à mort qui n'a plus rien à ménager. Il attendit la réponse dans une angoisse mortelle.

Nastasie Philippovna le toisa d'abord d'un regard moqueur et hautain. Mais ayant jeté les yeux sur Barbe, sur Nina Alexandrovna, puis sur Gania, elle changea d'attitude.

– Pas du tout, qu'est-ce qui vous prend ? Et quelle idée avez-vous de me poser une pareille question ? répondit-elle d'une voix calme et grave où perçait une nuance d'étonnement.

– Non ? Non ! ! ! s'écria Rogojine dans un transport de joie. Alors c'est non ? Ils m'avaient dit que… Ah ! écoutez… Nastasie Philippovna ! Ils prétendent que vous êtes fiancée à Gania ! Moi je leur réplique : À Gania ? est-ce possible ? Avec cent roubles je l'achèterais tout entier. En lui donnant mille roubles, ou tout au plus trois mille pour qu'il renonce à ce mariage, il filerait la veille de la noce et m'abandonnerait sa fiancée. N'est-ce pas vrai, pleutre de Gania ? N'est-ce pas que tu prendrais les trois mille roubles ? Tiens, les voici ! Je suis venu pour te faire signer ton désistement. J'ai dit que je t'achèterai, je t'achèterai.

– Sors d'ici, tu es ivre ! s'écria Gania qui rougissait et pâlissait alternativement.

Cette apostrophe souleva une brusque explosion de voix. Il y avait longtemps que la bande de Rogojine guettait la première parole de provocation. Lébédev chuchota avec une extrême animation quelque chose à l'oreille de Rogojine.

– Tu as raison, tchinovnick ! riposta celui-ci. Tu as raison, âme d'ivrogne ! Eh bien ! soit, Nastasie Philippovna ! s'écria-t-il en fixant sur elle des yeux hagards, cependant que sa timidité faisait soudain place à l'insolence : – voilà dix-huit mille roubles.

Et il jeta sur la table, devant elle, une liasse de billets enveloppés dans du papier blanc et ficelés.

– Tenez, fit-il. Et… il y en aura encore !

Il n'osa pas achever ce qu'il voulait dire.

– Non ! n'en faites rien ! lui chuchota encore Lébédev, dont le visage exprimait la consternation ; il était facile de deviner que l'énormité de la somme l'effrayait et qu'il proposait une offre au rabais.

– Non, mon ami, dans ces questions tu es un imbécile ; tu n'y vois que du feu… Il est d'ailleurs évident que nous sommes deux sots, ajouta-t-il en tressaillant brusquement sous un regard enflammé de Nastasie Philippovna. Puis, sur un ton de profond repentir :

– Ah ! j'ai fait une bêtise en t'écoutant !

En voyant la mine déconfite de Rogojine, Nastasie Philippovna partit d'un éclat de rire.

– Dix-huit mille roubles, à moi ? Voilà qui sent son moujik ! dit-elle soudain sur un ton de familiarité désinvolte. Et, se levant du divan, elle fit mine de partir. Gania observait cette scène, le cœur glacé.

– Bon : j'offre quarante mille. Quarante au lieu de dix-huit ! s'exclama Rogojine. Ivan Ptitsine et Biskoup ont promis de me remettre quarante mille roubles à sept heures. Quarante mille, argent sur table !

La scène prenait une tournure franchement ignoble, mais Nastasie Philippovna s'en amusait et ne se décidait pas à partir, comme si elle avait voulu la faire durer. Nina Alexandrovna et Barbe s'étaient également levées ; apeurées et silencieuses, elles attendaient le dénouement. Les yeux de Barbe étincelaient. Mais Nina Alexandrovna surtout était péniblement affectée : elle tremblait et semblait près de défaillir.

– Si c'est comme cela, je vais jusqu'à cent mille. Aujourd'hui même je verserai cent mille roubles. Ptitsine, aide-moi à les réunir, tu y trouveras ton compte !

– Tu as perdu l'esprit ? chuchota Ptitsine en s'approchant vivement de lui et en le saisissant par le bras. – Tu es ivre : on va envoyer chercher la police. Où te crois-tu ?

– Fanfaronnade d'ivrogne ! dit Nastasie Philippovna comme pour l'exciter.

– Non, je ne mens pas. L'argent sera prêt ce soir. Ptitsine, âme d'usurier, prends l'intérêt que tu voudras, pourvu que tu me trouves cent mille roubles d'ici ce soir. Je te prouverai que je ne me fais pas tirer l'oreille ! s'écria Rogojine dans une brusque exaltation.

– Voyons, qu'est-ce que tout cela signifie, à la fin ? s'écria Ardalion Alexandrovitch sur un ton menaçant et courroucé, en faisant quelques pas vers Rogojine.

Cette sortie du vieillard, qui était jusque-là resté silencieux, jeta, par son tour inattendu, une note comique. Des rires se firent entendre.

– D'où sort-il encore, celui-là ? ricana Rogojine. Viens avec nous, mon vieux, on te fera boire tout ton soûl !

– Quelle lâcheté ! s'écria Kolia qui pleurait de honte et de rage.

– Se peut-il donc qu'il ne se trouve parmi vous personne pour mettre à la porte cette dévergondée ! s'exclama tout à coup Barbe, toute frémissante de colère.

– C'est moi que l'on traite de dévergondée ! riposta Nastasie Philippovna avec un rire insultant. – Et moi qui, comme une sotte, étais venue les inviter à ma soirée ! voilà comment votre sœur me traite, Gabriel Ardalionovitch !

Gania resta un instant comme foudroyé par l'algarade de sa sœur. Mais quand il vit que Nastasie Philippovna s'en allait cette fois pour tout de bon, il se jeta comme un fou sur Barbe et, dans un accès de rage, la saisit par la main.

– Qu'as-tu fait ? cria-t-il en la regardant comme s'il voulait la pulvériser sur place. Il était positivement égaré et ne se possédait plus.

– Ce que j'ai fait ? Et toi, où me traînes-tu ? Tu voudrais peut-être, vil personnage, que je lui demande pardon parce qu'elle a insulté ta mère et qu'elle est venue déshonorer ton foyer ? reprit Barbe en fixant sur son frère un regard de triomphe et de défi.

Ils restèrent quelques instants face à face. Gania tenait toujours la main de sa sœur dans la sienne. Barbe essaya par deux fois de se dégager, mais elle eut beau y mettre toutes ses forces, elle n'y parvint point. Cédant alors à un accès de brusque exaspération elle cracha à la figure de son frère.

– Voilà une jeune fille qui n'a pas froid aux yeux ! s'exclama Nastasie Philippovna. Bravo, Ptitsine, tous mes compliments !

Gania sentit un nuage lui passer devant la vue : il s'oublia complètement et lança à toute volée un coup dans la direction de sa sœur. Il visait à la figure. Mais une autre main retint la sienne au vol. Le prince s'était interposé.

– Assez ! cela suffit ! dit-il d'une voix ferme, bien qu'une violente émotion le fit trembler des pieds à la tête.

– Ah ça, il faudra donc que je te retrouve toujours sur mon chemin ! hurla Gania qui, au comble de la fureur, lâcha soudain la main de Barbe et envoya, de son bras libre, un vigoureux soufflet au prince.

– Ah ! mon Dieu ! s'écria Kolia en frappant ses mains l'une contre l'autre.

Des exclamations éclatèrent de tous côtés. Le prince pâlit. Il regarda Gania au fond des yeux avec une étrange expression de reproche ; ses lèvres tremblaient et s'efforçaient d'articuler quelque chose ; un sourire singulier et insolite les crispait.

– Pour moi, peu importe… mais elle, je ne permettrai pas qu'elle soit frappée, dit-il enfin à mi-voix. Puis, ne pouvant plus se contenir, il s'écarta brusquement de Gania, se cacha le visage dans les mains, et, s'étant retiré dans un coin de la pièce, la face tournée contre le mur, il ajouta d'une voix entrecoupée :

– Oh ! comme vous rougirez de votre action !

En effet, Gania semblait anéanti. Kolia se précipita sur le prince pour l'embrasser ; à sa suite, Rogojine, Barbe, Ptitsine, Nina Alexandrovna, tout le monde, même le vieil Ardalion Alexandrovitch, s'empressa autour du prince.

– Ce n'est rien, ce n'est rien, répondait celui-ci à toutes les paroles de sympathie, avec le même sourire pénible.

– Et il s'en repentira ! s'écria Rogojine Tu auras honte, Gania, d'avoir insulté une pareille… brebis (il ne sut pas trouver un autre mot). Prince, mon âme, envoie promener ces gens-là et allons-nous-en ! Tu verras comme Rogojine sait aimer !

Nastasie Philippovna avait été, elle aussi, très frappée par le geste de Gania et par la réplique du prince. Son visage, habituellement pâle et pensif et qui s'harmonisait si mal avec le rire contraint qu'elle avait affecté durant cette scène, parut animé d'un sentiment nouveau. Elle avait toutefois de la répugnance à le traduire et ne parvenait pas à chasser de sa figure l'expression moqueuse qui s'y était fixée.

– Vraiment, j'ai vu sa physionomie quelque part ! articula-t-elle d'un ton redevenu sérieux en se rappelant la question qu'elle s'était déjà posée.

– Et vous, n'avez-vous pas honte ? Êtes-vous donc telle que vous venez de vous montrer ? Est-ce possible ! s'écria à brûle-pourpoint le prince sur un ton de vif mais affectueux reproche.

Nastasie Philippovna fut surprise. Elle sourit, mais d'un sourire qui visait à dissimuler un certain trouble ; puis, après avoir jeté un regard sur Gania, elle sortit du salon. Mais elle n'était pas arrivée à l'antichambre qu'elle revint soudain sur ses pas et, s'approchant vivement de Nina Alexandrovna, lui prit la main et la porta à ses lèvres.

– Il a dit vrai : je ne suis pas, en effet, telle que je me suis montrée à vous, murmura-t-elle rapidement mais avec feu et en devenant toute rouge.

Sur quoi elle fit demi-tour et sortit cette fois si précipitamment que personne ne comprit pourquoi elle était revenue. On l'avait seulement vue chuchoter quelque chose à l'oreille de Nina Alexandrovna et on avait cru remarquer qu'elle lui baisait la main. Mais Barbe avait tout observé et tout entendu ; elle la suivit des yeux avec étonnement.

Gania, s'étant ressaisi, s'élança pour reconduire Nastasie Philippovna, mais celle-ci était déjà sortie. Il la rejoignit sur l'escalier.

– Ne m'accompagnez pas ! lui cria-t-elle Au revoir, à ce soir. Sans faute, n'est-ce pas ?

Il revint troublé et préoccupé. Une énigme pénible, plus pénible que les précédentes, oppressait son âme L'image du prince lui traversa également l'esprit… Il était si plongé dans ses réflexions qu'il vit à peine toute la bande de Rogojine sortir précipitamment de l'appartement à la suite de celui-ci et passer tout près de lui, au point de le bousculer presque contre la porte. Tous discutaient bruyamment de quelque chose. Rogojine marchait à côté de Ptitsine et l'entretenait avec insistance d'une question à laquelle il paraissait attacher autant d'urgence que de gravité.

– Tu as perdu, Gania ! s'écria-t-il en passant à côté de lui.

Gania les suivit d'un œil inquiet.

XI

Le prince sortit du salon et s'enferma dans sa chambre. Kolia accourut aussitôt pour le consoler. Le pauvre garçon semblait ne plus pouvoir se détacher de lui.

– Vous avez bien fait de vous en aller, dit-il, car le tapage va reprendre là-bas de plus belle ; tous les jours c'est chez nous la même chose et c'est cette Nastasie Philippovna qui est la cause de tout.

– Il y a chez vous beaucoup de souffrances accumulées, Kolia, fit observer le prince.

– Oui, beaucoup. Pour ce qui est de nous, il n'y a rien à dire ; nous avons tous les torts. Mais j'ai un grand ami qui, lui, est encore plus malheureux. Voulez-vous que je vous fasse faire sa connaissance ?

– Bien volontiers. C'est un de vos camarades ?

– Oui, à peu près. Je vous expliquerai tout cela plus tard… Mais Nastasie Philippovna est une beauté. Qu'en pensez-vous ? Je ne l'avais jamais vue jusqu'à présent, et cependant j'avais tout fait pour la voir. Elle est tout simplement éblouissante. Je pardonnerais tout à Gania s'il l'épousait par amour ; mais il se fait donner de l'argent. Pourquoi cela ? Là est le mal.

– Oui, votre frère ne me plaît guère.

– Je le crois de reste : après ce qui vous est… Voulez-vous que je vous dise ? il y a un genre de préjugés que je ne puis souffrir. Il suffit qu'un fou, un imbécile ou même un malfaiteur en délire applique un soufflet à un homme pour que celui-ci soit déshonoré pour toute sa vie et ne puisse laver cette tache que dans le sang, à moins que son insulteur ne lui demande pardon à genoux. À mon sens, c'est de l'absurdité et du despotisme. C'est le thème d'un drame de Lermontov, le *Bal masqué,* drame que je trouve stupide, ou, plus exactement, contre nature. Il est vrai que c'est une œuvre d'extrême jeunesse.

– Votre sœur m'a beaucoup plu.

– Comme elle a craché au mufle de Gania ! Barbe est une gaillarde. Si vous ne l'avez pas imitée, je suis bien sûr que ce n'est pas par manque d'audace. Mais la voici elle-même ; quand on parle du loup on en voit la queue. Je savais qu'elle viendrait ; elle a le cœur noble, bien qu'elle ait aussi ses défauts.

– Tu n'as rien à faire ici, commença par gronder Barbe. Va retrouver le père. Il vous ennuie, prince ?

– Pas du tout, au contraire.

– Allons, voilà encore mon aînée qui s'emporte ! C'est là son vilain côté. À propos, je pensais que le père partirait avec Rogojine. Il est probable qu'il regrette à présent de ne pas l'avoir fait. Il serait bon que j'aille voir ce qu'il advient de lui, ajouta Kolia, qui prit la porte.

– Dieu merci, j'ai emmené maman et je l'ai couchée ; il n'y a plus eu de nouvel éclat. Gania est confus et tout soucieux. Il y a de quoi. Quelle leçon !... Je suis venue pour vous remercier encore une fois, prince, et pour vous demander si vous connaissiez Nastasie Philippovna avant la rencontre d'aujourd'hui.

– Non, je ne la connaissais pas.

– Alors comment avez-vous pu lui dire en face qu'elle n'était pas réellement ce qu'elle paraissait ? Vous semblez d'ailleurs avoir deviné juste. Il se peut, en effet, qu'elle ne soit pas ce qu'elle paraît. Au surplus, je n'arrive pas à la comprendre. Ce qui est certain, c'est que son intention était de nous offenser. Rien de plus clair. Déjà auparavant j'avais entendu raconter bien des choses étranges sur elle. Mais, si elle venait nous inviter, quelle raison a-t-elle eue de se comporter de la sorte envers maman ? Ptitsine, qui la connaît à merveille, avoue qu'il n'a rien pu comprendre à sa conduite tout à l'heure. Et son attitude à l'égard de Rogojine ? Quand on se respecte, on ne se permet pas un pareil langage dans la maison de son... Maman est également très inquiète à votre sujet.

– Ce n'est rien, dit le prince avec un geste évasif.

– Et comme elle s'est montrée docile avec vous !...

– Docile en quoi ?

– Vous lui avez dit que son attitude était honteuse, et elle en a aussitôt changé. Vous avez de l'ascendant sur elle, prince, ajouta Barbe avec un sourire discret.

La porte s'ouvrit et Gania apparut de la façon la plus inopinée.

En voyant sa sœur, il ne se décontenança pas. Après un court arrêt sur le seuil de la pièce, il s'avança résolument vers le prince.

– Prince, dit-il avec vivacité et sous l'empire d'une forte émotion, j'ai agi lâchement, excusez-moi, mon bien cher ami.

Ses traits exprimaient une profonde douleur. Le prince le regarda surpris et ne répondit pas sur-le-champ.

– Eh bien, pardonnez ! Pardonnez donc ! implora Gania d'un ton impatient. Allons, si vous voulez, je vais vous baiser la main !

Le prince était bouleversé. Sans dire mot il ouvrit ses bras à Gania. Tous deux s'embrassèrent sincèrement.

– Je n'aurais jamais cru que vous auriez ce bon mouvement, fit enfin le prince en respirant avec peine.

– Moi, incapable de reconnaître mes torts ?... Et où ai-je pris tout à l'heure que vous étiez un idiot ! Vous remarquez ce que les autres ne remarquent jamais. On aurait pu converser avec vous, mais il est préférable de s'en abstenir.

– Il y a une autre personne devant laquelle vous devez faire votre *mea culpa,* dit le prince en montrant Barbe.

– Non, car elle est mon ennemie de tous les instants. Soyez convaincu, prince, que j'en ai maintes fois fait l'expérience : ici il ne s'agit pas de pardon sincère ! s'écria impétueusement Gania en s'écartant de sa sœur.

– Eh bien, je te pardonnerai ! dit brusquement Barbe.

– Et tu iras ce soir chez Nastasie Philippovna ?

– J'irai si tu l'exiges. Mais juges-en toi-même : ai-je maintenant la moindre possibilité d'y paraître ?

– Elle n'est pas ce que l'on croit. Tu vois quelles énigmes elle pose. C'est une femme qui se complaît aux tours de passe-passe, dit Gania dans un ricanement.

– Je sais bien qu'elle n'est pas ce que l'on croit. Je sais aussi qu'elle recourra à des tours de passe-passe ; mais lesquels ? Et puis, Gania, vois pour qui elle te prend. Il est vrai qu'elle a baisé la main de maman. Tour de passe-passe, si tu veux ; et avec cela elle s'est moquée de toi. Crois-moi, mon frère, soixante-quinze mille roubles ne valent pas ces humiliations. Je te parle ainsi parce que je te sais encore accessible aux sentiments nobles. Allons, n'y va pas non plus, toi ! Prends garde ! Cela ne peut que mal tourner !

Ayant proféré ces paroles, Barbe, tout émue, sortit rapidement de la chambre.

– Voilà comment ils sont tous ! dit Gania d'un ton moqueur. Pensent-ils donc que j'ignore moi-même tout cela ? J'en sais bien davantage qu'eux.

Là-dessus, il s'assit sur le divan dans l'intention évidente de prolonger sa visite.

– Si vous êtes si perspicace, demanda le prince avec une certaine timidité, comment avez-vous pu vous imposer de pareils tourments sachant qu'en effet soixante-quinze mille roubles ne vous en dédommageraient point ?

– Ce n'est pas de cela que je parle, balbutia Gania. – Mais, au fait, dites-moi donc ce que vous en pensez ; je suis curieux de connaître votre opinion : soixante-quinze mille roubles valent-ils ou ne valent-ils pas qu'on supporte ces « tourments » ?

– Mon avis est qu'ils ne le valent pas.

– Bon ! cela je le savais. Mais est-il honteux de se marier dans ces conditions-là ?

– Très honteux.

– Eh bien ! sachez que c'est ainsi que je me marierai et que c'est maintenant chose décidée. Tout à l'heure, j'ai eu un moment d'hésitation, mais c'est fini. Inutile de parler ; je sais ce que vous allez dire…

– Non, je ne dirai pas ce que vous attendez. Mais ce qui m'étonne, c'est votre extraordinaire présomption…

– En quoi ? Où voyez-vous de la présomption ?

– La présomption dont vous faites preuve en croyant que Nastasie Philippovna ne manquera pas de vous épouser et en considérant la chose comme faite. D'autre part, même si elle vous épouse, comment pouvez-vous tenir pour certain d'empocher les soixante-quinze mille roubles ? Il est vrai qu'il y a en cette affaire beaucoup de détails que j'ignore.

Gania fit un brusque mouvement dans la direction du prince.

– Certes, vous ne savez pas tout, dit-il. S'il n'y avait que cela, comment supporterais-je ce fardeau ?

– Il me semble que les choses se passent souvent ainsi : on se marie pour l'argent, et l'argent reste aux mains de la femme.

– Ah non ! ce ne sera pas mon cas... Il y a là certaines circonstances..., murmura-t-il d'un air absorbé et inquiet. – Mais pour ce qui est de sa réponse, je n'ai plus aucun doute, s'empressa-t-il d'ajouter. Qu'est-ce qui vous porte à croire qu'elle pourrait me refuser ?

– Je ne sais absolument rien que ce que j'ai vu. D'ailleurs Barbe Ardalionovna vient de dire...

– Bah ! Les femmes sont ainsi, elles ne savent que raconter ! Pour ce qui est de Rogojine, Nastasie Philippovna s'est moquée de lui, vous pouvez en être certain, car je m'en suis aperçu. C'était manifeste. J'ai commencé par avoir des appréhensions, mais maintenant je vois clair. Peut-être m'objecterez-vous l'attitude de Nastasie Philippovna vis-à-vis de ma mère, de mon père et de Barbe ?

– Et vis-à-vis de vous-même.

– Il se peut ; mais il s'agit là d'une vieille rancune de femme, et rien de plus. Nastasie Philippovna est terriblement irritable, soupçonneuse et égoïste. Elle a l'âme d'un fonctionnaire privé d'avancement. Elle avait envie de se montrer et d'exhaler tout son mépris pour les miens... et pour moi ; c'est exact, je ne le nie pas... et malgré cela, elle m'épousera. Vous n'avez pas idée des pirouettes dont l'amour-propre humain est capable. Ainsi cette femme me tient pour un être méprisable parce que, sachant qu'elle est la maîtresse d'un autre, je ne fais pas mystère que je l'épouse pour son argent. Et elle ne se doute pas qu'un autre agirait envers elle avec encore plus de bassesse : il s'accrocherait à elle, lui ferait de belles phrases sur le progrès et l'émancipation et se servirait de la question féminine pour la mener par le bout du nez. Il ferait croire (avec quelle facilité) à cette vaniteuse pécore qu'il ne l'épouse que pour sa « noblesse de cœur » et pour son « infortune », alors qu'en réalité il n'en aurait qu'à son argent. Si je lui déplais, c'est que je me refuse à faire des simagrées ; avec elle c'est ce qu'il faudrait. Mais elle-même, que fait-elle d'autre ? Puisqu'elle joue cette comédie, pourquoi me méprise-t-elle ? Parce que, moi, je ne plie pas et fais preuve de fierté ? Eh bien, nous verrons !

– Ne l'auriez-vous pas aimée avant cela ?

– Oui, au commencement. Mais en voilà assez... Il y a des femmes qui ne peuvent être que des maîtresses. Je ne veux pas dire qu'elle ait été la mienne. Si elle veut vivre en paix, je vivrai en paix ; si elle se rebelle, je la lâcherai immédiatement et je mettrai la main sur l'argent. Je ne veux pas être ridicule ; c'est la première de mes préoccupations.

– Il me semble pourtant que Nastasie Philippovna est intelligente, observa prudemment le prince. Pourquoi, pressentant ces misères, tomberait-elle dans le piège ? Elle pourrait faire un autre mariage. C'est là ce qui m'étonne.

– C'est que, là aussi, il y a un calcul ! Vous ne savez pas tout, prince... Ici... En outre elle est convaincue que je l'aime à la folie, je vous le jure. Et savez-vous ? je soupçonne fortement qu'elle m'aime, à sa manière naturellement ; vous connaissez le proverbe « qui aime bien châtie bien ». Toute la vie, elle me regardera comme un valet de carreau[31] (et c'est peut-être ce qu'il lui faut), mais elle ne m'en aimera pas moins à sa façon. Elle s'y dispose, car tel est son caractère. C'est une femme russe dans toute l'acception du mot, je vous en réponds ; mais moi, je lui réserve une surprise. La scène qui s'est passée tout à l'heure avec Barbe, bien qu'inattendue, n'a pas été perdue pour moi : Nastasie Philippovna s'est convaincue par elle-même de mon attachement et elle a vu que, pour elle, j'étais prêt à rompre tous mes liens. Je ne suis pas non plus si bête, soyez-en sûr. À propos, ne me prendriez-vous pas pour un bavard ? Mon cher prince, il se peut en effet que j'aie tort de me confier ainsi à vous. Mais si je me suis jeté sur vous, c'est précisément parce que vous êtes le premier homme de cœur que je rencontre. Quand je dis que je me suis jeté sur vous, ne voyez pas là une expression à double entente. Vous ne m'en voulez pas, n'est-ce pas, pour la scène de tout à l'heure ? C'est peut-être la première fois depuis deux ans que je parle à cœur ouvert. Vous trouverez ici extrêmement peu d'honnêtes gens ; il n'est personne de plus honnête que Ptitsine. Mais il me semble que vous riez ; est-ce que je me trompe ? Les gens vils aiment les gens honnêtes, vous ne le saviez pas ? Et moi, je suis... Mais après tout, en quoi suis-je un homme vil, dites-le moi en conscience ? Pourquoi, à la suite de Nastasie Philippovna, me traitent-ils tous de la sorte ? Croiriez-vous qu'à force de les entendre, eux, et de l'entendre, elle, je finis par me qualifier de la même façon ? Voilà où est la bassesse !

– Pour moi, je ne vous considérerai plus jamais comme un homme vil, dit le prince. Tout à l'heure, je vous ai réellement pris pour un scélérat, et soudain vous m'avez comblé de joie ; voilà une bonne leçon et qui prouve qu'il ne faut pas juger les gens sans les avoir vus à l'épreuve. Maintenant, je constate que, non seulement vous n'êtes pas un scélérat, mais encore qu'on ne saurait vous considérer comme un homme très dépravé. À mon sens, vous êtes un homme du type le plus courant, très faible de caractère et dépourvu de toute originalité.

Gania eut à part soi un sourire méchant mais ne répondit point. Le prince, s'étant aperçu que son jugement ne lui avait pas plu, se troubla et garda également le silence.

– Mon père vous a-t-il demandé de l'argent ? demanda à brûle-pourpoint Gania.

---

31 Allusion au carreau d'étoffe que les forçats portaient sur le dos. – N. d. t.

– Non.

– Il vous en demandera ; ne lui donnez rien. Quand on pense qu'il a été un homme comme il faut ! Je me rappelle ce temps. On le recevait dans la bonne société. Comme ils déclinent vite, ces vieux hommes du monde ! Aussitôt que la gêne les atteint et qu'ils n'ont plus les moyens d'autrefois, ils se consument comme la poudre. Je vous assure qu'il ne mentait pas ainsi auparavant ; tout au plus avait-il une certaine tendance à l'emphase. Et voilà ce que cette tendance est devenue ! C'est évidemment le vin qui en est cause. Savez-vous qu'il entretient une maîtresse ? Il n'en est donc plus aux mensonges innocents. Je ne puis comprendre la patience de ma mère. Vous a-t-il relaté le siège de Kars ? Vous a-t-il raconté l'histoire de son cheval gris qui s'était mis à parler ? Car il va jusqu'à débiter de pareilles sornettes.

Et Gania partit d'un brusque éclat de rire.

– Qu'avez-vous à me regarder ainsi ? demanda-t-il inopinément au prince.

– Je suis surpris de vous voir rire avec tant d'abandon. Franchement, vous avez gardé un rire d'enfant. Tout à l'heure, en venant vous réconcilier avec moi, vous avez dit : « Si vous voulez, je vais vous baiser la main » ; tout comme un enfant qui demande pardon. Donc vous êtes encore capable de parler et d'agir avec la sincérité de l'enfant. Puis, vous vous embarquez sans crier gare dans cette ténébreuse histoire des soixante-quinze mille roubles. Réellement, tout cela confine à l'absurde et à l'invraisemblable.

– À quelle conclusion voulez-vous en venir ?

– À celle-ci : vous vous engagez trop à la légère et vous feriez bien de vous montrer plus circonspect. Barbe Ardalionovna est peut-être dans le vrai lorsqu'elle vous sermonne.

– Ah oui ! la morale ! Je sais très bien que je suis encore un gamin, repartit Gania avec fougue ; et la preuve, c'est que je tiens avec vous de pareilles conversations. Mais, prince, ce n'est nullement par calcul que je me plonge dans ces ténèbres, continua-t-il sur le ton d'un jeune homme blessé dans son amour-propre. – Si j'agissais par calcul, je me tromperais sûrement, car je suis encore faible de tête et de caractère. C'est la passion qui m'entraîne, et elle m'entraîne vers un but qui, pour moi, est capital. Vous vous figurez qu'en possession des soixante-quinze mille roubles, je m'empresserai de rouler carrosse ? Eh bien non ! J'achèverai d'user la vieille redingote que je porte depuis trois ans et je romprai toutes mes relations de cercle. Dans notre pays, bien que tout le monde ait une âme d'usurier, bien peu suivent leur ligne sans dévier. Moi, je ne dévierai pas. L'essentiel est de tenir jusqu'au bout. À dix-sept ans, Ptitsine dormait à la belle étoile et vendait des canifs ; il avait commencé avec un kopek. Maintenant, il est à la tête de soixante mille roubles ; mais au prix de quelle gymnastique ! C'est précisément pour m'épargner cette gymnastique que je veux me mettre en train avec un capital. Dans quinze ans on dira : « Voilà Ivolguine, le roi des Juifs ! » Vous me dites que je suis un homme sans originalité. Remarquez, mon cher prince, que, pour les gens de notre temps et de notre race, il n'y a rien de plus blessant que de s'entendre taxer de manque d'originalité, de faiblesse de caractère, d'absence de talent particulier et de vulgarité. Vous ne m'avez pas même fait l'honneur de me mettre au rang des gredins achevés, et, voyez-vous, c'est pour cela que tout à l'heure je voulais vous dévorer. Vous m'avez offensé plus cruellement que ne l'a fait Epantchine quand il m'a cru capable de lui vendre ma femme (supposition toute naïve, puisqu'il n'y a eu de sa part ni sondage ni tentative de séduction). Mon cher, ceci m'exaspère depuis longtemps et c'est pour cela qu'il me faut de l'argent. Quand j'en aurai, sachez que je serai un homme de la plus grande originalité. Ce qu'il y a de plus vil et de plus odieux dans l'argent, c'est qu'il confère même des talents. Il en sera ainsi jusqu'à la consommation des siècles. Vous me direz que tout cela est de l'enfantillage ou, peut-être, de la poésie. Soit ! Ce n'en sera que plus gai pour moi, mais je tiendrai bon. J'irai jusqu'au bout. *Rira bien qui rira le dernier*[32]. Pourquoi Epantchine m'offense-t-il ainsi ? Est-ce par animosité ? Pas le moins du monde ! C'est tout simplement parce que je suis trop insignifiant. Mais quand j'aurai réussi… Cependant, en voilà assez : il est l'heure ! Kolia a déjà mis deux fois le nez à la porte ; c'est pour vous dire d'aller dîner. Moi je sors. Je viendrai vous voir de temps à autre. Vous ne serez pas mal chez nous ; on vous traitera maintenant comme un membre de la famille. Prenez garde à ne pas me trahir. J'ai l'impression que nous serons, vous et moi, des amis ou des ennemis. Dites-moi, prince : si je vous avais baisé la main comme j'avais sincèrement l'intention de le faire tout à l'heure, ne pensez-vous pas que je serais devenu ensuite votre ennemi ?

– Cela ne fait pas de doute ; mais pas pour toujours, car vous n'auriez pas eu la force de persévérer et vous m'auriez pardonné, dit le prince en riant après un moment de réflexion.

– Hé ! hé ! avec vous, il faut avoir la puce à l'oreille. Il y a, dans votre réflexion même, une pointe de venin. Qui sait ? Vous êtes peut-être mon ennemi ? À propos, ha ! ha ! j'ai oublié de vous poser une question : me suis-je trompé en observant que Nastasie Philippovna vous plaisait beaucoup ?

– Oui, elle me plaît.

– Êtes-vous amoureux d'elle ?

---

32 En français dans le texte.

– Euh… non.

– Cependant, vous êtes devenu tout rouge et vous avez pris un air malheureux. C'est bon, je ne vous taquinerai pas ; au revoir ! Mais sachez que cette femme est vertueuse. Pouvez-vous le croire ? Vous pensez qu'elle vit avec ce Totski ? Pas du tout ! Il y a longtemps que leurs rapports ont cessé. Et avez-vous remarqué comme elle est parfois mal à l'aise ? Il y a eu tout à l'heure des instants où elle se troublait. C'est la vérité. Et voilà le genre de femmes qui aiment à dominer ! Allons, adieu !

Gania, mis en bonne humeur, sortit avec beaucoup plus d'assurance qu'il n'en avait en entrant. Le prince resta immobile et songeur pendant une dizaine de minutes.

Kolia passa de nouveau la tête par la porte entrebâillée.

– Je ne dînerai pas, Kolia ; j'ai bien déjeuné tantôt chez les Epantchine.

Kolia se décida à entrer complètement et remit au prince un billet. C'était un pli cacheté du général. On pouvait voir sur le visage du jeune garçon qu'il avait de la répugnance à s'acquitter de cette commission. Le prince lut le billet, se leva et prit son chapeau.

– C'est à deux pas d'ici, dit Kolia d'un air confus. Il est assis là-bas en compagnie de sa bouteille. Je ne m'explique pas comment il a réussi à obtenir de la boisson à crédit. Prince, soyez assez gentil pour ne pas dire ici que je vous ai remis ce billet ! Je me suis juré mille fois de ne plus me charger de ce genre de commission, mais je n'ai pas eu le courage de lui refuser. Cependant, je vous en prie, ne vous gênez pas avec lui ; donnez-lui quelque menue monnaie et que tout soit dit.

– J'avais moi-même l'intention de voir votre papa, Kolia. Il faut que je lui parle… d'une certaine affaire… Allons !

XII

Kolia conduisit le prince tout près de là, à la Perspective Liteïnaïa, dans un café, au rez-de-chaussée duquel s'était installé Ardalion Alexandrovitch. Il était assis dans une petite pièce à droite, comme un vieil habitué, une bouteille devant lui et *l'Indépendance belge* dans les mains. Il attendait le prince ; dès qu'il l'eut aperçu, il posa son journal et entra dans des explications animées mais filandreuses auxquelles le prince ne comprit à peu près rien, car le général était déjà passablement gris.

– Je n'ai pas les dix roubles que vous demandez, interrompit le prince, mais voici un billet de vingt-cinq ; changez-le et rendez-moi quinze roubles, sans quoi, je serais moi-même sans un kopek.

– Oh ! n'en doutez pas et soyez sûr que je vais tout de suite…

– En outre, j'ai une prière à vous adresser, général. Vous n'êtes jamais allé chez Nastasie Philippovna ?

– Moi ? Si je suis jamais allé chez elle ? Vous me demandez cela à moi ? Mais j'y suis allé, et plusieurs fois, mon cher ! s'écria le général dans un accès de fatuité et d'ironie triomphante. Seulement, j'ai cessé de la voir parce que je ne veux pas encourager une alliance inconvenante. Vous l'avez constaté vous-même, vous avez été témoin de ce qui s'est passé ce tantôt : j'ai fait tout ce qu'un père pouvait faire, j'entends un père doux et indulgent. Maintenant on verra entrer en scène un père d'un tout autre genre. Alors on saura si un vieux militaire plein de mérites triomphe de l'intrigue ou si une camélia**33** éhontée entre dans une noble famille.

– Je voulais justement vous demander si, à titre de connaissance, vous pourriez me mener ce soir chez Nastasie Philippovna. Il faut absolument que ce soit ce soir ; j'ai une affaire à lui exposer, mais je ne sais comment m'introduire chez elle. J'ai bien été présenté tantôt, mais on ne m'a pas invité, et il s'agit d'une soirée sur invitation. Je suis d'ailleurs prêt à passer sur les questions d'étiquette et à risquer le ridicule, pourvu que je puisse entrer d'une manière ou d'une autre.

– Vous tombez admirablement, mon jeune ami ! s'écria le général enchanté. Ce n'est pas pour cette bagatelle que je vous ai prié de venir, continua-t-il, tout en empochant l'argent ; si je vous ai appelé, c'est pour faire de vous mon compagnon d'armes dans une expédition chez, ou plutôt contre Nastasie Philippovna. Le général Ivolguine et le prince Muichkine ! Quel effet cette alliance va faire sur elle ! Moi-même, sous couleur d'une visite de courtoisie à l'occasion de son anniversaire, je lui signifierai ma volonté, obliquement, pas directement, mais cela reviendra au même. Alors Gania lui-même verra ce qu'il aura à faire : il choisira entre un père plein de mérites et… pour ainsi dire… Il adviendra ce

---

33 L'expression *camélia* a été souvent employée, dans la littérature russe, comme synonyme de lorette, depuis la vogue de *la Dame aux Camélias* de Dumas fils. – N. d. T.

qu'il adviendra. Votre idée est éminemment féconde. Nous nous rendrons chez elle à neuf heures. Nous avons du temps devant nous.

– Où demeure-t-elle ?

– Loin d'ici : près du Grand Théâtre, dans la maison Muitovtsov, presque sur la place, au premier… Il n'y aura pas grand monde chez elle, quoique ce soit sa fête, et on s'en ira de bonne heure…

Le soir était tombé depuis longtemps et le prince était toujours là à écouter le général débiter une quantité d'anecdotes qu'il commençait mais n'achevait jamais. À l'arrivée du prince, il avait demandé une nouvelle bouteille qu'il avait mis une heure à boire ; il en commanda ensuite une troisième qu'il acheva également. Il est probable qu'il eut le temps de raconter l'histoire d'à peu près toute sa vie. Enfin le prince se leva et dit qu'il ne pouvait attendre davantage. Le général se versa les dernières gouttes de la bouteille puis se leva aussi et sortit de la pièce d'un pas très chancelant. Le prince était au désespoir. Il ne pouvait comprendre comment il avait si sottement placé sa confiance. Au fond il n'avait nullement placé sa confiance dans le général ; il avait seulement compté sur lui pour se faire introduire chez Nastasie Philippovna, fût-ce en provoquant quelque scandale ; toutefois il n'avait pas envisagé le cas où le scandale serait énorme. Or le général était complètement gris ; il parlait sans relâche avec une grandiloquence attendrie et des larmes jusqu'au fond de l'âme. Il revenait toujours sur l'inconduite des membres de sa famille, qui avait tout gâté et à laquelle le moment était arrivé de mettre un terme. Ils parvinrent ainsi au bout de Liteïnaïa. Le dégel continuait : un vent triste, tiède et malsain, soufflait dans les rues ; les équipages pataugeaient dans la boue ; les fers des chevaux résonnaient bruyamment sur le pavé. La foule morne et transie des piétons déambulait sur les trottoirs. Çà et là on heurtait des ivrognes.

– Vous voyez, au premier étage de ces immeubles, des appartements brillamment éclairés ? dit le général ; ils sont habités par mes camarades ; et moi, dont les états de service et les souffrances l'emportent sur les leurs, je vais à pied vers le Grand Théâtre pour rendre visite à une femme de vie suspecte ! Un homme qui a treize balles dans la poitrine !… Vous ne me croyez pas ? Et pourtant c'est expressément pour moi que Pirogov[34] a télégraphié à Paris et quitté pour un moment Sébastopol en plein siège ; pendant ce temps, Nélaton, le médecin de la Cour de France, obtenait, à force de démarches et dans l'intérêt de la science, un sauf-conduit pour venir dans la ville assiégée examiner mes blessures. Cet événement est connu des plus hautes autorités. Quand on m'aperçoit, on s'écrie : « Ah, c'est cet Ivolguine qui a treize balles dans le corps ! » Voyez-vous, prince, cette maison ? C'est là que demeure, au premier, mon vieux camarade le

34 Pirogov était un chirurgien russe de renom, qui a également laissé des ouvrages pédagogiques. – N. d. T.

général Sokolovitch, avec sa très noble et très nombreuse famille. C'est à cette maison, à trois autres au Nevski et à deux autres encore à la Morskaïa, que se borne aujourd'hui le cercle de mes relations. J'entends de mes relations personnelles. Nina Alexandrovna s'est depuis longtemps pliée devant les circonstances. Pour moi, je vis avec mes souvenirs… et je me délasse, pour ainsi dire, dans la société cultivée de mes anciens camarades et subordonnés qui continuent à m'adorer. Ce général Sokolovitch (tiens ! il y a pas mal de temps que je ne suis allé chez lui et que je n'ai vu Anna Fiodorovna)… Vous savez, mon cher prince, quand on ne reçoit pas, on perd machinalement l'habitude d'aller chez les autres. Et cependant… hum… Vous me paraissez sceptique ?… D'ailleurs, pourquoi n'introduirais-je pas le fils de mon meilleur ami et camarade d'enfance dans cette charmante famille ? Le général Ivolguine et le prince Muichkine ! Vous y verrez une ravissante jeune fille… non pas une, mais deux, voire trois, qui sont la parure de la capitale et de la société : beauté, éducation, tendances… questions féminines, poésie, tout cela s'harmonise dans le plus gracieux mélange. Sans compter que chacune de ces jeunes filles a pour le moins quatre-vingt mille roubles de dot en argent comptant, ce qui ne fait jamais de mal ;… je passe également sur les questions féminines et sociales,… bref, il est de toute nécessité que je vous présente. Le général Ivolguine et le prince Muichkine ! En un mot… Quel effet !

– Tout de suite ? Maintenant même ? Mais vous avez oublié… commença le prince.

– Non, je n'ai rien oublié du tout. Montons ! Par ici, prenons ce somptueux escalier. Je m'étonne que le suisse soit absent… ; c'est jour de fête, il est sorti. Comment n'a-t-on pas encore renvoyé un pareil ivrogne. Ce Sokolovitch me doit tout le bonheur de sa vie et tous les succès de sa carrière. Il les doit à moi et à nul autre, mais… nous voici arrivés.

Le prince suivait le général docilement et sans protester, afin de ne pas l'irriter et dans l'espérance que le général Sokolovitch et toute sa famille s'évanouiraient peu à peu comme un mirage inconsistant, en sorte qu'ils en seraient quittes pour redescendre tranquillement l'escalier. Mais à sa grande consternation il vit se dissiper cette espérance : le général l'entraînait dans l'escalier avec l'assurance d'un homme qui connaît réellement des locataires dans la maison et, à chaque instant, il lui faisait part de détails biographiques et topographiques dont la précision était mathématique. Enfin, arrivés au premier étage, ils s'arrêtèrent à droite devant la porte d'un luxueux appartement. Au moment où le général mettait la main à la sonnette, le prince prit la résolution de s'enfuir. Mais une diversion le retint une minute.

– Vous vous trompez, général, dit-il ; le nom inscrit sur la porte est Koulakov ; et vous croyez sonner chez les Sokolovitch.

– Koulakov ?... Koulakov ne rime à rien. L'appartement est celui de Sokolovitch, et je sonne chez Sokolovitch. Je me fiche de Koulakov. On vient nous ouvrir.

La porte s'ouvrit en effet. Un domestique parut qui annonça que les maîtres n'étaient pas à la maison.

– Quel dommage ! C'est comme un fait exprès ! répéta à diverses reprises Ardalion Alexandrovitch, avec l'expression du plus profond regret. Vous direz à vos maîtres, mon ami, que le général Ivolguine et le prince Muichkine désiraient leur présenter leurs hommages et qu'ils ont vivement, vivement regretté...

À ce moment, on aperçut dans l'antichambre une autre personne, une dame d'environ quarante ans, en robe sombre, qui pouvait être une économe ou une gouvernante. Ayant entendu prononcer les noms du général Ivolguine et du prince Muichkine, elle s'approcha d'un air fureteur et méfiant, et dit en fixant particulièrement le général :

– Marie Alexandrovna n'est pas à la maison ; elle est allée chez la grand'mère avec la demoiselle, avec Alexandra Mikhaïlovna.

– Alexandra Mikhaïlovna est sortie aussi ! Oh ! mon Dieu, quelle malchance ! Figurez-vous, madame, que c'est toujours mon malheur ! Je vous prie très humblement de transmettre mes hommages ; quant à Alexandra Mikhaïlovna, dites-lui de se rappeler... bref, faites-lui savoir que je lui souhaite de tout cœur la réalisation des vœux qu'elle formait jeudi soir en écoutant la ballade de Chopin ; elle se souviendra,... dites bien que je la lui souhaite de tout cœur ! Le général Ivolguine et le prince Muichkine !

– Je n'y manquerai pas, répondit la dame qui fit une révérence, avec un air plus rassuré.

Tandis qu'ils descendaient l'escalier, le général continua à exhaler ses regrets de n'avoir trouvé personne et de n'avoir pu procurer au prince une relation aussi charmante.

– Vous savez, mon cher, j'ai un peu l'âme d'un poète. Vous en êtes-vous aperçu ? D'ailleurs... d'ailleurs je crois que nous nous sommes trompés de maison, fit-il soudain et d'une manière inattendue. Les Sokolovitch, je me le rappelle maintenant, ne demeurent pas là et j'ai même idée qu'ils doivent être à Moscou en ce moment. Oui, j'ai fait une légère erreur, mais c'est sans importance.

– Je voudrais seulement savoir une chose, fit observer le prince d'un air abattu : dois-je définitivement renoncer à compter sur vous et me rendre seul chez Nastasie Philippovna ?

– Renoncer à compter sur moi ? Vous rendre seul là-bas ? Mais comment pourrait-il en être question, alors qu'il s'agit d'une démarche capitale pour moi et dont dépend à un si haut degré le sort de toute ma famille ? Mon jeune ami, vous connaissez mal Ivolguine. Qui dit « Ivolguine » dit « mur » : appuie-toi sur Ivolguine comme sur un mur, disait-on déjà de moi à l'escadron où j'ai fait mes premières armes. Il faut lentement que j'entre, en passant et pour une minute, dans une maison où mon âme trouve depuis quelques années un délassement à ses soucis et à ses épreuves…

– Vous voulez passer chez vous ?

– Non ! Je veux… passer chez la capitaine Térentiev, veuve du capitaine Térentiev, mon ancien subordonné… et même mon ami… C'est là, chez la capitaine, que je sens mon âme renaître et que j'apporte les afflictions de ma vie d'homme privé et de père de famille… Or, comme aujourd'hui je me sens précisément le moral très bas, je…

– Il me semble, murmura le prince, que, même sans cela, j'ai fait une grosse bêtise en vous dérangeant aujourd'hui. D'ailleurs vous êtes à présent… Adieu !

– Mais je ne puis, je ne puis vous laisser partir comme cela, mon jeune ami ! s'écria le général avec emphase. Il s'agit d'une veuve, une mère de famille ; elle tire de son cœur des accents qui retentissent dans tout mon être. La visite que je veux lui faire durera cinq minutes ; je suis dans cette maison presque comme chez moi ; je me laverai, je procéderai à un brin de toilette puis nous nous ferons conduire en fiacre au Grand Théâtre. Soyez certain que j'aurai besoin de vous toute la soirée… C'est dans cette maison-ci ; nous y voilà… Tiens, Kolia, tu es déjà là ? Sais-tu si Marthe Borissovna est chez elle, ou arrives-tu seulement ?

– Oh non ! répondit Kolia qui se trouvait devant l'entrée lorsqu'ils l'avaient rencontré. – Je suis déjà ici depuis longtemps ; je tiens compagnie à Hippolyte, qui va plus mal. Il est resté au lit ce matin. J'étais descendu pour aller à la boutique acheter un jeu de cartes. Marthe Borissovna vous attend. Seulement, papa, vous êtes dans un état…, conclut-il après avoir observé attentivement la démarche et l'attitude du général. Enfin, tant pis !

La rencontre de Kolia décida le prince à accompagner le général chez Marthe Borissovna, mais seulement pour un instant. Kolia lui était nécessaire, car il avait résolu de se séparer en tout cas du général et il ne pouvait se pardonner d'avoir précédemment songé à l'associer à ses plans. Il leur fallut du temps pour atteindre le quatrième étage où ils montèrent par un escalier de service.

– Vous voulez présenter le prince ? demanda Kolia dans l'escalier.

– Oui, mon ami, je veux le présenter : le général Ivolguine et le prince Muichkine ! Mais, dis-moi… dans quelles dispositions se trouve Marthe Borissovna ?…

– Vous savez, papa, vous feriez mieux de ne pas y aller. Elle va vous manger ! Il y a trois jours que vous n'avez pas mis le nez chez elle et qu'elle attend de l'argent. Pourquoi lui en avoir promis ? Vous êtes toujours le même ! Maintenant tirez-vous d'affaire.

Au quatrième étage, ils s'arrêtèrent devant une porte basse. Le général, visiblement intimidé, poussa le prince devant lui.

– Moi je resterai ici, balbutia-t-il ; je veux faire une surprise…

Kolia entra le premier. Une dame d'une quarantaine d'années, copieusement fardée, en pantoufles et en caraco, les cheveux noués en petites tresses, regarda de l'antichambre. Aussitôt la surprise projetée par le général tomba à l'eau, car la dame ne l'eut pas plutôt aperçu qu'elle s'écria :

Le voilà, cet homme bas et plein d'astuce ! mon cœur, l'avait senti venir.

– Entrons, bégaya le général au prince, cela n'est pas sérieux.

Et il continua à sourire d'un air innocent.

Mais cela était sérieux. À peine eurent-ils franchi une antichambre obscure et basse pour pénétrer dans une salle étroite et meublée d'une demi-douzaine de chaises de paille et de deux tables de jeu, que la maîtresse du logis reprit du ton larmoyant qui paraissait lui être habituel :

– Tu n'as pas honte, tu n'as pas honte, bourreau de ma famille, monstre barbare et forcené ! Tu m'as complètement dépouillée, tu m'as soutirée jusqu'à la moelle et tu n'en as pas encore assez ! Jusqu'à quand te supporterai-je, homme sans vergogne ni honneur ?

– Marthe Borissovna, Marthe Borissovna ! C'est… le prince Muichkine. Le général Ivolguine et le prince Muichkine ! bafouilla le général tremblant et décontenancé.

– Croiriez-vous, fit brusquement la capitaine en se tournant vers le prince, croiriez-vous que cet homme dévergondé n'a pas eu pitié de mes orphelins ! Il a tout pillé, tout volé, tout vendu ou engagé ; il n'a rien laissé. Qu'est-ce que je ferai de tes lettres de change, homme retors et sans conscience ? Réponds, imposteur, réponds-moi, cœur insatiable : où, où trouverai-je de quoi nourrir mes enfants orphelins ? Voyez-le : il est ivre à ne pas tenir sur ses jambes… En quoi ai-je pu irriter le bon Dieu, réponds-moi, infâme imposteur ?

Mais le général n'était pas en état de tenir tête à l'orage.

– Marthe Borissovna, voici vingt-cinq roubles. C'est tout ce que je puis faire, avec l'aide de mon noble ami ! Prince, je me suis cruellement mépris ! Enfin… c'est la vie… Et maintenant… excusez-moi, je me sens faible, continua le général qui, planté au milieu de la pièce, saluait de tous côtés. Je défaille, excusez-moi, Lénotchka[35], ma chérie, vite un coussin…

Lénotchka, une fillette de huit ans, courut aussitôt chercher un coussin qu'elle posa sur un divan usé et recouvert de toile cirée. Le général s'y assit avec l'intention de dire encore beaucoup de choses, mais à peine fut-il installé qu'il s'affaissa sur le côté, et, tourné vers le mur, s'endormit du sommeil du juste. D'un geste cérémonieux et attristé, Marthe Borissovna montra au prince un siège à côté de la table de jeu ; elle-même s'assit en face de lui et, la joue droite appuyée sur la main, elle se prit à soupirer silencieusement en le regardant. Trois petits enfants, deux fillettes et un garçon, dont Lénotchka était l'aînée, s'approchèrent de la table, s'y accoudèrent et se mirent aussi à fixer le prince. Kolia apparut sortant d'une pièce voisine.

– Je suis bien aise de vous avoir trouvé ici, Kolia, lui dit le prince ; ne pourriez-vous pas m'aider ? Il faut absolument que j'aille chez Nastasie Philippovna. J'avais prié Ardalion Alexandrovitch de m'y conduire, mais le voilà endormi. Montrez-moi le chemin, car je ne connais ni les rues ni la direction. J'ai d'ailleurs son adresse : c'est la maison Muitovtsov, près du Grand Théâtre.

– Nastasie Philippovna ? Mais elle n'a jamais demeuré près du Grand Théâtre et, si vous tenez à le savoir, mon père n'a jamais mis les pieds chez elle. Je m'étonne que vous ayez attendu de lui quoi que ce soit. Elle demeure place des Cinq-coins, près de la Vladimirskaïa ; c'est beaucoup moins loin. Voulez-vous que nous y allions tout de suite ? Il est maintenant neuf heures et demie. Je vais vous conduire.

Le prince et Kolia sortirent sur-le-champ. Hélas ! le prince n'avait pas de quoi prendre un fiacre ; force leur fut d'aller à pied.

---

[35] Diminutif familier d'Hélène. – N. d. T.

– J'aurais voulu vous faire faire la connaissance d'Hippolyte, dit Kolia ; c'est le fils aîné de la capitaine en caraco. Il est souffrant et est resté toute la journée alité dans la pièce voisine. Mais c'est un garçon étrange et d'une susceptibilité à fleur de peau ; j'ai eu l'impression qu'il serait gêné vis-à-vis de vous, étant donné le moment où vous êtes arrivé… J'ai moins de scrupules que lui ; chez lui, c'est sa mère qui se conduit mal ; chez moi, c'est mon père ; il y a une différence, car ce n'est pas, pour le sexe masculin, un déshonneur de se mal conduire. Il se peut d'ailleurs que ce soit là un préjugé à l'actif de la prédominance du sexe fort. Hippolyte est un excellent garçon, mais il est l'esclave de certains partis pris.

– Vous dites qu'il est phtisique ?

– Je le crois : plus tôt il mourra, mieux cela vaudra. À sa place je souhaiterais certainement la mort. Ses frères et sœurs, les petits enfants que vous avez vus, excitent sa pitié. Si nous pouvions, si nous avions seulement de l'argent, nous nous séparerions de nos familles pour vivre ensemble dans un autre logement. C'est notre rêve. Savez-vous que, lorsque je lui ai raconté tout à l'heure ce qui vous était arrivé, il s'est mis en colère et a déclaré qu'un homme qui empoche un soufflet sans en demander réparation par les armes est un pleutre ? Il est du reste profondément aigri et j'ai dû renoncer à toute discussion avec lui. Je vois que Nastasie Philippovna vous a tout de suite invité à aller chez elle.

– Non : c'est justement ce que je regrette.

– Alors comment pouvez-vous y aller ? s'exclama Kolia en s'arrêtant au beau milieu du trottoir. – Et puis… il s'agit d'une soirée : vous vous y rendez dans cette tenue ?

– Mon Dieu, je ne sais trop comment je m'introduirai. Si l'on me reçoit, tant mieux. Si l'on ne me reçoit pas, l'affaire sera manquée. Quant à ma tenue, qu'y puis-je faire ?

– Et vous avez une affaire à traiter ? Ou y allez-vous seulement pour *passer le temps*[36] « en noble compagnie » ?

– Non, à proprement parler, il s'agit bien d'une affaire… Il m'est difficile de la définir, mais…

– Le mobile de votre visite ne regarde que vous. Ce qu'il m'importe de savoir, c'est que vous ne vous invitez pas à cette soirée pour le simple plaisir de vous mêler à un monde enchanteur de demi-mondaines, de généraux et d'usuriers. Si c'était le cas, pardonnez-moi de vous dire, prince, que je me moquerais

---

[36] En français dans le texte.

de vous et concevrais du mépris à votre endroit. Ici, il y a terriblement peu d'honnêtes gens ; il n'y a même personne qui mérite une estime sans réserve. On se voit obligé de traiter les gens de haut, alors qu'ils prétendent tous à la déférence, à commencer par Barbe. Et avez-vous remarqué, prince, que, dans notre siècle, il n'y a plus que des aventuriers ? C'est particulièrement le cas de notre chère patrie russe. Je ne m'explique pas comment les choses en sont arrivées là. Il semblait que l'ordre établi fût solide, mais voyez un peu ce qui en est advenu. Tout le monde constate cet abaissement de la morale ; partout on le publie. On dénonce les scandales. Chacun, chez nous, se fait accusateur. Les parents sont les premiers à battre en retraite et à rougir de la morale d'antan. N'a-t-on pas cité, à Moscou, le cas de ce père qui exhortait son fils à ne reculer *devant rien* pour gagner de l'argent ? La presse a divulgué ce trait. Voyez mon père, le général. Qu'est-il devenu ? Et pourtant, sachez-le : mon sentiment est que c'est un honnête homme. Je vous en donne ma parole. Tout le mal vient de son désordre et de son penchant pour le vin. C'est la vérité. Il m'inspire même de la pitié, mais je n'ose le dire, parce que cela fait rire tout le monde. Pourtant, c'est bien un cas pitoyable. Et les gens sains d'esprit, que sont-ils donc, eux ? Tous usuriers, du premier au dernier, tous ! Hippolyte excuse l'usure ; il prétend qu'elle est nécessaire ; il parle de rythme économique, de flux et de reflux, que sais-je ? le diable emporte tout cela ! Il me fait beaucoup de peine, mais c'est un aigri. Figurez-vous que sa mère, la capitaine, reçoit de l'argent du général et qu'elle le lui rend, sous forme de prêts à la petite semaine. C'est écœurant. Savez-vous que maman, vous entendez bien : ma mère, Nina Alexandrovna, la générale, envoie à Hippolyte de l'argent, des vêtements du linge, etc. ? Elle vient même en aide aux autres enfants par l'entremise d'Hippolyte, parce que leur mère ne s'occupe pas d'eux. Et Barbe fait la même chose.

– Voyez : vous dites qu'il n'y a pas de gens honnêtes et moralement forts ; qu'il n'y a que des usuriers. Or vous avez sous les yeux deux personnes fortes : votre mère et Barbe. Est-ce que secourir ces infortunés dans de pareilles conditions, ce n'est pas faire preuve de force morale ?

– Barbe agit par amour-propre, par gloriole, pour ne pas rester en deçà de sa mère. Quant à maman… en effet… je l'estime. Oui, je révère et je justifie sa conduite. Hippolyte lui-même en est touché, malgré son endurcissement presque absolu. Il avait commencé par en rire, prétendant que maman faisait cela par bassesse. Maintenant, il lui arrive parfois d'en être ému. Hum ! Vous appelez cela de la force. J'en prends note. Gania ne sait pas que maman les aide : il qualifierait sa bonté d'encouragement au vice.

– Ah ! Gania ne le sait pas ? il me semble qu'il y a encore beaucoup d'autres choses que Gania ne sait pas, laissa échapper le prince, tout songeur.

– Savez-vous, prince, que vous me plaisez beaucoup ? Je ne fais que penser à ce qui vous est arrivé aujourd'hui.

– Vous aussi, Kolia, vous me plaisez beaucoup.

– Écoutez, comment comptez-vous arranger votre vie ici ? Je me procurerai bientôt de l'occupation et gagnerai quelque argent. Nous pourrons, si vous voulez, prendre un appartement avec Hippolyte et habiter tous les trois ensemble. Le général viendra nous voir.

– Bien volontiers. Mais nous en reparlerons. Je suis pour le moment très... très désorienté. Que dites-vous ? Nous sommes déjà arrivés ? C'est dans cette maison... Quelle entrée somptueuse ! Et il y a un suisse. Ma foi, Kolia, je ne sais pas comment je vais me tirer de là.

Le prince avait l'air tout désemparé.

– Vous me raconterez cela demain. Ne vous laissez pas intimider. Dieu veuille que vous réussissiez, car je partage en tout vos convictions ! Au revoir. Je retourne là-bas et vais tout raconter à Hippolyte. Pour ce qui est d'être reçu, vous le serez ; n'ayez crainte. C'est une femme des plus originales. Prenez cet escalier ; c'est au premier ; le suisse vous indiquera.

XIII

En montant l'escalier, le prince, plein d'inquiétude, s'efforçait de se donner du courage. « Le pis qui puisse m'arriver, pensait-il, est de ne pas être reçu et de faire concevoir une fâcheuse opinion de moi, ou d'être reçu et de voir les gens me rire au nez... Ce sont là choses sans importance. » Et, de fait, ce n'était pas le côté le plus redoutable de l'aventure, en comparaison de la question de savoir ce qu'il ferait chez Nastasie Philippovna et pourquoi il y allait, question à laquelle il ne trouvait aucune réponse satisfaisante. Dans le cas même où une occasion lui permettrait de dire à Nastasie Philippovna : « N'épousez pas cet homme et ne vous perdez pas ; ce n'est pas vous qu'il aime mais votre argent ; il me l'a dit, et Aglaé Epantchine me l'a dit également ; je suis venu pour vous le répéter », est-ce que cette intervention serait conforme à toutes les règles de la bienséance ?

Une autre question douteuse se posait, si importante, celle-là, que le prince avait peur d'y arrêter sa pensée ; il ne pouvait ni n'osait l'admettre, il n'arrivait pas à la formuler, et il se mettait à rougir et à trembler dès qu'elle effleurait son esprit.

Néanmoins, en dépit de toutes ces inquiétudes et de ces doutes, il finit par entrer et demander Nastasie Philippovna.

Celle-ci occupait un appartement de grandeur médiocre, mais admirablement aménagé. Au cours des cinq années qu'elle avait vécu à Pétersbourg, il y avait eu, au début, un temps où Athanase Ivanovitch avait dépensé pour elle sans compter ; c'était dans la période où il espérait encore se faire aimer d'elle et où il pensait la séduire surtout par le confort et le faste, sachant combien l'habitude du luxe est contagieuse et combien il est difficile de s'en défaire quand elle s'est peu à peu convertie en nécessité. En la circonstance Totski s'en était inébranlablement tenu à la bonne vieille tradition qui place une confiance illimitée dans la toute-puissance de la sensualité. Nastasie Philippovna, loin de repousser le luxe, l'aimait, mais – et là était l'étrangeté de son cas – elle ne s'y asservissait jamais, et semblait prête à s'en passer à tout moment. Elle avait même pris soin de le déclarer plusieurs fois à Totski, ce qui avait produit sur celui-ci une impression désagréable.

Au reste, il y avait en elle beaucoup d'autres choses qui faisaient cette impression sur Athanase Ivanovitch et le portaient même à la mépriser. Sans parler de la vulgarité des gens qu'elle admettait parfois dans son intimité ou qu'elle avait tendance à attirer, elle manifestait certains penchants extravagants. Il y avait en elle une coexistence baroque de deux goûts opposés, qui la rendait capable d'aimer à se servir d'objets ou de moyens dont l'emploi semblerait inadmissible à une personne distinguée et de culture affinée. Athanase Ivanovitch aurait probablement été enchanté de la voir affecter parfois une ignorance candide et de bon ton, et ne pas douter, par exemple, que les paysannes russes portassent comme elle du linge de batiste. C'était à lui donner ce tour d'esprit qu'avait visé toute l'éducation qu'elle avait reçue d'après le programme de Totski, lequel s'était montré, en l'espèce, un homme de large compréhension. Mais, hélas ! le résultat de ses efforts avait été décevant. Néanmoins il restait en elle quelque chose qui s'imposait à Athanase Ivanovitch lui-même : c'était une originalité rare et séductrice, une sorte de domination qui le tenait sous le charme, même maintenant que toutes ses espérances sur la jeune femme s'étaient écroulées.

Le prince fut reçu par une femme de chambre (car Nastasie Philippovna n'avait à son service que des femmes) et il eut la surprise de la voir accueillir sans broncher sa demande d'être annoncé. Ni ses bottes sales, ni son chapeau aux larges ailes, ni son manteau sans manches, ni sa mine piteuse n'inspirèrent à la soubrette la moindre hésitation. Elle le débarrassa de son manteau, le pria d'attendre dans un salon de réception et s'empressa d'aller l'annoncer.

La société réunie chez Nastasie Philippovna représentait le cercle ordinaire de ses relations. Il y avait même moins de monde qu'aux précédents anniversaires. Dans cette société on distinguait d'abord et avant tout Athanase Ivanovitch Totski et Ivan Fiodorovitch Epantchine ; ils étaient tous deux affables, mais dissimulaient mal l'inquiétude où les mettait l'attente de la déclaration que Nastasie Philippovna avait promis de faire au sujet de Gania. Bien entendu, à part ces deux personnages, il y avait aussi Gania, également fort sombre, anxieux et d'une impolitesse presque complète ; il se tenait la plupart du temps à l'écart et ne desserrait point les dents. Il ne s'était pas décidé à amener Barbe, dont l'absence n'avait même pas été remarquée de Nastasie Philippovna ; par contre celle-ci, aussitôt après les premières paroles de bienvenue, lui avait rappelé la scène qui avait eu lieu entre le prince et lui. Le général, qui n'en avait pas entendu parler, parut s'y intéresser. Alors Gania relata avec laconisme et discrétion, mais en toute franchise, ce qui s'était passé, et il ajouta qu'il s'était rendu auprès du prince pour lui demander pardon. Là-dessus il déclara sur un ton véhément qu'il trouvait fort étrange qu'on eût traité, Dieu savait pourquoi ! le prince d'idiot. Il était d'une opinion catégoriquement opposée et allait jusqu'à regarder le prince comme un homme capable de rouerie.

Nastasie Philippovna écouta ce jugement avec beaucoup d'attention et observa curieusement Gania ; mais la conversation dévia sur Rogojine qui avait joué un rôle si important au cours de cette journée. Ses faits et gestes parurent éveiller également un vif intérêt chez Athanase Ivanovitch et Ivan Fiodorovitch. Il se trouva que Ptitsine pouvait donner des informations particulières sur Rogojine, avec lequel il avait débattu jusque vers les neuf heures du soir des questions d'intérêt. Rogojine voulait à toute force qu'on lui trouvât cent mille roubles le jour-même. « Il est vrai qu'il était ivre, observa Ptitsine ; mais on trouvera les cent mille roubles, bien que ce ne soit pas sans peine ; seulement je ne sais pas si ce sera pour ce soir ni si la somme sera complète ; plusieurs rabatteurs travaillent sur l'affaire : Kinder, Trépalov, Biskoup. Il est prêt à payer n'importe quelle commission ; bien entendu son agitation est imputable à l'ivresse », conclut Ptitsine.

Toutes ces nouvelles furent accueillies avec intérêt, mais l'impression dominante resta morose : Nastasie Philippovna gardait le silence, évidemment désireuse de ne pas dévoiler sa pensée ; Gania faisait de même. Le général Epantchine était peut-être, dans son for intérieur, le plus anxieux de tous, parce que le collier de perles qu'il avait offert le matin avait été reçu avec une politesse glaciale, où perçait même une nuance d'ironie. De tous les convives, seul Ferdistchenko se sentait dans la belle humeur qui convient à un jour de fête. Il poussait de bruyants éclats de rire qui n'avaient d'autre motif que celui de justifier son rôle de bouffon. Athanase Ivanovitch lui-même, qui passait pour un causeur exquis et fin et qui dirigeait habituellement la conversation dans ces soirées, était visiblement hors de son assiette et sous le coup d'une préoccupation insolite.

Les autres invités, d'ailleurs peu nombreux, étaient : un vieux maître d'école d'aspect minable qui avait été convié, nul ne savait pourquoi ; un tout jeune homme, inconnu des autres assistants, affreusement timide et obstinément silencieux ; une dame délurée qui pouvait avoir quarante ans et avait dû être actrice ; enfin une jeune et fort jolie personne, vêtue avec goût et élégance, mais qui se renfermait dans un surprenant mutisme. Tout ce monde, bien loin de pouvoir animer la conversation, ne savait le plus souvent pas de quoi parler.

Dans ces conditions l'apparition du prince tombait à pic. L'annonce de son nom causa un mouvement de surprise et amena d'étranges sourires sur quelques visages, surtout lorsque l'expression d'étonnement de Nastasie Philippovna eut révélé qu'elle n'avait pas même songé à l'inviter. Mais à cette expression succéda brusquement un air de satisfaction si visible que la plupart des assistants se disposèrent aussitôt à accueillir le convive inattendu par des démonstrations de bonne humeur.

– J'admets que ce jeune homme ait agi par ingénuité, déclara Ivan Fiodorovitch Epantchine. – En règle générale, il est assez dangereux d'encourager ce genre de lubie. Mais, en ce moment, il n'a pas eu une mauvaise idée de venir, si originale que soit la manière dont il s'est introduit ; peut-être nous distraira-t-il, du moins dans la mesure où je puis en juger.

– D'autant plus qu'il s'est invité lui-même, s'empressa d'ajouter Ferdistchenko.

– Que voulez-vous dire par là ? demanda sèchement le général qui ne pouvait sentir Ferdistchenko.

–Je veux dire qu'il devra payer son écot, expliqua l'autre.

– Permettez : un prince Muichkine n'est pas un Ferdistchenko, repartit le général sur un ton cassant, car il n'avait pas encore pu se faire à l'idée de se retrouver avec Ferdistchenko dans la même société et d'y être traité sur le même pied que lui.

– Hé ! général, épargnez Ferdistchenko, répondit celui-ci en souriant. J'ai ici des droits spéciaux.

– Quels droits spéciaux ?

– J'ai eu l'honneur de l'expliquer à la société lors de la précédente soirée ; je vais répéter pour Votre Excellence. Veuillez considérer que tout le monde a de l'esprit et que moi je n'en ai pas. Pour m'en dédommager, j'ai obtenu l'autorisation de dire la vérité ; chacun sait, en effet, qu'il n'y a que les pauvres d'esprit pour dire la vérité. En outre, je suis très vindicatif, toujours à cause de mon manque d'esprit. Je supporte avec humilité toutes les offenses, tant que l'offenseur n'est pas tombé dans l'adversité ; mais au premier signe de sa disgrâce, je me remémore l'affront qu'il m'a fait, j'en tire vengeance, je rue, comme l'a dit un jour de moi Ivan Pétrovitch Ptitsine, lequel, à coup sûr, n'a jamais décoché de ruade à personne. Votre Excellence connaît la fable de Krylov : *Le Lion et l'Âne ?* Eh bien ! c'est vous et moi : la fable a été écrite pour nous.

– Il me semble que vous recommencez à déraisonner, Ferdistchenko, dit le général outré.

– De quoi Votre Excellence s'émeut-elle ? reprit Ferdistchenko, qui comptait bien ne pas s'en tenir là et pousser la plaisanterie aussi loin que possible ; – n'ayez crainte, je sais rester à ma place : si j'ai dit que nous étions, vous et moi, le lion et l'âne de Krylov, c'est, bien entendu, en m'attribuant le rôle de l'âne et en réservant à Votre Excellence celui du lion, dont le fabuliste a dit :

Un lion paissant, terreur des forêts,
Perdit ses forces en vieillissant.

Moi, Excellence, je suis l'âne.

– Tout à fait d'accord sur ce point, dit le général inconsidérément.

Tout ce dialogue, assurément grossier, avait été amené avec intention par Ferdistchenko auquel on reconnaissait en effet le droit de jouer au bouffon.

Lui-même s'était exclamé un jour :

– Si on me tolère et m'accueille ici c'est à la condition que je parle sur ce ton-là. Voyons, est-il possible que l'on reçoive dans un salon un homme comme moi ? Je ne me fais pas d'illusion là-dessus. Peut-on faire asseoir un Ferdistchenko à côté d'un gentilhomme aussi raffiné qu'Athanase Ivanovitch ? Il n'y a qu'une explication à cela : c'est qu'on me fait asseoir à côté de lui justement pour l'invraisemblance de la chose.

Nastasie Philippovna paraissait prendre plaisir à ces facéties, bien qu'elles fussent de mauvais goût et outrancières, parfois au delà de toute mesure. Ceux qui tenaient à fréquenter chez elle devaient se résoudre à subir Ferdistchenko. Celui-ci supposait, et peut-être avec raison, qu'on le recevait parce que, dès le premier abord, Totski l'avait jugé insupportable. Gania, de son côté, avait dû essuyer d'innombrables vexations de la part de Ferdistchenko, dans l'espoir de se concilier, par ce moyen, les bonnes grâces de Nastasie Philippovna.

– Je vais demander au prince de commencer par nous chanter une romance à la mode, conclut Ferdistchenko en regardant Nastasie Philippovna pour voir ce qu'elle allait dire.

– Je vous le déconseille Ferdistchenko, et je vous prie de ne pas extravaguer, fit-elle d'un ton sec.

– Ah ! s'il bénéficie d'une protection particulière, je serai tout miel…

Mais Nastasie Philippovna, sans l'écouter, s'était levée pour aller à la rencontre du prince.

– J'ai regretté, dit-elle, en se campant brusquement devant lui, d'avoir, dans ma hâte, oublié tantôt de vous inviter et je suis enchantée que vous me donniez maintenant l'occasion de vous remercier et de vous féliciter de votre initiative.

En proférant ces paroles, elle regardait fixement le prince et s'efforçait de déchiffrer sur son visage le mobile de sa conduite.

Le prince fut sur le point de répondre quelque chose à ces paroles aimables, mais il se sentit si ébloui et si impressionné qu'il ne put articuler un seul mot. Nastasie Philippovna remarqua sa gêne avec plaisir. Elle était, ce soir-là, en grande toilette et faisait un effet extraordinaire. Elle prit le prince par le bras et l'amena au milieu des invités. Avant de franchir le seuil du salon, il s'arrêta soudain et, en proie à une profonde émotion, lui chuchota précipitamment :

– Tout en vous est parfait… même votre maigreur et votre pâleur… Il ne viendrait pas à l'esprit de désirer vous voir autrement que vous n'êtes… J'avais un tel désir de venir ici que… Je… pardonnez-moi…

– Ne vous excusez pas, fit-elle en riant ; ce serait dépouiller votre geste de son originalité. Car on a raison de prétendre que vous êtes un homme original. Vous avez dit que vous me trouvez parfaite, n'est-ce pas ?

– Oui.

– Vous avez beau être passé maître dans l'art de la divination, vous êtes cette fois dans l'erreur. Je vous le démontrerai tout à l'heure…

Elle présenta le prince à ses invités, dont une bonne moitié le connaissait déjà. Totski s'empressa d'adresser un mot aimable au nouveau venu. Tout le monde s'anima un peu, la conversation et les rires reprirent du même coup. Nastasie Philippovna fit asseoir le prince à côté d'elle.

– Après tout, qu'y a-t-il d'étonnant dans l'apparition du prince ? s'écria Ferdistchenko dont la voix couvrit toutes les autres. La chose est claire et parle d'elle-même.

– Elle n'est que trop claire et trop parlante, renchérit Gania en sortant tout à coup de son mutisme. – J'ai observé aujourd'hui le prince presque continuellement depuis le moment où il a vu pour la première fois le portrait de Nastasie Philippovna sur la table d'Ivan Fiodorovitch. Je me souviens d'avoir eu alors une impression que je trouve maintenant pleinement confirmée et dont le prince lui-même, soit dit en passant, m'a avoué la justesse.

Gania avait proféré cette phrase sur l'accent le plus sérieux sans aucun air de badinage, voire même d'un ton morose qui causa une certaine surprise.

– Je ne vous ai rien avoué, répliqua le prince en rougissant ; je me suis borné à répondre à votre question.

– Bravo, bravo ! s'écria Ferdistchenko, voilà du moins une réponse sincère ; disons : habile et sincère.

L'assistance se mit à rire aux éclats.

– Tenez-vous donc tranquille, Ferdistchenko ! dit Ptitsine à mi-voix sur un ton d'écœurement.

– Je ne vous croyais pas capable de pareilles prouesses, fit Ivan Fiodorovitch ; savez-vous quelle envergure elles supposent ? Et moi qui vous prenais pour un philosophe ! Voilà comme sont les gens inoffensifs.

– Je vois que le prince rougit comme une jeune fille ingénue de cette plaisanterie anodine et j'en conclus que ce noble jeune homme nourrit dans son cœur les intentions les plus louables, dit de sa voix chevrotante le vieux pédagogue septuagénaire qui était resté muet jusque-là et dont l'intervention inopinée surprit ceux qui pensaient que sa bouche édentée ne s'ouvrirait pas de toute la soirée. Les assistants se prirent à rire de plus belle. Le vieux, pensant sans doute que cette hilarité était la conséquence de sa fine réflexion, regarda les autres et se mit à rire encore plus bruyamment, ce qui provoqua chez lui une pénible quinte de toux. Nastasie Philippovna, qui avait un faible pour ce genre de vieux originaux, pour les petites vieilles et même pour les illuminés, s'empressa de lui prodiguer ses soins ; elle l'embrassa et lui fit servir une nouvelle tasse de thé. Ayant dit à la servante de lui apporter sa mantille, elle s'en enveloppa et fit remettre du bois dans la cheminée. Elle demanda quelle heure il était. La servante répondit qu'il était déjà dix heures et demie.

– Messieurs, ne boiriez-vous pas du champagne ? proposa-t-elle tout à coup. J'en ai préparé. Peut-être cela vous rendra-t-il plus gais. Allons, sans façon ?

La proposition de Nastasie Philippovna et surtout les termes naïfs dans lesquels elle venait d'inviter ses convives à boire, semblèrent fort inattendus. Tous les assistants savaient quel décorum avait présidé à ses précédentes soirées. Celle-ci devenait un peu plus animée mais en s'écartant de l'allure habituelle. Néanmoins personne ne refusa l'offre ; le général accepta le premier et son exemple fut suivi par la dame délurée, puis par le vieux pédagogue, par Ferdistchenko et enfin par tous les autres. Totski prit également un verre dans l'espoir de faire accepter ce nouveau genre en lui donnant, autant que possible, le caractère d'une aimable plaisanterie. Seul, Gania ne voulut rien boire.

Il était malaisé de comprendre quoi que ce fût aux incartades bizarres, brusques et parfois extravagantes de Nastasie Philippovna, chez qui des accès de gaîté délirante et irraisonnée alternaient avec des périodes de mélancolie taciturne et même d'abattement. C'est ainsi qu'en ce moment elle prit aussi un verre et déclara qu'elle en viderait trois. Quelques convives soupçonnèrent qu'elle avait de la fièvre ; on finit par se rendre compte qu'elle aussi paraissait attendre quelque chose ; elle consultait fréquemment la pendule et donnait des signes d'impatience et de distraction.

– On dirait que vous avez un peu de fièvre ? lui demanda la dame délurée.

– Même une forte fièvre ; c'est pourquoi j'ai mis ma mantille, répondit Nastasie Philippovna, qui, en effet, était plus pâle et faisait des efforts pour réprimer un violent frisson.

Tous les invités se mirent à s'agiter d'un air inquiet.

– Nous ferons peut-être bien de laisser la maîtresse de maison se reposer ? suggéra Totski en regardant Ivan Fiodorovitch.

– Non, messieurs. Je vous prie expressément de rester assis. Votre présence aujourd'hui m'est particulièrement nécessaire, fit Nastasie Philippovna avec une soudaine et significative insistance.

Comme la plupart des personnes présentes savaient qu'une décision très importante leur serait communiquée au cours de la soirée, elles attachèrent à ces paroles le plus grand poids. De nouveau le général et Totski se consultèrent du regard, tandis que Gania était secoué d'un mouvement convulsif.

– On ferait bien de s'amuser aux petits jeux, dit la dame délurée.

– J'en connais un qui est admirable et tout nouveau, déclara Ferdistchenko ; c'est du moins un petit jeu qui n'a été expérimenté qu'une seule fois en société et qui n'a pas réussi.

– En quoi consiste-t-il ? demanda la dame.

– Je me trouvais un jour dans une société où il était bon de dire que nous avions passablement bu. Tout à coup quelqu'un proposa à chacun de nous de raconter à haute voix et sans sortir de table l'épisode, qu'en son âme et conscience, il considérait comme la plus vilaine action de toute sa vie. La condition essentielle était de ne pas mentir et de parler en toute sincérité.

– Singulière idée ! fit le général.

– On ne peut plus singulière, Excellence, mais c'est ce qui fait le charme de ce jeu.

– Quel drôle de jeu ! dit Totski. Au reste il est compréhensible ; c'est une manière comme une autre de se vanter.

– Cela répondait sans doute à un besoin, Athanase Ivanovitch.

– Mais ce jeu-là nous fera plutôt pleurer que rire, observa la dame.

– C'est un absurde et inconcevable passe-temps, protesta Ptitsine.

– Mais a-t-il eu du succès ? demanda Nastasie Philippovna.

– Non : il a fort mal tourné. Chacun a bien raconté une histoire ; beaucoup ont dit la vérité ; figurez-vous qu'il y en a même qui y ont pris plaisir ; mais à la fin le sentiment de honte est devenu général et on n'a pas pu aller jusqu'au bout. Tout compte fait, c'était un jeu assez divertissant, mais dans son genre, naturellement.

– Ce ne serait pas mal, observa Nastasie Philippovna en s'animant soudain. On pourrait essayer, mesdames et messieurs. Nous ne sommes pas très en train ce soir. Si chacun de nous consentait à raconter un épisode… dans ce genre bien entendu, mais de son plein gré, la liberté de chacun doit être entière ; qu'en pensez-vous, nous pouvons peut-être aller, nous, jusqu'au bout ? En tout cas ce serait une distraction très originale…,

– Voilà une idée de génie ! s'écria Ferdistchenko. Les dames ne joueront pas ; seuls les messieurs auront à raconter leur histoire. On tirera au sort, comme cela s'est fait dans la soirée dont je vous parle. Oui, oui, il faut arranger cela ! Celui qui s'y refusera, on ne le forcera naturellement pas, mais son abstention sera bien peu aimable. Donnez-moi vos noms, messieurs ; on va les mettre là dans mon chapeau ; c'est le prince qui les tirera au sort. La règle du jeu est très simple : il s'agit de raconter la plus vilaine action de toute votre vie. Ce n'est pas compliqué, messieurs. Vous allez voir. Si quelqu'un a une absence de mémoire, je suppléerai sur-le-champ à sa défaillance.

L'idée était saugrenue et déplut à peu près à tout le monde. Les uns froncèrent les sourcils, les autres ricanèrent. Certains soulevèrent des objections, mais assez discrètement ; ce fut le cas d'Ivan Fiodorovitch, qui ne voulait pas contrecarrer la désir de Nastasie Philippovna et qui avait remarqué son enthousiasme pour cette idée baroque, peut-être justement à cause de son invraisemblable extravagance. Quand elle désirait quelque chose, Nastasie Philippovna se montrait irréductible et inexorable dans la manifestation de ses désirs, même si ceux-ci étaient frivoles et sans utilité pour elle. En ce moment, elle semblait en proie à une extrême nervosité, se démenant et se laissant aller à des accès de rire convulsifs, surtout lorsque Totski, rempli d'inquiétude, lui faisait des remontrances. Ses yeux sombres jetaient des éclairs et deux taches rouges apparaissaient sur ses joues pâles. L'expression d'accablement et de dégoût qu'elle lut sur le visage de quelques-uns de ses invités surexcita peut-être sa malignité ; peut-être aussi l'idée l'avait-elle séduite par son cynisme et sa cruauté. Il se trouva même des convives pour lui prêter certaines arrière-pensées. D'ailleurs tout le monde finit par consentir au jeu : la curiosité était en tout cas générale et l'intérêt de beaucoup était piqué au vif. C'était Ferdistchenko qui s'agitait le plus.

– Et s'il y a des choses que l'on ne puisse raconter… devant des dames ? fit timidement observer le jeune homme taciturne.

– Eh bien ! vous ne les raconterez pas ; il ne manque pas de mauvaises actions en dehors de celles-là ; que vous êtes jeune ! riposta Ferdistchenko.

– Quant à moi, j'ignore laquelle de mes actions est la plus vilaine, fit la dame délurée.

– Les dames sont dispensées de l'obligation de raconter leur histoire, répéta Ferdistchenko. Mais la dispense est facultative ; leur participation volontaire sera accueillie avec reconnaissance. Les hommes qui auraient trop de répugnance à faire leur confession peuvent également s'abstenir.

– Bon, mais comment prouver que je ne mens pas ? demanda Gania ; si je mens, tout le jeu perd son sel. Et qui dira la vérité ? Il est certain que tout le monde mentira.

– Mais c'est déjà une attraction que de voir un homme mentir. D'ailleurs toi, mon petit Gania, tu ne risques pas de mentir, car ta plus vilaine action est connue de tout le monde, même sans que tu la racontes. Toutefois réfléchissez un peu, mesdames et messieurs, s'écria Ferdistchenko comme sous le coup d'une brusque inspiration ; de quels yeux nous regarderons-nous les uns les autres après nos confessions, demain par exemple ?

– Voyons, est-ce possible ? Est-ce une proposition sérieuse, Nastasie Philippovna ? demanda Totski avec dignité.

– Quand on a peur du loup, on ne va pas au bois ! repartit Nastasie Philippovna d'un ton moqueur.

– Mais permettez, monsieur Ferdistchenko, peut-on faire de cela un petit jeu ? insista Totski de plus en plus inquiet. Je vous assure que ces choses-là n'ont jamais de succès. Vous dites vous-même avoir vu mal tourner une expérience de ce genre.

– Comment mal tourner ? En ce qui me concerne j'ai raconté alors la façon dont j'avais volé trois roubles. J'ai rapporté la chose telle quelle.

– Admettons. Mais il était impossible que votre récit se présentât de telle manière qu'on le crût exact et qu'on vous fît confiance. Gabriel Ardalionovitch a eu raison de faire remarquer que la moindre présomption de fausseté enlève au jeu tout son sens. La vérité ne peut être en ce cas qu'un accident, une sorte de forfanterie de mauvais ton qui serait inadmissible et de la dernière inconvenance ici.

– Votre délicatesse est extrême, Athanase Ivanovitch, j'en suis moi-même surpris ! s'exclama Ferdistchenko. Considérez ceci, messieurs : en observant que je n'ai pu donner à mon histoire de vol assez de vraisemblance, Athanase Ivano vitch insinue finement que je suis en effet incapable de voler, vu que c'est une chose dont on ne se vante pas. Ce qui n'empêche que, dans son for intérieur, il est peut-être convaincu que Ferdistchenko a parfaitement pu voler ! Mais revenons à notre affaire, messieurs. Tous les noms sont réunis ; vous-même, Athanase Ivanovitch, avez déposé le vôtre ; il n'y a donc pas d'abstention. Prince, tirez les billets !

Sans dire mot le prince plongea la main dans le chapeau. Le premier nom qui sortit fut celui de Ferdistchenko ; le second celui de Ptitsine ; puis vinrent successivement ceux du général, d'Athanase Ivanovitch, du prince, de Gania et ainsi de suite. Les dames n'avaient pas pris part au tirage.

– Bon Dieu, quelle déveine ! s'écria Ferdistchenko. Et moi qui pensais que le premier nom serait celui du prince et le second celui du général. Heureusement qu'Ivan Pétrovitch viendra après moi ; je pourrai me dédommager en l'écoutant. Certes, messieurs, mon devoir est de donner noblement l'exemple ; mais je n'en regrette que davantage d'être présentement si insignifiant et si indigne d'intérêt. Mon rang dans la hiérarchie est lui-même bien peu de chose. Voyons : quel intérêt peut-il y avoir à entendre raconter une vilenie commise par Ferdistchenko ? Et quelle est ma plus mauvaise action ? J'éprouve ici un *embar-*

ras de richesse[37]. Dois-je raconter pour la seconde fois mon histoire de vol, afin de convaincre Athanase Ivanovitch qu'on peut voler sans être un voleur ?

– Vous me prouverez également, monsieur Ferdistchenko, que l'on peut se délecter à raconter ses propres turpitudes sans que personne vous prie de le faire… D'ailleurs… Excusez, monsieur Ferdistchenko.

– Commencez donc, Ferdistchenko ! vous racontez un tas de choses inutiles et vous n'en finissez jamais ! intima Nastasie Philippovna sur un ton de colère et d'impatience.

Toute l'assistance remarqua qu'après un accès de rire nerveux elle était brusquement redevenue sombre, acerbe, irritable. Elle n'en persistait pas moins tyranniquement dans son inconcevable caprice. Athanase Ivanovitch était sur des charbons ardents. L'attitude d'Ivan Fiodorovitch le mettait également hors de lui : le général assis buvait son champagne comme si de rien n'était et se préparait peut-être à raconter quelque chose quand son tour serait venu.

XIV

– Je suis un homme sans esprit, Nastasie Philippovna, c'est pourquoi je bavarde à tort et à travers ! s'écria Ferdistchenko en attaquant son récit. Si j'étais aussi spirituel qu'Athanase Ivanovitch ou Ivan Pétrovitch je passerais comme eux toute la soirée assis sans ouvrir la bouche. Prince, permettez-moi de vous consulter : j'ai toujours l'impression qu'il y a dans le monde beaucoup plus de voleurs que de non-voleurs et qu'il n'existe même pas d'honnête homme qui n'ait, au moins une fois dans sa vie, volé quelque chose. C'est mon idée ; je n'en conclus d'ailleurs nullement qu'il n'y ait au monde que des voleurs, bien que je sois parfois tenté de raisonner ainsi.

– Fi ! que vous vous exprimez sottement ! remarqua Daria Alexéïevna. Et quelle bêtise de supposer que tout le monde a volé ; moi, je n'ai jamais rien volé.

– Vous n'avez rien volé, Daria Alexéïevna ; mais voyons ce que dira le prince, qui est subitement devenu tout rouge.

---

37 En français dans le texte.

– Il me semble que vous êtes dans le vrai, mais vous exagérez beaucoup, répondit le prince, qui effectivement avait rougi, on ne sait trop pourquoi.

– Et vous-même, prince, n'avez-vous rien volé ?

– Fi, quelle question ridicule ! Surveillez votre langage, monsieur Ferdistchenko, dit le général.

– Votre jeu est simple. Au moment de vous exécuter, vous avez honte de raconter votre histoire ; c'est pour cela que vous cherchez à entraîner le prince avec vous ; vous avez de la chance qu'il ait bon caractère, dit Daria Alexéïevna d'un ton cassant.

– Ferdistchenko, décidez-vous à parler ou à vous taire et ne vous occupez que de votre cas ! Vous lassez la patience de tout le monde, déclara Nastasie Philippovna avec une brusque irritation.

– Tout de suite, Nastasie Philippovna ! Mais si le prince a avoué (car je tiens son attitude pour un aveu), que dirait un autre, sans nommer personne, s'il se décidait à confesser la vérité ! Quant à moi, messieurs, mon histoire tient en fort peu de mots ; elle est aussi simple que sotte et vilaine. Mais je vous assure que je ne suis pas un voleur ; comment ai-je pu voler ? je l'ignore. La chose s'est passée, il y a plus de deux ans, à la villa de Sémione Ivanovitch Istchenko, un dimanche. Il y avait du monde à dîner. Après le repas, les hommes restèrent à boire. L'idée me vint de prier Mlle Marie Sémionovna, la fille du maître de la maison, de jouer un morceau au piano. En traversant la pièce qui fait l'angle, je vis sur la table à ouvrage de Marie Ivanovna un billet vert de trois roubles ; elle l'avait posé là pour une dépense de ménage. Il n'y avait personne dans la pièce. Je m'emparai du billet et je glissai dans ma poche ; pourquoi ? je n'en sais rien. Je ne comprends pas ce qui m'a pris. Toujours est-il que je revins en hâte m'asseoir à la table. Je restai là à attendre ; j'étais assez ému, je bavardais sans discontinuer, racontant des anecdotes et riant ; puis j'allai m'asseoir auprès des dames. Au bout d'une demi-heure on s'aperçut de la disparition du billet et on se mit à interroger les domestiques. Les soupçons tombèrent sur Daria. Je manifestai une curiosité et un intérêt particuliers pour cette affaire et je me souviens même que, voyant Daria toute troublée, je m'efforçai de la convaincre qu'elle devait avouer, en me portant garant de l'indulgence de Marie Ivanovna. Je lui adressai ces exhortations à haute voix, devant tout le monde. Tous les yeux étaient fixés sur nous et j'éprouvais une satisfaction intense à l'idée que je prêchais la morale alors que le billet volé était dans ma poche. Je dépensai ces trois roubles le soir même à boire : je commandai dans un restaurant une bouteille de Château-Lafite. C'était la première fois que je commandais ainsi une bouteille sans rien manger, mais je ressentais le besoin de dépenser cet argent au plus vite. Je n'ai guère éprouvé de remords ni à ce moment-là ni plus tard. Mais je ne serais nullement tenté de recommencer ; croyez-le ou ne le croyez pas, cela m'est indifférent. Et voilà tout.

– Certainement. Ce n'est pas votre plus mauvaise action, dit Daria Alexéïevna sur un ton de dégoût.

– Ce n'est pas une action, c'est un cas psychologique, observa Athanase Ivanovitch.

– Et la domestique ? demanda Nastasie Philippovna, sans cacher son profond écœurement.

– La domestique a été renvoyée dès le lendemain, cela va de soi. C'est une maison où l'on ne badine point.

– Et vous avez laissé faire cela ?

– Voilà qui est magnifique ! Vous ne voudriez pas que je me sois dénoncé moi-même ? dit Ferdistchenko en ricanant ; en réalité il était consterné par l'impression fort pénible que son récit avait produite sur l'auditoire.

– Quelle malpropreté ! s'exclama Nastasie Philippovna.

– Allons bon ! Vous demandez à un homme de vous raconter la plus laide de ses actions, et vous voulez encore que cette action soit reluisante ! Les actions les plus vilaines sont toujours fort malpropres, Nastasie Philippovna ; c'est ce que va nous démontrer maintenant Ivan Pétrovitch. D'ailleurs bien des gens ont un extérieur brillant et cherchent à passer pour vertueux parce qu'ils roulent carrosse. Les gens qui roulent carrosse ne manquent pas… mais au prix de quels moyens…

Bref Ferdistchenko n'était plus maître de lui et, emporté par une brusque colère, il s'oubliait et dépassait toute mesure ; son visage même se crispait. Si singulier que cela pût paraître, il avait escompté pour son récit un tout autre succès. Ces « gaffes » de mauvais ton et cette « vantardise d'un genre particulier », pour employer les expressions de Totski, lui étaient habituelles et répondaient tout à fait à son caractère.

Nastasie Philippovna, que la colère faisait trembler, regarda fixement Ferdistchenko. Ce dernier prit soudain peur et, glacé d'effroi, se tut. Il était allé trop loin.

– Si on coupait court à ce jeu ? insinua Athanase Ivanovitch.

– C'est mon tour, mais, usant du droit d'abstention qui m'est reconnu, je ne raconterai rien, fit Ptitsine d'un ton décidé.

– Vous renoncez ?

– Je ne puis m'exécuter, Nastasie Philippovna ; d'ailleurs, je considère ce petit jeu comme inadmissible.

– Général, je crois que c'est maintenant votre tour, dit Nastasie Philippovna en se tournant vers Ivan Fiodorovitch. Si vous refusez aussi, la débandade sera générale, ce que je regretterai car j'avais l'intention de raconter, en manière de conclusion, un trait de « ma propre vie », mais je ne voulais prendre la parole qu'après vous et après Athanase Ivanovitch ; votre devoir n'est-il pas de m'encourager ? ajouta-t-elle en riant.

– Oh ! si vous faites une pareille promesse, s'écria le général avec feu, je suis prêt à vous raconter toute ma vie. J'avoue qu'en attendant mon tour j'avais déjà préparé mon anecdote...

– Et il suffit de regarder le visage de Son Excellence pour juger de la satisfaction littéraire qu'elle a éprouvée à fignoler son anecdote, risqua Ferdistchenko avec un rire sarcastique, bien qu'il ne fût pas tout à fait remis de son émotion.

Nastasie Philippovna jeta sur le général un regard négligent et sourit, elle aussi, à sa pensée. Mais son anxiété et sa colère croissaient visiblement de minute en minute. L'inquiétude d'Athanase Ivanovitch avait redoublée depuis qu'elle avait promis de raconter quelque chose.

Le général commença son histoire :

– Il m'est arrivé comme à tout homme, messieurs, de commettre au cours de ma vie des actions fort peu avouables. Mais le plus singulier, c'est que je regarde moi-même comme la plus vilaine action de mon existence la petite anecdote que je vais vous raconter. Près de trente-cinq ans se sont écoulés depuis et je ne me la remémore jamais sans un serrement de cœur. L'affaire est d'ailleurs parfaitement bête. J'étais alors simple enseigne et avais un service fastidieux. Vous savez ce que c'est qu'un enseigne : on a le sang chaud, on vit dans un intérieur de quatre sous. J'avais pour brosseur un certain Nicéphore, qui tenait mon ménage avec beaucoup de zèle, épargnant, ravaudant, nettoyant ; il allait jusqu'à chaparder tout ce qui pouvait ajouter au confort de mon intérieur ; bref, un modèle de fidélité et d'honnêteté. Bien entendu, je le traitais sévèrement, mais avec équité. Pendant quelque temps nous séjournâmes dans une petite ville. On m'assigna un logement dans un faubourg, chez la veuve d'un ancien sous-lieutenant. C'était une petite vieille de quatre-vingts ans ou peu s'en fallait. Elle habitait une maisonnette de bois vétuste et délabrée et son dénuement était tel qu'elle n'avait pas de servante. Elle avait eu autrefois une très nombreuse famille mais, parmi ses parents, les uns étaient morts, d'autres s'étaient dispersés, d'autres enfin l'avaient oubliée. Quant à son mari, il y avait bien quarante-cinq ans qu'elle l'avait enterré. Quelques années avant mon arrivée, elle avait eu auprès d'elle une nièce ; c'était, paraît-il, une bossue méchante comme une sorcière, au point qu'elle avait un jour mordu sa tante au doigt. Cette nièce était morte également et la vieille traînait depuis trois ans une existence complètement solitaire. Je m'ennuyais chez elle : elle était si bornée que toute conversation était impossible. Elle finit par me voler un coq. L'affaire est toujours restée obscure, mais on ne pouvait imputer le vol à d'autre qu'à elle. Nous vécûmes depuis lors en fort mauvais termes. Bientôt je reçus, sur ma demande, un logement à l'autre bout de la ville, chez un marchand qui avait une grande barbe et vivait au milieu d'une très nombreuse famille. Je crois le voir encore. Nous déménageâmes avec joie, Nicéphore et moi, et je me séparai de la vieille sans aménité. Trois jours se passèrent. Je rentrai de l'exercice lorsque Nicéphore me dit : « Votre Honneur a eu tort de laisser notre soupière chez notre précédente logeuse ; je n'ai plus rien pour mettre la soupe ». Je lui exprimai ma surprise : « Comment a-t-on pu laisser la soupière chez la logeuse ? » Nicéphore étonné compléta son rapport : au moment du déménagement, la vieille avait refusé de rendre notre soupière sous prétexte que je lui avais cassé un pot ; elle retenait la soupière en dédommagement de son pot, et elle prétendait que c'était moi qui lui avais proposé ce marché. Une pareille bassesse me met naturellement hors de moi ; mon sang de jeune officier ne fait qu'un tour, je cours chez la vieille. J'arrive dans tous mes états, je la regarde ; elle était assise toute seule dans un coin de l'entrée, comme pour se garantir du soleil, la joue appuyée sur sa main. Je me mets aussitôt à l'agonir d'injures : « tu es une ceci, tu es une cela… », bref le vocabulaire russe y passe. Mais en l'observant je constate une chose singulière : elle reste inerte et muette, le visage tourné de mon côté, les yeux grands ouverts et fixés étrangement sur moi ; son corps donne l'impression d'osciller. Enfin, je me calme, je l'examine de plus près et la questionne sans en tirer un mot. J'ai un moment d'hésitation, mais, comme le soleil se couchait et que le silence n'était troublé que par le bourdonnement des mouches, je finis par me retirer, l'esprit assez agité. Je ne rentrai pas directement chez moi, le major m'ayant demandé de passer le voir ; j'allai de là au quartier et ne retournai à la maison qu'à la nuit tombée Le premier mot de Nicéphore en me voyant fut celui-ci : « Savez-vous, Votre Honneur, que notre logeuse vient de mourir ? » – « Quand cela ? » – « Ce soir même, il y a environ une heure et demie. » C'est-à-dire qu'elle avait trépassé au moment même où je la couvrais d'injures. Je fus tellement saisi que j'eus peine, je vous le jure, à retrouver mon sang-froid. La pensée de la défunte me poursuivait même la nuit Certes, je ne suis pas superstitieux, mais le surlendemain j'allai à l'église pour assister à son enterrement. Bref, plus le temps passait, plus j'étais hanté par le souvenir de la vieille. Ce n'était pas une obsession, mais ce souvenir me revenait par moments et, alors j'éprouvais un malaise. Le principal de l'affaire c'est que je me répétais : voilà une femme, un être humain, comme on dit de notre temps, qui a vécu et vécu longtemps, plus longtemps même que son compte. Elle, a eu des enfants, un mari, une famille, des parents ; tout cela a mis en quelque sorte autour d'elle de l'animation et de la joie Et, tout d'un coup, plus rien ; tout s'est effondré, elle est restée seule, seule comme une mouche, portant sur elle la malédiction des siècles. Puis Dieu l'a enfin rappelée à lui. Au coucher du soleil, dans la paix d'un soir d'été, l'âme de ma vieille a pris son vol… Évidemment tout cela a une signification morale. Et à cet instant précis, au lieu d'entendre les sanglots qui accompagnent l'agonie de ceux qui s'en vont, elle voit surgir un jeune enseigne impertinent qui, les poings sur les hanches et l'air agressif, la reconduit hors de ce monde en lui jetant les pires insultes du répertoire populaire à propos d'une soupière égarée ! Il n'est pas douteux que j'ai eu tort et, bien qu'à distance je regarde mon action presque comme celle d'un autre, en raison du temps écoulé et de l'évolution de mon caractère, je n'en continue pas moins à avoir des regrets. Je le redis, la chose me paraît à moi-même d'autant plus étrange que, si je suis coupable, ce n'est que dans une faible mesure : pourquoi s'est-elle avisée de mourir juste à ce moment-là ? Naturellement mon acte a aussi son excuse dans des mobiles d'ordre psychologique. Je n'ai toutefois pu ramener la paix dans mon âme qu'en instituant, il y a une quinzaine d'années, une fondation pour permettre à deux vieilles femmes malades d'être hospitalisées et assurées d'un traitement convenable qui adoucisse les derniers jours de leur vie terrestre. Je compte rendre cette fondation perpétuelle par voie de disposition testamentaire. C'est là toute mon histoire. Je répète que j'ai peut-être commis bien des fautes au cours de mon existence, mais qu'en conscience je regarde cet épisode comme la plus vilaine de toutes mes actions.

– Au lieu de nous raconter sa plus vilaine action, Votre Excellence nous a relaté un des plus beaux traits de sa vie. Ferdistchenko est déçu ! dit ce dernier.

– Il est de fait, général, dit Nastasie Philippovna d'un ton détaché, que je ne vous supposais pas si bon cœur ; c'est dommage.

– Dommage ? Pourquoi cela ? demanda le général qui ponctua sa réplique d'un rire aimable et but une gorgée de champagne avec l'air d'un homme content de lui-même.

C'était maintenant le tour d'Athanase Ivanovitch, qui avait également préparé sa narration. Tout le monde pressentait qu'il ne se récuserait pas comme l'avait fait Ivan Pétrovitch et, pour certaines raisons, on attendait son récit avec une vive curiosité, mais en observant l'expression de la physionomie de Nastasie Philippovna.

Il se mit à raconter une de ses « charmantes anecdotes » sur un ton calme et prenant. La remarquable dignité de son langage s'harmonisait à merveille avec son extérieur imposant. Soit dit en passant, c'était un bel homme, de grande taille, assez fort, mi-chauve mi-grisonnant ; ses joues rouges étaient un peu flasques et il avait un râtelier. Il portait des vêtements amples et très élégants ; son linge était remarquablement soigné. Ses mains blanches et potelées attiraient les regards. Un diamant de prix ornait la bague qu'il portait à l'index de la main droite.

Pendant tout le temps que dura son récit, Nastasie Philippovna fixa la garniture de dentelle de sa manche qu'elle froissait entre deux doigts de sa main gauche, en sorte qu'elle ne leva pas une seule fois les yeux sur le narrateur.

– Ma tâche est singulièrement facilitée, dit Athanase Ivanovitch, par l'obligation expresse où je me trouve de ne relater que la plus vilaine action de ma vie. Il ne saurait y avoir, dans un pareil cas, aucune hésitation : la conscience et la mémoire du cœur vous dictent sur-le-champ ce qu'il faut raconter. Parmi les innombrables actes de ma vie qui ont pu être légers et… étourdis, il m'en coûte d'avouer qu'il en est un dont le souvenir me pèse cruellement. Cela nous reporte à une vingtaine d'années en arrière : je faisais un séjour chez Platon Ordynstev, qui venait d'être élu maréchal de la noblesse et passait avec sa jeune femme les fêtes de fin d'année dans ses terres. L'anniversaire d'Anfissa Alexéïevna tombait vers cette époque et l'on s'apprêtait à donner deux bals. La vogue était alors au délicieux roman de Dumas fils, la *Dame aux camélias,* qui faisait surtout fureur dans le grand monde ; je crois d'ailleurs que cette œuvre ne vieillira et ne mourra jamais. En province les femmes raffolaient de ce roman, du moins celles qui l'avaient lu. Le charme du récit, la situation originale de la principale héroïne, tout ce monde attrayant et si finement décrit, enfin les ravissants détails qui abondent dans ce livre (par exemple l'alternance significative des camélias blancs et des camélias rouges), bref l'œuvre entière avait fait dans la société une petite révolution. Les camélias étaient la fleur la plus à la mode ; ils étaient demandés et recherchés par toutes les femmes. Jugez un peu s'il était possible de s'en procurer dans un coin de province où tout le monde voulait en avoir pour les bals, si peu nombreux que fussent ceux-ci ! Pétia[38] Vorokhovskoï était alors follement épris d'Anfissa Alexéïevna. À vrai dire, je ne sais pas s'il y avait quelque chose entre eux ; je veux dire que j'ignore si le pauvre garçon pouvait nourrir de sérieuses espérances. Le malheureux ne savait où donner de la tête pour dénicher les camélias en vue du bal d'Anfissa Alexéïevna. La comtesse Sotski de Pétersbourg, qui était alors l'hôtesse de la femme du gouverneur, et Sophie Bezpalov devaient y paraître, on le savait déjà, avec des camélias blancs. Pour faire son effet, Anfissa Alexéïevna désirait des camélias rouges. Le pauvre Platon, qui s'était chargé de lui en trouver, se mettait en quatre, c'est le rôle du mari. Mais comment faire ? La veille, Catherine Alexandrovna Mytistchev, la rivale la plus acharnée d'Anfissa Alexéïevna, et qui était à couteaux tirés avec elle, avait raflé tous les camélias de la localité. Comme de juste, Anfissa Alexéïevna en avait eu une attaque de nerfs et une syncope. Platon était perdu. Il était évident que si Pétia, en ce moment critique, réussissait à se procurer n'im-

---

38 Diminutif de Pierre. – N. d. T.

porte où un bouquet, ce succès pouvait lui assurer un sérieux avantage, la gratitude d'une femme en pareille circonstance ne connaissant point de bornes. Il se démenait comme un possédé, mais il va sans dire que l'entreprise était au-dessus de ses forces. Je le rencontrai inopinément à onze heures du soir, la veille du bal, chez une voisine des Ordynstev, Marie Petrovna Zoubkov. Il était radieux. « Qu'as-tu donc ? » – « J'ai trouvé ! *Eurêka !* » – « Eh bien, mon ami, tu me surprends. Où ? Comment ? » – « À Ekchaïsk (un bourg situé à vingt verstes mais dans un autre district). Il y a là-bas un marchand du nom de Trépalov, c'est un riche barbon qui vit avec sa vieille épouse ; n'ayant pas d'enfants, ils élèvent des canaris. Ils ont tous deux la passion des fleurs : on doit trouver chez eux des camélias. » – « Pardon : il n'est pas certain qu'ils t'en cèdent. » – Je me mettrai à genoux devant lui et ne me relèverai ni ne m'en irai avant qu'il ne m'en ait donné ! » – « Quand comptes-tu y aller ? » – « Demain à cinq heures, dès le petit jour. » – « Bonne chance ! » J'étais enchanté pour lui, je vous l'assure. Je retournai chez les Ordynstev ; je veillai jusqu'à une heure du matin, l'esprit travaillé par des pensées confuses. J'allais me mettre au lit, lorsqu'une idée originale me vint soudain en tête. J'allai incontinent à la cuisine et réveillai le cocher Saveli. – « Attelle les chevaux et tiens-toi prêt dans une demi-heure », lui fis-je en lui glissant quinze roubles. La demi-heure passée, tout était prêt. On me dit qu'Anfissa Alexéïevna avait la migraine, la fièvre et le délire. Je monte en traîneau, et me voilà parti. J'arrive à Ekchaïsk vers les cinq heures. J'attends à l'auberge le point du jour et, aussitôt qu'il paraît, je me présente chez Trépalov ; il n'était pas sept heures. « On dit que tu as des camélias ? mon brave, aide-moi, sauve-moi, je t'en supplie à deux genoux ! » C'était un vieillard de haute taille, chenu, l'air austère, un bonhomme impressionnant. « Non, non, pour rien au monde ! Je refuse ! » Je me jette à ses pieds ; je me prosterne littéralement devant lui. – « Que faites-vous ? mon maître ? » dit-il avec une expression d'épouvante. Je lui crie : « Vous ne savez donc pas qu'il y va de la vie d'un homme ? » – « Ah ! s'il en est ainsi, prenez les fleurs et que Dieu vous garde ! » Je me coupe aussitôt tout un bouquet de camélias rouges. C'était merveilleux. Il y en avait plein une petite serre. Le vieux soupire. Je tire cent roubles. « Non, mon cher monsieur, épargnez-moi cette offense. » – « Si vous le prenez ainsi, dis-je, mon brave, veuillez accepter ces cent roubles pour permettre à l'hôpital de la localité d'améliorer l'ordinaire des malades. » – « Ceci est tout différent, mon bon monsieur, fait-il ; il s'agit d'une œuvre pie qui sera agréable à Dieu. Je remettrai ce don pour votre salut. » Je dois dire que ce vieillard me plut ; c'était un pur Russe, un Russe de la *vraie souche*[39]. Ravi de mon succès, je pris le chemin du retour par une voie détournée pour ne pas rencontrer Pétia. À peine arrivé, j'envoyai le bouquet pour qu'on le donnât à Anfissa Alexéïevna dès son réveil. Vous pouvez vous représenter ses transports, sa reconnaissance, ses larmes de gratitude ! Platon, qui la veille était tué, anéanti, Platon sanglota sur ma poitrine. Hélas ! Tous les maris sont les mêmes depuis la création… du mariage ! Je n'ose rien ajouter ; je puis seulement dire que cet épisode ruina à jamais les affaires du pauvre Pétia. Je pensais

---

39 En français dans le texte.

d'abord qu'il m'égorgerait quand il apprendrait mon geste et je me disposai à le rencontrer. Mais il se passa une chose que je n'aurais pas crue : il perdit connaissance, fut pris le soir d'un accès de délire et se trouva le lendemain matin avec la fièvre cérébrale ; il sanglotait et avait des convulsions comme un enfant. Au bout d'un mois, à peine guéri, il demanda à être envoyé au Caucase ; bref, un vrai roman. Il finit par se faire tuer en Crimée. Son frère, Stéphane Vorkhovski, se distinguait alors à la tête d'un régiment. J'avoue que pendant de longues années je fus torturé par des remords de conscience : pourquoi, dans quelle intention lui avais-je porté un pareil coup ? Mon acte eût été excusable si j'avais été amoureux moi-même à ce moment-là. Mais ce n'avait été qu'une simple espièglerie, pour le plaisir d'être galant, et rien de plus. Et si je ne lui avais pas soufflé ce bouquet, qui sait ? il serait peut-être encore en vie, il connaîtrait le bonheur et le succès, et l'idée ne lui serait jamais venue d'aller combattre les Turcs.

Athanase Ivanovitch se tut avec la même dignité grave qu'il avait montrée en commençant son récit. On remarqua que les yeux de Nastasie Philippovna brillaient d'un éclat singulier et que même ses lèvres tremblaient lorsqu'Athanase cessa de parler. Ils devinrent le point de mire de tous les regards.

– On a trompé Ferdistchenko ! On l'a indignement trompé ! s'écria d'un ton larmoyant Ferdistchenko sentant le moment venu de placer son mot.

– Tant pis pour vous si vous n'avez rien compris au jeu ! Vous n'avez qu'à vous instruire auprès des gens d'esprit, répliqua d'un ton sentencieux Daria Alexéïevna (c'était l'ancienne et fidèle amie, la complice de Totski).

– Vous aviez raison, Athanase Ivanovitch, ce petite jeu est fort ennuyeux ; il faut le cesser le plus tôt possible, dit négligemment Nastasie Philippovna. Je vais vous raconter ce que j'ai promis, puis vous pourrez tous jouer aux cartes.

– Mais avant tout, nous voulons l'anecdote promise ! approuva le général avec chaleur.

– Prince, dit soudain d'une voix tranchante et sans bouger Nastasie Philippovna, vous voyez réunis ici mes vieux amis, le général et Athanase Ivanovitch qui me poussent continuellement au mariage. Donnez-moi votre avis ; dois-je ou non épouser le parti que l'on me propose ? Ce que vous déciderez, je le ferai.

Athanase Ivanovitch pâlit, le général parut ahuri ; tous les assistants tendirent le cou et fixèrent les yeux sur le prince. Gania était resté figé sur place.

– Quel parti ? demanda le prince d'une voix éteinte.

– Gabriel Ardalionovitch Ivolguine, précisa Nastasie Philippovna avec le même accent de tranchante fermeté.

Il y eut quelques secondes de silence ; on eût dit que le prince essayait de parler mais sans réussir à émettre un son, comme si un poids effroyable avait oppressé sa poitrine.

– Non, ne l'épousez pas ! murmura-t-il enfin avec effort.

– Ainsi soit-il, dit-elle, puis, d'un ton autoritaire : Gabriel Ardalionovitch, vous avez entendu la sentence du prince ? Eh bien, c'est ma réponse. Qu'il ne soit jamais plus question de cette affaire !

– Nastasie Philippovna ! balbutia Athanase Ivanovitch d'une voix tremblante.

– Nastasie Philippovna ! articula le général d'un ton pathétique mais inquiet.

L'émoi général se traduisit par un moment d'agitation.

– Qu'avez-vous, messieurs ? continua-t-elle en affectant de regarder ses invités avec surprise ; pourquoi vous alarmez-vous ? Et pourquoi faites-vous ces figures ?

– Mais... rappelez-vous, Nastasie Philippovna, bégaya Totski, vous avez promis, sans l'ombre d'une contrainte... et vous auriez pu au moins ménager... je me sens gêné et... sans doute je suis troublé mais... bref, maintenant, en un pareil moment et... devant tout le monde ; et puis, terminer sur un petit jeu une affaire aussi sérieuse, une affaire d'honneur et de cœur... dont dépend...

– Je ne vous comprends pas, Athanase Ivanovitch, vous êtes en effet tout à fait démonté. D'abord, qu'entendez-vous par ces paroles « devant tout le monde » ? Ne sommes-nous pas ici dans une charmante société d'intimes ? Et pourquoi parler de « petit jeu » ? J'ai voulu, c'est vrai, raconter mon anecdote. Eh bien ! je l'ai racontée : n'est-elle pas jolie ? Et pourquoi insinuez-vous que ce n'est pas sérieux ? En quoi n'est-ce pas sérieux ? Vous m'avez entendue dire au prince : « ce que vous déciderez, je le ferai. » S'il avait dit *oui*, j'aurais aussitôt donné mon consentement. Mais il a dit *non,* et je l'ai refusé. Est-ce que cela n'est pas sérieux ? C'était ma vie tout entière qui tenait à un cheveu ; quoi de plus sérieux ?

– Mais le prince ? pourquoi consulter le prince en cette affaire ? Et qu'est-ce, après tout, que le prince ? balbutia le général, qui avait peine à maîtriser son indignation et considérait comme offensante l'autorité attribuée au prince.

– J'ai consulté le prince, parce que c'est le premier homme, depuis que je vis, dont le dévouement et la sincérité m'inspirent confiance. Dès le premier abord, il a eu foi en moi, et moi j'ai foi en lui.

– Il ne me reste qu'à remercier Nastasie Philippovna de l'extrême délicatesse dont... elle a fait preuve à mon égard, dit enfin Gania d'une voix tremblante, la figure pâle, les lèvres crispées. – Certainement il n'en pouvait être autrement... mais le prince... ? le prince en cette affaire...

– Le prince est tenté par les soixante-quinze mille roubles, n'est-ce pas ? coupa brusquement Nastasie Philippovna. C'est ce que vous voulez dire ? Ne vous défendez pas : c'est sans aucun doute ce que vous voulez dire. Athanase Ivanovitch, j'oubliais d'ajouter ceci : veuillez garder ces soixante-quinze mille roubles et sachez que je vous rends gratuitement votre liberté. En voilà assez ! Il est temps que je vous laisse respirer ! Neuf ans et trois mois ! Demain commencera pour moi une existence nouvelle ; mais aujourd'hui, c'est ma fête, pour la première fois de ma vie, je m'appartiens à moi-même ! Général, vous aussi, reprenez votre collier de perles ; le voici, faites-en cadeau à votre femme. Dès demain je quitte pour toujours cet appartement. Il n'y aura plus de soirées, messieurs !

Après avoir proféré ces paroles, elle se leva brusquement et fit mine de s'en aller.

– Nastasie Philippovna ! Nastasie Philippovna ! s'exclamèrent tous les convives qui, dans une émotion générale, s'étaient levés et, entourant la jeune femme, écoutaient avec anxiété ses paroles désordonnées, fiévreuses, délirantes. Dans cette atmosphère de désarroi personne ne se rendait compte de ce qui se passait ; c'était à n'y rien comprendre.

Sur ces entrefaites, un violent coup de sonnette retentit, le même qu'on avait précédemment entendu chez Gania.

– Ah ! ah ! voilà le mot de la fin ! il y a longtemps que je l'attendais ! Onze heures et demie, s'écria Nastasie Philippovna. Veuillez vous rasseoir, messieurs ; c'est le dénouement.

Sur ce, elle-même s'assit. Un sourire bizarre plissa ses lèvres. Dans une attente silencieuse mais fébrile, elle gardait les yeux fixés sur la porte.

– C'est sûrement Rogojine avec ses cent mille roubles, marmonna Ptitsine en aparté.

XV

La femme de chambre Katia[40] accourut, l'air épouvanté.

– Dieu sait ce qui se passe là-bas, Nastasie Philippovna ! Il y a une dizaine d'individus, tous ivres, qui demandent à entrer. Ils disent que Rogojine est là et que vous savez de quoi il s'agit.

– C'est exact, Katia ; introduis-les tous immédiatement.

– Est-ce possible… tous, Nastasie Philippovna ? Mais ils ont des manières dévergondées. C'est effrayant.

– Fais-les tous entrer, te dis-je, Katia, tous jusqu'au dernier ; n'aie pas peur. D'ailleurs ils passeront aussi bien sans ta permission. Tu entends déjà le bruit qu'ils font ; c'est comme cet après-midi. Messieurs, dit-elle en s'adressant aux invités, peut-être serez-vous offusqués de me voir recevoir en votre présence une pareille société. Je le regrette beaucoup, et vous prie de m'excuser, mais c'est nécessaire et mon plus vif désir est que vous consentiez tous à assister à ce dénouement ; toutefois, ce sera comme il vous plaira…

Les invités continuaient à manifester leur surprise, à chuchoter entre eux, à échanger des regards ; mais il était parfaitement clair qu'on se trouvait en face d'une scène concertée à l'avance et que Nastasie Philippovna, bien qu'elle eût certainement perdu le sens, ne démordrait plus de son idée. Tous étaient tourmentés par la curiosité, mais personne n'avait lieu de s'effrayer outre mesure. Il n'y avait que deux dames : Daria Alexéïevna, une gaillarde qui, en ayant vu d'autre, ne s'effarouchait pas pour si peu, et la belle et silencieuse inconnue qui, étant allemande et ne connaissant pas un mot de russe, ne pouvait comprendre ce dont il s'agissait. Cette dernière, au surplus, semblait aussi bête que belle. Bien que nouvelle venue, elle était habituellement invitée à certaines soirées à cause de sa fastueuse toilette et de sa coiffure apprêtée comme pour une exhibition ; on voulait l'avoir chez soi comme ornement, à la manière d'un tableau, d'un vase, d'une statue et d'un écran que l'on emprunte à des amis pour une soirée.

---

[40] Diminutif de Catherine. – N. d. T.

Les hommes n'avaient pas plus de raison de se frapper. Ptitsine, par exemple, était un ami de Rogojine ; Ferdistchenko se sentait là comme un poisson dans l'eau ; Gania ne s'était pas encore ressaisi mais éprouvait un besoin à la fois confus, irrésistible et fiévreux de rester jusqu'au bout cloué à son ignominieux pilori ; le vieux pédagogue ne comprenait guère ce qui se passait, mais était prêt à fondre en larmes et tremblait littéralement de frayeur en voyant le trouble auquel était en proie l'entourage et Nastasie Philippovna elle-même, qu'il adorait comme un grand-père adore sa petite-fille, il eût préféré mourir plutôt que l'abandonner en un pareil moment.

Pour ce qui est d'Athanase Ivanovitch, il n'avait évidemment nul désir de se compromettre dans des aventures de ce genre, mais il était trop intéressé à l'affaire, malgré la tournure insensée qu'elle prenait, pour pouvoir se retirer ; en outre, Nastasie Philippovna avait laissé tomber à son adresse deux ou trois petits mots dont il voulait à tout prix avoir l'explication définitive. Il décida donc de rester jusqu'au bout et de garder un silence absolu, se bornant au rôle d'observateur, seul compatible avec sa dignité.

Le général Epantchine, déjà outré de la manière impertinente et narquoise dont on lui avait rendu son cadeau, pouvait se sentir plus offusqué que les autres par ces extravagances et par l'apparition de Rogojine. Un homme de son rang avait déjà poussé la condescendance trop loin en se mêlant à la société d'un Ptitsine et d'un Ferdistchenko. Sous l'empire de la passion, il avait pu avoir une défaillance ; mais le sentiment du devoir, la conscience de son rang et de sa situation ainsi que le respect de soi-même avaient fini par reprendre le dessus et il ne pouvait plus, en tout cas, tolérer la présence de Rogojine et de sa séquelle. Il se tourna vers Nastasie Philippovna pour le lui signifier, mais à peine eut-il ouvert la bouche que la jeune femme l'interrompit.

– Ah ! général, j'oubliais ! Soyez convaincu que j'ai prévu vos objections. Si vous craignez une avanie, je n'insiste pas pour vous retenir, bien que votre présence m'eût été, en ce moment, fort précieuse. Quoi qu'il en soit, je vous remercie vivement de votre visite et de votre flatteuse intention. Mais si vous avez peur…

– Permettez, Nastasie Philippovna, cria le général dans un élan de générosité chevalcresque, à qui parlez-vous ? Rien que par dévouement pour vous je resterai à vos côtés, et si, par exemple, quelque danger vous menace… Je dois d'ailleurs vous avouer que ma curiosité est excitée au plus haut degré. Je craignais seulement que ces gens-là ne salissent les tapis ou ne brisassent quelque chose… À mon avis, Nastasie Philippovna, vous feriez mieux de ne pas les recevoir du tout.

– Voici Rogojine en personne ! annonça Ferdistchenko.

– Que vous en semble, Athanase Ivanovitch ? chuchota rapidement le général à l'oreille de Totski. N'est-elle pas devenue folle ? Je dis folle au sens propre, dans l'acception médicale du mot. Qu'en pensez-vous ?

– Je vous ai dit qu'elle était de longue date prédisposée à la folie, murmura Athanase Ivanovitch d'un air entendu.

– Remarquez qu'elle a la fièvre.

La bande de Rogojine, à peu près composée de la même façon que dans l'après-midi, s'était grossie de deux nouvelles recrues : l'une était un vieux libertin qui avait été autrefois rédacteur d'une feuille à scandales ; on racontait de lui qu'il avait engagé pour boire son râtelier monté sur or ; l'autre un sous-lieutenant en retraite, qui se posait en rival professionnel du personnage aux poings d'hercule ; aucun des compagnons de Rogojine ne le connaissait ; la cohue l'avait racolé sur le côté ensoleillé de la perspective Nevski où il avait l'habitude de mendier : il sollicitait les passants avec des tirades à la Marlinski[41] et il faisait valoir auprès d'eux cet argument spécieux « qu'en son temps il donnait des aumônes de quinze roubles par tête ».

Les deux rivaux s'étaient dès le premier abord pris en aversion. L'homme aux poings d'hercule se tenait pour offensé de l'admission d'un « quémandeur » dans la compagnie, mais, étant taciturne de son naturel, il s'était borné à grogner comme un ours et à opposer un profond mépris aux avances et aux courbettes que lui prodiguait l'autre pour jouer à l'homme du monde et au fin politique. Le sous-lieutenant était visiblement de ceux qui, pour se frayer un chemin, préfèrent l'adresse et les expédients à la force, d'autant qu'il n'avait pas la taille de son rival. Délicatement, sans provoquer la contradiction mais en prenant un air avantageux, il avait à diverses reprises préconisé la supériorité de la boxe anglaise, et s'était posé en admirateur des choses de l'Occident. Au mot de boxe, l'athlète froissé avait eu un sourire de mépris ; dédaignant de discuter avec l'officier, il lui montrait ou plutôt lui exhibait, sans mot dire et comme par hasard, quelque chose d'éminemment national : un poing énorme, musclé, noueux et recouvert d'un duvet roux. Et il apparaissait clairement à tout le monde que si cet attribut profondément national s'abattait sur un objet, celui-ci serait réduit en capilotade.

De même que dans l'équipée de l'après-midi, aucun des membres de la bande n'était complètement ivre. Rogojine, qui avait, toute la journée, songé à sa visite à Nastasie Philippovna, avait retenu ses gens. Lui-même avait eu le temps de se dégriser complètement, mais il restait comme hébété par toutes les émo-

---

[41] Marlinski, pseudonyme d'Alexandre Bestoujev (1795-1887), écrivain romantique qui avait obtenu, dans le genre échevelé, une vogue considérable. Il est aujourd'hui bien oublié. – N. d. T.

tions que lui avait apportées cette journée sans précédent dans son existence. Il n'avait dans la tête et dans le cœur qu'une seule pensée, une idée fixe qui l'obsédait sans relâche. Cette seule pensée l'avait tenu depuis cinq heures de l'après-midi jusqu'à onze heures du soir dans un état ininterrompu d'angoisse et d'alarme : il avait passé ce temps à harceler Kinder et Biskoup qui avaient, eux aussi, failli perdre la tramontane en courant à la recherche de l'argent dont ils avaient besoin. Finalement, ils avaient réussi à trouver cette somme de cent mille roubles dont Nastasie Philippovna avait parlé très évasivement et sur le ton de la plaisanterie. Mais l'intérêt exigé était si exorbitant que Biskoup lui-même, pris de honte, ne s'en entretenait qu'à voix basse avec Kinder.

Comme dans la scène de l'après-midi, Rogojine marchait en tête de sa bande ; ses acolytes le suivaient avec une certaine timidité, bien qu'ils eussent pleine conscience de leurs prérogatives. C'était surtout Nastasie Philippovna qui, on ne sait pourquoi, leur inspirait de la frayeur. Quelques-uns d'entre eux s'attendaient même à être précipités séance tenante en bas de l'escalier. De ce nombre était l'élégant et donjuanesque Zaliojev. D'autres, dans leur for intérieur, avaient un mépris profond et même de la haine pour Nastasie Philippovna ; aussi venaient-ils là comme à l'assaut d'une forteresse. Au premier rang de ceux-là était l'homme aux poings d'hercule. Toutefois ils furent frappés d'une irrésistible impression de respect et presque d'intimidation à la vue du luxe magnifique des deux premières pièces et des objets, nouveaux pour eux, qui les décoraient : des meubles rares, des tableaux, une grande statue de Vénus. Ce sentiment ne les empêcha pas de se faufiler avec une impudente curiosité à la suite de Rogojine jusque dans le salon. Mais lorsque l'athlète, le « quémandeur » et d'autres reconnurent le général Epantchine parmi les invités, ils éprouvèrent au premier abord un tel découragement qu'ils commencèrent à battre en retraite vers la pièce voisine. Lébédev était au nombre de ceux qui n'avaient pas perdu contenance : il s'avançait presque à côté de Rogojine, tout pénétré de l'importance que revêt un homme possédant un million quatre cent mille roubles en argent comptant, dont cent mille en mains à ce moment même. Il convient d'ailleurs de remarquer que tous, y compris le connaisseur de lois qu'était Lébédev, avaient une idée confuse des limites de leur pouvoir et de ce qui leur était présentement loisible ou défendu. À certains moments, Lébédev était prêt à jurer que tout leur était permis ; à d'autres, il se sentait inquiet et cédait au besoin de se remémorer, à toutes fins utiles, certains articles du code, de préférence ceux qu'il jugeait réconfortants et rassurants.

Le salon de Nastasie Philippovna fut loin de faire sur Rogojine l'impression qu'il avait produite sur ses compagnons. Dès que la portière fut soulevée et qu'il aperçut la jeune femme, tout le reste cessa d'exister pour lui. C'était, à un degré beaucoup plus intense, le sentiment qu'il avait éprouvé l'après-midi en la voyant chez les Ivolguine. Il pâlit et resta un moment immobile ; on pouvait deviner que son cœur battait violemment. Pendant quelques secondes il la regarda d'un air timide et égaré sans pouvoir détourner d'elle ses yeux. Puis, brusquement, de l'air d'un homme tout à fait hors de lui, il s'approcha en chancelant de la table ; il accrocha en passant la chaise de Ptitsine et posa ses bottes sales sur la garniture de dentelle bordant la somptueuse robe bleue que portait la belle et taciturne Allemande. Il ne s'excusa pas, car il ne s'en était même pas aperçu. Arrivé à la table, il y déposa un objet singulier qu'il tenait à deux mains depuis son entrée dans le salon. C'était un paquet épais de trois verchoks[42] et long de quatre ; il était enveloppé dans un numéro de la *Gazette de la Bourse*[43] et solidement lié avec une ficelle comme celle dont on se sert pour attacher les pains de sucre. Après avoir déposé ce paquet, Rogojine resta sans dire mot, les bras le long du corps, dans l'attitude d'un homme qui attend sa sentence. Il portait le même vêtement que dans l'après-midi, sauf qu'il s'était passé au cou un foulard de soie tout neuf, vert clair et rouge, dans lequel était piquée une épingle ornée d'un énorme brillant représentant un scarabée. Un gros diamant étincelait à la bague passée à l'index de sa main droite, qui était sale. Quant à Lébédev, il s'arrêta à trois pas de la table ; les autres membres de la bande s'étaient introduits peu à peu dans le salon. Katia et Pacha[44], les servantes de Nastasie Philippovna, étaient accourues également et suivaient la scène derrière la portière légèrement soulevée ; leur visage exprimait la surprise et l'effroi.

– Qu'est-ce que cela ? demanda Nastasie Philippovna en fixant Rogojine et en lui montrant le paquet d'un air interrogateur.

– Ce sont les cent mille roubles, répondit-il presque à voix basse.

– Voyez-vous cela : il a tenu parole ! Asseyez-vous donc, je vous prie, là, sur cette chaise ; je vous dirai tout à l'heure quelque chose. Qui avez-vous amené ? toute votre bande de tantôt ? Eh bien, qu'ils entrent et qu'ils prennent place ! voici un divan sur lequel ils peuvent s'asseoir et en voilà encore un autre. Il y a aussi là-bas deux fauteuils… Mais qu'ont-ils ? Ils ne veulent pas rester ?

En effet, quelques-uns, réellement intimidés, s'éclipsaient et allaient s'asseoir et attendre dans une pièce voisine. Ceux qui étaient restés prirent place aux endroits indiqués, mais à une certaine distance de la table et dans les coins. Les uns désiraient toujours passer inaperçus ; les autres au contraire recouvraient rapidement leur audace. Rogojine s'était assis, lui aussi, sur la chaise qu'on lui avait indiquée, mais il n'y demeura pas longtemps ; il se leva bientôt pour ne plus se rasseoir. Il se mit peu à peu à dévisager l'assistance et à y distinguer des figures de connaissance. Ayant aperçu Gania il ricana malignement et se murmura à lui-même : « Tiens, tiens' » la vue du général et d'Athanase Ivanovitch ne lui en

42 Le verchok, seizième partie de l'archine, équivaut à environ 44 millimètres. – N. d. T.

43 Le grand quotidien pétersbourgeois de l'époque (1861-1879). – N. d. T.

44 Diminutif de Pélagie ou de Parascève. – N. d. T.

imposa pas et n'éveilla en lui aucune curiosité. Mais, lorsqu'il reconnut le prince assis à côté de Nastasie Philippovna, il n'en put croire ses yeux et se demanda avec stupeur comment il se trouvait là. Il y avait des moments où on l'eût cru en proie à un véritable délire. À part les émotions de la journée, il avait passé toute la nuit précédente en wagon et n'avait pas dormi depuis près de quarante-huit heures.

– Il y a là cent mille roubles, messieurs, dit Nastasie Philippovna en s'adressant à tout l'auditoire sur un ton de fiévreuse impatience et de provocation ; – cent mille roubles dans ce paquet crasseux. Cet après-midi, l'homme que voici a proclamé comme un fou qu'il m'apporterait dans la soirée cent mille roubles ; depuis je l'attendais tout le temps. Il m'a marchandée : il a commencé par dix-huit mille roubles, puis il a passé d'un coup à quarante mille et enfin aux cent mille qui sont sur cette table. Il a tout de même tenu parole. Oh ! comme il est pâle !… Tout cela s'est déroulé tantôt chez Gania : j'étais allée faire une visite à sa maman, dans ma future famille, et là, sa sœur m'a crié à la face : « Se peut-il qu'il n'y ait personne pour chasser cette dévergondée ? » puis elle a craché au visage de son frère. C'est une jeune fille qui a du caractère !

– Nastasie Philippovna ! fit sur un ton de reproche le général, qui commençait à comprendre la situation, mais à sa manière.

– Que voulez-vous dire, général ? Que vous trouvez cette scène indécente ? Eh bien, j'en ai assez de jouer à la femme du monde ! Pendant les cinq années où je me suis exhibée dans ma loge au Théâtre Français, je me suis donné des allures de sainte-nitouche, j'ai été farouche pour tous ceux qui me poursuivaient de leurs assiduités, j'ai affecté des airs d'innocence hautaine. Voilà la sottise dans laquelle je suis tombée. Et, après mes cinq années de vertu, cet homme met devant vous cent mille roubles sur la table ; je suis même sûre que ces gens-là ont amené des troïkas qui m'attendent en bas. On m'estime donc à cent mille roubles. Gania, je vois que tu es encore fâché contre moi. Mais se peut-il que tu aies voulu me faire entrer dans ta famille ? Moi, « la chose de Rogojine » ! Que disait le prince cet après-midi ?

– Je n'ai pas dit que vous étiez la chose de Rogojine ; d'ailleurs cela n'est pas ! fit le prince d'une voix frémissante.

– Nastasie Philippovna ! éclata soudain Daria Alexéïevna, assez, ma chérie ! assez, ma colombe ! Si la présence de ces gens-là t'est pénible, pourquoi prends-tu des gants avec eux ? Est-il possible que, même pour cent mille roubles, tu ailles avec un pareil individu ? Évidemment, cent mille roubles, c'est quelque chose. Prends-les et débarrasse-toi de celui qui te les offre ; voilà comment il faut agir avec ce monde-là. À ta place je saurais les faire marcher… en voilà une affaire !

Daria Alexéïevna se montait la tête. Elle avait bon cœur et était très impressionnable.

– Allons, ne te fâche pas ! lui dit en souriant Nastasie Philippovna. J'ai parlé à Gania sans colère. Lui ai-je fait des reproches ? Je ne m'explique vraiment pas comment j'ai pu être assez sotte pour vouloir m'introduire dans une famille honorable. J'ai vu sa mère et lui ai baisé la main. Sache, mon petit Gania, que si j'ai pris chez toi une attitude impertinente, c'était à dessein et pour voir une dernière fois jusqu'où pouvait aller ta complaisance. Franchement, tu m'as surprise. Je m'attendais à bien des choses, mais pas à celle-là ! Pouvais-tu m'épouser, sachant que cet homme-là m'avait donné un collier de perles, presque à la veille de ton mariage, et que j'avais accepté son cadeau ? Et Rogojine ? Chez toi, en présence de ta mère et de ta sœur, il m'a mise à prix, sans que cela t'empêche de venir ici demander ma main ; tu as même failli amener ta sœur ! Rogojine avait-il donc raison quand il disait que, pour trois roubles, on te ferait marcher à quatre pattes jusqu'au Vassili Ostrov ?

– Il marcherait à quatre pattes, fit brusquement Rogojine, à mi-voix, mais avec l'accent d'une profonde conviction.

– Je t'excuserais si tu mourais de faim ; mais on dit que tu touches de beaux appointements. Et, en sus du déshonneur, tu t'apprêtais à introduire sous ton toit une femme qui t'est odieuse (car tu me hais, je le sais !). Ah non ! maintenant, je suis sûre qu'un homme comme toi tuerait pour de l'argent ! La cupidité enfièvre aujourd'hui le cœur des hommes jusqu'à la folie. Les enfants eux-mêmes se font usuriers. Ou bien ils prennent un rasoir, l'enveloppent dans de la soie et se glissent tout doucement derrière un camarade pour l'égorger comme un mouton ; j'ai lu cela dernièrement. Bref, tu es un homme sans vergogne. Moi aussi, je suis sans vergogne ; mais toi tu es pire que moi. Quant à l'homme aux bouquets, je n'en parle même pas.

– Est-ce vous, vous qui parlez ainsi, Nastasie Philippovna ? s'écria le général en frappant des mains dans un geste de désespoir. – Vous, si délicate, vous dont les pensées sont si choisies ! Voilà où vous êtes tombée : quel langage ! quelles expressions !

– Je suis grise en ce moment, général, dit Nastasie Philippovna en riant soudainement. J'ai envie de faire la noce ! C'est aujourd'hui ma fête, un jour de liesse que j'attendais depuis longtemps. Daria Alexéïevna, vois donc ce donneur de bouquets, vois ce *monsieur aux camélias*[45] qui est assis là et se gausse de nous…

---

[45] En français dans le texte.

– Je ne me gausse pas, Nastasie Philippovna ; je me contente d'écouter avec la plus grande attention, répliqua dignement Totski.

– Je me demande pourquoi je l'ai fait souffrir pendant cinq ans sans lui rendre sa liberté ? En valait-il la peine ? Il est simplement l'homme qu'il doit être… Et encore mettra-t-il les torts de mon côté : il dira qu'il m'a fait donner de l'éducation, qu'il m'a entretenue comme une comtesse, qu'il a dépensé pour moi un argent fou ; qu'il m'avait trouvé là-bas un parti honorable, et ici un autre dans la personne de Gania. Le croirais-tu ? pendant ces cinq dernières années je n'ai pas vécu avec lui et j'ai tout de même pris son argent ; je me croyais en droit de le faire, tant était radicale la perversion de mes idées. Tu me dis d'accepter les cent mille roubles et de chasser l'homme s'il me dégoûte. Il me dégoûte, c'est la vérité. Il y a longtemps que j'aurais pu me marier et trouver quelqu'un de mieux que Gania, mais cela aussi me dégoûtait. Pourquoi ai-je perdu cinq années à ressasser ma haine ? Crois-le ou ne le crois pas : il y a quatre ans, je me suis plusieurs fois demandé si je ne finirais pas par épouser mon Athanase Ivanovitch. C'était la malignité qui me poussait ; tant de choses me sont alors passées par la tête ! Si je l'avais voulu, il en serait venu là ! Lui-même me faisait des avances, tu peux m'en croire. C'est vrai qu'il mentait, mais il est si sensuel qu'il n'aurait pu résister. Dieu merci ! j'ai ensuite réfléchi et me suis demandé s'il méritait tant de haine. Alors il m'a inspiré soudain une telle répugnance que, même s'il m'avait demandée en mariage, je l'aurais éconduit. Ainsi, pendant ces cinq années, j'ai joué à la femme du monde. Eh bien ! non ! mieux vaut que je descende dans la rue, c'est ma place. Ou je ferai la noce avec Rogojine ou, dès demain, je me mettrai blanchisseuse. Car je n'ai rien à moi : le jour où je partirai, je lui jetterai tout ce qu'il m'a donné, jusqu'au dernier chiffon. Alors qui voudra de moi quand je n'aurai plus rien ? Demandez à Gania s'il m'épousera ? Ferdistchenko lui-même ne me prendrait pas !

– Ferdistchenko ne vous prendrait peut-être pas, Nastasie Philippovna, je suis un homme franc, déclara Ferdistchenko ; en revanche le prince vous prendrait ! Vous êtes là à vous lamenter, mais regardez donc le prince ; moi, il y a déjà longtemps que je l'observe…

Nastasie Philippovna se tourna d'un air interrogateur vers le prince.

– Est-ce vrai ? lui demanda-t-elle.

– C'est vrai, murmura-t-il.

– Vous m'épouseriez telle que je suis, sans rien ?

– Oui, Nastasie Philippovna…

– En voici bien d'une autre ! grommela le général. Il fallait s'y attendre !

Le prince fixa un regard douloureux, sévère et scrutateur sur le visage de Nastasie Philippovna, qui continuait à l'observer.

– Encore un soupirant ! fit-elle brusquement en s'adressant à Daria Alexéïevna. – Il parle de bon cœur, je le connais. J'ai trouvé en lui un bienfaiteur. D'ailleurs on a peut-être raison quand on dit de lui qu'il a… un grain. De quoi vivras-tu si tu es assez amoureux pour épouser, tout prince que tu es, une femme qui est la chose de Rogojine ?

– Je vous prends comme une femme honnête, Nastasie Philippovna, et non comme la chose de Rogojine, dit le prince.

– Alors tu me considères comme une femme honnête ?

– Oui.

– Eh bien ! cela, c'est du roman, mon petit prince ; ce sont des rengaines d'autrefois ; les hommes d'aujourd'hui sont plus sensés et regardent ces préjugés comme absurdes ! Et puis, comment peux-tu penser à te marier quand tu as encore besoin d'une bonne d'enfant ?

Le prince se leva et répondit d'une voix tremblante et timide, mais avec l'accent d'un homme profondément convaincu :

– Je ne sais rien, Nastasie Philippovna, et je n'ai rien vu ; vous avez raison, mais je… je considère que c'est vous qui me faites honneur, et non l'inverse. Je ne suis rien, mais vous, vous avez souffert et vous êtes sortie pure d'un pareil enfer, et cela, c'est beaucoup. De quoi vous sentez-vous honteuse et pourquoi voulez-vous partir avec Rogojine ? C'est du délire… vous avez rendu ses soixante-quinze mille roubles à M. Totski et vous dites que vous abandonnerez tout ce qui est ici ; cela, aucune des personnes présentes ne le ferait. Je vous… je vous aime, Nastasie Philippovna. Je suis prêt à mourir pour vous, Nastasie Philippovna. Je ne permettrai à personne de dire un mot sur votre compte, Nastasie Philippovna… Si nous sommes dans la misère, je travaillerai, Nastasie Philippovna…

Tandis qu'il achevait ces derniers mots, on entendit ricaner Ferdistchenko et Lébédev. Le général lui-même poussa une sorte de grognement de mauvaise humeur. Ptitsine et Totski eurent de la peine à réprimer un sourire. Les autres, stupéfaits, restaient tout simplement bouche bée.

– … Mais il se peut que nous ne soyons pas dans la misère. Il se peut que nous soyons très riches, Nastasie Philippovna, continua le prince sur le même ton de timidité. Ce que je vais vous dire n'a rien de certain et je regrette de n'avoir pu encore vérifier la chose au cours de la journée. Mais j'ai reçu, lorsque j'étais en Suisse, une lettre d'un M. Salazkine, de Moscou, qui m'annonçait un héritage très important. Voici cette lettre…

Le prince sortit en effet une lettre de sa poche.

– Est-ce qu'il ne perd pas la tête ? marmonna le général. C'est à croire que nous sommes dans une maison de fous !

Il y eut un moment de silence.

– Si j'ai bien compris, vous dites, prince, que la lettre vous a été écrite par Salazkine ? demanda Ptitsine ; c'est un homme fort connu dans son milieu, un agent d'affaires très réputé et, si c'est effectivement lui qui vous renseigne, vous pouvez vous fier à ses avis. Par bonheur je connais son écriture, ayant eu récemment affaire à lui… Si vous me permettez de jeter un coup d'œil sur la lettre, je pourrai peut-être vous dire quelque chose.

Sans un mot le prince lui tendit la lettre d'une main tremblante.

– Mais qu'est-ce ? qu'est-ce donc ? s'écria le général en promenant autour de lui un regard hébété. Se peut-il qu'il ait hérité ?

Tous les yeux se portèrent sur Ptitsine cependant qu'il lisait la lettre. La curiosité générale fut rallumée du coup. Ferdistchenko ne tenait pas en place. Rogojine fixait tantôt sur le prince, tantôt sur Ptitsine une regard d'ahurissement et d'angoisse. Daria Alexéïevna semblait sur des charbons ardents. Lébédev, n'y pouvant plus tenir, quitta son coin et vint regarder la lettre par-dessus l'épaule de Ptitsine ; il était courbé en deux, dans la posture d'un homme qui s'attend à recevoir un soufflet en punition de sa curiosité.

XVI

– Il n'y a aucun doute, déclara enfin Ptitsine, en pliant la lettre pour la rendre au prince. – Vous allez hériter d'une très grosse fortune en vertu d'un testament de votre tante. Ce testament est inattaquable et vous ne rencontrerez aucune difficulté.

– C'est impossible ! s'exclama le général qui partit comme un pistolet.

De nouveau tous les assistants restèrent bouche bée.

Ptitsine expliqua, en s'adressant plus particulièrement à Ivan Fiodorovitch, qu'une tante du prince était morte cinq mois auparavant ; c'était la sœur aînée de sa mère mais il ne l'avait jamais connue personnellement ; elle appartenait à la famille des Papouchine et son père, marchand moscovite de la troisième guilde[46], avait fait banqueroute et était mort dans la misère. Le frère aîné de ce dernier, décédé depuis peu de temps, avait occupé une grosse situation dans le commerce. Ayant perdu un an auparavant ses deux seuls fils en l'espace d'un mois, son chagrin avait été cause de la maladie qui l'avait emporté. Il était veuf et ne laissait d'autre héritier qu'une nièce, la tante du prince, une très pauvre femme qui vivait sous un toit étranger. Quand elle hérita, cette tante se mourait d'hydropisie ; mais elle chargea sans délai Salazkine de se mettre en quête du prince et elle eut encore le temps de faire son testament. Il semble que ni le prince, ni le docteur dont il était l'hôte en Suisse, n'aient voulu attendre l'avis officiel ou procéder à une vérification : le prince mit la lettre de Salazkine dans sa poche et se décida à partir pour la Russie…

– Je ne puis vous dire qu'une chose, conclut Ptitsine en s'adressant au prince, c'est que tout ce que vous écrit Salazkine au sujet de l'indiscutable légitimité de vos droits doit être tenu pour hors de conteste ; c'est comme si vous aviez l'argent en poche. Tous mes compliments, prince ! Vous allez peut-être toucher un million et demi, si ce n'est davantage. Papouchine était un négociant fort riche.

– Un ban pour le dernier des princes Muichkine ! hurla Ferdistchenko.

– Hourra ! cria Lébédev d'une voix avinée.

– Et dire que je lui ai prêté ce tantôt vingt-cinq roubles comme à un pauvre hère ! Ha ! ha ! c'est simplement de la fantasmagorie ! fit le général abasourdi. – Compliments, mon cher, compliments !

Et il se leva pour aller embrasser le prince. D'autres l'imitèrent. Ceux mêmes qui se tenaient derrière la portière firent leur réapparition au salon. Un brouhaha général s'ensuivit ; des exclamations retentirent ; on demanda du champagne. La bousculade et l'agitation étaient telles qu'on en oublia un moment Nastasie Philippovna et qu'on perdit de vue que la soirée se passait chez elle. Peu à peu cependant les convives en revinrent à l'idée que le prince lui avait fait une proposition de mariage. La confusion et l'extravagance de la situation ne

---

46 La législation russe de la première moitié du XIXe siècle classait les marchands en trois « guildes » ou corporations suivant la valeur du capital déclaré et imposé. Vers la fin du siècle, la loi ne distinguait plus que deux guildes. – N. d. T.

firent que s'en accentuer davantage. Totski, plongé dans la stupeur, haussait les épaules ; il était presque seul resté assis tandis que les autres convives se pressaient en désordre autour de la table. Tout le monde convint par la suite que c'était à ce moment-là que la folie de Nastasie Philippovna s'était déclarée. Elle était demeurée sur sa chaise, promenant sur toute l'assistance un regard égaré, comme si la scène lui échappait et qu'elle fit des efforts pour en saisir le sens. Puis elle se tourna à l'improviste vers le prince et, fronçant les sourcils d'un air courroucé, elle le regarda fixement ; ce fut l'affaire d'un instant ; peut-être avait-elle eu l'impression subite qu'elle était le jouet d'une mystification ou d'une plaisanterie ; mais le visage du prince la détrompa aussitôt. Elle devint pensive et se remit à sourire d'un air inconscient...

– Alors, c'est vrai, je vais être princesse ! murmura-t-elle d'un ton moqueur comme si elle se parlait à elle-même. Et ses yeux étant tombés par hasard sur Daria Alexéïevna, elle éclata de rire :

– Le dénouement est inattendu... je ne le prévoyais pas... Mais, messieurs, pourquoi restez-vous debout ? Asseyez-vous, je vous en prie, et complimentez-nous, le prince et moi. Je crois que quelqu'un a redemandé du champagne ; Ferdistchenko, allez dire qu'on en serve ! Kitia, Pacha, ajouta-t-elle soudain en apercevant les servantes sur le seuil de la pièce, approchez ; vous avez entendu ? je vais me marier. J'épouse un prince qui a un million et demi. C'est le prince Muichkine : il me demande en mariage.

– Que Dieu te bénisse, ma bonne amie ! Il est temps ! Ne laisse pas échapper l'occasion ! s'écria Daria Alexéïevna, profondément émue par cette scène.

– Mais assieds-toi donc à côté de moi, prince, reprit Nastasie Philippovna ; là, comme cela ! On apporte le vin : félicitez-nous, messieurs !

– Hourra ! crièrent de nombreuses voix.

La plupart des invités, et notamment presque toute la bande de Rogojine, se pressèrent autour des bouteilles. Tout en criant et en se disposant à crier encore, plusieurs d'entre eux, malgré la confusion des événements, sentaient que le décor avait changé. D'autres, toujours envahis par le trouble, attendaient avec méfiance la suite de l'aventure. D'autres encore, et c'était le grand nombre, chuchotaient entre eux qu'il n'y avait rien là que de très courant et qu'on avait souvent vu des princes aller chercher des bohémiennes dans leur campement pour les épouser. Rogojine lui-même restait debout à contempler l'assistance, un sourire de perplexité figé sur le visage.

– Mon cher prince, ressaisis-toi ! murmura, sur un ton d'effroi, le général en s'approchant du prince à la dérobée et en le tirant par la manche.

Nastasie Philippovna surprit son geste et éclata de rire.

– Ah ! non, général ! Maintenant, je suis aussi une princesse, et le prince ne permettra pas que l'on me manque de respect, vous l'avez entendu ? Athanase Ivanovitch, félicitez-moi donc : à présent je pourrai m'asseoir partout à côté de votre femme ; qu'en pensez-vous ? N'est-ce pas une chance d'avoir un pareil époux ? Un million et demi, un prince, qui, par-dessus le marché, passe pour idiot, que peut-on demander de mieux ? C'est seulement maintenant que je vais véritablement commencer à vivre. Trop tard, Rogojine ! remporte ton paquet, j'épouse le prince et serai plus riche que toi !

Mais Rogojine avait fini par comprendre de quoi il retournait. Une souffrance inexprimable se peignait sur son visage. Il leva les bras tandis qu'un gémissement s'exhalait de sa poitrine.

– Désiste-toi ! cria-t-il au prince.

Un éclat de rire général salua cette apostrophe.

– Tu voudrais qu'il se désiste en ta faveur ? répliqua Daria Alexéïevna sur un ton rogue. Voyez-moi ce rustre qui a jeté son argent sur la table ! Le prince propose le mariage ; toi, tu n'es venu ici que pour faire du scandale !

– Mais moi aussi, je veux l'épouser ! Je suis prêt à l'épouser sur-le-champ ! Je donnerai tout…

– Tu sors du cabaret, ivrogne ! On devrait te mettre à la porte ! reprit Daria Alexéïevna, indignée.

Les rires fusèrent de plus belle.

– Tu entends, prince ? dit Nastasie Philippovna : voilà comment ce moujik marchande ta fiancée.

– Il est ivre, fit le prince. Il vous aime beaucoup.

– Et tu n'auras pas honte, plus tard, en pensant que ta fiancée a failli filer avec Rogojine ?

– Vous étiez alors sous le coup d'un accès de fièvre ; même maintenant, vous avez une sorte de délire.

– Et tu ne rougiras pas si on te dit plus tard que ta femme a été la maîtresse de Totski ?

– Non, je ne rougirai pas… Si vous avez vécu avec Totski, c'était contre votre gré.

– Et tu ne me feras jamais de reproches ?

– Jamais.

– Prends garde, ne t'engage pas pour toute la vie !

– Nastasie Philippovna, dit le prince avec une douceur empreinte de commisération, bien loin de croire vous faire honneur en demandant votre main, je vous ai dit tout à l'heure que je me sentirais honoré si vous consentiez à m'épouser. Vous avez souri en écoutant ces paroles et j'ai entendu également rire autour de moi. Il se peut que je me sois exprimé maladroitement et aie été ridicule ; mais il m'a toujours semblé comprendre ce qu'est l'honneur et je suis certain d'avoir dit la vérité. Il y a un moment, vous vouliez vous perdre sans rémission, car vous ne vous seriez jamais pardonné votre conduite ; cependant vous n'étiez coupable de rien. Il ne se peut pas que votre vie soit gâchée à tout jamais. Peu importe que Rogojine ait fait cette démarche auprès de vous et que Gabriel Ardalionovitch ait cherché à vous tromper. Pourquoi revenez-vous toujours là-dessus ? Ce que vous avez fait, je le répète, peu de gens auraient été capables de le faire ; si vous avez voulu suivre Rogojine, ç'a été sous l'influence et il serait préférable que vous alliez vous reposer. Si vous aviez suivi Rogojine, vous l'auriez quitté le lendemain pour vous faire blanchisseuse. Vous êtes fière, Nastasie Philippovna, mais vous êtes peut-être si malheureuse que vous avez fini par vous croire positivement coupable. Vous avez besoin d'être très entourée, Nastasie Philippovna. Je prendrai soin de vous. Tantôt, lorsque j'ai vu votre portrait, j'ai eu l'impression d'avoir sous les yeux un visage connu. Il m'a aussitôt semblé que vous m'appeliez… Je… je vous estimerai toute ma vie, Nastasie Philippovna, conclut inopinément le prince, qui devint rouge, comme s'il reprenait tout à coup conscience de l'auditoire devant lequel il se livrait à ces confidences.

Ptitsine, apparemment mû par un sentiment de pudeur, baissa la tête et fixa le sol. Totski pensait en son for intérieur : « C'est un idiot, mais il sait que la flatterie est le meilleur moyen d'arriver à ses fins ; c'est d'instinct ! »

Le prince remarqua que Gania, de son coin, dardait sur lui des yeux flamboyants comme s'il voulait le foudroyer.

– Voilà ce que l'on peut appeler un homme de cœur ! déclara Daria Alexéïevna avec attendrissement.

– C'est un garçon bien élevé, mais il se perd ! murmura à mi-voix le général.

Totski prit son chapeau et fit mine de s'esquiver. Le général et lui, en échangeant un coup d'œil, convinrent de sortir ensemble.

– Merci, prince, dit Nastasie Philippovna ; personne ne m'a jamais parlé ainsi jusqu'à présent. On m'a toujours marchandée ; jamais un homme comme il faut ne m'a offert le mariage. Vous avez entendu, Athanase Ivanovitch ? Que pensez-vous de tout ce que le prince vient de dire ? Vous trouvez sans doute que cela frise l'inconvenance ?... Rogojine, attends un moment ! D'ailleurs je vois que tu n'as pas l'intention de partir. Et il se peut encore que je m'en aille avec toi. Où comptais-tu m'emmener ?

– À Ekaterinhof[47], intervint de son coin Lébédev, tandis que Rogojine, frémissant, regardait de l'air d'un homme qui n'en croit pas ses oreilles. Il était aussi ahuri que s'il avait reçu un violent coup sur la tête.

– Mais qu'as-tu, ma chère ? es-tu dans le délire ? perds-tu l'esprit ? s'exclama Daria Alexéïevna, avec épouvante.

– Tu as donc cru que je parlais sérieusement ? répliqua Nastasie Philippovna en éclatant de rire et, en se levant d'un bond. – Tu m'as crue capable de gâcher la vie de cet innocent ? C'est bon pour Athanase Ivanovitch de détourner les mineurs. Partons, Rogojine ! Prépare ton paquet ! Peu importe que tu veuilles m'épouser ou non ; donne quand même l'argent. Et il est encore possible que je te refuse ma main. Tu pensais m'offrir le mariage et garder ton argent ? Tu veux rire ? Je suis, moi aussi, une créature sans vergogne. J'ai été la concubine de Totski... Quant à toi, prince, la femme qu'il te faut, c'est Aglaé Epantchine et non Nastasie Philippovna. Si tu commettais cette sottise, un Ferdistchenko lui-même te montrerait au doigt. Tu t'en moques, je le sais ; mais moi, j'aurais peur de causer ta perte et d'encourir plus tard tes reproches. Pour ce qui est de l'honneur que je te ferai en devenant ta femme, Totski sait à quoi s'en tenir là-dessus. Toi, Gania, tu as raté l'occasion de te marier avec Aglaé Epantchine. T'en es-tu seulement douté ? Si tu n'avais pas marchandé avec elle, elle t'aurait certainement épousé. Vous êtes tous les mêmes : il faut faire son choix entre les honnêtes femmes et les courtisanes ; autrement, on ne s'y retrouve plus... Voyez le général qui nous regarde bouche bée...

– On se croirait à Sodome, à Sodome ! répéta le général en haussant les épaules. Il avait lui aussi quitté le divan ; de nouveau tout le monde était debout. Nastasie Philippovna paraissait au paroxysme de l'exaltation.

---

47 Ekaterinhof est une localité aux portes de Pétersbourg où il était de traditions naguère, de se rendre en nombreuse compagnie pour y passer joyeusement la nuit. – N. d. T.

– Est-ce possible ? gémit le prince en se tordant les mains.

– Pourquoi pas ? ne puis-je pas avoir, moi aussi, ma fierté, toute dévergondée que je suis ? Tu as dit tout à l'heure que j'étais une perfection ; jolie perfection en vérité, qui se jette dans la boue uniquement pour pouvoir se vanter d'avoir foulé aux pieds un million et un titre de princesse ! Voyons, quelle femme pourrais-je être pour toi après cela ? Athanase Ivanovitch, vous pouvez constater que j'ai réellement jeté ce million par la fenêtre. Comment avez-vous pu croire que je m'estimerai heureuse d'épouser Gania pour l'appât de vos soixante-quinze mille roubles ? Reprends-les, Athanase Ivanovitch (tu n'es même pas allé jusqu'à cent mille ; Rogojine a été plus large que toi !) Quant à Gania, je le consolerai, j'ai mon idée. Maintenant je veux faire la fête, ne suis-je pas une fille des rues ? J'ai passé dix ans dans une prison, le moment est venu pour moi d'être heureuse ! Eh bien, Rogojine ? prépare-toi, partons !

– Partons ! hurla Rogojine presque fou de joie. Hé ! là ! vous autres,… du vin ! Ouf !…

– Fais provision de vin, car je veux boire. Il y aura de la musique ?

– Bien sûr ! N'approche pas ! vociféra Rogojine, furieux, en voyant Daria Alexéïevna s'avancer vers Nastasie Philippovna. – Elle est à moi ! Tout est à moi ! Elle est ma reine ! Rien à faire !

La joie l'étouffait : il tournait autour de Nastasie Philippovna en criant à l'assistance : « Que personne n'approche ! » Toute la compagnie avait maintenant envahi le salon. Les uns buvaient, les autres criaient et riaient aux éclats ; la surexcitation et le sans-gêne étaient à leur comble. Ferdistchenko cherchait à se faufiler dans la bande. Le général et Totski firent une nouvelle tentative pour s'esquiver. Gania avait aussi le chapeau à la main, mais restait debout en silence, comme s'il ne pouvait détacher ses yeux de cette scène.

– N'approche pas ! cria Rogojine.

– Pourquoi brailles-tu comme cela ? lui dit Nastasie Philippovna dans un éclat de rire. Je suis encore la maîtresse de maison ; je n'ai qu'un mot à dire pour qu'on te mette à la porte. Je n'ai pas encore pris ton argent ; il est toujours là. Apporte-le ici ; donne-moi tout le paquet ! Alors il y a cent mille roubles dans ce paquet ? Fi, quelle horreur ! Qu'as-tu, Daria Alexéïevna ? Je ne pouvais pourtant pas ruiner sa vie ? (et elle montra le prince). Se marier, lui, quand il a encore besoin d'une bonne d'enfant ? Le général remplira ce rôle : voyez comme il le cajole ! Regarde, prince : ta fiancée a pris l'argent parce que c'est une prostituée, et toi tu voulais l'épouser ? Mais pourquoi pleures-tu ? Cela te chagrine ? Fais comme moi, ris ! continua Nastasie Philippovna, sur les joues de laquelle brillaient aussi deux grosses larmes. – Laisse faire le temps, tout cela passera !

Mieux vaut se raviser maintenant que plus tard… Mais qu'avez-vous tous à pleurer comme cela ? Voilà Katia qui pleure aussi ! Qu'as-tu, ma petite Katia ? Je vous laisserai, à toi et à Pacha, une bonne somme ; j'ai déjà pris mes dispositions. Et maintenant, adieu ! Toi, une honnête fille, je t'ai obligée à servir une dévergondée… Prince, cela vaut mieux ainsi, beaucoup mieux, car plus tard tu m'aurais méprisée et nous n'aurions pas été heureux. Ne fais pas de serments ni de protestations : je n'y crois pas. Et quelle stupidité ç'aurait été !… Non, il est préférable que nous nous disions adieu gentiment, car, vois-tu, moi aussi je suis une rêveuse, cela n'aurait rien donné de bon. N'ai-je pas rêvé de toi ? C'était pendant les cinq années de solitude que j'ai passées à la campagne, chez cet homme. Je me laissais aller à mes pensées, à mes rêveries, et je me représentais un homme comme toi, bon, honnête, beau, un peu bébête même, survenant tout à coup et me disant : « Vous n'êtes pas coupable, Nastasie Philippovna, je vous adore ! » Et je m'abandonnais à ce rêve au point d'en perdre la tête… Là-dessus arrivait ce monsieur qui passait deux mois par an auprès de moi et qui partait me laissant déshonorée, outragée, surexcitée et pervertie. Mille fois, j'ai voulu me jeter dans l'étang, mais le courage m'a manqué et je n'ai pas eu la force de le faire. Et maintenant… Rogojine, es-tu prêt ?

– Tout est prêt ! répétèrent plusieurs voix.

– Les troïkas sont en bas avec leurs clochettes.

Nastasie Philippovna prit le paquet en mains.

– Gania, il m'est venu une idée ; je veux te dédommager, car il n'y a pas de raison pour que tu perdes tout. Rogojine, le crois-tu capable de ramper jusqu'au Vassili Ostrov pour trois roubles ?

– Oui.

– Alors, écoute-moi, Gania, je veux contempler ton âme pour la dernière fois. Tu m'as fait souffrir pendant trois longs mois, maintenant, c'est mon tour. Vois-tu ce paquet ? Il renferme cent mille roubles. Eh bien ! je vais le jeter à l'instant dans la cheminée, au milieu du feu, devant tous les assistants qui serviront de témoins. Dès que les flammes l'auront complètement entouré, précipite-toi dans l'âtre pour l'en retirer, mais sans gants, les mains nues et les manches relevées. Si tu y réussis, les cent mille roubles sont à toi. Tu te brûleras un peu les doigts, mais songe donc ! cent mille roubles… Cela durera si peu ! Et moi je jouirai du spectacle de ton âme en te voyant tirer mon argent du feu. Tous sont témoins que le paquet t'appartiendra ! Si tu ne le sors pas du feu, il brûlera, car je ne permettrai à personne d'y toucher. Écartez-vous tous ! Cet argent m'appartient ! Je l'ai accepté pour une nuit à passer avec Rogojine. L'argent est-il à moi, Rogojine ?

– Oui, ma joie ; oui, ma reine !

– Alors, reculez tous ; je suis libre d'en faire ce que je veux ! Que personne n'intervienne ! Ferdistchenko, attisez le feu !

– Nastasie Philippovna, mes mains me refusent ce service ! répondit Ferdistchenko abasourdi.

– Eh ! s'écria Nastasie Philippovna, qui saisit les pincettes, éparpilla deux bûches qui tisonnaient et, dès que la flamme s'éleva, jeta le paquet dans le feu.

Ce fut un cri général ; beaucoup d'assistants firent même un signe de croix.

– Elle est folle ! Elle est folle ! s'exclamait-on.

– Ne ferait-on pas bien de la lier ? murmura le général à Ptitsine ; ou ne faudrait-il pas envoyer chercher… Elle est folle, n'est-ce pas ; bien folle ?

– Non, peut-être n'est-ce pas tout à fait de la folie, répondit Ptitsine à voix basse. Il était blanc comme un linge et tremblait ; ses yeux ne pouvaient se détacher du paquet qui allait prendre feu.

– Elle a perdu la raison, ne croyez-vous pas ? continua le général en se tournant vers Totski.

– Je vous ai dit que c'était une femme excentrique, balbutia Athanase Ivanovitch, qui, lui aussi, avait blêmi.

– Mais songez donc : cent mille roubles !

– Mon Dieu ! Mon Dieu ! entendait-on de tous côtés. C'était une clameur générale. Tous faisaient cercle autour de la cheminée pour voir de plus près… Quelques-uns montaient même sur les chaises pour regarder par-dessus la tête des autres. Daria Alexéïevna s'enfuit épouvantée dans la pièce voisine, où elle se mit à chuchoter avec Katia et Pacha. La belle Allemande s'éclipsa.

– Ma petite mère, ma reine, ma toute-puissante ! se lamentait Lébédev en se traînant aux genoux de Nastasie Philippovna et en étendant les mains vers la cheminée : cent mille roubles ! cent mille roubles ! Je les ai vus moi-même, on les a empaquetés devant moi. Petite mère ! Miséricordieuse ! Donne-m'en l'ordre et je me mettrai tout entier dans la cheminée ; je mettrai dans le feu ma tête grisonnante !… J'ai à ma charge une femme malade et paralysée des jambes, ainsi que treize enfants orphelins, leur père a été enterré la semaine dernière ; tous meurent de faim, Nastasie Philippovna !

Ayant terminé ses jérémiades, il se mit à ramper vers la cheminée.

– Arrière ! cria Nastasie Philippovna en le repoussant ; que tout le monde s'écarte ! Gania, pourquoi ne bouges-tu pas ? N'aie pas honte ! Vas-y ! il s'agit de ton bonheur.

Mais Gania en avait déjà trop enduré depuis le matin et n'était guère préparé à une dernière épreuve aussi inattendue. L'assistance s'ouvrit devant lui et il resta face à face avec Nastasie Philippovna dont trois pas le séparaient. Debout près de la cheminée, elle attendait sans détacher de lui son regard incandescent. Gania, en frac, ganté et le chapeau à la main, se tenait devant elle silencieux et résigné, les bras croisés et les yeux fixés sur le feu. Un sourire de dément errait sur son pâle visage. À la vérité, il se sentait fasciné par le brasier où le paquet commençait à brûler ; mais il semblait qu'un sentiment nouveau fût entré dans son âme ; il avait l'air de s'être juré de surmonter cette épreuve jusqu'au bout et il demeurait immobile. Au bout de quelques instants tout le monde comprit qu'il ne voulait pas aller tirer le paquet d'u feu et qu'il n'irait pas.

– Eh ! tout va brûler, lui cria Nastasie Philippovna ; on te fera honte, et après tu te pendras, je ne plaisante pas.

Le feu s'était d'abord avivé entre les deux tisons calcinés, mais le paquet en tombant l'avait presque étouffé. Cependant une petite flamme bleue s'accrochait encore sous l'extrémité du tison inférieur. Enfin une fine et longue flammèche lécha le papier, s'y attacha et se mit à courir sur la surface et sur les coins ; le paquet tout entier s'alluma d'un coup en jetant dans l'âtre une flamme éclatante. Il y eut un cri général.

– Petite mère ! gémit encore Lébédev, qui répéta sa tentative pour s'approcher de la cheminée ; mais Rogojine l'écarta et le repoussa de nouveau.

Rogojine lui-même semblait avoir concentré toute sa vie dans la fixité de son regard, qu'il ne pouvait détacher de Nastasie Philippovna. Il exultait. Il se sentait au septième ciel. Il ne se connaissait plus.

– Ça, c'est une vraie reine ! répétait-il sans cesse à tout venant. Ça c'est fait sur notre mesure ! s'exclamait-il. Qui d'entre vous serait capable de faire ce qu'elle a fait, hein ? tas de vauriens !

Le prince consterné observait la scène en silence.

– Pour un seul billet de mille roubles, moi je retire le paquet avec mes dents, proposa Ferdistchenko.

– J'en ferais autant ! dit en grinçant des dents l'homme aux poings d'hercule qui, assis derrière les autres, semblait en proie à un accès de désespoir. – Le diable m'emporte ! tout flambe ! ajouta-t-il en voyant s'élever la flamme.

– Ça flambe ! ça flambe ! s'écrièrent d'une voix tous les assistants. La plupart d'entre eux essayaient d'approcher de la cheminée.

– Garda, ne fais pas la bête ! je te le dis pour la dernière fois.

– Mais vas-y donc ! hurla Ferdistchenko en se jetant avec fureur sur Gania et en le tirant par la manche. Vas-y, fanfaron ! Ça va brûler ! Maudit sois-tu !

Gania repoussa Ferdistchenko avec force, puis, faisant demi-tour, il se dirigea vers la porte. Mais il n'avait pas fait deux pas qu'il chancela et s'abattit sur le parquet.

– Une syncope, s'écria-t-on autour de lui.

– Petite mère, les billets brûlent ! glapit Lébédev.

– Ils brûlent en pure perte ! vociférait-on de tous côtés.

– Katia, Pacha, apportez-lui de l'eau, de l'esprit-de-vin ! cria Nastasie Philippovna qui saisit les pincettes et retira le paquet du feu. L'enveloppe de papier était presque entièrement consumée, mais à première vue on pouvait constater ; que le contenu était intact. Les trois feuilles de journal qui les entouraient avaient protégé les billets. Un soupir de soulagement souleva toutes les poitrines.

– À part un petit billet de mille qui a pu souffrir, le reste est sauf, observa Lébédev avec attendrissement.

– Tout le paquet est à lui ! Tout ! Vous entendez, messieurs ! annonça Nastasie Philippovna en plaçant l'argent à côté de Gania. Il a tenu bon, il ne l'a pas retiré. Cela prouve que, chez lui, l'amour-propre l'emporte sur la cupidité. Ce n'est rien, il va recouvrer ses sens ! Sans cela il m'aurait peut-être tuée. Le voilà déjà qui revient à lui ! Général, Ivan Pétrovitch, Daria Alexéïevna, Katia, Pacha, Rogojine, vous m'avez entendue ? Le paquet est à lui, à Gania. Je le lui donne en toute propriété, en dédommagement… d'ailleurs peu importe pourquoi ! Dites-le-lui. Laissez le paquet par terre à côté de lui… Rogojine, en route ! Adieu, prince ; grâce à vous, j'ai vu un homme pour la première fois ! Adieu, Athanase Ivanovitch, *merci*[48].

---

[48] En français dans le texte.

Toute la bande de Rogojine se précipita vers la sortie, dans le tumulte et le brouhaha, à la suite de son chef et de Nastasie Philippovna. Dans la salle, les servantes tendirent sa pelisse à la jeune femme. Marthe, la cuisinière, accourut. Nastasie Philippovna les embrassa toutes.

– Se peut-il, petite mère, que vous nous quittiez tout à fait ? Où allez-vous donc ? Et cela le jour de votre anniversaire, un pareil jour ! questionnaient les servantes en sanglotant et en lui baisant les mains.

– Je vais à la rue, Katia, tu l'as entendu, c'est ma place ; ou alors je me ferai blanchisseuse. J'en ai assez d'Athanase Ivanovitch ! Saluez-le de ma part et ne me gardez pas rancune…

Le prince se précipita vers le perron où toute la bande s'entassait dans quatre troïkas à clochettes. Le général réussit à le rattraper dans l'escalier.

– Voyons, prince, calme-toi ! dit-il en le prenant par la main. Laisse-la : tu vois comme elle est ! Je te parle comme un père…

Le prince le regarda sans répondre un mot, puis, s'arrachant à son étreinte, il courut vers la rue. Près du perron que les troïkas venaient de quitter, le général le vit arrêter le premier fiacre qui passait et jeter au cocher l'ordre de le conduire à Ekaterinhof à la suite de la caravane.

Peu après le général monta dans sa propre voiture attelée d'un pur-sang gris et se fit reconduire chez lui, la tête pleine de nouvelles espérances et de combinaisons. Il remportait le collier de perles qu'il n'avait tout de même pas oublié de reprendre. Au milieu de ses réflexions la séduisante image de Nastasie Philippovna lui apparut à deux reprises. Il soupira :

– Quel dommage ! Franchement, quel dommage ! Cette femme est perdue. Elle est folle… Quant au prince, ce n'est plus une Nastasie Philippovna qu'il lui faut… Après tout, mieux vaut que l'affaire ait tourné de cette façon…

Deux autres invités de Nastasie Philippovna, qui avaient décidé de faire un bout de chemin à pied, échangeaient des considérations morales du même goût.

– Savez-vous, Athanase Ivanovitch, que cela rappelle une coutume en vigueur, paraît-il, au Japon ? disait Ivan Petrovitch Ptitsine. Là-bas, un homme offensé va trouver son insulteur et lui déclare : « Tu m'as outragé, c'est pourquoi je vais m'ouvrir le ventre sous tes yeux. » Et le plaignant exécute en effet sa menace ; il semble y prendre autant de satisfaction qu'à une véritable vengeance. Il y a dans ce monde d'étranges caractères, Athanase Ivanovitch !

– Vous pensez que ce qui vient de se passer est quelque chose du même genre ? repartit en souriant Athanase Ivanovitch. La comparaison est spirituelle… et fort jolie. Mais vous avez vu vous-même, mon bien cher Ivan Petrovitch, que j'ai fait tout ce que j'ai pu. Convenez qu'à l'impossible nul n'est tenu. Et convenez aussi que cette femme possède, malgré tout, des dons supérieurs… des côtés brillants. Tout à l'heure, si ce tohu-bohu ne m'en avait empêché, j'aurais voulu lui crier qu'elle était elle-même la meilleure réplique aux reproches dont elle m'accable. Qui aurait pu ne pas être séduit par cette femme jusqu'à en perdre la raison et… tout ? Voyez ce rustre de Rogojine qui met cent mille roubles à ses pieds ! Admettons que la scène dont nous venons d'être témoins soit incohérente, romantique, voire choquante. Mais cela vous a de la couleur et de l'originalité, avouez-le ! Mon Dieu ! que n'aurait pu donner un pareil caractère uni à une pareille beauté ! Mais, en dépit de tous mes efforts, en dépit même de l'éducation qu'elle a reçue, tout cela est perdu. C'est un diamant brut, je l'ai dit bien des fois…

Et Athanase Ivanovitch poussa un profond soupir…

DEUXIÈME PARTIE

I

Deux jours après l'étrange aventure à laquelle avait donné lieu la soirée chez Nastasie Philippovna, soirée sur laquelle se termine la première partie de notre récit, le prince Muichkine partit précipitamment à Moscou pour s'occuper de l'héritage qui lui était échu d'une manière si inattendue. On prétendit alors que d'autres raisons avaient pu contribuer à hâter son départ, mais nous ne pouvons fournir que peu de détails sur ce point, comme sur sa vie à Moscou et, en général, sur le temps qu'il passa hors de Pétersbourg. Il s'absenta juste une demi-année et, durant toute cette période, les personnes mêmes qui, pour une raison ou pour une autre, s'intéressaient à lui, ne purent savoir que fort peu de chose de son existence. Il y eut bien quelques rumeurs à son sujet, mais à de rares intervalles ; elles étaient pour la plupart étranges et presque toujours contradictoires. Ceux qui se préoccupèrent le plus du prince furent certainement les Epantchine, auxquels il n'avait même pas trouvé le temps de dire adieu avant son départ. Toutefois le général l'avait vu alors à deux ou trois reprises et ils avaient eu une conversation sérieuse. Mais de ses rencontres avec lui, Epantchine n'avait pas soufflé mot à sa famille. En règle générale, pendant les premiers temps, c'est-à-dire durant tout le mois qui suivit le départ du prince, on considéra comme bienséant, chez les Epantchine, de ne pas parler de lui. Seule la générale, Elisabeth Prokofievna, avait déclaré, tout au début, « qu'elle s'était cruellement trompée sur son compte ». Puis, deux ou trois jours après, elle avait ajouté, mais cette fois sans nommer le prince et d'une manière vague, « que le trait dominant de sa vie avait été de se méprendre constamment sur les gens ». Et enfin, une dizaine de jours plus tard, dans un moment d'emportement contre ses filles, elle avait en manière de conclusion lancé cette boutade : « Assez d'erreurs ! Il n'y en aura plus dorénavant ».

Nous ne pouvons nous dispenser d'observer ici qu'une ambiance de malaise régna assez longtemps dans la maison. On sentait planer une atmosphère d'aigreur, de tension et de cachotterie ; tout le monde avait l'air maussade. Le général était affairé jour et nuit ; il faisait démarches sur démarches ; on l'avait rarement vu aussi absorbé, surtout par son service. C'était à peine si les siens avaient le temps de l'apercevoir. Quant aux demoiselles Epantchine, elles se gardaient de dire tout haut ce qu'elles pensaient. Peut-être n'étaient-elles guère plus expansives entre elles. C'étaient des jeunes filles fières, hautaines et très retenues même les unes vis-à-vis des autres. Au reste, elles se comprenaient non seulement au premier mot, mais même au premier regard, en sorte qu'une longue explication leur était souvent superflue.

Une seule chose aurait pu retenir l'attention d'un observateur étranger, s'il s'en était trouvé dans cette famille : c'est qu'à en juger par quelques détails précédemment donnés, le prince avait produit sur les Epantchine une impression toute particulière, bien qu'il ne leur eût fait qu'une seule et courte visite. Peut-être n'était-ce là qu'un simple effet de la curiosité éveillée par les singulières aventures du prince. Quoi qu'il en fût, cette impression avait persisté.

Peu à peu les bruits répandus en ville devinrent de plus en plus incertains et obscurs. On parlait bien d'un certain petit prince (personne ne pouvait préciser son nom), un pauvre d'esprit auquel un héritage énorme était échu inopinément et qui avait épousé une Française de passage, connue à Paris comme danseuse légère d'un établissement dit le *Château des Fleurs*[49]. Mais d'autres affirmaient que cette succession revenait à un général et que l'époux de la gambilleuse parisienne était un jeune marchand russe immensément riche ; on ajoutait que, le jour de son mariage, ce dernier, étant ivre, avait brûlé à la flamme

---

49 Établissement rival du célèbre bal Mabille dont les « soirées dansantes » et les « bal-concerts » attiraient une clientèle un peu plus familiale. Il se trouvait aux Champs-Élysées, rue des Vignes-de-Chaillot (actuellement rue Vernet). – N. d. T.

d'une bougie, par pure esbroufe, sept cent mille roubles de titres du dernier emprunt à lots.

Diverses circonstances coupèrent bientôt court à la diffusion de ces bruits. La bande de Rogojine, dont beaucoup de membres auraient pu fournir des renseignements, se rendit au grand complet avec son chef à Moscou, huit jours après une orgie formidable au Vaux-Hall d'Ekaterinhof, orgie à laquelle Anastasie Philippovna avait assisté. Les rares personnes qui pouvaient s'y intéresser apprirent par des rumeurs incertaines que Nastasie Philippovna avait pris la fuite le lendemain même de cette escapade et avait disparu, mais qu'on avait retrouvé sa trace à Moscou. Le départ de Rogojine pour cette ville semblait venir à l'appui de la conjecture.

D'autres on-dit circulèrent également sur le compte de Gabriel Ardalionovitch Ivolguine qui était assez connu dans son milieu social. Mais un événement survint qui espaça et ne tarda pas à dissiper complètement les cancans dont il était l'objet : il tomba gravement malade et cessa de se montrer tant en société qu'à son bureau. Au bout d'un mois il se rétablit, mais résigna ses fonctions et la société dut pourvoir à son remplacement. Il ne remit plus les pieds chez le général Epantchine qui dut, lui aussi, prendre un autre secrétaire. Ses ennemis auraient pu supposer qu'il avait honte même de paraître dans la rue après tout ce qui lui était arrivé. Mais la vérité était qu'il se sentait réellement malade et dans un état voisin de l'hypocondrie ; il était mélancolique et irritable.

Barbe Ardalionovna épousa Ptitsine au cours de ce même hiver ; tous leurs amis attribuèrent ce mariage au fait que Gania, ayant refusé de reprendre son travail, non seulement n'entretenait plus la famille mais encore était tombé à sa charge.

Notons entre parenthèses que, chez les Epantchine, on ne prononçait pas plus le nom de Gabriel Ardalionovitch que s'il n'était jamais allé chez eux et même que s'il n'avait jamais existé. Et pourtant ils avaient tous appris (très rapidement même) un trait fort curieux à son sujet : la nuit fatale, après la désagréable aventure qui lui était arrivée chez Nastasie Philippovna, Gania, rentré chez lui, ne s'était pas couché et avait attendu le retour du prince avec une impatience fébrile. Le prince ne revint d'Ekaterinhof que sur les six heures du matin. Alors Gania entra dans sa chambre et posa sur la table, devant lui, le paquet roussi par le feu contenant les billets que Nastasie Philippovna lui avait donnés pendant qu'il était sans connaissance. Il le pria instamment de restituer ce cadeau à Nastasie Philippovna à la première occasion. Au moment où Gania avait pénétré dans la chambre du prince il nourrissait des sentiments hostiles à son égard et semblait désespéré. Mais, après les premiers mots échangés entre eux, il resta deux heures auprès de lui et ne cessa de pleurer pendant tout ce temps. Ils se séparèrent dans les meilleurs termes.

Cette nouvelle, qui vint aux oreilles de tous les Epantchine, fut reconnue par la suite parfaitement exacte. Sans doute est-il singulier que de pareilles divulgations se propagent aussi rapidement ; c'est ainsi que tout ce qui s'était passé chez Nastasie Philippovna fut connu dès le lendemain par les Epantchine d'une manière assez précise même quant aux détails. En ce qui concerne les nouvelles relatives à Gabriel Ardalionovitch, on aurait pu supposer qu'elles avaient été rapportées aux Epantchine par Barbe Ardalionovna, qui s'était mise soudain à fréquenter les trois demoiselles et n'avait pas tardé à se lier très intimement avec elles, pour la plus grande surprise d'Elisabeth Prokofievna. Mais, tout en jugeant nécessaire de se rapprocher des Epantchine, elle ne leur aurait certainement pas parlé de Gania. C'était une femme qui avait sa fierté à elle, nonobstant qu'elle cherchât à nouer des relations dans une maison d'où l'on avait presque chassé son frère. Auparavant, les demoiselles Epantchine et elle se connaissaient déjà, mais ne se voyaient guère. Même maintenant elle ne se montrait presque jamais dans le salon ; elle entrait par l'escalier de service, comme à la dérobée. Elisabeth Prokofievna ne lui avait jamais manifesté beaucoup de bienveillance, ni avant ni maintenant, bien qu'elle eût beaucoup d'estime pour Nina Alexandrovna, la mère de la jeune femme. Elle s'étonnait et se fâchait, attribuant la liaison de ses filles avec Barbe au caprice et à cet esprit autoritaire qui faisait qu'« elles ne savaient qu'inventer pour contrarier leur mère ». Barbe Ardalionovna n'en continua pas moins ses visites après comme avant son mariage.

Un mois environ après le départ du prince, la générale Epantchine reçut une lettre de la vieille princesse Biélokonski, qui s'était rendue deux semaines auparavant auprès de l'aînée de ses filles, mariée à Moscou. Cette lettre fit sur la générale une visible impression. Elle n'en communiqua rien à ses filles ni à Ivan Fiodorovitch, mais bien des indices permirent à son entourage de remarquer qu'elle en était restée émue et même troublée. Elle se mettait à parler à ses filles sur un ton inattendu et toujours à propos de questions extraordinaires ; elle avait envie de s'épancher, mais quelque chose semblait la retenir. Le jour où elle reçut la lettre, elle se montra caressante pour tout le monde ; elle embrassa même Aglaé et Adélaïde et leur exprima son repentir, sans qu'elles pussent comprendre exactement à propos de quoi. Elle témoigna même d'une soudaine condescendance pour Ivan Fiodorovitch qu'elle boudait depuis un mois. Bien entendu dès le lendemain elle fut fâchée de s'être ainsi laissée aller à un accès de sentimentalité et, avant le dîner, elle trouva le temps de leur faire des scènes à tous, vers le soir l'horizon familial s'éclaircit de nouveau. Et toute une semaine elle se montra d'assez bonne humeur, ce qui ne lui était pas arrivé depuis longtemps.

Une semaine encore se passa, au bout de laquelle arriva une seconde lettre de la princesse Biélokonski. Cette fois la générale se décida à parler. Elle annonça solennellement que « la vieille Biélokonski » (elle ne désignait jamais autrement la princesse) lui envoyait des nouvelles très consolantes de ce… de cet original, enfin… du prince ! La vieille s'était enquise de lui à Moscou et les résultats de son enquête avaient été des plus favorables. Le prince avait fini par venir lui-même la voir et il avait produit sur elle une impression exceptionnellement avantageuse. « On peut en juger par le fait qu'elle l'a invité à aller la voir tous les jours, de une heure à deux, et que cette visite quotidienne ne l'a pas encore fatiguée. » Elle ajouta pour conclure que, sur la recommandation de la « vieille ! », le prince était reçu dans deux ou trois bonnes maisons. « C'est encore bien, dit-elle, qu'il ne se cloître pas chez lui et ne se montre pas honteux comme un imbécile ! »

Les jeunes filles, en entendant ces explications, s'aperçurent incontinent que la maman leur cachait le plus important de la lettre. Peut-être avaient-elles été mises au courant par Barbe Ardalionovna qui pouvait et même devait savoir beaucoup de choses, grâce à son mari, sur les faits et gestes du prince à Moscou. Ptitsine, en effet, était vraisemblablement le mieux renseigné de tous. Il était toujours muet quand il s'agissait d'affaires, mais il n'avait naturellement pas de secret pour Barbe. Ce fut là un nouveau motif d'antipathie de la générale à l'égard de celle-ci.

En tout cas, la glace était rompue et on put dès lors parler du prince sans se gêner. En outre, cet incident avait mis en lumière l'impression profonde et le très vif intérêt que le prince avait provoqués chez les Epantchine. La générale fut même surprise de la curiosité qu'éveillaient chez ses filles les nouvelles de Moscou. De leur côté, les jeunes filles s'étonnèrent de l'inconséquence de leur mère, qui, après avoir solennellement déclaré que « le trait dominant de sa vie avait été de se méprendre sur les gens », n'en avait pas moins recommandé le prince à la sollicitude de la « puissante » et vieille Biélokonski à Moscou, ce qui n'était pas une petite affaire, car la « vieille » aimait à faire la sourde oreille.

Dès qu'un vent nouveau eut commencé à souffler, le général s'empressa de faire connaître son avis. Le prince semblait l'intéresser énormément, lui aussi. Au reste, les renseignements qu'il donna sur celui-ci ne se rapportaient qu'à sa situation matérielle. Il exposa que, dans l'intérêt du prince, il l'avait fait surveiller ainsi que son homme d'affaires, Salazkine, par deux personnes de confiance très influentes dans leur milieu à Moscou. Tout ce que l'on avait raconté sur la dévolution de l'héritage était exact, mais, au bout du compte, l'importance de la succession avait été passablement exagérée. Le patrimoine était entamé, grevé de dettes ; il y avait même des compétiteurs ; en outre, malgré tous les conseils qui lui avaient été prodigués, le prince avait traité l'affaire à la légère. Certes, le général lui souhaitait toute la chance possible et, maintenant que la glace était rompue, il était aise de pouvoir le dire en toute sincérité, car c'était un jeune homme fort méritant, bien qu'un peu timbré ; il avait fait en l'occurrence pas mal de bêtises. Ainsi des créanciers du défunt marchand s'étaient présentés avec des titres contestables ou dénués de valeur ; quelques-uns même, voyant à qui ils avaient affaire, n'en avaient produit aucun. Qu'avait fait le prince ? En dépit des observations de ses amis qui lui démontraient que ces gens n'avaient aucun droit, il leur avait donné satisfaction à presque tous. Il s'était inspiré de cette seule considération que certains de ces soi-disant créanciers semblaient avoir effectivement subi un dommage.

La générale fit remarquer à ce sujet que la même observation se retrouvait dans la lettre de la princesse Biélokonski ; « c'était bête, très bête ; mais le moyen de guérir un imbécile ? » ajouta-t-elle d'un ton tranchant. Cependant sa physionomie laissait voir que la manière d'agir de cet « imbécile » était loin de lui déplaire. En fin de compte, le général constata que son épouse portait au prince l'intérêt qu'elle aurait témoigné à son propre fils et qu'elle était aux petits soins pour Aglaé ; sur quoi il se cantonna, pendant quelque temps, dans son attitude d'homme d'affaires.

Mais ces bonnes dispositions furent de courte durée. Un nouveau et brusque revirement survint au bout de deux semaines : la générale redevint maussade et le général, après avoir haussé les épaules à diverses reprises, retomba dans un « silence glacial ».

La vérité est qu'il avait reçu, quinze jours auparavant, un avis confidentiel annonçant laconiquement et en termes assez confus, mais de source digne de foi, que Nastasie Philippovna, après avoir été perdue de vue à Moscou, y avait été retrouvée par Rogojine. Elle avait de nouveau disparu et il l'avait encore une fois découverte ; enfin elle lui avait presque donné sa parole qu'elle l'épouserait.

Et voici que deux semaines plus tard Son Excellence apprenait que Nastasie Philippovna s'était enfuie pour la troisième fois, presque au moment de la cérémonie nuptiale. Cette fois elle avait cherché refuge en province. Or, le prince Muichkine avait disparu de Moscou sur ces entrefaites, laissant toutes ses affaires à la charge de Salazkine. Était-il parti avec elle ou s'était-il lancé à sa poursuite ? on ne savait. Mais le général en conclut qu'il y avait anguille sous roche.

Elisabeth Prokofievna reçut également de son côté des nouvelles fâcheuses. Finalement, deux mois après le départ du prince, on perdit complètement sa trace à Pétersbourg et les Epantchine ne rompirent plus la « glace du silence » à propos de lui. Barbe Ardalionovna n'en continua pas moins à fréquenter les jeunes filles.

Pour en finir avec tous ces bruits et avec ces rumeurs, ajoutons que le printemps vit beaucoup de changements chez les Epantchine, en sorte qu'il leur eût été difficile de ne pas oublier le prince, lequel ne donna d'ailleurs pas signe de vie, peut-être intentionnellement. Dans le courant de l'hiver précédent on avait formé le projet de passer l'été à l'étranger. Il ne s'agissait bien entendu que d'Elisabeth Prokofievna et de ses filles, le général n'ayant pas de temps à perdre en « vaines distractions ». La décision avait été prise sur les instances opiniâtres des jeunes filles, qui s'étaient mis en tête que leurs parents ne voulaient pas les mener à l'étranger par crainte de manquer les partis à l'affût desquels ils étaient.

On peut aussi supposer que les époux Epantchine avaient fini par se rendre compte que des soupirants peuvent aussi se trouver hors du pays et qu'un voyage d'été, loin de gâter les choses, pourrait au contraire les arranger. Ajoutons à ce propos que le projet de marier l'aînée avec Athanase Ivanovitch avait été abandonné avant même d'avoir pris une forme concrète. Cela s'était fait tout naturellement, sans longue discussion ni dissentiment dans la famille. Aussitôt après le départ du prince, on avait cessé d'en parler d'une part comme de l'autre. Cet événement contribua dans une certaine mesure à alourdir l'atmosphère de malaise qui régnait chez les Epantchine, encore que la générale eût déclaré qu'elle en était enchantée et qu'elle « se signait des deux mains » en y pensant. Le général, tout en reconnaissant les torts dont sa femme lui faisait grief, n'en marqua pas moins pendant quelque temps sa mauvaise humeur. Il regrettait Athanase Ivanovitch, « un homme si riche et si adroit ». Bientôt après il apprit que ce dernier s'était épris d'une Française de passage qui appartenait à la plus haute société ; c'était une marquise du clan légitimiste. Le mariage était décidé et Athanase Ivanovitch devait se rendre d'abord à Paris, puis dans quelque coin en Bretagne. « Allons ! décida le général, marié à une Française, c'est un homme perdu ! »

Les Epantchine préparaient leur voyage d'été. Un incident survint brusquement qui, de nouveau, bouleversa tout et fit ajourner le voyage, pour la plus grande satisfaction du général et de sa femme. Cet incident, ce fut l'arrivée à Pétersbourg d'un gentilhomme moscovite, le prince Stch…, homme connu, et de la façon la plus honorable. Il était de ces gens de formation récente, actifs, honnêtes, modestes, qui désirent sincèrement et consciencieusement se rendre utiles, travaillent sans cesse et se distinguent par leur rare et heureuse aptitude à toujours trouver l'emploi de leur activité. À l'écart de la vaine agitation des partis, sans ostentation ni prétention à jouer un rôle de premier plan, le prince avait néanmoins parfaitement compris le sens des transformations de l'époque actuelle. Il avait d'abord été fonctionnaire de l'État, puis s'était consacré aux États provinciaux. Outre cela il collaborait, comme membre correspondant, aux travaux de plusieurs sociétés savantes russes. Avec le concours d'un ingénieur de sa connaissance, il avait fait améliorer, à la suite d'études et d'investigations spéciales, le tracé d'une de nos plus importantes voies ferrées. Il était âgé de trente-cinq ans. Appartenant à la meilleure société, il possédait, selon l'expression du général, « une jolie fortune, solide et bien assise ». Le général en savait quelque chose, car il avait fait sa connaissance chez le comte, son chef hiérarchique, à l'occasion d'une affaire assez importante. Mû par une curiosité particulière, le prince ne se refusait jamais à entrer en relation avec les hommes d'affaires russes. Les circonstances voulurent qu'il fût aussi présenté à la famille du général. Adélaïde Ivanovna, la puînée des trois sœurs, produisit sur lui une assez vive impression. À l'entrée du printemps il formula sa demande en mariage. Il avait beaucoup plu à Adélaïde ainsi qu'à Elisabeth Prokofievna. Le général fut enchanté de ce parti. Le voyage projeté fut naturellement ajourné et on décida de célébrer le mariage au cours de la saison.

Cependant le voyage aurait bien pu avoir lieu vers le milieu ou la fin de l'été, et, n'eût-il duré qu'un mois ou deux, il aurait apporté à Elisabeth Prokofievna et à ses deux autres filles une diversion au chagrin que leur causait le départ d'Adélaïde. Mais un nouvel incident surgit : vers la fin du printemps (le mariage avait un peu traîné et on l'avait différé jusqu'au milieu de l'été), le prince Stch... présenta aux Epantchine un de ses parents éloignés, un certain Eugène Pavlovitch R..., avec lequel il était assez intime. C'était un jeune aide de camp d'environ vingt-huit ans, très beau garçon, de souche aristocratique, spirituel, brillant, très cultivé, ouvert aux idées nouvelles et détenteur d'une prodigieuse fortune. Sur ce dernier point le général se montrait toujours circonspect. Aussi prit-il des renseignements, sur le vu desquels il conclut : « la chose paraît exacte mais demande encore à être vérifiée ». Ce jeune aide de camp « appelé à un brillant avenir » vit son prestige rehaussé par les références que donna sur lui, de Moscou, la vieille Biélokonski. Il n'y avait qu'une ombre au tableau : ses liaisons et les « conquêtes » qu'il avait faites, assurait-on, pour le malheur de quelques cœurs sensibles. Quand il eut vu Aglaé, il se mit à fréquenter très assidûment la maison des Epantchine. À vrai dire cette assiduité ne donna lieu ni à une explication, ni même à une allusion. Mais les parents n'en eurent pas moins l'impression qu'il n'y avait pas lieu de penser à un voyage à l'étranger cet été-là. Peut-être bien qu'Aglaé, elle, était d'un autre avis.

Ceci se passait à la veille de la rentrée en scène de notre héros. À en juger par les dehors, on avait alors eu le temps d'oublier complètement le pauvre prince Muichkine à Pétersbourg. S'il était réapparu à ce moment au milieu de ses connaissances, il aurait eu l'air de tomber du ciel.

Nous devons consigner encore un fait avant de clore cette introduction. Après le départ du prince, Kolia Ivolguine continua d'abord à vivre comme par le passé, allant au collège, fréquentant son ami Hippolyte, veillant sur son père et aidant Barbe dans le ménage, c'est-à-dire faisant ses commissions. Mais les locataires s'étaient dispersés rapidement : Ferdistchenko avait déménagé trois jours après la scène chez Nastasie Philippovna ; on l'avait bientôt perdu de vue et on n'entendait guère parler de lui ; on disait seulement, mais sans l'affirmer, qu'il s'enivrait quelque part. Avec le prince était parti le dernier pensionnaire. Plus tard, lorsque Barbe se maria, Nina Alexandrovna et Gania allèrent demeurer avec elle sous le toit de Ptitsine dans le quartier du Régiment-Ismaïlovski.

Quant au général Ivolguine, il lui arriva vers la même époque une aventure tout à fait imprévue : on l'enferma à la prison pour dettes. L'incarcération avait eu lieu à la requête de son amie, la veuve du capitaine, à laquelle il avait souscrit, à différents termes, pour deux mille roubles de billets. Ce fut pour le général une vraie surprise et le malheureux fut « positivement la victime de sa confiance illimitée dans la noblesse du cœur humain ». Ayant pris la tranquillisante habitude de signer des lettres de change et des billets, il n'avait pas imaginé qu'ils pussent jamais tirer à conséquence et pensait que les choses en resteraient toujours là. Mais l'événement le détrompa. « Ayez confiance après cela dans les gens et reposez-vous noblement sur eux ! » s'exclamait-il avec douleur tandis qu'il vidait une bouteille de vin en compagnie de ses nouvelles connaissances, les pensionnaires de la maison Tarassov, auxquels il racontait des anecdotes sur le siège de Kars, ainsi que l'histoire du soldat ressuscité. Il s'adaptait d'ailleurs parfaitement à son nouveau régime. Ptitsine et Barbe déclarèrent que c'était là la place qui lui convenait, manière de voir que Gania confirma. Seule la pauvre Nina Alexandrovna pleurait en cachette (ce qui étonnait sa famille) et, bien que toujours malade, elle allait aussi souvent que possible voir son mari dans ce quartier éloigné.

Depuis cet événement qu'il appelait l'« accident du général » et depuis le mariage de sa sœur, Kolia s'était presque tout à fait émancipé, au point de rentrer rarement coucher à la maison. Le bruit courait qu'il s'était fait beaucoup de nouvelles connaissances ; en outre, on le voyait constamment à la maison d'arrêt. Nina Alexandrovna ne pouvait se passer de lui quand elle y allait. Chez lui, on n'avait même plus la curiosité de le questionner. Barbe, qui naguère le tenait si serré, ne l'interrogeait plus maintenant sur ses absences. À la grande surprise de la famille, Gania, en dépit de son hypocondrie, causait avec lui et lui montrait parfois de l'affection, chose qui ne s'était encore jamais vue. Il avait vingt-sept ans et son frère quinze ; jusque-là il n'avait témoigné à ce dernier aucune sollicitude ; au contraire il le traitait grossièrement, exigeait de tout le monde la sévérité à son égard et menaçait à tout bout de champ de lui « tirer les oreilles », ce qui mettait le petit hors de lui. On avait maintenant l'impression que Kolia était parfois indispensable à son frère. De son côté, il avait été frappé de voir celui-ci rendre l'argent à Nastasie Philippovna et était prêt, pour cette raison, à lui pardonner bien des choses.

Trois mois environ après le départ du prince, la famille Ivolguine apprit que Kolia avait subitement fait la connaissance des Epantchine et qu'il trouvait chez eux le meilleur accueil des jeunes filles. Barbe sut très vite la nouvelle, quoique Kolia se fût présenté de lui-même et n'eût pas eu recours à son entremise. On le prit peu à peu en affection chez les Epantchine. La générale, qui avait commencé par lui montrer de la mauvaise humeur, ne tarda pas à devenir affable quand elle se fut rendu compte « qu'il était sincère et n'aimait pas flatter ». Qu'il n'aimât point flatter, c'était la vérité même : il avait su se placer chez les Epantchine sur un pied de parfaite égalité et d'indépendance. S'il lisait quelquefois des livres et des journaux à la générale, c'est parce qu'il était naturellement obligeant. À deux reprises cependant, au cours d'une vive dispute avec Elisabeth Prokofievna, il lui déclara qu'elle était despotique et qu'il ne mettrait plus les pieds chez elle. La première de ces disputes fut provoquée par la « question féminine » ; la seconde éclata au sujet de la saison la plus favorable pour attraper les serins. Si invraisemblable que la chose puisse paraître, la générale lui envoya le surlendemain un domestique porteur d'un billet dans lequel elle le priait de ne pas manquer de revenir. Kolia ne s'entêta point et réapparut sur-le-champ. Seule Aglaé n'était pas très bien disposée à son égard, on ne sait pourquoi, et le traitait de haut en bas. Cependant il était écrit qu'il lui causerait une surprise. Un jour – c'était pendant la semaine sainte – Kolia profita d'un moment où ils étaient seuls pour lui tendre une lettre qu'on lui avait dit de ne remettre qu'en mains propres. Aglaé jeta un regard menaçant à cet « impudent gamin », mais Kolia sortit sans en attendre davantage. Elle déplia la lettre et lut :

« Vous m'avez un jour honoré de votre confiance. Peut-être m'avez-vous complètement oublié maintenant. Comment ai-je pu me décider à vous écrire ? Je ne sais ; mais j'ai ressenti un désir irrésistible de me rappeler à vous, spécialement à vous. Maintes fois vous et vos sœurs m'auriez été très utiles, mais, de vous trois, je ne voyais que vous par la pensée. Vous m'êtes nécessaire, très nécessaire. Je n'ai rien à vous mander ni à vous raconter en ce qui me concerne. Ce ne serait d'ailleurs pas ce qui me ferait vous écrire. Mais mon plus vif désir serait de vous savoir heureuse. Êtes-vous heureuse ? C'est tout ce que j'avais à vous dire.

Votre cousin, prince L. Muichkine ».

Après avoir lu cette courte et assez incohérente missive, Aglaé rougit brusquement et resta pensive. Il nous serait malaisé de suivre le cours de ses pensées. Elle se posa, entre autres, cette question : montrerai-je cette lettre à quelqu'un ? Finalement elle jeta la lettre dans le tiroir de sa table tandis qu'un sourire énigmatique et moqueur plissait ses lèvres.

Le lendemain elle reprit la lettre et la glissa dans un gros livre à reliure épaisse. C'était toujours ainsi qu'elle faisait pour les papiers qu'elle désirait retrouver rapidement. Une semaine se passa avant qu'elle s'avisât de regarder le titre de l'ouvrage : c'était ***Don Quichotte de la Manche***. On ne sait trop pourquoi ce titre la fit éclater de rire. On ne sait pas davantage si elle montra la lettre à l'une ou à l'autre de ses sœurs.

Mais, quand elle l'eut relue, une question lui traversa l'esprit : se pouvait-il que le prince eût choisi cet impertinent et outrecuidant gamin comme correspondant et peut-être comme unique correspondant ? Elle interrogea là-dessus Kolia, tout en le prenant de très haut. Mais le « gamin », si susceptible habituellement, ne prêta aucune attention à son air de mépris. Il expliqua brièvement et assez sèchement qu'à tout hasard il avait donné son adresse et offert ses services au prince avant que celui-ci quittât Pétersbourg, mais que c'était à la fois la première commission dont il avait été chargé et la première lettre qu'il en recevait. À l'appui de ce dire, il montra la lettre que le prince lui avait adressée personnellement. Aglaé n'eut aucun scrupule à lire cette lettre, qui était ainsi conçue :

« Cher Kolia, soyez assez bon pour remettre le billet cacheté ci-inclus à Aglaé Ivanovna. Portez-vous bien.

Affectueusement vôtre,

Le prince L. Muichkine ».

– C'est tout de même ridicule de faire tant de confiance à un pareil mioche ! dit Aglaé sur un ton de dépit en rendant la lettre à Kolia ; puis elle s'éloigna, l'air méprisant.

C'était plus que n'en pouvait supporter Kolia qui, pour la circonstance, avait emprunté à Gania, sans lui en donner la raison, son foulard vert tout neuf. Il ressentit cruellement cet affront.

II

C'était au début de juin : depuis une semaine il faisait à Pétersbourg un temps splendide. Les Epantchine possédaient à Pavlovsk[50] une luxueuse villa. Elisabeth Prokofievna se mit soudain à s'agiter et à vouloir à toute force s'y rendre ; en deux jours le déménagement fut terminé.

Un jour ou deux après ce départ, le prince Léon Nicolaïévitch Muichkine arriva de Moscou par le train du matin. Personne ne vint l'attendre à la gare, mais, à la descente du wagon, il crut soudain distinguer dans la foule massée autour des voyageurs une paire d'yeux incandescents qui le dévisageaient étrangement. Il chercha d'où venait ce regard mais ne distingua plus rien. Peut-être n'était-ce qu'une illusion, mais elle lui laissa une impression désagréable. Le prince n'avait pas besoin de cela pour être triste et soucieux ; quelque chose paraissait le préoccuper.

Il prit un fiacre qui l'amena à un hôtel non loin de la Liteinaia. Dans cet hôtel, qui ne payait pas de mine, il loua deux petites chambres, sombres et mal meublées. Il se lava, changea de vêtements sans rien demander et sortit à la hâte comme un homme qui craint de perdre son temps ou de manquer une visite.

Si une des personnes qui l'avaient connu six mois avant, lors de sa première arrivée à Pétersbourg, l'avait aperçu à ce moment, elle aurait constaté une

[50] Petite ville des environs de Pétersbourg : c'était un centre de villégiature particulièrement agréable à cause des vastes parcs qui s'étendaient entre cette localité et Tsarskoïé-Sélo. – N. d. T.

remarquable amélioration dans son extérieur. Mais ce n'était guère qu'une apparence. Seul son accoutrement avait subi une transformation radicale : il s'était fait faire un vêtement par un bon tailleur de Moscou. Toutefois ce vêtement même avait le défaut d'être trop à la mode (ce qui est toujours le cas quand on a affaire à un tailleur qui a plus de bonne volonté que de goût), surtout pour un homme qui n'entend rien à la toilette ; un observateur porté à la moquerie aurait pu, en examinant le prince, trouver matière à rire. Mais il y a tant de choses qui peuvent prêter à rire !

Le prince se fit conduire en fiacre aux Peski[51]. Dans une des rues du groupe Rojdestvenski il découvrit bientôt l'adresse qu'il cherchait : c'était une maisonnette de bois dont l'aspect agréable, la propreté et la tenue le surprirent. Elle était entourée d'un jardin planté de fleurs. Les fenêtres sur la rue étaient ouvertes et on entendait la voix perçante, presque criarde, d'un homme qui semblait faire la lecture ou même prononcer un discours ; cette voix était de temps à autre interrompue par de sonores éclats de rire. Le prince pénétra dans la cour, monta le perron, se fit ouvrir et demanda « monsieur Lébédev ».

– Le voici, répondit une cuisinière aux manches retroussées jusqu'aux coudes, en montrant du doigt l'entrée du « salon ». Ce salon, tapissé d'un papier bleu-foncé, était aménagé proprement et même avec quelque recherche : le mobilier se composait d'une table ronde, d'un divan, d'une pendule en bronze sous verre, d'une glace étroite fixée au mur et d'un petit lustre ancien à pendeloques, suspendu au plafond par une chaînette de bronze.

Au milieu de cette pièce se tenait M. Lébédev en personne, tournant le dos à la porte par laquelle était entré le prince. En manches de chemise vu la chaleur, il pérorait sur un ton pathétique en se frappant la poitrine. Son auditoire comprenait : un garçon de quinze ans, à la mine éveillée et intelligente, qui tenait un livre à la main ; une jeune fille d'environ vingt ans, tout en deuil, qui avait un bébé sur les bras ; une fillette de treize ans, également en deuil, qui riait à gorge déployée, et enfin un singulier personnage allongé sur le divan ; c'était un jeune homme d'une vingtaine d'années, assez bien fait, brun, avec des cheveux longs et épais, de grands yeux noirs, un très léger duvet tenant lieu de barbe et de favoris. Ce dernier semblait interrompre fréquemment la faconde de Lébédev pour faire de la contradiction, d'où, sans doute, les accès d'hilarité de l'auditoire.

– Loukiane Timofeïtch, hé ! Loukiane Timofeïtch ! Voyons ! Mais regardez donc par ici !… Ah ! et puis après tout, faites comme vous voulez !

---

51 *Les Sables :* quartier au nord-est de Pétersbourg, dans une boucle de la Neva ; Il était surtout habité par les gens de condition modeste. – N. d. T.

Et la cuisinière sortit, rouge de colère, en agitant les bras dans un geste d'impuissance.

Lébédev se retourna et, ayant aperçu le prince, resta médusé. Puis au bout d'un moment il se précipita vers lui avec un sourire obséquieux, mais s'arrêta de nouveau sur le seuil, glacé par la surprise, et balbutia :

– Ex… excellentissime prince !

Et soudain, comme encore incapable de reprendre contenance, il fit demi-tour et s'élança sans rime ni raison sur la jeune fille en deuil qui tenait le bébé dans ses bras : celle-ci eut un sursaut de recul devant ce geste imprévu. Mais il s'en détourna aussitôt et se mit à vociférer contre la fillette de treize ans qui, debout sur le seuil de la pièce voisine, n'avait pas encore maîtrisé son hilarité ; elle ne put supporter ses cris et s'enfuit d'un bond vers la cuisine. Lébédev frappa du pied pour l'effrayer davantage, mais, son regard ayant croisé celui du prince qui avait l'air tout confus, il dit en manière d'explication :

– C'est pour… le respect, hé ! hé !

– Vous avez bien tort de… commença le prince.

– Tout de suite, tout de suite… avec la rapidité du vent…

Et Lébédev disparut précipitamment de la chambre. Le prince considéra avec étonnement la jeune fille, le garçon et le personnage étendu sur le divan ; tous riaient. Il fit comme eux.

– Il est allé mettre son frac, dit le jeune garçon.

– Comme tout cela est contrariant, fit le prince. Et moi qui comptais… Mais, dites moi, ne serait-il pas…

– Ivre, voulez-vous dire ? cria une voix qui partait du divan. Pas le moins du monde ! C'est tout au plus s'il a bu trois ou quatre petits verres, peut-être cinq, histoire de ne pas déroger à la règle.

Le prince allait répondre au dernier interlocuteur mais il fut devancé par la jeune fille dont le joli visage exprimait la plus grande franchise.

– Il ne boit jamais beaucoup le matin ; si vous voulez lui parler d'affaires, faites-le. C'est le bon moment. Le soir, quand il rentre, il est parfois gris. À présent il lui arrive, surtout la nuit, de pleurer et de nous faire à haute voix des lectures de l'Écriture Sainte parce que notre mère est morte il y a cinq semaines.

– S'il s'est enfui, c'est parce qu'il avait bien du mal à vous répondre, observa le jeune homme couché sur le divan. – Je parie qu'il cherche déjà à vous enjôler et qu'en ce moment même il rumine son coup.

– Cinq semaines qu'elle est morte ! Cinq semaines seulement, s'exclama Lébédev réapparaissant vêtu du frac. Il cligna des yeux et tira un mouchoir de sa poche pour essuyer ses larmes. – Orphelins ! ils sont orphelins !

– Voyons, papa, pourquoi avez-vous mis un vêtement tout troué ? fit la jeune fille. Vous avez là, derrière la porte, une redingote neuve. Vous ne l'avez donc pas vue ?

– Tais-toi, sauterelle ! lui cria Lébédev. Que je te voie ! Et il frappa du pied pour l'intimider ; mais cette fois elle n'en fit que rire.

– Pourquoi chercher à me faire peur ? Je ne suis pas Tania[52], je ne vais pas me sauver. Tenez, vous allez réveiller la petite Lioubov et elle aura encore des convulsions. À quoi bon crier ainsi ?

– Que ta langue s'attache à ton palais ! s'écria Lébédev dans un brusque mouvement de frayeur. Et, se précipitant vers l'enfant qui dormait dans les bras de la jeune fille, il traça au-dessus de lui, d'un air égaré, plusieurs signes de croix. – Seigneur, garde-la ! Seigneur, protège-la ! Ce bébé est ma propre fille Lioubov[53], ajouta-t-il en s'adressant au prince. Elle est née, en très légitime mariage, de ma femme Hélène, morte en couches. Et ce vanneau, c'est ma fille Véra, qui est en deuil… Et celui-ci, celui-ci… oh ! celui-ci…

– Pourquoi restes-tu court ? continue, ne te trouble pas !

– Votre Honneur ! s'écria Lébédev avec exaltation, avez-vous suivi dans les journaux le meurtre de la famille Jémarine ?

– Oui, répondit le prince quelque peu étonné.

– Eh bien ! voilà en personne l'assassin de la famille Jémarine ; c'est lui-même.

– Qu'est-ce à dire ? fit le prince.

---

52 Diminutif de Tatiana. – N d. T.

53 Prénom féminin qui signifie *Charité ;* il est très usité ainsi que les deux autres noms des vertus théologales : *Vera* (Foi) et *Nadejda* (Espérance). – N. d. T.

– Entendons-nous : je parle par allégorie. Je veux dire que c'est le futur assassin d'une future famille Jémarine, s'il s'en trouve une seconde. Il s'y prépare…

Tout le monde se mit à rire. L'idée vint au prince que Lébédev se livrait peut-être à ces bouffonneries parce qu'il pressentait des questions auxquelles il ne saurait que répondre et qu'il voulait gagner du temps.

– Ce garçon est un révolté, un fauteur de complots ! cria Lébédev sur le ton d'un homme qui ne se possède plus. –. Voyons, puis-je, moi, considérer comme mon neveu, comme le fils unique de ma sœur Anissia, cette langue de vipère, ce fornicateur, ce monstre ?

– Tais-toi donc, ivrogne que tu es ! Croiriez-vous, prince, qu'il s'est maintenant mis en tête de devenir avocat ; il tourne au chicaneau, s'exerce à l'éloquence et fait des effets oratoires en parlant à ses enfants. Il y a cinq jours, il a plaidé en justice de paix[54]. En faveur de qui ? Une vieille femme l'adjurait de la défendre contre un gredin d'usurier qui l'avait dépouillée des cinq cents roubles représentant tout son avoir. A-t-il défendu la vieille femme ? Non : il a plaidé pour l'usurier, un juif du nom de Saïdler, parce que celui-ci lui avait promis cinquante roubles…

– Cinquante roubles si je gagnais le procès, mais cinq seulement si je le perdais, rectifia Lébédev d'une voix tout à fait changée et comme s'il n'avait pas crié un instant auparavant.

– Naturellement il a perdu. La justice n'est plus comme dans le temps et il n'a réussi qu'à faire rire de lui. N'empêche qu'il est resté très fier de sa plaidoirie : « Songez, magistrats impartiaux, – a-t-il dit – que mon client, un malheureux vieillard privé de l'usage de ses jambes et vivant d'un travail honorable, est en train de perdre son dernier morceau de pain. Rappelez-vous les sages paroles du Législateur : « Que la clémence règne dans les tribunaux »[55]. Figurez-vous qu'il nous rabâche chaque matin cette plaidoirie telle qu'il l'a prononcée là-bas ; c'est aujourd'hui la cinquième fois que nous l'entendons. Il la répétait encore au moment de votre arrivée, tant elle le ravit. Il s'en pourlèche. Et il se prépare à défendre un autre client de même acabit. Vous êtes, je crois, le prince Muich-

54 D'après le statut de 1864, les petites causes, civiles ou criminelles, étaient portées, dans chaque quartier, devant le juge de paix. En appel elles allaient à l'assemblée des juges de paix du district. – N. d. T.

55 Cette célèbre formule figurait dans l'ukase impérial du 24 novembre 1864 qui promulgua les nouveaux « statuts judiciaires ». Elle était gravée en lettres d'or sur une plaque de marbre dans la salle des Pas-perdus de l'ancien Palais de justice de Pétersbourg. – N. d. T.

kine ? Kolia m'a parlé de vous : il m'a dit n'avoir jamais vu au monde d'homme aussi intelligent que vous.

– Non ! non ! il n'y a pas au monde d'homme plus intelligent, renchérit Lébédev.

– Admettons que celui-là ne dit pas la vérité. L'un vous aime, l'autre vous passe la main dans le dos. Moi je n'ai nulle intention de vous flagorner, vous pouvez m'en croire. Mais vous ne manquez pas de bon sens : soyez juge entre lui et moi. Allons, veux-tu que le prince nous départage ? demanda à son oncle le jeune homme étendu sur le divan. – Je suis même bien aise, prince, que vous soyez venu.

– Je veux bien, s'écria Lébédev d'un ton décidé, en jetant involontairement un coup d'œil sur le « public » qui, de nouveau, se groupait autour de lui.

– De quoi s'agit-il ? articula le prince en fronçant les sourcils.

Il avait en effet la migraine, mais était en outre de plus en plus convaincu que Lébédev le bernait et cherchait une diversion.

– Voici l'exposé de l'affaire. Je suis son neveu : sur ce point, contrairement à son habitude, il n'a pas menti. Je n'ai pas achevé mes études, mais je veux les terminer et je les terminerai parce que j'ai du caractère. En attendant je vais prendre, pour vivre, un emploi de vingt-cinq roubles dans les chemins de fer. J'avoue en outre qu'il m'a aidé à deux ou trois reprises. J'avais vingt roubles et je les ai perdus au jeu. Oui, prince, le croiriez-vous ? j'ai eu l'abjection, la bassesse de les perdre au jeu !

– Avec un gredin, un gredin que tu n'aurais pas dû payer ! s'écria Lébédev.

– Un gredin, c'est vrai, mais que j'avais le devoir de payer, poursuivit le jeune homme. Que ce soit une canaille, je l'atteste, non seulement parce qu'il t'a rossé mais pour bien d'autres raisons. Prince, il s'agit d'un officier chassé de l'armée, un lieutenant en retraite qui faisait partie de la bande à Rogojine et qui donne des leçons de boxe. Tout ce monde-là bat le pavé depuis que Rogojine s'en est débarrassé. Mais le pis de tout c'est que je savais qu'il était un gredin, un propre-à-rien et un filou, et que, malgré cela, j'ai risqué mes derniers roubles en jouant avec lui (nous avons joué aux *palki*)[56]. Je me disais : si je perds, j'irai trouver l'oncle Loukiane, je lui ferai des platitudes et il ne refusera pas de m'aider. Voilà ce qui était de la bassesse, de la pure bassesse ! C'était de la lâcheté consciente !

---

[56] Jeu de cartes. – N. d. T.

– Oui, de la lâcheté consciente ! confirma Lébédev.

– Ne te dépêche pas tant de crier victoire ! répliqua le neveu avec vivacité. – Il se réjouit trop tôt. Je vins donc chez mon oncle, prince, et lui avouai tout ; je me conduisis noblement et ne me ménageai point ; au contraire je m'accablai tant que je pus en sa présence ; tous ici en furent témoins. Pour entrer dans la place que je vise, il est de toute nécessité que je remonte un peu ma garde-robe, car je suis en loques. Regardez plutôt mes bottes ! Je ne peux pas me présenter à mon nouvel emploi dans cette tenue et, si je ne me présente pas dans le délai fixé, la place sera occupée par un autre ; alors je resterai entre deux selles et Dieu sait quand je trouverai une autre occupation ! Maintenant je ne lui demande en tout que quinze roubles ; je m'engage à ne plus jamais avoir recours à lui et à le rembourser jusqu'au dernier sou dans les trois mois. Je tiendrai parole. Je sais ce que c'est que de vivre de pain et de kvass pendant des mois entiers, car j'ai du caractère. En trois mois je gagnerai soixante-quinze roubles. Avec ce que je lui ai précédemment emprunté, ma dette totale s'élèvera à trente-cinq roubles ; j'aurai donc de quoi m'acquitter. Pour ce qui est des intérêts, qu'il exige ce qu'il voudra, le diable l'emporte ! Est-ce qu'il ne me connaît pas ? Demandez-lui, prince, si je lui ai rendu ou non son argent quand il m'est venu en aide. Pourquoi me refuse-t-il maintenant ? Il est fâché contre moi parce que j'ai payé ce lieutenant ; il n'a pas d'autre raison. Voilà l'homme : rien pour lui, donc rien pour les autres !

– Et il ne s'en va pas ! s'écria Lébédev. Il est couché là où vous le voyez et il ne bouge plus.

– Je te l'ai déjà dit ; je ne m'en irai pas avant que tu m'aies donné ce que je te demande. Pourquoi avez-vous l'air de sourire, prince ? On dirait que vous me désapprouvez.

– Je ne souris pas, mais, selon moi, vous êtes en effet un peu dans votre tort, dit le prince comme à contre-cœur.

– Dites carrément que j'ai tout à fait tort, ne biaisez pas. Pourquoi cet « un peu » ?

– Si vous voulez : mettons que vous êtes tout à fait dans votre tort.

– Si je veux ! Voilà qui est comique ! Croyez-vous que je ne me rende pas compte moi-même de l'indélicatesse de mon procédé ? Je sais que l'argent lui appartient, qu'il peut en disposer à sa guise et que j'ai l'air de vouloir le lui extorquer. Mais vous, prince..., vous ne connaissez pas la vie. Si on ne donne pas une leçon à ces gens-là, il n'y a rien à en attendre. Il faut leur en donner une. Ma conscience est pure : je vous le dis en toute sincérité, je ne lui ferai aucun tort et je lui restituerai son argent, intérêts compris. Moralement il a déjà eu une satisfaction, puisqu'il a été témoin de mon avilissement. Que lui faut-il de plus ? À quoi sera-t-il bon s'il ne rend pas service ? voyez plutôt comment il se comporte lui-même. Interrogez-le sur sa façon d'agir avec autrui et sur son art de piper les gens. Par quels moyens est-il devenu propriétaire de cette maison ? Je donne ma tête à couper s'il ne vous a pas déjà roulé et s'il ne médite pas sur la manière de vous rouler davantage. Vous souriez, vous ne le croyez pas ?

– Il me semble, observa le prince, que tout cela n'a pas grand rapport avec votre affaire.

– Voilà trois jours que je reste couché ici et j'en ai déjà pas mal vu ! s'exclama le jeune homme sans écouter le prince. – Figurez-vous qu'il a des soupçons sur cet ange, cette jeune fille aujourd'hui orpheline, ma cousine et sa fille ; il cherche chaque nuit si elle ne cache pas un galant. Il se glisse ici à pas de loup et regarde sous mon divan. La défiance lui a tourné la tête ; il voit des voleurs dans tous les coins. La nuit il saute hors du lit à chaque instant, va s'assurer que les portes et les fenêtres sont bien fermées et inspecte le poêle. Ce manège se renouvelle jusqu'à sept fois dans une même nuit. Au tribunal il plaide pour des fripons ; ici il se relève encore trois autres fois par nuit pour faire ses prières ; il se met à genoux dans ce salon et passe une demi-heure à se frapper le front contre le plancher, à psalmodier et à faire des invocations à tort et à travers ! Sans doute est-ce l'effet de l'ivresse. Il a prié pour le repos de l'âme de la comtesse Du Barry ; je l'ai entendu de mes propres oreilles. Kolia l'a entendu aussi. Bref il a totalement perdu l'esprit !

– Vous voyez, prince, vous entendez comme il me bafoue ! s'écria Lébédev tout rouge et hors de lui. – Je suis peut-être un ivrogne, un coureur, un voleur et un mauvais sujet, mais il y a une chose que ce dénigreur ne sait pas, c'est que, quand il était au berceau, c'est moi qui l'emmaillotais et le lavais. Je passais des nuits blanches à le veiller, lui et sa mère, ma sœur Anissia, qui était veuve et tombée dans la misère ; bien qu'aussi misérable qu'eux, je les soignais quand ils étaient malades ; j'allais voler du bois chez le concierge ; j'avais le ventre creux mais je chantais en faisant claquer mes doigts pour endormir le bébé. Je l'ai dorloté et voilà maintenant qu'il me tourne en ridicule. Et qu'est-ce que cela peut te faire que je me sois signé en priant pour le repos de l'âme de la comtesse Du Barry ? Prince, il y a trois jours, j'ai lu, pour la première fois de ma vie, sa biographie dans une encyclopédie. Mais sais-tu toi-même qui était la Du Barry ? Parle : le sais-tu, oui ou non ?

– Ne dirait-on pas que tu es le seul à le savoir ? murmura le jeune homme presque malgré lui mais d'un ton moqueur.

– C'était une comtesse qui, sortie de la fange, devint presque reine, au point qu'une grande impératrice l'appelait *ma cousine*[57] dans une lettre écrite de sa main. Au lever du Roi (sais-tu ce que c'était que le lever du Roi ?) un cardinal, nonce du pape, s'offrit pour lui mettre ses bas de soie : il considérait cela comme un honneur, tout dignitaire et saint homme qu'il fût ! Sais-tu cela ? Je vois sur ta figure que tu l'ignores. Voyons, comment est-elle morte ? Réponds si tu le sais.

– Fiche-moi la paix ! Tu m'ennuies.

– Voici comment elle est morte. Après tous ces honneurs et cette demi-souveraineté, le bourreau Sanson l'a traînée à la guillotine, bien qu'innocente, pour faire plaisir aux poissardes de Paris. Son épouvante fut telle qu'elle ne comprit rien à ce qu'on voulait faire d'elle. Quand elle sentit que le bourreau lui courbait la nuque sous le couperet et la poussait à coups de pied, tandis que les gens riaient autour d'elle, elle se mit à crier : « *Encore un moment, monsieur le bourreau, encore un moment*[58] *!* » Eh bien ! c'est peut-être pour ce moment-là que Dieu lui pardonnera, car on ne peut pas imaginer, pour l'âme humaine, une plus grande misère que celle-là. Sais-tu ce que veut dire le mot « misère » ? Il désigne précisément ce moment-là. Quand j'ai lu le passage où est relaté ce cri de la comtesse suppliant qu'on lui fasse grâce d'un moment, j'ai eu le cœur serré comme entre des tenailles. Que t'importe, vermisseau, qu'en me couchant j'aie eu dans mes prières une pensée pour cette grande pécheresse ? Si je l'ai eue, c'est peut-être parce que personne ne s'est avisé, jusqu'à ce jour, de prier ou même de faire un signe de croix pour elle. Il lui sera sans doute agréable, dans l'autre monde, de sentir qu'il s'est trouvé ici-bas un pécheur comme elle pour prier, ne serait-ce qu'une fois, pour son âme. Pourquoi ricanes-tu ? Tu ne le crois pas, athée que tu es ? Et qu'en sais-tu ? D'ailleurs si tu m'as écouté, tu as rapporté de travers ce que tu as entendu : je n'ai pas prié seulement pour la comtesse Du Barry, j'ai dit : « Accorde, Seigneur, le repos à l'âme de la grande pécheresse que fut la comtesse Du Barry et à toutes celles qui lui ressemblent ! » Or ceci est tout à fait différent, car il y a dans l'autre monde beaucoup de grandes pécheresses qui ont connu les vicissitudes de la fortune, qui en ont souffert, et qui maintenant gémissent dans les affres et l'attente. J'ai aussi prié pour toi et pour tes pareils, les sans-vergogne et les insolents. Voilà comment j'ai prié, puisque tu te mêles maintenant d'écouter mes prières…

– C'est bon, en voilà assez ! prie pour qui tu veux et que le diable t'emporte ! tu n'as pas besoin de crier, interrompit avec colère le neveu. – Il faut vous dire, prince, que nous avons en lui un érudit ; vous ne le saviez pas ? ajouta-t-il sur un ton d'ironie forcée. Il passe maintenant son temps à lire toutes sortes de livres et de mémoires de ce genre.

---

57 En français dans le texte.

58 En français dans le texte.

– En tout cas, votre oncle n'est pas un homme… dénué de cœur, fit remarquer le prince comme par manière d'acquit. Le jeune homme lui devenait foncièrement antipathique.

– Vos louanges vont lui monter à la tête. Voyez comme il les savoure aussitôt : il met la main sur sa poitrine et fait la bouche en cœur. Ce n'est pas un homme dénué de sensibilité, soit ! mais c'est un fripon, et un ivrogne par-dessus le marché, voilà le malheur ! Il est détraqué comme tous ceux qui vivent depuis des années dans l'ivrognerie ; c'est pour cela que chez lui tout craque. Je concède qu'il aime ses enfants et qu'il s'est montré respectueux pour ma défunte tante… Il m'aime moi aussi et, Dieu merci ! il ne m'a pas oublié dans son testament.

– Je ne te laisserai rien ! s'écria Lébédev exaspéré.

– Écoutez, Lébédev, dit le prince d'une voix ferme en se détournant du jeune homme, je sais par expérience que vous êtes un homme sérieux en affaires quand vous le voulez… Je ne dispose que de fort peu de temps et si vous… Excusez-moi : j'ai oublié vos nom et prénom ; voulez-vous me les rappeler ?

– Ti… ti… moféi[59].

– Et ?

– Loukianovitch.

De nouveau tout le monde éclata de rire.

– Il a menti ! s'écria le neveu. Il a menti même en disant son nom. Prince, il ne s'appelle pas du tout Timoféï Loukianovitch, mais Loukiane Timoféïévitch ! Dis-nous pourquoi tu as menti ? Loukiane ou Timoféï, n'est-ce pas tout un pour toi ? Et qu'est-ce que cela peut faire au prince ? Ma parole, il ment par pure habitude !

– Se peut-il qu'il en soit ainsi ? demanda le prince qui perdait patience.

– C'est vrai, je m'appelle Loukiane Timoféïévitch, avoua piteusement Lébédev en baissant les yeux avec soumission et en portant de nouveau la main à son cœur.

– Mais, bonté divine, pourquoi alors avez-vous menti ?

– Par humilité, balbutia Lébédev en baissant davantage la tête.

---

59 Forme russe de Timothée. – N. d. T.

– Je ne vois pas quelle humilité il y a dans ce mensonge. Ah ! si seulement je savais où trouver maintenant Kolia ! dit le prince en faisant mine de s'en aller.

– Je vais vous dire où est Kolia, déclara le jeune homme.

– Non, non ! interrompit précipitamment Lébédev.

– Kolia a passé la nuit avec nous, il est parti ce matin chercher son général, que vous avez, prince, tiré de la prison pour dettes, Dieu sait pourquoi ! Hier le général avait promis de venir coucher ici, mais il n'a pas paru. Il a probablement été loger à deux pas, à *l'Hôtel de la Balance.* Kolia est donc là, à moins qu'il ne soit allé à Pavlovsk, chez les Epantchine. Comme il avait de l'argent, il voulait déjà s'y rendre hier. Ainsi vous le trouverez à la *Balance* ou à Pavlovsk.

– À Pavlovsk, à Pavlovsk ! s'écria Lébédev. Pour le moment allons au jardin… nous y prendrons le café…

Et, saisissant le prince par le bras, il l'entraîna dehors, dans une cour qui donnait sur le jardin par une petite porte. Ce jardin était exigu mais charmant ; à la faveur du beau temps tous les arbres étaient en plein épanouissement. Lébédev fit asseoir le prince sur un banc de bois peint en vert, devant une table également verte et fixée au sol. Il prit place vis-à-vis de lui. Au bout d'un moment on apporta le café, que le prince ne refusa pas. Lébédev continuait à le regarder dans les yeux d'un air avide et obséquieux.

– Je ne savais pas que vous eussiez une propriété, dit le prince de l'air d'un homme qui pense à tout autre chose.

– Orphelins ! fit Lébédev comme pour recommencer ses jérémiades… mais il s'arrêta net. Le prince regardait distraitement devant lui ayant sans doute déjà oublié la réflexion qu'il venait de faire. Une minute s'écoula. Lébédev fixait toujours son interlocuteur dans l'attente d'une plus ample explication.

– Eh bien ! quoi ? fit le prince comme s'il revenait à lui-même. – Ah oui ! Vous savez bien, Lébédev, ce dont il s'agit. Je suis venu à la suite de votre lettre Parlez.

Lébédev se troubla, voulut dire quelque chose mais n'articula que des sons inintelligibles. Le prince patientait et souriait tristement.

– Il me semble que je vous comprends très bien, Loukiane Timoféïévitch. Vous ne m'attendiez évidemment pas. Vous pensiez que je ne quitterais pas ma retraite au reçu d'un premier avis, que vous ne m'avez envoyé que par acquit de conscience. Mais vous voyez que je suis venu. Allons ! n'essayez pas de me tromper. Cessez de servir deux maîtres. Rogojine est ici depuis déjà trois semaines. Je sais tout. Avez-vous, oui ou non, réussi à lui vendre cette femme comme l'autre fois ? Dites la vérité.

– Le monstre l'a découverte de lui-même.

– Ne l'insultez pas : sans doute il a mal agi à votre égard…

– Il m'a rossé, oui rossé ! reprit Lébédev au comble de l'emportement. En plein Moscou il a mis son chien à mes trousses ; cette bête, un redoutable lévrier, m'a donné la chasse au long d'une rue.

– Vous me prenez pour un enfant, Lébédev. Dites-moi si c'est pour de bon qu'elle vient de le laisser à Moscou.

– C'est pour de bon, pour tout de bon, et cette fois encore à la veille même de la célébration de la noce. Il comptait déjà les minutes ; elle s'est enfuie à Pétersbourg et est venue droit chez moi : « Sauve-moi, donne-moi asile, Loukiane, et ne dis rien au prince ! »… Elle vous craint encore plus que lui, prince, et là est le mystère !

Lébédev porta le doigt à son front d'un air entendu.

– Et maintenant vous les avez de nouveau rapprochés ?

– Très illustre prince, comment… comment pouvais-je m'opposer à ce rapprochement ?

– C'est bon. Je m'informerai par moi-même. Dites-moi seulement où elle se trouve maintenant. Chez lui ?

– Oh non ! Elle vit encore seule. « Je suis libre », dit-elle ; sachez, prince, qu'elle insiste beaucoup sur ce point. « J'ai encore toute ma liberté », répète-t-elle. Elle demeure toujours dans la Pétersbourgskaïa, chez ma belle-sœur, ainsi que je vous l'ai écrit.

– Elle y est maintenant ?

– Oui, à moins qu'elle ne se trouve à Pavlovsk où, profitant du beau temps, elle pourrait bien être en villégiature chez Daria Alexéïevna. Elle répète toujours : « j'ai mon entière liberté ». Hier encore, elle s'est targuée de son indépendance devant Nicolas Ardalionovitch[60]. Mauvais signe !

Et Lébédev se mit à sourire.

– Kolia va-t-il souvent la voir ?

– C'est un étourdi, un garçon incompréhensible, incapable de garder un secret.

– Il y a longtemps que vous êtes allé chez elle ?

– J'y vais chaque jour, sans manquer.

– Donc vous y êtes allé hier ?

– Non. Il y a trois jours que je ne l'ai vue.

– Quel dommage que vous soyez un peu gris, Lébédev ! Sans cela je vous aurais posé une question.

– Non, non, je n'ai rien bu du tout ! riposta Lébédev en dressant l'oreille.

– Dites-moi, comment l'avez-vous laissée ?

– Hum… dans l'état d'une femme qui cherche…

– Une femme qui cherche ?

– Oui, une femme qui chercherait continuellement, comme si elle avait perdu quelque chose. Quant à son prochain mariage, l'idée seule lui en est odieuse et elle se fâche si on lui en parle. Elle ne se soucie pas plus de *lui* que d'une pelure d'orange, ou pour mieux dire il ne lui inspire qu'un sentiment de terreur ; elle défend qu'on parle de lui… Ils ne se voient que dans les cas d'extrême nécessité… et lui ne s'en rend que trop bien compte. Mais il lui faudra bien se résigner !… Elle est inquiète, moqueuse, tortueuse et irritable…

– Tortueuse et irritable ?

– Oui, irritable : ainsi, lors de ma dernière visite, elle a failli me prendre aux cheveux au cours d'une simple conversation. J'ai essayé de l'apaiser en lui lisant l'Apocalypse.

---

60 C'est Kolia que Lébédev désigne sous cette forme pompeuse et inhabituelle quand on parle d'un mineur. – N. d. T.

– Comment cela ? demanda le prince pensant avoir mal entendu.

– Je vous le dis : en lui lisant l'Apocalypse. La dame a l'imagination inquiète, hé ! hé ! En outre j'ai observé chez elle un penchant accentué pour les discussions sérieuses même sur des sujets oiseux. Elle a une prédilection pour ces sujets et considère que, lui en parler, c'est lui témoigner des égards. C'est comme cela. Or je suis très fort sur l'interprétation de l'Apocalypse que j'étudie depuis quinze ans. Elle est tombée d'accord avec moi quand je lui ai dit que nous étions arrivés à l'époque figurée par le troisième cheval, le cheval noir dont le cavalier tient une balance à la main ; car, dans notre siècle, tout est pesé à la balance et réglé par contrat ; chacun n'a d'autre préoccupation que de rechercher son droit : « La mesure de froment vaudra un denier et les trois mesures d'orge vaudront un denier »[61]. Et, par là-dessus, tous veulent garder la liberté de l'esprit, la pureté du cœur, la santé du corps et tous les dons de Dieu. Or, ce n'est pas par les seules voies de droit qu'ils y parviendront. Car surgira le cheval de couleur pâle, avec son cavalier qui se nomme la Mort et qui est suivi de l'Enfer…[62] Tels sont les sujets que nous traitons lorsque nous nous voyons, et elle en est vivement impressionnée.

– Vous même croyez à tout cela ? demanda le prince en regardant Lébédev d'un air surpris.

– Je crois et j'interprète. Car, pauvre et nu, je ne suis qu'un atome dans le tourbillon humain. Qui respecte Lébédev ? Chacun exerce sa malignité contre lui et le reconduit, pour ainsi dire, à coups de botte. Mais sur le terrain de l'interprétation, je suis l'égal d'un grand seigneur. C'est le privilège de l'intelligence. Mon esprit a frappé et fait trembler un haut personnage dans son fauteuil. C'était il y a deux ans, à la veille de Pâques : Sa Haute Excellence Nil Alexéïévitch, ayant entendu parler de moi au temps où j'étais sous ses ordres au ministère, me fit convoquer spécialement dans son cabinet par Pierre Zakharitch. Quand nous fûmes seuls, il me demanda : « Est-il vrai que tu sois maître dans l'interprétation des prophéties relatives à l'Antéchrist ? » Je ne cachai pas que c'était la vérité et je me mis à exposer et commenter le texte sacré. Loin de chercher à en atténuer les redoutables menaces, je développai les allégories et sollicitai le sens des chiffres. Il commença par sourire, mais, devant la précision des chiffres et des rapprochements, il ne tarda pas à trembler et me pria de fermer le livre et de m'en aller. À Pâques il ordonna qu'on me remît une gratification ; la semaine suivante il rendait son âme à Dieu.

– Que dites-vous là, Lébédev ?

---

61 *Apocalypse,* VI, 6. – N. d. T.

62 *Ibidem,* 8. – N. d. T.

– La pure vérité. Il est tombé de sa voiture après dîner… sa tempe a porté contre une borne et il est mort sur-le-champ. D'après son état de service il avait soixante-treize ans ; c'était un homme rougeaud, aux cheveux blancs, toujours parfumé et souriant sans cesse, comme un enfant. Pierre Zakharitch se rappela alors ma visite et déclara : « Tu l'avais prédit ».

Le prince se leva pour partir. Lébédev fut surpris et même peiné de le voir si pressé.

– Vous êtes devenu bien indifférent, hé ! hé ! risqua-t-il sur un ton obséquieux.

– La vérité est que je ne me sens pas très bien. J'ai la tête lourde ; peut-être est-ce l'effet du voyage, répliqua le prince avec humeur.

– Vous feriez bien de vous reposer à la campagne, insinua timidement Lébédev.

Le prince, debout, resta pensif.

– Tenez, moi-même, dans deux ou trois jours, je vais m'y rendre avec tous les miens. C'est indispensable à la santé du nouveau-né et cela permettra de faire ici toutes les réparations nécessaires. C'est aussi à Pavlovsk que j'irai.

– Vous aussi, vous allez à Pavlovsk ? fit brusquement le prince. Ah ça ! mais tout le monde va donc à Pavlovsk, ici ? Et vous dites que vous y avez une maison de campagne ?

– Tout le monde ne va pas à Pavlovsk. Mais Ivan Pétrovitch Ptitsine m'a cédé une des villas qu'il y a acquises à bon compte. L'endroit est agréable, élevé, verdoyant ; la vie y est bon marché, la société de bon ton ; on fait de la musique ; voilà pourquoi Pavlovsk est si fréquenté. Je me contenterai d'ailleurs d'un petit pavillon ; pour ce qui est de la villa…

– Vous l'avez louée ?

– Euh… non… pas précisément.

– Louez-la-moi, proposa le prince à brûle-pourpoint.

C'était apparemment à cette demande que Lébédev avait voulu l'amener. Depuis trois minutes cette idée lui trottait dans l'esprit. Pourtant il n'était pas en quête d'un locataire, car il avait déjà sous la main quelqu'un qui avait déclaré que, peut-être, il louerait. Et il savait pertinemment que ce « peut-être » équivalait à une certitude. Mais il réfléchit soudain au grand avantage qu'il trouverait à céder la villa au prince, en s'autorisant du fait que l'autre locataire n'avait pas pris d'engagement ferme. « Voilà un conflit en perspective : l'affaire prend une tournure entièrement nouvelle », supputa-t-il. Aussi accueillit-il avec une sorte de transport la proposition du prince et, quand celui-ci s'enquit du prix, il leva les mains en signe de désintéressement.

– Bien, dit le prince, il en sera comme il vous plaira. Je me renseignerai ; vous ne perdrez rien.

Ils étaient sur le point de sortir du jardin.

– Si vous aviez voulu, très honoré prince, j'aurais pu… j'aurais pu… vous communiquer quelque chose de fort intéressant sur l'affaire en question, murmura Lébédev qui, tout frétillant de joie, se démenait autour du prince.

Celui-ci s'arrêta.

– Daria Alexéïevna possède également une villa à Pavlovsk.

– Et après ?

– La personne que vous savez est son amie et a, paraît-il, l'intention de lui faire de fréquentes visites à Pavlovsk. Elle a un but.

– Quel but ?

– Aglaé Ivanovna…

– Ah ! assez, Lébédev ! interrompit le prince avec la réaction pénible d'un homme dont on vient de toucher le point douloureux. – Ce n'est pas du tout cela. Dites-moi plutôt quand vous pensez partir. Pour moi, le plus tôt serait le mieux, car je suis à l'hôtel…

Tout en conversant ils avaient quitté le jardin ; ils ne rentrèrent pas dans la maison mais traversèrent la cour en se dirigeant vers la porte de sortie.

– Le mieux, fit Lébédev après un instant de réflexion, ce serait que vous abandonniez aujourd'hui même l'hôtel pour venir vous installer ici. Et après-demain nous partirions tous ensemble pour Pavlovsk.

– Je verrai, dit le prince d'un air rêveur, tandis qu'il gagnait la rue.

Lébédev le suivit du regard. Il était frappé de la soudaine distraction du prince qui, en sortant, ne lui avait pas dit adieu et ne l'avait même pas salué ; cet oubli ne cadrait guère avec les manières polies et avenantes que Lébédev lui connaissait.

III

Il était déjà près de midi. Le prince savait qu'en ville il ne trouverait alors chez les Epantchine que le général, retenu par son service ; encore n'était-ce pas certain. L'idée lui vint que celui-ci n'aurait peut-être rien de plus pressé que de l'emmener à Pavlovsk. Or il tenait beaucoup à faire une visite auparavant. Au risque d'arriver trop tard chez les Epantchine et de remettre au lendemain le départ pour Pavlovsk, il se décida à rechercher la maison où devait le conduire cette visite.

Il s'agissait d'ailleurs d'une démarche assez risquée sous certain rapport ; de là son embarras et ses hésitations. Il savait que la maison en question se trouvait dans la rue aux Pois, non loin de la Sadovaïa. Il résolut de se diriger de ce côté, dans l'espoir que, chemin faisant, il trouverait le temps de se ranger à une détermination définitive.

En approchant du croisement des deux rues, il s'étonna de l'extraordinaire agitation à laquelle il était en proie ; il ne s'attendait pas à sentir son cœur battre aussi fort. De loin une maison attira son attention, sans doute par la singularité de son aspect ; plus tard il se rappela s'être fait cette réflexion : « C'est sûrement cette maison-là ». Il s'avança avec une curiosité intense pour vérifier sa conjecture, tout en pressentant qu'il lui serait foncièrement désagréable d'être tombé juste. C'était un grand immeuble sombre à trois étages, sans style, dont la façade était d'un vert sale. Un tout petit nombre de bâtisses de ce genre, datant de la fin du siècle passé, subsistent encore dans ce quartier de Pétersbourg (où tout se transforme si rapidement). Solidement construites, elles présentent d'épaisses murailles et des fenêtres très espacées, parfois grillées au rez-de-chaussée, qu'occupe le plus souvent une boutique de changeur. Le *skopets*[63] qui tient la boutique loge généralement à l'étage au-dessus. L'extérieur de ces maisons est aussi peu accueillant que l'intérieur : tout y paraît froid, impénétrable et mystérieux, sans qu'on puisse analyser aisément les motifs de cette impression.

---

63 *Skopets* (pl. *Skoptsi),* c'est-à-dire castrat, membre de cette secte religieuse dont les adhérents se châtrent par fanatisme ; ils exerçaient en général la profession de changeurs. – N. d. T.

La combinaison des lignes architecturales a certainement quelque chose d'occulte. Ces immeubles ne sont guère habités que par des marchands.

Le prince s'approcha de la porte cochère et lut sur un écriteau : « Maison de Rogojine, bourgeois honoraire héréditaire[64] ». Surmontant ses hésitations, il poussa une porte vitrée, qui se referma avec bruit derrière lui, et monta au premier étage par le grand escalier. Cet escalier était en pierre et grossièrement construit ; il disparaissait dans la pénombre entre des murs peints en rouge. Le prince savait que Rogojine occupait, avec sa mère et son frère, tout le premier étage de cette triste demeure. Le domestique qui lui ouvrit la porte le conduisit sans l'annoncer à travers un dédale de pièces : ils entrèrent d'abord dans une salle de parade dont les parois imitaient le marbre ; le parquet était de chêne, le mobilier, lourd et grossier, dans le style de 1820. Puis ils s'engagèrent dans une série de petites chambres qui faisaient des crochets et des zigzags ; il fallait ici monter deux ou trois marches ; là en redescendre autant. À la fin ils frappèrent à une porte. Ce fut Parfione Sémionovitch lui-même qui ouvrit. En apercevant le prince il resta stupéfait et pâlit au point de ressembler, pendant quelques instants, à une statue de pierre ; la fixité de son regard exprimait la frayeur, sa bouche était crispée par un sourire hébété. La présence du prince lui apparaissait comme un événement inconcevable et presque miraculeux. Le visiteur, qui s'attendait à produire un effet de ce genre, n'en fut pas moins saisi.

– Parfione, je suis peut-être importun ; dans ce cas je vais m'en aller, se décida-t-il à dire d'un air gêné.

– Du tout, du tout ! répliqua Parfione, en reprenant ses esprits. Donne-toi donc la peine d'entrer.

Ils se tutoyaient. À Moscou ils avaient eu l'occasion de se voir souvent et longuement. Il y avait même eu, dans leurs rencontres, des moments qui avaient laissé une impression ineffaçable au cœur de l'un et de l'autre. Plus de trois mois s'étaient écoulés depuis qu'ils s'étaient vus.

Le visage de Rogojine était toujours pâle ; de légères et furtives convulsions le crispaient encore. Bien qu'il eût fait entrer le visiteur, il continuait à ressentir un trouble indicible. Il invita le prince à s'asseoir dans un fauteuil près de la table, mais l'autre, s'étant retourné par hasard, s'arrêta net sous un regard d'une impressionnante étrangeté. Il s'était senti comme transpercé, en même

---

64 La grande majorité des marchands, vers le milieu du XIXe siècle, étaient des paysans enrichis par le négoce. Dès qu'ils cessaient de payer la guilde, ils retombaient en principe au rang des campagnards. Le législateur alla au-devant du sentiment de classe qui se dessinait dans le commerce en créant des catégories stables, indépendantes du paiement de la guilde : c'étaient celles de « bourgeois honoraires à vie » et de « bourgeois honoraires héréditaires ».

temps qu'un souvenir récent, pénible et confus lui revenait à l'esprit. Au lieu de s'asseoir, il se figea dans une immobilité complète et, pendant un moment, regarda Rogojine droit dans les yeux ; ceux-ci se mirent à briller d'un éclat encore plus vif. Enfin Rogojine ébaucha un sourire, mais où se trahissaient son trouble et sa détresse.

– Pourquoi me regardes-tu avec cette fixité ? balbutia-t-il. Assieds-toi.

Le prince s'assit.

– Parfione, dit-il, parle-moi franchement : savais-tu que je devais arriver aujourd'hui à Pétersbourg, oui ou non ?

– Je pensais bien que tu viendrais, et tu vois que je ne me suis pas trompé, répliqua-t-il avec un sourire fielleux ; mais comment pouvais-je deviner que tu arriverais aujourd'hui ?

Le ton de brusquerie et d'irritation sur lequel fut proférée cette question, qui contenait en même temps une réponse, fut pour le prince un nouveau motif de surprise.

– Quand même tu aurais su que j'arrivais *aujourd'hui,* pourquoi t'emporter ainsi ? fit-il avec douceur, tandis que le trouble le gagnait.

– Mais toi, pourquoi me poses-tu cette question ?

– Ce matin, en descendant du train, j'ai remarqué dans la foule une paire d'yeux tout pareils à ceux que tu fixais tout à l'heure sur moi par derrière.

– Tiens ! tiens ! À qui appartenaient ces yeux ? marmonna Rogojine d'un air soupçonneux. Mais le prince crut remarquer qu'il avait tressailli.

– Je ne sais ; c'était dans la foule ; peut-être même ai-je été le jouet d'une illusion. Ces derniers temps je suis sujet à ce genre de mirages. Mon cher Parfione, je me sens dans un état voisin de celui où je me trouvais il y a cinq ans, lorsque j'avais des attaques.

– Il se peut que tu aies été en effet le jouet d'une illusion ; je n'en sais rien, murmura Parfione.

Il n'était guère en train de faire un sourire engageant. Celui qui parut sur son visage refléta des sentiments disparates qu'il avait été incapable de composer.

– Eh bien, est-ce que tu vas repartir pour l'étranger ? demanda-t-il ; puis subitement : – Te rappelles-tu comme nous nous sommes rencontrés l'automne dernier, dans le train de Pskov à Pétersbourg… Tu te souviens de ton manteau et de tes guêtres ?

Cette fois Rogojine se mit à rire avec une franche malignité, à laquelle il était heureux d'avoir trouvé une occasion de donner libre cours.

– Tu t'es complètement fixé ici ? demanda le prince en jetant un coup d'œil autour du cabinet.

– Oui, je suis chez moi. Où veux-tu que j'aille ?

– Il y a longtemps que nous ne nous sommes vus. J'ai entendu sur ton compte des choses dont j'ai peine à te croire capable.

– On raconte tant de choses, répliqua sèchement Rogojine.

– Pourtant tu as chassé toute ta bande ; toi-même tu restes sous le toit paternel et ne fais plus d'escapades. C'est bien. La maison est-elle à toi, ou appartient-elle en commun à ta famille ?

– La maison est à ma mère. Son appartement est de l'autre côté du corridor.

– Et où habite ton frère ?

– Mon frère, Sémione Sémionovitch, habite dans une aile.

– Est-il marié ?

– Il est veuf. Quel besoin as-tu de savoir cela ?

Le prince le regarda sans répondre ; devenu soudain pensif, il parut n'avoir pas entendu la question. Rogojine n'insista pas et attendit. Tous deux restèrent un instant silencieux.

– J'ai reconnu ta maison au premier coup d'œil et à cent pas de distance, dit le prince.

– Comment cela ?

– Je ne saurais le dire. Ta maison a le même air que toute votre famille et que votre genre de vie. Mais si tu me demandes de t'expliquer d'où je tire cette impression, j'en serai incapable. C'est sans doute une forme de délire. Je suis même effrayé de voir à quel point ces choses-là me frappent. Auparavant je ne me faisais aucune idée de la maison dans laquelle tu demeurais ; mais, dès que je l'ai vue, j'ai aussitôt pensé : « c'est bien le genre de maison qu'il doit habiter ! »

– Vraiment ! dit Rogojine en esquissant un vague sourire et sans arriver à saisir clairement la pensée confuse du prince. – C'est mon grand-père qui a construit cette maison, observa-t-il. Elle a de tout temps été habitée par des ***skoptsi,*** les Khloudiakov. Ils en sont encore locataires aujourd'hui.

– Quelle obscurité ! Tu vis dans une pièce bien sombre, dit le prince en jetant les yeux autour de lui.

Le cabinet était une vaste chambre, haute de plafond, sans clarté, encombrée de toute espèce de meubles, comptoirs, bureaux, armoires remplies de registres et de paperasses. Un large divan de cuir rouge servait évidemment de lit à Rogojine. Le prince remarqua sur la table, près de laquelle celui-ci l'avait fait asseoir, deux ou trois livres ; l'un, *l'Histoire* de Soloviov[65], était ouvert à une page marquée d'un signet. Aux murs étaient suspendus dans des cadres dédorés quelques tableaux à l'huile, si sombres et si enfumés qu'il était fort malaisé d'y distinguer quoi que ce fût. Un portrait de grandeur naturelle attira l'attention du prince : il représentait un homme d'une cinquantaine d'années portant une redingote de coupe étrangère mais à longs pans ; deux médailles lui pendaient au cou, sa barbe clairsemée et courte grisonnait, sa face était ridée et jaune, son regard sournois et morose.

– Ne serait-ce pas ton père ? demanda le prince.

– Oui, c'est bien lui, répondit Rogojine avec un sourire désobligeant, comme s'il se disposait à lâcher quelque plaisanterie désinvolte sur le compte du défunt.

– N'appartenait-il pas à la secte des vieux-croyants[66] ?

– Non, il allait à l'église ; mais il prétendait en effet que l'ancien culte était plus près de la vérité. De même il avait une vive estime pour les *Skoptsi.* Son cabinet était aussi là où nous sommes. Pourquoi m'as-tu demandé s'il n'était pas vieux-croyant ?

– C'est ici que la noce aura lieu ?

---

65 Serge Mikhaïlovitch Soloviov (1720-1879), célèbre historien russe dont l'œuvre maîtresse est *l'Histoire de Russie* en 29 volumes, parue de 1851 à 1879, rééditée en 7 volumes en 1897. – N. d. T.

66 Secte qui remonte à la scission religieuse consécutive à la réforme liturgique du patriarche Nicon. – N. d. T.

– Ici… répondit Rogojine qui faillit tressaillir à cette question inattendue.

– Ce sera bientôt ?

– Tu sais bien que cela ne dépend pas de moi.

– Parfione, je ne suis pas ton ennemi et je n'ai nulle intention de te faire obstacle en quoi que ce soit. Je te le répète maintenant comme je te l'ai déclaré déjà une fois, dans un moment analogue à celui-ci. Lorsque, à Moscou, ton mariage était sur le point d'être célébré, ce n'est pas moi qui l'ai empêché, tu le sais. La première fois c'est *elle* qui s'est précipitée vers moi, presque au moment de la bénédiction nuptiale, en me priant de la « sauver » de toi. Je te répète ses propres paroles. Puis, elle m'a fui à mon tour ; tu l'as retrouvée et tu l'as de nouveau menée à l'autel. Et à présent on me dit qu'elle s'est encore sauvée de toi pour se réfugier ici. Est-ce vrai ? C'est Lébédev qui m'a donné la nouvelle et c'est pour cela que je suis venu. Je n'ai appris qu'hier, en wagon, de la bouche d'un de tes anciens amis, – Zaliojev, si tu veux savoir lequel, – que vous vous étiez raccommodés de nouveau. Mon retour à Pétersbourg n'a qu'un but : c'est de la persuader enfin d'aller à l'étranger pour y rétablir sa santé ; à mon avis elle est profondément ébranlée physiquement et moralement ; sa tête surtout est malade, et son état réclame de grands soins. Je n'avais pas l'intention de l'accompagner ; je voulais organiser son voyage sans y prendre part. Je te dis la pure vérité. Mais s'il est vrai que vous ayez une fois de plus arrangé vos affaires, alors je ne paraîtrai plus devant ses yeux et ne remettrai jamais les pieds chez toi. Tu sais bien que je ne te trompe pas, car j'ai toujours été sincère avec toi. Je ne t'ai jamais dissimulé ma façon de penser à ce sujet ; je t'ai toujours dit qu'avec toi, *elle* se perdrait infailliblement. Et toi aussi, tu te perdras… peut-être encore plus sûrement qu'elle. Si vous vous séparez de nouveau, j'en serai enchanté, mais je n'ai nulle intention de prêter la main à cette rupture. Tranquillise-toi donc et n'aie pas de soupçons sur moi. D'ailleurs tu sais ce qui en est : je n'ai jamais été pour toi un *véritable* rival, même lorsqu'elle s'est réfugiée chez moi. Tiens, tu ris maintenant : je sais pourquoi. Oui, nous avons vécu là-bas chacun de notre côté et même dans deux villas différentes : tu es *parfaitement au courant* de cela. Ne t'ai-je pas déjà expliqué précédemment que « je l'aime non d'amour mais de compassion ». Je pense que ma définition est exacte. Tu m'as déclaré alors que tu comprenais ce que je voulais dire : est-ce vrai ? as-tu bien compris ? Quelle haine je lis dans ton regard ! Je suis venu pour te tranquilliser, car toi aussi, tu m'es cher. Je t'aime beaucoup, Parfione. Sur ce, je pars pour ne jamais revenir. Adieu !

Le prince se leva.

– Reste un peu avec moi, dit avec douceur Parfione, qui ne s'était point levé et restait la tête appuyée contre la main droite. – Il y a longtemps que je ne t'ai vu.

Le prince se rassit. Il y eut un silence.

– Quand tu n'es pas devant moi, Léon Nicolaïévitch, je ressens aussitôt de la haine à ton endroit. Pendant ces trois mois où je ne t'ai pas vu, j'ai eu pour toi une aversion de tous les instants ; je te jure que je t'aurais volontiers empoisonné ! C'est comme cela. Maintenant, il n'y a pas un quart d'heure que tu es avec moi, ma haine contre toi s'évanouit et tu me redeviens aussi cher que par le passé. Reste un peu avec moi…

– Lorsque je suis près de toi, tu as confiance en moi, mais lorsque je m'éloigne cette confiance t'abandonne et tu me soupçonnes de nouveau. Tu ressembles à ton père ! répliqua amicalement le prince en s'efforçant de cacher sous un léger sourire ses véritables sentiments.

– J'ai confiance en toi quand j'entends ta voix. Je comprends parfaitement qu'on ne peut me considérer comme ton égal…

– Pourquoi as-tu ajouté cela ? Voilà de nouveau que tu te fâches ! dit le prince en regardant Rogojine avec étonnement.

– Ici, mon ami, on ne demande pas notre avis, riposta Rogojine ; on a disposé sans nous consulter.

Il se tut un instant et reprit à voix basse :

– Chacun de nous aime à sa manière ; c'est dire que nous différons en tout. Toi, tu dis que tu l'aimes par compassion. Moi je n'éprouve pour elle aucune compassion. D'ailleurs elle me hait foncièrement. Je la vois maintenant chaque nuit dans mes rêves : elle est avec un autre et se moque de moi. Et, mon cher, c'est bien ce qui se passe en réalité. Elle va se marier avec moi et elle ne pense pas plus à moi qu'aux souliers dont elle vient de changer. Me croiras-tu si je te dis que voilà cinq jours que je ne l'ai vue, par peur d'aller chez elle ? Elle me demanderait pourquoi je suis venu. Elle m'a déjà assez fait honte…

– Elle t'a fait honte ? Que veux-tu dire ?

– Comme si tu ne le savais pas ! N'est-ce pas pour s'enfuir avec toi qu'elle s'est sauvée de l'église au moment même de la cérémonie nuptiale ? Tu viens toi-même d'en convenir.

– Voyons, est-ce que tu ne me crois pas quand je te dis…

– Est-ce qu'elle ne m'a pas fait honte quand elle a eu une aventure à Moscou avec un officier, Zemtioujnikov ? Je le sais pertinemment, et la chose s'est passée après qu'elle eut elle-même fixé le jour de la noce.

– Ce n'est pas possible ! s'écria le prince.

– J'en suis sûr, affirma Rogojine avec conviction. Tu me diras qu'elle n'est pas comme cela. À d'autres, mon cher ! Avec toi elle se comportera différemment et une pareille conduite lui fera horreur, je l'admets ; mais avec moi elle n'aura pas les mêmes scrupules. C'est ainsi. Elle me considère comme moins que rien. Je sais positivement qu'elle s'est liée avec Keller, cet officier qui faisait de la boxe, uniquement pour me ridiculiser… Mais tu ne sais pas encore combien elle m'en a fait voir à Moscou, ni tout ce que cela m'a coûté d'argent !…

– Alors… pourquoi songes-tu maintenant à l'épouser ? Quel avenir t'attend ? demanda le prince avec effarement.

Rogojine ne répondit d'abord rien et fixa sur le prince un regard poignant. Puis, après un moment de silence :

– Voilà cinq jours que je n'ai pas été chez elle. J'ai toujours peur qu'elle me mette à la porte. Elle me répète : « Je suis encore libre de disposer de moi ; si je veux, je te chasserai tout à fait et je me rendrai à l'étranger » (elle m'a déjà parlé de cela, ajouta-t-il comme incidemment en fixant avec insistance le prince dans les yeux). Il est vrai qu'elle parle parfois ainsi pour me faire peur. Elle me trouve toujours quelque chose qui prête à rire. D'autres fois elle fronce les sourcils, prend une mine soucieuse et ne desserre pas les dents : c'est ce que je crains le plus. Un jour je me dis : je n'irai pas chez elle les mains vides. Eh bien ! mes cadeaux n'ont fait qu'exciter ses railleries et même sa colère. Elle a donné à Katia, sa femme de chambre, un magnifique châle que je lui avais offert, un châle comme elle n'en avait peut-être jamais vu, malgré le luxe dans lequel elle a vécu. Quant à lui demander de fixer la date du mariage, je ne m'y risquerai pas. Jolie situation que celle d'un fiancé qui n'ose même pas aller voir sa future ! C'est pourquoi je reste chez moi et, quand je ne peux plus y tenir, je vais à la dérobée rôder autour de sa maison ou me cacher au coin de la rue. Une fois je suis resté en faction près de la porte presque jusqu'au petit jour ; j'avais cru remarquer quelque chose. Elle m'aperçut de sa fenêtre : « Que m'aurais-tu fait, dit-elle, si tu avais découvert que je te trompais ? » Je ne pus me contenir et lui répondis : « Tu le sais bien ! »

– Que sait-elle ?

– Que sais-je moi-même ? ricana Rogojine. À Moscou je n'ai pu la surprendre avec personne, bien que je l'aie longtemps espionnée. Une fois je l'ai prise et je lui ai dit : « Tu as promis d'être ma femme. Tu vas entrer dans une famille honorable ; or sais-tu ce que tu es ? Eh bien ! voilà ce que tu es ! »

– Tu lui as dit cela ?

– Oui.

– Eh bien ?

– Elle m'a répliqué : « Maintenant, loin de consentir à devenir ta femme, je ne voudrais peut-être même pas de toi comme domestique ! ». – « Alors, lui ripostai-je, je ne sortirai pas d'ici, advienne que pourra ! » – « En ce cas, fit-elle, j'appellerai immédiatement Keller et je lui dirai de te flanquer à la porte. » Là-dessus je me suis jeté sur elle et je l'ai battue ; elle en avait des bleus sur le corps.

– Ce n'est pas possible ! s'écria le prince.

– Je te dis que c'est vrai, poursuivit Rogojine, dont la voix s'était radoucie mais dont les yeux étincelaient. – Pendant un jour et demi je n'ai ni dormi, ni mangé, ni bu ; je ne suis pas sorti de sa chambre ; je me suis agenouillé devant elle en lui disant : « Je mourrai, mais je ne partirai pas d'ici sans que tu m'aies pardonné. Si tu me fais chasser, j'irai me jeter à l'eau ; que deviendrais-je maintenant sans toi ? » Toute la journée elle fut comme folle : tantôt elle pleurait, tantôt elle menaçait de me tuer avec un couteau ou me couvrait d'injures. Puis elle appela Zaliojev, Keller, Zemtioujnikov et encore d'autres pour me montrer et me faire honte devant eux : « Allons, messieurs, je vous emmène tous au théâtre ; il restera ici s'il le veut ; je ne suis pas forcée de lui tenir compagnie ! Quant à vous, Parfione Sémionovitch, on vous servira le thé en mon absence, car vous devez avoir faim aujourd'hui ». Elle revint seule du théâtre : « Ces messieurs sont des pleutres et des lâches, fit-elle, ils ont peur de toi et veulent m'effrayer ; ils disent que tu ne partiras peut-être pas sans m'avoir égorgée. Et moi, quand j'irai me coucher, je ne fermerai même pas la porte de ma chambre ; voilà comme j'ai peur de toi ! Tiens-toi-le pour dit. As-tu pris du thé ? » – « Non, lui répondis-je, et je n'en prendrai pas. » – « Tu veux montrer de l'amour-propre, mais vraiment cela ne te va guère ». Elle fit comme elle avait dit. Elle ne ferma pas sa porte. Le matin, en sortant de sa chambre, elle se mit à rire : « Es-tu devenu fou ? Tu veux donc mourir de faim ? » – « Pardonne-moi ! » lui dis-je. – « Je ne veux pas te pardonner et je t'ai prévenu que je ne t'épouserai pas. Es-tu vraiment resté toute la nuit assis dans ce fauteuil sans dormir ? » – « Non, dis-je, je n'ai pas dormi. » – « Comme c'est malin ! Encore une fois, tu ne prendras pas de thé, tu ne dîneras pas ? » – « Je te l'ai dit ; je veux ton pardon, » – « Si tu savais comme cette attitude te sied peu ! elle te va aussi mal qu'une selle à une vache. Tu penses peut-être m'effrayer ? Mais que m'importe que tu aies le ventre creux ? La belle affaire ! » Elle se fâcha, mais cela ne dura pas longtemps et elle se remit à se gausser de moi. Je m'étonnai de voir sa colère tomber si vite, avec un caractère aussi vindicatif et aussi rancunier que le sien. Alors l'idée me vint qu'elle me tenait pour trop peu de chose pour me garder un ressentiment de quelque durée. C'était vrai. « Sais-tu, me demanda-t-elle, ce que c'est que le Pape de Rome ? » – « J'en ai entendu parler », lui répondis-je. – « As-tu jamais appris l'histoire universelle, Parfione Sémionovitch ? » – « Je n'ai rien appris », lui dis-je. – « Alors je te donnerai à lire l'histoire d'un pape qui s'est fâché contre un empereur et qui l'a obligé à rester trois jours sans boire ni manger, à genoux, les pieds nus, à l'entrée de son château jusqu'à ce qu'il ait daigné lui pardonner. Pendant les trois jours que cet empereur resta à genoux, quelles pensées, quels serments crois-tu qu'il formula en lui-même ?… Mais attends, ajouta-t-elle, je vais te lire cela moi-même ! » Elle courut chercher un livre. « Ce sont des vers », me dit-elle, et elle se mit à me lire un passage où étaient relatés les projets de vengeance que cet empereur s'était juré de mettre à exécution au cours de ces trois jours d'humiliation. « Se peut-il, ajouta-t-elle, que cela ne te plaise pas, Parfione Sémionovitch ? » – « Tout ce que tu as lu, lui dis-je, est juste. » – « Ah ! tu trouves cela juste ; par conséquent, toi aussi, tu te dis probablement : lorsqu'elle sera ma femme je lui rappellerai cette journée et j'aurai ma revanche ! » – « Je ne sais pas, lui répondis-je, c'est bien possible. » – « Comment, tu ne sais pas ? » – « Non, je ne sais pas, ce n'est pas à cela que je pense en ce moment. » – « Et à quoi penses-tu donc ? » – « Eh bien ! voilà : quand tu te lèves et que tu passes près de moi, je te regarde et te suis des yeux ; au bruissement de ta robe mon cœur défaille, et quand tu quittes la pièce je me rappelle chacune de tes paroles avec le ton sur lequel tu l'as proférée ; toute la nuit je n'ai pensé à rien ; je n'ai fait qu'écouter le bruit de ta respiration et j'ai noté que tu as remué deux fois dans ton lit… » – « Peut-être, dit-elle en riant, as-tu aussi oublié les coups que tu m'as donnés ? » – « Peut-être que j'y pense, je ne sais pas. » – « Et si je ne te pardonne pas et ne t'épouse pas ? » – « Je t'ai déjà dit que je me jetterai à l'eau. » – « Peut-être qu'auparavant tu me tueras », fit-elle et elle devint songeuse. Puis elle se fâcha et sortit. Au bout d'une heure elle rentra et me dit d'un air sombre : « Je t'épouserai, Parfione Sémionovitch. Non pas que je te craigne ; peu me chaud de périr comme cela ou autrement. Mais je ne vois guère de meilleure issue. Assieds-toi, on va t'apporter ton dîner. Et si je t'épouse, je serai une femme fidèle, n'en doute pas et sois sans inquiétude ». Puis, après un moment de silence, elle ajouta encore : « Je te considérais auparavant comme un véritable laquais, mais je me trompais ». Là-dessus elle fixa la date de notre mariage ; mais, la semaine d'après, elle se sauva de moi et se réfugia auprès de Lébédev. Quand j'arrivai à Pétersbourg elle me dit : « Je ne renonce pas du tout à t'épouser, mais je veux prendre mon temps, car je suis toujours libre de disposer de moi. Attends, toi aussi, si bon te semble ». Voilà où nous en sommes à présent… Que penses-tu de tout cela, Léon Nicolaïévitch ?

– Qu'en penses-tu toi-même ? riposta le prince en regardant tristement Rogojine.

– Est-ce que seulement je pense ? s'écria celui-ci. Il voulut ajouter quelque chose mais resta court, en proie à une détresse sans issue.

Le prince se leva et derechef fit mine de se retirer.

– Toujours est-il que je ne te créerai aucune difficulté, dit-il à voix basse et d'un ton rêveur, comme s'il répondait à sa propre et secrète pensée.

– Sais-tu ce que je te dirai ? fit Rogojine en s'animant, tandis que ses yeux étincelaient. – Je ne comprends point que tu me cèdes ainsi le pas. Aurais-tu complètement cessé de l'aimer ? Naguère tu étais tout de même angoissé, je l'ai bien remarqué. Pourquoi es-tu accouru ici en toute hâte ? Par compassion ? (et un mauvais sourire crispa son visage). Ah ! Ah !

– Tu penses que je te trompe ? demanda le prince.

– Non ; j'ai confiance en toi, mais je n'y comprends rien. Il faut croire que ta compassion l'emporte en intensité sur mon amour.

Une expression de haine impuissante à se traduire en paroles s'alluma dans ses yeux.

– Ton amour ressemble à s'y méprendre à de l'exécration, observa le prince en souriant. Mais si ce sentiment passe, le mal sera peut-être encore plus grand. Mon pauvre Parfione, je te le dis…

– Quoi ? Je l'égorgerai ?

Le prince frémit.

– Tu auras un jour pour elle une violente aversion, justement à cause de l'amour qu'elle t'inspire aujourd'hui et des souffrances que tu endures. Qu'elle puisse encore songer à t'épouser, c'est une chose dont je ne reviens pas. Quand on me l'a apprise hier, j'ai eu peine à le croire et j'en suis resté attristé. Voilà déjà deux fois qu'elle s'est déjugée en te lâchant à la veille de la cérémonie nuptiale. Il y a là une prémonition… Qu'est-ce qui peut maintenant la ramener vers toi ? Ton argent ? Il serait absurde de le supposer, d'autant que tu as déjà passablement écorné ta fortune. Serait-ce le seul désir de se marier ? Elle peut trouver un autre parti que toi ; tout autre mari vaudrait mieux pour elle, car tu pourrais bien l'égorger et elle ne le pressent peut-être que trop. La véhémence de ta passion l'attirerait-elle ? Il pourrait en être ainsi… J'ai entendu dire qu'il y avait des femmes à l'affût de ce genre de passion… seulement…

Le prince s'interrompit et devint pensif.

– Pourquoi as-tu encore souri en regardant le portrait de mon père ? demanda Rogojine qui épiait les moindres jeux de physionomie du prince.

– Pourquoi j'ai souri ? Parce que l'idée m'est venue que, si cette passion ne te torturait pas, tu serais devenu, et en fort peu de temps, pareil à ton père. Tu te serais renfermé dans cette maison avec une femme obéissante et muette ; tu n'aurais fait entendre que de rares et sévères propos ; tu n'aurais cru à personne et n'aurais pas même éprouvé le besoin de te confier ; tu te serais contenté d'amasser de l'argent dans l'ombre et le silence. Tout au plus, arrivé au déclin de l'âge, te serais-tu intéressé aux vieux livres et aurais-tu fait le signe de croix avec deux doigts...[67].

– Moque-toi de moi ! Elle m'a dit exactement la même chose, il n'y a pas longtemps, en regardant ce portrait. C'est étrange comme vos deux pensées se rencontrent maintenant.

– Comment, elle est déjà venue chez toi ? demanda le prince intrigué.

– Oui. Elle a longuement regardé le portrait et m'a questionné sur le défunt. « Voici ce que tu serais devenu avec le temps, a-t-elle conclu en riant. Tu as, Parfione Sémionovitch, des passions véhémentes, si véhémentes qu'elles te conduiraient en Sibérie, au bagne, n'était ton intelligence, car tu es fort intelligent (ce furent ses propres paroles, crois-le ou ne le crois pas ; c'était la première fois qu'elle me disait cela). Tu aurais vite renoncé à tes fredaines d'aujourd'hui. Et, comme tu es un homme dépourvu de toute instruction, tu n'aurais eu d'autre occupation que d'amasser de l'argent. Tu serais resté chez toi, tout comme ton père, en compagnie de tes ***skoptsi.*** Peut-être aurais-tu même fini par te convertir à leur croyance. Tu aimes tant ton argent que tu aurais réussi à rassembler non pas deux, mais qui sait ? dix millions, au risque de mourir de faim sur tes sacs d'or, car tu fais tout avec passion et tu ne te laisses guider que par la passion ! » C'est, presque mot pour mot, le langage qu'elle m'a tenu. Jamais jusqu'alors elle ne m'avait parlé ainsi. Elle ne m'entretient habituellement que de bagatelles, ou se moque de moi. Cette fois, elle a commencé par me railler, puis elle est devenue sombre ; elle a passé toute la maison en revue comme si elle avait peur de quelque chose. « Je changerai et réaménagerai tout cela, lui dis-je, ou bien j'achèterai une autre maison pour notre mariage. » – « Non, non, répondit-elle, il ne faut rien changer ici ; nous continuerons le même train de vie. Je veux m'installer près de ta mère quand je serai ta femme. » Je la présentai à ma mère. Elle lui témoigna une déférence toute filiale. Voici deux ans que ma mère est malade et ne jouit plus de la plénitude de ses facultés ; surtout depuis la mort de mon père, elle est comme tombée en enfance ; ses jambes sont paralysées, elle ne parle pas et se borne à faire un signe de tête aux gens qui viennent la voir. Si on ne lui portait pas sa nourriture elle resterait bien deux ou trois jours sans rien demander. Je pris la main droite de ma mère, lui disposai les doigts pour le signe de croix et lui dis : « Bénissez-la, maman, elle va être ma femme ». Alors elle embrassa avec effusion cette main en déclarant : « Je suis sûre que ta mère a beaucoup souffert ». Ayant aperçu le livre que voici, elle me questionna : « Tu t'es donc mis à lire l'histoire de Russie ? » (c'était elle-même qui, un jour à

---

67 À la manière des vieux-croyants. – N. d. T.

Moscou, m'avait dit : « Tu ferais bien de t'instruire un peu, par exemple en lisant *l'Histoire de Russie* de Soloviov, car tu ne sais rien »). – « Tu as raison, ajouta-t-elle, continue. Je t'établirai moi-même une liste des livres qu'il te faut lire avant tout, veux-tu ? » Elle ne m'avait jamais, jamais parlé sur ce ton ; j'en fus stupéfait et, pour la première fois, je respirai comme un homme qui revient à la vie.

– J'en suis enchanté, Parfione, enchanté ! dit le prince avec sincérité. Qui sait ? Peut-être Dieu consentira-t-il à vous unir.

– Cela ne sera jamais ! s'écria Rogojine avec emportement.

– Écoute, Parfione : si tu l'aimes tant, se peut-il que tu ne tiennes pas à mériter son estime ? Et si tu y tiens, se peut-il que tu désespères d'y parvenir ? Tout à l'heure je t'ai dit que je ne comprenais pas qu'elle acceptât de t'épouser. Mais, bien que je ne la saisisse pas, il doit y avoir à cela une raison plausible ; on n'en saurait douter. Elle est convaincue de ton amour ; mais elle n'est pas moins convaincue que tu possèdes certaines qualités. Il ne peut en être autrement, et ce que tu viens de raconter me confirme dans cette assurance. Tu dis toi-même qu'elle a trouvé le moyen de te parler et de te traiter d'une manière toute différente de celle à laquelle tu es habitué. Tu es soupçonneux et jaloux, c'est pour cela que tu as exagéré tout le mal que tu as remarqué en elle. Il est certain qu'elle n'a pas de toi une aussi mauvaise opinion que tu le dis. Sans quoi il faudrait admettre qu'en t'épousant elle se condamne, de propos délibéré, à périr noyée ou égorgée. Est-ce possible ? Qui va, en connaissance de cause, au-devant de la mort ?

Parfione écoutait les vibrantes paroles du prince avec un sourire amer. Sa conviction paraissait inébranlablement assise.

– Quel regard sinistre tu fixes sur moi, Parfione ! ne put s'empêcher de dire le prince avec un sentiment d'angoisse.

– Périr noyée ou égorgée ! s'exclama enfin Rogojine. Hé ! justement : si elle se marie avec moi, c'est à coup sûr pour être égorgée de ma main ! Non ! se peut-il, prince, que tu n'aies pas encore compris de quoi il s'agit dans toute cette affaire ?

– Je ne te saisis pas.

– Après tout, il se peut qu'il ne me comprenne pas, hé ! hé ! On prétend en effet que tu es un peu… comme cela. Elle en aime un autre, y es-tu ? Elle en aime un autre à présent, comme je l'aime, elle. Et cet autre, sais-tu qui c'est ? C'est *toi !* Quoi, tu ne le savais pas ?

– Moi !

– Oui, toi. Elle a commencé à t'aimer du jour de sa fête. Seulement elle pense qu'il lui est impossible de t'épouser, parce qu'elle te couvrirait de honte et gâcherait ton avenir. « On sait qui je suis », dit-elle. Elle s'en est toujours tenue là et ne s'est pas gênée pour me le déclarer en face. Toi, elle redoute de te perdre et de te déshonorer ; mais moi, elle peut m'épouser, c'est sans importance. Voilà le cas qu'elle fait de moi ; retiens cela.

– Mais comment a-t-elle pu te fuir pour se réfugier auprès de moi et me fuir…

– Pour revenir à moi ? Hé ! peut-on savoir ce qui lui passe par la tête ? Elle est maintenant dans un état de fébrilité. Un jour elle me crie : « Je t'épouse comme j'irais me jeter à l'eau. Marions-nous au plus vite ! » Elle-même presse les préparatifs, fixe le jour de la cérémonie… Puis, quand ce jour approche, elle prend peur, ou d'autres idées, Dieu sait lesquelles ! lui traversent la cervelle. Tu l'as bien vue. Elle pleure, elle rit, elle se démène fiévreusement. Quoi d'étonnant qu'elle se soit également sauvée loin de toi ? elle t'a fui parce qu'elle s'est aperçue de la véhémence de la passion que tu lui inspirais. Rester auprès de toi était au-dessus de ses forces. Tu as prétendu tout à l'heure que je l'avais retrouvée à Moscou. Cela n'est pas exact ; c'est elle qui est accourue chez moi en te fuyant ; elle m'a dit : « Fixe le jour, je suis prête ! Fais venir du champagne ! Allons entendre les tziganes ! » Et elle criait. Sans moi, il y a beau temps qu'elle se serait jetée à l'eau, je t'en réponds. Si elle ne le fait pas, c'est peut-être qu'elle me trouve encore plus dangereux que l'eau. Elle m'épousera par perversité… si elle m'épouse ; je dis bien : par ***perversité.***

– Mais comment peux-tu… comment… s'écria le prince sans achever sa phrase. Il regardait Rogojine avec épouvante.

– Pourquoi n'achèves-tu pas ? fit celui-ci en ricanant. Veux-tu que je te dise ce que tu penses en ce moment ? Tu penses : « Comment peut-elle l'épouser maintenant ? Comment peut-on la laisser faire un pareil mariage ? » Ton sentiment ne fait pas de doute…

– Ce n'est pas pour cela, Parfione, que je suis venu ici, je te le répète ; ce n'est pas cette idée que j'avais dans l'esprit.

– Il se peut que tu ne sois pas venu pour cela et que tu n'aies pas eu au début cette idée dans l'esprit, mais maintenant c'est certainement ta façon de penser, hé ! hé ! Allons, en voilà assez ! Pourquoi as-tu été si bouleversé ? Est-ce que vraiment tu ne savais rien de cela ? Tu me surprends !

– Tout cela, Parfione, c'est de la jalousie. C'est maladif. Tu manques de mesure, tu exagères... balbutia le prince au comble de l'émotion. – Mais qu'est-ce que tu as ?

– Laisse ceci, fit Parfione en arrachant rapidement des mains du prince et en remettant en place un petit couteau que celui-ci avait pris sur la table, à côté du livre.

– Quand je suis parti pour Pétersbourg, poursuivit le prince, j'ai eu comme un pressentiment... Il m'en coûtait de venir ici. Je voulais oublier tout ce qui me rattache à cette ville, l'extirper de mon cœur ! Allons, adieu... Mais qu'as-tu encore ?

Tout en parlant le prince avait, par distraction, repris le petit couteau. Rogojine le lui ôta des mains et le jeta sur la table. Ce couteau était d'une forme assez simple ; le manche était fait d'un pied de cerf, la lame était longue de trois verchoks et demi, et large en proportion.

En voyant le prince surpris qu'il le lui eût retiré à deux reprises des mains, Rogojine prit le couteau avec colère et le glissa dans le livre qu'il lança sur une autre table.

– Tu t'en sers comme de coupe-papier ? demanda le prince d'un ton distrait, mais toujours sous l'empire d'une obsession.

– Oui...

– C'est cependant un couteau de jardin.

– Oui. Est-ce qu'on ne peut pas couper les pages avec un couteau de jardin ?

– Mais il est... tout neuf.

– Qu'importe ? Est-ce que je ne peux pas acheter un couteau neuf ? s'écria Rogojine dans un accès de fureur. Sa colère croissait à chaque mot du prince.

Ce dernier tressaillit et le regarda fixement.

– En voilà des idées ! fit-il soudain en riant et en se ressaisissant tout à fait. – Excuse-moi, mon cher ; quand j'ai la tête lourde comme maintenant et que mon mal me reprend... j'ai des absences ridicules. Ce n'est pas du tout la question que je voulais te poser... Cette question m'est sortie de la tête. Adieu...

– Pas par là, dit Rogojine.

– J'ai oublié !

– Par ici, viens, je te montrerai le chemin.

IV

Ils repassèrent par les mêmes chambres que le prince avait déjà traversées, Rogojine prenant les devants. Ils pénétrèrent dans la grande salle, aux murs de laquelle étaient suspendus quelques tableaux, des portraits d'évêques et des paysages où l'on ne pouvait rien discerner. Au-dessus de la porte qui donnait dans la chambre voisine se voyait une toile de dimensions assez anormales : elle avait près de deux archines et demie de long sur six verchoks de haut[68]. Cette toile représentait le Sauveur après la Descente de Croix. Le prince la regarda sans s'arrêter, avec l'air d'évoquer un souvenir, et voulut gagner la porte. Il se sentait mal à l'aise dans cette maison et avait hâte de sortir. Mais Rogojine s'arrêta brusquement devant le tableau.

– Tous ces tableaux, dit-il, ont été achetés dans des ventes par mon défunt père, qui était un amateur. Il les a payés un ou deux roubles chacun. Un connaisseur qui les a tous examinés a déclaré que ce n'étaient que des croûtes, sauf celui qui se trouve au-dessus de la porte. Celui-là, mon père l'a payé deux roubles ; de son vivant on lui en a offert trois cent cinquante roubles, puis un marchand qui est grand collectionneur, Ivan Dmitrich Savéliev, en a proposé quatre cents roubles ; enfin la semaine passée, il a été jusqu'à en offrir cinq cents à mon frère Sémione Sémionovitch. J'ai préféré le garder.

– Mais c'est une copie de Hans Holbein, fit le prince après avoir examiné le tableau ; et, sans être grand connaisseur, je crois pouvoir dire que c'est une excellente copie. J'ai vu l'original à l'étranger et je ne puis l'oublier. Mais… qu'est-ce qui te prend ?

Rogojine, cessant soudain de regarder le tableau, s'était remis à marcher. Certes, ce geste impulsif pouvait s'expliquer par sa distraction et par son état

---

68 C'est-à-dire 1 m. 77 sur 26 centimètres. – N. d. T.

particulier d'énervement. Mais le prince fut choqué de le voir couper court à une conversation qu'il avait lui-même engagée.

– Dis-moi, Léon Nicolaïévitch, il y a longtemps que je voulais te poser une question : crois-tu en Dieu oui ou non ? demanda à brûle-pourpoint Rogojine après avoir fait quelques pas.

– Quelle singulière question… et de quel regard tu l'accompagnes ! observa involontairement le prince.

Il y eut un silence.

– Moi, j'aime à contempler ce tableau, murmura Rogojine comme s'il avait oublié sa question.

– Ce tableau ! s'écria le prince sous le coup d'une subite inspiration,… ce tableau ! Mais sais-tu qu'en le regardant un croyant peut perdre la foi ?

– Oui, on perd la foi, acquiesça Rogojine d'une manière inattendue.

Ils arrivèrent au seuil de la porte.

– Comment peux-tu dire cela ? s'exclama le prince en s'arrêtant brusquement. Tu as pris au sérieux une réflexion qui était presque une boutade. Et pourquoi m'as-tu demandé si je croyais en Dieu ?

– Pour rien, comme cela. C'est une question que j'avais envie de te poser depuis longtemps. Il y a maintenant beaucoup d'incroyants. Toi qui as vécu à l'étranger, tu dois pouvoir me dire s'il est vrai, comme me l'a affirmé un ivrogne, qu'il y a plus d'athées en Russie que dans tous les autres pays. Cet individu a ajouté : « Il nous est plus facile à nous d'être athées parce que nous sommes plus avancés qu'eux. »

Rogojine souligna sa question d'un rire sarcastique. Puis d'un geste brusque il ouvrit la porte et, la main sur le bouton, attendit que le prince passât. Celui-ci parut surpris mais s'exécuta. Rogojine le suivit sur le palier et referma la porte sur lui. Ils restèrent l'un devant l'autre avec l'air d'avoir oublié où ils étaient et ce qu'ils allaient faire.

– Adieu, fit le prince en lui tendant la main.

– Adieu, répéta Rogojine en serrant avec vigueur mais machinalement la main tendue.

Le prince descendit une marche et se retourna. Il était visible qu'il ne voulait pas quitter ainsi Rogojine.

– Pour ce qui est de la foi, dit-il en souriant et en s'animant à l'évocation d'un souvenir, j'ai eu, la semaine dernière, quatre conversations à ce sujet en deux jours. Un matin, en voyageant sur une nouvelle ligne de chemin de fer, j'ai fait la connaissance d'un certain S… avec lequel j'ai causé pendant quatre heures. J'avais déjà beaucoup entendu parler de lui et l'on m'avait dit entre autres choses qu'il était athée. C'était un homme très instruit en effet et je fus heureux de trouver l'occasion de m'entretenir avec un véritable savant. En outre il était d'une parfaite éducation, de sorte qu'il me parla comme à un homme qui aurait été son égal sous le rapport de la culture et de l'intelligence. Il ne croit pas en Dieu. Cependant une chose me frappa : en discutant ce sujet, il avait toujours l'air d'être à côté de la question. Et cette impression, je l'avais déjà éprouvée toutes les fois que j'avais rencontré des incrédules ou que j'avais lu leurs livres ; ils m'avaient toujours semblé esquiver le problème qu'ils affectaient de traiter. Je fis alors part de cette observation à S…, mais je dus m'exprimer mal ou peu clairement, car il ne me comprit pas… Le soir du même jour, j'arrivai dans une ville de province pour y passer la nuit. Je descendis dans un hôtel où un crime avait justement été commis la nuit précédente ; c'était encore le sujet de toutes les conversations au moment de ma venue. Deux paysans d'un certain âge, qui se connaissaient de longue date et qui étaient liés d'amitié, avaient loué une petite chambre en commun pour passer la nuit après avoir pris leur thé. Ils n'étaient ivres ni l'un ni l'autre. L'un d'eux remarqua que son compagnon portait depuis deux jours une montre qu'il ne lui avait pas vue auparavant. La montre était en argent et suspendue à une tresse jaune ornée de perles de verre. Cet homme n'était pas un voleur ; c'était même un honnête homme et il était, pour un paysan, très à son aise. Mais la montre de son ami excita en lui une telle convoitise qu'il finit par succomber à la tentation : il s'arma d'un couteau et, lorsque l'autre eut le dos tourné, il s'approcha de lui à pas de loup, calcula son geste, leva les yeux au ciel, se signa et prononça avec ferveur cette prière : « Seigneur, pardonne-moi pour l'amour du Christ ! » Là-dessus, il trancha d'un seul coup la gorge de son compagnon, comme on saigne un mouton, et il lui prit sa montre.

Rogojine partit d'un bruyant éclat de rire. Son hilarité avait quelque chose de convulsif. Elle détonnait, succédant chez lui à l'humeur sombre dans laquelle il avait été plongé jusque-là.

– C'est adorable ! Franchement, on ne trouverait pas mieux ! s'exclamait-il d'une voix haletante, presque à bout de souffle. – L'un ne croit pas en Dieu ; l'autre y croit tellement qu'il fait sa prière avant d'égorger les gens ! Non, mon cher, on n'invente pas une chose pareille ! Ha ! ha ! cela dépasse tout !…

– Le lendemain matin, j'allai faire un tour en ville, poursuivit le prince dès que Rogojine se fut calmé (bien qu'un rire intermittent et spasmodique continuât d'errer sur ses lèvres). J'aperçus un soldat ivre, complètement débraillé qui titubait le long du trottoir en bois. Il m'accosta et me dit : « Achète-moi cette croix d'argent, barine[69] je te la cède pour vingt kopeks elle est bien en argent ». Et il montra, fixée à un cordon bleu très usé, une croix qu'il venait probablement d'ôter de son cou. À première vue, c'était une croix d'étain à huit branches[70], de grande dimension, avec un relief de style byzantin. Je tirai une pièce de vingt kopeks et la lui donnai, puis je me passai la croix autour du cou. Je lus sur sa figure la joie qu'il éprouvait à l'idée d'avoir roulé un barine stupide et il courut, sans aucun doute, au cabaret pour y boire ses vingt kopeks. À ce moment-là, mon ami, tout ce que j'observais en Russie produisait sur moi la plus vive impression. Autrefois, je ne comprenais rien à notre pays, j'étais un parfait ignare. À l'étranger, pendant les cinq années que j'y ai vécu, je n'avais gardé de la Russie qu'un souvenir fantaisiste. Je poursuivis ma promenade et je me dis ; j'attendrai encore avant de faire condamner ce judas. Dieu sait ce qui se passe dans ses pauvres cœurs d'ivrognes ! En rentrant à l'hôtel une heure plus tard, je rencontrai une paysanne avec un nourrisson dans les bras. C'était une femme encore jeune et l'enfant pouvait avoir six semaines. Il souriait à sa mère, pour la première fois, disait-elle, depuis sa naissance. Je la vis se signer soudain avec une indicible piété. « Pourquoi fais-tu cela ? » lui dis-je. J'avais alors la manie de poser des questions. – « Autant, répondit-elle, une mère éprouve de joie en voyant le premier sourire de son enfant, autant Dieu en éprouve chaque fois qu'il voit, du haut du Ciel, un pécheur Le prier du fond du cœur. » Voilà presque textuellement ce que m'a dit cette femme du peuple ; elle a exprimé cette pensée si profonde, si subtile, si purement religieuse où se synthétise toute l'essence du christianisme, qui reconnaît en Dieu un Père céleste se réjouissant à la vue de l'homme comme un père à la vue de son enfant. C'est la pensée fondamentale du Christ. Une simple femme du peuple ! Il est vrai que c'était une mère… Et qui sait si ce n'était pas la femme du soldat qui m'avait vendu la croix ? Écoute-moi, Parfione, tu m'as posé tout à l'heure une question, voici ma réponse : l'essence du sentiment religieux échappe à tous les raisonnements) aucune faute, aucun crime, aucune forme d'athéisme n'a de prise sur elle. Il y a et il y aura éternellement dans ce sentiment quelque chose d'insaisissable et d'inaccessible à l'argumentation des athées. Mais le plus remarquable, c'est qu'on n'observe cela nulle part avec autant de clarté et de spontanéité que dans le cœur des Russes ! Voilà ma conclusion. C'est une des premières convictions que j'ai acquises en étudiant notre Russie. Il y a de belles choses à faire, Parfione, surtout sur notre terre russe, crois-moi ! Rappelle-toi les rencontres et les entrevues que nous avons eues à Moscou à une certaine époque… Ah ! je n'avais aucune envie de revenir ici maintenant ! Et je ne pensais pas du tout te rencontrer dans de pareilles conditions !… Enfin, n'en parlons plus !… Adieu, au revoir ! que Dieu ne t'abandonne pas !

---

69 Contraction de « boïarine » ; ce terme donne un sens intermédiaire entre celui de « monsieur » et celui de « seigneur » ou « maître ». –. N. d. T.

70 La croix à huit branches est celle des vieux-croyants. – N. d. T.

Il fit demi-tour et descendit l'escalier.

– Léon Nicolaïévitch ! lui cria d'en haut Parfione, lorsqu'il eut atteint le premier palier, cette croix que tu as achetée au soldat, l'as-tu sur toi ?

– Oui, je l'ai sur moi, dit le prince en s'arrêtant.

– Montre-la-moi.

– Encore une nouvelle fantaisie !

Le prince réfléchit un instant, remonta l'escalier et, sans détacher la croix de son cou, la fit voir à Rogojine.

– Donne-la-moi, dit celui-ci.

– Pourquoi ? Est-ce que tu…

Le prince avait de la répugnance à se séparer de cette croix.

– Pour la porter ; je te donnerai la mienne à la place.

– Tu veux que nous échangions nos croix ? C'est bien, Parfione ; si tu le désires, je ne demande pas mieux ; scellons notre fraternité[71] !

Le prince enleva sa croix d'étain ; Parfione en fit autant de la sienne, qui était en or, et ils firent l'échange. Mais Parfione restait silencieux et le prince remarqua avec une douloureuse surprise que la physionomie de son nouveau frère avait gardé son expression de défiance et qu'un sourire amer et presque sarcastique continuait à s'y traduire, du moins par intermittence.

Sans dire un mot, Rogojine se décida à prendre la main du prince et, après un moment d'hésitation, l'entraîna à sa suite en lui soufflant d'une voix à peine perceptible : « Viens ! ». Ils traversèrent le palier du premier étage et sonnèrent à une porte qui faisait vis-à-vis à celle par où ils étaient sortis. On vint rapidement leur ouvrir. Une petite vieille, toute voûtée et vêtue de noir, la tête enveloppée d'un mouchoir fit sans desserrer les dents un profond salut à Rogojine. Celui-ci posa à la vieille une rapide question et, au lieu d'attendre la réponse, conduisit le prince à travers une suite de chambres obscures, froides et parfaitement tenues où s'alignaient d'austères vieux meubles, recouverts de housses blanches et propres. Puis, sans s'annoncer, il le fit entrer dans une petite

---

[71] L'échange des croix, dans l'ancienne Russie, instituait entre deux personnes une fraternité conventionnelle considérée comme sacrée. – N. d. T.

pièce qui ressemblait à un salon et que partageait une cloison d'acajou, avec deux portes aux extrémités. Cette cloison devait dissimuler une chambre à coucher. Dans le coin du salon, près d'un poêle, une petite vieille était assise dans un fauteuil. Elle ne paraissait pas extrêmement âgée : son visage, plein et assez frais, était plutôt agréable, mais ses cheveux étaient tout blancs et, au premier coup d'œil, on s'apercevait qu'elle était complètement en enfance. Elle portait une robe de laine noire, un fichu noir autour du cou et un bonnet d'une blancheur immaculée avec des rubans noirs. Elle avait un tabouret sous les pieds. À son côté se tenait une autre petite vieille proprette, qui paraissait plus âgée et vivait sans doute à ses crochets ; vêtue de deuil et coiffée, elle aussi, d'un bonnet blanc, elle tricotait silencieusement un bas. Ces deux femmes ne devaient jamais échanger une parole. À la vue de Rogojine et du prince, la première vieille fit un sourire et témoigna de son contentement par plusieurs petits saluts avenants.

– Mère, dit Rogojine après lui avoir baisé la main, je te présente mon grand ami, le prince Léon Nicolaïévitch Muichkine. Nous avons échangé nos croix. À Moscou il a été pendant quelque temps un frère pour moi et m'a rendu de grands services. Bénis-le, mère, comme tu bénirais ton propre fils. Attends, chère vieille, laisse-moi disposer ta main pour…

Mais la vieille, sans attendre l'aide de Rogojine, leva la main droite, joignit trois doigts et par trois fois bénit dévotement le prince. Après quoi elle lui fit encore de la tête un petit signe plein de douceur et de tendresse.

– Allons-nous-en, Léon Nicolaïévitch ! dit Parfione, je ne t'avais amené que pour cela…

Lorsqu'ils se retrouvèrent dans l'escalier, il ajouta :

– Tu vois : ma mère ne comprend rien de ce qu'on dit ; elle n'a pas saisi le sens de mes paroles et cependant elle t'a béni. Elle a donc agi spontanément… Allons, adieu ! pour toi comme pour moi, il est temps de nous séparer.

Et il ouvrit la porte de son appartement.

– Laisse-moi au moins t'embrasser avant que nous nous quittions ; quel drôle de corps tu fais ! s'écria le prince en regardant Rogojine avec un air de tendre reproche.

Il voulut le prendre dans ses bras mais l'autre, qui avait déjà levé les siens, les laissa aussitôt retomber. Il ne se décidait pas et ses yeux évitaient le prince. Bref, il répugnait à l'embrasser.

– N'aie crainte, murmura-t-il d'une voix blanche et avec un étrange sourire ; si je t'ai pris ta croix, je ne t'égorgerai tout de même pas pour une montre !

Mais son visage se transfigura brusquement : une pâleur affreuse l'envahit, ses lèvres frémirent, ses yeux s'allumèrent. Il ouvrit les bras, étreignit avec force le prince contre sa poitrine et dit d'une voix haletante :

– Prends-la donc si c'est la volonté du Destin. Elle est à toi ! Je te la cède !... Souviens-toi de Rogojine !

Et, s'éloignant du prince sans lui jeter un dernier regard, il rentra à la hâte dans son appartement en refermant bruyamment la porte sur lui.

V

Il était déjà tard, près de deux heures et demie, et le prince ne trouva plus Epantchine chez lui. Il déposa sa carte et résolut d'aller s'enquérir de Kolia à l'hôtel de la *Balance,* se proposant de lui laisser un mot s'il était absent. À la *Balance* il apprit que Nicolas Ardalionovitch était parti depuis le matin en priant de dire, au cas où on le demanderait, qu'il ne reviendrait peut-être que sur les trois heures ; s'il n'était pas rentré à trois heures et demie, c'est qu'il serait allé par le train à Pavlovsk pour rendre visite à la générale Epantchine et dîner chez elle.

Le prince décida de l'attendre et se fit servir un repas.

Trois heures et demie, puis quatre heures sonnèrent sans que Kolia reparût. Il sortit alors et se mit à se promener sans but. Au commencement de l'été il y a parfois à Pétersbourg de splendides journées. C'était, comme par un fait exprès, une de ces journées, lumineuse, chaude, tranquille. Le prince déambula ainsi pendant un certain temps. Il connaissait assez mal la ville. Parfois il s'arrêtait aux carrefours, devant certaines maisons, sur les places ou sur les ponts ; à un moment il entra, pour se reposer, dans une confiserie. D'autres fois sa curiosité le portait à dévisager les passants. Mais le plus souvent il ne prêtait attention ni aux passants, ni au chemin parcouru. Il se sentait les nerfs douloureusement tendus et éprouvait de l'angoisse en même temps qu'un besoin intense de solitude. Il voulait être seul pour s'adonner passivement à son état de surexcitation morbide, loin d'y chercher le moindre dérivatif. Il lui répugnait de résoudre les questions qui envahissaient son esprit et son cœur. « Voyons, murmurait-il en lui-même et presque sans avoir conscience de ses paroles, est-ce qu'il y a de ma faute dans tout ce qui arrive ? »

Vers six heures il se trouva à la gare de Tsarskoïé-Sélo. La solitude n'avait pas tardé à lui devenir intolérable ; un nouvel élan de ferveur s'empara de son cœur et une vive mais fugitive clarté dissipa les ténèbres qui oppressaient son âme. Il prit un billet pour Pavlovsk et attendit avec impatience l'heure du départ. Mais il se sentait en proie à une obsession dont la cause était réelle, et nullement imaginaire comme il eût peut-être été enclin à le croire. Il avait à peine pris place dans un wagon qu'il se ravisa, jeta brusquement son billet et ressortit de la gare, l'esprit troublé et plongé dans ses réflexions. Peu de temps après, en pleine rue, il lui sembla qu'il se rappelait soudain quelque chose et qu'il surprenait l'existence d'un phénomène étrange auquel étaient imputables ses longues inquiétudes. Il eut nettement conscience d'une hantise dont il était l'objet depuis longtemps mais qu'il n'avait pas démêlée jusque-là. Sous l'empire de cette hantise il s'était mis à chercher tout autour de lui depuis l'instant où il était entré à l'hôtel de la *Balance,* et même un peu avant. Puis son esprit s'était libéré pendant une demi-heure. Et voici que de nouveau il recommençait à regarder et à scruter autour de lui avec inquiétude.

Mais, tandis qu'il observait en lui cette impulsion maladive et jusque-là totalement inconsciente, à laquelle il avait depuis si longtemps obéi, un autre souvenir non moins étrange surgit tout à coup dans son esprit. Il se rappela qu'au moment où il s'était surpris à chercher quelque chose autour de lui, il se trouvait sur le trottoir, devant un magasin dont il regardait l'étalage avec une vive curiosité. Il voulut alors à tout prix vérifier s'il s'était effectivement arrêté devant cet étalage cinq minutes plus tôt, ou s'il était le jouet d'un rêve ou d'une confusion. Mais ce magasin et cet étalage existaient-ils réellement ? Il se sentait ce jour-là dans des dispositions particulièrement morbides et qui lui rappelaient plus ou moins celles où il s'était trouvé autrefois au début de son mal. Il savait que, pendant les périodes qui précédaient ses accès, il devenait sujet à d'extraordinaires distractions, au point de confondre les choses et les personnes s'il ne concentrait pas sur elles toute son attention.

Il avait une autre raison spéciale de vérifier sa sensation : au nombre des objets qu'il avait vus en montre dans le magasin, il y en avait un sur lequel il avait arrêté son regard et qu'il avait même évalué à soixante kopeks ; le souvenir lui en était resté malgré sa distraction et son trouble. Par conséquent, si cette boutique existait vraiment et si l'objet figurait en effet dans la montre, c'était pour examiner cet objet qu'il s'était arrêté. Il en concluait que l'objet en question avait éveillé en lui un intérêt assez puissant pour fixer son attention même dans l'état de pénible angoisse où il était plongé en sortant de la gare.

Il avança en regardant presque avec anxiété du côté droit ; son cœur battait d'inquiétude et d'impatience. Enfin il finit par retrouver la boutique. Elle était à cinq cents pas de l'endroit où il avait eu l'idée de rebrousser chemin. Il retrouva aussi l'objet de soixante kopeks. « Certes il ne vaut pas davantage », se dit-il encore, et cette réflexion le fit rire. Mais son rire était nerveux : il se sentait lourdement oppressé. Maintenant il se rappelait avec netteté qu'au moment où il stationnait devant la boutique, il s'était retourné du même mouvement brusque que précédemment, lorsqu'il avait surpris le regard de Rogojine sur lui. S'étant ainsi convaincu qu'il ne s'était pas trompé (au fond il en était déjà persuadé avant cette vérification), il s'éloigna à grands pas de la boutique.

Le prince devait au plus tôt réfléchir à ces phénomènes. C'était de toute nécessité, car il était maintenant clair que, même à la gare, il n'avait pas été le jouet d'une hallucination ; un événement d'une réalité indiscutable lui était arrivé, qui se rattachait sans aucun doute à sa précédente obsession. Néanmoins il ne put surmonter une sorte de répugnance intérieure et, renonçant à méditer davantage là-dessus, il porta ses pensées sur un tout autre objet.

Il songea entre autres à la phase par où s'annonçaient ses attaques d'épilepsie quand celles-ci le surprenaient à l'état de veille. En pleine crise d'angoisse, d'hébétement, d'oppression, il lui semblait soudain que son cerveau s'embrasait et que ses forces vitales reprenaient un prodigieux élan. Dans ces instants rapides comme l'éclair, le sentiment de la vie et la conscience se décuplaient pour ainsi dire en lui. Son esprit et son cœur s'illuminaient d'une clarté intense ; toutes ses émotions, tous ses doutes, toutes ses inquiétudes se calmaient à la fois pour se convertir en une souveraine sérénité, faite de joie lumineuse, d'harmonie et d'espérance, à la faveur de laquelle sa raison se haussait jusqu'à la compréhension des causes finales.

Mais ces moments radieux ne faisaient que préluder à la seconde décisive (car cette autre phase ne durait jamais plus d'une seconde) qui précédait immédiatement l'accès. Cette seconde était positivement au-dessus de ses forces. Quand, une fois rendu à la santé, le prince se remémorait les prodromes de ses attaques, il se disait souvent : ces éclairs de lucidité, où l'hyperesthésie de la sensibilité et de la conscience fait surgir, une forme de « vie supérieure », ne sont que des phénomènes morbides, des altérations de l'état normal ; loin donc de se rattacher à une vie supérieure, ils rentrent au contraire dans les manifestations les plus inférieures de l'être.

Cependant il aboutissait à une conclusion des plus paradoxales : « Qu'importe que mon état soit morbide ? Qu'importe que cette exaltation soit un phénomène anormal, si l'instant qu'elle fait naître, évoqué et analysé par moi quand je reviens à la santé, s'avère comme atteignant une harmonie et une beauté supérieures, et si cet instant me procure, à un degré inouï, insoupçonné, un sentiment de plénitude, de mesure, d'apaisement et de fusion, dans un élan de prière, avec la plus haute synthèse de la vie ? »

Ces expressions nébuleuses lui semblaient parfaitement intelligibles, quoique encore trop faibles. Il ne doutait pas, il n'admettait pas que l'on pût douter que les sensations décrites réalisassent en effet « la beauté et la prière », avec une « haute synthèse de la vie ». Mais ses visions n'avaient-elles pas quelque chose de comparable aux hallucinations fallacieuses que procurent le haschich, l'opium ou le vin, et qui abrutissent l'esprit en déformant l'âme ? Il pouvait sainement raisonner à ce sujet une fois que l'attaque était passée. Ces instants, pour les définir d'un mot, se caractérisaient par une fulguration de la conscience et par une suprême exaltation de l'émotivité subjective. Si, à cette seconde, c'est-à-dire à la dernière période de conscience avant l'accès, il avait eu le temps de se dire clairement et délibérément : « oui, pour ce moment on donnerait toute une vie », c'est qu'à lui seul, ce moment-là valait bien, en effet, toute une vie.

Il n'attachait d'ailleurs pas autrement d'importance au côté dialectique de sa conclusion, car la prostration, l'aveuglement mental et l'idiotie ne lui apparaissaient que trop clairement comme la conséquence de cette « minute sublime ». Il se serait gardé d'engager là-dessus une discussion sérieuse. Sa conclusion, c'est-à-dire le jugement qu'il portait sur la minute en question, était sans contredit erronée, mais il n'en restait pas moins troublé par la réalité de sa sensation. Quoi de plus probant en effet qu'un fait réel ? Or le fait réel était là : pendant cette minute, il avait trouvé le temps de se dire que le bonheur immense qu'elle lui procurait valait bien toute une vie. « À ce moment, – avait-il déclaré un jour à Rogojine quand ils se voyaient à Moscou – j'ai entrevu le sens de cette singulière expression : *il n'y aura plus de temps* »[72]. Sans doute, avait-il ajouté en souriant, était-ce d'un instant comme celui-là que l'épileptique Mahomet parlait lorsqu'il disait avoir visité toutes les demeures d'Allah en moins de temps que sa cruche pleine d'eau n'en avait mis à se vider[73]. À Moscou, en effet, Rogojine et lui s'étaient beaucoup fréquentés et avaient parlé des sujets les plus divers. Le prince pensa en lui-même : « Rogojine a dit tout à l'heure que j'ai alors été pour lui comme un frère ; c'est aujourd'hui la première fois qu'il s'exprime ainsi ».

Il se laissait aller à ses réflexions assis près d'un arbre sur un banc du Jardin d'Été. Il n'était pas loin de sept heures. Le jardin était désert ; une ombre passagère voilait le soleil couchant. L'atmosphère était étouffante et faisait pressentir un orage. Le prince trouvait un certain attrait à sa méditation. En fixant ses réminiscences et ses idées sur tous les objets extérieurs, il cherchait une diversion à une pensée obsédante ; mais, dès qu'il regardait autour de lui, cette sombre pensée, à laquelle il eût tant voulu se soustraire, lui revenait aussitôt à l'esprit. Il se rappela l'histoire que le garçon d'hôtel lui avait racontée pendant le dîner : un récent assassinat perpétré dans des circonstances fort troublantes et qui avait fait beaucoup de bruit en ville.

---

72 *Apocalypse,* chapitre X, verset 6. – N. d. T.

73 Selon les commentateurs du Coran (XVII, 1), le Prophète fut enlevé aux sept Cieux et revint à temps dans sa chambre pour rattraper une cruche d'eau qu'il avait fait chavirer en s'élevant. – N. d. T.

Mais à peine eut-il évoqué ce souvenir qu'un phénomène inattendu se produisit en lui. C'était un désir impétueux, irrésistible, une véritable tentation qui paralysait tout à coup sa volonté. Il se leva de son banc et sortit du parc dans la direction du Vieux-Pétersbourg[74]. Un peu auparavant, sur le quai de la Néva, il avait demandé à un passant de lui indiquer ce quartier de l'autre côté de la rivière. On le lui avait montré, mais il n'y était pas allé. Et, de toutes façons, il savait qu'il était inutile d'y aller ce jour-là. Il avait depuis longtemps l'adresse de la parente de Lébédev et aurait pu aisément trouver sa maison ; mais il était à peu près sûr qu'elle n'y serait pas. « Elle est certainement allée à Pavlovsk, se dit-il ; sans quoi Kolia m'aurait laissé un mot à la *Balance* comme il était convenu. » Si donc il y allait maintenant, ce n'était sans doute pas pour la voir. Sa curiosité obéissait à un autre mobile, sombre et poignant. Une nouvelle et soudaine idée venait de lui traverser l'esprit…

Mais il lui suffit de marcher et de savoir où il allait pour qu'au bout d'une minute il ne prêtât plus guère attention au chemin parcouru. Il éprouva une affreuse et presque insurmontable répugnance à méditer davantage sur l'« idée soudaine » qui lui était venue en tête. Il regarda avec une douloureuse tension mentale tout ce qui lui tombait sous les yeux. Il fixa le ciel, la Néva. Il lia conversation avec un enfant rencontré en chemin. Peut-être sa crise d'épilepsie s'aggravait-elle. L'orage semblait se rapprocher, quoique lentement. On entendait au loin gronder le tonnerre. L'air devenait étouffant…

Il se remémora alors le neveu de Lébédev qu'il avait vu ce jour-là, sans trop savoir pourquoi, comme on se remémore une phrase musicale dont on a eu les oreilles rebattues. Le plus étrange, c'est qu'il se représentait sous ses traits l'assassin dont Lébédev avait parlé en lui présentant ce neveu. Tout récemment encore, il avait lu quelque chose au sujet de ce criminel. Depuis son retour en Russie il avait beaucoup lu et beaucoup entendu sur des affaires de ce genre ; il les suivait toutes avec assiduité. L'après-midi même, dans sa conversation avec le garçon d'hôtel, il s'était précisément beaucoup intéressé à l'assassinat des Jémarine. Il se rappela que le garçon s'était trouvé être du même avis que lui. La physionomie de cet homme lui revint à la mémoire : ce n'était pas un sot mais un esprit posé et prudent ; au reste « Dieu savait ce qu'il était au juste ; il est si difficile de démêler le caractère des gens dans un pays que l'on ne connaît pas encore ». Cependant il commençait à avoir une confiance passionnée dans l'âme russe. Oh ! pendant ces six derniers mois, que d'impressions nouvelles il avait recueillies ! que d'expériences insoupçonnées, inouïes, inattendues il avait faites ! Mais l'âme d'autrui est un mystère, l'âme russe est une énigme, – du moins pour beaucoup de gens. Ainsi il avait longuement fréquenté Rogojine ; il était entré dans son intimité et il avait même fraternisé avec lui. Connaissait-il donc Rogo-

---

74 Quartier de la ville droite ; c'est la partie de la ville bâtie du temps de Pierre le Grand. – N. d. T.

jine ? Du reste il y avait dans tout cela un tel chaos, un tel désordre, de telles discordances !

« Et quel prétentieux et répugnant personnage, ce neveu de Lébédev que j'ai vu aujourd'hui ! Mais où ai-je l'esprit ? dit le prince plongé dans sa rêverie. Est-ce lui qui a assassiné ces six personnes ? Ah mais ! voyons, je confonds… c'est singulier ; la tête me tourne un peu… Et quelle sympathique et douce figure avait la fille aînée de Lébédev, celle qui tenait le bébé dans ses bras ! quelle expression innocente et presque enfantine ! quel rire ingénu ! »

Et le prince s'étonna que cette figure, presque oubliée, ne lui fût pas revenue plus tôt à la mémoire. « Lébédev chasse ses enfants en frappant du pied, mais il est probable qu'il les adore. Et il adore aussi son neveu : c'est aussi sûr que deux et deux font quatre. »

Du reste comment, nouveau venu, pouvait-il se risquer à émettre des jugements définitifs sur des gens qu'il connaissait à peine ? Lébédev, par exemple, lui apparaissait aujourd'hui comme une figure énigmatique. S'attendait-il à trouver devant lui un semblable Lébédev ? Le connaissait-il auparavant sous cet aspect ? « Lébédev et la Du Barry, quel rapprochement, Seigneur ! Si Rogojine devient jamais un meurtrier, ce ne sera du moins pas à l'encontre de toute logique. Son acte ne révélera pas un pareil chaos. Un instrument fabriqué en vue du meurtre, et les six Jémarine massacrés dans un accès de délire ! Est-ce que Rogojine possède un instrument fait sur commande ?… Celui qu'il a… Mais d'abord, est-il certain qu'il assassinera ? » se demanda soudain le prince avec un frisson. « N'est-ce pas un crime, une bassesse de ma part que d'émettre avec autant de cynisme une pareille supposition ? » s'écria-t-il en rougissant de honte.

Il s'arrêta stupéfait, comme cloué au sol. Du même coup il venait de se rappeler pêle-mêle la gare de Pavlovsk, la gare Nicolas[75], sa question directe à Rogojine au sujet des *yeux* aperçus le jour de son arrivée, la croix de Rogojine qu'il portait maintenant sur lui, la bénédiction de la mère de Rogojine, demandée pour lui par ce dernier, l'accolade convulsive que Rogojine lui avait donnée et le renoncement à la femme aimée qu'il avait formulé sur le palier…

Et là-dessus il se surprenait à chercher continuellement quelque chose autour de lui, et cette boutique, et cet objet à soixante kopeks… fi ! quelle bassesse ! Mû par son « idée soudaine », il marchait vers « un but spécial ». Un sentiment de désespoir et de douleur envahissait toute son âme. Il aurait voulu rentrer chez lui, à l'hôtel. Il changea même d'itinéraire, mais au bout d'un instant il s'arrêta, se ravisa et reprit sa première direction.

---

75 C'était aussi le nom de la ligne qui réunit Pétersbourg à Moscou, dont le tracé est l'œuvre de Nicolas Ier. – N. d. T.

Il était déjà dans le Vieux-Pétersbourg et approchait de la maison. Il se disait, par manière de justification, qu'il n'y revenait pas dans la même intention qu'auparavant et n'obéissait plus à aucune « idée spéciale ». Comment aurait-il pu en être autrement ? Il était hors de doute que son mal le reprenait ; peut-être aurait-il une attaque le jour même. Et l'approche de cette crise avait été la cause des ténèbres où son esprit se débattait, le germe de son « idée spéciale ». Or, ces ténèbres s'étaient dispersées, le démon avait fui ; l'allégresse régnait dans son cœur exonéré de tout doute. Et puis il y avait si longtemps qu'il ne l'avait vue… il fallait qu'il *la* vît… Oui, il aurait maintenant voulu rencontrer Rogojine, le prendre par le bras, marcher avec lui… Son cœur était pur : était-il un rival pour Rogojine ? Demain il irait chez lui et lui dirait qu'il était allé la voir. N'était-il pas accouru à Pétersbourg, comme l'avait dit ce tantôt Rogojine, uniquement pour la voir ? Peut-être la trouverait-il chez elle, car après tout il n'était pas certain qu'elle fût partie pour Pavlovsk.

Oui, il fallait à présent tout mettre au clair, afin que les uns et les autres pussent lire réciproquement et sans équivoque dans leur cœur. Plus de renoncements sombres et passionnés comme celui de Rogojine…, des actes consentis librement et au grand jour ! Est-ce que Rogojine était incapable de supporter le grand jour ? Il prétendait aimer cette femme d'un amour qui n'impliquât ni compassion ni pitié. Il est vrai qu'il avait ajouté : « ta compassion l'emporte peut-être sur mon amour ». Mais il s'était calomnié lui-même. Hum !… Rogojine se mettant à lire un livre, n'était-ce pas déjà un acte de compassion, ou un commencement de compassion ? Et ce livre entre ses mains, n'était-ce pas la preuve qu'il se rendait parfaitement compte de ce que devait être son attitude vis-à-vis de cette femme ? Et son récit de tantôt ? Non, il y avait en lui quelque chose de plus profond que la passion. « D'ailleurs le visage de cette femme n'inspire-t-il que de la passion ? Peut-il même, en ce moment, inspirer la passion ? C'est la souffrance qu'il exprime ; c'est par la souffrance seule qu'il captive toute l'âme, qu'il… » Ici, le prince sentit un souvenir brûlant et douloureux lui poindre le cœur.

Oui, un souvenir douloureux. Il évoquait la torture qu'il avait naguère éprouvée quand il avait surpris en elle, pour la première fois, les indices de la démence. Cette découverte l'avait presque mis au désespoir. Comment avait-il pu l'abandonner lorsqu'elle l'avait fui pour aller chez Rogojine ? Il aurait dû se lancer à sa poursuite au lieu d'attendre de ses nouvelles.

Mais… se pouvait-il que Rogojine ne se fût pas encore aperçu des symptômes de sa folie. ? « Hum… Rogojine attribue à tout ce qu'elle fait d'autres mobiles, des mobiles passionnels ! Sa jalousie tient de l'aberration. Qu'a-t-il voulu dire avec sa supposition de tantôt ? » (Le prince rougit brusquement et son cœur sentit passer comme un frisson.)

À quoi bon d'ailleurs revenir sur ces souvenirs ? Il y avait de la folie de la part de l'un comme de l'autre. En ce qui le concernait, le prince jugeait presque inconcevable, presque cruel et inhumain d'aimer cette femme au sens passionnel du mot. « Oui, certes, Rogojine s'est calomnié. Ayant beaucoup de cœur, il est capable de souffrir et de compatir. Quand il saura toute la vérité, quand il sera convaincu que cette femme est une malheureuse créature détraquée et à demi folle, il ne pourra faire autrement que lui pardonner tout le passé, tous ses tourments. Alors il deviendra sans doute pour elle un serviteur, un frère, un ami, une providence. La compassion le remettra dans le bon chemin, elle sera un enseignement pour lui, car elle est la principale et peut-être l'unique loi qui régisse l'existence humaine ». Combien il se repentait maintenant de l'impardonnable malhonnêteté avec laquelle il s'était comporté à l'égard de Rogojine. Non, ce n'était pas l'« âme russe » qui était une énigme, c'était son âme à lui, puisqu'il avait pu imaginer une pareille horreur. Pour quelques paroles chaleureuses et cordiales qu'il avait entendues de lui à Moscou, Rogojine l'avait traité de frère, et lui… Mais tout cela était de la maladie, du délire ; tout cela passerait !… Avec quel air sinistre Rogojine, lui avait dit tout à l'heure qu'« il était en train de perdre la foi » ! « Cet homme doit souffrir affreusement. Il prétend « aimer à regarder le tableau de Holbein » : ce n'est pas qu'il aime à le regarder, mais il en ressent le besoin. Rogojine n'a pas seulement une âme passionnée, il a aussi un tempérament de lutteur : il veut à tout prix reconquérir la foi qu'il a perdue. Il en éprouve maintenant la nécessité et il en souffre… Oui, croire à quelque chose ! croire en quelqu'un ! Mais quelle œuvre étrange que ce tableau de Holbein !… Ah ! voici la rue et, sans doute, la maison cherchée… C'est cela : c'est le numéro seize, « maison de la femme du secrétaire Filissov ». C'est ici ! »

Il sonna et demanda Nastasie Philippovna.

La maîtresse du logis lui répondit elle-même que Nastasie Philippovna était partie dès le matin pour Pavlovsk, où elle était l'hôte de Daria Alexéïevna, « chez qui il se pourrait qu'elle restât quelques jours ». La dame Filissov était une petite femme d'une quarantaine d'années, au visage pointu et à l'œil perçant ; son regard était rusé et scrutateur. Elle demanda au visiteur son nom avec un petit air de mystère. Le prince eut d'abord l'intention de ne pas répondre, mais, se ravisant, il revint exprès la prier avec insistance de transmettre son nom à Nastasie Philippovna. La dame prit note de cette recommandation avec beaucoup de soin et en affectant un ton particulier de confidence qui semblait vouloir dire : « ne craignez rien ; j'ai compris ! ». Le nom du visiteur paraissait avoir fait sur elle une vive impression. Le prince lui jeta un regard distrait, tourna les talons et reprit le chemin de son hôtel. Mais il n'avait plus la même allure que lorsqu'il avait sonné chez la dame Filissov. En un clin d'œil son extérieur s'était métamorphosé : il cheminait maintenant l'air pâle, débile, tourmenté et agité ; ses genoux flageolaient ; un sourire trouble et égaré errait sur ses lèvres bleuies : son « idée soudaine » venait de se trouver, brusquement confirmée et justifiée ; il se sentait une fois de plus livré à son démon.

Que s'était-il donc passé qui eût confirmé et justifié son « idée » ? Pourquoi de nouveau ce tremblement, cette sueur froide, ces ténèbres glaciales de l'âme ? Était-ce parce qu'il venait de revoir *ces mêmes yeux ?* Mais n'avait-il pas quitté le Jardin d'Été uniquement pour les voir ? C'était en cela qu'avait consisté son « idée soudaine ». Il avait éprouvé un désir intense de revoir ces « yeux de tantôt » pour se convaincre d'une manière décisive qu'il les retrouverait immanquablement *là-bas*, près de cette maison. S'il avait si ardemment désiré les revoir, pourquoi, les ayant en effet revus, se sentait-il accablé et bouleversé comme devant un événement inattendu ? Oui, c'étaient bien *les mêmes yeux* (il n'y avait plus à en douter maintenant) qui avaient dardé leurs feux sur lui le matin à la gare Nicolas, au milieu de la foule, quand il était descendu de wagon. C'étaient les mêmes yeux (exactement les mêmes) que, dans l'après-midi, chez Rogojine, il avait sentis peser sur ses épaules au moment où il allait s'asseoir. Rogojine avait nié ; il avait demandé avec un sourire crispé et glacial « à qui appartenaient ces yeux ». Et ces mêmes yeux, le prince les avait encore revus, pour la troisième fois dans la journée, peu de temps avant, à la gare de Tsarskoïé, au moment de monter en wagon pour aller voir Aglaé. Alors il avait eu une furieuse envie de s'approcher de Rogojine et de lui dire « à qui appartenaient ces yeux ». Mais il était sorti précipitamment de la gare et n'avait repris conscience que devant la boutique d'un coutelier, où il avait estimé à soixante kopeks le prix d'un objet qui avait un manche en pied de cerf.

Un démon étrange, effroyable s'était définitivement emparé de lui et ne voulait plus le lâcher. C'était ce démon qui lui avait soufflé à l'oreille, lorsqu'il méditait assis sous un tilleul dans le Jardin d'Été, l'idée que Rogojine, attaché depuis le matin à chacun de ses pas et voyant qu'il ne partait pas pour Pavlovsk (ce qui avait été pour lui une révélation fatale), ne manquerait pas d'aller *là-bas,* dans le Vieux-Pétersbourg, pour épier aux abords de la maison l'arrivée de l'homme qui lui avait donné le même jour sa parole d'honneur « qu'il n'irait pas la voir » et qu'il « n'était pas venu pour cela à Pétersbourg ».

Sur quoi le prince, comme mû par une impulsion, s'était précipité vers cette maison ; quoi d'étonnant alors qu'il y eût effectivement rencontré Rogojine ? Il n'avait vu qu'un homme malheureux et tourmenté de pensées sombres mais bien compréhensibles. D'ailleurs cet infortuné ne s'était alors même plus dissimulé. Oui, sans doute Rogojine avait nié et menti au cours de la scène de l'après-midi. Mais à la gare de Tsarskoïé il s'était montré presque à découvert. Si quelqu'un s'était caché, c'était lui et non Rogojine, qui se tenait maintenant près de la maison ; debout, les bras croisés, il attendait sur le trottoir opposé, à cinquante pas de là. Il était parfaitement en vue et semblait même désirer qu'on le vît. Il avait l'attitude d'un accusateur et d'un juge, et nullement celle d'un… D'un quoi, au fait ?

Mais pourquoi le prince, au lieu de s'avancer vers lui, s'en était-il éloigné comme s'il ne l'avait pas aperçu, malgré que leurs yeux se fussent rencontrés ? (Oui, leurs yeux s'étaient rencontrés et ils avaient échangé un regard.) N'avait-il pas eu lui-même précédemment l'intention de le prendre par la main et de se rendre *là-bas* en sa compagnie ? N'avait-il pas projeté de passer le lendemain lui dire qu'il était allé chez elle ? Tout à l'heure, à mi-chemin de la maison, ne s'était-il pas libéré de son démon, lorsqu'une brusque allégresse avait inondé son âme ? Ou alors, n'y avait-il pas dans la personne de Rogojine et, pour mieux dire, dans l'attitude générale de cet homme *au cours de la journée,* dans l'ensemble de ses paroles, de ses mouvements, de ses actions, de ses regards, quelque chose qui pût justifier les horribles pressentiments du prince et les révoltantes insinuations de son démon ?

Il y avait là toute une série de constatations qui sautaient aux yeux, mais qu'il était malaisé d'analyser et d'ordonner ; on ne pouvait pas davantage leur assigner un fondement logique. Pourtant, en dépit de cette difficulté, de cette impossibilité, elles produisaient une impression d'ensemble à laquelle on ne pouvait se soustraire et qui, d'elle-même, se convertissait en une conviction absolue.

Une conviction, mais de quoi ? (Oh ! combien la monstruosité, l'« ignominie de cette conviction », la « bassesse de ce pressentiment » torturaient le prince, et avec quelle véhémence il se les reprochait !) « Exprime au moins franchement cette conviction, si tu l'oses ! se répétait-il sans cesse sur un ton d'accusation et de défi ; formule toute ta pensée avec clarté, avec précision, sans faux-fuyants ! Oh ! je suis malhonnête ! ajoutait-il dans un accès d'indignation qui lui faisait monter le rouge au visage. De quels yeux oserai-je désormais regarder cet homme, ma vie durant ? Ah quelle journée ! Mon Dieu, quel cauchemar' »

Il y eut, au terme de ce long et pénible retour du Vieux-Pétersbourg, une minute où le prince se sentit pris d'un désir irrésistible d'aller sur-le-champ chez Rogojine, de l'attendre à la maison, de l'embrasser en versant des larmes de repentir, de lui dire tout et d'en finir avec cette affaire. Mais il était déjà arrivé devant son hôtel…

Cet hôtel, les couloirs, sa chambre, l'immeuble lui-même, tout cela lui avait souverainement déplu dès le premier abord. Plusieurs fois au cours de la journée il avait éprouvé une répulsion particulière à l'idée qu'il devait y retourner. « Mais qu'ai-je donc ? Je suis comme une femme malade, je crois aujourd'hui à toutes sortes de pressentiments ! » se dit-il d'un ton de colère et de moquerie ; et, sur cette réflexion, il s'arrêta devant la grande porte. De tous les incidents de la journée, un seul accaparait en ce moment son esprit, mais il l'envisageait « à froid », « en pleine possession de sa raison », « non plus à travers un cauchemar ». Il venait de se rappeler le couteau qui était sur la table de Rogojine. « Mais, après tout, pourquoi Rogojine n'aurait-il pas sur sa table autant de couteaux qu'il lui plairait ? » se demanda-t-il, stupéfait de sa propre pensée. Et son étonnement redoubla quand il évoqua inopinément sa station de l'après-midi devant la boutique du coutelier. « Mais ! voyons..., s'écria-t-il, quelle peut bien être la relation entre... » Il n'acheva pas. Un nouvel accès de honte, presque de désespoir le cloua sur place devant la porte. Il resta un moment immobile. C'est un phénomène assez fréquent qu'un souvenir intolérable, surtout mortifiant, ait pour effet de vous paralyser pendant quelques secondes. « Oui, je suis un homme sans cœur, un poltron ! », se répétait-il d'un air sombre, et il fit un mouvement en avant pour entrer, mais... de nouveau il s'arrêta.

Habituellement assez peu claire, l'entrée de l'hôtel était à ce moment-là en pleine obscurité, à cause de l'approche de l'orage qui avait assombri cette fin de journée. À l'instant même où le prince rentrait, cet orage éclata et une pluie torrentielle commença à tomber. Lorsque après un bref arrêt sur le pas extérieur de la porte, il se remit en marche, il aperçut tout à coup au fond, dans la pénombre, un homme qui se tenait au pied de l'escalier. Cet homme avait l'air d'attendre quelque chose, mais il disparut en un clin d'œil. N'ayant pu discerner ses traits, le prince eût été fort empêché de dire au juste qui c'était, d'autant que beaucoup de gens passaient par là ; il y a, dans un hôtel, un mouvement incessant de personnes qui entrent, traversent les couloirs et sortent. Cependant il acquit sur-le-champ la conviction absolue, inébranlable, qu'il avait reconnu cet homme et que ce ne pouvait être que Rogojine. Un instant après il se précipita sur ses pas dans l'escalier. Son cœur défaillait. « Tout va s'éclaircir ! », se dit-il avec une singulière assurance.

L'escalier dans lequel le prince s'était élancé menait aux couloirs du premier et du second étages. Construit en pierre, comme ceux de toutes les vieilles maisons, il était sombre et étroit et montait autour d'un pilier massif. Au premier palier, un évidement ménagé dans ce pilier formait une sorte de niche qui n'avait pas plus d'un pas en largeur et un demi-pas en profondeur. Un homme pouvait y tenir. En arrivant à ce palier le prince remarqua aussitôt, malgré l'obscurité, que quelqu'un se dissimulait dans la niche. Son premier mouvement fut de passer outre, sans regarder à sa droite. Mais à peine avait-il fait un pas qu'il ne put se contenir et tourna la tête.

Alors, les deux yeux de l'après-midi, *les mêmes yeux*, croisèrent soudainement les siens. L'homme caché dans la niche avait fait un pas pour en sortir. Pendant une seconde tous deux restèrent face à face, se touchant presque. Brusquement le prince empoigna l'homme par les deux épaules et l'entraîna dans l'escalier, vers le jour, pour le mieux dévisager.

Les yeux de Rogojine étincelèrent et un sourire de rage crispa ses lèvres. Il leva sa main droite dans laquelle brillait un objet. Le prince n'eut pas l'idée de le retenir. Il se rappela seulement plus tard avoir poussé ce cri :

– Parfione, je ne le crois pas !

Il lui sembla alors que quelque chose s'ouvrait soudain devant lui ; une lumière *intérieure* d'un éclat extraordinaire éclaira son âme. Peut-être ne fût-ce l'affaire que d'une demi-seconde ; le prince n'en garda pas moins un souvenir clair et conscient du premier accent de l'horrible cri qui s'échappa de sa poitrine et que toutes ses forces eussent été impuissantes à réprimer. Puis la conscience s'éteignit instantanément en lui et il se trouva plongé au sein des ténèbres.

Il était en proie à une attaque d'épilepsie, ce qui ne lui était pas arrivé depuis très longtemps. On sait avec quelle soudaineté se déclarent ces attaques. À ce moment, la figure et surtout le regard du patient s'altèrent d'une manière aussi rapide qu'incroyable. Des convulsions et des mouvements spasmodiques contractent tout son corps et les traits de son visage. Des gémissements épouvantables, qu'on ne peut ni s'imaginer ni comparer à rien, sortent de sa poitrine ; ils n'ont rien d'humain et il est difficile, sinon impossible, de se figurer, lorsqu'on les entend, qu'ils sont exhalés par ce malheureux. On croirait plutôt qu'ils émanent d'un autre être qui se trouverait à l'intérieur du malade. C'est ainsi du moins que beaucoup de personnes définissent leur impression. Sur nombre de gens, la vue de l'épileptique durant sa crise produit un indicible effet de terreur.

Il y a lieu de croire que Rogojine éprouva cette brusque sensation d'épouvante ; venant s'ajouter à tant d'autres émotions, elle l'immobilisa sur place et sauva le prince du coup de couteau qui allait inévitablement s'abattre sur lui. Rogojine n'avait pas eu le temps de se rendre compte de l'attaque qui terrassait son adversaire. Mais, ayant vu celui-ci chanceler et tomber soudainement à la renverse dans l'escalier, la nuque portant contre une marche de pierre, il était descendu quatre à quatre en évitant le corps étendu et s'était enfui de l'hôtel presque comme un fou.

Les convulsions et les spasmes du malade firent glisser son corps de marche en marche (il n'y en avait que quinze) jusqu'au bas de l'escalier. Cinq minutes ne s'étaient pas écoulées que sa découverte provoqua un attroupement. Une flaque de sang autour de la tête fit naître des doutes : était-on en présence d'un accident ou d'un crime ? Bientôt cependant, quelques personnes se rendirent compte qu'il s'agissait d'un cas d'épilepsie. Un garçon de l'hôtel reconnut dans le prince un client arrivé le matin. Les derniers doutes furent enfin dissipés grâce à une heureuse occurrence.

Kolia Ivolguine, qui avait promis d'être à la *Balance* à quatre heures et qui, changeant d'avis, s'était rendu à Pavlovsk, refusa, pour une raison inattendue, le dîner chez la générale Epantchine. Il regagna Pétersbourg et se rendit en hâte à la *Balance* où il était de retour vers les sept heures du soir. Ayant trouvé le billet qui lui annonçait que le prince était en ville, il courut à l'adresse indiquée. On lui apprit à l'hôtel que celui-ci était sorti. Il descendit à la salle à manger et l'attendit en prenant le thé et en écoutant l'orgue mécanique. Le hasard voulut qu'il entendît raconter que quelqu'un avait eu une attaque d'épilepsie. Poussé par un pressentiment justifié il se précipita sur le lieu de l'accident et reconnut le prince. On prit aussitôt les mesures nécessaires : le malade fut remonté dans sa chambre. Bien que revenu à lui, il fut assez long à retrouver toute sa connaissance. Le médecin, appelé pour examiner les plaies de la tête, prescrivit des cataplasmes et déclara que ces contusions n'offraient aucun danger. Au bout d'une heure le prince avait repris pleine conscience de ce qui l'entourait ; Kolia le transporta alors en voiture de l'hôtel à la maison de Lébédev. Ce dernier accueillit le malade avec les plus vives démonstrations d'empressement et d'obséquiosité. À cause de lui il précipita même le départ pour la campagne : trois jours après, tout le monde était à Pavlovsk.

VI

La villa de Lébédev était petite mais confortable et même jolie. La partie mise en location était décorée avec un soin particulier. À l'entrée de l'habitation, sur la terrasse qui la séparait de la rue, des orangers, des citronniers et des jasmins étaient disposés dans de grands baquets peints en vert, qui, selon le calcul de Lébédev, devaient produire le plus heureux effet. Quelques-uns de ces arbustes avaient été acquis par lui avec le fonds, et l'impression qu'il avait éprouvée en les voyant alignés sur la terrasse avait été si séduisante qu'il avait profité d'une vente aux enchères pour en acheter d'autres. Lorsque toutes ces plantes eurent été transportées dans la villa et mises en place, il descendit plusieurs fois par jour les degrés de la terrasse pour contempler, de la rue, le coup d'œil qu'elles offraient, en supputant chaque fois la majoration qu'il allait exiger de son futur locataire.

La villa plut beaucoup au prince, qui était resté affaibli, abattu et physiquement brisé. En fait, dès son arrivée à Pavlovsk, c'est-à-dire le troisième jour après son accès, il avait à peu près recouvré l'apparence de la santé ; mais il ne se sentait pas encore complètement remis. Il avait été heureux de voir du monde autour de lui durant ces trois jours : Kolia, qui ne le quittait presque pas, la famille Lébédev (sauf le neveu qui avait décampé on ne savait où) et Lébédev lui-même. Il avait même pris plaisir à la visite que le général Ivolguine lui avait faite à Pétersbourg, avant son départ.

Le soir même de son arrivée à Pavlovsk, un assez grand nombre de familiers s'étaient, malgré l'heure, réunis autour de lui sur la terrasse : il vit d'abord arriver Gania, qu'il eut peine à reconnaître tant il était changé et amaigri ; ensuite Barbe et Ptitsine, qui villégiaturaient également à Pavlovsk. Le général Ivolguine était presque constamment chez Lébédev ; c'était à croire qu'il l'avait suivi dans son déménagement. Lébédev faisait tout son possible pour le retenir près de lui et l'empêcher d'approcher le prince. Il le traitait en ami et ils avaient tous deux l'air de se connaître de longue date. Le prince les vit à diverses reprises, durant ces trois jours, engager de longues conversations : ils criaient et semblaient même débattre des questions scientifiques, ce qui était apparemment du goût de Lébédev. On eût dit que celui-ci ne pouvait plus se passer du général. Au reste il prenait les mêmes précautions vis-à-vis de sa famille, par égard pour le prince, depuis leur installation dans la villa ; sous prétexte de ne pas le déranger, il ne laissait personne approcher de son hôte ; il frappait du pied et courait après ses enfants aussitôt qu'ils faisaient mine d'aller sur la terrasse où se trouvait le prince, bien que celui-ci eût prié qu'on ne les éloignât point. Véra elle-même, avec le bébé sur les bras, n'échappait pas à ses vivacités.

– D'abord, ripostait-il aux objections du prince, une pareille familiarité aboutirait, si on l'autorisait, à un manque de respect ; ensuite, ce serait même une inconvenance de leur part…

– Mais pourquoi cela ? intercédait le prince. Je vous assure que votre surveillance et vos sévérités ne servent qu'à me chagriner. Comme je vous l'ai dit maintes fois, je m'ennuie tout seul et vous-même ne faites que redoubler mes transes en gesticulant sans cesse et en marchant sur la pointe des pieds.

Il faisait allusion à l'habitude qu'avait prise Lébédev, depuis ces trois jours, d'entrer chez lui à chaque instant, tout en chassant les familiers sous prétexte d'assurer au malade la tranquillité dont il avait besoin. Il commençait par entre-bâiller la porte, passait la tête et examinait la chambre comme pour vérifier si le prince était là et n'avait pas pris la fuite. Puis, sur la pointe des pieds, il s'approchait furtivement du fauteuil, effrayant parfois son locataire par une apparition inattendue. Il lui demandait à tout bout de champ s'il n'avait besoin de rien. Et, lorsque le prince finissait par le prier de le laisser en repos, il sortait docilement et sans mot dire, marchant toujours à pas de loup et gesticulant sans cesse, comme pour donner à entendre qu'il n'était entré qu'en passant, qu'il n'avait rien de plus à ajouter, qu'il sortait et ne reviendrait plus. Ce qui ne l'empêchait pas de réapparaître un quart d'heure, si ce n'était dix minutes plus tard.

Kolia, qui avait libre accès auprès du prince, excitait par là l'envie de Lébédev, mortifié et même indigné de cette préférence. Il avait remarqué que Lébédev restait parfois une demi-heure derrière la porte à épier sa conversation avec le prince et il en avait naturellement averti celui-ci.

– Vous me tenez sous clé comme si vous étiez maître de ma personne, protesta le prince. J'entends qu'il en soit autrement, du moins ici, à la campagne. Sachez que je recevrai qui je veux et irai où bon me semblera !

– Sans l'ombre d'un doute ! répondit Lébédev en agitant les bras.

Le prince le regarda fixement de la tête aux pieds.

– Dites-moi, Loukiane Timoféïévitch, avez-vous transporté ici la petite armoire que vous aviez au-dessus de votre lit à Pétersbourg ?

– Non, je ne l'ai pas déménagée.

– Comment, vous l'avez laissée là-bas ?

– Il n'y avait pas moyen de la transporter. Il aurait fallu la desceller du mur… Elle est solidement fixée.

– Peut-être y en a-t-il une pareille ici ?

– Oui, et même une meilleure. C'est une des raisons pour lesquelles j'ai acheté la villa.

– Ah ! Et qui était la personne à qui vous avez interdit l'accès de ma chambre il y a une heure ?

– C'était… c'était le général. C'est vrai, je ne l'ai pas laissé entrer. Ce n'est pas sa place ici. Prince, je respecte profondément cet homme ; c'est un… grand homme, vous ne me croyez pas ? Eh bien ! vous verrez. Néanmoins… il vaut mieux, très illustre prince, que vous ne le receviez pas chez vous.

– Mais permettez-moi de vous demander pourquoi je ne dois pas le recevoir ? Et pourquoi, Lébédev, vous tenez-vous maintenant sur la pointe des pieds et vous approchez-vous toujours de moi comme si vous vouliez me confier un secret à l'oreille ?

– Par bassesse ; je le sens, c'est de la bassesse ! répliqua inopinément Lébédev, en se frappant la poitrine d'un air pathétique. – Mais est-ce que le général ne serait pas trop hospitalier pour vous ?

– Trop hospitalier ? Que voulez-vous dire par là ?

– Oui, trop hospitalier. D'abord il se dispose à s'installer à demeure chez moi. Passe encore ! Mais il ne se gêne pas et se glisse tout de suite dans la famille. Nous avons déjà examiné plusieurs fois ensemble nos liens de parenté et nous nous sommes aperçus que nous étions parents par alliance. Vous aussi, vous êtes son petit-neveu par votre mère. Il me l'a encore expliqué hier. Si vous êtes son neveu, il en résulte que nous sommes aussi parents, très illustre prince. C'est une petite faiblesse du général ; elle ne tire pas à conséquence. Mais, voici un moment, il m'a affirmé que, durant toute sa vie, depuis qu'il a reçu le grade de porte-enseigne jusqu'au onze juin de l'année passée, il n'avait jamais eu moins de deux cents convives par jour à la maison. C'était au point qu'on ne se levait même plus de table chez lui : on dînait, on soupait, on prenait le thé pendant quinze heures consécutives. Et cela aurait duré trente ans sans discontinuer ; c'est à peine si l'on prenait le temps de changer la nappe. Un invité se levait-il pour s'en aller ? un autre prenait sa place. Aux jours fériés, et notamment aux fêtes de la famille impériale, le général a eu jusqu'à trois cents convives. Il en a reçu sept cents lors de la commémoration du millénaire de la Russie. C'est terrible. Une pareille histoire ne présage rien de bon et il est dangereux de recevoir chez soi des gens aussi hospitaliers. C'est pourquoi je me demandais si le général ne serait pas trop hospitalier pour vous comme pour moi.

– Mais j'ai cru remarquer que vous étiez tous deux dans les meilleurs termes ?

– Je prends fraternellement ses bavardages à la plaisanterie. Que nous soyons parents par alliance, cela ne me fait ni chaud ni froid ; ce serait même plutôt un honneur. En dépit de ses deux cents invités et du millénaire de la Russie, je le tiens pour un homme très remarquable. Je le déclare en toute sincérité. Tout à l'heure, prince, vous avez dit que je m'approchais de vous comme si j'avais un secret à vous communiquer. Eh bien ! j'en ai justement un : une certaine personne vient de me faire connaître qu'elle désirerait beaucoup avoir une entrevue secrète avec vous.

– Pourquoi une entrevue secrète ? En aucune façon. J'irai moi-même chez cette personne, aujourd'hui s'il le faut.

– Non, non ! reprit Lébédev avec de grands gestes ; ses craintes ne sont pas celles que vous croyez. À propos, le monstre vient chaque jour prendre des nouvelles de votre santé. Le saviez-vous ?

– Vous le traitez bien souvent de monstre ; je trouve cela fort suspect.

– Il n'y a pas de soupçons à avoir, riposta Lébédev avec empressement ; j'ai simplement voulu indiquer que ce n'est pas de lui que la personne en question a peur. Ses appréhensions se rapportent à tout autre chose.

– À quoi ? Dites-le vite ! demanda le prince, agacé par la mimique mystérieuse de Lébédev.

– C'est là qu'est le secret ! ricana celui-ci.

– Le secret de qui ?

– Votre secret. Vous-même, très illustre prince, m'avez défendu de parler devant vous…, balbutia Lébédev ; et, enchanté d'avoir exaspéré la curiosité de son interlocuteur, il conclut brusquement : – Elle a peur d'Aglaé Ivanovna.

Le prince fronça les sourcils puis, après une minute de silence :

– Je vous jure, Lébédev, que je quitterai votre maison, fit-il. Où sont Gabriel Ardalionovitch et les Ptitsine ? Chez vous ? Vous les avez aussi amenés ici ?

– Ils vont venir, ils vont venir. Et le général viendra aussi après eux. J'ouvrirai toutes mes portes et j'appellerai toutes mes filles, toutes, à l'instant même ! chuchota Lébédev avec effroi, en agitant les bras et en courant d'une porte à l'autre.

À ce moment Kolia apparut sur la terrasse, venant de la rue. Il annonça que des visiteuses, Elisabeth Prokofievna et ses trois filles, arrivaient derrière lui.

– Faut-il ou non faire entrer les Ptitsine et Gabriel Ardalionovitch ? Faut-il laisser venir le général ? demanda Lébédev bouleversé par cette nouvelle.

– Pourquoi pas ? Laissez entrer qui veut. Je vous assure, Lébédev, que, du premier jour, vous avez compris mes relations tout de travers. Vous êtes dans une erreur continuelle. Je n'ai pas la moindre raison de me cacher de qui que ce soit, conclut le prince en riant.

Lébédev, le voyant rire, crut devoir l'imiter. Malgré son extrême agitation, il était visiblement ravi.

La nouvelle annoncée par Kolia était exacte : il ne précédait les Epantchine que de quelques pas, pour signaler leur venue. Si bien qu'on vit paraître des visiteurs de deux côtés à la fois : les Epantchine entrèrent par la terrasse, tandis que Ptitsine, Gania et le général Ivolguine sortaient de l'appartement de Lébédev.

Les Epantchine venaient d'apprendre par Kolia la maladie du prince et son arrivée à Pavlovsk. Jusque-là la générale était restée dans une pénible incertitude. L'avant-veille son mari avait communiqué à la famille la carte du prince, d'où Elisabeth Prokofievna avait conclu sans hésiter que celui-ci ne tarderait pas à venir les voir à Pavlovsk. Vainement les demoiselles avaient objecté que, s'il était resté six mois sans écrire, il pourrait bien être moins pressé de se présenter, ayant sans doute – qui pouvait connaître ses affaires ? – bien d'autres soucis à Pétersbourg. Agacée par ces objections, la générale s'était déclarée prête à parier que le prince viendrait au plus tard le lendemain. Le lendemain donc, elle l'attendit toute la matinée, puis pour le dîner, et enfin pour la soirée. Quand la nuit fut tombée, elle devint d'une humeur massacrante et chercha querelle à tout le monde, bien entendu sans mêler le nom du prince aux motifs de ses disputes. Elle n'y fit pas davantage allusion le jour suivant. Pendant le dîner, Aglaé laissa inopinément échapper cette réflexion : « Maman est fâchée parce que le prince nous a fait faux bond ». – « Ce n'est pas sa faute », s'empressa d'observer le général ; sur quoi Elisabeth Prokofievna se leva furieuse et quitta la table.

Enfin, vers le soir, Kolia arriva, donna des nouvelles du prince et raconta tout ce qu'il savait de ses aventures. Ce fut pour Elisabeth Prokofievna une occasion de triompher, mais elle n'en chercha pas moins noise à Kolia : « Il passe des journées entières à tourner ici, sans qu'on sache comment se défaire de lui ; et il fait le mort quand on a besoin de lui ! » Kolia fut sur le point de prendre la mouche en entendant dire « qu'on ne savait comment se défaire de lui », mais il réserva son ressentiment pour plus tard ; il aurait fermé les yeux sur une expression moins blessante, tant lui avaient été agréables l'émoi et l'inquiétude manifestés par Elisabeth Prokofievna en apprenant la maladie du prince. Celle-ci insista longuement sur la nécessité de dépêcher sans retard un exprès à Pétersbourg pour ramener par le premier train une célébrité médicale à Pavlovsk. Ses filles l'en dissuadèrent ; toutefois elles ne voulurent pas être en reste avec leur mère lorsque celle-ci déclara tout de go qu'elle se proposait de rendre visite au malade.

– Nous n'allons pas nous attarder à des questions d'étiquette quand ce garçon est sur son lit de mort ! dit-elle en s'agitant. Est-ce ou non un ami de la maison ?

– Oui, mais il ne faut pas se mettre à l'eau avant d'avoir trouvé le gué[76], observa Aglaé.

– Eh bien ! n'y va pas ; cela n'en vaudra que mieux ; Eugène Pavlovitch doit venir et, si tu partais, il n'y aurait personne pour le recevoir.

Après ce dialogue Aglaé s'empressa naturellement de se joindre à sa mère et à ses sœurs, comme c'était d'ailleurs son intention dès le début. Le prince Stch..., qui tenait compagnie à Adélaïde, consentit à accompagner les dames sur la demande de la jeune fille. Bien avant, dès son entrée en relations avec les Epantchine, il avait pris un très vif intérêt à les entendre parler du prince. Il se trouva qu'il connaissait celui-ci pour l'avoir rencontré, trois mois environ auparavant, dans une petite ville de province où il avait passé quinze jours avec lui. Il avait raconté beaucoup de choses sur le jeune homme, pour lequel il éprouvait une grande sympathie ; ce fut donc avec un plaisir sincère qu'il accepta de se rendre auprès de son ancienne connaissance. Le général Ivan Fio-

---

76 Proverbe russe. – N. d. T.

dorovitch n'était pas à la maison ce jour-là et Eugène Pavlovitch n'était pas encore arrivé.

De la villa des Epantchine à celle de Lébédev il n'y avait pas plus de trois cents pas. En entrant chez le prince, la première impression désagréable qu'éprouva Elisabeth Prokofievna fut de trouver autour de lui une nombreuse société, d'autant que, dans cette société, deux ou trois personnages lui étaient franchement antipathiques. En outre elle fut très étonnée de voir s'avancer vers elle un jeune homme apparemment bien portant, vêtu avec élégance et enjoué, à la place du moribond qu'elle s'attendait à trouver. Elle s'arrêta sans en croire ses yeux, à la grande joie de Kolia, qui aurait pu la mettre au courant avant qu'elle ne sortît de la maison, mais qui s'était bien gardé de le faire, pressentant malicieusement la colère comique à laquelle elle ne manquerait pas de se laisser aller en voyant son cher ami, le prince, en bonne santé.

Kolia poussa même l'effronterie jusqu'à souligner tout haut son succès afin de porter à son comble l'irritation d'Elisabeth Prokofievna, avec laquelle il avait constamment des piques, parfois très blessantes, en dépit de leur amitié.

– Patience, mon cher, ne te presse pas tant ! Ne gâte pas ton triomphe ! riposta-t-elle en s'asseyant dans le fauteuil que le prince lui avait avancé.

Lébédev, Ptitsine et le général Ivolguine s'empressèrent d'offrir des sièges aux jeunes filles. Le général présenta une chaise à Aglaé. Lébédev en approcha une autre du prince Stch… devant lequel il se courba avec une déférence extraordinaire. Barbe, comme de coutume, salua les jeunes filles avec effusion et se mit à chuchoter avec elles.

– C'est vrai, prince, que je pensais te trouver au lit, tant mes craintes avaient exagéré les choses. Et, pour ne pas mentir, je t'avouerai que j'ai été très contrariée tout à l'heure en voyant ta mine prospère, mais je te jure que cette contrariété n'a duré qu'une minute, le temps de réfléchir. Quand je réfléchis, j'agis et je parle toujours d'une manière plus sensée. Je crois que tu es dans le même cas. Pour tout dire, si j'avais eu un fils malade, son rétablissement m'aurait peut-être fait moins de plaisir que le tien. Si tu ne me crois pas en cela, c'est une honte pour toi et non pour moi. Mais ce garnement se permet de me jouer encore bien d'autres tours que celui-ci. Il paraît que tu le protèges ; dans ce cas je te préviens qu'un de ces quatre matins je me priverai, sois-en sûr, de l'avantage et de l'honneur de le compter parmi mes relations.

– Mais en quoi suis-je donc coupable ? s'écria Kolia. J'aurais eu beau vous affirmer que le prince était presque rétabli, vous n'auriez pas voulu me croire ; vous trouviez beaucoup plus intéressant de vous le représenter sur son lit de mort.

– Es-tu ici pour longtemps ? demanda Elisabeth Prokofievna au prince.

– Pour tout l'été, et peut-être même pour plus longtemps.

– Tu es seul ? Tu n'es pas marié ?

– Non, je ne suis pas marié, répondit le prince en souriant de la naïveté avec laquelle elle avait lancé cette pointe.

– Il n'y a pas de quoi sourire ; cela peut arriver. Mais je pense à la villégiature : pourquoi n'es-tu pas descendu chez nous ? Nous avons tout un pavillon inoccupé. Après tout, c'est ton affaire ! Tu es le locataire de cet individu ? ajouta-t-elle à mi-voix en désignant des yeux Lébédev. Pourquoi fait-il toujours des contorsions ?

À ce moment Véra, sortant de l'appartement, parut sur la terrasse ; comme à l'ordinaire elle tenait le nouveau-né dans ses bras. Lébédev, qui tournait autour des chaises sans savoir que faire de sa personne mais sans se décider à s'en aller, s'élança brusquement sur sa fille et se mit à gesticuler pour l'éloigner. Il s'oublia même jusqu'à frapper le sol du pied.

– Il est fou ? demanda précipitamment la générale.

– Non, il…

– Il est ivre, peut-être ? Eh bien, tu es en jolie compagnie ! fit-elle sèchement après avoir jeté un coup d'œil sur les autres visiteurs. – Toutefois voici une charmante jeune fille. Qui est-ce ?

– C'est Véra Loukianovna, la fille de ce Lébédev.

– Ah !… elle est très gracieuse. Je veux faire sa connaissance.

Mais Lébédev, qui avait entendu les paroles flatteuses d'Elisabeth Prokofievna, amenait déjà sa fille pour la présenter lui-même.

– Des orphelins, ce sont des orphelins ! gémit-il en s'approchant avec obséquiosité. – Et le bébé qu'elle a dans les bras est aussi un orphelin ; c'est sa sœur Lioubov, ma fille née en très légitime mariage de mon épouse Hélène, morte en couches voici six semaines par la volonté de Dieu… Oui… elle lui tient lieu de mère, bien qu'elle ne soit que sa sœur… rien de plus, rien…

– Et toi, mon brave, tu n'es rien de plus qu'un imbécile ; excuse ma franchise. Maintenant, en voilà assez ! je suppose que tu le comprends de toi-même, ajouta-t-elle dans un subit accès d'indignation.

– C'est l'exacte vérité ! répondit Lébédev en s'inclinant avec un profond respect.

– Dites-moi, monsieur Lébédev, on prétend que vous interprétez l'Apocalypse. Est-ce vrai ? demanda Aglaé.

– C'est l'exacte vérité !… Voici quinze ans que je l'interprète.

– J'ai entendu parler de vous. Je crois même qu'il a été question de vous dans les journaux.

– Non ; les journaux ont parlé d'un autre commentateur ; il est mort et je l'ai remplacé, reprit Lébédev qui ne se tenait plus de joie.

– Faites-moi le plaisir, puisque nous sommes voisins, de venir un jour m'interpréter quelques passages de l'Apocalypse. Je n'y comprends goutte.

– Je ne puis me dispenser de vous prévenir, Aglaé Ivanovna, que tout cela n'est de sa part que du charlatanisme, croyez-m'en ! fit précipitamment le général Ivolguine qui, assis à côté d'Aglaé, était au supplice de ne pouvoir se mêler à la conversation. – Évidemment, la vie à la campagne a ses droits comme aussi ses plaisirs, continua-t-il. Recevoir chez soi un pareil intrus pour se faire expliquer l'Apocalypse, c'est une fantaisie comme une autre, voire une fantaisie d'une ingéniosité remarquable, mais je… Vous avez l'air de me regarder avec surprise ? Permettez que je me présente : général Ivolguine. Je vous ai portée sur mes bras, Aglaé Ivanovna.

– Charmée de faire votre connaissance. Je connais Barbe Ardalionovna et Nina Alexandrovna, murmura Aglaé qui se tenait à quatre pour ne pas éclater de rire.

Elisabeth Prokofievna se fâcha tout rouge… La colère trop longtemps contenue dans son cœur avait besoin de s'épancher. Elle ne pouvait supporter le général Ivolguine qu'elle avait connu autrefois, il y avait fort longtemps.

– Tu mens, mon cher, selon ton habitude ! Tu n'as jamais porté ma fille sur tes bras, lui dit-elle avec emportement.

– Vous l'avez oublié, maman, mais c'est, ma foi, vrai qu'il m'a portée, confirma soudain Aglaé. C'était à Tver, où nous habitions alors. J'avais six ans et je m'en souviens. Il m'a fait une flèche et un arc, il m'a appris à tirer et j'ai tué un pigeon. Vous ne vous rappelez pas que nous avons tué ensemble un pigeon ?

– Et moi, il m'a donné un casque en carton et une épée de bois ; je m'en souviens également ! s'écria Adélaïde.

– Moi aussi, je m'en souviens ! renchérit Alexandra. Vous vous êtes même querellées à propos du pigeon blessé et on vous a mises chacune dans un coin. Adélaïde a dû rester plantée là avec son casque et son épée.

En rappelant à Aglaé qu'il l'avait portée dans ses bras, le général avait seulement voulu dire quelque chose pour lier conversation, comme il en usait avec tous les jeunes gens dont il jugeait opportun de faire la connaissance. Mais, comme par un fait exprès, il se trouva cette fois-ci qu'il était tombé juste en évoquant une circonstance véridique qu'il avait lui-même oubliée. Si bien que lorsque Aglaé eut inopinément attesté qu'ils avaient tué ensemble un pigeon, la mémoire lui revint d'un seul coup et il se rappela tout dans les moindres détails, comme il advient souvent aux vieilles gens qui remémorent un passé lointain. Il serait difficile de dire ce qui, dans cette évocation, fit impression sur le pauvre général, un peu gris comme à son ordinaire ; toujours est-il qu'il en parut vivement ému.

– Je me rappelle, oui je me rappelle tout ! s'exclama-t-il. J'étais alors capitaine en second. Vous étiez si petite, si mignonne ! Nina Alexandrovna…, Gania… C'était le temps où… j'étais reçu chez vous. Ivan Fiodorovitch…

– Et tu vois à quoi tu en es arrivé maintenant ! reprit la générale. Cependant la boisson n'a pas étouffé en toi les sentiments nobles, puisque tu t'attendris ainsi sur ce souvenir. Mais tu as martyrisé ta femme. Au lieu de donner l'exemple à tes enfants, tu te fais mettre à la prison pour dettes. Va-t'en d'ici, mon ami ! retire-toi n'importe où, derrière la porte, dans un coin, et pleure en te rappelant ton innocence d'antan ; peut-être Dieu te pardonnera-t-il ! Allons, va ! je te parle sérieusement.

Pour se corriger, il n'y a rien de tel que de se souvenir du passé avec contrition.

Ce n'était pas la peine d'insister : le général avait la sensibilité aiguë des gens qui ont l'habitude de boire et il lui était pénible, comme à tous les déclassés, de se remémorer les jours heureux. Il se leva et se dirigea vers la porte avec une telle docilité qu'Elisabeth Prokofievna le prit aussitôt en pitié.

– Ardalion Ardalionovitch, mon ami, s'écria-t-elle en le rappelant, attends une minute ! nous sommes tous pécheurs ; quand tu sentiras que ta conscience est un peu calmée, viens me voir, nous consacrerons un moment à causer du passé. Qui sait si je n'ai pas commis cinquante fois plus de péchés que toi ? Mais maintenant adieu, va-t'en ! tu n'as rien à faire ici…, ajouta-t-elle brusquement, effrayée de le voir revenir.

– Vous feriez mieux pour le moment de ne pas le suivre, dit le prince à Kolia dont le premier mouvement avait été d'emboîter le pas à son père. Sans cela, dans un instant il sera de mauvaise humeur et c'en sera fait de ses bonnes dispositions.

– C'est juste ; laisse-le ; tu iras le retrouver dans une demi-heure, décida Elisabeth Prokofievna.

– Voilà ce que c'est que de dire, une fois dans sa vie, la vérité à quelqu'un : il en a été ému jusqu'aux larmes ! risqua Lébédev.

Elisabeth Prokofievna le remit incontinent à sa place :

– Et toi aussi, mon bon ami, tu dois être un joli monsieur, si ce que j'ai entendu dire est vrai !

La situation respective de tous les visiteurs réunis sur la terrasse se précisait peu à peu. Le prince sut naturellement apprécier à sa juste valeur le témoignage de sympathie dont il était l'objet de la part de la générale et de ses filles. Il leur dit d'un ton sincère qu'il avait eu, avant leur visite, l'intention bien arrêtée de se présenter chez elles le jour même, malgré son état de santé et l'heure tardive. Elisabeth Prokofievna répondit, en jetant un regard de dédain sur les visiteurs, qu'il était encore temps de mettre ce projet à exécution. Ptitsine, homme poli et très conciliant, ne tarda pas à se lever et se retira dans l'appartement de Lébédev ; il aurait vivement désiré emmener celui-ci, mais il n'en obtint que la promesse d'être bientôt rejoint par lui. Barbe qui s'entretenait avec les jeunes filles ne bougea pas. Gania et elle étaient fort aises du départ du général. Gania s'en alla peu après Ptitsine. Pendant les quelques minutes qu'il avait passées sur la terrasse en présence des Epantchine, il avait eu une contenance modeste et digne et ne s'était pas troublé sous le regard dominateur d'Elisabeth Prokofievna, qui par deux fois l'avait toisé de la tête aux pieds. Il pouvait, en vérité, paraître très changé à ceux qui l'avaient connu précédemment. Son attitude fit une impression tout à fait favorable sur Aglaé.

– C'est, je crois, Gabriel Ardalionovitch qui vient de sortir ? demanda-t-elle à brûle-pourpoint, comme elle aimait parfois à le faire en interrompant à haute voix la conversation des autres personnes et en parlant à la cantonade.

– C'est lui, répondit le prince.

– C'est à peine si je l'ai reconnu, fit Aglaé. Il a beaucoup changé… et à son avantage.

–J'en suis enchanté pour lui, dit le prince.

– Il a été très malade, ajouta Barbe sur un ton de commisération où perçait une joie secrète.

– En quoi a-t-il changé à son avantage ? demanda Elisabeth Prokofievna avec un accent de colère et presque d'effroi. – Où as-tu pris cela ? Je ne trouve rien de mieux en lui. Que trouves-tu toi ?

– Il n'y a rien de mieux qu'un « chevalier pauvre », s'exclama tout à coup Kolia, qui se tenait toujours près de la chaise d'Elisabeth Prokofievna.

– C'est aussi mon avis, dit en riant le prince Stch…

– C'est également le mien, déclara solennellement Adélaïde.

– Que « chevalier pauvre » ? demanda la générale en fixant sur eux un regard de perplexité et de dépit. Puis, voyant Aglaé rougir, elle ajouta avec colère : – Ce doit être quelque bêtise ! Qu'est-ce que c'est que ce « chevalier pauvre » ?

– Est-ce la première fois que ce gamin, qui est votre favori, dénature les paroles des autres ? répliqua Aglaé sur un ton d'arrogance outrée.

Aglaé était sujette à des accès de colère très fréquents, mais quand elle s'y laissait aller, leur véhémence s'alliait toujours à quelque chose de si enfantin et de si gauche qu'on ne pouvait parfois s'empêcher de rire en la regardant. Ceci avait le don de l'exaspérer, car elle ne s'expliquait pas cette hilarité et se demandait comment on pouvait et osait rire de son emportement. La réflexion qu'elle venait de faire mit en gaîté ses cœurs et le prince Stch… ; le prince Léon Nicolaïévitch lui-même ne put retenir un sourire, tout en rougissant on ne sait trop pourquoi. Kolia triomphait et riait à gorge déployée. Aglaé se fâcha pour tout de bon, ce qui ajouta encore à sa beauté ; sa confusion et le dépit qu'elle en éprouvait lui seyaient à ravir.

– Est-ce que ce gamin n'a pas souvent dénaturé vos propres paroles ? reprit-elle.

– Je ne fais que citer une de vos exclamations, s'écria Kolia. Il y a un mois, en lisant *Don Quichotte,* vous avez dit qu'il n'y avait rien de mieux qu'un « chevalier pauvre ». Je ne sais de qui vous parliez alors : était-ce de Don Quichotte, d'Eugène Pavlovitch ou de quelqu'un d'autre. Le fait est que vos paroles s'appliquaient à quelqu'un : il y a eu là-dessus toute une longue conversation…

– Je vois, mon ami, que tu te permets d'aller un peu loin dans tes suppositions, dit Elisabeth Prokofievna avec aigreur.

– Suis-je le seul ? continua Kolia en ergotant. Tout le monde en a parlé et en parle encore : à l'instant même, le prince Stch…, Adélaïde Ivanovna et les autres viennent de dire qu'ils étaient partisans du « chevalier pauvre ». Ce chevalier existe donc réellement et m'est avis que, sans le mauvais vouloir d'Adélaïde Ivanovna, nous saurions tous depuis longtemps qui il est.

– En quoi suis-je coupable ? demanda en riant Adélaïde.

– Vous n'avez pas voulu nous dessiner son portrait, voilà votre faute ! Aglaé Ivanovna vous avait priée de le faire et vous avait même indiqué tous les détails du tableau, tel qu'elle-même le concevait, vous rappelez-vous ? Et vous n'avez pas voulu…

– Mais comment m'y serais-je prise et qui aurais-je représenté ? Tel qu'on me l'a dépeint, le « chevalier pauvre ».

Ne leva devant personne
La visière d'acier de son casque.

Alors quel visage lui donner ? Que représenter ? une visière, un être anonyme ?

– Je n'y comprends rien. De quelle visière s'agit-il ? s'écria la générale agacée, qui au fond commençait à identifier le personnage désigné sous le nom conventionnel (probablement imaginé depuis longtemps) de « chevalier pauvre ».

Mais ce qui l'indignait le plus, c'était de voir l'air confus du prince Léon Nicolaïévitch, qui était intimidé comme un enfant de dix ans.

– Est-ce que cette plaisanterie ne va pas bientôt cesser ? M'expliquera-t-on, oui ou non, ce que signifie ce « chevalier pauvre » ? Est-ce un secret si redoutable qu'on ne puisse le dévoiler ?

Les rires reprirent de plus belle. Le prince Stch…, visiblement désireux de couper court à l'incident et de changer la conversation, se décida à intervenir :

– Il s'agit tout bonnement d'une poésie baroque écrite en russe, qui n'a ni queue ni tête et dont le sujet est un « chevalier pauvre ». Il y a un mois, nous étions tous réunis après-dîner et fort en train de rire. Nous cherchions comme toujours un sujet pour le prochain tableau d'Adélaïde Ivanovna. Vous savez que c'est depuis longtemps la commune occupation de toute la famille. C'est alors que l'idée vint à l'un de nous – lequel ? je ne me rappelle plus – de prendre pour sujet le « chevalier pauvre »...

– L'idée est d'Aglaé Ivanovna ! s'écria Kolia.

– C'est bien possible, mais je ne m'en souviens pas, reprit Le prince Stch... Les uns ont ri de ce sujet, les autres ont affirmé qu'on n'en saurait trouver de plus élevé, mais qu'il fallait, en tout cas, donner un visage au « chevalier pauvre ». Nous avons cherché ce visage parmi ceux de toutes nos connaissances, mais aucun n'a fait l'affaire et nous en sommes restés là. Voilà tout. Je ne comprends pas pourquoi Nicolas Ardalionovitch s'est avisé de remettre cela sur le tapis. Ce qui était amusant et à propos il y a un mois n'a plus aucun intérêt aujourd'hui.

– C'est qu'il y a là-dessous quelque nouveau sous-entendu inepte, blessant et injurieux, dit d'un ton coupant Elisabeth Prokofievna.

– Il n'y a rien d'inepte là dedans. Il n'y a que l'expression d'une très profonde estime, riposta Aglaé.

Elle prononça ces mots avec un accent de gravité tout à fait inattendu. Non seulement elle avait complètement maîtrisé ses nerfs, mais encore on pouvait présumer, à certains indices, qu'elle prenait maintenant plaisir à voir s'amplifier la plaisanterie. Ce revirement s'était opéré en elle au moment où l'on s'était aperçu que la confusion du prince devenait de plus en plus intense.

– Ils rient comme des fous et les voilà tout à coup qui parlent de leur très profonde estime ! C'est insensé. Pourquoi de l'estime ? Réponds-moi sur-le-champ : d'où t'est venue, sans rime ni raison, cette profonde estime ?

À la question posée avec nervosité par sa mère, Aglaé répliqua sur le même ton grave et solennel :

– J'ai parlé d'une très profonde estime parce qu'il est question dans ces vers d'un homme capable d'avoir un idéal et, s'en étant fixé un, de lui vouer aveuglément toute sa vie. Ce n'est pas une chose commune par le temps qui court. On ne dit pas, dans ces vers, en quoi consistait l'idéal du « chevalier pauvre », mais on voit bien que cet idéal était en quelque sorte une image lumineuse, « emblème de la beauté pure » ; le chevalier amoureux portait même, au lieu d'écharpe, un chapelet autour du cou. Il est vrai qu'il y a aussi là une devise obscure, énigmatique, exprimée par les lettres A, N, B, qu'il avait tracées sur son écu.

– A, N, D, rectifia Kolia.

– Je dis A, N, B, et je n'en démords point, repartit Aglaé avec aigreur. En tout cas il est clair que le chevalier pauvre n'attachait pas d'importance à ce qu'était ou faisait sa dame. Il suffisait qu'il l'eût choisie et eût cru dans sa « beauté pure » pour qu'il s'inclinât à tout jamais devant elle. En ceci était son mérite que, même si elle était plus tard devenue une voleuse, il ne lui en aurait pas moins gardé sa foi et aurait continué à rompre des lances pour sa beauté pure. Le poète paraît avoir voulu incarner dans une figure exceptionnelle la puissante notion de l'amour chevaleresque et platonique, telle que l'a conçue le Moyen Âge. Il ne s'agit naturellement que d'un idéal. Dans le « chevalier pauvre » cet idéal atteint son plus haut degré et arrive jusqu'à l'ascétisme. C'est beaucoup, il faut le reconnaître, que d'être capable d'un pareil sentiment, qui suppose par lui-même un caractère d'une trempe spéciale et qui est, sous un certain aspect, fort louable, sans même parler ici de Don Quichotte. Le « chevalier pauvre », c'est Don Quichotte, un Don Quichotte qui ne serait pas comique, mais sérieux. Je ne l'ai d'abord pas compris et m'en suis égayée ; mais maintenant j'aime le « chevalier pauvre », et surtout j'estime ses exploits.

Aglaé se tut. En la regardant il était malaisé de se rendre compte si elle avait parlé sérieusement ou pour rire.

– Eh bien, avec tous ses exploits, ce « chevalier pauvre » est un imbécile ! décida la générale. Et toi, ma petite, tu nous as débité toute une leçon ; crois-moi, cela ne te va guère. En tout cas c'est intolérable. Quels sont ces vers ? Récite-les ; tu dois les savoir. Je tiens absolument à les connaître. De ma vie je n'ai pu souffrir la poésie ; c'était sans doute un pressentiment. Pour l'amour de Dieu, prince, prends patience ; c'est évidemment ce que, toi et moi, nous avons de mieux à faire, ajouta-t-elle en s'adressant au prince Léon Nicolaïévitch. Elle était outrée.

Le prince voulut dire quelque chose, mais son trouble était tel qu'il ne put articuler un mot. Seule Aglaé, qui venait de se permettre tant de hardiesse en « débitant sa leçon », ne montrait aucune confusion et paraissait même contente d'elle. Toujours aussi grave et aussi solennelle, elle se leva aussitôt, comme si elle s'était tenue prête à réciter les vers et n'avait attendu qu'une invitation à le faire ; puis, s'avançant au milieu de la terrasse, elle se plaça face au prince encore assis dans son fauteuil. Tout le monde la regardait avec une certaine surprise. Le prince Stch…, ses sœurs, sa mère, bref presque tous les assistants éprouvaient un sentiment de gêne devant cette nouvelle gaminerie dont on pouvait prévoir qu'elle allait passer la mesure. Mais il était visible qu'Aglaé était enchantée de cette manière de préluder à sa récitation. Elisabeth Prokofievna fut sur le point de la faire rasseoir, mais, au moment même où la jeune fille allait commencer à réciter la fameuse ballade, deux nouveaux visiteurs montèrent de la rue à la terrasse en conversant à haute voix. C'était le général Ivan Fiodorovitch Epantchine suivi d'un jeune homme. Leur apparition produisit quelque sensation.

VII

Le jeune homme qui accompagnait le général pouvait avoir vingt-huit ans. De haute taille, bien fait, il avait un visage séduisant et spirituel, avec de grands yeux noirs pétillants de vivacité et de malice. Aglaé ne se retourna même pas vers lui et continua à déclamer sa poésie en affectant de ne regarder que le prince et de ne s'adresser qu'à lui seul. Celui-ci comprit bien qu'elle y mettait une intention particulière. Toutefois, la venue des nouveaux visiteurs atténua un peu son embarras. Dès qu'il les aperçut, il se leva à demi, fit de loin un signe de tête aimable au général et recommanda d'un geste qu'on n'interrompît point la récitation. Puis il alla se placer derrière son siège et s'accouda du bras gauche sur le dossier, afin d'écouter la suite de la ballade dans une posture plus dégagée et moins ridicule que celle d'un homme enfoncé dans un fauteuil. De son côté Elisabeth Prokofievna invita par deux fois, d'un geste autoritaire, les nouveaux venus à s'arrêter.

Le prince s'intéressa vivement au jeune homme qui accompagnait le général ; il eut l'intuition que c'était Eugène Pavlovitch Radomski, dont il avait beaucoup entendu parler et auquel il avait pensé plus d'une fois. Toutefois la tenue civile de ce jeune homme le dérouta, car il avait ouï dire qu'Eugène Pavlovitch était militaire. Pendant toute la récitation, un sourire ironique erra sur les lèvres du nouveau venu ; c'était à croire que, lui aussi, connaissait l'histoire du « chevalier pauvre ».

« Peut-être est-ce lui qui a inventé cela », pensa le prince.

L'état d'esprit d'Aglaé était bien différent. L'affectation et l'emphase qu'elle avait d'abord mises dans son débit avaient fait place à un sentiment de gravité, tout pénétré du sens des vers qu'elle récitait. Elle détachait chaque mot avec tant d'ex pression, elle le prononçait avec une si grande simplicité qu'à la fin de sa déclamation elle avait non seulement captivé l'attention générale, mais encore justifié par la mise en valeur de la haute inspiration de cette ballade, la solennité affectée avec laquelle elle s'était tout à l'heure campée au milieu de la terrasse. On pouvait maintenant ne voir dans cette affectation que l'indice d'un respect ingénu et sans bornes pour l'œuvre qu'elle s'était chargée d'interpréter. Ses yeux étincelaient et un frisson d'enthousiasme à peine perceptible passa à deux reprises sur son beau visage.

Voici ce qu'elle récita :

Il était un chevalier pauvre
Silencieux et simple,
Son visage était sombre et pâle,
Son âme hardie et franche.

Il avait eu une vision,
Une vision merveilleuse,
Qui avait gravé dans son cœur
Une impression profonde.

Depuis lors, son âme était brûlante ;
Il détourna ses yeux des femmes
Et jusqu'au tombeau
*N'adressa plus un mot à aucune d'elles^*

Il se mit au cou un chapelet
À la place d'une écharpe
Et ne leva devant personne
La visière d'acier de son casque.

Rempli d'un amour pur,
Fidèle à sa douce vision,
Il écrivit avec son sang
A. M. D. sur son écu.

Et, dans les déserts de Palestine,
Tandis que, parmi les rochers,
Les Paladins couraient au combat
En invoquant le nom de leur dame,

Il s'écria avec une exaltation farouche :
Lumen cœli, sancta Rosa
Et, comme la foudre, son élan
Terrassa les musulmans.

Rentré dans son lointain donjon,
Il y vécut sévèrement reclus,
Toujours silencieux, toujours triste,
Et mourut comme un dément[77].

---

77 Poésie de Pouchkine, extraite des Scènes des temps féodaux (1833). – N. d. T.

Plus tard, en se remémorant ces instants, le prince eut l'esprit torturé par une question qui était pour lui insoluble : comment avait-on pu allier un sentiment aussi vrai et aussi beau à une ironie aussi peu voilée et aussi malveillante ? Car l'ironie ne faisait aucun doute pour lui ; elle lui apparaissait clairement, et non sans raison à l'appui : au cours de sa récitation, Aglaé s'était permis de changer les lettres A. M. D. en N. PH. B. Il était sûr de ne pas se tromper et d'avoir bien entendu (ce dont il eut plus tard la preuve). Quoi qu'il en fût, la plaisanterie d'Aglaé – car toute blessante et étourdie qu'elle fût, c'était une plaisanterie – avait été préméditée. Depuis un mois tout le monde parlait (et riait) du « chevalier pauvre ». Cependant, en revenant plus tard sur ses souvenirs, le prince se convainquit qu'Aglaé avait articulé ces lettres N. PH. B. sans leur donner un accent de plaisanterie ou de sarcasme, ni les souligner de façon à en faire ressortir le sens caché. Au contraire, elle les avait proférées avec tant d'impassible gravité, tant d'innocente et naïve simplicité qu'on pouvait penser qu'elles se trouvaient en effet dans le texte imprimé de la ballade.

Toujours est-il qu'aussitôt après la récitation le prince éprouva une cruelle sensation de malaise. Bien entendu, Elisabeth Prokofievna ne remarqua pas le changement des lettres et l'allusion qui s'y cachait. Le général Ivan Fiodorovitch comprit seulement qu'on déclamait des vers. Parmi les autres auditeurs, plusieurs saisirent l'intention d'Aglaé et s'étonnèrent de tant de hardiesse ; mais ils se turent et firent comme si de rien n'était. Quant à Eugène Pavlovitch, non seulement il avait compris (ce que le prince aurait parié), mais encore il s'efforçait de le laisser voir en accentuant l'expression sarcastique de son sourire.

– C'est ravissant ! s'écria la générale dans un élan sincère d'admiration, aussitôt que la récitation eut pris fin. De qui sont ces vers ?

– De Pouchkine, maman, s'exclama Adélaïde ; ne nous faites pas honte ! comment peut-on l'ignorer ?

– Avec vous on pourrait devenir encore plus bête ! repartit Elisabeth Prokofievna d'un ton acerbe. – C'est une indignité. Dès que nous rentrerons, vous me montrerez ces vers de Pouchkine.

– Je crois que nous n'avons rien de Pouchkine chez nous.

– Si, il y en a deux tomes en très mauvais état, qui traînent à la maison de temps immémorial.

– Il faut tout de suite envoyer quelqu'un en ville chercher les œuvres de Pouchkine. Que Fiodor ou Alexis y aille par le premier train. Mieux vaut Alexis. Aglaé, viens ici ! Embrasse-moi. Tu as très bien récité. Mais – ajouta-t-elle en lui parlant à l'oreille – si l'accent que tu y as mis était sincère, je te plains. Si tu as voulu te moquer de lui, je n'approuve pas ton sentiment. En sorte que, dans un cas comme dans l'autre, tu aurais mieux fait de ne pas réciter cette poésie. Tu me comprends ? Allez, mademoiselle, j'aurais encore à vous parler, mais il y a assez longtemps que nous sommes ici.

Pendant ce temps le prince avait salué le général Ivan Fiodorovitch, qui lui avait présenté Eugène Pavlovitch Radomski.

– Je l'ai rejoint en route ; il est allé tout droit du train à la maison où on lui a dit que j'étais venu ici retrouver tous les nôtres…

– J'avais également appris que vous étiez ici, interrompit Eugène Pavlovitch, et, comme j'avais depuis longtemps le désir non seulement de faire votre connaissance mais encore de rechercher votre amitié, je n'ai pas voulu perdre de temps. Vous êtes malade ? Je viens seulement de l'apprendre…

– Je suis tout à fait remis et ravi de faire votre connaissance. J'ai beaucoup entendu parler de vous et me suis même entretenu à votre sujet avec le prince Stch…, répondit Léon Nicolaïévitch en lui tendant la main.

Ils se serrèrent la main après cet échange de politesses puis se regardèrent fixement au fond des yeux. La conversation devint aussitôt générale. Le prince, qui savait maintenant observer avec promptitude et diligence, au point même d'apercevoir des choses qui n'existaient pas, remarqua que tout le monde était surpris de voir Eugène Pavlovitch en civil ; l'étonnement était si vif qu'il effaçait toutes les autres impressions. Il fallait supposer que ce changement de tenue indiquait un événement important. Adélaïde et Alexandra, intriguées, questionnèrent l'intéressé à ce sujet. Le prince Stch…, qui était son parent, paraissait fort inquiet ; le général avait presque de l'émotion dans la voix. Aglaé, la seule qui fût parfaitement calme, jeta un regard de curiosité sur Eugène Pavlovitch avec l'air de se demander si la tenue civile lui allait mieux que l'uniforme ; puis au bout d'un instant elle tourna la tête et ne s'occupa plus de lui. Elisabeth Prokofievna s'abstint également de le questionner, bien qu'elle eût peut-être éprouvé, elle aussi, quelque inquiétude. Le prince crut remarquer une certaine froideur de la générale à l'endroit d'Eugène Pavlovitch.

– Je n'en revenais pas ! répétait Ivan Fiodorovitch en réponse à toutes les questions. – Je n'en ai pas cru mes yeux quand je l'ai rencontré en civil ce tantôt à Pétersbourg. Et pourquoi ce brusque changement ? voilà l'énigme ! Lui-même est le premier à crier qu'il ne faut pas casser les chaises[78].

---

[78] Cette locution semble empruntée à un passage du *Revizor* de Gogol, qui met en scène (acte I, scène 1) un professeur d'histoire auquel on reproche de s'exalter au point de « casser les chaises » quand il parle d'Alexandre le Grand. – N. d. T.

De la conversation qui s'engagea à ce sujet il résulta qu'Eugène Pavlovitch avait depuis longtemps manifesté l'intention de quitter le service. Mais chaque fois qu'il en avait parlé il avait pris un ton si peu sérieux que personne ne l'avait cru. Au reste il avait l'habitude de donner aux choses sérieuses un tour si badin que nul ne savait à quoi s'en tenir avec lui, surtout lorsqu'il voulait dérouter les conjectures.

– Je ne renonce d'ailleurs au service que temporairement, pour quelques mois, une année au plus, dit Radomski avec enjouement.

– Mais je n'en aperçois pas la nécessité, pour autant du moins que je connais vos affaires, dit avec vivacité le général.

– Et visiter mes terres ? Vous me l'avez vous-même conseillé. Et puis j'ai envie de faire un voyage à l'étranger…

La conversation dévia rapidement, mais le fait que l'inquiétude n'en persistait pas moins donna à penser au prince qu'il y avait là-dessous quelque chose d'important.

– Alors voilà le « chevalier pauvre » revenu en scène ? demanda Eugène Pavlovitch en s'approchant d'Aglaé.

À l'étonnement du prince, la jeune fille répondit par un regard ébahi et interrogateur, comme pour lui donner à entendre qu'il n'avait jamais été question du « chevalier pauvre » entre eux et qu'elle ne comprenait même pas ce qu'il voulait dire.

– Il est tard, trop tard maintenant pour envoyer en ville chercher les œuvres de Pouchkine ! répétait Kolia qui se débattait avec Elisabeth Prokofievna ; je vous le dirai trois mille fois s'il le faut : il est trop tard.

– En effet, il est trop tard pour envoyer quelqu'un en ville, dit Eugène Pavlovitch en s'éloignant rapidement d'Aglaé. – Je pense que les magasins vont fermer à Pétersbourg, car il n'est pas loin de neuf heures, ajouta-t-il après avoir consulté sa montre.

– Si nous avons attendu jusqu'à maintenant, nous pouvons bien attendre jusqu'à demain, fit observer Adélaïde.

– D'autant, ajouta Kolia, qu'il sied mal aux gens du monde de prendre trop d'intérêt à la littérature. Demandez plutôt à Eugène Pavlovitch. Il est bien plus distingué d'avoir un char à bancs jaune avec des roues rouges.

– Vous avez encore pris cela dans un livre, Kolia, remarqua Adélaïde.

– Oui, tout ce qu'il dit, il l'emprunte à ses lectures, reprit Eugène Pavlovitch. Il vous citera des tirades entières extraites de revues critiques. J'ai depuis longtemps le plaisir de connaître la conversation de Nicolas Ardalionovitch, mais pour cette fois il ne répète pas ce qu'il a lu. Il fait évidemment allusion à mon char à bancs jaune, qui est, en effet, monté sur des roues rouges. Seulement je l'ai déjà échangé ; vous retardez.

Le prince avait écouté Radomski parler… Il eut l'impression que celui-ci se tenait irréprochablement, avec modestie et enjouement. Ce qui lui plut surtout, c'est qu'il traitait Kolia sur un ton de cordiale égalité, même lorsque ce dernier le taquinait.

– Qu'est-ce que vous apportez là ? demanda Elisabeth Prokofievna à Véra, la fille de Lébédev, qui venait de se planter devant elle, les bras chargés de plusieurs livres de grand format, luxueusement reliés et presque neufs.

– C'est Pouchkine, dit Véra, c'est notre Pouchkine. Papa m'a donné l'ordre de vous l'offrir.

– Comment ? Est-ce possible ? fit Elisabeth Prokofievna avec surprise.

– Ce n'est pas un cadeau, non, non ! je ne me serais pas permis… ! protesta Lébédev apparaissant soudain derrière sa fille. Je vous le céderai au prix coûtant. C'est notre exemplaire de famille des œuvres de Pouchkine, l'édition Annenkov[79], qui est maintenant introuvable et que je vous laisserai au prix coûtant. Je l'offre à Votre Excellence avec respect, dans l'intention de la lui vendre et satisfaire ainsi sa noble avidité de jouissances littéraires.

– Si tu la vends, je t'en remercie. N'aie crainte, tu ne perdras rien. Mais, je t'en prie, trêve de contorsions, mon bon ami ! J'ai entendu dire que tu es très érudit ; nous causerons un jour ou l'autre ; est-ce que tu apporteras toi-même les livres ?

– Avec vénération…, avec respect ! fit Lébédev qui, en manifestant son contentement par toutes sortes de simagrées, prit les livres des mains de sa fille.

– C'est bon, apporte-les ; je te dispense du respect, mais ne me les perds pas. Seulement – ajouta-t-elle en le fixant dans les yeux – j'y mets la condition que tu ne franchisses pas mon seuil, car je n'ai pas l'intention de te recevoir aujourd'hui. Mais tu peux m'envoyer ta fille Véra tout de suite si tu veux : elle me plaît beaucoup.

---

79 Une de ces premières éditions critiques du grand poète, publiée de 1855 à 1857 par P. Annenkov. – N. d. T.

– Pourquoi ne dites-vous rien pour ceux qui attendent par là ? dit Véra à son père sur un ton d'impatience. Si on ne les introduit pas, ils forceront la porte. Ils ont commencé à faire du vacarme. – Léon Nicolaïévitch, fit-elle en s'adressant au prince qui avait déjà son chapeau à la main, il y a là quatre individus qui vous attendent depuis longtemps et qui récriminent ; papa ne les laisse pas approcher de vous.

– Qui sont ces visiteurs ? demanda le prince.

– Ils prétendent être venus pour affaire, mais ce sont des gens capables de vous arrêter en plein rue si on ne les laisse pas entrer. Mieux vaut, Léon Nicolaïévitch, les introduire et vous en débarrasser. Gabriel Ardalionovitch et Ptitsine ont beau parlementer avec eux, ils ne veulent rien entendre, rien !

– C'est le fils de Pavlistchev ! le fils de Pavlistchev ! Ce n'est pas la peine de le recevoir, non, pas la peine ! fit Lébédev en gesticulant. Ces gens-là ne méritent pas qu'on les écoute ; ce serait même inconvenant de votre part, très illustre prince, de vous déranger pour eux ! Voilà ! Ils n'en sont pas dignes…

– Le fils de Pavlistchev ? Ah mon Dieu ! s'écria le prince avec une profonde émotion. Je sais… mais j'ai… j'ai chargé Gabriel Ardalionovitch de s'occuper de cette affaire. Lui-même vient de me dire…

À ce moment Gabriel Ardalionovitch apparut sur la terrasse, sortant de l'appartement. Ptitsine le suivait. Dans la pièce voisine on entendit du bruit ; la voix retentissante du général Ivolguine essayait de dominer celles de plusieurs autres personnes. Kolia courut s'enquérir des motifs de ce tapage.

– C'est fort intéressant ! observa à haute voix Eugène Pavlovitch.

« Il sait donc de quoi il s'agit », pensa le prince.

– Quel fils de Pavlistchev ? Et… comment peut-il y avoir un fils de Pavlistchev ? demanda le général Ivan Fiodorovitch intrigué, en interrogeant du regard tous les visages, comme surpris de voir qu'il était le seul à ignorer cette nouvelle histoire.

En effet, l'incident avait éveillé l'attention générale. Le prince fut étonné de constater qu'une affaire qui lui était purement personnelle eût déjà excité tant d'intérêt chez tous les assistants.

– Le mieux serait que vous régliez sur-le-champ et *vous-même* cette affaire, dit Aglaé en s'approchant du prince avec un air grave. Permettez-nous de vous servir tous de témoins. On veut vous salir, prince ; vous devez vous justifier d'une manière éclatante. Je me réjouis d'avance à l'idée que vous allez le faire.

– Je désire, moi aussi, qu'on en finisse une bonne fois avec cette infâme revendication ! s'exclama la générale. Donne-leur une bonne leçon, prince, ne les ménage pas ! On m'a rebattu les oreilles avec cette affaire et je me suis fait beaucoup de mauvais sang pour toi. Ce serait intéressant de les voir. Fais-les venir ; nous resterons ici. Aglaé a en une bonne idée. Avez-vous entendu parler de cette affaire, prince ? ajouta-t-elle en s'adressant au prince Stch….

– Oui, et chez vous justement. Je suis particulièrement curieux de voir ces jeunes gens, répondit le prince.

– Ce sont bien des nihilistes[80], n'est-ce pas ?

– Non, dit Lébédev, qui, tremblant presque d'émotion, fit un pas en avant ; ce ne sont pas à proprement parler des nihilistes, c'est un autre clan, d'un genre à part. Mon neveu prétend qu'ils sont plus avancés que les nihilistes. Vous vous trompez, Excellence, si vous croyez les intimider par votre présence. Ces gaillards-là ne s'en laissent pas imposer. Les nihilistes, du moins, sont parfois des gens instruits, voire savants. Ceux-là les dépassent, car ils sont avant tout des hommes d'affaires. Au fond ils procèdent du nihilisme, mais indirectement, par une tradition détournée. Ils ne se manifestent pas par des articles de journaux mais vont droit aux faits. Il ne s'agit plus, pour eux, par exemple, de démontrer que Pouchkine est inepte[81] ou qu'il faut démembrer la Russie, non ; mais ils se considèrent en droit, s'ils ont envie de quelque chose, de ne s'arrêter devant aucun obstacle et d'estourbir huit personnes le cas échéant. Tout de même, prince, je vous aurais déconseillé de…

Mais le prince était déjà allé ouvrir la porte aux visiteurs.

– Vous les calomniez, Lébédev, dit-il avec un sourire. On voit bien que votre neveu vous a donné du tracas. Ne le croyez pas, Elisabeth Prokofievna. Je vous assure que les Gorski et les Danilov ne sont que des cas isolés ; quant à ces jeunes gens… ils sont simplement dans l'erreur… Mais je préférerais ne pas m'entretenir avec eux ici devant tout le monde. Excusez-moi, Elisabeth Prokofievna : ils entreront, je vous les présenterai puis je les emmènerai. Entrez, messieurs, je vous prie !

---

[80] Le terme de « nihiliste », mis à la mode, dit-on, par Tourguéniev, était encore une nouveauté. – N. d. T.

[81] Allusion à une polémique retentissante vers 1865, au cours de laquelle le chef de la critique nihiliste, Pisarev, avait dénigré le culte de la poésie et attaqué violemment la mémoire de Pouchkine. – N. d. T.

Le prince était plutôt tourmenté par une autre idée. Il se demandait s'il n'était pas en présence d'un coup monté, précisément pour cette heure et cette réunion, en vue de lui ménager une occasion, non pas de triompher, mais de se couvrir de honte. Cependant il se reprochait en même temps avec tristesse « la monstruosité et la malignité de sa défiance ». Il lui semblait qu'il serait mort sur le coup si quelqu'un avait pu démêler une pareille idée dans son esprit. Et, lorsque les nouveaux visiteurs parurent, il était sincèrement disposé à se considérer, du point de vue moral, comme le dernier des derniers parmi les gens réunis autour de lui.

Cinq personnes entrèrent : quatre nouveaux venus et derrière eux le général Ivolguine, qui avait l'air vivement ému et en proie à un accès d'éloquence. « Celui-là est sûrement pour moi ! » pensa le prince en souriant. Kolia s'était faufilé dans le groupe : il parlait avec chaleur à Hippolyte qui était de la bande et l'écoutait avec un sourire incrédule.

Le prince fit asseoir les arrivants. C'étaient de tout jeunes gens, presque des adolescents, et leur âge donnait matière à s'étonner qu'on eût fait tant de cérémonie pour les recevoir. Ivan Fiodorovitch Epantchine, qui ne savait rien de cette « nouvelle affaire » et n'y comprenait goutte, s'indigna à la vue de pareils blancs-becs et il aurait certainement protesté s'il ne s'était senti retenu par l'intérêt passionné et, selon lui, étrange que sa femme portait aux affaires personnelles du prince. Cependant il resta là, moitié par curiosité, moitié par bonté, dans l'espoir de se rendre utile et, en tout cas, d'en imposer par son autorité. Mais le salut que lui fit de loin, en entrant, le général Ivolguine raviva son indignation ; il se rembrunit et décida de s'enfermer dans le mutisme.

Sur les quatre jeunes visiteurs, il y en avait du moins un qui pouvait avoir la trentaine ; c'était ce boxeur et lieutenant en retraite qui avait appartenu à la bande de Rogojine et se vantait d'avoir donné, autrefois, des aumônes de quinze roubles. On pouvait deviner qu'il s'était joint aux autres en bon compagnon, pour leur remonter le moral et, en cas de besoin, leur prêter main-forte. Parmi ses trois acolytes, le premier rang et le rôle principal revenaient à celui que l'on appelait le « fils de Pavlistchev », bien que lui-même se présentât sous le nom d'Antipe Bourdovski. C'était un jeune homme blond, au visage bourgeonné, de mise pauvre et malpropre. Sa redingote était si graisseuse que ses manches avaient des reflets ; son gilet crasseux boutonné jusqu'en haut dissimulait l'absence de linge. Il avait au cou une écharpe de soie noire, maculée et tordue comme une corde. Ses mains n'étaient pas lavées. Son regard exprimait, pour ainsi dire, un mélange de candeur et d'effronterie. Il était maigre, plutôt grand, et paraissait avoir vingt-deux ans. Son visage ne trahissait ni la moindre ironie, ni l'ombre d'une réflexion ; on n'y lisait que l'obtuse infatuation de ce qu'il croyait être son droit et, en même temps, un étrange et incessant besoin de se sentir offensé à tout propos. Il parlait sur un ton ému, et son débit précipité et hésitant, où se perdait une partie des mots, l'eût fait prendre pour un bègue ou même pour un étranger, bien qu'il fût de souche purement russe.

Il était accompagné du neveu de Lébédev, que le lecteur connaît déjà, et, en second lieu, d'Hippolyte. Celui-ci était un tout jeune homme de dix-sept ou dix-huit ans ; sa physionomie intelligente, mais perpétuellement crispée, portait l'empreinte du mal terrible qui le rongeait. Il était d'une maigreur squelettique, son teint était de cire, ses yeux brillaient et deux taches rouges lui empourpraient les joues. Il toussait sans discontinuer ; chacune de ses paroles, chacun de ses souffles, presque, était accompagné d'un râle. Il était évidemment arrivé au dernier degré de la phtisie et donnait l'impression de n'avoir plus que deux ou trois semaines à vivre. Il semblait épuisé et se laissa choir sur une chaise avant que les autres ne se fussent assis.

Ses compagnons entrèrent en faisant quelque cérémonie ; ils paraissaient un peu dépaysés, mais affectaient un air d'importance, comme s'ils eussent craint de compromettre leur dignité ; attitude qui jurait étrangement avec leur réputation de contempteurs des futilités mondaines et de gens qui ne reconnaissent d'autre loi que leur propre intérêt.

– Antipe Bourdovski, bredouilla en se présentant le « fils de Pavlistchev ».

– Vladimir Doktorenko, articula avec netteté et même avec suffisance le neveu de Lébédev, comme si son nom lui était un sujet de fierté.

– Keller, murmura l'ex-lieu tenant.

– Hippolyte Térentiev ! glapit sur une intonation inattendue le dernier visiteur.

Tout ce monde s'était assis en rang, face au prince. Après s'être présentés, ils se renfrognèrent et, pour se donner une contenance, firent passer leur casquette d'une main dans l'autre. Chacun était prêt à parler mais gardait cependant le silence, dans une attitude d'attente et de provocation qui semblait vouloir dire : « Non, mon ami, non, tu ne nous rouleras pas ! » On pressentait qu'au premier mot qui romprait la glace, tous se mettraient à pérorer à la lois en s'interrompant à qui mieux mieux.

VIII

– Messieurs, commença le prince, je ne m'attendais à voir aucun de vous ; moi-même j'ai été malade jusqu'à ce jour. Quant à votre affaire (dit-il en s'adressant à Antipe Bourdovski), il y a un mois que je l'ai confiée à Gabriel Ardalionovitch, comme je vous en ai alors avisé. D'ailleurs, je ne me refuse pas à m'en expliquer personnellement avec vous ; seulement vous conviendrez qu'à cette heure… Si cela ne doit pas être trop long, je vous propose de passer avec moi dans une autre pièce… J'ai ici en ce moment des amis, et je vous prie de croire…

– Des amis… tant que vous voudrez, mais permettez ! – l'interrompit brusquement le neveu de Lébédev sur un ton d'autorité, sans toutefois trop élever la voix – permettez-nous de vous déclarer que vous auriez pu vous comporter plus poliment à notre égard et ne pas nous faire attendre deux heures dans votre antichambre…

– Et certainement… moi aussi… voilà comment agissent les princes !… et vous, êtes-vous donc un général ? Et moi je ne suis pas votre laquais ! Mais je… je…, bafouilla tout à coup Antipe Bourdovski au comble de l'émotion ; ses lèvres frémissaient, sa voix tremblait d'exaspération, la salive lui sortait de la bouche en bulles qui éclataient ; son débit était si précipité qu'au bout de dix mots il était devenu complètement incompréhensible.

– Oui ! voilà des procédés de prince ! fit Hippolyte d'une voix criarde.

– Si l'on avait agi ainsi avec moi, grogna le boxeur, je veux dire : si ce procédé s'était adressé à moi en ma qualité de gentilhomme, à la place de Bourdovski j'aurais…

– Messieurs, vous pouvez m'en croire, il y a seulement une minute que j'ai appris que vous étiez ici, observa le prince.

– Nous ne craignons nullement vos amis, prince, quels qu'ils soient, parce que nous, nous sommes dans notre droit, reprit le neveu de Lébédev.

– Qui vous autorise, permettez-nous de vous le demander, à soumettre l'affaire de Bourdovski au jugement de vos amis ? glapit de nouveau Hippolyte, qui était maintenant fort échauffé. Nous ne sommes peut-être pas disposés à accepter ce jugement ; nous ne savons que trop ce qu'il peut signifier !…

Le prince, tout décontenancé par cet exorde, eut du mal à placer une réplique :

– Mais je vous ai déjà dit, monsieur Bourdovski, que, si vous ne voulez pas vous expliquer ici, nous pouvions tout de suite passer dans une autre pièce. Je vous répète que je viens seulement d'apprendre votre présence.

– Mais vous n'avez pas le droit, pas le droit, non, pas le droit... Vos amis... Voilà ! bredouilla de nouveau Bourdovski, en jetant autour de lui un regard de farouche défiance et en se montant, d'autant plus qu'il se sentait moins rassuré. – Vous n'avez pas le droit !

Il s'arrêta net comme si quelque chose s'était brisé en lui et, le corps penché en avant, fixa sur le prince, comme pour l'interroger, des yeux de myope striés de petites veines rouges.

Cette fois la surprise du prince fut telle qu'il ne trouva pas un mot à dire et regarda, lui aussi, Bourdovski en écarquillant les yeux.

– Léon Nicolaïévitch, l'interpella soudain Elisabeth Prokofievna, lis ceci séance tenante : c'est en rapport direct avec ton affaire.

Elle lui tendit en hâte un hebdomadaire humoristique et lui indiqua du doigt un article. Lébédev, désirant se faire bien voir de la générale, avait tiré ce journal de sa poche au moment où les visiteurs étaient entrés et il l'avait placé sous ses yeux en lui montrant une colonne marquée d'un trait de crayon. Les quelques lignes qu'Elisabeth Prokofievna avait eu le temps de lire l'avaient profondément troublée.

– Il vaudrait peut-être mieux ne pas lire cela à haute voix balbutia le prince tout confus ; j'en prendrai connaissance tout seul... plus tard...

– Eh bien, ce sera toi qui liras cela, tout de suite et à haute voix ! Tu entends, à haute voix ! dit Elisabeth Prokofievna à Kolia, après avoir retiré, d'un geste impatient, le journal des mains du prince, qui avait à peine eu le temps d'y jeter les yeux. Lis cet article à haute voix pour que tout le monde l'entende !

Elisabeth Prokofievna était une femme emportée et impulsive, qui parfois, sans mûre réflexion, levait toutes les ancres et se lançait au large en dépit de la tempête. Ivan Fiodorovitch eut un mouvement d'inquiétude. Et tandis que les assistants restaient en suspens, dans l'attente et la perplexité, Kolia ouvrit le journal et se mit à lire à haute voix l'article que Lébédev s'était empressé de lui indiquer :

« Prolétaires et rejetons. Un épisode de brigandage du jour et de chaque jour ! Progrès ! Effort ! Justice ! »

« Il se passe des choses étranges dans ce pays que l'on appelle la Sainte Russie, par ce temps de réformes et de grandes entreprises capitalistes, de nationalisme et d'exode annuel de millions à l'étranger, d'encouragement à l'industrie et d'oppression des travailleurs, etc., etc. ; comme nous n'en finirions pas, messieurs, avec cette énumération, passons au fait :

« Une singulière aventure est arrivée à l'un des rejetons de notre défunte aristocratie terrienne *(De profundis).* Les ancêtres de ces rejetons ont tout perdu à la roulette ; les pères se sont vus contraints de servir dans l'armée comme porte-enseignes ou lieutenants et sont généralement morts sous le coup de poursuites à propos d'innocentes méprises dans le maniement des fonds dont ils étaient comptables.

« Leurs enfants, tel le héros de notre récit, grandissent comme des idiots, ou se font pincer dans une affaire criminelle dont le jury les absout pour leur permettre de s'amender, ou encore unissent par occasionner un de ces esclandres qui étonnent le public et jettent une honte nouvelle sur une époque qui ne les compte plus.

« Notre rejeton est rentré, il y a six mois, en Russie, venant de Suisse où il avait suivi un traitement contre l'idiotie *(sic !) ;* à cette époque il était chaussé de guêtres à la mode étrangère et grelottait sous un manteau qui n'était même pas doublé, il faut convenir qu'il a eu de la chance ; sans même parler ici de l'intéressante maladie pour laquelle il s'est soigné en Suisse (un *traitement contre l'idiotie, imaginez-vous cela ?),* il justifie l'exactitude du proverbe russe qui dit : « le bonheur est pour les gens d'une certaine catégorie »[82]. Jugez-en plutôt : il était resté orphelin en bas âge, son père étant mort, dit-on, lorsqu'il allait, comme lieutenant, passer en conseil de guerre pour avoir volatilisé aux cartes l'argent de sa compagnie et peut-être aussi pour avoir fait fustiger trop généreusement un de ses subordonnés *(rappelez-vous le vieux temps, messieurs !).* Notre baron fut élevé par un charitable et très riche propriétaire russe. Ce propriétaire – appelons-le P. – possédait à cet âge d'or quatre mille âmes, quatre mille serfs *(des serfs ! comprenez-vous, messieurs, ce que cela veut dire ? moi je ne le comprends pas, il faut consulter un dictionnaire pour saisir le sens de cette expression ; « bien que ce soit une chose de fraîche date, on a peine à y croire »)*[83]. C'était apparemment un de ces Russes paresseux et parasites qui traînent à l'étranger leur vie désœuvrée, passent l'été aux eaux et

[82] Entendez : les simples d'esprit. Proverbe imaginaire introduit ici par Dostoïevski dans une intention satirique. – N. d. T.

[83] Phrase stéréotypée empruntée à la comédie de. Griboïedov, *Le malheur d'avoir trop d'esprit.* – N. d. T.

l'hiver au Château des Fleurs à Paris, où ils laissent des sommes fabuleuses. On peut assurer que le tiers au moins des redevances payées au temps du servage par les paysans à leurs seigneurs a passé dans la poche du propriétaire du Château des Fleurs *(l'heureux mortel !)*

« Quoi qu'il en soit, cet insouciant P. fit élever l'orphelin comme un prince, lui donna des gouverneurs et des gouvernantes *(jolies sans doute)* qu'il ramena lui-même de Paris. Mais ce dernier rejeton d'une lignée illustre était idiot. Les gouvernantes racolées au Château des Fleurs eurent beau faire, notre élève arriva à l'âge de vingt ans sans avoir appris aucune langue, pas même le russe. L'ignorance de cette dernière langue est d'ailleurs pardonnable. Enfin une idée saugrenue germa dans le cerveau d'esclavagiste de P. Il pensa qu'un idiot pouvait acquérir de l'esprit en Suisse. Cette idée ne manque d'ailleurs pas de logique : ce parasite, ce propriétaire devait nécessairement se figurer qu'on pouvait acheter au marché l'esprit comme le reste, surtout en Suisse. Cinq années furent consacrées au traitement du rejeton dans ce pays sous la direction d'un professeur renommé ; des milliers de roubles y passèrent. L'idiot ne devint point un homme intelligent, cela va sans dire, mais on prétend qu'il commença à ressembler plus ou moins à un être humain.

« Là-dessus P. meurt subitement. Il ne laisse, comme de juste, aucun testament ; ses affaires sont en plein désordre. Une foule d'héritiers avides se présente ; aucun d'eux n'a cure d'entretenir des rejetons de noble race et de les aider par charité à guérir en Suisse leur idiotie congénitale. Bien qu'idiot, le rejeton dont nous parlons essaie néanmoins de rouler son professeur et réussit, dit-on, en lui cachant la mort de son bienfaiteur, à se faire soigner chez lui gratuitement pendant deux années encore. Mais le professeur est lui-même un fieffé charlatan : ayant fini par s'inquiéter de ne rien recevoir d'un patient qui dévore avec l'appétit de ses vingt-cinq ans, il lui fait chausser ses vieilles guêtres, lui jette un manteau râpé sur les épaules et l'expédie à ses frais *nach Russland* en troisième classe, pour en débarrasser la Suisse.

On eût pu croire que la fortune tournait le dos à notre héros. Pas du tout : elle qui se plaît à exterminer par la famine des provinces entières, prodigua d'un coup toutes ses faveurs à ce petit aristocrate ; tel le nuage qui, dans la fable de Krylov[84], passe par-dessus les champs desséchés pour aller crever sur l'Océan. Presque au moment où le rejeton rentrait de Suisse à Pétersbourg, un parent de sa mère (issue naturellement d'une famille de marchands) vint à mourir ; c'était un vieux négociant barbu qui ne laissait pas d'enfants et appartenait à la secte des *raskolnik*[85]. Il léguait une succession inattaquable de quelques

---

84 *Le Nuage* (1815), une des meilleures fables du grand fabuliste russe. – N. d. T.

85 Vieux-Croyants : Secte qui remonte à la scission religieuse consécutive à la réforme liturgique du patriarche Nicon. – N. d. T.

millions en espèces sonnantes (une *chose qui ferait bien notre affaire ; n'est-ce pas, ami lecteur ?)* à notre rejeton, à notre baron qui suivait en Suisse une cure contre l'idiotie !

Dès lors ce fut une autre musique. Notre baron en guêtres, après avoir fait la cour à une célèbre coquette, se vit soudain entouré d'une foule d'amis et de connaissances ; il se découvrit même des parents. Bien mieux, de nombreuses demoiselles nobles brûlèrent de s'unir à lui en légitime mariage, car pouvaient-elles trouver mieux qu'un prétendant aristocrate, millionnaire et idiot : toutes les qualités à la fois ? Elles n'en eussent pas déniché un pareil, même en le cherchant avec une lanterne ou en le faisant faire sur mesure !... »

– Cela... je ne le comprends plus ! s'écria Ivan Fiodorovitch au paroxysme de l'indignation.

– Arrêtez cette lecture, Kolia ! fit le prince d'une voix suppliante.

Des exclamations retentirent de tous côtés.

– Qu'il lise, qu'il lise coûte que coûte ordonna Elisabeth Prokofievna qui, visiblement, avait la plus grande peine à se contenir. – Prince, si on cesse de lire, nous nous fâcherons.

Il n'y avait rien à faire. Tout rouge d'émotion, Kolia poursuivit la lecture d'une voix troublée.

« Tandis que notre nouveau millionnaire se sentait, pour ainsi dire, transporté au septième ciel, un événement tout à fait inattendu se produisit. Un beau matin se présenta chez lui un visiteur au visage calme et sévère, vêtu sobrement, mais avec distinction. Cet homme, dont le langage était à la fois poli, digne et intègre, et au tour d'esprit duquel on devinait un libéral, lui expliqua en deux mots le but de sa visite. Avocat réputé, il venait de la part d'un jeune homme qui lui avait confié ses intérêts et qui n'était ni plus ni moins que le fils de feu P., bien qu'il portât un autre nom. Dans sa jeunesse débauchée P. avait séduit une honnête et pauvre fille qui, tout en étant de condition servile, avait reçu une éducation européenne *(il avait naturellement usé des droits seigneuriaux consacrés par le servage).* Quand il s'aperçut des prochaines et inévitables conséquences de cette liaison, il se hâta de la marier à un homme de noble caractère qui avait une petite occupation et même un emploi officiel et qui aimait depuis longtemps la jeune personne. Il aida d'abord les nouveaux époux, mais le mari ne tarda pas à repousser par fierté ces subsides. Au bout de quelque temps P. oublia progressivement son ancienne amie et l'enfant qu'il en avait eu ; puis il mourut, comme on le sait, sans avoir fait de testament.

« Or le fils de P., qui était né après le mariage de sa mère et qui avait été adopté par l'homme au noble cœur dont il avait pris le nom, resta sans ressource après la mort de celui-ci. Sa mère malade et paralysée des jambes tomba à sa charge. Elle vivait dans une province éloignée. Établi dans la capitale, il gagnait honnêtement sa vie en donnant chaque jour des leçons dans des familles de marchands ; il pourvut ainsi à son entretien pendant ses années de collège et trouva ensuite le moyen de suivre des cours supérieurs afin de se préparer une situation d'avenir. Mais que peuvent rapporter des leçons dans des familles de marchands russes qui vous payent dix kopeks l'heure, surtout lorsqu'on doit venir en aide à une mère malade et infirme ? La mort de celle-ci dans sa lointaine province diminua à peine la gêne du jeune homme.

« Maintenant une question se pose : comment, en toute justice, notre rejeton aurait-il dû raisonner ? Vous pensez sans doute, ami lecteur, qu'il s'est dit : « Toute ma vie j'ai été comblé de bienfaits par P… Il a dépensé des dizaines de milliers de roubles pour mon éducation, pour mes gouvernantes, pour ma cure en Suisse. Aujourd'hui, je suis millionnaire, tandis que ce noble fils de P., innocent des fautes d'un père léger et oublieux, s'épuise à donner des leçons. Tout ce qui a été dépensé pour moi, aurait dû, en bonne équité, lui revenir. Ces sommes énormes sacrifiées pour moi ne m'appartiennent pas en réalité. Sans une erreur de l'aveugle fortune elles auraient dû aller au fils de P. C'est lui qui aurait dû en profiter, et non moi, car si P. me les a consacrées, ce n'est que par caprice, légèreté et oubli. Si j'étais un homme parfaitement noble, délicat et juste, je devrais donner au fils de mon bienfaiteur la moitié de mon héritage. Mais comme je suis surtout un homme économe et qui sait très bien que son obligation n'a pas de base juridique, je m'abstiendrai de partager mes millions. Toutefois ce serait de ma part une action trop vile et trop infâme (***le rejeton a oublié d'ajouter « et imprudente »***) que de ne pas lui rendre maintenant au moins les dizaines de milliers de roubles que son père a dépensés pour faire soigner mon idiotie. C'est une simple affaire de conscience et d'équité ; car que serais-je devenu si P. n'avait pas pris mon éducation à sa charge et s'il s'était occupé de son fils et non de moi ? »

« Mais non, messieurs ! nos rejetons ne raisonnent pas de la sorte. Le croiriez-vous, ce rejeton élevé en Suisse resta insensible à tous les arguments de l'avocat qui, ayant consenti à prendre les intérêts du jeune homme par pure amitié et presque à l'encontre de la volonté de celui-ci, fit en vain valoir les préceptes de l'honneur, de la générosité, de la justice, et même le sentiment de l'intérêt le plus élémentaire.

« Cela ne serait rien encore ; voici maintenant ce qui est véritablement impardonnable et que ne saurait excuser aucune maladie intéressante. Ce millionnaire, qui venait à peine de quitter les guêtres de son professeur, ne fut même pas capable de comprendre que ce noble jeune homme qui se tuait à la tâche ne s'adressait pas à sa pitié et ne sollicitait pas une aumône, mais exigeait une dette et que cette dette, pour être dépourvue de sanction juridique, n'en constituait pas moins une obligation de droit. Encore ne demandait-il rien par lui-même, puisque des amis intervenaient à sa place. Notre rejeton prit un air majestueux et, avec l'infatuation du millionnaire qui se croit tout permis, il tira un billet de cinquante roubles et en fit effrontément l'aumône au noble jeune homme. Vous ne le croyez pas, messieurs ? Vous êtes indignés, révoltés ; vous poussez des cris scandalisés ! Et pourtant c'est bien ainsi qu'il a agi ! Il va de soi que l'argent lui a été rendu séance tenante ; on le lui a pour ainsi dire jeté à la figure.

« Quelle sera l'issue de cette affaire ? Comme elle manque de fondement juridique, il ne reste qu'à en saisir l'opinion publique. Nous livrons donc cette histoire à nos lecteurs en leur garantissant son authenticité. Un de nos humoristes les plus connus a fait à ce propos une charmante épigramme, digne de trouver place parmi nos tableaux de mœurs non seulement de la province mais encore de la capitale ; voici cette épigramme.

Durant cinq ans Léon[86] *se pavana*
Avec le manteau de Schneider[87]*,*
Passant le temps comme de coutume
À toutes sortes de balivernes.
Revenu dans des guêtres trop étroites,
Il hérita d'un million.
Il récite ses prières en russe
Mais il a volé les étudiants.

Ayant terminé sa lecture, Kolia se hâta de passer le journal au prince et, sans proférer une parole, se réfugia dans un coin en cachant son visage entre ses mains. Il éprouvait un intolérable sentiment de honte, et son âme d'enfant, qui n'avait pas encore eu le temps de se familiariser avec les bassesses de la vie, était bouleversée au delà de toute expression. Il lui semblait qu'il venait de se passer quelque chose d'extraordinaire à la suite de quoi tout s'écroulait d'un coup autour de lui, et qu'il était en quelque sorte la cause de cette catastrophe, uniquement parce qu'il avait lu l'article à haute voix.

Or il se trouva que toutes les personnes présentes avaient éprouvé un sentiment du même genre.

Les demoiselles avaient une sensation de malaise et de vergogne. Elisabeth Prokofievna réprimait sa colère qui était extrême ; peut-être se repentait-elle amèrement de s'être mêlée de cette affaire ; pour le moment elle se taisait.

---

86 Prénom du rejeton.

87 Nom du professeur suisse.

Quant au prince, il passait par les sentiments qu'éprouvent souvent en pareil cas les gens timides à l'excès : il concevait une telle honte de l'action d'autrui et se sentait si mortifié pour ses hôtes qu'il fut un moment sans oser même les regarder. Ptitsine, Barbe, Gania et même Lébédev, tous avaient l'air plus ou moins confondus. Le plus singulier était qu'Hippolyte et le « fils de Pavlistchev » paraissaient eux aussi passablement surpris ; le neveu de Lébédev affectait une mine de mécontentement. Seul le boxeur avait gardé un calme parfait ; il relevait ses moustaches avec importance et baissait un peu les yeux, non par gêne, mais au contraire par un sentiment de généreuse modestie, tempérant un triomphe trop visible. Il était évident que l'article lui plaisait énormément.

– Le diable sait d'où vient cette infamie ! murmura Ivan Fiodorovitch ; c'est à croire que cinquante laquais se sont associés pour composer une pareille ignominie.

– Permettez-moi de vous demander, mon cher monsieur, de quel droit vous émettez des suppositions aussi blessantes ? déclara Hippolyte tout tremblant de colère.

– Pour un gentilhomme, général, c'est une offense... vous en conviendrez, un gentilhomme..., grogna le boxeur qui, tressaillant tout à coup, se mit à tordre ses moustaches de plus belle, tandis que ses épaules et son corps étaient secoués de frémissements.

– D'abord, je ne suis pas votre « cher monsieur » ; secondement je n'ai aucune explication à vous donner, répondit sur un ton raide le général que cet incident avait vivement courroucé ; sur quoi il se leva et, sans ajouter un mot, fit mine de descendre par la terrasse, mais resta sur la marche du haut, le dos tourné au public. Il était outré de voir qu'Elisabeth Prokofievna, même à ce moment, ne pensait pas à s'en aller.

– Messieurs, messieurs, laissez-moi enfin m'expliquer, s'écria le prince plein d'angoisse et d'émotion ; faites-moi le plaisir de parler de façon que nous nous comprenions les uns les autres. Je n'ai rien à vous dire au sujet de cet article ; n'y revenons pas ; sachez seulement, messieurs, que son contenu est entièrement faux ; je le dis parce que vous le savez aussi bien que moi ; c'est même une honte. Et je serais stupéfait que l'un de vous en fût l'auteur.

–Jusqu'à ce moment je ne savais rien de cet article, déclara Hippolyte. Je ne l'approuve pas.

– Moi j'en connaissais l'existence, mais... je n'aurais pas conseillé de le publier ; c'était prématuré, ajouta le neveu de Lébédev.

– Et moi je le connaissais, mais c'est mon droit… je…, balbutia « le fils de Pavlistchev ».

– Comment, c'est vous qui avez inventé tout cela ? demanda le prince en examinant Bourdovski avec curiosité. Ce n'est pas possible !

– On pourrait vous dénier le droit de poser de semblables questions, fit remarquer le neveu de Lébédev.

– Je me suis borné à exprimer mon étonnement de ce que M. Bourdovski ait réussi à… mais… Enfin je veux dire ceci : du moment que vous avez déjà livré cette affaire à la publicité, je ne vois pas pourquoi vous avez pris la mouche tout à l'heure, lorsque j'ai voulu en parler devant mes amis ?

– Enfin ! murmura Elisabeth Prokofievna avec indignation.

Lébédev, à bout de patience, se faufila soudain entre les chaises ; il était en proie à une sorte de fièvre.

– Il y a une chose, dit-il, prince, que vous ayez oublié d'ajouter : c'est que si vous avez reçu et écouté ces gens-là, c'est seulement par un effet de votre incomparable bonté de cœur. Ils avaient d'autant moins le droit d'exiger cela que vous aviez déjà confié l'affaire à Gabriel Ardalionovitch ; autre témoignage de votre excessive bonté. Vous oubliez aussi, très illustre prince, que vous êtes à présent en compagnie d'amis choisis que vous ne pouvez pas sacrifier à ces messieurs ; il ne tiendrait qu'à vous de mettre ces derniers à la porte, ce qu'en ma qualité de maître de maison j'aurais le plus grand plaisir à…

– C'est parfaitement juste, tonna, du fond de la pièce, le général Ivolguine.

– Cela suffit, Lébédev ; en voilà assez, commença le prince, mais une explosion de clameurs indignées couvrit ses paroles.

– Non, prince, excusez, cela ne suffit plus ! cria le neveu de Lébédev dont la voix domina celle des autres. Il faut maintenant mettre les points sur les *i*, car on n'a pas l'air de vouloir comprendre. On fait intervenir ici des arguties de droit au nom desquelles on menace de nous mettre dehors. Mais, prince, nous croyez-vous assez sots pour ne pas comprendre nous-mêmes que notre affaire est dénuée de toute base juridique et que la loi ne nous permet pas d'exiger de vous le moindre rouble ? C'est justement parce que nous le comprenons que nous nous plaçons sur le terrain du droit humain, du droit naturel, du droit du bon sens et de la conscience. Peu importe que ce droit-là ne soit pas inscrit dans quelque code vétuste, car un homme de sentiments nobles et honnêtes, autrement dit un homme de jugement sain, a le devoir de demeurer fidèle à ces sentiments, même dans les cas sur lesquels le code reste muet. Si nous sommes venus ici sans craindre d'être mis à la porte (comme vous venez de nous en menacer) à cause de nos exigences – car il s'agit *d'exigences* et non de *prières* – et de l'heure indue de notre visite (d'ailleurs nous ne sommes pas venus tard ; c'est vous qui nous avez fait poser dans l'antichambre), c'est parce que nous avons présumé trouver précisément en vous un homme de jugement sain, c'est-à-dire un homme d'honneur et de conscience.

« Oui, c'est la vérité, nous ne nous sommes pas présentés humblement, comme des parasites en quête de vos bonnes grâces. Nous sommes entrés la tête haute, comme des hommes libres qui n'ont pas une prière mais une libre et fière sommation à formuler (vous entendez : une sommation et non une prière ; notez bien cela). Nous vous posons la question avec dignité et sans détour : croyez-vous avoir raison ou tort dans l'affaire Bourdovski ? Reconnaissez-vous que Pavlistchev a été votre bienfaiteur et que, peut-être, vous lui devez la vie ? Si vous reconnaissez cette vérité d'évidence, avez-vous l'intention et trouvez-vous équitable, en conscience, maintenant que vous êtes millionnaire, de dédommager le fils de Pavlistchev qui se trouve dans la misère, sans vous arrêter au fait qu'il porte le nom de Bourdovski ? Oui ou non ?

« Si c'est *oui,* autrement dit si vous possédez ce que, dans votre langage, vous appelez l'honneur et la conscience, et ce que nous appelons, nous, plus justement un jugement sain, alors donnez-nous satisfaction et qu'on n'en parle plus. Réglez l'affaire sans attendre de nous ni prières ni reconnaissance ; car ce que vous ferez, vous ne le ferez pas pour nous mais pour la justice.

« Si vous refusez de nous donner satisfaction, c'est-à-dire si vous répondez *non,* alors nous partons sur-le-champ et l'affaire en reste là. Mais nous tenons à vous dire, les yeux dans les yeux et en présence de tous vos témoins, que vous êtes un esprit grossier et de culture inférieure ; que vous n'avez plus le droit désormais de vous regarder comme un homme d'honneur et de conscience, parce que ce droit, vous voulez l'acheter sans y mettre le prix.

« J'ai dit. J'ai posé la question. Mettez-nous maintenant à la porte si vous l'osez. Vous pouvez le faire, vous avez la force. Mais rappelez-vous que nous exigeons et ne quémandons pas. Nous exigeons ; nous ne quémandons pas !... »

Le neveu de Lébédev s'arrêta. Il avait parlé avec une vive excitation.

– Nous exigeons, nous exigeons, nous exigeons, mais flous ne quémandons pas ! balbutia Bourdovski, rouge comme une écrevisse.

Après le discours du neveu de Lébédev il y eut un mouvement général ; des murmures se firent entendre, bien que la tendance de chacun fût visiblement d'éviter de se mêler de cette affaire, à l'exception du seul Lébédev, toujours fort agité. (Chose singulière : quoique partisan du prince, Lébédev semblait avoir tiré une sorte d'orgueil familial de l'audition de son neveu ; du moins jetait-il sur l'assistance des regards où se manifestait une satisfaction particulière.)

– À mon avis, commença le prince d'une voix assez basse, vous avez à demi raison, monsieur Doktorenko, dans tout ce que vous venez de dire. J'admets même que vous ayez beaucoup plus qu'à demi raison, et je serais complètement d'accord avec vous s'il n'y avait eu une omission dans votre discours. Ce que vous avez omis, je ne saurais vous le dire exactement, mais enfin il manquait quelque chose à vos paroles pour que vous soyez tout à fait dans le vrai. Mais parlons plutôt de l'affaire elle-même, messieurs, et dites-moi pourquoi vous avez publié cet article ? Ne croyez-vous pas qu'il contient autant de calomnies que de mots ? Mon avis, messieurs, est que vous avez commis une vilenie.

– Permettez !...

– Mon cher monsieur...

– Ah ! mais cela !... cela !... s'écrièrent à la fois les visiteurs en donnant des signes d'agitation.

– Pour ce qui est de l'article, répliqua Hippolyte de sa voix criarde, je vous ai déjà dit que ni moi ni d'autres ne l'approuvons. L'auteur, le voici (il montra le boxeur assis à côté de lui). Son factum est, je le reconnais, inconvenant, écrit par un ignorant et dans un style qui sent son militaire en retraite. C'est un sot et un chevalier d'industrie, d'accord ; je le lui répète tous les jours en face. Néanmoins il était à moitié dans son droit : la publicité est un droit légal qui appartient à tout le monde et, par conséquent, à Bourdovski. S'il y mêle des inepties, c'est sous sa responsabilité personnelle. Quant à la protestation que j'ai élevée tout à l'heure au nom de nous tous contre la présence de vos amis, je crois nécessaire, messieurs, de vous déclarer qu'elle n'avait d'autre but que d'affirmer notre droit ; au fond nous désirions qu'il y eût des témoins et, avant d'entrer, nous étions déjà tous les quatre d'accord sur ce point. Nous acceptons ces témoins quels qu'ils soient, même si ce sont vos amis ; comme ils ne peuvent méconnaître le bon droit de Bourdovski (vu que ce bon droit est d'une évidence mathématique), il est préférable que ce soient vos amis ; la vérité ne s'en imposera qu'avec plus de clarté.

– C'est exact ; nous en étions convenus ainsi, confirma le neveu de Lébédev.

– Alors, si telle était votre intention, pourquoi avoir fait un pareil tapage dès les premiers mots de notre entretien ? objecta le prince surpris.

Le boxeur avait une furieuse envie de placer son mot. Il intervint sur un ton d'aimable entrain (on pouvait conjecturer que la présence des dames faisait sur lui une forte impression).

– En ce qui concerne l'article, prince, dit-il, je reconnais que j'en suis effectivement l'auteur, bien que mon maladif ami vienne d'en faire l'éreintement, ce que je lui pardonne, comme le reste, vu son état de faiblesse. Mais je l'ai écrit et fait imprimer sous forme de correspondance dans le journal d'un de mes bons amis. Seuls les vers ne sont pas de moi ; ils sont dus à la plume d'un humoriste en renom. Je me suis borné à lire l'article à Bourdovski ; encore ne lui ai-je pas tout lu ; il m'a tout de suite autorisé à le publier. Convenez que je n'avais même pas besoin de son consentement pour le faire. La publicité est un droit universel, noble et bienfaisant. J'espère, prince, que vous-même êtes trop libéral pour en disconvenir…

– Je n'en disconviens pas, mais vous avouerez que dans votre article il y a…

– Il y a des passages un peu forts… c'est ce que vous voulez dire ? Mais ils sont justifiés, en quelque sorte, par des considérations d'intérêt social, reconnaissez-le vous-même ; et puis, peut-on laisser passer pareille occasion ? Tant pis pour les coupables ; l'intérêt de la société avant tout ! Pour ce qui est de certaines inexactitudes ou, pour mieux dire, de certaines hyperboles, vous conviendrez encore que ce qui importe principalement, c'est l'initiative, le but poursuivi, l'intention. L'essentiel, c'est de donner un exemple salutaire, quitte à débattre ensuite les cas particuliers. Enfin, quant au style, mon Dieu, c'est le genre humoristique ; tout le monde écrit comme cela, reconnaissez-le vous-même ! Ha ha !

– Mais vous avez fait fausse route, messieurs, s'exclama le prince, je vous l'affirme. Vous avez publié l'article avec l'idée que je ne voudrais absolument rien faire pour M. Bourdovski. Vous avez, dans cette supposition, cherché à m'intimider et à tirer vengeance de moi. Mais qu'en savez-vous ? J'ai peut-être l'intention de donner satisfaction à Bourdovski. Et je vous le dis maintenant d'une façon positive, devant toutes les personnes présentes : telle est en effet mon intention…

– Enfin ! voilà une parole sensée et noble, émise par un homme sensé et très noble ! proclama le boxeur.

– Mon Dieu ! soupira involontairement Elisabeth Prokofievna.

– C'est intolérable ! gronda le général.

– Permettez, messieurs ! laissez-moi exposer l'affaire, supplia le prince. Il y a environ cinq semaines, j'ai reçu à Z. la visite de Tchébarov, votre mandataire et homme d'affaires, monsieur Bourdovski. Vous avez fait de lui un portrait, très séduisant dans votre article, monsieur Keller, ajouta en riant le prince qui s'était tourné vers le boxeur. – Cependant le personnage ne m'a pas plu du tout. J'ai compris du premier coup que ce Tchébarov avait été l'instigateur de toute l'affaire et qu'il vous y avait peut-être engagé, monsieur Bourdovski, en abusant de votre simplicité, soit dit en toute franchise.

– Vous n'avez pas le droit… je… je ne suis pas si simple…, bafouilla Bourdovski tout décontenancé.

– Vous n'avez nul droit d'émettre de pareilles suppositions, proféra d'un ton sentencieux le neveu de Lébédev.

– C'est souverainement affreux ! glapit Hippolyte. C'est une supposition blessante, mensongère et sans aucun rapport avec l'affaire.

Le prince s'empressa de se disculper.

– Pardon, messieurs, pardon. Je vous en prie, excusez-moi. J'avais pensé qu'il serait préférable de s'exprimer, de part et d'autre, avec une entière sincérité. Mais il en sera comme vous le voudrez. J'ai répondu à Tchébarov qu'étant absent de Pétersbourg je priais sans retard un ami de suivre cette affaire et que je vous aviserais du résultat, vous, monsieur Bourdovski. Je vous dirai sans ambages, messieurs, que c'est justement l'intervention de Tchébarov qui m'a fait flairer une escroquerie… Oh ! ne vous offensez pas, messieurs ! pour l'amour du Ciel ! ne vous offensez pas ! s'écria le prince effrayé de voir se raviver l'émoi de Bourdovski et les protestations de ses compagnons. – Quand je dis que la réclamation me paraissait une escroquerie, cela ne saurait vous viser personnellement. N'oubliez pas que je ne connaissais alors aucun de vous ; j'ignorais même vos noms. Je n'ai jugé l'affaire que d'après Tchébarov. Je parle d'une manière générale, car… si vous saviez seulement combien on m'a trompé depuis que j'ai reçu cet héritage !

– Prince, vous êtes terriblement naïf, observa le neveu de Lébédev sur un ton de sarcasme.

– Et vous êtes, en outre, prince et millionnaire ! Donc, en dépit de la bonté et de la simplicité de cœur que vous pouvez avoir, vous ne sauriez échapper à la loi générale, renchérit Hippolyte.

– C'est possible, c'est bien possible, messieurs, acquiesça rapidement le prince, encore que je ne comprenne pas de quelle loi générale vous parlez. Mais je continue et vous prie de ne pas vous échauffer inutilement ; je vous jure que je n'ai pas la moindre intention de vous offenser. Qu'est-ce que cela signifie, messieurs ? On ne peut pas dire une parole de sincérité sans que vous vous rebiffiez ?

« D'abord, j'ai été stupéfait en apprenant l'existence d'un « fils de Pavlistchev » et la situation misérable dans laquelle, au dire de Tchébarov, il se trouvait. Pavlistchev a été mon bienfaiteur et l'ami de mon père. (Ah ! monsieur Keller, pourquoi avez-vous, dans votre article, écrit des choses aussi fausses au sujet de mon père ? Jamais il n'a détourné les fonds de sa compagnie et jamais il n'a maltraité aucun de ses subordonnés ; j'en suis profondément convaincu ; comment votre main a-t-elle pu écrire une calomnie pareille ?) Et ce que vous avez dit de Pavlistchev est tout à fait inadmissible. Vous prétendez que cet homme si noble a été un débauché et un caractère léger. Vous avancez cela avec autant d'assurance que si c'était la vérité. Or c'était l'homme le plus chaste qui fût au monde ! C'était en outre un remarquable savant : il a été en correspondance avec nombre de personnalités scientifiques et il a donné beaucoup d'argent dans l'intérêt de la science. Pour ce qui est de son cœur et de ses bonnes actions, vous avez eu raison d'écrire que j'étais alors presque un idiot et ne pouvais rien en comprendre (toutefois je parlais et entendais le russe). Mais je suis maintenant capable de juger tout ce dont j'ai le souvenir…

– Permettez, cria Hippolyte, ne tombons-nous pas dans un excès de sentimentalité ? Nous ne sommes pas des enfants. Vous vouliez aller au fond de l'affaire ; il est neuf heures passées, ne l'oubliez pas !

– Soit, messieurs, je le veux bien, accorda aussitôt le prince. Après un premier mouvement de défiance, je me dis que je pouvais me tromper et que Pavlistchev avait peut-être eu un fils. Mais ce qui me paraissait à peine croyable, c'était que ce fils pût aussi légèrement et, disons-le, aussi publiquement dévoiler le secret de sa naissance et déshonorer sa mère. Car Tchébarov m'avait déjà menacé de faire un scandale…

– Quelle sottise ! s'écria le neveu de Lébédev.

– Vous n'avez pas le droit… vous n'avez pas le droit, s'exclama Bourdovski.

– Un fils n'est pas responsable de l'inconduite de son père, et la mère n'est pas coupable, jeta de sa voix perçante Hippolyte très excité.

– C'était, à mon sens, une raison de plus pour l'épargner, fit timidement observer le prince.

– Vous n'êtes pas seulement naïf, prince ; peut-être passez-vous les bornes de la simplicité, dit avec un rire méchant le neveu de Lébédev.

– Et quel droit aviez-vous ?… interrogea Hippolyte d'une voix qui n'avait plus rien de naturel.

– Aucun, aucun ! se hâta d'ajouter le prince ; ici vous avez raison, je l'avoue. Mais cela a été plus fort que moi. Aussitôt après, j'ai réfléchi que mon impression personnelle ne devait pas influer sur l'affaire. Dès lors que je me tenais pour obligé de donner satisfaction à M. Bourdovski par reconnaissance envers la mémoire de Pavlistchev, le fait d'estimer ou non M. Bourdovski ne changeait rien à cette obligation. Si je vous ai parlé de mon hésitation, c'est seulement, messieurs, parce qu'il m'avait semblé peu naturel qu'un fils révélât aussi publiquement le secret de sa mère… En un mot, ce fut surtout cet argument qui me convainquit que Tchébarov devait être une canaille, dont les supercheries avaient entraîné M. Bourdovski dans cette escroquerie.

– Ah ! cela passe toute mesure ! s'écrièrent les visiteurs ; quelques-uns même se levèrent impulsivement.

– Messieurs ! C'est ce même argument qui me fit conjecturer que ce malheureux M. Bourdovski devait être un simple d'esprit, un homme sans défense, à la merci des manigances des escrocs ; je n'en avais donc que plus impérieusement le devoir de lui venir en aide en tant que « fils de Pavlistchev », et cela de trois manières : d'abord en contrecarrant auprès de lui l'influence de Tchébarov, ensuite en le guidant avec dévouement et affection ; enfin en lui remettant dix mille roubles, c'est-à-dire, d'après mon calcul, l'équivalent de l'argent que Pavlistchev a dépensé pour moi.

– Comment ! dix mille roubles seulement ? s'écria Hippolyte.

– Allons, prince, vous n'êtes pas fort en arithmétique ; ou plutôt vous êtes trop fort, avec vos airs d'ingénu ! s'écria le neveu de Lébédev.

– Je n'accepte pas ces dix mille roubles, déclara Bourdovski.

– Antipe, accepte ! chuchota rapidement le boxeur en se penchant derrière la chaise d'Hippolyte. Accepte ! on verra après.

– Faites excuse, monsieur Muichkine ! hurla Hippolyte, comprenez bien que nous ne sommes pas des imbéciles ; nous ne sommes pas les fieffés imbéciles que paraissent supposer vos invités, ces dames qui nous regardent avec un sourire de mépris, et surtout ce monsieur de la haute société (il désigna Eugène Pavlovitch), que je n'ai naturellement pas l'honneur de connaître, mais sur lequel j'ai entendu différentes choses…

– Permettez, permettez, messieurs ! vous m'avez encore une fois compris de travers ! dit le prince avec feu. D'abord, dans votre article, monsieur Keller, vous avez très inexactement évalué ma fortune : je n'ai pas touché des millions ; je n'ai peut-être que la huitième ou la dixième partie de ce que vous me supposez. En second lieu, on n'a pas dépensé en Suisse pour moi des dizaines de milliers de roubles : Schneider recevait six cents roubles par an, encore cette somme n'a-t-elle été versée que pendant les trois premières années. Quant aux jolies gouvernantes, Pavlistchev n'est jamais allé en chercher à Paris ; c'est encore une calomnie. Je pense que la somme totale dépensée pour moi a été très inférieure à dix mille roubles, mais j'ai admis ce chiffre. Vous reconnaîtrez vous-même qu'en acquittant une dette, je ne puis offrir à M. Bourdovski plus que le montant de cette dette, quelque sollicitude que je lui porte ; le sentiment de la plus élémentaire délicatesse m'empêche d'avoir l'air de lui faire une aumône alors que je lui règle son dû. Je ne m'explique pas, messieurs, que vous ne compreniez pas cela ! Mais je voulais faire davantage en donnant à cet infortuné M. Bourdovski mon amitié et mon appui. Je voyais bien qu'il avait été trompé ; autrement il ne se serait pas prêté à une vilenie comme l'est, par exemple, la publicité donnée par l'article de M. Keller à l'inconduite de sa mère… Mais pourquoi vous fâchez-vous encore, messieurs ? Nous finirons par ne plus nous comprendre du tout. Eh bien ! j'avais deviné juste ! Je me suis maintenant convaincu par mes propres yeux que ma conjecture était parfaitement fondée, conclut le prince en s'animant et sans remarquer que, tandis qu'il s'efforçait de calmer ses interlocuteurs, l'exaspération de ceux-ci ne faisait que croître.

– Comment ? De quoi êtes-vous convaincu ? demandèrent-ils rageusement.

– D'abord j'ai pu voir à mon aise M. Bourdovski et je me rends maintenant compte par moi-même de ce qu'il est… C'est un homme innocent, mais que tout le monde trompe. C'est un être sans défense… et que j'ai, par conséquent, le devoir d'épargner.

« Ensuite, Gabriel Ardalionovitch, que j'avais chargé de suivre cette affaire et dont j'étais depuis longtemps sans nouvelle, à cause de mon voyage et de ma maladie pendant les trois jours que j'ai passés à Pétersbourg, Gabriel Ardalionovitch, dis-je, vient de me rendre compte de ses recherches il y a une heure, dès notre première entrevue. Il m'a déclaré avoir percé à jour tous les desseins de Tchébarov et posséder la preuve que mes suppositions à l'égard de celui-ci étaient fondées. Je sais parfaitement, messieurs, que bien des gens me considèrent comme un idiot. Tchébarov, ayant entendu dire que j'avais l'argent facile, a pensé qu'il me duperait très aisément en exploitant mon sentiment de reconnaissance à l'égard de Pavlistchev.

« Mais le fait principal – voyons, messieurs, écoutez-moi jusqu'au bout ! – le fait principal, c'est qu'il est maintenant démontré que M. Bourdovski n'est pas du tout le fils de Pavlistchev ! Gabriel Ardalionovitch vient de m'apprendre à l'instant cette découverte et il assure qu'il en a des preuves positives. Qu'en dites-vous ? On a peine à croire cela après toutes les avanies que l'on m'a faites ! Et entendez-moi bien : il y a des preuves positives. Je n'y crois pas encore moi-même ; je ne puis y croire, je vous l'assure. Je doute encore, parce que Gabriel Ardalionovitch n'a pas eu le temps de me donner tous les détails. Mais il y a un fait qui est maintenant hors de doute, c'est que Tchébarov est une canaille. Il n'a pas seulement trompé le pauvre M. Bourdovski, mais aussi vous tous, messieurs, qui êtes venus ici dans la noble intention de soutenir votre ami (car il a besoin qu'on le soutienne, cela je le comprends fort bien). Il vous a tous impliqués dans une escroquerie, car cette affaire, au fond, n'est pas autre chose !

– Comment ! une escroquerie !... Comment ! il n'est pas le « fils de Pavlistchev » ?... Comment cela se peut-il ?... s'écria-t-on de divers côtés. Toute la bande de Bourdovski était en proie à une consternation indicible.

– Mais naturellement, une escroquerie ! S'il est maintenant établi que M. Bourdovski n'est pas le « fils de Pavlistchev », sa réclamation devient une pure escroquerie (dans le cas, bien entendu où il aurait connu la vérité). Mais le fait est précisément qu'on l'a trompé ; j'insiste là-dessus pour le disculper et je prétends que sa simplicité le rend digne de pitié et l'empêche de se passer d'un appui. Autrement il y aurait lieu de le considérer, lui aussi, comme un escroc dans cette affaire. Mais je suis déjà convaincu qu'il n'y comprend rien. J'ai été moi aussi dans cet état jusqu'à mon départ pour la Suisse ; je balbutiais des paroles incohérentes ; je voulais m'exprimer, les mots ne venaient pas... Je me rends compte de cela ; je puis d'autant mieux compatir à son mal que je suis presque dans la même situation que lui. J'ai donc le droit d'en parler.

« Pour terminer, bien qu'il n'y ait plus maintenant de « fils de Pavlistchev » et que tout cela se réduise à une mystification, je n'en maintiens pas moins ma résolution et reste prêt à lui verser dix mille roubles, en souvenir de Pavlistchev. Avant l'arrivée de M. Bourdovski, je voulais affecter cette somme à la fondation d'une école pour honorer la mémoire de Pavlistchev : mais maintenant l'argent peut être indifféremment destiné à l'école ou à M. Bourdovski, puisque ce dernier, s'il n'est pas le « fils de Pavlistchev », est tout de même quelque chose qui s'en rapproche, car il a été si cruellement trompé qu'il a pu croire l'être en effet.

« Écoutez donc Gabriel Ardalionovitch ; messieurs, finissons-en ; ne vous fâchez pas, ne vous agitez pas et asseyez-vous. Gabriel Ardalionovitch va vous expliquer toute l'affaire et je brûle, je le confesse, d'en connaître les détails. Il dit qu'il est même allé à Pskov, chez votre mère, monsieur Bourdovski, qui n'est pas du tout morte comme le prétend l'article qu'on vient de lire... Asseyez-vous, messieurs, asseyez-vous ! »

Le prince prit lui-même place et réussit à faire rasseoir les turbulents amis de M. Bourdovski. Depuis dix ou vingt minutes il avait parlé avec chaleur, d'une voix forte, pressant impatiemment son débit, se laissant emporter et s'efforçant de dominer les exclamations et les cris. Maintenant il regrettait amèrement que certaines expressions ou allégations lui eussent échappé. Si on ne l'avait pas excité, poussé à bout en quelque sorte, il ne se serait pas permis d'exprimer ouvertement et brutalement quelques-unes de ses conjectures ni de se laisser aller à des accès de franchise superflus. Dès qu'il fut assis, il se sentit le cœur étreint d'un douloureux repentir : non seulement il se reprochait d'avoir « offensé » Bourdovski en le déclarant publiquement atteint de la maladie pour laquelle il avait lui-même suivi un traitement en Suisse, mais encore il se faisait grief de s'être comporté avec grossièreté et manque de tact en lui proposant les dix mille roubles destinés à l'école comme une aumône et en présence de tout le monde. « J'aurais dû attendre et les lui offrir demain, en tête à tête, pensait-il ; maintenant la maladresse est sans doute irréparable ! Oui, je suis un idiot, un véritable idiot ! » conclut-il dans un accès de honte et de mortification.

Alors, sur son invitation, Gabriel Ardalionovitch qui, jusque-là, s'était tenu à l'écart et n'avait pas desserré les dents, s'avança, prit place à côté de lui et se mit à rendre compte, d'une voix claire et posée, de la mission qui lui avait été confiée. Les conversations cessèrent aussitôt, et tous les assistants, surtout les amis de Bourdovski, prêtèrent l'oreille avec une extrême curiosité.

IX

Gabriel Ardalionovitch s'adressa, tout d'abord, à Bourdovski qui, visiblement troublé, fixait sur lui, avec toute son attention, un regard chargé de surprise.

« Vous ne nierez sans doute pas et ne contesterez pas sérieusement que vous êtes né juste deux ans après le légitime mariage de votre respectable mère avec le secrétaire de collège[88] Bourdovski, votre père. Il est très facile d'établir à l'aide de documents la date de votre naissance ; la falsification de cette date, si blessante pour vous et pour votre mère, dans l'article de M. Keller ne s'explique que par l'imagination de celui-ci, qui pensait ainsi servir vos intérêts en rendant votre droit plus évident. M. Keller a déclaré vous avoir lu l'article au préalable, mais pas en entier… il est hors de doute qu'il ne vous a pas lu ce passage.

---

88 Le « secrétaire de collège » menait au dixième rang du *tchin* ou hiérarchie du service de l'État ; c'était le grade civil équivalent à celui de capitaine en second. Ce fonctionnaire devait avoir un minimum de douze années de services administratifs, sauf s'il était gradue de l'Université. – N. d. T.

– En effet, je ne lui ai pas lu, interrompit le boxeur ; mais tous les faits m'ont été communiqués par une personne bien informée et je…

– Pardon, monsieur Keller, reprit Gabriel Ardalionovitch, laissez-moi continuer. Je vous promets que nous parlerons en temps voulu de votre article ; alors vous me fournirez vos explications ; pour le moment il est préférable de suivre l'ordre de mon exposé. Tout à fait par hasard et grâce au concours de ma sœur, Barbe Ardalionovna Ptitsine, j'ai obtenu de son amie intime, Véra Alexéïevna Zoubkov, veuve et propriétaire, communication d'une lettre que feu Nicolas Andréïévitch Pavlistchev lui avait écrite, il y a vingt-quatre ans, lorsqu'il était à l'étranger. Après m'être mis en rapport avec Véra Alexéïevna, je me suis adressé, sur ses indications, à un colonel en retraite nommé Timoféï Fiodorovitch Viazavkine, parent éloigné et grand ami du défunt. J'ai réussi à obtenir de lui deux autres lettres de Nicolas Andréïévitch, écrites également à l'étranger. La confrontation des dates et des faits relatés dans ces trois documents établit, avec une rigueur mathématique contre laquelle ne saurait prévaloir ni objection ni doute, que Nicolas Andréïévitch a vécu alors à l'étranger pendant trois années et que son départ avait eu lieu exactement un an et demi avant votre naissance, monsieur Bourdovski. Votre mère, comme vous le savez, n'est jamais sortie de Russie… Je ne vous lirai pas ces lettres en raison de l'heure avancée ; je me borne pour l'instant à consigner le fait. Mais si vous voulez, monsieur Bourdovski, prendre pour demain rendez-vous chez moi et amener vos témoins (en aussi grand nombre qu'il vous plaira) avec des experts en écriture, je suis certain de vous obliger à convenir de l'évidente vérité de ce que j'avance. Cette vérité une fois admise, il va de soi que toute l'affaire s'écroule d'elle-même.

De nouveau un mouvement de profonde émotion s'empara de tous les assistants. Bourdovski se leva brusquement de sa chaise.

– S'il en est ainsi, j'ai été trompé, oui trompé, mais pas par Tchébarov, et cela remonte loin, très loin ! Je ne veux pas d'experts et n'irai pas chez vous. Je vous crois ; je renonce à ma prétention… je refuse les dix mille roubles… adieu !…

Il prit sa casquette et, repoussant sa chaise, fit mine de s'en aller.

– Si vous le pouvez, monsieur Bourdovski, dit d'un ton doucereux Gabriel Ardalionovitch, restez encore un peu, ne seraient-ce que cinq minutes. Cette affaire offre encore des révélations de la plus haute importance, surtout pour vous, et en tout cas extrêmement curieuses. Mon avis est que vous ne pouvez vous dispenser d'en prendre connaissance et que vous vous féliciterez peut-être vous-même d'avoir tiré tout cela au clair…

Bourdovski s'assit sans dire mot, la tête un peu inclinée, dans l'attitude d'un homme profondément absorbé. Le neveu de Lébédev, qui s'était levé pour sortir avec lui, se rassit également ; il semblait perplexe, bien qu'il n'eût perdu ni son sang-froid ni son aplomb. Hippolyte était sombre, triste et passablement ahuri. Il fut d'ailleurs pris à ce moment d'une si violente quinte de toux que son mouchoir en fut tout maculé de sang. Le boxeur avait l'air médusé.

– Ah ! Antipe, s'écria-t-il sur un ton d'amertume, je te l'ai bien dit l'autre jour…, avant-hier, que tu pouvais, en effet, ne pas être le fils de Pavlistchev !

Des rires étouffés saluèrent cet aveu ; deux ou trois personnes ne se contenant plus pouffèrent bruyamment.

– Le détail que vous venez de nous révéler a son prix, monsieur Keller, continua Gabriel Ardalionovitch. Néanmoins je suis en mesure d'affirmer, d'après les renseignements les plus exacts, que M. Bourdovski, tout en connaissant parfaitement la date de sa naissance, ignorait que Pavlistchev eût fait ce séjour à l'étranger, où il a passé la plus grande partie de sa vie, ne revenant en Russie qu'à de courts intervalles. En outre, ce départ était une chose trop insignifiante en elle-même pour être restée, plus de vingt ans après, dans la mémoire des plus proches amis de Pavlistchev ; à plus forte raison dans celle de M. Bourdovski, qui n'était pas encore né à cette époque. Certes, une enquête sur ce voyage paraît maintenant n'offrir plus rien d'impossible, mais je dois avouer que la mienne aurait pu ne pas aboutir et que le hasard l'a singulièrement favorisée. Pareille enquête n'eût eu pratiquement presque aucune chance de succès si elle avait été menée par M. Bourdovski et même par Tchébarov, à supposer que l'idée leur en fût venue. Mais ils ont pu aussi ne pas y penser…

– Permettez, monsieur Ivolguine, l'interrompit avec colère Hippolyte, à quoi bon tout ce galimatias ? (Excusez-moi.) L'affaire est désormais claire et nous reconnaissons le fait principal. Pourquoi cette pénible et blessante insistance ? Vous désirez peut-être tirer vanité de l'habileté de vos recherches, faire valoir aux yeux du prince et aux nôtres vos talents d'enquêteur et de fin limier ? Ou bien vous avez l'intention d'excuser et de disculper Bourdovski en démontrant qu'il s'est mis dans ce mauvais cas par ignorance. Mais c'est une insolence, mon cher monsieur ! Bourdovski n'a que faire de votre absolution et de votre justification, vous devriez le savoir. C'est une offense pour lui, et il n'a pas besoin de cela dans la situation pénible et gênée où il se trouve présentement. Vous auriez dû deviner, comprendre cela…

– C'est bien, monsieur Térentiev, en voilà assez ! coupa Gabriel Ardalionovitch ; calmez-vous, ne vous échauffez pas ; vous êtes, je crois, très souffrant ? Je compatis à votre mal. Si vous le désirez, j'ai fini, ou pour mieux dire je me résigne à abréger des faits qu'il n'eût pas été inutile, à mon sens, de faire connaître dans leur intégralité, ajouta-t-il en notant dans l'assistance un mouvement qui ressemblait à de l'impatience.

« Pour éclairer toutes les personnes qui s'intéressent à cette affaire je tiens seulement à établir, preuves en main, que, si votre mère, monsieur Bourdovski, a été l'objet des attentions et de la sollicitude de Pavlistchev, c'est uniquement parce qu'elle était la sœur d'une jeune domestique du pays que Nicolas Andréïévitch avait aimée dans sa première jeunesse et qu'il eût certainement épousée si elle n'était morte subitement. J'ai des preuves tout à fait convaincantes de ce fait, qui est très peu connu ou même complètement oublié. Je pourrais en outre vous expliquer comment votre mère, quand elle n'avait que dix ans, fut recueillie par M. Pavlistchev qui prit son éducation à sa charge et lui constitua une dot importante. Ces marques d'attachement donnèrent naissance à des appréhensions dans la très nombreuse parenté de M. Pavlistchev, où l'on crut même qu'il allait épouser sa pupille. Mais, arrivée à l'âge de vingt ans, votre mère fit un mariage d'inclination en épousant un fonctionnaire du service de l'arpentage, nommé Bourdovski. De cela aussi je puis produire les preuves. J'ai également recueilli des données précises qui établissent que votre père, monsieur Bourdovski, qui n'avait aucun sens des affaires, abandonna l'administration après avoir touché les quinze mille roubles constituant la dot de votre mère et se lança dans des entreprises commerciales. Il fut dupé, perdit son capital et, n'ayant pas la force de supporter ce revers, se mit à boire ; il ruina ainsi sa santé et mourut prématurément après sept ou huit années de mariage. Votre mère, d'après son propre témoignage, est restée au lendemain de cette mort dans la misère et elle aurait été perdue sans l'aide généreuse et soutenue de Pavlistchev, qui lui a fait une rente annuelle de six cents roubles. D'innombrables témoignages attestent ensuite que, dès votre enfance, il eut pour vous la plus vive affection. De ces témoignages, confirmés d'ailleurs par votre mère, il ressort que cette prédilection fut surtout motivée par le fait que, dans votre prime jeunesse, vous étiez bègue et paraissiez malingre et chétif. Or Pavlistchev, comme j'en ai acquis la preuve, a eu toute sa vie une tendresse particulière pour les êtres maltraités ou disgraciés par la nature, surtout quand c'étaient des enfants. Cette particularité est, à mon avis, de la plus haute importance dans l'affaire qui nous occupe.

« Enfin je puis me vanter d'avoir fait une découverte capitale : la très vive affection que nourrissait pour vous Pavlistchev (grâce auquel vous êtes entré au collège et avez poursuivi vos études sous une direction spéciale) fit naître peu à peu, parmi ses parents et amis, l'idée que vous deviez être son fils et que votre père légal n'avait été qu'un mari trompé. Mais il est essentiel d'ajouter que cette présomption ne prit la force d'une conviction formelle et générale que dans les dernières années de la vie de Pavlistchev, lorsque son entourage commença à craindre qu'il ne fît un testament et lorsque, les antécédents étant oubliés, il n'était plus possible de les reconstituer. Il est probable que cette conjecture est venue à vos oreilles, monsieur Bourdovski, et qu'elle a conquis votre esprit. Votre mère, dont j'ai eu l'honneur de faire personnellement la connaissance, était elle aussi au courant de cette rumeur, mais elle ignore encore (et je le lui ai caché) que vous-même, son fils, vous y avez ajouté foi. J'ai trouvé à Pskov, monsieur Bourdovski, votre très respectable mère malade et dans l'extrême dénuement où l'a laissée la mort de Pavlistchev. Elle m'a appris avec des larmes de reconnaissance que, si elle vivait encore, c'était grâce à vous et à votre aide. Elle fonde sur votre avenir de grandes espérances et croit avec ferveur que vous réussirez… »

– Voilà qui passe la mesure, à la fin ! s'écria le neveu de Lébédev perdant patience. À quoi bon tout ce roman ?

– C'est d'une révoltante inconvenance ! s'emporta Hippolyte.

Mais Bourdovski ne souffla mot et ne bougea même pas.

– À quoi bon ? Pourquoi ? riposta avec un sourire insidieux Gabriel Ardalionovitch, qui préparait une conclusion mordante. – Mais d'abord pour que M. Bourdovski puisse maintenant se convaincre que Pavlistchev l'a aimé, non par instinct paternel, mais par magnanimité. Ce seul fait demandait déjà à être établi, puisque M. Bourdovski a confirmé et approuvé tout à l'heure, après la lecture de l'article, les assertions de M. Keller. Je dis cela parce que je vous tiens pour un galant homme, monsieur Bourdovski. En second lieu, il apparaît maintenant qu'il n'y a eu aucune intention d'escroquerie, même de la part de Tchébarov. Je tiens à insister sur ce point, car, il y a un moment, dans le feu de la discussion, le prince a dit que je partageais son sentiment sur le caractère frauduleux de cette malheureuse affaire. Au contraire, tout le monde ici a été de bonne foi ; Tchébarov est peut-être un grand escroc, mais dans le cas présent il n'a été qu'un chicaneur retors à l'affût d'une occasion. Il espérait gagner beaucoup comme avocat, et son calcul était non seulement habile, mais fondé : il tablait sur la facilité avec laquelle le prince donne de l'argent, sur la noble vénération que celui-ci porte à la mémoire de feu Pavlistchev, enfin (et surtout) sur sa conception chevaleresque des obligations d'honneur et de conscience.

« Quant à M. Bourdovski, on peut dire qu'en raison de certaines de ses convictions, il s'est laissé influencer par Tchébarov et son entourage au point de s'engager dans cette affaire presque en dehors de tout intérêt personnel, pour servir en quelque sorte la cause de la vérité, du progrès et de l'humanité. Maintenant que tous les faits sont tirés au clair, il est patent qu'en dépit des apparences M. Bourdovski est un homme probe ; le prince peut donc lui proposer, de meilleur gré encore qu'il ne le faisait tout à l'heure, son aide amicale et le secours effectif dont il a parlé à propos des écoles et de Pavlistchev.

– Arrêtez, Gabriel Ardalionovitch, taisez-vous ! s'écria le prince sur un ton de véritable effroi…

Mais il était déjà trop tard.

– J'ai dit, j'ai dit par trois fois que je ne voulais pas d'argent, fit rageusement Bourdovski. Je ne le prendrai pas… pourquoi ? je n'en veux pas… Je m'en vais !…

Et il courait déjà sur la terrasse lorsque le neveu de Lébédev l'attrapa par le bras et lui dit quelque chose à voix basse.

Il revint alors précipitamment sur ses pas et, tirant de sa poche une grande enveloppe non cachetée, il la jeta sur une petite table qui était à côté du prince.

– Voilà l'argent !… Vous n'auriez pas dû oser me l'offrir !… L'argent !

– Ce sont les deux cent cinquante roubles que vous vous êtes permis de lui envoyer comme aumône par l'entremise de Tchébarov, expliqua Doktorenko.

– Dans l'article il n'est question que de cinquante roubles ! s'exclama Kolia.

– Je suis coupable, dit le prince en s'approchant de Bourdovski, oui, très coupable envers vous, Bourdovski, mais je ne vous ai pas envoyé cette somme comme une aumône, croyez-le bien. Je suis encore coupable maintenant… Je l'ai été tantôt. (Le prince était tout déconcerté ; il paraissait fatigué et affaibli, ses paroles étaient incohérentes.) J'ai parlé d'escroquerie… mais cela ne vous concernait pas ; j'ai fait erreur. J'ai dit que vous étiez… malade comme moi. Mais non, vous n'êtes pas comme moi… vous donnez des leçons, vous soutenez votre mère. J'ai dit que vous aviez déshonoré votre mère, or, vous l'aimez ; elle-même le dit… je ne savais pas… Gabriel Ardalionovitch ne m'avait pas parlé de tout cela tantôt… J'ai eu tort. J'ai osé vous offrir dix mille roubles, mais j'ai mal fait ; j'aurais dû m'y prendre autrement, et maintenant… ce n'est plus possible, car vous me méprisez…

– Mais c'est une maison de fous ! s'écria Elisabeth Prokofievna.

– Sûrement, c'est une maison de fous ! confirma d'un ton acerbe Aglaé qui ne pouvait plus se contenir.

Mais ses paroles se perdirent dans un brouhaha général ; tout le monde parlait et discutait maintenant à haute voix ; les uns se querellaient, les autres riaient. Ivan Fiodorovitch Epantchine était outré et attendait Elisabeth Prokofievna avec un air de dignité offensée. Le neveu de Lébédev voulut placer un dernier mot.

– Eh bien ! oui, prince ! il faut vous rendre cette justice que vous savez tirer de votre… mettons, de votre maladie (pour employer un mot poli). Vous avez offert si adroitement votre amitié et votre argent qu'il n'est plus possible à un homme d'honneur de les accepter sous aucune forme.

– Permettez, messieurs ! s'exclama Gabriel Ardalionovitch qui, entre temps, avait ouvert l'enveloppe contenant l'argent. C'est trop d'ingénuité ou trop d'adresse… Vous devez savoir du reste le terme qui convient.

– Il n'y a pas deux cent cinquante roubles ici, mais cent seulement. Je le constate, prince, pour éviter tout malentendu.

– Laissez, laissez cela ! dit le prince à Gabriel Ardalionovitch en faisant un geste de la main.

– Non, ne laissez pas cela ! riposta aussitôt le neveu de Lébédev. Votre « laissez cela » est une offense pour nous, prince. Nous ne nous cachons pas, nous nous expliquons ouvertement : oui, il n'y a ici que cent roubles, et non deux cent cinquante ; mais est-ce que cela ne revient pas au même ?

– Non, cela ne revient pas au même, répliqua Gabriel Ardalionovitch avec un accent de candide surprise.

– Ne m'interrompez pas ; nous ne sommes pas si bêtes que vous le pensez, monsieur l'avocat ! s'écria le neveu de Lébédev dans un mouvement de colère et de dépit. Il va de soi que cent roubles ne sont pas la même chose que deux cent cinquante ; mais ce qui importe ici, c'est le principe, le geste ; s'il manque cent cinquante roubles, ce n'est qu'un détail. L'essentiel, c'est que Bourdovski n'accepte pas votre aumône et qu'il vous la jette à la figure, très illustre prince ! Sous ce rapport, il est indifférent qu'il s'agisse de cent ou de deux cent cinquante roubles. Il en a refusé dix mille, vous l'avez vu ; s'il était malhonnête il n'aurait même pas rapporté ces cent roubles ! Les cent cinquante roubles qui manquent ont été remis à Tchébarov pour le défrayer de son voyage quand il est allé trouver le prince. Libre à vous de vous moquer de notre maladresse et de notre ignorance en affaires ; vous avez d'ailleurs fait tout votre possible pour nous tourner en ridicule ; mais ne vous permettez pas de dire que nous sommes des gens malhonnêtes ! Mon cher monsieur, nous répondons tous de ces cent cinquante roubles vis-à-vis du prince ; dussions-nous lui verser la somme rouble par rouble, nous la lui restituerons, intérêts compris. Bourdovski est pauvre, ce n'est pas un millionnaire ; et Tchébarov lui a présenté sa note après son voyage. Nous espérions gagner… Qui, à sa place, n'en aurait pas fait autant ?

– Comment, qui ? s'exclama le prince Stch…

– C'est à devenir folle ! s'écria Elisabeth Prokofievna.

– Cela rappelle, fit en riant Eugène Pavlovitch qui avait longuement observé la scène sans bouger, le récent plaidoyer d'un fameux avocat dont le client avait assassiné six personnes pour les voler. Il invoqua la pauvreté pour excuser ce crime et conclut à peu près en ces termes : « Il est naturel que la pauvreté ait mis dans l'esprit de mon client l'idée de tuer ces six personnes ; cette idée, qui, à sa place, ne l'aurait pas eue ? » Il a dit quelque chose dans ce genre ; en tout cas le raisonnement est fort amusant.

– En voilà assez ! déclara brusquement Elisabeth Prokofievna toute frémissante de colère, il est temps de mettre fin à ce galimatias !...

Elle était dans un état de surexcitation terrible ; la tête rejetée en arrière, l'air menaçant, elle lança un regard de provocation à toute l'assistance, où elle ne distinguait plus maintenant amis et ennemis. Son irritation trop longtemps contenue se déchaînait enfin ; il lui fallait livrer bataille, tomber au plus tôt sur n'importe qui. Ceux qui la connaissaient comprirent sur le coup que quelque chose d'extraordinaire se passait en elle. Ivan Fiodorovitch dit, le lendemain, sur un ton péremptoire au prince Stch... que ces accès la prenaient parfois, mais qu'ils revêtaient rarement, – peut-être une fois tous les trois ans, jamais davantage, – un pareil degré de violence.

– Assez, Ivan Fiodorovitch ! Laissez-moi ! s'écria Elisabeth Prokofievna ; pourquoi m'offrez-vous maintenant votre bras ? Vous n'avez pas su m'emmener plus tôt hors d'ici ; vous êtes le mari, le chef de famille, vous auriez dû m'entraîner par les oreilles si j'avais été assez sotte pour refuser de vous obéir et de vous suivre. Vous auriez au moins dû penser à vos filles ! Maintenant je trouverai mon chemin sans vous, après une avanie dont je rougirai pendant toute une année... Attendez, je dois encore remercier le prince !... Merci, prince, du régal que tu nous as procuré ! Et dire que je suis restée là à écouter ces jeunes gens !... Quelle bassesse ! quelle bassesse ! Un chaos, un scandale, tels qu'un cauchemar n'en donne pas idée ! Est-ce qu'il y a beaucoup de gens comme cela ?... Tais-toi, Aglaé ! Silence, Alexandra ! Ce n'est pas votre affaire !... Ne tournez pas comme cela autour de moi, Eugène Pavlovitch, vous m'énervez !... Ainsi, mon petit, tu trouves encore le moyen de leur demander pardon ? fit-elle en s'adressant de nouveau au prince. – « Pardonnez-moi, leur dit-il, de m'être permis de vous offrir une fortune »... Et toi, insolent, qu'as-tu à lire ? lança-t-elle brusquement au neveu de Lébédev. « Nous refusons, dit celui-ci, la somme offerte ; nous exigeons, nous ne quémandons pas ! » Comme s'il ne savait pas que cet idiot ira, dès demain, leur offrir de nouveau son amitié et son argent ! N'est-ce pas que tu iras ? Iras-tu, oui ou non ?

– J'irai, répondit le prince d'une voix douce et contrite.

– Vous l'avez entendu ? Voilà bien sur quoi tu comptes ! s'écria-t-elle en reprenant Doktorenko à partie. C'est comme si tu avais déjà cet argent en poche.

Si tu fais le magnanime, c'est uniquement pour nous esbroufer… Non, mon ami, cherche ailleurs tes dupes ; moi, j'ai de bons yeux… je vois tout votre jeu !

– Elisabeth Prokofievna ! s'écria le prince.

– Allons-nous-en, Elisabeth Prokofievna ! Il est plus que temps ; emmenons le prince avec nous, proposa le prince Stch… en souriant et en affectant le plus grand calme.

Les demoiselles se tenaient à l'écart. Elles semblaient presque effrayées ; le général, lui, l'était positivement. L'étonnement se lisait sur tous les visages. Quelques-uns de ceux qui étaient restés en arrière riaient sous cape et chuchotaient. La physionomie de Lébédev exprimait la suprême extase.

– Les scandales et le chaos, madame, on les trouve partout, énonça le neveu de Lébédev, non sans une expression de gêne.

– Pas à ce degré-là ! Non, mon ami, pas à ce degré là ! répliqua Elisabeth Prokofievna avec une exaspération convulsive. – Mais laissez-moi donc tranquille ! dit-elle à ceux qui s'efforçaient de la raisonner. Si, comme vous-même, Eugène Pavlovitch, venez de nous le raconter, un avocat a pu déclarer en plein tribunal qu'il trouvait fort naturel qu'on assassinât six personnes sous l'impulsion de la misère, cela prouve que les temps sont venus. Je n'avais jamais entendu chose pareille. Maintenant tout devient clair pour moi. Tenez, ce bègue (elle montra Bourdovski qui la regardait avec stupeur), est-ce qu'il n'est pas capable d'assassiner ? Je parie qu'il assassinera quelqu'un. Il se peut qu'il ne prenne pas les dix mille roubles, qu'il les refuse par acquit de conscience ; mais il reviendra la nuit, t'égorgera et volera l'argent dans ta cassette, toujours par acquit de conscience ! Pour lui ce ne sera pas un acte criminel ; ce sera un « accès de noble désespoir », un « geste de négation », ou le diable sait quoi !… Fi !… Le monde est à l'envers, les gens marchent la tête en bas. Une jeune fille élevée sous le toit paternel saute en pleine rue et crie à sa mère : « Maman, j'ai épousé l'autre jour un tel, Karlitch ou Ivanitch ; adieu ! » Est-ce que vous trouvez cela bien ? Est-ce digne, est-ce naturel ? La question féminine ? Tenez, ce gamin (elle indiqua Kolia) m'a soutenu l'autre jour qu'en cela consistait justement la question féminine. Admettons que ta mère ait été une sotte, tu n'en dois pas moins la traiter humainement !… Pourquoi êtes-vous entrés tout à l'heure avec cet air provocant qui semblait dire : « Nous avançons, ne bougez plus ! Accordez-nous tous les droits, mais ne vous permettez pas un mot en notre présence. Témoignez-nous tous les égards, même les plus inouïs ; mais vous, nous vous traiterons plus mal que le dernier des laquais ! » Ils cherchent la vérité, ils se fondent sur le droit ; mais cela ne les empêche pas de calomnier le prince, dans leur article, comme des mécréants. « Nous exigeons, nous ne quémandons pas ; vous n'aurez de nous aucune parole de reconnaissance parce que, ce que vous ferez, vous le ferez pour l'apaisement de votre propre conscience ». Voilà une belle morale ! Comment ne comprends-tu pas que, si tu te dispenses de toute reconnaissance, le prince peut te riposter que, lui non plus, ne se sent lié par aucun sentiment de gratitude envers la mémoire de Pavlistchev, vu que, de son côté, Pavlistchev n'a agi que pour la satisfaction de sa propre conscience. Or tu n'as compté que sur la reconnaissance du prince à l'égard de Pavlistchev. Il ne t'a pas emprunté d'argent ; il ne te doit rien ; sur quoi tablais-tu si ce n'est sur cette reconnaissance ? Alors pourquoi répudies-tu ce sentiment ? C'est de l'aberration ! Voilà des gens qui accusent la société de cruauté et d'inhumanité parce qu'elle entoure de honte la fille séduite. Ce faisant, ils reconnaissent que la malheureuse souffre de la société. Comment peuvent-ils, dans ces conditions, livrer sa faute par la voie des journaux à la malignité publique et prétendre qu'elle ne pâtira point de cette publicité ? C'est de la démence, de l'infatuation ! Ils ne croient ni à Dieu ni au Christ. Mais la vanité et l'orgueil les rongent au point qu'ils finiront par s'entre-dévorer ; c'est moi qui vous le prédis ! N'est-ce pas de l'absurdité, de l'anarchie, un scandale ? Après cela, voilà ce sans-vergogne qui implore leur pardon ! Existe-t-il beaucoup de gens comme eux ? Vous ricanez : est-ce parce que j'ai eu la honte de me commettre avec vous ? Oui, j'ai eu cette honte, [1] il n'y a plus à y revenir.... Quant à toi, propre à rien (cette apostrophe s'adressait à Hippolyte), je te défends de rire de moi ! Il a à peine le souffle et il débauche les autres. Tu m'as corrompu ce gamin (elle désigna de nouveau Kolia) ; il ne rêve que de toi ; tu lui inculques l'athéisme ;'tu ne crois pas en Dieu et tu es encore, mon petit monsieur, en âge d'être fouetté ! Le diable soit de vous !... Alors c'est vrai, prince Léon Nicolaïévitch, tu iras demain chez eux ? tu iras ? répéta-t-elle presque à bout de souffle.

– J'irai.

– En ce cas-là, je ne veux plus te connaître !

Elle fit un brusque départ, mais se retourna soudain et montrant Hippolyte :

– Tu iras également chez cet athée ? – Pourquoi prends-tu l'air de te moquer de moi ? s'écria-t-elle sur un ton qu'on ne lui connaissait pas, en fonçant sur Hippolyte, dont le sourire narquois l'avait mise hors d'elle.

– Elisabeth Prokofievna ! Elisabeth Prokofievna ! Elisabeth Prokofievna ! s'exclama-t-on de tous côtés.

– Maman, c'est honteux ! s'écria Aglaé d'une voix forte.

Elisabeth Prokofievna avait bondi sur Hippolyte et lui ayant saisi le bras, le lui serrait avec force d'un geste impulsif, tandis qu'elle le dévisageait d'un regard furibond.

– Ne vous alarmez pas, Aglaé Ivanovna ! fit posément Hippolyte ; votre maman se rendra bien compte qu'on ne s'attaque pas à un moribond… Je suis d'ailleurs prêt à lui expliquer pourquoi je riais ; … je serais bien aise de pouvoir…

Mais une terrible quinte le secoua, qu'il fut un moment sans pouvoir réprimer.

– Voilà un mourant qui n'arrête pas de faire des discours ! s'écria Elisabeth Prokofievna en lâchant le bras d'Hippolyte et en le regardant avec une sorte d'effroi essuyer le sang qui lui était monté aux lèvres. – Qu'as-tu à dire ? Tu ferais mieux d'aller te coucher…

– C'est ce que je vais faire, répondit Hippolyte d'une voix faible et voilée, presque dans un chuchotement. – Sitôt rentré à la maison je me coucherai… Je mourrai dans quinze jours, je le sais. Le docteur B…[89] me lui-même me l'a déclaré la semaine passée… C'est pourquoi, si vous le permettez, je vous dirai deux mots d'adieu.

– Tu perds la tête, je pense ? Quelle sottise ! Il faut te soigner. Le moment n'est pas aux discours. Va, va te mettre au lit ! s'exclama Elisabeth Prokofievna alarmée.

– Je me mettrai au lit et ce sera pour ne plus me relever, fit Hippolyte en souriant. Hier déjà, je voulais me coucher pour attendre la mort, mais je me suis accordé un sursis de deux jours, puisque mes jambes peuvent encore me porter… afin de venir aujourd'hui ici avec eux… Mais je suis bien fatigué…

– Alors assieds-toi, assieds-toi ! pourquoi restes-tu debout ? fit Elisabeth Prokofievna en lui avançant elle-même une chaise.

– Je vous remercie, articula Hippolyte d'une voix éteinte. Asseyez-vous en face de moi et causons… Il faut absolument que nous causions, Elisabeth Prokofievna, j'insiste maintenant là-dessus…, ajouta-t-il en souriant de nouveau. Songez que c'est la dernière journée que je passe au grand air et en société ; dans quinze jours je serai certainement sous terre. C'est donc en quelque sorte mon adieu aux hommes et à la nature. Bien que je ne sois guère sentimental, je suis très content, le croiriez-vous ? que cela se passe ici, à Pavlovsk ; au moins je vois la verdure, les arbres.

– Mais quelle loquacité ! dit Elisabeth Prokofievna dont l'effroi croissait de minute en minute. – Tu es tout fiévreux. Tout à l'heure tu t'es égosillé, tu as glapi ; maintenant tu respires à peine, tu es à court de souffle.

---

89 Sans doute le docteur Botkine, médecin d'Alexandre II. – N. d. T.

– Je ne vais pas tarder à me reposer. Pourquoi ne voulez-vous pas déférer à mon suprême désir ?... Savez-vous que je rêvais depuis longtemps de me trouver avec vous, Elisabeth Prokofievna ? J'ai beaucoup entendu parler de vous... par Kolia, qui est presque seul à ne pas m'abandonner... Vous êtes une femme originale, excentrique ; je viens de m'en apercevoir... Savez-vous que je vous ai même un peu aimée ?

– Seigneur ! Et dire que j'ai été sur le point de le frapper !

– C'est Aglaé Ivanovna, si je ne me trompe, qui vous en a empêchée ? C'est bien votre fille Aglaé Ivanovna ? Elle est si belle que, sans l'avoir jamais vue, je l'ai reconnue tout à l'heure du premier coup d'œil. Laissez-moi du moins contempler la beauté pour la dernière fois de ma vie, fit Hippolyte avec un sourire gauche et gêné. Vous êtes ici avec le prince, avec votre mari et toute une société. Pourquoi refusez-vous d'accéder à mon dernier désir ?

– Une chaise ! s'écria Elisabeth Prokofievna, qui prit elle-même un siège et s'assit vis-à-vis d'Hippolyte. – Kolia, ordonna-t-elle, reconduis-le sur-le-champ à la maison ; demain je ne manquerai pas moi-même de...

– Avec votre permission, je demanderai au prince de me faire donner une tasse de thé... Je me sens très las. Tenez, Elisabeth Prokofievna, vous vouliez, je crois, emmener le prince prendre le thé chez vous ? Eh bien ! restez ici, passons un moment ensemble ; le prince nous fera sûrement servir le thé à tous. Excusez-moi d'en disposer ainsi... Mais vous êtes bonne, je le sais. Le prince également... Nous sommes tous de si bonnes gens que c'en est comique...

Le prince s'exécuta. Lébédev sortit en toute hâte de la pièce ; Véra lui emboîta le pas.

– Et c'est la vérité ! dit résolument la générale. Parle si tu veux, mais plus doucement, et sans t'exalter. Tu m'as attendrie... Prince ! tu n'aurais pas mérité que je prisse le thé chez toi, mais passons ; je resterai ; toutefois je ne ferai d'excuses à personne ! À personne ! Ce serait trop bête !... Au demeurant, si je t'ai malmené, prince, pardonne-moi ; si tu le veux, bien entendu. D'ailleurs je ne retiens personne, ajouta-t-elle d'un air tout à fait courroucé à l'adresse de son mari et de ses filles, comme si elle avait à leur endroit quelque grief redoutable ; – je saurai bien rentrer à la maison toute seule...

Mais on ne la laissa pas achever. Tout le monde s'approcha et s'empressa autour d'elle. Le prince pria aussitôt les assistants de rester à prendre le thé et s'excusa de ne pas l'avoir fait plus tôt. Le général Epantchine lui-même poussa l'amabilité jusqu'à murmurer quelques paroles apaisantes ; il demanda avec prévenance à Elisabeth Prokofievna si elle n'aurait pas froid sur la terrasse. Il fut même sur le point de questionner Hippolyte sur le temps depuis lequel il était inscrit à l'Université, mais il se retint. Eugène Pavlovitch et le prince Stch… devinrent tout à coup pleins d'affabilité et d'enjouement. Les physionomies d'Adélaïde et d'Alexandra, tout en conservant une expression de surprise, reflétèrent aussi le contentement. Bref, tous étaient visiblement heureux que la crise d'Elisabeth Prokofievna fût passée. Seule Aglaé gardait un visage renfrogné et se tenait silencieusement assise à distance. Les autres personnes de la société restèrent ; aucune ne voulut se retirer, pas même le général Ivolguine ; mais Lébédev lui chuchota quelque chose qui dut lui déplaire, car il s'effaça dans un coin.

Le prince s'approcha aussi de Bourdovski et de ses compagnons pour les inviter, sans excepter personne. Ils marmonnèrent d'un air rogue qu'ils attendraient Hippolyte, puis se retirèrent aussitôt dans un angle de la terrasse, où ils se rassirent côte à côte. Lébédev avait dû faire préparer depuis longtemps déjà le thé pour les siens, car on le servit immédiatement. Onze heures sonnaient.

X

Hippolyte trempa ses lèvres dans la tasse de thé que lui présenta Véra Lébédev, reposa cette tasse sur un guéridon, puis jeta autour de lui un regard gêné, presque égaré.

– Voyez ces tasses, Elisabeth Prokofievna, fit-il avec volubilité ; elles sont en porcelaine et, je crois même, en très belle porcelaine. Lébédev les tient toujours sous vitre dans un petit meuble ; on ne s'en sert jamais… elles faisaient évidemment partie de la dot de sa femme… c'est l'habitude… Il les a sorties aujourd'hui, en votre honneur bien entendu, tant il est content…

Il voulut ajouter quelque chose, mais les mots ne lui venaient plus.

– Le voilà confus, je m'y attendais, chuchota vivement Eugène Pavlovitch à l'oreille du prince. – C'est dangereux, n'est-ce pas ? C'est l'indice certain que sa méchanceté va lui suggérer quelque excentricité, telle qu'Elisabeth Prokofievna elle-même n'y pourra tenir.

Le prince l'interrogea du regard.

– Vous ne craignez pas les excentricités ? continua Eugène Pavlovitch. Moi non plus ; je les souhaite même, ne serait-ce que pour la punition de notre bonne Elisabeth Prokofievna. Il faut que cette punition lui soit infligée aujourd'hui ; je ne veux pas m'en aller avant. Vous semblez avoir la fièvre ?

– Je vous répondrai plus tard ; ne m'empêchez pas d'écouter. C'est vrai, je ne me sens pas bien, répondit le prince d'un air distrait et impatient. Il venait d'entendre prononcer son nom. Hippolyte parlait de lui.

– Vous ne le croyez pas ? disait celui-ci avec un rire nerveux. Je m'y attendais. Le prince, lui, me croira d'emblée et ne marquera aucun étonnement.

– Tu l'entends, prince ? dit Elisabeth Prokofievna en se tournant vers lui. Tu l'entends ?

On riait autour d'eux. Lébédev faisait des mines inquiètes et tournaillait devant la générale.

– Il prétend que ce grimacier, ton propriétaire,… a revu l'article de monsieur, cet article que l'on a lu ce soir et qui te concerne.

Le prince regarda Lébédev avec surprise.

– Pourquoi te tais-tu ? reprit Elisabeth Prokofievna en frappant du pied.

– Eh bien ! murmura le prince, les yeux toujours fixés sur Lébédev, je constate déjà qu'il a en effet revu l'article !

– Est-ce vrai ? fit Elisabeth Prokofievna en se tournant avec vivacité vers Lébédev.

– C'est la pure vérité, Excellence, répondit l'interpellé avec une parfaite assurance et en plaçant la main sur son cœur.

– C'est à croire qu'il s'en vante ! s'exclama la générale qui avait sursauté sur sa chaise.

– Je suis un homme bas, un homme bas ! balbutia Lébédev, qui se mit à se frapper la poitrine en courbant progressivement la tête.

– Qu'est-ce que cela me fait que tu sois bas ? Il pense qu'il suffit de dire « je suis bas » pour se tirer d'affaire. Prince, je te le demande encore une fois : tu n'as pas honte de frayer avec ce joli monde ? Jamais je ne te pardonnerai.

– Le prince me pardonnera ! proféra Lébédev d'un air convaincu et attendri.

Keller s'approcha précipitamment d'Elisabeth Prokofievna et, lui faisant face, dit d'une voix éclatante :

– C'est par pure générosité, madame, et pour ne pas trahir un ami compromis que j'ai passé tout à l'heure sous silence la révision qu'il a faite de l'article, bien qu'il ait proposé, comme vous l'avez entendu, de nous jeter au bas de l'escalier. Pour rétablir la vérité, je reconnais m'être effectivement adressé à lui moyennant six roubles. Je ne lui ai pas demandé de revoir le style, mais de me révéler, comme d'une source autorisée, des faits dont la plupart étaient ignorés de moi. Tout ce qui a été écrit sur les guêtres du prince, sur son appétit assouvi aux frais du professeur suisse, sur les cinquante roubles mentionnés à la place des deux cent cinquante réellement donnés, toute cette information est de son cru ; c'est pour cela et non pour corriger le style qu'il a touché les six roubles.

– Je dois faire remarquer que je n'ai revu que la première partie de l'article ! interrompit Lébédev avec une impatience fébrile et d'une voix pour ainsi dire rampante, tandis que les rires redoublaient autour de lui. – Quand nous sommes arrivés à la moitié, nous avons cessé d'être d'accord ; nous nous sommes même querellés à propos d'une idée que j'avais émise ; si bien que j'ai renoncé à corriger la seconde partie. Je ne puis donc être tenu pour responsable des incorrections qui y fourmillent.

– Voilà ce qui le préoccupe ! s'écria Elisabeth Prokofievna.

– Permettez-moi de vous demander quand l'article a été retouché ? dit Eugène Pavlovitch à Keller.

– Hier matin, répondit docilement celui-ci. Nous avons eu une entrevue sur laquelle nous nous sommes engagés, de part et d'autre, à garder le secret.

– C'était au moment où il se traînait devant toi en protestant de son dévouement ! Quel monde ! Tu peux garder ton Pouchkine ; et que ta fille ne se montre pas chez moi !

Elisabeth Prokofievna voulut se lever mais, voyant qu'Hippolyte riait, elle dirigea sur lui sa colère.

– Eh quoi ! mon cher, tu t'es promis de me tourner ici en ridicule ?

– Dieu m'en préserve ! répliqua Hippolyte avec un sourire contraint. – Mais je suis surtout frappé par votre incroyable excentricité, Elisabeth Prokofievna. J'avoue que j'ai amené exprès l'affaire de Lébédev. Je prévoyais l'impression qu'elle ferait sur vous ; sur vous seule, car le prince, lui, ne manquera pas de pardonner ; il l'a sûrement déjà fait... Peut-être même a-t-il trouvé une excuse à l'acte de Lébédev ; n'est-il pas vrai, prince ?

Il était haletant ; à chaque mot son singulier état d'émotion s'accentuait.

– Eh bien ?… fit avec emportement Elisabeth Prokofievna que le ton de sa voix avait frappée. – Eh bien ?

– J'ai déjà entendu raconter à votre sujet beaucoup de choses du même genre… avec une vive joie… j'ai appris à vous porter la plus haute estime, continua Hippolyte.

Il parlait avec l'air de vouloir exprimer tout autre chose que ce qu'il disait. Son débit trahissait, en même temps qu'une intention de sarcasme, une agitation désordonnée ; il jetait autour de lui des regards soupçonneux, s'embrouillait et se perdait à chaque mot. Avec sa mine de phtisique, ses yeux étincelants et son regard exalté, c'était plus qu'il n'en fallait pour retenir sur lui l'attention générale.

– Même en ne sachant rien du monde (ce que je reconnais), j'aurais pu m'étonner de vous voir, non seulement rester vous-même dans une société comme la nôtre, que vous jugez peu convenable, mais encore laisser ces… jeunes filles écouter une affaire scabreuse, quoique la lecture des romans leur ait déjà tout appris. Au surplus il se peut que je ne sache pas… car mes idées s'embrouillent ; mais en tout cas, personne, hormis vous, ne serait resté… sur la demande d'un gamin (oui, un gamin je le reconnais aussi) à passer la soirée avec lui et… à prendre part à tout… quitte à en rougir le lendemain… (je conviens du reste que je m'exprime de travers). Tout ceci me paraît fort louable et profondément respectable, encore que le visage de votre mari exprime clairement combien Son Excellence est choquée de ce qui se passe ici… Hi, hi !

Il éclata de rire, s'embrouilla tout à lait, puis fut secoué par une quinte de toux qui, pendant deux minutes, l'empêcha de continuer.

– Le voilà maintenant qui étouffe ! fit d'un ton froid et sec Elisabeth Prokofievna, en le regardant avec une curiosité dénuée de sympathie. – Allons, mon petit, en voilà assez ! Il est temps d'en finir.

– Laissez-moi aussi vous faire observer une chose, mon petit monsieur, intervint Ivan Fiodorovitch, outré et perdant patience. Ma femme est ici chez le prince Léon Nicolaïévitch, notre voisin et commun ami. Ce n'est pas, en tout état de cause, à vous, un jeune homme, qu'il appartient de juger les actions d'Elisabeth Prokofievna ni d'exprimer à haute voix, en ma présence, ce que vous croyez lire sur mon visage. Est-ce compris ? Et si ma femme est restée ici, continua-t-il en s'échauffant au fur et à mesure qu'il parlait, c'est plutôt, monsieur, par l'effet d'une surprise et d'une curiosité bien compréhensible à la vue des singuliers jeunes gens d'aujourd'hui. Moi aussi je suis resté, comme je reste parfois dans la rue lorsque j'aperçois une chose que l'on peut considérer comme… comme… comme…

– Comme une rareté, vint à la rescousse Eugène Pavlovitch.

– C'est cela, c'est le mot juste, fit avec empressement Son Excellence, empêtrée dans la recherche d'une comparaison.

– En tout cas, ce qui me semble surtout étonnant et afflictif – si la grammaire me permet d'employer ce terme, – c'est que vous n'ayez même pas su comprendre, jeune homme, qu'Elisabeth. Prokofievna n'était restée maintenant avec vous que parce que vous étiez malade – en tenant pour exact que vous soyez sur le point de mourir. Elle a agi, pour ainsi dire, par compassion, en entendant vos apitoyantes paroles. Aucune souillure, monsieur, ne pourra jamais atteindre son nom, ses qualités, son rang social… Elisabeth Prokofievna ! conclut le général rouge de colère, si tu veux partir, nous dirons adieu à notre bon prince et…

– Je vous remercie de la leçon, général, interrompit Hippolyte avec un accent de gravité inattendu et en fixant sur Ivan Fiodorovitch un regard songeur.

– Allons-nous-en, maman, cela peut encore durer longtemps ! proféra, en se levant, Aglaé sur un ton de colère et d'impatience.

– Encore deux minutes, si tu le veux bien, mon cher Ivan Fiodorovitch, dit avec dignité Elisabeth Prokofievna en se tournant vers son mari. – Je crois qu'il est en proie à un accès de fièvre et qu'il a tout bonnement le délire ; je le vois à ses yeux ; on ne peut pas l'abandonner dans cet état. Léon Nicolaïévitch, ne pourrait-il pas passer la nuit chez toi, pour qu'on n'ait pas aujourd'hui à le traîner à Pétersbourg ? *Cher prince*[90], vous ne vous ennuyez pas ? ajouta-t-elle en s'adressant inopinément au prince Stch… – Viens ici, Alexandra, recoiffe-toi un peu, ma chère.

Elle lui arrangea les cheveux, bien que ceux-ci ne fussent nullement en désordre, puis elle l'embrassa ; c'était la seule raison pour laquelle elle l'avait fait approcher.

– Je vous croyais capable d'un certain développement mental,… reprit Hippolyte sortant de sa rêverie… Oui, voilà ce que je voulais vous dire, ajouta-t-il avec la satisfaction d'un homme qui se remémore une chose oubliée ; voyez Bourdovski : il veut sincèrement défendre sa mère, n'est-ce pas ? Et au bout du compte il la déshonore. Voyez le prince : il désire venir en aide à Bourdovski et c'est de bon cœur qu'il lui offre sa plus tendre affection et de l'argent ; peut-être

---

[90] En français dans le texte. – N. d. T.

même est-il le seul de nous tous qui n'éprouve pas de répulsion pour lui. Or, les voilà dressés l'un contre l'autre comme de véritables ennemis... Ha ! ha ! ha ! Vous haïssez tous Bourdovski parce que, selon votre jugement, il se comporte avec sa mère d'une manière choquante et inélégante, n'est-ce pas ? C'est cela ? C'est bien cela ? Vous êtes tous furieusement attachés à la beauté et à l'élégance des formes ; pour vous c'est la seule chose qui compte, n'est-il pas vrai ? (Il y a longtemps que je soupçonnais que vous ne teniez qu'à cela.) Eh bien ! sachez qu'aucun de vous, peut-être, n'a aimé sa mère comme Bourdovski aime la sienne ! Vous, prince, je sais qu'à l'insu de tout le monde, vous avez envoyé par Gania de l'argent à cette femme. Eh bien ! je suis prêt à parier que Bourdovski vous accusera maintenant d'avoir manqué de tact et d'égards vis-à-vis de sa mère. Oui, en vérité ! Ha ! ha ! ha !

Le rire convulsif dont il avait accompagné ces derniers mots fut interrompu par un nouvel accès d'oppression et par une quinte de toux.

– Allons, c'est tout ? Tu as dit tout ce que tu voulais ? Alors va maintenant te mettre au lit ; tu as la fièvre, fit Elisabeth Prokofievna impatientée et qui ne détachait pas de lui son regard inquiet. – Ah ! mon Dieu ! le voilà qui recommence !

– Vous riez, il me semble ? Pourquoi riez-vous toujours de moi ? Je l'ai bien remarqué, fit soudain Hippolyte en s'adressant à Eugène Pavlovitch sur un ton d'irritation.

Ce dernier riait en effet.

– Je voulais seulement vous demander, monsieur... Hippolyte... excusez, j'ai oublié votre nom de famille.

– Monsieur Térentiev, dit le prince.

– Ah oui ! Térentiev ; merci, prince ; on me l'a dit tantôt, mais ce nom m'était sorti de la mémoire... Je voulais vous demander, monsieur Térentiev, si ce qu'on m'a rapporté de vous est exact : vous estimez, paraît-il, qu'il vous suffirait de parler au peuple, de votre fenêtre, pendant un quart d'heure, pour que la foule fût aussitôt acquise à vos idées et se mît à vous suivre ?

– Il est fort possible que j'aie dit cela,... répondit Hippolyte en s'efforçant de rappeler ses souvenirs... Oui, je l'ai sûrement dit ! ajouta-t-il tout d'un coup en s'animant de nouveau et en fixant résolument Eugène Pavlovitch. – Qu'en déduisez-vous ?

– Absolument rien ; je n'ai demandé cela qu'à titre de renseignement.

Eugène Pavlovitch se tut. Hippolyte le regardait toujours comme s'il attendait anxieusement la suite.

– Eh bien ! as-tu terminé ? demanda Elisabeth Prokofievna à Eugène Pavlovitch. Dépêche-toi de finir, mon ami ; il est temps qu'il aille dormir. Ou alors tu ne sais comment t'en sortir ?

Elle était vivement agacée.

– Je serais enclin à ajouter ceci, reprit Eugène Pavlovitch en souriant : tout ce que j'ai entendu dire à vos camarades, monsieur Térentiev, tout ce que vous venez vous-même d'exposer avec un indiscutable talent se ramène, selon moi, à la théorie qui prétend faire triompher le droit avant tout, au-dessus de tout, voire à l'exclusion de tout, peut-être même sans avoir cherché au préalable en quoi consiste ce droit. Il se peut que je me trompe.

– Vous vous trompez certainement ; je ne vous comprends même pas... Et après ?

D'un angle de la terrasse monta un murmure. Le neveu de Lébédev grommelait quelque chose à mi-voix.

– Je n'ai presque plus rien à dire, reprit Eugène Pavlovitch. Je voulais seulement faire remarquer qu'il n'y a qu'un pas de cette théorie à celle du droit du plus fort, qui est le droit du poing et de l'arbitraire individuel ; c'est ainsi, soit dit en passant, que les choses se sont très souvent réglées en ce monde. Proudhon s'est arrêté à cette théorie de la force qui crée le droit. Pendant la guerre de Sécession, beaucoup de libéraux, et des plus avancés, ont pris parti pour les planteurs, sous ce prétexte que, les nègres, en tant que nègres, devant être regardés comme inférieurs à la race blanche, le droit du plus fort appartenait à celle-ci...

– Eh bien ?

– Je vois par là que vous ne contestez pas le droit du plus fort.

– Après ?

– Au moins vous êtes conséquent. Je tenais seulement à faire observer qu'il n'y a pas loin du droit du plus fort au droit des tigres et des crocodiles, voire à celui des Danilov et des Gorski.

– Je ne sais... Après ?

Hippolyte n'écoutait Eugène Pavlovitch que d'une oreille. Il disait *eh bien ? après ?* par routine de conversation, sans mettre dans ces mots ni intérêt ni curiosité.

– Je n'ai rien à ajouter... C'est tout.

– Au fond je ne vous en veux pas, conclut Hippolyte d'une manière tout à fait inattendue.

Et presque inconsciemment il sourit et tendit la main à Eugène Pavlovitch.

Celui-ci, d'abord surpris, affecta un air fort sérieux pour toucher la main qu'Hippolyte lui tendait, comme s'il acceptait son pardon.

– Je ne puis m'empêcher, ajouta-t-il sur le même ton respectueux mais ambigu, de vous remercier de l'attention que vous m'avez témoignée en me laissant parler, car j'ai eu bien souvent l'occasion de constater que nos libéraux ne permettaient pas aux autres d'avoir une opinion personnelle et qu'ils ripostaient sur-le-champ à leurs contradicteurs par des insultes ou par des arguments encore plus regrettables...

– Voilà qui est parfaitement juste ! dit le général Ivan Fiodorovitch ; puis, les mains derrière le dos, il se retira vers l'extrémité de la terrasse, du côté de la sortie, et se mit à bâiller d'un air excédé.

– Allons, en voilà assez, mon ami ! dit brusquement Elisabeth Prokofievna à Eugène Pavlovitch. Vous m'ennuyez...

– Il est temps, fit Hippolyte qui se leva prestement, en esquissant un geste de désarroi et en jetant autour de lui un regard effaré. – Je vous ai retenus ; je voulais tout vous dire... je pensais que tous... pour la dernière fois... c'était une fantaisie...

On voyait qu'il s'animait par accès et sortait par intermittence d'un état voisin du délire ; rendu alors à la pleine conscience, il rassemblait ses souvenirs et exposait, le plus souvent par bribes, des idées que, depuis longtemps peut-être, il avait mûries et apprises par cœur au cours de ses longues et fastidieuses heures de solitude et d'insomnie passées dans le lit.

– Eh bien ! adieu ! ajouta-t-il sèchement. Vous croyez qu'il m'est facile de vous dire adieu ? Ha ! ha !

Il eut un ricanement de dépit en songeant à la *maladresse* de sa question ; puis, agacé de ne pouvoir exprimer tout ce qu'il voulait dire, il cria sur un ton de colère :

– Excellence, j'ai l'honneur de vous inviter à mes obsèques, si toutefois vous daignez répondre à cette invitation, et… je vous convie tous, messieurs, à vous joindre au général !…

Il se remit à rire, mais son rire était celui d'un dément. Elisabeth Prokofievna, atterrée, fit un pas vers lui et le saisit par le bras. Il la regarda fixement, toujours avec le même rire, qui s'était figé en quelque sorte sur son visage.

– Savez-vous que je suis venu ici pour voir les arbres ? Les voici… (il montra d'un geste les arbres du parc) ; cela n'a rien de ridicule, n'est-ce pas ? Il me semble qu'il n'y a pas là de quoi rire, ajouta-t-il sur un ton grave en s'adressant à Elisabeth Prokofievna.

Il redevint subitement rêveur, puis, au bout d'un moment, releva la tête et se mit à scruter l'assistance pour y trouver quelqu'un. Ce quelqu'un était Eugène Pavlovitch, qui était tout près de lui, à sa droite, et n'avait pas bougé de place. Mais il l'avait oublié et explorait l'entourage.

– Ah ! vous n'êtes pas parti ! s'exclama-t-il quand il l'eut enfin aperçu. – Vous avez ri longuement tout à l'heure, à l'idée que je voulais prononcer de ma fenêtre une harangue d'un quart d'heure… Or, mettez-vous dans l'esprit que je n'ai pas dix-huit ans ; je suis resté si longtemps la tête sur mon oreiller à regarder par cette fenêtre et à penser… sur toutes choses… que… Les morts n'ont pas d'âge, vous le savez. Cette idée m'est revenue la semaine passée pendant une nuit d'insomnie… Voulez-vous que je vous dise ce que vous redoutez par-dessus tout ? C'est notre sincérité, malgré le mépris que vous avez pour nous ! C'est encore une pensée qui m'est venue la nuit quand je reposais sur mon oreiller… Vous croyez que j'ai voulu me moquer de vous tout à l'heure, Elisabeth Prokofievna ? Non, telle n'était pas mon intention ; je ne voulais faire que votre éloge… Kolia a dit que le prince vous avait traitée d'enfant… c'est bien trouvé… Mais voyons,… je voulais encore ajouter quelque chose…

Il se cacha le visage dans les mains et réfléchit un moment.

– Ah ! j'y suis : quand vous vous êtes disposés à faire vos adieux, j'ai pensé soudain : voilà des gens que jamais, jamais plus je ne reverrai. Je ne reverrai pas non plus les arbres. Je n'aurai plus sous les yeux que le mur en briques rouges de la maison Meyer… en face de ma fenêtre… Eh bien ! me suis-je dit, explique-leur tout cela… essaye de le leur faire comprendre ; voici une beauté…, toi, tu es un mort ; présente-toi comme tel, déclare-leur qu'« un mort peut parler sans retenue »… et que la princesse Marie Alexéïevna n'en dira rien[91], ha ! ha !… Vous ne riez pas ? demanda-t-il en jetant autour de lui un regard de défiance. Je vous dirai que, lorsque je reposais sur cet oreiller, bien des idées me sont venues… Je me suis convaincu, entre autres, que la nature était très moqueuse… Vous avez dit tout à l'heure que j'étais athée ; mais savez-vous que la nature… Pourquoi vous êtes-vous remis à rire ? Vous êtes bien cruels ! proféra-t-il brusquement en arrêtant sur son auditoire un regard de tristesse et d'indignation. – Je n'ai pas corrompu Kolia, acheva-t-il sur un ton tout différent de gravité et de conviction, comme si un autre souvenir lui traversait l'esprit.

– Personne, personne ne se moque de toi ici, calme-toi ! lui dit Elisabeth Prokofievna assez tourmentée ; demain on fera venir un nouveau médecin ; le premier s'est trompé. Mais assieds-toi, tu ne tiens pas sur tes jambes ! Tu as le délire… Ah ! qu'allons-nous faire de lui maintenant ? s'écria-t-elle affolée en l'installant dans un fauteuil…

Une petite larme brillait sur sa joue.

Hippolyte resta comme stupéfait ; il leva la main, l'allongea, timidement et toucha cette petite larme. Un sourire d'enfant passa sur son visage.

– Je… vous… fit-il allègrement, – vous ne savez pas combien je vous… Tenez ! Kolia me parle toujours de vous avec un tel enthousiasme… J'aime son enthousiasme. Je ne l'ai pas corrompu ! Je ne laisse que lui comme dépositaire de mes pensées… J'aurais voulu que tout le monde partageât ce legs, mais il n'y avait personne, personne… J'aurais voulu aussi être un homme d'action ; j'en avais le droit ; … que de choses j'aurais encore voulues ! maintenant, je ne désire plus rien, je ne veux plus rien désirer ; je me suis juré de ne plus rien souhaiter ; que les autres cherchent sans moi la vérité ! Oui, la nature est moqueuse ! Pourquoi – ajouta-t-il avec feu, – pourquoi crée-t-elle les êtres les meilleurs pour se moquer ensuite d'eux ? Voilà comment elle procède : lorsqu'elle a montré aux hommes le seul être qui ait été reconnu pour parfait en ce monde… elle lui a donné pour mission de prononcer des paroles qui ont fait couler tant de sang que, si ce sang avait été versé en une seule fois, il aurait étouffé l'humanité ! Il est heureux que je meure ! Moi aussi, peut-être, j'aurais proféré quelque affreux mensonge sous l'impulsion de la nature !… Je n'ai corrompu personne… Je voulais vivre pour le bonheur de tous les hommes, pour la découverte et la propagation de la vérité… Je regardais, de ma fenêtre, le mur de la maison Meyer en pensant que je n'aurais qu'à parler pendant un quart d'heure pour convaincre tous les hommes, oui, tous ! Et voici qu'une fois dans ma vie, il m'a été donné de me trouver en contact, non pas avec le monde, mais avec vous. Qu'en est-il ad-

---

91 « Mon Dieu, que va dire la princesse Marie Alexéïevna ? », phrase à effet comique du *Malheur d'avoir trop d'esprit,* de Griboïedov, passée en locution courante. – N. d. T.

venu ? Rien ! Il en est advenu que vous me méprisez. C'est donc que je suis un imbécile, un inutile, et qu'il est temps que je disparaisse ! Et je n'aurai réussi à laisser derrière moi aucun souvenir : pas un écho, pas une trace, pas une œuvre ! Je n'ai pas propagé une seule conviction !... Ne vous riez pas d'un imbécile ! Oubliez-le ! Oubliez tout ! Oubliez, je vous en prie ; ne soyez pas cruels ! Savez-vous que, si je n'étais pas tombé phtisique, je me serais tué ?...

Il paraissait vouloir parler encore longtemps, mais il ne put achever et, s'écroulant dans son fauteuil, il couvrit son visage de ses mains et se mit à pleurer comme un petit enfant.

– Qu'allons-nous en faire maintenant, dites-moi ? répéta Elisabeth Prokofievna.

Et, se précipitant vers lui, elle lui prit la tête et la serra très fort contre sa poitrine. Il sanglotait convulsivement.

– Allons, allons ! Allons, ne pleure pas, en voilà assez ! tu es un bon petit ; Dieu te pardonnera à cause de ton ignorance. Allons, assez ! sois homme, ... après cela tu auras honte...

– J'ai là-bas, dit Hippolyte, en s'efforçant de relever la tête, un frère et des sœurs, pauvres petits innocents... *Elle* les pervertira ! Vous, vous êtes une sainte, ... vous êtes une enfant vous-même, sauvez-les ! Arrachez-les à cette... elle... c'est une honte... Oh ! venez-leur en aide, secourez-les ; Dieu vous le rendra au centuple ; faites-le pour l'amour de Dieu, pour l'amour du Christ !

– Décidez-vous à dire ce que nous devons faire maintenant, Ivan Fiodorovitch ! s'écria avec colère Elisabeth Prokofievna. Ayez la bonté de sortir de votre majestueux silence. Si vous ne prenez pas une résolution, sachez que je passerai toute la nuit ici. J'en ai assez de subir votre bon plaisir et votre tyrannie !

Elle parlait avec exaltation et emportement ; il lui fallait une réponse immédiate. Dans des conjonctures semblables, les assistants, même s'ils sont nombreux, gardent généralement le silence et se tiennent sur une curiosité passive ; ils évitent de se déclarer, quittes à énoncer leur opinion longtemps après. Parmi les personnes présentes, il y en avait qui seraient bien restées là jusqu'au matin sans proférer un seul mot ; c'était le cas de Barbe Ardalionovna, qui s'était tenue à l'écart durant toute la soirée, sans desserrer les dents, mais extrêmement attentive – sans doute avait-elle ses raisons – à tout ce qui se disait.

– Ma chère amie, déclara le général, mon avis est qu'une garde-malade serait ici plus utile que toute votre agitation. Et il serait désirable qu'un homme sobre et de confiance passe ici la nuit. En tout cas il faut demander au prince de donner des ordres… et laisser tout de suite le malade se reposer. Demain on pourra de nouveau s'en occuper.

– Il va être minuit ; nous partons. Vient-il avec nous ou reste-t-il chez vous ? demanda Doktorenko au prince sur un ton acerbe.

– Si vous le voulez, vous pouvez rester auprès de lui, dit le prince. Il y a assez de place.

– Excellence, fit à l'improviste M. Keller en interpellant le général avec emphase, s'il faut un homme de confiance pour passer la nuit, je me sacrifierai volontiers pour mon ami… c'est une telle âme ! Il y a longtemps, Excellence, que je le considère comme un grand homme ! Mon éducation, certes, a été manquée ; mais lui, quand il critique, ce sont des perles , des perles qui sortent de sa bouche, Excellence !

Le général se détourna avec un geste accablé.

– Je serai enchanté qu'il reste ; assurément il lui est difficile de repartir, fit le prince en réponse aux questions lancinantes d'Elisabeth Prokofievna.

– Tu dors, je crois ? Si tu ne veux pas t'en charger, mon ami, je le transporterai chez moi. Ah ! mon Dieu ! lui-même tient à peine sur ses jambes ! Serais-tu malade, prince ?

Elisabeth Prokofievna s'était attendue l'après-midi à trouver le prince sur son lit de mort. En le voyant sur pied, elle s'était exagéré son rétablissement. Sa crise récente, les souvenirs poignants qui s'y rattachaient, la fatigue et les émotions de cette soirée, d'abord au sujet du « fils de Pavlistchev », ensuite à propos d'Hippolyte, tout cela avait exacerbé l'émotivité maladive du prince au point de le mettre dans un état voisin de la fièvre. En outre, un nouveau souci, une nouvelle appréhension même, se lisait maintenant dans ses yeux : il regardait Hippolyte avec inquiétude, comme s'il s'attendait encore à une autre explosion de sa part.

Soudain Hippolyte se leva affreusement pâle ; son visage décomposé exprimait une honte effroyable, accablante, qui se manifestait surtout dans le regard haineux et apeuré qu'il promenait sur l'assistance et dans le sourire égaré et sournois qui crispait ses lèvres frémissantes. Puis il baissa les yeux et, avec le même sourire, il se traîna d'un pas chancelant vers Bourdovski et Doktorenko qui l'attendaient à l'issue de la terrasse ; il allait partir avec eux.

– Voilà justement ce que je redoutais ! s'écria le prince. Cela devait arriver.

Hippolyte se tourna brusquement vers lui dans un accès de fureur qui fit palpiter tous les traits de son visage.

– Ah ! c'est ce que vous redoutiez ! « Cela devait arriver », dites-vous ! Eh bien ! sachez que, s'il est ici un homme que je haïsse, – hurla-t-il d'une voix perçante dont les sifflements s'accompagnaient de jets de salive, – (je vous hais tous, tous !) cet homme, c'est vous ! vous, âme de jésuite, âme mielleuse, idiot, millionnaire bienfaisant ; je vous hais plus que tous et tout au monde ! Il y a longtemps que je vous ai deviné et que j'ai commencé à vous haïr ; du jour où j'ai entendu parler de vous, je vous ai exécré du plus profond de mon âme… C'est vous qui m'avez attiré dans ce piège ! C'est vous qui avez déchaîné en moi cet accès ! Vous avez poussé un moribond à se couvrir de honte ; c'est vous, oui ! vous, qui êtes responsable de ma bassesse et de ma pusillanimité ! Je vous aurais tué si j'avais dû continuer de vivre. Je n'ai que faire de vos bienfaits ; je n'en veux recevoir de personne ; vous m'entendez, de personne ! J'ai eu un accès de délire ; vous n'avez pas le droit de triompher de cela !… Je vous maudis tous une fois pour toutes.

Il resta à court de souffle.

– Il a eu honte d'avoir pleuré ! murmura Lébédev à Elisabeth Prokofievna. « Cela devait arriver ! » Quel homme que le prince ! il a lu au fond de son âme…

Mais Elisabeth Prokofievna ne daigna pas le regarder. Elle était campée fièrement et, la tête rejetée en arrière, dévisageait « ces gens de rien » avec une curiosité méprisante. Lorsque Hippolyte eut fini de parler, le général esquissa un haussement d'épaules ; elle le toisa alors, d'un air courroucé, des pieds à la tête, comme pour lui demander compte de ce mouvement, puis elle se tourna aussitôt vers le prince.

– Merci, prince, ami excentrique de notre maison, merci pour l'agréable soirée dont nous vous sommes tous redevables. Je présume que vous êtes maintenant dans la joie à l'idée d'avoir réussi à nous associer, nous aussi, à vos folies… En voilà assez ! cher ami ; merci du moins de nous avoir donné une occasion de vous bien connaître !…

Avec des gestes de dépit elle se mit à arranger sa mantille en attendant le départ de « ces gens-là ». Sur ces entrefaites un fiacre vint les prendre, amené par le fils de Lébédev, le collégien, que Doktorenko avait envoyé un quart d'heure auparavant chercher un véhicule. Le général crut aussitôt devoir ajouter un petit mot aux paroles que sa femme venait de prononcer :

– Le fait est, prince, que, moi-même, je ne m'attendais pas… après tout… après toutes nos relations d'amitié,… puis enfin, Elisabeth Prokofievna…

– Voyons, comment peut-on le traiter ainsi ! s'écria Adélaïde, qui s'approcha avec empressement du prince et lui tendit la main.

Il lui sourit d'un air égaré. Soudain un chuchotement précipité lui fit à l'oreille une sensation de brûlure ; c'était Aglaé qui lui murmurait :

– Si vous ne mettez pas à l'instant ces vilaines gens dehors, je vous haïrai toute ma vie, toute ma vie, et vous seul !

Elle paraissait hors d'elle-même, mais se détourna avant que le prince eût eu le temps de la regarder. Au reste il n'y avait plus personne à mettre à la porte : tant bien que mal, on était arrivé à caser le malade dans la voiture et celle-ci venait de partir.

– Est-ce que cela va durer encore longtemps, Ivan Fiodorovitch ? Qu'en pensez-vous ? Aurai-je encore longtemps à subir ces malfaisants garnements ?

– Mais, ma chère amie,... moi je suis naturellement disposé... et le prince...

Ivan Fiodorovitch tendit tout de même la main au prince puis, sans laisser à celui-ci le temps de la lui serrer, il se précipita derrière Elisabeth Prokofievna qui descendait les marches de la terrasse en manifestant bruyamment sa colère. Adélaïde, son fiancé et Alexandra firent au prince des adieux d'une sincère cordialité. Eugène Pavlovitch était avec eux ; c'était le seul qui fût de bonne humeur.

– Ce que je prévoyais est arrivé ! murmura-t-il avec son sourire le plus aimable. – Il est seulement regrettable, mon pauvre ami, que vous ayez eu aussi à en pâtir.

Aglaé sortit sans dire adieu au prince.

Cependant cette soirée ménageait une nouvelle surprise ; Elisabeth Prokofievna devait encore subir une rencontre des plus inattendues.

Elle n'était pas au bas de l'escalier conduisant au chemin (qui faisait le tour du parc) qu'un brillant équipage, une calèche attelée de deux chevaux blancs, passa au trot devant la villa du prince. Deux dames en grande toilette occupaient la voiture, qui s'arrêta brusquement à dix pas plus loin. Une des dames se retourna vivement, comme si elle venait de distinguer une personne de connaissance qu'elle avait un urgent besoin de voir.

– Eugène Pavlovitch, c'est toi ? s'écria-t-elle d'une voix claire et harmonieuse, qui fit tressaillir le prince et peut-être aussi quelqu'un d'autre. – Ah ! que je suis heureuse de te trouver enfin ! J'ai envoyé à deux reprises des exprès chez toi, en ville. Ils t'ont cherché toute la journée !

Eugène Pavlovitch s'arrêta au beau milieu de l'escalier comme frappé de la foudre. Elisabeth Prokofievna fit halte également, mais sans donner les mêmes signes de stupeur que lui ; elle toisa l'insolente personne avec la même hauteur, le même mépris glacial qu'elle avait témoignés cinq minutes plus tôt aux « gens de rien », puis tourna aussitôt son regard scrutateur vers Eugène Pavlovitch.

– J'ai une nouvelle à t'annoncer, continua la même voix. Ne te tourmente pas pour les traites de Koupfer. Rogojine les a rachetées sur ma demande au taux de trente pour cent. Tu peux encore être tranquille pour trois mois. Quant à Biskoup et à toute cette racaille, nous nous arrangerons sûrement à l'amiable. C'est dire que tout va pour le mieux. Réjouis-toi ! À demain !

La calèche repartit et ne tarda pas à disparaître.

– C'est une folle ! s'écria Eugène Pavlovitch, qui, tout rouge d'indignation, jetait autour de lui des regards stupéfaits. – J'ignore totalement ce qu'elle a voulu dire. Quelles traites ? Qui est cette personne ?

Elisabeth Prokofievna le fixa encore pendant deux secondes, puis elle fit volte-face et se dirigea vers sa maison, suivie de tous les siens. Une minute après, Eugène Pavlovitch vint retrouver le prince sur la terrasse. Il était en proie à une vive émotion.

– Sincèrement, prince, vous ne savez pas ce que cela veut dire ?

– Je n'en sais rien, répondit le prince, lui-même péniblement affecté.

– Non ?

– Non.

– Je n'en sais pas davantage, repartit Eugène Pavlovitch dans un éclat de rire. – Cette histoire de traites ne me concerne pas, je vous en donne ma parole d'honneur !... Mais qu'avez-vous donc ? Vous semblez défaillir ?

– Oh ! non, non ; je vous assure que non...

XI

Deux jours passèrent avant que l'irritation des Epantchine fût complètement apaisée. Selon son habitude, le prince s'attribuait beaucoup de torts et s'attendait sincèrement à un châtiment ; cependant il s'était, dès le début, convaincu qu'Elisabeth Prokofievna ne pouvait lui en vouloir pour de bon et que s'était plutôt à elle-même qu'elle en avait. Aussi ne sut-il plus à quoi s'en tenir et devint-il tout triste quand il vit qu'on lui gardait encore rigueur au bout de trois jours. Divers autres incidents l'entretenaient dans l'inquiétude. L'un d'eux surtout avait, pendant ces trois jours, progressivement surexcité son caractère défiant. (Car le prince se reprochait, ces derniers temps, de tomber dans deux extrêmes : une « absurde et intempestive » confiance alternant avec une « sombre et basse » défiance). Bref, au bout du troisième jour, l'incident de la dame excentrique qui avait interpellé Eugène Pavlovitch du fond de sa calèche avait pris dans son esprit des proportions effrayantes et énigmatiques. L'énigme se traduisait pour lui (sans parler d'autres aspects de l'affaire) par cette pénible question : la responsabilité de la nouvelle « extravagance » lui incombait-elle, ou était-ce seulement la faute de… Mais il n'allait pas jusqu'à prononcer un nom. Quant aux initiales N. PH. B., ce n'avait été, croyait-il, qu'une plaisanterie innocente et tout à fait enfantine, sur laquelle l'on ne pouvait en conscience, ni même en simple honnêteté, arrêter sa pensée.

D'ailleurs, le lendemain même de cette scandaleuse « soirée », dont il se regardait comme la « cause » principale, le prince eut le plaisir de recevoir dans la matinée la visite du prince Stch… et d'Adélaïde qui rentraient d'une promenade : « ils étaient *surtout* venus pour prendre des nouvelles de sa santé ». Adélaïde avait remarqué en pénétrant dans le parc un magnifique vieil arbre, très touffu, dont le tronc était creux et lézardé et dont les branches longues et noueuses portaient une jeune frondaison ; elle voulait à tout prix le dessiner ! Elle ne parla presque que de cet arbre pendant la demi-heure que dura sa visite. Le prince Stch… se montra aimable et gracieux comme à son ordinaire ; il questionna le prince sur le passé et évoqua des événements qui remontaient à leurs premières relations, si bien que l'on ne parla presque pas des incidents de la veille.

Enfin, n'y tenant plus, Adélaïde avoua en souriant qu'ils étaient venus *incognito ;* elle n'en dit pas davantage mais cet aveu suffisait pour laisser comprendre que ses parents, et surtout Elisabeth Prokofievna, étaient plutôt mal disposés à l'égard du prince. Toutefois, durant leur visite, ni Adélaïde ni le prince Stch… ne soufflèrent mot de la générale, d'Aglaé, ni même d'Ivan Fiodorovitch.

Lorsqu'ils repartirent pour achever leur promenade, ils n'invitèrent pas le prince à les accompagner. Quant à le prier de passer les voir, il n'en fut même pas question. Adélaïde laissa échapper à ce propos une réflexion significative ; parlant d'une de ses aquarelles que le désir lui était soudain venu de montrer au prince, elle dit : « Comment faire pour que vous puissiez la voir plus tôt ? Attendez ! Je vous l'enverrai aujourd'hui même par Kolia s'il vient à la maison ; ou alors demain, au cours de ma promenade avec le prince, je l'apporterai moi-même ». En suggérant cette solution elle semblait heureuse d'avoir tranché la question avec adresse et à la satisfaction de tout le monde.

Presque au moment de prendre congé, le prince Stch… eut l'air de se rappeler brusquement quelque chose :

– À propos, demanda-t-il, ne savez-vous pas, mon cher Léon Nicolaïévitch, qui était la personne qui a interpellé hier Eugène Pavlovitch du fond de sa calèche ?

– C'était Nastasie Philippovna, dit le prince ; ne l'avez-vous pas reconnue ? Mais je ne sais pas avec qui elle était.

– Je la connais pour en avoir entendu parler répondit vivement le prince Stch… Mais qu'a-t-elle crié ? J'avoue que c'est une énigme pour moi… pour moi et pour les autres.

En disant ces mots le prince Stch… exprimait un étonnement manifeste.

– Elle a parlé de je ne sais quelles traites d'Eugène Pavlovitch, répondit le prince avec beaucoup de simplicité ; ces traites sont passées, sur sa demande, des mains d'un usurier à celles de Rogojine, qui accordera un délai à Eugène Pavlovitch.

– C'est bien ce que j'ai entendu, mon cher prince, mais cela n'a pas le sens commun ! Eugène Pavlovitch n'a pu signer aucune traite ! Avec une fortune comme la sienne… Cela lui est arrivé autrefois, il est vrai, à cause de sa légèreté ; je l'ai même aidé à sortir d'embarras… Mais qu'un homme qui a une pareille fortune signe des traites à un usurier et s'inquiète de leur échéance, c'est chose impossible. Et il est également impossible qu'il soit à tu et à toi avec Nastasie Philippovna et entretienne avec elle des rapports aussi familiers. C'est là que se trouve l'énigme principale. Il jure qu'il n'y comprend rien, et je le crois tout à fait. C'est pourquoi, mon cher prince, je désirais vous demander si vous ne saviez rien à ce sujet. Je veux dire : si quelque bruit n'est pas arrivé par hasard à vos oreilles ?

– Non, je ne sais rien de cette affaire, et je vous affirme que je n'y suis pour rien.

– Ah ! prince, quel homme vous êtes aujourd'hui ! Je ne vous reconnais franchement pas. Ai-je pu avoir l'idée que vous eussiez pris une part quelconque à une pareille affaire ? Allons, vous n'êtes pas dans votre assiette.

Il le serra contre lui et l'embrassa.

– Une part quelconque à une « pareille affaire » ? reprit Léon Nicolaïévitch. Mais je ne vois là aucune affaire.

– Sans aucun doute cette personne a voulu nuire d'une manière ou d'une autre à Eugène Pavlovitch en lui attribuant devant témoins des pratiques qui ne sont et ne peuvent être les siennes, répondit le prince Stch... sur un ton assez sec.

Le prince Léon Nicolaïévitch parut troublé mais continua à fixer sur son interlocuteur un regard interrogatif. Ce dernier garda le silence.

– Mais ne s'agit-il pas tout bonnement de traites ? N'est-ce pas, à la lettre, de traites qu'il a été question hier ? murmura enfin le prince avec une pointe d'impatience.

– Voyons, je vous le dis et vous pouvez en juger vous-même : que peut avoir de commun Eugène Pavlovitch avec... elle et, encore moins, avec Rogojine ? Il a, je vous le répète, une immense fortune ; je le tiens de source sûre ; en outre, il est assuré d'hériter de son oncle. Tout simplement Nastasie Philippovna...

Le prince Stch... s'interrompit de nouveau : il était évident qu'il n'en voulait pas dire davantage sur la jeune femme devant Léon Nicolaïévitch.

Ce dernier, après un moment de silence, demanda brusquement :

– Cela ne prouve-t-il pas en tout cas qu'il la connaît ?

– C'est bien possible ; il a été assez volage pour cela ! Au reste, s'ils se sont connus, c'est dans le passé ; cela doit remonter à deux ou trois ans. À cette époque-là il était encore en relation avec Totski. Maintenant ils ne sauraient avoir rien de commun et, de toutes façons, ils n'ont jamais été intimes au point de se tutoyer. Vous savez vous-même qu'elle n'était pas ici jusqu'à ces derniers temps et qu'elle demeurait introuvable. Beaucoup de gens ignorent même encore sa réapparition. Il n'y a pas plus de trois jours que j'ai remarqué son équipage.

– Un équipage magnifique ! dit Adélaïde.

– Oui, magnifique.

Les deux visiteurs se retirèrent en témoignant au prince les sentiments les plus affectueux, on peut même dire les plus fraternels.

De cette visite se dégageait, pour notre héros, une indication capitale. Sans doute il avait eu de forts soupçons depuis la nuit précédente (et peut-être même avant) ; toutefois il n'avait pas osé jusque-là tenir ses appréhensions pour justifiées. Maintenant il y voyait clair : le prince Stch…, tout en donnant de l'événement une interprétation erronée, n'en côtoyait pas moins la vérité et devinait, en tout cas, l'existence d'une *intrigue.* (D'ailleurs, pensait le prince, il sait peut-être parfaitement à quoi s'en tenir, mais il ne veut pas le laisser paraître et fait semblant de se fourvoyer.) Une chose sautait aux yeux : c'est qu'ils étaient venus (surtout le prince Stch…) dans l'espoir d'obtenir quelque éclaircissement ; s'il en était ainsi, c'est qu'ils le regardaient comme ayant trempé dans l'intrigue. En outre, si l'affaire était telle et revêtait une pareille importance, c'était la preuve qu'elle poursuivait un but redoutable ; mais quel but ? Terrible question ! « Et comment la détourner de ce but ? Il est impossible de l'arrêter quand elle est décidée à atteindre ses fins ! » Cela, le prince le savait par expérience. « Une folle ! c'est une folle ! »

Mais c'était trop de mystères dans une même matinée ; tous demandaient à être tirés au clair sur-le-champ, ce qui plongeait le prince dans un profond abattement. La visite de Véra Lébédev, portant dans ses bras la petite Lioubov, lui procura quelque distraction ; elle bavarda gaiement pendant un certain temps. Puis vint sa jeune sœur qui resta bouche bée, et enfin le fils de Lébédev ; le collégien lui affirma que l'« Étoile Absinthe » qui, dans l'Apocalypse[92], tombe sur terre à la source des eaux, préfigurait, selon l'interprétation de son père, le réseau des chemins de fer étendu aujourd'hui sur l'Europe. Le prince ne voulut pas ajouter foi à cette assertion et on convint d'interroger là-dessus Lébédev lui-même à la première occasion.

Véra Lébédev raconta au prince que Keller s'était installé chez eux depuis la veille et que, d'après toutes les apparences, il ne les quitterait pas de sitôt, ayant trouvé là une société qui lui convenait et s'étant lié d'amitié avec le général Ivolguine. Il avait déclaré qu'il ne restait chez eux que pour parfaire son instruction.

D'une manière générale le prince prenait de jour en jour plus de plaisir au commerce des enfants de Lébédev. Kolia ne parut pas de la journée : il était allé de bon matin à Pétersbourg (Lébédev était également parti dès l'aube pour certaines affaires personnelles.)

---

92 VIII, 11. – N. d. T.

Mais la visite que le prince attendait avec le plus d'impatience était celle de Gabriel Ardalionovitch, qui devait venir sans faute dans le courant de la journée. Il arriva entre six et sept heures du soir, aussitôt après le dîner. En l'apercevant, le prince pensa avoir enfin devant lui quelqu'un qui devait connaître au vrai tous les dessous de l'affaire. Et comment Gania ne les aurait-il pas connus, lui qui avait sous la main des auxiliaires comme Barbe Ardalionovna et son mari ? Mais les relations entre le prince et lui étaient d'un caractère un peu spécial. Ainsi le prince l'avait chargé de l'affaire Bourdovski en le priant instamment de s'en occuper. Cependant, en dépit de cette marque de confiance et de ce qui s'était passé entre eux auparavant, il y avait toujours certains sujets de conversation qu'ils évitaient en vertu d'une sorte d'accord tacite. Le prince avait parfois le sentiment que Gabriel Ardalionovitch, pour son compte, eût peut-être désiré voir s'établir entre eux une amitié et une sincérité sans réserve. Ce jour-là, par exemple, en le voyant entrer, il eut l'impression que Gania jugeait le moment venu de briser la glace et de s'expliquer sur tous les points (le visiteur était toutefois pressé ; sa sœur l'attendait chez Lébédev pour une affaire urgente à régler entre eux).

Mais si Gania s'attendait vraiment à une série de questions impatientes, à des révélations involontaires et à des épanchements intimes, il était dans une profonde erreur. Pendant les vingt minutes que dura sa visite, le prince parut absorbé et presque distrait. Il ne formula pas les questions ou, pour mieux dire, l'unique question importante qu'attendait Gania. Aussi celui-ci jugea-t-il opportun de s'exprimer, de son côté, avec plus de retenue. Il n'arrêta pas de parler avec enjouement et volubilité ; mais, dans son bavardage léger et amène, il se garda d'aborder le point essentiel.

Il raconta entre autres choses que Nastasie Philippovna n'était à Pavlovsk que depuis quatre jours et qu'elle avait déjà attiré sur elle l'attention générale. Elle habitait chez Daria Alexéïevna, dans une petite et confortable maison de la rue des Matelots, mais elle avait peut-être la plus belle calèche de Pavlovsk. Autour d'elle s'était déjà formée toute une cour de soupirants, jeunes et vieux ; parfois des cavaliers escortaient sa voiture. Fidèle à ses anciennes habitudes, elle était très regardante sur le choix de ses relations[93] et n'admettait auprès d'elle que des invités triés sur le volet ; ce qui ne l'empêchait pas d'être entourée d'une véritable garde du corps, prête à prendre sa défense en cas de besoin. À cause d'elle un quidam en villégiature à Pavlovsk avait déjà rompu ses fiançailles, et un vieux général avait presque maudit son fils. Elle emmenait souvent, dans ses promenades en voiture, une charmante jeune fille de seize ans, parente éloignée de Daria Alexéïevna ; cette jeune fille chantait avec talent et sa voix attirait, le soir, l'attention du voisinage sur leur maison. Au demeurant, Nastasie Philippov-

---

93 Contradiction apparente avec un passage précédent. – N. d. T.

na avait beaucoup de tenue ; elle s'habillait simplement mais avec un goût parfait qui, avec sa beauté et son équipage, excitait la jalousie de toutes les dames.

– L'incident baroque d'hier – laissa échapper Gania – était sans aucun doute prémédité et ne saurait être retenu à sa charge. Pour trouver à redire à sa conduite il faut chercher la petite bête ou recourir à la calomnie ; ce qui, d'ailleurs, ne tardera pas.

Il s'attendait à ce que le prince lui demandât pour quelle raison il regardait l'incident de la veille comme prémédité, et aussi pourquoi on ne tarderait pas à recourir à la calomnie.

Mais le prince ne posa aucune question sur ces deux points.

Gania fournit ensuite des renseignements détaillés sur le compte d'Eugène Pavlovitch, sans que le prince l'eût davantage interrogé ; c'était d'autant plus étrange que ce sujet intervenait sans rime ni raison dans la conversation. Selon lui, Eugène Pavlovitch n'avait pas été en relation auparavant avec Nastasie Philippovna ; même actuellement, c'était à peine s'il la connaissait pour lui avoir été présenté trois ou quatre jours plus tôt à la promenade. Et il était douteux qu'il fût allé chez elle, même une fois et en compagnie d'autres personnes.

Pour ce qui est des traites, la chose était possible (Gania la tenait même pour certaine). Assurément Eugène Pavlovitch avait une grande fortune, mais « il régnait un certain désordre dans la gestion de ses biens »… Il tourna court et n'en dit pas plus long sur ce curieux chapitre. Hormis l'allusion rapportée plus haut, il ne revint pas non plus sur la sortie que Nastasie Philippovna avait faite la veille.

À la fin Barbe Ardalionovna vint chercher Gania, mais ne resta chez le prince qu'une minute, pendant laquelle elle trouva le temps d'annoncer (sans avoir été non plus questionnée) qu'Eugène Pavlovitch passait la journée et peut-être le lendemain à Pétersbourg et que son mari (Ivan Pétrovitch Ptitsine) y était également, sans doute pour s'occuper aussi des affaires d'Eugène Pavlovitch ; évidemment, il y avait quelque chose là-dessous. En partant, elle ajouta qu'Elisabeth Prokofievna était aujourd'hui d'une humeur massacrante et qu'Aglaé – chose plus étrange – s'était brouillée avec toute la famille, non seulement avec son père et sa mère mais même avec ses deux sœurs ; « cela n'était pas bien du tout ». Après qu'elle eut donné, comme incidemment, cette nouvelle (qui était pour le prince de la plus haute importance), elle et son frère prirent congé. De l'affaire du « fils de Pavlistchev » Gania ne souffla mot, soit par feinte modestie, soit pour « ménager les sentiments du prince ». Celui-ci ne l'en remercia pas moins encore une fois de la peine qu'il s'était donnée pour terminer cette affaire.

Enchanté de se trouver enfin seul, le prince descendit de la terrasse, traversa la route et pénétra dans le parc ; il voulait réfléchir et avait une décision à prendre. Or, cette décision était justement de celles auxquelles on ne réfléchit point mais que l'on prend tout de go : il avait une soudaine et terrible envie de tout planter là, de s'en aller précipitamment, sans même dire adieu à personne, et de retourner là d'où il venait, dans l'éloignement et la solitude. Il pressentait que, s'il restait encore à Pavlovsk, ne fût-ce que quelques jours, il s'enliserait irrémédiablement dans ce milieu dont il ne pourrait désormais se détacher. Mais il ne s'accorda pas dix minutes de réflexion et convint incontinent que la fuite était « impossible » et qu'elle constituerait presque une lâcheté ; les problèmes qui s'imposaient à lui étaient tels qu'il n'avait plus le droit de ne pas les résoudre ou, tout au moins, de ne pas consacrer toutes ses forces à leur trouver une solution. C'est dans cet état d'esprit qu'il rentra chez lui, n'ayant pas consacré plus d'un quart d'heure à sa promenade. À ce moment il se sentit tout à fait malheureux.

Lébédev était toujours absent, en sorte que, dans la soirée, Keller réussit à s'introduire chez le prince. Il n'était pas ivre mais en veine d'épanchements et de confidences. Il déclara d'emblée qu'il venait lui raconter toute sa vie et que c'était dans cette intention qu'il était resté à Pavlovsk ; il n'y aurait pas eu moyen de le mettre à la porte ; il ne serait parti pour rien au monde. Il voulut se lancer dans un discours long et décousu, mais dès les premiers mots il passa à la conclusion et avoua qu'il avait perdu « toute ombre de moralité » (uniquement par absence de croyance en Dieu) au point d'en être arrivé à voler.

– Pouvez-vous, dit-il, vous imaginer une chose pareille !

– Écoutez, Keller, à votre place je n'avouerais pas cela, hors le cas de nécessité absolue, commença le prince. – Au surplus il est bien possible que vous vous calomniiez intentionnellement.

– Je ne dis cela qu'à vous, à vous seul, et uniquement en vue de contribuer à mon développement moral. Je n'en reparlerai à personne et j'emporterai mon secret dans la tombe. Mais, prince, si seulement vous saviez combien il est difficile, à notre époque, de se procurer de l'argent ! Où en prendre ? Permettez-moi de vous poser la question. On ne reçoit qu'une réponse : « apporte-nous de l'or et des diamants, nous te prêterons là-dessus ». De l'or et des diamants, c'est-à-dire ce que je n'ai justement pas ; pouvez-vous vous figurer cela ? J'ai fini par me fâcher et après un moment j'ai dit : « Et sur des émeraudes, m'avancerez-vous de l'argent ? » – « Oui, sur des émeraudes nous en avancerons ». – « C'est bon, ai-je fait en prenant mon chapeau pour sortir ; le diable vous emporte, gredins que vous êtes ! » Ma parole !

– Vous aviez donc des émeraudes ?

– Des émeraudes ? Ah ! prince ! vous regardez encore la vie avec une sérénité et une ingénuité que l'on peut qualifier de pastorales !

Le prince éprouvait moins de pitié pour Keller que de honte à entendre ses confidences. Une pensée lui traversa l'esprit : « Ne pourrait-on pas faire quelque chose de cet homme en exerçant sur lui une influence salutaire ? » Il écarta toutefois, pour diverses raisons, l'idée que cette influence pût être la sienne, non par modestie, mais à cause de sa manière particulière d'envisager les faits. Ils prirent peu à peu tant d'intérêt à s'entretenir ensemble qu'ils ne songèrent plus à se séparer. Keller mit un empressement peu commun à confesser des actes dont il semblait impossible qu'un homme pût faire l'aveu. À chacune de ces confidences il affirmait qu'il se repentait sincèrement et que son cœur était « plein de larmes » ; ce qui ne l'empêchait pas d'étaler ses fautes sur un ton de fierté et parfois d'une manière si comique que le prince et lui finissaient par rire comme des fous.

– L'essentiel, dit enfin le prince, c'est qu'il y a en vous une confiance d'enfant et une rare franchise. Savez-vous que cela suffit à vous faire pardonner bien des choses ?

– J'ai l'âme noble, noble et chevaleresque ! confirma Keller avec attendrissement. Mais voilà, prince, cette noblesse n'existe qu'idéalement et pour ainsi dire en puissance ; elle ne se traduit jamais dans les faits. Pourquoi cela ? je ne puis le comprendre.

– Ne désespérez pas. Maintenant on peut dire avec certitude que vous m'avez dévoilé le fond de votre âme ; du moins il me semble qu'il est impossible d'ajouter quoi que ce soit à tout ce que vous m'avez révélé. N'est-il pas vrai ?

– Impossible ? s'écria Keller sur un ton de commisération ; oh ! prince, vous jugez encore les hommes avec les idées d'un Suisse.

– Se peut-il que vous ayez encore quelque chose à ajouter fit le prince mi-confus, mi-étonné. Mais, dites-moi un peu, Keller, ce que vous attendiez de moi en me faisant ces confidences et pourquoi vous êtes venu ?

– Ce que j'attendais de vous ? D'abord votre simplicité d'âme a son charme ; il est agréable de passer un moment à converser avec vous ; je sais du moins que j'ai devant moi un homme d'une vertu éprouvée, en second lieu… en second lieu…

Il resta court.

– Peut-être vouliez-vous m'emprunter de l'argent ? dit le prince d'un ton très sérieux et avec une franchise où perçait une pointe de timidité.

Keller tressaillit ; il regarda le prince droit dans les yeux d'un air stupéfait et frappa violemment du poing sur la table.

– Voilà bien votre manière de confondre les gens ! Ah ! prince, vous témoignez d'une ingénuité et d'une innocence telles que l'âge d'or n'en a pas connues ; et tout à coup votre profonde pénétration psychologique traverse un homme comme une flèche. Mais, permettez, prince, ceci appelle une explication, car je… je m'y perds pour tout de bon ! Il va de soi qu'au bout du compte, mon intention était bien d'emprunter de l'argent, mais vous m'avez posé la question comme si vous ne trouviez à cela rien de répréhensible, comme s'il s'agissait d'une chose toute naturelle.

– Oui… de votre part c'était tout naturel.

– Et cela ne vous révolte pas ?

– Mais… pourquoi donc ?

– Écoutez-moi, prince : je suis resté à Pavlovsk depuis hier soir, d'abord en raison de la considération particulière que je porte à l'archevêque français Bourdaloue**94** (on a débouché des bouteilles chez Lébédev jusqu'à trois heures du matin) ; ensuite et surtout (je vous jure par tous les signes de la croix que je dis la pure vérité) parce que je voulais vous faire ma confession générale et sincère dans l'intérêt de mon développement moral. C'est sur cette pensée que je me suis endormi, les yeux pleins de larmes, vers les quatre heures du matin. Croirez-vous maintenant un homme plein de nobles sentiments ? Au moment même où je m'assoupissais, inondé de larmes au dedans comme au dehors (car enfin j'ai sangloté, je me le rappelle !), une idée infernale m'a assailli : « si, en fin de compte, je lui empruntais de l'argent après m'être confessé à lui ? » C'est ainsi que j'ai préparé ma confession comme un petit plat aux fines herbes arrosées de larmes, destiné à vous amadouer et à vous préparer à un emprunt de cent cinquante roubles. Ne trouvez-vous pas cela de la bassesse ?

– À coup sûr les choses ne se sont pas passées ainsi : il s'agit simplement d'une coïncidence. Deux pensées se sont croisées dans votre esprit ; c'est un phénomène courant et avec lequel je ne suis moi-même que trop familiarisé. Je crois que ce n'est pas bon et, voyez-vous, Keller, c'est la chose que je me reproche le plus. Ce que vous venez de dire, je puis le prendre pour moi. Il m'est même par-

---

94 On peut supposer, ou que Lébédev, habitué à chercher des thèmes de conversation inattendus, avait en effet parlé de Bourdaloue ; ou que Keller, par un mauvais jeu de mots, fait allusion, soit au mot français « bordeaux », soit au mot russe *bourda* qui désigne une boisson mélangée et trouble. Le titre d'« archevêque » donné ici au célèbre jésuite français est de pure fantaisie. – N. d. T.

fois arrivé de penser – poursuivit le prince du ton réfléchi d'un homme que cette question intéressait profondément – que tout le monde était ainsi, et de voir là un argument à ma décharge, car rien n'est malaisé comme de réagir contre ces *doubles pensées ;* j'en parle par expérience. Dieu sait d'où elles viennent et comment elles surgissent ! Mais voilà que vous appelez cela crûment de la bassesse. Je vais donc recommencer à appréhender ce genre de phénomène. En tout cas je n'ai pas qualité pour vous juger. Je ne crois toutefois pas que le mot bassesse soit ici à sa place ; qu'en pensez-vous ? Vous avez recouru à la ruse en cherchant à me tirer de l'argent par vos larmes, mais vous-même jurez que votre confession avait encore un autre but, un but noble et désintéressé. Quant à l'argent, il vous en faut pour faire la noce, n'est-ce pas ? Et cela, après une confession comme celle que vous venez de faire, c'est évidemment une défaillance morale. Mais comment s'arracher en un instant à l'habitude de la débauche ? C'est impossible. Alors quoi ? Le mieux, c'est de s'en remettre là-dessus au jugement de votre conscience ; qu'en pensez-vous ?

Le prince fixait sur Keller un regard extrêmement intrigué. Il était clair que la question du dédoublement de la pensée le préoccupait depuis longtemps.

– Après de semblables paroles, je ne m'explique pas comment on a pu vous qualifier d'idiot ! s'exclama Keller.

Le prince rougit légèrement.

– Le prédicateur Bourdaloue n'aurait pas ménagé son homme, tandis que vous, vous m'avez épargné et jugé avec humanité. Pour me punir et pour vous prouver combien je suis touché, je renonce aux cent cinquante roubles. Je me contenterai de vingt-cinq. C'est ce dont j'ai besoin, du moins pour deux semaines. Je ne reviendrai pas vous demander de l'argent avant quinze jours. Je voulais faire plaisir à Agathe, mais elle ne le mérite guère. Oh, mon cher prince, que le Seigneur vous bénisse !

Sur ces entrefaites, Lébédev, qui revenait de Pétersbourg, entra. Il fronça les sourcils en voyant le billet de vingt-cinq roubles dans les mains de Keller. Mais celui-ci, se sentant en fonds, se hâta de disparaître. Lébédev se mit aussitôt à le dénigrer.

– Vous êtes injuste ; il s'est sincèrement repenti, finit par observer le prince.

– Mais que vaut son repentir ? C'est exactement comme le mien hier soir : « je suis bas, je suis bas ». Ce ne sont que des mots.

– Ah ! ce n'étaient que des mots ? Et moi qui pensais…

– Eh bien, tenez ! à vous et à vous seul je dirai la vérité, parce que vous pénétrez le cœur de l'homme : chez moi, les paroles et les actes, le mensonge et la vérité s'entremêlent avec une parfaite spontanéité. C'est dans la vérité et les actes que se manifeste mon repentir, croyez-moi ou ne me croyez pas, je vous jure que c'est comme cela ; quant aux paroles et aux mensonges, ils me viennent d'une pensée infernale (qui ne me quitte pas l'esprit) par laquelle je me sens poussé à tromper les gens et à tirer profit même de mes larmes de repentir ! Je vous donne ma parole qu'il en est ainsi ! Je ne dirais pas cela à un autre, il rirait ou cracherait de dégoût ; mais vous, prince, vous me jugerez humainement.

– Eh mais ! c'est exactement ce que me disait l'autre il y a un instant, s'écria le prince, et vous avez tous deux l'air de vous vanter ! Je n'en reviens pas ; toutefois il est plus sincère que vous, qui faites du mensonge un véritable métier. Allons, assez de simagrées, Lébédev ! ne mettez pas la main sur votre cœur. N'avez-vous pas quelque chose à me dire ? Ce n'est jamais pour rien que vous venez…

Lébédev se mit à faire des grimaces et à se recroqueviller.

– Je vous ai attendu toute la journée pour vous poser une question ; ne serait-ce qu'une fois dans votre vie, dites-moi du premier mot la vérité : avez-vous pris une part quelconque hier à l'incident de la calèche, oui ou non ?

Lébédev se livra à de nouvelles contorsions ; il commença à ricaner, puis se frotta les mains et finit par éternuer ; mais il ne se décida pas à prononcer un mot.

– Je vois que vous y avez pris part.

– Oh ! rien que d'une manière indirecte ! Je dis la pure vérité. Mon seul rôle dans l'affaire a consisté à faire savoir en temps opportun à une certaine personne qu'il y avait du monde chez moi et que tel et tel s'y trouvaient.

– Je sais que vous avez envoyé *là-bas* votre fils ; lui-même me l'a dit tantôt. Mais que signifie cette intrigue ? s'écria le prince sur un ton d'impatience.

– Je n'y suis pour rien, fit Lébédev avec des gestes de dénégation ; cette intrigue est l'œuvre d'autres personnes ; et c'est, pour autant dire, plutôt une fantaisie qu'une intrigue.

– Mais de quoi s'agit-il ? expliquez-vous, pour l'amour du Christ ! Se peut-il que vous ne compreniez pas que cette affaire me touche directement ? Vous ne voyez pas que l'on cherche à noircir Eugène Pavlovitch ?

– Prince ! très illustre prince ! s'exclama Lébédev en recommençant à se contracter, vous ne me permettez pas de vous dire toute la vérité ; j'ai déjà essayé plus d'une fois de vous l'exposer, mais vous ne m'avez jamais laissé continuer…

Le prince se tut et réfléchit.

– Soit, dites-moi la vérité, proféra-t-il avec peine et sur un ton qui laissait deviner une violente lutte intérieure.

– Aglaé Ivanovna… commença aussitôt Lébédev.

– Taisez-vous ! taisez-vous ! lui cria le prince avec emportement. Il était rouge d'indignation et peut-être aussi de honte. – C'est impossible ; tout cela est absurde et inventé par vous ou par des fous de votre espèce. Je vous défends de m'en reparler jamais !

Tard dans la soirée, vers onze heures, Kolia arriva avec une moisson de nouvelles, les unes de Pétersbourg, les autres de Pavlovsk. Il raconta sommairement celles qui venaient de Pétersbourg (qui concernaient surtout Hippolyte et l'incident de la veille), se réservant d'en reparler plus tard, dans sa hâte de passer aux nouvelles de Pavlovsk. Il était rentré de Pétersbourg trois heures auparavant et, sans aller chez le prince, s'était rendu tout droit chez les Epantchine. « C'est terrible ce qui se passe là-bas ! » Et comme de raison, la cause première du scandale était l'incident de la calèche ; mais il était certainement survenu un autre événement que ni lui ni le prince ne connaissaient. « Il va de soi que je me suis gardé d'espionner ou d'interroger personne ; on m'a d'ailleurs bien reçu, mieux même que je ne m'y attendais ; mais on n'a pas dit un mot, prince, à votre sujet ! » Et voici la nouvelle sensationnelle : Aglaé venait de se brouiller avec les siens à propos de Gania. On ne connaissait pas les détails de la querelle, mais on savait que Gania en était la cause (vous imaginez-vous cela ?) ; la dispute, ayant été violente, devait avoir un motif sérieux. Le général était rentré tard, l'air maussade ; il ramenait Eugène Pavlovitch, qu'on avait reçu à bras ouverts et qui s'était montré plein de bonne humeur et d'affabilité. Une nouvelle encore plus importante était celle-ci : Elisabeth Prokofievna avait mandé Barbe Ardalionovna, qui se trouvait auprès de ses filles, et, sans éclat, lui avait interdit pour toujours l'accès de sa maison ; cette défense avait d'ailleurs été faite sous la forme la plus polie ; « je le tiens de Barbe elle-même », ajouta Kolia. Lorsqu'elle sortit de chez la générale et fit ses adieux aux demoiselles, celles-ci ne savaient pas que la maison lui était fermée pour toujours et qu'elle les quittait définitivement.

– Cependant Barbe Ardalionovna est venue chez moi à sept heures, fit le prince interloqué.

– Et c'est vers les huit heures qu'on l'a invitée à ne plus revenir. J'en suis peiné pour Barbe et pour Gania… Sans doute ils sont toujours à intriguer, c'est une habitude dont ils ne pourraient se passer. Je n'ai jamais pu savoir ce qu'ils manigançaient et je ne tiens pas à le savoir. Mais je vous assure, mon bon, mon cher prince, que Gania a du cœur. C'est un homme perdu sous bien des rapports, mais il y a en lui des mérites qui valent qu'on les découvre et je ne me pardonnerai jamais de ne pas l'avoir compris plus tôt… Je ne sais pas si je dois continuer à fréquenter les Epantchine après ce qui s'est passé avec Barbe. Dès le premier jour, il est vrai, j'ai gardé ma complète indépendance et mes distances ; mais tout de même cela demande réflexion.

– Vous avez tort de vous apitoyer sur votre frère, fit remarquer le prince. Si les choses en sont arrivées là, c'est que Gabriel Ardalionovitch est devenu dangereux aux yeux d'Elisabeth Prokofievna ; donc, certaines de ses espérances se confirment.

– Quelles espérances ? Que voulez-vous dire ? s'écria Kolia stupéfait. N'auriez-vous pas l'idée qu'Aglaé… Cela ne se peut pas !

Le prince garda le silence.

– Vous êtes terriblement sceptique, prince, poursuivit Kolia au bout d'une ou deux minutes. J'observe que, depuis quelque temps, vous tombez dans un scepticisme exagéré ; vous commencez à ne plus croire à rien et à tout supposer… Mais ai-je ici employé correctement le mot « sceptique » ?

– Je pense que oui, bien que je n'en sois pas très sûr moi-même.

– Néanmoins je reprends ce mot ; j'en ai trouvé un qui rend mieux sa pensée ! s'écria soudain Kolia. Vous n'êtes pas un sceptique, vous êtes un jaloux ! Gania vous inspire une jalousie infernale à cause d'une fière demoiselle.

Là-dessus Kolia se leva d'un bond et se mit à rire comme jamais peut-être il n'avait ri. Son hilarité redoubla quand il vit que le prince rougissait. Il était ravi de penser que celui-ci était jaloux à cause d'Aglaé. Mais il se tut dès qu'il remarqua que sa peine était sincère. Ils se mirent alors à parler avec beaucoup de gravité ; leur entretien se prolongea encore une heure ou une heure et demie.

Le lendemain, le prince alla à Pétersbourg où une affaire urgente le retint jusqu'à l'après-midi. Au moment de rentrer à Pavlovsk, vers les cinq heures, il rencontra Ivan Fiodorovitch à la gare. Celui-ci le saisit vivement par le bras et, tout en jetant à droite et à gauche des regards craintifs, le fit monter avec lui dans un wagon de première classe. Il brûlait de l'entretenir d'une question importante.

– D'abord, mon cher prince, ne m'en veuille pas ; si tu as quelque chose contre moi, oublie-le. J'étais hier sur le point de passer chez toi, mais je ne sais pas ce qu'Elisabeth Prokofievna en penserait... Chez moi, c'est un véritable enfer ; on dirait qu'un sphinx énigmatique s'est installé sous notre toit ; moi je suis là à n'y rien comprendre. Pour ce qui est de toi, tu es, à mon avis, le moins coupable de nous tous ; encore que tu sois la cause de bien des complications. Vois-tu, prince, la philanthropie est chose agréable, mais point trop n'en faut. Peut-être en as-tu déjà fait toi-même l'expérience. Certes, j'aime la bonté et j'estime Elisabeth Prokofievna, mais...

Le général parla longtemps encore sur ce ton, mais son langage était singulièrement décousu. On voyait qu'il était alarmé et troublé au plus haut degré par un phénomène tout à fait incompréhensible.

– Pour moi il n'est pas douteux que tu sois étranger à tout cela, dit-il enfin en remettant un peu de clarté dans ses propos. – Mais je te prie, en ami, de ne pas venir nous voir pendant quelque temps, jusqu'à ce que le vent ait tourné. En ce qui concerne Eugène Pavlovitch, s'écria-t-il avec feu, tout ce qu'on raconte n'est que calomnie inepte, la calomnie des calomnies ! Nous sommes en présence d'une diffamation, d'une intrigue, d'un plan pour tout bouleverser et nous brouiller les uns avec les autres. Tiens, prince, je te le dis à l'oreille : entre Eugène Pavlovitch et nous, aucun mot n'a encore été prononcé, comprends-tu ? Rien ne nous lie présentement. Mais ce mot peut être proféré ; il peut l'être bientôt, et même d'un moment à l'autre. C'est cela que l'on veut empêcher. Pourquoi ? dans quelle intention ? je ne me l'explique pas. Cette femme est déconcertante, excentrique ; j'en ai une telle peur que j'en perds presque le sommeil. Et cet équipage, ces chevaux blancs... voilà bien ce que les Français appellent le chic ! Qui lui procure ce train de vie ? Ma parole, j'ai eu l'autre jour la coupable pensée de soupçonner Eugène Pavlovitch. Mais il est évident que cela ne tient pas debout. Alors pourquoi cherche-t-elle à mettre la brouille entre nous ? Voilà l'énigme ! Pour retenir auprès d'elle Eugène Pavlovitch ? Mais je te répète et te jure qu'il ne la connaît pas et que les traites sont une invention. Et quelle effronterie de le tutoyer ainsi à travers la rue ! C'est tout simplement un coup monté ! Il est clair que nous devons repousser cette manœuvre avec mépris et redoubler d'estime pour Eugène Pavlovitch. C'est ce que j'ai déclaré à Elisabeth Prokofievna. Maintenant je te ferai part de mon intime pensée : je suis profondément convaincu qu'elle cherche par là à tirer de moi une vengeance personnelle à cause de ce qui s'est passé naguère, tu te rappelles ? Et cependant je n'ai jamais eu de torts envers elle. Je rougis rien qu'à y penser. À présent la voici de nouveau en évidence, alors que je la croyais définitivement disparue. Où est donc passé ce Rogojine ? je vous le demande un peu. Je pensais *qu'elle* était devenue depuis longtemps Mme Rogojine.

Bref le général ne savait à quel saint se vouer. Pendant près d'une heure que dura le trajet, il monologua, faisant lui-même les demandes et les réponses, serrant les mains du prince et réussissant du moins à le convaincre qu'il n'avait pas l'ombre d'un soupçon sur lui. C'était, pour le prince, le point essentiel. Finalement il parla de l'oncle d'Eugène Pavlovitch, qui était à la tête d'une administration à Pétersbourg. « C'est, dit-il, un septuagénaire qui occupe une situation en vue ; c'est un viveur et un gourmet ; bref un vieillard encore fringant... Ha ! ha ! Je sais qu'il a entendu parler de Nastasie Philippovna et qu'il a même brigué ses faveurs. Je suis allé le voir tantôt ; il ne reçoit pas en raison de sa santé, mais il est riche, riche ; il a de l'influence et... Dieu lui prête vie encore longtemps ! mais enfin c'est Eugène Pavlovitch qui héritera de toute sa fortune... Oui, oui... mais tout de même j'ai peur... Il y a dans l'air un mauvais sort qui plane comme une chauve-souris et j'ai peur, j'ai peur... »

XII

C'était vers les sept heures du soir, le prince s'apprêtait à faire sa promenade dans le parc, quand tout à coup Elisabeth Prokofievna surgit seule sur la terrasse, se dirigeant vers lui.

– ***Premièrement,*** fit-elle, ne va pas supposer que je sois venue pour te demander pardon. Quelle sottise ! Toi seul as tous les torts.

Le prince garda le silence.

– Es-tu coupable, oui ou non ?

– Ni plus ni moins que vous. D'ailleurs ni vous ni moi n'avons péché par intention. Il y a trois jours, je me suis cru coupable. Maintenant, à la réflexion, je me rends compte qu'il n'en est rien.

– Ah ! c'est ainsi que tu es ! C'est bon, assieds-toi et écoute ; car je n'ai pas l'intention de rester debout.

Tous deux s'assirent.

– ***Secondement,*** pas un mot de ces méchants garnements. Je n'ai que dix minutes pour parler avec toi ; je suis venue pour avoir un renseignement (tu croyais, toi, Dieu sait quoi ?) et, si tu souffles un seul mot de ces impudents gamins, je me lève et je m'en vais ; c'en sera fini entre nous.

– Bien, répondit le prince.

– Permets-moi de te poser une question : as-tu envoyé une lettre à Aglaé, il y a deux mois ou deux mois et demi, aux environs de Pâques ?

– Euh… oui.

– À propos de quoi ? Que contenait cette lettre ? Montre-là !

Les yeux d'Elisabeth Prokofievna étincelaient et elle frémissait d'impatience.

– Je n'ai pas cette lettre, répondit le prince étonné et affreusement intimidé. Si elle existe encore, c'est Aglaé Ivanovna qui l'a…

– Ne ruse pas ! Que lui as-tu écrit ?

– Je ne ruse pas et je n'ai rien à craindre. Je ne vois pas pourquoi il ne m'aurait pas été permis de lui écrire…

– Tais-toi ! tu parleras après. Qu'y avait-il dans la lettre ? Pourquoi as-tu rougi ?

Le prince réfléchit un moment.

– Je ne connais pas vos pensées, Elisabeth Prokofievna. Je vois seulement que cette lettre vous cause beaucoup de déplaisir. Convenez que je pourrais refuser de répondre à une semblable question. Mais pour vous prouver que je n'ai rien à craindre au sujet de cette lettre et que je ne regrette ni ne rougis de l'avoir écrite (en disant cela le prince devint deux fois plus rouge), je vais vous la réciter, car je crois m'en rappeler le contenu par cœur.

Et le prince répéta presque mot pour mot le texte de la lettre.

– Quel galimatias ! Quel sens donnes-tu à ces sottises ? demanda d'un ton bourru Elisabeth Prokofievna qui avait écouté avec une extrême attention.

– Je ne le sais pas très bien moi-même ; ce que je sais, c'est que mon sentiment était sincère. J'avais là-bas des moments de vie intense et d'espérances démesurées.

– Quelles espérances ?

– Il m'est difficile de l'expliquer, mais ce n'étaient point celles auxquelles sans doute vous songez en ce moment. Ces espérances… en un mot, se rapportaient à l'avenir et à la joie de penser que, peut-être, *là-bas* je n'étais pas un étranger. Je me sentais heureux d'être revenu dans ma patrie. Par un matin ensoleillé j'ai pris la plume et je lui ai écrit cette lettre. Pourquoi est-ce à elle que j'ai écrit ? je ne le sais. Il y a parfois des moments où l'on veut avoir un ami auprès de soi ; sans doute est-ce ce sentiment qui m'a guidé… ajouta le prince après un silence.

– Serais-tu amoureux ?

– Mon Dieu non. Je… je lui ai écrit comme à une sœur. J'ai même signé du nom de frère.

– Hum ! bien imaginé ; je comprends !

– Il m'est très pénible de répondre à de pareilles questions, Elisabeth Prokofievna.

– Je le sais, mais cela m'est parfaitement indifférent. Écoute, dis-moi la vérité comme si tu parlais devant Dieu : mens-tu ou ne mens-tu pas ?

– Je ne mens pas.

– Tu dis la vérité quand tu affirmes que tu n'es pas amoureux ?

– Il me semble que c'est absolument vrai.

– Ah ! il te « semble » ! C'est le gamin qui a transmis la lettre ?

– J'ai prié Nicolas Ardalionovitch de…

– Le gamin, le gamin ! interrompit avec colère Elisabeth Prokofievna. Je ne connais pas de Nicolas Ardalionovitch. Le gamin !

– Nicolas Ardalionovitch…

– Le gamin, te dis-je !

– Non, ce n'est pas un gamin, c'est Nicolas Ardalionovitch, répliqua le prince sans élever la voix mais d'un ton ferme.

– Bon, cela va bien, mon petit. Je te revaudrai cela !

Elle contint son émoi pendant une minute pour reprendre haleine.

– Et que signifie « le chevalier pauvre » ?

– Je n'en ai pas idée ; cela s'est passé en mon absence ; sans doute quelque plaisanterie.

– C'est charmant d'apprendre tout cela d'un coup ! Mais se peut-il qu'elle se soit intéressée à toi ? Elle-même t'a traité de « petit avorton » et d'« idiot ».

– Vous auriez pu vous dispenser de me le répéter, fit observer le prince d'un ton de reproche et presque à voix basse.

– Ne te fâche pas. C'est une fille autoritaire, une écervelée, une enfant gâtée. Si elle s'éprend de quelqu'un, elle lui fera affront en public et lui rira au nez. J'ai été moi-même comme cela. Seulement, je t'en prie, ne chante pas victoire ; elle n'est pas pour toi, mon petit ; je me refuse à le croire ; cela ne sera jamais ! Je le dis pour que tu en prennes dès maintenant ton parti. Écoute : jure-moi que tu n'as pas épousé *l'autre.*

– Que dites-vous là, Elisabeth Prokofievna ? fit le prince en sursautant d'étonnement.

– Mais n'as-tu pas été sur le point de l'épouser ?

– J'ai été sur le point de l'épouser, murmura le prince en courbant la tête.

– Alors c'est *d'elle* que tu es amoureux ? Tu es venu ici pour *elle,* pour *cette femme ?*

– Ce n'est pas pour l'épouser que je suis venu ici, répondit le prince.

– Y a-t-il au monde quelque chose de sacré pour toi ?

– Oui.

– Jure que tu n'es pas venu pour épouser *cette femme ?*

– Je le jure sur ce que vous voudrez.

– Je te crois ; embrasse-moi. Enfin je respire librement. Mais sache bien qu'Aglaé ne t'aime pas ; prends tes dispositions en conséquence ; elle ne sera jamais ta femme tant que je serai de ce monde. Tu as entendu ?

– J'ai entendu.

Le prince était devenu si rouge qu'il ne pouvait regarder Elisabeth Prokofievna en face.

– Mets-toi bien cela dans la tête. Je t'ai attendu comme la Providence (tu ne le méritais guère !), j'ai arrosé, la nuit, mon oreiller de larmes – oh ! pas à cause de toi, mon petit ami, rassure-toi ! j'ai un autre chagrin, qui est éternellement le même. Mais voici pourquoi je t'ai attendu avec tant d'impatience : je crois encore que c'est Dieu lui-même qui t'a envoyé vers moi comme un ami et un frère. Je n'ai auprès de moi personne, sauf la vieille Biélokonski, qui elle-même est partie ; d'ailleurs en vieillissant elle est devenue bête comme un mouton. À présent réponds-moi simplement par un *oui* ou par un *non :* sais-tu pourquoi *elle* a lancé cette exclamation l'autre jour du fond de sa calèche ?

– Ma parole d'honneur, je n'y étais pour rien et je ne sais rien.

– Suffit ! je te crois. À présent j'ai une autre opinion à ce sujet, mais hier matin encore je tenais Eugène Pavlovitch pour responsable de tout ce qui s'est passé. J'ai eu cette idée toute la journée d'avant-hier et toute la matinée d'hier. Maintenant, j'ai fini par me ranger à leur avis : il est évident qu'on s'est moqué de lui comme d'un benêt ; comment, pourquoi, à quelle fin ? le geste, en lui-même, est déjà suspect et déshonnête. En tout cas il n'épousera pas Aglaé, c'est moi qui te le dis ! Il a beau être un excellent homme, ce n'en sera pas moins comme cela. Déjà avant cet incident j'étais hésitante ; maintenant mon parti est bien pris : « Couchez-moi d'abord dans mon cercueil et mettez-moi en terre ; après cela vous marierez votre fille », voilà ce que j'ai signifié aujourd'hui à Ivan Fiodorovitch en scandant mes mots. Tu vois quelle confiance j'ai en toi ; tu le vois ?

– Je le vois et je comprends.

Elisabeth Prokofievna fixa sur le prince un regard pénétrant ; peut-être brûlait-elle de connaître l'impression produite sur lui par ce qu'elle venait de dire au sujet d'Eugène Pavlovitch.

– Tu ne sais rien de Gabriel Ivolguine ?

– C'est-à-dire… je sais beaucoup de choses.

– Savais-tu, oui ou non, qu'il était en relations avec Aglaé ?

– Je l'ignorais totalement, répondit le prince avec un mouvement de surprise. – Comment, vous dites que Gabriel Ardalionovitch est en relations avec Aglaé Ivanovna ? C'est impossible !

– Oh ! c'est tout récent. C'est sa sœur qui pendant tout l'hiver lui a frayé la voie. Elle a travaillé comme un rat.

– Je n'en crois rien, répéta avec conviction le prince qui était resté un moment songeur et troublé. – Si cela était, je le saurais sûrement.

– Tu crois sans doute qu'il serait venu te l'avouer en pleurant dans ton gilet ? Quel innocent tu fais ! Tout le monde te berne comme un… comme un… Et tu n'as pas honte de lui accorder ta confiance ? Est-ce que tu ne vois pas qu'il se moque de toi dans les grandes largeurs ?

– Je sais bien qu'il me trompe parfois, dit à mi-voix le prince, non sans une certaine répugnance. – Et il n'ignore pas que je le sais…

Il n'acheva pas sa pensée.

– Ainsi il le sait et il continue à lui faire confiance ! Il ne manquait que cela ! D'ailleurs c'est ce qu'on peut attendre de toi. Et moi qui m'en étonne ! Bonté divine ! Il n'y en a pas deux comme toi. Fi donc ! Sais-tu que ce Gania ou cette Barbe l'ont mise en relations avec Nastasie Philippovna ?

– Qui ? s'exclama le prince.

– Aglaé.

– Je ne le crois pas. Ce n'est pas possible. À quelle fin ?

Il s'était levé d'un bond.

– Moi non plus, je ne le crois pas, encore qu'il y en ait des preuves. C'est une fille capricieuse, fantasque, écervelée ! Une fille méchante, méchante, méchante ! Je te le répéterai pendant mille ans, qu'elle est méchante ! Elles sont toutes comme cela maintenant, mes filles, même cette poule mouillée d'Alexandra ; mais celle-là m'a déjà échappé des mains. Cependant je ne le crois pas non plus. Peut-être parce que je ne veux pas le croire, ajouta-t-elle comme en aparté ; puis, interpellant brusquement le prince : – Pourquoi n'es-tu pas venu ? Pourquoi es-tu resté trois jours sans venir ? répéta-t-elle sur un ton d'impatience.

Le prince se mit à énumérer ses raisons ; mais de nouveau elle lui coupa la parole.

– Tout le monde te prend pour un imbécile et te leurre ! Tu étais hier en ville ; je parie que tu es allé te mettre à genoux devant ce gredin pour le supplier d'accepter tes dix mille roubles !

– Nullement ; l'idée ne m'en est même pas venue. Je ne l'ai pas vu ; au surplus ce n'est pas un gredin. J'ai reçu une lettre de lui.

– Montre-la !

Le prince tira de son portefeuille un billet qu'il tendit à Elisabeth Prokofievna. Le billet était ainsi conçu :

« Monsieur, je n'ai certainement pas, aux yeux du monde, le moindre droit de faire étalage d'amour-propre. Le monde me considère comme trop insignifiant pour cela. Mais la manière de voir du monde n'est pas la vôtre. Je ne suis que trop convaincu, monsieur, que, peut-être, vous valez mieux que les autres. Je ne partage pas l'avis de Doktorenko et je m'écarte de lui sur ce point. Je n'accepterai jamais un kopek de vous ; mais vous avez secouru ma mère et je suis, de ce fait, tenu de vous avoir de la reconnaissance, encore que ce soit là une faiblesse. En tout cas, je suis revenu sur l'opinion que j'avais de vous et j'ai cru de mon devoir de vous en aviser. Là-dessus je présume qu'il ne saurait plus y avoir entre nous aucune relation. – Antipe Bourdovski ».

« P. -S. – L'argent qui manque pour compléter les deux cents roubles que je vous dois[95] vous sera sans faute remboursé avec le temps. »

– Quelle ineptie ! conclut Elisabeth Prokofievna en jetant le billet. Cela ne valait pas la peine d'être lu. De quoi ris-tu ?

– Convenez que cette lecture vous a quand même fait plaisir.

– Comment ? Du plaisir à lire ce prétentieux galimatias ? Tu ne vois donc pas que tous ces gens-là sont égarés par l'orgueil et la vanité ?

– Oui, mais tout de même il a reconnu ses torts, il a rompu avec Doktorenko ; cela lui a coûté d'autant plus que sa vanité est plus grande. Oh ! quel petit enfant vous faites, Elisabeth Prokofievna !

– Est-ce que tu as envie que je te donne une gifle ?

– Non, je n'y tiens aucunement. Je constate seulement que la lecture de ce billet vous a remplie d'aise et que vous vous en défendez. Pourquoi avoir honte de vos sentiments ? Vous êtes en tout comme cela.

---

95 Bourdovski devant non deux cents mais deux cent cinquante roubles puisqu'il en avait rendu cent. – N. d. T.

– Ne mets plus désormais les pieds chez moi ! s'écria Elisabeth Prokofievna en bondissant, pâle de colère. Que le bout de ton nez ne paraisse pas au seuil de ma porte.

– Et dans trois jours c'est vous-même qui viendrez me rechercher… Voyons, n'avez-vous pas honte ? C'est de vos meilleurs sentiments que vous rougissez ; pourquoi ? Vous ne réussissez qu'à vous faire souffrir vous-même.

– Je serais sur mon lit de mort que je ne t'appellerais pas ! J'oublierai ton nom. Je l'ai oublié.

Elle s'écarta précipitamment du prince.

– Avant vous, on m'avait déjà interdit d'aller vous voir ! lui cria-t-il.

– Quoi ? Qui te l'a interdit ?

Elle fit une brusque volte-face, comme si on l'avait piquée avec une aiguille. Le prince hésitait à répondre, sentant qu'il avait lâché une parole inconsidérée.

– Qui te l'a interdit ? vociféra Elisabeth Prokofievna hors d'elle-même.

– C'est Aglaé Ivanovna qui me défend…

– Quand cela ? Parle, mais parle donc !

– Ce matin, elle m'a fait savoir que je ne devais plus jamais mettre les pieds chez vous.

Elisabeth Prokofievna fut comme médusée ; cependant elle se mit à réfléchir.

– Comment ! par qui te l'a-t-elle fait savoir ? Par le gamin ? De vive voix ? s'écria-t-elle soudain.

– J'ai reçu un billet, dit le prince.

– Où est-il ? Donne-le ! Tout de suite !

Le prince, après s'être recueilli un instant tira de la poche de son gilet un méchant bout de papier sur lequel était écrit :

« Prince Léon Nicolaïévitch, si, après tout ce qui s'est passé, vous avez l'intention de m'étonner en venant nous voir dans notre villa, soyez assuré que je ne serai pas de celles qui prendront plaisir à votre visite. – Aglaé Epantchine ».

Elisabeth Prokofievna resta un moment pensive, puis, se précipitant sur le prince, elle le prit par la main et l'entraîna avec elle.

– Tout de suite ! Viens ! À l'instant même ! s'écria-t-elle en proie à une agitation et à une impatience extrêmes.

– Mais vous allez m'exposer à…

– À quoi ? Innocent ! Benêt ! C'est à croire que tu n'es même pas un homme ! Allons, je verrai tout moi-même par mes propres yeux…

– Laissez-moi au moins prendre mon chapeau.

– Le voilà, ton sale chapeau ; allons ! tu n'es même pas fichu de t'en choisir un avec goût !… Elle a écrit cela… elle a écrit cela après la scène de tantôt… dans l'emportement, balbutia Elisabeth Prokofievna en entraînant le prince à sa suite et sans le lâcher une seconde. – Tantôt j'ai pris ton parti ; j'ai dit tout haut que tu étais un imbécile de ne pas venir… Sans cela elle n'aurait pas écrit un billet aussi sot, un billet aussi indécent ! Indécent de la part d'une jeune fille noble, bien élevée, intelligente, oui intelligente ! Hum ! continua-t-elle,… peut-être aussi est-elle dépitée que tu ne viennes pas ; c'est possible ; mais elle ne s'est pas avisée qu'on n'écrit pas ainsi à un idiot qui prend tout au pied de la lettre, comme c'est d'ailleurs arrivé. Pourquoi tends-tu l'oreille ? s'écria-t-elle en s'apercevant qu'elle en avait trop dit. – Il lui faut un bouffon dans ton genre ; il y a longtemps qu'elle n'en a pas eu ; voilà pourquoi elle te recherche ! Je suis ravie, oh mais ! ravie à la pensée qu'elle va te ridiculiser ! Tu ne l'as pas volé. Et elle est habile à ce jeu-là, ah ! cela oui !…

TROISIÈME PARTIE

I

On déplore continuellement chez nous le manque de gens pratiques ; on dit qu'il y a, par exemple, pléthore d'hommes politiques ; qu'il y a également beaucoup de généraux ; que si l'on a besoin de gérants d'entreprises, quel que soit le nombre exigé, on en peut trouver immédiatement dans tous les genres ; mais des gens pratiques, on n'en rencontre point. Du moins, tout le monde se plaint de n'en point rencontrer. On va jusqu'à assurer que, sur certaines lignes de chemin de fer, les employés tant soit peu à leur affaire font totalement défaut ; on prétend qu'il est absolument impossible à une compagnie quelconque de navigation de disposer d'un personnel technique même passable. Tantôt on apprend que, sur une ligne récemment livrée à la circulation, des wagons se sont télescopés ou ont culbuté en passant un pont ; tantôt on écrit qu'un train est resté en panne au milieu d'un champ de neige et qu'il a failli n'en pouvoir démarrer de tout l'hiver, si bien que les voyageurs, qui croyaient ne s'absenter que pour quelques heures, sont restés cinq jours dans la neige. Tantôt l'on raconte que de nombreux milliers de pouds de marchandises pourrissent sur place pendant des deux ou trois mois, en attendant qu'on les achemine ; tantôt l'on rapporte (chose à peine croyable) qu'un administrateur, c'est-à-dire un surveillant, aurait, en guise de réponse, envoyé une gifle au commis d'un commerçant qui le pressait d'expédier ses marchandises et que, mis en demeure d'expliquer ce geste administratif, il a simplement déclaré avoir pris la mouche. Les bureaux sont si nombreux dans les services de l'État que l'on frémit en y pensant ; tout le monde a servi, sert et compte encore servir ; ne paraît-il pas invraisemblable que, d'une pareille pépinière de fonctionnaires, l'on ne puisse tirer un personnel convenable pour une société de navigation ?

À cette question on donne parfois une réponse excessivement simple, – si simple même qu'on a peine à l'admettre. On dit : il est exact que tout le monde a servi et sert encore dans notre pays ; cela dure en effet depuis deux cents ans, depuis le trisaïeul jusqu'à l'arrière-petit-fils, à l'imitation du meilleur des exemples donnés par les Allemands. Mais ce sont précisément les gens rompus au service qui sont les moins pratiques ; à tel point que l'esprit d'abstraction et l'absence de connaissance pratique passaient naguère encore, même parmi les fonctionnaires, pour une vertu éminente et un titre de recommandation.

Au reste, à quoi bon parler des fonctionnaires quand, au fond, nous avions en vue les gens pratiques en général ? Sous cette forme, la question n'est plus douteuse : la pusillanimité et la parfaite absence d'initiative personnelle ont toujours été considérées chez nous comme le principal et meilleur signe auquel on puisse reconnaître l'homme pratique ; même actuellement, on n'en juge pas autrement. Mais pourquoi n'en faire grief qu'à nous-mêmes, si toutefois grief il y a ? Le manque d'originalité a, de tous temps et en tous pays, passé pour la première qualité et la plus sûre introduction d'un individu capable, apte aux affaires et de sens pratique ; du moins les 99 % des hommes (au bas mot) ont toujours pensé ainsi, et 1 %, tout au plus, a toujours pensé et pense encore autrement.

Les inventeurs et les génies ont presque toujours été regardés par la société au début de leur carrière (et fort souvent jusqu'à la fin) comme de purs imbéciles ; cette observation est si banale qu'elle est devenue un lieu commun. Ainsi, par exemple, pendant des dizaines d'années, tout le monde a mis son argent au Lombard[96], en y accumulant des milliards à 4 %, le jour où le Lombard a cessé de fonctionner et où chacun s'est vu réduit à sa propre initiative, la plupart de ces millions se sont inévitablement volatilisés entre les mains des aigrefins

---

96 Institution d'État qui faisait office de Caisse d'épargne et de Mont-de-Piété et qui cessa de fonctionner lorsque les banques de type moderne firent leur apparition. – N. d. T.

dans une fièvre de spéculation, ceci étant l'aboutissement logique des convenances et des bonnes mœurs. Je dis « des bonnes mœurs » parce que, du moment qu'une timidité de bon aloi et un manque pertinent d'originalité ont passé jusqu'ici, dans notre société, selon la conviction générale, pour la qualité inhérente à tout homme sérieux et comme il faut, il y aurait eu une extrême incohérence, voire de l'incongruité, à changer subitement de manière d'être.

Quelle est, par exemple, la mère qui, par tendresse pour ses enfants, ne s'effraie pas à en tomber malade si elle voit son fils ou sa fille sortir tant soit peu des rails ? « Ah non ! pas d'originalité ! j'aime mieux qu'il soit heureux et vive dans l'aisance », pense chaque mère en dorlotant son enfant. Quant à nos nounous, elles ont de tout temps bercé les enfants de leur sempiternel refrain : « tu seras entouré d'or et tu deviendras général ! » Ainsi nos bonnes elles-mêmes ont toujours considéré le titre de général comme la mesure extrême du bonheur russe ; c'est dire que ce grade passe pour l'idéal national le plus populaire et le symbole d'une charmante et quiète félicité. Et, de fait, quel était, en Russie, l'homme qui ne fût pas assuré d'atteindre un jour au rang de général et d'accumuler un certain pécule au Lombard, pour peu qu'il eût passé, les uns après les autres, les examens requis et servi l'État durant trente-cinq ans ? C'est ainsi que le Russe finissait par acquérir, presque sans effort, la réputation d'un homme capable et pratique. Au fond, il n'y a qu'une catégorie d'hommes en Russie qui ne puissent arriver au généralat ; ce sont les esprits originaux, en d'autres termes les inquiets. Peut-être existe-t-il ici un malentendu ; mais, d'une manière générale, cette constatation paraît exacte et la société russe était parfaitement fondée à définir ainsi son idéal de l'homme pratique. Mais nous voici fort loin de notre sujet, qui était de donner quelques éclaircissements sur la famille des Epantchine.

Les Epantchine, ou du moins les membres de cette famille les plus portés à la réflexion, souffraient d'un trait commun, qui était précisément l'opposé des qualités dont nous venons de parler. Sans se rendre pleinement compte du fait (d'ailleurs difficile à saisir), ils soupçonnaient parfois que les choses n'allaient pas chez eux comme chez tout le monde. La voie, plane pour les autres, était pour eux hérissée d'aspérités ; le reste du monde glissait comme sur des rails, eux déraillaient à chaque instant. Chez les autres régnait une pusillanimité de bon aloi ; chez eux rien de pareil. Elisabeth Prokofievna était, il est vrai, sujette à des appréhensions démesurées mais qui n'avaient rien de commun avec cette timidité mondaine et bienséante dont ils s'affligeaient d'être exempts. Peut-être du reste était-elle la seule à s'en faire du mauvais sang. Les demoiselles, bien qu'encore jeunes, étaient déjà douées d'un esprit frondeur et très perspicace ; quant au général, il pénétrait le fond des choses (non sans une certaine lenteur), mais, dans les cas embarrassants, il se bornait à faire : « hum ! » et finissait par s'en remettre entièrement à Elisabeth Prokofievna, si bien que toute la responsabilité retombait sur celle-ci.

On ne pouvait néanmoins pas dire que cette famille se distinguât à un degré quelconque par une initiative propre, ni qu'elle se laissât égarer par un penchant conscient à l'originalité, ce qui eût été la dernière des inconvenances. Oh ! non. Il n'y avait en vérité rien de semblable, rien qui impliquât de sa part une préméditation ; et cependant, au bout du compte, cette famille, toute respectable qu'elle fût, n'était pas exactement ce qu'elle aurait dû être pour répondre à la définition courante de la famille respectable. Dans les derniers temps, Elisabeth Prokofievna avait cru découvrir que c'était elle seule et son « malheureux » caractère qui étaient cause de cette anomalie, et cette découverte n'avait fait qu'accroître ses tourments. Elle se reprochait à tout moment sa « sotte et inconvenante extravagance » ; angoissée de défiance, elle perdait sans cesse la tête, ne trouvait pas d'issue aux moindres complications et mettait toujours les choses au pis.

Dès le début de notre récit nous avons dit que les Epantchine jouissaient d'une considération unanime et effective. Le général Ivan Fiodorovitch lui-même, malgré son origine obscure, était reçu partout avec une indubitable déférence. Il méritait d'ailleurs cette déférence, d'abord parce qu'il n'était pas le « premier venu » et avait de la fortune, ensuite parce qu'il était galant homme, sans avoir pour cela inventé la poudre. Mais une certaine épaisseur d'esprit est, paraît-il, une qualité presque indispensable sinon à tout homme mêlé aux affaires, ou moins à tout profiteur sérieux. Enfin il avait de bonnes manières ; il était modeste et savait se taire, sans toutefois se laisser marcher sur le pied ; il ne tenait pas seulement son rang, mais se comportait encore en homme au cœur bien placé. Et, ce qui est plus, il était puissamment protégé.

Quant à Elisabeth Prokofievna, elle était, comme nous l'avons dit, d'une bonne famille. La naissance ne pèse pas lourd dans notre pays, si elle ne se double pas des relations indispensables ; ces relations, elle avait fini par les avoir aussi. On la respectait et elle avait réussi à gagner l'affection de gens à l'exemple desquels tout le monde devait nécessairement la révérer et la recevoir. Il est superflu d'ajouter que ses chagrins de famille ne reposaient sur rien, ou se rapportaient à des causes insignifiantes ridiculement exagérées. Il est vrai que, si vous avez une verrue sur le nez ou sur le front, vous vous imaginez toujours que tout le monde ne pense qu'à la regarder, à en rire et à vous critiquer, quand bien même vous auriez découvert l'Amérique. Il n'est pas douteux, non plus, qu'en société Elisabeth Prokofievna passait positivement pour une « originale » a, sans d'ailleurs que cela diminuât en rien le respect dont on l'entourait ; mais elle avait fini par douter de ce respect, et là était son malheur. Quand elle regardait ses filles, elle se représentait avec douleur que son caractère ridicule, inconvenant et insupportable nuisait en quelque sorte à leur établissement ; et, en bonne logique, c'était à celles-ci et à Ivan Fiodorovitch qu'elle s'en prenait, se querellant avec eux durant des journées entières, sans cesser de les aimer jusqu'à l'abnégation et presque jusqu'à la passion.

Elle était surtout tourmentée à la pensée que ses filles, elles aussi, devenaient des « originales » comme elle-même et qu'il n'existait ni ne devait exister dans le monde de jeunes personnes dans leur genre. « Ce sont de vraies nihilistes en herbe ! » se répétait-elle à tout bout de champ. Depuis un an et surtout dans les tout derniers temps cette triste pensée s'était enracinée de plus en plus profondément dans son esprit. « Et d'abord pourquoi ne se marient-elles pas ? », se demandait-elle. « C'est pour tourmenter leur mère ; voilà le but de leur existence ; d'ailleurs rien d'étonnant à cela ; c'est la conséquence des idées nouvelles et surtout de cette maudite question féminine ! Aglaé n'a-t-elle pas imaginé, il y a six mois, de couper sa magnifique chevelure ? (Mon Dieu ! mais je n'en avais même pas une aussi belle dans mon jeune temps !) Elle avait déjà les ciseaux en main ; il a fallu que je la supplie à genoux pour qu'elle renonce à sa lubie… Et encore ! admettons que celle-là ait voulu se tondre par malice, rien que pour faire enrager sa mère, car, c'est une fille méchante, volontaire, gâtée, mais surtout méchante, oui, méchante ! Mais est-ce que ma grosse Alexandra n'a pas été sur le point de l'imiter et de se couper les cheveux ? Chez elle, ce n'était pas de la malice ni du caprice, mais de la simplicité ; Aglaé avait fait accroire à cette sotte qu'en se rasant la tête elle dormirait mieux et n'aurait plus de migraines ! Et Dieu sait combien de partis convenables se sont présentés à elles depuis cinq ans ! Il y en a eu qui étaient vraiment très bien, même magnifiques ! Qu'attendent-elles donc, et pourquoi ne se marient-elles pas, si ce n'est pour fâcher leur mère ? Elles n'ont pas, absolument pas, d'autre raison ! »

Mais voilà qu'enfin un beau jour avait lui pour son cœur de mère ; une de ses filles, ne fût-ce qu'Adélaïde, allait être casée. « Une de moins sur les bras ! », disait-elle quand elle avait l'occasion de s'exprimer à haute voix (mais dans son for intérieur elle trouvait des termes bien plus tendres). La chose s'était si bien arrangée, et si convenablement ! Même dans le monde, on en avait parlé avec considération. Le prétendant était un homme connu, un prince ; il avait de la fortune, un bon caractère et, par surcroît, il avait gagné sa sympathie ; que pouvait-on désirer de mieux ? Au reste, l'avenir d'Adélaïde lui avait toujours inspiré moins d'appréhension que celui de ses autres filles, bien que les goûts artistiques de la puînée eussent parfois jeté un trouble profond dans son cœur torturé par un doute perpétuel. « En revanche elle a l'humeur gaie, et avec cela beaucoup de bon sens ; donc elle réussira ! » concluait-elle par manière de consolation.

C'était surtout pour Aglaé qu'elle craignait. Pour Alexandra, l'aînée, elle ne savait pas au juste elle-même si elle devait ou non s'inquiéter. Tantôt il lui semblait que « cette fille n'avait plus d'avenir » ; elle avait vingt-cinq ans, elle resterait vieille fille. « Et belle comme elle l'est ! » Elle allait jusqu'à pleurer pendant des nuits entières en pensant à Alexandra, tandis que celle-ci passait ces mêmes nuits à dormir du sommeil le plus paisible. « Mais qu'est-elle donc après tout ? Est-ce une nihiliste ou tout simplement une sotte ? » Qu'elle ne fût pas sotte, Elisabeth Prokofievna le savait de reste, car elle prisait fort les raisonnements d'Alexandra et la consultait volontiers. Mais, à n'en pas douter, c'était une poule mouillée : « Elle est si calme qu'il n'y a pas moyen de la dégeler ! Il est vrai qu'il y a aussi des poules mouillées qui manquent de calme. Ah ! elles me font perdre la tête ! » Elle éprouvait pour Alexandra un sentiment de tendre et d'indéfinissable compassion, plus vif même que celui que lui inspirait Aglaé, qui pourtant était son idole. Mais ses humeurs atrabilaires (qui étaient la principale manifestation de sa sollicitude maternelle et de son affection), ainsi que ses apostrophes mortifiantes, comme celle de « poule mouillée », n'avaient d'autre effet que de faire sourire Alexandra.

Parfois les choses les plus futiles l'exaspéraient et la mettaient hors d'elle. Par exemple, Alexandra Ivanovna aimait à dormir longtemps et faisait habituellement beaucoup de rêves ; mais ces rêves se distinguaient toujours par une rare insignifiance ; ils étaient aussi innocents que ceux d'un enfant de sept ans ; or, cette innocence même irritait, on ne sait trop pourquoi, sa maman. Un jour elle vit en songe neuf poules ; il en résulta une véritable brouille entre elle et sa mère ; pour quelle raison ? on serait en peine de le dire. Une fois, une seule fois, il lui était arrivé de faire un rêve tant soit peu original ; elle avait vu un moine seul dans une sorte de chambre obscure, où elle avait eu peur de pénétrer ; ses deux sœurs en rirent aux éclats et s'empressèrent d'aller triomphalement raconter ce rêve à Elisabeth Prokofievna. La maman se fâcha de nouveau et les traita toutes les trois de « pécores ». – « Hum ! pensa-t-elle, elle est apathique comme une bête ; c'est tout à fait une « poule mouillée » ; pas moyen de la dégourdir. Et puis elle est triste ; son regard se voile parfois de mélancolie. D'où provient son chagrin ? » Quelquefois elle posait cette question à Ivan Fiodorovitch ; elle le faisait, selon son habitude, avec un air hagard et sur un ton menaçant qui exigeait une réponse immédiate. Le général grommelait hum ! hum ! fronçait les sourcils, haussait les épaules et finissait par déclarer en écartant les bras :

– Il lui faut un mari !

– Dieu veuille du moins qu'il ne soit pas comme vous, Ivan Fiodorovitch ! répliquait Elisabeth Prokofievna en éclatant comme une bombe. – Je souhaite qu'il ne vous ressemble ni dans ses raisonnements ni dans ses jugements, Ivan Fiodorovitch ! bref, que ce ne soit pas un rustre comme vous, Ivan Fiodorovitch !...

Le général prenait aussitôt la tangente et Elisabeth Prokofievna se calmait après son *éclat*. Bien entendu, le soir même, elle ne manquait pas de se montrer d'une prévenance inaccoutumée ; elle témoignait de la douceur, de l'affabilité et de la déférence à Ivan Fiodorovitch, à son « rustre » d'Ivan Fiodorovitch, à son bon, son cher, son adorable Ivan Fiodorovitch. Car elle l'avait aimé toute sa vie, et aimé d'amour, ce que savait fort bien ce même Ivan Fiodorovitch qui manifestait en retour à son Elisabeth Prokofievna une considération sans bornes.

Mais le principal, le perpétuel tourment de celle-ci était Aglaé.

« Elle est tout à fait comme moi ; c'est mon portrait sous tous les rapports, se disait-elle ; un méchant petit démon autoritaire ! Nihiliste, extravagante, écervelée et méchante, méchante, méchante ! Oh ! mon Dieu ! comme elle sera malheureuse ! »

Cependant, le soleil s'était levé et avait, comme nous l'avons dit, tout adouci et éclairé, du moins pour un moment. Il y eut dans la vie d'Elisabeth Prokofievna presque un mois entier pendant lequel elle se remit de toutes ses angoisses. À propos du prochain mariage d'Adélaïde on commença à parler aussi d'Aglaé dans le monde. Celle-ci se tenait partout si gentiment ! Elle avait autant de tact que d'esprit ; son petit air conquérant rehaussé d'un brin de fierté lui seyait si bien ! Depuis un grand mois elle s'était montrée si caressante et si prévenante pour sa nièce ! (« Vraiment il faut encore bien examiner cet Eugène Pavlovitch ; il faut le comprendre ; d'autant qu'Aglaé ne semble pas lui marquer plus de bienveillance qu'aux autres ! ») Mais elle est devenue soudain une si charmante et si belle jeune fille ! Dieu ! qu'elle est belle ! Elle embellit chaque jour davantage ! Et voilà…

Et voilà qu'il a suffi que ce méchant petit prince, ce piètre idiot se montre pour que tout soit de nouveau bouleversé et mis sens dessus dessous dans la maison !

Que s'était-il donc passé ?

Pour toute autre personne qu'Elisabeth Prokofievna, rien assurément. Mais celle-ci se singularisait précisément en ceci : la combinaison et l'enchaînement des événements les plus ordinaires causaient à son esprit toujours inquiet des frayeurs d'autant plus pénibles qu'elles étaient plus imaginaires et plus inexplicables. Elle en tombait parfois malade. On peut se figurer ce qu'elle dut éprouver lorsqu'au milieu d'un tas de ridicules et chimériques alarmes surgit un incident qui paraissait revêtir une réelle gravité et justifiait positivement le trouble, le doute et la défiance.

Mais comment a-t-on osé m'écrire cette maudite lettre anonyme qui prétend que cette *créature* est en relations avec Aglaé ? pensa Elisabeth Prokofievna tout le long du chemin, tandis qu'elle emmenait le prince, puis chez elle, quand elle l'eut fait asseoir à la table ronde autour de laquelle était réunie toute la famille. – Comment a-t-on pu même avoir cette idée-là ? Je mourrais de honte si j'en croyais un seul mot, ou si je montrais cette lettre à Aglaé ! Se moquer ainsi de nous, les Epantchine ! Et tout cela à cause d'Ivan Fiodorovitch ; tout cela à cause de vous, Ivan Fiodorovitch ! Ah ! pourquoi ne sommes-nous pas allés habiter notre villa d'Iélaguine[97] ? J'avais bien dit qu'il fallait aller à Iélaguine ! Peut-être est-ce Barbe qui a écrit cette lettre ; oui, je le sais, ou bien peut-être… Tout cela, c'est la faute d'Ivan Fiodorovitch ! Cette créature a imaginé de lui jouer un pareil tour en souvenir de relations anciennes, afin de le mettre dans une posture ridicule ; cela rappelle le temps où il lui portait des perles tandis qu'elle se gaussait de lui et le menait par le bout du nez comme un imbécile… Mais à la fin du compte, nous voilà compromises nous aussi ; oui, Ivan Fiodorovitch, elles sont compromises, vos filles, les demoiselles du meilleur monde, des jeunes filles à marier ; elles étaient présentes, elles sont restées là, elles ont tout entendu, elles ont même été mêlées à l'histoire de ces garnements ; soyez content ! là aussi elles étaient présentes et elles ont entendu. Je ne pardonnerai jamais à ce misérable petit prince ; jamais je ne lui pardonnerai ! Et pourquoi Aglaé est-elle depuis trois jours si nerveuse ? Pourquoi est-elle à demi brouillée avec ses sœurs, même avec Alexandra, à qui elle baisait toujours les mains comme à une mère, tant elle la révérait ? Pourquoi pose-t-elle depuis trois jours des énigmes à tout le monde ? Que vient faire ici Gabriel Ivolguine ? Pourquoi, hier et aujourd'hui, s'est-elle mise à faire son éloge et à éclater en sanglots ? Pourquoi le billet anonyme parle-t-il de ce maudit « chevalier pauvre », alors qu'elle n'a pas même montré à ses sœurs la lettre du prince ? Et pourquoi… me suis-je précipitée chez lui comme une folle et l'ai-je traîné moi-même ici ? Mon Dieu, j'ai perdu la tête ; qu'est-ce que je viens de faire ? Comment ai-je pu parler avec un jeune homme des secrets de ma fille, surtout… lorsque ces secrets le concernaient ou presque ? Mon Dieu, c'est heureux qu'il soit idiot et… et… ami de la maison. Mais se peut-il qu'Aglaé se soit entichée d'un pareil avorton ? Seigneur, qu'est-ce que je dis là ? Fi ! Nous sommes des originaux… on devrait nous mettre sous verre et nous montrer tous, à commencer par moi, pour dix kopeks d'entrée. Je ne vous pardonnerai pas cela, Ivan Fiodorovitch, jamais je ne vous le pardonnerai ! Et pourquoi ne le malmène-t-elle pas ? Elle avait promis de le malmener, et elle n'en fait rien ! Tenez, elle le dévore des yeux, elle reste muette et ne se décide pas à s'éloigner. Et pourtant c'est elle-même qui lui a défendu de revenir… Quant à lui, il est tout pâle. Et ce maudit bavard d'Eugène Pavlovitch qui accapare toute la conversation ! Devant son flux de paroles personne ne peut placer un mot. Je tirerais tout au clair si je pouvais seulement amener l'entretien… »

Assis à la table ronde, le prince avait en effet l'air assez pâle. Il paraissait dominé par un sentiment d'extrême frayeur, auquel se mêlait, par instant, une sorte d'extase, incompréhensible pour lui-même, qui envahissait son âme. Combien il redoutait de glisser un regard oblique vers ce coin, où une paire d'yeux noirs bien connus le fixait ! Pourtant il se pâmait de bonheur à la pensée de se retrouver dans cette famille et d'entendre une voix familière, et cela après ce qu'elle lui avait écrit. « Mon Dieu, que va-t-elle dire maintenant ? » Il n'avait pas

---

97 Une des îles formées par les bras de la Neva, où s'élevait un des palais impériaux et où se trouvaient de nombreuses villas de fonctionnaires que leur service empêchait de s'éloigner de Pétersbourg. – N. d T.

encore desserré les dents et prêtait grande attention aux propos d'Eugène Pavlovitch qui « parlait d'abondance », se sentant ce soir-là en proie à un accès exceptionnel de contentement et d'effusion. Il l'écouta longtemps sans comprendre, autant dire, un mot à ce qu'il disait. La famille était au complet, à l'exception d'Ivan Fiodorovitch qui n'était pas encore revenu de Pétersbourg. Le prince Stch… était au nombre des assistants qui avaient apparemment l'intention d'aller un peu plus tard, avant le thé, écouter de la musique[98]. La conversation roulait sur un sujet qui semblait avoir été mis sur le tapis avant l'arrivée du prince. Bientôt Kolia surgit, on ne sait d'où, sur la terrasse. « Tiens ! on continue à le recevoir comme par le passé ! » pensa le prince.

La résidence des Epantchine était une magnifique villa, construite dans le style des chalets suisses. Elle était aménagée avec goût et entourée de fleurs et de verdure qui composaient des parterres de modeste dimension, mais ravissants. Toute la société était réunie sur la terrasse, comme chez le prince, mais ici la terrasse était un peu plus étendue et plus agréablement disposée.

Le sujet de la conversation n'avait pas l'air d'être du goût de tout le monde. L'entretien avait débuté, selon toute conjecture, par une discussion assez âpre, et il aurait certainement dérivé sur un autre objet si Eugène Pavlovitch n'avait pas affecté de s'entêter sur la même question sans faire cas de l'impression produite. L'apparition du prince semblait l'avoir excité davantage. Elisabeth Prokofievna s'était renfrognée bien qu'elle ne comprît pas tout ce qui se disait. Aglaé ne s'en allait pas, assise à l'écart, presque dans un coin, elle écoutait et gardait un silence obstiné.

– Permettez, répliquait avec feu Eugène Pavlovitch, – je n'ai rien contre le libéralisme ! Le libéralisme n'est pas un mal ; il fait partie intégrante d'un ensemble qui, sans lui, se décomposerait et dépérirait. Il a les mêmes droits à l'existence que le conservatisme le plus pur. Mais je critique le libéralisme russe et je vous répète que, si je le combats, c'est parce que le libéral russe est un libéral qui n'a rien de *russe.* Montrez-moi un libéral qui soit russe et je l'embrasserai aussitôt devant vous.

– À supposer qu'il veuille bien vous embrasser, dit Alexandra Ivanovna qui était particulièrement nerveuse et dont les joues étaient plus colorées qu'à l'ordinaire.

« En voilà une – pensa Elisabeth Prokofievna – que rien n'émeut et qui ne pense qu'à dormir et à manger ; mais, une fois l'an, elle a de ces réparties qui vous déconcertent. »

---

98 Il y avait à Pavlovsk un vaste hall attenant à la gare et un parc, dépendant des domaines du grand-duc Constantin mais ouvert au publia où se donnaient pendant l'été des concerts symphoniques très réputés. – N. d. T.

Le prince observa incidemment qu'Alexandra Ivanovna paraissait fort mécontente de voir Eugène Pavlovitch traiter un sujet sérieux sur un ton aussi badin, et affecter en même temps l'emportement et la plaisanterie.

– Je soutenais il y a un moment, avant votre arrivée, prince, – continua Eugène Pavlovitch, – que l'on n'a connu jusqu'ici en Russie que deux sortes de libéraux issus, les uns de la classe (abolie) des « pomiestchik »[99], les autres de celle des séminaristes. Or, comme ces deux classes ont fini par se transformer en castes complètement isolées de la nation et que leur isolement s'accentue d'une génération à l'autre, il s'ensuit que tout ce que les libéraux ont fait ou font ne présente aucun caractère national...

– Comment cela ? Alors ce qu'ils ont fait n'a rien de russe ? répliqua le prince Stch...

– Rien de national, en tout cas. Même si leur œuvre est russe, elle n'est pas nationale. Nos libéraux, d'ailleurs, n'ont rien de russe, absolument rien... Vous pouvez être assuré que la nation ne reconnaîtra ni maintenant ni plus tard ce qui aura été fait par les « pomiestchik » et les séminaristes...

– C'est du propre ! Comment pouvez-vous soutenir un pareil paradoxe, si toutefois vous parlez sérieusement ? Je ne puis laisser passer de semblables sorties sur les pomiestchik russes. Vous êtes vous-même un pomiestchik russe, riposta le prince Stch, en s'échauffant.

– Mais je ne parle pas du pomiestchik russe dans le sens où vous paraissez l'entendre. C'est une classe honorable, ne serait-ce que pour la raison que j'en fais partie. Surtout maintenant qu'elle a cessé d'exister...

– Est-il bien vrai que, même en littérature, nous n'ayons rien eu de national ? interrompit Alexandra Ivanovna.

– Je ne suis pas très ferré sur la littérature, mais, à mon sens, la littérature russe elle-même n'a rien de russe, exception faite, peut-être, de Lomonossov, de Pouchkine et de Gogol.

– Hé mais ! c'est déjà quelque chose ; et puis, si l'un de ces auteurs était un enfant du peuple, les deux autres étaient des pomiestchik, dit Adélaïde en riant.

---

99 Propriétaires terriens, de la classe aux dépens de laquelle se fit la réforme agraire de 1861. – N. d. T.

– C'est exact, toutefois ne vous dépêchez pas de triompher. Jusqu'à présent ces trois auteurs sont les seuls qui aient réussi à dire quelque chose qui ne soit pas emprunté, mais tiré de leur *propre* fonds. Qu'un Russe quelconque dise, écrive ou fasse quelque chose de véritablement personnel, quelque chose qui soit bien de lui et ne constitue ni une imitation ni un emprunt, il devient nécessairement national, lors même qu'il baragouinerait. Je pose ceci en axiome. Toutefois, ce n'est pas de littérature que nous avons commencé à parler, mais des socialistes ; c'est à propos de ceux-ci que la discussion s'est engagée. Or, j'affirmais que nous n'avons pas eu et n'avons pas un seul socialiste russe. Pourquoi ? Parce que tous nos socialistes sont sortis, eux aussi, de la classe des pomiestchik ou de celle des séminaristes. Tous nos socialistes déclarés, ceux qui s'affichent comme tels, soit dans le pays, soit à l'étranger, ne sont que des libéraux sortis du rang des pomiestchik au temps du servage. Pourquoi riez-vous ? Montrez-moi leurs livres, montrez-moi leurs doctrines, leurs mémoires ; sans être un critique professionnel, je m'engage à vous écrire la plus probante des thèses littéraires pour vous démontrer clair comme le jour que chaque page de leurs livres, de leurs brochures et de leurs mémoires est avant tout l'œuvre d'un ci-devant pomiestchik russe. Leur fiel, leur indignation, leur humour sentent le pomiestchik (et même d'un type aussi suranné que celui de Famoussov[100]) ; leurs enthousiasmes, leurs larmes, de vraies larmes, sont peut-être sincères, mais ce sont des enthousiasmes et des larmes de pomiestchik ! De pomiestchik ou de séminariste… Vous riez encore ? Vous aussi, prince, vous riez ? Vous n'êtes donc pas de mon avis ?

Il est de fait que le rire était général. Le prince lui-même souriait.

– Je ne saurais encore vous dire catégoriquement si je suis oui ou non de votre avis, articula le prince qui, cessant soudain de sourire, avait sursauté comme un écolier pris en faute, – mais je vous assure que je prends un plaisir extrême à vous écouter…

On aurait dit qu'il étouffait en prononçant ces mots ; une sueur froide perlait sur son front. C'étaient les premières paroles qu'il proférait depuis qu'il était là. Il fut tenté de jeter un coup d'œil autour de lui, mais n'osa point. Eugène Pavlovitch surprit son geste et sourit.

– Je vous citerai un fait, messieurs, poursuivit-il sur le même ton d'emportement et de chaleur affectés, où perçait l'envie de rire même de sa propre faconde, – un fait que je crois avoir eu le mérite de découvrir et d'observer ; du moins n'en a-t-on parlé ni écrit nulle part jusqu'ici. Ce fait définit toute l'essence du libéralisme russe tel que je le montre. Et d'abord, qu'est le libéralisme en gé-

---

100 Personnage de la comédie de Griboïedov, *Le malheur d'avoir trop d'esprit.* – N. d. T.

néral, sinon la tendance à dénigrer (à tort ou à raison, c'est une autre affaire) l'ordre des choses existant ? C'est bien cela ? Maintenant, le fait que j'ai observé est le suivant : le libéralisme russe ne s'attaque pas à un ordre de chose établi ; ce qu'il vise, c'est l'essence de la vie nationale ; c'est cette vie elle-même et non les institutions, c'est la Russie et non l'organisation russe. Le libéral dont je vous parle va jusqu'à renier la Russie elle-même ; autrement dit il hait et frappe sa propre mère. Tout incident malheureux, tout échec pour la Russie le porte à rire et lui inspire de la joie, ou peu s'en faut. Coutumes populaires, histoire de Russie, tout cela lui est odieux. Sa seule excuse, s'il en a une, c'est qu'il ne se rend pas compte de ce qu'il fait et qu'il prend sa russophobie pour le libéralisme le plus fécond. (Combien de libéraux ne rencontre-t-on pas chez nous qui se font applaudir par les autres et qui sont peut-être, au fond et à leur insu, les plus ineptes, les plus obtus, et les plus pernicieux des conservateurs ! La haine de la Russie était considérée naguère comme le véritable amour de la patrie par certains libéraux qui se targuaient de voir plus clairement que les autres en quoi doit consister cet amour. Mais avec le temps on est devenu plus explicite ; désormais l'expression même d'« amour de la patrie est regardée comme inconvenante, en sorte que la notion qui y correspond a été proscrite comme nuisible et vide de sens. Je donne ce fait pour certain. Il fallait bien se décider à dire la vérité en toute simplicité et sincérité ; nous sommes ici en présence d'un phénomène auquel on ne trouve de précédent en aucun temps et en aucun lieu. Aucun siècle, aucun peuple n'en a jamais offert d'exemple. Ce qui signifie qu'il est accidentel et peut, par conséquent, n'être qu'éphémère ; je n'en disconviens pas. Mais, de libéral qui haïsse sa propre patrie, on n'en peut trouver nulle part ailleurs. Comment expliquer que le cas se soit présenté dans notre pays si ce n'est par la raison que j'ai énoncée tout à l'heure, à savoir que le libéral russe est jusqu'ici un libéral qui n'a rien de russe ? Je n'aperçois pas de meilleure explication.

– Je prends tout ce que tu viens de dire pour une plaisanterie, Eugène Pavlovitch, répliqua gravement le prince Stch…

– Je n'ai pas vu tous les libéraux et je ne m'érige pas en juge, dit Alexandra Ivanovna, mais j'ai été indigné en écoutant votre exposé : partant d'un cas particulier, vous avez généralisé et vous êtes ainsi tombé dans la calomnie.

– Un cas particulier ? Ah ! voilà bien le mot que j'attendais ! S'agit-il ou non d'un cas particulier ? riposta Eugène Pavlovitch.

– Prince, qu'en pensez-vous ? S'agit-il ou non d'un cas particulier ?

– Je dois avouer, moi aussi, que j'ai peu d'expérience et que je n'ai guère fréquenté… les libéraux, dit le prince. Mais il me semble que vous avez peut-être raison et que ce libéralisme russe dont vous avez parlé est, de fait, enclin à haïr la Russie pour elle-même et non pas seulement pour le régime qui y est en vigueur.

Certes, cela n'est vrai qu'en partie… on ne saurait en bonne justice étendre ce reproche à tous les libéraux…

Il resta court. En dépit de toute son émotion, il avait suivi la conversation avec un extrême intérêt. Un de ses traits caractéristiques était l'air de profonde naïveté avec lequel il écoutait les sujets qui sollicitaient son attention. Cette naïveté se retrouvait dans les réponses qu'il faisait à ceux qui le questionnaient sur ces mêmes sujets. Elle s'exprimait sur son visage et même dans ses attitudes ; elle y révélait une foi à l'abri des atteintes de la raillerie et de l'humour. Eugène Pavlovitch avait pris depuis longtemps l'habitude de ne s'adresser à lui qu'avec un petit sourire de circonstance.

Mais cette fois, en entendant sa réponse, il le regarda, comme pris au dépourvu, avec beaucoup de gravité.

– Ah çà ! vous me surprenez, proféra-t-il. Voyons, prince, m'avez-vous répondu sérieusement ?

– Votre question n'était-elle pas sérieuse ? repartit le prince avec étonnement.

Un rire général accueillit ces paroles.

– Ayez donc confiance en Eugène Pavlovitch, dit Adélaïde ; il a la manie de la mystification ! Si vous saviez quelles questions il est parfois capable de débattre sérieusement !

– M'est avis que cette conversation est pénible et qu'il aurait mieux valu ne pas l'engager, observa Alexandra d'un ton cassant. – On avait projeté une promenade…

– Allons, la soirée est superbe ! s'écria Eugène Pavlovitch. Mais je tiens à vous prouver que, cette fois-ci, j'ai parlé très sérieusement. Je veux surtout le démontrer au prince (vous m'avez vivement intéressé, prince, et je vous jure que je suis moins frivole que j'en ai l'air, bien qu'à vrai dire, la frivolité soit mon défaut). Aussi poserai-je au prince, avec la permission de l'assistance, une dernière question pour satisfaire ma curiosité personnelle, après quoi nous en resterons là. Cette question m'est, comme par un fait exprès, venue à l'esprit il y a deux heures (vous voyez, prince, qu'il m'arrive aussi de penser à des choses sérieuses). Je lui ai trouvé une solution, mais nous allons voir ce qu'en dira le prince. On parlait, il y a un moment, de « cas particulier ». Cette locution joue un grand rôle dans notre société, qui aime à l'employer. Dernièrement, un attentat épouvantable a défrayé la presse et l'opinion : il s'agissait de six personnes assassinées par un jeune homme. On a beaucoup parlé alors de l'étrange plaidoirie de l'avocat qui a déclaré que, le meurtrier se trouvant dans la misère, l'idée de tuer ces six personnes avait dû lui venir *naturellement* à l'esprit. Ce ne sont pas les termes dont il s'est servi, mais le sens est, je crois, à peu près celui-là. Je pense que le défenseur, en émettant une idée aussi singulière, croyait sincèrement s'inspirer des plus hautes conceptions de notre siècle en fait de libéralisme, d'humanitarisme et de progrès. Eh bien, qu'en pensez-vous ? Faut-il voir un cas particulier ou un phénomène général dans une pareille dépravation de l'intelligence et de la conscience, dans une perversion aussi caractérisée du jugement ?

Tout le monde s'esclaffa.

– C'est un cas particulier, cela va de soi, firent Alexandra et Adélaïde en riant.

– Permets-moi de te rappeler, Eugène Pavlovitch, dit le prince Stch…, que ton badinage commence à perdre de son sel.

– Qu'en pensez-vous, prince ? poursuivit Eugène Pavlovitch qui n'avait pas écouté cette réflexion et sentait peser sur lui le regard grave et scrutateur du prince Léon Nicolaïévitch. Que vous en semble ? Un cas particulier ou un phénomène général ? J'avoue avoir imaginé cette question à votre intention.

– Non, ce n'est pas un cas particulier, dit le prince doucement mais avec fermeté.

– Allons, Léon Nicolaïévitch, s'exclama le prince Stch… avec un certain dépit, ne voyez-vous pas qu'il vous tend un piège ? Il est évident qu'il se moque et vous prend comme tête de Turc.

– Je pensais qu'il parlait sérieusement, dit le prince en rougissant ; et il baissa les yeux.

– Mon cher prince, reprit le prince Stch…, rappelez-vous donc l'entretien que nous avons eu il y a trois mois. Nous constations justement que, bien que de création récente, nos jeunes tribunaux avaient déjà révélé des avocats remarquables et pleins de talent. Et combien de verdicts dignes d'éloges ont été rendus par nos jurys d'assises. J'étais alors si heureux de vous voir vous réjouir de ce progrès… Nous convenions que nous avions lieu d'être fiers… Cette plaidoirie maladroite, et cet étrange argument ne sont certainement qu'un accident, un cas sur mille.

Le prince Léon Nicolaïévitch réfléchit un instant, puis répondit de l'accent le plus convaincu, quoique sans élever le ton et avec une nuance de timidité dans la voix :

– J'ai seulement voulu dire que cette dépravation des idées et de l'intelligence (pour me servir de l'expression d'Eugène Pavlovitch) se rencontre très fréquemment et constitue, hélas ! beaucoup plus un phénomène général qu'un cas particulier. Si elle n'était pas si commune, on ne verrait peut-être pas de crimes inimaginables comme ces…

– Des crimes inimaginables ? Mais je vous assure que les crimes d'autrefois étaient tout aussi monstrueux et peut-être encore plus atroces. Il y en a toujours eu, non seulement dans notre pays, mais partout, et je crois qu'il s'en commettra pendant bien longtemps encore. La différence réside en ceci qu'autrefois il n'y avait pas chez nous une si grande publicité ; à présent la presse et l'opinion s'en emparent ; de là l'impression que nous sommes en présence d'un phénomène nouveau. C'est votre erreur, votre très naïve erreur, prince ; vous pouvez m'en croire, conclut le prince Stch…, avec un sourire moqueur.

– Je sais parfaitement, dit le prince, que les crimes étaient autrefois tout aussi nombreux et tout aussi effroyables. J'ai visité des prisons, il n'y a pas longtemps, et j'ai eu l'occasion de faire la connaissance de quelques condamnés et inculpés. Il y a même des criminels plus monstrueux que ceux dont nous avons parlé. Il y en a qui, ayant tué une dizaine de personnes, ne ressentent pas l'ombre d'un remords. Mais voici ce que j'ai observé : le scélérat le plus endurci et le plus dénué de remords se sent cependant *criminel,* c'est-à-dire que, dans sa conscience, il se rend compte qu'il a mal agi, bien qu'il n'éprouve aucun repentir. Et c'était le cas de tous ces prisonniers. Mais les criminels dont parle Eugène Pavlovitch ne veulent même plus se considérer comme tels ; dans leur for intérieur, ils estiment qu'ils ont eu le droit pour eux et qu'ils ont bien agi ou peu s'en faut. Il y a là, à mon sens, une terrible différence. Et remarquez que ce sont tous des jeunes gens, c'est-à-dire que leur âge est celui où l'homme est le plus désarmé contre l'influence des idées démoralisantes.

Le prince Stch… avait cessé de rire et écoutait le prince d'un air perplexe. Alexandra Ivanovna, qui avait depuis longtemps une remarque à placer, garda le silence comme si une considération particulière l'eût retenue. Quant à Eugène Pavlovitch, il regardait le prince avec une surprise manifeste et, cette fois, sans la moindre ironie.

– Mais qu'avez-vous, mon cher monsieur, à le fixer avec cet air ébahi ? intervint soudain Elisabeth Prokofievna. – Vous le croyiez donc plus bête que vous et incapable de raisonner à votre manière ?

– Non, madame, je ne croyais pas cela, fit Eugène Pavlovitch ; mais une chose m'étonne, prince (excusez ma question) ? si vous saisissez et pénétrez ainsi le sens de ce problème, comment avez-vous pu (encore une fois, excusez-moi), dans cette étrange affaire, il y a quelques jours… l'affaire Bourdovski, si je ne me trompe… comment, dis-je, avez-vous pu remarquer la même dépravation des idées et du sens moral ? Le cas était cependant identique. J'ai cru observer à ce moment-là que vous ne vous en aperceviez pas du tout.

– Eh ! sachez, mon cher monsieur, dit en s'échauffant Elisabeth Prokofievna, que, si nous tous qui sommes ici l'avons remarqué et avons tiré de notre sagacité un sentiment de supériorité sur le prince, c'est cependant lui qui a reçu aujourd'hui une lettre de l'un des compagnons de Bourdovski, le plus marquant, celui qui avait la figure bourgeonnée ; tu te rappelles, Alexandra ? Dans cette lettre, il lui demande pardon – à sa manière naturellement – et déclare avoir rompu avec le camarade qui lui avait monté la tête ce jour-là ; tu te souviens, Alexandra ? Et il ajoute que c'est maintenant au prince qu'il accorde le plus de confiance. Aucun de nous n'a encore reçu une lettre pareille, bien que nous soyons habitués à traiter de haut son destinataire.

– Et Hippolyte aussi a déménagé pour venir s'installer chez nous ! s'écria Kolia.

– Comment ! Il est déjà ici ? demanda le prince, non sans une certaine inquiétude.

– Il est arrivé aussitôt après votre départ avec Elisabeth Prokofievna. C'est moi qui l'ai amené en voiture.

Oubliant tout à fait qu'elle venait de faire l'éloge du prince, Elisabeth Prokofievna partit comme une soupe au lait.

– Je parie qu'il est monté hier dans le grenier de ce mauvais garnement pour lui demander pardon à genoux et venir s'installer ici ! As-tu été le voir hier ? Tu l'as toi-même avoué ce tantôt. Y es-tu allé oui ou non ? T'es-tu mis à genoux, oui ou non ?

– Il ne s'est pas du tout mis à genoux, s'écria Kolia. C'est tout le contraire ! Hippolyte a pris hier la main du prince et l'a baisée à deux reprises. J'ai été témoin de la scène ; à cela s'est bornée leur explication ; le prince ayant simplement ajouté qu'il se porterait mieux dans la villa, Hippolyte a répondu sur-le-champ qu'il s'y installerait dès qu'il se sentirait moins mal.

– Vous avez tort, Kolia, balbutia le prince en se levant et en prenant son chapeau ; pourquoi racontez-vous cela ? Je…

– Où vas-tu ? demanda Elisabeth Prokofievna en l'arrêtant.

– Ne vous tourmentez pas, prince, reprit Kolia avec animation ; n'allez pas le voir et troubler son repos ; il s'est endormi à la suite des fatigues du voyage. Il est enchanté. Franchement, prince, je crois qu'il vaut beaucoup mieux que vous ne vous retrouviez pas aujourd'hui ; remettez cela à demain pour ne pas le rendre encore confus. Il a dit ce matin qu'il y a six bons mois qu'il ne s'était senti aussi dispos et aussi fort. Il tousse même trois fois moins.

Le prince remarqua qu'Aglaé avait brusquement changé de place pour se rapprocher de la table. Il n'osait pas la regarder, mais tout son être sentait qu'à cet instant les yeux noirs de la jeune fille étaient posés sur lui ; ces yeux exprimaient sûrement l'indignation, peut-être la menace ; le visage d'Aglaé devait s'être empourpré.

– Il me semble, Nicolas Ardalionovitch, que vous avez eu tort de l'amener ici, si c'est ce jeune homme poitrinaire qui s'est mis l'autre jour à fondre en larmes et qui a invité les assistants à son enterrement, fit observer Eugène Pavlovitch. – Il a parlé avec tant d'éloquence du mur qui se dresse devant sa maison, qu'il regrettera ce mur, croyez-m'en !

– Rien de plus vrai : il te cherchera noise, il en viendra aux mains avec toi et s'en ira ; c'est comme si c'était fait.

Et Elisabeth Prokofievna, d'un geste plein de dignité, attira à elle sa corbeille à ouvrage, oubliant que tout le monde était déjà levé pour partir en promenade.

– Je me rappelle l'emphase avec laquelle il a parlé de ce mur, reprit Eugène Pavlovitch ; il a prétendu que, sans ce mur, il ne pourrait pas mourir avec éloquence. Et il tient à mourir avec éloquence.

– Eh bien, après ? murmura le prince. Si vous ne voulez pas lui pardonner, il se passera de votre pardon et mourra quand même... C'est à cause des arbres qu'il est venu s'installer ici.

– Oh ! pour ce qui est de moi, je lui pardonne tout ; vous pouvez le lui dire.

– Ce n'est pas ainsi qu'il faut comprendre la chose, dit le prince doucement et comme à contre-cœur, les yeux toujours fixés sur un point du plancher. – Il faut que vous-même consentiez à accepter son pardon.

– En quel honneur ? Quel tort lui ai-je fait ?

– Si vous ne comprenez pas, je n'insiste pas... Mais vous comprenez parfaitement. Son désir était alors... de nous bénir tous et de recevoir aussi votre bénédiction. Voilà tout.

Le prince Stch… échangea un rapide coup d'œil avec quelques-unes des personnes présentes.

– Mon bon et cher prince, dit-il assez vivement mais en pesant ses mots, le paradis n'est guère facile à réaliser sur terre, et ce que vous cherchez, c'est en somme le paradis. La chose est difficile, prince, bien plus difficile que ne se le figure, votre excellent cœur. Tenons-nous-en là, croyez-moi ; sans quoi nous retomberons tous dans la confusion et alors…

– Allons écouter la musique, fit Elisabeth Prokofievna d'un ton impératif. Et, dans un mouvement de colère, elle se leva.

Tout le monde l'imita.

II

Le prince s'approcha soudain d'Eugène Pavlovitch et le saisit par la main.

– Eugène Pavlovitch, dit-il sur un ton d'étrange exaltation, soyez convaincu que je vous considère malgré tout comme un noble cœur et comme le meilleur des hommes ; je vous en donne ma parole.

Eugène Pavlovitch fut si surpris qu'il fit un pas en arrière. Pendant un instant il réprima une violente envie de rire ; mais, en examinant le prince de plus près, il constata qu'il ne paraissait pas dans son assiette ou du moins se trouvait dans un état tout à fait inhabituel.

– Je gage, prince, s'écria-t-il, que ce n'est pas là ce que vous aviez l'intention de me dire et que ce n'est peut-être même pas à moi que ces paroles s'adressent !… Mais qu'avez-vous ? Ne seriez-vous pas souffrant ?

– C'est possible, très possible. Vous avez fait preuve de beaucoup de finesse en observant que ce n'est peut-être pas à vous que je m'adresse.

Sur ce il eut un sourire singulier et même comique. Puis il parut soudain s'échauffer :

– Ne me rappelez pas ma conduite d'il y a trois jours ! s'écria-t-il. Je n'ai pas cessé d'en avoir honte depuis ce temps… Je sais que j'ai eu tort.

– Mais… qu'avez-vous donc fait de si affreux ?

– Je vois que vous êtes peut-être plus honteux pour moi que tous les autres, Eugène Pavlovitch. Vous rougissez, c'est l'indice d'un excellent cœur. Je vais m'en aller tout de suite, croyez-le bien.

– Mais qu'est-ce qui lui prend ? Ne serait-ce pas ainsi que commencent ses accès ? demanda, d'un air effrayé, Elisabeth Prokofievna à Kolia.

– Ne faites pas attention, Elisabeth Prokofievna ; je n'ai pas d'accès et je ne vais pas tarder à partir. Je sais que je… suis un disgracié de la nature. J'ai été malade durant vingt-quatre ans, ou, plus exactement, jusqu'à l'âge de vingt-quatre ans. Considérez-moi comme encore malade à présent. Je m'en irai tout de suite, tout de suite, soyez-en sûrs. Je ne rougis pas, car ce serait, n'est-ce pas ? une chose étrange de rougir de mon infirmité. Mais je suis de trop dans la société. Ce n'est pas par amour-propre que j'en fais la remarque… J'ai bien réfléchi pendant ces trois jours et j'ai conclu que mon devoir était de vous prévenir sincèrement et loyalement à la première occasion. Il y a certaines idées, certaines idées élevées dont je me garderai de parler pour ne pas me mettre tous les rieurs à dos ; le prince Stch… a fait tout à l'heure une allusion à cela… Je n'ai pas un geste qui ne détonne, j'ignore le sentiment de la mesure. Mon langage ne correspond pas à mes pensées et, par là, il les ravale. Aussi n'ai-je pas le droit… En outre je suis soupçonneux. Je… je suis convaincu que nul ne peut m'offenser dans cette maison et que j'y suis aimé plus que je ne le mérite. Mais je sais (et à n'en pouvoir douter) que vingt-quatre années de maladie ne sont pas sans laisser des traces et qu'il est impossible que l'on ne se moque pas de moi… de temps en temps… n'est-il pas vrai ?

Il promena sur l'assistance un regard circulaire comme s'il attendait une réponse et une décision. Tout le monde avait été, péniblement surpris par cette sortie inattendue et maladive, que rien ne motivait et qui donna naissance à un singulier incident.

– Pourquoi dites-vous cela ici ? s'exclama brusquement. Aglaé. – Pourquoi *leur* dites-vous cela… à ces gens-là ?

Elle paraissait au paroxysme de l'indignation ; ses yeux fulguraient. Le prince, qui était resté muet devant elle, fut envahi par une pâleur soudaine. Aglaé éclata :

– Il n'y a pas ici une seule personne qui soit digne d'entendre ces paroles ! Tous, tant qu'ils sont, ne valent pas votre petit doigt, ni votre esprit, ni votre cœur. Vous êtes plus honnête qu'eux tous ; vous l'emportez sur eux tous en noblesse, en bonté, en intelligence. Il y a ici des gens indignes de ramasser le mouchoir qui vient de vous tomber des mains… Alors pourquoi vous humiliez-vous et vous mettez-vous au-dessous d'eux tous ? Pourquoi avez-vous tout bouleversé en vous ? Pourquoi manquez-vous de fierté ?

– Mon Dieu ! qui aurait cru cela ! fit Elisabeth Prokofievna en joignant les mains.

– Hourra pour le chevalier pauvre ! s'écria Kolia enthousiasmé.

– Taisez-vous !… Comment ose-t-on m'offenser ici, dans votre maison ! dit brutalement à sa mère Aglaé en proie à un de ces éclats de surexcitation où l'on ne connaît ni bornes ni obstacles. – Pourquoi me persécutent-ils tous, du premier au dernier ? Pourquoi, prince, me harcèlent-ils depuis trois jours à cause de vous ? Pour rien au monde je ne vous épouserai ! Sachez que je ne le ferai jamais ni à aucun prix ! Mettez-vous bien cela dans la tête ! Est-ce qu'on peut épouser un être aussi ridicule que vous ? Regardez-vous donc en ce moment dans une glace et voyez la tournure que vous avez !… Pourquoi me taquinent-ils en prétendant que je vais vous épouser ? Vous devez le savoir ! Sans doute êtes-vous de connivence avec eux ?

– Personne ne l'a jamais taquinée ! balbutia Adélaïde effrayé.

Jamais personne n'en a eu l'idée. Jamais il n'en a été question ! s'exclama Alexandra Ivanovna.

– Qui l'a taquinée ? Quand l'a-t-on taquinée ? Qui a pu lui dire une chose semblable ? Délire-t-elle ou a-t-elle son bon sens ? demanda Elisabeth Prokofievna frémissante de colère et s'adressant à tout l'auditoire.

– Tous l'ont dit ; tous sans exception m'ont rebattu les oreilles avec cela pendant ces trois jours ! Eh bien, jamais, jamais je ne l'épouserai ! proféra Aglaé sur un ton déchirant.

Là-dessus elle fondit en larmes, se cacha le visage dans son mouchoir et se laissa tomber sur une chaise.

– Mais il ne t'a même pas dem…

– Je ne vous ai pas demandée en mariage, Aglaé Ivanovna, dit le prince comme involontairement.

– Quoi ? Qu'est-ce à dire ? s'écria Elisabeth Prokofievna sur un ton où se mêlaient la surprise, l'indignation et l'effroi.

Elle n'en pouvait croire ses oreilles. Le prince se mit à prononcer des paroles entrecoupées :

– J'ai voulu dire… j'ai voulu dire… J'ai seulement voulu expliquer à Aglaé Ivanovna… ou plutôt avoir l'honneur de lui expliquer que je n'ai nullement eu l'intention… d'avoir l'honneur de demander sa main… et même à l'avenir… Je n'ai en cette affaire aucune faute à me reprocher, aucune, Aglaé Ivanovna, Dieu m'en est témoin ! Jamais je n'ai eu l'intention de demander votre main ; l'idée même ne m'en est jamais venue et elle ne me viendra jamais, vous le verrez ; n'en doutez pas ! Quelque méchant homme a dû me calomnier auprès de vous. Mais vous pouvez être tranquille !

En parlant il s'était rapproché d'Aglaé. Elle écarta le mouchoir qui cachait son visage et jeta sur lui un rapide coup d'œil. Elle vit sa mine effrayée, comprit le sens de ses paroles et partit à son nez d'un brusque éclat de rire. Ce rire était si franc et si moqueur qu'il gagna Adélaïde ; après avoir, elle aussi, regardé le prince, celle-ci prit sa sœur dans ses bras et s'esclaffa avec la même irrésistible et enfantine gaîté. En les voyant, le prince se mit lui-même à sourire. Il répétait avec une expression de joie et de bonheur :

– Ah ! Dieu soit loué ! Dieu soit loué !

Alors, à son tour, Alexandra n'y tint plus et se prit à pouffer de rire, et de tout son cœur. L'hilarité des trois sœurs semblait ne pas devoir prendre fin.

– Voyons, elles sont folles ! bougonna Elisabeth Prokofievna. Tantôt elles vous font peur, tantôt…

Mais le rire avait gagné le prince Stch…, Eugène Pavlovitch et même Kolia qui ne pouvait plus se contenir et regardait alternativement les uns et les autres. Le prince faisait comme eux.

– Allons nous promener ! Allons ! s'écria Adélaïde. Que tout le monde vienne, et que le prince se joigne à nous ! Vous n'avez aucune raison de vous retirer, prince, gentil comme vous l'êtes. N'est-ce pas qu'il est gentil, Aglaé ? N'est-ce pas vrai, maman ? Au surplus il faut absolument que je l'embrasse pour… pour son explication de tout à l'heure avec Aglaé. Il le faut. Maman, chère maman, vous me permettez de l'embrasser ? Aglaé, permets-moi d'embrasser *ton* prince ! s'écria la jeune espiègle.

Et, joignant le geste à la parole, elle s'élança vers le prince et l'embrassa sur le front. Celui-ci lui prit les mains et les serra avec tant de vigueur qu'Adélaïde faillit pousser un cri. Il la regarda avec une joie infinie et, portant brusquement la main de la jeune fille à ses lèvres, il la lui baisa trois fois.

– Allons, en route ! fit Aglaé. Prince, vous serez mon cavalier. Tu permets, maman ? N'est-il pas un fiancé qui vient de me refuser ? N'est-ce pas, prince, que vous avez renoncé à moi pour toujours ? Mais ce n'est pas ainsi qu'on donne le bras à une dame. Est-ce que vous ne savez pas comment on doit donner le bras ? C'est bien, maintenant ; allons et prenons les devants. Voulez-vous que nous marchions les premiers et en *tête à tête*[101] ?

Elle parlait sans arrêt et riait encore par accès.

– Loué soit Dieu ! Loué soit Dieu ! répétait Elisabeth Prokofievna, sans savoir au juste de quoi elle se réjouissait.

« Voilà des gens bien étranges ! » pensa le prince Stch… pour la centième fois peut-être depuis qu'il les fréquentait, mais… ces gens étranges lui plaisaient. Peut-être n'éprouvait-il pas tout à fait le même sentiment à l'égard du prince ; lorsqu'on partit en promenade, il prit un air renfrogné et une mine soucieuse.

C'était Eugène Pavlovitch qui paraissait le mieux disposé ; tout le long de la route et jusqu'au vauxhall[102] il amusa Alexandra et Adélaïde ; celles-ci riaient avec tant de complaisance de son badinage qu'il finit par les soupçonner de ne peut-être même plus écouter ce qu'il disait. Sans qu'il s'expliquât pourquoi, cette idée le fit partir d'un soudain éclat de rire où il entrait autant de franchise que de spontanéité (tel était son caractère !). Les deux sœurs, animées de la meilleure humeur, ne quittaient pas des yeux leur cadette, qui marchait en avant avec le prince. L'attitude d'Aglaé leur paraissait évidemment une énigme. Le prince Stch… s'appliquait sans relâche à entretenir Elisabeth Prokofievna de choses indifférentes. Peut-être voulait-il la distraire de ses pensées, mais il ne réussissait qu'à l'ennuyer terriblement. Elle semblait n'être pas dans son assiette ; elle répondait de travers ou ne répondait pas du tout.

Aglaé Ivanovna n'avait cependant pas fini d'intriguer son entourage ce soir-là. Sa dernière énigme fut réservée au prince seul. Elle était à cent pas de la villa lorsqu'elle chuchota rapidement à son cavalier qui demeurait obstinément muet :

---

101 En français dans le texte. – N. d. T.

102 Le mot « vokzal » qui, en russe, signifie actuellement gare peut se traduire ici, dans la terminologie du temps, par son étymologique « vaux-hall » ; le mot est justifié dans ses deux acceptions puisque le casino de Pavlovsk était à la fois une dépendance de la gare (qui fut un terminus pendant plus d'un demi-siècle et un jardin public où l'on donnait des concerts. – N. d. T.

– Regardez à droite.

Le prince obéit.

– Regardez plus attentivement. Voyez-vous un banc, dans le parc, là-bas près de ces trois grands arbres… un banc vert ?

Le prince répondit affirmativement.

– Est-ce que l'endroit vous plaît ? Je viens parfois de bonne heure, vers les sept heures, lorsque tout le monde dort encore, m'asseoir ici toute seule.

Le prince convint en balbutiant que l'endroit était charmant.

– Et maintenant écartez-vous ; je ne veux plus marcher bras-dessus bras-dessous avec vous. Ou plutôt donnez-moi le bras, mais ne me dites plus un mot. Je veux rester en tête à tête avec mes pensées…

La recommandation était en tout cas superflue ; même sans qu'on le lui prescrivît, le prince n'aurait sûrement pas proféré un mot au cours de la promenade. Son cœur battit très violemment quand il entendit la réflexion relative au banc. Mais une minute après il se ravisa et chassa avec honte la sotte pensée qui lui était venue à l'esprit.

Comme on le sait, ou du moins comme tout le monde l'affirme, le public qui fréquente le vauxhall de Pavlovsk est « plus choisi » en semaine que les dimanches ou jours de fête, où y viennent de Pétersbourg « toutes sortes de gens ». Pour n'être pas endimanché, le public des jours ouvrables n'en est que vêtu avec plus de goût. Il est de bon ton d'y venir écouter la musique. L'orchestre est peut-être le meilleur de tous ceux qui jouent chez nous dans les jardins publics, et son répertoire comprend les nouveautés. L'atmosphère de famille et même d'intimité qui règne dans ces réunions n'en exclut ni la correction ni la plus cérémonieuse étiquette. Le public étant presque exclusivement composé de familles en villégiature à Pavlovsk, tout le monde vient là pour se retrouver. Beaucoup de gens prennent un véritable plaisir à ce passe-temps qui est le seul motif de leur présence, mais d'autres ne sont attirés que par la musique. Les scandales y sont extrêmement rares, mais enfin il en éclate parfois, même en semaine ; c'est d'ailleurs une chose inévitable.

Ce jour-là la soirée était charmante et le public assez nombreux. Toutes les places voisines de l'orchestre étant occupées, notre société s'installa sur des chaises un peu éloignées, près de la sortie de gauche. La foule et la musique avaient un peu distrait Elisabeth Prokofievna et diverti ses filles ; elles avaient échangé des coups d'œil avec certaines de leurs connaissances et envoyé, de la tête, de petits saluts aimables à d'autres. Elles avaient aussi eu le temps d'examiner les toilettes et de relever quelques extravagances qu'elles commentaient avec des sourires ironiques. Eugène Pavlovitch prodiguait, lui aussi, de nombreux saluts. On avait déjà remarqué qu'Aglaé et le prince étaient ensemble. Des jeunes gens de connaissance s'approchèrent bientôt de la maman et de ses filles ; deux ou trois restèrent à bavarder ; c'étaient des amis d'Eugène Pavlovitch. L'un d'eux était un jeune officier, fort beau garçon, plein d'entrain et de verve ; il s'empressa de lier conversation avec Aglaé et fit tous ses efforts pour captiver l'attention de la jeune fille, qui se montrait avec lui très affable et encore plus enjouée. Eugène Pavlovitch demanda au prince la permission de lui présenter cet ami ; bien que le prince n'eût compris qu'à demi ce qu'on voulait de lui, la présentation eut lieu : les deux hommes se saluèrent et se serrèrent la main. L'ami d'Eugène Pavlovitch posa une question à laquelle le prince ne répondit pas ou répondit en marmonnant d'une façon si étrange que l'officier le fixa dans le blanc des yeux, puis regarda Eugène Pavlovitch ; ayant alors compris pourquoi celui-ci l'avait présenté, il eut un sourire presque imperceptible et se tourna de nouveau vers Aglaé. Eugène Pavlovitch fut le seul à observer que la jeune fille avait soudainement rougi à cet instant.

Quant au prince, il ne remarquait même pas que d'autres causaient avec Aglaé et lui contaient fleurette. Bien mieux : il y avait des moments où il avait l'air d'oublier qu'il était assis à côté d'elle. Parfois l'envie le prenait de s'en aller n'importe où, de disparaître complètement ; il souhaitait une retraite sombre et solitaire où il resterait seul avec ses pensées et où personne ne saurait le retrouver. À tout le moins il aurait voulu être chez lui, sur la terrasse, mais sans personne à ses côtés, ni Lébédev, ni les enfants ; il se serait jeté sur son divan, le visage enfoncé dans le coussin et serait resté ainsi un jour, une nuit, puis un autre jour. À d'autres instants il rêvait aux montagnes, surtout à un certain site alpestre qu'il aimait toujours à évoquer et qui était sa promenade de prédilection quand il vivait là-bas ; de cet endroit on découvrait le village au fond de la vallée, le filet neigeux à peine visible de la cascade, les nuages blancs et un vieux château abandonné. Combien il aurait voulu se trouver maintenant là-bas et n'y avoir en tête qu'une pensée… une seule pensée pour toute sa vie, dût-elle durer mille ans ! Peu importait en vérité qu'on l'oubliât tout à fait ici. C'était même nécessaire ; mieux aurait valu qu'on ne le connût jamais et que toutes les images qui avaient passé devant ses yeux ne fussent qu'un songe ! D'ailleurs, rêve ou réalité, n'était-ce pas tout un ? Puis il se mettait soudain à observer Aglaé et restait cinq minutes sans détacher son regard du visage de la jeune fille, mais ce regard était tout à fait insolite : on eût dit qu'il fixait un objet situé à deux verstes de là, ou bien un portrait et non la personne elle-même.

– Pourquoi me dévisagez-vous ainsi, prince ? demandait-elle en s'arrêtant subitement de parler et de rire avec son entourage. – Vous me faites peur ; j'ai toujours l'impression que vous voulez étendre votre main pour me toucher le visage et le tâter. N'est-ce pas, Eugène Pavlovitch, que sa façon de regarder donne cette impression ?

Le prince écouta ces paroles et eut l'air surpris de voir qu'elles s'adressaient à lui. Il parut en saisir le sens, bien que, peut-être, d'une manière imparfaite. Il ne répondit point, mais, ayant constaté qu'Aglaé riait et tous les autres avec elle, sa bouche s'élargit et il se mit à faire comme eux. L'hilarité redoubla alors autour de lui ; l'officier, dont le naturel devait être fort gai, s'esclaffa. Aglaé murmura en aparté dans un brusque mouvement de colère :

– Idiot !

– Mon Dieu ! Est-il possible qu'elle choisisse un pareil... Ne perd-elle pas complètement la tête ? murmura rageusement Elisabeth Prokofievna.

– C'est une plaisanterie. C'est la répétition de la plaisanterie de l'autre jour avec le « chevalier pauvre » ; rien de plus, chuchota avec assurance Alexandra à l'oreille de sa mère. Elle recommence à le taquiner à sa façon. Seulement cette plaisanterie passe la mesure, il faut y mettre un terme, maman ! Tantôt elle a fait des contorsions comme une comédienne et ses simagrées nous ont effrayées.

– C'est encore heureux qu'elle ait affaire à un pareil idiot, murmura Elisabeth Prokofievna, que la réflexion de sa fille avait tout de même soulagée.

Le prince cependant avait entendu qu'on l'appelait idiot. Il tressaillit, mais nullement à cause de ce qualificatif qu'il oublia sur-le-champ. C'est que, dans la foule, non loin de la place où il était assis, de côté (il n'aurait pu indiquer exactement ni l'endroit ni la direction), il venait d'entrevoir un visage pâle, aux cheveux foncés et bouclés, et dont le sourire comme le regard lui étaient bien connus. Ce visage ne fit qu'apparaître. Peut-être était-ce un effet de son imagination. Il ne resta de cette vision dans sa mémoire qu'un sourire grimaçant, deux yeux et une cravate vert-clair dénotant une certaine prétention à l'élégance de la part du personnage entrevu. Ce dernier s'était-il perdu dans la foule ou bien faufilé dans le vauxhall ? C'est ce que le prince n'aurait pu préciser.

Mais un moment après il commença soudain à scruter anxieusement les alentours. Cette première apparition pouvait en présager ou en annoncer une seconde. C'était même certain. Comment avait-il oublié la possibilité d'une pareille rencontre quand on s'était mis en route pour le vauxhall ? Il est vrai qu'il ne s'était pas rendu compte alors où il allait, vu la disposition d'esprit où il se trouvait. S'il avait su ou pu se montrer plus attentif, il aurait remarqué depuis un bon quart d'heure qu'Aglaé se retournait de temps en temps avec inquiétude et paraissait chercher des yeux quelque chose autour d'elle. Maintenant que sa propre nervosité devenait plus visible, l'émoi et le trouble d'Aglaé s'accentuaient et, chaque fois qu'il regardait derrière lui, elle faisait aussitôt le même mouvement. Ces alarmes ne devaient pas tarder à trouver leur justification.

Par l'issue latérale près de laquelle le prince et les Epantchine avaient pris place on vit soudain déboucher une bande d'au moins dix personnes. À la tête du groupe marchaient trois femmes, dont deux étaient d'une si insigne beauté qu'il n'était pas surprenant qu'elles traînassent à leur suite autant d'adorateurs. Mais ceux-ci, comme elles-mêmes, avaient un air particulier qui les différenciait complètement du public réuni autour de la musique. Presque toute l'assistance les remarqua dès leur apparition, mais le plus grand nombre affecta de ne pas s'apercevoir de leur présence, à l'exception de quelques jeunes gens qui sourirent et échangèrent des remarques à voix basse. Il était d'ailleurs impossible de ne pas voir les nouveaux venus, car ils se manifestaient avec ostentation, parlaient bruyamment et riaient. On pouvait supposer qu'il y avait parmi eux des gens en état d'ébriété, bien que plusieurs fussent vêtus avec élégance et distinction. Mais on y remarquait encore des individus aussi étranges d'allure que de costume et dont le visage semblait singulièrement enflammé. Enfin il y avait dans cette bande quelques militaires et même des gens d'un certain âge. Quelques personnages étaient habillés avec recherche dans des vêtements larges et de bonne coupe ; ils portaient des bagues et des boutons de manchette magnifiques ; leurs perruques et leurs favoris étaient noirs de jais ; ils affectaient un air de noblesse bien que leur physionomie exprimât plutôt la morgue ; c'étaient de ces gens que, dans le monde, on fuit comme la peste. Sans doute, parmi nos centres suburbains de réunion, il en est qui se distinguent par un souci exceptionnel de bienséance et une réputation spéciale de bon ton. Mais l'homme le plus circonspect n'est jamais assuré qu'à aucun moment de sa vie il ne recevra sur la tête une brique détachée de la maison voisine. C'est cette brique qui allait tomber sur le public de choix réuni autour de la musique.

Pour se rendre du casino au terre-plein où est installé l'orchestre il faut descendre trois marches. La bande s'arrêta devant ces marches, hésitant à les descendre. Une des femmes s'étant portée de l'avant, il ne se trouva que deux de ses compagnons pour s'enhardir à la suivre. L'un était un homme entre deux âges dont l'air était assez modeste et l'extérieur correct sous tous les rapports, mais on discernait en lui un de ces déracinés qui ne connaissent jamais personne et que personne ne connaît. L'autre était fort mal vêtu et avait une allure des plus équivoques. Hormis ces deux-là, personne n'accompagna la dame excentrique ; celle-ci d'ailleurs, en descendant les marches, ne se retourna même pas, montrant par là combien il lui était indifférent qu'on la suivît ou non. Elle continuait à rire et à parler bruyamment ; l'extrême élégance et la richesse de sa mise péchaient par ostentation. Elle passa devant l'orchestre pour se rendre à l'autre extrémité du terre-plein, où une calèche garée le long de la route semblait attendre quelqu'un.

Il y avait plus de trois mois que le prince ne l'avait vue. Depuis son retour à Pétersbourg il ne s'était pas passé de jour sans qu'il eût projeté de lui rendre visite ; peut-être un secret pressentiment l'avait-il retenu. Il n'arrivait pas, du moins, à se rendre compte du sentiment qu'il éprouverait en sa présence, quoiqu'il s'efforçât, non sans appréhension, de se représenter cette entrevue. La seule chose qui lui apparaissait clairement, c'est qu'elle serait pénible. Plusieurs fois au cours de ces six mois il avait évoqué la première impression qu'avait faite sur lui le visage de cette femme ; même lorsqu'il n'avait eu sous les yeux que son portrait, cette impression, il se le rappelait, lui avait été très douloureuse. Le mois qu'il avait passé en province et pendant lequel il l'avait vue presque tous les jours lui avait apporté de si vives alarmes qu'il chassait parfois de son esprit jusqu'au souvenir même de ce passé récent. Il y avait toujours eu dans la physionomie de cette femme quelque chose qui le tourmentait. Dans une conversation avec Rogojine il avait décrit ce qu'il éprouvait comme « un sentiment de compassion infinie ». Et c'était la vérité : la seule vue du portrait de la jeune femme éveillait dans son cœur toutes les affres de la pitié. Ce sentiment de commisération poussé jusqu'à la douleur ne l'avait jamais quitté et le tenait encore maintenant sans relâche. Bien mieux : il allait en s'accentuant.

Et pourtant l'explication qu'il avait donnée à Rogojine ne le satisfaisait plus. Maintenant seulement *son* apparition inopinée lui révélait, comme dans une intuition immédiate, la lacune de cette explication, lacune qui ne pouvait être comblée que par les mots exprimant l'épouvante, oui, l'épouvante ! Dans cette minute il s'en rendait pleinement compte. Il avait ses raisons pour être convaincu, absolument convaincu *qu'elle* était folle. Imaginez un homme aimant une femme plus que tout au monde ou pressentant la possibilité d'une pareille passion, qui verrait soudain cette femme enchaînée derrière une grille de fer, sous le bâton d'un gardien : voilà à peu près la nature de l'émotion à laquelle le prince était en proie.

– Qu'avez-vous ? lui chuchota à la hâte Aglaé en le regardant en en le tirant naïvement par la main.

Il tourna la tête vers elle, la dévisagea et vit luire dans ses yeux noirs une flamme qu'il ne s'expliqua pas alors. Il fit un effort pour sourire à la jeune fille puis, l'oubliant soudain, détourna son regard vers la droite, fasciné de nouveau par une extraordinaire vision.

À ce moment Nastasie Philippovna passait tout à côté des chaises occupées par les demoiselles. Eugène Pavlovitch était en train de raconter à Alexandra Ivanovna une histoire qui devait être intéressante et fort drôle, à en juger par la vivacité et l'animation de son débit. Le prince se rappela par la suite qu'Aglaé avait soudain dit à mi-voix : « Ah ! quelle… »

Cette interjection resta en l'air. La jeune fille s'arrêta net, laissant sa phrase inachevée. Mais ce qu'elle en avait dit suffisait. Nastasie Philippovna, qui passait sans avoir l'air de remarquer personne, se retourna tout à coup de leur côté et fit semblant de découvrir la présence d'Eugène Pavlovitch.

– Ah bah ! mais le voilà ! s'écria-t-elle en s'arrêtant brusquement. Tantôt on n'arrive pas à mettre la main sur lui, même en lui envoyant des exprès, tantôt on le trouve là où on s'y attendrait le moins… Je te croyais là-bas, chez ton oncle !

Eugène Pavlovitch devint tout rouge. Il lança à Nastasie Philippovna un regard plein de rage, puis se hâta de tourner les yeux d'un autre côté.

– Quoi ? Tu ne sais pas ? Il ne sait encore rien ! Non, mais croyez-vous cela ! Il s'est suicidé ! Ton oncle s'est brûlé la cervelle ce matin ! Je l'ai appris tantôt, à deux heures ; maintenant la moitié de la ville le sait. Il a fait un trou de 350. 000 roubles dans la caisse de l'État ; d'autres parlent de 500. 000. Et moi qui avais toujours compté qu'il te laisserait une fortune ! Il a tout mangé. C'était un vieux polisson… Enfin adieu, *bonne chance*[103] ! Est-ce que vraiment tu n'iras pas ? Tu as eu le nez de quitter le service au bon moment ! Mais où ai-je la tête ? Tu savais tout, tu le savais déjà, peut-être même depuis hier…

En prenant ce ton d'impudente provocation et en affichant une intimité imaginaire avec l'interpellé, Nastasie Philippovna avait évidemment un but ; il ne pouvait plus subsister là-dessus l'ombre d'un doute. Au premier abord Eugène Pavlovitch avait cru pouvoir se tirer d'affaire sans esclandre en affectant de ne prêter aucune attention à la provocatrice. Mais les paroles de celle-ci le frappèrent comme un coup de foudre : à la nouvelle de la mort de son oncle il devint blanc comme un linge et se tourna vers l'insolente. Sur quoi Elisabeth Prokofievna se leva rapidement et, emmenant tout son monde, partit presque en courant. Seuls le prince Léon Nicolaïévitch et Eugène Pavlovitch restèrent encore un moment : le premier semblait perplexe, le second n'était pas remis de son émotion. Mais les Epantchine n'avaient pas fait vingt pas qu'un formidable scandale se produisit.

L'officier, grand ami d'Eugène Pavlovitch, qui causait avec Aglaé, manifesta la plus vive indignation.

– Ce qu'il faut ici, c'est tout simplement la cravache. Pas d'autre moyen de calmer cette créature ! fit-il presque à haute voix. (Eugène Pavlovitch l'avait apparemment mis dans ses confidences.)

Nastasie Philippovna se tourna aussitôt vers lui, les yeux étincelants. Elle arracha des mains d'un jeune homme qui se tenait à deux pas et qu'elle ne connaissait pas une fine badine de jonc et elle en cingla de toutes ses forces le visage de l'insulteur. La scène fut rapide comme l'éclair… L'officier, hors de lui,

---

[103] En français dans le texte. – N. d. T.

se jeta sur la jeune femme que venaient d'abandonner ses suivants : le monsieur entre deux âges avait réussi à s'éclipser totalement et son compagnon, s'étant mis à l'écart, riait à gorge déployée. La police se serait sans doute interposée une minute plus tard, mais, en attendant, Nastasie Philippovna aurait passé un mauvais moment si un secours inespéré ne lui était venu : le prince, qui se tenait lui aussi à deux pas d'elle, parvint à saisir par derrière les bras de l'officier. En se dégageant, celui-ci décocha dans la poitrine du prince un coup violent qui l'envoya tomber à trois pas de là sur une chaise. Mais déjà Nastasie Philippovna avait à ses côtés deux nouveaux défenseurs. Face à l'officier agresseur venait de se camper le boxeur, auteur de l'article que le lecteur connaît et ancien membre actif de la bande de Rogojine. Il se présenta avec aplomb :

– Keller, lieutenant en retraite ! Si vous voulez en venir aux mains, capitaine, et m'agréer comme défenseur du sexe faible, je suis à vos ordres. Je suis de première force à la boxe anglaise. Ne poussez pas, capitaine ; je compatis à l'affront *sanglant* que vous avez essuyé, mais ne puis permettre qu'on joue des poings en public contre une femme. Si vous préférez régler l'affaire d'une autre manière, comme il convient à un gen... à un gentilhomme, en ce cas, capitaine, vous devez naturellement me comprendre...

Mais le capitaine s'était ressaisi et ne l'écoutait plus.

À cet instant Rogojine sortit de la foule, prit rapidement Nastasie Philippovna par le bras et l'entraîna. Lui aussi paraissait très ému : il était pâle et tremblait. En emmenant jeune femme il trouva le temps de ricaner sous le nez de l'officier et de dire sur un ton de boutiquier triomphant :

– Hein ! qu'est-ce qu'il a pris ! Il a la trogne en sang !

Complètement maître de lui et ayant compris à quels gens il avait affaire, l'officier s'était couvert le visage de son mouchoir et, se tournant poliment vers le prince, qui venait de se remettre sur pied, il lui dit :

– Le prince Muichkine, dont j'ai eu le plaisir de faire la connaissance ?

– Elle est folle ! C'est une aliénée ! Je vous l'assure ! répondit le prince d'une voix entrecoupée en lui tendant machinalement ses mains tremblantes.

– Je n'en sais certes pas autant que vous là-dessus, mais il m'est nécessaire de connaître votre nom.

Il le salua d'un mouvement de tête et s'éloigna. La police arriva juste cinq secondes après que les derniers acteurs de cette scène eurent disparu. Le scandale n'avait d'ailleurs pas duré plus de deux minutes. Une partie du public s'était levée et s'en était allée. Certaines personnes s'étaient contentées de changer de place. D'autres étaient enchantées de l'incident. D'autres enfin y trouvaient un sujet passionnant de conversation. Bref l'affaire se termina comme à l'ordinaire. L'orchestre recommença à jouer. Le prince suivit la famille Epantchine. Si, après avoir été bousculé et être tombé assis sur une chaise, il avait eu l'idée ou le temps de regarder à sa gauche, il aurait vu, à vingt pas de lui, Aglaé arrêtée pour observer la scène en dépit des appels de sa mère et de ses sœurs qui étaient déjà à quelque distance. Le prince Stch... avait couru vers elle et avait fini par obtenir qu'elle s'en allât au plus vite. Elle les avait rejoints – Elisabeth Prokofievna se le rappela par la suite – dans un tel état de trouble qu'elle n'avait pas dû entendre leurs appels. Mais deux minutes plus tard, en entrant dans le parc, elle dit du ton indifférent et désinvolte qui lui était habituel :

– J'ai voulu voir comment finirait la comédie ».

III

L'événement du Vauxhall avait pour ainsi dire atterré la mère et les jeunes filles. Sous l'empire du trouble et de l'émotion, Elisabeth Prokofievna avait ramené celles-ci à la maison dans une sorte de fuite précipitée. D'après ses idées et sa manière de voir, cet événement avait été trop révélateur pour ne pas faire germer des pensées décisives dans son esprit, nonobstant le désarroi et la frayeur auxquels elle était en proie. Toute la famille comprenait d'ailleurs que quelque chose d'anormal s'était passé et que peut-être même un secret extraordinaire commençait à se révéler. Malgré les précédentes assurances et explications du prince Stch..., Eugène Pavlovitch apparaissait maintenant « sous son vrai jour » et à découvert ; il était démasqué et « sa liaison avec cette créature était formellement établie ». Telle était l'opinion d'Elisabeth Prokofievna et même de ses deux filles aînées. Mais cette déduction n'avait d'autre effet que d'accumuler encore davantage les énigmes. Sans doute les jeunes filles avaient été choquées, dans leur for intérieur, de la frayeur excessive et de la fuite trop peu déguisée de leur mère ; toutefois, dans la confusion du premier moment, elles n'avaient pas voulu l'alarmer encore par leurs questions. En outre, elles avaient l'impression que la cadette, Aglaé Ivanovna, en savait peut-être plus sur cette affaire qu'elles deux et leur mère. Le prince Stch... était sombre comme la nuit et abîmé, lui aussi, dans ses réflexions. Tout le long de la route Elisabeth Prokofievna ne lui adressa pas une seule parole, sans d'ailleurs qu'il parût s'apercevoir de ce mutisme. Adélaïde eut beau lui poser cette question : « De quel oncle s'agissait-il tout à l'heure, et que s'est-il donc passé à Pétersbourg ? », il marmonna du ton le plus aigre une réponse fort vague alléguant certains renseignements à demander et l'absurdité de toute cette affaire, « Cela ne fait aucun doute ! » répliqua Adélaïde, qui renonça à en savoir davantage. Aglaé faisait preuve d'un calme extraordinaire ; tout au plus observa-t-elle, en chemin, que l'on allait trop vite. À un moment elle regarda derrière elle et aperçut le prince qui s'efforçait de les rattraper ; elle sourit d'un air moqueur et ne se retourna plus de son côté.

Presque au seuil de la villa ils rencontrèrent Ivan Fiodorovitch qui, à peine rentré de Pétersbourg, se portait à leur rencontre. Son premier mot fut pour s'enquérir d'Eugène Pavlovitch. Mais sa femme passa à côté de lui d'un air farouche, sans lui répondre ni même le regarder. Il lut aussitôt dans les yeux de ses filles et du prince Stch… qu'il y avait de l'orage dans la maison. D'ailleurs, même avant cette constatation, son propre visage reflétait une expression insolite d'inquiétude. Il prit incontinent le prince Stch… par le bras, l'arrêta devant la villa et échangea avec lui quelques mots à demi-voix. À en juger par le trouble que trahissait leur physionomie lorsqu'ils montèrent sur la terrasse pour rejoindre Elisabeth Prokofievna, on pouvait conjecturer qu'ils venaient d'apprendre quelque nouvelle extraordinaire.

Toute la société finit par se réunir en haut, dans l'appartement d'Elisabeth Prokofievna ; seul le prince resta sur la terrasse, où il s'assit dans un coin avec l'air d'attendre quelque chose. Lui-même ne savait pas ce qu'il faisait là et l'idée ne lui était pas venue de se retirer en voyant le désarroi qui régnait dans la maison. On aurait dit qu'il avait oublié l'univers entier et qu'il était prêt à rester planté pendant deux années de suite à l'endroit où on le mettrait. D'en haut lui arrivaient, de temps à autre, les échos d'une conversation agitée. Il n'aurait pu dire combien de temps il passa assis dans ce coin » Il se faisait tard et la nuit était tombée. Tout à coup Aglaé parut sur la terrasse ; elle semblait calme, mais un peu pâle. Elle eut un sourire nuancé de surprise en apercevant le prince qu'elle ne s'attendait évidemment pas à rencontrer là, assis sur une chaise.

– Que faites-vous ici ? demanda-t-elle en s'approchant de lui.

Le prince, confus, balbutia quelque chose et se leva précipitamment ; mais, Aglaé s'étant aussitôt assise auprès de lui, il reprit sa place. Elle le dévisagea d'un coup d'œil rapide mais scrutateur, puis regarda à travers la fenêtre sans aucune intention apparente, et finalement se remit à le fixer.

Le prince pensa :

« Peut-être a-t-elle envie de se mettre à rire ? Mais non, si c'était le cas, elle ne se serait pas retenue ! »

– Désirez-vous prendre du thé ? fit-elle après un silence. Je dirai qu'on vous en serve.

– Non… je ne sais…

– Comment pouvez-vous ne pas savoir si vous en voulez ou non ? Ah ! à propos : si quelqu'un vous provoquait en duel, que feriez-vous ? C'est une question que je voulais vous poser.

– Mais… qui donc… personne n'a l'intention de me provoquer en duel.

– Enfin si cela arrivait, est-ce que vous auriez peur ?

– Je crois que oui… je serais très effrayé.

– Sérieusement ? Alors vous êtes un poltron ?

– N… non, peut-être pas. Le poltron est celui qui a peur et prend la fuite. Celui qui a peur mais ne fuit pas n'est déjà plus un poltron, dit en souriant le prince après un moment de réflexion.

– Et vous, vous ne fuiriez pas ?

– Il se pourrait que je ne fuie pas, fit-il en riant enfin aux questions d'Aglaé.

Moi, bien que je sois une femme, je ne fuirais pour rien au monde, observa-t-elle avec une pointe de dépit. D'ailleurs vous vous moquez de moi et vous faites vos grimaces habituelles pour vous rendre plus intéressant. Dites-moi : c'est ordinairement à douze pas que l'on tire dans les duels ? Parfois même à dix ? On est sûr, dans ce cas-là, d'être tué ou blessé.

– Dans les duels il est rare qu'on ne se manque pas.

– Comment cela ? Pouchkine a été tué.

– Peut-être fut-ce un hasard.

– Pas du tout : c'était un duel à mort et il a été tué.

– La balle l'a certainement atteint beaucoup plus bas que le point visé par Dantès, qui devait être la poitrine ou la tête[104]. Personne ne vise à l'en-

---

104 Blessé en duel par Dantès le 27 janvier 1837 ancien style, Pouchkine mourut le 29 à trois heures de l'après-midi. La balle de son adversaire lui avait perforé les intestins. – N. d. T.

droit où il a été touché ; sa blessure a donc été l'effet d'un hasard, d'une erreur de tir. Ce sont des gens compétents qui me l'ont dit.

– Et moi, j'en ai parlé à un soldat qui m'a déclaré que, d'après le règlement, les troupes doivent viser à mi-corps quand elles se déploient en tirailleurs. C'est le terme réglementaire « à mi-corps ». On ne vise donc ni à la poitrine ni à la tête mais à mi-hauteur d'homme. Un officier que, par la suite, j'ai questionné là-dessus m'a confirmé l'exactitude de cette assertion.

– C'est en effet juste pour le tir à grande distance.

– Et vous savez tirer ?

– Je n'ai jamais tiré.

– Se peut-il que vous ne sachiez même pas charger un pistolet.

– Je ne le sais pas. Ou plutôt je connais la manière dont il faut s'y prendre, mais je n'ai jamais essayé de le faire moi-même.

– Autant dire que vous ne savez pas, car c'est une opération qui demande de la pratique ! Écoutez-moi bien et retenez ce que je vous dis : vous achetez d'abord de la bonne poudre à pistolet ; il faut qu'elle ne soit pas humide mais très sèche (c'est, paraît-il, indispensable). Elle doit être d'un grain très fin : demandez-la de cette sorte et n'allez pas acheter de la poudre à canon. Quant aux balles, il faut, dit-on, les couler soi-même. Avez-vous des pistolets ?

– Non, et je n'en ai que faire, répondit le prince en riant soudainement.

– Ah ! quelle sottise ! Ne manquez pas d'en acheter, et de bons ; choisissez une marque française ou anglaise ; on dit que ce sont les meilleurs. Ensuite vous prenez de la poudre, de quoi remplir un dé à coudre, deux peut-être, et vous la versez dans le canon du pistolet. Forcez plutôt la dose. Bourrez avec du feutre (il paraît que le feutre est indispensable, je ne sais pas pourquoi) ; on peut s'en procurer n'importe où, d'un matelas par exemple, ou de certains bourrelets de porte. Après avoir enfoncé la bourre, vous glisserez la balle. Vous m'entendez bien ; la poudre d'abord et la balle ensuite ; autrement le coup ne part pas. Pourquoi riez-vous ? Je veux que vous vous exerciez chaque jour et plusieurs fois par jour au tir et que vous appreniez à faire mouche. Vous le ferez ?

Le prince riait toujours. Aglaé frappa du pied avec dépit. Son air de gravité dans une pareille conversation intrigua quelque peu le prince. Il sentait vaguement qu'il aurait dû s'enquérir de certains points, poser des questions sur des sujets en tout cas plus sérieux que la manière de charger un pistolet. Mais cela lui était sorti de la tête : il n'avait plus d'autre sensation que celle de la voir assise seule devant lui et de la regarder. Ce dont elle pouvait l'entretenir en ce moment lui était à peu près indifférent.

Enfin Ivan Fiodorovitch lui-même descendit de l'étage supérieur et parut sur la terrasse ; il allait sortir et semblait maussade, préoccupé et résolu.

– Ah ! Léon Nicolaïévitch, c'est toi… Où vas-tu maintenant ? lui demanda-t-il, bien que le prince n'eût aucune velléité de bouger. Viens, j'ai un petit mot à te dire.

– Au revoir, fit Aglaé, qui tendit la main au prince.

La terrasse était déjà assez sombre, en sorte que ce dernier ne put voir distinctement en cet instant les traits de la jeune fille. Une minute après, alors que le général et lui étaient déjà sortis de la villa, il rougit soudain affreusement et crispa avec force la main droite.

Il se trouva qu'Ivan Fiodorovitch devait suivre le même chemin que lui. En dépit de l'heure tardive, il avait hâte d'aller rejoindre quelqu'un pour traiter une affaire. En attendant il se mit à parler au prince d'un ton précipité, confus et passablement incohérent ; le nom d'Elisabeth Prokofievna revenait souvent dans ses propos. Si le prince avait été plus capable d'attention en ce moment, il aurait peut-être deviné que son interlocuteur cherchait à lui tirer quelques renseignements ou plutôt à lui poser carrément une question, mais sans réussir à aborder le point essentiel. Constatons-le à sa honte, il était si distrait qu'il n'entendit pas le premier mot de ce que lui dit le général et, lorsque celui-ci se planta devant lui pour lui poser une question brûlante, force lui fut de confesser qu'il n'avait rien compris.

Le général haussa les épaules.

– Quels drôles de gens vous faites tous, à tous les points de vue ! reprit-il en donnant libre cours à sa faconde. Je te dis que je ne comprends goutte aux idées et aux frayeurs d'Elisabeth Prokofievna. Elle se met dans tous ses états, elle pleure, elle dit qu'on nous a vilipendés, déshonorés. Qui ? Comment ? Avec qui ? Quand et pourquoi ? J'ai eu des torts, je le reconnais, de graves torts, mais enfin l'acharnement de cette femme agitée (qui au surplus se conduit mal) est de ceux auxquels la police peut couper court ; je compte même aujourd'hui aller voir quelqu'un et faire prendre des mesures. Tout peut se régler tranquillement, en douceur, voire avec des ménagements, en faisant agir des relations et sans aucun esclandre. Je conviens encore que l'avenir est gros d'événements et que bien des choses restent à éclaircir ; nous sommes en présence d'une intrigue. Mais si personne ici ne sait rien et si là-bas on n'y comprend pas davantage, si moi je n'ai rien entendu dire, ni toi non plus, ni un troisième, ni un quatrième, ni un cinquième, alors, je te le demande, qui au bout du compte est au courant de l'affaire ? Comment expliques-tu cela, à moins d'admettre que nous soyons en face d'un demi-mirage, d'un phénomène irréel, comme qui dirait la clarté de la lune… ou toute autre vision fantomatique ?

– *Elle* est folle, balbutia le prince dans une soudaine et douloureuse évocation de tout ce qui s'était passé dans la journée.

– Admettons, si c'est de celle-là que tu parles ! J'ai pensé à peu près comme toi et me suis reposé sur cette idée. Mais je constate maintenant que leur façon de voir est plus juste, et je ne crois plus à la folie. Évidemment cette femme n'a pas le sens commun, mais elle n'est pas folle ; elle a même beaucoup de finesse. Sa sortie d'aujourd'hui à propos de Capiton Alexéïévitch ne le prouve que trop. Elle agit avec canaillerie ou du moins avec jésuitisme pour atteindre un but précis.

– Quel Capiton Alexéïévitch ?

– Ah ! mon Dieu, Léon Nicolaïévitch ! mais tu ne m'écoutes pas du tout ! J'ai commencé par te parler de Capiton Alexéïévitch ; j'en suis si bouleversé que les bras et les jambes m'en tremblent encore. C'est pour cela que je suis revenu aujourd'hui si tard de la ville. Capiton Alexéïévitch Radomski, l'oncle d'Eugène Pavlovitch…

– Eh bien ? s'écria le prince.

– Il s'est brûlé la cervelle ce matin, à l'aube, à sept heures. C'était un respectable septuagénaire, un épicurien. Et, tout comme elle l'a dit, il a fait un trou, un trou considérable dans la caisse !

– Mais d'où a-t-elle pu…

– Savoir cela ? ha ! ha ! Mais il lui a suffi de se montrer pour que tout un état-major se groupe autour d'elle. Tu sais quels personnages la fréquentent maintenant ou briguent « l'honneur de faire sa connaissance ». Il n'y a rien d'étonnant à ce que ceux de ses visiteurs qui viennent de la ville l'aient mise au courant de quelque chose, car tout Pétersbourg connaît déjà la nouvelle, comme d'ailleurs la moitié ou peut-être la totalité de Pavlovsk. Mais quelle réflexion futée elle a faite, selon ce que l'on m'a rapporté, au sujet de l'uniforme d'Eugène Pavlovitch, c'est-à-dire de l'à-propos avec lequel celui-ci a donné sa démission ! Quelle insinuation infernale ! Non, cela ne décèle pas la folie. Certes, je me refuse à croire qu'Eugène Pavlovitch ait pu prophétiser la catastrophe, autrement dit savoir qu'elle aurait lieu à telle date, à sept heures du matin, etc. Mais il a pu en avoir le pressentiment. Quand je pense que le prince Stch… et moi, et nous tous, nous étions persuadés qu'il hériterait de lui ! C'est terrible, terrible ! Au reste, comprends-moi bien, je ne porte aucune accusation contre Eugène Pavlovitch ; je m'empresse de te le déclarer. Néanmoins il y a là quelque chose de suspect. Le prince Stch… est au comble de la consternation. Tout cela est survenu d'une manière si étrange !

– Mais qu'y a-t-il donc de suspect dans la conduite d'Eugène Pavlovitch ?

– Absolument rien ! Il s'est comporté de la façon la plus correcte. Je n'ai d'ailleurs fait aucune allusion. Sa fortune personnelle est, je pense, hors de cause. Il va de soi qu'Elisabeth Prokofievna ne veut même pas entendre parler de lui… Mais le plus grave, ce sont toutes ces catastrophes domestiques ou, pour mieux dire, toutes ces anicroches, enfin… on ne sait même pas quel nom leur donner… Toi, Léon Nicolaïévitch, tu es, à proprement parler, un ami de la maison ; eh bien ! figure-toi que nous venons d'apprendre (encore que la chose ne soit pas sûre) qu'Eugène Pavlovitch se serait expliqué avec Aglaé, il y a déjà plus d'un mois, et aurait, paraît-il, essuyé un refus catégorique !

– Ce n'est pas possible ! s'écria le prince avec feu.

– Mais est-ce que tu en sais quelque chose ? fit le général qui tressaillit d'étonnement et resta comme cloué sur place. –Vois-tu, mon bien cher ami, j'ai peut-être eu tort et manqué de tact en te parlant de cela, mais c'est parce que tu… tu es… un homme à part. Peut-être sais-tu quelque chose de particulier ?

– Je ne sais rien… sur le compte d'Eugène Pavlovitch, murmura le prince.

– Moi non plus ! Moi… mon cher ami, on a juré de m'enterrer, de m'ensevelir ; on ne veut pas se rendre compte que cela est pénible pour un homme et que je ne le supporterai pas. Tout à l'heure il y a eu une scène terrible ! Je te parle comme à mon propre fils. Et le plus fort c'est qu'Aglaé a l'air de se moquer de sa mère. Quant au refus qu'elle aurait opposé il y a un mois à Eugène Pavlovitch et à l'explication assez décisive qu'ils auraient eue, ce sont là des conjectures de ses sœurs… conjectures d'ailleurs plausibles. Mais il s'agit d'une créature autoritaire et fantasque à un point qu'on ne saurait dire. Elle a tous les nobles élans de l'âme, toutes les qualités brillantes du cœur et de l'esprit, elle a tout cela, je l'admets ; mais elle est si capricieuse, si moqueuse ! Bref c'est un caractère diabolique et qui a ses lubies. Tout à l'heure *elle* s'est ouvertement moquée de sa mère, de ses sœurs, du prince Stch… Je ne parle même pas de moi, qui suis rarement à l'abri de ses railleries, mais moi, que suis-je ? Tu sais combien je la chéris, jusque dans ses moqueries, et j'ai l'impression que, pour cette raison, cette petite diablesse m'aime tout particulièrement, je veux dire plus que tous les autres. Je gage qu'elle a déjà eu l'occasion d'exercer aussi sur toi son persiflage. Je vous ai trouvés tout à l'heure en train de converser après l'orage qui a éclaté là-haut ; elle était assise à côté de toi comme si de rien n'était.

Le prince devint affreusement rouge et crispa la main, mais ne souffla mot.

– Mon cher, mon bon Léon Nicolaïévitch ! fit tout à coup le général avec chaleur et effusion, moi… et même Elisabeth Prokofievna (qui, du reste, a recommencé à te tomber dessus et qui me traite aussi de la même façon à cause de toi, je ne m'explique pas pourquoi), nous t'aimons quand même, nous t'aimons sincèrement et nous t'estimons en dépit de tout ; je veux dire en dépit des apparences. Mais conviens-en, mon cher ami, conviens-en toi-même, quelle soudaine énigme ! quelle mortification d'entendre tout à coup cette petite diablesse (elle était là, plantée devant sa mère, et affectait le plus profond mépris pour toutes nos questions, surtout pour celles que je lui posais, car j'ai fait la bêtise de prendre le ton sévère du chef de famille ; le diable m'emporte ! j'ai été sot)… de l'entendre, dis-je, nous donner froidement et d'un air moqueur une explication aussi inopinée : « Cette « folle » (c'est le mot qu'elle a employé, et j'ai eu la surprise de la voir répéter ta propre phrase : « est-ce que vous n'avez pas pu vous en apercevoir plus tôt ? ») s'est mis en tête de me marier à tout prix avec le prince Léon Nicolaïévitch, et c'est la raison pour laquelle elle cherche à faire déguerpir Eugène Pavlovitch de chez nous ! » C'est tout ce qu'elle a dit ; sans plus d'explications, elle est partie d'un éclat de rire ; nous sommes restés bouche bée tandis qu'elle sortait en faisant claquer la porte. Puis on m'a raconté l'incident d'aujourd'hui avec elle et avec toi et… et… Écoute, mon cher ami, tu n'es pas un homme susceptible et tu es très sensé, je l'ai remarqué, mais… ne te fâche pas si je te dis qu'elle se moque de toi. Ma parole ! Elle se moque de toi comme une enfant, aussi ne dois-tu pas lui en vouloir, mais la chose est ainsi. Ne te fais pas de fausses idées ; elle s'amuse à tes dépens comme aux nôtres, par simple oisiveté. Allons, adieu ! Tu connais nos sentiments ? Tu sais combien ils sont sincères à ton égard. Ils sont immuables, rien ne les fera jamais varier… mais… je dois entrer, ici, au revoir ! J'ai rarement été aussi peu dans mon assiette qu'aujourd'hui (c'est bien ainsi que l'on dit ?)… En voilà une villégiature !

Resté seul dans un carrefour, le prince inspecta les alentours, traversa rapidement une rue et s'approcha de la fenêtre éclairée d'une villa ; il déplia alors un petit papier qu'il avait serré fortement dans la main droite pendant toute sa conversation avec Ivan Fiodorovitch et, à la faible lueur qui émanait de cette fenêtre, il lut ceci :

« Demain à sept heures du matin je serai sur le banc vert, dans le parc, et vous attendrai. Je me suis décidée à vous parler d'une affaire très importante et qui vous concerne directement.

« P. S. – J'espère que vous ne montrerez ce billet à personne. J'ai éprouvé un scrupule en vous faisant une pareille recommandation, mais à y bien réfléchir, vous la méritez. En l'ajoutant j'ai songé à votre caractère ridicule et j'ai rougi de honte.

« Deuxième P. S. – C'est ce même banc vert que je vous ai montré tantôt. Vous devriez avoir honte que je sois encore obligée de préciser cela. »

Le billet avait été écrit à la hâte et plié négligemment, sans doute un instant avant la descente d'Aglaé sur la terrasse. Saisi d'une émotion indicible et qui confinait à l'effroi, le prince serra de nouveau avec force le petit papier dans sa main et s'éloigna de la fenêtre éclairée avec la précipitation d'un voleur surpris. Mais ce brusque mouvement le jeta contre un monsieur qui se trouvait juste derrière lui.

– Je vous guette, prince, dit ce dernier.

– C'est vous, Keller ? s'écria le prince avec étonnement.

– Je vous cherche, prince. Je vous ai attendu aux abords de la villa des Epantchine, où naturellement je ne pouvais pénétrer. Je vous ai emboîté le pas quand vous avez fait route avec le général. Je suis à vos ordres, prince ; disposez de Keller. Je suis prêt à me sacrifier et même à mourir, s'il le faut.

– Mais… pourquoi ?

– Eh bien, mais il va sûrement y avoir un duel ! Ce lieutenant Molovtsov, je le connais, c'est-à-dire pas personnellement… il n'empochera pas cet affront. Les gens comme Rogojine et moi, il les regarde comme de la racaille, cela va de soi et n'est peut-être pas immérité ; c'est donc à vous seul de répondre vis-à-vis de lui. Il va falloir payer la casse, prince ! Selon ce que j'ai entendu, il a pris des renseignements sur vous, et demain sans faute un de ses amis ira vous trouver, s'il ne vous attend pas déjà à la maison. Si vous me faites l'honneur de me choisir comme témoin, je suis prêt même à risquer le bagne. C'est pour vous dire cela, prince, que je vous cherchais.

– Alors vous aussi, vous venez me parler de duel ! s'exclama le prince en éclatant de rire, pour la plus grande surprise de Keller. Il riait à se tenir les côtes. Keller, qui avait eu l'air ; d'être sur des pointes d'aiguilles tant qu'il ne s'était pas acquitté de sa mission en se proposant comme témoin, parut presque offensé par une hilarité aussi exubérante.

– Cependant, prince, vous l'avez empoigné par les bras cet après-midi ? Un gentilhomme ne peut guère supporter cela, encore moins en public.

– Mais il m'a décoché un coup dans la poitrine ! s'écria le prince toujours en riant. Il n'y a pas de raison pour que nous nous battions ! Je m'excuserai auprès de lui et tout sera dit. Et s'il faut se battre, on se battra ! Qu'il recoure aux armes ; je ne demande pas mieux. Ha ! ha ! je sais maintenant charger un pistolet. Figurez-vous que l'on vient de m'apprendre cela il y a un instant. Savez-vous charger un pistolet, Keller ? Il faut d'abord acheter de la poudre à pistolet, c'est-à-dire de la poudre qui ne soit pas humide, ni grosse comme celle dont on se sert pour les canons. On commence par mettre la poudre, on arrache du feutre au bourrelet d'une porte, puis on place la balle par-dessus. Il faut se garder de mettre la balle avant la poudre, parce qu'alors le coup ne partirait pas. Vous m'entendez, Keller ? le coup ne partirait pas. Ha ! ha ! N'est-ce pas là une raison magnifique, ami Keller ? Ah ! Keller, savez-vous que je vais à l'instant vous embrasser ? Ha ! ha ! ha ! Comment avez-vous fait tantôt pour vous trouver tout à coup devant lui ? Venez donc dès que vous pourrez chez moi boire du champagne. Nous nous enivrerons de champagne ! Savez-vous que j'en ai douze bouteilles dans la cave de Lébédev ? Il me les a proposées avant-hier comme une « occasion » et je les lui ai toutes achetées ; c'était le lendemain de mon arrivée. Je réunirai toute une société ! Dites donc, est-ce que vous dormirez cette nuit ?

– Comme d'habitude, prince.

– Eh bien, faites de beaux rêves ! ha ! ha !

Le prince traversa la route et disparut dans le parc, laissant Keller perplexe et quelque peu désappointé. Ce dernier n'avait pas encore vu le prince dans un état d'esprit aussi bizarre et ne se le serait même jamais figuré ainsi.

« Peut-être a-t-il la fièvre, car c'est un homme nerveux sur lequel tout cela a fait impression, mais il n'aura sûrement pas peur. Pardieu ! les gens de sa sorte n'ont pas froid aux yeux ! pensa Keller. Hum ! du champagne ! La nouvelle ne manque pas d'intérêt. Douze bouteilles ; une douzaine, c'est déjà une garnison respectable. Je parie que Lébédev a reçu ce champagne d'un de ses emprunteurs à titre de gage. Hum. « Il est au fond assez gentil, ce prince ; c'est, ma foi, le genre d'homme qui me plaît ; en tout cas ce n'est pas le moment de barguigner… s'il y a du champagne, il faut saisir l'occasion… »

Il était exact en effet que le prince était dans un état voisin de la fièvre.

Il erra longtemps dans les ténèbres du parc et finit par se « surprendre » en train d'arpenter une certaine allée. Il gardait conscience d'avoir déjà parcouru trente ou quarante fois cette allée entre le banc et un vieil arbre, élevé et facile à reconnaître, qui se trouvait à cent pas plus loin. Quant à se rappeler à quoi il avait pensé au cours de cette déambulation d'au moins une heure dans le parc, cela lui aurait été impossible même s'il l'eût voulu. Il se découvrit d'ailleurs une idée qui le fit soudain éclater de rire ; elle n'avait cependant rien de risible, mais tout lui inspirait de l'hilarité. Il lui vint à l'esprit que l'hypothèse d'un duel avait pu naître dans d'autres têtes que celle de Keller et que, partant, l'exposé qu'on lui avait fait sur la manière de charger un pistolet n'était peut-être pas l'effet du hasard… « Tiens ! se dit-il soudain en s'arrêtant, comme frappé d'une autre idée, tout à l'heure, quand elle est descendue sur la terrasse et m'a trouvé dans le coin, elle a été stupéfaite de me voir là ; elle a souri… elle m'a parlé du thé. Pourtant elle avait déjà ce billet en main. Elle savait donc à n'en pas douter que j'étais sur la terrasse. Alors de quoi était-elle surprise ? Ha ! ha ! ha ! »

Il tira le billet de sa poche et le baisa, mais aussitôt après s'arrêta et redevint songeur :

« C'est bien étrange ! Oui, bien étrange ! » proféra-t-il au bout d'une minute avec un accent de tristesse : dans les moments de joie intense, il se sentait toujours gagné par la tristesse sans savoir lui-même pourquoi. Il jeta autour de lui un regard intrigué et s'étonna d'être venu en cet endroit. Envahi par une grande lassitude il s'approcha du banc et s'y assit. Autour de lui régnait un profond silence. La musique avait cessé au vauxhall. Peut-être n'y avait-il plus personne dans le parc ; il devait être plus d'onze heures et demie. La nuit était calme, tiède, claire ; une nuit de Pétersbourg au début de juin ; mais dans le parc touffu et ombragé, dans l'allée où il se trouvait, les ténèbres étaient presque complètes.

Si à ce moment quelqu'un lui avait dit qu'il était amoureux, passionnément amoureux, il aurait repoussé cette pensée avec stupeur et peut-être même avec indignation. Et si ce quelqu'un avait ajouté que le petit mot d'Aglaé était un billet d'amour, une invitation à un rendez-vous d'amour, il aurait rougi de confusion pour l'auteur d'une pareille supposition et l'aurait peut-être provoqué en duel. Il était en cela parfaitement sincère, n'ayant jamais eu un seul doute à cet égard et n'admettant pas la moindre équivoque quant à la possibilité d'être aimé de cette jeune fille, voire de l'aimer lui-même. Une semblable idée l'aurait rempli de honte : la possibilité d'aimer un « homme comme lui » lui serait apparue comme une chose monstrueuse. À ses yeux, ce qu'il pouvait y avoir de réel dans cette affaire se réduisait à une simple espièglerie de la jeune fille, espièglerie qu'il acceptait avec une souveraine indifférence, la trouvant trop dans l'ordre des choses pour s'en émouvoir. Sa préoccupation et ses soucis portaient sur un tout autre objet. Il avait accordé une entière confiance aux paroles du général lorsque, dans son émoi, celui-ci lui avait incidemment révélé qu'elle se moquait de tout le monde et de lui, le prince, en particulier. Il ne s'en était aucunement senti froissé ; selon lui, il n'en pouvait aller autrement. L'essentiel se ramenait pour lui au fait que le lendemain, de bon matin, il la reverrait, s'assiérait à côté d'elle sur ce banc vert et la contemplerait en l'écoutant expliquer comment on charge un pistolet. Il ne lui en fallait pas davantage. Une ou deux fois il se demanda de quel sujet elle désirait l'entretenir et ce que pouvait être cette affaire importante qui le concernait directement. Il n'eut d'ailleurs à aucun moment le moindre doute sur la réalité de cette affaire « importante » pour laquelle on lui donnait rendez-vous ; mais pour l'instant il n'y songeait presque pas et n'était pas même tenté d'y arrêter sa pensée.

Un bruit de pas lents sur le sable de l'allée lui fit lever la tête. Un homme, dont il était malaisé de distinguer les traits dans l'obscurité, s'approcha du banc et s'assit à son côté. Le prince se pencha vers lui, presque jusqu'à le toucher, et reconnut le pâle visage de Rogojine.

– Je me doutais bien que tu rôdais quelque part par là. Je n'ai pas été long à te trouver, marmonna Rogojine entre ses dents.

C'était la première fois qu'ils se revoyaient depuis leur rencontre dans le corridor de l'hôtel. Le prince fut si frappé de l'apparition inopinée de Rogojine qu'il lui fallut un certain temps pour pouvoir ressaisir ses idées ; une sensation poignante s'aviva dans son cœur. Rogojine se rendit visiblement compte de l'impression qu'il avait produite ; bien qu'au premier moment il parût troublé, il s'exprima avec une aisance qui avait l'air affectée ; toutefois le prince ne tarda pas à observer qu'il n'y avait en lui pas plus d'affectation que de trouble ; si une certaine gaucherie perçait dans ses gestes et sa conversation, c'était une simple apparence ; au fond de l'âme, cet homme ne pouvait changer.

– Comment m'as-tu… découvert ici ? demanda le prince pour dire quelque chose.

– C'est Keller qui m'a renseigné (je suis passé chez toi) en me disant : « il est allé dans le parc ». Bon, pensai-je ; j'y suis !

– Que veux-tu insinuer par ce « j'y suis) » ? demanda le prince avec inquiétude.

Rogojine sourit d'un air sournois, mais esquiva l'explication.

– J'ai reçu ta lettre, Léon Nicolaïévitch ; inutile de te donner tant de mal… en pure perte ! Maintenant, c'est de sa part que je viens te trouver, elle veut absolument que tu ailles la voir ; elle a quelque chose d'urgent à te dire. Elle t'attend aujourd'hui même.

– J'irai demain. Je rentre tout de suite à la maison ; viens-tu… chez moi ?

– Pourquoi faire ? Je t'ai tout dit ; adieu.

– Alors tu ne viendras pas ? demanda doucement le prince.

– Tu es un homme étrange, Léon Nicolaïévitch, on ne peut s'empêcher de te trouver surprenant.

Et Rogojine sourit malignement.

– Pourquoi cela ? D'où te vient maintenant cette animosité à mon égard ? reprit le prince avec chaleur, mais non sans tristesse. Tu vois toi-même à présent que toutes tes conjectures étaient dénuées de fondement. D'ailleurs, je me doutais bien que ta haine à mon endroit n'avait pas désarmé, et sais-tu pourquoi ? Parce que tu as attenté à ma vie ; voilà la raison pour laquelle ton aversion persiste. Je te dis, moi, que je ne me rappelle qu'un Parfione Rogojine : celui avec lequel j'ai fraternisé ce jour-là en échangeant nos croix. Je t'ai écrit cela dans ma lettre d'hier pour que tu oublies même ce moment de délire et ne m'en reparles plus du tout. Pourquoi t'écartes-tu de moi ? Pourquoi caches-tu ta main ? Je te répète que, pour moi, la scène de l'autre fois n'a été qu'un moment de délire. Je lis maintenant en toi tout ce qui s'est passé ce jour-là comme je le lirais en moi-même. Ce que tu t'es figuré n'existait pas et ne pouvait exister. Alors pourquoi y aurait-il de l'inimitié entre nous ?

– Mais es-tu capable d'avoir de l'inimitié ? ricana de nouveau Rogojine en réponse aux paroles chaleureuses et spontanées du prince. (Il se tenait en effet à deux pas de lui et dissimulait ses mains.) Il m'est désormais complètement impossible de te fréquenter, Léon Nicolaïévitch, ajouta-t-il en manière de conclusion, sur un ton lent et sentencieux.

– Tu me hais donc à ce point, dis-moi ?

– Je ne t'aime pas, Léon Nicolaïévitch ; pourquoi donc te fréquenterais-je ? Eh ! prince, tu as tout d'un enfant : quand il veut un jouet, il le lui faut tout de suite, mais il n'y comprend rien. Tout ce que tu me dis, tu me l'as écrit tel quel dans ta lettre, mais est-ce que je n'ai pas foi en toi ? Je crois à chacune de tes paroles, je sais que tu ne m'as jamais trompé et que tu ne me tromperas point. Et malgré cela je ne t'aime pas. Tu m'écris que tu as tout oublié, que tu te souviens du Rogojine avec lequel tu as échangé ta croix, et non du Rogojine qui a levé un couteau sur toi. Mais d'où connais-tu mes sentiments ? (Il eut un nouveau ricanement.) Peut-être depuis ce jour ne me suis-je pas repenti une seule fois de mon acte, alors que toi, tu m'as déjà envoyé ton pardon fraternel. Il se peut que, le soir de cette scène, j'aie pensé à tout autre chose et que cela…

– Tu l'aies oublié ! acheva le prince. Je le pense bien ! Je parie même que tu es allé incontinent prendre le train pour Pavlovsk, que tu es venu à la musique et que tu l'as suivie et épiée dans la foule, comme tu l'as fait aujourd'hui. Tu crois m'avoir étonné ? Mais si tu n'avais pas été alors dans un état d'esprit qui ne te permît de penser qu'à une seule chose, tu n'aurais peut-être pas pu lever le couteau sur moi… J'ai eu le pressentiment, de ton acte dès le matin, en voyant ta figure ; sais-tu de quoi tu avais l'air ? C'est sans doute au moment d'échanger nos croix que cette idée a commencé à me travailler. Pourquoi m'as-tu conduit à ce moment-là auprès de ta vieille mère ? Espérais-tu arrêter ainsi ton bras ? Mais non, tu ne peux pas avoir pensé à cela ; comme moi, tu n'as eu qu'un sentiment… Nous avons eu tous deux le même sentiment. Si tu n'avais pas levé ton bras contre moi (c'est Dieu qui l'a détourné), comment soutiendrais-je aujourd'hui ton regard ? J'avais ce soupçon bien ancré dans l'esprit : bref nous avons tous deux péché par défiance (ne fronce pas le sourcil ! Allons, pourquoi ris-tu ?) « Je ne me suis pas repenti », dis-tu. Mais tu aurais voulu te repentir que tu en aurais peut-être été incapable, d'autant que tu ne m'aimes pas. Même si j'étais, vis-à-vis de toi, innocent comme un ange, tu ne pourrais me souffrir, et il en sera ainsi tant que tu croiras que ce n'est pas toi mais moi qu'elle aime. Cela, c'est de la jalousie. Mais voici l'idée à laquelle j'ai réfléchi cette semaine et dont je tiens, Parfione, à te faire part : sais-tu qu'elle t'aime maintenant plus que n'importe qui, et son amour est tel que plus elle te fait souffrir, plus elle t'aime. Jamais elle ne te dira cela, mais il faut savoir le comprendre. Pourquoi, malgré tout, veut-elle en somme t'épouser ? Elle te le révélera un jour à toi-même. Il y a des femmes qui veulent être aimées ainsi, et c'est justement son cas. Ton caractère et ton amour doivent la fasciner ! Sais-tu bien qu'une femme est capable de torturer cruellement un homme, de le tourner en dérision, sans en éprouver le moindre remords de conscience ? Car, chaque fois qu'elle te regarde, elle se dit : « à présent je lui ferai souffrir mille morts ; mais après, mon amour le dédommagera... »

Rogojine, qui avait écouté le prince jusqu'au bout, partit d'un éclat de rire.

– Dis donc, prince, ne serais-tu pas tombé toi-même sur une femme du même genre ? Ce que j'ai entendu raconter sur ton compte serait-il vrai ?

Le prince eut un brusque tressaillement.

– Quoi ? Qu'as-tu pu entendre dire ? fit-il. Il s'arrêta, en proie à un trouble extrême.

Rogojine continuait à rire. Il avait écouté le prince avec une certaine curiosité, peut-être même avec un certain plaisir : la bonne humeur et le chaleureux entrain de son interlocuteur lui faisaient une vive impression et le réconfortaient.

– Je ne l'ai pas seulement entendu dire ; je me convaincs en te voyant que c'est la vérité, ajouta-t-il. Voyons, as-tu jamais parlé comme tu viens de le faire ? On dirait qu'un autre homme parle par ta bouche. Si je n'avais pas entendu une chose pareille sur ton compte, je ne serais pas venu ici te chercher jusque dans le parc, et à minuit.

– Je ne te comprends pas du tout, Parfione Sémionovitch.

– Il y a déjà longtemps qu'elle m'a donné des explications à ton sujet et, ces explications, j'ai pu les vérifier tantôt en voyant la personne à côté de qui tu étais assis à la musique. Hier et aujourd'hui elle m'a juré que tu étais amoureux comme un chat d'Aglaé Epantchine. Pour moi c'est indifférent, prince, ce n'est pas mon affaire ; si tu ne l'aimes plus, elle n'a pas cessé de t'aimer. Sais-tu bien qu'elle veut à tout prix te marier avec l'autre ? Elle se l'est juré, hé ! hé ! Elle me dit : « Je ne t'épouserai pas sans cela ; le jour où ils iront à l'église, nous irons aussi. » C'est une chose qui est et a toujours été incompréhensible pour moi : ou elle t'aime éperdument, ou… Mais si elle t'aime, comment peut-elle vouloir te marier à une autre ? Elle dit encore : « Je veux le voir heureux. » Donc elle t'aime.

– Je t'ai dit et écrit qu'elle… n'était pas dans son bon sens, dit le prince qui avait écouté Rogojine avec un sentiment douloureux.

– Dieu le sait ! Peut-être te trompes-tu en cela… au reste, aujourd'hui, quand je l'ai ramenée de la musique, elle a fixé le jour : « nous nous marierons sûrement dans trois semaines, et peut-être avant », a-t-elle dit. Elle l'a juré sur l'icône, qu'elle a baisée. Ainsi c'est maintenant de foi que dépend l'affaire, prince, hé ! hé !

– Tout cela, c'est du délire ! Ce que tu me prédis n'arrivera jamais, jamais ! Demain j'irai vous voir…

– Comment peux-tu dire qu'elle est folle ? fit observer Rogojine. Pourquoi serait-elle saine d'esprit pour tout le monde et folie exclusivement pour toi ? Comment serait-elle à même d'écrire des lettres là-bas ? Si elle était folle, on s'en serait aperçu à la lecture de ces lettres.

– Quelles lettres ? demanda le prince avec effroi.

– Elle écrit là-bas, à *l'autre,* qui lit ses lettres. Ne le sais-tu pas ? Alors, tu le sauras : elle te les montrera sûrement elle-même.

– Il est impossible de croire cela, s'écria le prince.

– Eh ! je vois bien, Léon Nicolaïévitch, que tu n'en es encore qu'à tes débuts. Patience : tu en viendras à avoir ta police particulière, tu monteras toi-même la garde jour et nuit, tu connaîtras chaque pas qui se fera, si seulement…

– Brisons là, et ne me reparle jamais de cela ! s'exclama le prince. Écoute-moi, Parfione : un moment avant ton arrivée, je me promenais par ici ; soudain je me suis mis à rire, sans savoir pourquoi. Je venais de me rappeler que c'est justement demain l'anniversaire de ma naissance. Il n'est pas loin de minuit. Viens attendre avec moi l'aube de ce jour. J'ai du vin, nous le boirons ; tu me souhaiteras ce que moi-même je ne parviens pas à me souhaiter en ce moment ; il faut que ce soit de toi que me vienne ce souhait ; moi, je ferai des vœux pour ton parfait bonheur. Si tu ne veux pas, rends-moi ma croix ! Cette croix, tu ne me l'as pas renvoyée le lendemain. L'as-tu sur toi ? La portes-tu encore maintenant ?

– Oui, je la porte, répondit Rogojine.

– Alors partons ! Je ne veux pas m'engager sans toi dans une vie nouvelle, car c'est pour moi une vie nouvelle qui a commencé ! Tu ne sais pas, Parfione, que ma vie nouvelle a commencé aujourd'hui ?

– À présent je vois et sais par moi-même qu'elle a commencé. Je vais *lui* en rendre compte. Tu n'es pas dans ton état normal, Léon Nicolaïévitch.

IV

Ce fut avec un vif étonnement qu'en s'approchant de sa villa en compagnie de Rogojine, le prince vit la terrasse brillamment éclairée et occupée par une nombreuse et bruyante société. Cette société était pleine d'entrain, riait aux éclats et vociférait ; elle semblait discuter à grands cris ; du premier coup d'œil on pouvait se rendre compte que le temps se passait là joyeusement. Et en effet, quand il monta sur la terrasse, le prince trouva tout le monde en train de boire, et du champagne encore ; cette petite fête devait durer déjà depuis un bon moment, car beaucoup d'assistants avaient eu le loisir de se mettre en assez belle humeur. Tous étaient des connaissances du prince, mais l'étrange était de les voir réunis comme si on les eût invités, alors qu'il n'avait fait aucune invitation et que c'était même par hasard qu'il venait de se rappeler le jour de son anniversaire.

– Tu as dû dire à quelqu'un que tu offrirais le champagne ; alors ils sont accourus, murmura Rogojine en suivant le prince sur la terrasse. Nous connaissons cela ; il suffit de les siffler… ajouta-t-il sur un ton d'aigreur, sans doute en évoquant mentalement un passé peu éloigné.

La bande tout entière entoura le prince après l'avoir accueilli par des cris et des souhaits. Quelques convives étaient fort bruyants, d'autres beaucoup plus calmes ; mais, dès qu'on sut que c'était son anniversaire, tous s'approchèrent à tour de rôle et s'empressèrent de le congratuler. La présence de certaines personnes, par exemple de Bourdovski, intrigua le prince ; mais ce qui l'étonna le plus, ce fut de trouver Eugène Pavlovitch en pareille compagnie ; il n'en croyait pas ses yeux et fut presque effrayé de le reconnaître.

Sur ces entrefaites Lébédev, très rouge et plutôt allumé, accourut pour donner des explications ; il était passablement *mûr*. Il exposa avec volubilité que tout ce monde s'était réuni de la manière la plus naturelle du monde, et même par hasard. Le premier de tous avait été Hippolyte qui était arrivé dans la soirée ; se sentant beaucoup mieux et voulant attendre sur la terrasse le retour du prince, il s'était couché sur un divan. Puis Lébédev était venu se joindre à lui, bientôt suivi de toute sa famille, ou, pour mieux dire, de ses filles et du général Ivolguine. Bourdovski était arrivé avec Hippolyte auquel il tenait compagnie. Gania et Ptitsine, passant près de la villa, étaient entrés, semblait-il, depuis peu de temps (leur arrivée avait coïncidé avec l'incident du vauxhall) ; puis Keller avait fait son apparition en annonçant que c'était l'anniversaire du prince et en réclamant du champagne. Eugène Pavlovitch n'était là que depuis une demi-heure. Kolia avait insisté de toutes ses forces pour qu'on servît du champagne et qu'on organisât une fête. Lébédev s'était empressé d'apporter du vin.

– Mais c'est mon vin, mon vin ! bafouilla-t-il en s'adressant au prince ; c'est moi qui fais les frais, afin de vous fêter et de vous féliciter, et il y aura aussi un petit festin, un souper froid ; ma fille s'en occupe. Ah ! prince, si vous connaissiez le thème que nous discutons ! Vous vous rappelez cette phrase de *Hamlet :* « être ou ne pas être » ? Voilà un thème moderne, bien moderne ! Questions et réponses… Et monsieur Térentiev est au comble de l'animation… il ne veut pas se coucher ! D'ailleurs il n'a bu qu'une gorgée de champagne, une seule gorgée, cela ne peut lui faire de mal… Approchez-vous, prince, et tranchez le débat ! Tout le monde vous attendait, tout le monde comptait sur votre finesse d'esprit…

Le prince remarqua le regard doux et caressant de Véra Lébédev qui, elle aussi, se frayait vivement passage pour arriver jusqu'à lui. Ce fut la première à qui il tendit la main ; elle rougit de plaisir et lui souhaita « une vie heureuse à *partir de ce jour-là »*. Là-dessus elle courut à la cuisine où elle était en train de préparer la collation. Mais, même avant le retour du prince, dès qu'elle avait pu se libérer un instant de sa besogne, elle était venue sur la terrasse pour écouter de toutes ses oreilles les discussions passionnées et sans fin que les convives, mis en verve par le vin, consacraient aux questions les plus abstraites et les plus étrangères à la jeune fille. Sa sœur cadette s'était endormie bouche bée dans la pièce à côté, assise sur un coffre. Quant au jeune fils de Lébédev, il restait auprès de Kolia et d'Hippolyte ; à l'expression ravie de son visage on devinait qu'il serait bien resté là sans bouger de place encore dix heures de suite à jouir de la conversation.

– Je vous attendais tout particulièrement et suis enchanté de vous voir arriver si heureux, dit Hippolyte lorsque le prince lui prit la main aussitôt après avoir serré celle de Véra.

– Et comment savez-vous que je suis « si heureux » ?

– Cela se voit sur votre figure. Saluez ces messieurs et dépêchez-vous de venir vous asseoir ici, près de nous. Je vous attendais tout particulièrement, répéta-t-il en appuyant significativement sur cette phrase.

Le prince lui demanda s'il n'était pas dangereux pour sa santé de veiller si tard. Il répondit qu'il s'étonnait lui-même de ne s'être jamais senti mieux portant que ce soir, alors qu'il était à la mort trois jours avant.

Bourdovski se leva brusquement et marmonna qu'il était venu « comme cela », en « accompagnant » Hippolyte ; il était enchanté, lui aussi ; dans sa lettre il avait « écrit des bêtises » mais était maintenant « tout bonnement enchanté »… Il n'acheva pas sa phrase, serra avec vigueur la main du prince et se rassit.

Quand il eut salué tout le monde, le prince s'approcha d'Eugène Pavlovitch. Celui-ci le prit aussitôt par le bras :

– Je n'ai que deux mots à vous dire, fit-il à demi-voix ; il s'agit d'un événement très important ; isolons-nous une minute.

– Deux mots, chuchota une seconde voix à l'autre oreille du prince, tandis qu'une autre main lui prenait le bras resté libre.

Le prince eut la surprise de voir une face ébouriffée, rouge, joviale et clignotante, qu'il reconnut aussitôt être celle de Ferdistchenko. Celui-ci avait surgi on ne savait d'où.

– Vous vous souvenez de Ferdistchenko ? demanda-t-il ?

– D'où sortez-vous ? s'écria le prince.

– Il se repent ! s'exclama Keller qui s'était approché précipitamment. Il s'était caché, il ne voulait pas paraître devant vous. Il se dissimulait là-bas dans un coin. Il se repent, prince, il se sent coupable.

– Mais de quoi, de quoi donc ?

– C'est moi qui l'ai rencontré, prince, je l'ai amené aussitôt ; c'est un de mes meilleurs amis, mais il se repent.

– Enchanté, messieurs ; allez prendre place avec le reste de la société, je reviens tout de suite, dit enfin le prince pour se débarrasser d'eux ; il avait hâte de s'entretenir avec Eugène Pavlovitch.

– On se distrait chez vous, remarqua ce dernier, et j'ai passé à vous attendre une agréable demi-heure. Voici ce dont il s'agit, mon très cher Léon Nicolaïévitch ; j'ai tout arrangé avec Kourmichev et je suis venu pour vous tranquilliser ; vous n'avez pas à vous inquiéter ; il a pris la chose avec beaucoup, beaucoup de bon sens ; d'autant qu'à mon avis, c'était plutôt lui qui avait tort.

– Quel Kourmichev ?

– Eh bien, mais… celui que vous avez empoigné tantôt par les bras… Il était si furieux qu'il voulait vous envoyer demain ses témoins vous demander raison.

– Allons donc, quelle bêtise !

– Évidemment c'est une bêtise et cela aurait certainement fini par une bêtise ; mais il y a chez nous de ces gens…

– Vous êtes peut-être venu encore dans une autre intention, Eugène Pavlovitch ?

– Oh ! naturellement ! j'avais encore une autre intention, repartit celui-ci en riant. – Demain, mon cher prince, au point du jour, je me rends à Pétersbourg pour cette malheureuse histoire (l'affaire de mon oncle, vous vous rappelez ?). Figurez-vous que tout cela est exact et que tout le monde le savait, sauf moi. J'en ai été tellement bouleversé que je n'ai même pas eu le temps d'aller *là-bas* (chez les Epantchine) ; je ne pourrai y aller davantage demain, puisque je serai à Pétersbourg ; vous comprenez ? Peut-être n'en reviendrai-je pas de trois jours ; bref mes affaires vont de travers. Sans exagérer l'importance de l'événement, j'ai tout de même pensé que je devais m'en expliquer avec vous en toute sincérité sans différer davantage, c'est-à-dire avant mon départ. Maintenant, si vous permettez, je resterai ici et j'attendrai que la société se disperse ; je n'ai d'ailleurs pas mieux à faire, je suis si agité que je ne saurais dormir. Enfin, bien qu'il y ait de l'impudence et de l'incorrection à s'accrocher ainsi à un homme, je vous dirai franchement que je suis venu solliciter votre amitié, mon bien cher prince. Vous êtes un homme sans égal, en ce sens que vous ne mentez pas à tous les instants et que, peut-être même, vous ne mentez jamais. Or, il y a une affaire pour laquelle j'ai besoin d'un ami et d'un conseiller, car à présent je suis positivement au nombre des gens malheureux…

Il se remit à rire.

– Il n'y a qu'un ennui, dit le prince après une minute de réflexion : vous voulez attendre leur départ, mais Dieu sait quand ce sera ! N'est-il pas préférable que nous allions maintenant dans le parc ? Franchement ils peuvent bien m'attendre ; je m'excuserai.

– Non, non, j'ai mes raisons pour ne pas vouloir qu'on nous soupçonne de chercher à avoir une conversation extraordinaire. Il y a ici des gens qui sont très intrigués par nos relations, vous ne le savez pas, prince ? Il vaut beaucoup mieux que l'on constate que nous entretenons les meilleurs rapports dans la vie courante et pas seulement dans des circonstances exceptionnelles, vous comprenez ? Ils se retireront dans deux heures environ ; je vous prendrai à peu près vingt minutes, une demi-heure tout au plus…

– De grâce, je vous en prie ! Je suis très content ; il était superflu de vous expliquer. Je tiens en outre à vous remercier vivement pour votre bonne parole touchant nos rapports d'amitié. Excusez-moi si je suis distrait aujourd'hui ; savez-vous qu'il m'est absolument impossible de faire preuve d'attention en ce moment ?

– Je le vois, je le vois, murmura Eugène Pavlovitch avec un léger sourire. Il était ce soir-là d'une humeur très enjouée.

– Qu'est-ce que vous voyez ? demanda le prince avec un tressaillement.

– Vous ne soupçonnez donc pas, mon cher prince, poursuivit Eugène Pavlovitch en continuant à sourire et sans répondre directement à la question, – vous ne soupçonnez donc pas que ma visite puisse n'avoir d'autre but que de vous circonvenir et vous tirer, sans en avoir l'air, quelques renseignements, hein ?

– Que vous soyez venu pour me faire parler, cela ne fait aucun doute, dit le prince en se mettant également à rire Peut-être même vous êtes-vous promis d'abuser un peu de ma candeur. Mais à dire vrai, je ne vous crains pas ; en outre, en ce moment, tout cela m'est indifférent, le croiriez-vous ? Et puis… comme je suis avant tout convaincu que vous êtes un excellent homme, nous finirons toujours, au bout du compte, par devenir des amis. Vous m'avez beaucoup plu, Eugène Pavlovitch. Vous êtes… à mon avis un homme très, très comme il faut !

– Allons, en tout cas, il est fort agréable d'avoir affaire à vous, pour quelque motif que ce soit, conclut Eugène Pavlovitch. Je viderai une coupe à votre santé. Je suis ravi de vous avoir mis la main dessus. Ah ! fit-il soudain en s'interrompant : ce monsieur Hippolyte s'est installé chez vous ?

– Oui.

– Il ne va pas mourir tout de suite, je pense ?

– Pourquoi cette question ?

– Pour rien ; j'ai passé une demi-heure en sa compagnie…

Pendant toute cette conversation en aparté, Hippolyte, qui attendait le prince, n'avait quitté des yeux ni ce dernier ni Eugène Pavlovitch. Il s'anima fiévreusement quand ils revinrent vers la table. Il était inquiet et surexcité ; la sueur, perlait sur son front. Ses yeux étincelants et égarés exprimaient une alarme incessante, une impatience mal définie. Son regard allait d'un objet à un autre, d'une personne à une autre, sans se fixer nulle part. Bien qu'il eût pris jusque-là une part active à la bruyante conversation qui se poursuivait autour de lui, son entrain était purement fébrile ; au fond il n'était pas à cette conversation ; sa manière de raisonner était décousue et il s'exprimait sur un ton moqueur, négligent et paradoxal. Il n'achevait pas ses phrases et s'arrêtait au beau milieu d'une discussion qu'il avait lui-même engagée avec feu une minute plus tôt. Le prince apprit avec surprise et regret qu'on lui avait permis ce soir-là de boire deux coupes de champagne ; la coupe entamée qu'il avait devant lui était déjà la troisième. Mais il ne sut cela que plus tard ; pour le moment il n'était guère en mesure d'observer quoi que ce fût.

– Savez-vous que je suis enchanté que ce soit justement aujourd'hui votre anniversaire ? s'écria Hippolyte.

– Pourquoi ?

Vous le verrez ; mettez-vous vite à table. D'abord pour cette raison que tout votre… monde est ici au grand complet. J'ai bien pensé qu'on viendrait en nombre ; pour la première fois de ma vie mon calcul est tombé juste ! Quel dommage que je n'aie pas su plus tôt le jour de votre naissance, j'aurais apporté mon cadeau… ha ! ha ! Mais qui sait ? Je l'ai peut-être en poche ? Y a-t-il encore longtemps jusqu'au jour ?

– Jusqu'à l'aube il y a tout au plus deux heures, constata Ptitsine après avoir regardé sa montre.

– Mais qu'importe l'aube, puisqu'on peut se passer d'elle en ce moment pour lire dehors[105] ? remarqua quelqu'un.

– C'est que je désire voir encore un petit bout de soleil. Peut-on boire à la santé du soleil, prince, qu'en pensez-vous ?

---

105 La scène se passe à l'époque des « nuits blanches » de Pétersbourg. – N. d. T.

Hippolyte posait ces questions sur un ton dur, s'adressant à tout le monde cavalièrement, comme s'il donnait des ordres ; mais lui-même ne semblait pas s'en apercevoir.

– Soit, buvons. Seulement vous feriez bien de vous calmer, Hippolyte, n'est-ce pas ?

– Vous me dites toujours d'aller dormir, prince ; vous êtes pour moi une bonne d'enfant. Dès que le soleil paraîtra et commencera à « retentir dans les cieux » (de qui est ce vers ; « le soleil a retenti dans les cieux[106] ? » Cela n'a pas de sens, mais c'est joli !), alors nous nous coucherons. Lébédev ! Le soleil est-il la source de vie ? Que veulent dire ces mots « sources de vie » dans l'Apocalypse ? Vous avez entendu parler de l'« Étoile Absinthe »[107], prince ?

– On m'a dit que Lébédev reconnaît dans cette « Étoile Absinthe » le réseau européen des chemins de fer.

– Ah ! non, permettez ! cela n'est pas de jeu ! s'écria Lébédev en sursautant et en agitant les bras, comme s'il voulait refréner le rire général qui se déchaînait – Permettez ! Avec ces messieurs… tous ces messieurs, fit-il en se tournant brusquement vers le prince, il y a des questions sur lesquelles…, voilà ce que c'est…

Et, sans façon, il donna deux petits coups secs sur la table, ce qui fit redoubler l'hilarité de l'assistance.

Lébédev était dans le même état que chaque soir, mais cette fois il avait été échauffé et monté plus que de coutume par la longue discussion « savante » qui avait précédé ; en pareil cas il affichait un mépris sans bornes pour ses contradicteurs.

– Ce n'est pas bien, messieurs ! Nous avons convenu, il y a une demi-heure, de ne pas interrompre et de ne pas rire pendant que l'un de nous parlerait et de laisser à chacun complète latitude d'exprimer toute sa pensée ; libre ensuite aux athées eux-mêmes d'énoncer leurs objections s'ils y tiennent. Nous avons donné au général la présidence des débats, voilà ! Qu'est-ce que ce c'est que ce procédé ? On pourrait ainsi mettre à quia l'homme qui exposerait les idées les plus hautes, les plus profondes !…

---

106 Réminiscence du « Prologue dans le Ciel » de Faust :

Die Sonne tönt nach alter Weise
In Brudersphären Wettgesang.

N. d. T.

107 VIII, 11. – N. d. T.

– Mais parlez, parlez donc ! personne ne vous en empêchera ! s'exclamèrent plusieurs voix.

– Parlez, mais ne divaguez pas !

– Qu'est-ce que cette « Étoile Absinthe » ? demanda quelqu'un.

– Je n'en ai pas la moindre idée ! répondit le général qui avait regagné d'un air important sa place de président.

– J'adore ces discussions et ces querelles, prince, lorsqu'elles ont un objet scientifique, bien entendu, balbutia alors Keller en se trémoussant sur sa chaise avec un air de véritable extase et d'impatience ; – un objet scientifique et politique, ajouta-t-il en se tournant inopinément vers Eugène Pavlovitch qui était assis auprès de lui.

– Tenez, je trouve passionnant de lire dans les journaux le compte-rendu des débats au Parlement anglais. Entendons-nous : ce n'est pas le fond de ces débats qui me charme (je ne suis pas un politicien, vous le savez), mais la façon dont les orateurs se traitent entre eux et se comportent, pour ainsi dire, dans leur rôle de politiciens : « le noble vicomte qui siège en face de moi », « le noble comte qui partage ma manière de voir », « mon noble contradicteur dont la proposition a étonné l'Europe » ; toutes ces petites locutions, tout ce parlementarisme d'un peuple libre, voilà ce qui m'enchante ! Je m'en délecte, prince. J'ai toujours été un artiste dans le fond de l'âme, je vous le jure, Eugène Pavlovitch !

– Alors, vous en concluez que les chemins de fer sont maudits ? s'écria de son coin Gania sur un ton agressif ; – ils seraient la perdition de l'humanité, le poison tombé sur la terre pour corrompre « les sources de vie » ?

Gabriel Ardalionovitch était ce soir-là dans un état exceptionnel de nervosité où perçait, selon l'impression du prince, une sorte d'exultation. Il était évident que sa question n'était qu'une plaisanterie pour provoquer Lébédev, mais lui-même ne tarda pas à s'échauffer.

Non, pas les chemins de fer ! répliqua Lébédev qui se sentait à la fois entraîné hors de lui-même et enivré de plaisir. Par eux-mêmes les chemins de fer ne peuvent corrompre les sources de vie. Ce qui est maudit, c'est l'ensemble ; c'est, dans ses tendances, tout l'esprit scientifique et pratique de nos derniers siècles. Oui, il se peut que tout cela soit bel et bien maudit !

– La malédiction est-elle certaine, ou seulement possible ? Il est ici très important de savoir à quoi s'en tenir, s'informa Eugène Pavlovitch.

– La malédiction est certaine, tout ce qu'il y a de plus certaine ! confirma Lébédev avec emportement.

– Ne vous emballez pas, Lébédev ; le matin vous êtes bien mieux disposé, fit observer Ptitsine avec un sourire.

– Oui, mais le soir je suis plus franc ! Le soir je suis plus cordial, plus sincère ! repartit avec feu Lébédev en se tournant vers lui. – Je suis plus simple, plus précis, plus honnête, plus respectable. Par là sans doute je prête le flanc à vos critiques, messieurs, mais je m'en moque. Je vous lance maintenant un défi à vous tous, athées que vous êtes : comment sauverez-vous le monde ? Quelle route normale lui avez-vous ouverte vers le salut, vous autres, savants, industriels, défenseurs de l'association, du salariat et de tout le reste ? Par quoi sauverez-vous le monde ? Par le crédit ? Qu'est-ce que le crédit ? À quoi vous mènera-t-il ?

– Vous êtes bien curieux ! observa Eugène Pavlovitch.

– Et mon avis est que celui qui ne s'intéresse pas à ces questions n'est qu'un chenapan du grand monde, oui monsieur !

– Le crédit mènera du moins à la solidarité générale, à l'équilibre des intérêts, fit remarquer Ptitsine.

– Mais rien de plus ! Vous n'avez pas d'autre fondement moral que la satisfaction de l'égoïsme individuel et des besoins matériels. La paix universelle, le bonheur collectif résultant du besoin ! Permettez-moi de vous le demander : est-ce bien ainsi que je dois vous comprendre, mon cher monsieur ?

– Mais la nécessité commune à tous les hommes de vivre, de boire et de manger, unie à la conviction absolue et scientifique que ces besoins ne peuvent être satisfaits que par l'association universelle et la solidarité des intérêts : voilà, ce me semble, une conception assez puissante pour servir de point d'appui et de « source de vie » à l'humanité des siècles à venir, observa Gania qui commençait à se monter sérieusement.

– La nécessité de boire et de manger, c'est-à-dire le seul instinct de conservation…

– Mais cet instinct n'est-il pas déjà beaucoup ? Il est la loi normale de l'humanité…

– Qui vous a dit cela ? s'exclama brusquement Eugène Pavlovitch. C'est une loi, soit, mais ni plus ni moins normale que la loi de destruction, voire d'autodestruction. Est-ce que la conservation constitue la seule loi normale de l'humanité ?

– Eh ! eh ! s'écria Hippolyte en se tournant vivement du côté d'Eugène Pavlovitch.

Il l'examina avec une profonde curiosité, mais, s'étant aperçu qu'il riait, il se mit à rire aussi, puis, poussant Kolia qui était assis à côté de lui, il lui redemanda l'heure ; il tira même à lui la montre d'argent du jeune garçon et regarda avidement les aiguilles. Enfin, comme pour s'abîmer dans l'oubli, il s'allongea sur le divan, se passa les mains derrière la tête et se prit à fixer le plafond. Mais une demi-minute après il était de nouveau assis à table, redressant le buste et écoutant pérorer Lébédev au paroxysme de l'exaltation.

– Voilà une pensée astucieuse et ironique, une pensée provocante ! dit ce dernier en se jetant avec passion sur le paradoxe d'Eugène Pavlovitch. Mais cette pensée est juste, bien que vous ne l'ayez lancée que pour attiser la controverse. Sceptique comme vous l'êtes, en votre qualité d'homme du monde et d'officier de cavalerie (d'ailleurs fort doué), vous ne vous rendez pas compte vous-même de toute la profondeur et de toute la justesse de cette idée ! Oui, monsieur ! La loi d'autodestruction et la loi d'autoconservation ont dans le monde une égale puissance. Le diable se servira encore de l'une comme de l'autre pour dominer l'humanité pendant un temps dont la limite nous est connue. Vous riez ? Vous ne croyez pas au diable ? La négation du diable est une idée française, une idée frivole. Savez-vous qui est le diable ? Connaissez-vous son nom ? Et, ignorant jusqu'à son nom, vous vous moquez de sa forme, à l'exemple de Voltaire ; vous riez de ses pieds fourchus, de sa queue et de ses cornes qui sont votre propre invention ; car l'Esprit impur est un esprit grand et terrible, qui n'a que faire des pieds fourchus et des cornes que vous lui avez attribués. Mais ce n'est pas de lui qu'il s'agit pour le moment…

– Qu'en savez-vous ? s'exclama soudain Hippolyte, qui partit d'un éclat de rire convulsif.

– Voilà une réflexion judicieuse et suggestive ! approuva Lébédev. Mais, je le répète, il ne s'agit pas de cela. La question était de savoir si les « sources de vie » n'ont pas été affaiblies par le développement…

Des chemins de fer ? s'écria Kolia.

– Non pas des chemins de fer, jeune outrecuidant, mais de la tendance à laquelle les chemins de fer peuvent servir, pour ainsi dire, d'image et de figuration plastique. On se dépêche, on se démène à grand bruit, on se bouscule, on force l'allure, soi-disant pour le bonheur de l'humanité. Un penseur retiré du monde déplore cette trépidation : « L'humanité devient trop bruyante et trop industrielle, aux dépens de sa quiétude morale. » – « Soit ; mais le bruit des charrettes qui apportent le pain aux hommes affairés vaut peut-être mieux que la quiétude morale », réplique triomphalement un autre penseur qui circule partout et se détourne du premier avec superbe. Et moi, l'abject Lébédev, je ne crois pas aux charrettes qui apportent le pain à l'humanité ! Car, si une idée morale ne les dirige pas, ces charrettes peuvent froidement exclure du droit au pain qu'elles transportent une bonne partie du genre humain ; cela s'est déjà vu.

– Ce sont les charrettes qui peuvent froidement exclure… ? objecta quelqu'un.

– Cela s'est déjà vu, répéta Lébédev sans daigner prêter attention à la question. – Malthus était un philanthrope. Mais, avec une base morale vacillante, un philanthrope est un cannibale. Et je ne dis rien de sa vanité, car si vous blessez l'orgueil de n'importe lequel de ces innombrables amis de l'humanité, il sera prêt à mettre sur-le-champ le feu aux quatre coins du globe pour satisfaire sa mesquine rancune. D'ailleurs, pour être impartial, il faut ajouter que nous en sommes tous là, à commencer par moi, le plus abject de tous ; je serais peut-être le premier à porter mon fagot et à me sauver ensuite. Mais ce n'est pas non plus de cela qu'il s'agit !

– De quoi s'agit-il donc, à la fin ?

– Il nous ennuie !

– Il s'agit de l'anecdote suivante qui remonte aux siècles passés, car je suis dans l'obligation de vous parler d'un temps lointain. À notre époque, dans notre patrie que vous aimez, je l'espère, comme je l'aime, messieurs, car, en ce qui me concerne, je suis prêt à verser pour elle jusqu'à la dernière goutte de mon sang…

– Au fait ! au fait !

– Dans notre patrie, comme en Europe, de redoutables famines générales visitent à présent l'humanité, pour autant qu'on a pu le calculer et que ma mémoire est fidèle, une fois au plus tous les quarts de siècle, autrement dit tous les vingt-cinq ans. Je ne discute pas l'exactitude du chiffre, mais le fait est que les famines sont relativement rares.

– Relativement à quoi ?

– Au XIIe siècle, et aux siècles qui l'ont précédé et suivi, Car, à cette époque, selon le témoignage des auteurs, les famines générales s'abattaient sur l'humanité tous les deux ou au moins tous les trois ans, si bien qu'en pareilles circonstances, l'homme recourait à l'anthropophagie, mais en se cachant. Un parasite de ce temps-là, approchant de la vieillesse, déclara spontanément et sans nulle contrainte que, dans le cours de sa longue et misérable existence, il avait, pour sa part, tué et mangé, dans le plus profond secret, soixante moines et quelques enfants, six tout au plus, nombre infime par rapport à la quantité de religieux consommés. Quant aux laïcs adultes, il paraît qu'il n'y avait jamais touché.

– Cela n'est pas possible ! s'écria sur un ton à demi offensé le président lui-même, le général. Je raisonne et discute souvent avec lui, messieurs, toujours sur des questions de ce genre, mais la plupart du temps il me sort des bourdes à même, plus un événement est réel, moins il est vraisemblance !

– Général, rappelle-toi le siège de Kars ! Et vous, messieurs, sachez que mon anecdote est la pure vérité. J'ajouterai pour ma part que la réalité, bien que soumise à des lois immuables, est presque toujours incroyable et invraisemblable. Parfois même, plus un événement est réel, moins il est vraisemblable.

– Mais est-ce qu'on peut manger ainsi soixante moines ? demandèrent en riant les auditeurs.

– Il va de soi qu'il ne les a pas mangés d'un coup ; il y a peut-être mis quinze ou vingt ans ; dans ces conditions la chose est parfaitement compréhensible et naturelle…

– Et naturelle ?

– Oui, naturelle ! riposta Lébédev avec une obstination de pédant. – D'ailleurs le moine catholique est, de sa nature, communicatif et curieux ; rien de plus facile que de l'attirer dans un bois ou dans quelque lieu écarté et, là, de lui faire subir le sort décrit plus haut. Toutefois je ne conteste pas que le nombre des personnes mangées soit excessif et trahisse même une tendance à l'intempérance.

– C'est peut-être vrai, messieurs, observa tout à coup le prince.

Il avait jusque-là gardé le silence et suivi la discussion sans intervenir. Il avait ri de bon cœur à maintes reprises dans les moments d'hilarité générale. On voyait qu'il était ravi de se sentir entouré de toute cette gaîté, de tout ce bruit, et même de constater que l'on buvait avec autant d'entrain, il aurait pu ne pas desserrer les dents de toute la soirée. Mais l'idée lui vint subitement de placer son mot, et il le fit avec tant de gravité que tous les convives tournèrent vers lui un regard intrigué.

– Je veux préciser un point, messieurs : la fréquence des famines dans le passé. Bien que je connaisse mal l'histoire, j'en ai moi aussi entendu parler. Mais il semble qu'il n'en ait pu être autrement. Lors de mon séjour dans les montagnes suisses, j'ai beaucoup admiré les ruines de vieux châteaux féodaux, perchés à flanc de montagne, sur des rocs abrupts et à une hauteur d'au moins une demi-verste[108] (c'est-à-dire plusieurs verstes en suivant les sentiers). On sait ce qu'est un château : un véritable massif de pierres. Cela représente un travail effroyable, inimaginable, travail qui, sans doute, a été exécuté par tous ces pauvres gens qu'étaient les vassaux. Ceux-ci étaient en outre astreints à acquitter toutes sortes de redevances et à entretenir le clergé. Comment trouvaient-ils le temps de se subvenir à eux-mêmes et de cultiver la terre ? Ils étaient alors peu nombreux à pouvoir le faire ; la plupart mouraient de faim et n'avaient, à la lettre, pas de quoi manger. Il m'est même parfois arrivé de me demander comment ces populations ne se sont pas complètement éteintes, comment elles ont résisté et pu supporter cette existence. En affirmant qu'il y a eu des cas d'anthropophagie, et peut-être en très grand nombre, Lébédev est certainement dans le vrai ; seulement je ne vois pas pourquoi il a mêlé les moines à cette affaire, ni où il veut en venir par là.

– Il a sûrement voulu dire qu'au XIIe siècle on ne pouvait manger que les moines, car c'étaient les seuls qui fussent gras, remarqua Gabriel Ardalionovitch.

– Voilà une réflexion magnifique et tout à fait juste, s'exclama Lébédev, car notre homme n'avait pas même touché aux laïcs ! Pas un seul laïc en regard de soixante échantillons du clergé : c'est une constatation terrible, de portée historique et de valeur statistique ; un de ces faits à l'aide desquels un homme intelligent reconstitue le passé, car il prouve, avec une précision arithmétique, que le clergé était alors au moins soixante fois plus prospère et mieux nourri que tout le reste de l'humanité. Peut-être même était-il soixante fois plus gras.

– Quelle exagération, Lébédev, quelle exagération ! s'écria-t-on dans l'assistance avec des éclats de rire.

– J'admets que l'idée ait une portée historique, mais où voulez-vous en venir ? repartit le prince. (Il parlait avec un tel sérieux, une telle absence d'ironie ou de raillerie à l'égard de Lébédev, dont s'égayait toute l'assistance, que du contraste entre son accent et celui des autres se dégageait un involontaire effet comique ; pour un peu il aurait lui aussi prêté à rire, mais il n'y prenait garde.)

– Ne voyez-vous pas, prince, *que* c'est un fou ? lui chuchota Eugène Pavlovitch. On m'a dit tout à l'heure, ici, que le goût de l'avocasserie et de la faconde judiciaire lui a tourné la tête et qu'il veut passer ses examens. Je m'attends à une jolie parodie !

---

108 La verste équivaut à 1067 mètres. – N. d. T.

– J'aboutis à une conclusion énorme, continua Lébédev d'une voix tonnante. – Mais analysons, avant tout, la situation psychologique et juridique de ce criminel. Nous voyons que celui-ci (appelons-le, si vous voulez, mon client), malgré la complète impossibilité de trouver une autre alimentation, manifeste à diverses reprises, dans le cours de sa curieuse carrière, le propos de se repentir et de renoncer à la chair monacale. Cela se dégage clairement des faits : on nous dit qu'il s'est mis cinq ou six petits enfants sous la dent. Comparativement ce chiffre est insignifiant ; mais à un autre point de vue, il a son éloquence. Il est évident que mon client est assailli de terribles remords (car c'est un homme religieux, un homme de conscience, je me charge de le prouver) : désireux d'atténuer son péché, dans la mesure du possible, il a, à titre d'essai, substitué par six fois le régime laïc au régime monacal. Qu'il s'agisse là d'essais, cela aussi est hors de conteste ; car, s'il ne s'était proposé que de varier son menu, le chiffre de six serait dérisoire ; pourquoi six plutôt que trente ? (Je prends la moitié : moitié moines, moitié laïcs.) Mais s'il s'agit d'un essai uniquement inspiré par le désespoir et l'épouvante en face du sacrilège et de l'offense faite aux gens d'église, alors le chiffre six devient plus que compréhensible, six tentatives pour apaiser ses remords de conscience étaient plus que suffisantes, vu qu'elles ne pouvaient donner de résultat satisfaisant. D'abord, à mon avis, l'enfant est trop petit, ou pour mieux dire trop chétif : mon client aurait dû, pour un temps donné, ingérer trois ou cinq fois plus d'enfants que de moines ; diminuer qualitativement, son péché, au bout du compte, se serait trouvé accru quantitativement. Assurément, messieurs, je me place, pour raisonner ainsi, dans l'état d'âme d'un criminel du XIIe siècle. Pour moi, homme du XIXe siècle, j'aurais peut-être raisonné autrement : je vous en préviens, en sorte que vous n'avez, messieurs, aucun sujet de vous moquer de moi ; de votre part, général, cela devient tout à fait inconvenant. En second lieu, l'enfant constitue – c'est une opinion toute personnelle – une chair peu nutritive, peut-être même douceâtre et fade à l'excès, qui ne sustente pas celui qui la consomme et ne lui laisse que des remords de conscience.

« Voici maintenant ma conclusion, messieurs, ma péroraison ; elle vous donnera la solution d'un des plus grands problèmes d'alors et d'aujourd'hui. Le criminel finit par aller se dénoncer au clergé et se remettre aux mains de l'autorité. Demandons-nous quels supplices de ce temps-là l'attendaient, quelle roue, quel bûcher, quels feux ! Qui donc l'obligeait à aller se dénoncer ? Pourquoi, s'étant tout simplement arrêté au chiffre de soixante, n'avoir pas gardé son secret jusqu'au dernier soupir ? Pourquoi ne pas s'être borné à renoncer aux moines et à faire pénitence en menant la vie d'un ermite ? Pourquoi enfin ne pas s'être fait moine lui-même ? Voilà le mot de l'énigme ! Il existait donc une force supérieure à celle du bûcher et du feu, à celle même d'une habitude de vingt ans ! Il y avait donc une idée plus puissante que toutes les calamités, les disettes, la question, la peste, la lèpre, et tout cet enfer que l'humanité n'aurait pu supporter sans cette même idée par laquelle les cœurs étaient assujettis et guidés, les sources de vie fertilisées !

« Montrez-moi donc quelque chose qui approche de cette force dans notre siècle de vices et de chemins de fer… Il faudrait dire « dans notre siècle de bateaux à vapeur et de chemins de fer » ; je dis « dans notre siècle de vices et de chemins de fer[109] parce que je suis ivre mais véridique. Montrez-moi une idée exerçant sur l'humanité actuelle une action qui ait seulement la moitié de la force de celle-là. Et osez dire après cela que les sources de vie n'ont pas été affaiblies, troublées, sous cette « étoile », sous ce réseau dans lequel les hommes se sont empêtrés. Et ne croyez pas m'en imposer par votre prospérité, par vos richesses, par la rareté des disettes et par la rapidité des moyens de communication ! Les richesses sont plus abondantes, mais les forces déclinent ; il n'y a plus de pensée qui crée un lien entre les hommes ; tout s'est ramolli, tout a cuit et tous sont cuits ! Oui, tous, tous, tous nous sommes cuits !… Mais suffit ! ce n'est pas de cela qu'il s'agit maintenant ; il s'agit de faire servir le souper froid préparé pour nos hôtes, n'est-ce pas, très honorable prince ? »

Lébédev avait failli provoquer chez quelques-uns de ses auditeurs une véritable indignation (il est juste de remarquer que l'on continuait pendant tout ce temps à déboucher des bouteilles). Mais il désarma sur-le-champ tous ses adversaires par cette conclusion inattendue qui annonçait la collation, conclusion qu'il qualifia lui-même d'« habile manœuvre d'avocat pour retourner une affaire ». Un rire joyeux jeta une nouvelle animation dans la société ; tous se levèrent de table et se mirent à marcher sur la terrasse pour se dégourdir les membres. Seul Keller resta mécontent du discours de Lébédev et manifesta une extrême turbulence.

– Il attaque l'instruction, il exalte le fanatisme du XIIe siècle et il fait des contorsions sans même avoir la moindre pureté de cœur ; je vous demande un peu avec quel argent il s'est rendu propriétaire de cette maison ? disait-il à haute voix en arrêtant tous les convives les uns après les autres.

– J'ai connu un véritable interprète de l'Apocalypse, dit, dans le coin opposé, le général à d'autres personnes de la société, et notamment à Ptitsine qu'il avait attrapé par un bouton de son habit. – C'était feu Grégoire Sémionovitch Bourmistrov. Celui-là perçait les cœurs comme d'un trait de feu. Il commençait par mettre ses lunettes, puis ouvrait un grand et vieux livre relié de cuir noir. Il avait une barbe grise et portait deux médailles obtenues pour des œuvres de bienfaisance. Il se mettait à lire d'un ton rude et sévère ; devant lui les généraux se courbaient et les dames tombaient en syncope. Mais celui-ci conclut sur l'annonce d'un souper froid ! Cela n'a ni queue ni tête !

---

109 Cette équivoque repose sur un intraduisible à peu-près entre *porok* (vice) et *parokhod* (bateau à vapeur). - – N. d. T.

En écoutant le général, Ptitsine souriait et gardait l'air d'un homme qui va prendre son chapeau pour s'en aller ; mais il ne s'y résolvait pas ou oubliait toujours sa résolution. Avant qu'on eût quitté la table, Gania avait brusquement cessé de boire et repoussé son verre loin de lui ; un nuage avait assombri son visage. Quand on se leva, il s'approcha de Rogojine et s'assit à côté de lui. On aurait pu les croire dans les meilleurs termes. Rogojine, qui, au début, avait été plusieurs fois sur le point de filer à l'anglaise, se tenait maintenant assis immobile et tête baissée ; lui aussi semblait avoir oublié ses velléités de fugue. De toute la soirée il n'avait pas bu une goutte de vin. Il était abîmé dans ses réflexions. Par moments il levait les yeux et dévisageait un à un tous les assistants. Maintenant son attitude donnait à penser qu'il différait son départ dans l'attente de quelque chose d'extrêmement important pour lui.

Le prince n'avait vidé que deux ou trois coupes ; il était gai, sans plus. Quand il se leva de table, ses yeux rencontrèrent ceux d'Eugène Pavlovitch ; il se rappela qu'il devait avoir une explication avec lui et sourit d'un air avenant. Eugène Pavlovitch lui fit un signe de tête et lui montra brusquement Hippolyte qui dormait ; étendu sur le divan et sur lequel il fixait à ce moment un regard scrutateur.

– Dites-moi, prince, pourquoi ce gamin s'est-il glissé chez vous ? fit-il à brûle-pourpoint et avec une expression si visible de dépit et même de haine que le prince en fut surpris.

– Je pense qu'il a un mauvais dessein en tête !

– J'ai remarqué, ou du moins il m'a semblé, Eugène Pavlovitch, répondit le prince, que vous vous intéressiez beaucoup à lui aujourd'hui ; est-ce vrai ?

– Ajoutez encore que, dans les circonstances particulières où je me trouve, j'ai autre chose en tête ; aussi suis-je le premier étonné de n'avoir pu, de toute la soirée, détourner mes yeux de cette repoussante physionomie.

– Son visage est joli…

– Voilà ! voilà, regardez ! s'écria Eugène Pavlovitch en tirant le prince par le bras. – Voilà !

De nouveau le prince jeta sur son interlocuteur un regard ébahi.

V

Hippolyte, qui s'était soudain endormi sur le divan vers la fin de la dissertation de Lébédev, se réveilla en sursaut comme si quelqu'un lui avait donné une bourrade dans le côté. Il tressaillit, se mit sur son séant, regarda autour de lui et pâlit. À la vue de l'entourage, son visage exprima une certaine frayeur ; mais lorsque la mémoire lui revint et qu'il eut ressaisi ses esprits, cette frayeur dégénéra presque en épouvante.

– Quoi, ils s'en vont ? C'est fini ? Tout est terminé ? Le soleil est levé ? demanda-t-il avec angoisse en saisissant le prince par la main, – Quelle heure est-il ? Pour Dieu, dites-moi l'heure ! J'ai dormi. Ai-je dormi longtemps ? ajouta-t-il avec une expression voisine du désespoir, comme s'il avait manqué, en dormant, une affaire d'où dépendait pour le moins toute sa destinée.

– Vous avez dormi sept ou huit minutes, lui répondit Eugène Pavlovitch.

Hippolyte le regarda avidement et réfléchit quelques instants.

– Ah ! seulement ! Donc je…

Là-dessus il aspira l'air avec force comme s'il se sentait soulagé d'un poids extraordinaire. Il avait enfin compris que rien « n'était terminé », que l'aube n'avait pas encore lui, que l'assistance n'avait quitté la table que pour aller prendre une collation et que la seule chose qui eût cessé était le bavardage de Lébédev. Il sourit et ses pommettes se colorèrent de deux taches rouges, révélatrices de la phtisie.

– Quant à vous, Eugène Pavlovitch, vous avez même compté les minutes pendant que je dormais, lança-t-il d'un ton moqueur ; – vous ne m'avez pas quitté des yeux toute la soirée, je m'en suis aperçu… Ah ! Rogojine ! Je viens de le voir en rêve, chuchota-t-il au prince en fronçant le sourcil et en montrant d'un signe de tête l'endroit de la table où était assis Parfione Sémionovitch. – Ah ! oui, à propos, fit-il en sautant brusquement d'un sujet à l'autre, où est l'orateur, où est Lébédev ? Il a donc fini son discours ? De quoi a-t-il parlé ? Est-il vrai, prince, que vous ayez dit un jour que la « beauté » sauverait le monde ? Messieurs, s'écria-t-il en prenant toute la société à témoin, le prince prétend que la beauté sauvera le monde ! Et moi je prétends que, s'il a des idées aussi folâtres, c'est qu'il est amoureux. Messieurs, le prince est amoureux ; tout à l'heure, aussitôt qu'il est entré, j'en ai acquis la conviction. Ne rougissez pas, prince ! vous me feriez pitié. Quelle beauté sauvera le monde ? C'est Kolia qui m'a répété le propos… Vous êtes un fervent chrétien ? Kolia dit que vous-même, vous vous donnez ce nom de chrétien.

Le prince le contempla attentivement et ne répliqua point.

– Vous ne me répondez pas ? Vous pensez peut-être que je vous aime beaucoup, ajouta à l'improviste Hippolyte, comme si cette réflexion lui échappait.

– Non, je ne pense pas cela. Je sais que vous ne m'aimez pas.

– Comment ! Même après ce qui s'est passé hier ! Ai-je été sincère avec vous hier ?

– Je savais, hier aussi, que vous ne m'aimiez pas.

– Vous voulez dire que c'est parce que je vous envie, parce que je vous jalouse ? Vous l'avez toujours cru et vous le croyez encore, mais… pourquoi vous parler de cela ? Je veux boire encore du champagne ; Keller, versez-m'en.

– Il ne faut plus boire, Hippolyte ; je ne vous laisserai pas…

Et le prince éloigna la coupe de lui.

– C'est vrai, après tout… acquiesça-t-il immédiatement d'un air songeur ; ils diraient sans doute que… mais que m'importe ce qu'ils diraient ! N'est-ce pas, voyons ? Qu'ils disent ensuite ce qu'ils voudront, n'est-ce pas, prince ? Et que nous chaut, à nous tous tant que nous sommes, ce qui sera *après ?...* Au reste je sors d'un songe. Quel affreux songe j'ai fait ! c'est seulement maintenant que je me le rappelle. Je ne vous souhaite pas de pareils rêves, prince, bien qu'effectivement je ne vous aime peut-être guère. D'ailleurs, si on n'aime pas quelqu'un, ce n'est pas une raison pour lui vouloir du mal, n'est-il pas vrai ? Mais pourquoi fais-je toutes ces questions ? Pourquoi toutes ces interrogations ? Donnez-moi votre main, je vous la serrerai bien fort ; voilà, comme cela… Vous m'avez quand même tendu la main. Donc vous sentez que je vous la serre sincèrement… Soit, je ne boirai plus. Quelle heure est-il ? Inutile de me le dire, d'ailleurs ; je le sais. L'heure a sonné. Le moment est venu. Eh quoi ? on sert la collation dans ce coin ? Alors cette table est libre ? Parfait ! Messieurs, je… Tout ce monde n'écoute même pas… J'ai l'intention de lire un article, prince, la collation est certainement plus intéressante, mais…

Brusquement et de la manière la plus inattendue il tira de sa poche de côté un large paquet de format administratif, scellé d'un grand cachet rouge, et le posa devant lui sur la table.

Ce geste imprévu produisit son effet sur la société, qui était *mûre,* mais… pas pour une lecture. Eugène Pavlovitch se leva de sa chaise en sursaut ; Gania se rapprocha vivement de la table ; Rogojine fit de même, mais avec la moue dégoûtée et maussade de l'homme qui sait de quoi il retourne. Lébédev, qui se trouvait près de là, s'avança avec un regard fouinard et se mit à examiner le paquet en essayant d'en deviner le contenu.

– Qu'est-ce que vous avez là ? demanda le prince d'un ton inquiet.

– Aux premières lueurs du soleil je me coucherai, prince ; je l'ai dit ; parole d'honneur, vous verrez ! s'écria Hippolyte. Mais… mais… est-ce que vous me croyez hors d'état de décacheter ce paquet ? ajouta-t-il en jetant autour de lui un regard de défi qui paraissait s'adresser à tout le monde sans distinction.

Le prince remarqua qu'il tremblait de tous ses membres. Il prit la parole au nom de l'assistance.

– Aucun de nous n'a cette pensée. Pourquoi nous l'attribuez-vous et croyez-vous que… Quelle drôle d'idée de vouloir nous faire une lecture ! Qu'avez-vous là, Hippolyte ?

– Qu'est-ce que c'est ? Qu'est-ce qui lui prend encore ? demandait-on autour de lui. Tous s'approchèrent : quelques-uns mangeaient déjà. Le paquet et son cachet rouge attiraient les convives comme un aimant.

– C'est ce que j'ai écrit moi-même hier, aussitôt après vous avoir donné ma parole que je viendrais m'installer chez vous, prince. J'y ai passé toute la journée d'hier, puis la nuit ; je l'ai terminé ce matin. Avant le petit jour, j'ai fait un rêve…

– Ne vaut-il pas mieux remettre cela à demain. ? interrompit timidement le prince.

– Demain « il n'y aura plus de temps », repartit Hippolyte avec un ricanement convulsif. Au demeurant n'ayez aucune crainte, la lecture prendra quarante minutes ou, au plus, une heure… Et voyez l'intérêt que tout le monde y porte : chacun s'approche, chacun regarde mon cachet. Si je n'avais pas mis cet article sous pli cacheté, il n'aurait éveillé aucune curiosité. Ha ! ha ! Voilà l'attrait du mystère ! Décachetterai-je ou non, messieurs ? s'écria-t-il en riant de son rire singulier et en dardant sur l'auditoire des yeux étincelants. Mystère ! mystère ! Vous rappelez-vous, prince, qui a annoncé qu'« il n'y aurait plus de temps » ? C'est l'Ange immense et puissant de l'Apocalypse.

– Mieux vaut ne pas lire, s'exclama brusquement Eugène Pavlovitch avec un air d'inquiétude tel que beaucoup de personnes en furent frappées.

– Ne lisez pas ! s'écria également le prince, en posant la main sur le paquet.

– Comment, lire maintenant ? Mais on va souper, observa quelqu'un.

– Un article ? C'est sans doute pour une revue ? demanda un autre.

– Il est peut-être ennuyeux ? ajouta un troisième.

– Mais de quoi donc s'agit-il ? questionnèrent les autres.

Le geste d'appréhension du prince avait effrayé Hippolyte lui-même.

– Alors,… on ne lit pas ? lui chuchota-t-il d'un ton craintif, tandis qu'un sourire grimaçant contractait ses lèvres bleuies. – On ne lit pas ? murmura-t-il en scrutant autour de lui tous les yeux et tous les visages, et en cherchant à s'attacher les gens, comme tout à l'heure, avec un avide besoin d'épanchement. Vous… avez peur ? demanda-t-il en se tournant de nouveau vers le prince.

– Peur de quoi ? répliqua celui-ci dont la physionomie s'altérait de minute en minute.

– Quelqu'un aurait-il une pièce de vingt kopeks ? fit soudain Hippolyte en bondissant comme si on l'avait arraché de sa chaise ; une menue monnaie quelconque ?

– Voilà ! dit aussitôt Lébédev en tendant une pièce ; l'idée que le malade avait perdu la tête venait de s'emparer de son esprit.

– Véra Loukianovna ! appela précipitamment Hippolyte ; prenez cette pièce et jetez-la sur la table : pile ou face ? Si c'est pile, on lira !

Véra regarda avec effroi la monnaie, puis Hippolyte, puis bon père et, levant la tête avec l'idée qu'elle ne devait pas regarder la pièce, elle lança celle-ci sur la table d'un geste gauche. C'était pile.

– Il faut lire ! murmura Hippolyte comme écrasé sous le décret du sort ; il n'aurait pas été plus pâle s'il avait entendu son arrêt de mort. – D'ailleurs, s'écria-t-il en frissonnant après une demi-minute de silence, qu'est-ce à dire ? Se peut-il que je vienne de jouer ma destinée ?

Il jeta sur l'assistance un regard circulaire où se traduisait le même désir de s'épancher et de quémander l'intérêt ; puis, se tournant brusquement vers le prince, il s'écria avec un accent de sincère étonnement.

– Voici un étrange trait de psychologie… un trait incompréhensible, prince ! répéta-t-il en s'animant et du ton d'un homme qui se ressaisit ; – notez cela et rappelez-vous-le, puisque vous recueillez, paraît-il, des documents sur la peine de mort… On me l'a dit, ha ! ha ! Oh Dieu ! quel absurde non-sens !

Il s'assit sur le divan, s'appuya des deux coudes sur la table et se prit la tête entre les mains.

– Quelle honte, même !… poursuivit-il. Mais que m'importe que ce soit honteux ? Et, relevant aussitôt la tête, il parut obéir à une résolution soudaine : Messieurs ! messieurs, je décachette mon paquet, je… je ne force d'ailleurs personne à écouter !

Les mains tremblantes d'émotion, il décacheta le paquet et en tira quelques feuilles de papier à lettre couvertes d'une fine écriture, qu'il plaça devant lui et se mit à déplisser.

– Mais qu'est-ce là ? qu'y a-t-il ? Que va-t-on lire ? murmurèrent plusieurs assistants d'un air sombre. D'autres gardaient le silence, mais tous s'étaient assis et observaient la scène avec curiosité. Peut-être s'attendaient-ils en effet à un événement extraordinaire. Véra s'était accrochée à la chaise de son père et avait une telle peur qu'elle retenait ses larmes avec peine. Kolia n'était guère moins effrayé. Lébédev, qui était déjà assis, se releva subitement, prit les bougies et les rapprocha d'Hippolyte pour que celui-ci vît plus clair en lisant.

– Messieurs, c'est… vous allez voir tout de suite ce que c'est, ajouta, on ne sait trop pourquoi, Hippolyte ; et sans transition il commença à lire : « Explication indispensable ». Épigraphe : *Après moi le déluge*[110] Au diable ! s'exclama-t-il sur le ton d'un homme qui vient de se brûler : comment ai-je pu placer sérieusement une aussi sotte épigraphe ?… Écoutez, messieurs !… je vous assure que tout cela n'est, peut-être, au bout du compte, qu'une affreuse bagatelle ! Ce sont seulement quelques pensées à moi… Si vous croyez qu'il y a là quelque chose de mystérieux ou… de défendu… en un mot…

– Vous feriez mieux de lire sans préambule, interrompit Gania.

– Il cherche un biais ! ajouta un autre.

– Voilà bien du bavardage ! lança Rogojine qui jusque-là était resté muet.

---

[110] En français dans le texte, – N. d. T.

Hippolyte le regarda tout à coup ; au moment où leurs yeux se croisèrent, Rogojine eut un sourire amer et fielleux, puis articula ces paroles étranges :

– Ce n'est pas ainsi qu'il faut se comporter en cette affaire, mon garçon, non…

Certes, personne ne comprit ce que Rogojine voulait dire. Mais sa phrase fit sur l'assistance une impression plutôt singulière : la même idée parut effleurer tous les esprits. Sur Hippolyte, l'effet de cette phrase fut terrible : il se mit à trembler si fort que le prince fut sur le point de lui tendre la main pour l'empêcher de tomber ; et il aurait certainement poussé un cri si la voix ne lui était restée dans le gosier. Il fut une minute entière sans pouvoir articuler un mot. Il respirait péniblement et ne quittait pas Rogojine des yeux. Enfin, reprenant son haleine au prix des plus grands efforts, il proféra :

– Alors c'est vous… c'est vous qui étiez… vous…

– Qui étais quoi ? Que veux-tu dire ? répliqua Rogojine avec l'air de ne pas comprendre.

Mais Hippolyte devint tout rouge et, emporté par une sorte de rage subite, il lança d'une voix cassante et brutale.

– C'est ***vous*** qui êtes venu chez moi la semaine dernière, de nuit, après une heure, le lendemain de cette matinée où j'étais allé vous voir. C'est ***vous !*** Avouez-le : c'est vous ?

– La semaine dernière, de nuit ? Est-ce que tu n'as pas perdu le sens, mon garçon ?

Le « garçon » se tut encore un instant, porta l'index à son front et eut l'air de se recueillir. Mais sous son pâle sourire, dont la peur faisait un rictus, perça soudain une expression de ruse et même de triomphe.

– C'est vous ! répéta-t-il presque à demi-voix mais avec l'accent de la plus entière conviction. ***Vous*** êtes venu chez moi et vous êtes resté assis une heure et même plus, sans dire mot, sur une chaise, près de la fenêtre : c'était entre minuit et deux heures ; vous êtes parti avant trois heures… Oui, c'était bien vous ! Pourquoi m'avez-vous fait peur ? Pourquoi êtes-vous venu me tourmenter ? je ne me l'explique pas, mais c'était vous !

Dans son regard s'alluma soudain un immense éclair de haine, mais il n'en continua pas moins à frissonner de frayeur.

– À l'instant, messieurs, vous allez tout savoir, je… je… écoutez…

Et de nouveau il saisit avec précipitation les feuillets de son manuscrit qui s'étaient déplacés et intervertis ; il s'efforça de les remettre en ordre ; ces feuillets tremblaient entre ses doigts frémissants et il fut longtemps à pouvoir les ranger.

– Il est fou ou il délire ! murmura Rogojine d'une voix à peine intelligible.

Enfin la lecture commença. Pendant les cinq premières minutes l'auteur de cet *article* inattendu eut peine à retrouver le souffle et lut d'une manière décousue et inégale. Mais sa voix s'affermit peu à peu et il arriva à rendre pleinement le sens de ce qu'il lisait. Parfois seulement une toux assez violente l'interrompait ; arrivé à la moitié de sa lecture, il fut pris d'un fort enrouement. Son exaltation qui croissait graduellement finit par atteindre le paroxysme, tandis que s'accentuait à la même allure l'impression morbide ressentie par l'auditoire. Voici tout cet article :

« Explication indispensable »

« Après moi le déluge ! »[111]

« Hier matin, le prince est venu me voir ; entre autres choses il m'a proposé de m'installer dans sa villa. Je savais qu'il ne manquerait pas d'insister sur ce point ; j'étais certain qu'il me déclarerait sans ambage que « je serais mieux pour mourir au milieu des hommes et des arbres », pour reprendre son expression. Mais aujourd'hui il n'a pas employé le mot *mourir ;* il a dit que « je serais mieux pour y continuer mon existence », ce qui, d'ailleurs, dans mon cas, revient à peu près au même. Je lui ai demandé ce qu'il voulait dire par ces « arbres » dont il parle si souvent, et pourquoi il m'en rebattait ainsi les oreilles. J'ai eu la stupeur de l'entendre me répondre que c'était moi-même qui, l'autre soir, avais déclaré être venu à Pavlovsk pour voir les arbres une dernière fois. Je lui ai fait observer que, pour mourir, il m'était parfaitement égal d'être sous les arbres ou de regarder un mur de briques devant ma fenêtre ; pour deux semaines qui me restaient à vivre, ce n'était pas la peine de faire tant de façons. Il tomba aussitôt d'accord là-dessus, mais il pensait que la verdure et le grand air amèneraient certainement une modification dans mon état physique et changeraient *mes rêves* et les effets de ma surexcitation, peut-être au point de les rendre tolérables. Je lui objectai de nouveau, en riant, qu'il parlait comme un matérialiste. Il me répliqua avec son habituel sourire qu'il avait toujours été matérialiste. Comme il ne ment jamais, ce n'était pas là une parole en l'air. Son sourire est bon ; je l'ai examiné alors avec plus d'attention. Je ne sais si maintenant je l'aime

---

[111] En français dans le texte. – N. d. T.

ou ne l'aime pas ; je n'ai pas le temps pour le moment de me tracasser l'esprit avec cette question. La haine que je lui portais depuis cinq mois, remarquez-le bien, a commencé à tomber complètement dans le cours du dernier mois. Qui sait ? Je suis peut-être allé à Pavlovsk surtout pour le voir. Mais... pourquoi ai-je alors déserté ma chambre ? Le condamné à mort ne doit pas quitter son coin ; si je n'avais pas pris maintenant une résolution définitive et si je m'étais, au contraire, résigné à attendre ma dernière heure, je n'aurais certainement abandonné ma chambre pour rien au monde et je n'aurais pas accepté la proposition de venir « mourir » chez lui à Pavlovsk.

« Il faut que je me hâte pour terminer sans faute avant demain toute cette « explication ». C'est dire que je n'aurai pas le temps de la relire ni de la corriger ; je la relirai demain en la communiquant au prince et à deux ou trois témoins que je compte trouver chez lui. Comme il n'y aura pas ici un seul mot qui ne soit la pure, la suprême et solennelle vérité, je suis curieux de savoir quelle impression j'éprouverai moi-même au moment où je ferai cette lecture. D'ailleurs j'ai eu tort d'écrire ces mots « suprême et solennelle vérité » ; pour quinze jours, cela ne vaut pas la peine de vivre ; c'est la meilleure preuve que je n'écrirai que la vérité. (N. B. – Une idée à ne pas perdre de tue : ne suis-je pas fou en ce moment, ou pour mieux dire : à certains moments ? On m'a positivement affirmé qu'arrivés à la dernière phase de leur maladie, les phtisiques ont des instants d'égarement. Vérifier cela demain par l'impression que produira la lecture sur les auditeurs. Cette question doit être à tout prix résolue de la façon la plus exacte ; sans quoi on ne peut rien entreprendre.)

« Il me semble que je viens d'écrire une sottise énorme ; mais, comme je l'ai dit, je n'ai pas le temps de corriger ; en outre, je me promets de laisser intentionnellement ce manuscrit sans la moindre correction, même si je m'aperçois que je me contredis toutes les cinq lignes. Je veux justement soumettre demain, à l'épreuve de la lecture, la logique de ma pensée, et m'assurer que je remarque mes erreurs ; je saurais ainsi si toutes les idées que j'ai mûries dans cette chambre au cours de ces derniers mois sont véritables, ou s'il ne s'agît que d'un délire.

« Si j'avais dû, il y a deux mois, abandonner complètement ma chambre, comme je vais le faire, et dire adieu au mur de Meyer, je suis sûr que j'aurais éprouvé de la tristesse. Maintenant je ne ressens plus rien, bien que je doive quitter demain *pour toujours* cette chambre et ce mur ! Donc, mon être est aujourd'hui dominé par la conviction que, pour deux semaines, ce n'est pas la peine d'avoir des regrets ou de s'abandonner à aucun sentiment. Et tous mes sens obéissent peut-être déjà à cette conviction. Mais est-ce bien vrai ? Est-il vrai que ma nature soit complètement domptée ? Si l'on m'infligeait la torture en ce moment, je me mettrais certainement à crier ; je ne dirais pas que ce n'est pas la peine de crier et de ressentir la douleur quand on n'a plus que quinze jours à vivre.

« Toutefois est-il exact qu'il ne me reste que quinze jours à vivre et pas davantage ? Ce que j'ai raconté à Pavlovsk était mensonger : B…ne[112] ne m'a rien dit du tout et ne m'a même jamais vu ; mais il y a une semaine on m'a amené l'étudiant Kislorodov ; c'est un matérialiste, un athée et un nihiliste ; c'est justement pour cela que je l'ai fait venir ; j'avais besoin d'un homme qui me dise enfin la vérité toute nue, sans ménagement ni formes. C'est ce qu'il a fait, non seulement avec empressement et sans circonlocutions, mais même avec un visible plaisir (qui, à mon avis, passait la mesure). Il m'a déclaré brutalement qu'il me restait environ un mois à vivre ; peut-être un peu plus, si les circonstances étaient favorables, peut-être aussi beaucoup moins. Il se peut, selon lui, que je meure subitement, demain par exemple ; cela s'est vu. Pas plus tard qu'avant-hier, une jeune dame phtisique, qui demeure dans le quartier de Kolomna et dont le cas ressemble au mien, se préparait à aller au marché pour faire ses provisions ; se sentant soudainement indisposée, elle s'est étendue sur un divan, a poussé un soupir et rendu l'âme. Kislorodov, m'a rapporté tous ces détails avec une certaine affectation d'insensibilité et d'indifférence, comme s'il me faisait l'honneur, (de me considérer, moi aussi, comme un être supérieur, pénétré du même esprit de négation que lui et n'ayant naturellement aucune peine à quitter la vie. Finalement, un fait demeurait établi, c'est que j'avais un mois à vivre et pas davantage ! Sous ce rapport je suis tout à fait convaincu qu'il ne s'est pas trompé.

« J'ai été très surpris quand le prince a deviné que j'avais des cauchemars ; il a dit, à la lettre, qu'à Pavlovsk « les effets de ma surexcitation et mes rêves » changeraient. Pourquoi a-t-il parlé de mes rêves ? Ou il est médecin, ou c'est un esprit d'une pénétration extraordinaire, capable de deviner bien des choses. (Mais que, tout compte fait, il soit un « idiot », cela n'offre pas de doute.) Juste avant son arrivée, je venais de faire un joli rêve en vérité (comme j'en fais maintenant des centaines). Je m'étais endormi une heure, je crois, avant sa visite et je me voyais dans une chambre qui n'était pas la mienne. Elle était plus grande et plus haute, mieux meublée, claire ; le mobilier se composait d'une armoire, d'une commode, d'un divan et de mon lit, qui était long et large, avec une couverture verte en soie piquée. Dans cette chambre j'aperçus un animal effrayant, une sorte de monstre. Il ressemblait à un scorpion, mais ce n'était pas un scorpion ; c'était quelque chose de plus repoussant et de bien plus hideux. Je crus voir une sorte de mystère dans le fait qu'il n'existait point d'animaux de ce genre dans la nature et qu'il en était néanmoins apparu un *exprès* chez moi. Je l'examinai à loisir : c'était un reptile brun et squameux, long d'environ quatre verchoks[113] ; sa tête avait la grosseur de deux doigts, mais son corps s'amincissait graduellement vers la queue, dont le bout n'avait pas plus d'un dixième de verchok d'épaisseur. À un verchok de la tête deux pattes se détachaient de part et

---

112 Sans doute le docteur Botkine médecin d'Alexandre II. – N. d. T.

113 Le verchok vaut un peu plus de 45 millimètres N. d. T.

d'autre du tronc, avec lequel elles formaient un angle de quarante-cinq degrés, si bien que, vu de haut, l'animal prenait l'aspect d'un trident. Je ne vis pas très distinctement sa tête, mais j'y remarquai deux petites tentacules très courtes et également brunes qui ressemblaient à deux grosses aiguilles. On retrouvait deux petites tentacules identiques au bout de la queue et à l'extrémité de chaque pattes ; soit huit en tout. Cette bête courait très vite à travers la chambre en s'appuyant sur ses pattes et sa queue ; pendant sa course, son corps et ses pattes se tordaient comme des serpents avec une prodigieuse vélocité malgré sa carapace ; c'était une chose affreuse à voir. J'avais une peur atroce que l'animal ne me piquât, car on m'avait dit qu'il était venimeux. Mais ce qui me tourmentait le plus, c'était de savoir qui l'avait envoyé dans ma chambre, quel dessein on poursuivait contre moi et que cachait ce mystère. La bête se dissimulait sous la commode, sous l'armoire, et se réfugiait dans les coins. Je m'assis sur une chaise et repliai mes jambes sous moi. L'animal traversa prestement la chambre en diagonale et disparut quelque part près de ma chaise. Je le cherchai des yeux avec épouvante, mais, comme j'étais assis les jambes ramenées sous le corps, j'espérais qu'il ne grimperait pas après la chaise. Tout à coup, j'entendis un léger crépitement derrière moi, non loin de ma nuque. Je me retournai et vis le reptile qui grimpait le long du mur ; il se trouvait déjà à la hauteur de ma tête et frôlait même mes cheveux avec sa queue qui tournait et ondulait avec une agilité extrême. Je fis un bond et le monstre disparut. Je n'osais me mettre au lit, de peur qu'il ne se glissât sous l'oreiller. Ma mère et je ne sais quelle autre personne de sa connaissance entrèrent alors dans la chambre. Elles se mirent à donner la chasse au reptile. Elles étaient plus calmes que moi et ne manifestaient même aucune frayeur, mais n'y comprenaient rien. Soudain le monstre réapparut ; il rampait cette fois d'un mouvement très lent comme s'il avait une intention particulière ; ses nonchalantes contorsions lui donnaient un air encore plus repoussant ; il traversa de nouveau la chambre comme la première fois, se dirigeant vers le seuil. À ce moment ma mère ouvrit la porte et appela Norma, notre chienne ; c'était un énorme terre-neuve au poil noir et frisé ; il y a cinq ans qu'elle est morte. Elle se précipita dans la chambre et s'arrêta comme pétrifiée en face du reptile, qui, lui aussi, cessa d'avancer mais continua à se tordre et à frapper le plancher de ses pattes et de l'extrémité de sa queue. Les animaux sont inaccessibles, si je ne me trompe, aux terreurs mystiques ; mais à ce moment il me sembla qu'il y avait quelque chose de tout à fait étrange et de mystique dans l'épouvante de Norma ; c'était à croire qu'elle devinait, comme moi, dans cet animal une apparition fatale et mystérieuse. Elle recula lentement tandis que le reptile s'avançait prudemment et à pas comptés ; il avait l'air de se disposer à sauter sur elle pour la piquer. Mais en dépit de sa frayeur et bien qu'elle tremblât de tous ses membres, Norma fixait sur l'animal des yeux pleins de rage. À un moment donné, elle découvrit progressivement ses redoutables crocs, ouvrit son énorme gueule rouge, prit son élan et se jeta résolument sur le monstre qu'elle happa. La bête fit, semble-t-il, un violent effort pour se dégager, car Norma dut la ressaisir et cette fois au vol. À deux reprises elle l'engloutit dans sa gueule, la tenant toujours en l'air comme si elle voulait l'avaler. La carapace craqua sous ses dents ; la queue et les pattes de l'animal dépassaient et s'agitaient d'une manière effroyable. Brusquement Norma poussa un hurlement plaintif ; le reptile avait malgré tout réussi à lui piquer la langue. En geignant de douleur la chienne desserra les crocs. Je vis alors dans sa gueule le reptile à moitié broyé qui continuait à se débattre ; de son corps mutilé coulait sur la langue de la chienne un liquide blanc et abondant semblable à celui qui sort d'un cafard quand on l'écrase… C'est à ce moment que je m'éveillai et que le prince entra. »

Hippolyte interrompit subitement sa lecture comme sous l'empire d'une sorte de confusion.

– Messieurs, dit-il, je n'ai pas relu cet article et il me semble, je l'avoue, que j'ai écrit bien des choses inutiles. Ce rêve…

– C'est la vérité, s'empressa d'observer Gania.

– Je conviens qu'il y a là trop d'impressions personnelles, je veux dire : se rapportant exclusivement à ma personne…

En proférant ces mots Hippolyte paraissait exténué ; il essuyait avec son mouchoir la sueur de son front.

– Oui ! monsieur, vous vous intéressez par trop à vous-même, fit Lébédev d'une voix sifflante.

– Mais, messieurs, encore une fois, je ne force personne ; ceux qui ne veulent pas m'écouter peuvent se retirer.

– Il chasse les gens… de la maison d'autrui, marmonna Rogojine sur un ton à peine perceptible.

– Et si nous nous levions tous pour nous en aller ? fit inopinément Ferdistchenko, qui jusque-là n'avait pas osé hausser la voix.

Hippolyte baissa soudain les yeux et saisit son manuscrit. Mais il redressa aussitôt la tête ; ses prunelles brillaient, deux taches rouges coloraient ses joues ; il regarda fixement Ferdistchenko :

– Vous ne m'aimez pas du tout, dit-il.

Des rires éclatèrent, mais la majorité n'y fit point écho. Hippolyte rougit affreusement.

– Hippolyte, dit le prince, ramassez votre manuscrit et donnez-le-moi ; allez vous coucher, ici dans ma chambre. Nous causerons avant de nous endormir et nous reprendrons demain la conversation, mais à condition que vous ne reveniez pas sur ces feuilles. Voulez-vous ?

– Est-ce possible ? fit Hippolyte en lui jetant un regard de réelle surprise. – Messieurs, s'écria-t-il dans un nouvel accès d'excitation fébrile, il s'agit d'un sot épisode où je n'ai pas su garder contenance. Je n'interromprai plus ma lecture. Que celui qui veut écouter, écoute...

Il avala en hâte une gorgée d'eau, s'accouda prestement à la table pour échapper aux regards et reprit avec obstination sa lecture. Sa confusion ne tarda d'ailleurs pas à se dissiper...

« L'idée qu'il ne vaut pas la peine de vivre pour quelques semaines commença, je crois, à m'obséder il y a un mois, lorsque je comptais n'avoir plus que quatre semaines devant moi. Mais elle ne m'a complètement dominé qu'il y a trois jours, le soir où je rentrai de Pavlovsk. La première fois que j'ai senti cette idée me pénétrer jusqu'au plus profond de moi-même, j'étais sur la terrasse chez le prince et je venais justement de me décider à faire de la vie une dernière expérience. J'avais voulu voir les hommes et les arbres (admettons que ce soit moi qui me soit exprimé ainsi) ; je m'étais échauffé et avait pris la défense de Bourdovski, « mon prochain » ; je m'étais laissé aller à l'illusion que tous les assistants m'ouvriraient les bras pour me donner une accolade, qu'ils solliciteraient mon pardon et que je leur demanderais le leur ; en un mot j'avais fini comme un piètre imbécile. Et c'est alors que se révéla en moi cette « suprême conviction ». Cette « conviction », je me demande maintenant comment j'ai pu vivre six grands mois sans l'avoir ! Je savais pertinemment que j'étais atteint de phtisie et incurable ; je ne m'illusionnais pas et voyais clairement mon état. Mais plus je le voyais clairement, plus j'étais avide de vivre ; je m'accrochais à l'existence et voulais la prolonger à tout prix. J'admets que j'aie pu alors m'emporter contre le destin ténébreux et sourd à ma voix, qui avait, sans savoir pourquoi, décidé de m'écraser comme une mouche. Mais pourquoi ne me suis-je pas exclusivement confiné dans cette rage ? Pourquoi ai-je, en fait, *commencé* à vivre, alors que je savais que cela ne m'était plus permis ? Pourquoi me suis-je livré à cette tentative, la prévoyant sans issue ? Et cependant j'en étais arrivé à ne plus pouvoir lire de livres et à renoncer à la lecture ; à quoi bon lire, à quoi bon s'instruire pour six mois ? Plus d'une fois cette réflexion m'a fait jeter le livre commencé.

« Oui, ce mur de la maison Meyer pourrait en dire long, J'y ai inscrit bien des choses. Il n'y avait pas sur ce mur sale une seule tache que je ne connusse de mémoire. Maudit mur ! Et malgré tout, il m'est plus cher que tous les arbres de Pavlovsk, ou plutôt il devrait l'être, si à présent tout ne m'était égal.

– Je me rappelle maintenant arec quel avide intérêt je me suis mis à suivre *leur* vie ; je n'avais jamais éprouvé auparavant une pareille curiosité. J'attendais parfois avec impatience et aigreur le retour de Kolia, lorsque j'étais malade au point de ne pouvoir quitter la chambre. J'approfondissais tellement toutes les vétilles, je m'intéressais si vivement à tous les on-dit que j'en devins, je crois, un cancanier. Je ne comprenais pas, par exemple, comment les gens qui avaient en eux tant de vie ne réussissaient pas à s'enrichir (je ne le comprends d'ailleurs pas davantage aujourd'hui). J'ai connu un pauvre diable dont, par la suite, on m'a dit qu'il était mort de faim ; je me souviens que cette nouvelle m'a mis hors de moi ; si on avait pu ressusciter ce malheureux, je l'aurais, je crois, exterminé.

« Il m'arrivait parfois de me sentir mieux pendant de longues semaines et de pouvoir même descendre dans la rue ; mais la rue finit par m'excéder au point que je restais volontairement claustré des journées entières, alors que j'aurais pu sortir comme tout le monde. Je ne pouvais supporter la vue des gens qui grouillaient autour de moi sur les trottoirs, toujours soucieux, moroses, inquiets. À quoi bon leur sempiternelle tristesse, leur incessante et vaine agitation, leur morne et perpétuelle aigreur (car ils sont méchants, méchants, méchants) ? À qui la faute s'ils sont malheureux et ne savent pas vivre, alors qu'ils ont une perspective de soixante années d'existence ? Pourquoi Zarnitsine s'est-il laissé mourir de faim ayant soixante années devant lui ? Et chacun, en montrant ses haillons et ses mains calleuses, se fâche et se récrie : « Nous travaillons comme des bêtes de somme, nous trimons, nous sommes faméliques comme des chiens et traînons la misère ! D'autres ne travaillent pas, ne se donnent aucun mal et sont riches ! » (L'éternel refrain !) À côté d'eux se décarcasse du matin au soir un pauvre hère, tout ratatiné mais de « naissance noble », comme Ivan Fomitch Sourikov, qui demeure au-dessus de chez nous ; il a toujours les coudes percés et ses boutons décousus. Il fait des commissions pour un tas de gens et remplit on ne sait quel office : cela le tient du matin à la nuit. Liez conversation avec lui : il vous dira qu'il est « pauvre, nécessiteux, misérable ; sa femme a trépassé, il n'avait pas de quoi lui acheter des médicaments ; l'hiver, son petit garçon est mort de froid ; sa fille aînée se fait entretenir… » Il geint et pleurniche sans cesse. Oh ! je n'ai ressenti, ni alors ni maintenant, aucune pitié pour ces imbéciles, je le dis avec fierté ! Pourquoi cet individu n'est-il pas un Rothschild ? À qui la faute s'il n'a pas des millions comme Rothschild, s'il n'a pas une montagne d'impériales[114] et de napoléons d'or, une montagne aussi haute que celle que l'on voit à la foire pendant le carnaval ? Puisqu'il lui est donné de vivre, tout est en son pouvoir. À qui la faute s'il ne le comprend pas ?

« Oh ! désormais tout m'est égal ; je n'ai plus le temps de me fâcher. Mais alors, alors, je le répète, je mordais littéralement mon oreiller la nuit et déchirais de rage ma couverture. Oh ! quel rêve je faisais à ce moment et quel souhait ! Je souhaitais de gaîté de cœur que l'on me jetât sur-le-champ à la rue, malgré mes dix-huit ans, à peine vêtu, à peine couvert ; qu'on me laissât abso-

---

114 Pièce d'or de dix roubles. – N. d. T.

lument seul, sans logis, sans travail, sans un morceau de pain, sans parents, sans une seule connaissance, dans la ville immense, affamé et battu (tant mieux), mais avec la santé. Alors j'aurais montré…

« Qu'est-ce que j'aurais montré ?

« Pouvez-vous me croire inconscient du degré d'abaissement auquel je me suis déjà ravalé, avant de dire cela, par mon « Explication » ? Qui donc ne me prendra pas pour un malheureux blanc-bec, étranger à la vie, en oubliant que je n'ai plus dix-huit ans, car vivre comme j'ai vécu depuis six mois, c'est atteindre l'âge où les cheveux blanchissent ! Mais que l'on se moque si l'on veut et que l'on traite tout ceci de contes ! Car ce sont réellement des contes que je me suis débités à moi-même. J'en ai peuplé des nuits entières et je me les rappelle tous actuellement.

« Mais dois-je les répéter maintenant que, même pour moi, le temps des contes est passé ? Et pour qui ? J'y ai pris plaisir lorsque j'ai vu clairement qu'il m'était même interdit d'étudier la grammaire grecque comme j'en avais eu l'idée ; ayant réfléchi que je mourrais avant d'arriver à la syntaxe, je me suis arrêté dès la première page et j'ai jeté le livre sous la table. Il y est resté ; j'ai défendu à Matriona de le ramasser.

« Il se peut que celui entre les mains de qui mon « Explication » tombera et qui aura la patience de la lire jusqu'au bout me prenne pour un fou ou même pour un collégien, ou plus vraisemblablement pour un condamné à mort, auquel il semble, comme de juste, que, sauf lui, aucun homme ne fait assez de cas de la vie, qu'on la gaspille avec trop de légèreté, qu'on en jouit avec trop de nonchalance et pas assez de conscience, et que, partant, du premier au dernier, tous les hommes en sont indignes. Et après ? Je déclare que mon lecteur se sera trompé et que mes opinions ne sont influencées en rien par ma condamnation à mort. Demandez, demandez-leur seulement comment tous, sans exception, ils comprennent le bonheur ? Ah ! soyez certains que ce n'est pas, quand il a découvert l'Amérique mais quand il a été sur le point de la découvrir que Colomb a été heureux. Soyez persuadés que le monument culminant de son bonheur s'est peut-être placé trois jours avant la découverte du Nouveau-Monde, lorsque l'équipage au désespoir s'est rebellé et a été sur le point de faire demi-tour pour revenir en Europe. Il ne s'agissait pas ici du Nouveau-Monde, qui aurait pu s'effondrer. Colomb est mort l'ayant à peine vu et sans savoir, au fond, ce qu'il avait découvert. Ce qui compte, c'est la vie, la vie seule ; c'est la recherche ininterrompue, éternelle de la vie, et non sa découverte ! Mais à quoi bon ce verbiage ? Je conjecture que tout ceci a une telle apparence de lieux communs que l'on me prendra sans doute pour un collégien des basses classes qui fait un devoir sur le « lever du soleil ». On dira que j'ai peut-être voulu exprimer quelque chose, mais qu'en dépit de tout mon désir je ne suis pas arrivé à… « m'expliquer ». Toutefois j'ajouterai que, dans toute idée de génie, dans toute pensée neuve ou même simplement sérieuse qui naît en un cerveau humain, il y a toujours un reliquat qu'il est impossible de communiquer aux autres, quand bien même on y consacrerait des volumes entiers et l'on ressasserait la chose durant trente-cinq ans. Ce reliquat ne sortira à aucun prix de votre cerveau et il y demeurera à tout jamais ; vous mourrez sans l'avoir transmis à personne, et il enclora peut-être l'essentiel de votre pensée. Si, moi non plus, je ne réussis pas présentement à vous faire ressentir tout ce que j'ai souffert pendant ces six mois, du moins comprendra-t-on que j'aie peut-être payé trop cher la « suprême conviction » à laquelle je suis arrivé maintenant. Voilà ce que j'ai cru nécessaire de mettre en lumière dans mon « Explication », pour une fin connue de moi.

« Mais je reprends le fil de mon récit.

VI

« Je ne veux pas mentir ; pendant ces six mois la réalité m'a plus d'une fois ressaisi et entraîné au point de me faire oublier ma condamnation, ou plutôt de m'amener à n'y plus vouloir penser et à me mettre au travail. À ce propos je rappellerai les conditions dans lesquelles je vivais alors. Il y a environ huit mois, quand mon mal empira, je rompis toutes mes relations et cessai de voir mes anciens camarades. Comme j'avais toujours été d'humeur assez chagrine, ceux-ci n'eurent pas de peine à m'oublier ; ils m'auraient d'ailleurs oublié même si j'avais été autrement. Ma vie à la maison, c'est-à-dire « en famille », était celle d'un solitaire. Il y a environ cinq mois, je m'enfermai une fois pour toutes et m'isolai complètement des miens. On avait coutume de se plier à mes volontés et nul ne se permettait d'entrer dans ma pièce, sauf aux heures fixées pour faire le ménage et m'apporter mon dîner. Ma mère tremblait devant mes ordres et n'osait même pas larmoyer en ma présence quand parfois je me décidais à la laisser entrer. Elle battait continuellement les enfants pour qu'ils ne fissent pas de bruit et ne me dérangeassent point ; c'est vrai, je me plaignais souvent de leurs cris ; je m'imagine comme ils doivent m'aimer maintenant ! Je crois avoir aussi pas mal tourmenté le « fidèle Kolia », pour lui garder le surnom que je lui ai donné. Dans ces derniers temps il m'a rendu la pareille : tout cela était dans l'ordre des choses, les hommes ayant été créés pour se faire souffrir les uns les autres. Toutefois j'ai remarqué qu'il supportait ma mauvaise humeur comme s'il s'était juré de ménager un malade. Cela m'a naturellement irrité ; j'eus aussi l'impression qu'il s'était mis en tête d'imiter l'« humilité chrétienne » du prince, ce qui ne laissait pas d'être quelque peu ridicule. Ce garçon a l'enthousiasme de la jeunesse ; aussi imite-t-il tout ce qu'il voit. Mais il m'a parfois semblé que le moment était venu de l'inviter à se faire une personnalité. Je l'aime beaucoup. J'ai aussi tourmenté Sourikov, qui demeure au-dessus de chez nous et qui fait, du matin au soir, Dieu sait quelles commissions ! J'ai passé mon temps à lui démontrer que sa misère n'était imputable qu'à lui, si bien qu'il a fini par prendre peur et n'a plus mis les pieds chez moi. C'est un homme très humble, excessivement humble. (N. B. – On prétend que l'humilité est une force terrible ; il faut demander au prince des explications là-dessus, car l'expression est de lui.) Mais quand je montai, au mois de mars, chez eux pour voir comment ils avaient laissé « geler », comme ils disaient, leur petit garçon, je souris involontairement devant le cadavre de l'enfant et recommençai à expliquer à Sourikov que « c'était sa faute ». Alors les lèvres de ce bonhomme rabougri se mirent soudain à trembler ; il me posa une main sur l'épaule et, de l'autre, me montra la porte : « Sortez, monsieur ! » me dit-il doucement, presque dans un chuchotement. Je sortis ; son geste me plut beaucoup, il me plut même au moment où je fus mis à la porte ; toutefois ses paroles me laissèrent longtemps après, quand je me les remémorais, une impression étrange et pénible, quelque chose comme un sentiment de méprisante commisération à son égard, sentiment que j'aurais bien voulu ne pas éprouver. Même sous le coup d'une pareille offense (car je sens bien que, sans en avoir eu l'intention, je l'avais offensé), cet homme n'avait pas été capable de se fâcher ! Si ses lèvres s'étaient mises à frissonner, ce n'avait nullement été sous l'empire de la colère, je vous le jure ; il m'avait saisi le bras et lancé sa superbe apostrophe « Sortez, monsieur ! » sans le moindre courroux. Il était à ce moment-là plein de dignité, au point même que cette dignité contrastait avec sa mine (ce qui était en vérité d'un effet fort comique), mais il n'y avait en lui pas une ombre d'irritation. Peut-être s'était-il senti un soudain mépris à mon égard. Depuis lors, je l'ai rencontré deux ou trois fois dans l'escalier ; il m'a salué aussitôt en levant son chapeau, ce qu'il n'avait jamais fait auparavant. Mais il ne s'arrêtait plus comme autrefois ; il passait rapidement à côté de moi avec un air confus. Même s'il me méprisait, c'était encore à sa manière : « avec humilité ». Peut-être me donnait-il ces coups de chapeau par simple crainte, parce que j'étais le fils de sa créancière : il doit toujours de l'argent à ma mère et il est dans l'incapacité absolue de s'acquitter. Cette supposition est même la plus probable. J'ai eu l'idée de m'en expliquer avec lui ; je suis sûr qu'au bout de dix minutes il m'aurait demandé pardon ; mais j'ai réfléchi qu'il valait mieux le laisser tranquille.

« À cette époque, c'est-à-dire vers la mi-mars, lorsque Sourikov laissa « geler » son enfant, je me sentis subitement beaucoup mieux, et ce mieux dura près de deux semaines. Je me mis à sortir, le plus souvent à la tombée de la nuit. J'aimais les crépuscules de mars, lorsque le gel commence et qu'on allume le gaz ; j'allais parfois me promener assez loin. Un jour, dans la rue des Six-Boutiques, un quidam qui avait un air de gentilhomme, mais dont je ne distinguais pas les traits, passa devant moi dans l'obscurité ; il portait un paquet enveloppé dans du papier et était vêtu d'un paletot misérable, fripé et trop léger pour la saison. Quand il fut à la hauteur d'un réverbère, à dix pas environ devant moi, je vis quelque chose tomber de sa poche. Je m'empressai de relever l'objet. Il était temps, car un individu affublé d'un long caftan s'était déjà précipité dessus ; mais, le voyant en ma possession, il en prit son parti, jeta un coup d'œil sur mes mains et passa son chemin. Cet objet était un grand portefeuille en maroquin de forme ancienne ; il était bourré de papiers à en craquer, mais, je ne sais pourquoi, je devinai au premier coup d'œil qu'il devait contenir de tout, sauf de l'argent. Le passant qui l'avait égaré était déjà à quarante pas devant moi ; il allait bientôt se perdre dans la foule. Je courus après lui et l'appelai ; mais, comme je ne pouvais crier autre chose que « eh ! », il ne se retourna même pas. Soudain il s'engouffra à gauche sous une porte cochère. Quand j'arrivai sous cette porte, où régnait une profonde obscurité, il n'y avait plus personne. La maison était une de ces immenses bâtisses que construisent les spéculateurs pour y aménager une quantité de petits logements ; il y a de ces immeubles qui en comptent jusqu'à une centaine En franchissant la porte cochère, je crus voir dans l'angle droit et au fond d'une vaste cour quelqu'un qui s'éloignait, mais les ténèbres m'empêchèrent d'en discerner davantage. Je courus jusqu'à ce coin et découvris l'entrée d'un escalier étroit, fort sale et sans éclairage. En entendant dans le haut les pas précipités d'un homme qui montait, je me lançai dans l'escalier, comptant rejoindre sa trace avant qu'on lui eût ouvert la porte. C'est ce qui advint. Les paliers étaient très rapprochés, mais le nombre m'en parut sans fin et j'y perdis le souffle. Une porte s'ouvrit et se referma au cinquième étage. Je le devinai quand j'étais encore trois paliers plus bas. Il me fallut quelques minutes pour arriver au cinquième, reprendre haleine et chercher la sonnette. Enfin une femme qui était en train d'attiser le feu d'un samovar dans une minuscule cuisine vint m'ouvrir. Elle écouta mes questions en silence, n'y comprit certainement rien et, toujours sans desserrer les dents, me fit entrer dans une pièce voisine. C'était une très petite chambre, tout à fait basse et dont le misérable ameublement se réduisait au strict nécessaire ; sur un immense lit à courtines était couché un personnage que la femme appela « Térentitch » et qui me fit l'effet d'être gris. Un bout de chandelle brûlait sur une table dans un bougeoir en fer, à côté d'un demi-stof[115] d'eau-de-vie presque vide. Sans se lever Térentitch meugla quelques sons inarticulés à mon adresse et me montra de la main la porte suivante. La femme avait disparu, en sorte qu'il ne me restait qu'à pousser cette porte. C'est ce que je fis et je pénétrai dans la chambre à côté.

Celle-ci était encore moins large et plus exiguë que la première, au point que je ne savais même pas comment m'y retourner. Un lit étroit placé dans l'angle obstruait presque toute la pièce ; le reste de l'ameublement se composait de trois chaises ordinaires, encombrées de toute sorte de haillons, et d'une grossière table de cuisine devant un vieux divan recouvert de toile cirée, le tout si rapproché qu'à peine pouvait-on se faufiler entre la table et le lit.

---

115 Le « stof » ou cruche est une bouteille de forme carrée d'une contenance d'environ 125 centilitres – N. d. T.

« Une chandelle de suif dans un bougeoir en fer, pareil à celui de l'autre chambre, était posée sur la table. Un bébé de trois semaines au plus vagissait, couché sur le lit ; une femme malade et pâle lui « changeait » ou plutôt lui rebandait ses langes. Elle paraissait jeune encore et était négligemment vêtue ; on voyait qu'elle commençait à relever de couches. Quant à l'enfant, il ne cessait de crier dans l'attente du maigre sein de sa mère. Sur le divan dormait un autre enfant, une fillette de trois ans sur laquelle on avait jeté un vêtement qui avait l'air d'un frac. Près de la table se tenait un homme habillé d'une redingote très fripée (il avait déjà ôté son paletot qu'il avait posé sur la lit), en train de défaire un paquet enveloppé de papier bleu et renfermant deux livres de pain blanc et deux petites saucisses. Il y avait encore sur la table une théière remplie et des restes de pain noir. Sous le lit on pouvait distinguer une valise ouverte et deux paquets contenant des hardes.

« En un mot c'était un effroyable fouillis. Le monsieur et la dame me firent à première vue l'effet d'être des gens convenables, mais réduits par la misère à cet état de dégradation où le désordre s'impose au point qu'on ne réagit plus contre lui, qu'on arrive à s'y habituer et qu'on finit même, non seulement par ne plus pouvoir s'en passer, mais encore par trouver ; dans son quotidien accroissement je ne sais quel amer plaisir de revanche.

« Lorsque j'entrai, le monsieur qui venait aussi d'arriver déballait ses provisions et s'entretenait avec sa femme sur un ton d'extrême nervosité ; celle-ci n'avait pas encore fini d'emmailloter le bébé et s'était déjà mise à pleurnicher ; il est probable que les nouvelles apportées par son mari étaient mauvaises comme à l'ordinaire. Le visage du monsieur me parut bienséant, voire agréable. C'était un homme d'environ vingt-huit ans, brun, sec, qui portait des favoris noirs et avait le menton rasé de près. Il avait l'air morose et son regard était morne, mais avec une nuance de fierté maladive, facilement irritable. Mon arrivée donna lieu à une scène étrange.

« Il y a des gens qui puisent une jouissance extrême dans leur irascibilité, surtout lorsqu'elle atteint (ce qui arrive toujours très vite) son diapason le plus élevé ; à ce moment-là on dirait même qu'ils trouvent plus de satisfaction à être offensés qu'à ne pas l'être. En retour, ces gens irascibles éprouvent par la suite les douleurs du repentir, bien entendu s'ils sont intelligents et en état de comprendre qu'ils se sont emportés dix fois plus que de raison. Ce monsieur une regarda un moment avec stupéfaction, tandis que le visage de sa femme exprimait la frayeur, comme si l'apparition d'un être humain dans leur chambre eût constitué un événement terrible. Mais soudain, avant que j'aie eu le temps de balbutier deux mots, il se jeta sur moi avec une sorte de rage. Il était profondément blessé de voir un homme bien vêtu se permettre d'entrer sans façon dans son bouge et de plonger ses regards sur le pitoyable intérieur dont lui-même avait honte. Certes il savourait en même temps une manière de joie à l'idée de passer sur quelqu'un le dépit que lui causaient ses insuccès. Je crus même un instant qu'il allait me battre ; il devint pâle comme une femme en proie à un accès d'hystérie, ce qui épouvanta sa compagne.

– Comment avez-vous osé entrer ainsi ! Sortez ! cria-t-il en tremblant au point de pouvoir à peine articuler.

« Mais tout à coup il vit son portefeuille dans mes mains.

– Je crois que vous avez laissé tomber ceci, dis-je d'un ton aussi calme et aussi sec que possible (c'était d'ailleurs le ton qui convenait).

« Debout devant moi, frappé d'effroi, l'homme fut quelque temps comme sans rien comprendre. Puis, d'un geste rapide, il tâta sa poche, ouvrit une bouche hébétée et se frappa le front.

– Mon Dieu ! où l'avez-vous trouvé ? De quelle façon ?

« Je lui expliquai en peu de mots et d'un ton encore plus sec comment j'avais ramassé le portefeuille, comment j'avais couru après lui en le hélant et enfin comment je l'avais suivi quatre à quatre dans l'escalier, en quelque sorte à l'aveuglette.

– Oh ! mon Dieu ! s'écria-t-il en s'adressant à sa femme, ce sont tous mes papiers, mes derniers instruments, enfin tout !... » Oh ! monsieur, savez-vous quel service vous venez de me rendre ? J'étais un homme perdu !

« Entre temps j'avais saisi le bouton de porte pour sortir sans répondre, mais j'étouffai et fus secoué d'un brusque accès de toux, si véhément qu'à peine pouvais-je rester debout. Je vis le monsieur tourner en tous sens pour me trouver une chaise libre ; il prit enfin les haillons qui traînaient sur un siège, les jeta par terre et me fit asseoir en toute hâte mais avec précaution. Ma quinte se prolongea encore pendant au moins trois minutes. Quand je revins à moi, il était assis à mon côté sur une autre chaise qu'il avait sans doute aussi débarrassée de ses hardes et il me regardait fixement.

– Vous avez l'air de... souffrir ? fit-il du ton que prennent habituellement les médecins en abordant leurs malades... – Je suis moi-même... médecin (il n'employa pas le mot « docteur »). Et, ce disant, il montra d'un geste la chambre, comme pour protester contre sa situation actuelle.

– Je vois que vous...

– Je suis phtisique, articulai-je laconiquement en me levant.

« Il se leva, lui aussi, d'un bond.

– Peut-être que vous exagérez… En vous soignant…

« Il était très troublé et n'arrivait pas à se ressaisir ; il tenait le portefeuille dans sa main gauche.

– Oh ! ne vous inquiétez pas ! l'interrompis-je de nouveau en saisissant le bouton de la porte ; j'ai été examiné la semaine dernière par B… ne[116] (là encore, je citai le nom de B… ne) et mon affaire est claire. Excusez-moi !

« J'avais derechef l'intention d'ouvrir la porte et de laisser le docteur confus, reconnaissant et écrasé de honte, mais ma maudite toux me reprit juste à ce moment. Mon docteur me fit alors rasseoir et insista pour que je me repose ; il se tourna vers sa femme qui, sans bouger de place, m'adressa quelques paroles affables de gratitude. Ce faisant elle se troubla tellement que ses joues sèches et décolorées s'empourprèrent. Je restai, mais pris l'air de quelqu'un qui désire laisser paraître à tout moment une crainte extrême d'être importun (c'était l'air qui convenait). Je remarquai que le repentir avait fini par torturer mon docteur.

– Si je…, commença-t-il en s'interrompant à chaque instant et en sautant d'une phrase à l'autre, je vous suis si reconnaissant et j'ai si mal agi avec vous… je… vous voyez – il montra de nouveau la chambre – en ce moment je me trouve dans une telle situation…

– Oh ! dis-je, c'est tout vu ; le cas n'a rien de nouveau ; vous avez probablement perdu votre place et vous êtes venu dans la capitale pour vous expliquer et en chercher une autre ?

– D'où… l'avez-vous appris ? demanda-t-il étonné.

– Cela se voit au premier coup d'œil, répondis-je sur un ton d'involontaire ironie. – Beaucoup de gens arrivent ici de province avec des espérances ; ils font des pas et des démarches et vivent ainsi au jour le jour.

« Il se mit à parler avec une chaleur soudaine ; ses lèvres tremblaient ; je dois dire que ses lamentations et son récit me touchèrent ; je restai chez lui près d'une heure. Il m'exposa son histoire qui, du reste, n'avait rien d'extraordinaire. Médecin en province, au service de l'État, il avait été victime d'intrigues auxquelles avait même été mêlé le nom de sa femme. Sa fierté s'était révoltée et il avait perdu patience. Là-dessus, un mouvement dans le personnel administratif ayant été favorable à ses ennemis, on avait travaillé en sous-main contre lui et il

---

[116] Sans doute le docteur Botkine médecin d'Alexandre II. – N. d. T.

avait été l'objet d'une plainte ; il avait dû abandonner sa place et aller avec ses dernières ressources à Pétersbourg pour fournir des explications. Là, comme toujours, on le traîna en longueur avant de lui accorder audience ; puis on l'écouta, puis on l'éconduisit, puis on lui fit des promesses, puis on l'admonesta sévèrement, puis on lui ordonna d'exposer son affaire par écrit, puis on refusa de recevoir son mémoire et on l'invita à présenter une requête. Bref, il avait couru pendant cinq mois et mangé tout ce qu'il avait ; les robes de sa femme étaient engagées au mont-de-piété jusqu'à la dernière ; c'est à ce moment qu'un enfant leur était né et... et... « aujourd'hui on m'a signifié le rejet définitif de ma requête ; je n'ai pour ainsi dire plus de pain, je n'ai plus rien et ma femme relève de couches. Je, je... »

« Il se dressa brusquement et se détourna. Sa femme pleurait dans un coin ; l'enfant recommença à piailler. J'ouvris mon carnet et me mis à inscrire quelques notes. Lorsque j'eus fini et me levai, je le vis planté devant moi qui me regardait avec une curiosité craintive.

« J'ai noté votre nom, lui dis-je, et tout le reste : la localité où vous avez servi, le nom de votre gouverneur, les dates et les mois. J'ai un camarade d'école nommé Bakhmoutov dont l'oncle, Pierre Matvéïévitch Bakhmoutov, est conseiller d'État actuel et directeur de département...

– Pierre Matvéïévitch Bakhmoutov ! s'écria mon médecin dans une sorte de tremblement, mais c'est de lui que presque toute cette affaire dépend !

« Et, de fait, dans l'histoire de mon médecin et dans son dénouement, auquel je contribuai d'une façon si inopinée, tout s'enchaîna et s'arrangea, selon les prévisions, comme dans un roman. J'engageai ces pauvres gens à ne fonder aucune espérance sur moi, attendu que j'étais moi-même un pauvre collégien (j'exagérais à dessein l'humilité de ma situation, car il y avait longtemps que j'avais terminé mes études au collège). J'ajoutai qu'ils n'avaient pas besoin de savoir mon nom, mais que j'irais de ce pas au Vassili Ostrov[117] pour voir mon camarade Bakhmoutov. J'étais sûr que son oncle, le conseiller d'État actuel, vieux garçon, sans enfants, adorait mon camarade jusqu'à la passion, voyant en lui le dernier rejeton de sa famille. Peut-être, dis-je en terminant, que ce camarade pourra faire quelque chose pour vous et, comme de raison, à cause de moi, auprès de son oncle. »

– Si on me laissait seulement m'expliquer devant Son Excellence ! Si j'arrivais à pouvoir obtenir l'honneur de me justifier de vive voix ! s'écria-t-il en frissonnant comme s'il avait la fièvre, tandis que ses yeux étincelaient.

---

117 Le Vassilievski Ostrov (couramment appelé le Vassili Ostrov par la colonie étrangère de Pétersbourg) est le quartier universitaire de la ville, dans une grande île entre les bras de la Neva. – N. d. T.

« C'est bien l'expression qu'il employa : « Si *j'arrivais à pouvoir* obtenir l'honneur… » Après avoir répété une fois de plus que l'affaire raterait sûrement et que tous nos efforts resteraient stériles, j'ajoutai que, si je ne venais pas chez eux le lendemain matin, cela voudrait dire que tout serait fini et qu'ils n'avaient plus rien à attendre. Ils me reconduisirent avec force saluts et semblaient presque avoir perdu la tête. Jamais je n'oublierai l'expression de leur visage. Je pris un fiacre et me rendis sur-le-champ au Vassili Ostrov.

« Nous avions vécu dans une continuelle inimitié, ce Bakhmoutov et moi, pendant plusieurs années de collège. On le tenait chez nous pour un aristocrate ; c'était du moins ainsi que je l'avais qualifié. Il était toujours très bien mis et arrivait dans son propre équipage. Il n'était pas fier ; c'était un excellent camarade, d'une perpétuelle bonne humeur, parfois même très spirituel, sans être d'une grande intelligence ; cependant il était toujours le premier de la classe, et moi je n'ai jamais été premier en rien. Tous ses condisciples l'aimaient, sauf moi. Pendant ces quelques années il m'avait à diverses reprises fait des avances, mais je m'étais chaque fois détourné de lui d'un air maussade et irrité. Il y avait environ un an que je ne l'avais revu ; il était à l'Université. Quand j'entrai chez lui, vers les neuf heures du soir (non sans formalités cérémonieuses, car des domestiques m'annoncèrent), il me reçut d'abord avec étonnement et même d'une manière assez peu affable. Mais il ne tarda pas à retrouver sa gaîté et partit d'un brusque éclat de rire en me regardant :

Quelle idée vous a pris de venir me voir, Térentiev ? s'écria-t-il avec le cordial sans-façon qui lui était familier ; son ton était parfois cavalier mais jamais offensant ; c'était un trait que j'aimais en lui et qui pourtant était la cause de ma haine à son égard. – Mais quoi donc ? s'écria-t-il avec effroi, vous êtes si malade ?

« La toux m'avait repris ; je m'affaissai sur une chaise et pus à peine retrouver le souffle.

– Ne vous inquiétez pas, dis-je, je suis phtisique. J'ai une prière à vous adresser.

« Surpris, il s'assit, cependant que je lui racontais toute l'histoire du docteur, lui expliquant qu'il pourrait peut-être faire quelque chose de son côté, étant donné l'influence considérable qu'il avait sur son oncle.

– Je le ferai, je le ferai sans faute ; dès demain j'entreprendrai mon oncle ; je suis même très content, et vous avez si gentiment raconté tout cela…. Mais comment l'idée vous est-elle venue, Térentiev, de vous adresser à moi malgré tout ?

– Tout dépend de votre oncle en cette affaire ; en outre, Bakhmoutov, nous avons toujours été ennemis et, comme vous êtes un noble caractère, j'ai pensé que vous n'opposeriez pas un refus à un ennemi, ajoutai-je avec une pointe d'ironie.

– Tel Napoléon faisant appel à l'hospitalité de l'Angleterre ! s'écria-t-il dans un éclat de rire. – Oui, je ferai le nécessaire, je le ferai ! J'irai même tout de suite, si c'est possible ! s'empressa-t-il d'ajouter en me voyant me lever d'un air grave et sévère.

« Effectivement, cette affaire s'arrangea d'une manière tout à fait inattendue et à notre plus entière satisfaction. Au bout de six semaines notre médecin obtint une nouvelle place dans une autre province ; on le défraya de son déplacement et on lui alloua même un subside. Je soupçonne Bakhmoutov d'avoir amené le docteur à accepter de lui une avance à titre de prêt ; il allait le voir souvent (alors que moi-même je cessai à dessein mes visites ; quand, par hasard, le docteur venait chez moi, je le recevais presque sèchement) ; pendant ces six semaines je rencontrai Bakhmoutov une ou deux fois, et nous nous revîmes une troisième fois quand nous fêtâmes le départ du docteur. Bakhmoutov donna chez lui un dîner d'adieu avec du champagne ; la femme du docteur y assista aussi, mais elle nous quitta de bonne heure pour aller s'occuper du bébé. C'était au début de mai, la soirée était belle et le globe énorme du soleil descendait dans le golfe[118]. Bakhmoutov me reconduisit à la maison ; nous passâmes par le pont Nicolas et étions un tantinet éméchés tous les deux. Il me parla de sa vive satisfaction pour l'heureuse issue de l'affaire ; il me remercia de je ne sais trop quoi, m'expliqua le bien-être qu'il ressentait après avoir fait une bonne action et prétendît que tout le mérite m'en revenait. Il donna tort aux nombreuses personnes qui professent et prétendent aujourd'hui qu'une bonne œuvre individuelle n'a aucune signification.

« Une irrésistible envie de parler s'empara aussi de moi.

– Celui qui prend sur lui d'accomplir un acte individuel, de charité, commençai-je, attente à la nature de l'Homme et fait fi de la dignité personnelle de son obligé. Par contre, l'organisation de la « charité sociale » et la question de la liberté individuelle sont deux choses différentes, mais qui ne s'excluent point. La bonne action privée continue à exister parce qu'elle correspond à un besoin de l'homme : au besoin vital d'exercer une influence directe sur son prochain. Il y avait à Moscou un vieux général, j'entends un « conseiller d'État, actuel[119] », porteur d'un nom allemand. Il avait passé sa vie à visiter les prisons et les crimi-

118 De Finlande. – N. d. T.

119 Équivalent civil du grade militaire de major-général ; c'était le rang à partir duquel un fonctionnaire avait droit au titre d'Excellence. – N. d. T.

nels ; chaque groupe de condamnés dont on préparait l'envoi en Sibérie savait d'avance qu'il aurait la visite de ce petit vieux au Mont-des-Moineaux[120]. Celui-ci s'acquittait de sa tâche avec beaucoup de sérieux et de piété ; il arrivait, passait en revue tous les forçats rangés autour de lui, s'arrêtant devant chacun d'eux, s'informant de leurs besoins, ne leur faisant presque jamais de morale et les appelant tous « mes pauvres amis ». Il distribuait de l'argent, leur envoyait les effets indispensables, du linge pour envelopper les pieds, de la toile ; quelquefois il leur apportait de petits livres religieux qu'il donnait à ceux qui savaient lire, profondément convaincu qu'ils les feuilletteraient durant la route et en feraient connaître le contenu à ceux qui ne savaient pas lire… Il les interrogeait rarement sur leurs forfaits ; tout au plus écoutait-il ceux qui entraient d'eux-mêmes dans la voie des confidences. Il ne faisait aucune différence entre les criminels, qu'il mettait tous sur le même pied. Il leur parlait comme à des frères ; eux-mêmes finissaient par le considérer comme un père. S'il remarquait dans un groupe une femme avec un enfant sur les bras, il s'en approchait, caressait le petit et faisait claquer ses doigts pour l'amuser. C'est ainsi qu'il, passa sa longue vie jusqu'à sa mort ; en fin de compte il arriva à être connu dans toute la Russie et dans toute la Sibérie, du moins chez les condamnés. Un homme qui avait été en Sibérie m'a raconté qu'il avait été lui-même témoin de la façon dont les criminels les plus endurcis se souvenaient du général, quoique celui-ci, en visitant les escouades de déportés, eût rarement les moyens de donner plus de vingt kopeks à chacun d'eux. Il est vrai que ces gens ne parlaient de lui ni en termes très chaleureux, ni même sur un ton très sérieux. Parfois, l'un de ces « malheureux », qui avait peut-être massacré une douzaine de personnes ou assassiné six enfants pour l'unique plaisir de tuer (on dit qu'il existait des scélérats de cette espèce), poussait un soupir et s'exclamait : « Que devient le vieux bonhomme de général ? Qui sait s'il est encore en vie ? » Cette réflexion lui venait sans raison apparente et peut-être une seule fois au cours des vingt années de sa peine. Il l'accompagnait même d'un sourire, qui sait ? Et rien de plus. Mais qui vous dit qu'une semence n'avait pas été jetée pour toujours dans cette âme par le « petit vieux » dont l'homme gardait encore le souvenir après vingt années ? Pouvez-vous connaître, Bakhmoutov, l'influence de cette communion d'un être humain avec un autre sur la destinée de ce dernier ?… Il y a là toute une vie, une possibilité infinie de ramifications qui nous échappe. Le meilleur et le plus sagace joueur d'échecs ne peut prévoir qu'un nombre restreint des coups de son adversaire ; on a parlé comme d'un prodige d'un joueur français qui pouvait calculer dix coups à l'avance. Or, combien y a-t-il ici de coups et de combinaisons qui nous échappent ? En lançant la semence, en faisant sous n'importe quelle forme votre « acte de charité », votre bonne action, vous donnez une partie de votre personnalité et vous recevez une partie de celle d'autrui ; il y a communion entre vos deux êtres ; un peu d'attention, et vous êtes déjà récompensé par le savoir, par les découvertes tout à fait

120 Butte dans la banlieue S.-E. de Moscou, d'où Napoléon et son état-major contemplèrent la ville le 11 septembre 1812 ; on y concentrait les forçats avant de les acheminer vers la Sibérie. – N. d. T.

inattendues. Vous finirez nécessairement par considérer votre bonne œuvre comme une science ; elle dominera toute votre vie et peut-être la remplira entièrement.

« D'autre part, toutes vos pensées, toutes les semences que vous avez jetées et peut-être déjà oubliées prendront racine et croîtront. Celui qui les a reçues de vous les communiquera à un autre. Et qui sait quelle part vous reviendra à l'avenir dans la solution des problèmes dont dépend le destin de l'humanité ? Et si votre savoir et toute une vie vouée à ce genre d'occupation vous élèvent enfin à des hauteurs d'où vous puissiez semer en grand et léguer à l'univers une pensée immense, alors… Et cætera : je parlai encore longuement sur ce thème.

– Et dire que la vie vous est refusée ! s'écria Bakhmoutov avec l'air d'adresser un véhément reproche à un tiers.

« À cet instant, nous étions accoudés au parapet du pont et nous regardions la Néva.

– Savez-vous la pensée qui m'est venue à l'esprit ? dis-je en me penchant davantage par-dessus la balustrade.

– Serait-ce de vous jeter à l'eau ? s'écria Bakhmoutov presque effrayé. (Peut-être avait-il lu cette pensée sur mon visage.)

– Non, pour le moment, je me borne au raisonnement suivant. Voici : il me reste maintenant deux ou trois mois à vivre, peut-être quatre ; mais prenons, par exemple, le moment où il ne me restera que deux mois et supposons qu'à ce moment-là, je veuille faire une bonne action qui exige un effort, des courses, des tracas dans le genre de ceux que m'a occasionnés l'affaire du docteur. Dans ce cas, il me faudrait renoncer à cette bonne action, faute de temps, et en chercher, une autre qui soit de moindre importance et rentre dans mes moyens (si, toutefois, la passion de faire de bonnes actions m'entraîne à ce point). Convenez que c'est là une idée plaisante !

« Le pauvre Bakhmoutov était fort inquiet sur mon compte ; il m'accompagna jusqu'à mon logis et eut la délicatesse de ne pas se croire obligé de me consoler ; il garda presque tout le temps le silence. En prenant congé de moi, il me serra chaleureusement la main et me demanda la permission de revenir me voir. Je lui répondis que, s'il voulait venir chez moi à titre de « consolateur » (car, même silencieuse, sa visite aurait un but de consolation ; et je lui expliquai), sa présence ne serait pour moi rien d'autre qu'un *memento mori*. Il haussa les épaules mais convint que j'avais raison ; nous nous séparâmes assez courtoisement, contre mon attente.

« C'est pendant cette soirée et au cours de la nuit suivante que je sentis germer en moi ma « dernière conviction ». Je m'attachai avidement à cette nouvelle pensée, je l'analysai avec ferveur dans tous ses détours et sous tous ses aspects (je ne dormis pas de la nuit). Et plus je l'approfondissais, plus je m'en pénétrais, plus elle me remplissait d'effroi. Une frayeur atroce finit par m'envahir ; elle ne me quitta plus les jours suivants. Parfois, sa seule évocation suffisait à me faire passer par les transes d'une nouvelle épouvante. J'en conclus que ma « dernière conviction » s'était ancrée en moi avec trop de force pour ne pas amener fatalement un dénouement. Mais, je n'avais pas assez d'audace pour me décider. Trois semaines plus tard, ces tergiversations cessèrent et l'audace me vint, grâce à une circonstance fort étrange.

« Je note ici, dans mon explication, tous ces chiffres, toutes ces dates. Certes, cela me sera plus tard indifférent, mais *maintenant* (et peut-être seulement en cet instant) je veux que ceux qui auront à juger mon action puissent se représenter clairement par quelle chaîne de déductions logiques je suis arrivé à ma « dernière conviction ».

« Je viens d'écrire que j'acquis l'audace décisive qui me faisait défaut pour mettre en pratique cette « dernière conviction » non point, à ce que je crois, par voie de déduction logique, mais à la suite d'un choc imprévu, d'un événement anormal qui pouvait n'avoir absolument aucun lien avec la cours de l'affaire.

« Il y a environ dix jours, Rogojine me fit une visite à propos d'une question qui le concernait et dont il n'y a pas lieu de parler ici. Je ne l'avais jamais vu auparavant, mais j'avais beaucoup entendu parler de lui. Je lui donnai tous les renseignements dont il avait besoin et il ne tarda pas à se retirer. Comme c'était l'unique objet de sa démarche, les choses auraient bien pu en rester là entre nous. Mais il m'avait vivement intéressé et, pendant toute la journée, je fus en proie à de si étranges pensées que je me décidai à lui rendre sa visite le lendemain. Il ne cacha pas son mécontentement de me voir et me laissa même « délicatement » entendre que nous n'avions pas à prolonger nos relations. Je n'en passai pas moins chez lui une heure qui ne manqua pas d'intérêt pour moi ni, je pense, pour lui. Le contraste était si absolu entre nous que nous ne pûmes pas ne pas nous en apercevoir, moi surtout. J'étais l'homme dont les jours sont comptés ; lui, au contraire, était plein de vie impulsive, tout entier à la passion du moment, sans souci des « dernières » déductions, des chiffres ou de quoi que ce fût, sans égard à ce qui… à ce qui… disons : à ce qui n'était pas l'objet de sa folie. Que M. Rogojine me passe cette expression et la mette sur le compte de la maladresse d'un médiocre écrivain à exprimer sa pensée. En dépit de son peu d'amabilité, il me donna l'impression d'un homme d'esprit, capable de comprendre bien des choses, bien qu'il ne s'intéressât guère à ce qui ne le touchait pas directement. Je ne lui fis aucune allusion à ma « dernière conviction », mais j'eus, à certains indices, le sentiment qu'il lui avait suffi de m'écouter pour la deviner. Il gardait le silence ; cet homme est prodigieusement taciturne. Au moment de partir, je lui suggérai qu'en dépit des différences et du contraste qui nous séparaient – *les extrémités se touchent*[121] – (je lui traduisis cela en russe), lui-même n'était peut-être pas aussi éloigné de cette « dernière conviction » qu'on pouvait le croire. À quoi il me répondit par une grimace hargneuse et pleine d'aigreur, puis il se leva et alla me chercher ma casquette en faisant mine de croire que je me disposais à partir ; sous couleur de me reconduire par politesse il me mit tout simplement hors de sa lugubre demeure. Celle-ci m'a frappé ; on dirait un cimetière ; cependant, je crois qu'elle lui plaît et cela se conçoit ; il vit d'une vie trop intense et trop directe pour éprouver le besoin d'une ambiance plus aimable.

« Cette visite à Rogojine m'avait harassé. D'ailleurs, je m'étais trouvé indisposé dès le matin ; vers le soir, je ressentis une grande faiblesse et m'étendis sur mon lit ; par moments, une fièvre intense m'envahissait et me faisait même délirer. Kolia resta près de moi jusqu'à 11 heures. Je me rappelle néanmoins tout ce qu'il me dit et tout ce dont nous parlâmes. Mais, lorsque, par intermittences, mes yeux se fermaient, je revoyais toujours Ivan Fomitch qui, dans mon rêve, était devenu millionnaire. Il ne savait que faire de ses millions, se creusait la tête pour leur trouver une place et, tremblant à l'idée d'être volé, finissait par se résoudre à les enfouir. Je lui conseillais de fondre plutôt cette fortune, au lieu de l'enterrer inutilement, et d'en confectionner un petit cercueil d'or pour l'enfant qu'il avait laissé « geler », après avoir préalablement exhumé le corps. Sourikov accueillait ce conseil ironique avec des larmes de gratitude et s'empressait de le mettre en pratique. Je faisais le geste de cracher par terre[122] et le plantais là. Quand j'eus repris complètement mes sens, Kolia m'assura que je n'avais pas dormi du tout et que, pendant tout ce temps, je n'avais cessé de lui parler de Sourikov. J'avais des minutes d'angoisse et d'agitation extraordinaires ; aussi Kolia s'en alla-t-il avec un sentiment d'inquiétude. Je me levai pour fermer la porte à clé derrière lui : à ce moment, je me rappelai brusquement un tableau que j'avais vu le matin chez Rogojine, dans une des salles les plus sombres de sa maison, au-dessus d'une porte. Lui-même me l'avait montré en passant et j'étais resté, je crois, environ cinq minutes devant ce tableau qui, bien que dénué de toute valeur artistique, m'avait jeté dans de singulières transes.

« Il représentait le Christ au moment de la descente de Croix. Si je ne me trompe, les peintres ont l'habitude de figurer le Christ soit sur la Croix, soit après la descente de Croix, avec un reflet de surnaturelle beauté sur son visage. Ils s'appliquent à Lui conserver cette beauté même au milieu des plus atroces tourments. Il n'y avait rien de cette beauté dans le tableau de Rogojine ; c'était la

---

121 En français dans le texte.

122 Autrement dit : « Je constatais qu'il était incorrigible ». – N. d. T.

reproduction achevée d'un cadavre humain portant l'empreinte des souffrances sans nombre endurées même avant le crucifiement ; on y voyait les traces des blessures, des mauvais traitements et des coups qu'il avait essuyés de ses gardes et de la populace quand Il portait la croix et tombait sous son poids ; celles enfin du crucifiement qu'il avait subi pendant six heures (du moins d'après mon calcul). C'était, en vérité, le visage d'un homme que l'on *venait* de descendre de croix ; il gardait beaucoup de vie et de chaleur ; la rigidité n'avait pas encore fait son œuvre en sorte que le visage du mort reflétait la souffrance comme s'il n'avait pas cessé de la ressentir (ceci a été très bien saisi par l'artiste). Par surcroît, ce visage était d'une impitoyable vérité : tout y était naturel ; c'était bien celui de n'importe quel homme après de pareilles tortures.

« Je sais que l'Église chrétienne a professé, dès les premiers siècles, que les souffrances du Christ ne furent pas symboliques, mais réelles, et que, sur la croix, son corps fut soumis, sans aucune restriction, aux lois de la nature. Le tableau représentait donc un visage affreusement défiguré par les coups, tuméfié, couvert d'atroces et sanglantes ecchymoses, les yeux ouverts et empreints de l'éclat vitreux de la mort, les prunelles révulsées. Mais le plus étrange était la singulière et passionnante question que suggérait la vue de ce cadavre de supplicié : si tous ses disciples, ses futurs apôtres, les femmes qui L'avaient suivi et s'étaient tenues au pied de la croix, ceux qui avaient foi en Lui et L'adoraient, si tous ses fidèles ont eu un semblable cadavre sous les yeux (et ce cadavre devait être certainement ainsi), comment ont-ils pu croire, en face d'une pareille vision, que le martyr ressusciterait ? Malgré soi, on se dit : si la mort est une chose si terrible, si les lois de la nature sont si puissantes, comment peut-on en triompher ? Comment les surmonter quand elles n'ont pas fléchi alors devant Celui même qui avait, pendant sa vie, subjugué la nature, qui s'en était fait obéir, qui avait dit « *Talitha cumi!* »[123] et la petite fille s'était levée, « Lazare, sors ! »[124] et le mort était sorti du sépulcre ? Quand on contemple ce tableau, on se représente la nature sous l'aspect d'une bête énorme, implacable et muette. Ou plutôt, si inattendue que paraisse la comparaison, il serait plus juste, beaucoup plus juste, de l'assimiler à une énorme machine de construction moderne qui, sourde et insensible, aurait stupidement happé, broyé et englouti un grand Être, un Être sans prix, valant à lui seul toute la nature, toutes les lois qui la régissent, toute la terre, laquelle n'a peut-être même été créée que pour l'apparition de cet Être !

« Or, ce que ce tableau m'a semblé exprimer, c'est cette notion d'une force obscure, insolente et stupidement éternelle, à laquelle tout est assujetti et qui vous domine malgré vous. Les hommes qui entouraient le mort, bien que le tableau n'en représentât aucun, durent ressentir une angoisse et une consterna-

---

123 *Marc,* V, 41. – N. d. T.

124 *Jean,* XI, 43. – N. d. T.

tion affreuses dans cette soirée qui brisait d'un coup toutes leurs espérances et presque leur foi. Ils durent se séparer en proie à une terrible épouvante, bien que chacun d'eux emportât au fond de lui une prodigieuse et indéracinable pensée. Et si le Maître avait pu voir sa propre image à la veille du supplice, aurait-il pu Lui-même marcher au crucifiement et à la mort comme Il le fit ? C'est encore une question qui vous vient involontairement à l'esprit quand vous regardez ce tableau.

« Pendant l'heure et demie qui suivit le départ de Kolia, ces idées hantèrent mon esprit. Elles étaient décousues et sans doute délirantes, mais empruntaient parfois aussi une apparence concrète. L'imagination peut-elle revêtir d'une forme déterminée ce qui, en réalité, n'en a point ? Il me semblait, par moments, voir cette force infinie, cet être sourd, ténébreux et muet, se matérialiser d'une manière étrange et indescriptible. Je me souviens d'avoir eu l'impression que quelqu'un qui tenait une bougie me prenait par la main et me montrait une tarentule énorme, repoussante, en m'assurant que c'était bien là ce même être ténébreux, sourd et tout-puissant, et en riant de l'indignation que je manifestais.

« On allume toujours la nuit, dans ma chambre, une petite lampe devant l'icône ; quoique blafarde et vacillante, sa clarté permet de distinguer les objets et on peut même lire en se plaçant sous le luminaire. Je pense qu'il était un peu plus de minuit ; je ne dormais pas du tout et étais couché les yeux ouverts ; soudain, la porte de ma chambre s'entre-bâilla et Rogojine entra.

« Il entra, referma la porte, me regarda sans dire mot et se dirigea doucement vers la chaise qui se trouve dans l'angle de la pièce, presque en dessous de la lampe. Je fus fort surpris et l'observai dans l'attente de ce qu'il allait faire. Il s'accouda à une petite table et me fixa en silence. Deux ou trois minutes s'écoulèrent ainsi et son mutisme, je me le rappelle, m'offensa vivement et m'irrita. Pourquoi ne se décidait-il pas à parler ? Je trouvais, certes, étrange qu'il vînt à une heure aussi tardive, mais je ne me souviens pas que j'en fus autrement stupéfait. Au contraire : bien que je ne lui eusse pas, le matin, clairement exprimé ma pensée, je savais cependant qu'il l'avait comprise ; or, cette pensée était d'une nature telle qu'elle valait la peine que l'on vînt en reparler, même à une heure très avancée. Aussi pensai-je qu'il se présentait dans cette intention. Nous nous étions quittés le matin en assez mauvais termes et je me souviens même qu'il m'avait, à une ou deux reprises, regardé d'un air très sarcastique. C'était cette même expression de sarcasme que je lisais maintenant dans son regard et dont je me sentais offensé. Quant à avoir réellement devant moi Rogojine en personne et non une vision ou une hallucination du délire, cela ne me parut d'abord pas faire le moindre doute. L'idée ne m'en vint même pas à l'esprit.

« Cependant, il était toujours assis et continuait à me regarder avec son sourire moqueur. Je me retournai avec colère sur mon lit, m'accoudai sur mon oreiller et pris le parti d'imiter son silence, dût ce silence se prolonger indéfiniment. Je ne sais pourquoi, je voulais absolument qu'il parlât le premier. Je pense qu'une vingtaine de minutes passèrent ainsi. Tout à coup, une idée me vint : qui sait ? peut-être n'est-ce pas Rogojine mais seulement une apparition ?

« Je n'avais jamais eu la moindre apparition ni durant ma maladie ni auparavant. Et depuis mon enfance jusqu'à ce moment, c'est-à-dire jusqu'à ces derniers temps, bien que je ne crusse nullement aux apparitions, il m'avait toujours semblé que, si j'en voyais seulement une, je mourrais sur place. Pourtant, quand l'idée me vint que ce n'était pas Rogojine mais un fantôme, je me souviens que je n'en conçus aucune frayeur. Bien mieux, j'en fus même dépité. Chose étrange : la question de savoir si j'avais devant moi un fantôme ou Rogojine en personne ne me préoccupait ni ne me troublait, comme cela eût été naturel ; il me paraît que j'avais alors l'esprit ailleurs. Par exemple, j'étais beaucoup plus en peine de savoir pourquoi Rogojine, qui était dans la matinée en robe de chambre et en pantoufles, portait maintenant un frac, un gilet blanc et une cravate blanche. Je me dis : si c'est une apparition, je n'en ai pas peur ; alors pourquoi ne pas me lever et m'en approcher pour m'assurer moi-même de ce qui en est ? Peut-être du reste n'osais-je pas et avais-je peur. Mais à peine eus-je l'idée que j'avais peur que je me sentis soudain de la glace sur tout le corps ; un frisson me courut dans le dos et mes genoux tremblèrent. À ce moment même, Rogojine, comme s'il avait deviné ma frayeur, retira le bras sur lequel il était accoudé, se redressa et élargit la bouche comme s'il allait se mettre à rire. Il me fixait obstinément. Je me sentis envahi par une telle rage que l'envie me prit de me jeter sur lui ; mais, comme je m'étais juré de ne pas rompre le silence le premier, je ne bougeai pas de mon lit ; je n'étais d'ailleurs pas encore certain que ce fût un spectre et non Rogojine en personne.

« Je ne me rappelle plus combien de temps cette scène dura ; je ne saurai dire davantage si j'eus ou non des intermittences d'assoupissement. Rogojine finit par se lever et, après m'avoir posément, attentivement considéré, comme lorsqu'il était entré, mais cette fois sans ricaner, il se dirigea à pas feutrés, presque sur la pointe des pieds, vers la porte, l'ouvrit et sortit en refermant derrière lui. Je ne me levai pas ; je ne me rappelle pas combien de temps je restai encore allongé, les yeux ouverts et livré à mes pensées ; quelles pensées ? Dieu le sait ; je ne me souviens pas davantage comment je m'assoupis.

« Le lendemain, je me réveillai passé neuf heures, en entendant frapper à ma porte. Il est convenu chez moi que, si je n'ouvre pas moi-même ma porte après neuf heures et n'appelle pas pour qu'on me serve le thé, Matriona doit venir frapper. En lui ouvrant la porte, je me dis aussitôt : comment a-t-il pu entrer, puisque cette porte était fermée ? Je m'informai et acquis la certitude que le vrai Rogojine n'eût jamais pu pénétrer dans la chambre, toutes nos portes étant, la nuit, fermées à clé.

« C'est cet incident que je viens de décrire avec tant de détails, qui m'a déterminé à arrêter définitivement ma « résolution ». Celle-ci ne procède donc pas de la logique du raisonnement, mais d'un sentiment de répulsion. Je ne puis rester dans une existence qui revêt des formes aussi étranges et aussi blessantes pour moi. Ce fantôme m'a laissé sous le coup d'une humiliation. Je ne me sens pas le courage de me plier à une force qui emprunte les dehors d'une tarentule. Et ce ne fut que lorsque je me vis enfin, au crépuscule, en face d'une résolution entière et définitive, que j'éprouvai une impression de soulagement. Ce n'était toutefois qu'une première phase : j'allais traverser la seconde à Pavlovsk, mais, là-dessus, je me suis déjà suffisamment expliqué. »

VII

« J'avais un petit pistolet de poche que je m'étais procuré étant encore enfant, à l'âge ridicule où l'on commence à se passionner pour les histoires de duels et d'attaques de brigands ; je rêvais que j'étais provoqué en duel et faisais fière contenance devant le pistolet de mon adversaire. Il y a un mois, j'ai examiné ce pistolet et l'ai armé. Dans la boîte où il était, j'ai retrouvé deux balles et une petite poire contenant deux ou trois charges de poudre. Ce pistolet ne vaut rien, il dévie et ne porte pas à plus de quinze pas, mais, appliqué directement sur la tempe, il peut sans doute suffire pour vous défoncer le crâne.

« J'ai décidé de mourir à Pavlovsk, au lever du soleil, après être descendu dans le parc pour ne pas jeter le trouble dans la villa. Mon « explication » suffira pour orienter l'enquête de la police. Les amateurs de psychologie et les intéressés pourront en déduire tout ce qui leur plaira ; toutefois, je ne voudrais pas que ce manuscrit soit livré à la publicité. Je prie le prince d'en garder un exemplaire chez lui et de remettre l'autre à Aglaé Ivanovna Epantchine. Telle est ma volonté. Je lègue mon squelette à l'Académie de médecine, dans l'intérêt de la science.

« Je ne reconnais à personne le droit de me juger et je sais que j'échappe maintenant à toute juridiction. Il y a peu de temps, une drôle d'idée m'est venue en tête : que la fantaisie me prenne soudain de tuer quelqu'un, voire de massacrer d'un coup une dizaine de personnes, ou de commettre quelque forfait atroce, le plus atroce qui puisse se perpétrer dans le monde, dans quel embarras ne placerais-je pas le tribunal vis-à-vis de moi qui n'ai plus que deux ou trois semaines à vivre, la question et la torture étant abolies ? Je mourrais confortablement et douillettement à l'hôpital, entouré de la sollicitude des médecins, peut-être beaucoup plus à l'aise et plus au chaud que chez moi. Je ne comprends pas comment cette pensée ne vient pas à l'esprit des gens qui se trouvent dans mon cas, ne serait-ce qu'à titre de plaisanterie. Peut-être bien l'ont-ils en effet ; chez nous comme ailleurs, ce ne sont pas les farceurs qui manquent.

« Mais, si je ne reconnais pas de juges au-dessus de moi, je n'en sais pas moins que l'on me jugera, quand même je serais devenu un inculpé sourd et muet. C'est pourquoi je ne veux pas partir sans laisser une réplique, une réplique libre et sans contrainte, non pour me justifier – oh ! non ! je n'ai pas l'intention de demander pardon à qui que ce soit – mais pour ma propre satisfaction.

« Voici d'abord une étrange réflexion : qui, en vertu de quel droit et pour quel motif, pourrait me contester la disposition de ma vie pendant ces deux ou trois semaines ? Quel tribunal serait compétent en cette matière ? À qui servirait-il que non seulement je sois condamné, mais que, dans l'intérêt de la morale, je subisse le temps de ma peine ? Est-ce que réellement cela peut être nécessaire à quelqu'un ? La cause de la morale y gagnerait-elle ? Passe encore si, dans la plénitude de la santé, j'attentais à une vie « qui aurait pu être utile à mon prochain », etc.... ; on pourrait me faire grief, au nom de la vieille morale routinière, d'avoir disposé de cette vie sans autorisation ou de quelque autre méfait. Mais maintenant, maintenant que j'ai déjà entendu mon arrêt de mort ? À quelle morale peut-on sacrifier mon reste de vie, le râle suprême avec lequel s'exhalera le dernier atome de mon existence, ce pendant que j'écouterai les consolations du prince, que ses raisonnements de chrétien ne manqueront pas d'amener à cette heureuse conclusion : il vaut même mieux, au fond, que je meure. (Les chrétiens de son espèce en arrivent toujours à cette idée, c'est leur marotte.) Et que me veulent-ils donc avec leurs ridicules « arbres de Pavlovsk » ? Adoucir les dernières heures de ma vie ? Ne comprennent-ils point que plus je m'oublierai, plus je me laisserai séduire par ce dernier fantôme de vie et d'amour derrière lequel ils espèrent dérober à mes yeux le mur de la maison Meyer et tout ce qui y est écrit avec tant de franchise et de naïveté, plus ils me rendront malheureux ? Que m'importent votre nature, votre parc de Pavlovsk, vos levers et vos couchers de soleil, votre ciel bleu et vos mines prospères, si je suis le seul à être regardé comme inutile, le seul exclu, dès le début, de ce banquet sans fin ? Quel besoin ai-je de toute cette splendeur quand, à chaque minute, à chaque seconde, je dois savoir, je suis contraint de savoir que, même cet infime moucheron, bourdonnant en ce moment autour de moi dans un rayon de soleil, a le droit de participer à ce banquet et à ce chœur de la nature ; il connaît la place qui lui est réservée, il l'aime, il est heureux ; tandis que moi, moi seul, je suis un rebut et ce n'est que la lâcheté qui m'a jusqu'à ce jour empêché de le comprendre.

« Oh ! je sais bien que le prince et tous les autres voudraient m'amener à renoncer à ces expressions « insidieuses et malignes » ; ils voudraient m'entendre entonner, au nom de la morale triomphante, la fameuse et classique strophe de Millevoye :

Oh ! puissent voir votre beauté sacrée
Tant d'amis, sourds à mes adieux !
Qu'ils meurent pleins de jours, que leur mort soit pleurée,
Qu'un ami leur ferme les yeux ![125]

Mais croyez-le, croyez-le bien, ô âmes simples ! dans cette strophe édifiante, dans cette bénédiction académique du monde en vers français, il y a tant de fiel caché, tant de haine implacable et qui se complaît en elle-même, que le poète lui-même a pu s'y tromper en prenant cette haine pour des larmes d'attendrissement. Il est mort dans cette illusion ; paix à ses cendres ! Sachez qu'il existe une limite à la mortification qu'inspire à l'homme la conscience de son propre néant et de son impuissance, limite au delà de laquelle cette conscience le plonge dans une jouissance extraordinaire.

« C'est vrai, l'humilité est, en ce sens, une force énorme, j'en conviens ; mais cette force-là n'est pas celle que la religion y trouve.

« Ah ! la religion ! J'admets la vie éternelle ; peut-être l'ai-je toujours admise. Je veux bien croire que la conscience soit un flambeau allumé par la volonté d'une force suprême, qu'elle reflète en elle l'univers et qu'elle ait dit : « Je suis ! » Je veux bien croire encore que cette même force suprême lui ordonne tout d'un coup de s'éteindre, pour une raison lointaine et obscure, et même sans ombre d'explication. Soit, j'admets tout cela. Mais reste l'éternelle question : quelle nécessité y a-t-il d'ajouter encore ma résignation à cette contrainte ? Ne peut-on pas me dévorer tout simplement, sans encore exiger que je chante les louanges de celui qui me dévore ? Est-il possible que quelqu'un là-haut soit réellement offensé de ce que je ne veuille pas attendre deux semaines de plus ? Je n'en crois rien ; je suppose avec infiniment plus de vraisemblance que ma fragile existence est un atome nécessaire à la perfection de l'harmonie universelle, qu'elle sert pour une addition ou un retranchement, pour un contraste ou pour autre chose ; de même que le sacrifice quotidien d'un million d'êtres est une nécessité ; sans ce sacrifice, le monde ne pourrait subsister (cette pensée, remarquons-le, n'est guère généreuse en elle-même). Mais passons ! Je conviens qu'autrement, c'est-à-dire si les hommes ne s'étaient pas mangés les uns les autres, il eût été impossible de construire le monde ; j'admets même que je ne comprenne rien à cette construction. Mais, en revanche, voici ce qu'à coup sûr je sais : du moment qu'il m'a été donné de prendre conscience que « je suis », en quoi ai-je à répondre du fait que le monde soit construit de travers et ne puisse exister autrement ? Qui donc me jugera après cela, et sur quoi me jugera-t-on ? Pensez-en ce que vous voudrez, c'est aussi inconcevable qu'injuste.

---

125 Ces vers ne sont pas de Millevoye, mais de Gilbert : ils terminent l'ode : *Adieux à la vie.* Le premier vers est à rétablir ainsi :
Ah ! puissent voir longtemps votre beauté sacrée… – N. d. T.

« Et cependant je n'ai jamais pu, malgré que j'en eusse, me figurer que la vie future et la Providence n'existaient point. Le plus probable, c'est que tout cela existe, mais que nous n'entendons rien à la vie future ni aux lois qui la régissent. Or, si c'est chose difficile et même impossible à comprendre, peut-on me tenir rigueur de mon incapacité à saisir l'inconcevable ? Ils prétendent, il est vrai, – et c'est certainement l'avis du prince, – qu'ici il est nécessaire de s'incliner et d'obéir sans raisonner, par pur sens moral, et ils ajoutent que ma docilité trouvera dans l'autre monde sa récompense. Nous ravalons trop la Providence en lui prêtant nos idées, par dépit de ne la pouvoir comprendre. Mais je répète que, si nous ne pouvons comprendre la Providence, il est difficile que l'homme porte la responsabilité d'une incompréhension dont on lui fait une loi. Et s'il en est ainsi, comment, comment me jugerait-on pour n'avoir pu comprendre la volonté véritable et les lois de la Providence ? Non ! laissons plutôt la religion de côté.

« D'ailleurs, c'en est assez. Quand j'arriverai à ces lignes, le soleil sera sûrement déjà levé et commencera à « retentir dans les cieux », dispensant à tout l'univers des forces immenses, incalculables ! Ainsi soit-il ! Je mourrai en contemplant de face cette source de vigueur et de vie, d'une vie dont je ne voudrai plus. S'il avait dépendu de moi de ne pas naître, je n'aurais certainement pas accepté l'existence à d'aussi dérisoires conditions. Mais il me reste encore la faculté de mourir, bien que je ne dispose que d'un reste de vie déjà condamné. Ce pouvoir est bien peu de chose, et ma révolte n'est guère davantage.

« Une dernière explication : si je meurs, ce n'est pas que je n'aie le courage de supporter ces trois semaines. Oh ! j'aurais certainement trouvé les forces nécessaires et, si je l'avais voulu, j'aurais puisé une consolation suffisante dans le sentiment de l'offense qui m'est faite. Mais je ne suis pas un poète français et je ne tiens pas à ce genre de consolation. Enfin, il y a là une tentation : en me condamnant à ne vivre que trois semaines, la nature a si rigoureusement limité mon champ d'action que le suicide est peut-être le seul acte que je puisse entreprendre et achever par ma propre volonté. Eh bien ! pourquoi ne voudrais-je pas profiter de la dernière possibilité d'agir qui s'offre à moi ? Une protestation peut parfois avoir sa valeur... »

La lecture de l'« Explication » étant enfin terminée, Hippolyte s'arrêta...

Dans des cas extrêmes, un homme nerveux, s'il est exaspéré et mis hors de lui, peut pousser la franchise au dernier degré du cynisme. Alors il ne craint plus rien et est prêt à provoquer n'importe quel scandale ; il en est même ravi. Il se jette sur les gens, avec l'intention confuse, mais arrêtée, de se précipiter une minute plus tard du haut d'un clocher et de liquider ainsi d'un coup tous les embarras que sa conduite aura pu lui créer. Cet état est habituellement annoncé par un épuisement graduel des forces physiques. La tension excessive, anormale, qui avait jusque-là soutenu Hippolyte, avait atteint ce paroxysme. Le corps de cet adolescent de dix-huit ans, épuisé par la maladie, semblait aussi faible que la feuille tremblante arrachée de l'arbre. Mais dès que – pour la première fois depuis une heure – il eut posé les yeux sur l'auditoire, son regard et son sourire traduisirent aussitôt le dégoût le plus hautain, le plus méprisant et le plus blessant. Il avait hâte de défier les assistants. Mais ceux-ci aussi étaient remplis d'indignation. Tous se levèrent de table dans le bruit et la colère. La fatigue, le vin, la tension des nerfs accentuaient le désordre et l'atmosphère délétère, si on peut s'exprimer ainsi, de cette réunion.

Hippolyte se leva de sa chaise d'un bond, aussi brusquement que si on l'en eût arraché.

– Le soleil est levé ! s'écria-t-il en voyant s'éclairer les cimes des arbres et en les montrant au prince comme si c'était un miracle. – Le soleil est levé !

– Vous pensiez peut-être qu'il ne se lèverait pas ? remarqua Ferdistchenko.

– Encore une journée brûlante qui s'annonce ! marmonna, avec une expression d'ennui et de nonchalance, Gania qui, son chapeau à la main, s'étirait et bâillait. – Allons-nous encore avoir un mois de sécheresse ?... Partons-nous ou restons-nous, Ptitsine ?

Hippolyte écouta ces paroles avec un étonnement voisin de la stupeur. Il devint soudain affreusement pâle et se mit à trembler de tous ses membres.

– Vous affectez pour m'offenser une très maladroite indifférence, dit-il à Gania en le fixant dans le blanc des yeux. – Vous êtes un vaurien !

– Ah ! par exemple, quel sans-gêne ! brailla Ferdistchenko, quel laisser-aller phénoménal !

– C'est un pur imbécile ! fit Gania.

Hippolyte reprit un peu de contenance.

– Je comprends, messieurs, commença-t-il, toujours en tremblant et en s'interrompant à chaque mot, que j'aie pu mériter votre ressentiment personnel et... je regrette de vous avoir infligé la lecture de cette œuvre de délire (il montra son manuscrit) ; d'ailleurs, je regrette aussi de ne pas vous avoir assommés davantage... (il se mit à sourire bêtement). N'est-ce pas, Eugène Pavlovitch, que j'ai été assommant ? fit-il en bondissant vers l'interpellé. – L'ai-je été, oui ou non ? Parlez !

– C'était un peu long, mais après tout...

– Dites toute votre pensée ! Ne mentez pas, au moins une fois dans votre vie ! lui intima Hippolyte sans cesser de trembler.

– Oh ! cela m'est parfaitement égal ! Faites-moi, je vous prie, la grâce de me laisser tranquille, dit Eugène Pavlovitch en se détournant avec dégoût.

– Bonne nuit, prince ! dit Ptitsine en s'approchant de l'hôte.

– Mais il va tout de suite se brûler la cervelle, que faites-vous ? Regardez-le ! s'écria Véra en se précipitant vers Hippolyte ; elle était au comble de la frayeur et lui saisit même les mains. – Il a dit qu'il se suiciderait au lever du soleil ; que faites-vous ?

– Il ne se tuera pas ! murmurèrent, sur un ton haineux, plusieurs voix, dont celle de Gania.

– Messieurs, prenez garde ! s'écria Kolia, qui saisit aussi la main d'Hippolyte. – Regardez-le seulement ! Prince ! Prince ! comment restez-vous indifférent ?

Autour d'Hippolyte se groupèrent Véra, Kolia, Keller et Bourdovski, qui tous quatre se cramponnèrent à lui.

– C'est son droit, son droit !… balbutiait Bourdovski, d'ailleurs avec l'air d'un homme qui a complètement perdu la tête.

– Permettez, prince : quelles dispositions comptez-vous prendre ? demanda Lébédev à son locataire ; il était aviné et son exaspération tournait à l'insolence.

– De quelles dispositions parlez-vous ?

– Non, permettez ; je suis le maître de céans, sans vouloir vous manquer d'égards… J'admets que vous aussi êtes chez vous ; mais je ne veux pas d'histoires pareilles sous mon propre toit… Non !

– Il ne se tuera pas ; ce gamin est un farceur ! s'écria inopinément le général Ivolguine avec autant d'assurance que d'indignation.

– Très bien, général ! acclama Ferdistchenko.

– Je sais qu'il ne se tuera pas, général, très respectable général, mais cependant… Car enfin je suis le maître ici.

Ptitsine, ayant pris congé du prince, tendit la main à Hippolyte.

– Écoutez, monsieur Térentiev, fit-il soudain, dans votre cahier il est, je crois, question de votre squelette ; vous le léguez à l'Académie de médecine ? C'est bien de votre propre squelette qu'il s'agit, ce sont vos os que vous léguez ?

– Oui, ce sont mes os…

– Ah ! bon. C'est qu'il peut y avoir des malentendus. Il paraît que le cas s'est déjà produit.

– Pourquoi le taquinez-vous ? intervint brusquement le prince.

– Vous l'avez fait pleurer, ajouta Ferdistchenko.

Mais Hippolyte ne pleurait pas du tout. Il fit le geste de s'échapper, mais les quatre personnes qui l'entouraient l'empoignèrent incontinent. Des rires éclatèrent.

– Il comptait bien qu'on lui paralyserait les mains ; c'est pour cela qu'il nous a lu son cahier, observa Rogojine. – Adieu, prince. On est resté trop longtemps assis ; les os vous font mal.

– À votre place, et dans le cas où vous auriez réellement l'intention de vous suicider, Térentiev, dit en riant Eugène Pavlovitch, je me garderais bien de mettre mon projet à exécution après de pareils compliments, quand ce ne serait que pour les faire enrager.

– Ils ont une atroce envie de voir comment je me suiciderai ! lui jeta Hippolyte avec l'air de vouloir fondre sur lui.

– Ils sont vexés de manquer un pareil spectacle.

– Alors vous aussi croyez qu'ils n'y assisteront pas ?

– Je n'ai pas l'intention de vous y inciter ; au contraire, je vous crois très capable de vous brûler la cervelle. Mais surtout ne vous fâchez pas… répondit Eugène Pavlovitch d'un ton traînant et protecteur.

– Ce n'est que maintenant que je me rends compte de l'erreur énorme que j'ai commise en leur lisant mon cahier ! dit Hippolyte en regardant Eugène Pavlovitch avec une si soudaine expression de confiance qu'il paraissait demander conseil à un ami.

– Votre situation est ridicule, mais… Franchement, je ne sais quel conseil vous donner, répliqua Eugène Pavlovitch dans un sourire.

Hippolyte fixa silencieusement sur lui un regard farouche et obstiné. On eût dit qu'il perdait par intervalles la conscience de ce qui se passait.

– Ah ! mais non ! permettez, messieurs, est-ce là une façon d'agir ? dit Lébédev. Il déclare qu'« il se brûlera la cervelle dans le parc pour ne déranger personne ». Alors il croit qu'il ne dérangera personne s'il va se tuer dans le jardin, à trois pas d'ici ?

– Messieurs… commença le prince.

– Non, permettez, très respectable prince, coupa Lébédev exaspéré ; vous voyez vous-même que ce n'est pas une plaisanterie : la moitié au moins de vos hôtes partagent cette conviction qu'après ce que nous venons d'entendre, l'honneur lui fait une obligation de se tuer. Donc, comme maître de la maison et en présence de témoins, je requiers votre concours !

– Que faut-il donc faire, Lébédev ? Je suis prêt à vous seconder.

– Voici : il faut d'abord qu'il nous remette le pistolet qu'il s'est vanté de porter sur lui, avec les munitions. S'il y consent, je veux bien qu'il passe la nuit ici, vu son état maladif, mais à la condition que j'exerce une surveillance sur lui. Mais, demain, il faudra qu'il file où bon lui semblera. Excusez-moi, prince ! S'il ne livre pas son arme, je l'empoigne par un bras, le général le prend par l'autre et j'envoie dare-dare chercher la police, dont ce deviendra dès lors l'affaire. À titre de connaissance, M. Ferdistchenko ira aviser le poste.

Ce fut un brouhaha : Lébédev s'échauffait et perdait la mesure ; Ferdistchenko s'apprêtait à aller à la police ; Gania répétait avec insistance qu'il n'y aurait aucune tentative de suicide. Quant à Eugène Pavlovitch, il gardait le silence.

– Prince, vous est-il jamais arrivé de tomber du haut d'un clocher ? demanda à voix basse Hippolyte.

– Mon Dieu non, répondit naïvement le prince.

– Pensez-vous donc que je n'aie pas prévu toute cette haine ? chuchota de nouveau Hippolyte dont les yeux étincelaient et qui regardait le prince avec l'air d'en attendre effectivement une réponse. – En voilà assez ! s'écria-t-il soudain en s'adressant à toute l'assistance. J'ai eu tort… plus que tout autre ! Lébédev, voici la clé (il tira son porte-monnaie et en sortit un anneau d'acier auquel pendaient trois ou quatre petites clés) ; c'est celle-là, l'avant-dernière… Kolia vous montrera… Kolia ! Où est Kolia ? s'exclama-t-il en regardant Kolia sans le voir… Ah ! oui ! Eh bien ! C'est lui qui vous montrera, il m'a aidé tantôt à faire mon sac. Allez avec lui, Kolia ; dans le cabinet du prince, sous la table… vous trouverez mon sac… avec cette petite clé… en bas, dans un coffret… mon pistolet et la poire à poudre. C'est Kolia lui-même qui l'a emballé tout à l'heure. Il vous le montrera, monsieur Lébédev. Mais j'y mets la condition que, demain matin, quand je partirai pour Pétersbourg, vous me rendiez le pistolet. Vous entendez ? Je ne fais pas cela pour vous, mais pour le prince.

– Cela n'en vaut que mieux, dit Lébédev en saisissant la clé.

Et avec un sourire fielleux, il courut à la chambre voisine. Kolia s'arrêta comme s'il avait une objection à placer, mais Lébédev l'entraîna avec lui.

Hippolyte regarda rire les assistants. Le prince observa qu'il claquait des dents comme sous l'effet d'un violent frisson.

– Quels vauriens que tous ces gens-là ! murmura-t-il de nouveau à l'oreille du prince sur un ton d'exaspération. Pour lui parler, il se penchait toujours de son côté et baissait la voix.

– Laissez-les ; vous êtes bien faible…

– Tout de suite, tout de suite… Je vais m'en aller tout de suite.

Brusquement, il embrassa le prince.

– Vous pensez peut-être que je suis fou ? fit-il en le regardant avec un singulier rire.

– Non, mais vous…

– Tout de suite, tout de suite, taisez-vous ; ne dites rien, attendez… Je veux vous regarder dans les yeux… Restez comme vous êtes, pour que je vous regarde. C'est à un homme que je vais faire mes adieux.

Il s'arrêta et, immobile et silencieux, le contempla pendant dix secondes. Il était tout pâle, la sueur perlait sur ses tempes et sa main agrippait étrangement le prince comme s'il eût craint de le laisser échapper.

– Hippolyte ! Hippolyte ! Qu'avez-vous donc ? s'écria le prince.

– Tout de suite… Cela suffit… Je vais me coucher. Je veux boire un coup à la santé du soleil… Je le veux, je le veux, laissez-moi !

De sa place il saisit rapidement la coupe, puis il se leva et se porta d'un bond à l'entrée de la terrasse. Le prince allait courir après lui mais, comme par un fait exprès, le hasard voulut qu'au même moment, Eugène Pavlovitch lui tendît la main pour prendre congé. Une minute s'écoula : soudain, une clameur générale s'éleva sur la terrasse, suivie d'une extraordinaire confusion.

Voici ce qui s'était passé.

En arrivant juste à la descente de la terrasse, Hippolyte s'était arrêté, tenant la coupe dans la main gauche, et avait plongé l'autre main dans la poche droite de son paletot. Keller affirma par la suite qu'il avait déjà la main dans cette poche au moment où il conversait avec le prince, dont il tenait l'épaule et le collet de la main gauche ; c'était même ce geste de la main gauche qui avait éveillé en lui, Keller, le premier soupçon. Quoi qu'il en fût, mû par une certaine appréhension, Keller s'était élancé lui aussi à la poursuite d'Hippolyte. Mais il n'était pas non plus arrivé à temps. Il avait seulement vu un objet brillant dans la main droite d'Hippolyte et, presque au même moment, le canon d'un petit pistolet de poche appuyé sur la tempe du malade. Il s'était précipité pour lui saisir le bras, mais à cette seconde, Hippolyte avait pressé sur la détente. On entendit le déclic sec et coupant du chien, mais le coup ne partit pas. Keller prit Hippolyte à bras-le-corps ; celui-ci se laissa choir comme privé de connaissance ; peut-être se croyait-il tué en effet. Le pistolet était déjà entre les mains de Keller. On s'empara d'Hippolyte, on lui avança une chaise, on l'assit et tous firent cercle autour de lui en criant et en posant des questions. Après avoir entendu le claquement de la détente, ils voyaient l'homme vivant, sans la moindre égratignure. Hippolyte lui-même était assis, sans aucune notion de ce qui se passait ; il promenait tout autour de lui un regard égaré. À ce moment, Lébédev et Kolia rentrèrent en coup de vent.

– L'arme a raté ? demandait-on de part et d'autre.

– Le pistolet n'était peut-être pas chargé ? insinuèrent quelques-uns.

– Il était chargé ! déclara Keller en inspectant l'arme ; mais…

– Comment le coup a-t-il pu rater ?

– Il n'y avait pas de capsule, déclara Keller.

Il est difficile de décrire la pénible scène qui s'ensuivit. La frayeur générale du premier moment ne tarda pas à faire place à l'hilarité ; quelques personnes même s'esclaffèrent, trouvant dans la situation une source de gaîté maligne. Hippolyte sanglotait et se tordait les bras, comme s'il était en proie à une crise de nerfs ; il se jetait sur tout le monde, même sur Ferdistchenko qu'il étreignit des deux mains et auquel il jura qu'il avait oublié de mettre la capsule, « oubli complètement accidentel et involontaire ». Il ajouta que « toutes les capsules », au nombre de dix, étaient là, dans la poche de son gilet (et il les montrait à tout venant, c'était de peur que le coup ne partît par hasard dans sa poche et avec l'idée qu'il avait toujours le temps de le faire au moment voulu, mais cela lui était soudain sorti de l'esprit. Il s'adressait alternativement au prince et à Eugène Pavlovitch ; il suppliait Keller de lui rendre le pistolet pour qu'il pût prouver que « son honneur, oui son honneur... » mais que, maintenant, il était « déshonoré pour toujours ! »...

Il finit par se laisser tomber, ayant positivement perdu connaissance. On l'emporta dans le cabinet du prince, et Lébédev, complètement dégrisé, envoya sur-le-champ chercher un médecin, restant lui-même au chevet du malade avec sa fille, son fils, Bourdovski et le général. Quand on eut emmené Hippolyte inanimé, Keller se campa au milieu de la pièce et, devant toute l'assistance, proclama sur un ton décidé, en détachant et scandant chaque mot :

– Messieurs, si l'un de vous émet encore une fois, à haute voix et en ma présence, la supposition que la capsule a pu être oubliée volontairement et s'il prétend que le malheureux jeune homme n'a fait que jouer la comédie, il aura affaire à moi !

Personne ne lui répondit. Les invités s'étaient enfin dispersés par groupes et s'en allaient à la hâte. Ptitsine, Gania et Rogojine partirent ensemble.

Le prince fut très surpris de voir Eugène Pavlovitch changer d'idée et se retirer avant l'explication demandée.

– Ne vouliez-vous pas avoir un entretien avec moi après le départ de la société ? lui demanda-t-il.

– C'est juste, dit Eugène Pavlovitch en s'asseyant brusquement et en faisant asseoir le prince à côté de lui. – Mais pour le moment, j'ai changé d'avis. Je vous avoue que je suis assez ému, comme vous-même d'ailleurs. Mes idées sont en désordre ; en outre, l'affaire sur laquelle je voulais m'expliquer avec vous est trop importante, pour moi comme pour vous. Voyez-vous, prince, je voudrais, au moins une fois dans ma vie, faire une action parfaitement honnête ; je veux dire exempte de toute arrière-pensée. Or, je crois qu'à présent, en cette minute, je ne suis pas tout à fait capable de cette action ; peut-être êtes-vous dans le même cas... en sorte que... et... enfin, nous remettrons cette explication à plus tard. Il se peut que la question s'éclaircisse pour vous et pour moi, si nous laissons s'écouler deux ou trois jours ; c'est le temps que je vais passer à Pétersbourg.

Il se leva derechef, en sorte qu'on ne comprenait plus pourquoi il s'était assis. Le prince eut l'impression qu'il était mécontent et courroucé, et il crut discerner dans son regard une expression d'hostilité qui n'y était pas auparavant.

– À propos, vous allez maintenant auprès du malade ?

– Oui… j'ai des craintes, dit le prince.

– N'en ayez point ; il vivra bien encore six semaines ; peut-être même se rétablira-t-il ici. Mais le mieux serait de le mettre dès demain à la porte.

– Peut-être l'ai-je excité, moi aussi, sans m'en rendre compte… en ne disant rien. Il a pu croire que je doutais également qu'il voulût se tuer. Qu'en pensez-vous, Eugène Pavlovitch ?

– Pas du tout. Vous êtes trop bon de vous préoccuper encore de cela. J'avais entendu dire, sans jamais avoir eu l'occasion de le vérifier, qu'un homme pouvait se tuer exprès pour s'attirer des compliments ou par dépit de n'en avoir pas reçu. Et surtout je n'aurais jamais cru que l'on pût manifester aussi franchement sa faiblesse. Mais, tout de même, mettez-le dès demain à la porte.

– Vous croyez qu'il renouvellera sa tentative de suicide ?

– Non ; il ne recommencera plus. Mais gardez-vous du type russe à la Lacenaire ! Je vous répète : le crime est le trop habituel refuge de ces impuissantes nullités, travaillées par l'impatience et l'envie.

– Serait-ce donc un Lacenaire ?

– Le fond est le même ; peut-être est-ce seulement la situation qui diffère. Vous verrez si ce monsieur n'est pas capable de massacrer dix personnes, ne serait-ce que pour « jouer un tour », selon l'expression dont il s'est lui-même servi quand il a lu son Explication[126]. Maintenant, ces paroles m'empêcheront de dormir.

– Vos appréhensions sont peut-être exagérées.

– Vous êtes étonnant, prince ; vous ne le croyez pas capable de tuer *maintenant* dix personnes ?

– Je craindrais de vous répondre ; tout cela est fort étrange, mais, mais…

---

126 Eugène Pavlovitch se réfère évidemment à l'« Explication » d'Hippolyte, au début du chapitre. Mais il est à noter qu'ici il emploie le mot « chtouka », qui signifie *tour,* alors qu'Hippolyte s'était servi du mot « choutka », *plaisanterie.* La presque identité des deux mots donne à penser que les éditeurs de Dostoïevski ont laissé passer une faute d'impression, l'auteur ayant probablement dû employer le même terme. – N. d. T.

– Bien, à votre guise ! conclut Eugène Pavlovitch sur un ton exacerbé. – Et puis vous êtes un homme si brave ! Tâchez seulement de ne pas être vous-même l'une des dix victimes !

– Le plus probable, c'est qu'il ne tuera personne, dit le prince en regardant Eugène Pavlovitch d'un air pensif.

Celui-ci ricana malignement.

– Au revoir, il est temps ! À propos, avez-vous remarqué qu'il a légué à Aglaé Ivanovna une copie de sa confession ?

– Oui, je l'ai remarqué et… cela me fait réfléchir.

– Voilà qui nous ramène aux dix victimes, dit Eugène Pavlovitch en riant de nouveau ; puis il sortit.

Une heure après, entre trois et quatre heures du matin, le prince descendit dans le parc. Il avait essayé de s'endormir chez lui, mais sans succès, à cause des violentes palpitations de son cœur. Au demeurant, tout à la maison était rentré dans l'ordre et aussi calme que possible ; le malade s'était endormi et le docteur qui était venu le voir avait déclaré qu'il ne courait aucun danger immédiat. Lébédev, Kolia, Bourdovski s'étaient couchés dans sa chambre pour le veiller à tour de rôle ; il n'y avait donc rien à redouter.

Cependant, l'inquiétude du prince croissait de minute en minute. Il erra dans le parc, jetant autour de lui des regards distraits, et s'arrêta, surpris, en arrivant à la clairière qui s'ouvre devant le vauxhall et en voyant les rangées de bancs vides et les pupitres de l'orchestre. Il fut frappé de l'aspect de ce lieu qu'il trouva, sans trop s'expliquer pourquoi, affreusement laid. Il retourna sur ses pas et prit la route qu'il avait suivie la veille avec les Epantchine pour se rendre au vauxhall. Arrivé au banc vert, qui était le lieu de rendez-vous indiqué, il s'assit et partit d'un brusque et bruyant éclat de rire, qu'il se reprocha aussitôt avec la plus vive indignation. Son angoisse ne le quittait pas ; il aurait voulu s'en aller n'importe où… sans but. Au-dessus de sa tête, un petit oiseau chantait ; il se mit à le chercher des yeux dans le feuillage. Soudain, l'oiseau s'envola à tire-d'aile ; il lui rappela, à l'instant même, ce moucheron « bourdonnant dans un brûlant rayon de soleil » à propos duquel Hippolyte avait écrit qu'il « connaissait sa place dans ce chœur de la nature », où lui seul, Hippolyte, était un intrus. Cette phrase, qui l'avait déjà frappé alors, lui revint maintenant à l'esprit. Et un souvenir depuis longtemps endormi se réveilla en lui et s'illumina d'une clarté soudaine.

C'était en Suisse, pendant la première année et même pendant les premiers mois de son traitement. On le regardait alors tout à fait comme un idiot ; il ne pouvait même pas s'exprimer correctement et ne comprenait parfois pas ce qu'on lui demandait. Il s'en alla un jour dans la montagne, par un clair soleil, et erra longtemps, tourmenté par une pensée poignante mais qu'il n'arrivait pas à se formuler. Il découvrait devant lui un ciel éclatant, à ses pieds un lac, tout autour un horizon lumineux et si vaste qu'il semblait sans bornes. Il avait longuement contemplé ce spectacle, le cœur étreint par l'angoisse. Il se rappelait maintenant avoir tendu les bras vers cet océan de lumière et d'azur et avoir versé des larmes. Il était torturé par l'idée d'être étranger à tout cela. Quel était donc ce banquet, cette fête sans fin vers laquelle il se sentait attiré depuis longtemps, depuis toujours, depuis son enfance, sans jamais pouvoir y prendre part ? Chaque matin, le soleil se lève aussi radieux ; chaque matin, l'arc-en-ciel se dessine au-dessus de la cascade ; chaque soir la cime neigeuse de la plus haute montagne des alentours s'embrase là-bas, à l'horizon, d'un feu de pourpre ; chaque « moucheron qui bourdonne autour de lui, dans un brûlant rayon de soleil, participe à ce chœur de la nature : il sait sa place, il l'aime, il est heureux ». Chaque brin d'herbe croît et est heureux ! Chaque être a sa voie et la connaît ; il arrive et repart en chantant ; mais lui, il est seul à ne rien savoir, à ne rien comprendre, ni les hommes, ni les voix de la nature, car il est partout un étranger et un rebut. Oh ! il n'avait pu alors s'exprimer en ces termes ni formuler ainsi sa question ; sa souffrance était sourde et muette ; mais, maintenant, il s'imaginait avoir à cette époque dit tout cela sous cette forme et il lui semblait qu'Hippolyte avait emprunté son « moucheron » à son langage et à ses larmes d'alors. Il en était convaincu sans trop savoir pourquoi, et cette pensée faisait palpiter son cœur.

Il s'assoupit sur le banc, mais son agitation le poursuivit jusque dans le sommeil. Au moment de s'endormir, il se remémora la supposition qu'Hippolyte tuerait dix personnes et il sourit de l'absurdité de cette idée. Autour de lui régnait un clair et majestueux silence ; le bruissement des feuilles semblait encore accentuer la sérénité et la solitude ambiantes. Il eut de nombreux songes, tous angoissants et qui le firent frissonner sans interruption. Enfin une femme s'approcha de lui ; il la connaissait, il la connaissait jusqu'à en souffrir ; il pouvait toujours la nommer, la désigner, mais – chose étrange – elle avait maintenant un tout autre visage que celui qu'il lui avait toujours vu, et il éprouvait une douloureuse répulsion à la reconnaître sous ces traits nouveaux. Il y avait sur ce visage une telle expression de repentir et d'effroi qu'on eût dit que cette femme était une grande criminelle et qu'elle venait de commettre un forfait atroce. Une larme tremblait sur sa joue blême. Elle l'appela d'un geste et posa un doigt sur ses lèvres, comme pour l'inviter à la suivre sans bruit. Son cœur défaillit ; pour rien, pour rien au monde il ne voulait voir en elle une criminelle, mais il sentait qu'un événement terrible allait survenir qui influerait sur toute sa vie. Elle paraissait désirer lui montrer quelque chose, non loin de là, dans le parc. Il se leva pour la suivre, mais un rire limpide et frais résonna soudain près de lui ; une main se trouva tout à coup dans la sienne ; il la saisit, la serra fortement et s'éveilla. Aglaé était devant lui qui riait aux éclats.

VIII

Elle riait, mais s'indignait en même temps.

– Il dort ! Vous dormiez ! s'écria-t-elle sur un ton d'étonnement et de mépris.

– C'est vous ! balbutia le prince, qui n'avait pas encore bien repris conscience et la reconnut avec surprise. Ah oui ! ce rendez-vous… Je me suis endormi ici.

– Je m'en suis bien aperçue.

– Personne d'autre que vous ne m'a réveillé ? Personne d'autre n'est venu ici ? Je pensais qu'il y avait ici… une autre femme.

– Une autre femme ici ?

Le prince se ressaisit enfin complètement.

– Ce n'était qu'un rêve, dit-il d'un air pensif. Mais en un pareil moment, ce rêve est étrange… Asseyez-vous.

Il l'attira par la main et la fit asseoir sur le banc ; lui-même prit place à côté d'elle et se plongea dans ses réflexions. Aglaé ne rompit pas la glace et se contenta de le regarder fixement. Il la regardait aussi, mais parfois avec l'air de ne pas la voir devant lui. Elle se mit à rougir.

– Ah ! oui, fit-il en tressaillant, Hippolyte s'est tiré un coup de pistolet.

– Quand ? Chez vous ? demanda-t-elle, sans paraître autrement surprise. – Hier soir, il était, je crois, encore en vie ? Comment avez-vous pu venir dormir ici après un pareil événement ? s'écria-t-elle en s'animant.

– Mais il n'est pas mort ; le pistolet n'est pas parti.

Sur la prière d'Aglaé, le prince dut sur-le-champ raconter, avec force détails, tout ce qui s'était passé la nuit précédente. Elle l'invitait continuellement à hâter son récit, mais l'interrompait elle-même par des questions incessantes et presque sans rapport avec l'affaire. Elle prêta notamment un vif intérêt à ce qu'avait dit Eugène Pavlovitch et l'interrogea même à diverses reprises sur ce point.

– En voilà assez ! Il faut que je me dépêche, conclut-elle quand cette relation eut pris fin. – Nous n'avons qu'une heure à passer ici, car je dois être à la maison à huit heures, sans faute, pour qu'on ne sache pas que je suis venue. Et je sais ici pour une affaire ; j'ai beaucoup de choses à vous communiquer. Mais vous m'avez fait perdre le fil. Pour ce qui est d'Hippolyte, je crois que son pistolet ne pouvait que rater ; cela va assez bien avec le personnage. Mais êtes-vous sûr qu'il ait vraiment voulu se suicider et que ce n'ait pas été une comédie ?

– Non, ce n'était pas une comédie.

– C'est en effet le plus probable. Alors il a stipulé par écrit que vous deviez m'apporter sa confession ? Pourquoi ne l'avez-vous pas apportée ?

– Mais voyons, puisqu'il n'est pas mort ! Je la lui demanderai.

– Apportez-la-moi sans faute et ne lui demandez rien. Cela ne peut que lui être très agréable, car il a peut-être voulu se tuer pour que je lise ensuite sa confession. Je vous en prie, Léon Nicolaïévitch, ne riez pas de ce que je dis : cette supposition peut fort bien être la bonne.

– Je ne ris pas, car je la tiens moi-même pour très vraisemblable.

– Vous aussi ? Se peut-il que vous ayez eu la même idée ? demanda-t-elle avec une brusque stupéfaction.

Elle le questionnait à la hâte et parlait vite, mais semblait parfois se troubler et laissait souvent sa phrase inachevée ; à tout instant, elle se pressait de le prévenir de ceci ou de cela ; en général, son agitation était extrême et, bien qu'elle eût un regard assuré, voire provocateur, elle était peut-être, au fond, assez intimidée. Assise à l'extrémité du banc, elle était vêtue de la façon la plus simple, et portait une robe de tous les jours qui lui seyait fort bien. À maintes reprises elle frissonna et rougit. Elle avait été profondément étonnée d'entendre le prince assurer qu'Hippolyte s'était tiré un coup de feu pour qu'elle lût sa confession.

– À n'en pas douter, expliqua le prince, il voulait qu'indépendamment de vous, nous tous fissions son éloge…

– Comment ! son éloge ?

– C'est-à-dire… comment vous expliquer cela ? C'est très difficile à exprimer. Il avait certainement le désir de voir tout le monde s'empresser autour de lui, protester de sentiments d'affection et d'estime, et le supplier de rester en vie. Il est fort possible qu'il ait pensé à vous plus qu'aux autres, puisqu'en un pareil moment, il vous a nommée… bien qu'il ne se soit peut-être pas rendu compte lui-même qu'il pensait à vous.

– Je n'y comprends plus rien : il pensait à moi sans se rendre compte qu'il pensait à moi. Tout de même si, je crois comprendre. Savez-vous que moi-même, quand j'étais une fillette de treize ans, j'ai eu peut-être trente fois l'idée de m'empoisonner et de tout expliquer dans une lettre à mes parents ? Je me voyais couchée dans le cercueil ; tous les miens pleuraient autour de moi et se reprochaient d'avoir été si durs à mon égard… Pourquoi souriez-vous encore ? ajouta-t-elle vivement en fronçant les sourcils. À quoi pensez-vous donc quand vous vous isolez dans vos rêveries ? Vous vous croyez peut-être maréchal et vous battez Napoléon ?

– Eh bien ! ma parole d'honneur, c'est justement à cela que je pense, surtout quand je m'endors ! répliqua le prince en riant ; seulement, ce n'est pas Napoléon que je bats, ce sont les Autrichiens.

– Je ne suis pas du tout en train de plaisanter avec vous, Léon Nicolaïévitch. Je verrai moi-même Hippolyte, je vous prie de le prévenir. Quant à vous, je trouve très mauvaise, parce que très grossière, la manière dont vous voyez et jugez l'âme d'un homme comme Hippolyte. Vous n'avez pas de tendresse. Vous ne voyez que la seule vérité ; donc vous êtes injuste.

Le prince se mit à réfléchir.

– C'est vous, semble-t-il, qui êtes injuste pour moi, car je ne trouve rien de mal à ce qu'il ait eu cette pensée, vu que tout le monde est enclin à l'avoir ; d'autant qu'il ne l'a peut-être pas eue du tout et qu'il a pu s'agir d'une simple velléité… Il désirait se trouver une dernière fois dans la société des hommes, mériter leur estime et leur affection ; ce sont là d'excellents sentiments ; seulement, ils ne lui ont guère réussi ; la maladie et je ne sais quoi encore en ont été la cause. D'ailleurs, il y a des gens à qui tout réussit et d'autres qui manquent tout ce qu'ils font…

– Vous avez sûrement pensé à vous en disant cela ? observa Aglaé.

– Oui, repartit le prince sans prêter attention à la malice de la question.

– En tout cas, à votre place, je ne m'endormirais pas. Alors, n'importe où vous vous trouviez, vous vous laissez aller au sommeil ? C'est fort mal de votre part.

– Mais je n'ai pas dormi de toute la nuit et puis je me suis promené de-ci, de-là, je suis allé à la musique…

– Quelle musique ?

– Là où on jouait hier soir ; ensuite je suis venu ici, je me suis assis, j'ai longuement réfléchi et je me suis assoupi.

– Ah ! vraiment ? Cela change les choses à votre avantage… Et pourquoi êtes-vous allé à la musique ?

– Je ne sais pas ; cela s'est trouvé ainsi…

– Bien, bien, nous en reparlerons ; vous m'interrompez tout le temps. Qu'est-ce que cela me fait que vous soyez allé à la musique ? De quelle femme avez-vous rêvé ?

– Il s'agissait de… de… vous l'avez vue…

– Je comprends, je comprends parfaitement. Vous avez pour elle beaucoup de… Comment vous est-elle apparue, sous quel aspect ? Au fait, je n'en veux rien savoir, ajouta-t-elle avec une brusque humeur. Ne m'interrompez pas !

Elle s'arrêta un moment, comme pour reprendre haleine ou pour essayer de réprimer un mouvement de dépit.

– Voici tout ce dont il s'agit et pourquoi je vous ai fait venir. Je veux vous proposer d'être mon ami. Qu'avez-vous à me regarder ainsi ? ajouta-t-elle à demi courroucée.

Le prince la regardait en effet, à ce moment, avec beaucoup d'attention, ayant remarqué qu'elle redevenait toute rouge. En pareil cas, plus elle rougissait, plus elle semblait se fâcher contre elle-même, ce qui se lisait dans les éclairs de ses yeux. D'ordinaire, au bout d'une minute, elle passait sa colère sur son interlocuteur, qu'il fût en faute ou non, en se mettant à lui chercher noise. Ayant conscience de son caractère farouche et de sa pudeur, elle intervenait habituellement peu dans la conversation ; plus taciturne que ses sœurs, elle péchait même par excès de mutisme. Dans des circonstances particulièrement délicates, comme celle-ci, où elle ne pouvait se dispenser de parler, elle engageait la conversation avec une hauteur affectée et un certain air de défi. Elle pressentait toujours le moment où elle allait rougir ou commencer à rougir.

– Vous ne voulez peut-être pas accepter ma proposition ? dit-elle au prince en le toisant avec arrogance.

– Oh ! Au contraire, je le veux bien. Seulement, cela n'était nullement nécessaire… c'est-à-dire que j'étais loin de me figurer qu'il fût nécessaire de formuler une pareille proposition, dit le prince confus.

– À quoi pensiez-vous alors ? Pourquoi vous aurais-je mandé ici ? Qu'avez-vous en tête ? Peut-être, du reste, me regardez-vous comme une petite sotte, ainsi que le fait tout le monde à la maison ?

– Je ne savais pas que l'on vous regardait comme une sotte ; moi… je ne vous considère pas ainsi.

– Vous ne me considérez pas ainsi ? Cela dénote beaucoup d'intelligence de votre part. Et c'est surtout dit très spirituellement.

– Pour moi, poursuivit le prince, vous êtes même peut-être parfois pleine d'esprit. Ainsi, vous avez dit tout à l'heure un mot fort sensé. C'était à propos de mon opinion sur Hippolyte : « Vous ne voyez que la seule vérité, donc vous êtes injuste. » Je me rappellerai cette réflexion et je la méditerai.

Aglaé rougit subitement de plaisir. Tous ces revirements s'opéraient en elle avec une rapidité extraordinaire et une grande spontanéité, Le prince fut enchanté lui aussi et se mit à rire de joie en la regardant.

– Écoutez-moi, reprit-elle. Je vous ai longtemps attendu pour vous raconter tout cela. Je vous ai attendu depuis le moment où vous m'avez écrit cette lettre de là-bas, et même avant… Vous avez déjà entendu hier soir la moitié de ce que j'avais à vous dire : je vous tiens pour l'homme le plus honnête et le plus droit ; si on dit de vous que vous avez l'esprit… enfin que vous êtes parfois malade d'esprit, c'est une injustice. Je m'en suis convaincue et j'ai défendu ma conviction. Car, si vous êtes effectivement malade d'esprit (ne m'en veuillez pas de dire cela ; je l'entends d'un point de vue supérieur), l'intelligence principale est, en revanche, plus développée chez vous que chez aucun d'eux, à un degré même dont ils n'ont aucune idée. Car il y a deux intelligences : l'une qui est fondamentale et l'autre qui est secondaire. N'est-ce pas ? C'est bien cela ?

– C'est peut-être ainsi, articula le prince d'une voix à peine perceptible ; son cœur battait et palpitait violemment.

– J'étais sûre que vous me comprendriez, continua-t-elle d'un ton solennel. – Le prince Stch… et Eugène Pavlovitch ne comprennent rien à cette distinction entre les deux intelligences. Alexandra pas davantage. Mais figurez-vous que maman l'a saisie !

– Vous ressemblez beaucoup à Elisabeth Prokofievna.

– Comment ? Vraiment ? fit Aglaé avec surprise.

– Je vous assure.

– Je vous remercie, dit-elle après un instant de réflexion. – Je suis ravie de ressembler à maman. Alors, vous l'estimez beaucoup ? ajouta-t-elle sans se rendre compte de la naïveté de sa question.

– Beaucoup, en effet, et je suis heureux de voir que vous aussi l'avez immédiatement compris.

– J'en suis également heureuse, car j'ai remarqué que, parfois, on... se moque d'elle. Mais écoutez-moi : l'essentiel, c'est que j'ai pris le temps de réfléchir avant de faire porter finalement mon choix sur vous. Je ne veux pas qu'on se moque de moi à la maison, ni qu'on m'y traite comme une petite écervelée ; je ne veux pas que l'on me taquine... J'ai compris tout cela d'emblée et j'ai refusé catégoriquement Eugène Pavlovitch, parce que je ne veux pas que l'on soit tout le temps à vouloir me marier ! Je veux... je veux... eh bien ! je veux m'enfuir de la maison ! Et c'est vous que j'ai choisi pour m'aider à le faire.

– Vous enfuir de la maison ! s'écria le prince.

– Oui, oui et oui : m'enfuir de la maison ! s'exclama-t-elle brusquement, dans un violent mouvement de colère. – Je ne veux plus, je ne veux plus que l'on m'y fasse continuellement rougir. Je ne veux rougir ni devant eux, ni devant le prince Stch..., ni devant Eugène Pavlovitch, ni devant qui que ce soit, et c'est pour cela que je vous ai choisi. Avec vous, je veux pouvoir parler de tout ; de tout, même des choses les plus importantes quand cela me plaira ; de votre côté, vous ne devrez jamais rien me cacher. Je veux qu'il y ait au moins un homme avec lequel je puisse parler de tout comme avec moi-même. Ils se sont mis tout à coup à dire que je vous attendais et que je vous aimais. C'était avant même votre arrivée, et je ne leur avais pas montré votre lettre. Maintenant, ils répètent tous la même chose. Je veux être hardie et n'avoir aucune crainte. Je ne veux pas aller aux bals où ils me conduisent ; je veux me rendre utile. Il y a déjà longtemps que je voulais partir. Voici vingt ans que l'on me tient cloîtrée et on ne pense plus qu'à me marier. Je n'avais que quatorze ans que, toute sotte que j'étais, je songeais déjà à m'échapper. Maintenant, j'ai tout combiné et je vous attendais pour vous demander toutes sortes de renseignements sur la vie à l'étranger. Je n'ai pas vu une seule cathédrale gothique ; je veux aller à Rome, visiter des cabinets scientifiques ; je veux étudier à Paris ; je me suis préparée et j'ai travaillé toute l'année dernière ; j'ai lu une quantité de livres, entre autres tous ceux qui sont défendus. Alexandra et Adélaïde peuvent tout lire, on le leur permet ; mais moi, on me l'interdit et on me surveille. Je ne veux pas me quereller avec mes sœurs, mais j'ai depuis longtemps déjà déclaré à ma mère et à mon père que j'entendais changer radicalement d'existence. J'ai décidé de m'occuper d'éducation et j'ai fait fonds sur vous parce que vous m'avez dit que vous aimiez les enfants. Croyez-vous que nous puissions nous occuper ensemble d'éducation, sinon maintenant, du moins plus tard ? Nous ferons tous deux œuvre utile ; je ne veux pas être une fille de général… Dites-moi, vous êtes un homme très instruit ?

– Oh ! pas du tout !

– C'est dommage ; moi qui croyais… comment me suis-je figuré cela ? N'importe, vous me guiderez quand même, puisque c'est vous que j'ai choisi.

– C'est absurde, Aglaé Ivanovna.

– Je veux, je veux fuir la maison ! s'écria-t-elle tandis que de nouveau, ses yeux étincelaient. – Si vous ne consentez pas, j'épouserai Gabriel Ardalionovitch. Je ne veux pas que, dans ma famille, on me regarde comme une vilaine femme et que l'on m'accuse Dieu sait de quoi !

– Mais avez-vous votre bon sens ou non ? s'exclama le prince qui avait failli bondir de sa place. – De quoi vous accuse-t-on et qui vous accuse ?

– Tout le monde à la maison : ma mère, mes sœurs, mon père, le prince Stch…, même votre vilain Kolia ! Si on ne me dit rien en face, on n'en pense pas moins. Je le leur ai déclaré ouvertement à tous, à ma mère et à mon père. Maman en a été malade toute la journée, et, le lendemain, Alexandra et papa m'ont dit que je ne me rendais même pas compte de mes divagations ni des mots que j'employais. Alors je leur ai carrément répliqué que, maintenant, je comprenais tout, que je saisissais le sens de tous les mots, que je n'étais plus une fillette et que j'avais déjà lu, deux ans auparavant, deux romans de Paul de Kock, exprès pour me mettre au courant de tout. En entendant cela, maman a failli se trouver mal.

Une idée étrange traversa l'esprit du prince. Il regarda fixement Aglaé et sourit. Il avait de la peine à croire qu'il avait devant lui cette même jeune fille hautaine qui lui avait lu naguère, avec tant de provocante fierté, la lettre de Gabriel Ardalionovitch. Il n'arrivait pas à comprendre comment, dans une belle fille d'humeur si arrogante et si revêche, pouvait se révéler une pareille enfant qui, en effet, ne saisissait peut-être pas *tous les mots* qu'elle employait.

– Avez-vous toujours vécu à la maison, Aglaé Ivanovna ? demanda-t-il – Je veux dire : n'êtes-vous jamais allée à l'école, n'avez-vous pas étudié dans un pensionnat ?

– Jamais je ne suis allée nulle part ; on m'a toujours tenue enfermée à la maison comme dans une bouteille et, de cette bouteille, je ne sortirai que pour me marier. Pourquoi encore ce sourire ironique ? Je remarque que, vous aussi, vous avez l'air de vous moquer de moi et de prendre leur parti, ajouta-t-elle en se renfrognant d'un air menaçant. – Ne m'irritez pas ; je ne sais moi-même ce qui se passe en moi… Je suis sûre que vous êtes venu ici tout convaincu que j'étais amoureuse de vous et que je vous donnais un rendez-vous ! ajouta-t-elle sur un ton de colère.

– Il est de fait qu'hier j'ai eu peur de cela, avoua candidement le prince (il était très ému) ; mais aujourd'hui, je suis persuadé que vous…

– Comment ! s'exclama Aglaé dont la lèvre inférieure se mit soudain à trembler, vous avez eu peur que je… vous avez osé penser que je… Seigneur ! Vous supposiez peut-être que je vous appelais ici pour vous prendre au filet, pour qu'on nous surprît et vous obligeât à m'épouser…

– Aglaé Ivanovna ! Comment n'avez-vous pas honte ? Comment une pensée aussi basse a-t-elle pu naître dans votre cœur pur et innocent ? Je parie que vous-même ne croyez pas un seul mot de ce que vous venez de dire et même… que vous ne savez pas le sens de vos paroles !

Aglaé resta tête basse, inerte, comme effarée de ce qu'elle avait dit.

– Je n'ai aucune honte, balbutia-t-elle. Du reste, d'où savez-vous que j'ai un cœur innocent ? Comment avez-vous, dans ce cas, osé m'adresser une lettre d'amour ?

– Une lettre d'amour ? Ma lettre, une lettre d'amour ! Cette lettre était l'expression du plus profond respect ; elle émanait du fond de mon cœur, à un des moments les plus pénibles de mon existence. J'ai alors pensé à vous comme à une lumière… je…

– Allons, c'est bon, c'est bon ! interrompit-elle brusquement, mais sur un tout autre ton qui dénotait un profond repentir et presque de l'effroi. Elle se pencha même vers lui et, toujours en s'efforçant de ne pas le regarder en face, fit le geste de lui toucher l'épaule pour l'inviter, d'une façon plus persuasive à ne pas se fâcher. – C'est bon, répéta-t-elle avec une extrême confusion ; je sens que je me suis servie d'une expression stupide. C'était seulement… pour vous éprouver. Mettez que je n'aie rien dit. Si je vous ai offensé, pardonnez-moi. Je vous en prie : ne me regardez pas dans les yeux ; détournez-vous. Vous venez de déclarer que c'était une idée très basse ; je l'ai exprimée à dessein pour vous piquer. Il m'arrive parfois d'avoir peur de ce que j'ai envie de dire, et tout à coup cela m'échappe. Vous avez ajouté que vous aviez écrit cette lettre dans un des moments les plus pénibles de votre existence. Je sais de quel moment vous voulez parler, proféra-t-elle en baissant la voix et en portant de nouveau les yeux vers la terre.

– Oh ! si vous pouviez tout savoir !

– Je sais tout ! s'écria-t-elle dans un nouvel accès d'émotion. – Vous avez partagé à cette époque votre appartement avec cette vilaine femme, en compagnie de laquelle vous vous étiez enfui…

Elle n'était plus rouge, mais blême en prononçant ces paroles. Elle se leva soudain, comme mue par une impulsion inconsciente, mais se ressaisit aussitôt et se rassit. Longtemps encore sa lèvre continua à trembler. Il y eut une minute de silence. Le prince était stupéfait de cette sortie inopinée et ne savait à quoi l'attribuer.

– Je ne vous aime pas du tout ! fit-elle soudain d'un ton tranchant.

Le prince ne répondit pas. Le silence régna de nouveau pendant une minute.

– J'aime Gabriel Ardalionovitch… dit-elle d'une voix précipitée et à peine intelligible, en baissant encore davantage la tête.

– Ce n'est pas vrai ! répliqua le prince, presque dans un chuchotement.

– Alors, je mens ? C'est pourtant la vérité ; je lui ai engagé ma parole avant-hier, sur ce même banc.

Le prince eut un geste d'effroi et resta un moment songeur.

– Cela n'est pas vrai, répéta-t-il d'un ton décidé. Vous avez inventé toute cette histoire.

– Vous êtes joliment poli. Sachez qu'il s'est amendé ; il m'aime plus que sa vie. Il s'est brûlé la main devant moi, uniquement pour me le prouver.

– Il s'est brûlé la main ?

– Oui, la main. Croyez-le ou ne le croyez pas, cela m'est tout un.

Derechef le prince se tut. Aglaé ne plaisantait pas ; elle était très montée.

– Voyons, est-ce qu'il aurait apporté ici une bougie pour se brûler la main ? Je ne vois pas de quelle autre manière il aurait pu…

– Oui… une bougie. Qu'est-ce qu'il y a d'invraisemblable à cela ?

– Une bougie entière, ou un bout de bougie dans un chandelier ?

– Eh bien ! oui… non… une demi-bougie… un bout de bougie… une bougie entière. Cela revient au même, n'insistez pas ! Il a même apporté des allumettes, si vous tenez à le savoir. Il a allumé la bougie et il a tenu, pendant une demi-heure, son doigt sur la flamme. Cela vous paraît impossible ?

– Je l'ai vu hier soir ; ses doigts ne portaient aucune trace de brûlure.

Aglaé partit d'un éclat de rire enfantin. Puis elle se tourna prestement vers le prince avec un air de confiance puérile, tandis qu'un sourire errait encore sur ses lèvres.

– Savez-vous pourquoi je viens de vous raconter ce mensonge ? Parce que j'ai remarqué que, quand on s'est mis à mentir, le meilleur moyen de rendre son invention vraisemblable, c'est d'y introduire adroitement un détail qui sorte de la banalité, un détail excentrique, exceptionnel ou même totalement inouï. J'ai observé cela. Seulement, cet expédient ne m'a pas réussi, parce que je n'ai pas su…

Elle se rembrunit subitement, comme à l'évocation d'un souvenir. Elle reprit en posant sur lui un regard grave et même attristé :

– Si je vous ai un jour récité la poésie du « Chevalier pauvre », c'était dans l'intention de… faire votre louange, mais en même temps de vous confondre pour votre conduite et de vous montrer que je savais tout…

– Vous êtes bien injuste envers moi… envers la malheureuse que vous avez traitée tout à l'heure en termes si cruels, Aglaé.

– C'est parce que je sais tout, tout, que je me suis exprimée en ces termes ! Je sais que vous lui avez offert votre main devant tout le monde, il y a six mois. Ne m'interrompez pas : vous voyez que je constate, mais ne commente pas. C'est après cela qu'elle s'est enfuie avec Rogojine ; ensuite, vous avez vécu avec elle dans je ne sais quel village ou bourg ; puis elle vous a quitté pour en rejoindre un autre. (Aglaé devint affreusement rouge.) Par la suite, elle s'est remise avec Rogojine qui l'aime comme… comme un fou. Enfin vous, en homme également fort intelligent, vous êtes arrivé dare-dare ici, derrière elle, aussitôt que vous avez appris qu'elle était revenue à Pétersbourg. Hier soir, vous vous êtes précipité pour la défendre et, il y a un instant, vous rêviez d'elle… Vous voyez que je sais tout. C'est pour elle, n'est-ce pas, pour elle que vous êtes revenu ici ?

Le prince courba tristement, pensivement la tête, sans se douter du regard fulgurant qu'Aglaé dardait sur lui.

– C'est pour elle, répondit-il à voix basse ; c'est pour elle, mais seulement afin d'apprendre… Je ne crois pas qu'elle puisse être heureuse avec Rogojine, bien que… bref, je ne vois pas ce que je pourrais faire pour elle, mais je suis venu.

Il tressaillit et regarda Aglaé. Celle-ci l'avait écouté d'un air hostile.

– Si vous êtes venu sans savoir pourquoi, c'est que vraiment vous l'aimez beaucoup, articula-t-elle enfin.

– Non ! répliqua le prince ; non, je ne l'aime pas. Oh ! si vous saviez avec quelle terreur j'évoque le temps que j'ai passé avec elle !

Ces seules paroles lui firent courir un frisson â travers le corps.

– Dites-moi tout, riposta Aglaé.

– Il n'y a rien là que vous ne puissiez entendre. Je ne sais pourquoi, c'était justement à vous, et à vous seule, que je voulais raconter tout cela ; peut-être parce qu'en effet j'avais pour vous beaucoup d'affection. Cette malheureuse femme est profondément convaincue qu'elle est la créature la plus déchue et la plus perverse qui soit au monde. Oh ! ne lui faites pus honte, ne lui jetez pas la pierre ! Elle ne s'est que trop torturée elle-même par le sentiment de son infamie imméritée ! Et en quoi est-elle coupable, grands dieux ! Dans ses accès d'exaltation, elle crie sans cesse qu'elle ne se reconnaît aucune faute, qu'elle est la victime des hommes, la victime d'un débauché et d'un scélérat. Mais, quoi qu'elle vous déclare, sachez qu'elle est la première à ne pas croire ce qu'elle dit ; au contraire, en toute conscience, c'est… elle-même qu'elle accuse. Quand je m'efforçais de dissiper ces ténèbres, elle éprouvait de telles souffrances que jamais mon cœur ne guérira tant qu'il gardera le souvenir de ces atroces moments. J'ai la sensation qu'on m'a percé le cœur une fois pour toujours. Elle m'a fui, savez-vous pourquoi ? Uniquement pour me prouver son ignominie. Mais le plus affreux de tout, c'est qu'elle-même ignorait peut-être que son mobile était de me fournir cette preuve à moi seul ; elle croyait s'enfuir pour obéir à l'irrésistible envie de commettre une action honteuse qui lui permît de se dire ensuite : « Encore une ignominie à ta charge ; tu es bien une infâme créature ! » Oh ! peut-être ne comprendrez-vous pas cela, Aglaé ! Savez-vous que, dans cette perpétuelle conscience de son ignominie, se dissimule peut-être une volupté atroce et contre nature, l'assouvissement d'une sorte de vengeance contre quelqu'un ? Parfois j'ai réussi à lui rendre en quelque sorte la vue de la lumière ambiante. Mais bientôt elle se rebellait et en venait à m'accuser de vouloir m'élever au-dessus d'elle (ce qui était fort loin de ma pensée) ; finalement, elle me déclarait sans ambages, quand je lui proposais le mariage, qu'elle ne demandait à personne ni pitié condescendante, ni assistance, et se refusait à ce que quelqu'un l'élevât jusqu'à lui ». Vous l'avez vue hier ; croyez-vous donc qu'elle soit heureuse en pareille compagnie et que ce soit là l'entourage qui lui convienne ? Vous ne savez pas comme elle est cultivée et combien son intelligence est ouverte ! Elle m'a même parfois étonné !

– Est-ce que vous lui teniez là-bas des… sermons comme celui que vous venez de faire ?

– Oh ! non ! poursuivit le prince d'un air songeur, sans remarquer le ton de la question. – Je me taisais presque tout le temps. Je voulais souvent parler, mais, en vérité, je ne trouvais, souvent, pas quoi dire. Vous savez qu'il y a des circonstances où le mieux est de se taire. Oh ! je l'aimais ; oui, je l'aimais beaucoup ; mais après… après… elle a tout deviné.

– Deviné quoi ?

– Que je n'avais pour elle que de la pitié, que… je ne l'aimais plus.

– Qu'en savez-vous ? Peut-être aimait-elle réellement ce… ce propriétaire avec lequel elle est partie ?

– Non : je sais tout. Elle n'a fait que se moquer de lui.

– Et de vous, ne s'est-elle jamais moquée ?

– Mon Dieu, non ! C'est-à-dire que, parfois, elle s'est moquée par malignité ; dans ces moments-là, elle m'accablait de reproches furieux, et elle-même souffrait ! Mais… ensuite… Oh ! n'évoquez pas ces souvenirs, ne me les rappelez pas !

Il se cacha le visage dans les mains.

– Et savez-vous qu'elle m'écrit presque chaque jour ? dit-elle.

– Alors, c'est vrai ! s'écria le prince bouleversé. – On me l'a dit, mais je me refusais à le croire.

– Qui vous l'a dit ? demanda Aglaé d'un air apeuré.

– C'est Rogojine qui m'en a parlé hier, mais en termes vagues.

– Hier ? Hier matin ? À quel moment de la journée ? Avant ou après la musique ?

– Après ; c'était dans la soirée, entre onze heures et minuit.

– Ah ! bien ! si c'est Rogojine… Mais savez-vous de quoi elle me parle dans ces lettres ?

– Je ne m'étonne de rien ; c'est une folle !

– Voici ces lettres (Aglaé tira de sa poche trois lettres sous enveloppes qu'elle jeta devant le prince). Depuis une semaine entière, elle me supplie, m'implore, m'adjure de vous épouser. Elle est… soit, elle est intelligente, encore que démente, et vous avez raison quand vous dites qu'elle a beaucoup plus d'esprit que moi… Elle m'écrit qu'elle est entichée de moi, qu'elle cherche tous les jours l'occasion de me voir, ne serait-ce que de loin. Elle m'assure que vous m'aimez, qu'elle le sait, qu'elle l'a remarqué depuis longtemps et que vous lui avez parlé de moi quand vous étiez là-bas. Elle veut vous voir heureux ; elle se dit certaine que je peux seule faire votre bonheur… Elle écrit d'une manière si bizarre… si étrange… Je n'ai montré ses lettres à personne, je vous attendais. Savez-vous ce que cela signifie ? Vous ne le devinez pas ?

– C'est de la folie. Cela prouve qu'elle a perdu le sens, proféra le prince dont les lèvres se mirent à trembler.

– Est-ce que vous ne pleurez pas ?

– Non, Aglaé, non, je ne pleure pas, dit le prince en la regardant.

– Que dois-je faire ? Que me conseillez-vous ? Je ne peux pas continuer à recevoir ces lettres.

– Oh ! laissez-la, je vous en conjure ! s'écria le prince. Que pouvez-vous faire dans ces ténèbres ? Je m'efforcerai d'obtenir qu'elle ne vous écrive plus.

– Si vous parlez ainsi, c'est que vous êtes un homme sans cœur ! s'exclama Aglaé. Ne voyez-vous donc pas que ce n'est pas de moi qu'elle est entichée, mais de vous ? C'est vous seul qu'elle aime ! Se peut-il que vous soyez parvenu à tout remarquer en elle, sauf cela ? Savez-vous ce qu'il y a là-dessous, ce que trahissent ces lettres ? De la jalousie, et même pis que de la jalousie ! Elle… Vous croyez qu'elle épousera réellement Rogojine, comme elle le dit dans ses lettres ? Elle se tuerait le lendemain de notre mariage !

Le prince frissonna et son cœur défaillit. Il regarda Aglaé avec surprise : il éprouvait une singulière impression en constatant que cette enfant était depuis longtemps devenue une femme.

– Dieu m'est témoin, Aglaé, que je sacrifierais ma vie pour lui rendre la paix de l'âme et le bonheur ! Mais… je ne puis plus l'aimer, et elle le sait !

– Eh bien ! sacrifiez-vous, puisque cela vous sied si bien ! Vous êtes un si grand philanthrope. Et ne m'appelez pas « Aglaé »... Tout à l'heure, vous avez déjà dit « Aglaé » tout court... Vous devez travailler à sa résurrection ; vous y êtes obligé ; votre devoir est de repartir avec elle, pour apaiser et calmer son cœur. C'est d'ailleurs bien elle que vous aimez !

– Je ne puis me sacrifier, bien qu'une fois j'en aie eu l'intention... et que peut-être je l'aie encore maintenant. Mais je sais à *n'en pas douter* qu'avec moi elle serait perdue ; c'est pourquoi je m'écarte d'elle. Je devais la voir aujourd'hui à sept heures ; peut-être n'irai-je pas. Sa fierté ne me pardonnera jamais mon amour, et nous succomberons tous les deux ! Cela n'est pas naturel, mais ici tout est contre nature. Vous dites qu'elle m'aime ; mais est-ce là de l'amour ? Un pareil sentiment peut-il exister après ce que j'ai enduré ? Non, ce n'est pas de l'amour ; c'est autre chose !

– Comme vous avez pâli ! fit Aglaé avec un soudain effroi.

– Ce n'est rien ; je n'ai guère dormi ; je me sens faible... C'est la vérité ; nous avons alors parlé de vous. Aglaé...

– Alors, c'est vrai ? Vous avez réellement *pu parler de moi avec elle.* Et... et comment avez-vous pu m'aimer, ne m'ayant vue qu'une seule fois en tout ?

Je ne le sais. Dans mes ténèbres d'alors, j'ai eu comme un rêve... peut-être une aurore nouvelle a-t-elle lui à mes yeux. Je ne sais pourquoi c'est d'abord à vous que ma pensée est allée. Je ne vous ai pas menti quand je vous ai écrit que j'ignorais comment cela s'était fait. Ce n'était qu'un rêve par où j'échappais à mes frayeurs d'alors... Je me suis ensuite remis à travailler ; mon intention était de ne pas revenir avant trois ans...

– Donc vous êtes revenu pour elle ?

Il y avait un tremblement dans la voix d'Aglaé.

– Oui, pour elle.

Deux minutes de morne silence s'écoulèrent, Aglaé se leva.

– Si vous dites, reprit-elle d'une voix hésitante, si vous croyez vous-même que cette... que votre malheureuse est une folle, ses extravagances ne me regardent pas... Je vous prie, Léon Nicolaïévitch, de prendre ces trois lettres et de les lui jeter de ma part ! Et – s'écria-t-elle brutalement – si elle se permet de m'écrire encore une seule ligne, dites-lui que je me plaindrai à mon père qui la fera mettre dans une maison de correction...

Le prince eut un sursaut et considéra avec effroi la fureur inattendue d'Aglaé ; puis une sorte de brouillard tomba brusquement devant lui...

– Vous ne pouvez pas avoir de pareils sentiments... Ce n'est pas vrai ! balbutia-t-il.

– C'est vrai ! C'est la vérité ! s'exclama Aglaé presque hors d'elle.

– Qu'est-ce qui est vrai ? Quelle vérité ? fit tout près de là une voix effrayée.

Elisabeth Prokofievna était devant eux.

– La vérité, c'est que je suis décidée à épouser Gabriel Ardalionovitch, que je l'aime et que demain je m'enfuirai de la maison avec lui ! lança Aglaé à sa mère. – Vous avez entendu ? Votre curiosité est-elle satisfaite ? Cela vous suffit-il ?

Et elle partit en courant vers la maison.

– Ah ! non, mon bon ami, vous n'allez pas filer maintenant, fit Elisabeth Prokofievna en retenant le prince. Faites-moi le plaisir de venir vous expliquer chez moi... Ah ! que d'arias ! et cela après une nuit blanche !...

Le prince la suivit.

IX

Arrivée à la maison, Elisabeth Prokofievna s'arrêta dans la première pièce ; n'ayant pas la force d'aller plus loin, elle se laissa tomber, à bout de résistance, sur une couchette et oublia même d'inviter le prince à s'asseoir. C'était une assez grande salle avec une table ronde au milieu et une cheminée ; des fleurs s'amoncelaient sur des étagères au bas de la fenêtre ; au fond, une porte vitrée donnait sur le jardin. Aussitôt survinrent Adélaïde et Alexandra, dont les regards étonnés parurent questionner le prince et leur mère.

À la campagne, les demoiselles avaient l'habitude de se lever vers neuf heures ; seule Aglaé se levait depuis deux ou trois jours un peu plus tôt et allait se promener dans le jardin, non pas du reste à sept heures, mais à huit ou même plus tard. Elisabeth Prokofievna, en proie à ses divers soucis, n'avait en effet pas fermé l'œil de la nuit ; elle était sur pied depuis huit heures dans le dessein d'aller au jardin retrouver Aglaé, qu'elle croyait déjà levée ; mais elle ne la trouva ni dans le jardin ni dans sa chambre à coucher. Vivement alarmée elle réveilla ses deux autres filles. La domestique déclara qu'Aglaé Ivanovna était partie pour le parc avant sept heures. Ses sœurs rirent malicieusement en apprenant cette nouvelle fantaisie de leur extravagante cadette et firent observer à leur mère qu'Aglaé serait encore bien capable de se fâcher si on allait à sa recherche dans le parc ; à leur avis, elle était assise, un livre à la main, sur le banc vert dont elle avait parlé trois jours avant et au sujet duquel elle avait failli se quereller avec le prince Stch... ; celui-ci avait en effet déclaré ne rien trouver de remarquable au site devant lequel ce banc était placé. Tombant en plein rendez-vous et surprenant les étranges paroles de sa fille, Elisabeth Prokofievna avait éprouvé une frayeur intense qui se justifiait par bien des raisons. Mais, après avoir entraîné le prince avec elle, elle redouta les conséquences de son initiative, « car Aglaé ne pouvait-elle pas avoir rencontré le prince dans le parc et engagé la conversation avec lui, sans parler de la possibilité qu'ils se fussent donné rendez-vous au préalable » ?

– N'allez pas croire, mon cher prince, dit-elle en s'efforçant de se dominer, que je vous aie amené ici pour vous faire subir un interrogatoire... Mon bon ami, après ce qui s'est passé hier soir, j'aurais peut-être préféré ne pas te revoir de longtemps...

Elle allait s'arrêter court.

– Mais je présume que vous voudriez bien savoir comment Aglaé Ivanovna et moi nous sommes rencontrés aujourd'hui ? acheva le prince.

– Eh ! bien sûr que je voudrais le savoir ! répartit Elisabeth Prokofievna avec emportement. – Je n'ai pas peur qu'on me parle en face ; je n'offense personne, je n'ai voulu offenser, personne...

– Mais naturellement : il n'y a rien d'offensant à vouloir, savoir cela ; vous êtes mère. Nous nous sommes rencontrés aujourd'hui, Aglaé Ivanovna et moi, auprès du banc vert, juste à sept heures du matin, à la suite d'un avis qu'elle m'a donné hier. Elle m'a remis hier soir une lettre où elle me disait qu'il fallait qu'elle me vît et m'entretînt d'une affaire importante. Nous avons donc eu une entrevue et nous avons parlé pendant une heure de questions qui la concernaient exclusivement. Voilà tout.

– C'est évidemment tout, mon ami ; aucun doute que ce ne soit tout ! proféra d'un ton digne Elisabeth Prokofievna.

– Très bien, prince ! dit Aglaé en entrant brusquement dans la pièce ; je vous remercie de tout cœur de m'avoir jugée incapable de m'abaisser ici à un mensonge. Êtes-vous satisfaite, maman, ou avez-vous l'intention de pousser plus loin l'interrogatoire ?

– Tu sais bien qu'il ne m'est jamais arrivé jusqu'ici d'avoir à rougir devant toi… quoique, peut-être, tu y eusses pris plaisir, répliqua Elisabeth Prokofievna, du ton de quelqu'un qui donne une leçon. – Adieu, prince ! Excusez-moi de vous avoir dérangé. J'espère que vous resterez convaincu de mon invariable estime à votre égard.

Le prince fit aussitôt un salut à la mère et à la fille, puis se retira sans dire mot. Alexandra et Adélaïde esquissèrent un sourire et se mirent à chuchoter entre elles. Elisabeth Prokofievna leur décocha un regard sévère.

– Ce qui nous met en gaîté, fit en riant Adélaïde, c'est de voir le prince saluer d'un air aussi majestueux ; il a généralement l'air d'un sac et tout d'un coup le voilà qui vous prend des manières… des manières à la Eugène Pavlovitch.

– La délicatesse et la dignité sont des qualités qui émanent du cœur et que n'enseignent pas les maîtres de danse, conclut sentencieusement Elisabeth Prokofievna.

Et elle monta dans sa chambre sans même jeter les yeux sur Aglaé.

Quand le prince rentra chez lui, vers les neuf heures, il trouva sur la terrasse Véra Loukianovna et une servante. Elles venaient de ranger et de balayer après la soirée tumultueuse de la veille.

– Dieu merci, nous avons pu terminer le ménage avant votre retour ! dit gaiement Véra.

– Bonjour. J'ai un peu de migraine ; j'ai mal dormi ; je ferais volontiers un somme.

– Voulez-vous vous reposer ici, sur la terrasse, comme hier ? C'est bien. Je dirai à tout le monde de ne pas vous réveiller. Papa est sorti.

La servante se retira ; Véra fit mine de la suivre, mais elle se ravisa et s'approcha du prince avec un air soucieux.

– Prince, ayez pitié de ce… malheureux. Ne le chassez pas aujourd'hui.

– Je ne le chasserai pour rien au monde. Il fera ce qui lui plaira.

– Il ne fera rien pour le moment… Ne soyez pas sévère avec lui.

– Certes non ; pourquoi le serais-je ?

– Et puis… ne riez pas de lui ; c'est l'essentiel.

– Assurément non.

– Je suis ridicule de dire cela à un homme comme vous, fit Véra en rougissant. – Quoique vous soyez fatigué, ajouta-t-elle en riant et déjà à demi tournée vers la porte, vous avez en ce moment des yeux si bons… si heureux.

– Sont-ils vraiment si heureux ? demanda le prince avec vivacité.

Et il partit d'un franc éclat de rire.

Mais Véra, qui avait la simplicité et le sans-façon d'un garçon, devint soudain toute confuse et encore plus rouge ; elle fit, sans cesser de rire, une brusque sortie.

« Quelle… charmante jeune fille… » pensa le prince, et il l'oublia aussitôt. Il se retira dans le coin de la terrasse où était la couchette, en face d'une petite table, s'assit, se couvrit la figure de ses mains et resta dans cette posture une dizaine de minutes. Brusquement, il plongea avec inquiétude la main dans sa poche de côté et en sortit trois lettres.

Mais de nouveau la porte s'ouvrit et Kolia apparut. Le prince se sentit presque joyeux de cette occasion de rempocher les lettres et d'en différer la lecture.

Kolia s'assit sur la couchette.

– En voilà un événement ! dit-il en entrant d'emblée dans son sujet, avec la rondeur habituelle à ses pareils ; quelle opinion avez-vous maintenant d'Hippolyte ? A-t-il perdu votre estime ?

– Pourquoi donc ?… Mais, Kolia, je suis fatigué… En outre, ce serait trop pénible de revenir là-dessus… Comment va-t-il, cependant ?

– Il dort et ne se réveillera sans doute pas avant deux heures. Je comprends ; vous n'avez pas couché à la maison ; vous êtes allé au parc… naturellement, vous étiez ému… On le serait à moins !

– Comment savez-vous que je suis allé au parc et n'ai pas dormi à la maison ?

– Véra vient de me le dire. Elle m'a recommandé de ne pas entrer ; mais je n'ai pu y tenir, je voulais vous voir, ne fût-ce qu'une minute. J'ai passé ces deux heures au chevet du malade ; maintenant, c'est au tour de Kostia Lébédev. Bourdovski est reparti. Enfin, couchez-vous, prince, bonne... non, bon jour ! Mais, vous savez, je suis stupéfait !

– Évidemment... tout cela...

– Non, prince, non ; ce qui me stupéfie, c'est la « confession ». Et surtout le passage où il parle de la Providence et de la vie future. Il y a là une pensée gi-gan-tesque !

Le prince regarda affectueusement Kolia qui était, sans aucun doute, venu pour l'entretenir de la pensée gigantesque.

– Mais l'essentiel, l'essentiel, ce n'est pas tant cette pensée que les circonstances au milieu desquelles elle a germé. Si elle avait été formulée par Voltaire, Rousseau, Proudhon, je l'aurais lue, remarquée, toutefois elle ne m'aurait pas frappé au même degré. Mais qu'un homme qui est sûr de n'avoir plus que dix minutes à vivre s'exprime ainsi, c'est un rude exemple de fierté ! C'est la plus haute manifestation d'indépendance de la dignité humaine ; cela équivaut à braver ouvertement... Non, cela dénote une force d'âme gigantesque ! Et venir soutenir après cela qu'il a fait exprès d'oublier la capsule, c'est de la bassesse, c'est un non-sens ! Mais vous savez, hier, il nous a trompés ; c'est un malin ; je n'ai pas du tout fait son sac avec lui et je n'ai jamais vu son pistolet, c'est lui-même qui a tout emballé ; si bien qu'il m'a interloqué en racontant cette histoire. Véra dit que vous le laisserez ici ; je vous jure qu'il n'y aura aucun danger, d'autant que nous exerçons tous sur lui une surveillance de chaque instant.

– Et qui de vous l'a veillé cette nuit ?

– Kostia Lébédev, Bourdovski et moi. Keller est venu un moment, mais n'a pas tardé à aller dormir chez Lébédev, parce qu'il n'avait pas où coucher dans notre chambre. C'est aussi là que Ferdistchenko a passé la nuit ; il est sorti à sept heures. Le général est toujours chez Lébédev ; maintenant, lui aussi est sorti... Je crois bien que Lébédev a l'intention de venir vous trouver dans un moment ; il vous a cherché, je ne sais pourquoi, et a demandé à deux reprises où vous étiez. Faut-il le laisser entrer ou le faire attendre, si vous vous reposez ? Je vais moi-même dormir. Ah ! oui, que je n'oublie pas cela : j'ai été témoin tout à l'heure d'une excentricité du général. Bourdovski m'a réveillé un peu après six heures, ou plutôt juste à six heures, pour que je prenne mon tour au chevet du malade ; je suis sorti une minute et j'ai eu la surprise de rencontrer le général qui était gris au point de ne pas me reconnaître ; il est resté planté devant moi comme un poteau, puis s'est ressaisi et m'a assailli de questions : « Eh ! bien, que devient le malade ? Je venais prendre de ses nouvelles… » Je l'ai mis au courant. « Tout cela est bel et bon, ajouta-t-il, mais je me suis levé et suis venu surtout pour te prévenir ; j'ai des raisons de croire qu'on ne peut pas tout dire en présence de M. Ferdistchenko et… qu'il faut se tenir sur ses gardes avec lui. » Comprenez-vous, prince ?

– Est-ce possible ? D'ailleurs… pour nous c'est indifférent.

– Oui, sans doute, c'est indifférent ; nous ne sommes pas des francs-maçons ! J'ai même été surpris de voir que le général voulait venir me réveiller cette nuit exprès pour cela.

– Ferdistchenko est sorti, dites-vous ?

– À sept heures ; il m'a rejoint au chevet du malade et m'a dit qu'il allait finir la nuit chez Vilkine – un fameux ivrogne, ce Vilkine ! – Allons, je m'en vais ! Mais voilà Loukiane Timoféïévitch… Le prince veut dormir, Loukiane Timoféïévitch, retournez d'où vous venez !

– Rien qu'une minute, très honoré prince ! Il s'agit d'une affaire qui a pour moi de l'importance, proféra Lébédev avec un salut cérémonieux.

Il s'exprimait à mi-voix sur un ton gourmé, mais pénétré de la gravité de ce qu'il avait à dire. Il venait de rentrer et, n'ayant même pas eu le temps d'aller chez lui, tenait encore son chapeau à la main. Son visage était soucieux, avec une expression exceptionnelle de gravité. Le prince le pria de s'asseoir.

– Vous m'avez demandé deux fois. Vous êtes peut-être toujours inquiet à propos des incidents d'hier soir ?…

– Vous voulez parler de ce jeune homme d'hier soir, prince ? Oh ! non : hier mes idées étaient en désordre… mais aujourd'hui je n'ai pas l'intention de contrecarrer vos intentions en quoi que ce soit.

– Contreca… comment avez-vous dit ?

– J'ai dit : contrecarrer ; c'est un mot français comme tant d'autres qui ont passé dans la langue russe ; mais je n'y tiens pas particulièrement.

– Qu'avez-vous aujourd'hui, Lébédev, pour être si grave et si solennel ? Vous avez l'air de scander vos mots, fit le prince avec un léger sourire.

– Nicolas Ardalionovitch ! dit Lébédev en s'adressant à Kolia sur un ton presque attendri, – je dois communiquer, au prince une affaire qui concerne plus spécialement…

– Bon, c'est compris ; elle ne me regarde pas ! Au revoir, prince ! fit Kolia, qui se retira sur-le-champ.

– J'aime bien ce garçon parce qu'il a l'intelligence éveillée, dit Lébédev en le suivant des yeux. Bien qu'un peu crampon, il est dégourdi. Un grand malheur m'est arrivé, très honoré prince, hier soir ou ce matin au point du jour… je ne puis encore préciser le moment exact.

– Qu'est-ce qu'il y a ?

– Quatre cents roubles ont disparu de la poche intérieure de mon vêtement. Très honoré prince, j'ai été refait ! ajouta Lébédev avec un sourire amer.

– Vous avez perdu quatre cents roubles ? C'est dommage.

– Surtout pour un pauvre homme qui vit noblement de son travail.

– Sans doute, sans doute. Comment la chose est-elle arrivée ?

– La faute en est au vin. Je m'adresse à vous comme à la providence, très honoré prince. Cette somme de quatre cents roubles m'a été remise hier soir à cinq heures par un débiteur. Je suis rentré ici par le train. Mon portefeuille était dans ma poche. En ôtant mon uniforme pour passer ma redingote, j'ai placé mon argent dans celle-ci, avec l'intention de le garder sur moi. Je comptais le remettre dans la soirée à quelqu'un qui me l'avait demandé… J'attendais l'homme d'affaires.

– À propos, Loukiane Timoféïévitch, est-il exact que vous ayez fait annoncer dans les journaux que vous prêtiez sur les objets d'or et d'argent ?

– Cette annonce a été passée par l'entremise d'un homme d'affaires ; elle ne porte ni mon nom ni mon adresse. Comme je n'ai qu'un tout petit capital et que ma famille s'est accrue, vous conviendrez qu'un honnête intérêt…

– Mais oui, mais oui ! il ne s'agit que d'un renseignement ; excusez-moi de vous avoir interrompu.

– L'homme d'affaires n'est pas venu. Là-dessus on a amené ici ce malheureux. Après le dîner j'étais déjà pas mal en train. Puis sont venus nos visiteurs ; on a bu… du thé et… pour mon malheur je suis tombé dans un excès de gaieté. Quand Keller est arrivé, tard dans la soirée, il nous a annoncé que c'était votre anniversaire et qu'il fallait servir du champagne ; alors, mon cher et très honoré prince, moi qui ai un cœur (vous l'avez sans doute déjà remarqué, car je le mérite) je ne dirai pas sentimental mais reconnaissant, ce dont je m'enorgueillis, j'ai cru devoir enlever mes vieilles frusques et remettre mon uniforme pour attendre le moment de vous féliciter en personne et vous fêter d'une manière plus solennelle. Ainsi ai-je fait, prince, et vous avez bien dû remarquer que je suis resté en uniforme toute la soirée. Mais en changeant de vêtement j'ai oublié le portefeuille dans ma redingote.... On a raison de dire que, lorsque Dieu veut punir quelqu'un, il commence par lui ôter la raison. Ce matin, à sept heures et demie, en me réveillant, j'ai sauté comme un fou pour aller prendre ma redingote. La poche était vide ! Pas trace de portefeuille.

– Ah ! c'est désagréable !

– Voilà le mot : c'est désagréable. Avec le tact qui vous caractérise, vous avez tout de suite trouvé l'expression appropriée, ajouta Lébédev non sans malice.

– Mais pourtant, comment... fit après un instant de réflexion le prince inquiet, – cela est sérieux ?

– C'est le mot : sérieux ; encore une expression heureuse, prince, pour caractériser...

Voyons, Loukiane Timoféïévitch, à quoi bon éplucher, les mots ? Ce ne sont pas les mots qui importent... Admettez-vous qu'étant en état d'ivresse, vous ayez pu laisser tomber le portefeuille de votre poche ?

– C'est possible. Tout est possible dans l'état d'ivresse, pour employer l'expression dont vous vous êtes servi avec tant de franchise, très honoré prince. Mais jugez-en vous-même ; si j'ai fait tomber mon portefeuille de ma poche en ôtant ma redingote, l'objet aurait dû se retrouver sur le parquet. Où est-il donc ?

– Ne l'auriez-vous pas serré dans le tiroir de quelque table ?

– J'ai tout fouillé, tout exploré. D'ailleurs je ne l'ai mis nulle part et n'ai ouvert aucun tiroir ; je m'en souviens parfaitement.

– Avez-vous regardé dans la petite armoire ?

– C'est la première chose que j'ai faite et j'y ai même regardé plusieurs fois ce matin... Et puis, pourquoi aurais-je été le fourrer dans la petite armoire, très honoré prince ?

– J'avoue, Lébédev, que cela me tracasse. Quelqu'un l'aurait donc trouvé par terre ?

– Ou bien tiré de ma poche ! Il n'y a pas d'autre explication.

– Cela m'inquiète vivement, car qui a bien pu faire cela ?… Voilà la question !

– À n'en pas douter, c'est la question essentielle. Vous tombez avec une étonnante justesse, illustre prince, sur les mots, les idées et les définitions qui peignent la situation.

– Ah ! Loukiane Timoféïévitch, trêve de moquerie ! ici…

– Des moqueries ! s'écria Lébédev en levant les bras.

– Allons, allons ! c'est bon, je ne me fâche pas. Ma préoccupation est tout autre… Je crains de voir accuser les gens. Qui soupçonnez-vous ?

– La question est très délicate et… fort compliquée ! Je ne puis soupçonner la servante ; elle est restée tout le temps dans sa cuisine. Mes enfants sont, eux aussi, hors de soupçon…

– Cela va sans dire.

– Par conséquent, ce ne peut être qu'un des visiteurs.

– Mais est-ce possible ?

– C'est de la plus absolue et de la plus complète impossibilité. Cependant la chose n'a pu se passer autrement. Je veux bien admettre toutefois et je suis même convaincu que le vol, si vol il y a eu, a été commis, non pas dans la soirée, lorsque tout le monde était réuni, mais plutôt la nuit ou même vers le matin, par une des personnes qui ont passé la nuit ici.

– Ah ! mon Dieu !

– Je mets naturellement hors de cause Bourdovski et Nicolas Ardalionovitch, qui ne sont d'ailleurs pas même entrés chez moi.

– Cela irait de soi, même s'ils y étaient entrés ! Qui a passé la nuit chez vous ?

– En me comptant, nous sommes quatre à avoir passé la nuit dans deux chambres contiguës : le général, Keller, M. Ferdistchenko et moi. C'est donc l'un de nous quatre qui a fait le coup.

– Vous voulez dire l'un des trois ; mais lequel ?

– Je me suis compté pour être juste et faire les choses régulièrement ; mais vous conviendrez, prince, que je n'ai pu me voler moi-même, bien qu'on ait déjà vu des cas de ce genre dans le monde…

– Ah ! Lébédev, que votre bavardage est ennuyeux ! s'écria le prince impatienté ; allez donc au fait ; pourquoi lanternez-vous ainsi ?…

– Restent donc trois personnes. Commençons par M. Keller, homme versatile, adonné à la boisson et dans certains cas suspect de libéralisme, tout au moins en ce qui concerne la poche d'autrui ; au demeurant il a plutôt le caractère d'un chevalier d'autrefois que celui d'un libéral. Il a passé la première partie de la nuit dans la chambre du malade et ce n'est qu'à une heure assez avancée qu'il s'est rendu auprès de nous sous, prétexte qu'il ne pouvait pas dormir sur le plancher.

– Vous le soupçonnez ?

– Je l'ai soupçonné. Lorsqu'après sept heures du matin j'ai bondi comme un fou et me suis frappé le front, je suis allé réveiller sur-le-champ le général qui dormait du sommeil de l'innocence. Prenant en considération l'étrange disparition de Ferdistchenko, circonstance qui était déjà de nature à faire naître nos soupçons, nous décidâmes tous deux de fouiller Keller qui était étendu comme… comme… presque comme un clou. Nous explorâmes consciencieusement ses poches sans y trouver un centime ; il n'y en avait pas même une qui ne fût percée. Un mouchoir en coton bleu à carreaux à ne pas prendre avec des pincettes ; un billet doux écrit par quelque femme de chambre qui réclamait de l'argent et formulait des menaces ; enfin des pages détachées du feuilleton que vous savez ; voilà tout ce que nous découvrîmes. Le général décida que Keller, était innocent. Pour mieux tirer la chose au clair, nous le réveillâmes, non sans difficulté ; c'est à peine s'il comprit de quoi il s'agissait ; il était là, la bouche grande ouverte, avec sa face d'ivrogne, son air bête et innocent, même stupide ; ce n'était pas lui !

– Ah ! que je suis content ! s'écria le prince avec un joyeux soupir de soulagement. Je craignais pour lui !

– Vous craigniez pour lui ? Donc vous aviez des raisons pour cela ? insinua Lébédev en plissant les paupières.

– Oh ! non, j'ai dit cela sans réfléchir, reprit le prince. Je me suis très sottement exprimé en disant que je craignais. Je vous prie, Lébédev, de ne répéter à personne…

– Prince, prince ! Vos paroles resteront dans mon cœur… dans le fond de mon cœur. Elles y sont dans un tombeau ! proféra Lébédev avec solennité en pressant son chapeau contre sa poitrine.

– C'est bon, c'est bon… Donc c'est Ferdistchenko ? Je veux dire que vous soupçonnez Ferdistchenko ?

– Qui pourrais-je soupçonner en dehors de lui ? fit Lébédev en baissant la voix et en regardant fixement le prince.

– Oui, cela va de soi… quel autre soupçonner ? Néanmoins, où sont les preuves ?

– Les preuves existent. D'abord, sa disparition à sept heures ou même avant sept heures du matin.

– Je sais : Kolia m'a raconté que Ferdistchenko était entré chez lui pour lui annoncer qu'il allait finir la nuit chez… j'ai oublié le nom, enfin un de ses amis.

– Vilkine. Ainsi Nicolas Ardalionovitch vous avait déjà parlé de cela ?

– Il ne m'a rien dit du vol.

– Il ne le connaît pas parce que, pour l'instant, je tiens la chose secrète. Donc Ferdistchenko se rend chez Vilkine ; il n'y a rien de surprenant, semble-t-il, à ce qu'un ivrogne aille chez un autre ivrogne, même au point du jour et sans motif plausible, n'est-ce pas ? Mais ici une piste se dessine ; en partant il indique où il va… Maintenant, prince, suivez-moi bien : pourquoi a-t-il fait cela ? Pourquoi entre-t-il exprès chez Nicolas Ardalionovitch, en faisant un détour, pour lui annoncer qu'il « va finir la nuit chez Vilkine » ? Qui peut avoir intérêt à savoir qu'il sort et, plus précisément, qu'il va chez Vilkine ? À quoi bon faire part de cela ? Non, c'est une finauderie, une finauderie de voleur ! Cela veut dire : « Voyez, je m'applique à ne pas dissimuler ma trace ; comment pourrais-je après cela être suspecté de vol ? Est-ce qu'un voleur indique l'endroit où il va ? » C'est un excès de précaution pour détourner les soupçons et effacer, pour ainsi dire, ses pas sur le sable… M'avez-vous compris, très honoré prince ?

– J'ai compris, fort bien compris. Mais c'est une preuve bien mince.

– En voici une seconde : la piste se révèle fausse et l'adresse donnée inexacte. Une heure après, c'est-à-dire à huit heures, je suis allé frapper chez Vilkine ; il demeure par ici, dans la Cinquième rue ; d'ailleurs je le connais. Pas de Ferdistchenko. J'ai réussi, il est vrai, à savoir d'une servante sourde comme un pot qu'une heure auparavant quelqu'un avait en effet fait de violents efforts pour entrer et même arraché la sonnette. Mais la domestique n'avait pas ouvert, soit qu'elle ne voulût pas éveiller M. Vilkine, soit peut-être qu'elle n'eût guère envie de sortir du lit. Cela se voit.

– Et ce sont là toutes vos preuves ? C'est peu.

– Prince, sur qui donc porter mes soupçons ? Réfléchissez, conclut Lébédev sur un ton de larmoyante obséquiosité, mais avec un sourire légèrement insidieux.

– Vous devriez effectuer une nouvelle recherche dans les chambres et les tiroirs, articula le prince d'un air préoccupé après un instant de réflexion.

– C'est déjà fait ! soupira Lébédev avec une expression encore plus attendrissante.

– Hum !... Mais pourquoi, pourquoi avoir ôté votre redingote ? s'écria le prince en frappant avec colère sur la table.

– On entend cette question là dans une vieille comédie. Mais, excellent prince, vous prenez mon infortune trop à cœur ! Je n'en mérite pas tant. Je veux dire qu'à moi seul, je ne mérite pas cela. Toutefois, vous vous faites aussi du mauvais sang pour le coupable... pour l'être insignifiant qu'est M. Ferdistchenko ?

– Eh ! oui, en effet ! vous m'avez rendu soucieux, interrompit le prince d'un air distrait et mécontent. – En somme, que comptez-vous faire... si vous êtes aussi convaincu de la culpabilité de Ferdistchenko ?

– Prince, très honoré prince, quel autre accuser ? dit Lébédev en faisant des contorsions et en prenant un ton toujours plus pathétique. – On ne peut pas penser à un autre, et l'impossibilité absolue de soupçonner personne hormis M. Ferdistchenko constitue, pour ainsi dire, une charge de plus contre celui-ci ; c'est la troisième preuve ! Car, encore une fois, quel autre accuser ? Je ne peux pourtant pas soupçonner M. Bourdovski, hé, hé ?

– Allons, quelle absurdité !

– Pas davantage le général, hé, hé ?

– Quelle sottise est-ce là ! dit le prince presque d'un ton de colère, en se retournant avec impatience sur sa couchette.

– Bien sûr que c'est une sottise ! Hé ! hé ! hé ! Quel original que ce général, et comme il m'a fait rire ! Nous sommes allés tout à l'heure ensemble en quête de Ferdistchenko chez Vilkine... Il faut vous dire qu'il a été encore plus surpris que moi quand je suis allé le réveiller, aussitôt ma perte constatée. C'est au point qu'il a changé de figure, rougi, pâli, et qu'enfin il a été saisi d'un si noble accès d'indignation que je n'en revenais pas. C'est un bien beau caractère ! Il ment continuellement, par faiblesse, mais c'est un homme de sentiments très élevés ; avec cela il est si ingénu que son innocence même inspire la plus entière confiance. Je vous ai déjà dit, très honoré prince, que j'ai pour lui non seulement un faible, mais même de l'affection. Il s'est arrêté brusquement en pleine rue, il a entr'ouvert son vêtement et montré sa poitrine. « Fouille-moi ! me dit-il ; tu as fouillé Keller, pourquoi ne me fouilles-tu pas ? La justice l'exige ! » Ses bras et ses jambes tremblaient, son visage était tout pâle et faisait même peur à voir. Je me mis à rire et lui dis : « Écoute, général, si un autre m'avait dit cela de toi, je me serais sur-le-champ tranché la tête de mes propres mains, je l'aurais mise sur un grand plat et je l'aurais moi-même présentée à tous ceux qui t'auraient soupçonné : « Voyez-vous cette tête, leur aurais-je dit : je réponds « sur elle de sa probité. Et non seulement je donne ma tête en gage, mais même je me mettrais au feu pour lui. » Voilà, ajoutai-je, comment je répondrais de toi ! » Alors il s'est jeté dans mes bras, toujours au milieu de la rue, il a versé quelques larmes et, en tremblant, il m'a serré si fort sur sa poitrine que j'ai failli étouffer d'une quinte de toux. « Tu es, m'a-t-il dit, l'unique ami qui me reste dans mon infortune ! » C'est un homme si sensible ! Naturellement il en a profité pour me raconter, chemin faisant, une anecdote de circonstance : on l'avait aussi une fois soupçonné, dans sa jeunesse, d'avoir volé cinq cent mille roubles ; mais, le lendemain même, il s'était jeté dans une maison en flammes et avait sauvé le comte qui l'avait soupçonné, en même temps que Nina Alexandrovna, alors jeune fille. Le comte l'avait embrassé, et c'est à la suite de cet événement qu'il avait épousé Nina Alexandrovna. Le jour suivant on avait découvert dans les décombres la cassette de fer qui contenait l'argent disparu. De fabrication anglaise, avec une fermeture à secret, cette cassette s'était glissée, on ne sait comment, sous le plancher, en sorte que jusqu'à l'incendie personne ne l'avait retrouvée. Cette histoire est inventée de toutes pièces, mais il ne s'en est pas moins mis à larmoyer en parlant de Nina Alexandrovna. C'est une bien digne femme que Nina Alexandrovna, encore qu'elle ait une dent contre moi !

– Vous n'avez pas de relations avec elle ?

– Presque pas, mais je désirerais de tout cœur en avoir, ne serait-ce que pour me justifier à ses yeux. Nina Alexandrovna m'en veut parce qu'elle croit que je pousse maintenant son mari à l'ivrognerie. Or, je ne le débauche pas, je le réfrène plutôt ; je lui évite peut-être des fréquentations plus dangereuses. En outre, c'est pour moi un ami et je vous avoue que je ne l'abandonnerai plus désormais ; c'est au point que, là où il ira, j'irai, car on ne peut agir sur lui que par le sentiment. Il a maintenant cessé tout à fait de fréquenter sa « capitaine », bien qu'il brûle en secret d'aller la voir et parfois même soupire après elle, surtout le matin, quand il se lève et passe ses bottes ; je ne saurais dire pourquoi cela le prend juste à ce moment-là ; le malheur est qu'il n'a pas le sou et il ne peut se montrer chez elle sans argent. Ne vous a-t-il pas demandé de l'argent, très honoré prince ?

– Non, il ne m'a rien demandé.

– Il est gêné. Il voulait vous en demander ; il m'a même avoué son intention de vous importuner à ce sujet, mais il n'a pas osé, car vous lui avez prêté récemment et il a pensé que vous lui refuseriez. Il m'a confié cela en ami.

– Et vous-même, ne lui donnez-vous pas de l'argent ?

– Prince ! très honoré prince ! Ce n'est pas seulement de l'argent, c'est pour ainsi dire ma vie que je donnerais pour cet homme… Quand je dis ma vie, j'exagère ; sans donner ma vie je serais prêt à endurer la fièvre, ou un abcès, ou un rhume, dans le cas d'absolue nécessité bien entendu ; car je le tiens pour un grand homme, mais déclassé. Voilà. À plus forte raison s'il s'agit d'argent…

– Donc vous lui en donnez !

– Pour cela non ; je ne lui ai pas donné d'argent et il sait lui-même que je ne lui en donnerai pas ; mais c'est uniquement afin de le modérer et de le corriger. Maintenant, son idée fixe est de se rendre avec moi à Pétersbourg, où je vais aller suivre la piste de M. Ferdistchenko, car je suis sûr qu'il y est. Le général est tout feu tout flamme, mais je prévois qu'aussitôt arrivé à Pétersbourg il me lâchera pour aller retrouver sa capitaine. J'avoue que je le laisserai partir à dessein et que nous sommes convenus de nous séparer dès l'arrivée pour mieux réussir, par des voies différentes, à pincer M. Ferdistchenko. Je le laisserai donc filer, puis tout à coup tomberai sur lui à l'improviste et le surprendrai chez la capitaine ; mon intention est surtout de lui faire honte en lui rappelant ses devoirs de père de famille et sa dignité d'homme en général.

– Seulement ne faites pas de bruit, Lébédev ; pour l'amour de Dieu, pas de bruit ! dit à demi-voix le prince, en proie à une vive inquiétude.

– Oh ! non ; tout juste pour le confondre et voir la tête qu'il fera, car la physionomie peut révéler bien des choses, très honoré prince, notamment chez un homme comme lui ! Ah ! prince, si grand que soit mon malheur, je ne puis, même en ce moment, m'empêcher de penser à lui et à son amendement. J'ai une très grande prière à vous adresser, très honoré prince ; c'est même, je l'avoue, l'objet particulier de ma démarche. Vous connaissez la famille du général et vous en avez même été l'hôte ; si vous acceptiez, excellent prince, de me faciliter la tâche, dans le seul intérêt du général et pour son bonheur…

Lébédev joignit les mains dans une attitude implorante.

– De quoi s'agit-il ? En quoi puis-je vous aider ? Soyez convaincu que je désire vivement saisir toute votre pensée, Lébédev.

– C'est cette seule conviction qui m'a amené auprès de vous ! On pourrait agir par l'entremise de Nina Alexandrovna afin d'instituer une surveillance et, en quelque sorte, une filature de tous les instants auprès de Son Excellence dans le sein même de sa famille. Je ne suis malheureusement pas en relation… En outre Nicolas Ardalionovitch, qui vous adore, pour ainsi dire, de toute l'ardeur de sa jeune âme, pourrait sans doute aider également…

– Ah ! non !… Mêler Nina Alexandrovna à cette affaire… Dieu nous en préserve ! Et Kolia pas davantage… Peut-être d'ailleurs que je ne pénètre pas encore votre pensée, Lébédev.

– Mais il n'y a rien à pénétrer ! s'écria Lébédev en faisant un bond sur sa chaise ; – rien d'autre qu'un sentiment de délicatesse et de sollicitude à son égard ! C'est tout le remède qu'il faut à notre malade. Vous me permettez, prince, de le considérer comme un malade ?

– Cela prouve même votre bon cœur et votre esprit.

– Je vais m'expliquer à l'aide d'un exemple, tiré de la pratique pour plus de clarté. Vous voyez à quel homme nous avons affaire : son seul faible est pour le moment cette capitaine à laquelle il lui est interdit de se présenter sans argent et chez qui je compte le surprendre aujourd'hui, pour son bien. Admettons même qu'il ne s'agisse plus seulement de cette faiblesse, mais d'un véritable crime ou de quelque acte contraire à l'honneur (encore qu'il en soit tout à fait incapable) : même dans ce cas, je dis que l'on arriverait à tout avec lui par ce qu'on pourrait appeler un noble sentiment de tendresse, car c'est un homme d'une extrême sensibilité. Croyez bien qu'avant cinq jours il n'y tiendrait plus, se mettrait à parler et avouerait tout au milieu des larmes ; surtout si l'on agit avec autant d'habileté que de noblesse et si sa famille et vous exercez une surveillance, en quelque sorte, sur tous ses pas… Oh ! excellent prince ! fit Lébédev en sursautant comme sous le coup d'une inspiration, je n'affirme certes pas qu'il soit sans aucun doute… Je reste, pour ainsi dire, prêt à verser sur-le-champ tout mon sang pour lui ; mais convenez que l'inconduite, l'ivresse, la capitaine, tout cela réuni peut mener fort loin.

– Assurément je suis toujours disposé à vous aider en cette affaire, dit le prince en se soulevant. Mais je vous avoue, Lébédev, que j'ai une terrible appréhension. Voyons : vous avez toujours l'idée... en un mot vous-même dites que vous soupçonnez M. Ferdistchenko ?

– Mais qui soupçonner, si ce n'est lui ? Qui, très sincère prince ? reprit Lébédev en souriant et en joignant de nouveau les mains avec un air de componction.

Le prince se rembrunit et se leva.

– Voyez-vous, Loukiane Timoféïévitch, en pareil cas c'est une chose terrible que de se tromper. Ce Ferdistchenko... je ne voudrais pas dire du mal de lui... mais ce Ferdistchenko... ma foi, qui sait ? c'est peut-être bien lui !... Je veux dire qu'il serait en effet peut-être plus capable... qu'un autre de faire cela. Lébédev ouvrit tout grands les yeux et les oreilles. Le prince, de plus en plus sombre, arpentait la pièce de long en large et s'efforçait de ne pas regarder son interlocuteur.

– Voyez-vous, fit-il en s'embrouillant davantage, on m'a fait savoir... on m'a dit de M. Ferdistchenko qu'en plus de cela, ce serait un homme devant lequel il faut se tenir sur ses gardes et ne rien dire... de trop, vous me comprenez ? Je vous le répète parce que peut-être il est, en effet, plus capable qu'un autre de... enfin pour éviter une erreur, car c'est là le principal, Vous comprenez ?

– Mais qui vous a fait part de cette remarque sur M. Ferdistchenko ? demanda Lébédev avec vivacité.

– On me l'a chuchotée comme cela ; du reste je n'en crois rien moi-même... je suis très contrarié de m'être trouvé dans l'obligation de vous rapporter ce propos ; je vous assure que je ne lui accorde aucune créance... c'est quelque on-dit absurde... Oh ! que j'ai été sot de le répéter !

– C'est que ce détail est important, prince, dit Lébédev tout tremblant d'émotion ; – très important en ce moment, non pas en ce qui touche M. Ferdistchenko, mais quant à la source par laquelle il est venu à votre connaissance. (Ce disant Lébédev courait autour du prince et s'efforçait de régler son pas sur le sien.) Voici, prince, ce que je dois aussi vous faire savoir maintenant : ce matin, comme nous allions ensemble chez ce Vilkine, le général, après m'avoir raconté l'histoire de l'incendie, tout frémissant encore d'une indignation bien naturelle, s'est livré inopinément à des insinuations sur le compte de M. Ferdistchenko. Mais il l'a fait avec tant d'incohérence et de maladresse que je n'ai pu m'empêcher de lui poser quelques questions ; ses réponses m'ont convaincu que toutes ces informations étaient du cru de Son Excellence... C'était un simple effet de son expansibilité ; car s'il ment, c'est uniquement faute de savoir contenir les épanchements de son cœur. Maintenant jugez vous-même : s'il a menti, ce dont je suis persuadé, comment son mensonge a-t-il pu arriver jusqu'à vos oreilles ? Comprenez, prince, que ce propos lui est venu sous l'inspiration du moment ; qui donc a pu vous le faire connaître ? Ce point est important et… pour ainsi dire…

– C'est Kolia qui vient de me répéter cela ; la réflexion lui a été faite par son père qui l'avait rencontré dans l'antichambre entre six et sept heures, au moment où il sortait on ne sait pourquoi.

Et le prince de tout raconter en détail.

– Eh bien ! voilà ce qu'on peut appeler une piste ! dit Lébédev en se frottant les mains et en riant en sourdine. – C'est ce que je pensais ! Cela veut dire que, vers les six heures du matin, Son Excellence a interrompu exprès son innocent sommeil pour aller éveiller son fils bien-aimé et l'aviser du danger extraordinaire qu'on court en la compagnie de M. Ferdistchenko ! Après cela, force est de reconnaître que M. Ferdistchenko est un homme dangereux et d'admirer la sollicitude paternelle de Son Excellence, hé, hé !

– Écoutez, Lébédev, dit le prince sur le ton de la plus vive inquiétude, écoutez : il faut aller doucement ! Ne faites pas de bruit ! Je vous en prie, Lébédev, je vous en supplie… À cette condition, je vous jure que je vous aiderai. Mais que personne ne sache rien, personne !

– Soyez convaincu, très bon, très sincère et très généreux prince, s'écria Lébédev sous le coup d'une inspiration décisive, – soyez convaincu que tout cela mourra dans mon noble cœur ! Marchons à pas de loup et la main dans la main ! À pas de loup et la main dans la main ! Je donnerais même tout mon sang… Très illustre prince, j'ai l'âme basse, l'esprit bas. Mais demandez à un homme bas, mieux encore : à n'importe quel gredin, s'il préfère avoir affaire à un gredin de son espèce ou à un être de la plus parfaite grandeur d'âme tel que vous, très sincère prince ? Il répondra qu'il préfère la grandeur d'âme ; c'est là que la vertu triomphe ! Au revoir, très honoré prince ! À pas de loup… à pas de loup et… la main dans la main !

X

Le prince comprit enfin pourquoi il s'était senti glacé toutes les fois qu'il avait porté la main sur ces trois lettres et pourquoi il avait différé de les lire jusqu'au soir. Le matin, quand il s'était étendu sur sa couchette sans avoir pu se décider à ouvrir aucune des trois enveloppes, il avait dormi d'un sommeil agité ; un rêve pénible l'avait derechef oppressé, dans lequel il avait vu cette même « criminelle » s'avancer vers lui. Elle le regardait, tandis que des larmes brillaient sur ses longs cils ; elle l'invitait de nouveau à la suivre. Et, comme la veille, il s'était réveillé dans la douloureuse évocation de ce visage. Il voulut aller incontinent chez *elle,* mais n'en trouva pas la force ; alors, presque au désespoir, il finit par ouvrir les lettres et se mit à les lire.

Ces lettres aussi ressemblaient à un rêve. Parfois on fait des songes étranges, inimaginables, contraires à la nature ; au réveil on les évoque avec netteté, et alors une anomalie vous frappe. Vous vous souvenez surtout que la raison ne vous a manqué à aucun moment de votre rêve. Vous vous rappelez même avoir agi avec infiniment d'astuce et de logique pendant un temps fort long, cependant que des assassins vous entouraient, vous tendaient des embûches, dissimulaient leurs desseins et vous faisaient des avances amicales, alors que leurs armes étaient déjà prêtes et qu'ils n'attendaient plus qu'un signal. Vous vous remémorez enfin la ruse grâce à laquelle vous les avez trompés en vous dissimulant à leurs yeux ; mais vous avez deviné qu'ils avaient déjoué votre stratagème et qu'ils faisaient seulement semblant d'ignorer votre cachette ; alors vous avez eu recours à un nouveau subterfuge et réussi encore une fois à leur donner le change. Tout cela vous revient clairement en mémoire. Mais comment concevoir que, dans ce même laps de temps, votre raison ait pu admettre des absurdités et des invraisemblances aussi manifestes que celles dont fourmillait votre rêve ? Un de vos assassins s'est transformé en femme sous vos yeux, puis cette femme en un petit nain rusé et repoussant. Et vous, vous avez accepté aussitôt tout cela comme un fait, presque sans la moindre surprise, au moment même où votre entendement se livrait, par ailleurs, à un vigoureux effort et à des prodiges d'énergie, d'astuce, de pénétration et de logique.

Pourquoi encore, lorsque vous vous éveillez et réintégrez la vie réelle, sentez-vous presque toujours, et parfois avec une extraordinaire intensité d'impression, que vous venez de laisser, avec le domaine du rêve, une énigme non résolue ? Vous souriez de l'absurdité de votre rêve et vous avez en même temps le sentiment que ce fatras d'extravagances enserre une sorte de pensée, une pensée réelle appartenant à votre vie actuelle, quelque chose qui existe et a toujours existé dans votre cœur. C'est comme si une révélation prophétique, attendue par vous, vous était apportée dans votre songe ; il vous en reste une forte émotion, joyeuse ou douloureuse, mais vous n'arrivez ni à comprendre ni à vous rappeler nettement en quoi elle consistait.

C'est à peu près ce qui se passa dans l'esprit du prince après la lecture de ces lettres. Mais, avant même de les ouvrir, il avait senti que leur seule existence, la seule possibilité de cette existence tenaient déjà du cauchemar. Comment s'était-*elle* décidée à *lui* écrire ? se demandait-il en se promenant le soir tout seul (parfois même sans se rappeler où il était). Comment avait-elle pu écrire à *ce sujet* et comment un rêve aussi insensé avait-il pu naître dans sa tête ? Mais ce rêve était devenu réalité et, ce qui l'étonnait davantage en lisant ces lettres, c'est que lui-même n'était pas éloigné de croire à la possibilité et même à la légitimité de ce rêve. Oui, nul doute que ce fût un songe, un cauchemar, une folie ; mais il y avait aussi là quelque chose de douloureusement réel, de cruellement juste qui légitimait songe, cauchemar et folie.

Pendant plusieurs heures de suite, il fut dans un état voisin du délire en pensant à ce qu'il avait lu ; il se remémorait sans cesse certains passages, y arrêtait sa pensée et les méditait. Parfois même il était tenté de se dire qu'il avait pressenti et conjecturé tout cela ; il lui semblait avoir lu, dans un passé lointain, ces lettres et y avoir trouvé le germe de toutes les angoisses, de toutes les souffrances et de toutes les craintes qu'il avait éprouvées depuis.

La première missive commençait ainsi :

« Quand vous ouvrirez cette lettre, cherchez d'abord la signature. Cette signature vous dira tout et vous fera tout comprendre ; je n'ai donc ni à me justifier à vos yeux ni à m'expliquer. Si j'étais tant soit peu votre égale, vous pourriez vous formaliser de ma hardiesse ; mais que suis-je et qui êtes-vous ? Nous sommes si opposées et je suis si en dehors de votre orbe qu'il me serait impossible de vous offenser, même si j'en avais l'intention. »

Plus loin, elle écrivait :

« Ne voyez pas dans mes paroles l'exaltation morbide d'un esprit déséquilibré si je vous dis que vous êtes pour moi la perfection. Je vous ai vue, je vous vois chaque jour. Remarquez que je ne vous juge pas ; ce n'est pas le raisonnement, mais un simple acte de foi qui m'amène à vous regarder comme parfaite. Mais j'ai un tort à votre égard : je vous aime. Il est défendu d'aimer la perfection ; on doit se borner à la reconnaître pour telle, n'est-il pas vrai ? Et cependant j'éprouve de l'amour pour vous. Sans doute, l'amour institue une égalité entre les êtres ; mais soyez sans inquiétude : même dans mes plus secrètes pensées, je ne vous ai pas ravalée à mon niveau. Je viens d'écrire « soyez sans inquiétude », mais est-ce que vous pouvez ressentir de l'inquiétude ?... Si cela était possible, je baiserais les traces de vos pas. Oh ! je ne me considère nullement comme votre égale... Regardez la signature, dépêchez-vous de la regarder ! »

« Je remarque toutefois (écrivait-elle dans une autre lettre) que je vous unis à lui sans avoir jamais posé cette question : l'aimez-vous ? Il vous a aimée alors qu'il ne vous avait encore vue qu'une seule fois. Il vous a évoquée comme « la lumière » ; c'est sa propre expression, je l'ai recueillie de sa bouche. Mais je n'avais pas besoin de cela pour comprendre que vous êtes pour lui la lumière. J'ai vécu tout un mois auprès de lui et c'est alors que j'ai compris que vous l'aimiez aussi ; vous et lui ne faites qu'un à mes yeux. »

« Qu'est-ce à dire ? (écrivait-elle encore). Hier, j'ai passé près de vous et il m'a semblé que vous rougissiez ? C'est impossible ; il s'agit d'une apparence. Si l'on vous amenait dans le plus sordide des bouges et qu'on vous y montrât le vice à nu, vous ne sauriez rougir : vous ne pouvez vous fâcher d'une offense. Vous pouvez haïr tous les gens bas et abjects, mais par sollicitude pour les autres, pour ceux qu'ils outragent, non par ressentiment personnel. Car vous, nul ne peut vous blesser. J'ai l'impression, voyez-vous, que vous devez même m'aimer. Vous êtes pour moi ce que vous êtes pour lui : un esprit de lumière ; or, un ange ne peut haïr, mais il ne peut pas ne pas aimer. Peut-on aimer tous les hommes sans exception, tous ses semblables ? Voilà une question que je me suis souvent posée. Certainement non ; c'est même contre nature. L'amour de l'humanité est une abstraction à travers laquelle on n'aime guère que soi. Mais si cela nous est impossible, il n'en va pas de même pour vous ; comment pourriez-vous ne pas aimer n'importe qui, alors que vous n'êtes au niveau de personne et qu'aucune offense, aucune indignation ne saurait vous effleurer ? Vous seule pouvez aimer sans égoïsme ; vous seule pouvez aimer non pour vous, mais pour celui que vous aimez. Oh ! qu'il me serait cruel d'apprendre que vous éprouvez, à cause de moi, de la honte ou de la colère ! Ce serait votre perte ; vous tomberiez du coup à mon niveau…

« Hier, après vous avoir rencontrée, je suis rentrée chez moi et j'ai imaginé un tableau. Les artistes peignant toujours le Christ d'après les données de l'Évangile ; moi je l'aurais figuré autrement. Je l'aurais représenté seul, car, enfin, il y avait des moments où ses disciples le laissaient seul. Je n'aurais placé auprès de lui qu'un petit enfant. Cet enfant aurait joué à ses côtés ; peut-être lui aurait-il raconté quelque chose dans son langage ingénu. Le Christ l'a d'abord écouté, mais maintenant il médite. Sa main repose encore, dans un geste d'oubli involontaire, sur les cheveux clairs de l'enfant. Il regarde au loin, vers l'horizon ; une pensée vaste comme l'univers se reflète dans ses yeux ; son visage est triste. L'enfant s'est tu ; accoudé sur les genoux du Christ et la joue appuyée sur sa petite main, il a la tête levée et le regarde fixement, de cet air, pensif qu'ont parfois les tout petits. Le soleil se couche… Voilà mon tableau ! Vous êtes pure et toute votre perfection est dans votre pureté. Oh ! rappelez-vous seulement cela ! Que vous importe ma passion à votre égard ? Vous m'appartenez désormais et, toute ma vie, je serai auprès de vous… Je mourrai bientôt. »

Enfin, on lisait dans la dernière lettre :

« Pour l'amour de Dieu, ne pensez rien de moi. Ne croyez pas non plus que je m'humilie en vous écrivant ainsi, vu que je suis de ces êtres qui éprouvent à s'abaisser une volupté et même un sentiment d'orgueil. Non ; j'ai mes consolations, mais c'est une chose qu'il m'est difficile de vous expliquer ; il me serait même malaisé de m'en rendre moi-même clairement compte, bien que cela me tourmente. Mais je sais que je ne puis m'humilier, même par accès d'orgueil. De l'humilité que donne la pureté de cœur, je suis incapable. Donc, je ne m'humilie ni d'une façon ni d'une autre.

« Pourquoi ai-je la volonté de vous unir : pour vous ou pour moi ? Pour moi, naturellement ; tout se résout à cela en ce qui me concerne, il y a longtemps que je me le suis dit… J'ai appris que votre sœur Adélaïde a déclaré un jour, en regardant mon portrait, qu'avec une pareille beauté on pouvait révolutionner le monde. Mais j'ai renoncé au monde. Il vous paraît ridicule de me voir écrire cela quand vous me rencontrez couverte de dentelles et parée de diamants, en compagnie d'ivrognes et de gens sans aveu ? N'y prêtez pas attention ; je n'existe déjà presque plus et ne l'ignore point ; Dieu sait ce qui a pris en moi la place de ma personnalité. Je lis mon sort chaque jour dans des yeux terribles toujours braqués sur moi, même quand ils ne sont pas devant moi. Ces yeux, maintenant, se *taisent* (ils se taisent toujours), mais je connais leur secret. Sa maison est sombre et morne d'ennui ; elle cache un mystère. Je suis convaincue qu'il a, dans un tiroir, un rasoir dont la lame est enveloppée de soie, comme celui de cet assassin de Moscou qui, lui aussi, vivait avec sa mère et méditait de trancher une gorge. Tout le temps que j'ai demeuré dans leur maison, j'ai eu constamment l'impression qu'il devait y avoir quelque part, sous le plancher, un cadavre caché peut-être par son père, recouvert de toile cirée, comme celui qu'on a trouvé à Moscou, et également entouré de flacons d'élixir de Jdanov ; je pourrais même vous montrer le coin où doit être ce cadavre. Il se tait toujours, mais je sais bien que sa passion pour moi est telle qu'elle ne pouvait pas ne pas tourner à la haine. Votre mariage et le mien auront lieu le même jour ; il en a été décidé ainsi avec lui. Je n'ai pas de secret pour lui. Je serais capable de le tuer par peur… Mais il me tuera avant que je m'y résolve… Il vient de rire en me voyant écrire cela et il prétend que je divague. Il sait que c'est à vous que j'écris. »

Il y avait dans ces lettres encore bien d'autres pensées délirantes. L'une de ces lettres, la seconde, couvrait d'une écriture très fine deux feuilles de papier de grand format.

Le prince sortit enfin du parc obscur où, comme la veille, il avait longuement erré. La nuit pâle et transparente lui parut plus claire que de coutume. « Se peut-il qu'il soit encore si tôt ? » pensa-t-il. (Il avait oublié de prendre sa montre.) Il crut entendre une musique lointaine « C'est probablement au vauxhall, se dit-il encore ; ils n'y sont sûrement pas allés aujourd'hui. » Au moment où il faisait cette réflexion, il s'aperçut qu'il était devant leur maison, il s'était bien douté qu'il finirait par aboutir là. Le cœur défaillant, il gravit la terrasse.

Elle était déserte ; personne ne vint au-devant de lui. Il attendit un moment, puis ouvrit la porte qui donnait accès à la salle. « Cette porte n'est jamais fermée », pensa-t-il rapidement. La salle aussi était vide ; l'obscurité y était presque complète. Debout au milieu de la pièce, le prince se tenait indécis. Soudain, une porte s'ouvrit et Alexandra Ivanovna entra, une bougie à la main. À la vue du prince, elle eut un mouvement de surprise et s'arrêta dans une attitude interrogative. Évidemment, elle ne faisait que traverser la pièce d'une porte à l'autre, et ne s'attendait pas à trouver quelqu'un.

– Comment se fait-il que vous soyez ici ? dit-elle enfin.

– Je… suis entré en passant…

– Maman n'est pas très bien, Aglaé non plus. Adélaïde est en train de se mettre au lit et je vais faire de même Nous sommes restées seules toute la soirée à la maison. Papa et le prince Stch… sont à Pétersbourg.

– Je suis venu… je suis venu chez vous… maintenant…

– Vous savez quelle heure il est ?

– Ma foi non…

– Minuit et demi. Nous nous couchons toujours à une heure.

– Ah ! Moi qui croyais qu'il était… neuf heures et demie.

– Cela ne fait rien ! dit-elle en riant. – Mais pourquoi n'êtes-vous pas venu tantôt ? Peut-être vous a-t-on attendu.

– Je… pensais…, balbutia-t-il en s'en allant.

– Au revoir ! Tout le monde en rira demain.

Il s'en retourna chez lui par le chemin qui contournait le parc. Son cœur battait, ses idées se brouillaient et tout revêtait autour de lui l'apparence du rêve. Tout à coup, cette même vision qui lui était déjà apparue deux fois au moment où il s'éveillait s'offrit à ses regards. La même femme sortit du parc et se campa devant lui, comme si elle l'avait attendu à cet endroit. Il tressaillit et s'arrêta ; elle lui prit la main et la lui serra avec force. « Non, ce n'est pas une apparition ! »

Et voici qu'elle était enfin face à face avec lui pour la première fois depuis leur séparation. Elle lui parlait, mais il la regardait en silence ; son cœur gonflé lui faisait mal. Jamais il ne devait oublier cette rencontre et il éprouverait toujours la même douleur en l'évoquant. Comme une folle, elle se mit à genoux devant lui, au beau milieu de la route. Il recula avec épouvante, tandis qu'elle cherchait à ressaisir sa main pour l'embrasser. Et, de même que naguère dans son rêve, il voyait maintenant perler des larmes sur ses longs cils.

– Lève-toi ! Lève-toi ! lui chuchota-t-il avec effroi en cherchant à la redresser. – Lève-toi vite !

– Tu es heureux ? Es-tu heureux ? demanda-t-elle. Dis-moi seulement un mot : es-tu heureux maintenant ? Aujourd'hui, en ce moment ? Tu es allé chez elle ? Que t'a-t-elle dit ?

Elle ne se relevait pas, elle ne l'écoutait pas. Elle l'interrogeait fébrilement et parlait d'un ton précipité, comme si quelqu'un l'eût poursuivie.

– Je pars demain, comme tu l'as ordonné. Je ne reparaîtrai plus… C'est la dernière fois que je te vois, la dernière ! C'est bien maintenant la dernière fois !

– Calme-toi. Relève-toi ! proféra-t-il sur un ton de désespoir.

Elle le contemplait avidement en lui étreignant les mains.

– Adieu ! dit-elle enfin.

Elle se leva et s'éloigna en toute hâte, presque en courant. Le prince vit surgir soudain, à côté d'elle, Rogojine qui la prit par la main et l'emmena.

– Attends-moi, prince ! cria ce dernier ; je reviens dans cinq minutes.

Il réapparut en effet au bout de cinq minutes. Le prince patientait au même endroit.

– Je l'ai mise en voiture, dit Rogojine ; la calèche attendait là-bas, au coin de la route, depuis dix heures. Elle se doutait que tu passerais toute la soirée chez l'autre. Je lui ai communiqué exactement ce que tu m'as écrit tantôt. Elle ne lui adressera plus de lettres ; c'est promis. Et, suivant ton désir, elle quittera demain Pavlovsk. Elle voulait te voir une dernière fois, bien que tu lui eusses refusé une entrevue ; c'est ici que nous t'avons attendu, sur ce banc auprès duquel tu devais passer en revenant.

– C'est elle qui t'a amené ?

– Et puis après ? fit Rogojine avec un sourire. – Ce que j'ai vu ici ne m'a rien appris. N'as-tu donc pas lu les lettres ?

– Et toi, vraiment, tu les as lues ? demanda le prince, frappé de cette idée.

– Je crois bien ! Elle-même me les a toutes montrées. Tu te rappelles l'allusion au rasoir, hé ! hé !

– Elle est folle ! s'exclama le prince en se tordant les main…

– Qui sait ? peut-être pas, murmura Rogojine à demi-voix, comme en aparté.

Le prince ne répliqua point.

– Allons, adieu ! dit Rogojine ; moi aussi je pars demain. N'aie pas un mauvais souvenir de moi ! Mais, dis-moi, mon cher, ajouta-t-il en faisant une brusque volte-face, – pourquoi n'as-tu pas répondu à sa question ? Es-tu heureux ou non ?

– Non, non et non ! s'écria le prince avec l'expression d'un immense chagrin.

– Il ne manquerait plus que tu me dises « oui » ! fit Rogojine en ricanant.

Et il s'éloigna sans se retourner.

QUATRIÈME PARTIE

I

Une semaine s'était écoulée depuis l'entrevue des deux héros de notre récit sur le banc vert. C'était par une radieuse matinée, Barbe Ardalionovna Ptitsine était allée faire quelques visites à des connaissances. Elle rentra, d'humeur fort chagrine, sur les dix heures et demie.

Il y a des gens dont il est malaisé de dire quelque chose qui les dépeigne d'emblée sous leur aspect le plus typique et le mieux caractérisé. Ce sont ceux qu'on est convenu d'appeler les gens « ordinaires », le « commun » et qui constituent, en effet, l'immense majorité de la société. Dans leurs romans et leurs nouvelles, les littérateurs s'évertuent en général à choisir des types sociaux et à les représenter sous la forme la plus pittoresque et la plus esthétique. Dans la vie, ces types ne se rencontrent aussi complets qu'à l'état d'exception, ce qui ne les empêche pas d'être presque plus réels que la réalité elle-même. Podkoliossine[127], en tant que type, est peut-être exagéré, mais ce n'est point une fiction. Combien de gens d'esprit, quand ils ont connu le Podkoliossine de Gogol, ont immédiatement trouvé, dans leurs amis et connaissances, des dizaines, voire des centaines d'individus qui ressemblaient à ce personnage comme une goutte d'eau à une autre goutte d'eau ? Même avant Gogol, ils savaient que leurs amis ressemblaient à Podkoliossine ; ce qu'ils ignoraient, c'était le nom à donner à ce type. Dans la réalité, il est bien rare que les fiancés se sauvent en sautant par la fenêtre au moment de se marier, car, toute autre considération à part, c'est un geste qui n'est pas à la portée de chacun. Cependant, beaucoup de fiancés, entre les gens estimables et non dépourvus d'esprit, se sont sentis, au moment de se marier, dans l'état d'âme de Podkoliossine. Tous les maris ne crient pas non plus, à tout propos : « Tu l'as voulu, George Dandin[128] ». Mais, mon Dieu, combien de millions et de millions de fois les maris de tout l'univers n'ont-ils pas répété ce cri du cœur après leur lune de miel, quand ce n'était pas le lendemain de leur noce ?

Ainsi, sans nous étendre davantage sur cette question, bornons-nous à constater que, dans la vie réelle, les reliefs caractéristiques de ces personnages s'estompent, mais que tous ces George Dandin et tous ces Podkoliossine existent en vérité : ils s'agitent et circulent quotidiennement devant nous, mais sous des traits atténués. Ajoutons, pour en finir et épuiser ce sujet, que le type intégral de George Dandin, tel que l'a créé Molière, peut bien se rencontrer dans la vie, mais rarement ; et terminons là-dessus ce développement qui commence à tourner à la critique littéraire de revue.

Néanmoins, une question se pose toujours à nous : que doit faire un romancier qui présente à ses lecteurs des types tout à fait « ordinaires » pour les rendre tant soit peu intéressants ? Il est absolument impossible de les exclure du récit, car ces gens ordinaires constituent à chaque instant, et pour la plupart, une trame nécessaire aux divers événements de la vie ; en les éliminant, on nuirait à la véracité de l'œuvre. D'autre part, peupler les romans de types ou simplement de personnages étranges et extraordinaires, serait tomber dans l'invraisemblance, voire dans l'insipidité. À notre avis, l'auteur doit s'efforcer de découvrir des nuances intéressantes et suggestives, même chez les gens ordinaires. Mais lorsque, par exemple, la caractéristique même de ces gens réside dans leur sempiternelle vulgarité, ou, mieux encore, lorsqu'en dépit de tous leurs efforts pour

---

127 Héros de la comédie de Gogol, *Un mariage ;* c'est le type du caractère faible avec des soubresauts d'indépendance : il saute par la fenêtre au moment de se marier. – N. d. T.

128 En français dans le texte.

sortir de la banalité et de la routine, ils y retombent irrémédiablement, alors ils acquièrent une certaine valeur typique ; ils deviennent représentatifs de la médiocrité qui ne veut pas rester ce qu'elle est et qui vise à tout prix à l'originalité et à l'indépendance, sans disposer d'aucun moyen pour y parvenir.

À cette catégorie de gens « vulgaires » ou « ordinaires » appartiennent quelques personnages de notre récit, sur lesquels (je l'avoue) le lecteur n'a guère été éclairé. Ce sont notamment Barbare Ardalionovna Ptitsine, son époux M. Ptitsine et son frère Gabriel Ardalionovitch.

Il n'y a rien de plus vexant que d'être, par exemple, riche, de bonne famille, d'extérieur avenant, passablement instruit, pas sot, même bon, et de n'avoir néanmoins aucun talent, aucun trait personnel, voire aucune singularité, de ne rien penser en propre ; enfin, d'être positivement « comme tout le monde ». On est riche, mais pas autant que Rothschild ; on a un nom honorable, mais sans lustre ; on se présente bien, mais sans produire aucune impression ; on a reçu une éducation convenable, mais qui ne trouve pas son emploi ; on n'est pas dénué d'intelligence, mais on n'a pas d'idées à soi ; on a du cœur, mais aucune grandeur d'âme ; et ainsi de suite sous tous les rapports.

Il y a, de par le monde, une foule de gens de cet acabit, plus même qu'on ne le saurait croire. Ils se divisent, comme tous les hommes, en deux catégories principales : ceux qui sont bornés et ceux qui sont « plus intelligents ». Ce sont les premiers les plus heureux. Un homme « ordinaire » d'esprit borné peut fort aisément se croire extraordinaire et original, et se complaire sans retenue dans cette pensée. Il a suffi à certaines de nos demoiselles de se couper les cheveux, de porter des lunettes bleues et de se dire nihilistes pour se persuader aussitôt que ces lunettes leur conféraient des « convictions » personnelles. Il a suffi à tel homme de découvrir dans son cœur un atome de sentiment humanitaire et de bonté pour s'assurer incontinent que personne n'éprouve un sentiment pareil et qu'il est un pionnier du progrès social. Il a suffi à un autre de s'assimiler une pensée qu'il a entendue formuler ou lue dans un livre sans commencement ni fin, pour s'imaginer que cette pensée lui est propre et qu'elle a germé dans son cerveau. C'est un cas étonnant d'impudence dans la naïveté, s'il est permis de s'exprimer ainsi ; pour invraisemblable qu'il paraisse, on le rencontre constamment. Cette foi candide et outrecuidante d'un soi qui ne doute ni de lui ni de son talent a été admirablement rendue par Gogol dans le type étonnant du lieutenant Pirogov[129]. Pirogov ne doute pas qu'il soit un génie et même plus qu'un génie ; il en doute si peu qu'il ne se pose même pas la question ; d'ailleurs, il n'y a pas de questions pour lui. Le grand écrivain s'est vu obligé, au bout du compte, de lui administrer une correction pour donner satisfaction au sentiment moral de son lecteur. Mais il a constaté que son héros n'en avait pas été autrement affecté

---

129 Personnage principal d'une nouvelle intitulée *La perspective Nevski.*

et que, s'étant secoué après sa correction, il avait tout bonnement mangé un petit pâté pour se remettre. Aussi a-t-il perdu courage et planté là ses lecteurs. J'ai toujours regretté que Gogol ait pris son Pirogov dans un grade aussi bas, car ce personnage est si plein de lui-même que rien ne pourrait l'empêcher de se croire, par exemple, un grand capitaine, à mesure que grossiraient ses épaulettes, selon le temps de service et l'avancement Que dis-je, se croire ? Il n'en douterait point : si on le nomme général, que lui manque-t-il pour être grand capitaine ? Et combien de guerriers de cette trempe n'aboutissent-ils pas à d'épouvantables fiascos sur les champs de bataille ? Et combien de Pirogov, n'y a-t-il pas eu parmi nos littérateurs, nos savants, nos propagandistes. J'ai dit : « n'y a-t-il pas eu » ; mais il en existe certainement encore à présent…

Gabriel Ardalionovitch Ivolguine, qui est un des héros de notre roman, appartenait à la seconde catégorie, celle des médiocres « plus intelligents », encore que, de la tête aux pieds, il fût travaillé du désir d'être original. Nous avons observé plus haut que cette seconde catégorie est beaucoup plus malheureuse que la première. Cela tient à ce qu'un homme « ordinaire » mais *intelligent,* même s'il se croit à l'occasion (voire pendant toute sa vie) doué de génie et d'originalité, n'en garde pas moins dans son cœur le ver du doute qui le ronge au point de finir parfois par le jeter dans un complet désespoir. S'il se résigne, il reste néanmoins définitivement intoxiqué par le sentiment de la vanité refoulée.

Du reste, nous avons pris un cas extrême : la plupart du temps, le sort de cette catégorie *intelligente* d'hommes médiocres est loin d'être aussi tragique ; tout au plus leur arrive-t-il de souffrir peu ou prou du foie au bout d'un certain nombre d'années : à cela se réduit leur malheur. Toutefois, avant de se calmer et de prendre leur parti, ces gens font parfois des bêtises pendant très longtemps, depuis leur jeunesse jusqu'à leur maturité, et sans autre mobile que leur désir de déployer de l'originalité.

On rencontre même des cas étranges ; on voit de braves gens, en mal d'originalité, devenir parfois capables d'une bassesse. Voici un de ces malheureux qui est un homme honnête et même bon, qui est la providence de sa famille, qui entretient et fait vivre avec son travail non seulement les siens, mais encore des étrangers. Que lui advient-il ? Il n'a pas de tranquillité pendant toute sa vie ! La conscience d'avoir si bien rempli ses devoirs d'homme n'arrive pas à le rasséréner ; au contraire, cette pensée l'irrite : « Voilà, dit-il, à j'ai gâché mon existence ; voilà ce qui m'a lié bras et jambes ; voilà ce qui m'a empêché d'inventer la poudre ! Sans ces obligations, j'aurais peut-être découvert la poudre ou l'Amérique, je ne sais pas au juste quoi, mais j'aurais sûrement découvert quelque chose ! »

Le plus caractéristique chez ces gens-là, c'est qu'ils passent en effet leur vie sans parvenir à savoir exactement ce qu'ils doivent découvrir et qu'ils sont toujours à la veille de découvrir : la poudre ou l'Amérique ? Mais la souffrance où les plonge l'attente angoissée de cette découverte eût suffi à la destinée d'un Colomb ou d'un Galilée.

Gabriel Ardalionovitch s'était engagé dans cette voie, mais n'y avait jamais fait que les premiers pas. Il avait devant lui une longue perspective d'incohérences. Presque depuis l'enfance, son cœur avait été ulcéré par le sentiment profond et constant de sa médiocrité, joint à un désir irrésistible de se convaincre de sa pleine indépendance. C'était un jeune homme envieux, d'appétits violents, qui semblait être né avec une nervosité exacerbée. Il prenait pour de l'énergie la fougue de ses impulsions. Son ambition effrénée de se distinguer le portait parfois aux incartades les plus inconsidérées, mais, au moment de faire le saut, sa raison reprenait toujours le dessus. Cela le tuait. Peut-être se serait-il, à l'occasion, résolu à commettre la plus basse des vilenies pour réaliser tel ou tel de ses rêves ; mais, comme par un fait exprès, dès qu'il touchait au moment décisif, le sentiment de l'honnêteté reprenait en lui le dessus et le détournait d'une pareille turpitude. (Les petites vilenies, il est vrai, le trouvaient toujours consentant.) La pauvreté et la déchéance dans lesquelles était tombée sa famille lui inspiraient du dégoût et de l'aversion. Même à l'égard de sa mère, il affectait la hauteur et le mépris, tout en se rendant parfaitement compte que la réputation et le caractère de celle-ci étaient pour le moment le meilleur épaulement de sa carrière. Aussitôt entré au service d'Epantchine, il s'était dit : « Puisqu'il faut faire des bassesses, faisons-les jusqu'au bout, pourvu que j'en tire parti ! » Mais il ne les faisait presque jamais jusqu'au bout. Pourquoi même s'être mis en tête qu'il lui fallait absolument faire des bassesses ? Aglaé, par son refus, l'avait simplement effrayé ; il n'avait pas renoncé pour cela à ses vues sur la jeune fille et il patientait à tout hasard, sans cependant jamais croire sérieusement qu'elle pût condescendre jusqu'à agréer ses avances.

Puis, lors de son histoire avec Nastasie Philippovna, il s'était soudain avisé que l'argent était le moyen d'arriver à *tout.* À cette époque-là, il ne se passait pas de jour qu'il ne se répétât : « S'il faut faire une vilenie, faisons-la ! » Il éprouvait à se tenir ce langage une satisfaction mêlée d'une certaine appréhension. « Si une vilenie est nécessaire, qu'elle soit au moins poussée à fond ! » se disait-il à chaque instant pour se donner du cœur. « La routine hésite en pareil cas ; mais nous, nous n'hésiterons point ! »

Ayant échoué auprès d'Aglaé et se sentant accablé par les circonstances, il avait perdu tout courage et porté au prince l'argent que lui avait jeté une femme démente après l'avoir reçu d'un homme non moins fou. Par la suite, il se repentit mille fois de cette restitution, mais sans jamais cesser d'en tirer vanité. Il pleura sans répit pendant les trois jours que le prince passa à Pétersbourg. Mais ce fut aussi pendant ces trois jours que mûrit sa haine à l'égard de celui-ci ; il ne lui pardonnait point la commisération déplacée avec laquelle il l'avait regardé faire un acte – la restitution d'une pareille somme – « dont bien des gens n'auraient pas eu le courage ».

Il s'avouait noblement que l'unique cause de toute son angoisse était le déchirement incessant de sa vanité, et ce sentiment le torturait. Ce n'est que beaucoup plus tard qu'il se rendit compte et se convainquit de la tournure sérieuse qu'auraient pu prendre ses affaires avec une créature aussi pure et aussi étrange qu'Aglaé. Alors le repentir le rongea ; il abandonna son service et tomba dans la mélancolie et l'abattement.

Il vivait maintenant chez Ptitsine, qui l'entretenait ainsi que son père et sa mère. Il affichait du mépris pour lui, mais écoutait ses conseils et était presque toujours assez prudent pour les solliciter. Une chose entre autres le fâchait, c'était de voir que Ptitsine ne se souciait pas de devenir un Rothschild et n'assignait pas ce but à son ambition. « Puisque tu es un usurier, sois-le au moins jusqu'au bout ; pressure les gens, soutire-leur de l'argent, sois un caractère, deviens roi en Israël ! »

Ptitsine était un homme modeste et paisible : il se contentait de sourire ; un jour cependant, il jugea nécessaire d'avoir une explication sérieuse avec Gania et s'en acquitta avec une certaine dignité. Il lui démontra qu'il ne faisait rien que d'honnête et qu'il n'y avait aucune raison de le traiter de juif ; que si l'argent était à ce taux-là, il n'y était pour rien ; que sa façon de procéder était correcte et probe ; qu'en somme, il n'était qu'un courtier dans ces sortes de transactions et qu'enfin, grâce à sa ponctualité en affaires, il commençait à jouir d'une excellente réputation auprès de gens tout à fait distingués, si bien que la champ de ses opérations s'élargissait. « Je ne deviendrai pas Rothschild, ajoutait-il en souriant, et n'ai pas de motif de le devenir ; j'aurai une maison, peut-être même deux, sur la Liteinaia, et je m'en tiendrai là. » Il pensait à part soi : « qui sait ? peut-être bien trois aussi ! » mais il n'exprimait jamais ce rêve et le gardait dans son for intérieur. La nature aime et choie les gens de cette espèce ; elle gratifiera Ptitsine non de trois mais de quatre maisons, précisément parce que, dès son enfance, il s'est rendu compte qu'il ne serait jamais un Rothschild. Par contre, elle n'ira certainement pas au delà de quatre maisons ; ce sera la limite de la fortune de Ptitsine.

D'un caractère tout différent était la sœur de Gabriel Ardalionovitch. Elle aussi avait de véhéments désirs, mais plus opiniâtres encore que fougueux. Elle avait beaucoup de bon sens dans la conduite d'une affaire et ne s'en départait point quand cette affaire touchait à son terme. Elle aussi, à la vérité, était de ces gens « médiocres » qui rêvent d'être originaux ; mais, en revanche, elle s'était très vite rendu compte qu'elle n'avait pas une ombre d'originalité personnelle et elle ne s'en affligeait pas outre mesure ; qui sait ? peut-être par l'effet d'un sentiment particulier d'orgueil. Elle fit, avec beaucoup de décision, ses premiers pas dans la vie pratique en épousant M. Ptitsine. Mais, à cette occasion, elle ne se dit point : « puisqu'il faut faire des bassesses, faisons-les jusqu'au bout, pourvu que j'atteigne mon but », comme n'eût pas manqué de s'exprimer en pareil cas Gabriel Ardalionovitch (c'étaient même presque les termes dont il s'était servi en donnant, comme frère aîné, son approbation au mariage). Bien loin de là : Barbe Ardalionovna s'était mariée après s'être positivement assurée que son futur époux était un homme modeste, agréable, presque cultivé et incapable pour rien au monde de commettre une grosse vilenie. Des petites vilenies, Barbe Ardalionovna n'avait cure : ce sont des bagatelles, et qui, d'ailleurs, en est exempt ? On ne peut prétendre à l'idéal ! En outre, elle savait qu'en se mariant, elle assurerait un asile à sa mère, à son père et à ses frères. Voyant son frère malheureux, elle voulait lui venir en aide, en dépit de tous les précédents malentendus de famille. Ptitsine poussait Gania, amicalement cela va de soi, à entrer dans l'administration. Il lui disait parfois, sur un ton de plaisanterie : « Tu méprises les généraux et le généralat, mais regarde bien : « ils » finiront tous par devenir généraux à leur tour ; si tu vis, tu le verras. » – « Mais, pensait sarcastiquement Gania, où prennent-ils que je méprise les généraux et le généralat ? »

Pour pouvoir aider son frère, Barbe Ardalionovna avait résolu d'élargir son champ d'action ; elle s'introduisit chez les Epantchine en se prévalant surtout de souvenirs d'enfance ; elle et son frère avaient joué, quand ils étaient en bas âge, avec les demoiselles Epantchine. Remarquons ici que, si elle avait poursuivi quelque chimère en se faisant recevoir chez les Epantchine, elle serait peut-être sortie de la catégorie dans laquelle elle-même s'était confinée ; mais ce n'était pas une chimère qu'elle poursuivait ; elle se guidait d'après un calcul assez raisonnable qu'elle fondait sur la manière d'être de cette famille. Elle avait étudié sans relâche le caractère d'Aglaé. Elle s'était assigné pour tâche de les ramener tous deux, Aglaé et son frère, l'un vers l'autre. Peut-être obtint-elle quelque résultat. Peut-être aussi commit-elle l'erreur de faire trop de fond sur Gania et d'attendre de lui ce qu'il ne pouvait donner en aucun temps ni sous aucune forme. En tout cas, elle manœuvra assez adroitement du côté des Epantchine : des semaines se passaient sans qu'elle prononçât le nom de son frère ; elle se montrait toujours d'une droiture et d'une sincérité parfaites ; sa contenance était simple, mais digne. Elle ne craignait point de scruter le fond de sa conscience, car elle n'y trouvait rien à se reprocher, et c'était pour elle un surcroît de force. Parfois seulement elle se découvrait un certain penchant à la colère, un très vif amour-propre et peut-être même une vanité piétinée ; elle en faisait l'observation surtout à certains moments, entre autres presque chaque fois qu'elle sortait de chez les Epantchine.

Et voici que, cette fois encore, elle était d'humeur chagrine en revenant de chez eux. Sous cette humeur perçait une expression d'arrière raillerie. Ptitsine habitait à Pavlovsk une maison de bois de piètre apparence mais spacieuse, qui donnait sur une route poussiéreuse. Cette maison allait bientôt devenir sa propriété, si bien qu'il était déjà en train de la revendre à un tiers. En gravissant le perron, Barbe Ardalionovna entendit un tapage extraordinaire à l'étage supérieur ; c'étaient son frère et son père qui vociféraient. Elle entra dans la salle et aperçut Gania qui courait d'un bout de la pièce à l'autre, pâle de colère et prêt à s'arracher les cheveux. À cette vue, son visage s'assombrit et elle se laissa tomber d'un air las sur le divan, sans ôter son chapeau. Elle savait que, si elle se taisait une minute de plus et ne s'enquérait pas de la cause de cette agitation, son frère ne manquerait pas de se fâcher ; aussi s'empressa-t-elle de le questionner :

– Toujours la même histoire ?

– Comment, la même histoire ! s'écria Gania. La même histoire ? Non, ce n'est plus la même histoire ; c'est maintenant le diable sait quoi ! Le vieux est en train de devenir enragé… La mère hurle. Par Dieu ! Barbe, tu le prendras comme tu voudras, mais je le flanquerai à la porte, ou bien… ou bien je vous quitterai moi-même ! ajouta-t-il, sans doute en s'avisant qu'on ne peut chasser les gens d'un logis qui n'est pas le sien.

– Il faut avoir de l'indulgence, murmura Barbe.

– De l'indulgence pour quoi ? pour qui ? repartit Gania, enflammé de colère. Pour ses turpitudes ? Non, dis ce que tu voudras, c'est impossible ! Impossible, impossible, impossible ! Et quelles manières ! c'est lui qui se met dans son tort et il le prend d'encore plus haut : « Je ne veux pas passer par la porte, abats la muraille ! »… Qu'as-tu ? Ton visage est tout défait.

– Mon visage n'a rien d'extraordinaire, répliqua Barbe avec humeur.

Gania la regarda plus attentivement.

– Tu as été là-bas ? demanda-t-il soudain.

– Oui.

– Attends un instant, les cris recommencent. Quelle honte, et dans un pareil moment encore !

– Un pareil moment ? Le moment présent n'a rien de particulier.

Gania fixa sur sa sœur un regard encore plus pénétrant.

– Tu as appris quelque chose ? demanda-t-il.

– Bien d'inattendu, du moins. J'ai appris que tout ce que l'on supposait était vrai. Mon mari a été plus clairvoyant que nous deux ; ce qu'il a prédit dès le début est un fait accompli. Où est-il ?

– Il est sorti. Qu'est-ce qui est un fait accompli ?

– Le prince est officiellement fiancé ; c'est une affaire réglée. Ce sont les aînées qui me l'ont dit. Aglaé a donné son consentement ; on a même cessé de faire des cachotteries. (Jusqu'ici tout était là-bas entouré de mystère.) Le mariage d'Adélaïde est encore différé afin que les deux noces puissent être célébrées simultanément, le même jour ; quelle poésie ! Un vrai poème ! Tu ferais mieux de composer un épithalame que de courir inutilement à travers la chambre. La Biélokonski sera ce soir chez eux ; elle est arrivée à propos ; il y aura des invités. On le présentera à la princesse, bien qu'elle le connaisse déjà ; on annoncera, semble-t-il, à cette occasion la nouvelle des fiançailles. On craint seulement qu'en entrant dans le salon où se tiendront les invités il ne fasse tomber et ne casse quelque objet, ou bien que lui-même ne s'étale par terre ; il en est bien capable.

Gania écouta avec beaucoup d'attention, mais, au grand étonnement de sa sœur, cette nouvelle si accablante pour lui n'eut pas autrement l'air de l'accabler.

– Eh bien ! c'était clair ! dit-il après un moment de réflexion. – Ainsi tout est fini ! ajouta-t-il avec un sourire étrange en regardant la figure de sa sœur d'un air astucieux et en continuant à arpenter la chambre de long en large, quoique avec moins d'agitation.

– C'est encore heureux, que tu prennes la chose avec philosophie ; vraiment j'en suis bien aise, dit Barbe.

– Oui, on en est débarrassé ; toi du moins.

– Je crois t'avoir servi sincèrement, sans discuter ni t'importuner ; je ne t'ai pas demandé quel bonheur, tu comptais trouver auprès d'Aglaé.

– Mais est-ce que j'ai… cherché le bonheur auprès d'Aglaé ?

– Allons, je t'en prie, ne joue pas au philosophe ! Il en était certainement ainsi. Mais notre compte est réglé : nous avons été des dupes. Je t'avouerai que je n'ai jamais regardé ce mariage comme une affaire sérieuse ; si je m'en suis occupée, c'est seulement « à tout hasard » et en tablant sur le drôle de caractère d'Aglaé ; je voulais surtout t'être agréable. Il y avait quatre-vingt-dix chances sur cent pour que ce projet avortât. Maintenant encore, je ne sais pas moi-même ce que tu en attendais.

– À présent vous allez me pousser, ton mari et toi, à prendre du service ; je vais entendre des sermons sur la persévérance et la force de volonté, sur la nécessité de me contenter de peu, et ainsi de suite ; je connais cela par cœur, fit Gania en éclatant de rire.

« Il a une nouvelle idée en tête ! » pensa Barbe.

– Et là-bas, comment les parents prennent-ils la chose ? Ils sont contents ? demanda brusquement Gania.

– Ils n'en ont guère l'air. D'ailleurs, tu peux en juger par toi-même ; si Ivan Fiodorovitch est satisfait, la mère a des appréhensions ; déjà auparavant elle répugnait à voir en lui un fiancé pour sa fille ; c'est chose connue.

– Ce n'est pas ce qui m'intéresse ; le prince est un fiancé impossible, inimaginable, c'est clair. Je parle de la situation présente : où en est-on maintenant ? A-t-elle donné son consentement formel ?

– Jusqu'ici elle n'a pas dit « non » ; voilà tout. Mais avec elle il n'en pouvait être autrement. Tu sais à quelles extravagances l'ont portée jusqu'ici sa timidité et sa pudeur. Dans son enfance elle se fourrait dans les armoires et y restait blottie deux ou trois heures, rien que pour éviter de paraître devant le monde. Depuis elle a grandi comme une perche, mais le caractère est resté le même. Tu sais, j'ai des raisons de croire qu'il y a en effet dans cette affaire quelque chose de sérieux, même de son côté. Il paraît que du matin au soir elle rit à gorge déployée en pensant au prince ; c'est pour donner le change ; elle trouve sûrement l'occasion de lui glisser chaque jour un petit mot dans le creux de l'oreille, car il est aux anges, il rayonne… On dit qu'il est impayable. C'est d'eux que je le tiens. Il m'a semblé aussi que les aînées se moquaient ouvertement de moi.

La figure de Gania finit par s'assombrir. Peut-être Barbe s'était-elle à dessein étendue sur ce chapitre pour sonder les véritables pensées de son frère. Mais à ce moment les vociférations reprirent à l'étage supérieur.

– Je le mettrai à la porte, rugit Gania, comme enchanté de trouver un dérivatif à son dépit.

– Et alors il recommencera à déblatérer partout contre nous, comme il l'a fait hier ?

– Comment hier ? Qu'est-ce à dire ? Hier ? Mais est-ce que… demanda Gania avec une soudaine épouvante.

– Ah ! mon Dieu ! est-ce que tu ne sais pas ! se reprit Barbe.

– Comment… alors, c'est vrai qu'il est allé là-bas ? s'exclama Gania, pourpre de honte et de colère. – Mon Dieu, mais, toi qui en reviens, as-tu appris quelque chose ? Le vieux y est-il allé ? Oui ou non ?

Et il se précipita vers la porte. Barbe s'élança derrière lui et le saisit de ses deux mains.

– Eh bien ! quoi ? Où vas-tu ? dit-elle. Si tu le mets dehors en ce moment, il nous en fera encore voir de pires. Il ira chez tout le monde !…

– Qu'a-t-il fait là-bas ? Qu'a-t-il dit ?

– Elles n'ont pas su me le répéter clairement parce qu'elles ne l'ont pas compris. Je sais seulement qu'il leur a fait peur à toutes. Il venait pour Ivan Fiodorovitch, mais celui-ci était absent ; alors il a demandé Elisabeth Prokofievna. Il a commencé par la prier de lui trouver une place, de le faire entrer dans l'administration ; puis il s'est mis à se plaindre de nous, de moi, de mon mari, de toi surtout… Il a débité un tas de choses.

– Tu n'as pas pu savoir lesquelles ? demanda Gania, secoué d'un tremblement convulsif.

– Ce n'était guère aisé ! Lui-même ne devait pas bien comprendre ce qu'il disait ; peut-être aussi ne m'ont-elles pas tout raconté.

Gania se prit la tête dans les mains et courut vers une fenêtre. Barbe s'assit auprès de l'autre fenêtre.

– Elle est drôle, cette Aglaé ! observa-t-elle à brûle-pourpoint. – Elle m'a arrêtée pour me dire : « Présentez à vos parents l'hommage particulier de ma considération personnelle ; je trouverai certainement ces jours-ci l'occasion de voir votre papa. » Et elle a proféré cela sur un ton si sérieux ! C'est bien étrange…

– N'était-ce pas une moquerie ? En es-tu sûre ?

– Non, ce n'était pas une moquerie, et c'est ce qu'il y a d'étrange.

– Est-elle ou non au courant de l'affaire du vieux ? qu'en penses-tu ?

– On ignore cette affaire chez eux ; cela ne fait aucun doute pour moi. Mais tu me donnes l'idée qu'Aglaé, elle, pourrait bien la connaître. Elle est seule au courant, car ses sœurs ont également été surprises de l'entendre me charger avec autant de sérieux de saluer notre père. Et pourquoi serait-ce justement à lui qu'elle enverrait ses salutations ? Si elle connaît l'affaire, c'est que le prince la lui a racontée !

– Point n'est besoin d'être malin pour savoir qui la lui a racontée ! Un voleur ! Il ne manquait plus que cela. Un voleur dans notre famille, et le « chef de familier !

– Allons, c'est un enfantillage ! s'écria Barbe en se fâchant pour tout de bon. – Une histoire d'ivrognes, rien de plus. Et qui l'a inventée ? Lébédev, le prince… de jolis personnages eux-mêmes, des phénix d'intelligence ! Je n'attache pas la moindre importance à cet incident.

– Le vieux est un voleur et un ivrogne, poursuivit Gania en épanchant sa bile ; – moi, je suis un gueux ; le mari de ma sœur est un usurier. Il y avait chez nous de quoi séduire Aglaé : une belle famille en vérité !

– Ce mari de ta sœur, cet usurier te…

– Me nourrit, n'est-ce pas ? Ne te gêne pas, je t'en prie.

– Pourquoi t'emportes-tu ? fit Barbe en se ressaisissant. Tu ne comprends rien ; tu es comme un écolier. Tu crois que tout ceci a pu te nuire aux yeux d'Aglaé ? Tu ne connais pas son caractère ; elle est capable de repousser le parti le plus magnifique pour s'enfuir avec un étudiant et accepter de mourir de faim auprès de lui dans un grenier ; voilà son rêve ! Tu ne t'es jamais avisé à quel point tu te serais rendu intéressant à ses yeux si tu avais été capable de supporter notre situation avec fermeté et fierté. Le prince l'a empaumée d'abord parce qu'il ne l'a pas cherchée, ensuite parce qu'il passe auprès de tout le monde pour un idiot. La seule perspective de mettre sa famille sens dessus dessous à cause de lui, voilà ce qui l'enchante à présent ! Ah ! vous autres hommes, vous ne comprenez rien !

– C'est bien, nous verrons si nous comprenons ou ne comprenons pas, murmura Gania d'un air énigmatique. Mais j'aurais tout de même bien voulu qu'elle ne connût pas l'affaire du vieux. Je pensais que le prince tiendrait sa langue et n'ébruiterait rien, Il avait réussi à contenir Lébédev ; même à moi, en dépit de mon insistance, il n'a pas voulu tout raconter…

– Tu vois donc toi-même que l'affaire a été colportée sans qu'il y ait contribué. Mais que t'importe maintenant ? Qu'espères-tu ? Et s'il te restait une espérance, cela ne pourrait que te donner à ses yeux l'auréole du martyre.

– Allons, malgré tout son romantisme elle aurait peur du scandale ! Tout a ses limites, et nul ne s'engage au delà d'une certaine mesure ; vous êtes toutes les mêmes.

– Peur, Aglaé ? s'écria Barbe en lançant à son frère un regard de mépris. – Ton âme est bien basse ! Vous ne valez pas plus cher les uns que les autres.

Qu'on la regarde comme ridicule et extravagante, passe ! Mais elle est en revanche mille fois plus noble de caractère que nous tous.

– Bon, cela va bien, ne te fâche pas ! murmura de nouveau Gania d'un air suffisant.

– Je plains seulement ma mère, poursuivit Barbe. Je crains que l'histoire de mon père ne soit arrivée à ses oreilles. J'en ai bien peur !

– Elle la connaît sûrement, fit observer Gania.

Barbe s'était levée pour monter à l'étage supérieur, chez Nina Alexandrovna. Elle s'arrêta et regarda son frère d'un air intrigué.

– Qui donc a pu le lui dire ?

– Hippolyte, probablement. Je présume qu'aussitôt installé chez nous, il n'aura rien eu de plus pressé que de raconter cela à notre mère.

– Mais dis-moi, je te prie, comment il peut connaître cette affaire ? Le prince et Lébédev sont convenus de n'en parler à personne, et Kolia lui-même l'ignore.

– Hippolyte ? Il a appris cela tout seul. Tu ne peux te figurer combien cet être-là est rusé et cancanier, ni quel flair il possède pour découvrir toutes les histoires malpropres, tout ce qui a un caractère scandaleux. Tu peux le croire ou ne pas le croire, moi je suis convaincu qu'il a déjà réussi à prendre de l'ascendant sur Aglaé. Si ce n'est pas, ce sera. Rogojine est également entré en rapport avec lui. Comment le prince ne s'en aperçoit-il pas ? Et quelle envie cet Hippolyte a maintenant de me jouer un mauvais tour ! Il me regarde comme un ennemi personnel ; je l'ai compris depuis longtemps, mais je me demande à quoi cela rime de la part d'un moribond ! Il a affaire à forte partie ; tu verras : ce n'est pas à lui mais à moi que restera le dernier mot.

– Pourquoi l'avoir fait venir ici, si tu le hais à ce point ? Et est-ce la peine de vouloir avoir le dernier mot avec lui ?

– C'est toi-même qui m'as conseillé de l'amener ici.

– Je pensais qu'il serait utile. Mais sais-tu qu'il est lui-même tombé amoureux d'Aglaé et qu'il lui a écrit ? On m'a interrogée… C'est tout juste s'il n'a pas écrit à Elisabeth Prokofievna.

– Sous ce rapport il n'est pas dangereux ! dit Gania en ricanant malignement. – D'ailleurs il doit s'agir d'autre chose. Qu'il soit amoureux, c'est bien possible, car c'est un gamin ! Mais… il ne se mettra pas à écrire des lettres anonymes à la vieille. C'est une nullité si fielleuse, si infatuée d'elle-même !… Je suis certain, je sais à n'en pas douter qu'il m'a dépeint à elle comme un intrigant, c'est par là qu'il a commencé. J'ai été assez bête, je l'avoue, pour avoir au début la langue trop longue avec lui ; je pensais qu'il servirait mes intérêts, ne fût-ce que pour se venger du prince ; c'est un individu si sournois ! Oh ! maintenant, je sais à quoi m'en tenir sur lui ! Quant à ce vol, c'est par sa mère, la capitaine, qu'il en a eu connaissance. C'est pour elle que le vieux s'est décidé à faire le coup. De but en blanc Hippolyte m'a appris que le « général » avait promis quatre cents roubles à sa mère. Il a dit cela tout de go, sans circonlocutions. Alors j'ai tout compris. Il me regardait dans les yeux avec une sorte de volupté. Il l'a sûrement répété à maman, rien que pour le plaisir de lui déchirer le cœur. Et pourquoi ne meurt-il pas, dis-le-moi, je t'en prie ? Ne s'était-il pas engagé à mourir dans les trois semaines ? Et depuis qu'il est ici, il a engraissé ! Sa toux commence à passer ; il a même dit hier soir que, depuis deux jours déjà, il ne crachait plus le sang.

– Mets-le dehors.

– Je ne le hais pas, je le méprise, fit Gania d'un air superbe. – Et puis, oui, je le hais, soit ! s'exclama-t-il subitement dans un transport de colère. – Et je le lui dirai en face, même s'il est sur son lit d'agonie ! Si tu pouvais lire sa confession, Dieu ! quelle naïve impudence ! C'est le lieutenant Pirogov, c'est Nozdriov[130] au tragique, et surtout c'est un gamin ! Avec quel plaisir je l'aurais fessé à ce moment-là, justement pour l'étonner. Maintenant il veut se venger sur tout le monde d'avoir raté son effet l'autre jour… Mais qu'est-ce qu'il y a ? le vacarme recommence là-haut ! Voyons, à la fin, qu'est-ce que cela signifie ? je ne tolérerai pas cela ! s'écria-t-il en s'adressant à Ptitsine qui rentrait dans la pièce. – Qu'est-ce que c'est ? À quoi n'en arrivera-t-on pas chez nous ?… C'est… c'est…

Mais le bruit se rapprochait rapidement. La porte s'ouvrit soudain et le vieil Ivolguine, plein de colère, congestionné, bouleversé, hors de lui, s'élança lui aussi vers Ptitsine. À sa suite entrèrent Nina Alexandrovna, Kolia et, en dernier, Hippolyte.

---

130 Personnage comique des *Âmes mortes* de Gogol : type de bohème, hâbleur et malfaisant. – N. d. T.

II

Hippolyte s'était installé depuis déjà cinq jours dans la maison de Ptitsine. La séparation s'était arrangée assez naturellement, sans tiraillements ni brouille, entre le prince et lui ; non seulement ils n'avaient pas eu de discussion, mais encore ils donnaient l'impression de s'être quittés en bons termes. Gabriel Ardalionovitch lui-même, si hostile à l'égard d'Hippolyte dans la soirée que nous avons relatée, était allé lui rendre visite deux jours après l'événement ; il obéissait sans doute à une arrière-pensée qui lui était venue inopinément. Rogojine se mit aussi à fréquenter le malade, on ne sait trop pour quel motif. Au début, le prince avait pensé que le « pauvre garçon » trouverait lui-même avantage à déménager de chez lui. Mais, quand il changea de logis, Hippolyte souligna qu'il allait s'installer chez Ptitsine « qui avait eu la bonté de lui offrir un abri » ; comme à dessein, il ne souffla pas mot de Gania, bien que ce dernier eût insisté pour qu'on le reçût à la maison. Gania s'en était aperçu et cette offense lui était restée sur le cœur.

Il avait dit vrai quand il avait annoncé à sa sœur que le malade se rétablissait. En effet Hippolyte se sentait un peu mieux qu'auparavant et l'on pouvait s'en rendre compte au premier coup d'œil. Il entra dans la chambre sans se presser, à la suite de tous les autres, un sourire ironique et malveillant sur les lèvres. Nina Alexandrovna donnait les signes d'une vive frayeur. (Elle avait considérablement changé et maigri au cours des six derniers mois ; depuis qu'elle avait marié sa fille et était venue habiter chez elle, elle avait l'air de ne plus se mêler des affaires de ses enfants.) Kolia était soucieux et comme perplexe ; bien des choses lui échappaient dans cette « folie du général », comme il disait, car il ignorait naturellement les raisons véritables du nouveau désarroi qui régnait dans la maison. Mais, à voir son père manifester à tout moment et à tout propos une humeur si querelleuse, il devenait clair pour lui que celui-ci avait brusquement changé et n'était pour ainsi dire plus le même homme. Le fait même que le vieillard eût complètement cessé de boire depuis trois jours avivait son inquiétude. Il savait qu'il avait rompu avec Lébédev et avec le prince, et même qu'il s'était disputé avec eux. Il venait justement de rapporter un demi-stof[131] d'eau-de-vie acheté de ses propres deniers.

– Je t'assure, maman, affirmait-il à Nina Alexandrovna quand ils étaient encore à l'étage supérieur, je t'assure qu'il vaut mieux le laisser boire. Voilà trois jours qu'il n'a rien bu ; de là vient son humeur noire. Vraiment, cela vaudrait

---

131 Le « stof » ou cruche est une bouteille de forme carrée d'une contenance d'environ 125 centilitres. – N. d. T.

mieux ; je lui portais de l'eau-de-vie même quand il était à la prison pour dettes…

Le général ouvrit la porte toute grande et s'arrêta sur le seuil ; il avait l'air frémissant d'indignation.

– Mon cher monsieur, cria-t-il à Ptitsine d'une voix tonitruante, si réellement vous avez résolu de sacrifier à ce blanc-bec et à cet athée le respectable vieillard qui est votre père, ou du moins le père de votre femme, et qui a loyalement servi son souverain, sachez qu'à partir de maintenant mes pieds ne fouleront plus le sol de votre logis. Choisissez, monsieur, choisissez séance tenante : ou moi, ou… cette vis. Oui, cette vis ! Ce mot m'est venu par hasard ; mais c'est bien une vis ! Car il perce mon âme à la manière d'une vis et sans aucun égard… tout comme une vis !

– Pourquoi pas un tire-bouchon ? intervint Hippolyte.

– Non, pas un tire-bouchon, car tu n'as pas devant toi une bouteille, mais un général. J'ai des décorations, des distinctions honorifiques… et toi, tu n'as rien. Ou lui, ou moi ! Décidez-vous, monsieur, et sur-le-champ ! cria-t-il de nouveau à Ptitsine sur un ton d'exaspération.

Kolia lui approcha une chaise sur laquelle il se laissa choir, presque à bout de forces.

– En vérité, cela vous vaudrait mieux de faire un somme, marmonna Ptitsine abasourdi.

– Il a encore le toupet de proférer des menaces ! chuchota Gania à sa sœur.

– Faire un somme ! s'exclama le général. Je ne suis pas ivre, mon cher monsieur, et vous m'insultez. Je vois, poursuivit-il en se levant de nouveau, qu'ici tout et tous sont contre moi. J'en ai assez ! Je m'en vais… Mais sachez, mon cher monsieur, sachez…

On le fit rasseoir sans le laisser achever et on le supplia de se calmer. Gania, furieux, se retira dans un coin. Nina Alexandrovna tremblait et sanglotait.

– Mais que lui ai-je fait ? De quoi se plaint-il ? dit Hippolyte sur un ton de persiflage.

– Prétendez-vous ne lui avoir rien fait ? intervint soudain Nina Alexandrovna. – C'est surtout vous qui devriez avoir honte et… c'est de la cruauté de tourmenter un vieillard… plus spécialement quand on est dans votre situation.

– D'abord, madame, quelle est donc ma situation ? J'ai un vif respect pour vous, pour vous en particulier et personnellement, mais...

– C'est une vis ! s'écria le général. Il me perfore l'âme et le cœur ! Il veut me gagner à l'athéisme ! Sache, blanc-bec, que j'étais déjà comblé d'honneurs alors que tu n'étais pas né. Tu n'es qu'un ver travaillé par l'envie, un ver coupé en deux, un ver qui tousse... et qui se meurt de haine et d'impiété... Pourquoi Gabriel t'a-t-il amené ici ? Tout le monde est contre moi, depuis les étrangers jusqu'à mon propre fils !

– Assez joué la tragédie ! cria Gania ; si vous ne nous aviez pas déshonorés aux yeux de toute la ville, cela n'en eût que mieux valu !

– Comment ? moi, te déshonorer, blanc-bec ! Toi ? Je ne puis que te faire honneur, et nullement te déshonorer !

Il avait bondi ; on ne pouvait plus le retenir ; mais Gabriel Ardalionovitch avait, lui aussi, visiblement perdu la mesure.

– Il a le front de parler d'honneur ! s'écria malignement ce dernier.

– Qu'as-tu dit ? tonna le général, blême de colère, en faisant un pas vers lui.

– Je dis qu'il me suffirait d'ouvrir la bouche pour que... commença brusquement Gania, qui n'acheva point.

Ils étaient tous deux face à face, en proie à une véhémente commotion, surtout Gania.

– Gania, que fais-tu ? s'exclama Nina Alexandrovna en s'élançant pour retenir son fils.

– Ce ne sont que des bêtises de tous côtés, s'écria Barbe indignée. – Allons, maman, calmez-vous !

Et elle se cramponna à sa mère.

– Si je vous épargne, c'est par égard pour ma mère, proféra Gania sur un ton tragique.

– Parle ! hurla le général au comble de l'exaspération. Parle, sous peine d'être maudit par ton père... parle !

– Ah ouiche ! j'ai bien peur de votre malédiction ! À qui la faute si depuis huit jours vous êtes comme fou ? Je dis : depuis huit jours ; voyez, je connais la date… Prenez garde de me pousser à bout, je dirais tout… Pourquoi vous êtes-vous traîné hier chez les Epantchine ? Et vous voudriez encore qu'on respectât votre vieillesse, vos cheveux blancs, votre dignité de père de famille ? C'est du joli !

– Tais-toi, Gania ! s'écria Kolia. Tais-toi, imbécile !

– En quoi donc l'ai-je offensé ? insista Hippolyte, toujours sur un ton qui frisait l'insolence.

– Pourquoi me traite-t-il de vis, vous l'avez entendu ? C'est lui qui m'a harcelé : il est venu tout à l'heure me raconter l'histoire d'un certain capitaine Iéropiégov. Je ne tiens nullement à faire partie de votre société, général ; vous-même savez que je l'ai naguère évitée. Que m'importe le capitaine Iéropiégov ? avouez-le vous-même… Ce n'est pas pour le capitaine Iéropiégov que je suis venu m'installer ici. Je me suis borné à exprimer tout haut au général l'opinion que ce capitaine Iéropiégov pouvait bien n'avoir jamais existé. Là-dessus la moutarde lui est montée au nez.

– Il n'y a pas de doute : ce capitaine n'a jamais existé, fit Gania d'un ton tranchant.

Le général demeura interloqué. Il jeta autour de lui des regards hébétés. Les paroles de son fils l'avaient saisi par leur brutale assurance. Sur le moment il ne trouva pas un mot à répliquer. Mais la réflexion de Gania provoqua un éclat de rire d'Hippolyte.

– Vous l'avez entendu ? fit ce dernier. – Votre propre fils vous dit qu'il n'y a jamais eu de capitaine Iéropiégov.

Complètement décontenancé, le vieillard marmonna.

– J'ai parlé de Capiton Iéropiégov et non d'un capitaine… Capiton… lieutenant-colonel en retraite, Iéropiégov… Capiton.

– Il n'y a pas eu davantage de Capiton ! reprit Gania hors de lui.

– Comment… pourquoi n'y en aurait-il pas eu ? balbutia le général, tandis que le rouge lui montait au visage.

– Allons, calmez-vous ! intervinrent Ptitsine et Barbe.

– Tais-toi, Gania ! cria de nouveau Kolia.

Mais ces interventions rendirent au général son aplomb.

– Comment il n'a pas existé ? Pourquoi n'aurait-il pas existé ? jeta-t-il sur un ton de menace à son fils.

– Parce qu'il n'a pas existé, voilà tout. Il n'a pas existé, c'est tout à fait impossible ! Tenez-vous-le pour dit. N'insistez pas, je vous le répète.

– Et dire que c'est mon fils… c'est mon propre fils, celui que je… Oh ! mon Dieu ! Il ose prétendre que Iéropiégov, Iérochka[132] Iéropiégov n'a pas existé !

– Allons bon ! tout à l'heure c'était Capitochka[133], maintenant c'est Iérochka ! lança Hippolyte.

– Je parle de Capitochka, mon petit monsieur, et non de Iérochka ! Il s'agit de Capiton, Capitan Alexéïévitch, je veux dire Capiton… lieutenant-colonel… en retraite… qui a épousé Marie… Marie Pétrovna Sou… Sou… bref mon ami et mon camarade… Soutougov… Nous étions ensemble à l'école des cadets. J'ai versé pour lui… je l'ai protégé de mon corps… mais il a été tué. On ose dire qu'il n'y a pas eu de Capitochka Iéropiégov ! qu'il n'a pas existé !

Le général vociférait avec fureur, mais on sentait que son émoi procédait d'une tout autre cause que de la question en litige. À la vérité il aurait certainement toléré en d'autres temps une supposition beaucoup plus blessante que celle de l'inexistence de Capiton Iéropiégov. Il aurait crié, ergoté ; il se serait emporté, mais aurait fini par monter à l'étage au-dessus pour aller se coucher. Cette fois, par une singulière étrangeté du cœur humain, la coupe déborda du seul fait que l'on eût mis en doute l'existence d'Iéropiégov, si anodine que fût cette offense. Le vieillard devint pourpre, leva les bras au ciel et hurla :

– Assez ! Ma malédiction… Je sors de cette maison ! Nicolas, prends mon sac de voyage… je pars.

Il se précipita dehors, au paroxysme de la colère. Nina Alexandrovna, Kolia et Ptitsine s'élancèrent sur ses pas.

– Tu viens de faire un joli coup ! dit Barbe à son frère. Qui sait ? il va peut-être retourner là-bas. Quelle honte ! quelle honte !

---

[132] Diminutif de Jérôme. – N. d. T.

[133] Diminutif de Capiton. – N. d. T.

– Il n'avait qu'à ne pas voler ! s'écria Gania, étranglant presque de rage.

Soudain son regard rencontra celui d'Hippolyte ; il fut pris d'une sorte de tremblement.

– Quant à vous, mon cher monsieur, s'écria-t-il, vous auriez dû vous rappeler qu'après tout vous êtes sous le toit d'autrui et… qu'y jouissant de l'hospitalité, ce n'était pas à vous d'irriter un vieillard évidemment devenu fou.

Hippolyte fut, lui aussi, sur le point de s'emporter ; mais il se contint aussitôt.

– Je ne suis pas tout à fait de votre avis quant à la prétendue folie de votre papa, dit-il avec calme. J'ai au contraire l'impression qu'il est plus sensé que dans ces derniers temps. Ma parole ! vous ne trouvez pas ? Il est devenu si cauteleux, si défiant, il a l'oreille aux aguets, il pèse chacun de ses mots… Quand il m'a parlé de ce Capitochka, il avait son idée : figurez-vous qu'il voulait m'amener à…

– Du diable si je tiens à savoir à quoi il voulait vous amener ! Je vous prie de ne pas faire le malin et de ne pas finasser avec moi, monsieur ! dit Gania d'un ton criard. Si vous connaissiez, vous aussi, la véritable raison pour laquelle ce vieillard se met dans un pareil état (et vous avez si bien espionné chez moi durant ces cinq jours que vous ne pouvez manquer de la connaître), vous deviez vous abstenir rigoureusement d'irriter ce… malheureux et de tourmenter ma mère en exagérant une affaire qui n'a rien de sérieux ; c'est une simple histoire d'ivrognes, rien de plus ; elle n'est nullement prouvée et je n'en fais aucun cas… Mais vous, il faut que vous rongiez, que vous espionniez, parce que vous… vous êtes…

– Une vis, ricana Hippolyte.

– Parce que vous êtes un vilain personnage ; vous avez tourmenté les gens pendant une demi-heure et cherché à les affoler en faisant le geste de vous tuer avec un pistolet qui n'était même pas chargé. Vous avez joué une comédie honteuse ; vous êtes un simulateur du suicide… un sac à bile monté sur deux jambes ! C'est moi qui vous ai donné l'hospitalité ; vous avez engraissé ici ; vous ne toussez plus, et voilà votre façon de reconnaître…

– Deux mots seulement, je vous prie ; je suis l'hôte de Barbe Ardalionovna et non le vôtre. Vous ne m'avez donné aucune hospitalité, et je crois de plus que vous-même bénéficiez de celle de M. Ptitsine. Il y a quatre jours, j'ai prié ma mère de me chercher un logement à Pavlovsk et de venir elle-même s'y installer, parce qu'en effet je me sens mieux ici, encore que je n'y aie pas engraissé et que je tousse toujours. Ma mère m'a fait savoir hier soir que le logement était prêt et je m'empresse de vous annoncer à mon tour que je vais m'y transporter aujourd'hui même, après avoir remercié votre maman et votre sœur ; ma décision est prise depuis hier soir. Excusez-moi de vous avoir interrompu ; vous aviez, si je ne me trompe, encore bien des choses à dire.

– Oh ! s'il en est ainsi… dit Gania dans un frémissement.

– S'il en est ainsi, permettez-moi de m'asseoir, ajouta Hippolyte, en prenant tranquillement la chaise qu'avait occupée le général. – Car enfin je suis malade. Là, maintenant je suis prêt à vous écouter, d'autant que ce sera notre dernier entretien et peut-être même notre dernière rencontre.

Gania eut soudain un scrupule.

– Croyez bien que je ne m'abaisserai pas à avoir un règlement de comptes avec vous, dit-il, et si vous…

– Vous avez tort de le prendre de si haut, coupa Hippolyte ; moi, de mon côté, je me suis promis, dès le jour de mon arrivée ici, de ne pas me refuser le plaisir de vous dire vos quatre vérités lorsque nous nous séparerions. Voici justement le moment de mettre ce projet à exécution, quand vous aurez fini de parler, bien entendu.

– Et moi, je vous prie de sortir de cette chambre.

– Mieux vaut que vous parliez ; après, vous vous repentiriez de ne pas avoir dit tout ce que vous aviez sur le cœur.

– Finissez, Hippolyte ; tout cela est profondément honteux ; faites-moi le plaisir de cesser ! dit Barbe.

Hippolyte se leva.

– Si je cesse, ce sera par pure déférence pour une dame, fit-il en riant. Comme il vous plaira, Barbe Ardalionovna ; pour vous je suis prêt à abréger, mais seulement à abréger cet entretien, car une explication entre votre frère et moi est devenue absolument indispensable et je ne me résignerais pour rien au monde à partir sur un malentendu.

– Disons le mot tout simplement : vous êtes un cancanier, s'écria Gania ; c'est pourquoi vous ne vous décidez pas à partir sans avoir débité vos commérages.

– Vous voyez que vous n'êtes plus maître de vous, fit observer froidement Hippolyte. – Franchement, vous aurez des regrets si vous n'exprimez pas tout ce que vous avez à dire. Encore une fois, je vous cède la parole. Je parlerai après vous.

Gabriel Ardalionovitch ne répondit point et le regarda avec mépris.

– Vous ne voulez pas ? Vous préférez jouer votre personnage jusqu'au bout ? À votre aise. Pour moi je serai aussi bref que possible. Deux ou trois fois aujourd'hui je me suis entendu reprocher l'hospitalité qui m'a été accordée. Cela n'est pas équitable. En m'invitant à m'installer ici, votre intention était de me prendre dans vos filets. Vous supposiez que je voulais me venger du prince. En outre, vous avez ouï dire qu'Aglaé Ivanovna m'a témoigné de la sympathie et qu'elle a lu ma confession. Là-dessus l'idée vous est venue que je me vouerais tout entier à vos intérêts ; vous avez eu l'espoir de trouver peut-être en moi un auxiliaire. Je n'en dis pas plus long. De votre part je ne demande pas non plus d'aveu ni de confirmation. Il me suffit de vous laisser en face de votre conscience et de savoir que, maintenant, nous nous comprenons à merveille l'un l'autre.

– Dieu sait quelle histoire vous faites avec la chose la plus simple ! s'exclama Barbe.

– Je te l'ai dit : c'est un « cancanier et un garnement », fit Gania.

– Permettez, Barbe Ardalionovna, je continue. Assurément, je ne puis ni aimer ni respecter le prince. Mais c'est un homme d'une réelle bonté, encore que… passablement ridicule ; je n'ai donc pas la moindre raison de le haïr. Je n'ai rien laissé voir à votre frère cependant qu'il m'excitait contre le prince ; je comptais sur le dénouement pour avoir l'occasion de rire. Je savais que votre frère aurait la langue trop longue et se mettrait dans la plus fausse des positions. C'est ce qui est arrivé… Je suis prêt maintenant à l'épargner, mais uniquement par égard pour vous, Barbe Ardalionovna. Toutefois, après vous avoir montré qu'il n'est pas si facile de me prendre au piège, je veux encore vous expliquer pourquoi je tenais tant à mettre votre frère dans une posture ridicule vis-à-vis de moi. Sachez que je l'ai fait par haine, je l'avoue sincèrement. Au moment de mourir (car je mourrai quand même, bien que j'aie engraissé, comme vous le prétendez), au moment de mourir, dis-je, j'ai senti que j'irais au paradis avec beaucoup plus de tranquillité si je réussissais à ridiculiser au moins un représentant de cette innombrable catégorie de gens qui m'ont persécuté pendant toute ma vie et que toute ma vie j'ai haïs. Votre estimable frère offre la frappante image de cette sorte de gens. Je vous hais, Gabriel Ardalionovitch, et – ceci vous surprendra peut-être – *uniquement* parce que vous êtes le type, l'incarnation, la personnification et la très parfaite expression de la médiocrité la plus impudente, la plus infatuée, la plus plate et la plus repoussante ! Vous êtes la médiocrité gonflée, celle qui ne doute de rien et se drape dans une sérénité olympienne ; vous êtes la routine des routines ! Jamais l'ombre d'une idée personnelle ne germera dans votre esprit ou dans votre cœur. Mais votre envie ne connaît point de bornes ; vous êtes fermement convaincu que vous êtes un génie de premier ordre. Toutefois, le doute vous hante dans vos moments de mélancolie et vous éprouvez alors des accès de colère et d'envie. Oh ! il y a encore des points noirs à votre horizon ; ils ne disparaîtront que le jour où vous serez devenu tout à fait bête, ce qui ne saurait tarder. Vous avez néanmoins une carrière encore longue et variée devant vous ; je ne prétends pas qu'elle sera joyeuse et je m'en réjouis. Pour commencer, je vous prédis que vous n'obtiendrez pas la main d'une certaine personne.

– Mais c'est intolérable ! s'écria Barbe. Aurez-vous bientôt fini, infâme insulteur ?

Pâle et frémissant, Gania gardait le silence. Hippolyte se tut, le regarda fixement en jouissant de son embarras, porta ses yeux sur Barbe, sourit, puis salua et sortit sans ajouter un seul mot.

Gabriel Ardalionovitch aurait été en droit de se plaindre de sa destinée et de sa malchance. Barbe fut quelques instants sans oser lui adresser la parole ; elle ne le regarda même pas, cependant qu'il arpentait devant elle la chambre à grands pas. Finalement il s'approcha d'une fenêtre et tourna le dos à sa sœur. Barbe pensa au proverbe russe : « un bâton a toujours deux bouts »[134]. Le vacarme reprit à l'étage supérieur.

– Tu y vas ? dit brusquement Gania à sa sœur en la voyant se lever. – Attends : regarde cela.

Il s'avança et jeta sur la chaise devant elle un petit papier plié en forme de billet.

– Mon Dieu ! s'exclama Barbe en levant les bras. Le billet avait juste sept lignes :

« Gabriel Ardalionovitch, m'étant convaincue de vos bons sentiments à mon égard, je me résous à vous demander conseil au sujet d'une affaire importante pour moi. Je désirerais vous rencontrer demain à sept heures précises du matin sur le banc vert. Ce n'est pas loin de notre villa. Barbe Ardalionovna, qui doit ***absolument*** vous accompagner, connaît très bien cet endroit. A. E. »

---

134 Autrement dit : on finit toujours par être traité comme on a traité les autres. – N. d. T.

– Après cela, va donc la comprendre ! dit Barbe Ardalionovna qui marqua sa surprise en écartant les bras.

Si peu disposé qu'il fût à prendre des airs conquérants, Gania ne put cependant pas dissimuler son triomphe, surtout après les mortifiantes prédictions d'Hippolyte. Un sourire sincère de vanité satisfaite éclaira son visage ; Barbe elle-même était radieuse de joie.

– Et cela le jour même où on annonce chez eux les fiançailles ! Maintenant essaie donc de savoir ce qu'elle veut !

– À ton avis, de quoi va-t-elle me parler demain ? demanda Gania.

– Peu importe ; l'essentiel c'est que, pour la première fois depuis six mois, elle exprime le désir de te voir. Écoute-moi, Gania : quoi qu'il en soit et quelle que puisse être la tournure de cette entrevue, rappelle-toi que c'est une chose *importante,* excessivement importante ! Ne fais pas d'embarras cette fois ; ne commets pas de gaffe, mais ne sois pas non plus trop timide ; ouvre l'œil ! A-t-elle pu ne pas se douter du dessein que j'ai poursuivi en les fréquentant pendant ces six mois ? Figure-toi qu'elle ne m'en a pas soufflé mot aujourd'hui ; elle n'a fait semblant de rien. Il faut te dire que j'étais entrée à la dérobée ; la vieille ne savait pas que j'étais là ; sans cela elle m'aurait peut-être bien mise à la porte. C'est pour toi que j'ai couru le risque ; je voulais à tout prix savoir…

Les cris et le bruit reprirent de plus belle en haut ; plusieurs personnes descendaient l'escalier.

– Pour rien au monde on ne peut laisser faire cela ! s'écria Barbe hors d'haleine et épouvantée. – Il faut éviter même l'ombre d'un scandale. Va et demande-lui pardon !

Mais le père de famille avait déjà gagné la rue. Derrière lui, Kolia traînait sa valise. Nina Alexandrovna sanglotait debout sur le perron ; elle aurait voulu courir après son mari, mais Ptitsine la retenait.

– Vous ne ferez que l'exciter davantage, lui disait-il ; il n'a nulle part où aller ; dans une demi-heure on le ramènera ; j'ai déjà parlé à ce sujet avec Kolia ; laissez-le faire ses folies.

– Pourquoi ces rodomontades ? Où irez-vous comme cela ? cria Gania par la fenêtre. – Vous ne savez seulement pas où aller !

– Revenez, papa ! s'exclama Barbe. Les voisins entendent.

Le général s'arrêta, se retourna, étendit la main et s'écria emphatiquement :

– Que ma malédiction soit sur cette maison !

– Il faut encore qu'il dise cela sur un ton théâtral ! marmonna Gania en fermant la fenêtre avec fracas.

En effet les voisins étaient aux aguets. Barbe sortit précipitamment de la chambre.

Quand elle fut partie, Gania prit le billet sur la table, le porta à ses lèvres, fit claquer sa langue et esquissa un entrechat.

III

L'esclandre provoqué par le général eût été sans conséquence en tout autre temps. Il avait déjà été le héros d'incidents extravagants et imprévus du même ordre, quoique assez rarement, car c'était, au demeurant, un homme fort paisible et dont les penchants étaient plutôt bons. Cent fois peut-être il avait essayé de lutter contre les habitudes de dérèglement contractées par lui au cours des dernières années. Il se rappelait tout à coup qu'il était « père de famille », se réconciliait avec sa femme et versait des larmes sincères. Il avait pour Nina Alexandrovna un respect qui allait jusqu'à l'adoration parce qu'elle lui pardonnait tant de choses sans dire un mot et lui gardait sa tendresse en dépit de l'avilissement et du ridicule dans lesquels il était tombé. Mais cette lutte magnanime contre le désordre de sa vie ne durait généralement pas longtemps ; il était lui aussi, dans son genre, un homme trop « fougueux » pour supporter l'existence de pénitence et d'oisiveté qu'il menait au sein de sa famille, et il finissait par se révolter. Alors il avait des accès de fureur qu'il se reprochait peut-être à l'instant même où il s'y abandonnait, mais qu'il n'avait pas la force de surmonter ; il cherchait noise aux siens, se mettait à discourir avec une emphase qui prétendait à l'éloquence et exigeait qu'on lui témoignât un respect démesuré, inimaginable, puis en fin de compte s'éclipsait et restait même parfois longtemps sans reparaître chez lui. Depuis deux ans il n'avait plus qu'une idée assez vague de ce qui se passait à la maison ou n'en était informé que par ouï-dire ; il avait cessé d'entrer dans ces détails qui n'offraient plus le moindre intérêt pour lui.

Mais cette fois le scandale revêtait une forme inaccoutumée. C'était à croire qu'il s'était passé un événement que tout le monde connaissait, mais dont personne n'osait parler. Le général n'était revenu « officiellement » que depuis trois jours au sein de la famille, c'est-à-dire auprès de Nina Alexandrovna ; mais, au lieu de témoigner de l'humilité et du repentir comme lors de ses précédentes « réapparitions », il donnait au contraire les signes d'une extraordinaire irritabilité. Il était loquace, agité ; il adressait à tout venant des discours enflammés, avec l'air de foncer sur ses interlocuteurs ; mais il parlait de questions si variées et si inattendues qu'il était impossible de découvrir l'objet véritable de sa présente inquiétude. À part des moments de gaîté, il était le plus souvent absorbé, sans savoir au juste lui-même par quoi. Il commençait une histoire sur les Epantchine, sur le prince, sur Lébédev, et soudain s'interrompait, restait court et répondait par un sourire obtus et prolongé à ceux qui l'interrogeaient sur la suite de l'histoire ; il n'avait pas même l'air de remarquer qu'on le questionnait. Il avait passé la dernière nuit à soupirer et à geindre, harassant Nina Alexandrovna qui, par acquit de conscience, lui avait sans répit fait chauffer des cataplasmes. Vers le matin il s'était brusquement assoupi ; mais quatre heures plus tard son réveil avait donné lieu à l'accès violent et désordonné d'hypocondrie, qui avait abouti à la dispute avec Hippolyte et à la « malédiction de cette maison ».

On avait également remarqué au cours de ces trois jours qu'il était tombé dans un excès continuel de vanité, qui se traduisait par une susceptibilité anormale. Kolia affirmait à sa mère avec insistance que cette humeur chagrine était imputable à la privation de boisson, peut-être aussi à l'absence de Lébédev avec lequel le général s'était intimement lié ces derniers temps. Une brouille inopinée s'était élevée entre eux, trois jours auparavant, ce qui avait jeté le général dans une grande colère ; il avait même eu une sorte de scène avec le prince. Kolia avait prié ce dernier de lui en expliquer le motif et il avait fini par deviner que, lui aussi, lui cachait quelque chose. On pouvait supposer, comme l'avait fait Gania avec beaucoup de vraisemblance, qu'une conversation particulière avait eu lieu entre Hippolyte et Nina Alexandrovna ; mais il semblait alors étrange que ce méchant personnage, traité ouvertement de cancanier par Gania, ne se fût pas donné le plaisir de mettre aussi Kolia au courant. Il se pouvait fort bien qu'Hippolyte ne fût pas le mauvais « garnement » que Gania avait dépeint en parlant à sa sœur, et que sa méchanceté fût d'un tout autre genre. Si d'ailleurs il avait fait savoir quelque chose à Nina Alexandrovna, ce n'était probablement pas dans la seule intention de lui « déchirer le cœur ». N'oublions pas que les mobiles des actions humaines sont habituellement beaucoup plus complexes et plus variés qu'on ne se le figure après coup ; il est rare qu'ils se dessinent avec netteté. Le mieux est parfois, pour le narrateur, de se borner au simple exposé des événements. C'est ce que nous ferons dans nos éclaircissements ultérieurs sur la catastrophe qui vient de bouleverser la vie du général, puisque nous voici dans l'obligation absolue d'accorder malgré nous à ce personnage de second plan plus d'intérêt et de place que nous ne lui en avions réservé jusqu'ici dans notre récit.

Les événements s'étaient succédé dans l'ordre suivant :

Après sa course à Pétersbourg pour retrouver Ferdistchenko, Lébédev était rentré le même jour à Pavlovsk avec le général, il n'avait rien fait savoir de particulier au prince. Si ce dernier n'avait pas été alors aussi distrait et absorbé par d'autres préoccupations importantes pour lui, il n'aurait pas tardé à s'apercevoir que Lébédev, non seulement ne lui avait donné aucune explication dans les deux jours qui avaient suivi, mais encore avait eu l'air d'éviter sa rencontre. Quand il en eut enfin fait la remarque, il se rappela avec étonnement que, durant ces deux jours, dans ses rencontres accidentelles avec Lébédev, il avait vu celui-ci rayonnant de bonne humeur et presque toujours en compagnie du général. Les deux amis ne se quittaient pas un instant. Le prince entendait parfois, au-dessus de lui, des conversations bruyantes et animées, des discussions enjouées, entrecoupées d'éclats de rire. Une fois même, à une heure très avancée de la soirée, les échos inattendus d'un refrain militaire à boire parvinrent jusqu'à lui. Il reconnut la voix de basse enrouée du général. Mais la chanson s'interrompit net et un silence s'ensuivit. Puis une conversation s'engagea sur un ton aviné et se poursuivit avec une vive animation pendant près d'une heure. On put bientôt deviner que là-haut les deux amis en goguette s'embrassaient et que finalement l'un d'eux avait fini par se mettre à pleurer. Tout à coup une violente querelle éclata, qui s'apaisa très peu d'instants après.

Pendant tout ce temps Kolia était dans un état d'esprit particulièrement soucieux. Le prince n'était presque jamais chez lui le jour et ne rentrait parfois que fort tard ; on lui rapportait alors que toute la journée Kolia l'avait cherché et demandé. Mais lorsqu'il le rencontrait, le jeune homme n'avait rien de spécial à lui communiquer, si ce n'est qu'il était franchement « mécontent » du général et de sa conduite actuelle. « Ils battent le pavé, disait-il ; ils s'enivrent dans un cabaret du voisinage ; en pleine rue ils s'embrassent et se chamaillent tour à tour ; ils s'excitent l'un l'autre et ne peuvent se séparer. » Le prince lui ayant fait observer que ce n'était là que la répétition de ce qui se passait auparavant presque chaque jour, Kolia ne sut positivement que répondre et fut incapable de définir l'objet de sa présente inquiétude.

Le lendemain du jour où il avait entendu la chanson à boire et la dispute, le prince se disposait à sortir vers les onze heures lorsque le général surgit brusquement devant lui. Il était en proie à une vive émotion et tremblait presque.

– Il y a longtemps que je cherche l'honneur et l'occasion de vous rencontrer, très honoré Léon Nicolaïévitch. Oui, il y a longtemps, très longtemps, marmonna-t-il en serrant la main du prince presque au point de lui faire mal, – très, très longtemps !

Le prince l'invita à s'asseoir.

– Non, je ne m'assiérai pas, et puis je vous retiens, ce sera pour une autre fois. Je crois que je puis vous féliciter de… l'accomplissement… des vœux de votre cœur.

– Quels vœux de mon cœur ?

Le prince se troubla. Il lui sembla, comme à la plupart des gens placés dans son cas, que personne ne voyait, ne devinait et ne comprenait rien.

– Tranquillisez-vous ! Je ne vous froisserai pas dans vos sentiments les plus délicats. J'ai passé par là et je sais qu'un nez étranger… pour m'exprimer ainsi… selon le proverbe… ne doit pas se fourrer là où il n'a que faire. C'est une vérité que j'expérimente tous les matins. Je viens pour une autre affaire, une affaire importante, très importante, prince.

L'ayant de nouveau prié de s'asseoir, le prince lui donna l'exemple.

– Soit ! pour un instant… Je suis passé vous demander un conseil. Assurément mon existence manque de buts positifs, mais, par respect pour moi-même… et, d'une manière générale, par souci de cet esprit pratique dont le Russe est si dépourvu… je désire me créer une situation, pour moi, ma femme et mes enfants… Bref, prince, je cherche un conseil.

Le prince applaudit chaleureusement à cette intention.

– Mais tout cela est sans importance, s'empressa d'ajouter le général. – Je suis venu pour une question autrement grave. Je me suis décidé à vous ouvrir mon cœur, Léon Nicolaïévitch, comme à un homme dans la sincérité et la générosité duquel j'ai autant de confiance que… que… Mes paroles ne vous surprennent pas, prince ?

S'il n'était pas autrement surpris, le prince n'en observait pas moins son hôte avec beaucoup d'attention et de curiosité. Le vieillard était un peu pâle, un léger frémissement passait par instants sur ses lèvres, ses mains remuaient sans répit. Assis depuis quelques minutes il s'était déjà levé brusquement à deux reprises, puis s'était rassis aussitôt, sans paraître se rendre compte de son agitation. Il y avait des livres sur la table ; tout en continuant à parler il en prit un, l'ouvrit, y jeta un coup d'œil, le referma sur-le-champ et le remit en place. Puis il en saisit un autre qu'il n'ouvrit pas mais garda tout le reste du temps dans sa main droite en le brandissant sans cesse.

– Suffit ! s'écria-t-il soudain, je vois que je vous ai beaucoup dérangé.

– Mais pas du tout, je vous en prie, faites donc ; je vous écoute au contraire avec intérêt et j'essaie de deviner…

– Prince ! je désire avoir une position qui force le respect… Je veux avoir l'estime de moi-même… et de mes droits.

– Un homme qui a un pareil désir est déjà digne de tout respect.

Le prince avait prononcé cette phrase empruntée à un manuel avec la ferme conviction qu'elle serait du plus heureux effet. Il sentait d'instinct qu'en plaçant à propos une phrase de ce genre, à la fois creuse et agréable, on pouvait subjuguer subitement et calmer l'âme d'un homme comme le général, surtout dans la situation où se trouvait celui-ci. En tout cas il fallait ne prendre congé d'un tel visiteur qu'après lui avoir soulagé le cœur ; là était le problème.

La phrase plut beaucoup au général qui la trouva flatteuse et touchante. Il s'attendrit, changea instantanément de ton et se lança dans de longues et enthousiastes explications. Mais, en dépit des efforts et de l'attention qu'il déploya, le prince n'y comprit goutte. Le général discourut pendant près de dix minutes, s'exprimant avec chaleur et volubilité, comme un homme qui n'arrive pas à libérer à son gré la foule d'idées dont il est assailli. Les larmes finirent même par lui venir aux yeux. Cependant il ne proférait que des phrases sans queue ni tête, des paroles inattendues, des pensées décousues qui se pressaient et se bousculaient les unes les autres dans l'incohérence de son débit.

– En voilà assez ! Vous m'avez compris et je me sens tranquille, conclut-il brusquement en se levant. – Un cœur comme le vôtre ne peut pas ne pas comprendre un homme qui souffre. Prince, vous avez la noblesse de l'idéal. Que sont les autres auprès de vous ? Mais vous êtes jeune et je vous bénis. Au bout du compte je suis venu vous prier de me fixer une heure pour un entretien important : c'est dans cet entretien que réside mon principal espoir. Je ne cherche qu'une amitié et un cœur, prince ; jamais je n'ai pu dominer les exigences du mien.

– Mais pourquoi pas maintenant ? Je suis prêt à vous écouter…

– Non, prince, non ! interrompit avec fougue le général ; pas maintenant ! Maintenant est un rêve ! L'affaire est trop, beaucoup trop importante ! Cette heure d'entretien décidera de mon sort. Cette heure sera *à moi* et je ne voudrais pas que, dans un instant aussi sacré, nous puissions être interrompus par n'importe qui, par le premier insolent venu. – Il se pencha vers le prince et lui chuchota avec une étrange expression de mystère, presque d'effroi : – un impudent qui ne vaut pas le talon… le talon de votre pied ! prince bien aimé ! Or, je ne dis pas de mon pied. Remarquez bien que ce n'est pas de mon pied qu'il s'agit, car je me respecte trop pour en parler sans détours ! Mais vous seul êtes capable de comprendre qu'en m'abstenant, dans un pareil cas, de parler de mon talon, je fais peut-être preuve d'une fierté et d'une dignité extraordinaires.

Hormis vous, personne ne comprendra cela, et *lui* moins que tout autre. *Il* ne comprend rien, prince ; il est dans une incapacité absolue de comprendre ! Il faut avoir du cœur pour comprendre.

Le prince finissait par éprouver un malaise voisin de la frayeur. Il fixa rendez-vous au général pour le lendemain à la même heure. Celui-ci sortit ragaillardi, réconforté et presque apaisé. Le soir, entre six et sept heures, le prince envoya prier Lébédev de venir un instant chez lui.

Lébédev accourut avec le plus grand empressement : c'était pour lui « un honneur de déférer à cette invitation », dit-il en entrant ; il avait l'air de ne plus se souvenir qu'il s'était caché du prince pendant trois jours et avait ostensiblement esquivé sa rencontre. Il s'assit au bord d'une chaise en faisant des grimaces et des sourires ; ses yeux fureteurs prirent une expression riante ; il se frotta les mains et se donna la contenance d'un homme tout à fait naïf qui se dispose à entendre une nouvelle capitale attendue depuis longtemps, mais pressentie par tout le monde. Cette attitude eut le don de crisper le prince ; il lui devenait clair que tout l'entourage s'était soudain pris à espérer quelque chose de lui et le regardait avec l'intention de le féliciter pour un certain événement auquel se rapportaient les allusions, les sourires et les clignements d'yeux. Keller était déjà passé trois fois à la hâte, lui aussi, avec le visible désir de le congratuler ; il s'était lancé chaque fois dans une tirade pompeuse et obscure, mais s'était éclipsé sans l'achever. (Depuis ces derniers jours il buvait de plus belle et on l'entendait faire du vacarme dans quelque salle de billard.) Kolia lui-même, malgré sa tristesse, s'était à deux ou trois reprises livré à des allusions énigmatiques en parlant avec le prince.

Celui-ci demanda carrément et non sans irritation à Lébédev ce qu'il pensait de l'état présent du général et d'où provenait l'inquiétude que ce dernier manifestait. Il lui rapporta en quelques mots la scène précédente.

– Chacun a ses soucis, prince… surtout dans un siècle aussi étranger et aussi tourmenté que le nôtre ; voilà ! répondit Lébédev d'un ton assez sec. Et il se tut avec l'air offensé d'un homme dont on a cruellement déçu l'attente.

– Quelle philosophie ! fit le prince en souriant.

– La philosophie serait nécessaire, très nécessaire à notre siècle, au point de vue pratique, mais on la néglige, c'est un fait ! Pour ce qui est de moi, très honoré prince, vous m'avez accordé votre confiance dans un cas que vous connaissez, mais en la limitant à un certain degré et aux faits connexes à ce cas… Je le comprends et ne m'en plains nullement.

– On dirait, Lébédev, que quelque chose vous a fâché ?

– Du tout, pas le moins du monde, mon très honoré et très resplendissant prince ! s'écria Lébédev avec exaltation et en portant la main à son cœur. – Au contraire, j'ai immédiatement compris que je ne méritais d'être honoré de votre haute confiance, à laquelle j'aspire, ni par ma position dans le monde, ni par mon développement intellectuel et moral, ni par ma fortune, ni par mon passé, ni par mes connaissances. Et si je puis vous servir, ce sera seulement comme un esclave ou un mercenaire, pas autrement… Je ne suis pas fâché, je suis attristé.

– Allons donc, Loukiane Timoféïévitch !

– Pas autrement ! Il en va de même maintenant, dans le cas présent. Comme mon cœur et ma pensée vous suivent, je me suis dit en vous rencontrant : « je suis indigne d'un épanchement amical, mais peut-être qu'en qualité de maître de la maison je pourrai recevoir, au moment opportun et à date prévue, pour ainsi dire, un ordre ou du moins un avis en vue de certains changements imminents et attendus »…

En prononçant ces mots Lébédev dardait ses petits yeux perçants sur le prince qui le considérait avec surprise. Il n'avait pas perdu l'espoir d'assouvir sa curiosité.

– Je n'y comprends décidément rien, s'exclama le prince, presque sur un ton de colère ; et… vous êtes le plus terrible des intrigants ! conclut-il dans un franc et brusque éclat de rire.

Lébédev s'empressa de rire avec lui. À son regard radieux on devinait que ses espérances s'étaient rassérénées et même accrues.

– Savez-vous ce que je vais vous dire, Loukiane Timoféïévitch ? Ne vous fâchez pas : je m'étonne de votre naïveté et de celle de quelques autres personnes encore ! Vous vous attendez avec tant de candeur à une révélation de ma part, en ce moment précis, à cette minute, que j'éprouve du scrupule et de la confusion à n'avoir rien à dire pour vous satisfaire. Cependant je vous jure que je n'ai absolument aucune confidence à vous faire. Vous pouvez vous mettre cela dans la tête !

Et le prince recommença à rire.

Lébédev prit un air digne. Certes sa curiosité le faisait parfois pécher par excès de naïveté et par indiscrétion, mais ce n'en était pas moins un homme assez rusé, tortueux, et même, dans certains cas, capable de garder un silence plein d'astuce. Par ses rebuffades continuelles, le prince s'en était presque fait un ennemi. Cependant, si ce dernier l'éconduisait, ce n'était pas par mépris mais parce que la curiosité de Lébédev se portait sur un sujet délicat. Peu de jours auparavant le prince regardait encore certain de ses rêves comme un crime, alors que Loukiane Timoféïévitch, ne voyant dans son refus de parler qu'une marque d'aversion personnelle et de défiance à son égard, s'en allait le cœur ulcéré et jalousait à cause de lui non seulement Kolia et Keller, mais encore sa propre fille, Véra Loukianovna. En cet instant même, il avait peut-être le sincère désir de communiquer au prince une nouvelle qui l'eût intéressé au plus haut degré, mais il se renferma dans un sombre mutisme et garda ses confidences pour lui.

– En quoi puis-je donc vous être utile, très honoré prince, puisque enfin c'est vous qui venez de… me faire appeler ? dit-il après un silence.

Le prince resta, lui aussi, songeur pendant un instant.

– Voilà : je voulais parler du général et de… ce vol dont vous m'avez entretenu…

– Quel vol ?

– Allons, on dirait maintenant que vous ne me comprenez plus ! Mon Dieu, Loukiane Timoféïévitch, quelle comédie jouez-vous toujours ? Je parle de l'argent, l'argent, les quatre cents roubles que vous avez perdus l'autre jour avec votre portefeuille et dont vous êtes venu me parler ici, le matin, avant de vous rendre à Pétersbourg. M'avez-vous compris, à la fin ?

Lébédev prit une voix traînante comme s'il venait seulement de se rendre compte de ce qu'on lui demandait.

– Ah ! vous voulez parler de ces quatre cents roubles ! Je vous remercie, prince, du sincère intérêt que vous me portez ; il est excessivement flatteur pour moi, mais… je les ai retrouvés il y a déjà longtemps.

– Vous les avez retrouvés ? Ah ! loué soit Dieu !

– Cette exclamation part d'un noble cœur, car quatre cents roubles ne sont pas une petite affaire pour un misérable qui a gagné péniblement sa vie et celle de ses nombreux orphelins…

– Ce n'est pas de cela que je vous parle ! Assurément je suis enchanté que vous ayez retrouvé cet argent, rectifia aussitôt le prince, mais… comment l'avez-vous retrouvé ?

– De la manière la plus simple : sous la chaise à laquelle était accrochée ma redingote ; évidemment le portefeuille aura glissé de la poche.

– Comment ! sous la chaise ? C'est impossible, puisque vous m'avez dit avoir cherché dans tous les coins. Comment ne l'auriez-vous pas vu à l'endroit où il était le plus en évidence ?

– C'est que justement j'y ai regardé ! Je me rappelle fort bien y avoir regardé. Je me suis mis à quatre pattes sur le parquet, et sans me fier à mes propres yeux, j'ai écarté la chaise et tâté à cet endroit avec mes mains. Je n'ai vu qu'une place aussi nette que la paume de ma main, et cependant j'ai continué à tâter. Ces hésitations s'emparent toujours de l'esprit d'un homme qui veut absolument retrouver quelque chose… lorsque l'objet perdu est important ou que sa disparition lui cause du chagrin : il voit bien qu'il n'y a rien à la place où il cherche, et cependant il y regardera une quinzaine de fois.

– Admettons ; mais comment cela a-t-il pu se faire ?… Je ne comprends toujours pas, murmura le prince interloqué. – Vous avez commencé par dire qu'il n'y avait rien en cet endroit, et tout à coup c'est là qu'il s'est retrouvé ?

– Oui, c'est là qu'il s'est retrouvé tout à coup.

Le prince fixa sur Lébédev un regard étrange.

– Et le général ? demanda-t-il soudain.

– Le général ? Que voulez-vous dire ? fit Lébédev en affectant de nouveau l'air de ne pas comprendre.

– Bon Dieu, je vous demande ce qu'a dit le général lorsque vous avez retrouvé votre portefeuille sous la chaise. N'aviez-vous pas fait précédemment les recherches ensemble ?

– Oui, auparavant. Mais cette fois j'avoue que je ne lui ai rien dit ; j'ai préféré lui laisser ignorer que j'avais retrouvé tout seul mon portefeuille.

– Mais… pourquoi cela ?… Et l'argent était au complet ?

– J'ai vérifié le contenu du portefeuille ; tout y était, il n'y manquait pas un rouble.

– Vous auriez pu au moins m'en faire part, remarqua le prince d'un air songeur.

– Je craignais de vous déranger, prince, en raison de vos préoccupations personnelles qui, peut-être, étaient extraordinaires, si j'ose m'exprimer ainsi. J'ai du reste fait moi-même semblant de n'avoir rien trouvé. Après avoir ouvert le portefeuille et vérifié son contenu, je l'ai refermé et replacé sous la chaise.

– Pourquoi ?

– Une idée comme cela ; j'étais curieux de voir ce qui se passerait ensuite, fit Lébédev en ricanant brusquement et en se frottant les mains.

– Alors il est sous la chaise depuis deux jours ?

– Oh ! non ! il n'y est resté que vingt-quatre heures. Mon désir, voyez-vous, était que le général le retrouvât aussi. Je me disais en effet : si j'ai fini par le découvrir, il n'y a pas de raison pour que le général ne remarque pas, lui aussi, un objet placé en évidence sous une chaise et qui crève en quelque sorte les yeux. J'ai enlevé et déplacé cette chaise à diverses reprises, si bien que le portefeuille forçait l'attention, mais le général ne s'est aperçu de rien. Cela a duré vingt-quatre heures. Il faut croire qu'il est maintenant fort distrait ; c'est à n'y rien comprendre : il parle, il raconte des histoires, il rit, il s'esclaffe, et tout d'un coup le voilà qui entre dans une violente colère contre moi, j'ignore pour quelle raison. Finalement nous sommes sortis de la chambre ; mais j'ai laissé exprès la porte ouverte ; il a hésité un moment et paru vouloir dire quelque chose ; sans doute était-il effrayé à l'idée de laisser là un portefeuille contenant une pareille somme, mais, au lieu d'y faire allusion, il s'est subitement fâché tout rouge. Dans la rue il m'a planté là au bout de deux pas et s'en est allé dans une autre direction. Nous ne nous sommes retrouvés que le soir à l'auberge.

– Mais enfin avez-vous retiré le portefeuille de dessous la chaise ?

– Pas du tout ; il a disparu de cet endroit pendant la nuit.

– Et où est-il maintenant ?

– Mais le voici, fit soudain Lébédev en se relevant de toute sa taille et en regardant le prince avec enjouement. – Il s'est tout à coup retrouvé ici, dans le pan de ma redingote. Tenez, si vous voulez vous en assurer vous-même, tâtez là.

En effet, dans le pan gauche de sa redingote, tout à fait par devant, un renflement attirait la vue ; en le palpant on pouvait aussitôt deviner la présence d'un portefeuille en cuir qui, par une poche trouée, avait glissé sous la doublure.

– Je l'ai sorti de là pour l'examiner. Tout l'argent y est. Je l'ai refourré au même endroit et c'est ainsi que je le porte depuis hier matin dans une de mes basques ; même il me bat les jambes.

– Et vous feignez de ne pas le remarquer ?

– Je ne remarque rien, hé ! hé ! Et figurez-vous, très honoré prince, bien que ce sujet soit indigne de retenir autant votre attention, que mes poches sont toujours en bon état. Il a suffi d'une nuit pour qu'un pareil trou s'y ouvre ! J'ai examiné ce trou avec curiosité ; c'est comme si on avait, déchiré l'étoffe avec un canif ; c'est à ne pas y croire, n'est-ce pas ?

– Et… le général ?

– Il n'a décoléré ni hier ni aujourd'hui ; son mécontentement est terrible. Par instant cependant l'allégresse et le vin le rendent obséquieux ; puis il devient sentimental jusqu'aux larmes, et soudain alors il s'emporte au point de me faire peur, ma parole ! Car enfin, prince, je ne suis pas un homme de guerre. Hier, pendant que nous étions ensemble à l'auberge, le pan de mon habit s'est mis comme par hasard sous ses yeux ; il dessinait une bosse tout à fait apparente. Le général le lorgnait du coin de l'œil et la colère l'envahissait. Depuis longtemps déjà il ne me regarde plus en face, sauf quand il est gris ou sentimental ; mais hier, il m'a fixé à deux reprises avec de tels yeux que j'en ai eu un frisson dans le dos. Au reste, j'ai l'intention de retrouver demain le portefeuille ; mais d'ici là je compte m'amuser encore une soirée avec lui.

– Pourquoi le tourmentez-vous ainsi ? s'exclama le prince.

– Je ne le tourmente pas, prince ! non ! repartit avec feu Lébédev ; je l'aime sincèrement et… je le respecte. Croyez-le ou ne le croyez pas, il m'est maintenant devenu encore plus cher ; je l'estime davantage.

Lébédev proféra ces paroles d'un air si sérieux et si sincère que le prince en fut indigné.

– Vous l'aimez et vous le tourmentez ainsi ! Voyons : rien qu'en replaçant l'objet perdu en évidence, d'abord sous la chaise, ensuite dans votre redingote, il vous a donné la preuve qu'il ne voulait pas ruser avec vous et qu'il vous demandait naïvement pardon. Vous entendez : il vous demande pardon ! C'est dire qu'il compte sur la délicatesse de vos sentiments et qu'il a foi dans votre amitié à son égard. Et vous humiliez pareillement un si… honnête homme !

– Oh ! très honnête, prince, très honnête ! reprit Lébédev dont les yeux étincelaient. Vous seul, très noble prince, étiez capable de prononcer un mot aussi juste ! C'est pourquoi je, vous suis dévoué jusqu'à l'adoration, tout pourri de vices que je sois ! Ma décision est prise. Je vais découvrir le portefeuille maintenant, à l'instant même, sans attendre à demain. Là : je le sors sous vos yeux ; le voici : voici tout l'argent au complet, tenez, prenez-le, très noble prince, et gardez-le jusqu'à demain. Demain ou après-demain je le reprendrai. Mais savez-vous bien, prince, que cet argent a dû passer la première nuit quelque part sous une pierre de mon petit jardin ? qu'en pensez-vous ?

– Gardez-vous de lui dire d'emblée que vous avez retrouvé le portefeuille. Laissez-le s'apercevoir tout bonnement qu'il n'y a plus rien dans la basque de votre vêtement ; il comprendra.

– Est-ce une bonne idée ? Ne vaut-il pas mieux lui dire que je l'ai trouvé et faire semblant de ne m'être aperçu de rien jusqu'ici ?

– Je ne crois pas, dit le prince d'un air pensif. – Non, maintenant il est trop tard ; ce serait plus dangereux ; vraiment vous feriez mieux de ne rien dire ! Soyez doux avec lui, mais… n'ayez pas trop l'air de jouer un rôle appris et… et… vous savez…

– Je sais, prince, je sais ; je veux dire que je prévois que je n'en ferai sans doute rien, car, pour agir ainsi, il faudrait avoir un cœur comme le vôtre. D'ailleurs lui-même est irritable et a pris de mauvaises manières ; il me regarde parfois maintenant de haut en bas ; tantôt il sanglote et m'embrasse, tantôt il m'humilie brusquement et me traite avec mépris ; à un de ces moments-là je lui étalerai à dessein le pan de mon habit sous le nez, hé ! hé ! Au revoir, prince, je vois bien que je vous retiens et que je trouble vos sentiments les plus intéressants, si je puis dire…

– Mais, pour l'amour de Dieu, gardez le secret, comme par le passé !

– À pas de loup, à pas de loup !

L'affaire avait beau être terminée, le prince restait soucieux, plus soucieux peut-être qu'auparavant. Il attendait impatiemment l'entrevue qu'il devait avoir le lendemain avec le général.

IV

Le rendez-vous était fixé entre onze heures et midi, mais le prince fut mis en retard par une circonstance tout à fait imprévue. En rentrant chez lui, il trouva le général qui l'attendait. Au premier coup d'œil il remarqua qu'il était mécontent, peut-être justement à cause de cette attente. S'étant excusé, le prince s'empressa de s'asseoir, mais avec une sensation de timidité bizarre, comme si son visiteur était en porcelaine et qu'il craignît à chaque instant de le casser. Jusque-là il ne s'était jamais senti intimidé en présence du général et l'idée ne lui en serait même pas venue. Il ne tarda pas à s'apercevoir qu'il avait devant lui un tout autre homme que la veille : la confusion et la distraction avaient fait place, chez le général, à une extraordinaire retenue ; c'était à croire qu'il avait pris quelque résolution irrévocable. Bien que ce sang-froid fût plus apparent que réel, son attitude n'en était pas moins noble et dégagée, avec une nuance de dignité contenue. Il commença même par parler au prince sur un certain ton de condescendance, comme celui qu'affectent les gens dont la désinvolture ou la superbe s'allie au sentiment d'une offense imméritée. Il s'exprimait sur un ton affable, mais avec une pointe d'amertume dans la voix.

– Voici la revue que je vous ai prise l'autre jour, fit-il d'un air grave en désignant un volume posé sur la table, – Je vous remercie.

– Ah ! oui, vous avez lu cet article, général ? Comment l'avez-vous trouvé ? C'est curieux, n'est-ce pas ? dit le prince, saisissant avec empressement l'occasion d'engager l'entretien sur un sujet aussi neutre que possible.

– C'est peut-être curieux, mais maladroitement écrit et certainement absurde. On peut même dire que les mensonges y fourmillent.

Le général parlait avec autorité, en laissant légèrement traîner la voix.

– Oui, mais c'est un récit si naïf : l'auteur est un vieux soldat qui a été témoin du séjour des Français à Moscou ; certains traits sont charmants. D'ailleurs les mémoires de témoins oculaires sont toujours précieux, quelle que soit la personnalité du narrateur. N'est-ce pas ?

– À la place du directeur de la revue, je n'aurais pas imprimé cela. Quant aux mémoires de témoins oculaires en général, on accorde plus de crédit à un imposteur grossier mais divertissant qu'à un homme qui a de la valeur et du mérite. Je connais tels mémoires sur l'année 1812 qui… Prince, j'ai pris une résolution : je quitte cette maison, la maison de M. Lébédev.

Le général regarda le prince d'un air solennel.

– Vous avez votre logement à Pavlovsk chez… chez votre fille, hasarda ce dernier, ne sachant que dire. Il se rappela à ce moment que le général était venu le consulter sur une affaire extraordinaire dont dépendait son sort.

– Chez ma femme ; en d'autres termes chez moi et dans la maison de ma fille.

– Excusez : je…

– Je quitte la maison de Lébédev, mon cher prince, parce que j'ai rompu avec cet homme. J'ai rompu hier soir, en regrettant de ne pas l'avoir fait plus tôt. J'exige le respect, prince, et je désire en recevoir les marques même des personnes auxquelles je donne, pour ainsi dire, mon cœur. Prince, je donne souvent mon cœur et je suis presque toujours trompé. Cet homme était indigne de mon amitié.

– Il y a chez lui bien du désordre, remarqua discrètement le prince, – et aussi certains traits… mais malgré tout cela il a du cœur, son esprit est malicieux et quelquefois amusant.

Les expressions recherchées du prince et son ton déférent flattèrent le général, bien qu'il y eût encore parfois dans le regard de celui-ci des éclairs de défiance. Mais l'accent du prince était si naturel et si sincère que le doute ne pouvait subsister.

– Qu'il ait aussi des qualités, reprit le général, j'ai été le premier à le reconnaître quand j'ai été sur le point de donner mon amitié à cet individu. Car je n'ai besoin ni de sa maison, ni de son hospitalité, ayant moi-même une famille. Je ne cherche pas à me disculper de mes défauts ; je suis intempérant ; j'ai bu du vin avec lui et maintenant je déplore peut-être cette erreur. Mais ce n'est pas l'unique attrait de la boisson (excusez, prince, la crudité de langage d'un homme ulcéré) qui m'a attaché à lui. J'ai été justement séduit par ces qualités auxquelles vous avez fait allusion. Mais il y a une limite à tout, même aux qualités. Quand il a l'impudence de vous affirmer tout d'un coup qu'en 1812, étant encore enfant, il a perdu sa jambe gauche et l'a inhumée au cimetière de Vagankovo[135] à Moscou, cela passe la mesure et témoigne de son manque de respect, de son insolence.

– Peut-être n'était-ce qu'une plaisanterie, une histoire pour faire rire.

– Je comprends. Une fable innocente, inventée pour faire rire, même si elle est grossière, ne blesse pas le cœur humain. Parfois même on voit des gens mentir par amitié, si vous voulez, pour être agréables à leur interlocuteur. Mais, si on laisse percer un manque de respect et si, par ce manque de respect, on veut vous montrer qu'on en a assez de vous, alors un homme qui a de la dignité n'a plus qu'à se détourner et à briser là, afin de remettre l'offenseur à sa place.

En prononçant ces paroles le général était devenu rouge.

– Mais Lébédev n'a pu être en 1812 à Moscou : il est trop jeune pour cela ; c'est ridicule !

---

[135] Faubourg de Moscou. – N. d. T.

– C'est déjà une raison. Mais admettons qu'il ait été au monde à cette époque. Comment ose-t-il affirmer qu'un chasseur français lui a tiré un coup de canon et lui a emporté la jambe, comme cela, par manière de passe-temps ? que cette jambe, il l'a ramassée et ramenée chez lui, qu'il l'a enterrée au cimetière de Vagankovo et qu'il a placé au-dessus un monument où l'on peut lire d'un côté : « Ci-gît la jambe du secrétaire de collège Lébédev » ; de l'autre : « Repose, chère dépouille, en attendant la résurrection » ? Comment peut-il prétendre que chaque année il fait dire un ***requiem*** pour cette jambe (ce qui est déjà un sacrilège) et effectue, à cette occasion, un voyage à Moscou ? Il m'invite même à l'accompagner dans cette ville pour me montrer la tombe et aussi le canon français, qui est au Kremlin avec les pièces conquises ; c'est, assure-t-il, la onzième pièce en partant de l'entrée, un fauconneau de type désuet.

– Sans compter qu'il a bien ses deux jambes ! dit en riant le prince. – Je vous assure que c'est une innocente facétie ; il ne faut pas vous fâcher.

– Mais permettez-moi d'avoir aussi mon opinion ; qu'il ait l'air d'avoir deux jambes, cela ne rend pas nécessairement son récit invraisemblable ; il assure qu'il a une jambe artificielle fournie par Tchernosvitov.

– C'est vrai : il paraît qu'on peut danser avec une jambe de Tchernosvitov.

– Je le sais de reste, puisque Tchernosvitov, quand il a inventé sa jambe artificielle, est accouru tout de suite pour me la montrer. Mais cette invention est beaucoup plus récente… En outre Lébédev affirme que sa défunte femme n'a jamais su, au cours de leur union, qu'il avait une jambe de bois. Je lui ai fait remarquer toutes les absurdités de cette histoire. Il m'a répliqué : « Si tu prétends avoir été page de la chambre auprès de Napoléon en 1812, permets-moi aussi d'avoir enterré ma jambe au cimetière de Vagankovo. »

– Comment, est-ce que… dit le prince, qui s'arrêta interloqué.

Le général eut, lui aussi, l'air un peu troublé, mais il se ressaisit tout de suite et, regardant le prince avec une hauteur où perçait une nuance d'ironie, il lui dit d'une voix persuasive :

– Achevez votre pensée, prince, achevez. Je suis indulgent ; dites tout. Avouez-le : il vous semble drôle de voir devant vous un homme tombé à ce degré d'humiliation et… d'inutilité et d'apprendre que cet homme a été personnellement le témoin… de grands événements. *Il* ne vous a pas encore fait de… cancans ?

– Non, Lébédev ne m'a rien dit, si c'est de Lébédev que vous parlez…

– Hum… j'aurais cru le contraire. En fait, notre conversation s'est engagée à propos de cet… étrange article paru dans les « Archives ». J'en ai souligné l'absurdité, ayant moi-même assisté aux événements relatés… Vous souriez, prince, et vous me dévisagez ?

– Mon Dieu non, je…

– J'ai l'air assez jeune, continua le général sur un ton très lent, mais je suis un peu plus vieux que je ne le parais. En 1812 j'avais dix ou onze ans. Je ne connais pas exactement mon âge ; on m'a rajeuni dans mon état de service et moi-même j'ai eu la faiblesse de me retrancher des années au cours de ma carrière.

– Je vous assure, général, que je ne vois rien d'étrange à ce que vous vous soyez trouvé à Moscou en 1812 et… naturellement vous pouvez avoir des souvenirs à raconter… comme tous ceux qui ont vécu à cette époque. Un de nos autobiographes commence son livre en racontant qu'en 1812 il était enfant à la mamelle et que les soldats français l'ont nourri de pain à Moscou.

– Vous le voyez bien, observa le général avec condescendance ; mon cas, sans avoir rien d'exceptionnel, sort tout de même de l'ordinaire. Il advient très souvent que la vérité paraisse invraisemblable. Page de la chambre ! Cela sonne étrangement, certes. Mais l'aventure d'un enfant de dix ans s'explique précisément par son âge. Elle ne me serait pas arrivée à quinze ans, pour la bonne raison qu'à cet âge je ne me serais pas enfui de notre maison de bois, rue Vieille-Basmannaïa, le jour de l'entrée de Napoléon à Moscou ; je n'aurais pas échappé à l'autorité de ma mère, qui s'était laissée surprendre par l'arrivée des Français et tremblait de peur. À quinze ans, j'aurais partagé sa frayeur ; à dix ans je ne craignais rien ; je me suis faufilé à travers la foule jusqu'au perron du palais, au moment où Napoléon descendait de cheval.

– En effet, vous avez très justement observé que c'est à dix ans qu'on peut se montrer le plus intrépide… approuva le prince avec timidité.

Il était tourmenté à l'idée qu'il allait rougir.

– Sans doute, et tout s'est passé avec la simplicité et le naturel qui n'appartiennent qu'à la vie réelle. Sous la plume d'un romancier, l'aventure serait tombée dans la baliverne et l'invraisemblance.

– Oh ! c'est bien cela ! s'écria le prince. Cette pensée m'a frappé moi aussi, et même récemment. Je connais une affaire véridique de meurtre dont le mobile était le vol d'une montre ; les journaux en ont parlé depuis. Si un auteur avait imaginé ce crime, les gens familiarisés avec la vie du peuple ainsi que les critiques auraient aussitôt crié à l'invraisemblance. Mais en lisant ce fait divers dans les journaux, vous sentez qu'il est de ceux qui vous éclairent sur les réalités de la vie russe. Vous avez très bien observé cela, général ! conclut avec feu le prince, enchanté de ne pas avoir l'air d'avoir rougi.

– N'est-ce pas que c'est bien cela ? s'écria le général dont les yeux brillaient de contentement. – Un gamin, un enfant, inconscient du danger, se faufile à travers la foule pour voir l'éclat du cortège, les uniformes et enfin le grand homme dont on lui a tant rebattu les oreilles. Car il y avait alors plusieurs années qu'on ne parlait que de lui. Le monde était rempli de son nom. Je l'avais bu pour ainsi dire avec le lait de ma nourrice. Napoléon passe à deux pas de moi ; il surprend par hasard mon regard. J'avais un costume d'enfant noble ; on m'habillait gentiment. Seul ainsi vêtu au milieu de cette foule, convenez vous-même…

– Sans doute, cela a dû le frapper et lui prouver que tout le monde n'était pas parti, que des nobles même étaient restés à Moscou avec leurs enfants.

– Justement ! C'était son idée d'attirer les boyards ! Quand il fixa sur moi son regard d'aigle, il dut voir briller une réplique dans mes yeux. « *Voilà un garçon bien éveillé* » dit-il. Qui *est ton père ?* »[136]. Je lui répondis aussitôt d'une voix presque étouffée par l'émotion : « Un général mort au champ d'honneur en défendant sa patrie ». – « *Le fils d'un boyard et d'un brave par-dessus le marché ! J'aime les boyards. M'aimes-tu, petit ?* »[137]. La question avait été rapide ; ma réponse ne le fut pas moins : « Le cœur russe est capable de distinguer un grand homme, même dans l'ennemi de sa patrie ! » À dire vrai je ne me rappelle pas si je me suis exprimé littéralement ainsi… j'étais un enfant… mais le sens de mes paroles était sûrement celui-là.

« Napoléon en fut frappé ; il réfléchit un instant et dit aux gens de sa suite : « J'aime la fierté de cet enfant ! Mais si tous les Russes pensent comme lui, alors… » Il n'acheva pas et entra dans le palais. Je me mêlai aussitôt à sa suite et courus derrière lui. Déjà les gens du cortège me frayaient le passage en me considérant comme un favori. Tout cela fut l'affaire d'un clin d'œil… Je me rappelle seulement qu'en arrivant dans la première salle, l'empereur s'arrêta soudain devant le portrait de l'impératrice Catherine, le contempla longuement d'un air songeur et s'écria finalement : « Ce fut une grande femme ! » Et il passa son chemin.

---

[136] En français dans le texte.

[137] En français dans le texte.

« Au bout de deux jours tout le monde me connaissait au palais et au Kremlin ; on m'appelait *le petit boyard*[138]. Je ne rentrais à la maison que pour la nuit ; les miens en étaient presque fous. Le surlendemain, le page de la chambre de Napoléon, baron de Bazancourt, mourut, épuisé par les fatigues de la campagne. Napoléon se souvint de moi ; on vint me chercher et on m'emmena sans aucune explication ; on m'essaya l'uniforme du défunt, qui était un enfant de douze ans, et on me présenta à l'empereur vêtu de cet uniforme. Il me fit un signe de tête ; sur quoi on me déclara que j'avais obtenu la faveur d'être nommé page de la chambre de Sa Majesté. Je fus heureux car j'éprouvais depuis longtemps déjà une ardente sympathie à son égard… et puis, vous en conviendrez, un brillant uniforme était bien fait pour séduire l'enfant que j'étais alors. Je portais un frac vert foncé, orné de boutons dorés, avec des basques étroites et longues et des manches à parements rouges ; des broderies d'or recouvraient les basques, les manches et le col qui était haut, droit et ouvert. J'avais une culotte collante blanche en peau de chamois, un gilet de soie blanc, des bas de soie et des souliers à boucles… Quand l'empereur faisait une promenade à cheval et que j'étais de la suite, j'étais chaussé de hautes bottes à l'écuyère. Bien que la situation ne fût pas brillante et que l'on prévît déjà d'immenses désastres, l'étiquette n'en restait pas moins en vigueur dans la mesure du possible. Elle était même d'autant plus ponctuellement observée que l'on pressentait avec plus de force l'approche de ces calamités.

– Oui, assurément… balbutia le prince d'un air presque décontenancé, – vos mémoires offriraient… un intérêt extraordinaire.

À n'en pas douter le général répétait ce qu'il avait raconté la veille à Lébédev ; aussi ses paroles coulaient-elles d'abondance. Cependant il lança à ce moment un nouveau regard de défiance au prince.

– Mes mémoires ? reprit-il avec un redoublement de fierté ; – vous me parlez d'écrire mes mémoires ? Cela ne m'a pas tenté, prince ! Si vous voulez, ils sont déjà écrits, mais… je les tiens sous clé. Qu'on les publie lorsque la terre recouvrira mes yeux, alors sans aucun doute ils seront traduits en plusieurs langues, non à cause de leur valeur littéraire, certes non ! mais pour l'importance des événements immenses dont j'ai été, quoique enfant, le témoin oculaire. Bien plus, c'est grâce à mon jeune âge que j'ai pénétré dans la chambre la plus intime, pour ainsi dire, du « grand homme » ! La nuit j'entendais les gémissements de ce « géant dans l'adversité » ; il n'avait pas de raison de cacher ses gémissements et ses larmes à un enfant, bien que je comprisse déjà que la cause de sa souffrance était le silence de l'empereur Alexandre.

---

[138] En français dans le texte.

– C'est vrai : il lui écrivit des lettres… pour lui proposer, la paix, insinua timidement le prince.

– Au fond nous ne savons pas quelles propositions contenaient ses lettres, mais il écrivait tous les jours, à chaque heure, et lettre sur lettre ! Il était terriblement agité. Une nuit où nous étions seuls, je me précipitai les larmes aux yeux vers lui (oh ! comme je l'aimais !) : « Demandez, demandez pardon à l'empereur Alexandre ! » lui criai-je. Évidemment j'aurais dû lui dire : « Faites la paix avec l'empereur Alexandre » ; mais, comme un enfant, j'exprimai naïvement toute ma pensée. « Oh ! mon enfant ! me répondit-il en arpentant la pièce de long en large, – oh ! mon enfant ! – il avait l'air d'oublier que je n'avais que dix ans et prenait même plaisir à parler avec moi, – oh ! mon enfant ! je suis prêt à baiser les pieds de l'empereur Alexandre, mais en revanche j'ai voué une haine éternelle au roi de Prusse et à l'empereur d'Autriche et… enfin… tu n'entends rien à la politique ! » Il avait brusquement paru se rappeler à qui il s'adressait. Il se tut, mais ses yeux jetèrent encore pendant longtemps des éclairs. Eh bien ! imaginez que je relate tous ces faits, moi qui ai été témoin des événements les plus considérables, et que je les publie maintenant : voyez d'ici tous les critiques, toutes les vanités littéraires, toutes les envies, l'esprit de parti et… ah ! non, grand merci !

– Pour ce qui est de l'esprit de parti, vous avez parfaitement raison et je vous approuve, répliqua le prince avec douceur après un instant de réflexion. – Par exemple j'ai lu récemment le livre de Charras[139] sur la campagne de Waterloo. C'est visiblement un livre sérieux et les spécialistes affirment qu'il est écrit avec beaucoup de compétence. Mais à chaque page perce la joie d'abaisser Napoléon. L'auteur aurait été ravi, semble-t-il, s'il avait pu dénier à Napoléon toute ombre de talent, même dans les autres campagnes. Or cet esprit de parti est déplacé dans un ouvrage aussi sérieux. Étiez-vous alors très tenu par votre service auprès de… l'Empereur ?

Le général était aux anges. La remarque du prince, par sa gravité et sa simplicité, avait dissipé ses derniers soupçons.

– Charras ! Oh ! moi aussi j'ai été indigné et je lui ai même écrit alors, mais… je ne me rappelle plus bien maintenant… Vous me demandez si mon service était très absorbant ? Oh ! non ! on m'avait nommé page de la chambre, mais déjà alors je ne prenais pas cela au sérieux. Puis Napoléon ne tarda pas à perdre tout espoir d'un rapprochement avec les Russes ; dans ces conditions il devait aussi m'oublier, vu qu'il m'avait attiré à lui par politique, si toutefois… si toutefois il ne s'était pas attaché à moi par affection personnelle, je le dis hardiment maintenant. Pour moi, c'était le cœur qui me portait vers lui. On n'était

---

139 Lieutenant-colonel Charras : *Histoire de la campaane de* 1815. *Waterloo,* Paris, 1864. – N. d. T.

pas exigeant pour mon service ; je devais seulement paraître de temps à autre au palais et… accompagner l'Empereur dans ses promenades à cheval. C'était tout. Je montais assez bien à cheval. Il avait l'habitude de faire ses sorties avant le dîner ; sa suite était ordinairement composée de Davout, du mamelouk Roustan, de moi…

– De Constant, ajouta presque machinalement le prince.

– Non, Constant n'en était pas ; il était alors allé porter une lettre… à l'impératrice Joséphine ; sa place était occupée par deux officiers d'ordonnance et quelques uhlans polonais… C'était là toute sa suite, sans parler bien entendu des généraux et des maréchaux que Napoléon emmenait avec lui pour étudier le terrain, la répartition des troupes, et pour les consulter… Pour autant que je me le rappelle maintenant, c'était Davout qu'il avait le plus souvent auprès de lui : l'homme était énorme, corpulent ; il avait du sang-froid, portait des lunettes et vous regardait d'un air étrange. C'est avec lui que l'empereur aimait le mieux conférer. Il appréciait ses idées. Je me rappelle qu'en une circonstance ils tinrent conseils plusieurs jours de suite ; Davout venait matin et soir ; il y avait entre eux de fréquentes discussions ; enfin Napoléon parut sur le point de céder. Ils étaient tous deux dans le cabinet ; j'étais le troisième, mais ils ne faisaient guère attention à moi. Soudain le regard de Napoléon tomba par hasard sur moi et une pensée singulière se refléta dans ses yeux : « Enfant ! me dit-il brusquement, qu'en penses-tu : si je passais à la religion orthodoxe et libérais vos serfs, est-ce que les Russes me suivraient ? » – « Jamais ! » m'écriai-je avec indignation. Napoléon fut saisi de ma réponse. « Dans l'éclair de patriotisme qui a passé dans les yeux de cet enfant, dit-il, je viens de lire l'opinion de tout le peuple russe. Cela suffit, Davout ! Tout cela n'est que fantaisie ! Montrez-moi votre autre projet. »

– Mais il y avait une grande idée dans le projet qu'il abandonnait, fit le prince vivement intéressé. – Ainsi, vous croyez que ce projet était l'œuvre de Davout ?

– Du moins ils l'avaient concerté ensemble. L'idée venait certainement de Napoléon, c'était l'idée de l'aigle. Mais l'autre projet renfermait aussi une idée… C'était le fameux « *conseil du lion* »[140], comme Napoléon appela ce projet de Davout. Il consistait à s'enfermer dans le Kremlin avec toute l'armée, à y construire des baraquements, des redoutes fortifiées, à disposer des batteries, à tuer le plus grand nombre de chevaux pour en faire des salaisons, puis à enlever par maraude tout le blé possible aux habitants afin de tenir jusqu'au printemps. Les beaux jours venus, on essaierait de se frayer passage à travers les Russes. Ce plan séduisit vivement Napoléon. Nous faisions chaque jour des chevauchées autour des murailles du Kremlin ; il indiquait alors où il fallait abattre, où il fal-

---

140 En français dans le texte.

lait construire, l'emplacement d'une lunette, d'une demi-lune, d'une rangée de blockhaus : coup d'œil, rapidité, décision ! Tout fut enfin arrêté. Davout insistait pour obtenir une résolution définitive. Ils se retrouvèrent seuls avec moi. Napoléon recommença à arpenter la pièce, les bras croisés. Je ne pouvais détacher mes yeux de son visage ; mon cœur battait. « J'y vais », dit Davout. « Où ? » demanda Napoléon. « Faire préparer les salaisons de chevaux », répondit Davout. Napoléon tressaillit ; c'était sa destinée qui se jouait. « Enfant, me dit-il tout à coup, que penses-tu de notre projet ? » Bien entendu il me posait cette question à la manière d'un homme d'intelligence supérieure qui tire à la dernière minute sa décision à pile ou face. Au lieu de répondre à Napoléon, je me tournai vers Davout et lui dis comme sous le coup d'une inspiration : « Repartez en toute hâte pour votre pays, mon général ! » Le projet était ruiné. Davout haussa les épaules et sortit en murmurant : « *Bah ! il devient superstitieux !* »[141]. Et le lendemain l'ordre était donné d'effectuer la retraite.

– Tout cela est d'un extraordinaire intérêt, articula le prince à voix très basse, – si les choses se sont passées ainsi… ou plutôt je veux dire… rectifia-t-il vivement.

Le général était grisé par son propre récit au point d'être peut-être incapable de reculer devant les pires impudences.

– Oh ! prince, s'écria-t-il, vous dites : « si les choses se sont passées ainsi ! » Mais, je vous en donne ma parole, mon récit est en-dessous, bien en-dessous de la réalité ! Tout ce que je vous ai raconté n'a trait qu'à des incidents politiques d'un maigre intérêt. Mais je vous répète que j'ai été témoin des larmes nocturnes et des gémissements de ce grand homme. Nul autre ne peut en dire autant ! Il est vrai que, vers la fin, il ne pleurait déjà plus ; il ne lui restait plus de larmes ; il ne faisait plus que gémir de temps à autre ; son visage se renfrognait de plus en plus. On eût dit que l'éternité étendait déjà sur lui son aile sombre. Parfois, la nuit, nous passions des heures entières seuls, dans le silence. Le mamelouk Roustan ronflait dans la pièce voisine ; c'est étonnant ce que cet homme-là avait le sommeil dur. « En revanche il m'est fidèle, à moi et à ma dynastie », disait Napoléon en parlant de lui.

« Un jour que j'avais le cœur bien gros, l'Empereur aperçut des larmes dans mes yeux. Il me regarda avec attendrissement, « Tu compatis à mes chagrins ! s'exclama-t-il ; tu es le seul, peut-être avec un autre enfant, mon fils, *le roi de Rome*[142], à partager ma peine ; tous les autres me haïssent ; quant à mes frères, ils seront les premiers à me trahir en face de l'adversité ! » Je me mis à

---

[141] En français dans le texte.

[142] En français dans le texte.

sangloter et me précipitai vers lui ; alors il ne se contint plus : nous nous embrassâmes et mêlâmes nos larmes. « Écrivez, lui dis-je en pleurant, écrivez une lettre à l'impératrice Joséphine ! » Napoléon tressaillit, se recueillit un moment et me répliqua : « Tu viens de me rappeler le troisième cœur qui m'aime ; merci, mon ami ! » Et, sur-le-champ, il écrivit à Joséphine une lettre qui fut emportée le lendemain même par Constant.

– Vous avez très bien agi, dit le prince ; – au milieu des mauvaises pensées qui l'assaillaient vous avez éveillé en lui un bon sentiment.

– Justement, prince ! comme vous expliquez bien cela en vous laissant aller aux impulsions de votre cœur ! s'écria le général enthousiasmé ; et, chose étrange, de vraies larmes brillèrent dans ses yeux. – Oui, prince, ce spectacle avait sa grandeur. Et savez-vous que je fus sur le point de l'accompagner à Paris ? En ce cas je l'aurais sûrement suivi dans sa « déportation à l'île tropicale » ; mais hélas ! nos destinées divergèrent ! Nous nous quittâmes, il partit pour cette île tropicale où, peut-être, dans une minute de cruel chagrin, il se sera rappelé les larmes du pauvre enfant qui l'avait embrassé et lui avait pardonné à Moscou ; quant à moi, on m'envoya au corps des cadets où je ne trouvai qu'une rude discipline et des camarades grossiers… hélas ! tout s'écroula par la suite !

« Le jour de la retraite, Napoléon me dit : « Je ne veux pas t'enlever à ta mère en t'emmenant avec moi. Mais je désirerais faire quelque chose pour toi. » Il était déjà en selle. « Écrivez-moi un mot, comme souvenir, sur l'album de ma sœur », fis-je timidement, car il était sombre et, très agité. Il revint sur ses pas, demanda une plume, prit l'album. « Quel âge a ta sœur ? » me dit-il, la plume à la main. « Trois ans », répondis-je, « *Petite fille alors*[143] ». Et il écrivit sur l'album :

Ne mentez jamais.

Napoléon, votre ami sincère[144].

« Un tel conseil, dans un tel moment ! convenez, prince…

– Oui, c'est significatif.

– Ce feuillet d'album fut placé sous verre dans un cadre doré ; ma sœur le garda toute sa vie dans son salon, à la place d'honneur. Elle est morte en

---

143 En français dans le texte.

144 En français dans le texte.

couches et depuis… je ne sais ce que cet autographe est devenu… mais… Ah ! mon Dieu ! déjà deux heures ! Comme je vous ai retenu, prince ! C'est impardonnable.

– Au contraire, balbutia le prince, vous m'avez tellement captivé et… enfin… cela offre tant d'intérêt, je vous suis si reconnaissant.

Le général serra de nouveau, et à lui faire mal, la main du prince. Il le fixa de ses yeux brillants avec l'air d'un homme qui s'est ressaisi brusquement et dont l'esprit est traversé par une pensée inopinée.

– Prince ! dit-il, vous êtes si bon, si simple d'esprit que vous m'en inspirez parfois de la pitié. Je vous contemple avec attendrissement. Oh ! que le bon Dieu vous bénisse ! Je souhaite que votre vie commence enfin et fleurisse… dans l'amour. La mienne est finie ! Oh ! pardon, pardon !

Il sortit précipitamment en se cachant le visage dans les mains. Le prince ne pouvait mettre en doute la sincérité de son émotion. Il comprenait aussi que le vieillard partait dans l'enivrement de son succès. Mais il sentait confusément qu'il avait affaire à un de ces hâbleurs qui, tout en se délectant dans leur mensonge jusqu'à s'en oublier eux-mêmes, n'en gardent pas moins, au plus fort de leur griserie, l'impression intime qu'on ne les croit pas et qu'on ne peut pas les croire. Dans sa présente disposition le vieillard pouvait faire un retour sur lui-même, avoir un accès de vergogne et se sentir offensé en soupçonnant le prince de lui avoir témoigné une excessive pitié. « N'ai-je pas eu tort de l'avoir laissé s'exalter ainsi ? » se demandait-il avec inquiétude. Soudain il n'y tint plus et partit d'un grand éclat de rire qui dura près de dix minutes. Il fut ensuite sur le point de se faire grief de cette hilarité, mais il se ravisa et comprit qu'il n'avait rien à se reprocher, vu l'immense commisération qu'il portait au général.

Ses pressentiments se réalisèrent. Le soir même il reçut un billet étrange, laconique, mais péremptoire. Le général lui faisait savoir qu'il rompait avec lui pour toujours, qu'il lui gardait son estime et sa reconnaissance, mais que, même de sa part, il se refusait à accepter « des témoignages de compassion mortifiants pour la dignité d'un homme déjà suffisamment éprouvé par ailleurs ».

Quand le prince apprit qu'il vivait en reclus, chez Nina Alexandrovna, il n'eut presque plus d'inquiétude sur son compte. Mais, comme nous l'avons déjà vu, le général alla faire un esclandre chez Elisabeth Prokofievna. Nous ne pouvons raconter ici cet incident par le menu ; relatons en deux mots l'objet de leur entretien. Elisabeth Prokofievna, d'abord effrayée par les divagations du général, fut saisie d'indignation en l'entendant faire d'amères réflexions sur Gania. Il fut honteusement mis à la porte. Aussi avait-il passé la nuit et la matinée dans un tel état de surexcitation que, perdant tout empire sur lui-même, il avait fini par s'élancer dans la rue presque comme un fou.

Kolia ne comprenait qu'à moitié ce qui se passait et gardait l'espoir d'agir sur son père par intimidation.

– Eh bien ! où allons-nous errer maintenant ? Qu'en pensez-vous, général ? dit-il. Vous ne voulez pas aller chez le prince ; vous êtes brouillé avec Lébédev ; vous n'avez pas d'argent, et moi je n'en ai jamais : nous voilà maintenant au beau milieu de la rue comme sur un tas de fèves[145].

– Il est plus agréable d'être avec des femmes que sur des fèves[146], murmura le général. Ce… calembour m'a valu le plus vif succès… au cercle des officiers en 44… Oui, en mil… huit cent… quarante-quatre !… Je ne me souviens plus… Ah ! ne m'en parle pas ! « Où est ma jeunesse ? Où est ma fraîcheur ? » comme s'écriait… Qui s'écriait cela, Kolia ?

– C'est une citation de Gogol, dans les *Âmes mortes,* papa, répondit Kolia en jetant sur son père un coup d'œil inquiet.

– Les Âmes mortes ? Ah ! oui, mortes ! Quand tu m'enterreras, inscris sur ma tombe : « Ci-gît une âme morte ! »

« L'opprobre me suit partout ! »

– Qui a dit cela, Kolia ?

– Je n'en sais rien, papa.

– Iéropiégov n'a pas existé ! Iérochka Iéropiégov !… s'exclama-t-il d'un ton exaspéré en s'arrêtant au milieu de la rue. – Et c'est mon fils, mon propre fils qui me donne ce démenti ! Iéropiégov, qui a été pendant onze mois un véritable frère pour moi et pour lequel j'ai eu ce duel… Un jour le prince Vygoretski, notre capitaine, lui dit pendant que nous buvions : « Toi, Gricha[147], je serais curieux de savoir où tu as décroché ta croix de Sainte-Anne ? » – « Sur les champs de bataille de ma patrie, voilà où je l'ai décrochée ! » Moi, je m'écrie : « Bravo, Gricha ! » Eh bien ! ce fut la cause d'un duel. Puis il épousa… Marie Pétrovna Sou… Soutouguine, et fut tué plus tard sur le champ de bataille… Une balle ricocha sur la croix que je portais à la poitrine et vint le frapper au front. « Je n'oublierai jamais ! » s'écria-t-il, et il tomba mort. Je… j'ai servi avec hon-

---

145 Locution russe, que rendait ici l'expression familière « en plan ». N. d. T.

146 Le général fait un calembour intraduisible sur la similitude phonétique des mots *bobami* (fèves) et *babami* (femmes) – N. d. T.

147 Diminutif de Grégoire. – N. d. T.

neur, Kolia ; j'ai servi noblement, mais l'opprobre, « l'opprobre me suit partout ! » Ta mère et toi viendrez sur ma tombe… « Pauvre Nina ! » C'est ainsi que je l'appelais jadis, Kolia, il y a longtemps, dans les premiers temps, et cela lui faisait plaisir… Nina ! Nina ! qu'ai-je fait de ton existence ? Comment peux-tu m'aimer, âme résignée ! Ta mère a l'âme d'un ange, Kolia ; tu m'entends ? l'âme d'un ange !

– Je le sais, papa. Père chéri, retournons à la maison auprès de maman ! Elle voulait courir après nous. Pourquoi hésitez-vous ? On dirait que vous ne comprenez pas… Allons bon ! qu'avez-vous à pleurer ?

Kolia lui-même pleurait et baisait les mains de son père.

– Tu me baises les mains, à moi !

– Eh bien ! oui, à vous, à vous. Qu'y a-t-il là d'étonnant ? Allons, pourquoi vous mettez-vous à hurler en pleine rue, vous, un général, un homme de guerre ! Venez !

– Que le bon Dieu te bénisse, mon cher petit, pour le respect que tu as gardé à ton fichu vieillard de père, malgré l'opprobre, oui l'opprobre dont il est couvert… Puisses-tu avoir un fils qui te ressemble… Le *roi de Rome…*[148]. Oh ! « la malédiction soit sur cette maison » !

– Mais que se passe-t-il donc ? s'écria Kolia avec emportement. – Qu'est-il arrivé ? Pourquoi ne voulez-vous plus retourner à la maison ? Avez-vous perdu la raison ?

– Je t'expliquerai, je t'expliquerai… Je te dirai tout ; ne crie pas, on nous entendrait… *Le roi de Rome…*[149]. Oh ! que je me sens écœuré et triste !

« Ma nourrice, où est ta tombe[150] *? »*

Qui a dit cela, Kolia ?

– Je ne sais, je ne sais qui a pu dire cela. Allons tout de suite à la maison, tout de suite ! Je mettrai Gania en pièces, s'il le faut… Mais où allez-vous encore ?

---

[148] En français dans le texte.

[149] En français dans le texte.

[150] Paraphrase de la strophe XLVI *d'Eugène d'Onéguine,* de Pouchkine. – N. d. T.

Le général l'entraînait vers le perron d'une maison voisine.

– Où allez-vous ? Cette maison n'est pas la nôtre !

Le général s'était assis sur le perron et attirait par le bras Kolia auprès de lui.

– Penche-toi, penche-toi ! murmura-t-il ; je te dirai tout... Ma honte... penche-toi... Tends ton oreille, je te dirai cela à l'oreille...

– Mais qu'avez-vous ? s'écria Kolia épouvanté mais tendant néanmoins l'oreille.

– Le roi *de Rome...*[151] articula le général qui paraissait aussi tout tremblant.

– Quoi ? qu'est-ce qui vous prend de parler tout le temps du roi de Rome ?... Qu'est-ce que cela signifie ?

– Je... je... balbutia de nouveau le général en s'agrippant de plus en plus à l'épaule de « son petit », – je... veux... je veux tout te... Marie, Marie... Pétrovna Sou... Sou... Sou...

Kolia se libéra de son étreinte, l'empoigna par les épaules et le regarda avec stupeur. Le vieillard était devenu pourpre, ses lèvres bleuissaient et de légères convulsions passaient sur son visage. Tout à coup il s'affaissa et se laissa doucement tomber dans les bras de Kolia.

– Une attaque d'apoplexie ! s'écria Kolia à tue-tête dans la direction de la rue. »

Il venait enfin de comprendre la réalité.

---

[151] En français dans le texte.

V

À vrai dire, Barbe Ardalionovna, en causant avec son frère, avait quelque peu exagéré la précision de ses informations sur les fiançailles du prince avec Aglaé Epantchine. Il se peut qu'en femme perspicace elle ait deviné ce qui devait se passer, dans un proche avenir. Il se peut aussi que, dépitée de voir s'évanouir un rêve (auquel elle-même n'avait en réalité jamais cru), elle n'ait pu se refuser la satisfaction bien humaine d'exagérer ce malheur et de verser une nouvelle goutte de fiel dans le cœur de son frère, bien qu'elle eût pour celui-ci une affection et une sympathie sincères. En tout cas, elle ne pouvait avoir reçu de ses amies, les demoiselles Epantchine, des renseignements aussi précis ; tout s'était limité à des allusions, des phrases inachevées, des silences, des énigmes. Peut-être aussi les sœurs d'Aglaé avaient-elles risqué intentionnellement une indiscrétion pour tirer quelque chose de Barbe Ardalionovna. Enfin il n'est pas non plus invraisemblable qu'elles aient cédé au plaisir très féminin de taquiner un peu leur amie, bien qu'elle fût une camarade d'enfance. Elles ne pouvaient pas ne pas avoir entrevu, au bout de tant de temps, au moins quelque chose du dessein que poursuivait la jeune femme.

D'autre part, le prince était peut-être lui aussi dans l'erreur, quoique de bonne foi, lorsqu'il affirmait à Lébédev qu'il n'avait rien à lui communiquer et que rien de particulier n'était survenu dans sa vie. En réalité, chacun se trouvait en présence d'un singulier phénomène : rien n'était arrivé et cependant tout se passait comme si quelque chose de très important était arrivé. C'est ce que, mue par son sûr instinct de femme, Barbe Ardalionovna avait deviné.

Il est toutefois très difficile d'exposer logiquement comment tous les membres de la famille Epantchine eurent, au même moment, la commune pensée qu'un événement capital était advenu dans la vie d'Aglaé et allait décider de son sort. Mais, dès que cette pensée fut entrée dans leur tête, tous convinrent sur-le-champ qu'ils avaient depuis longtemps déjà envisagé et prévu clairement une éventualité devenue évidente depuis l'incident du « chevalier pauvre » et même avant ; seulement on se refusait alors à croire pareille absurdité.

C'est ce qu'affirmaient les sœurs d'Aglaé. Il va de soi qu'Elisabeth Prokofievna avait tout prédit et tout compris avant les autres ; même « le cœur lui en avait fait mal ». Mais, que cette perspicacité lui fût venue depuis longtemps ou peu, le prince n'éveillait plus dans son esprit qu'une idée déplaisante, parce que déroutante pour sa raison. Il y avait ici une question à résoudre immédiatement ; or cette question, la malheureuse Elisabeth Prokofievna non seulement ne pouvait pas la trancher, mais encore n'arrivait même pas à se la poser avec netteté. Le cas était délicat : « Le prince était-il ou non un bon parti ? L'affaire était-elle bonne ou mauvaise ? Si elle était mauvaise (ce qui semblait hors de doute), quelle en était la raison ? Si elle était bonne (ce qui était également possible), sur quoi se fonder pour en juger ainsi ? »

Le chef de famille, Ivan Fiodorovitch, commença, bien entendu, par manifester son étonnement, puis il avoua qu'« en vérité, lui aussi s'était douté de quelque chose de ce genre pendant tout ce temps, bien que par intermittences ! » Sentant peser sur lui le regard sévère de son épouse, il se tut ; mais ce ne fut l'affaire que d'une matinée, car le soir, se trouvant en tête à tête avec elle, il fut mis en demeure de s'expliquer. Il risqua alors avec une certaine hardiesse quelques réflexions assez inattendues : « Au fond, de quoi s'agit-il ?... (Une pause.) Assurément tout cela est bien étrange si toutefois c'est vrai, je n'y veux point contredire, mais... (Nouvelle pause.) D'un autre côté, à considérer les choses bien en face, le prince est un très brave garçon, ma foi ! Et... et, voyons, il porte un nom qui appartient à notre famille ; tout cela pourrait paraître rehausser, en quelque sorte, notre patronymique déconsidéré aux yeux du monde, naturellement en se plaçant à ce point de vue, car... Enfin, le monde, le monde est le monde. Et puis, après tout, le prince n'est pas sans fortune, quoique sa fortune ne soit pas tellement considérable. Il a... et... et... »

Là-dessus Ivan Fiodorovitch, à bout d'éloquence, s'arrêta court.

Cette manière de voir de son mari fit sortir Elisabeth Prokofievna de ses gonds. À ses yeux tout ce qui s'était passé était « une sottise impardonnable et même criminelle, une fantasmagorie absurde et inepte ». D'abord « ce princillon est un malade, un idiot ; ensuite c'est un imbécile qui ne connaît pas le monde et n'est pas capable d'y tenir sa place : à qui le présenter ? où l'introduire ? C'est un inconvenant démocrate, dépourvu de tout grade hiérarchique et puis... que dirait la Biélokonski ? Est-ce là le mari que nous avions rêvé pour Aglaé ? » Ce dernier argument était naturellement décisif. Son cœur de mère saignait et frémissait à cette pensée qui lui arrachait les larmes des yeux, bien qu'au même instant de ce même cœur une voix montât qui lui disait : « en quoi le prince ne serait-il pas le gendre qu'il vous faut » ? C'étaient les objections de sa propre conscience qui donnaient à Elisabeth Prokofievna le plus de souci.

Les sœurs d'Aglaé ne voyaient pas d'un mauvais œil le projet de mariage avec le prince ; elles n'y trouvaient même rien de si étrange ; bref elles auraient très bien pu embrasser, brusquement le parti de celui-ci, si elles ne s'étaient promis de garder le silence. Une fois pour toutes, on avait remarqué dans l'entourage d'Elisabeth Prokofievna que plus celle-ci mettait d'insistance et d'acharnement à combattre un projet familial en discussion, plus on était fondé à la croire déjà éventuellement acquise à ce projet.

Alexandra Ivanovna ne pouvait pas ne pas avoir son mot à dire. Depuis longtemps sa mère, habituée à la prendre pour conseillère, s'adressait sans cesse à elle pour faire appel à son avis et surtout à ses souvenirs : « comment les choses en sont-elles venues là ? pourquoi personne ne s'en est-il aperçu ? comment n'en a-t-on pas parlé ? Que signifiait cette piètre plaisanterie du « chevalier pauvre » ? Pourquoi elle seule, Elisabeth Prokofievna, était-elle condamnée à se tracasser pour tout le monde, à tout remarquer, tout deviner, alors que les autres n'avaient qu'à bayer aux corneilles ? » etc., etc.

Alexandra Ivanovna se tint d'abord sur la réserve et se contenta de remarquer qu'elle était assez de l'avis de son père lorsque celui-ci disait que le mariage d'un prince Muichkine avec une demoiselle Epantchine pourrait être regardé dans le monde comme fort honorable. Peu à peu elle s'enhardit jusqu'à ajouter que le prince n'était nullement un « benêt » et ne l'avait jamais été ; quant à sa position sociale, nul ne pouvait prévoir sur quoi l'on jugerait, d'ici quelques années, la valeur d'un homme en Russie, ni si cette valeur dépendrait des succès d'une carrière officielle ou de toute autre base d'appréciation. À quoi la maman répliqua aussitôt, et vertement, qu'Alexandra « était une émancipée, et tout cela par la faute de leur maudite question féminine ». Une demi-heure après, elle se rendait en ville et de là au Kamenny Ostrov[152] pour y voir la Biélokonski, qui venait justement de rentrer à Pétersbourg mais n'y devait passer que peu de temps. La Biélokonski était la marraine d'Aglaé.

Cette « vieille dame » écouta toutes les confidences fiévreuses et désespérées d'Elisabeth Prokofievna, mais, loin d'être le moins du monde émue par les larmes et les angoisses maternelles de la visiteuse, elle la regarda d'un air moqueur. Son caractère était singulièrement despotique ; elle ne pouvait admettre sur un pied d'égalité les personnes auxquelles elle était liée, même par une amitié de longue date. Elle traitait délibérément Elisabeth Prokofievna en ***protégée***[153], comme elle l'avait fait trente-cinq ans auparavant, et ne pouvait s'habituer à ses allures de brusquerie et d'indépendance. Elle observa, entre autres, que « ces dames paraissaient avoir, comme toujours, exagéré les choses et fait d'une mouche un éléphant » ; ce qu'elle venait d'entendre ne suffisait pas à la convaincre qu'un événement sérieux se fût effectivement produit ; ne valait-il pas mieux attendre et voir venir ? Le prince, à son avis, était « un jeune homme très convenable, bien que malade, fantasque et d'une excessive nullité. Le pis était qu'il entretenait ouvertement une maîtresse ». Elisabeth Prokofievna comprit fort bien que la Biélokonski avait sur le cœur l'insuccès essuyé par Eugène Pavlovitch, en dépit de sa recommandation.

Elle rentra à Pavlovsk encore plus irritée qu'elle ne l'était en partant, et elle le montra aussitôt aux siens en disant qu'« ils avaient perdu l'esprit », que

---

[152] Île de la Néva au nord de Pétersbourg. – N. d. T.

[153] En français dans le texte.

personne ne conduisait ses affaires de cette manière-là, qu'on ne voyait cela que dans sa famille. « Pourquoi cette hâte ? Que s'est-il passé ? J'ai beau chercher, je ne trouve aucune raison de penser que quelque chose soit réellement survenu ! Attendez pour voir les événements. Tant de choses peuvent traverser l'esprit d'Ivan Fiodorovitch ! Faut-il faire d'une mouche un éléphant ? » etc., etc.

La conclusion était qu'il fallait se calmer, envisager froidement la situation et patienter. Mais hélas ! le calme ne dura pas dix minutes. Le récit de ce qui était arrivé pendant que la maman était allée au Kamenny Ostrov fut l'occasion d'un premier manquement au sang-froid prescrit. (La visite d'Elisabeth Prokofievna à la princesse Biélokonski avait eu lieu le matin ; c'était la veille que le prince s'était présenté à minuit passé en croyant qu'il n'était pas dix heures.) Interrogées fébrilement à ce sujet par leur mère, les sœurs d'Aglaé lui donnèrent force détails. Elles commencèrent par dire « qu'il ne s'était rien passé du tout » ; le prince était venu ; Aglaé l'avait fait attendre une demi-heure avant de se montrer ; puis, à peine entrée, lui avait proposé une partie d'échecs ; le prince ne connaissait rien à ce jeu et avait été mat en un tournemain ; remplie de joie par ce succès, Aglaé lui avait fait honte de son ignorance et avait tellement ri de lui que c'était pitié de le voir. Puis elle lui avait proposé de faire une partie de cartes, de jouer « aux fous ». Mais ç'avait été cette fois l'inverse : le prince était si fort à ce jeu qu'il le jouait comme… comme un professeur. Il y apportait une véritable maestria. Aglaé avait beau tricher, truquer les cartes et lui souffler ses levées, il la battait à chaque partie. Il y en eut cinq. Elle en fut si fâchée qu'elle perdit toute contenance et jeta à la tête du prince des mots si mordants et si impertinents qu'il cessa de rire et devint même tout pâle en l'entendant dire qu'« elle ne remettrait plus les pieds dans cette pièce tant qu'il y serait et que ç'avait été une effronterie de sa part de venir les voir, et à minuit encore, *après tout ce qui s'était passé.* » Sur quoi elle était sortie en faisant claquer la porte. Le prince était parti avec une figure d'enterrement, malgré toutes les bonnes paroles des sœurs d'Aglaé.

Un quart d'heure après son départ, cette dernière était brusquement redescendue de l'étage supérieur sur la terrasse ; sa précipitation avait été telle qu'elle n'avait pas même pris le temps de s'essuyer les yeux, où se voyaient des traces de larmes. Elle était accourue parce que Kolia venait d'apporter un hérisson. Toutes se mirent à regarder le petit animal ; sur une question, Kolia leur expliqua qu'il ne lui appartenait pas, mais que son camarade Kostia Lébédev, un autre collégien, et lui l'avaient acheté, en même temps qu'une hache, à un paysan qu'ils avaient rencontré. Kostia était resté dans la rue parce qu'il n'avait pas osé entrer avec sa hache. Le paysan ne voulait d'abord vendre que le hérisson et en avait demandé cinquante kopeks, mais ils l'avaient persuadé de se défaire aussi de sa hache, qui pouvait leur être utile et était d'ailleurs fort bien conditionnée.

Aglaé se mit à supplier Kolia de lui vendre tout de suite le hérisson ; elle insista tellement qu'elle alla jusqu'à l'appeler « cher Kolia ». Celui-ci résista longtemps, mais à la fin, n'y pouvant tenir, il héla Kostia Lébédev qui monta, sa hache à la main, d'un air très gêné, alors on apprit soudain que le hérisson ne leur appartenait nullement, mais était la propriété d'un troisième collégien, Pétrov, qui leur avait confié une petite somme pour acheter l'Histoire de Schlosser[154], dont un quatrième collégien à court d'argent cherchait à se défaire à bas prix. Partis en quête de ce livre ils s'étaient laissé tenter chemin faisant et avaient acheté le hérisson, de sorte qu'à la place de *l'histoire* de Schlosser ils rapportaient à Pétrov l'animal et la hache. Mais Aglaé insista avec tant d'opiniâtreté qu'ils finirent par céder et lui vendirent le hérisson. À peine en eut-elle pris possession qu'elle l'installa, avec l'aide de Kolia, dans une corbeille tressée, le recouvrit d'une serviette et chargea le collégien de le porter de sa part sans délai chez le prince en priant celui-ci d'agréer ce présent « en témoignage de sa profonde estime ». Kolia accepta avec bonne humeur cette commission et promit de s'en acquitter, mais s'empressa de demander ce que signifiait ce cadeau et de quoi le hérisson était l'emblème. Aglaé lui répondit que cela ne le regardait point. Il riposta qu'à coup sûr un pareil présent cachait un sens allégorique. Aglaé se fâcha et lui dit qu'il était un galopin, et rien de plus. Sur quoi il répliqua que, s'il ne respectait pas en elle la femme et si ses principes ne le retenaient pas, il lui montrerait sur-le-champ comment il savait répondre à une pareille offense. Finalement il ne s'en acquitta pas moins avec enthousiasme de la commission en portant, suivi de Kostia Lébédev, le hérisson chez le prince. Aglaé ne lui garda pas rancune ; le voyant secouer trop fort la corbeille, elle lui cria de la terrasse : « Mon petit Kolia, je vous en prie, ne le faites pas tomber ! » Kolia ne parut pas se rappeler davantage qu'ils venaient d'avoir une pique : il s'arrêta pour lui répondre avec le plus vif empressement : « Non, je ne le laisserai pas tomber, Aglaé Ivanovna ; soyez tout à fait tranquille ! » Et il repartit à toutes jambes. Aglaé éclata de rire et remonta en courant dans sa chambre ; elle était rayonnante et garda sa bonne humeur toute la journée.

Ces nouvelles bouleversèrent Elisabeth Prokofievna. Il n'y avait guère de quoi, semblait-il. Mais tel était son état d'esprit qu'il lui faisait voir les choses autrement. Son inquiétude était excitée au plus haut point et ce qui l'avivait surtout, c'était ce hérisson. Que signifiait-il ? N'était-ce pas un signe conventionnel ? un sous-entendu ? Mais que voulait-il dire ? Était-ce une sorte de télégramme ? Le pauvre Ivan Fiodorovitch, qui avait assisté à l'interrogatoire de ses filles, acheva de la mettre hors d'elle par sa réponse. Pour lui, il n'y avait là-dessous aucun message conventionnel. « Le plus simple, dit-il, est de penser qu'un hérisson est un hérisson, et rien de plus. Ce peut être aussi un symbole d'amitié, d'oubli des offenses et de réconciliation, bref une facétie en tout cas innocente et vénielle. »

---

154 Frédéric Schlosser (1776-1860), historien allemand, auteur d'une Histoire universelle. – N. d. T.

Remarquons entre parenthèses que le général était dans le vrai. Rentré chez lui après avoir été bafoué et chassé par Aglaé, le prince s'abandonnait depuis une demi-heure au plus sombre désespoir lorsqu'il vit soudain apparaître Kolia avec le hérisson. Aussitôt le ciel s'éclaircit devant ses yeux ; on eût dit qu'il revenait à la vie. Il interrogea Kolia, restant suspendu à ses lèvres, lui posant dix fois la même question, riant comme un enfant et serrant à tout propos les mains des deux collégiens, qui riaient eux aussi et le regardaient tout joyeux. Un fait était acquis : Aglaé pardonnait et il lui était loisible de retourner chez elle le soir même ; c'était pour lui plus que l'essentiel, c'était tout.

– Que nous sommes encore enfants, Kolia ! Et… et… que c'est bon d'être enfant ! finit-il par s'écrier dans son allégresse.

– Elle est simplement amoureuse de vous, prince, voilà tout, répondit Kolia sur un ton d'autorité et d'importance.

Le prince rougit, mais cette fois ne souffla mot. Kolia se mit à rire et à battre des mains ; au bout d'un instant le prince partagea sa gaîté et, depuis ce moment jusqu'au soir, il consulta sa montre toutes les cinq minutes pour voir combien de temps s'était écoulé et combien il lui en restait à attendre.

L'état d'âme du moment avait pris le dessus chez Elisabeth Prokofievna ; elle ne se contenait plus et était sur le point d'avoir une crise de nerfs. En dépit des objections de son mari et de ses filles elle envoya sur-le-champ chercher Aglaé pour lui poser une dernière question et en recevoir une réponse claire et décisive. « Il faut en finir une fois pour toutes, liquider cette affaire et ne plus avoir à en parler ! Sinon – ajouta-t-elle – je ne vivrai pas jusqu'à ce soir ! » C'est alors seulement que l'on comprit à quel imbroglio les choses en étaient arrivées. Il fut impossible de tirer d'Aglaé un seul mot : elle simula un profond étonnement, un accès d'indignation, puis rit aux éclats et se moqua du prince comme de tous ceux qui l'interrogeaient. Elisabeth Prokofievna alla se mettre au lit et ne reparut qu'à l'heure du thé, au moment où l'on supposait que le prince viendrait. Elle palpitait d'émotion en attendant l'arrivée de celui-ci, et lorsqu'il se présenta, peu s'en fallut qu'elle n'eût une attaque de nerfs.

Quant au prince, il fit son entrée avec un air craintif, comme quelqu'un qui s'avance à tâtons ; il avait un sourire étrange en regardant toutes les personnes présentes et semblait leur demander pourquoi Aglaé n'était pas dans la chambre. Il avait été consterné en remarquant dès son arrivée l'absence de la jeune fille. On était ce soir-là en famille ; il n'y avait aucun étranger. Le prince Stch… était retenu à Pétersbourg par les affaires consécutives au décès de l'oncle Eugène Pavlovitch. Elisabeth Prokofievna déplora son absence. « Il aurait certainement trouvé quelque chose à dire s'il avait été là ! » Ivan Fiodorovitch avait une mine profondément soucieuse. Les sœurs d'Aglaé étaient graves et gardaient le silence comme si elles s'étaient donné le mot. Elisabeth Prokofievna ne savait par quel bout engager la conversation. Brusquement elle déchargea son indignation à propos des chemins de fer et regarda le prince avec une expression de défi.

Hélas ! Aglaé ne venait toujours pas et le prince se sentait perdu. Déconcerté et balbutiant, il tenta d'exprimer l'idée qu'il y aurait le plus grand intérêt à améliorer le réseau ferré, mais, Adélaïde s'étant soudain mise à rire, il se vit de nouveau enlever ses moyens. À cet instant Aglaé entra d'un air calme et grave. Elle rendit cérémonieusement au prince son salut et vint s'asseoir avec une solennelle lenteur à la place la plus en vue de la table ronde. Elle fixa sur le prince un regard interrogateur. Tout le monde comprit que le moment était venu de dissiper les malentendus.

– Avez-vous reçu mon hérisson ? demanda-t-elle d'un ton assuré et presque acerbe.

– Oui, répondit le prince en rougissant et en se sentant défaillir.

– Expliquez-nous immédiatement ce que vous en pensez. C'est indispensable pour la tranquillité de maman et de toute notre famille.

– Voyons, Aglaé !... fit brusquement le général avec inquiétude.

– Cela passe toute mesure ! renchérit aussitôt Elisabeth Prokofievna dans un mouvement d'effroi.

– Il ne s'agit pas de mesure ici, maman, répliqua la jeune fille avec raideur. – J'ai envoyé aujourd'hui un hérisson au prince et je désire savoir sa façon de penser. Je vous écoute, prince.

– Qu'entendez-vous par ma façon de penser, Aglaé Ivanovna ?

– Mais... au sujet du hérisson.

– Autrement dit... je présume, Aglaé Ivanovna, que vous désirez savoir comment j'ai reçu... le hérisson... ou, plus exactement, comment j'ai compris... cet envoi... d'un hérisson ; en ce cas, je suppose... qu'en un mot...

Il perdit le souffle et se tut.

– Eh bien ! vous n'avez pas dit grand chose ! reprit Aglaé après une pause de cinq secondes. – C'est bien, je consens à laisser de côté le hérisson. Mais je suis bien aise de pouvoir enfin mettre un terme à tous les malentendus qui se sont accumulés. Permettez-moi d'apprendre de votre propre bouche si vous avez ou non l'intention de me demander en mariage ?

– Ah ! mon Dieu ! s'écria Elisabeth Prokofievna.

Le prince tressaillit et eut un mouvement de recul. Ivan Fiodorovitch était pétrifié. Les deux sœurs d'Aglaé froncèrent le sourcil.

– Ne mentez pas, prince, dites la vérité ! À cause de vous on me harcèle d'étranges questions. Ces inquisitions ont-elles une base quelconque ? Parlez !

– Je ne vous ai pas demandée en mariage, Aglaé Ivanovna, répondit le prince en s'animant brusquement, mais… vous savez bien vous-même à quel point je vous aime et quelle foi j'ai en vous… même en ce moment…

– Je vous ai posé une question : est-ce que vous demandez ma main, oui ou non ?

– Je la demande, répondit-il d'une voix éteinte.

Il y eut dans l'assistance une sensation profonde.

– Ce n'est pas ainsi que ces choses-là se traitent, mon cher ami, déclara Ivan Fiodorovitch vivement ému. C'est… c'est presque impossible, si c'est là que tu veux en venir, Glacha[155]… Excusez, prince, excusez, mon cher ami !… Elisabeth Prokofievna ! ajouta-t-il en appelant sa femme à la rescousse, il faudrait… approfondir…

– Je m'y refuse, je m'y refuse ! s'exclama Elisabeth Prokofievna avec un geste de dénégation.

– Permettez-moi, maman, de placer aussi mon mot ; je crois avoir également voix au chapitre dans une affaire de ce genre : il s'agit d'un moment décisif dans mon existence (ce fut l'expression même qu'employa Aglaé). Je veux savoir moi-même à quoi m'en tenir et je suis en outre bien aise de vous avoir tous pour témoins… Laissez-moi donc vous demander, prince, de quelle manière vous comptez assurer mon bonheur si vous « nourrissez de telles intentions » ?

– En vérité, je ne sais comment vous répondre, Aglaé Ivanovna… quelle réponse peut-on faire à semblable question ? Et puis… est-ce bien nécessaire ?

– Vous me paraissez troublé et oppressé ; reposez-vous un instant et reprenez des forces ; buvez un verre d'eau ; d'ailleurs on va tout de suite vous apporter du thé.

---

155 Diminutif d'Aglaé. – N. d. T.

– Je vous aime, Aglaé Ivanovna, je vous aime beaucoup ; je n'aime que vous et… Ne plaisantez pas, je vous en prie, je vous aime beaucoup.

– Mais cependant l'affaire est d'importance ; nous ne sommes pas des enfants et il faut voir la chose sous un jour positif… Donnez-vous la peine de nous expliquer maintenant en quoi consiste votre fortune.

– Allons, allons, Aglaé ! qu'est-ce qui te prend ? Ce n'est pas ainsi, non vraiment… balbutia Ivan Fiodorovitch d'un air consterné.

– Quelle honte ! chuchota Elisabeth Prokofievna assez haut pour être entendue.

– Elle est folle ! ajouta Alexandra sur le même ton.

– Ma fortune… c'est-à-dire mon argent ? demanda le prince surpris.

– Précisément.

– J'ai… j'ai en ce moment cent trente-cinq mille roubles, murmura le prince en rougissant.

– Pas plus ? s'étonna Aglaé avec franchise et sans rougir le moins du monde. – D'ailleurs peu importe ; si l'on sait être économe… Avez-vous l'intention de prendre du service ?

– Je voulais passer l'examen pour devenir précepteur…

– Excellente idée ; c'est un moyen certain d'accroître nos ressources. Pensez-vous devenir gentilhomme de la chambre ?

– Gentilhomme de la chambre ? Je n'y ai jamais songé, mais…

Cette fois les deux sœurs n'y tinrent plus et s'esclaffèrent. Depuis longtemps déjà Alexandra avait remarqué, à certaines contractions nerveuses du visage d'Aglaé, les indices d'un rire qu'elle s'efforçait de réprimer, mais qui ne tarderait pas à éclater d'une manière irrésistible. Aglaé voulut prendre un air menaçant en face de l'hilarité de ses sœurs, mais elle ne put se retenir une seconde de plus et s'abandonna à un accès presque convulsif de fou rire. À la fin elle se leva d'un bond et sortit de la chambre en courant.

– Je savais bien que tout cela finirait par des éclats de rire, s'écria Adélaïde. Je l'ai prévu depuis le début, depuis l'histoire du hérisson.

– Non, cela, je ne le permettrai pas, je ne le permettrai pas ! s'écria Elisabeth Prokofievna dans un subit accès de colère ; et elle s'élança sur les pas d'Aglaé.

Ses filles la suivirent à la même allure. Il ne resta dans la chambre que le prince et le chef de la famille.

– Écoute, Léon Nicolaïévitch, te serais-tu figuré une chose pareille ? dit le général avec brusquerie, mais sans paraître savoir lui-même au juste ce qu'il voulait dire. – Non, sérieusement, mais là, sérieusement ?

– Je vois qu'Aglaé Ivanovna s'est moquée de moi, répondit le prince avec tristesse.

– Attends, mon ami, je vais y aller ; toi, reste ici... parce que... Explique-moi, du moins, toi, Léon Nicolaïévitch, comment tout ceci est arrivé et ce que signifie l'affaire, pour ainsi dire, dans son ensemble ? Avoue, mon ami, que je suis le père ; néanmoins, tout père que je suis, je n'y comprends goutte ; alors, toi du moins, explique-moi !

– J'aime Aglaé Ivanovna ; elle le sait... et, je crois, depuis longtemps.

Le général haussa les épaules.

– C'est étrange, étrange... Et tu l'aimes beaucoup ?

– Je l'aime beaucoup.

– C'est étrange ; tout cela me semble étrange. Je veux dire une pareille surprise, un tel coup de foudre... Vois-tu, mon cher ami, ce n'est pas ta fortune qui me préoccupe (encore que je la croyais plus élevée), mais... je pense au bonheur de ma fille... enfin... es-tu capable, pour ainsi dire, de faire ce... bonheur-là ? Et puis... de quoi s'agit-il : d'une plaisanterie de sa, part, ou d'une déclaration sincère ? De toi, je ne parle pas ; mais de sa part à elle ?

À ce moment on entendit derrière la porte la voix d'Alexandra Ivanovna : la jeune fille appelait son père.

– Attends-moi, mon ami, attends ! Attends et réfléchis, je reviens tout de suite..., fit-il à la hâte, et il courut presque effrayé répondre à l'appel d'Alexandra.

Il trouva sa femme et sa fille qui fondaient en larmes dans les bras l'une de l'autre. C'étaient des larmes de bonheur, d'attendrissement et de réconciliation. Aglaé baisait les mains, les joues, les lèvres de sa mère ; les deux femmes s'enlaçaient avec effusion.

– Voilà, Ivan Fiodorovitch, regarde-la maintenant, c'est elle, c'est elle tout entière ! dit Elisabeth Prokofievna.

Aglaé détourna de la poitrine de sa mère son visage baigné de pleurs, mais rayonnant de bonheur ; elle regarda son papa, partit d'un sonore éclat de rire, puis, s'élançant vers lui, le serra étroitement dans ses bras et l'embrassa à plusieurs reprises. Ensuite elle se jeta de nouveau sur sa mère, enfouit son visage dans sa poitrine afin que personne ne pût le voir, et se remit à pleurer. Elisabeth Prokofievna la recouvrit du bout de son châle.

– Eh bien ! quoi ? tu nous en fais voir de toutes les couleurs, cruelle petite fille que tu es ! dit-elle, mais cette fois avec une expression de joie et comme si elle respirait plus librement.

– Cruelle ! oui, cruelle ! s'écria soudain Aglaé. Je suis une mauvaise fille, une enfant gâtée ! Dites-le à papa. Ah ! tiens ! il est ici. Vous êtes ici, papa ? Vous entendez ! fit-elle en riant à travers ses larmes.

– Ma chérie, mon idole ! dit le général transporté d'allégresse en embrassant la main de sa fille, qui le laissa faire. – Alors, tu aimes ce... jeune homme ?...

– Non, non et non ! Je ne puis le souffrir... votre jeune homme ; je ne puis le souffrir ! s'écria-t-elle tout à coup en redressant la tête. Et si vous osez me dire cela encore une fois, papa... je vous parle sérieusement, vous entendez : je parle sérieusement !

Elle parlait en effet pour de bon ; elle était toute rouge et ses yeux fulguraient. Le papa, effrayé, resta court, mais, derrière Aglaé, Elisabeth Prokofievna lui fit un signe ; il comprit que ce signe voulait dire : « Ne la questionne pas. »

– S'il en est ainsi, mon ange, ce sera comme il te plaira ; fais à ta guise. Mais il est là, tout seul, à attendre ; ne faudrait-il pas lui faire délicatement entendre qu'il n'a qu'à s'en aller ?

À son tour le général fit, de l'œil, un signe d'intelligence à sa femme.

– Non, non, c'est inutile, et le « délicatement » est de trop. Allez-y vous-mêmes ; je viendrai aussitôt après. Je veux demander pardon à ce... jeune homme, car je l'ai offensé.

– Et même gravement offensé, renchérit d'un air sérieux Ivan Fiodorovitch.

– Alors… il vaut mieux que vous restiez tous ici ; j'irai d'abord seule ; vous viendrez ensuite, immédiatement après : ce sera préférable.

Elle était déjà à la porte quand elle fit soudain demi-tour.

– Je sens que je vais rire ! Je mourrai d'envie de rire ! déclara-t-elle tristement.

Mais sur l'instant elle se retourna et courut trouver le prince.

– Eh bien ! qu'est-ce que cela signifie ? Qu'en penses-tu ? demanda à la hâte Ivan Fiodorovitch.

– J'ai peur de le dire, répondit Elisabeth Prokofievna sur le même ton de précipitation. Pour moi, la chose est claire.

– Elle ne l'est pas moins pour moi. Claire comme le jour. Elle aime.

– C'est trop peu dire : elle est amoureuse, intervint Alexandra Ivanovna ; mais n'aurait-elle pas pu trouver quelqu'un de mieux ?

– Que Dieu la bénisse, si telle est sa destinée ! fit Elisabeth Prokofievna en se signant dévotement.

– C'est sa destinée, voilà le mot, confirma le général, et on n'échappe pas à sa destinée !

Ils retournèrent tous au salon où une nouvelle surprise les attendait.

Non seulement Aglaé n'avait pas éclaté de rire, comme elle le craignait, en abordant le prince, mais encore c'était presque avec un accent de timidité qu'elle lui avait adressé la parole :

– Pardonnez à une jeune fille sotte et écervelée, à une enfant gâtée (elle lui prit la main) et croyez bien que nous avons tous un immense respect pour vous. Si je me suis permis de tourner en ridicule votre belle… votre bonne candeur, il faut me le passer comme une espièglerie d'enfant. Pardonnez-moi d'avoir insisté sur une absurdité qui ne saurait, certes, tirer à conséquence…

Aglaé souligna ces dernières paroles par une intonation particulière.

Le père, la mère et les sœurs entrèrent à point nommé dans le salon pour assister à la scène et entendre cette phrase qui les frappa : « une absurdité, qui ne saurait, certes, tirer à conséquence... ». Ils furent plus impressionnés encore par le ton sérieux sur lequel Aglaé l'avait prononcée. Ils s'interrogèrent des yeux ; mais le prince n'avait pas l'air d'avoir compris et était radieux.

– Pourquoi parlez-vous ainsi ? murmura-t-il ; pourquoi est-ce vous qui... me demandez... pardon... ?

Il voulait même ajouter qu'il n'était pas digne qu'on lui demandât pardon. Qui sait ? peut-être avait-il saisi le sens de la phrase sur l'« absurdité qui ne saurait tirer à conséquence » ; mais sa tournure d'esprit était si singulière que peut-être ces paroles mêmes l'avaient comblé de joie. Sans aucun doute il était déjà au comble de la félicité à la seule pensée qu'il pourrait revenir voir Aglaé, qu'il lui serait permis de parler, avec elle, de rester à ses côtés, de se promener en sa compagnie. Peut-être cette perspective lui eût-elle suffi pour toute sa vie ! (Elisabeth Prokofievna semblait aussi redouter d'instinct cette humeur accommodante qu'elle devinait en lui ; elle éprouvait ainsi bien des appréhensions intimes qu'elle n'eût pas été capable d'exprimer.)

Il serait malaisé de dépeindre le degré d'entrain et de brio dont le prince fit preuve ce soir-là. Il était si gai que sa gaieté se communiquait à ceux qui le voyaient ; c'est ce que dirent par la suite les sœurs d'Aglaé. Il se montra loquace, ce qui ne lui était pas arrivé depuis six mois, depuis cette matinée où il avait fait la connaissance des Epantchine. Du jour où il était rentré à Pétersbourg, il s'était visiblement et de propos délibéré renfermé dans le mutisme. Peu de temps avant cette soirée, il avait dit devant tout le monde au prince Stch... qu'il se croyait tenu de garder le silence, parce qu'il n'avait pas le droit de ravaler la pensée par sa manière de l'exprimer. Il fut presque le seul à parler de toute la soirée. Il était très en verve et répondait aux questions avec clarté, bonne humeur et prolixité. Rien d'ailleurs dans sa conversation ne laissait percer, ses sentiments amoureux ; il n'émit d'abord que des pensées graves, parfois même abstruses. Il exposa aussi quelques-unes de ses vues et observations personnelles ; tout cela eût tourné au ridicule s'il ne s'était exprimé en termes « aussi choisis », comme en convinrent plus tard les assistants.

Certes, le général aimait les sujets de conversation sérieux ; néanmoins Elisabeth Prokofievna et lui trouvèrent, à part eux, ceux du prince beaucoup trop savants, à tel point que leur physionomie prit vers la fin de la soirée une expression maussade.

Mais le prince s'anima tellement qu'il finit par raconter, quelques anecdotes fort divertissantes dont il fut le premier, à rire, si bien que ses auditeurs en firent autant, moins à cause des anecdotes elles-mêmes que par l'effet de sa contagieuse gaieté.

Quant à Aglaé, elle desserra à peine les dents de toute la soirée ; en revanche elle n'arrêta pas de l'écouter et le contempla avec encore plus d'avidité.

– Vois comme elle le regarde ; elle ne le quitte pas des yeux ; elle boit chacune de ses paroles ; elle est comme fascinée ! disait Elisabeth Prokofievna à son mari ; – et si on lui disait qu'elle l'aime, elle mettrait tout sens dessus dessous.

– Que faire ? C'est la destinée ! répondit le général en haussant les épaules. Et longtemps encore il répéta cette sentence qu'il aimait à formuler. Ajoutons qu'en tant qu'homme d'affaires il voyait d'un très mauvais œil bien des aspects de la situation présente, à commencer par son manque de clarté. Mais il était décidé à se taire et à conformer sa manière de penser… à celle d'Elisabeth Prokofievna.

L'allégresse de la famille fut de courte durée. Le lendemain Aglaé eut une nouvelle altercation avec le prince, et il en fut ainsi chacun des jours qui suivirent. Pendant des heures entières elle tournait le prince en dérision et le traitait presque en bouffon. Il est vrai qu'ils passaient parfois une heure ou deux dans le jardin sous la tonnelle ; mais on remarqua que le prince lui lisait presque pendant tout ce temps un journal ou un livre.

– Voyez-vous, interrompit-elle, un jour qu'il lisait le journal, – j'ai remarqué que votre instruction laissait énormément à désirer. Vous ne savez rien d'une façon satisfaisante ; si on vous demande quelque chose, vous êtes incapable de dire ce qu'a fait tel personnage, la date de tel événement, l'objet de tel traité. Vous faites pitié.

– Je vous ai dit que j'avais peu d'instruction, répondit le prince.

– Alors, que vous reste-t-il ? Quelle estime puis-je avoir pour vous après cela ? Continuez votre lecture ; ou plutôt, non, en voilà assez, cessez de lire.

Ce même soir elle provoqua un nouvel et rapide incident qui parut à tout le monde très énigmatique. Le prince Stch… étant de retour, elle se montra très affable avec lui et le questionna longuement au sujet d'Eugène Pavlovitch. (Le prince Léon Nicolaïévitch n'était pas encore arrivé.) Soudain le prince Stch… se permit une allusion à « un nouveau et prochain changement dans la famille » ; il rappela une réflexion qui avait échappé à Elisabeth Prokofievna et dont le sens était qu'il vaudrait peut-être mieux différer encore le mariage d'Adélaïde pour célébrer les deux noces en même temps. À ces mots Aglaé entra dans une colère inimaginable : elle traita tout cela de « suppositions absurdes » et alla même jusqu'à dire, entre autres choses, qu'« elle n'avait pas l'intention de remplacer les maîtresses de qui que ce fût ».

Ces paroles frappèrent tout le monde, mais surtout ses parents. Elisabeth Prokofievna insista, au cours d'un conseil secret qu'elle tint avec son mari, pour qu'une explication décisive eût lieu avec le prince au sujet de Nastasie Philippovna.

Ivan Fiodorovitch jura que ce n'était là qu'une « sortie » provoquée chez Aglaé par un sentiment de « pudeur » ; cette sortie ne se serait pas produite si le prince Stch… n'avait pas parlé de mariage, car Aglaé savait elle-même pertinemment qu'il ne s'agissait que d'une calomnie émanant de gens mal intentionnés et que Nastasie Philippovna allait épouser Rogojine. Il ajouta, que le prince était hors de cause dans cette affaire, la liaison qu'on lui prêtait n'existant pas et n'ayant même jamais existé, pour dire toute la vérité.

Quant au prince, il ne perdait rien de sa belle humeur et continuait à jouir de sa félicité. Assurément il remarquait bien parfois une expression de tristesse et d'impatience dans les yeux d'Aglaé, mais il attribuait cette expression à un tout autre motif et ce nuage se dérobait de lui-même à sa vue. Une fois convaincu, rien ne pouvait plus ébranler sa conviction. Peut-être sa quiétude était-elle excessive ; c'était du moins l'impression d'Hippolyte, qui l'avait un jour rencontré par hasard dans le parc.

– Eh bien ! n'étais-je pas dans le vrai le jour où je vous ai dit que vous étiez amoureux ? commença-t-il en abordant et en arrêtant le prince.

Celui-ci lui tendit la main et le félicita de sa « bonne mine ». Le malade lui-même semblait avoir repris courage, ce qui arrive si fréquemment chez les phtisiques.

En accostant le prince, son intention était surtout de lui dire quelque chose de blessant au sujet de son air heureux ; mais il perdit aussitôt cette idée de vue et se mit à parler de lui-même. Il se répandit en jérémiades interminables et assez incohérentes.

– Vous ne sauriez croire, conclut-il, à quel point ils sont tous là-bas irritables, mesquins, égoïstes, vaniteux, ordinaires. Croiriez-vous qu'ils m'ont pris à la condition expresse que je meure le plus vite possible ; aussi sont-ils furieux de voir qu'au lieu de rendre l'âme je me sens mieux. Quelle comédie ! Je parie que vous ne me croyez pas !

Le prince s'abstint de répliquer.

– Parfois même l'idée me vient de retourner m'installer chez vous, ajouta négligemment Hippolyte. – Ainsi vous ne les croyez pas capables de recueillir un homme à la condition qu'il ne manque pas de mourir aussi vite que possible ?

– Je pensais qu'ils poursuivaient, en vous invitant, un dessein d'une autre nature.

– Hé ! hé ! Vous n'êtes pas du tout aussi simple d'esprit qu'on se plaît à le dire ! Le moment n'est pas venu, sans quoi je vous aurais révélé certaines choses sur ce petit Gania et sur les espérances qu'il caresse. On cherche à vous miner, prince ; on s'y emploie inexorablement et… c'est même pitié que de vous voir vous endormir dans une pareille sérénité. Mais hélas ! vous êtes incapable d'être autrement !

– C'est de cela que vous me plaignez ! dit le prince en riant. Alors, selon vous, je serais plus heureux si j'étais plus inquiet ?

– Mieux vaut être malheureux et *savoir* qu'être heureux et… dupe. Vous semblez ne pas prendre au sérieux une rivalité… de ce côté-là ?

– Vos allusions à une rivalité sont un peu cyniques, Hippolyte ; je regrette de ne pas avoir le droit de vous répondre. Quant à Gabriel Ardalionovitch, vous m'avouerez qu'il peut difficilement garder le calme après tout ce qu'il a perdu, si toutefois vous avez une connaissance même partielle de ses affaires. Il me semble qu'il est préférable d'envisager les choses sous cet angle. Il a encore le temps de s'amender ; il a de longues années devant lui et la vie est si riche en enseignements… mais du reste… du reste, balbutia le prince qui avait soudain perdu le fil, pour ce qui est de me miner… je ne comprends même pas de quoi vous parlez ; mieux vaut laisser de côté cette conversation, Hippolyte.

– Laissons-la de côté pour le moment ; d'autant que vous ne pouvez vous dispenser de faire montre de votre générosité. Oui, prince, il vous faut toucher du doigt, et même alors vous ne croyez pas. Ha ! ha ! Mais dites-moi : n'avez-vous pas maintenant un profond mépris à mon égard ?

– Pourquoi ? Serait-ce parce que vous avez souffert et souffrez plus que nous ?

– Non, mais parce que je suis indigne de ma souffrance.

– Celui qui a pu souffrir plus que les autres est, par le fait même, digne de ce surcroît d'épreuves. Quand Aglaé Ivanovna a lu votre confession, elle a désiré vous voir, mais…

– Elle ajourne… cela lui est impossible, je comprends, je comprends… interrompit Hippolyte comme pour détourner au plus vite la conversation. – À propos, on dit que c'est vous qui lui avez lu à haute voix tout mon galimatias ; en vérité cela a été écrit et… fait dans un accès de délire. Je ne conçois pas comment on peut être, je ne dis pas assez cruel (ce serait humiliant pour moi), mais assez puéril, vaniteux et vindicatif pour me reprocher cette confession et s'en servir comme d'une arme contre moi ! Soyez sans crainte, ce n'est pas de vous que je parle…

– Mais je regrette de vous voir désavouer ces feuillets, Hippolyte, car ils respirent la sincérité. Même les passages les plus ridicules, et ils sont nombreux (Hippolyte fit une forte grimace), sont rachetés par la souffrance, car c'était encore affronter la souffrance que de faire ces aveux et… peut-être était-ce un grand acte de courage. La pensée à laquelle vous avez obéi s'inspirait certainement d'un sentiment noble, quelles qu'aient pu être les apparences. Plus j'y réfléchis, plus je m'en convaincs, je vous le jure. Je ne vous juge pas ; je vous dis mon opinion et je regrette de m'être tu alors…

Hippolyte rougit. Il eut un moment l'idée que le prince jouait la comédie et lui tendait un piège ; mais en considérant son visage il ne put s'empêcher de croire à sa sincérité. Ses traits se rassérénèrent.

– Et dire qu'il me faut mourir ! proféra-t-il (il fut sur le point d'ajouter : « un homme comme moi ! ») Vous ne pouvez vous imaginer comme votre Gania m'horripile : il m'a sorti cette objection que, parmi les auditeurs de ma confession, il s'en trouverait peut-être trois ou quatre pour mourir avant moi ! En voilà une idée ! Il croit que c'est une consolation pour moi, ha ! ha ! D'abord ils ne sont pas encore morts ; ensuite, quand même ces gens-là trépasseraient en effet avant moi, vous conviendrez que ce serait pour moi un maigre réconfort. Il juge les gens à sa mesure. D'ailleurs il est allé encore plus loin ; il m'a tout simplement insulté en me disant qu'un homme qui se respecte doit en pareil cas mourir en silence et que, dans toute cette affaire, il n'y avait eu de ma part que de l'égoïsme ! C'est un peu fort ! Non, c'est chez lui que se trouve l'égoïsme ! Quel raffinement ou plutôt quelle épaisseur d'égoïsme ont ces gens-là, sans cependant s'en apercevoir !… Avez-vous lu, prince, la mort d'un certain Stépane Glébov[156] au XVIIIe siècle ? Elle m'est tombée hier sous les yeux par hasard…

– Qui était ce Stépane Glébov ?

– Un homme qui fut empalé sous le règne de Pierre le Grand.

– Ah ! mon Dieu, je vois qui c'est ! Il est resté quinze heures sur le pal, par un grand froid, une pelisse sur ses épaules, et il est mort avec la plus extraordinaire force d'âme. Oui, j'ai lu cela… Mais où voulez-vous en venir ?

---

156 Glébov, amant de la femme répudiée de Pierre le Grand, Eudoxie, prit part à la rébellion organisée par le clergé autour de cette princesse et de son fils, le tsarévitch Alexis. Inculpé dans le procès intenté en 1718 à Kikine, il fut condamné au pal. – N. d. T.

– Dieu accorde de pareilles morts à certaines gens ; mais pas à nous. Vous croyez peut-être que je ne serais pas capable de mourir comme Glébov ?

– Oh ! nullement, dit le prince d'un air confus ; j'ai seulement voulu dire que vous… ou plutôt je n'ai pas voulu dire que vous ne ressembleriez pas à Glébov, mais… que vous… auriez plutôt été à cette époque…

– Je devine : vous voulez dire que j'aurais été un Ostermann[157] et non un Glébov ; c'est bien cela ?

– Quel Ostermann ? s'étonna le prince.

– Ostermann, le diplomate Ostermann, le contemporain de Pierre le Grand, balbutia Hippolyte, passablement interloqué.

Un silence de perplexité s'ensuivit.

– Oh ! mais non ! ce n'est pas ce que j'ai voulu dire, dit le prince sur un ton traînant et après un moment de recueillement. – Je n'ai pas l'impression que… vous auriez jamais pu être un Ostermann.

Hippolyte fit la grimace.

– Au reste, je vais vous dire pourquoi j'ai cette idée, s'empressa d'ajouter le prince dans la visible intention de se rattraper ; c'est parce que les gens de cette époque-là (je vous jure que cela m'a toujours frappé) étaient très différents de ceux de la nôtre ; c'était comme une autre race ; oui, vraiment, une autre espèce humaine… En ce temps-là on était en quelque sorte l'homme d'une seule idée ; nos contemporains sont plus nerveux, plus développés, plus sensitifs, capables de suivre deux ou trois idées à la fois… L'homme moderne est plus large. Cela l'empêche, je vous en réponds, d'être tout d'une pièce, comme on l'était dans les siècles passés… Je… je n'ai songé qu'à cela en faisant ma remarque, je ne…

– Je comprends, vous essayez maintenant de me consoler, de la naïveté que vous avez mise à me contredire ; ha ! ha ! Vous êtes un parfait enfant, prince ! En somme, je remarque que vous me traitez tous comme… comme une tasse de porcelaine… Cela ne fait rien, je ne me fâche pas. En tout cas, notre conversation a pris un tour assez cocasse ; vous êtes parfois un véritable enfant,

---

157 André Ivanovitch Ostermann (1686-1747), fils d'un pasteur de Westphalie, vint à 18 ans en Russie où Pierre le Grand l'attacha aux Affaires étrangères. Il négocia la paix de Nystad en 1721 et le traité de 1723 avec la Perse. Chef du parti allemand sous le règne d'Anna Ivanovna, il reçut le titre de comte et la dignité de chancelier. Il fut déporté en Sibérie après le renversement d'Ivan VI par Elisabeth Pétrovna. – N. d. T.

prince. Sachez cependant que j'ambitionnerais d'être tout autre chose qu'un Ostermann ; ce ne serait pas la peine de ressusciter d'entre les morts pour devenir un Ostermann… Du reste je vois qu'il me faut mourir le plus promptement possible, sans quoi moi-même je… Laissez-moi. Au revoir ! Allons, c'est bien : dites-moi vous-même quelle manière de mourir vous regardez comme préférable pour moi ? j'entends : comme la plus… vertueuse. Voyons, parlez !

– Passez auprès de nous en nous pardonnant notre bonheur ! dit le prince d'une voix douce.

– Ha ! ha ! ha ! C'est bien ce que je pensais ! Je m'attendais inévitablement à quelque chose dans ce goût ! Pourtant vous… pourtant vous… Allons, c'est bon. Ah ! les gens éloquents ! Au revoir, au revoir !

VI

La nouvelle donnée par Barbe Ardalionovna à son frère était parfaitement exacte : il devait y avoir une soirée à la villa des Epantchine et on comptait y voir la princesse Biélokonski. Les invitations étaient justement pour ce soir-là. Mais elle en avait parlé avec plus d'humeur qu'il n'était nécessaire. Sans doute la soirée avait été décidée précipitamment et au milieu d'une agitation tout à fait superflue, mais la raison en était que, dans cette famille, « rien ne se faisait comme ailleurs ». Tout s'expliquait par l'impatience d'Elisabeth Prokofievna, qui « ne voulait plus rester dans l'incertitude », et par les palpitantes angoisses qu'inspirait aux parents le bonheur de leur fille chérie.

En outre, la princesse Biélokonski était vraiment sur son départ ; or, comme sa protection avait beaucoup de poids dans le monde et qu'on espérait qu'elle s'intéresserait au prince, les parents comptaient sur la toute-puissante recommandation de la « vieille dame » pour ouvrir au fiancé d'Aglaé les portes de la bonne société. À supposer donc qu'il y eût un côté insolite dans ce mariage, il paraîtrait beaucoup moins sous le couvert d'une pareille protection. Le hic était que les parents n'étaient pas capables de trancher eux-mêmes cette question : « le mariage projeté offre-t-il quelque chose d'insolite, et jusqu'à quel point ? ou n'a-t-il rien que de très naturel » ? L'opinion franche et amicale de personnes ayant de l'autorité et de la compétence aurait été fort opportune en ce moment où, par suite de l'attitude d'Aglaé, rien de décisif n'avait encore été conclu.

En tout cas il était indispensable d'introduire tôt ou tard le prince dans le monde, dont il ne se faisait pas la moindre idée. Autrement dit, on avait l'intention de le « montrer ». La soirée n'en devait pas moins garder un caractère de simplicité et ne réunir que « des amis de la maison », en tout petit comité. Outre la princesse Biélokonski, on comptait sur la femme d'un très grand personnage et haut dignitaire. En fait de jeunes gens on n'attendait guère qu'Eugène Pavlovitch qui devait, en venant, accompagner la princesse Biélokonski.

Le prince avait appris trois jours à l'avance que cette dame viendrait, mais il n'entendit parler de la soirée que la veille du jour où elle devait avoir lieu. Il remarqua naturellement la mine soucieuse des membres de la famille, et quelques allusions embarrassées lui firent comprendre que l'on n'était pas très rassuré sur l'effet qu'il pouvait produire. Mais, d'instinct et du premier au dernier, les Epantchine le considéraient comme incapable, dans sa simplicité, de se rendre compte des inquiétudes qu'il inspirait ; aussi le regardaient-ils tous avec un sentiment intérieur d'anxiété.

Il n'attachait d'ailleurs presque aucune importance à l'événement ; tout autre était sa préoccupation. Aglaé devenait d'heure en heure plus capricieuse et plus sombre ; cela le tuait. Quand il apprit qu'on attendait aussi Eugène Pavlovitch, il manifesta une vive joie et dit qu'il désirait le voir depuis longtemps. Pour une raison qu'il ne discerna pas, ces paroles déplurent à tout le monde. Aglaé sortit de la pièce avec dépit ; tard seulement dans la soirée, passé onze heures, au moment où le prince allait se retirer, elle saisit en le reconduisant l'occasion de lui dire quelques mots seule à seul.

– Je désirerais que vous ne veniez pas chez nous demain de toute la journée, et que vous n'y paraissiez que le soir, lorsque tous ces… invités seront déjà là. Vous savez que nous recevrons ?

Elle prononça ces paroles sur un ton d'impatience et de dureté ; c'était la première fois qu'elle faisait allusion à la « soirée ». À elle aussi l'idée de cette réception était presque insupportable ; tout le monde l'avait remarqué. Peut-être avait-elle eu une furieuse envie de chercher querelle à ses parents à ce propos, mais un sentiment de fierté et de pudeur l'avait retenue. Le prince comprit tout de suite qu'elle aussi avait des craintes sur son compte, mais ne voulait pas en avouer le motif. Il éprouva soudain lui même une sensation de frayeur.

– Oui, je suis invité, répondit-il.

Elle ressentait une gêne visible à aller plus loin.

– Peut-on vous parler sérieusement, ne serait-ce qu'une fois dans votre vie ? dit-elle en éclatant de colère sans savoir pourquoi, mais sans pouvoir se maîtriser.

– Vous le pouvez, je vous écoute ; j'en suis ravi, balbutia le prince.

Aglaé se tut un instant, puis se décida à parler, mais avec une répugnance manifeste.

– Je n'ai pas voulu discuter avec eux à ce sujet ; il y a des cas où on ne peut leur faire entendre raison. J'ai toujours eu de l'aversion pour certaines règles de conduite mondaines auxquelles maman s'assujettit. Je ne parle pas de papa ; il n'y a rien à lui demander. Maman est assurément une femme d'un noble caractère ; essayez de lui proposer quelque chose de bas et vous verrez ! N'empêche qu'elle s'incline devant ce... vilain monde. Je ne parle pas de la Biélokonski : c'est une méchante vieille et une mauvaise nature, mais elle a de l'esprit et elle sait les tenir tous en main ; elle a du moins cela pour elle. Oh ! quelle bassesse ! Et c'est ridicule : nous avons toujours appartenu à la classe moyenne, à la plus moyenne qui soit ; pourquoi vouloir nous pousser dans le grand monde ? Mes sœurs tombent aussi dans ce travers ; c'est le prince Stch... qui leur a tourné la tête. Pourquoi êtes-vous si content de savoir qu'Eugène Pavlovitch viendra ?

– Écoutez, Aglaé, dit le prince, j'ai l'impression que vous avez grand peur que je sois recalé demain... dans cette société ?

– Peur pour vous ? dit Aglaé toute rouge. Pourquoi aurais-je peur pour vous ? Que m'importe... que vous vous couvriez de honte ? Qu'est-ce que cela peut me faire ? Et comment pouvez-vous employer de pareilles expressions ? Que signifie ce mot « recalé » ? C'est un terme bas et trivial.

– C'est un... mot d'écolier.

– Voilà : c'est un mot d'écolier ! un vilain mot. Vous avez apparemment l'intention d'employer des termes de ce genre demain dans la conversation. Cherchez encore à la maison dans votre dictionnaire d'autres mots du même goût : vous serez sûr de faire votre effet ! C'est dommage que vous sachiez vous présenter convenablement dans un salon ; où avez-vous appris cela ? Saurez-vous aussi boire décemment une tasse de thé quand tout le monde regardera comment vous vous y prenez ?

– Je crois que je le saurai.

– Tant pis : je perdrai une occasion de rire à vos dépens. Brisez au moins le vase de Chine qui est dans le salon. Il a de la valeur : faites-moi le plaisir de le briser ; c'est un cadeau ; maman en perdra la tête et se mettra à pleurer devant tout le monde, tellement elle y tient ! Faites un de ces gestes qui vous sont coutumiers : donnez un coup dans ce vase et cassez-le. Asseyez-vous exprès à côté.

– Au contraire, je tâcherai de m'asseoir aussi loin que possible ; merci de m'avoir mis en garde.

– Ainsi, d'avance, vous avez peur de vos gesticulations ! Je parie que vous allez choisir un « thème » pour discourir, un sujet sérieux, savant, élevé ? Comme ce sera… de bon goût !

– Je pense que ce serait bête… si cela ne tombait pas à propos.

– Écoutez une fois pour toutes, dit-elle enfin en perdant patience : si vous entamez un sujet comme la peine de mort, ou la situation économique de la Russie, ou la théorie selon laquelle « la beauté sauvera le monde », eh bien !… j'en serai ravie et m'en amuserai beaucoup, mais… je vous préviens : ne reparaissez plus devant moi après cela ! Vous m'entendez : je parle sérieusement ! Cette fois je parle sérieusement !

Elle proféra en effet cette menace sur un ton *sérieux ;* même il y avait dans ses paroles et dans son regard une expression inaccoutumée que le prince n'y avait jamais observée jusque-là et qui, certes, ne ressemblait guère à une envie de plaisanter.

– Eh bien ! vous vous y êtes prise de telle sorte que j'aurai sûrement un accès de « loquacité » et même… peut-être… que je briserai le vase. Il y a un moment je n'avais peur de rien, mais maintenant je crains tout. Je suis certain de rater mon effet.

– Dans ce cas, taisez-vous. Asseyez-vous et restez coi.

– Ce sera impossible ; je suis convaincu que la crainte me fera discourir et qu'elle me fera aussi briser le vase. Je m'étalerai peut-être au milieu du parquet ou commettrai quelque maladresse du même genre, car cela m'est déjà arrivé ; j'en rêverai toute cette nuit ; pourquoi m'avez-vous parlé de cela ?

Aglaé le regarda d'un air sombre.

– Savez-vous quoi ? J'aime mieux ne pas venir du tout demain ! Je me ferai porter malade et tout sera dit ! fit-il sur un ton décidé.

Aglaé frappa du pied et pâlit de colère.

– Mon Dieu ! a-t-on jamais vu pareille chose ! Il ne viendra pas alors que c'est spécialement pour lui que… Oh ! Dieu ! quel plaisir d'avoir affaire à un pareil… à un homme aussi déraisonnable que vous !

– C'est bien, je viendrai, je viendrai ! interrompit vivement le prince, et je vous donne ma parole d'honneur que je ne dirai pas un mot de toute la soirée. Ainsi ferai-je.

– Et ce sera très bien. Vous venez de dire : « Je me ferai porter malade » ; où allez-vous chercher de pareilles expressions ? Est-ce exprès que vous me parlez sur ce ton-là ? Vous cherchez à m'agacer, n'est-ce pas ?

– Pardon ; c'est aussi un mot d'écolier ; je ne l'emploierai plus. Je comprends très bien que vous... ayez des craintes à mon sujet... (Voyons, ne vous fâchez pas !), et cela me fait un plaisir énorme. Vous ne pouvez croire combien j'ai peur maintenant – et combien vos paroles me comblent de joie. Mais toute cette crainte est puérile ; c'est une billevesée, je vous le jure. Dieu m'en est témoin, Aglaé ! la joie seule restera. J'aime beaucoup vous voir si enfant, si brave et si bonne enfant ! Ah ! Aglaé, comme vous pouvez être charmante !

Aglaé était sur le point de se fâcher, mais à cet instant un sentiment auquel elle-même ne s'attendait pas envahit soudain toute son âme.

– Vous ne me reprocherez pas un jour... plus tard, les paroles grossières que je viens de vous adresser ? demanda-t-elle brusquement.

– Allons donc ! à quoi pensez-vous ? Et pourquoi rougissez-vous de nouveau ? Voilà votre regard redevenu sombre ! Il est parfois trop sombre, Aglaé ; vous n'aviez pas ce regard-là autrefois. Je sais d'où vient...

– Taisez-vous, taisez-vous !

– Non, il vaut mieux le dire. Il y a longtemps que je voulais le dire ; j'en ai déjà parlé, mais... cela n'a pas suffi, car vous ne m'avez pas cru. Entre nous, il y a quand même un être...

– Taisez-vous, taisez-vous, taisez-vous, taisez-vous ! l'interrompit vivement Aglaé en lui saisissant le bras avec véhémence et en le regardant sous l'empire d'une sorte de terreur.

À ce moment on l'appela. Enchantée de cette diversion, elle le laissa et s'enfuit précipitamment.

Le prince eut la fièvre pendant toute la nuit. Chose étrange, il avait la fièvre toutes les nuits depuis quelque temps. Cette fois-ci, dans un état voisin du délire, une idée le hanta : si le lendemain devant tout le monde, il allait avoir une attaque ? N'avait-il pas déjà eu des attaques à l'état de veille ? Cette pensée le glaça ; toute la nuit il se vit dans une société étonnante, inouïe, au milieu de gens étranges. Le fait capital était qu'il s'était mis à « discourir » ; il savait qu'il devait se taire, et cependant il parlait tout le temps en s'efforçant de contraindre ses auditeurs à quelque chose. Eugène Pavlovitch et Hippolyte étaient au nombre des invités et paraissaient en termes d'étroite intimité.

Il se réveilla après huit heures avec un mal de tête, des idées en désordre et de singulières impressions. Il avait un désir impétueux, mais irraisonné de voir Rogojine et de s'entretenir longuement avec lui ; à propos de quoi ? il n'en savait rien lui-même. Puis, sans plus de motif, il prit la résolution d'aller chez Hippolyte. Il avait dans le cœur quelque chose de si trouble que les incidents de cette matinée, tout en produisant sur lui une impression intense, n'arrivèrent cependant pas à épuiser toute son attention. Au nombre de ces incidents fut la visite de Lébédev.

Celui-ci vint le trouver d'assez bonne heure, un peu après neuf heures ; il était passablement gris. Bien que le prince eût été médiocre observateur dans les derniers temps, il n'en avait pas moins été frappé, comme d'une chose qui sautait aux yeux, de la mauvaise tenue de Lébédev depuis que le général Ivolguine était parti de chez lui, c'est-à-dire depuis trois jours. Il était maintenant sale et couvert de taches, sa cravate était mise de travers, le col de sa redingote laissait voir des déchirures. Il allait jusqu'à faire du vacarme chez lui et on l'entendait à travers la cour ; Véra était venue un jour tout en larmes et avait raconté différentes choses.

Devant le prince, il se mit à parler sur un ton tout à fait bizarre en se frappant la poitrine et en s'accusant d'on ne sait quel méfait...

– C'est fait... j'ai reçu la récompense de ma traîtrise et de ma bassesse... J'ai reçu un soufflet ! conclut-il enfin avec un accent tragique.

– Un soufflet ! Et de qui ?... De si bonne heure ?

– De si bonne heure ? repartit Lébédev avec un sourire sarcastique ; l'heure ne fait rien à l'affaire... même quand il s'agit d'un châtiment physique... mais c'est un châtiment moral... un soufflet moral, et non physique, que j'ai reçu !...

Il s'assit brusquement sans plus de cérémonie et commença à raconter son affaire. Comme ce récit était fort décousu, le prince fronça le sourcil et fit mine de s'en aller. Mais quelques mots soudain le frappèrent. Il resta comme pétrifié de surprise... M. Lébédev racontait des choses étranges.

Il avait d'abord parlé, semblait-il, d'une certaine lettre, à propos de laquelle il avait prononcé le nom d'Aglaé Ivanovna. Puis, inopinément, il s'était mis à accuser en termes amers le prince lui-même ; il laissait entendre qu'il avait été offensé par lui. À l'en croire, celui-ci l'avait, au début, honoré de sa confiance à propos d'affaires qui concernaient un certain « personnage » (c'était Nastasie Philippovna), puis il avait complètement rompu avec lui et l'avait écarté d'une manière ignominieuse et même outrageante, au point que, la dernière fois, il avait grossièrement éludé une « innocente question sur l'éventualité d'un changement prochain dans la maison ». Avec des larmes d'ivrogne, Lébédev avoua qu'après cet affront, il ne pouvait plus tolérer la situation, d'autant qu'il savait… un tas de choses… par Rogojine, par Nastasie Philippovna et par une amie de celle-ci, par Barbe Ardalionovna… et même… et par… et par Aglaé Ivanovna elle-même : « Figurez-vous que cela s'est fait par l'entremise de Véra, de ma bien-aimée Véra, ma fille unique… mais oui !…, du reste elle n'est pas unique, puisque j'en ai trois. Mais qui a écrit à Elisabeth Prokofievna pour la renseigner, et encore sous le sceau du plus profond secret ? hé ! hé ! Qui a porté à sa connaissance tous les faits et gestes… de Nastasie Philippovna ? hé ! hé ! hé ! Quel est ce correspondant anonyme, je vous le demande un peu ? »

– Se peut-il que ce soit vous ? s'écria le prince.

– Justement, répliqua avec dignité l'ivrogne. Et aujourd'hui même, à huit heures et demie, il y a une demi-heure… non, il y a trois quarts d'heure, j'ai fait savoir à cette très noble mère que j'avais à lui communiquer une aventure… suggestive. Je le lui ai annoncé dans un billet que la servante est allée porter par l'entrée de service. Elle l'a reçu.

– Vous venez de voir Elisabeth Prokofievna ? demanda le prince qui n'en croyait pas ses oreilles.

– Je viens de la voir et j'ai reçu un soufflet… moralement parlant. Elle m'a rendu la lettre, elle me l'a même jetée à la figure sans l'avoir décachetée… et elle m'a pris au collet et flanqué à la porte… au moral, pas physiquement…, d'ailleurs il s'en est fallu de peu que ce ne fût physiquement !

– Qu'est-ce que cette lettre qu'elle vous a jetée à la figure sans l'avoir décachetée ?

– Mais est-ce que… hé ! hé ! hé ! Comment ne vous l'ai-je pas encore dit ? Il me semble vous en avoir déjà parlé… J'avais reçu une petite lettre pour la faire parvenir…

– Une lettre de qui ? À qui ?

Certaines des « explications » de Lébédev étaient extrêmement difficiles à comprendre et on avait peine à y démêler quoi que ce fût. Le prince put seulement discerner que la lettre avait été remise de très bonne heure par une servante à Véra Lébédev pour que celle-ci la fît parvenir à sa destination… « comme précédemment… comme précédemment, à un certain personnage et de la part de la même personne… (à l'une je donne la qualification de « personne », à l'autre celle de « personnage », pour marquer la bassesse de celle-ci et la grande différence qu'il y a entre la très noble et ingénue fille d'un général et… une camélia). Quoi qu'il en soit, la lettre a été écrite par une « personne » dont le nom commence par la lettre *A* »…

– Est-ce possible ? Elle aurait écrit à Nastasie Philippovna ? C'est absurde, s'écria le prince.

– C'est ainsi : seulement les lettres ont été envoyées, sinon à Nastasie Philippovna, du moins à Rogojine, ce qui est tout un… Il y a même eu une lettre de la personne dont le nom commence par un *A* à l'adresse de M. Térentiev, pour qu'il la fasse parvenir, ajouta Lébédev avec un clignement d'yeux et un sourire.

Comme il sautait à chaque instant d'un sujet à un autre et oubliait ce qu'il avait commencé à dire, le prince se tut pour lui permettre de vider son sac. Mais un point restait très obscur : les lettres passaient-elles par ses mains ou par celles de Véra ? En assurant qu'écrire à Rogojine ou écrire à Nastasie Philippovna, c'était tout un, il laissait entendre que ces lettres, si elles existaient, ne passaient probablement pas par lui. Il restait difficile de comprendre par quel hasard celle-ci avait pu tomber entre ses mains ; le plus vraisemblable était qu'il l'avait soustraite d'une manière quelconque à Véra ;… s'en étant subrepticement emparé, il l'avait portée à Elisabeth Prokofievna avec une intention. Telle fut l'hypothèse à laquelle le prince finit par se ranger.

– Vous avez perdu l'esprit ! s'écria-t-il en proie à un trouble extrême.

– Pas tellement, très honoré prince, repartit Lébédev non sans malignité. – À vrai dire ma première idée était de vous la remettre en mains propres pour vous rendre service… mais j'ai réfléchi que ce service serait plus opportun là-bas et qu'il était préférable de porter tout à la connaissance de la plus noble des mères… d'autant que je l'avais déjà prévenue une fois par une lettre anonyme. Et dans le billet que j'ai envoyé tout à l'heure pour lui demander de me recevoir à huit heures vingt, j'ai également signé : « votre correspondant secret ». On m'a admis immédiatement et même avec un vif empressement, par l'escalier de service…, auprès de la très noble mère…

– Et puis ?…

– Vous le savez déjà : c'est tout juste si elle ne m'a pas battu ; il s'en est même fallu de si peu que je puis presque me regarder comme battu. Quant à la lettre, elle me l'a jetée au visage. Il est vrai qu'elle s'est demandé un moment si elle n'allait pas la garder, mais j'ai vu, j'ai remarqué qu'elle changeait d'idée ; elle me l'a lancée en disant : « Puisque l'on a chargé un individu comme toi de la transmettre, eh bien ! transmets-la !… » Elle était même offensée. Qu'elle n'ait pas eu honte de dire une chose pareille devant moi, cela prouve qu'elle était offensée. C'est une femme emportée !

– Où se trouve maintenant la lettre ?

– Je l'ai toujours : la voici.

Et il remit au prince le billet d'Aglaé à Gabriel Ardalionovitch. C'était ce billet que ce dernier devait montrer triomphalement à sa sœur deux heures plus tard.

– Cette lettre ne peut pas rester entre vos mains.

– Je vous la remets, je vous la remets, dit Lébédev avec feu. – Maintenant, je suis de nouveau à votre dévotion, je suis tout vôtre, de tête et de cœur ; je rentre à votre service après une trahison passagère ! Frappez au cœur, mais épargnez ma barbe, comme disait Thomas Morus[158]... en Angleterre, et en Grande-Bretagne. *Mea culpa, mea culpa,* comme dit le papa de Rome... c'est-à-dire le pape de Rome, mais moi je le nomme le « papa de Rome ».

– Cette lettre doit être immédiatement expédiée, insista le prince ; je m'en charge.

– Ne vaudrait-il pas mieux, prince très délicat, ne serait-il pas préférable de faire... comme cela.

Ce disant, Lébédev esquissa une étrange et obséquieuse mimique. Il se mit à s'agiter sur place comme si on l'avait piqué avec une aiguille ; il clignait des yeux d'un air madré et indiquait quelque chose avec ses mains.

– Quoi ? demanda le prince d'un air menaçant.

– Il aurait d'abord fallu ouvrir la lettre ! souffla Lébédev d'un ton insinuant et quasi confidentiel.

Le prince bondit avec une telle expression de colère que Lébédev fut sur le point de prendre la fuite ; mais ayant gagné la porte, il s'arrêta et attendit sa grâce.

---

158 Condamné au dernier supplice, Thomas Morus pria, dit-on, le bourreau d'épargner sa barbe : « Il n'importe pas beaucoup pour moi, mais il importe pour toi que l'on puisse dire que tu entends fort bien ton métier, parce que l'arrêt porte que tu dois couper ma tête et non pas ma barbe ». – N. d. T.

– Ah ! Lébédev ! peut-on, peut-on en venir au degré de désordre et de bassesse où vous êtes tombé ? s'écria le prince avec un accent de profonde tristesse.

Les traits de Lébédev se rassérénèrent.

– Je suis bas ! je suis bas ! fit-il en se rapprochant aussitôt ; il avait les larmes aux yeux et se frappait la poitrine.

– Mais ce sont des infamies !

– Précisément : des infamies. C'est le mot juste.

– Pourquoi cette habitude d'agir aussi... singulièrement ? Au fond vous n'êtes... qu'un espion ! Pourquoi avoir écrit une lettre anonyme pour alarmer... une femme aussi noble et aussi bonne ? Pourquoi enfin Aglaé Ivanovna n'aurait-elle pas le droit d'écrire à qui bon lui semble ? Est-ce pour vous plaindre que vous y êtes allé aujourd'hui ? Qu'attendiez-vous de cette démarche ? Qu'est-ce qui vous a poussé à cette dénonciation ?

– Je n'ai obéi qu'à une engageante curiosité et... au désir d'obliger une âme noble, oui ! balbutia Lébédev. Mais maintenant je suis tout à vous, je suis de nouveau tout à vous. Pendez-moi si vous voulez !

– Est-ce que vous vous êtes présenté dans cet état-là chez Elisabeth Prokofievna ? demanda le prince avec une curiosité mêlée de dégoût.

– Oh ! non !... j'étais plus frais... et même plus correct ; c'est après avoir reçu cette humiliation que je me suis mis... dans l'état où vous me voyez.

– Allons, c'est bon ! laissez-moi.

Cependant il dut réitérer plusieurs fois cette prière avant que son hôte se décidât enfin à partir. Même après avoir ouvert la porte, Lébédev revint sur la pointe des pieds jusqu'au milieu de la pièce et recommença sa mimique sur la manière d'ouvrir une lettre ; mais il n'osa pas joindre la parole au geste et sortit, un sourire paisible et affable sur les lèvres.

De tout son bavardage, fort pénible à entendre, un fait capital, extraordinaire, se dégageait : Aglaé traversait une violente crise d'inquiétude, de perplexité ; quelque chose la tourmentait vivement (« la jalousie », se chuchotait le prince). Une autre constatation s'imposait, c'est qu'à coup sûr des gens mal intentionnés l'alarmaient et il était déjà fort étrange qu'elle mît tant de confiance en eux. Sans aucun doute des desseins particuliers, peut-être néfastes... en tout cas qui ne ressemblaient à rien avaient mûri dans cette petite tête inexpérimentée, mais ardente et fière…

Ces déductions plongèrent le prince dans une extrême frayeur et son trouble fut tel qu'il ne sut plus à quel parti s'arrêter. Il se sentait en face d'une éventualité qu'il fallait empêcher à tout prix. Il regarda encore l'adresse de la lettre cachetée : oh ! pour ce qui était de lui, il n'avait ni doute, ni inquiétude, car sa foi l'en préservait ; l'angoisse que lui inspirait cette lettre était d'un autre ordre : il n'avait pas confiance dans Gabriel Ardalionovitch. Et cependant il fut sur le point de lui remettre la lettre en mains propres ; il sortit même de chez lui avec cette intention, mais, en cours de route, il se ravisa. Par une sorte de fait exprès, il était presque à la maison de Ptitsine lorsqu'il rencontra Kolia ; il chargea celui-ci de remettre la lettre entre les mains de son frère comme si elle lui eût été personnellement confiée par Aglaé Ivanovna. Kolia ne posa aucune question et remit la lettre, en sorte que Gania ne se douta point qu'elle avait passé par tant d'intermédiaires.

Rentré à la maison, le prince pria Véra Loukianovna de venir le voir et lui dit ce qu'il fallait pour la calmer, car jusque-là elle avait cherché cette lettre en pleurant. Elle fut consternée d'apprendre qu'elle lui avait été prise par son père. (Par la suite elle lui confia s'être déjà plusieurs fois entremise en secret entre Rogojine et Aglaé Ivanovna ; il n'était pas venu à l'esprit de la jeune fille qu'il pût y avoir là quelque chose de contraire aux intérêts du prince…)

Ce dernier avait les idées en grand désarroi ; lorsqu'on accourut lui dire, de la part de Kolia, que le général était malade, ce fut à peine s'il comprit de quoi il s'agissait. Mais la forte diversion que cet événement provoqua dans son esprit lui fut salutaire. Il passa presque toute la journée, jusqu'au soir, chez Nina Alexandrovna (où naturellement on avait transporté le malade). Il ne fut presque d'aucun secours, mais il y a des gens qu'on aime à avoir auprès de soi dans certains moments pénibles. Kolia était terriblement affecté et pleurait comme s'il avait une crise de nerfs ; il n'en fut pas moins tout le temps en courses : il se mit en quête d'un médecin et en trouva trois, courut chez le pharmacien, chez le barbier. On ranima le général, mais il ne reprit pas connaissance ; les médecins opinèrent qu'« en tout cas il était en danger ». Barbe et Nina Alexandrovna ne quittaient pas le malade. Gania était bouleversé et abattu, mais ne voulait pas monter et craignait même de voir son père ; il se tordait les mains et, dans une conversation décousue qu'il eut avec le prince, il trouva le moyen de dire que « c'était un grand malheur qui, comme un fait exprès, survenait en un pareil moment » ! Le prince crut comprendre l'allusion renfermée dans ces derniers mots.

Hippolyte n'était déjà plus chez les Ptitsine. Vers le soir Lébédev accourut ; depuis l'« explication » du matin jusqu'à ce moment il avait dormi d'une seule traite. Il était maintenant à peu près dégrisé et versait des larmes sincères sur le sort du malade, comme s'il se fût agi de son propre frère. Il s'accusait à haute voix, sans préciser de quelle faute, et il fatiguait Nina Alexandrovna en lui répétant à chaque instant qu'il était cause de tout, et nul autre que lui... qu'il n'avait agi que par une aimable curiosité... et que le « défunt » (on ne sait pourquoi il s'obstinait à désigner ainsi le général qui vivait encore) était même un homme de génie ! Il insistait avec un sérieux particulier sur le génie du général, comme si cette constatation eût été à ce moment d'une énorme utilité. Voyant la sincérité de ses larmes, Nina Alexandrovna finit par lui dire sans aucun air de reproche et même sur un ton affable : « Allons ! que Dieu vous vienne en aide ! Ne pleurez pas, voyons ! le bon Dieu vous pardonnera ! » Ces paroles et l'accent sur lequel elles avaient été proférées firent sur Lébédev une telle impression que de toute la soirée il ne quitta plus Nina Alexandrovna (et pendant les jours qui suivirent, jusqu'à la mort du général, il resta presque du matin au soir chez eux). Deux fois dans le courant de la journée on vint chez Nina Alexandrovna demander des nouvelles du vieillard de la part d'Elisabeth Prokofievna.

Le soir, à neuf heures, quand le prince fit son apparition dans le salon des Epantchine, déjà rempli d'invités, Elisabeth Prokofievna se mit aussitôt à le questionner avec intérêt et en détails au sujet du malade ; elle répondit sur un ton d'importance à la princesse Biélokonski qui avait demandé : « De quel malade s'agit-il et qui est Nina Alexandrovna ? » Ce trait plut beaucoup au prince. Lui-même, dans les explications qu'il donna à Elisabeth Prokofievna fut « très bien », comme s'exprimèrent plus tard les sœurs d'Aglaé : il avait parlé « avec modestie, calme et dignité, sans mots inutiles ni gesticulation ; il avait fait une entrée très réussie et sa mise était irréprochable ». Non seulement il ne s'était pas « étalé au milieu du parquet », comme on le craignait la veille, mais il avait même produit sur tout le monde une bonne impression.

De son côté, après s'être assis et orienté, il avait tout de suite remarqué que cette société n'avait rien de commun avec les fantômes dont Aglaé l'avait effrayé la veille, ni avec ses cauchemars de la nuit précédente. C'était la première fois de sa vie qu'il découvrait un coin de ce que l'on appelle de ce nom effrayant : « le monde ». Il y avait longtemps déjà que, eu égard à ses intentions, projets et inclinations, il brûlait d'entrer dans ce cercle enchanté ; aussi était-il vivement intrigué par la première impression qu'il y éprouverait. Cette première impression fut charmante. Dès l'abord il lui sembla que tous ces gens étaient faits pour se trouver réunis , que les Epantchine ne donnaient pas une « soirée » et qu'il n'avait pas devant lui des invités, mais uniquement des « intimes » ; lui-même se sentait dans la situation d'un homme qui retrouve après une courte séparation des personnes dont il est l'ami dévoué et dont il partage les idées. Le charme et la distinction de leurs manières, leur simplicité et leur apparente sincérité produisaient un effet presque féerique. Il ne pouvait même pas lui venir à l'esprit que bonhomie, noblesse de manières, bel esprit, sentiment élevé de dignité, tout cela n'était peut-être qu'une mise en scène. Dans leur majorité les invités étaient même, en dépit de leur imposant extérieur, des gens passablement insignifiants ; leur suffisance les empêchait d'ailleurs de se rendre eux-mêmes compte que nombre de qualités, étant chez eux inconscientes, empruntées ou héritées, n'impliquaient aucun mérite personnel. Dans l'enchantement de sa première impression, le prince ne fut même pas tenté de soupçonner cela. Il voyait par exemple ce vieillard, important dignitaire, qui eût pu être son grand-père, s'interrompre pour écouter un jeune homme inexpérimenté comme lui. Et ce vieux monsieur non seulement l'écoutait, mais encore semblait faire cas de son avis, tant il se montrait affable avec lui, tant sa bienveillance était sincère, quoiqu'ils fussent étrangers l'un à l'autre et se vissent pour la première fois. Peut-être fût-ce cette politesse raffinée qui agit sur la nature ardente et impressionnable du prince. Peut-être aussi était-il venu dans un état d'âme qui le prédisposait à l'optimisme.

Or les liens qui attachaient toutes ces personnes aux Epantchine, comme ceux qui les unissaient les unes aux autres, étaient au fond beaucoup plus lâches que ne l'avait cru le prince dès qu'il leur avait été présenté et avait fait leur connaissance. Il y avait là des gens qui n'auraient jamais et à aucun prix reconnu les Epantchine pour leurs égaux. Il y en avait même qui se détestaient foncièrement ; la vieille Biélokonski avait toute sa vie « méprisé » la femme du « vieux dignitaire » et tant s'en fallait que, de son côté, celle-ci aimât Elisabeth Prokofievna.

Le « dignitaire », qui avait été le protecteur des Epantchine depuis leur jeunesse et qui ce soir occupait chez eux la place d'honneur, revêtait aux yeux d'Ivan Fiodorovitch une importance si considérable qu'en sa présence le général eût été incapable d'éprouver aucun autre sentiment que celui de la vénération et de la crainte ; il se serait même sincèrement méprisé lui-même s'il s'était cru un instant son égal et avait cessé de voir dans le personnage un Jupiter Olympien.

Il y avait aussi là des gens qui ne s'étaient pas rencontrés depuis des années et ne ressentaient les uns pour les autres que de l'indifférence, sinon de l'inimitié ; ils ne s'en retrouvaient pas moins en ce moment comme s'ils s'étaient vus la veille dans la plus cordiale et la plus agréable des compagnies.

La réunion n'était d'ailleurs pas nombreuse. Hormis la princesse Biélokonski, le « vieux dignitaire » qui était en effet un gros personnage, et son épouse, on y remarquait encore un officier général, baron ou comte, qui portait un nom allemand ; cet homme extraordinairement taciturne avait la réputation d'entendre à merveille les affaires d'État et passait même pour une sorte de savant. C'était un de ces administrateurs olympiens qui connaissent « tout, sauf la Russie » et émettent tous les cinq ans « une pensée dont la profondeur fait sensation » et dont l'expression, devenue proverbiale, arrive aux oreilles des plus hautes personnalités ; un de ces fonctionnaires qui, après une carrière d'une longueur interminable (voire prodigieuse), meurent généralement dans une très belle situation et nantis d'émoluments considérables, bien qu'ils n'aient aucune action d'éclat à leur actif et même manifestent une certaine aversion pour les actions d'éclat. Ce général était, dans l'administration, le supérieur immédiat d'Ivan Fiodorovitch, qui, par élan d'un cœur reconnaissant et même par un amour-propre particulier, se regardait aussi comme son obligé, encore que l'autre ne se considérât nullement comme le bienfaiteur d'Ivan Fiodorovitch et professât à son endroit une certaine indifférence ; tout en agréant volontiers ses divers services, il l'eût remplacé sur l'heure si des considérations quelconques, même d'un ordre secondaire, lui en avaient fait sentir l'opportunité.

Il y avait encore dans l'assistance un personnage important, d'un certain âge, qui passait pour parent d'Elisabeth Prokofievna, bien qu'il n'en fût rien. Il avait un rang et une situation enviables ; c'était un homme riche et bien né, de carrure solide et de santé florissante. Il était grand parleur et avait la réputation d'un mécontent (au sens le plus licite du mot) et même d'un bilieux (trait qui, d'ailleurs, avait chez lui son charme). Ses manières étaient celles d'un aristocrate anglais ; ses goûts étaient anglais (par exemple, il aimait le rosbif saignant, les attelages, le service des laquais, etc.). Il était intime avec le « dignitaire », qu'il s'évertuait à distraire. Au demeurant Elisabeth Prokofievna caressait l'étrange idée que ce barbon (de mœurs un peu légères et assez amateur de beau sexe) pourrait s'aviser un jour de vouloir faire le bonheur d'Alexandra en demandant sa main.

Au-dessous de ces invités de la qualité la plus relevée et la plus imposante, venait une catégorie de convives beaucoup plus jeunes, mais qui brillaient également par la distinction. C'étaient, outre le prince Stch… et Eugène Pavlovitch, le charmant prince N., bien connu pour les succès féminins qu'il avait remportés dans toute l'Europe. Âgé d'environ quarante-cinq ans, il avait encore belle allure et possédait un surprenant talent de narrateur. Bien que son patrimoine fût passablement ébréché, il avait gardé l'habitude de vivre de préférence à l'étranger.

Enfin une troisième catégorie groupait ces gens qui n'appartiennent pas au « cercle fermé » de la société, mais que l'on peut parfois y rencontrer, tels les Epantchine eux-mêmes. Guidés par un certain tact qui leur servait de ligne de conduite, les Epantchine aimaient à mêler, dans les rares occasions où ils recevaient, la haute société avec les gens d'une couche moins élevée représentant l'élite de la « société moyenne ». On leur faisait honneur de ce calcul et on disait d'eux qu'ils s'entendaient à tenir leur rang et avaient du savoir-vivre, jugement dont ils étaient fiers.

Un des représentants de cette société moyenne était un ingénieur ayant rang de colonel, homme sérieux et très lié avec le prince Stch…, qui l'avait introduit chez les Epantchine ; il était d'ailleurs sobre de paroles dans le monde et portait ostensiblement à l'index de la main droite une grosse bague, sans doute un cadeau impérial.

Il y avait enfin un poète et littérateur d'origine allemande, mais d'inspiration russe ; c'était un homme d'environ trente-huit ans, d'allures parfaitement convenables : on pouvait sans appréhension l'introduire dans la bonne société. Il avait un air avantageux, bien qu'il y eût en lui quelque chose d'un peu antipathique. Sa mise était impeccable. Il appartenait à une famille allemande des plus bourgeoises, mais très considérée. Il savait profiter des circonstances pour se glisser sous la protection des hauts personnages et s'y maintenir en faveur. Il avait jadis traduit de l'allemand en vers russes l'œuvre d'un grand poète germanique et avait donné à cette traduction une dédicace utile. Il avait l'art de faire valoir ses relations d'amitié avec un célèbre poète russe aujourd'hui défunt (il y a toute une catégorie d'écrivains qui aiment ainsi à faire étalage de leur intimité avec un auteur illustre lorsque celui-ci est mort). Il avait été récemment introduit chez les Epantchine par la femme du « vieux dignitaire ». Cette dame passait pour la protectrice des hommes de lettres et des savants ; et, de fait, elle avait procuré une pension à un ou deux écrivains par l'entremise de gens haut placés sur lesquels elle exerçait de l'influence. Elle avait, en effet, dans son genre, un certain ascendant. Âgée d'environ quarante-cinq ans (donc jeune par rapport à son mari qui était un vieillard), elle avait été belle et aimait encore, par un travers commun à beaucoup de femmes de son âge, à s'habiller avec affectation. Son intelligence était médiocre et sa compétence en littérature fort discutable. Mais c'était chez elle une manie de protéger les hommes de lettres comme de se vêtir avec recherche. On lui dédiait beaucoup d'ouvrages et de traductions ; deux ou trois auteurs avaient, avec son autorisation, publié des lettres qu'ils lui avaient adressées sur des sujets très importants…

Telle était la société que le prince prit pour la monnaie du meilleur aloi et pour un or sans alliage. Au reste tous ces gens étaient ce soir-là, comme par un fait exprès, pleins d'optimisme et enchantés d'eux-mêmes. Chacun était persuadé que sa visite faisait grand honneur aux Epantchine. Mais hélas ! le prince ne se doutait même pas de ces subtilités. Il ne lui venait pas à l'esprit, par exemple, que les Epantchine, ayant pris une décision aussi grave que celle dont dépendait le sort de leur fille, n'auraient pas osé se dispenser de le présenter, lui, le prince Léon Nicolaïévitch, à ce vieux dignitaire, protecteur attitré de la famille. Et ce petit vieux, qui aurait appris avec le calme le plus parfait qu'une catastrophe s'était abattue sur les Epantchine, se serait sûrement regardé comme offensé si ceux-ci avaient marié leur fille sans le consulter et, pour ainsi dire, sans son agrément. Le prince N., ce charmant jeune homme, indiscutablement plein d'esprit et le cœur sur la main, avait la conviction absolue que son apparition cette nuit-là dans le salon des Epantchine était un événement comparable au lever du soleil. Il les mettait à cent pieds au-dessous de lui, et c'était justement dans cette candide et noble idée qu'il puisait son aimable désinvolture et son affabilité envers eux. Il savait très bien qu'il aurait ce soir-là à raconter quelque chose pour charmer la société et il s'y disposait même avec un certain air d'inspiration. Le prince Léon Nicolaïévitch, en écoutant un peu plus tard son récit, eut l'impression qu'il n'avait jamais rien entendu de comparable à cette verve étincelante et à cet humour dont l'ingénuité avait quelque chose de touchant dans la bouche d'un Don Juan comme le prince N. Il ne se doutait pas combien était vieille, défraîchie, ressassée, cette histoire, qui pouvait passer chez les naïfs Epantchine pour une nouveauté, pour improvisation brillante, spontanée et sincère d'un charmant et spirituel causeur, mais qui, dans tout autre salon, eût été jugée souverainement ennuyeuse. Le rimeur allemand lui-même, bien qu'il affectât autant d'amabilité que de modestie, n'en était pas moins enclin à croire que sa présence honorait la maison.

Mais le prince ne voyait ni l'envers ni les dessous de la situation. Aglaé n'avait pas prévu ce mécompte. Elle-même avait brillé de toute sa beauté pendant cette soirée. Les trois jeunes filles étaient en toilette, mais leur mise n'était pas trop recherchée et leur coiffure était même plutôt insolite. Assise à côté d'Eugène Pavlovitch, Aglaé parlait et plaisantait avec lui sur un ton d'extrême intimité. Il avait une contenance un peu plus grave qu'à l'ordinaire, sans doute par égard pour l'importance des dignitaires présents. Au reste on le connaissait depuis longtemps dans les réunions mondaines ; bien que jeune homme, il y était regardé comme faisant partie de la société. Il était venu ce soir-là avec un crêpe à son chapeau, ce qui lui avait valu les éloges de la princesse Biélokonski ; dans des circonstances semblables, un autre homme du monde n'en aurait peut-être pas fait autant pour la mort d'un pareil oncle. Elisabeth Prokofievna en manifesta également de la satisfaction, mais elle paraissait surtout en proie à un excès de préoccupation.

Le prince remarqua qu'Aglaé l'avait regardé une ou deux fois avec attention et avait paru contente de lui. Peu à peu il sentit son cœur se dilater de bonheur. Les pensées « fantastiques » et les appréhensions qui l'avaient naguère assailli (après son entretien avec Lébédev) lui apparaissaient maintenant, à travers de brusques mais fréquentes évocations, comme des rêves sans lien avec la réalité, invraisemblables et même ridicules ! (Déjà pendant toute la journée son désir le plus cher, bien qu'inconscient, avait été de se démontrer qu'il n'y avait pas lieu de croire à ces songes.) Il parlait peu et se bornait à répondre aux questions. À la fin il garda un silence complet et resta à écouter les autres avec l'air d'un homme qui est aux anges. Peu à peu une sorte d'inspiration s'empara de lui, prête à déborder à la première occasion… Cependant s'il reprit la parole, ce fut par hasard, pour répondre à une question et, selon toute apparence, sans aucune intention préméditée…

VII

Tandis qu'il contemplait d'un air béat Aglaé poursuivant avec le prince N. et Eugène Pavlovitch une conversation enjouée, le personnage âgé aux allures d'anglomane s'entretenait, à l'autre bout du salon, avec le « dignitaire ». Au cours d'un récit animé il prononça tout à coup le nom de Nicolas Andréïévitch Pavlistchev. Le prince se tourna aussitôt de leur côté et se mit à suivre leur colloque.

Il s'agissait des nouveaux règlements et de certains troubles de jouissance qui en résultaient pour les grands propriétaires de la province de Z. Le récit de l'anglomane devait avoir en lui-même quelque chose de divertissant, car le petit vieux finit par se mettre à rire en entendant son interlocuteur épancher sa bile. Celui-ci exposait avec aisance, sur le ton traînant d'un homme grincheux et en accentuant mollement les voyelles, les raisons pour lesquelles il s'était vu obligé, sous le régime nouveau, de vendre à moitié prix un splendide domaine qu'il possédait dans cette province, encore qu'il n'eût pas particulièrement besoin d'argent. En même temps il lui fallait garder un bien ruiné, qui ne lui valait que des pertes et le contraignait en outre à soutenir un procès onéreux. « Pour éviter encore un procès au sujet du fonds provenant de la succession Pavlistchev, j'ai préféré m'en désintéresser. Encore un ou deux héritages comme celui-là et je serai ruiné. Il y avait pourtant là-bas trois mille déciatines d'excellente terre qui me revenaient ! »

Ivan Fiodorovitch avait remarqué l'extrême attention que le prince portait à cet entretien. S'étant soudain rapproché de lui, il lui dit à mi-voix :

– Écoute... Ivan Pétrovitch est apparenté à feu Nicolas Andréïévitch Pavlistchev... Tu recherchais, je crois, des parents ?

Ivan Fiodorovitch n'avait eu jusque-là d'yeux que pour son chef, le général. Mais s'étant aperçu depuis un moment que Léon Nicolaïévitch était particulièrement délaissé, il en avait éprouvé une certaine inquiétude. Aussi essayait-il de l'introduire plus ou moins dans la conversation en le présentant ainsi en quelque sorte une seconde fois et en le recommandant aux « personnalités ».

– Léon Nicolaïévitch a été élevé par Nicolas Andréïévitch Pavlistchev après la mort de ses parents, laissa-t-il tomber après avoir rencontré le regard d'Ivan Pétrovitch.

– En-chan-té, repartit ce dernier, – et je me souviens même très bien de vous. Dès le moment où Ivan Fiodorovitch nous a présentés l'un à l'autre, je vous ai tout de suite remis, même de figure. Vous n'avez en vérité pas beaucoup changé, bien que vous n'eussiez que dix ou onze ans lorsque je vous ai vu. Vos traits ont quelque chose qui m'est resté dans la mémoire…

– Vous m'avez connu enfant ? demanda le prince avec une sorte de stupeur.

– Oh ! il y a bien longtemps ! continua Ivan Pétrovitch. C'était à Zlatoverkhovo, où vous demeuriez alors chez mes cousines. J'y allais autrefois assez souvent ; vous ne vous souvenez pas de moi ? Cela n'a rien d'étonnant… Vous étiez alors… dans je ne sais quel état maladif, et je me rappelle même avoir été frappé une fois de vous voir…

– Je ne me souviens de rien ! affirma le prince avec chaleur.

Ivan Pétrovitch ajouta très posément quelques mots d'explication qui surprirent et émurent le prince : les deux vieilles demoiselles, parentes de feu Pavlistchev, qui vivaient dans son bien de Zlatoverkhovo et auxquelles il avait confié l'éducation du prince, se trouvaient être en même temps ses propres cousines. Comme tout le monde, Ivan Pétrovitch ne savait à peu près rien des motifs auxquels Pavlistchev avait obéi en s'intéressant ainsi au petit prince, son pupille. « Je n'ai pas pensé alors à me renseigner là-dessus », dit-il ; toutefois il montra qu'il avait une excellente mémoire, car il se rappelait même que l'aînée des cousines, Marthe Nikitichna, était très sévère avec le petit prince qui leur était confié ; « au point, ajouta-t-il, que je me suis disputé une fois avec elle à propos de vous, parce que je désapprouvais son système d'éducation qui consistait à prodiguer les verges à un enfant malade, ce qui… convenez-en vous-même… » Au contraire, la cadette, Natalie Nikitichna, était pleine de tendresse pour le pauvre enfant… « Elles doivent être maintenant toutes deux dans la province de Z. où elles ont hérité de Pavlistchev un très joli petit bien (mais sont-elles encore en vie ? je n'en sais rien). Marthe Nikitichna avait, je crois, l'intention d'entrer au couvent ; au reste je ne l'affirme pas ; il se peut que j'aie entendu cela à propos d'une autre personne… Ah ! j'y suis : on l'a dit en parlant de la femme d'un médecin…

Le prince écoutait ces paroles, les yeux brillants d'allégresse et d'attendrissement. Il déclara à son tour avec une vivacité extraordinaire qu'il ne se pardonnerait jamais d'avoir voyagé à l'intérieur du pays pendant les six derniers mois et de n'avoir pas trouvé l'occasion d'aller voir ses anciennes éducatrices. Chaque jour il avait eu l'intention de le faire, mais il en avait été constamment empêché par les circonstances… Cette fois cependant il était bien décidé à se rendre à tout prix dans la province de Z… « Ainsi vous connaissez Natalie Nikitichna ? Quelle admirable, quelle sainte femme ! Marthe Nikitichna aussi…, excusez-moi, mais il me semble que vous vous méprenez sur son compte. Elle était sévère, mais… comment ne pas perdre patience… avec l'idiot que j'étais alors ?

(hi ! hi !) En vérité j'étais complètement idiot dans ce temps-là, vous ne le croyez pas ? (ha ! ha !) D'ailleurs... d'ailleurs vous m'avez vu à cette époque-là et... Comment se fait-il que je ne me souvienne pas de vous, dites-moi un peu ? De sorte que vous... ah ! mon Dieu ! est-il possible que vous soyez réellement parent de Nicolas Andréïévitch Pavlistchev ?

– Je vous le cer-ti-fie, fit avec un sourire Ivan Pétrovitch en examinant le prince.

– Oh ! je n'ai pas du tout voulu dire que j'en... doutais... et enfin peut-on douter de cela ? (hé ! hé !)... même si peu que ce soit ? Oui, même si peu que ce soit ! ! (hé ! hé !) Mais je voulais dire que le défunt Nicolas Andréïévitch Pavlistchev était un homme si admirable ! un homme si généreux ! Ma parole !

Le prince ne se sentait pas oppressé, mais en quelque sorte a pris à la gorge par le trop-plein de son cœur », selon l'expression dont se servit Adélaïde le lendemain en parlant avec son fiancé, le prince Stch...

– Mais, bon Dieu ! observa Ivan Pétrovitch en riant, pourquoi ne puis-je être le parent même d'un homme si gé-né-reux ?

– Dieu ! s'écria le prince dont la confusion se traduisait par une précipitation et une animation croissantes, je... j'ai encore dit une bêtise, mais... cela devait arriver, parce que je... je... je... ma parole a de nouveau trahi ma pensée ! Mais aussi quel poids peut avoir ma personne, je vous le demande, au regard de pareils intérêts... de si énormes intérêts ? Et en comparaison ; d'un homme aussi magnanime ! car Dieu est témoin que c'était le plus magnanime des hommes, n'est-ce pas ? N'est-ce pas ?

Le prince tremblait de tous ses membres. D'où lui venait ce brusque émoi, pourquoi tombait-il de but en blanc dans un pareil attendrissement, apparemment disproportionné avec le sujet de la conversation, c'est ce qu'il eût été difficile d'expliquer. Mais il était en ce moment dans un tel état d'émotivité qu'il éprouvait un sentiment de brûlante gratitude, sans trop savoir de quoi ni à l'égard de qui ; peut-être même était-ce à l'endroit d'Ivan Pétrovitch, peut-être aussi de toutes les personnes présentes. Il débordait de bonheur. Ivan Pétrovitch avait fini par le sonder d'un regard plus scrutateur ; le « dignitaire » le fixait lui aussi avec beaucoup d'attention. La princesse Biélokonski jetait sur lui des yeux courroucés et pinçait les lèvres. Le prince N., Eugène Pavlovitch, le prince Stch..., les demoiselles, tout le monde s'était arrêté de parler et prêtait l'oreille. Aglaé donnait des signes d'effroi et Elisabeth Prokofievna était positivement dans les transes. La mère et ses filles étaient étranges : après avoir délibéré et être arrivées à la conclusion que le prince ferait mieux de garder le silence toute la soirée, elles avaient éprouvé de l'appréhension en le voyant complètement seul dans un coin du salon et enchanté de son sort. Adélaïde avait déjà pensé à traverser toute la pièce pour s'approcher de lui avec précaution et l'amener dans son groupe où se trouvait le prince N., à côté de la princesse Biélokonski. Et maintenant que le prince s'était lancé dans la conversation, leur inquiétude redoublait.

– Vous avez raison de dire que c'était un homme admirable, fit Ivan Pétrovitch sur un ton sentencieux et en cessant de sourire. – Oui… c'était un excellent homme. Un excellent et un digne homme, ajouta-t-il après un silence. Digne même, peut-on dire, de toute estime, renchérit-il après une nouvelle pause… et… et il est fort agréable, de constater que, de votre côté…

– N'est-ce pas ce Pavlistchev qui a eu une histoire… singulière… avec un abbé… l'abbé… j'ai oublié son nom, mais cela a fait alors beaucoup de bruit ? proféra le « dignitaire » en s'efforçant de rappeler ses souvenirs.

– L'abbé Gouraud, un jésuite, repartit Ivan Pétrovitch. Oui, voilà bien nos hommes admirables et dignes d'estime ! Pourtant Pavlistchev avait de la naissance, de la fortune, il était chambellan et… s'il était resté au service… mais voilà que tout d'un coup il abandonne ses fonctions et toutes ses relations pour embrasser le catholicisme et se faire jésuite. Il y a mis une sorte d'enthousiasme et presque de l'éclat. Franchement il est mort à temps… oui ; tout le monde l'a dit alors…

Le prince ne se contint plus.

– Pavlistchev… Pavlistchev converti au catholicisme ? C'est impossible ! s'écria-t-il sur un ton d'épouvante.

– Comment « impossible » ? murmura Ivan Pétrovitch d'un ton posé, – c'est beaucoup dire, mon cher prince, et vous m'accorderez… Au reste, vous avez le défunt en si haute estime… c'était en effet un homme d'un très grand cœur, et c'est à cela que j'attribue surtout le succès de cet intrigant de Gouraud. Mais vous pouvez m'interroger, moi, sur les tracas et les soucis que j'ai eus par la suite à cause de cette affaire… et précisément avec ce même Gouraud ! Imaginez – ajouta-t-il en se tournant vers le petit vieux, – qu'ils voulaient même élever des prétentions sur la succession ; j'ai dû recourir aux mesures les plus énergiques… pour les amener à résipiscence… car ils savent ce qu'ils font. Ce sont des gens étonnants ! Mais Dieu merci ! cela se passait à Moscou ; je me suis immédiatement adressé au comte et nous leur avons… fait entendre raison…

– Vous ne sauriez croire combien vous m'avez peiné et bouleversé ! s'écria de nouveau le prince.

– Je le regrette ; mais au fond tout cela n'était pas sérieux et aurait fini, comme toujours, en queue de poisson. J'en suis convaincu. L'été passé – continua-t-il en s'adressant de nouveau au petit vieux – la comtesse K. s'est également retirée, dit-on, dans un couvent catholique à l'étranger ; nos compatriotes n'ont aucune force de résistance quand ils sont aux prises avec ces… enjôleurs… surtout à l'étranger.

– Tout cela, je pense, provient de notre… lassitude, dit le petit vieux sur un ton important ; – et puis ces gens-là ont une manière de prêcher qui a tant… d'élégance, tant de personnalité… et ils savent vous faire peur. Ils m'ont fait peur à moi-même, je vous l'avoue : c'était en 1832, à Vienne ; seulement je n'ai pas succombé, j'ai pris la fuite, ha ! ha ! Ma parole, j'ai dû prendre la fuite !

– Je me suis laissé dire, mon bon ami, que tu t'es enfui à cette époque-là de Vienne pour Paris en compagnie d'une jolie femme, la comtesse Lewicki ; c'est pour elle et non pour un jésuite que tu as lâché le service, intervient à brûle-pourpoint la princesse Biélokonski.

– Bon ! mais tout cela n'en est pas moins arrivé à cause d'un jésuite, répliqua le petit vieux en souriant à l'évocation d'un agréable souvenir. – Vous paraissez avoir des sentiments très religieux, ce qui est maintenant si rare chez les jeunes gens, ajouta-t-il d'un ton bienveillant à l'adresse du prince Léon Nicolaïévitch, qui écoutait bouche bée et semblait toujours atterré.

Il était clair que le petit vieux désirait mieux connaître le prince et avait ses raisons pour commencer à s'intéresser vivement à lui.

– Pavlistchev était un esprit lucide et un chrétien, un vrai chrétien, déclara brusquement le prince ; comment aurait-il pu adopter une confession… qui n'est pas chrétienne ? Car le catholicisme est une foi qui n'a rien de chrétien !

Ses yeux fulguraient et il regardait autour de lui comme pour embrasser toute l'assistance d'un seul coup d'œil.

– Allons, c'est aller un peu loin ! grommela le petit vieux en lançant à Ivan Pétrovitch un regard de surprise.

– Alors le catholicisme n'est pas une confession chrétienne ? demanda ce dernier en se tournant sur sa chaise. Qu'est-il donc ?

– C'est avant tout une religion qui n'a rien de chrétien, repartit le prince avec une vive émotion et sur un ton excessivement cassant. – Voilà le premier point. Le second, c'est qu'à mon avis le catholicisme romain est pire que l'athéisme même ! Oui, telle est mon opinion ! L'athéisme se borne à proclamer le néant, mais le catholicisme va plus loin : il prêche un Christ qu'il a défiguré, calomnié, vilipendé, un Christ contraire à la vérité. Il prêche l'Antéchrist, je vous le jure ! C'est depuis longtemps ma conviction personnelle et elle m'a fait souffrir moi-même… Le catholicisme romain croit que l'Église ne peut se maintenir sur terre sans exercer un pouvoir politique universel, et il décrit : *Non possumus !* Pour moi il ne constitue même pas une religion ; c'est à proprement parler la continuation de l'Empire romain d'Occident ; tout en lui est subordonné à cette idée, à commencer par la foi. Le Pape s'est approprié un territoire, une souveraineté temporelle et il a brandi le glaive ; depuis lors, rien n'a changé si ce n'est qu'à ce glaive on a adjoint le mensonge, l'intrigue, l'imposture, le fanatisme, la superstition et la scélératesse ; on s'est joué des sentiments populaires les plus sacrés, les plus purs, les plus naïfs, les plus ardents ; tout, tout a été troqué contre de l'argent, contre un misérable pouvoir temporel. Et cela n'est pas la doctrine de l'Antéchrist ? Comment le catholicisme n'aurait-il pas engendré l'athéisme ? L'athéisme est sorti du catholicisme romain lui-même ! C'est par ses adeptes qu'il a commencé : pouvaient-ils croire en eux-mêmes ? Il s'est fortifié de l'aversion qu'ils inspiraient ; il est le produit de leurs mensonges et de leur impuissance morale. L'athéisme ! Chez nous l'incrédulité ne se rencontre encore que dans certaines castes, chez les « déracinés », selon la très heureuse expression d'Eugène Pavlovitch ; mais là-bas, en Europe, ce sont des masses énormes du peuple qui commencent à perdre la foi ; naguère leur irréligion procédait de l'ignorance et du mensonge ; aujourd'hui elle dérive du fanatisme et de la haine à l'égard de l'Église et du christianisme !

Le prince s'arrêta haletant. Il avait parlé avec une intense volubilité. Il était pâle et, oppressé. Les assistants échangeaient des regards étonnés ; enfin le petit vieux se mit à rire franchement. Le prince N. sortit son lorgnon et examina fixement Léon Nicolaïévitch. Le rimeur allemand quitta le coin où il s'était tenu jusque-là et se rapprocha de la table, un sourire hostile sur les lèvres.

– Vous e-xa-gé-rez beaucoup, dit Ivan Pétrovitch d'une voix traînante, avec un air d'ennui et même de gêne. – Cette Église-là compte aussi des représentants dignes de tout respect et qui sont gens vertueux…

– Je n'ai jamais parlé des représentants de l'Église en tant qu'individus. J'ai parlé du catholicisme romain dans son essence, de Rome. Est-ce que l'Église peut disparaître complètement ? Je n'ai jamais dit cela !

– D'accord, mais tout cela est connu et il est superflu d'y revenir ; en outre… c'est du domaine de la théologie…

– Oh ! non, non ! ce n'est pas exclusivement du domaine de la théologie, je vous en réponds ! Cela nous touche de beaucoup plus près que vous ne le pensez. Toute notre erreur est justement là : nous ne pouvons pas encore nous faire à l'idée que cette question n'est pas seulement théologique ! N'oubliez pas que le socialisme est, lui aussi, un produit du catholicisme et de son essence. Comme son frère, l'athéisme, il est né du désespoir ; il représente une réaction morale contre le catholicisme, il vise à s'approprier l'autorité spirituelle que la religion a perdue, à étancher la soif ardente de l'âme humaine et à chercher le salut, non pas dans le Christ, mais dans la violence ! Ici comme dans le catholicisme, nous voyons des gens qui veulent assurer la liberté par la violence, l'union par le glaive et par le sang ! « Défense de croire en Dieu, défense de posséder, défense d'avoir une personnalité, *fraternité ou la mort*[159] au prix de deux millions de têtes. » Il est dit : Vous les connaîtrez à leurs œuvres ! Et n'allez pas croire que tout cela soit anodin et sans danger pour nous. Oh ! il nous faut réagir, et au plus vite ! Il faut que notre Christ, que nous avons gardé et qu'ils n'ont même pas connu, resplendisse et refoule l'Occident ! Nous devons maintenant nous dresser devant eux, non pas pour mordre à l'hameçon du jésuitisme, mais pour leur infuser notre civilisation russe. Et que l'on ne vienne pas nous raconter qu'ils savent prêcher avec élégance comme quelqu'un l'a dit tout à l'heure…

– Mais permettez, permettez donc ! répliqua Ivan Pétrovitch d'un air très inquiet, en jetant des regards tout autour de lui et en manifestant même des signes de frayeur ; vos idées sont certainement louables et pleines de patriotisme, mais tout cela est exagéré au plus haut point et… mieux vaudrait s'en tenir là…

– Non, il n'y a aucune exagération ; je suis plutôt au-dessous de la vérité, précisément parce que je suis impuissant à exprimer toute ma pensée, mais…

– Ah ! per-met-tez !

Le prince se tut. Immobile sur sa chaise, la tête haute, il dardait sur Ivan Pétrovitch un regard enflammé.

– Il me semble que vous avez pris au tragique l'aventure de votre bienfaiteur, observa le petit vieux d'un ton affable et sans se départir de son calme. – Vous êtes surexcité… peut-être à cause de l'isolement dans lequel vous vivez. Si vous fréquentiez davantage les hommes (et le monde, j'espère, fera bon accueil au remarquable jeune homme que vous êtes), vous calmeriez votre ardeur et verriez que tout cela est beaucoup plus simple… D'ailleurs ces cas sont si rares… mon avis est que les uns proviennent de notre satiété, les autres de… l'ennui…

– Oui, c'est exactement cela, s'écria le prince ; voilà une idée magnifique ! C'est « l'ennui », c'est « notre ennui » qui en est cause ; ce n'est pas la satiété ! Sur ce point vous vous trompez ; loin d'être assouvis, nous sommes assoiffés ! Ou pour mieux dire, nous sommes dévorés d'une soif fiévreuse ! Et… ne croyez pas que ce soit là un phénomène si négligeable qu'il n'y ait qu'à en rire ; excusez-moi, il faut savoir pressentir ! Quand nos compatriotes touchent ou croient avoir touché au rivage, ils éprouvent une telle allégresse qu'ils se portent aussitôt aux extrêmes ; pourquoi cela ? Le cas de Pavlistchev vous étonne ; vous pensez qu'il est devenu fou ou qu'il a succombé par excès de bonté ; or, ce n'est

---

159 En français dans le texte.

pas cela. Ce n'est pas seulement pour nous, c'est pour l'Europe tout entière que l'emportement de l'âme russe en pareilles circonstances est un sujet d'étonnement. Quand un Russe passe au catholicisme, il ne manque pas de se faire jésuite et se range parmi les membres les plus occultes de l'ordre. S'il devient athée, il n'hésite pas à demander qu'on extirpe par la force, c'est-à-dire aussi par le glaive, la croyance en Dieu ! D'où vient ce subit fanatisme ? Ne le savez-vous pas ? Il vient de ce que le Russe croit avoir trouvé une patrie nouvelle, faute de s'être aperçu qu'il en avait une ici, et de ce que cette découverte le comble de joie. Il a trouvé le rivage, la terre ; il s'y précipite et les couvre de baisers ! Ce n'est pas seulement par vanité, ce n'est pas sous l'empire d'un sentiment de mesquine infatuation que les Russes se font athées ou jésuites ; c'est par angoisse morale, par soif de l'âme, par nostalgie d'un monde plus élevé, d'une terre ferme, d'une patrie qui remplace celle à laquelle ils ont cessé de croire parce qu'ils ne l'ont jamais connue ! Le Russe passe très facilement à l'athéisme, plus facilement que n'importe quel autre peuple du monde. Et nos compatriotes ne deviennent pas simplement athées, ils ont *foi* dans l'athéisme, comme si c'était une nouvelle religion ; ils ne s'aperçoivent pas que c'est dans le néant qu'ils placent leur foi. Tant nous avons soif de croire ! « Celui qui n'a pas le sol sous ses pieds n'a pas non plus de Dieu. » Cette pensée n'est pas de moi. Elle m'a été exprimée par un marchand qui était vieux-croyant et que j'ai rencontré en voyage. À la vérité il ne s'est pas exprimé ainsi ; il a dit : « Celui qui a renié sa patrie, celui-là a aussi renié son Dieu ! » Songez donc qu'il s'est trouvé en Russie des hommes de haute culture pour entrer dans la secte des *khlystes*[160]... Au fond je me demande en quoi les *khlystes* sont pires que les nihilistes, les jésuites, les athées ? Peut-être même leur doctrine est-elle plus profonde Mais voilà à quoi aboutit l'angoisse de l'âme !... Montrez aux compagnons assoiffés et enflammés de Colomb les rives du « Nouveau Monde » ; découvrez à l'homme russe le « Monde » russe ; permettez-lui de trouver cet or, ce trésor que la terre dissimule à ses yeux ! Faites-lui voir la rénovation future de toute humanité et sa résurrection, qui peut-être ne lui viendra que de la pensée russe, du Dieu russe et du Christ russe. Et vous verrez quel géant puissant et juste, sage et doux, se dressera devant le monde stupéfait et terrifié ; car ils n'attendent de nous que le glaive, le glaive et la violence, et, en jugeant d'après eux-mêmes, ils ne peuvent se représenter notre puissance sous d'autres dehors que ceux de la barbarie. Il en a toujours été ainsi jusqu'à présent et ce préjugé ne fera que croître à l'avenir. Et...

Mais à ce moment un événement se produisit qui interrompit le discours de l'orateur de la manière la plus inattendue.

Toute cette tirade enfiévrée, tout ce flux de paroles passionnées et tumultueuses exprimant un chaos de pensées enthousiastes et désordonnées qui

---

160 Les *khlystes* ou flagellants forment une secte qui date de la fin du XVIIIe siècle et dans laquelle un mysticisme grossier se mêle à des aberrations sexuelles. – N. d. T.

s'entre-heurtaient, c'était l'indice d'une disposition mentale particulièrement dangereuse chez le jeune homme, dont l'effervescence s'était déclarée soudain et sans raison apparente. Parmi les personnes présentes, toutes celles qui connaissaient le prince furent surprises (et certaines même honteuses) de sa sortie, si peu en harmonie avec son attitude habituellement réservée voire timide, empreinte en toute autre circonstance d'un tact rare et d'un sentiment instinctif des plus hautes convenances. On n'arrivait pas à comprendre la cause de cette incartade, qui n'était certainement pas la révélation relative à Pavlistchev. Dans le coin des dames on le considérait comme devenu fou, et la princesse Biélokonski avoua par la suite que « si cette scène avait duré un moment de plus elle aurait pris la fuite ». Les « petits vieux » avaient presque perdu contenance dès le premier instant de stupeur. Sans bouger de sa chaise, le général haut fonctionnaire avait pris une mine de mécontentement et de sévérité. Le colonel gardait une impassibilité complète. L'Allemand était devenu pâle, mais continuait à sourire d'un air faux en regardant autour de lui pour voir comment les autres réagiraient. Au reste tout ce « scandale » aurait pu se terminer de la manière la plus simple et la plus naturelle, peut-être même en une minute. Ivan Fiodorovitch, qui avait été frappé de saisissement, mais s'était remis plus vite que les autres, avait déjà fait plusieurs tentatives pour endiguer la faconde du prince ; n'ayant pas réussi, il s'approchait maintenant de lui avec fermeté et décision. Une minute de plus et, si cela était devenu nécessaire, il se serait peut-être résolu à le faire sortir amicalement en prétextant qu'il était malade, ce qui était peut-être vrai et ce dont, en tout cas, il était, lui, Ivan Fiodorovitch, tout à fait convaincu... Mais les choses prirent une autre tournure.

Dès son entrée dans le salon, le prince était allé s'asseoir le plus loin possible du vase chinois à propos duquel Aglaé l'avait tant effrayé. Chose à peine croyable : après ce qu'elle lui avait dit la veille, une conviction insurmontable, un étrange, un invraisemblable pressentiment l'avaient averti qu'il ne pourrait éviter de briser ce vase, quelque effort qu'il fît pour conjurer ce malheur. Or, voilà ce qui arriva. Dans le cours de la soirée d'autres impressions aussi fortes qu'agréables avaient envahi son âme ; nous en avons déjà parlé ; elles lui avaient fait oublier son pressentiment. Quand il avait entendu prononcer le nom de Pavlistchev et qu'Ivan Fiodorovitch l'avait amené vers Ivan Pétrovitch pour le présenter de nouveau à celui-ci, il s'était rapproché de la table et assis dans un fauteuil à côté de l'énorme et magnifique vase de Chine placé sur un piédestal, presque à la hauteur de son coude et un peu en arrière de lui.

Au moment où il prononçait les derniers mots de son discours, il se leva brusquement, fit du bras un geste ample et imprudent, eut un mouvement d'épaules involontaire et... un cri général rententit ! Le vase oscilla, parut d'abord indécis et prêt à tomber sur la tête de l'un des petits vieux ; puis il pencha soudain du côté opposé, où se trouvait l'Allemand, lequel eut tout juste le temps de faire un bond de frayeur, et il s'écroula sur le sol. Au fracas répondirent des exclamations ; de précieux débris jonchaient le tapis ! la frayeur et l'étonnement s'emparèrent de la société. Pour ce qui est du prince, il serait difficile et presque superflu de décrire ses sentiments ! Mais nous ne pouvons nous dispenser de signaler qu'une impression singulière l'envahit juste à ce moment et se différencia aussitôt d'une foule d'autres, pénibles ou terrifiantes : ce qui le saisissait le plus, ce n'était point la honte, ni le scandale, ni la frayeur, ni l'imprévu de l'incident, c'était l'accomplissement de la prophétie ! Il n'aurait pu s'expliquer à lui-même ce que cette constatation avait de si saisissant ; il sentait seulement qu'elle le frappait au cœur et le remplissait d'une épouvante presque mystique. Un instant se passa : il lui sembla que tout s'élargissait autour de lui et que l'épouvante s'évanouissait devant une sensation de lumière, de joie, d'extase ; il en perdit la respiration et… Mais ce phénomène fut de courte durée. Grâce à Dieu, ce n'était pas cela ! Il reprit haleine et regarda autour de lui.

Longtemps il fut comme inconscient du désarroi environnant. Ou plutôt, il comprenait et voyait bien tout ce qui se passait, mais il se sentait comme en dehors de l'événement, tel un personnage invisible de conte de fées, observant dans une pièce où il s'est introduit des gens étrangers mais qui l'intéressent. Il vit ramasser les débris, entendit des conversations rapides et aperçut Aglaé qui le fixait : elle était pâle et avait un air étrange, très étrange, mais sans aucune expression de haine et encore moins de colère ; elle le considérait avec effroi, mais ses yeux étaient pleins de sympathie, tandis qu'elle jetait sur les autres un regard étincelant… ; une délicieuse souffrance envahit subitement son cœur.

Enfin il remarqua avec stupeur que tous les assistants s'étaient rassis et même riaient comme si de rien n'était ! Une autre minute se passa : l'hilarité redoubla ; on s'amusait maintenant de son hébétement, mais avec bonne humeur et sur un ton cordial. Plusieurs personnes lui adressèrent la parole dans les termes les plus affables, surtout Elisabeth Prokofievna, qui riait en parlant et disait quelque chose de très gentil. Tout à coup il sentit Ivan Fiodorovitch lui tapoter amicalement l'épaule. Ivan Pétrovitch riait également. Mais le meilleur, le plus avenant et le plus sympathique fut le petit vieux : il prit le prince par la main et, en la lui pressant doucement et la frappant légèrement avec la paume de son autre main, il l'exhorta à se ressaisir comme il eût fait à l'égard d'un enfant apeuré, ce qui plut extrêmement au prince ; finalement il le fit asseoir tout près de lui. Le prince contemplait le visage du vieillard avec ravissement : il y prenait tant de plaisir qu'il avait peine à retrouver le souffle et n'avait pas la force de prononcer une parole.

– Comment ? balbutia-t-il enfin, – c'est bien vrai que vous me pardonnez ? et… vous aussi, Elisabeth Prokofievna ?

Les rires reprirent de plus belle et le prince en eut les larmes aux yeux ; il ne pouvait croire à un pareil enchantement.

– Certes, ce vase était superbe. Il y avait bien quinze ans que je le connaissais… oui, quinze ans… insinua Ivan Pétrovitch.

– Voilà un beau malheur ! L'homme est voué à disparaître, et on se désolerait pour un pot d'argile ! dit à haute voix Elisabeth Prokofievna. Est-ce que vraiment cela t'a tellement bouleversé, Léon Nicolaïévitch ? ajouta-t-elle avec une expression de crainte ; allons, mon ami, en voilà assez ! en vérité tu me fais peur.

– Et vous me pardonnez *tout ?* Non seulement le vase, mais *tout ?* demanda le prince. Il fit mine de se lever ; mais le petit vieux le reprit par la main ; il se refusait à le lâcher.

– *C'est très curieux et c'est très sérieux !*[161] chuchota-t-il par-dessus la table à Ivan Pétrovitch, assez haut d'ailleurs pour que le prince pût l'entendre.

– Ainsi je n'ai offensé aucun de vous ? Vous ne pouvez vous figurer combien cette pensée me rend heureux. D'ailleurs il n'en pouvait être autrement : est-ce que je pourrais offenser ici qui que ce soit ? Le supposer seulement serait vous faire affront.

– Calmez-vous, mon ami, vous exagérez. Vous n'avez pas même lieu de vous montrer si reconnaissant ; le sentiment est joli, mais il passe la mesure.

– Je ne vous suis pas reconnaissant, seulement… je vous admire, je suis heureux en vous contemplant ; peut-être que je m'exprime sottement, mais il faut que je parle, il faut que je m'explique… ne serait-ce que par égard pour moi-même.

Il était en proie à des mouvements impulsifs qui dénotaient le trouble et la fièvre ; très probablement ses paroles n'exprimaient-elles pas toujours ce qu'il aurait voulu dire. Il avait l'air de demander la permission de parler. Son regard tomba sur la princesse Biélokonski.

– Ne te gêne pas, mon cher, continue, continue, ne t'essouffle pas, observa-t-elle. Ce qui est arrivé tout à l'heure vient de ce que tu t'es essoufflé. Mais parle sans crainte ; ces messieurs en ont vu d'autres et de plus étranges que toi, tu ne les étonneras pas. Dieu sait que tu es difficile à comprendre ; mais tu as brisé ce vase et fait peur à tout le monde.

Le prince l'écoutait en souriant.

---

161 En français dans le texte.

– C'est bien vous, demanda-t-il à brûle-pourpoint au petit vieux, qui avez sauvé de la déportation, il y a trois mois, l'étudiant Podkoumov et l'employé Chvabrine ?

Le petit vieux rougit légèrement et marmonna quelque chose pour l'inviter à se calmer.

– De vous j'ai entendu dire, continua-t-il en s'adressant à Ivan Pétrovitch, que, dans la province de N., vous avez accordé gratuitement du bois de construction à des paysans habitant sur vos terres et éprouvés par un incendie, bien qu'après leur émancipation ils eussent agi avec vous d'une façon désobligeante.

– Oh ! c'est de l'exagération ! murmura Ivan Pétrovitch, d'ailleurs avec un air agréablement flatté ; cette fois il avait raison de parler d'exagération, car il ne s'agissait que d'un faux bruit qui était parvenu aux oreilles du prince.

– Et vous, princesse, reprit le prince en se tournant incontinent vers la princesse Biélokonski avec un sourire radieux, ne m'avez-vous pas accueilli il y a six mois à Moscou et traité comme votre fils sur une lettre de recommandation d'Elisabeth Prokofievna ? Comme à votre fils aussi vous m'avez alors donné un conseil que je n'oublierai jamais. Vous souvenez-vous ?

– Quelle mouche te pique ? proféra la princesse Biélokonski avec dépit. Tu es un bon garçon mais ridicule ; quand on te donne deux sous tu remercies comme si on t'avait sauvé la vie. Tu crois que c'est bien ? en réalité c'est déplaisant.

Elle était sur le point de se fâcher pour tout de bon, mais se mit brusquement à rire, et cette fois avec une expression de bienveillance. Le visage d'Elisabeth Prokofievna se rasséréna également et Ivan Fiodorovitch devint rayonnant.

– Je disais bien que Léon Nicolaïévitch était un homme si… un homme que… bref à la condition de ne pas s'étouffer en parlant, comme l'a fait observer la princesse…, balbutia le général sur un ton de joyeuse satisfaction, en répétant les paroles de la princesse Biélokonski, qui l'avaient frappé.

Seule Aglaé paraissait triste ; cependant elle avait toujours le rouge au visage, peut-être par l'effet de l'indignation.

– Il est réellement très gentil, répéta le petit vieux à Ivan Pétrovitch.

Le prince était dans un état d'agitation croissante. Avec un débit de plus en plus précipité, anormal, exalté, il reprit :

– Je suis entré ici le cœur tourmenté, je… j'avais peur de vous et j'avais peur de moi. J'avais surtout peur de moi. À mon retour à Pétersbourg je m'étais promis de voir à tout prix nos hommes de premier plan, ceux qui appartiennent aux familles de vieille souche dont je suis moi-même, étant des premiers par la naissance. Car je suis maintenant avec des princes comme moi, n'est-ce pas ? Je voulais faire votre connaissance, c'était nécessaire, tout à fait nécessaire !… J'avais toujours entendu dire beaucoup de mal de vous, plus de mal que de bien ; on m'avait parlé de votre étroitesse d'esprit, de l'exclusivisme de vos intérêts, de votre mentalité rétrograde, de votre peu d'instruction, de vos habitudes ridicules ; oh ! on écrit et on dit tant de choses à votre sujet ! Aussi étais-je plein de curiosité et de trouble en venant ici aujourd'hui. Il me fallait voir par moi-même et me faire une conviction personnelle sur cette question : est-il vrai que la couche supérieure de la société russe ne vaut plus rien ; qu'elle a fait son temps, que sa vitalité d'antan est tarie et qu'elle n'est plus capable de mourir, tout en s'entêtant encore à lutter par mesquine jalousie contre les hommes… d'avenir et à leur barrer le passage, sans se rendre compte qu'elle est elle-même moribonde ? Précédemment déjà, je donnais assez peu de crédit à cette façon de voir, car nous n'avons jamais eu de véritable aristocratie, hormis une caste de courtisans qui se distinguait par son uniforme ou… par le hasard ; mais maintenant cette noblesse a complètement disparu, n'est-il pas vrai ?

– Allons donc ! ce n'est pas du tout cela, fit Ivan Pétrovitch en ricanant malignement.

– Bon, le voilà reparti ! murmura la princesse Biélokonski perdant patience.

– *Laissez-le dire !*[162] il est tout tremblant, dit à mi-voix le petit vieux.

Le prince était décidément hors de lui.

– Et qu'ai-je vu ici ? J'ai vu des gens pleins de délicatesse, de franchise et d'intelligence. J'ai vu un vieillard témoigner une affectueuse attention à un gamin comme moi et l'écouter jusqu'au bout. Je vois des gens capables de comprendre et de pardonner ; ce sont bien des Russes et des hommes bons, presque aussi bons et aussi cordiaux que ceux que j'ai rencontrés là-bas ; ils ne valent en tout cas guère moins. Jugez de mon agréable surprise ! Oh ! permettez-moi de l'exprimer ! J'avais souvent entendu dire et j'ai même souvent cru que, dans le monde, tout se réduisait à de belles manières, à un formalisme désuet, mais que la sève était desséchée. Or, je constate maintenant par moi-même que tel ne peut être le cas chez nous. Il peut en être ainsi ailleurs, mais pas chez nous. Peut-on

---

162 En français dans le texte.

croire que vous soyez maintenant tous des jésuites et des imposteurs ? J'ai entendu tout à l'heure le récit du prince N. : n'est-ce pas à un humour plein de sincérité et de spontanéité ? n'est-ce pas là de la véritable bonhomie ? Est-ce que de pareilles paroles peuvent sortir de la bouche d'un homme… mort, d'un homme dont le cœur et le talent serait desséchés ? Est-ce que des morts auraient pu m'accueillir comme vous m'avez accueilli ? Est-ce qu'il n'y a pas là un élément… pour l'avenir, un élément qui justifie les espérances ? Est-ce que des gens pareils peuvent ne pas comprendre et rester en arrière ?

– Je vous en prie encore une fois, calmez-vous, mon cher ami ; nous parlerons de tout cela un autre jour et c'est avec plaisir que je… dit le « dignitaire » avec un sourire légèrement moqueur.

Ivan Pétrovitch toussota et se retourna dans son fauteuil ; Ivan Fiodorovitch recommença à s'agiter ; son supérieur, le général, occupé à causer avec l'épouse du dignitaire, cessa de prêter la moindre attention au prince ; mais la dame écoutait celui-ci d'une oreille et portait fréquemment les yeux sur lui.

– Eh bien ! non ! il vaut mieux que je parle ! continua le prince dans un nouvel élan de fièvre, en s'adressant au petit vieux sur un ton de confiance, voire de confidence. – Aglaé Ivanovna m'a défendu hier de parler et m'a même indiqué les sujets à ne pas aborder ; elle sait que je suis ridicule quand je me mets à les traiter. Je suis dans ma vingt-septième année et je me rends compte cependant que je me conduis comme un enfant. Je n'ai pas le droit d'exprimer ma pensée ; il y a longtemps que je l'ai dit ; ce n'est qu'à Moscou, avec Rogojine, que j'ai pu parler à cœur ouvert… Nous avons lu Pouchkine ensemble, nous l'avons lu tout entier ; il ne le connaissait pas, même de nom… Je crains toujours que mon air ridicule ne compromette ma pensée et ne discrédite ***l'idée principale.*** Je n'ai pas le geste heureux. Les gestes que je fais sont toujours à contretemps, ce qui provoque les rires et avilit l'idée. Il me manque aussi le sentiment de la mesure, et ceci est grave, c'est même le plus grave… Je sais que le mieux que je puisse faire, c'est de rester coi et de me taire. Quand je me tiens tranquille et garde le silence, je parais même très raisonnable et j'ai, en outre, le loisir de réfléchir. Mais maintenant mieux vaut que je parle. Vous me regardez avec tant de bienveillance que je m'y suis décidé ; il y a tant de charme dans vos traits. Hier j'ai donné ma parole à Aglaé Ivanovna que je me tairais pendant toute la soirée.

– ***Vraiment ?*** fit le petit vieux en souriant.

– Mais il y a des moments où je me dis que j'ai tort de raisonner ainsi : la sincérité ne vaut-elle pas un geste ? N'est-ce pas ?

– Quelquefois.

– Je veux tout vous expliquer, tout, tout, tout ! Oh ! oui ! Vous me prenez pour un utopiste ? un idéologue ? Oh ! non : je vous jure que mes pensées sont toutes si simples… Vous ne me croyez pas ? Vous souriez ? Écoutez… je suis parfois lâche parce que je perds la foi en moi ; tout à l'heure, en venant ici, je pensais : « Comment leur adresserai-je la parole ? En quels termes engagerai-je la conversation pour qu'ils me comprennent tant soit peu ? » J'éprouvais une vive appréhension, mais c'est vous qui étiez surtout l'objet de ma terreur. Et cependant quelle raison avais-je de craindre ? Ma peur n'était-elle pas honteuse ? Qu'importe que pour un seul homme de progrès il y ait une telle foule de rétrogrades et de méchants ? Ma joie provient de ce que je suis maintenant convaincu qu'au fond cette foule n'existe pas et qu'il n'y a que des éléments pleins de vie. L'idée d'être ridicules ne doit d'ailleurs point nous troubler, n'est-ce pas ? Certes nous le sommes ; nous sommes frivoles, nous avons de fâcheuses habitudes, nous nous ennuyons, nous ne savons ni voir ni comprendra ; nous sommes tous ainsi, tous, vous, moi, et eux aussi ! Tenez, vous ne vous froissez pas de m'entendre vous dire en face que vous êtes ridicules ? S'il en est ainsi, ne peut-on pas voir en vous des artisans de progrès ? Je vous dirai même qu'il est parfois bon et même meilleur d'être ridicule : on est plus enclin au pardon mutuel et à l'humilité ; il ne nous est pas donné de tout comprendre d'emblée et la perfection ne s'atteint pas d'un coup ! Pour arriver à la perfection il faut commencer par ne pas comprendre beaucoup de choses. Celui qui saisit trop vite saisit sans doute mal. Je vous le dis, à vous qui avez déjà su comprendre tant de choses… sans les comprendre. Je n'éprouve maintenant plus de crainte à votre endroit ; vous écoutez sans colère un gamin comme moi vous parler sur ce ton, n'est-ce pas ? Certes oui ! Oh ! vous saurez oublier, vous saurez pardonner à ceux qui vous ont offensés et aussi à ceux qui ne vous ont pas offensés, car il est plus difficile de pardonner à ceux qui ne vous ont pas offensés, justement parce qu'ils n'ont *aucun* tort et que, par conséquent, votre ressentiment est dénué de fondement. Voilà ce que j'attendais de gens de la haute société, voilà ce que j'avais hâte de vous dire en arrivant ici, sans savoir en quels termes je le ferais… Vous riez, Ivan Pétrovitch ? Vous pensez que je suis un démocrate, un apologiste de l'égalité, que je suis ici *leur* avocat et que c'est pour *eux* que j'ai craint ? ajouta-t-il avec un rire convulsif (il avait à chaque instant un petit rire saccadé et extatique). – Non, c'est pour vous que je crains, pour vous tous et pour nous tous à la fois. Je suis moi-même un prince d'ancienne lignée au milieu d'autres princes. Je parle pour notre salut commun, afin que notre caste ne disparaisse pas sans aucun profit dans les ténèbres, pour n'avoir rien prévu, n'avoir fait que se quereller et avoir tout perdu. Pourquoi disparaître et céder la place aux autres, alors que nous pouvons garder nos positions à l'avant-garde et à la tête de la société ? Soyons des hommes de progrès et nous resterons les premiers. Devenons des serviteurs pour être des supérieurs.

Il eut une brusque velléité de se lever de son fauteuil, mais le petit vieux le retenait toujours et fixait sur lui des yeux où l'inquiétude croissait.

– Écoutez ! Je sais que parler ne signifie rien ; mieux vaut prêcher d'exemple et se mettre simplement à l'œuvre… J'ai déjà commencé… et… et est-ce que réellement on peut être malheureux ? Oh ! qu'importent mon affliction et mon malheur si je me sens la force d'être heureux ? Je ne comprends pas, sachez-le, qu'on puisse passer à côté d'un arbre sans éprouver à sa vue un sentiment de bonheur, ou parler à un homme sans être heureux de l'aimer. Oh ! les paroles me manquent pour exprimer cela… mais combien de belles choses nous voyons à chaque pas, dont l'homme le plus dégradé ressent lui-même la beauté ? Regardez l'enfant, regardez l'aurore du Créateur, regardez l'herbe qui pousse, regardez les yeux qui vous contemplent et qui vous aiment…

Au cours de cette tirade et, tout en parlant, le prince s'était levé. Le petit vieux le suivait déjà des yeux avec frayeur. Elisabeth Prokofievna agita les bras et s'écria : « Ah ! mon Dieu ! » Elle avait deviné avant tout le monde ce qui se passait. Aglaé se précipita vers le prince et arriva juste à temps pour le recevoir dans ses bras ; terrifiée, les traits bouleversés de chagrin, la jeune fille entendit le hurlement sauvage de l'« esprit qui avait fait chanceler et terrassé » le malheureux. Celui-ci gisait maintenant sur le tapis et quelqu'un lui avait à la hâte glissé un coussin sous la tête.

Personne ne s'était attendu à ce dénouement. Au bout d'un quart d'heure, le prince N., Eugène Pavlovitch et le petit vieux tentèrent de ranimer la soirée, mais une demi-heure plus tard tous les invités se séparèrent, non sans exprimer force paroles de condoléances et de regret entremêlées de commentaires sur l'incident. Ivan Pétrovitch émit, entre autres, l'avis que « ce jeune homme était un slavophile[163] ou quelque chose d'approchant, mais que son cas n'était pas dangereux ». Le petit vieux ne souffla mot. Il est vrai que, chez tous, le lendemain et le surlendemain, ces dispositions firent place à un mouvement d'humeur. Ivan Pétrovitch se sentit même offensé, quoique peu gravement. Le supérieur d'Ivan Fiodorovitch témoigna pendant quelque temps à celui-ci une certaine froideur. Le haut dignitaire, « protecteur » des Epantchine, fit aussi, de son côté, quelques réflexions sentencieuses à l'adresse du chef de famille, en ajoutant toutefois en termes flatteurs qu'il s'intéressait énormément au sort d'Aglaé. C'était un homme qui, en fait, ne manquait pas de bonté ; mais l'un des motifs de la curiosité qu'il avait témoignée ce soir-là au prince était l'histoire des rapports antérieurs de ce dernier avec Nastasie Philippovna ; le peu qu'il en avait entendu raconter l'avait vivement intrigué et il aurait voulu poser des questions à ce sujet.

Après la soirée, au moment de partir, la princesse Biélokonski dit à Elisabeth Prokofievna :

---

163) Le courant slavophile auquel se rattachait Dostoïevski n'était pas seulement une doctrine visant à la renaissance politique de tous les Slaves, mais encore une philosophie nationale impliquant une solution russe des problèmes sociaux et moraux. – N. d. T.

– Que te dirais-je ? Il est bien et il est mal ; si tu veux mon avis, il est plutôt mal. Tu vois toi-même quel genre d'homme c'est : un malade !

Elisabeth Prokofievna décida en son for intérieur que le prince était un fiancé « impossible » et, durant la nuit, elle se jura « qu'elle vivante, jamais il n'épouserait Aglaé ». Elle se leva le matin dans la même disposition. Mais un peu après midi, à l'heure du déjeuner, elle tomba dans une singulière contradiction avec elle-même.

À une question d'ailleurs fort discrète de ses sœurs, Aglaé riposta sur un ton froid mais arrogant :

– Je ne lui ai jamais engagé ma parole, je ne l'ai jamais regardé comme mon fiancé. Il m'est aussi indifférent que le premier venu.

Elisabeth Prokofievna prit aussitôt la mouche.

– Je ne m'attendais pas à ce langage de ta part, fit-elle sur un ton chagriné. Que ce soit un parti impossible, je le sais du reste, et Dieu soit loué que l'affaire se soit terminée de la sorte ! Mais je n'aurais pas cru que tu t'exprimerais ainsi ! Je m'étais fait de toi une tout autre idée. Moi, j'aurais mis à la porte tous les convives d'hier pour ne garder que lui. Voilà l'opinion que j'ai de lui !...

Elle s'arrêta court, effrayée de ce qu'elle venait de dire. Ah ! si elle avait pu savoir à quel point elle était en ce moment injuste envers sa fille ! Tout était déjà décidé dans l'esprit d'Aglaé : celle-ci aussi attendait son heure, l'heure décisive pour elle, et toute allusion, toute approche imprudente lui faisait au cœur une profonde blessure.

VIII

Pour le prince aussi, cette matinée débuta sous l'influence de pénibles pressentiments. On aurait pu les expliquer par son état morbide, mais il entrait dans sa tristesse quelque chose de si mal défini que c'était là la cause principale de sa souffrance. Sans doute il était en face de faits concrets d'une précision douloureuse et navrante, mais sa tristesse allait au delà de tout ce qu'il évoquait ou imaginait ; il comprenait qu'il n'arriverait pas tout seul à calmer son angoisse. Peu à peu s'enracina en lui l'attente d'un événement extraordinaire et décisif qui surviendrait pour lui ce jour-là. L'attaque qu'il avait eue la veille avait été plutôt bénigne ; il ne lui en restait pas d'autres troubles qu'une disposition à l'hypocondrie, une pesanteur dans la tête et des douleurs dans les membres. Son cerveau était relativement lucide bien que son âme fût endolorie. Il se leva assez tard, et aussitôt le souvenir de la soirée précédente lui revint avec netteté ; il reprit même plus ou moins conscience qu'on l'avait ramené à son domicile une demi-heure après son attaque.

Il apprit que les Epantchine avaient déjà fait demander des nouvelles de sa santé. À onze heures et demie on revint en prendre pour la seconde fois ; cela lui fit plaisir. Véra Lébédev fut l'une des premières personnes à lui rendre visite et à lui offrir ses services. Dès qu'elle le vit, elle fondit brusquement en larmes ; mais, quand le prince l'eut tranquillisée, elle se mit à rire. Il fut saisi de la vive compassion que la jeune fille lui témoignait ; il lui prit la main et la baisa, ce qui la fit rougir.

– Ah ! que faites-vous ! que faites-vous ! s'écria-t-elle avec effroi en retirant rapidement sa main.

Elle ne tarda pas à quitter la pièce en proie à un trouble singulier, non sans avoir eu le temps de raconter que son père avait couru de grand matin chez le « défunt » (comme il appelait le général), afin de s'informer s'il n'était pas mort dans la nuit. Elle avait ajouté que, de l'opinion commune, le malade n'en avait plus pour longtemps.

Avant midi Lébédev lui-même, rentrant chez lui, se présenta chez le prince, mais seulement « pour une minute et afin de prendre des nouvelles de sa précieuse santé », etc. ; en outre, il voulait faire une visite à la « petite armoire ». Il n'arrêtait pas de gémir et de pousser des exclamations, si bien que le prince ne fut pas long à le congédier, ce qui ne l'empêcha pas de hasarder des questions au sujet de l'accès de la veille, bien qu'il fût évident qu'il connaissait déjà l'affaire en détail.

Après lui accourut Kolia, qui ne venait aussi que pour une minute ; mais, lui, était réellement pressé ; il était en proie à une véhémente et sombre inquiétude. Il commença par demander carrément au prince, et avec insistance, de lui expliquer tout ce qu'on lui cachait et il ajouta qu'on lui avait déjà presque tout appris la veille. Son émotion était intense et profonde.

Le prince le mit au courant de la vérité avec toute la sympathie dont il était capable ; il exposa les faits avec une complète exactitude ; ce fut un coup de foudre pour le pauvre garçon qui ne trouva pas un mot à dire et se prit à pleurer silencieusement. Le prince sentit que c'était là une de ces impressions qui restent à tout jamais et marquent dans la vie d'un adolescent une solution de continuité. Il s'empressa de lui faire part de la façon dont il envisageait l'événement en ajoutant qu'à son avis, la mort du vieillard provenait peut-être surtout de l'épouvante que la mauvaise action commise avait laissée dans son cœur ; c'était une réaction dont tout le monde n'aurait pas été capable. Les yeux de Kolia étincelaient quand le prince eut fini de parler :

– Quels vauriens que Gania, Barbe et Ptitsine ! Je ne me querellerai pas avec eux, mais à partir de maintenant chacun de nous suivra sa voie ! Ah ! prince, j'ai éprouvé depuis hier bien des sentiments nouveaux ; c'est une leçon pour moi ! Je considère maintenant que je dois subvenir à l'existence de ma mère ; bien qu'elle soit chez Barbe à l'abri du besoin, ce n'est pas cela…

Il se rappela qu'on l'attendait et se leva précipitamment ; puis, s'étant enquis en hâte de la santé du prince et ayant reçu la réponse, il ajouta avec vivacité :

– N'y a-t-il pas encore autre chose ? J'ai entendu dire qu'hier… (d'ailleurs cela n'est pas mon affaire), mais si vous avez jamais besoin, pour quoi que ce soit, d'un serviteur fidèle, vous l'avez devant vous. Il me semble que ni l'un ni l'autre ne sommes heureux, n'est-ce pas ? Mais… je ne vous interroge pas, je ne vous interroge pas…

Quand il fut parti, le prince se plongea plus profondément encore dans ses réflexions. Tous lui prophétisaient le malheur, tous avaient déjà tiré leurs conclusions, tous avaient l'air de savoir une chose que lui ignorait. Lébédev posait des questions insidieuses, Kolia faisait des allusions directes, Véra pleurait. Il finit par esquisser un geste de dépit. « Maudite, maladive défiance ! » se dit-il.

Son visage se rasséréna vers les deux heures quand il vit les dames Epantchine venir lui rendre visite « pour une petite minute ». C'était bien en effet une visite d'une minute qui les amenait. Elisabeth Prokofievna avait déclaré aussitôt après le déjeuner que l'on irait tous ensemble faire une promenade. Elle avait dit cela d'un ton de commandement, coupant, sec et sans explication. Tout le monde sortit, c'est-à-dire la maman, les demoiselles et le prince Stch… Elisabeth Prokofievna s'engagea tout droit dans une direction opposée à celle que l'on prenait chaque jour. Tous comprirent ce dont il s'agissait, mais gardèrent le silence par crainte d'irriter la maman, qui marchait en tête sans se retourner, comme pour esquiver les reproches ou les objections. À la fin Adélaïde lui fit remarquer qu'il n'était pas nécessaire de courir si vite pour se promener et qu'on n'arriverait pas à la suivre.

– À propos, dit soudain Elisabeth Prokofievna en faisant volte-face, nous passons maintenant à proximité de chez lui. Quoi qu'en puisse penser Aglaé et quoi qu'il advienne par la suite, ce n'est pas un étranger pour nous ; encore moins maintenant qu'il est malheureux et malade. Pour ce qui est de moi du moins, je vais lui faire une visite. Me suive qui voudra ; libre à chacun de continuer sa promenade.

Naturellement tout le monde entra. Le prince, comme il convenait, s'empressa de s'excuser encore une fois pour le vase qu'il avait brisé la veille et… pour le scandale.

– Allons, ce n'est rien ! répondit Elisabeth Prokofievna ; ce n'est pas le vase qui me fait de la peine, c'est toi. Ainsi tu reconnais maintenant toi-même qu'il y a eu scandale : c'est toujours le lendemain matin que l'on s'en rend compte… mais cela non plus ne tire pas à conséquence, car chacun voit à présent que tu n'es pas responsable. Enfin au revoir ! Si tu en as la force, fais une promenade et ensuite un nouveau somme, c'est le conseil que je te donne. Si la fantaisie t'en prend, viens chez nous comme par le passé ; sois convaincu une fois pour toutes que, quoi qu'il advienne et quoi qu'il en résulte, tu resteras quand même l'ami de notre maison, ou du moins le mien. Je puis au moins répondre de moi…

En l'entendant protester ainsi de ses sentiments, tous s'empressèrent d'y faire écho. Ils se retirèrent. Mais dans leur hâte naïve à dire quelque chose d'aimable et de réconfortant ils avaient eu une cruauté dont Elisabeth Prokofievna ne s'était pas même avisée. L'invitation à revenir comme « par le passé » et la restriction « ou du moins le mien » sonnaient de nouveau comme un avertissement. Le prince se remémora l'attitude d'Aglaé ; sans doute elle lui avait adressé en entrant et en sortant un sourire charmant, mais elle n'avait pas proféré une parole, même lorsque tous les autres avaient protesté de leur amitié ; toutefois elle avait à deux reprises fixé son regard sur lui. Son visage était plus pâle qu'à l'ordinaire, comme après une mauvaise nuit. Le prince résolut d'aller sans faute les voir le soir même « comme par le passé » et il consulta fiévreusement sa montre.

Trois minutes après le départ des Epantchine Véra entra.

– Léon Nicolaïévitch, je viens de recevoir d'Aglaé Ivanovna une commission confidentielle pour vous.

Le prince fut si ému qu'il se mit à trembler.

– Un billet ?

– Non, une commission de vive voix ; elle a tout juste eu le temps de m'en faire part. Elle vous prie instamment de ne pas vous absenter de toute la journée, ne serait-ce qu'une minute, jusqu'à sept heures ou même neuf heures du soir, je ne l'ai pas bien entendue préciser ce point.

– Mais… pourquoi cela ? Qu'est-ce que cela signifie ?

– Je n'en sais rien ; seulement elle m'a chargé impérieusement de vous faire cette commission.

– Elle a employé ce terme : « impérieusement » ?

– Non, elle ne s'est pas exprimée avec autant de netteté ; elle a eu à peine le temps de me parler en se retournant ; heureusement que je me suis rapprochée d'elle. Mais à sa physionomie on voyait qu'il s'agissait d'un ordre, impérieux ou non. Elle m'a regardé d'une façon telle que le cœur m'en a défailli…

Le prince posa encore une ou deux questions, mais n'en apprit pas davantage ; par contre son inquiétude s'accrut. Resté seul il s'allongea sur le divan et retomba dans ses conjectures : « Il y aura peut-être quelqu'un chez eux avant neuf heures et elle a encore peur que je ne me livre à quelque excentricité en présence des visiteurs », se dit-il enfin et il se remit à attendre le soir avec impatience en regardant sa montre.

Mais l'explication de l'énigme lui fut donnée bien avant le soir, sous la forme d'une nouvelle visite et même d'une seconde et non moins angoissante énigme : juste une demi-heure après le départ des Epantchine, Hippolyte se présenta à lui ; il était si las et si exténué qu'il entra sans dire un mot, tomba littéralement dans un fauteuil comme privé de connaissance et fut secoué d'une intolérable quinte de toux accompagnée de crachements de sang. Ses yeux étincelaient et des taches rouges apparaissaient sur ses joues. Le prince lui murmura quelques mots auxquels il ne répondit pas, se bornant pendant un temps assez long encore à faire un geste de la main pour qu'on ne le troublât point. Enfin il se remit.

– Je m'en vais ! proféra-t-il avec effort et d'une voix rauque.

– Voulez-vous que je vous accompagne ?… dit le prince en se levant ; mais il s'arrêta et se rappela qu'on venait de lui interdire de sortir.

Hippolyte se prit à rire.

– Ce n'est pas de chez vous que je m'en vais, continua-t-il de la même voix râlante et essoufflée. Tout au contraire, j'ai jugé nécessaire de venir vous entretenir d'une affaire… sans quoi je ne vous aurais pas dérangé. C'est *là-bas* que je m'en vais, et cette fois pour de bon, je crois. *Kapout !* Je ne dis pas cela pour solliciter la commisération, je vous l'assure… je me suis même mis au lit ce matin à dix heures dans, l'idée de ne plus me lever jusqu'à ce *moment-là.* Mais je me suis ravisé et me suis relevé encore une fois pour venir chez vous… c'est dire qu'il le fallait.

– Vous faites peine à voir, vous auriez dû m'appeler, plutôt que de vous donner ce mal.

– Bon : voilà qui est suffisant. Vous m'avez plaint, donc vous avez satisfait aux exigences de la politesse mondaine... Ah ! j'oubliais : comment allez-vous ?

– Je suis bien. Hier je ne l'étais pas... tout à fait.

– Je sais, on me l'a dit. Le vase de Chine s'en est ressenti. Dommage que je n'aie pas été là ! Mais j'arrive au fait. D'abord j'ai eu aujourd'hui le plaisir de voir Gabriel Ardalionovitch venir à un rendez-vous avec Aglaé Ivanovna près du banc vert. J'ai admiré à quel point un homme peut avoir l'air sot. Je l'ai fait remarquer à Aglaé Ivanovna elle-même après le départ de Gabriel Ardalionovitch... Vous, je crois que rien ne vous étonne, prince, ajouta-t-il en regardant d'un air sceptique le placide visage de son interlocuteur ; on dit que ne s'étonner de rien est la marque d'un grand esprit : à mon avis on pourrait tout aussi bien y voir l'indice d'une profonde bêtise... Du reste ce n'est pas à vous que je pense en disant cela, excusez-moi... Je suis très malheureux aujourd'hui dans le choix de mes expressions.

– Je savais depuis hier que Gabriel Ardalionovitch... commença le prince qui s'arrêta court, visiblement troublé, bien qu'Hippolyte fût outré de son peu d'émoi.

– Vous le saviez ? Voilà une nouvelle ! D'ailleurs ne vous donnez pas la peine de me raconter... Et vous n'avez pas assisté aujourd'hui à l'entrevue ? ?

– Vous avez dû le constater, puisque vous-même y étiez.

– Vous auriez pu être dissimulé derrière un buisson. Au reste je suis content, pour vous naturellement, car je vous croyais déjà supplanté par Gabriel Ardalionovitch !

– Je vous prie de ne pas me parler de cela, Hippolyte, surtout sur ce ton-là.

– D'autant que vous savez déjà tout.

– Vous vous trompez. On ne m'a presque rien appris et Aglaé Ivanovna sait à coup sûr que je ne suis au courant de rien. J'ignorais même tout de ce rendez-vous... Vous dites qu'il y a eu un rendez-vous ? Eh bien ! c'est bon, laissons cela...

– Mais comment vous comprendre ? Vous dites tantôt que vous saviez, tantôt que vous ne saviez pas. Vous ajoutez : « C'est bon, laissons cela. » Ah ! mais non, ne soyez pas si confiant ! Surtout si vous ne savez rien. Et c'est justement parce que vous ne savez rien que vous êtes confiant. Or connaissez-vous les calculs de ces deux personnages, le frère et la sœur ? Peut-être vous en doutez-vous ?... C'est bien, c'est bien, n'en parlons plus, ajouta-t-il en surprenant un geste d'impatience du prince. – Je suis venu ici pour une affaire personnelle sur laquelle je veux... m'expliquer. Le diable m'emporte, on ne peut même pas mourir sans s'expliquer ! c'est effrayant ce que j'ai d'explications à donner ! Voulez-vous m'écouter ?

– Parlez, je vous écoute.

– Néanmoins je change encore d'idée : je commencerai tout de même par ce qui concerne Gania. Imaginez-vous cela ? on m'avait donné aujourd'hui à moi aussi rendez-vous au banc vert ! Je ne veux d'ailleurs pas mentir : c'est moi qui avais insisté pour obtenir ce rendez-vous en promettant de révéler un secret. Je ne sais pas si je suis arrivé trop tôt (je crois en effet que j'ai devancé l'heure), mais je venais à peine de prendre place à côté d'Aglaé Ivanovna que j'ai vu apparaître Gabriel Ardalionovitch et Barbe Ardalionovna, bras dessus bras dessous comme à la promenade. Ils ont eu l'air d'être stupéfaits et même confondus de me voir là, car ils ne s'y attendaient pas. Aglaé Ivanovna a rougi, et croyez-en ce que vous voudrez, elle a même un peu perdu contenance, soit à cause de ma présence, soit simplement en voyant Gabriel Ardalionovitch qui était vraiment trop beau. Enfin le fait est qu'elle est devenue toute rouge et qu'elle a dénoué la situation en un clin d'œil de la manière la plus comique. Elle s'est levée à demi, elle a répondu au salut de Gabriel Ardalionovitch et au sourire obséquieux de Barbe Ardalionovna, puis leur a dit sur un ton brusque et décidé : « J'ai seulement voulu vous exprimer en personne la satisfaction que m'inspirent la sincérité et la cordialité de vos sentiments ; croyez bien que, le jour où j'aurai besoin d'y faire appel, je ne manquerai pas... » Là-dessus elle les a congédiés d'un signe de tête et ils s'en sont allés, déconfits ou triomphants, je ne saurais le dire. Pour ce qui est de Gania, aucun doute qu'il ait fait sotte contenance : il n'a rien compris et est devenu rouge comme une écrevisse (sa physionomie peut parfois prendre une expression étonnante !). Mais Barbe Ardalionovna a compris, je crois, qu'il fallait filer au plus vite et qu'on n'en pouvait demander davantage à Aglaé ; elle a entraîné son frère. Elle est plus sensée que lui et je suis convaincu que maintenant elle triomphe. Quant à moi, j'étais venu pour m'entendre avec Aglaé Ivanovna au sujet de l'entrevue projetée avec Nastasie Philippovna.

– Avec Nastasie Philippovna ! s'écria le prince.

– Eh ! eh ! il me semble que vous perdez votre flegme et que vous commencez à vous étonner ? Je suis ravi de voir que vous voulez ressembler à un homme. En retour je vais vous divertir. Voyez ce que l'on gagne à se montrer serviable envers les jeunes demoiselles d'âme noble : aujourd'hui j'ai reçu d'elle un soufflet.

– Au moral, s'entend ? demanda involontairement le prince.

– Oui, pas au physique. Je crois qu'il n'y aurait pas de main pour se lever contre un homme dans mon état ; même une femme, même Gania ne me frapperait pas ! Cependant hier, il y a eu un moment où j'ai bien cru qu'il allait se jeter sur moi... Je parie que je devine votre pensée en ce moment ? Vous vous dites : « Soit, il ne faut pas le battre ; en revanche on pourrait bien, on devrait même bien l'étouffer pendant son sommeil avec un oreiller ou un linge mouillé... » Je lis en ce moment cette pensée sur votre visage.

– Jamais je n'ai eu une pareille idée ! protesta le prince avec dégoût.

– Je ne sais... cette nuit j'ai rêvé qu'un individu m'étouffait avec un linge mouillé... Allons, je vous dirai qui c'était : figurez-vous que c'était Rogojine ! Qu'en pensez-vous ? Peut-on étouffer un homme à l'aide d'un linge mouillé ?

– Je l'ignore...

– J'ai entendu dire que la chose était possible. C'est bien, n'en parlons plus. Maintenant, voyons : pourquoi suis-je un cancanier ? Pourquoi m'a-t-elle aujourd'hui traité de cancanier ? Et remarquez qu'elle ne l'a fait qu'après m'avoir écouté jusqu'au dernier mot et m'avoir même questionné... Voilà bien les femmes ! C'est pour elle que je suis entré en relations avec Rogojine, personnage d'ailleurs intéressant ; pour elle que j'ai arrangé une rencontre avec Nastasie Philippovna. Peut-être l'ai-je froissée dans son amour-propre quand j'ai laissé entendre qu'elle voulait profiter des « restes » de Nastasie Philippovna ? Je ne le nie pas ; je lui ai toujours répété cela, mais je l'ai fait dans son intérêt ; je lui ai écrit deux lettres sur ce ton et je me suis exprimé de même aujourd'hui lors de notre entrevue... Tout dernièrement encore j'ai pris sur moi de lui dire que c'était mortifiant pour elle... Au surplus, ce mot « restes » n'est pas de mon cru ; je l'ai emprunté à d'autres ; du moins tout le monde l'employait chez Gania, elle-même l'a confirmé. Alors de quel droit me traite-t-elle de cancanier ? Je vois, je vois : vous avez en ce moment une furieuse envie de rire à mes dépens et je parie que vous m'appliquez ces vers stupides :

Peut-être qu'à mon triste déclin
L'amour brillera d'un sourire d'adieu.

Ha ! ha ! ha ! s'écria-t-il soudain dans un accès de rire convulsif suivi d'une quinte de toux. – Remarquez, ajouta-t-il d'une voix râlante, comme ce Gania est inconséquent : il parle de « restes » et lui-même, n'est-ce pas de « restes » qu'il cherche à profiter ?

Le prince resta longtemps silencieux. Il était atterré.

– Vous avez parlé d'une entrevue avec Nastasie Philippovna ? balbutia-t-il enfin.

– Allons, se peut-il que vous ignoriez vraiment qu'il y aura aujourd'hui une entrevue entre Aglaé Ivanovna et Nastasie Philippovna ? Grâce à mes démarches, cette dernière a été invitée par l'entremise de Rogojine et sur l'initiative d'Aglaé Ivanovna à venir exprès de Pétersbourg ; elle se trouve en ce moment tout près de chez vous, en compagnie de Rogojine, dans la maison qu'elle habitait précédemment chez la même dame, Daria Aléxéïevna... une amie à elle, de réputation fort douteuse ; c'est là, dans cette maison équivoque, qu'Aglaé Ivanovna se rendra aujourd'hui pour avoir un entretien amical avec Nastasie Philippovna et résoudre divers problèmes. Elles veulent parler arithmétique. Vous ne le saviez pas ? Parole d'honneur ?

– C'est invraisemblable !

– Tant mieux si c'est invraisemblable. Mais d'où le savez-vous ? Cependant, dans un trou comme celui où nous vivons, une mouche ne peut voler sans que tout le monde en soit informé. Enfin je vous ai prévenu et vous pouvez m'en être reconnaissant. Allons, au revoir ! dans l'autre monde probablement. Encore un mot : si j'ai agi bassement à votre égard, c'est que... je n'ai pas de raison de vous sacrifier mes intérêts. De grâce, convenez-en : pourquoi prendrais-je les vôtres ? C'est à elle que j'ai dédié ma « confession » (vous ne le saviez pas ?) Et avec quel empressement elle a accepté mon hommage ! Hé ! hé ! Mais vis-à-vis d'elle, j'ai agi sans bassesse ; je n'ai aucun tort à son endroit ; c'est elle qui m'a fait honte et mis dans une situation fausse... D'ailleurs, même envers vous, je n'ai aucun tort ; si je me suis permis vis-à-vis d'elle cette allusion aux « restes » et d'autres du même genre, en revanche je vous indique le jour, l'heure et le lieu du rendez-vous, je vous dévoile le dessous des cartes... Il va de soi que je le fais par dépit et non par grandeur d'âme. Adieu, je suis bavard comme un bègue ou comme un phtisique ; ouvrez l'œil, prenez vos mesures et au plus vile, si vous êtes digne d'être appelé un homme. L'entrevue aura lieu ce soir, c'est certain.

Hippolyte se dirigea vers la porte, mais, rappelé par le prince, il s'arrêta sur le seuil.

– Ainsi, selon vous, Aglaé Ivanovna se rendra aujourd'hui en personne chez Nastasie Philippovna ? demanda le prince. Des taches rouges coloraient ses joues et son front.

– Je ne le sais pas au juste, mais c'est probable, répondit Hippolyte en jetant un regard derrière lui. – D'ailleurs il n'en peut être autrement. Nastasie

Philippovna n'ira pas chez elle, n'est-ce pas ? L'entretien ne peut pas davantage avoir lieu chez les parents de Gania, où il y a un moribond. Que dites-vous du général ?

– Tenez, rien que pour cette raison c'est impossible ! objecta le prince. Comment sortirait-elle, à supposer qu'elle le veuille ? Vous ne connaissez pas… les habitudes de cette maison. Elle ne peut aller seule chez Nastasie Philippovna ; c'est une plaisanterie !

– Je vous dirai ceci, prince : personne ne saute par la fenêtre ; mais en cas d'incendie le gentleman le plus correct et la dame la plus distinguée n'hésiteront pas à le faire. Si la nécessité s'en mêle, force sera à notre demoiselle d'en passer par là et de se rendre chez Nastasie Philippovna. Mais est-ce que, chez elles, on ne les laisse aller nulle part, vos demoiselles ?

– Non, ce n'est pas ce que je veux dire…

– Eh bien ! si ce n'est pas le cas, il lui suffira de descendre le perron et d'aller droit devant elle, dût-elle ne pas remettre les pieds à la maison. Il y a des circonstances où l'on brûle ses vaisseaux et où l'on s'interdit même le retour au foyer paternel ; la vie ne se compose pas seulement de déjeuners, de dîners et de princes Stch… ! Il me semble que vous prenez Aglaé Ivanovna pour une petite jeune fille ou pour une pensionnaire ; je le lui ai dit et je crois qu'elle est de mon avis. Attendez sept ou huit heures… Si j'étais à votre place, je mettrais là-bas quelqu'un en faction pour savoir à une minute près le moment où elle quittera la maison. Vous pourriez au moins envoyer Kolia ; il ferait volontiers l'espion, soyez-en convaincu, dans votre intérêt naturellement… tout cela est si relatif… Ha ! ha !

Hippolyte sortit. Le prince n'avait aucune raison de charger qui que ce fût d'espionner pour son compte, même s'il avait été capable d'un pareil procédé. Il comprenait maintenant plus ou moins pourquoi Aglaé lui avait intimé l'ordre de rester chez lui ; peut-être avait-elle l'intention de venir le chercher. Peut-être aussi voulait-elle le retenir à la maison justement pour qu'il ne tombât pas au milieu du rendez-vous… Ce pouvait bien être le cas. La tête lui tournait et il lui semblait voir toute la chambre danser autour de lui. Il s'étendit sur le divan et ferma les yeux.

D'une façon ou d'une autre, l'affaire prenait une tournure décisive, définitive. Non, il ne prenait pas Aglaé pour une petite jeune fille ni pour une pensionnaire. Il s'en rendait compte maintenant : il y avait longtemps déjà qu'il avait peur et c'était justement quelque chose de ce genre qu'il appréhendait. Mais pourquoi voulait-elle la voir ? Un frisson lui passa par tout le corps ; il était de nouveau tout en fièvre.

Non, il ne la considérait pas comme une enfant ! Ces derniers temps, certaines de ses manières de voir, certaines de ses paroles l'avaient épouvanté. D'autres fois il lui avait semblé qu'elle faisait un effort surhumain pour se dominer, pour se contenir, et il se rappelait en avoir éprouvé un sentiment d'effroi. Il est vrai que tous ces jours-ci, il s'était appliqué à ne pas évoquer ces souvenirs et à chasser les idées noires. Mais que se cachait-il au fond de cette âme ? La question le tourmentait depuis longtemps, bien qu'il eût foi dans Aglaé. Et voici que tout cela allait se résoudre et s'éclaircir le jour même ! Pensée terrible ! Et de nouveau « cette femme » ! Pourquoi lui avait-il toujours semblé qu'elle ne manquerait pas d'intervenir au moment décisif pour briser sa destinée comme un fil pourri ? Bien qu'à demi délirant, il était prêt à jurer que ce pressentiment ne l'avait jamais quitté. S'il s'était efforcé de l'oublier dans ces derniers temps, c'était uniquement parce qu'il en avait peur. Alors ? L'aimait-il ou la haïssait-il ? Il ne se posa pas une seule fois la question au cours de la journée ; en cela son cœur était pur, il savait qui il aimait… Ce qui l'effrayait, ce n'était pas tant la rencontre des deux femmes, ni l'étrangeté de cette rencontre, ni son motif encore inconnu de lui, ni l'incertitude qu'il éprouvait quant à l'issue de l'aventure ; c'était Nastasie Philippovna elle-même. Il se rappela quelques jours plus tard que, dans ces heures de fièvre, il avait presque continuellement cru voir ses yeux, son regard et entendre sa voix, sa voix qui proférait des paroles étranges, encore qu'il ne lui en fût resté que peu de chose dans la mémoire après ces moments de délire et d'angoisse. Il garda la vague impression que Véra lui avait apporté son dîner et qu'il l'avait mangé, mais il ne se rappela pas s'il avait ensuite dormi ou non. Il savait seulement que la netteté des perceptions ne lui était revenue ce soir-là qu'à partir du moment où Aglaé avait fait une brusque apparition sur la terrasse. Il s'était levé en sursaut de son divan et était allé au-devant d'elle jusqu'au milieu de la chambre. Il était sept heures un quart. Aglaé était toute seule ; vêtue simplement et comme à la hâte, elle portait un burnous léger. Son visage était pâle comme lors de leur dernière entrevue, mais ses yeux brillaient d'un éclat vif et froid ; jamais encore il n'avait surpris une pareille expression dans son regard. Elle le dévisagea attentivement.

– Vous êtes tout prêt, fit-elle à mi-voix et d'un ton qui paraissait calme ; – vous voilà habillé, le chapeau à la main ; j'en conclus que l'on vous a prévenu. Je sais qui : c'est Hippolyte ?

– Oui, il m'a parlé… balbutia le prince plus mort que vif.

– Eh bien ! partons : vous savez qu'il faut absolument que vous m'accompagniez. Je pense que vous avez la force de sortir.

– J'en ai la force, oui, mais… est-ce possible ?

Il s'arrêta soudainement et ne fut plus capable d'articuler un seul mot. Ce fut son unique tentative pour retenir cette insensée ; dès ce moment il la suivit comme un esclave. Quel que fût le désarroi de ses pensées, il n'en comprenait pas moins qu'elle irait *là-bas* même sans lui et qu'ainsi il était de toute façon obligé de l'accompagner. Il devinait la force de résolution de la jeune fille et ne se sentait pas capable d'arrêter cette farouche impulsion.

Ils cheminèrent en silence et n'échangèrent presque aucune parole le long de la route. Il remarqua seulement qu'elle connaissait bien le chemin ; lorsqu'il lui proposa d'emprunter une ruelle un peu plus éloignée mais moins fréquentée, elle l'écouta, sembla peser le pour et le contre et répondit laconiquement : « Cela revient au même ! »

Quand ils furent tout près de la maison de Daria Aléxéïevna (une vieille et vaste bâtisse en bois), une dame somptueusement mise en sortit accompagnée d'une jeune fille : toutes deux prirent place dans une superbe calèche qui attendait devant le perron ; elles riaient et causaient bruyamment et ne regardèrent pas plus les nouveaux venus que si elles ne les avaient pas aperçus. Dès que la calèche se fut éloignée, la porte s'ouvrit de nouveau et Rogojine, qui les attendait, les fit entrer puis referma derrière eux.

– Hormis nous quatre, il n'y a en ce moment personne dans toute la maison, fit-il à voix haute en jetant sur le prince un regard étrange.

Nastasie Philippovna les attendait dans la première pièce. Elle aussi était habillée avec la plus grande simplicité, tout en noir. Elle se leva pour venir à leur rencontre, mais ne sourit pas et ne tendit même pas la main au prince. Son regard inquiet se fixa avec impatience sur Aglaé. Elles s'assirent à distance l'une de l'autre : Aglaé sur le divan, dans un coin de la pièce, et Nastasie Philippovna près de la fenêtre. Le prince et Rogojine restèrent debout ; personne ne les invita d'ailleurs à s'asseoir. Le prince considéra de nouveau Rogojine avec une perplexité à laquelle se mêlait un sentiment de souffrance, mais celui-ci gardait aux lèvres le même sourire. Le silence se prolongea quelques instants encore.

Enfin un nuage sinistre passa sur la physionomie de Nastasie Philippovna : son regard, toujours fixé sur la visiteuse, prit une expression d'entêtement, de dureté, presque de haine. Aglaé était visiblement troublée, mais non intimidée. En entrant, elle avait à peine jeté un coup d'œil sur sa rivale et, les paupières baissées, dans une attitude d'attente, elle semblait réfléchir. À une ou deux reprises et pour ainsi dire par inadvertance, elle parcourut la pièce du regard ; son visage refléta le dégoût comme si elle eût craint de se salir en pareil lieu. Elle ajusta machinalement sa robe et changea même une fois de place d'un air inquiet pour se rapprocher. Il était douteux qu'elle eût conscience de tous ses mouvements, mais, pour être instinctifs, ceux-ci n'en étaient que plus blessants. Enfin elle se décida à affronter avec fermeté le regard fulgurant de Nastasie Philippovna, où sur-le-champ elle lut clairement la haine d'une rivale. La femme comprit la femme. Elle frissonna.

– Vous connaissez sans doute la raison pour laquelle je vous ai convoquée ? proféra-t-elle au bout d'un moment, mais à voix très basse et en se reprenant même à deux fois pour achever cette courte phrase.

– Non, je ne sais rien, répondit Nastasie Philippovna d'un ton sec et cassant.

Aglaé rougit. Peut-être lui paraissait-il soudain stupéfiant, invraisemblable, de se trouver maintenant assise auprès de cette femme, dans la maison de « cette créature », et éprouvait-elle le besoin d'entendre la réponse de Nastasie Philippovna. Aux premiers accents de la voix de celle-ci, une sorte de frémissement lui courut sur le corps. Naturellement rien de tout cela n'échappa à l'« autre ».

– Vous comprenez tout…, mais vous vous donnez exprès l'air de ne pas comprendre, fit presque à voix basse Aglaé en fixant sur le sol un regard morne.

– Pourquoi le ferais-je ? répliqua Nastasie Philippovna avec un sourire à peine perceptible.

– Vous allez abuser de ma situation… du fait que je suis sous votre toit, reprit Aglaé avec une maladresse qui frisait le ridicule.

– C'est vous qui êtes responsable de cette situation, ce n'est pas moi ! s'exclama avec vivacité Nastasie Philippovna. Ce n'est pas moi qui vous ai fait venir, c'est vous qui m'avez conviée à cette entrevue dont, jusqu'à présent, j'ignore la raison.

Aglaé releva la tête avec arrogance.

– Retenez votre langue ; je ne suis pas venue ici pour lutter au moyen de cette arme, qui est la vôtre…

– Ah ! Ainsi vous êtes tout de même venue ici pour « lutter » ? Figurez-vous que je vous croyais… plus spirituelle…

Elles échangèrent un regard dont elles n'essayèrent pas de dissimuler la haine. Pourtant, l'une de ces femmes était la même qui avait écrit peu auparavant à l'autre des lettres si émues. Toute cette sympathie s'était évanouie dès la première rencontre, dès les premiers mots. Comment expliquer cela ? On eût dit qu'à cette minute aucune des quatre personnes présentes dans cette chambre ne songeait à s'en étonner. Le prince qui, la veille encore, ne croyait pas à la possibilité d'une pareille scène, même en rêve, y assistait maintenant avec l'air de l'avoir pressentie depuis longtemps. Le songe le plus extravagant avait soudain revêtu la forme de la réalité la plus crue et la plus concrète. En ce moment, l'une des deux femmes éprouvait un tel mépris pour sa rivale et un si vif désir de lui témoigner ce mépris (peut-être même n'était-elle venue que pour cela, comme le prétendit Rogojine le lendemain) que l'autre n'eût pu se cantonner dans aucune attitude arrêtée d'avance, quels que fussent le caprice de son caractère, le dérèglement de son esprit et la morbidité de son âme ; rien n'eût résisté au dédain fielleux et tout féminin d'Aglaé. Le prince était sûr que Nastasie Philippovna ne parlerait pas des lettres la première ; à voir étinceler les yeux de la jeune femme, on devinait combien il lui en coûtait de les avoir écrites. Mais il aurait donné la moitié de sa vie pour qu'Aglaé n'en parlât pas non plus.

Cette dernière parut soudainement reprendre empire sur elle-même.

– Vous ne m'avez pas comprise, dit-elle. Je ne suis pas venue ici pour... me disputer avec vous, quoique je ne vous aime guère. Je... je suis venue... pour vous parler humainement. En vous invitant à cet entretien, j'en avais d'avance arrêté le sujet, et je ne me départirai pas de mon intention, dussiez-vous ne pas me comprendre du tout. Ce sera tant pis pour vous et non pour moi. Je voulais répondre au contenu de vos lettres et le faire de vive voix, parce que cela me semblait plus commode. Écoutez donc ma réponse à toutes vos lettres. J'ai eu pitié du prince Léon Nicolaïévitch dès le premier jour où j'ai fait sa connaissance, et ce sentiment s'est fortifié en moi lorsque j'ai appris tout ce qui s'était passé à votre soirée. J'ai eu pitié de lui, parce que c'est un homme d'une telle simplicité d'esprit qu'il a cru pouvoir être heureux... avec une femme... d'un pareil caractère. Ce que je craignais pour lui est arrivé : vous n'avez pas su l'aimer, vous l'avez fait souffrir, puis abandonné. Si vous n'avez pas su l'aimer, c'est à cause de votre excès d'orgueil... non, je me trompe, ce n'est pas orgueil qu'il faut dire, mais vanité... et même ce n'est pas encore cela : voue êtes égoïste jusqu'à... la folie ; les lettres que vous m'avez adressées en sont la preuve. Vous ne pouviez aimer un être aussi simple que lui ; peut-être même, en votre for intérieur, l'avez-vous méprisé et ridiculisé ; vous ne pouviez aimer que votre opprobre et cette idée fixe qu'on vous a déshonorée et outragée. Si vous étiez moins ignominieuse ou si même vous ne l'étiez pas du tout, vous n'en seriez que plus malheureuse... (Aglaé prononça ces mots avec une sorte de volupté ; son débit était précipité, mais elle employait des expressions qu'elle avait préméditées au temps où elle ne croyait pas, même en rêve, à la possibilité de l'entrevue actuelle ; elle suivait d'un regard haineux l'effet de ses paroles sur le visage bouleversé de Nastasie Philippovna.) – Vous vous souvenez, continua-t-elle, d'une certaine lettre qu'il m'a écrite et dont il m'a dit que vous la connaissiez et même que vous l'aviez lue ? C'est en lisant cette lettre que j'ai tout compris et bien compris ; il m'a lui-même dernièrement confirmé mot pour mot tout ce que je vous dis maintenant. Après cette lettre j'ai attendu. J'ai deviné que vous seriez obligée de venir ici, car vous ne sauriez vous passer de Pétersbourg : vous êtes encore trop jeune et trop belle pour la province... Ces mots ne sont d'ailleurs pas de moi non plus, ajouta-t-elle tandis que son visage devenait cramoisi ; le rouge ne devait plus disparaître de son front tout le temps qu'elle parla. – Quand j'ai revu le prince, j'ai ressenti pour lui une vive douleur et une offense. Ne riez pas ; si vous riez, c'est que vous êtes indigne de comprendre cela…

– Vous voyez bien que je ne ris pas, riposta Nastasie Philippovna d'un ton triste et sévère.

– D'ailleurs cela m'est indifférent, riez tant que vous voudrez. Quand je l'ai moi-même interrogé, il m'a dit qu'il ne vous aimait plus depuis longtemps déjà et même que votre souvenir lui était pénible, mais qu'il vous plaignait et qu'en pensant à vous il se sentait le cœur comme « à tout jamais percé ». Je dois ajouter encore que je n'ai jamais rencontré dans le cours de ma vie un homme qui l'égale par la noble simplicité de son âme et par sa confiance sans bornes. Après l'avoir entendu, j'ai compris que quiconque le voudrait pourrait le tromper, et que celui qui l'aurait trompé serait assuré de son pardon ; voilà pourquoi je l'ai aimé…

Aglaé s'arrêta un instant, atterrée, se demandant comment elle avait pu proférer ce mot ; mais en même temps une immense fierté brilla dans son regard ; il semblait que tout lui fût devenu désormais indifférent, dût « cette femme » se mettre à rire de l'aveu qui venait de lui échapper.

– Je vous ai tout dit, et maintenant vous avez sûrement compris ce que j'attends de vous ?

– Peut-être l'ai-je compris, mais dites-le vous-même, répondit doucement Nastasie Philippovna.

Le visage d'Aglaé s'enflamma de colère.

– Je voulais vous demander, articula-t-elle d'un ton ferme et en détachant les mots, de quel droit vous vous mêlez de ses sentiments à mon égard ? De quel droit vous avez osé m'écrire ces lettres ? De quel droit vous lui déclarez à tout moment, à lui et à moi, que vous l'aimez, après l'avoir vous-même abandonné et fui d'une manière aussi offensante et… aussi ignominieuse ?

– Je n'ai déclaré ni à vous ni à lui que je l'aimais mais, répliqua Nastasie Philippovna avec effort, mais… vous avez raison, je l'ai fui… ajouta-t-elle d'une voix presque éteinte.

– Comment ! Vous n'avez déclaré « ni à lui ni à moi » que vous l'aimiez ? s'écria Aglaé ; – et vos lettres ? Qui vous a priée de faire le courtier matrimonial et de me circonvenir pour que je l'épouse ? N'est-ce pas là une déclaration ? Pourquoi vous interposez-vous entre nous ? Je croyais d'abord que vous vouliez au contraire m'inspirer de l'aversion à son égard en vous immisçant dans nos rapports afin que je rompe avec lui. Ce n'est que plus tard que j'ai compris le fond de votre pensée : vous vous êtes simplement imaginé accomplir une action d'éclat en faisant toutes ces simagrées... Voyons, étiez-vous capable de l'aimer, vous qui aimez tant votre vanité ? Pourquoi n'êtes-vous pas tout bonnement partie d'ici, au lieu de m'écrire ces lettres ridicules ? Pourquoi n'épousez-vous pas maintenant cet honnête homme, qui vous aime tant et qui vous a fait l'honneur de vous offrir sa main ? La raison n'en est que trop claire : si vous épousez Rogojine, comment pourrez-vous poser à la femme outragée ? Vous en retireriez même un excès d'honneur ! Eugène Pavlovitch a dit de vous que vous aviez lu beaucoup trop de poésies et que vous étiez trop instruite pour votre... situation ; que vous aimiez mieux lire que travailler ; ajoutez-y la vanité, et voilà tous vos mobiles...

– Et vous n'êtes-vous pas aussi une oisive ?

Le dialogue avait pris trop vite un ton de crudité inattendue. Inattendue, car Nastasie Philippovna, en partant pour Pavlovsk, s'était fait encore quelques illusions, tout en augurant plutôt mal que bien de ce rendez-vous. Mais Aglaé avait tout de suite été entraînée comme dans une chute de montagne et elle n'avait pu résister à l'affreuse séduction de la vengeance. Nastasie Philippovna fut même surprise de la voir dans cet état ; interloquée dès le premier instant, elle la regardait sans en croire ses yeux. Était-ce une femme saturée de lectures poétiques, comme le supposait Eugène Pavlovitch, ou avait-elle simplement perdu la raison, comme le prince en était convaincu ? Le fait est qu'en dépit du cynisme insolent qu'elle affichait parfois, elle était beaucoup plus pudique, plus tendre, plus confiante qu'on n'aurait été tenté de le croire. À la vérité, il y avait en elle beaucoup de romanesque et de chimérique, mais à côté du caprice on trouvait aussi des sentiments forts et profonds... Le prince s'en était rendu compte : une expression de souffrance se peignit sur son visage. Aglaé s'en aperçut et frémit de haine.

– Comment osez-vous me parler sur ce ton ? fit-elle avec une intraduisible arrogance pour répondre à l'observation de Nastasie Philippovna.

– Vous avez probablement mal entendu, répliqua celle-ci avec surprise. Sur quel ton vous ai-je parlé ?

– Si vous vouliez être une femme honnête, pourquoi n'avez-vous pas rompu avec votre séducteur Totski, tout simplement... sans prendre d'attitude théâtrale ? lança Aglaé de but en blanc.

– Que savez-vous de ma situation pour vous permettre de me juger ? repartit Nastasie Philippovna toute frémissante et pâlissant affreusement.

– Je sais qu'au lieu d'aller travailler, vous avez filé avec Rogojine, l'homme aux écus, pour poser ensuite à l'ange déchu. Je ne m'étonne pas que Totski ait été sur le point de se brûler la cervelle à cause de cet ange déchu !

– Cessez ! proféra Nastasie Philippovna sur un ton de dégoût et avec une expression douloureuse ; vous m'avez tout autant comprise que… la femme de chambre de Daria Aléxéïevna qui a eu ces jours-ci un procès en justice de paix avec son fiancé. Celle-là vous aurait mieux comprise…

– Je suppose que c'est une fille honnête qui vit de son travail. Pourquoi parlez-vous avec tant de mépris d'une femme de chambre ?

– Je n'ai pas de mépris à l'égard de ceux qui travaillent, mais à votre égard lorsque vous parlez de travailler.

– Si vous aviez voulu être honnête, vous vous seriez faite blanchisseuse.

Les deux femmes se levèrent, toutes pâles, et se mesurèrent du regard.

– Aglaé, calmez-vous ! Vous êtes injuste, s'écria le prince atterré.

Rogojine ne souriait plus, mais écoutait, les lèvres serrées et les bras croisés.

– Tenez, regardez-la ! dit Nastasie Philippovna en tremblant de rage, voyez cette demoiselle ! Et moi qui la prenais pour un ange ! Comment êtes-vous venue ici sans votre gouvernante, Aglaé Ivanovna ?… Voulez-vous… voulez-vous que je vous dise tout de suite, bien en face, sans fard, pourquoi vous êtes venue me voir ? Vous avez eu peur, voilà pourquoi vous êtes venue !

– Peur de vous ? demanda Aglaé hors d'elle, dans sa naïve et insolente stupeur de voir sa rivale oser lui parler ainsi.

– Oui, peur de moi ! Si vous vous êtes décidée à venir ici, c'est que vous aviez peur de moi. On ne méprise pas les gens que l'on craint. Quand je pense que j'ai pu vous respecter, même jusqu'à ce moment ! Et voulez-vous que je vous dise la cause de vos appréhensions à mon égard et le but principal de votre visite ? Vous avez voulu vous enquérir par vous-même de celle de nous deux qu'il aime le plus. Car vous êtes terriblement jalouse…

– Il m'a déjà dit qu'il vous haïssait… balbutia Aglaé dans un souffle.

– Cela se peut ; il est possible que je ne sois pas digne de lui… seulement je pense que vous avez menti ! Il ne peut pas me haïr et il n'a pas pu vous dire cela ! D'ailleurs je suis disposée à vous pardonner… par égard pour votre situation… bien que j'aie eu une plus haute opinion de vous. Je vous croyais plus intelligente et plus belle aussi, ma parole !… Enfin, prenez votre trésor… Tenez, il vous regarde, il n'en revient pas ! Prenez-le, mais à une condition : sortez d'ici immédiatement ! Sortez à l'instant même !…

Elle se laissa tomber dans un fauteuil et fondit en larmes. Mais soudain ses yeux brillèrent d'un nouvel éclat ; elle regarda Aglaé avec fixité et se leva :

– Et veux-tu qu'à l'instant même… je lui donne un ordre, un ordre, tu entends ? Il n'en faudra pas plus pour qu'il t'abandonne sur-le-champ afin de rester auprès de moi à tout jamais et m'épouser ; quant à toi, tu rentreras en courant toute seule à la maison. Veux-tu ? Le veux-tu ? s'écria-t-elle comme folle et sans peut-être se croire capable de tenir un pareil langage.

Effrayée, Aglaé s'était élancée vers la porte, mais elle s'arrêta sur le seuil, pétrifiée, et écouta.

– Veux-tu que je chasse Rogojine ? Tu pensais que j'allais me marier avec Rogojine pour te faire plaisir ? Mais je vais crier devant toi : « Va-t'en Rogojine ! » et je dirai au prince : « Te souviens-tu de ta promesse ? » Mon Dieu ! pourquoi me suis-je tant ravalée à leurs yeux ? Toi, prince, ne m'as-tu pas assuré que, quoi qu'il advienne de moi, tu me suivrais et ne m'abandonnerais jamais ? ne m'as-tu pas affirmé que tu m'aimais, que tu me pardonnais tout et que tu me resp… Oui, cela aussi tu l'as dit ! Et c'est moi qui t'ai fui, uniquement pour te rendre ta liberté ; mais maintenant je ne veux plus ! Pourquoi m'a-t-elle traitée comme une dévergondée ? Demande à Rogojine si je suis une dévergondée, il te le dira ! Maintenant qu'elle m'a couverte de honte, et sous tes yeux encore, tu vas te détourner de moi et t'en aller avec elle bras dessus, bras dessous ? Sois donc maudit après une pareille action, car tu es le seul homme en qui j'aie eu confiance. Va-t'en ! Rogojine, je n'ai plus besoin de toi ! s'écria-t-elle dans un mouvement de démence.

Les paroles s'échappaient péniblement de sa poitrine ; ses traits étaient altérés, ses lèvres desséchées : évidemment elle ne croyait pas un mot de ce qu'elle venait de dire dans un accès de bravade, mais elle voulait prolonger l'illusion pendant un instant encore. La crise était si violente qu'elle eût pu entraîner la mort, au moins d'après le jugement du prince.

– Tiens ! regarde-le ! cria-t-elle enfin à Aglaé en lui montrant le prince d'un geste : s'il ne vient pas immédiatement à moi, s'il ne te lâche pas pour moi, alors prends-le, je te le cède, je n'en veux plus !…

Les deux femmes restèrent immobiles, comme dans l'attente de la réponse du prince, qu'elles regardaient d'un air égaré. Mais lui, peut-être, n'avait pas saisi toute la violence de cet appel. C'était même certain. Il ne discernait devant lui que ce visage où se lisaient le désespoir et la folie et dont la vue « avait percé son cœur à tout jamais. », comme il l'avait dit un jour à Aglaé. Il ne put tolérer plus longtemps ce spectacle et, en désignant Nastasie Philippovna, il se tourna vers Aglaé avec un ton de prière et de reproche :

– Est-ce possible ! Ne voyez-vous pas… comme elle est malheureuse ?

Il n'en put dire davantage ; un regard terrible d'Aglaé lui ôta l'usage de la parole. Il vit dans ce regard tant de souffrance et en même temps une haine si immense qu'il joignit les mains, poussa un cri et se précipita vers elle. Mais il était trop tard. Elle n'avait pas supporté qu'il hésitât même une seconde ; le visage caché dans ses mains elle s'était élancée hors de la pièce en s'exclamant : « Ah ! mon Dieu ! » Rogojine lui avait emboîté le pas pour lui ouvrir la porte de sortie.

Le prince se précipita aussi derrière elle, mais sur le seuil, deux bras l'étreignirent. Le visage défait, bouleversé, Nastasie Philippovna le regardait fixement ; ses lèvres bleuies balbutièrent :

– Tu cours après elle ? après elle P…

Elle tomba sans connaissance dans ses bras. Il la releva et la porta dans la chambre, où il l'installa sur un fauteuil. Puis il resta penché sur elle, dans une attente hébétée. Un verre d'eau se trouvait sur une petite table. Rogojine, qui était revenu, jeta un peu de son contenu au visage de la jeune femme. Elle ouvrit les yeux et resta une minute sans comprendre ; mais ayant soudain repris ses sens, elle tressaillit et se précipita vers le prince :

– Tu es à moi ! à moi ! s'écria-t-elle. Elle est partie, la fière demoiselle ? Ha ! ha ! ha ! fit-elle dans un accès de rire convulsif. – Ha ! ha ! ha ! je l'avais cédé à cette demoiselle ! Pourquoi cela ? Pourquoi ? J'étais folle ! oui, folle !… Rogojine, va-t'en ; ha ! ha ! ha !

Rogojine les regarda attentivement, prit son chapeau sans dire mot et sortit. Dix minutes plus tard le prince était assis à côté de Nastasie Philippovna et la couvait de son regard en lui caressant doucement le visage et les cheveux de ses deux mains, comme on fait à un enfant. Il riait aux éclats en l'entendant rire et il était prêt à fondre en larmes quand il la voyait pleurer. Il ne disait rien, il était attentif à son balbutiement exalté et incohérent, auquel il ne comprenait goutte, mais qu'il écoutait avec un doux sourire. Dès qu'il voyait poindre un nouvel accès de chagrin et de pleurs, de reproches et de plaintes, il recommençait à lui caresser la tête et à lui passer tendrement les mains sur les joues, en la consolant et en la raisonnant comme une petite fille.

IX

Deux semaines s'étaient passées depuis l'épisode relaté au chapitre précédent. La situation des personnages de notre récit s'était modifiée dans cet intervalle à un tel point qu'il nous serait extrêmement malaisé d'aller plus loin sans entrer dans des explications particulières. Et cependant nous sentons que notre devoir est de nous borner à un simple exposé des faits et de nous abstenir, autant que possible, de ce genre d'explication. Ceci pour la raison bien simple que nous-même éprouvons dans bien des cas de la peine à tirer les événements au clair.

Pareil avertissement semblera sans doute au lecteur aussi étrange que peu intelligible : comment peut-on raconter des événements sur lesquels on ne se fait ni une idée nette ni une opinion personnelle ? Pour ne pas nous placer dans une position encore plus fausse, nous tâcherons d'éclairer notre pensée par un exemple, dans l'espoir de faire comprendre au lecteur bienveillant l'embarras devant lequel nous nous trouvons, avec cet avantage que l'exemple choisi ne constituera pas une digression mais au contraire la suite directe et immédiate du récit.

Ainsi, quinze jours plus tard, c'est-à-dire au début de juillet (et même dans le cours de ces deux semaines) l'histoire de notre héros, et surtout sa dernière aventure, prirent une tournure extravagante et tout à fait divertissante. Presque incroyable et cependant à peu près hors de doute, cette histoire se répandit progressivement dans toutes les rues avoisinant les villas de Lébédev, de Ptitsine, de Daria Aléxéïevna et des Epantchine ; bref dans presque toute la ville et même aux environs. Toute la société ou peu s'en faut – gens du pays, habitants des villas ou citadins venus pour entendre la musique – fit circuler la même anecdote avec mille variantes ; il en résultait qu'un prince avait fait un scandale dans une maison honorablement connue et délaissé une demoiselle de la famille avec laquelle il était déjà fiancé pour s'enticher d'une lorette. Rompant toutes ses relations, bravant les menaces et l'indignation du public, il avait manifesté, à rencontre de toutes les convenances, l'intention d'épouser prochainement cette femme perdue, à Pavlovsk même, au su et au vu de tout le monde, en redressant la tête et en fixant les gens dans les yeux.

Cette anecdote était enjolivée de force détails scandaleux et on y mêlait nombre de gens connus et considérables ; on la présentait sous des couleurs fantastiques et mystérieuses et, d'autre part, on l'appuyait sur des faits irréfutables et évidents ; si bien que la curiosité générale qu'elle éveillait et les potins qu'elle faisait naître étaient certes fort excusables.

L'interprétation la plus déliée, la plus subtile et en même temps la plus plausible de l'événement avait été mise en circulation par les commérages de certains de ces individus sérieux et raisonnables qui, dans chaque sphère de la société, découvrent toujours le moyen d'expliquer un événement aux autres et trouvent dans cet exercice non seulement leur vocation, mais souvent aussi leur consolation.

Selon leur version, il s'agissait d'un jeune homme de bonne famille, d'un prince, presque riche, pauvre d'esprit, mais démocrate et imbu de ce nihilisme contemporain que M. Tourguéniev a mis en lumière. Le jeune homme en question, qui savait à peine parler le russe, s'était épris de la fille du général Epantchine et avait réussi à se faire recevoir dans la maison comme fiancé. Mais il avait trompé cette famille par un procédé qui rappelait celui du séminariste français dont on a récemment publié l'aventure. Ce dernier, à sa sortie du séminaire, s'était laissé intentionnellement conférer le sacerdoce, s'était prêté à tous les rites, génuflexions, baisers liturgiques, etc., et avait prononcé tous les vœux ; puis, le lendemain, dans une lettre publique à son évêque, il avait déclaré qu'il ne croyait pas en Dieu et considérait comme une infamie de tromper le peuple en vivant à ses dépens ; aussi se démettait-il de sa récente dignité et faisait paraître sa lettre dans les journaux libéraux.

À l'exemple de cet athée, le prince, disait-on, avait attendu une soirée solennelle donnée par les parents de la jeune fille, au cours de laquelle on l'avait présenté à de nombreux et éminents personnages, pour faire une bruyante profession de foi, insulter de respectables dignitaires et répudier sa fiancée d'une manière publique et outrageante. Dans sa résistance aux domestiques chargés de l'expulser, il avait brisé un magnifique vase de Chine.

On ajoutait un trait caractéristique des mœurs contemporaines : ce jeune écervelé aimait en réalité sa fiancée, la fille du général, mais il avait rompu avec elle uniquement pour faire profession de nihilisme. Et, pour rendre le scandale plus éclatant, il s'était donné la satisfaction d'épouser à la face de tous une femme perdue, afin de démontrer par là que, selon sa conviction, il n'y avait ni femmes perdues ni femmes vertueuses, mais uniquement la femme affranchie. Il ne croyait pas aux vieilles classifications mondaines, mais seulement à la « question féminine ». Enfin il prétendait que la femme perdue avait à ses yeux encore plus de mérite que celle qui ne l'était pas.

Cette explication parut fort plausible et fut adoptée par la plupart des gens en villégiature à Pavlovsk avec d'autant plus de facilité qu'elle trouvait sa confirmation dans des faits quotidiens. Il est vrai que beaucoup de détails restaient incompréhensibles. On racontait que la pauvre jeune fille aimait tellement son fiancé (d'aucuns disaient « son séducteur ») qu'elle était accourue auprès de lui le lendemain du jour où il l'avait abandonnée et qu'elle l'avait rejoint chez sa maîtresse. D'autres assuraient, au contraire, qu'il l'avait exprès attirée chez cette femme, par pur nihilisme, c'est-à-dire pour la couvrir de honte et d'opprobre.

Quoi qu'il en fût, l'intérêt éveillé par cet incident s'avivait de jour en jour, d'autant qu'aucun doute ne subsistait sur l'imminence effective de ce scandaleux mariage.

Maintenant, si l'on nous demandait des éclaircissements – non pas sur l'empreinte nihiliste de l'événement, oh ! non, – mais simplement sur la mesure dans laquelle le mariage projeté répondait aux vœux du prince, sur l'objet réel des désirs de notre héros, sur son état d'âme à ce moment et sur d'autres questions du même genre, nous serions, avouons-le, fort embarrassé de répondre. Nous savons seulement que le mariage fut en effet décidé et que le prince chargea Lébédev, Keller et un ami de Lébédev, qu'on lui avait présenté à cette occasion, de prendre toutes les dispositions tant à l'église qu'à la maison. Ordre fut donné de ne pas regarder à la dépense. Nastasie Philippovna avait insisté pour que la cérémonie eût lieu le plus tôt possible. Sur la pressante demande de Keller, le prince choisit celui-ci comme garçon d'honneur. La mariée de son côté fit choix de Bourdovski, qui consentit avec enthousiasme. Et le mariage fut fixé au début de juillet.

Outre ces précisions de la plus grande exactitude, nous connaissons encore certains détails qui nous déconcertent positivement parce qu'ils sont en contradiction avec ce qui précède. C'est ainsi que nous avons tout lieu de croire que le prince, après avoir chargé Lébédev et consorts de faire tous les préparatifs, oublia presque aussitôt, maître de cérémonie, garçons d'honneur et mariage. Peut-être ne s'était-il hâté de se décharger de ces préoccupations sur d'autres qu'à seule fin de n'y plus penser lui-même, voire de les effacer au plus vite de sa mémoire.

Mais dans ce cas, à quoi pensait-il ? De quoi voulait-il garder le souvenir ? Quelles étaient ses intentions ? Il n'est pas douteux qu'il n'avait subi aucune contrainte (par exemple de la part de Nastasie Philippovna). C'était bien cette dernière qui avait voulu hâter la noce ; c'était elle et non le prince qui avait imaginé ce mariage ; mais il y avait donné son libre consentement, et même il l'avait fait d'un air distrait, comme s'il se fût agi d'une chose assez banale.

Nous connaissons un grand nombre de faits aussi étranges que celui-là, mais, à notre avis, loin de contribuer à éclaircir l'événement, ils ne peuvent, en s'accumulant, que l'obscurcir davantage. Citons cependant encore un exemple.

Nous savons pertinemment que, durant ces deux semaines, le prince passa des journées et des soirées entières avec Nastasie Philippovna, qu'il accompagnait à la promenade et à la musique. Chaque jour il sortait avec elle en calèche ; s'il était une heure sans la voir, il commençait à s'inquiéter d'elle (il y avait donc toutes les apparences qu'il l'aimât sincèrement). Pendant de longues heures, il l'écoutait parler avec un sourire doux et tendre, quel que fût le sujet dont elle l'entretenait ; lui-même se taisait presque toujours.

Mais nous savons aussi que plusieurs fois, voire souvent, pendant ces mêmes journées, il se rendit brusquement chez les Epantchine, sans en faire mystère à Nastasie Philippovna, que ces visites mettaient au désespoir. Nous savons que les Epantchine refusèrent de le recevoir jusqu'à la fin de leur séjour à Pavlovsk et s'opposèrent constamment à ce qu'il eût une entrevue avec Aglaé. Il se retirait sans mot dire et revenait le lendemain, comme s'il avait oublié la rebuffade de la veille, pour essuyer naturellement un nouveau refus.

Nous savons encore qu'une heure, peut-être même moins, après qu'Aglaé se fut enfuie de chez Nastasie Philippovna, le prince était déjà chez les Epantchine, convaincu qu'il y trouverait la jeune fille. Son arrivée jeta dans la maison l'émoi et la frayeur, car Aglaé n'était pas encore rentrée et on avait par lui la première nouvelle de la visite qu'elle venait de faire en sa compagnie à Nastasie Philippovna. On raconta depuis qu'Elisabeth Prokofievna, ses filles et même le prince Stch... l'avaient alors traité avec beaucoup de dureté et d'inimitié, et lui avaient signifié en termes courroucés qu'ils ne voulaient plus le fréquenter ni le connaître, surtout lorsque Barbe Ardalionovna fut venue inopinément annoncer à Elisabeth Prokofievna qu'Aglaé Ivanovna était chez elle depuis une heure, dans un état affreux, et qu'elle ne voulait plus, semblait-il, retourner à la maison.

Cette dernière nouvelle, qui bouleversa plus que tout le reste Elisabeth Prokofievna, fut reconnue parfaitement véridique. En effet, au sortir de chez Nastasie Philippovna, Aglaé aurait préféré mourir plutôt que de reparaître aux yeux des siens ; aussi s'était-elle réfugiée chez Nina Alexandrovna. Barbe Ardalionovna avait, de son côté, jugé nécessaire d'aviser sans retard Elisabeth Prokofievna de tout ce qui s'était passé. La mère et ses filles accoururent sur-le-champ chez Nina Alexandrovna et le père, Ivan Fiodorovitch, alla les y rejoindre dès qu'il rentra. Le prince Léon Nicolaïévitch emboîta le pas aux dames Epantchine, en dépit du congé et des paroles blessantes qu'il avait reçus ; mais, sur l'ordre de Barbe Ardalionovna, on l'empêcha là aussi d'arriver jusqu'à Aglaé.

L'affaire se termina de la manière suivante : quand Aglaé vit que sa mère et ses sœurs pleuraient à cause d'elle, mais ne lui faisaient pas de reproches, elle se jeta dans leurs bras et rentra aussitôt avec elles à la maison.

On raconta aussi – mais ce bruit resta assez imprécis – que Gabriel Ardalionovitch avait encore une fois joué de malchance : resté seul avec Aglaé pendant que Barbe Ardalionovna courait chez Elisabeth Prokofievna, il crut devoir profiter de l'occasion pour se mettre à lui parler de son amour. En l'entendant, Aglaé oublia son chagrin et ses larmes et partit d'un éclat de rire ; puis elle lui posa à brûle-pourpoint une question bizarre : serait-il prêt, pour prouver son amour, à se brûler le doigt à la flamme d'une bougie ? Il paraît que Gabriel Ardalionovitch fut interloqué et abasourdi par cette proposition et qu'en voyant sa mine perplexe, Aglaé fut prise d'un fou rire et s'enfuit à l'étage au-dessus, chez Nina Alexandrovna, où ses parents la trouvèrent un moment après. Cet incident fut rapporté le lendemain au prince par Hippolyte, qui, ne pouvant plus quitter sa couche, l'envoya chercher exprès pour le lui communiquer. Nous ignorons comment lui-même en était informé ; toujours est-il que le prince, lorsqu'il entendit raconter l'histoire du doigt et de la bougie, fut secoué d'une telle hilarité qu'Hippolyte lui-même n'en revenait pas. Mais un moment après il se mit à trembler et fondit en larmes...

En général, pendant ces journées, il se montra en proie à une vive inquiétude, à un trouble insolite, à une angoisse mal définie. Hippolyte déclara tout crûment qu'il lui avait donné l'impression d'un homme frappé d'aliénation mentale ; cependant on ne pouvait encore donner à cette conjecture une base positive.

En exposant tous ces faits, que nous nous refusons à expliquer, notre intention n'est nullement de blanchir la conduite de notre héros aux yeux du lecteur. Loin de là : nous sommes prêt à partager l'indignation que cette conduite provoqua même chez ses amis. Véra Lébédev elle-même en fut révoltée pendant quelque temps ; Kolia et Keller s'en montrèrent également outrés ; ce dernier ne revint sur sa manière de voir que lorsqu'il fut choisi comme garçon d'honneur. Quant à Lébédev, son indignation était si sincère qu'elle le poussa à ourdir contre le prince une intrigue dont nous reparlerons plus loin.

En principe, nous souscrivons sans réserve aux quelques paroles vigoureuses, voire empreintes d'une profonde psychologie, qu'Eugène Pavlovitch adressa sans ambages au prince, au cours d'un entretien familier, six ou sept jours après la scène chez Nastasie Philippovna. Remarquons à ce propos qu'outre les Epantchine, les personnes qui avaient avec eux des liens directs ou indirects se crurent obligées de rompre toute relation avec le prince. Le prince Stch..., par exemple, se détourna quand il le rencontra et ne lui rendit pas son salut. Toutefois Eugène Pavlovitch ne craignit pas de se compromettre en lui rendant visite, encore qu'il se fût remis à fréquenter chaque jour chez les Epantchine, où il était même reçu avec une cordialité manifeste.

Juste le lendemain du jour où ceux-ci quittèrent Pavlovsk, il se rendit chez le prince. Il était, en entrant, au courant des potins qui couraient en ville ; peut-être même avait-il contribué pour sa part à les propager. Le prince fut enchanté de le voir et mit tout de suite la conversation sur les Epantchine. Cette entrée en matière franche et directe délia la langue d'Eugène Pavlovitch et lui permit d'aller droit au fait.

Le prince ignorait encore le départ des Epantchine. Cette nouvelle le consterna et le fit pâlir ; mais au bout d'une minute il secoua la tête d'un air troublé et songeur et convint que « c'était chose inévitable » ; puis il s'empressa de s'enquérir de « leur nouvelle résidence ».

Pendant ce temps Eugène Pavlovitch l'observait avec attention ; il n'était pas peu surpris de la hâte que son interlocuteur mettait à l'interroger ; la candeur de ses questions, son émoi, son ton d'étrange sincérité, son inquiétude, sa nervosité, tout cela ne laissait pas de le frapper. Cependant, il renseigna le prince avec affabilité et d'une manière circonstanciée sur tous les événements : il lui apprit beaucoup de choses, car il était le premier informateur qui vînt de chez les Epantchine. Il confirma qu'Aglaé avait été réellement malade et qu'elle avait passé trois nuits dans la fièvre et l'insomnie ; elle allait mieux maintenant et était hors de danger, mais se trouvait dans un état d'extrême surexcitation... « Heureusement encore qu'une paix complète règne dans la maison ! On tâche de ne pas parler du passé, non seulement en présence d'Aglaé, mais même quand elle n'est pas là. Les parents ont déjà formé le projet de faire en automne un voyage à l'étranger, aussitôt après le mariage d'Adélaïde. Aglaé a accueilli en silence les premières allusions à ce projet. »

Quant à lui, Eugène Pavlovitch, il irait peut-être aussi à l'étranger. Même le prince Stch... pourrait se décider à s'absenter pour un mois ou deux avec Adélaïde, si ses affaires le lui permettaient. Seul le général resterait. Toute la famille était maintenant à Kolmino, à une vingtaine de verstes de Pétersbourg, dans une de ses propriétés où se trouvait une spacieuse maison de campagne. La princesse Biélokonski n'était pas encore partie pour Moscou et semblait s'attarder à dessein. Elisabeth Prokofievna avait vivement insisté sur l'impossibilité de rester à Pavlovsk après tout ce qui s'était passé ; Eugène Pavlovitch lui rapportait au jour le jour les rumeurs de la ville. Les Epantchine n'avaient pas non plus cru possible d'aller à la villa Elaguine.

– Voyons, ajouta Eugène Pavlovitch, vous conviendrez en effet vous-même, prince, que la situation n'était pas tenable... surtout pour qui savait ce qui se passait à chaque heure chez vous et après les visites quotidiennes que vous faisiez *là-bas,* malgré qu'on eût refusé de vous recevoir...

– Oui, oui, vous avez raison. Je voulais voir Aglaé Ivanovna..., répondit le prince qui se remit à hocher la tête.

– Ah ! mon cher prince, s'écria brusquement Eugène Pavlovitch d'un ton pathétique et attristé, comment avez-vous pu permettre alors... tout ce qui s'est passé ? Assurément c'était fort inattendu pour vous... J'admets volontiers que vous n'ayez pu vous empêcher de perdre la tête... ni retenir cette jeune fille dans son accès de démence ; c'était au-dessus de vos forces ! Mais vous deviez comprendre combien sérieux et puissant était le sentiment qui... poussait cette jeune fille vers vous. Elle n'a pas voulu partager avec une autre, et vous… vous avez pu délaisser et briser un pareil trésor !

– Oui, oui, vous avez raison ; j'ai été coupable, reprit le prince angoissé de chagrin. – Je vous le dis : Aglaé était seule, toute seule à considérer ainsi Nastasie Philippovna… Personne hormis elle ne la jugeait de cette façon…

– Mais justement, ce qui est exaspérant, c'est qu'il n'y avait dans tout cela rien de sérieux ! s'écria Eugène Pavlovitch en s'emportant. – Excusez-moi, prince, mais… je… j'ai réfléchi là-dessus ; j'ai longuement médité ; je connais tous les antécédents de l'affaire ; je sais ce qui s'est passé il y a six mois ; rien de tout cela n'était sérieux. Il n'y avait là qu'un entraînement de l'esprit et de l'imagination, une chimère, une fumée ; seule la jalousie apeurée d'une jeune fille sans expérience a pu prendre la chose au tragique !

Là-dessus Eugène Pavlovitch, se sentant tout à fait à l'aise, donna libre cours à son indignation. En termes sensés et clairs, et, répétons-le, avec une psychologie très pénétrante, il retraça sous les yeux du prince le tableau des rapports de celui-ci avec Nastasie Philippovna. Il avait toujours eu le don de la parole ; cette fois il s'éleva jusqu'à l'éloquence.

« Il y a eu en vous dès le début, dit-il, quelque chose de mensonger ; or, ce qui commence par le mensonge doit finir par le mensonge ; c'est une loi naturelle. Je ne partage pas la manière de voir des gens qui vous traitent d'idiot ; je suis même indigné de les entendre ; vous avez trop d'esprit pour mériter ce qualificatif ; mais, convenez-en vous-même, vous êtes d'une étrangeté qui vous différencie de tous les hommes. Je suis arrivé à cette conclusion que la cause de tout ce qui s'est passé réside avant tout dans ce que j'appellerai votre inexpérience congénitale (remarquez, prince, cette expression : « congénitale ») et dans votre anormale naïveté. J'y ajouterai votre phénoménale absence du sentiment de la mesure (défaut dont vous êtes vous-même maintes fois convenu) et enfin un énorme afflux d'idées spéculatives que votre extraordinaire sincérité a prises jusqu'ici pour des convictions authentiques, naturelles et immédiates ! Avouez vous-même, prince, que vos relations avec Nastasie Philippovna ont été fondées dès le début sur une notion de *démocratie conventionnelle* (je m'exprime ainsi pour abréger) et pour ainsi dire sous le charme de la « question féminine » (pour abréger encore davantage). Sachez que je connais dans tous ses détails l'étrange et scandaleuse scène qui s'est déroulée chez Nastasie Philippovna lorsque Rogojine a apporté son argent. Si vous le voulez, je vais vous analyser vous-même et vous montrer votre propre image comme dans un miroir, tant je connais le fond de l'affaire et la raison pour laquelle elle a tourné de la sorte ! Quand vous étiez jeune homme et viviez en Suisse, vous aviez la nostalgie de votre patrie et la Russie vous attirait comme un pays inconnu, une terre promise. Vous avez alors lu beaucoup de livres sur la Russie ; c'étaient peut-être d'excellents ouvrages, mais ils vous ont été nuisibles ; vous êtes revenu sur le sol natal plein d'ardeur et assoiffé d'activité ; vous vous êtes pour ainsi dire jeté à l'œuvre. Et voici que, dès le premier jour de votre arrivée, on vous raconte la triste et navrante histoire d'une créature outragée, à vous qui êtes chevaleresque et chaste, et il s'agit d'une femme ! Ce même jour, vous la voyez, vous êtes ensorcelé par sa beauté, sa beauté fantastique et démoniaque (vous voyez, je reconnais qu'elle est belle). Ajoutez à cela l'état de vos nerfs, votre épilepsie, l'influence déprimante de notre dégel à Pétersbourg ; ajoutez la circonstance que, durant cette première journée passée dans une ville inconnue et presque fabuleuse pour vous, vous avez été témoin de nombreuses scènes et rencontré beaucoup de gens ; vous avez fait connaissance d'une manière tout à fait inattendue de trois belles personnes, les demoiselles Epantchine, et parmi elles Aglaé ; tenez encore compte de la fatigue, du vertige, du salon de Nastasie Philippovna et de l'ambiance qui y régnait et... Voyons, que pouviez-vous attendre de vous-même à ce moment-là, dites-le-moi un peu ?

– Oui, oui, dit le prince en hochant la tête et en se mettant à rougir ; – oui, vous êtes presque dans le vrai. En effet, je n'avais pas dormi la nuit précédente, en wagon, ni celle d'avant et je ne me sentais pas du tout dans mon assiette...

– Eh bien ! oui, c'est là que je veux en venir ! continua Eugène Pavlovitch qui s'échauffait de plus en plus. – Il est clair que, grisé par l'enthousiasme, vous vous êtes en quelque sorte précipité sur l'occasion d'afficher publiquement votre magnanimité en déclarant que vous, prince de naissance et homme pur, vous ne considériez pas comme déshonorée une femme perdue non par sa faute, mais par celle d'un odieux libertin du grand monde. Mon Dieu, c'est si compréhensible ! Mais là n'est pas la question, mon cher prince ; ce qu'il s'agit de savoir, c'est si votre sentiment était véritable, sincère, naturel, ou s'il procédait seulement d'une exaltation cérébrale. Qu'en pensez-vous ? Si au temple on a pardonné à une femme de ce genre, on ne lui a tout de même pas dit qu'elle agissait bien, ni qu'elle était digne de tous les honneurs et de tous les respects ! Est-ce que votre bon sens n'a pas de lui-même mis les choses au point trois mois plus tard ? Admettons qu'elle soit innocente – c'est une question sur laquelle je ne veux pas insister, – il n'en est pas moins vrai que ses aventures ne justifient nullement son intolérable et diabolique orgueil, son impudence, son insatiable égoïsme. Excusez-moi, prince, si je me laisse entraîner, mais...

– Oui, tout cela est possible, il se peut que vous ayez raison... balbutia de nouveau le prince. Elle est en effet très surexcitée, et vous êtes certainement dans le vrai, mais...

– Vous voulez dire qu'elle est digne de pitié, mon bon prince ? Mais aviez-vous le droit, par pitié envers elle et pour lui complaire, de couvrir de honte une autre jeune fille, bien née et pure, et de l'humilier sous *ces* yeux méprisants et pleins de haine ? Où s'arrêtera la pitié, après cela ? N'est-ce pas là une incroyable exagération ? Quand on aime une jeune fille, peut-on la ravaler ainsi devant sa rivale, et l'abandonner pour une autre sous les yeux de cette dernière après l'avoir honnêtement demandée en mariage ?... Car vous avez demandé sa main, vous avez fait votre déclaration en présence de ses parents et de ses sœurs ! Après cela, prince, êtes-vous un homme d'honneur, permettez-moi de vous le demander ? Et... et n'avez-vous pas trompé une divine jeune fille en lui affirmant que vous l'aimiez ?

– Oui, oui, vous avez raison ; ah ! je sens que je suis coupable ! proféra le prince avec un accent d'indicible chagrin.

– Mais est-ce que cela suffit ? s'écria Eugène Pavlovitch avec indignation ; – est-ce qu'il suffit de s'écrier : « Ah ! je suis coupable ! » Vous êtes coupable, mais vous persistez dans vos torts. Où donc était alors votre cœur, votre cœur de « chrétien » ? Vous avez vu à ce moment-là l'expression de son visage : il reflétait moins de souffrance que celui de *l'autre,* de la *vôtre,* de celle qui vous séparait ? Comment, devant ce spectacle, avez-vous permis ce qui s'est passé ? Comment ?

– Mais... je n'ai rien permis du tout..., balbutia le malheureux prince.

– Comment ! vous n'avez rien permis ?

– Je vous en donne ma parole. Je ne comprends encore pas, à l'heure qu'il est, comment tout cela est arrivé... Je... j'ai couru alors après Aglaé Ivanovna, mais Nastasie Philippovna est tombée en syncope, et depuis on ne me laisse pas approcher Aglaé Ivanovna.

– Peu importe ! Vous deviez courir après Aglaé et laisser l'autre évanouie !

– Oui... oui, je devais... elle en serait morte ! Elle se serait tuée, vous ne la connaissez pas, et... cela revenait au même, j'aurais tout raconté ensuite à Aglaé Ivanovna et... Voyez-vous, Eugène Pavlovitch, je m'aperçois que vous n'avez pas l'air de tout savoir. Dites-moi pourquoi on ne me laisse pas approcher d'Aglaé Ivanovna ? Je lui expliquerais tout. Comprenez ceci : toutes deux ont parlé alors à côté, complètement à côté de la question ; de là est venu le malheur... Je n'arrive pas à vous expliquer cela clairement, mais peut-être réussirais-je à l'expliquer à Aglaé... Ah ! mon Dieu ! mon Dieu ! vous me parlez de son visage à cette minute, lorsqu'elle s'est enfuie... Oh ! mon Dieu, je m'en souviens !... Allons, allons !

Le prince s'était levé subitement et cherchait à entraîner Eugène Pavlovitch par la manche.

– Où ?

– Allons chez Aglaé Ivanovna, allons-y à l'instant !…

– Mais je vous ai dit qu'elle n'était plus à Pavlovsk ; et d'ailleurs qu'irions-nous faire chez elle ?

– Elle comprendra, elle comprendra ! murmura le prince en joignant les mains dans l'attitude de la prière. – Elle comprendra que ce n'est pas *cela,* que c'est tout à fait autre chose !

– Comment tout à fait autre chose ? Vous allez pourtant bien vous marier ? Donc vous persistez… Vous mariez-vous, oui ou non ?

– Eh oui !… je me marie, oui, je me marie !

– Alors pourquoi dites-vous que ce n'est pas cela ?

– Non, ce n'est pas cela, ce n'est pas cela ! Peu importe que je me marie, ce n'est rien !

– Comment pouvez-vous dire que cela importe peu, que ce n'est rien ? Il ne s'agit pourtant pas d'une bagatelle ! Vous épousez une femme que vous aimez pour faire son bonheur. Aglaé Ivanovna le voit et le sait. Est-ce là une chose sans importance ?

– Son bonheur ? Oh ! non. Je me marie, tout simplement ; elle y tient ; et d'ailleurs qu'est-ce que cela fait que je me marie : je… Voyons, tout cela est indifférent ! Si j'avais agi d'une autre manière, elle serait certainement morte. Je vois maintenant que ce mariage avec Rogojine était une folie. J'ai maintenant compris tout ce que je ne comprenais pas naguère. Voilà, ce que je vous dirai : quand elles se sont dressées l'une contre l'autre, je n'ai pu supporter le visage de Nastasie Philippovna… Vous ne savez pas, Eugène Pavlovitch, ajouta-t-il en baissant mystérieusement la voix, je ne l'ai jamais dit à personne, jamais, pas même à Aglaé, mais je ne puis supporter le visage de Nastasie Philippovna… Tout à l'heure, vous avez très bien décrit la soirée chez elle ; mais il y a un détail qui vous a échappé parce que vous l'ignoriez : c'est que j'ai regardé *son visage.* Déjà le matin, en voyant son portrait, je n'avais pu en tolérer l'expression… Tenez, voyez Véra, la fille de Lébédev, elle a des yeux tout différents. Je… j'ai peur du visage de Nastasie Philippovna ! ajouta-t-il sur un ton d'extrême frayeur.

– Vous en avez peur ?

– Oui ; elle est folle ! chuchota-t-il en pâlissant.

– En êtes-vous bien sûr ? demanda Eugène Pavlovitch d'un air prodigieusement intrigué.

– Oui, sûr ; maintenant j'en suis sûr ; je m'en suis tout à fait convaincu ces jours-ci !

– Alors que faites-vous, malheureux ? s'écria Eugène Pavlovitch avec effarement. – Vous vous mariez donc sous l'empire d'une sorte de crainte ? C'est à n'y rien comprendre… Peut-être même ne l'aimez-vous pas ?

– Oh ! si, je l'aime de toute mon âme ! Songez donc… c'est une enfant ; elle est maintenant tout à fait comme une enfant ! Oh ! vous ne savez rien !

– Et, en même temps, vous avez assuré Aglaé Ivanovna de votre amour ?

– Oh ! oui, oui !

– Comment expliquez-vous cela ? Vous prétendez donc aimer l'une et l'autre ?

– Oh ! oui, oui !

– Allons, prince, réfléchissez à ce que vous dites !

– Sans Aglaé je… il faut absolument que je la voie ! Je… je mourrai bientôt en dormant ; je pensais mourir cette nuit pendant mon sommeil. Oh ! si Aglaé savait, si elle savait tout… je veux dire absolument tout ! Parce que l'essentiel, ici, c'est de tout savoir ! Pourquoi ne nous est-il jamais donné de *tout* savoir sur une autre personne, quand c'est nécessaire, quand cette autre personne est en faute !… Au reste je ne sais plus ce que je dis, je me suis embrouillé ; vous m'avez jeté dans un terrible émoi… Se peut-il qu'elle ait encore la même expression de physionomie que lorsqu'elle s'est enfuie ? Oh ! oui, je suis coupable ! Le plus probable, c'est que tous les torts sont de mon côté. Je ne sais pas encore au juste en quoi ils consistent, mais je suis coupable… Il y a là quelque chose que je ne saurais vous expliquer, Eugène Pavlovitch, faute de mots pour l'exprimer, mais… Aglaé Ivanovna comprendra ! Oh ! j'ai toujours pensé qu'elle comprendrait.

– Non, prince, elle ne comprendra pas ! Aglaé Ivanovna vous a aimé humainement, comme une femme et non comme… un pur esprit. Voulez-vous que je vous dise, mon pauvre prince : le plus vraisemblable, c'est que vous n'avez jamais aimé ni l'une ni l'autre !

– Je ne sais pas… peut-être, peut-être ; vous avez raison sur bien des points, Eugène Pavlovitch. Vous êtes supérieurement intelligent, Eugène Pavlovitch. Ah ! voilà la tête qui recommence à me faire mal ; allons chez elle ! allons-y, pour l'amour de Dieu ! pour l'amour de Dieu !

– Mais je vous dis qu'elle n'est plus à Pavlovsk ; elle est à Kolmino.

– Allons à Kolmino, partons sur-le-champ !

– C'est im-pos-sible ! dit Eugène Pavlovitch d'une voix traînante ; et il se leva.

– Écoutez, je vais écrire une lettre ; vous la lui porterez !

– Non, prince, non ! Dispensez-moi de pareilles commissions, je ne puis m'en charger.

Ils se quittèrent. Eugène Pavlovitch emportait une impression étrange ; il était arrivé à la conviction que le prince avait l'esprit un peu dérangé. « Que signifie ce *visage* qu'il craint et aime tant ? Et en même temps, il n'est pas impossible que, loin d'Aglaé, il meure en effet, de sorte que la jeune fille ne saura jamais à quel point il l'aime. Ha ! ha ! Et comment peut-il aimer deux femmes ? Et chacune d'un genre d'amour différent ? Voilà qui est curieux… Pauvre idiot ! Et que va-t-il devenir maintenant ? »

X

Cependant le prince ne mourut pas avant son mariage, ni à l'état de veille, ni « en dormant » comme il l'avait prédit à Eugène Pavlovitch. Peut-être dormait-il mal et faisait-il de mauvais rêves ; mais pendant le jour, dans le commerce de ses semblables, il paraissait bien et même satisfait ; s'il avait parfois l'air très absorbé, c'était quand il était seul. On hâta les préparatifs du mariage, qui devait avoir lieu une huitaine de jours après la visite d'Eugène Pavlovitch. Devant une pareille précipitation, les amis les plus intimes du prince, s'il en avait eu, auraient dû renoncer eux-mêmes à l'espoir de voir leurs efforts « sauver » le pauvre fou. Le bruit courut que la visite d'Eugène Pavlovitch avait eu lieu, dans une certaine mesure, à l'instigation du général Ivan Fiodorovitch et de sa femme, Elisabeth Prokofievna. Mais si tous deux, par un excès de leur bonté, avaient pu désirer « sauver » de l'abîme le malheureux dément, ils devaient se limiter à cette unique et timide tentative ; ni leur situation ni peut-être même leurs sentiments (chose naturelle) ne leur permettaient un effort plus sérieux. Nous avons déjà dit que même l'entourage du prince s'était dressé contre lui. Véra Lébédev se bornait à verser des larmes quand elle était seule ; elle restait d'ailleurs le plus souvent à la maison et venait plus rarement qu'autrefois lui rendre visite.

Sur ces entrefaites Kolia avait rendu les derniers devoirs à son père. Le vieillard était mort d'une nouvelle attaque survenue environ huit jours après la première. Le prince prit une grande part au deuil de la famille ; il passa, pendant les premiers jours, des heures entières auprès de Nina Alexandrovna ; il assista aux obsèques et à la cérémonie religieuse. Maintes personnes remarquèrent que son arrivée à l'église et son départ provoquèrent dans l'assistance des chuchotements involontaires. Il en allait de même dans la rue et dans le parc ; quand il passait, à pied ou en voiture, les conversations s'animaient, on se le montrait et on prononçait son nom ainsi que celui de Nastasie Philippovna. On chercha celle-ci aux obsèques du général, mais elle n'y était point. La « capitaine » n'y assista pas davantage, Lébédev ayant réussi à la retenir à la maison. Le service funèbre fit sur le prince une forte et douloureuse impression. À une question de Lébédev il répondit à voix basse que c'était la première fois qu'il assistait à un enterrement suivant le rite grec, hormis une cérémonie semblable qu'il se souvenait avoir vue, étant enfant, dans une église de village.

– Oui, comment croire que l'homme couché dans cette bière soit le même que celui auquel, il y a si peu de temps, nous avons donné la présidence de notre réunion ; vous vous rappelez ? dit à voix basse Lébédev. – Mais qui cherchez-vous ?

– Rien, il m'avait semblé que…

– Ce n'est pas Rogojine ?

– Est-il ici ?

– Il est dans l'église.

– Il m'a bien semblé en effet apercevoir ses yeux, murmura le prince d'un air troublé, mais qu'importe… Pourquoi est-il ici ?… L'a-t-on invité ?

– On n'y a même pas songé. D'ailleurs la famille ne le connaît pas. Tout le monde peut entrer dans l'église. Pourquoi êtes-vous si surpris ? Je le rencontre maintenant souvent ; la semaine passée je l'ai vu déjà quatre fois, ici à Pavlovsk.

– Je ne l'ai pas encore vu une seule fois… depuis lors, balbutia le prince.

Comme Nastasie Philippovna ne lui avait jamais dit non plus avoir rencontré Rogojine une seule fois « depuis ce temps-là », le prince en conclut que ce dernier avait ses raisons de ne pas se montrer. Durant toute cette journée il parut très absorbé ; par contre, Nastasie Philippovna fut d'une gaîté exceptionnelle, gaîté qui se prolongea pendant toute la soirée.

Kolia, qui avait fait sa paix avec le prince avant la mort de son père, lui proposa (l'affaire revêtant une pressante urgence) de prendre Keller[164] et Bourdovski pour garçons d'honneur. Il se porta garant de la bonne tenue du premier et ajouta qu'il serait peut-être « utile ». Quant à Bourdovski, toute recommandation était superflue, vu que c'était un homme « tranquille et modeste ». Nina Alexandrovna et Lébédev firent observer au prince que, si son mariage était déjà décidé, du moins pouvait-il se dispenser de le célébrer à Pavlovsk à une époque où la saison mondaine battait son plein. Pourquoi tant de publicité ? Ne valait-il pas mieux que la cérémonie eût lieu à Pétersbourg et même à domicile ? Le prince ne comprit que trop bien la préoccupation que reflétaient ces craintes, mais il se borna à répondre avec laconisme et simplicité que c'était le désir formel de Nastasie Philippovna.

Le lendemain, Keller ayant appris qu'il était choisi comme garçon d'honneur, vint à son tour se présenter au prince. Il s'arrêta sur le seuil ; aussitôt qu'il le vit, il leva la main droite et, l'index dressé en l'air, s'écria du ton d'un homme qui profère un serment :

– Je ne bois plus !

Puis il s'approcha du prince, lui serra les deux mains en les secouant avec force et déclara qu'à la vérité il avait d'abord éprouvé du dépit en apprenant ce qui s'était passé ; il avait même manifesté ce sentiment au cours d'une partie de billard ; mais ce dépit venait seulement de ce que son impatiente amitié aurait voulu voir le prince épouser une princesse de Rohan ou tout au moins de Chabot ; mais maintenant il se rendait compte que les pensées du prince étaient au moins douze fois plus nobles que celles de tout l'entourage « pris en bloc » ! Car ce qu'il recherchait, ce n'était ni l'éclat, ni la richesse, ni même l'honneur, mais seulement la vérité. Les sympathies des hautes personnalités ne sont que trop connues ; mais le prince est lui-même trop élevé par son éducation pour n'être pas, d'une manière générale, mis sur le même rang qu'elles ! « Mais la canaille et la fripouille sont d'un avis tout différent ; en ville, chez les particuliers, dans les réunions, dans les villas, au concert, dans les cabarets, les salles de billard, on ne parle, on ne jase que du prochain événement. J'ai même entendu dire que l'on vous prépare un charivari sous vos fenêtres, et cela, pour ainsi dire, la première nuit ! Si vous avez besoin, prince, du pistolet d'un honnête homme, je suis prêt à échanger noblement une demi-douzaine de coups de feu avant que vous ne quittiez, le lendemain matin, votre couche nuptiale. » Il donna même le conseil de

---

164 Il y a une apparente contradiction entre ce passage et celui où il est dit que c'est Keller qui s'imposa au choix du prince. – N. d. T.

disposer dans la cour une pompe à incendie comme mesure préventive contre la foule assoiffée revenant de l'église ; mais Lébédev s'y opposa en disant que, si on mettait cette pompe en action, sa maison serait détruite de fond en comble.

– Je vous assure, prince, que ce Lébédev ourdit des intrigues contre vous. Ils veulent vous faire mettre en tutelle ; pouvez-vous imaginer cela ? On vous priverait de l'exercice de votre volonté et de l'usage de votre argent, c'est-à-dire des deux biens qui distinguent chacun de nous d'un quadrupède ! Or, cela, je l'ai entendu dire, parfaitement entendu ! C'est la pure vérité.

Le prince se rappela confusément avoir déjà ouï-dire quelque chose de ce genre, mais il n'y avait naturellement pas prêté attention. Il se borna à rire de la réflexion de Keller et l'oublia aussi sur-le-champ. Le fait est que Lébédev se démenait depuis un certain temps ; cet homme tirait toujours des plans sous le coup d'une inspiration, mais, dans son ardeur à les exécuter, il dispersait ses efforts en tous sens et s'éloignait du but qu'il s'était d'abord assigné ; aussi n'avait-il guère réussi dans la vie. Plus tard, presque le jour du mariage, il vint se confesser au prince (c'était une manie chez lui de toujours venir exprimer son repentir à ceux contre lesquels il avait intrigué, surtout lorsque ses intrigues avaient échoué). Il lui déclara qu'il était né pour être un Talleyrand et que, par un sort inexplicable, il était resté un simple Lébédev. Là-dessus il découvrit tout son jeu, qui intéressa vivement le prince. À l'en croire, il avait commencé par se mettre en quête de hautes protections pour avoir un appui en cas de besoin, et il était allé trouver à cet effet le général Ivan Fiodorovitch. Celui-ci avait paru embarrassé et, tout en voulant beaucoup de bien « au jeune homme », il avait déclaré que, « si vif que fût son désir de le sauver, les convenances ne lui permettaient pas d'intervenir ». Elisabeth Prokofievna n'avait voulu ni le voir ni l'entendre. Eugène Pavlovitch et le prince Stch… s'étaient récusés d'un simple geste. Cependant lui, Lébédev, n'avait pas perdu courage : il avait consulté un homme de loi expérimenté, un vénérable vieillard dont il était l'ami intime et presque l'obligé ; ce juriste avait conclu que l'interdiction du prince était parfaitement possible, à condition que des témoins qualifiés certifiassent son désordre mental et sa complète démence ; l'essentiel était d'ailleurs de disposer de hautes influences. Lébédev n'avait pas perdu patience et avait même fait venir un jour un médecin chez le prince. Ce médecin était un autre vieillard respectable en villégiature à Pavlovsk ; il portait la cravate de l'ordre de Sainte-Anne. Lébédev l'avait amené sous prétexte de lui montrer sa propriété et il l'avait présenté au prince, étant entendu que ses conclusions lui seraient communiquées à titre amical, pour ainsi dire, et non sous une forme officielle.

Le prince se rappela cette visite du docteur ; il se souvint que, la veille, Lébédev avait insisté auprès de lui pour le convaincre qu'il était malade ; après avoir catégoriquement refusé les secours de la médecine, il s'était soudain trouvé en présence de ce docteur ; à en croire Lébédev, ils venaient de sortir tous deux de chez M. Térentiev, qui était très mal, et le médecin avait à son sujet une communication à lui faire. Il avait approuvé Lébédev et reçu le docteur avec beaucoup d'affabilité. La conversation avait porté aussitôt sur le malade, Hippolyte ; le docteur désirant connaître de plus amples détails sur la scène du suicide, le prince l'avait charmé par son récit et ses explications de l'événement On avait parlé du climat de Pétersbourg, de la maladie du prince lui-même, de la Suisse, de Schneider. Le prince avait tellement intéressé son interlocuteur par l'exposé du système thérapeutique de Schneider qu'il l'avait retenu pendant deux heures. Il lui avait fait en outre fumer d'excellents cigares et Lébédev lui avait servi une liqueur exquise apportée par Véra. Bien que marié et père de famille, le praticien s'était montré si entreprenant avec celle-ci qu'elle en avait été profondément indignée. On s'était séparé en amis. En sortant, le docteur avait déclaré à Lébédev : « Si l'on voulait mettre en tutelle tous les gens qui sont comme le prince, qui devrait-on prendre comme tuteurs ? » Lébédev lui avait répliqué sur un ton tragique en invoquant la proximité de l'événement, mais le docteur, ayant hoché la tête d'un air madré et finaud, avait conclu : « il faut laisser les gens se marier comme bon leur semble. » Au surplus, d'après ce qu'il avait entendu dire, la personne dont il s'agissait n'était pas seulement d'une incomparable beauté, motif déjà suffisant pour tourner la tête d'un homme riche, mais encore possédait des capitaux qui lui venaient de Totski et de Rogojine, ainsi que des perles, des diamants, des châles et des meubles. Somme toute, ce choix, loin de témoigner de la sottise et de l'étrangeté du prince, révélait au contraire chez ce cher garçon un esprit avisé et une intelligence d'homme du monde qui sait calculer. Le docteur s'était donc cru fondé à tirer de là un diagnostic entièrement favorable au prince…

Cette conclusion avait fait sur Lébédev une vive impression ; aussi termina-t-il ses confidences en déclarant au prince : « Dorénavant vous ne trouverez plus en moi qu'un homme dévoué et prêt à verser son sang pour vous ; c'est pour vous dire cela que je suis venu ».

Durant ces derniers jours le prince fut aussi distrait par Hippolyte, mais celui-ci l'envoyait trop souvent chercher. Sa famille occupait, non loin de là, une petite maisonnette. Les enfants, c'est-à-dire le frère et la sœur d'Hippolyte, avaient du moins l'agrément de la campagne ; ils pouvaient échapper au malade en descendant au jardin ; mais la malheureuse « capitaine » restait à sa merci et était sa victime. Le prince passait son temps à les raccommoder et à rétablir la paix entre eux ; le malade continuait à l'appeler sa « niania », tout en ne pouvant se retenir de le mépriser pour son rôle de médiateur. Il était très monté contre Kolia parce qu'il n'avait presque plus de visites de celui-ci, qui avait dû rester d'abord au lit de mort de son père, puis auprès de sa mère veuve. Enfin il prit pour cible de ses plaisanteries le prochain mariage du prince avec Nastasie Philippovna ; il fit si bien que le prince, indigné et hors de lui, cessa d'aller le voir. Deux jours après, la « capitaine » arriva de grand matin et, les larmes aux yeux, le supplia de venir chez eux, sans quoi *il* lui mangerait le sang. Elle ajouta qu'il désirait lui dévoiler un grand secret. Le prince céda. Hippolyte exprima le désir de se réconcilier et, ce disant, fondit en larmes ; mais, ses larmes séchées, il redevint naturellement encore plus acerbe, sans toutefois oser donner libre cours à sa colère. Il se sentait fort mal et tout indiquait qu'il ne tarderait plus à mourir. Il n'avait aucun secret à révéler, mais se répandait en objurgations outrancières et d'une émotion peut-être affectée pour mettre le prince « en garde contre Rogojine ». « C'est un homme qui ne lâche pas ce qui lui appartient ; il n'est pas à notre mesure, prince ; s'il veut dire quelque chose, aucun scrupule ne le retiendra »... etc., etc. Le prince se mit à le questionner plus en détail pour en tirer des faits précis. Mais Hippolyte n'invoqua d'autre argument que des sensations ou impressions personnelles. À la fin il eut l'immense satisfaction de jeter l'épouvante dans l'âme du prince. Ce dernier avait commencé par esquiver certaines questions d'un caractère spécial et il s'était borné à sourire en s'entendant donner un conseil comme celui-ci : « Fuyez, même à l'étranger ; vous pouvez vous y marier, on trouve partout des prêtres russes ». Mais au bout d'un moment Hippolyte conclut sur cette idée : « Je crains surtout pour Aglaé Ivanovna ; Rogojine sait combien vous l'aimez ; amour pour amour ; vous lui avez enlevé Nastasie Philippovna ; il tuera Aglaé Ivanovna ; bien qu'elle ne vous soit plus rien, cela ne vous en fera pas moins de peine, n'est-ce pas ? » Son but était atteint : le prince sortit bouleversé de chez lui.

Ces avertissements au sujet de Rogojine survinrent la veille du mariage. Ce soir-là, le prince eut avec Nastasie Philippovna la dernière entrevue avant la noce. La jeune femme n'avait plus le don de le calmer ; dans ces derniers temps même elle ne réussissait qu'à accroître son trouble. Quelques jours auparavant, au cours de leurs tête-à-tête, elle avait été effrayée de son air de tristesse. Elle avait fait tous ses efforts pour l'égayer ; elle avait même tenté de le distraire en chantant. Le plus souvent elle cherchait dans sa mémoire tout ce qui pouvait le divertir. Le prince faisait presque toujours semblant de s'amuser beaucoup ; parfois il riait pour tout de bon, entraîné par la vivacité d'esprit et la belle humeur avec lesquelles la jeune femme racontait lorsqu'elle était en verve, ce qui était souvent le cas. Quand elle le voyait rire, elle était ravie et se sentait fière d'elle-même en constatant l'impression produite sur lui. Mais maintenant elle devenait presque d'heure en heure plus chagrine et plus soucieuse. Le prince avait sur elle une opinion déjà arrêtée, sans quoi tout en elle lui eût naturellement semblé énigmatique et inintelligible. Il n'en demeurait pas moins foncièrement convaincu qu'elle pourrait encore ressusciter à la vie normale. Il avait eu raison de dire à Eugène Pavlovitch qu'il l'aimait d'un amour profond et sincère ; dans cet amour en effet il y avait comme un élan de tendresse pour un enfant chétif et malade qu'il eût été difficile et même impossible d'abandonner à sa propre volonté. Il ne s'ouvrait à personne sur les sentiments qu'elle lui inspirait et répugnait à aborder ce thème lorsque le cours de la conversation ne permettait plus de l'éviter. En tête à tête ils ne parlaient jamais « sentiment », comme s'ils s'étaient donné le mot. À leur conversation, habituellement enjouée et pleine d'entrain, tout le monde pouvait prendre part. Daria Aléxéïevna raconta par la suite qu'elle n'avait éprouvé, pendant tous ces jours-là, que du ravissement et de la joie à les contempler.

L'opinion que se faisait le prince de l'état moral et mental de Nastasie Philippovna écartait de son esprit, dans une certaine mesure, beaucoup d'autres incertitudes. C'était maintenant une femme tout à fait différente de celle qu'il avait connue trois mois plus tôt. Aussi n'éprouvait-il plus de surprise à la voir insister pour hâter la noce, après avoir naguère repoussé l'idée du mariage avec des larmes, des malédictions et des reproches. « Ainsi, se disait-il, elle n'a plus peur, comme dans ce temps-là, de faire mon malheur en m'épousant. » Un retour si rapide à la confiance en soi ne lui semblait pas naturel. Cette assurance, Nastasie Philippovna ne l'avait pas puisée seulement dans sa haine à l'égard d'Aglaé, car elle était capable de sentiments plus profonds. Elle ne lui venait pas non plus de la crainte de partager l'existence de Rogojine. Sans doute, ces mobiles et d'autres encore pouvaient avoir eu leur poids, mais, pour le prince, la raison la plus claire du revirement était justement celle qu'il soupçonnait depuis longtemps : la pauvre âme malade n'avait pas pu supporter cette épreuve.

Bien qu'elle mît fin à ses incertitudes, du moins jusqu'à un certain point, cette explication ne lui laissa néanmoins pendant tout ce temps ni trêve ni repos. Parfois il s'efforçait de ne penser à rien. Quant au mariage, il semble bien qu'à ce moment il l'ait en effet envisagé comme une formalité insignifiante ; il faisait trop bon marché de sa propre destinée pour en juger autrement. Aux objections et allégations du genre de celles que lui avait faites Eugène Pavlovitch, il n'aurait absolument rien trouvé à répondre, se sentant incompétent en pareille matière ; aussi esquivait-il toute conversation de cette nature.

Il remarqua d'ailleurs que Nastasie Philippovna ne savait et ne comprenait que trop bien ce qu'était pour lui Aglaé. Elle n'en parlait pas, mais il avait lu sur son « visage » lorsque parfois elle l'avait surpris (dans les premiers jours) se préparant à aller chez les Epantchine. Après le départ de ceux-ci, elle parut radieuse. Si médiocre observateur et si peu perspicace qu'il fût, il avait été tourmenté à l'idée que Nastasie Philippovna pût prendre le parti de se livrer à quelque scandale, afin d'obliger Aglaé à quitter Pavlovsk. Le bruit et les rumeurs qui couraient dans les villas au sujet du mariage étaient certainement entretenus pour une part par Nastasie Philippovna dans le dessein d'exaspérer sa rivale. Comme il était malaisé de rencontrer les Epantchine, elle fit monter un jour le prince dans sa calèche et donna ordre de passer juste sous les fenêtres de leur villa. Ce fut pour le prince une surprise affreuse ; il s'en aperçut, comme toujours, lorsqu'il était trop tard et que l'équipage avait déjà dépassé la maison. Il ne dit rien, mais, après cet incident, il fut malade pendant deux jours. Nastasie Philippovna se garda de renouveler l'expérience.

Durant les jours qui précédèrent le mariage, elle devint toute pensive. Elle finissait toujours par secouer sa tristesse et retrouver sa gaîté, mais cette gaîté était plus posée, moins expansive, moins rayonnante que naguère encore. Le prince redoublait d'attentions. Il était intrigué de ne jamais l'entendre parler de Rogojine. Une seule fois, cinq jours environ avant la noce, Daria Aléxéïevna lui fit dire de venir immédiatement parce que Nastasie Philippovna était très mal. Il trouva celle-ci dans un état voisin de la démence : elle criait, tremblait, clamait que Rogojine était caché dans le jardin attenant à la villa, qu'elle venait de le voir et qu'il la tuerait dans la nuit… il la tuerait au couteau ! Elle ne retrouva pas le calme de toute la journée. Mais le soir, étant allé passer un instant chez Hippolyte, le prince apprit de la « capitaine », qui rentrait de la ville où l'avaient appelée de menues affaires, que Rogojine était venu la voir chez elle, à Pétersbourg, et l'avait questionnée sur Pavlovsk. Il demanda à quelle heure avait eu lieu cette visite ; la « capitaine » lui indiqua à peu près l'heure à laquelle Nastasie Philippovna avait cru apercevoir Rogojine dans le jardin. La jeune femme avait donc simplement été le jouet d'un mirage. Nastasie Philippovna étant allée elle-même demander de plus amples détails à la « capitaine » en obtint les plus rassurantes précisions.

La veille du mariage, le prince laissa Nastasie Philippovna dans un état de vif enthousiasme : elle venait de recevoir de sa couturière de Pétersbourg la toilette qu'elle devait porter le lendemain, robe de mariée, coiffure, etc. Le prince ne s'attendait pas à la voir se passionner autant pour sa parure ; il en vanta tous les détails et aviva ainsi le bonheur de la jeune femme. Mais elle ne réussit pas à cacher le fond de sa pensée : elle avait déjà entendu dire que la population de Pavlovsk était indignée et que quelques polissons préparaient un charivari avec accompagnement de musique et audition d'une pièce de vers écrite pour la circonstance ; tous ces préparatifs étaient plus ou moins approuvés par le reste de la société. C'est justement pourquoi elle voulait redresser la tête et éblouir tout le monde par le goût et la somptuosité de sa toilette. « Qu'ils crient, qu'ils sifflent, s'ils l'osent ! » À cette seule pensée ses yeux dardaient des éclairs. Elle nourrissait en outre une secrète espérance qu'elle se gardait de formuler à haute voix ; elle se figurait qu'Aglaé, ou du moins une personne envoyée par elle, se trouverait incognito dans la foule, à l'église, et l'examinerait ; de là tous ses apprêts.

Telles étaient les pensées dans lesquelles elle était plongée à onze heures du soir, quand le prince la quitta. Mais minuit n'avait pas encore sonné que l'on accourut inviter ce dernier, de la part de Daria Aléxéïevna, à « venir au plus vite parce que cela allait très mal ». Il trouva sa fiancée tout en larmes ; enfermée dans sa chambre, elle était en proie à un accès de désespoir, à une crise de nerfs. Pendant longtemps elle n'entendit rien de ce qu'on lui disait à travers la porte close ; à la fin elle ouvrit, ne laissa entrer que le prince, referma la porte aussitôt et tomba à genoux devant lui. (Telle fut du moins la version que donna plus tard Daria Aléxéïevna, qui avait réussi à entrevoir une partie de la scène.)

– Qu'est-ce que je fais ! Qu'est-ce que je fais ! Qu'est-ce que je fais de toi ! s'écriait-elle en embrassant convulsivement ses pieds.

Le prince resta pendant toute une heure auprès d'elle ; nous ignorons ce qu'ils se dirent. Daria Aléxéïevna raconta qu'au bout de cette heure ils se séparèrent en termes affectueux et l'air heureux. Le prince envoya encore une fois dans la nuit prendre des nouvelles de sa fiancée, mais celle-ci était déjà endormie. Le matin, avant son réveil, deux envoyés du prince se présentèrent encore chez Daria Aléxéïevna ; un troisième leur succéda qu'on chargea de rapporter ceci : « Nastasie Philippovna est entourée en ce moment d'un véritable essaim de modistes et de coiffeurs venus de Pétersbourg ; elle ne se ressent plus de la crise d'hier ; elle est occupée de ses atours comme peut l'être une pareille beauté au moment de se marier ; en cet instant précisément, elle tient un conseil extraordinaire pour convenir des diamants dont elle doit se parer et de la manière dont elle les disposera ». Le prince fut complètement rassuré.

Le cours des incidents auxquels le mariage donna lieu a été retracé plus tard comme suit par des gens renseignés et dont le témoignage paraît véridique.

La cérémonie nuptiale devait avoir lieu à huit heures du soir. Nastasie Philippovna était prête depuis sept heures. Dès six heures, des groupes de flâneurs commencèrent à s'amasser autour de la villa de Lébédev et, plus encore, près de la maison de Daria Aléxéïevna. Vers sept heures l'église commença aussi à se remplir. Véra Lébédev et Kolia éprouvaient de vives appréhensions pour le prince ; ils avaient cependant beaucoup à faire à la maison, ayant été chargés de disposer son appartement pour la réception et la collation. Aucune réunion n'était, à vrai dire, prévue après la cérémonie religieuse ; outre les personnes dont la présence était requise pour la célébration du mariage, Lébédev avait invité Ptitsine, Gania, le médecin décoré de la cravate de Sainte-Anne et Daria Aléxéïevna. Quand le prince s'enquit de la raison pour laquelle ce médecin « que l'on connaissait à peine » avait été convié, Lébédev lui répondit de l'air d'un homme content de soi : « Une décoration au cou, un personnage considéré ; c'est pour la galerie ». Cette réflexion fit rire le prince.

Vêtus du frac et gantés, Keller et Bourdovski avaient un air fort convenable ; seul, Keller inspirait encore quelque crainte au prince et à son entourage par son humeur trop manifestement batailleuse ; il regardait d'un œil fort hostile les badauds attroupés autour de la maison.

Enfin, à sept heures et demie, le prince se rendit en voiture à l'église. Remarquons à ce propos qu'il avait tenu à ne négliger aucune des coutumes traditionnelles ; tout se passait publiquement, aux yeux de tous et « de la manière qui convenait ». À l'église il fendit tant bien que mal la foule, au milieu de chuchotements et d'exclamations répétées ; il était précédé de Keller, qui jetait à droite et à gauche des regards menaçants. Il se retira momentanément derrière l'autel, tandis que le boxeur allait chercher la mariée. Devant la maison de Daria Aléxéïevna ce dernier vit une foule deux ou trois fois plus dense et peut-être aussi deux ou trois fois plus insolente que celle qui stationnait autour de la villa du prince. En montant le perron, il entendit des exclamations d'une telle nature qu'il ne se contint plus et fut sur le point d'adresser au public une remontrance appropriée ; heureusement il en fut empêché par Bourdovski et Daria Alexéïevna elle-même qui était accourue sur le perron ; tous deux s'emparèrent de lui et l'emmenèrent de force à l'intérieur de la maison. Le boxeur, très surexcité, hâta le départ. Nastasie Philippovna se leva, jeta un dernier coup d'œil dans la glace et remarqua avec un « rictus », comme le raconta plus tard Keller, qu'elle était « pâle comme une morte » ; puis, s'étant inclinée pieusement devant l'icône, elle sortit sur le perron. Une rumeur salua son apparition. À vrai dire, au premier, moment, on entendit des rires, des applaudissements ironiques et peut-être des coups de sifflet ; mais au bout d'un instant d'autres exclamations éclatèrent :

– Quelle belle femme !

– Ce n'est ni la première ni la dernière ![165]

– Le mariage couvre tout, imbéciles !

– Non, trouvez donc une pareille beauté ! Hourra ! s'exclamaient les plus proches.

– Une princesse ! Pour une princesse comme celle-là je vendrais mon âme ! s'écria un employé de bureau. – Une nuit au prix de ma vie !…

Nastasie Philippovna s'avança ; son visage était pâle comme un linge, mais ses grands yeux noirs jetaient sur les curieux des regards brûlants comme des charbons ardents. Ces regards, la foule ne put les supporter ; l'indignation fit place à des clameurs d'enthousiasme. La portière de la voiture était ouverte et déjà Keller tendait la main à la mariée, lorsque celle-ci poussa un cri et, quittant le perron, piqua droit sur la foule. Les gens du cortège restèrent paralysés de stupeur ; le public s'écarta devant elle et à cinq ou six pas du perron apparut soudain Rogojine. Elle avait aperçu son regard parmi tout ce monde. Elle courut vers lui comme une folle et lui saisit les deux mains :

– Sauve-moi ! Emmène-moi ! Où tu voudras, à l'instant même !

Rogojine l'enleva presque à bras-le-corps et la porta pour ainsi dire vers sa voiture. Puis en un clin d'œil il sortit un billet de cent roubles de son porte-monnaie et le fendit au cocher.

---

165 Sous-entendu : qui devient princesse après avoir mené une vie déréglée. – N. d. T.

– À la gare ! Si tu arrives avant le départ du train, tu auras encore cent roubles !

Il sauta dans la voiture à côté de Nastasie Philippovna et ferma la portière. Sans un instant d'hésitation le cocher fouetta ses chevaux. Plus tard, Keller, en racontant l'événement, s'excusa de s'être laissé prendre au dépourvu : « Une seconde de plus, et je me serais ressaisi ; je n'aurais pas laissé faire cela ! » Bourdovski et lui furent sur le point de prendre une autre voiture qui se trouvait là pour se lancer à la poursuite des fugitifs, mais presque aussitôt ils se ravisèrent en prétextant « qu'il était trop tard et qu'on ne la ferait pas revenir de force ».

– Et puis le prince n'en voudra plus ! décida Bourdovski tout bouleversé.

Rogojine et Nastasie Philippovna arrivèrent à temps à la gare. Après être descendus de voiture et presque au moment de monter en wagon, Rogojine arrêta à la hâte une jeune fille qui passait, coiffée d'un foulard et vêtue d'une mantille foncée, défraîchie, mais encore convenable.

– Voulez-vous accepter cinquante roubles pour votre mantille ? lui dit-il en lui tendant brusquement l'argent.

Avant qu'elle fût revenue de sa stupeur et eût compris de quoi il s'agissait, il avait glissé les cinquante roubles dans sa main, lui avait enlevé sa mantille et son foulard et les avait jetés sur les épaules et sur la tête de Nastasie Philippovna. La toilette trop fastueuse de celle-ci aurait attiré les regards et fait sensation dans le wagon. Ce n'est qu'ensuite que la jeune fille comprit la raison pour laquelle on lui avait acheté à un tel prix des hardes sans valeur.

Le bruit de l'aventure arriva à l'église avec une rapidité incroyable. Lorsque Keller se fraya passage jusqu'au prince, nombre de gens qu'il ne connaissait pas du tout se précipitèrent sur lui pour le questionner. On parlait tout haut, on hochait la tête, on riait même ; personne ne voulut sortir de l'église : tous désiraient voir comment le fiancé accueillerait la nouvelle.

Il pâlit, mais reçut cette nouvelle avec calme, en disant d'une voix à peine perceptible : « J'avais peur, mais je ne m'attendais tout de même pas à cela… » Puis, après un instant de silence, il ajouta : « Au reste… étant donné son état… c'est tout à fait dans l'ordre des choses ». Cette conclusion fit même qualifiée plus tard par Keller de « philosophie sans exemple ». Le prince sortit de l'église sans se départir de son calme et de sa sérénité : du moins beaucoup de gens le remarquèrent et commentèrent par la suite cette attitude. Il semblait avoir un vif désir de rentrer chez lui et de s'isoler le plus tôt possible ; mais on ne lui en donna pas la faculté. Plusieurs de ses invités le suivirent dans sa chambre, entre autres Ptitsine, Gabriel Ardalionovitch et le docteur, qui n'avait pas plus que les autres l'intention de s'en aller. En outre, toute la maison était littéralement assaillie par les badauds. Le prince entendit Keller et Lébédev soutenir une violente discussion avec des individus parfaitement inconnus qui avaient l'air de tchinovniks et voulaient à toute force envahir la terrasse. Il s'approcha et demanda de quoi il s'agissait, puis, écartant poliment Lébédev et Keller, il s'adressa sur un ton plein de courtoisie à un monsieur corpulent qui avait des cheveux gris et qui, monté sur les marches du perron, était à la tête d'un groupe d'envahisseurs ; il le pria de lui faire l'honneur de sa visite. Le monsieur devint confus, mais n'en accepta pas moins ; après lui vint un second, puis un troisième. Sept ou huit autres individus se détachèrent de la foule et rentrèrent également en se donnant les airs de la plus grande désinvolture ; leur exemple ne fut pas suivi et on entendit bientôt les badauds eux-mêmes blâmer ces intrus.

On offrit des sièges aux nouveaux venus, la conversation s'engagea et le thé fut servi ; tout cela se fit avec modestie, mais très convenablement, ce qui ne laissa pas de surprendre un peu ces hôtes inattendus. Il y eut bien certaines tentatives pour égayer la conversation et l'aiguiller vers le sujet « voulu » ; on risqua quelques questions indiscrètes et quelques remarques « malicieuses ». Le prince répondit à tout le monde avec tant de simplicité, de bonhomie et en même temps de dignité et de confiance dans la bienséance de ses hôtes que les questions déplacées cessèrent d'elles-mêmes. Peu à peu le tour de l'entretien devint presque sérieux. Un monsieur prit fait d'une réflexion pour affirmer soudain sur un ton outré qu'il ne vendrait pas ses terres, quoi qu'il advînt ; il attendrait, il verrait venir ; « les entreprises valent mieux que l'argent » ; « oui, mon cher monsieur, conclut-il, voilà en quoi consiste mon système économique, sachez-le ! » Comme il s'adressait au prince, celui-ci l'approuva avec chaleur, bien que Lébédev lui eût chuchoté à l'oreille que ce monsieur n'avait jamais eu le plus petit bien au soleil.

Près d'une heure s'écoula. On avait fini de prendre le thé : les visiteurs se firent scrupule de rester plus longtemps. Le docteur et le monsieur à cheveux gris adressèrent au prince des adieux touchants. Tous d'ailleurs prirent congé avec de bruyantes effusions. Ils accompagnèrent leurs vœux de pensées dans le genre de celle-ci : « il n'y a pas de quoi se désoler ; peut-être ce qui s'est passé est-il pour le mieux », et ainsi de suite. Il y eut des gens, il est vrai, qui se risquèrent à demander du champagne, mais les visiteurs plus âgés les rappelèrent aux convenances.

Quand tout ce monde fut parti, Keller se pencha vers Lébédev et lui dit :

– Si on nous avait laissés faire, toi et moi, nous aurions crié, engagé une lutte ; nous nous serions couverts de honte et aurions attiré la police. Mais lui, il s'est fait d'un coup de nouveaux amis, et encore quels amis ! Je les connais !

Lébédev, qui était passablement gris, proféra dans un soupir :

– Ce qui a été caché aux sages et aux esprits forts a été révélé aux enfants. Il y a longtemps que je lui ai appliqué cette parole, mais maintenant j'ajouterai que l'enfant lui-même a été préservé et sauvé de l'abîme par Dieu et par tous ses saints !

Vers dix heures et demie on laissa enfin le prince seul. Il avait mal à la tête. Kolia partit le dernier après l'avoir aidé à dévêtir son habit de marié. Ils se quittèrent avec de chaleureuses protestations d'amitié. Kolia ne s'appesantit pas sur l'événement de la journée, mais promit de revenir le lendemain de bonne heure. Il assura plus tard que le prince ne l'avait prévenu de rien et l'avait laissé dans l'ignorance de ses intentions en prenant congé de lui. Bientôt il ne resta presque plus personne dans la maison : Bourdovski était allé chez Hippolyte, Keller et Lébédev étaient partis on ne sait où. Seule Véra Lébédev demeura encore quelque temps pour rendre à l'appartement son aspect habituel. Au moment de se retirer elle alla voir ce que faisait le prince. Il était assis à sa table, les deux coudes appuyés et le visage caché dans ses mains. Elle s'approcha doucement et lui toucha l'épaule. Le prince la regarda avec surprise et mit près d'une minute à rassembler ses souvenirs ; quand il se fut ressaisi et eut tout compris, il manifesta une brusque et véhémente émotion. Il finit par la prier avec une vive insistance de venir frapper à sa porte le lendemain matin à l'heure du premier train, à sept heures. La jeune fille promit ; sur quoi il la conjura de ne parler de cela à personne, ce qu'elle promit également. Enfin lorsque, la porte grande ouverte, elle était déjà sur le point de s'en aller, il la retint pour la troisième fois, lui prit les mains, les baisa, puis l'embrassa elle-même sur le front et lui dit : « À demain ! » avec un accent « insolite ». Tel fut du moins le récit de Véra. Elle sortit en proie à de sérieuses appréhensions à son sujet. Le lendemain elle se tranquillisa plus ou moins quand elle eut, comme convenu, frappé un peu après sept heures pour le prévenir que le train de Pétersbourg partait dans un quart d'heure : il lui sembla en effet qu'en ouvrant la porte il avait l'air parfaitement dispos et même souriant. Il s'était à peine déshabillé pour passer la nuit, mais avait tout de même dormi. Il dit qu'il pensait pouvoir revenir dans la journée. Tout portait à croire que Véra était la seule personne à laquelle il eût alors jugé possible et nécessaire d'annoncer son intention de se rendre à Pétersbourg.

XI

Une heure après, il était déjà dans cette ville et, entre neuf et dix heures, il sonnait chez Rogojine. Il avait passé par l'entrée principale et un long moment s'écoula avant qu'on lui répondît. Enfin la porte de l'appartement de la vieille Rogojine s'ouvrit et une servante âgée et d'extérieur respectable se montra.

– Parfione Sémionovitch n'est pas chez lui, déclara-t-elle sans ouvrir complètement la porte. Qui demandez-vous ?

– Parfione Sémionovitch.

– Il n'est pas là.

La servante dévisagea le prince avec une étrange curiosité.

– Pouvez-vous du moins me dire s'il a passé la nuit ici ? Et… est-il rentré seul hier ?

La domestique continua à le fixer et ne répondit point.

– Nastasie Philippovna n'a-t-elle pas été avec lui ici hier… hier soir ?…

– Mais permettez-moi au moins de vous demander qui vous êtes vous-même ?

– Le prince Léon Nicolaïévitch Muichkine ; nous nous connaissons bien, Parfione et moi.

– Il n'est pas à la maison.

La domestique baissa les yeux.

– Et Nastasie Philippovna ?

– Je n'en sais rien.

– Attendez, écoutez-moi ! Quand rentrera-t-il ?

– Je ne le sais pas davantage.

La porte se referma. Le prince décida de revenir une heure plus tard. Il jeta un coup d'œil dans la cour et rencontra le portier.

– Parfione Sémionovitch est-il chez lui ?

– Oui.

– Comment a-t-on pu me dire il y a un instant qu'il était absent ?

– On vous a dit cela à son appartement ?

– Non : c'est la servante de sa mère qui me l'a dit, mais j'ai sonné chez Parfione Sémionovitch et personne ne m'a ouvert.

– Il se peut qu'il soit sorti, conclut le portier, car il ne prévient pas quand il s'absente. Parfois même il emporte la clef avec lui, et l'appartement reste fermé trois jours de suite.

– Es-tu bien sûr qu'il soit rentré hier chez lui ?

– Oui. Il lui arrive parfois de passer par le grand escalier ; alors je ne le vois pas.

– Nastasie Philippovna n'était-elle pas hier avec lui ?

– Je n'en sais rien. Elle vient assez rarement. Si elle était venue, on l'aurait probablement remarquée.

Le prince sortit et arpenta quelque temps le trottoir d'un air perplexe. Les fenêtres de l'appartement de Rogojine étaient toutes fermées, celles de l'appartement occupé par sa mère presque toutes ouvertes. La journée était claire et chaude. Le prince traversa la rue et s'arrêta sur le trottoir opposé, pour regarder encore une fois les vitres ; non seulement elles étaient closes mais les stores blancs étaient presque partout baissés.

Il resta là une minute environ et, chose étrange, il lui sembla voir le bas d'un des stores se soulever et la figure de Rogojine se montrer pour disparaître aussitôt. Il attendit un peu et fut sur le point de remonter et sonner de nouveau, mais il se ravisa et convint de revenir une heure plus tard. « Qui sait ? peut-être n'était-ce qu'une illusion… ? »

L'essentiel était maintenant pour lui de se rendre en toute hâte dans le quartier du Régiment-Izmaïlovski, à la dernière adresse de Nastasie Philippovna. Il savait que, trois semaines auparavant, quand il l'avait priée de quitter Pavlovsk, elle était allée s'installer dans ce quartier chez une de ses amies, veuve d'un maître d'école ; c'était une honorable mère de famille qui louait un bel appartement meublé dont elle tirait le plus clair de ses ressources. Il y avait lieu de croire qu'en revenant se fixer à Pavlovsk, Nastasie Philippovna avait gardé ce logement. Et il était surtout probable qu'elle y avait passé la nuit après y avoir été sans doute ramenée la veille par Rogojine. Le prince prit un fiacre. Chemin faisant il réfléchit qu'il aurait dû commencer ses recherches par là, vu l'invraisemblance que la jeune femme se fût rendue, de nuit, directement chez Rogojine. Il se rappela alors qu'au dire du portier elle venait rarement en temps ordinaire. Si elle venait rarement en temps ordinaire, pourquoi serait-elle allée maintenant chez lui ? Tout en essayant de se remonter avec ces raisonnements consolants, le prince arriva plus mort que vif au quartier du Régiment-Izmaïlovski.

Là, il fut stupéfait d'apprendre que la veuve du maître d'école n'avait eu de nouvelles de Nastasie Philippovna ni de jour, ni la veille. Bien mieux : toute la famille accourut pour le voir comme s'il était un phénomène. Tous les enfants, des fillettes entre sept et quinze ans, séparées l'une de l'autre par une année de distance, vinrent à la suite de leur mère et entourèrent le prince, qu'elles regardèrent bouche bée. Après elles arriva une tante maigre et jaune, coiffée d'un mouchoir noir, et enfin, l'aïeule de la famille, une très vieille dame qui portait des lunettes. La veuve du maître d'école pria instamment le prince d'entrer et de s'asseoir, ce qu'il fit. Il comprit sur-le-champ que tous ces gens-là le connaissaient parfaitement et savaient qu'il avait dû se marier la veille ; il devina qu'ils brûlaient d'envie de le questionner sur ce mariage et d'apprendre par quel miracle il venait s'enquérir auprès d'eux d'une femme qui aurait dû en ce moment se trouver avec lui à Pavlovsk, mais que, par délicatesse, ils s'abstenaient de l'interroger.

Il satisfit en quelques mots leur curiosité touchant son mariage. Les exclamations de surprise furent telles qu'il dut raconter dans les grandes lignes presque tout ce qui s'était passé. Finalement ce conseil de dames pleines de sagesse et d'émoi décida qu'il devait, coûte que coûte et avant tout, aller de nouveau frapper chez Rogojine, se faire ouvrir et obtenir de lui tous les éclaircissements. Si celui-ci était réellement absent (ce qui demandait à être tiré au clair) ou se refusait à parler, alors le prince devait se rendre au quartier du Régiment-Sémionovski, chez une dame allemande amie de Nastasie Philippovna et qui vivait avec sa mère ; peut-être que, sous le coup de l'émotion et dans son désir de se cacher, la fugitive était allée passer la nuit chez ces personnes.

Quand le prince se leva il était très abattu et, comme les dames le dirent plus tard, « terriblement pâle » ; ses jambes fléchissaient littéralement sous lui. À travers leur jabotage il finit par comprendre qu'elles proposaient d'agir de concert avec lui et lui demandaient son adresse en ville. Comme il n'en avait pas, elles lui conseillèrent de prendre une chambre dans un hôtel. Le prince réfléchit et donna l'adresse de l'hôtel où il était précédemment descendu et où, cinq semaines avant, il avait eu une attaque. Sur quoi il retourna chez Rogojine.

Cette fois, non seulement on ne lui ouvrit pas la porte de l'appartement de Rogojine, mais même celle de l'habitation de la vieille dame resta close. Il descendit dans la cour et se mit, non sans mal, en quête du portier ; celui-ci, qui était affairé, le regarda et lui répondit à peine, mais lui fit néanmoins catégoriquement entendre que Parfione Sémionovitch « était parti de grand matin pour Pavlovsk et ne rentrerait pas de la journée ».

– J'attendrai ; peut-être rentrera-t-il dans la soirée ?

– Peut-être pas avant une semaine ; qui sait ?

– En tout cas il a passé la nuit ici ?

– Pour cela oui…

Il n'y avait rien là que de suspect et de louche. Le portier pouvait fort bien avoir reçu, dans l'intervalle, de nouvelles instructions. Tout à l'heure, il était loquace ; maintenant il desserrait à peine les dents. Le prince n'en décida pas moins de revenir encore une fois deux heures plus tard et même, si c'était nécessaire, de faire le guet devant la maison. Pour le moment, l'espoir lui restait d'aller s'enquérir auprès de l'Allemande. Il se rendit donc en toute hâte au quartier du Régiment-Sémionovski.

Mais il ne réussit même pas à se faire entendre de la belle Allemande. À quelques mots qu'elle laissa échapper, il crut comprendre qu'elle s'était brouillée quinze jours auparavant avec Nastasie Philippovna, en sorte qu'elle n'avait plus rien su d'elle depuis ce temps ; maintenant elle proclamait bien haut qu'elle ne lui portait plus le moindre intérêt, « quand bien même elle épouserait tous les princes du monde ». Le prince s'empressa de prendre congé. L'idée lui vint, entre autres, que la jeune femme était peut-être partie pour Moscou, comme naguère, et que Rogojine l'avait sans doute suivie, à supposer même qu'il ne fût pas parti avec elle. « Si du moins ou pouvait retrouver une trace quelconque de leur passage ! »

Il se rappela sur ces entrefaites qu'il devait retenir une chambre à l'hôtel. Il courut en chercher une rue de la Fonderie, où il trouva tout de suite ce qu'il lui fallait. Le domestique d'étage lui demanda s'il désirait manger ; par distraction il répondit « oui » et devint furieux contre lui-même, car le repas lui fit perdre une demi-heure ; il ne s'avisa qu'un peu plus tard que rien ne l'obligeait à prendre la collation servie. Dans l'air étouffant de ce corridor obscur il eut l'impression d'être envahi par une sensation étrange, angoissante et qui tendait, semblait-il, à se transformer en une pensée ; mais, cette pensée embryonnaire, il n'arrivait pas à la définir. Il sortit de l'hôtel en proie à un désarroi profond ; la tête lui tournait : où devait-il donc aller ? De nouveau il se précipita chez Rogojine.

Rogojine n'était pas rentré ; le prince eut beau sonner à son appartement, personne ne donna signe de vie ; il sonna alors chez la vieille ; on lui ouvrit et on lui déclara une fois de plus que Parfione Sémionovitch était absent et ne reparaîtrait peut-être pas de trois jours. Il éprouva un malaise en constatant qu'on le regardait toujours avec une expression insolite de curiosité. Le portier resta cette fois introuvable.

Le prince passa comme précédemment sur le trottoir opposé qu'il se mit à arpenter, par une chaleur accablante, pendant une demi-heure ou davantage, en tenant les yeux fixés sur les fenêtres. Cette fois rien ne bougea : les fenêtres restèrent closes et les stores blancs immobiles. Il fut décisivement convaincu qu'il s'était trompé la première fois ; d'ailleurs les vitres étaient si encrassées et n'avaient pas été lavées depuis si longtemps qu'il aurait été difficile de voir au travers, à supposer que quelqu'un se fût trouvé derrière.

Réconforté par cette idée, il retourna au quartier du Régiment-Izmaïlovski auprès de la veuve du maître d'école. On l'y attendait déjà. La dame était allée dans trois ou quatre endroits et même chez Rogojine, mais sans l'ombre d'un résultat. Le prince écouta en silence, entra dans la chambre, s'assit sur le divan et se mit à regarder l'entourage avec l'air d'un homme qui ne comprend pas de quoi on lui parle. Phénomène singulier : tantôt sa faculté d'observation paraissait suraiguë, tantôt il redevenait incroyablement distrait. Toute la famille déclara plus tard avoir été étonnée ce jour-là par l'étrangeté de son attitude ; « peut-être était-ce déjà son dérangement mental qui se manifestait ». Enfin il se leva et demanda à voir les pièces qu'avait occupées Nastasie Philippovna. C'étaient deux grandes chambres, hautes, claires et très joliment meublées, pour lesquelles elle avait dû payer assez cher. Ces dames racontèrent par la suite que le prince avait examiné chaque objet dans cet appartement ; ayant aperçu sur un guéridon un roman français, ***Madame Bovary,*** qui provenait d'un cabinet de lecture, il corna la page à laquelle le livre était resté ouvert et demanda la permission de l'emporter. Puis, bien qu'on lui eût fait remarquer que ce volume était emprunté, il le mit dans sa poche. Il s'assit près d'une fenêtre ouverte et, voyant sur une table de jeu des inscriptions à la craie, il demanda qui avait joué là. On lui répondit que Nastasie Philippovna faisait chaque soir une partie de cartes avec Rogojine ; ils jouaient au « sot », à la préférence, au « meunier », au whist, à « mes atouts », bref à tous les jeux, et ils avaient pris cette habitude tout récemment, depuis que Nastasie Philippovna avait quitté Pavlovsk pour s'installer à Pétersbourg. Elle s'était plainte un jour de s'ennuyer parce que Rogojine passait des soirées entières sans dire un mot et n'avait aucun sujet de conversation ; souvent elle pleurait. Le soir suivant, Rogojine tira tout à coup des cartes de sa poche ; là-dessus Nastasie Philippovna partit d'un éclat de rire et ils se mirent à jouer. Le prince demanda où étaient les cartes dont ils s'étaient servis. On ne put les lui montrer, car Rogojine empochait, en s'en allant, le jeu qui avait servi dans la soirée et en rapportait toujours un neuf le lendemain.

Les dames conseillèrent au prince de retourner encore une fois chez Rogojine et de frapper plus fort à sa porte ; mais « dans la soirée, pas maintenant ; peut-être qu'alors quelque chose aura été tiré au clair ». La veuve du maître d'école offrit d'aller elle-même dans la journée à Pavlovsk, chez Daria Aléxéïevna, pour voir si là-bas on n'avait rien appris. Le prince fut invité à revenir vers les dix heures du soir, ne serait-ce que pour concerter un plan d'action en vue du lendemain.

En dépit de toutes les consolations et de tous les encouragements, un désespoir total envahissait l'âme du prince. Accablé d'un indicible chagrin, il regagna à pied son hôtel. Il se sentait comme écrasé dans un étau à Pétersbourg, dont l'atmosphère est étouffante et chargée de poussière pendant l'été. Il coudoyait des gens grossiers ou ivres et dévisageait les passants sans savoir pourquoi ; peut-être fit-il beaucoup de pas et détours inutiles ; le soir tombait presque quand il rentra dans sa chambre. Il résolut de prendre un peu de repos et de retourner ensuite chez Rogojine comme on le lui avait conseillé. S'étant alors assis sur son divan, il s'accouda sur la table et se plongea dans ses réflexions.

Dieu sait combien de temps il resta dans cette position et tout ce qui lui passa par la tête. Il avait peur de beaucoup de choses et il sentait avec douleur et angoisse les affreux progrès de cette peur. Il pensa à Véra Lébédev ; puis il se demanda si Lébédev n'aurait pas eu vent de cette affaire ; il se dit que, même s'il n'en savait rien, il pourrait se renseigner plus vite et plus aisément que lui. Ensuite il évoqua le souvenir d'Hippolyte et se rappela que Rogojine l'allait voir. Enfin il se souvint de Rogojine lui-même : il l'avait vu récemment, à l'enterrement, puis dans le parc, et aussi tout près de sa chambre, dans ce corridor où il l'avait guetté un couteau à la main et caché dans un recoin. Il se rappela ses yeux, ses yeux qui le fixaient alors dans les ténèbres. Il frissonna : la pensée qui s'ébauchait tout à l'heure dans son esprit se dégageait maintenant avec netteté.

Cette pensée était à peu près celle-ci : si Rogojine était à Pétersbourg, il aurait beau se cacher plus ou moins longtemps, il finirait toujours par revenir trouver le prince, avec de bonnes ou de mauvaises intentions, probablement dans le même état d'esprit que l'autre fois. Du moins si Rogojine jugeait nécessaire, pour une raison quelconque, de venir le trouver, ce serait naturellement ici, dans ce même corridor. « Ne connaissant pas mon adresse, il est probable qu'il me supposera descendu dans le même hôtel que précédemment ; en tout cas c'est ici qu'il me cherchera… s'il a un véhément besoin de me voir. Et qui sait ? peut-être ce besoin va-t-il le talonner ? »

Ainsi raisonnait-il, et ce raisonnement lui semblait parfaitement plausible. S'il s'était mis à l'analyser, il n'aurait pu expliquer, par exemple, pourquoi il deviendrait soudain si nécessaire à Rogojine, ou pourquoi il était impossible de supposer qu'ils ne se rencontreraient plus. Mais une pensée lui était pénible : « s'il est heureux, il ne viendra pas, – se disait-il encore – il viendra plutôt s'il est malheureux ; or, il est certainement malheureux… »

Telle étant sa conviction, il aurait dû attendre Rogojine à l'hôtel, dans sa chambre ; mais, comme s'il ne pouvait supporter sa nouvelle idée, il s'élança, prit son chapeau et sortit précipitamment. L'obscurité était déjà presque complète dans le corridor. « S'il surgissait brusquement de ce coin et m'arrêtait dans l'escalier ? » songea-t-il en passant à côté de l'endroit fatal. Mais personne ne surgit. Il franchit la porte, passa sur le trottoir, regarda avec surprise le fourmillement de la foule dans les rues au moment du coucher du soleil (spectacle habituel à Pétersbourg pendant la canicule), puis se dirigea vers la rue aux Pois. À cinquante pas de l'hôtel, au premier carrefour, quelqu'un dans la foule lui toucha le coude et lui dit à mi-voix, tout près de l'oreille :

– Léon Nicolaïévitch, suis-moi, mon frère, il le faut.

C'était Rogojine.

Chose étrange : le prince se mit incontinent à lui raconter, avec une joyeuse volubilité et en prenant à peine le temps d'achever ses mots, comment il l'avait attendu un instant auparavant dans le corridor de l'hôtel.

– J'y étais, répondit inopinément Rogojine. Allons !

Le prince fut surpris de cette réponse, mais deux minutes au moins s'écoulèrent entre le moment où il la comprit et celui où il s'en étonna. Il prit alors peur et se mit à observer Rogojine. Celui-ci le précédait d'un demi-pas environ ; il regardait droit devant lui et ne prêtait aucune attention aux passants, à l'approche desquels il se garait machinalement.

– Pourquoi ne m'as-tu pas demandé à l'hôtel… puisque tu y es allé ? fit soudain le prince.

Rogojine s'arrêta, le regarda, réfléchit, puis dit, comme s'il n'avait pas bien saisi la question :

– Écoute, Léon Nicolaïévitch, marche droit devant toi jusqu'à ma maison, tu la connais ? Moi je prendrai l'autre côté de la rue. Mais fais attention que nous allions ensemble…

Sur ce, il traversa la chaussée et passa sur l'autre trottoir, tout en observant si le prince se mettait en route. Voyant qu'il était arrêté et le regardait de tous ses yeux, il lui indiqua de la main la direction de la rue aux Pois, puis repartit en se retournant sans cesse pour surveiller le prince et l'exhorter à le suivre. Il reprit assurance quand il constata que Léon Nicolaïévitch l'avait compris et ne traversait pas la rue pour le rejoindre. Le prince eut l'idée que Rogojine guettait le passage de quelqu'un et que, par crainte de le manquer, il avait pris l'autre trottoir. « Seulement pourquoi n'a-t-il pas désigné la personne qu'il faut guetter ? » Ils firent ainsi environ cinq cents pas. Tout à coup le prince se mit à trembler sans savoir pourquoi. Rogojine continuait à se retourner, mais à intervalles plus espacés. N'y tenant plus, le prince l'appela d'un geste. Rogojine traversa aussitôt la rue.

– Nastasie Philippovna est-elle chez toi ?

– Elle y est.

– Et tantôt, c'est toi qui m'as regardé à la fenêtre derrière le rideau ?

– Oui…

– Quoi, tu…

Mais le prince ne sut ni comment achever sa phrase, ni quelle question poser. En outre son cœur battait si violemment qu'il éprouvait du malaise à parler. Rogojine se tut, lui aussi, et le regarda du même air que précédemment, c'est-à-dire avec une expression de rêverie.

– Allons, j'y vais, dit-il subitement en s'apprêtant à retraverser la rue ; toi, avance aussi. Marchons séparément… c'est préférable… chacun de son côté… tu verras.

Quand, chacun sur un trottoir différent, ils débouchèrent enfin dans la rue aux Pois et approchèrent de la maison de Rogojine, le prince sentit de nouveau ses jambes se dérober sous lui au point d'avoir presque de la peine à avancer. Il était environ dix heures du soir. Les fenêtres de l'aile habitée par la vieille étaient restées ouvertes ; chez Rogojine tout était fermé et, dans l'ombre crépusculaire, les stores baissés paraissaient d'un blanc encore plus cru. Le prince se porta à la hauteur de la maison en restant sur le trottoir opposé ; voyant Rogojine gravir le perron et lui faire un signe, il l'y rejoignit.

– Le portier ne sait même pas que je suis rentré. J'ai dit tout à l'heure que j'allais à Pavlovsk et j'ai répété la même chose à la servante de ma mère, chuchota Rogojine avec un sourire madré et presque satisfait. – Nous entrerons sans que personne nous entende.

Il avait déjà la clef à la main. En montant l'escalier il se retourna vers le prince et lui fit signe de marcher plus doucement. Il ouvrit sans bruit la porte de son appartement, laissa passer le prince, s'avança avec circonspection derrière lui, referma la porte et mit la clef dans sa poche.

– Allons, dit-il à voix basse.

Il chuchotait depuis qu'il avait commencé à parler au prince sur le trottoir de la rue de la Fonderie. En dépit de son calme apparent on devinait en lui un profond trouble intérieur. Quand ils pénétrèrent dans la salle précédant le cabinet, il s'approcha de la fenêtre et, avec un air de mystère, appela le prince auprès de lui.

– Vois-tu, quand tu as sonné chez moi ce matin, j'étais ici et j'ai tout de suite deviné que ce devait être toi. Je me suis approché de la porte sur la pointe des pieds et je t'ai entendu parler avec la Pafnoutievna. Or, dès le point du jour je lui avais donné des ordres pour que, si l'on sonnait chez moi, que ce fût toi, quelqu'un de ta part ou toute autre personne, elle ne répondît sous aucun prétexte. Cette recommandation visait plus particulièrement le cas où tu viendrais toi-même t'enquérir de moi, et je lui avais donné ton nom. Puis, quand tu es sorti, l'idée m'est venue que tu t'étais peut-être posté aux aguets ou campé en faction dans la rue. C'est alors que je me suis approché de cette fenêtre et que j'ai écarté le rideau pour jeter un coup d'œil : tu étais là, debout, à me regarder… Voilà comment les choses se sont passées.

– Où donc est… Nastasie Philippovna ? fit le prince d'une voix étranglée.

– Elle est ici, articula lentement Rogojine après une brève hésitation.

– Où cela ?

Rogojine leva les yeux sur le prince et le regarda fixement.

– Allons, viens.

Il s'exprimait toujours à voix basse, lentement et avec le même air d'étrange distraction. Même en racontant comment il avait levé le store, il semblait, en dépit de son expansion, vouloir parler de tout autre chose.

Ils entrèrent dans le cabinet. On y avait fait certains changements depuis la dernière visite du prince. Un rideau de brocart partageait la pièce en deux et séparait, en ménageant deux passages aux extrémités, le cabinet proprement dit de l'alcôve où se trouvait le lit de Rogojine. Ce lourd rideau était rabattu et fermait les passages. Il faisait très sombre dans la pièce ; les nuits « blanches » de Pétersbourg étaient à leur déclin et, n'eût été la pleine lune, on aurait eu du mal à distinguer quoi que ce fût dans cet appartement dont les stores baissés accroissaient l'obscurité. À la vérité on pouvait encore discerner les figures, quoique assez confusément. Celle de Rogojine était pâle comme de coutume ; ses yeux fixaient sur le prince un regard étincelant, mais immobile.

– Tu devrais allumer une bougie, dit le prince.

– Non, il ne faut pas, répondit Rogojine qui, prenant son compagnon par la main, l'obligea à s'asseoir.

Lui-même s'assit devant lui ; sa chaise était si rapprochée que leurs genoux se touchaient presque. Un guéridon se trouvait entre eux, un peu sur le côté.

– Assieds-toi, reposons-nous un moment, fit-il d'un air engageant.

Il y eut une minute de silence. Puis il poursuivit du ton que l'on prend quand, pour ne pas aborder de front la question principale, on engage la conversation sur des détails oiseux :

– J'avais bien pensé que tu descendrais dans le même hôtel ; au moment où je suis entré dans le corridor, je me suis dit : qui sait, il est peut-être là, lui aussi, à m'attendre en cet instant comme je l'attends moi-même ? As-tu été chez la veuve du maître d'école ?

– Oui, articula avec peine le prince dont le cœur battait à se rompre.

– Je m'en suis également douté. Je me suis dit que cela ferait encore jaser… Puis j'ai eu l'idée de t'amener ici pour que nous passions cette nuit ensemble…

– Rogojine, où est Nastasie Philippovna ? murmura brusquement le prince en se levant. Il tremblait de tous ses membres.

Rogojine se leva aussi.

– Elle est là, fit-il à voix basse en montrant le rideau d'un mouvement de tête.

– Elle dort ? chuchota le prince.

De nouveau Rogojine le regarda fixement, comme au début.

–Eh bien ! alors, allons-y !… Seulement toi… mais allons !

Il souleva la portière, s'arrêta et se retourna vers le prince.

– Entre ! fit-il en l'invitant du geste à avancer.

Le prince passa devant.

– Il fait sombre ici, dit-il.

– On y voit ! marmonna Rogojine.

– Je distingue à peine… le lit.

– Approche-toi davantage, insinua Rogojine à voix basse.

Le prince fit encore un pas ou deux et s'arrêta. Il mit un instant à se reconnaître, cependant qu'auprès du lit les deux hommes restaient silencieux. Dans le calme de mort qui régnait en ce lieu, le prince eut l'impression que l'on entendait les battements de son cœur, tant ils étaient violents. Ses yeux finirent par discerner le lit tout entier : quelqu'un y dormait dans une immobilité rigide ; on ne percevait pas le moindre bruit, pas le plus léger souffle. Un drap blanc recouvrait le dormeur de la tête aux pieds et ne dessinait que très vaguement ses membres ; le relief des contours révélait seul la présence d'un corps humain. Sur le pied du lit, sur les fauteuils et même par terre étaient jetés en désordre des vêtements, une belle robe de soie blanche, des fleurs, des rubans. Sur une petite table de chevet scintillaient des diamants posés là négligemment. Au bout du lit un fouillis de dentelles blanches laissait passer l'extrémité d'un pied nu qui semblait sculpté dans le marbre et gardait une immobilité effrayante. Plus le prince regardait, plus le silence de cette pièce lui paraissait profond, mortel. Tout à coup une mouche s'éveilla, se mit à bourdonner, vola au-dessus du lit et se posa sur le chevet. Le prince eut un frisson.

– Sortons, dit Rogojine en lui touchant le bras.

Ils quittèrent l'alcôve et reprirent place sur leurs chaises, toujours l'un vis-à-vis de l'autre. Le prince tremblait de plus en plus et ne détachait pas du visage de Rogojine son regard interrogateur.

– Vois-tu, Léon Nicolaïévitch, fit enfin Rogojine, je remarque que tu trembles presque comme à l'approche de ton malaise ; tu te souviens, comme cela était à Moscou ? Ou bien comme cela a eu lieu une fois avant ton attaque ? Je me demande ce que je ferais maintenant de toi…

Le prince l'écoulait attentivement en s'évertuant à le comprendre et en continuant à l'interroger des yeux.

C'est toi ? dit-il enfin en montrant la portière d'un signe de tête.

– C'est moi… chuchota Rogojine en baissant le front.

Ils furent cinq minutes sans échanger un mot.

Rogojine revint soudain à son idée, comme si la question du prince n'avait pas fait diversion.

– Tu comprends, si tu avais maintenant un accès de ton mal, ton cri risquerait d'être entendu dans la rue ou dans la cour et on devinerait qu'il y a du monde ici ; on viendrait cogner à la porte et on entrerait… car ils me croient tous absent. Si je n'ai même pas allumé de bougie, c'est pour que de la rue ou de la cour on ne voie rien. En effet, quand je m'absente, j'emporte mes clefs et personne n'entre ici, même pour mettre de l'ordre, pendant des trois et quatre jours. C'est la règle que j'ai établie. Ainsi arrangeons-nous pour qu'on ne sache pas que nous passons la nuit…

– Attends, dit le prince ; j'ai demandé tout à l'heure au portier et à la vieille servante si Nastasie Philippovna n'était pas venue passer la nuit ici… Ils sont donc déjà au courant.

– Je ne l'ignore pas. J'ai dit à Pafnoutievna que Nastasie Philippovna était venue ici hier et qu'elle était repartie au bout de dix minutes pour Pavlovsk. Personne ne sait qu'elle a passé la nuit ici, personne. Je suis rentré aussi furtivement hier avec elle qu'aujourd'hui avec toi. Chemin faisant je me disais qu'elle ne voudrait pas entrer à la dérobée, mais j'étais loin de compte ! Elle parlait bas, marchait sur la pointe des pieds et retroussait sa robe autour d'elle pour ne pas qu'elle bruisse ; elle m'a même d'un geste imposé silence dans l'escalier. C'était toujours de toi qu'elle avait peur. Dans le train ses affres tournaient à la folie ; c'est elle-même qui a demandé à passer la nuit ici. Ma première idée avait été de l'emmener chez la veuve du maître d'école, mais il n'y a rien eu à faire. « Là, m'a-t-elle dit, le prince me retrouvera au petit jour ; cache-moi et demain, à la première heure, je filerai à Moscou ! » De Moscou elle pensait se rendre à Orel. Elle s'est mise au lit en répétant que nous irions à Orel…

– Arrête : que comptes-tu faire maintenant, Parfione ?

– Voyons, tu m'inquiètes avec ton tremblement continuel ! Nous allons passer la nuit ici, ensemble. Je n'ai pas d'autre lit que celui-ci, mais j'ai combiné ceci : nous prendrons les coussins des deux divans et ferons pour toi et pour moi un lit par terre, près du rideau ; nous dormirons ainsi l'un près de l'autre. Si on vient, on examinera la pièce, on cherchera, on ne tardera pas à la découvrir et on l'emportera. On m'interrogera, je dirai que c'est moi et on m'emmènera aussitôt. Eh bien ! qu'elle repose pour le moment près de nous, près de toi et de moi !…

– Oui, c'est cela ! approuva le prince avec feu.

– Donc nous n'allons rien dire et nous ne la laisserons pas emporter.

– Pour rien au monde ! dit résolument le prince. – Non, non et non, nous ne la laisserons pas emporter !

– C'est bien mon intention, mon garçon : nous ne nous la laisserons enlever par personne ! Nous passerons cette nuit tranquillement. Je suis resté toute la journée auprès d'elle, sauf une absence d'une heure que j'ai faite ce matin, puis le soir je suis allé te chercher. J'ai une autre crainte, c'est qu'avec cette chaleur étouffante, le corps ne dégage de l'odeur. Sens-tu quelque chose ?

– Cela se peut, je n'en suis pas bien sûr. Mais au matin l'odeur s'accentuera certainement.

– Je l'ai recouverte d'une toile cirée, une bonne toile cirée américaine, et j'ai tiré le drap par-dessus. J'ai placé autour quatre flacons débouchés de liquide Jdanov ; ils y sont encore.

– Oui, comme là-bas… à Moscou ?

– À cause de l'odeur, mon cher. Si tu savais comme elle repose… Demain matin, quand le jour se lèvera, regarde-la. Eh bien ! quoi ? tu ne peux même plus te lever ? fit Rogojine avec surprise et appréhension, en voyant que le prince tremblait au point de ne pouvoir se remettre sur pied.

– Mes jambes se refusent, murmura le prince ; c'est l'effet de la frayeur, je le sais… Quand la frayeur sera passée, je me lèverai…

– Attends, je vais faire notre lit et alors tu t'étendras… je m'allongerai auprès de toi… et nous écouterons… car, mon ami, je ne sais pas, mon ami, je ne sais pas encore tout maintenant, c'est pourquoi je te préviens afin que toi, tu saches d'avance…

En balbutiant ces propos incohérents, Rogojine s'était mis à préparer le lit. Il était visible que, depuis le matin peut-être, il avait pensé à la manière de le disposer. Il avait passé la nuit précédente sur le divan ; mais sur le divan il n'y avait pas place pour deux et il tenait absolument à ce qu'ils reposassent ensemble ; aussi traîna-t-il à grand'peine d'un bout à l'autre de la pièce les coussins de toutes dimensions enlevés aux deux divans, afin de confectionner un lit devant la portière. Il y parvint tant bien que mal, puis, s'approchant du prince avec une expression de tendresse et d'exaltation, il le saisit sous les bras, le souleva et l'aida à gagner ce lit. Il s'aperçut alors que le prince avait retrouvé la force de marcher tout seul ; donc « sa frayeur commençait à passer » ; et cependant il continuait à trembler. Il lui céda le meilleur coussin, celui de gauche, et s'étendit tout habillé du côté droit, les mains croisées derrière la nuque.

– En effet, mon ami, reprit-il soudain, il fait chaud et l'odeur ne manquera pas de se dégager… Je crains d'ouvrir les fenêtres. Il y a bien chez ma mère des pots de fleurs, beaucoup de fleurs et d'un parfum exquis ; j'avais pensé à les apporter ici, mais cela aurait donné l'éveil à Pafnoutievna, car elle est curieuse.

– Elle est curieuse, confirma le prince.

– On aurait pu acheter des bouquets… l'entourer complètement de fleurs. Mais j'ai réfléchi, mon ami, que cela fendrait le cœur, de la voir ainsi couverte de fleurs !

– Dis-moi… demanda le prince en s'embrouillant comme un homme qui cherche dans sa mémoire ce qu'il a à demander mais l'oublie dès qu'il se l'est rappelé, – dis-moi, avec quoi as-tu fait cela ? Avec un couteau ? Avec le couteau que tu sais ?

– Oui, avec celui-là.

– Attends encore ! Je veux aussi te demander, Parfione… j'ai beaucoup de questions à te poser, sur toute sorte de sujets… mais dis-moi d'abord pour que je sache à quoi m'en tenir : avais-tu l'intention de la tuer avant notre mariage, d'un coup de couteau, sur le seuil de l'église ? Oui ou non ?

– Je ne sais si je le voulais ou non… fit sèchement Rogojine, surpris de la question et même avec l'air de ne pas la saisir.

– N'as-tu jamais pris le couteau sur toi quand tu es venu à Pavlovsk ?

– Jamais je ne l'ai emporté. Au sujet de ce couteau voici tout ce que je puis te dire, Léon Nicolaïévitch, ajouta-t-il après un silence : je l'ai pris ce matin dans un tiroir fermé à clef, car tout s'est passé entre trois et quatre heures. Il était toujours resté chez moi entre les pages d'un livre… Et… et… voilà encore une chose qui m'a étonné : le couteau a pénétré sous le sein gauche, à un verchok et demi ou deux verchoks de profondeur… et c'est à peine si la sang a jailli : une demi-cuillerée à soupe, pas davantage…

– Cela, oui, cela, je le sais, fit le prince en se redressant sous le coup d'une émotion terrible. – J'ai lu cela… c'est ce qu'on appelle une hémorragie interne… Il arrive même qu'il ne coule pas une seule goutte de sang. C'est quand le coup est droit au cœur…

– Arrête, tu entends ? l'interrompit soudain Rogojine en s'asseyant avec effroi sur sa couche. Tu entends ?

– Non ! répondit, en le regardant, le prince avec le même accent de brusque frayeur.

– On marche ! Tu entends ? Dans la salle…

Tous deux prêtèrent l'oreille.

– J'entends, chuchota le prince avec assurance.

– On marche ?

– On marche.

– Faut-il fermer la porte ?

– Oui…

Ils mirent le verrou et se recouchèrent. Un long silence s'ensuivit.

Soudain le prince se reprit à chuchoter sur le même ton de précipitation et de trouble : on eût dit qu'ayant ressaisi le fil de sa pensée, il craignait de le voir lui échapper de nouveau :

– Ah ! oui, fit-il en sursautant sur sa couche… oui, je voulais te demander… ces cartes ! Les cartes… On m'a dit que tu jouais aux cartes avec elle ?

– Oui, dit Rogojine au bout d'un moment.

– Où sont… ces cartes ?

– Les voici… dit Rogojine après un silence plus prolongé ; tiens…

Il tira de sa poche et tendit au prince un jeu de cartes enveloppé dans du papier et qui avait déjà servi. Le prince le prit, mais sans avoir l'air de se rendre compte de ce qu'il faisait. Un nouveau et navrant sentiment de tristesse lui étreignait le cœur ; il venait de comprendre qu'en ce moment et depuis pas mal de temps déjà il disait et faisait tout autre chose que ce qu'il aurait dû dire et faire. Ces cartes, par exemple, qu'il tenait en mains et avait été si heureux d'avoir ne serviraient plus de rien, de rien. Il se leva et joignit les mains dans un geste de détresse. Rogojine, étendu et immobile, ne parut pas remarquer ce mouvement, mais ses yeux fixes et grands ouverts flamboyaient dans l'obscurité. Le prince s'assit sur une chaise et regarda son compagnon avec effroi. Une demi-heure s'écoula ainsi ; brusquement Rogojine, oubliant qu'il fallait parler bas, s'exclama dans un bruyant éclat de rire :

– L'officier, tu te rappelles cet officier… comme elle l'a cravaché durant le concert ? Ha ! ha ! tu te rappelles ? Et le cadet… le cadet… le cadet qui a bondi…

Le prince sursauta, en proie à une nouvelle terreur. Rogojine s'étant tout d'un coup calmé, il se pencha doucement vers lui, s'assit à son côté et se mit à l'observer. Son cœur battait avec force et il respirait péniblement. Rogojine ne tournait plus la tête vers lui et avait même l'air de l'avoir oublié. Mais le prince le regardait toujours et attendait. Le temps passait, l'aube venait. Par instants Rogojine commençait subitement à bredouiller d'une voix perçante des mots dénués de suite et à pousser des cris entrecoupés de rires : alors le prince étendait sur lui sa main tremblante, lui touchait doucement la tête, lui caressait les cheveux et les joues… c'était tout ce qu'il pouvait faire ! Ses frissons l'avaient repris et une fois de plus ses jambes se dérobaient sous lui. Une sensation tout à fait nouvelle avait envahi son cœur et l'emplissait d'une angoisse infinie.

Il faisait maintenant grand jour. Enfin il s'étendit sur son coussin, accablé de fatigue et de désespoir, et appliqua son visage contre celui de Rogojine, blême et immobile. Des larmes coulèrent de ses yeux sur les joues de Rogojine, mais peut-être ne les sentait-il point jaillir et n'en avait-il pas même conscience…

Toujours est-il que, plusieurs heures plus tard, lorsque la porte s'ouvrit, on trouva le meurtrier dans le délire et privé de connaissance. Le prince était assis à côté de lui, immobile et silencieux sur son coussin : chaque fois que le malade criait ou délirait, il s'empressait de passer sa main tremblante sur ses cheveux et ses joues dans un geste de caresse et d'apaisement. Mais il ne comprenait déjà plus rien aux questions qu'on lui posait et ne reconnaissait plus les gens qui entraient et l'entouraient. Si Schneider lui-même était venu de Suisse à ce moment pour voir son ancien pensionnaire, il se serait rappelé l'état dans lequel se trouvait celui-ci lors de sa première année de traitement en Suisse, et avec un geste de découragement il aurait dit comme alors : « Idiot ! »

XII

CONCLUSION

La veuve du maître d'école accourut à Pavlovsk et se rendit tout droit chez Daria Aléxéïevna, qui depuis la veille était dans la consternation. Elle lui raconta tout ce qu'elle savait et la jeta ainsi dans une frayeur que rien ne put calmer. Les deux dames résolurent sur-le-champ de s'aboucher avec Lébédev,

bouleversé lui aussi en sa double qualité d'ami du prince et de propriétaire de l'appartement loué par celui-ci. Véra Lébédev communiqua tout ce dont elle avait connaissance. Daria Aléxéïevna, Véra et Lébédev convinrent, sur les conseils de ce dernier, de se rendre à Pétersbourg pour parer au plus tôt à « ce qui pouvait fort bien arriver ». C'est ainsi que dès le lendemain matin, vers onze heures, l'appartement de Rogojine fut ouvert par la police en présence de Lébédev, des dames et du frère de Rogojine, Sémione Sémionovitch, qui habitait l'autre aile de la maison. L'opération fut surtout facilitée par la déposition du portier, qui déclara avoir vu la veille au soir Parfione Sémionovitch rentrer à pas de loup par le perron avec un compagnon. Sur ce témoignage on n'hésita plus à enfoncer la porte d'entrée à laquelle on avait en vain sonné.

Rogojine fut alité pendant deux mois avec un transport au cerveau. Quand il fut rétabli, son affaire fut instruite et on le jugea. Il donna sur le crime les éclaircissements les plus sincères, les plus précis et les plus satisfaisants, sur la foi desquels le prince fut mis hors de cause dès le début du procès. À l'audience il se tut constamment. Il ne contredit pas l'habile et aéloquent avocat chargé de sa défense lorsque celui-ci démontra avec autant de clarté que de logique que le crime avait été commis à la suite d'un accès de fièvre cérébrale dont les débuts étaient bien antérieurs au drame et où il fallait voir la conséquence des chagrins de l'inculpé. Mais il n'ajouta rien à l'appui de cette thèse et, comme à l'instruction, se borna à évoquer avec lucidité et précision les moindres détails de l'événement. Il bénéficia des circonstances atténuantes et fut condamné à quinze ans de travaux forcés en Sibérie. Il écouta le verdict sans broncher et d'un air « pensif ». Sauf une partie relativement insignifiante, gaspillée dans les débauches des premiers temps, son énorme fortune passa à son frère, Sémione Sémionovitch, qui en fut ravi. Sa vieille mère vit toujours et semble parfois se rappeler, bien que d'une manière confuse, son fils bien-aimé Parfione. Dieu a épargné à son esprit et à son cœur la conscience du malheur affreux qui a visité sa maison.

Lébédev, Keller, Gania, Ptitsine et bien d'autres personnages de notre roman continuent à vivre comme par le passé ; ils n'ont guère changé et nous ne trouvons à peu près rien à en dire. Hippolyte est mort dans une agitation terrible un peu plus tôt qu'il ne s'y attendait, quinze jours environ après le trépas de Nastasie Philippovna. Kolia a été profondément affecté par tous ces événements ; il s'est rapproché de sa mère d'une façon définitive. Nina Alexandrovna se fait du mauvais sang pour lui et le trouve trop méditatif pour son âge ; peut-être deviendra-t-il un homme de tête. Il a contribué pour sa part à faire adopter les mesures qui ont décidé du sort ultérieur du prince. Depuis longtemps déjà il avait distingué Eugène Pavlovitch Radomski entre toutes les connaissances qu'il avait faites dans les derniers temps. Il fut le premier à l'aller voir et lui raconta tout ce qu'il savait de l'événement et de la présente situation du prince. Il ne s'était pas trompé : Eugène Pavlovitch témoigna la plus chaude sollicitude pour le sort du malheureux « idiot » qui, grâce à ses efforts et à ses démarches, fut replacé dans l'établissement suisse de Schneider.

n'était pas encore complète entre Adélaïde et lui ; mais, le temps aidant, le caractère impétueux de la jeune femme ne manquerait pas de se plier avec une affectueuse spontanéité au bon sens et à l'expérience du prince Stch… D'ailleurs la famille avait été terriblement affectée des leçons que lui avaient infligées les événements, surtout la dernière aventure d'Aglaé avec le comte polonais. En six mois, non seulement toutes les craintes qu'elles avaient éprouvées en accordant la main d'Aglaé s'étaient réalisées, mais encore des déboires étaient survenus auxquels on n'avait pas même songé. Il se trouva que le comte polonais n'était pas comte et que, si effectivement il était émigré, son passé était obscur et louche. Il avait séduit le cœur d'Aglaé par l'extraordinaire noblesse d'âme avec laquelle il ressentait les tortures de sa patrie et il l'avait enflammée au point qu'avant même de se marier, elle s'était affiliée à un comité d'émigrés pour la restauration de la Pologne. Elle était en outre devenue la pénitente assidue d'un père en renom, qui avait capté son esprit et fait d'elle une fanatique. Quant à la fortune colossale du comte, dont Elisabeth Prokofievna et le prince Stch… avaient eu des témoignages presque irrécusables, elle était passée à l'état de chimère. Bien mieux, six mois environ après le mariage, le comte et son ami, le célèbre confesseur, avaient réussi à brouiller complètement Aglaé avec sa famille : depuis quelques mois déjà la jeune femme avait cessé de voir les siens… Bref il y aurait eu bien des choses à raconter là-dessus si Elisabeth Prokofievna, ses filles et même le prince Stch…, « terrifiés » par tous ces événements, n'avaient craint de les aborder dans leurs conversations avec Eugène Pavlovitch, tout en sachant que celui-ci n'avait pas eu besoin d'eux pour connaître l'histoire des dernières lubies d'Aglaé Ivanovna.

La pauvre Elisabeth Prokofievna aurait voulu retourner en Russie ; au dire d'Eugène Pavlovitch, elle critiquait tout ce qui était étranger avec fiel et parti pris : « Ils ne savent nulle part cuire le pain convenablement, et l'hiver ils gèlent comme des souris dans une cave ; enfin j'ai du moins eu la satisfaction de pleurer à la russe sur ce malheureux ! » Ainsi s'exprima-t-elle en montrant avec émotion le prince qui ne la reconnaissait plus du tout.

Et, prenant congé d'Eugène Pavlovitch, elle conclut, presque sur un ton de colère :

– Assez d'engouements ! il est temps de revenir au bon sens. Tout cela, tous vos pays étrangers, toute votre fameuse Europe, ce n'est que fantaisie ; et nous tous, à l'étranger, nous ne sommes que fantaisie… rappelez-vous ce que je vous dis, vous verrez vous-mêmes !

1868-1869

bouleversé lui aussi en sa double qualité d'ami du prince et de propriétaire de l'appartement loué par celui-ci. Véra Lébédev communiqua tout ce dont elle avait connaissance. Daria Aléxéïevna, Véra et Lébédev convinrent, sur les conseils de ce dernier, de se rendre à Pétersbourg pour parer au plus tôt à « ce qui pouvait fort bien arriver ». C'est ainsi que dès le lendemain matin, vers onze heures, l'appartement de Rogojine fut ouvert par la police en présence de Lébédev, des dames et du frère de Rogojine, Sémione Sémionovitch, qui habitait l'autre aile de la maison. L'opération fut surtout facilitée par la déposition du portier, qui déclara avoir vu la veille au soir Parfione Sémionovitch rentrer à pas de loup par le perron avec un compagnon. Sur ce témoignage on n'hésita plus à enfoncer la porte d'entrée à laquelle on avait en vain sonné.

Rogojine fut alité pendant deux mois avec un transport au cerveau. Quand il fut rétabli, son affaire fut instruite et on le jugea. Il donna sur le crime les éclaircissements les plus sincères, les plus précis et les plus satisfaisants, sur la foi desquels le prince fut mis hors de cause dès le début du procès. À l'audience il se tut constamment. Il ne contredit pas l'habile et aéloquent avocat chargé de sa défense lorsque celui-ci démontra avec autant de clarté que de logique que le crime avait été commis à la suite d'un accès de fièvre cérébrale dont les débuts étaient bien antérieurs au drame et où il fallait voir la conséquence des chagrins de l'inculpé. Mais il n'ajouta rien à l'appui de cette thèse et, comme à l'instruction, se borna à évoquer avec lucidité et précision les moindres détails de l'événement. Il bénéficia des circonstances atténuantes et fut condamné à quinze ans de travaux forcés en Sibérie. Il écouta le verdict sans broncher et d'un air « pensif ». Sauf une partie relativement insignifiante, gaspillée dans les débauches des premiers temps, son énorme fortune passa à son frère, Sémione Sémionovitch, qui en fut ravi. Sa vieille mère vit toujours et semble parfois se rappeler, bien que d'une manière confuse, son fils bien-aimé Parfione. Dieu a épargné à son esprit et à son cœur la conscience du malheur affreux qui a visité sa maison.

Lébédev, Keller, Gania, Ptitsine et bien d'autres personnages de notre roman continuent à vivre comme par le passé ; ils n'ont guère changé et nous ne trouvons à peu près rien à en dire. Hippolyte est mort dans une agitation terrible un peu plus tôt qu'il ne s'y attendait, quinze jours environ après le trépas de Nastasie Philippovna. Kolia a été profondément affecté par tous ces événements ; il s'est rapproché de sa mère d'une façon définitive. Nina Alexandrovna se fait du mauvais sang pour lui et le trouve trop méditatif pour son âge ; peut-être deviendra-t-il un homme de tête. Il a contribué pour sa part à faire adopter les mesures qui ont décidé du sort ultérieur du prince. Depuis longtemps déjà il avait distingué Eugène Pavlovitch Radomski entre toutes les connaissances qu'il avait faites dans les derniers temps. Il fut le premier à l'aller voir et lui raconta tout ce qu'il savait de l'événement et de la présente situation du prince. Il ne s'était pas trompé : Eugène Pavlovitch témoigna la plus chaude sollicitude pour le sort du malheureux « idiot » qui, grâce à ses efforts et à ses démarches, fut replacé dans l'établissement suisse de Schneider.

Eugène Pavlovitch lui-même s'est rendu à l'étranger dans l'intention de faire en Europe un séjour prolongé ; en toute sincérité il se qualifie d'« homme parfaitement inutile en Russie ». Il va voir assez souvent, au moins une fois tous les quelques mois, son ami malade chez Schneider, mais ce dernier se montre chaque fois plus soucieux ; il hoche la tête et donne à entendre que les organes de la pensée sont complètement altérés et, s'il ne juge pas encore le cas incurable, il ne s'en livre pas moins aux conjectures les plus pessimistes. Eugène Pavlovitch en paraît très affecté, car il a du cœur ; il l'a prouvé en acceptant que Kolia lui écrive et en répondant parfois même à ses lettres.

Une singularité de son caractère s'est en outre révélée en cette occurrence ; comme elle est tout à son avantage, nous nous empressons de la noter. Après chacune de ses visites à l'institut Schneider, outre ce qu'il écrit à Kolia, Eugène Pavlovitch envoie à une autre personne à Pétersbourg une lettre donnant un compte rendu aussi détaillé et aussi sympathique que possible de l'état de santé du prince. À côté des marques de la plus respectueuse déférence, cette correspondance exprime (avec une croissante liberté) certaines manières de voir exposées à cœur ouvert, certaines idées, certains sentiments ; en un mot c'est la première manifestation de quelque chose qui ressemble à un commerce d'amitié et d'intimité. La personne qui se trouve ainsi en correspondance (à vrai dire assez espacée) avec Eugène Pavlovitch et mérite de sa part tant d'attentions et de respect n'est autre que Véra Lébédev. Nous n'avons pu savoir au juste de quelle manière se sont nouées ces relations ; elles ont sûrement eu pour origine la mésaventure du prince, mésaventure dont Véra conçut un tel chagrin qu'elle en tomba malade ; quant aux autres circonstances de cette liaison elles nous sont inconnues.

Si nous avons parlé de cette correspondance, c'est principalement parce que l'on y trouva parfois des informations au sujet de la famille Epantchine, et en particulier d'Aglaé Ivanovna. Dans une lettre datée de Paris et un peu confuse, Eugène Pavlovitch annonça que, sous le coup d'une passion foudroyante pour un comte polonais émigré, Aglaé l'avait épousé contre la volonté de ses parents ; ceux-ci n'avaient fini par céder que pour éviter un scandale énorme. Puis, après environ six mois de silence, il apprit à sa correspondante, dans une longue lettre remplie de détails, qu'il avait rencontré en Suisse, lors de sa dernière visite au professeur Schneider, toute la famille Epantchine (moins, naturellement, Ivan Fiodorovitch retenu par ses affaires à Pétersbourg) ainsi que le prince Stch… Leur entrevue avait été singulière : ils avaient tous accueilli Eugène Pavlovitch avec transport ; Adélaïde et Alexandra lui avaient même exprimé leur gratitude pour sa « sollicitude angélique à l'égard du malheureux prince ». En constatant la maladie et la déchéance de celui-ci, Elisabeth Prokofievna s'était mise à pleurer de tout son cœur. Évidemment, sa rancune avait disparu. Le prince Stch… avait émis à cette occasion des vérités empreintes d'opportunité et de jugement. Eugène Pavlovitch avait eu l'impression que l'intimité n'était pas encore complète entre Adélaïde et lui ; mais, le temps aidant, le caractère impétueux de la jeune femme ne manquerait pas de se plier avec une affectueuse spontanéité au bon sens et à l'expérience du prince Stch... D'ailleurs la famille avait été terriblement affectée des leçons que lui avaient infligées les événements, surtout la dernière aventure d'Aglaé avec le comte polonais. En six mois, non seulement toutes les craintes qu'elles avaient éprouvées en accordant la main d'Aglaé s'étaient réalisées, mais encore des déboires étaient survenus auxquels on n'avait pas même songé. Il se trouva que le comte polonais n'était pas comte et que, si effectivement il était émigré, son passé était obscur et louche. Il avait séduit le cœur d'Aglaé par l'extraordinaire noblesse d'âme avec laquelle il ressentait les tortures de sa patrie et il l'avait enflammée au point qu'avant même de se marier, elle s'était affiliée à un comité d'émigrés pour la restauration de la Pologne. Elle était en outre devenue la pénitente assidue d'un père en renom, qui avait capté son esprit et fait d'elle une fanatique. Quant à la fortune colossale du comte, dont Elisabeth Prokofievna et le prince Stch... avaient eu des témoignages presque irrécusables, elle était passée à l'état de chimère. Bien mieux, six mois environ après le mariage, le comte et son ami, le célèbre confesseur, avaient réussi à brouiller complètement Aglaé avec sa famille : depuis quelques mois déjà la jeune femme avait cessé de voir les siens... Bref il y aurait eu bien des choses à raconter là-dessus si Elisabeth Prokofievna, ses filles et même le prince Stch..., « terrifiés » par tous ces événements, n'avaient craint de les aborder dans leurs conversations avec Eugène Pavlovitch, tout en sachant que celui-ci n'avait pas eu besoin d'eux pour connaître l'histoire des dernières lubies d'Aglaé Ivanovna.

La pauvre Elisabeth Prokofievna aurait voulu retourner en Russie ; au dire d'Eugène Pavlovitch, elle critiquait tout ce qui était étranger avec fiel et parti pris : « Ils ne savent nulle part cuire le pain convenablement, et l'hiver ils gèlent comme des souris dans une cave ; enfin j'ai du moins eu la satisfaction de pleurer à la russe sur ce malheureux ! » Ainsi s'exprima-t-elle en montrant avec émotion le prince qui ne la reconnaissait plus du tout.

Et, prenant congé d'Eugène Pavlovitch, elle conclut, presque sur un ton de colère :

– Assez d'engouements ! il est temps de revenir au bon sens. Tout cela, tous vos pays étrangers, toute votre fameuse Europe, ce n'est que fantaisie ; et nous tous, à l'étranger, nous ne sommes que fantaisie... rappelez-vous ce que je vous dis, vous verrez vous-mêmes !

1868-1869

Made in United States
North Haven, CT
10 November 2026

22091501R00377